世经典

汉朝宫廷秘史

（上）

涂哲身◎著

授龙种天意兴刘 斩蛇身先机兆汉 炼剑术姣婀请迟婚 医刑伤娥姁甘堕志 争城夺地爱妾任军师 送暖嘘寒娇妻通食客

陕西新华出版传媒集团
三秦出版社

图书在版编目（CIP）数据

汉朝宫廷秘史 / 徐哲身著 .
—西安：三秦出版社，2006. 4（2018. 7重印）
（中华传统文化精粹）
ISBN 978-7-80546-973-7

Ⅰ.①汉… Ⅱ.①徐… Ⅲ.①历史小说-中国-现代
Ⅳ. ①I247.5

中国版本图书馆 CIP 数据核字(2006)第 032868 号

汉朝宫廷秘史

徐哲身 著

出版发行 陕西新华出版传媒集团 三秦出版社
社　　址 西安市北大街147号
电　　话 （029）87205121
邮政编码 710003
印　　刷 阳信龙跃印务有限公司
开　　本 710×1000 1/16
印　　张 40
字　　数 640 千字
版　　次 2006 年 4 月第 1 版
2018 年 7 月第 3 次印刷
标准书号 ISBN 978-7-80546-973-7
定　　价 64.00 元（上、下册）

网　　址 http://www.sqcbs.com

出版说明

我国有着悠久的历史和灿烂的文化。作为文学重要形式之一的小说,从先秦的神话传说、汉晋六朝的志人志怪、隋唐传奇、宋元话本到明清章回体,经历了几千年的岁月洗礼,达到了古代小说的高峰期。为了继承和弘扬优秀的传统文化,使广大读者对我国古代小说发展脉络有一个较为完整系统地了解,我们在编辑出版了《唐宋英雄传奇》、《中国古典文学名著丛书》、《明清通俗小说系列》和《古代公案系列》之后,又隆重出版了一套《中国历朝宫廷演义》丛书。其中包括《汉朝宫廷秘史》、《隋朝宫廷秘史》、《唐朝宫廷秘史》、《宋朝宫廷秘史》、《元朝宫廷秘史》、《明朝宫廷秘史》、《清朝宫廷秘史》等七部历史演义小说。

该丛书中的多部小说,大致成书于清末民初。由于当时中国社会处于急剧变化时期,印刷业空前发达,报刊数目剧增,都市市民已成为庞大的文化消费群体。徐枕亚、张恨水、徐哲身、许慕羲、包天笑等鸳鸯蝴蝶派大家们的作品以文学的娱乐性、消遣性、趣味性为标志,曾一度轰动文坛。形成于辛亥革命至"五四"运动时期的鸳鸯蝴蝶派,虽遭新文学界激烈抨击,却深受大众读者的欢迎。准确地说,它是清末民初大都会兴建过程中出现的承袭中国古代小说传统的通俗文学流派,在造就广大读者群和一种富有生命力的职业方面曾作出过相当大的贡献。

这套丛书出版初期,深受广大读者的喜爱,许多读者竟排队等候连载报纸的发行。作为当时的有中国特色的通俗读物,不仅深刻地描写了帝王的感情世界,而且对宫闱生活也做了细致地刻画。这套丝书取材于正史、野史和民间传说的内容,既有助于读者了解深宫密地的帝后生活,也对读者熟知各朝的历史线索有一定的帮助。它不仅是"五四"运动以前的畅销书,而且也是现今许多历史剧的底本。应该说,它开创戏说历史类电视剧的先河。当然,我们不能将这套书视为历史书,但它却可以增强学习历史的兴趣。

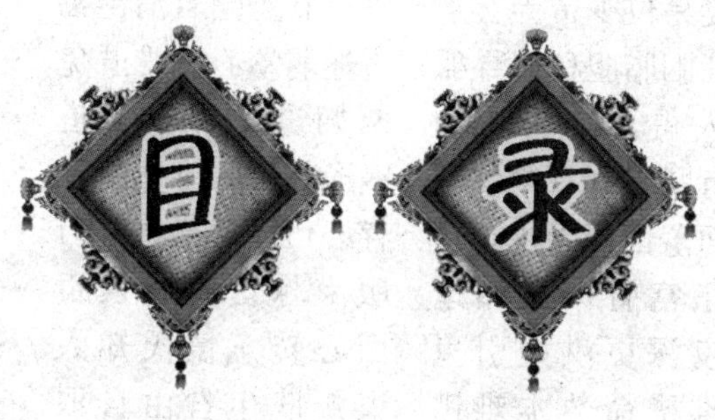
目录

第一回　授龙种天意兴刘　斩蛇身先机兆汉

史笔惟将国贼诛，宫中事迹半含糊。
虽然为恶牝鸡唱，因噎真成废食乎。

男女平权已一途，坤仪纠正属吾徒。
闲来戏弄疏狂笔，写出汉宫人物图。

这两首诗便是不佞作这部《汉宫》的宗旨。史家只载军国政治，对于宫帏事迹无暇详记，一概从略。这书既用《汉宫》标题，只写宫帏事迹，对于军国政治，无暇兼述，也就一概从略。虽说是仅供文人消遣，无关正经的小说，犹恐以辞害意，误了一知半解的青年。所以立意宜正，考据宜详，不敢向壁虚造，致蹈"齐东野语"之嫌。读者诸子，都是词坛健将、学馆名流，翻阅这书便知人生处世。无论是甚么元凶巨恶，也只能遮瞒于一时，莫能逃过于后世。即如本书的那位王莽而论，当时何尝不谦恭下士；世人一时为其所蒙，几以伊周目之；不久假面揭破，虚伪毕露，依然白费心机。古之人"盖棺论定"那句说话，确有至理！至于历朝宫帏中的事迹，可以流芳千古的，不过十之二三；遗臭万年的，倒有十之七八。从前的人，往往扭于重男轻女的习惯，都存着夫为妻纲的心理，以为一切重大责任，自然要男子负着，未免原谅她们几分。因此酿成她们种种的罪恶，尾大不掉，莫可收拾。她们呢？反认为堂堂正史，都未详细宣布她们的罪状，纵有甚么恶行，必可邀准摘释。哪儿防到数千百年以后，竟有不佞这个多管闲事之人，握着一枝秃笔，一件件的写了出来。她们死而有知，定在那儿娇声浪气地咒骂不佞要下拔舌地狱。但是此例一开，安知数千百年以后，没有第二位像不佞这样的人物，又将现代女界中的行为，宛如拍照一般，尽情描写出来的呢！前车可鉴，知有儆惕，因此一变而为淑眷贤媛，留名万世。照不佞揣度，来必无人。这样一来，才不负不佞做此书的一番苦心。话既表明，现在先从那位汉高祖刘邦诞生之初，汉未成汉，宫未成宫，他的一座草野家庭之中叙起。

秦始王造万里长城，想做他世世代代的皇帝，岂知那时江南沛县丰乡阳里村的地方，早已应运而生，无端地出了一位真命天子。

这位天子，自然就是刘邦。他的父亲，名叫执嘉。母亲王氏，名叫含始。执嘉生性长厚，里人就尊称他一声太公。又看太公面上，也称王氏一声刘媪。她因不肯辜负太公白养活着她，巴巴结结地替太公养下两个孩子。长男名伯，次男名仲。养下之后，还不敢认为已尽责任，每日的仍去田间工作。

有一天，她带领两子来到田间。那时正是隆冬天气，因已三月未雨，田里所种的菜蔬，必须灌溉。她因两子年稚，只得亲劳玉手。一连挑了几桶沟水，便觉身子有些疲乏，一面命两子且去放牛，自己先行回家休息。路经一处大泽，水声淙淙，水色溶溶，一见之下，懒神顿时降临，更觉满身发酸，寸步难行起来。乡村妇女原没甚么规矩，她就在堤边一株大树底下，坐着打个盹儿，一时入梦。正在矇眬之间，陡见从空降下一位金甲神祇，满面春风地向她言道："本神因你们刘氏世代积德，又与你三生石上有缘，颇想授你一个龙种。"言罢，似有亲爱之意。刘媪见这位神祇，出言费解，举止无度，自然吓得手足无措。正想逃跑的当口，不料那位神祇早已摇身一变，已经化为一条既长且粗的赤龙。同时又听得一个青天霹雳，立时云雨交作起来。可笑刘媪，就在这场云雨之中，昏昏沉沉的不知人事。

此时太公在家，见他两子一同牵牛回来，未见乃母偕至，忙问："你们的娘呢？"两子答称："母亲先已独自回来。"太公听了，不甚放心，拔脚就走，沿路迎了上去。走近堤边，早见他的妻子一个人斜倚树根，紧闭双眼，却在那儿酣眠。急走近他妻子的身旁，将她唤醒转来道："你怎的在此地睡着？离家不远，何不到家再睡也不为迟！"只见他妻子先伸了一个懒腰，方始睁开惺忪睡眼，朝她自己身上和地下看了一看，跟着就现出万分惊疑的脸色问他道："方才大雷大雨，我的衣裳和地上怎么干得这般快法？"太公听了，竟被她引得好笑起来道："怎么你青天白日的还在讲梦话？今年一冬没有点滴雨水，果有大雷大雨，这是要谢天谢地的了！"刘媪一听并未下过雨，始知自己做了一场怪梦，连称奇怪不止。太公问她何故称奇道怪？刘媪见问，回忆梦境，历历在目，不禁把她的双颊臊得绯红起来道："这梦真是奇突，此处过路人多，回去对你讲罢。"太公听了，便同刘媪回到家里。

两子一视他娘回来，欢喜得兼纵带跳的，来至他娘面前。一个拉着袖子，一个拖着衣襟，一齐问他娘往何处闲游，为何不带他们同去？刘媪不便将做梦的事情告知两子，只得哄开他们，方将梦中之事悄悄地告知太公。讲完之后，还问太公，这梦主何吉凶？太公听了道："幻梦无凭，何必根究！我们务农人家，只要上不欠皇粮，下不缺私债，吉也吉不到哪里去，凶也凶不到哪里去。今天的这个怪梦，无非是因你疲倦而起。这几天你可在家休息，田里的生活，让我一个人去做便了。"等得晚饭吃毕，刘媪先把两子照料睡下，又与太公谈起梦事道："梦中那位金甲神祇，他说授我龙种。我曾经听见老辈讲过，只要真是龙种，将来就是真命天子。难道我们刘氏门中，真会出个皇帝子孙不成？"说着，她的脸上又露

出一种似乐非乐，说不出的神情。太公听了，吓得慌忙去止住她道："快莫乱说，此话若被外人听去，就有灭族之祸。我和你两个，只望平平安安的，把两子管教成人，娶媳抱孙，已是天大的福气。"

刘媪听了，自然不敢再提梦事。早是就在那天晚上，所谓的龙种，真个怀在她的腹中去了。次年果然养下一个男胎，却与头两胎大不相同。此子一下地来，声音宏亮，已像三五岁的啼声；又生得长颈高鼻，左股有七十二粒黑痣。太公偶然记起龙种之语，知是英物，取名为邦。他这个命名的意义，有无别的奢望且不管他。单讲他又因这个儿子，排行最小，就以季字为号。不过刘媪对于此子，更比伯仲二子，还要更加怜爱。或者她的梦中尚有甚么真凭实据，不肯告人，也未可知。好在她未宣布，不佞反可省些笔墨。刘家既是世代业农，承前启后，无非是春耕夏耘，秋收冬藏那些事情。伯仲二人随父种作倒也安逸。独有这位刘邦年渐长大，不事耕稼，专爱斗鸡走狗，狂嫖滥赌，以及代人打抱不平等事。太公屡戒勿悛，只好听之。后来伯仲两个娶了妻子。伯妻素性悭吝，因见她这位三叔，身长七尺八寸，食量如牛，每餐斗米瓮酒，尚难果腹，如此坐耗家产，渐有烦言。太公刘媪既有所闻，索性分析产业，命伯仲二人挈眷异居。邦尚未娶，仍随两老度日。

光阴易过，刘邦已是弱冠年华，他却不改旧性，终日游荡。自己一个人已经花费很大，还要呼朋引类，以小孟尝自居。他娘虽是尽力供给，无奈私蓄有限，贴个精光。太公起初念他是个龙种，未免势利一点，另眼看待也是有之。后来见他年长无成，并没巴望，自然只得大生厌恶起来了。

有一天，刘邦被他父亲训斥几句，不愿回家，便到他两个老兄家中栖身。长嫂虽然瞧他不起，因为丈夫相待小叔甚厚，未便过于叽咕。谁知没有几时，长兄一病归天，这位长嫂，更恨他入门不利，忙去说动二婶，联盟驱逐小叔。刘邦见没靠山，方始发出傲气，一怒而去，不得已又钻到近邻两家酒肆之中，强作逆旅。这两家酒肆的主人，都是寡妇，一名王媪，一叫武负，二妇虽属女流，倒还慷慨。一则因刘邦是她们毗邻少年，要看太公的面上；二则因他在此居住，他的朋友前来和他赌博，多添酒客，比较平时反而热闹。以此之故，每日除供给酒饭外，还送些零钱给他去用。他本是一个随处为家的人物，有了这般的一个极妙地方，自然不肯莺迁的了。

一天晚上，他的朋友又来寻他赌博。听说他喝得烂醉，蒙被而卧，将被一揭，并无刘邦其人，只见一条金龙，似乎睡熟在那儿，吓得倒退几步，再将床上仔细一看，那条金龙忽又不见，仍是刘邦一个人，鼻息齁齁然地躺在床上。这位朋友，此时已知刘邦大有来头，哪里还敢去惊动他老人家，赶忙退了出去，把这事告知大众。就由这位朋友为首，私下凑集一笔银子，替刘邦运动了一个泗水亭

长的职务。刘邦知道此事是大众抬举他的，谢过众人，便去上任。

古代亭长之职，比较现在的地保，大得有限。不过那时刘邦寄食酒肆，究属不雅，一旦有了此职，真比得了甚么还要高兴。每天办几件里人小小的讼案，大的公事，自然详报县里。因便认得几个吃衙门饭的人员：一个是沛县功曹萧何，一个是捕役樊哙，一个是书吏曹参，一个是刽子手夏侯婴，其余的无名小卒也不细述。不过这四个人与刘邦年龄相若，性情相同，不久即成肺腑之交。每过泗上，必与刘邦开怀痛饮，脱略形迹。

有一次，刘邦奉了县委，西赴咸阳公干。一班莫逆朋友，因他出差，各送赆仪，都是当百钱三枚。惟有萧何，独馈五枚。刘邦暗喜，他说数虽不多，足证交情有别，因此更与萧何知己。及入咸阳办毕公事，一个人来至宫外闲逛。是时始皇尚未逝世，这天正带了无数的后宫嫔妃，在御园之中，九霄楼上，饮酒取乐。一时宫乐奏起，乐声飘飘的随风吹到刘邦的耳内。他忙跟着乐声抬头一望，方知这派乐声就从此楼而出，心知必是始皇在此取乐。同时又见那座御楼高耸云际，内中粉白黛绿的塞满了一楼，他见了万分妒羡。因思大丈夫原当如是，当下胡思乱想了一会，只得意兴索然地回县销差，仍去做他的泗上亭长。这般的一混又是好几年了。他因手头已经不似往日的窘迫，只是尚无妻室，皇帝倒没有想得到手，孤家寡人的味儿却已受得难熬。于是四处地物色女子，东一个，西一个的，被他也勾搭了不少。这天正是中秋佳节，他便在一个姓曹的女子房中喝酒，忽见萧何连夜来访，相见之下，一面添座同饮，一面问他有无公事。萧何道："前几天，单父县里来了一吕公，单名一个父字，号叔平，与我们县尊有旧，据说避仇来县，带了妻房子女一大群人物，要托县尊随时照应。县尊顾全交谊，令在城中居住，凡为县吏，都该出资往贺。"

刘邦听毕，初则若有所思，继而又点首微笑。萧何不知其意，复问他道："我是好意通知，你去不去也该复我一声！"刘邦方连连答道："去去去！他既有宝眷同来，我要瞻仰瞻仰，如何可以不去？"萧何听了，也不在意，吃了几杯，辞别而去。

次日刘邦践约到县，访得吕公寓所，昂然径入，其时他的一班熟友，全在厅上帮同吕家收受贺礼。见他到来，便戏弄他道："同人公议，贺礼不满千钱者，须坐廊下。"刘邦听了，并不答话，就取出名刺，写上"贺仪万钱"四字因即递进。吕公见他贺仪独丰，惊喜出迎，延之上坐，寒暄几句，又将他端详了好一会，摆出酒筵，竟请他坐了第一位。酒过三巡，众人各呈贺礼，他此时身无分文，依然面不改色地大嚼特嚼，喝得醺醺大醉，方对吕公言道："万钱不便随身携带，明日当饬仆送上。"吕公笑谢。席罢客散，吕公独邀他至内室，对他笑道："老夫略知相术，见君是位大贵之相，将来自知。长女雉，小字娥姁，生时有异兆，愿奉箕帚，幸勿推却！"刘邦听了，乐得心花怒放，慌忙行过子婿之礼。吕公含笑扶起。送走之

后，笑对吕媪道："我们女儿，得配刘郎，真好福命也！"吕媪自然大喜。

没有几时，已是花烛之期。交拜天地，送入洞房。刘邦见吕雉，千般娇艳，万种风骚，非常合他胃口。太公刘媪见了新人，不过平平而已。过了两年，吕雉生下一女，便是将来的鲁元公主。又过数年，复育一子，就是将来的惠帝盈。刘邦生性好色，在未娶吕雉以前，已与曹姓女子，生下一子；娶了吕雉之后，始将曹女列为外室。此事不瞒朋辈，仅瞒吕雉一人罢了。刘邦此时虽已成家有子，不过福运未至，一时无法发迹。闲居没事，便自制了一顶竹皮冠，高七寸，广三寸，上平如板，式样奇异，自称为刘氏冠。后来得了天下，垂为定制，必爵登公乘，方准戴得此冠，后人称为"鹊尾冠"。有人说刘邦早有帝志，此冠便是证据，此言不无为因。

这年秦廷颁诏，令各郡县遣派犯人西至骊山，帮筑始皇陵墓。沛县各犯，便命刘邦押解。谁知他沿途因酒误事，所有犯人，逃脱大半。刘邦一想，既已闯祸，索性统统放走，完全做个好人。等得放走各犯之后，他当时就想逃至深山避祸。后来一想，我的父母可以丢了不顾，我的妻妾，哪好不管。她们二人，一般的花容月貌，我妻的性情，尤其不甘独宿。我刘邦事事肯为，惟乌龟头衔，不愿承受。我何不连夜回至家中，将我妻妾挈同而逃。他想罢，即向阳里村而来。及至行近那条大泽，忽听得前面哗声大作，又见有十几个村人奔逃而至。刘邦问他们何故如此，那班人答道："泽边有一条大白蛇伤人，你也不可前去！"刘邦此时酒尚未醒，胆子不免大了起来，越过家人，几个箭步奔至泽边。果见一条数丈长的白蛇，横架泽中，俨如一座桥梁。他此便冒了一个大险，只想侥幸，拔出佩剑，窜至那蛇身旁，拦腰一剑，幸将蛇身剁作两截，他方呵呵大笑。不料酒气上涌，一跤跌倒在地，竟会睡熟。

及听有人唤他，醒来一看，认得是位同村人氏。那人道："刘亭长，你的胆子真大，你放走犯人，一个人还敢回来，县官已把你的尊夫人捉去，现出赏格派人捉你呢！"刘邦一听他的妻子已经被捉，此时自己要保生命，话也不答，拔脚便想逃走。那人一把将他拖住，刘邦更加着急道："你将我捉住，难道想领那个赏格不成！"那人摇首道："我何至于如此不义。你莫吓，此刻深夜无人，我和你谈谈再走未迟。"刘邦没法，只得与他席地谈天。那人道："泽边一条大蛇，不知被何人所斩，已是奇事。我方才走过那儿，又见一位老妪，抱蛇大哭。问她何故，她说她是那蛇之母，那蛇又是甚么白帝子，被一位甚么赤帝子所斩。我还想问她，忽然失其所在，你道此事奇也不奇？"刘邦听了，心里甚是暗喜，嘴上却不与他明言。谈了一刻，天已微明。刘邦别了那人，便向原路而去。一面走，一面暗忖道：我是龙种，我娘曾和我提过，我那位赌友，他又见我床上有过金龙。此妪所言，虽觉荒诞，既会忽尔不见，必非无因。县里既是出了赏格拿我，我且逃出这个龙潭虎穴。我索性一不做，二不休，慢慢地招集天下英雄做番大举，有何不

可。想毕，一看已经离乡甚远，他就一个人来到芒砀二山之间。正想觅个安身之处，不防身后一阵腥风，跳出一只猛虎。说时迟，那时快，他的身子已被那虎衔住。正是：

醉中幸把蛇身斩，醒后翻从虎口投。

不知刘邦性命如何，且听下回分解。

第二回 炼剑术姣姵请迟婚 医刑伤娥姁甘堕志

却说刘邦一被那只猛虎衔住身体，这一吓，还当了得！他虽然明知山中没有人迹，但是要想活命，自然只好破口大喊救命。

谁知真命天子，果有百神护卫。忽然半空之中，横的飞下一个垂髫女子，奔至虎前，用手急向虎头之上拍了一下道："你这逆畜，一眼不见你就出来闯祸，还不速将贵人放下！"那虎听了，仿佛懂得人事的模样，就轻轻地将刘邦身体由口内吐了出来，径自上山去了。

此时刘邦的苦胆几乎吓破，早已昏昏沉沉地晕在地下。后经那个女子将他救醒。他忙一面坐了起来，一面便向那个女子口称恩人，倒身便拜，又说："恩人怎有这般武艺？真个令人钦佩！"只见那个女子，一面将他扶起，一面嫣然微笑着对他说道："将军既具大志，我以为必有非常气概，谁料也与常人无甚区别，未免使人失望。"刘邦听了不解道："小姑娘所说之话，究是指的甚么而言？"那个女子又含笑道："大丈夫膝下有黄金，异常名贵，今将军见人乱拜，似失身份！"刘邦听了，方始明白她的意思。此时且不答话，先把自己衣服上的灰尘拍去之后，方对那个女子辩说道："大丈夫自应恩怨分明，我刘邦受了小姑娘救命之恩，怎好庞然自大，不向小姑娘拜谢？"那个女子听了道："这末譬如现在的秦帝，他偶然出宫行猎，一时不慎，被虎所衔，当时由他的卫士，也将他从虎口之中夺了下来，难道秦帝也要向那个卫士下跪，谢他救命之恩不成？"刘邦听了道："这是不必的，赐金封爵已足补报的了。"那个女子道："既然如此，将军的大志，无非想做秦帝第二罢了？目下虽是避难此山，尚未发迹。但是一个人的骨子，总在那儿的。"

刘邦这人，本是一位尖刻之徒，平时与人交涉，不问有理无理，一定争得自己不错。此时的向人谢恩，毫无错处，反被一个小女子，驳了又驳，真从哪里说起。因思她是救命恩人，何必与她多辩，便笑着认错。那个女子，方始不提此事。

刘邦又问那个女子道："小姑娘的满身武艺究是何人传授？小小年龄，何故住在此山，又何以知我具有大志，可能见告否？"那个女子听了，便指着一座最高的山峰道："寒舍就在那儿，将军且同小女子到了寒舍，自当细细奉告。"

刘邦听了，便跟了她来至最高峰顶，果见那里有数椽茅屋。篱边野菊，墙下寒花，门前一溪流水，屋上半角斜阳，一派幽景，陡觉胸襟为之一爽。刘邦正在那路边走看景致的当口，忽见起先的那只猛虎，偏偏蹲在路旁，只将他吓得闪在那个女子的身边道："小姑娘，此虎莫非是尊府所养的么？"那个女子微笑答道："是的。此虎乃是家母的坐骑。家母今春仙去，我便留它在舍伴个热闹。"说着，恐怕刘邦害怕，不敢走过那虎面前，便对那虎喝道："逆畜不准无礼，贵客在此！"那虎听了，真有灵性，就慢慢地站了起来，踱近刘邦的身边，用鼻子尽着嗅他的衣襟，表示亲昵的样子。刘邦此时因有女子在侧，并不怕惧。一时进了茅门，那个女子一脚就将他导入自己卧室。刘邦一看室内，布衾纱帷，竹椅板棹，甚是雅静。心里以为一个女子，虽有武艺，不必至于孤身居此荒山，且等她说明之后，自然知晓。

那个女子，一面请刘邦随意坐下，一面舀了一杯凉水递与了他，方始坐下说道："小女子原籍冀州，姓袁，小字姣姵。先君子在日，曾任御史大夫之职。只因秦帝无道，屡谏不纳，后见他喜污大臣的妻女，已属气愤难平。岂知有一日，秦帝大宴群臣，兼及命妇，是日先君子携了家母上殿，男席设在偏殿，女席设在后宫。家母自然随着大众入内。先君子正待宴罢之后，趁着秦帝高兴的时候，预备再谏，望他变为一位有道明君长保江山。谁料酒过三巡，秦帝入内更衣，良久不出。先君子尚以为或有各路诸侯的奏报，秦帝必须亲自批札，并不疑虑。及至席散，犹未见秦帝出来。等得归家之后，始见家母业已先回。问明原因，才知家母正在后宫觥觞交错的当口，忽见秦帝携了一位美貌妃子，来至席间，向众位夫人说道：'朕本怀与民同乐之志。众位夫人，今天一齐入宫，也是亘古未有的创举，朕拟各敬一杯！"秦帝此言一出，竟将众位夫人，大吓一跳，累得一个个慌忙离席辞谢，不敢谨领圣恩。秦帝别怀深意，他的敬酒，便想藉此调戏众位夫人，后见众位夫人不敢领情，方命妃子代敬。妃子敬过之后，托故入内而去。那时秦帝宛同穿花蝴蝶的一般，东边席上谈谈，西边席上说说。那些夫人，都是他的臣下，个个弄得十分靦靦，侷促不安。但又不敢和他去讲说话，只得俯首正襟危坐。那场酒筵，何尝有点滴入口。过了一会，秦帝偏偏看上家母，笑着走过来对家母说道：'袁夫人，朕闻你深娴剑术，朕拟劳夫人当朕面前，施展奇术一番，毋却朕命。'家母因是君命，未敢有违。只索脱去外衣，口吐炼就的那柄神剑，飞在空中，上下盘旋，左右翔舞。复将一柄神剑，倏忽化为十柄，由十柄变为百柄、千柄、万柄，后来满宫全是神剑，万道光芒，不可逼视，竟至人与剑合而为一。良

久，始将神剑吸回口内，面不改色，发未飞蓬。秦帝见了，万分夸奖。等得席散，忽奉圣旨‘着袁夫人暂缓出宫，尚有问话’家母听了，未便违旨，只得等候后命。又过一会，就有一个小内监来将家母引至一座秘宫。那时秦帝已经先在那儿。岂知秦帝真是一个禽兽，杀无可赦，竟来调戏家母，并说：‘如不依从，便有灭族之祸。’说完，将要来解家母衣襟的样儿。那时家母羞云满面，忍无可忍，一想若要伤那秦帝性命，原是不费吹灰之力。不过后世，未免难逃一个杀字。想到此地，便借更衣为名，悄悄地飞身上屋，逃至家中。家母即把此事，告知先君子。先君子，听了恨不得立时奔进宫去，手刃那个无道昏君。还是家母劝住，她说：‘人君譬诸父母，虽有错事，断不可以伤他的性命。好在妾身尚未失身于他，何不挂冠隐避，免得两有不便。’先君子甚以为是，正想收拾行李，连夜离开咸阳的时候，忽接圣旨，命先君子到边郡亲去催粮。先君子既已为内监所见，自然不好不奉君命，一时没法，只得悄悄地令家母俟他走后，速即携同小女子来到此山隐避。先君子一时催粮公毕，不去面君，趁人不防，溜到此间来会我们。不料家母与小女子在此山，一候三月，未见先君子前来，后由家母亲去探听。”

姣姵讲至此地，忽然呜咽起来道：“先君子已被那个昏君暗杀了！”刘邦听了忙接口道：“可恶可恨！此仇不可不报！”姣姵听了点首道：“小女子也是此意。后来家母不谈世事，只练她的剑术。到得今年春上，家母术成仙去。临行的时候，叮嘱我道：‘秋末冬初，必有一位贵人名叫刘邦的来此避祸。此人具有大志，你的亡父之仇，他能代报。汝是红尘中人，没有仙缘，随他做个小星。’”

姣姵讲到这句，顿时红霞罩靥万分忸怩，便低了她的头，用手拈弄衣带，默默含情地一句无言。

刘邦原属色中饿鬼，今见姣姵如此娇羞，益形妩媚，又知她身怀绝技，大可助他一臂之力。一时喜得心痒难搔，忙装出多情样儿，对姣姵笑道：“令堂之命，我刘邦怎敢不遵。无奈已娶吕氏，今将小姑娘屈作小星，未免说不过去。但望异日果能发迹，总要使小姑娘享受人间富贵，于心方安。”姣姵听了，始渐渐地抬起头来答道：“富贵二字，倒还不在小女子的心上，惟有父仇未报，未免耿耿于心尔。”刘邦道：“目今朝廷无道，兵戈四起，我本拟招集天下英雄，乘机起事，否则我也不敢将那些人犯放走了。”姣姵又问他的家事，刘邦倒也不瞒，全行告知了他这位新宠。姣姵听毕道：“如此说来，刘郎只好在此屈居几时，慢慢的见势行事。”刘邦道：“我本是来此避祸，自然权且安身。今有小姑娘伴我寂寞，倒是意料之外的事情。惟此山高凌霄汉，居处虽有，酒食又从何地沽买呢？”姣姵道：“此处离开东山，仅有数里。那里有个小小村落，都是打猎谋生的人家。寻常食物，那里都有，郎的饮食起居，我会经理。”刘邦听了，更是高兴。

及至天黑，刘邦要与姣姵共枕，姣姵道：“我与郎同床各被如何？”刘邦听了，

甚不为然道："我与娘子，既遵岳母的留言，已有名义，你又何必这般拘谨呢？"姣姵听了，便红了脸道："我现在方练剑术，将要工程圆满的时期，况且年未及笄，不知人事，燕尔之好，请俟异日，我郎幸勿见逼！"刘邦哪里肯听，便自恃尚有几斤蛮力，悄悄地趁姣姵的一个不防，忽地扑上前去抱她。谁知只被姣姵用手轻微地一推，早已跌至床上。幸有被褥相衬，不致受伤。此时姣姵忙又赶去将他扶起，含笑道："我的薄技，去到深宫报仇雪恨，似尚不足，与郎为戏，却是有余。奉劝我郎暂忍一时，且待我将剑术练成之后，那时身已长成，正式抱衾，奉侍我郎便了。"刘邦知非其敌，只得依她。

过了几时，有一日，姣姵已往后山打鸟，备作刘邦下酒之肴。刘邦一个人正在家中闲着无事，忽见门外匆匆地走进一位娇滴滴的少妇，身边还携两个孩子，定睛看时，不觉大惊。

诸君，你们且猜一猜此妇是谁？原来正是异日身为汉室第一代后妃的吕娥姁便是。此时刘邦一见他妻携子女二人寻来，吓得变色问她道："贤妻单身，怎么能够寻到此山来的？快快与我言知，使我放心。"娥姁听了，先命子女见过父亲，方始坐近刘邦的身边说道："妾虽无能，已经代君身入囹圄，受尽刑法。但是君身躲于何处，我只要按图索骥，一望便知。"刘邦听了，似信不信地道："贤妻莫非能知过去未来的算术不成？"娥姁听了摇首道："算术虽然不会，我幼时曾习望气之术，凡是天子气，结于空中，现出氤氲五颜之色，其下必有天子居在那里。所以无论君在何地，我自会一寻便着。"刘邦欣然道："有这等事来么！我闻始皇常言东南有天子气，所以连番出巡，意欲压胜。难道始皇已死，王气犹存，我刘邦独能当此么？"娥姁道："天下乃天下之天下，有德者居之。君生有异相，安知必无此事的呢？不过为今尚是苦未尽、甘未来的时候。君闯下大祸，反而安居此地，妾身的苦头，真是吃得够了。"刘邦道："你的那位萧何叔叔，他在县里难道他就袖手旁观，让你吃苦么？"娥姁道："萧叔叔起先赴咸阳公干，今始回来。此次我的能够出来寻你，正是他的力量。"刘邦道："罪不及拿，今古一例。况且你是替夫代押，又非本身犯了奸案，县里怎好不分皂白地动刑起来？"

娥姁听了，陡然一阵伤心，一边淌着泪，一边将她所受之苦，从头至尾，详详细细说了出来："我那天正在家中帮同婆婆料理中馈，那时并未知道你已放走人犯。忽见来了一班差役，穿房入户的口称前来拿你。我也以为一身做事一身当，故而并未躲避。那班差役，一见你不在家中，不能销差，便把我捉去。"刘邦听到此地插嘴道："我知闯了大祸，深恐累及于你，我就马上回来接你同逃。后遇一个村人，他对我说，你们都已避往他处，所以我只得逃到此间。"娥姁不信道："你这话便是敷衍我的说话，我们何尝避开，真的避开，又何至于被捉？你果回来，无论谁人说甚么话，你也得回家看看真实的情形呀！我还在次，家中还有

你的二老呢。”刘邦道:“你不信,我也不申辩,日后自知。你可知那条大白蛇,又是谁把它剁成两断的呢?”娥姁失惊道:“我在狱中的时候,倒是听人说过此事。我那时想想,一则你既没回来过,这种必是谣传;二则你的武艺有限,怎会斫了这条大蛇?照这样说来,真的回来过了。”刘邦听了,便将他所做的事情,反先讲与娥姁听了。娥姁听到白帝子赤帝子的说话,倒也欢喜,及听到他的丈夫,已纳此间这个姣姵姑娘作妾,不禁又起醋意。于是一把眼泪,一把鼻涕的,怨恨他的丈夫无情。刘邦忙又将自己与姣姵虽有名义,并未成婚的说话,细细地告知了她。她听得姣姵既能全贞,又有武艺,始将醋气稍平。忽又想起她自己狱中所作之事,未免有些对她丈夫不起,良心一现,始对刘邦道:“此女既不当夕,尚知大体,我又看她是位孝女,只好姑且承认她了。”刘邦道:“我的事情,已经全部告知你了。现你既然承认了她,且等她打鸟回来,我便命她与你行礼。你此刻快先把见官的事情,告诉我听。”娥姁听了,忽又将她的嫩脸一红道:“我吕娥姁做了你的妻子,真是冤枉。我那时一到衙门,一则以为有萧家叔叔照应,二则无非将我这个人作抵押罢了。岂知那个瘟官,不讲情理,一见将我拿到,逼着要我供出你的藏身之所,我当时真的不知你在何处,自然没有口供。那个瘟官,便喝令差役,褫去我的下裳,将我赤身露体的,揿在地下就笞。我这个人虽非出自名门,倒也娇生惯养,真正是颗掌上明珠,怎能受得住那种无情的竹板。当时的凄惨情状,也只有‘流红有血,挨痛无声’二语可以包括。笞毕之后,押入女监。”刘邦听到此地,只气得双足乱跺地道:‘糟了糟了!我刘邦也是一位现任亭长,你总算是位夫人,竟被那个狗官,当堂裸责,试问我刘邦将来拿甚么脸去见人?”娥姁一见刘邦对她如此重视,想起狱中失身之事,若为丈夫知道,必伤夫妻的感情,忙在腹中编排一番说话,方又接下去说道:“我入了女监之后,身上刑伤痛楚,惟有伏枕呻吟。那时身边又没银钱铺排监中的费用,万般虐待,一言难尽。过了几天,忽有一个男监役,串通女役,私来调戏于我。”刘邦不待她说完,急拦着她的话头问她道:“那个男役,怎么调戏于你!难道你你你……”娥姁也不待刘邦问完,忙说道:“你放心!我又不是那班无耻的妇女,那时自然破口将他们大骂一顿。我既已存着拼死无大难的决心,他们虽狡,却也无法奈何于我。不料世上也有好人,又来了一个书吏,叫做甚么吴其仁的,怜我刑伤厉害,替我延医医治。医愈之后,此人绝迹不来。”刘邦道:“这姓吴的是谁呢?我似乎知道县里没有这人。”娥姁道:“此人是我恩人,我将来必要报答他的。你真的想不起此人么?”刘邦复仔细地想了半天,依然想不出此人。

说也好笑,此人真是并无其人,乃是娥姁胡诌出来骗刘邦的。其实呢,娥姁入监之后,便有那些男役前来调戏她。她当时真也不从,后因种种虐待威迫,吃苦不过,只得失身。失身以后,那班情人,爱她多情美貌,真的替她延医医治。

伤愈之后，自然不再吃苦。她的初意，原想老实告知刘邦。嗣见刘邦对于她的受笞，已说没脸见人，逼奸之举，那还了得，所以诌出胡言。刘邦从前不是说过“乌龟头衔，不敢承担”那句话的么？他居然也像孔老夫子说的，夫人不言，言必有中起来。皇帝的口风，如此毒法，倒也奇事。再说刘邦一时想不起那人，只索罢休。又因他妻子说得如此贞节，自然相信。

就在此时，忽见姣姵笑眯眯的一个人空手回来。刘邦此时也来不及问她何以空手而回，所笑又为何事，只叫她快快参见嫡妻。姣姵奉了母命，本愿作妾，所以也就极恭顺的，以妾礼拜见娥姁。此时娥姁见她年未及笄，又很识理，倒也甚是投机，并将自己种种的事情，全行告知姣姵。姣姵听毕之后，方才对他们夫妻笑着说出一件极奇突的事情来，正是：

室有贤姬无足喜，溪生怪物实堪惊。

不知姣姵究竟讲的一件甚么怪事，且听下回分解。

第三回　争城夺地爱妾任军师　送暖嘘寒娇妻通食客

双峰对峙，上有小小一片平地，林木幽郁，香味扑人。林外乱石横叠，如人如兽，位置井然。其间有一块巨石上，流泉滴滴，年月久远，水渍经过之处，已成微微的凹形。距此处约二三十步，有一小溪，约深数尺，水色清澄，光可鉴发，终年不涸。每当夕阳西下之时，映水成赤，溪边杂树环绕，设有人坐树下持竿垂钓，洵是一幅天然图画。这是甚么地方？就是姣姵常至那里打鸟的后山。当时尚无一定名称，后人因此处为刘邦作过居处，便称作皇藏峪。

这天清晨，姣姵因为刘邦有酒无肴，便与刘邦说明，背了一枝鸟铳，一个人来到林中打鸟。谁知此时那些雀儿，均已飞至别处啄食，林中寂静，既没鸟影，亦无鸟声。她等了半天，并无只鸟飞回。她等得不耐烦起来，便走到溪边，倚树小坐，混过时光。又过了一会，觉得有些疲倦，她便闭目养神。刚刚闭住眼睛，忽然听得溪水澎湃之声，似乎向岸上冲来的样子，慌忙睁开眼睛一看。不看犹可，这一看，真也把她大大地吓了一跳！

这末她究属看见的是甚么东西呢？原来那条溪中，陡有一条数丈长的白蟒，掀天翻地的在那儿水里洗澡。她不怕所养的那只猛虎，因为那本是她娘的坐骑，幼小看见惯的。此时的一条大蟒蛇，真是眼似铜铃，口似血盆，那种张牙

舞爪的神气，似乎一口可把几个人吞下。她自出娘胎以来，两只尊眼之中，像这般的巨蛇，真是头一次看见，她的害怕，自在情理之内。她即吓得手足无措，幸而已有练就的功夫，忙将她那个既便捷而又玲珑的小身材，疾如飞鸟的一般，早已几个箭步，蹿至那座林内。还不放心，又爬到其中最大最高的那株古树顶上。看看离地下已有七八丈远，那条巨蛇，只要不像龙的般会飞，便可不怕它。她身居树顶之上，向溪中的那蛇一望，因为她所处的地方很高，看见那条蛇身，只不过三五尺长了。看去既已不大，害怕的心理，当然减去十之七八。她的武功，虽已不错，她的剑术，尚未至登峰造极，随意收放的程度。幸有手中的那枝鸟铳，本已装好，她又再装上些毒药，用铳瞄准那条大蛇的眼珠，砰砰的一连两铳，居然也有穿杨之箭的绝技，竟把那蛇一对像灯笼般的眼球，早已打瞎。当下只见那条大蛇，受了毒药，似乎痛得无法可施的样子。顷刻之间，天崩地裂一声，死在溪内。她又等得那蛇不会动弹有好半天了，知道它准已死定，方才爬下树来。走至溪边，定睛一看，忽又称起奇来。你道为何？原来那条死蛇，不知怎的一来，忽又变为银的。还有一件更奇怪的事情，看去分明是一条像银子打成的大蛇。及至仔细一看，却是一只一只元宝镶合而成的。

此时的姣姵，便知天意真是兴刘，此银就是助他们起事的军饷。她这一喜，非同小可，鸟也顾不得再去打了，赶忙奔回家中，想报喜信。她笑眯眯的正要向刘邦开口，刘邦自然不知此事。一见她来，就叫她拜见娥姁。娥姁接着又将自己此番吃苦的事情，告知了她，她一时没有工夫可说此事，等得娥姁说完，她始将白蟒化银的奇事，告知他们夫妻两个。

刘邦听毕，先第一个开口对姣姵说道：“我前回在我们那个阳里村前，那条大泽之上，所斩的白蛇，当时有一人听见有个老妪说过，那蛇是白帝子。我此刻想起前事，他既是白帝子，难免没灵性。我此刻倒防它前来，以利诱我，或者要想报仇，也未可知。”姣姵道：“此话近于因果，似难决断。但是我亲眼见它已化为无数的元宝。照你对我所说的种种祥兆揣测起来，我以为有吉无凶。”说着，又问着娥姁道：“夫人以为我言如何？”娥姁这人，端庄不足，机警有余，便毅然决然地对刘邦道：“袁妹之言，甚有见解。你本是一个龙种，现在无端地得了一注银子，安知不是老天要亡秦室，助我们起义的饷糈呢？”刘邦被她们二人你一句，我一句的，说得相信起来，便对他们二人笑道：“你们二位，意见相同，三人占，则从二人之言。我们且去看了情形再说。”

说完，他们三个便向后山而来。及至走到那条溪边，只见雪白的元宝，真的堆满了一溪。连姣姵起先所见的蛇形，也化为乌有了。他们夫妻三个，当然高兴得已达极点。刘邦忽然又想起一事，忙问姣姵道：“你住在此山已久，这个后山，可有樵夫前来砍柴？”姣姵听了，连连地摇首道：“此处本已人迹罕到，加之自

从我们母女二人来此以后，家母养着那只老虎，哪个还敢到这里来呀。”刘邦道：“既没人来，我便放心了。”娥姁道：“始皇虽死，二世也是我们袁妹的仇人。我们沛县的那个瘟官，又是我们的冤家。袁妹既知剑术，我们何不就此前去攻打城池。文的有萧何、曹参等人，武的有樊哙、夏侯婴等人，现在既有饷银，招兵买马，还愁何事不成？”刘邦道：“我因逃走押送的犯人，故将未逃的那一班人，也统统放走，其中本有深意。放走的那班人之中，果有十余名壮士，情愿随我身边，以备驱策。他们所有的地址，我已记下。现在既拟大动干戈，让我写信叫他们来此聚会就是。”他们三个商量已妥，便回到家里。刘邦写书去招那班壮士。姣姵年龄虽小，人极玲珑，她见娥姁貌虽美丽，暗具荡态，对于床笫之事，必定注意。自己虽是奉了母命，愿入刘氏门中为姬，乃是以报父仇为宗旨，闺房情好，本来不在她的心上，便将自己的意思，向娥姁彻底澄清的表明。娥姁听了，因此便不嫉她，一心只想做她的皇后，专候那班壮士到来，便好起事。

那时天下已经大乱，陈胜起兵蕲州，传檄四方，东南各郡县，纷纷戕官据地应响。蕲州与沛县相近，县令恐怕不逞之徒乘机作乱，于己不利，便思献城归附陈胜，以保爵禄。萧何、曹参献议道：“君为秦廷官吏，奈何附贼？且恐因此激变人心。祸在眼前，不若招集逋亡，以为己用。如此一办，自可安如泰山了。”县令甚以为然。萧何就保举刘邦，请县官赦罪录用。县官本知刘邦平时结交天下英雄，只要他肯真心助己，真是一个上乘之选，一口应允，便命樊哙去召刘邦回县。

此时樊哙已娶吕公的次女吕媭为妻，与刘邦乃是联襟亲戚关系。果然知道刘邦的所在，来至芒砀山中，与刘邦说明来意。刘邦忙将此事，取决于他妻妾。姣姵道：“县官既以笞刑加诸夫人之身，哪好去事仇人？这不是个人的私仇。我郎既有大志，今去屈于一县令之下，试问还有发迹的日子么？我有一计，须与樊某串通，令他回报县官，假说我们已经答应助他。一俟招集人员齐全，随后即到，先行羁住县官，不使他起疑心。再请樊某和萧何、曹参、夏侯婴诸人预为内应，等得我们一到，出那县官不意，当场将他杀死，据了城池。然后向外发展。从前文王以百里，汤以七十里，后来都有天下。我郎相貌既已奇异，又有种种征兆，我看继秦而起的，舍你莫属。”娥姁也忙接口道：“樊哙是我妹婿，我们大事若成，他便是开国元勋，我看他一定赞成此计。”刘邦便对娥姁道：“此事我不便与樊哙直说，还是你去和他说知。他若应允，自然大妙，他若不允，你们女流的说话，无非等于放屁。”娥姁听了，且不答话，只向刘邦傻笑。刘邦问她何故发笑？娥姁方始指着刘邦的鼻子说道：“你这人，真是一个坏蛋，如此大事，你叫我去对樊哙说，成则你做皇帝，败则我去砍头，你不是太便宜了么？”刘邦也笑着央求她道：“你就是不看将来的皇帝面上，也须看将来的皇后面上。你可知道皇后是天下之母，本来不是容易做的。你若坐享其成，你不是也太便宜了么？”娥姁听了

始笑着去与樊哙商酌去了。刘邦等得娥姁去后，又对姣姵说道："大事如成，你的父仇即报，你便是一位皇妃。不过目下尚在未定之天，倘然失败，就有灭族之祸。你的武艺，我已略知大概，你须尽力助我，我后来决不忘记你就是。"姣姵听了答道："你是我的夫主，哪有不尽心之理。不过天下的英雄豪杰甚多，我的剑术尚未成就，螳臂挡车，何济于事？除我以外，你须赶紧留心人材，尤其是度量要大，行为要正才好。"他们二人，尚未讲毕，娥姁早已满面春风地走来。刘邦一见娥姁那个得意的样儿，便知樊哙定已同意，不禁大喜，忙问娥姁所说如何？娥姁道："照计行事，樊哙回县去了，叫我转告于你。"刘邦道："那么壮士一到，我们立即举行便了。"

过了几天，非但那班壮士都已到齐，而且还跟来不少的游民。于是刘邦自己做了主将，姣姵做了军师，一班壮士，各有名目，一班游民，编作队伍。因为娥姁未娴武事，不必同去。一面放走那虎，一面叫她带领子女，在山管理饷银，且俟占据城池之后，再来接她。布置已妥，便浩浩荡荡地直向沛县进发。

那时萧何等人，已由樊哙与之说明，大家极愿扶助刘邦成事，已在县署两旁，设备妥当，专等刘邦到来，听候行事。

谁知内中有了一个奸细，乃是县令的私人，早将他们的秘密，报知县官。县官听了，自然大怒。便不动声色，也假说商量公事，把萧何等人召至衙内，不费吹灰之力，竟把这班想害他的人物，一个个的刑讯之后，押入监内。连毫不知情的那位刘太公，也被捉到。那位县官，又知本县兵力不够，便一面详报请兵，一面关闭四城，以备不虞。

这天刘邦的头站，先抵城下。一见城门四闭，便知县中有备，慌忙奔回原路，迎了上去，禀知刘邦。刘邦听了，便一面下令围城，一面缮就无数的文告缚在箭上，纷纷的向城内射进。城内的老百姓拾起一看，只见上面写的是："天下苦秦久矣！今沛县父老，虽为沛令守城，然诸侯并起，必且屠沛。为诸父老计，不若共诛沛令，议择子弟可立者以应诸侯，则家室可完。不然，父子俱屠，无益也！"那班百姓将这文告看毕，个个都说此言有理。县令又非好官，我们大家何必为他一人效忠，误了自己的身家性命，便将此意商诸大众。大众都知刘邦是位英雄，不致欺骗他们，顿时聚集数千人众，攻入县署，立把县官杀毙。然后大开城门，迎接刘邦入城。

刘邦进城之后，先将监中的太公，送回家去，始把其余人犯，统统释放。又请萧何等人出监，商议大事。萧何等人本与刘邦有约，自然宣告大众，公推刘邦暂任沛公，背秦自立，大众自然赞成。刘邦偏对大众辞让道："现今天下大乱，群雄四起，沛令一席，自应选择全县有声望之人，令其负此重任。我非自惜羽毛，实因德薄能鲜，误己事小，倘然误了全县父老，那就百死莫赎，还是快快另举贤

能，以图大事。”大众一见刘邦出言谦逊，更加悦服。于是众口纷纭地求着刘邦担任沛令。刘邦仍是再三推让不就，萧何等苦劝亦不从。但众人因刘季生有异相，久为众人所知。今既谦辞，我们只有将全县有声望之人，择出九人，连同刘季共合十人，把各人的姓名书于图中，谨告天地，拈出何人，何人便作沛令。由天作主，不得推辞。萧何听了，眉头一皱，计上心来，忙对大众道：“诸位各个办法，取决于天最是公道，这点微劳，须让不才来尽。”大众听了都道：“萧功曹在县办事多年，作事精细，这件事情，理该请你办理。”萧何听了，忙去照办。

顷刻办妥，设了香案，将这十个纸阄放在一只盘内，又对大众说道：“刘季最为父老信仰，拈阄之事，须要请他担任，以昭郑重。”大众都然其说。刘邦只得对天行礼之后，拈出一阄，当众展开一看，内的姓名，正是他自己。正想推辞，再去拈过，萧何忙走上去，一把将其余的纸阄抢在手内，嚼在口中，高声对大众道：“天意所归，还有何说？”大众听了，一时欢声雷动，高叫刘县主、刘县主不绝于口。刘邦没法，只得承认下来。后来知道萧何所写的十个纸阄都是他的名姓，自然一拈就是他的名字。既知萧何弄的玄虚，私心感激，毋须明言。刘邦便一面做起沛令，一面派人到芒砀后山，搬取银子。又将娥姁连同子女接来，仍令安居故乡，侍奉公婆。此时刘邦有的是钱，家中自然需人照料。

他有一位小朋友，名字唤做审食其的，人既清秀，又有肆应之才，便把此人派在家中，照应门户。娥姁一见审食其这人，也是他们前世有缘，一时相见恨晚，便把家中之事，全盘交其经理。其时太公，因为坐了几天牢狱，更加怕事，只在房里静守。刘媪又因连次受惊，卧病在床，所有家事全付娥姁。这样一来，刘氏的家庭之中，只剩这一对青年男女。

有一天，审食其因与娥姁闲谈，问起她前时在县里受刑之事。娥姁此时，早已心存不良，大有挑逗审食其的意思。当时一听审食其提到此事，不禁将她的那一张粉脸，微微的红了起来道：“此事不必提起。那个瘟官，如此无礼，如今虽是死于非命，我还恨不得生食其肉。”审食其道：“嫂嫂这般娇嫩身子，怎能受得如此非刑？那天县官坐堂问案的时候，我也在那里看审，实因爱莫能助，真是没法。后来听说嫂嫂押在女监里面，又被人家欺侮，这等事情未知季兄知道否？”娥姁道：“此事我也略略告知你们季兄，谁知他一听见我被那个瘟官，如此凌辱，他已羞愧得无地自容，其余之事，我反不便尽情宣布了。”审食其听了微微笑道：“其余尚有何事，何以不便告知我们季兄？嫂嫂虽然不说，我已略知一二。”娥姁听他话内有因，正中下怀，顿时装出万种娇羞的态度，眼泪汪汪地说道：“身为女子，处处吃亏。那时刑伤甚剧，生死难卜。他们无端相逼，我那时也是不得已耳。”

娥姁自从这天和审食其谈过监中吃苦之事以后，更觉审食其是一位怜香惜玉、多情多义的人物，因此每天对于审食其的兴居饮食，无不体贴入微。就是刘

邦和她做了这几年的夫妇,倒还没有尝着那样温柔乡的风味。因为刘邦虽然好色,人极卤莽,闺房之内,无非一宿三餐,并无他事,怎能及得上审食其对于娘儿们,知道温存体贴。娥姁此时,自知已非贞妇,做一次贼,与做一百次贼,同是一样的贼名。又料到刘邦现在正在戎马倥偬的时候,哪有闲工夫闯回家来,于是每晚上孤衾独宿,情绪无聊起来。

有一日,适至审食其的房里,拟取浣洗的衣服。一进房门,只见审食其不在房内,忽有一位妇人,握了她又黑又亮数人长的青丝,正在那儿对镜梳妆。娥姁从门外进去,只见她的后影,不能看见她的正面,心里忙暗忖道:"这位美妇是谁?我们村中,似乎没有这般苗条身材的人物。"想罢之后,便悄悄地走至那位美妇的身后。忽见镜子里面,现出一个粉妆玉琢的脸蛋,不是她心心挂念的那位审食其叔叔是谁呢?她一时情不自禁起来,便轻轻地赞了一声道:"好一位美男子!真个压倒裙钗了。"

那时审食其正在对镜理发,冷不防的听得背后有人说话,因为手里握了极长的头发,一时不易转过身子,就向镜子里面看去。只见映出一个眉锁春山,眼含秋水的美貌佳人,并且是含情脉脉,面带笑容,他就索性不回转头去,便朝镜子还她一笑。正是:

万般旖旎图难写,无限风情画不如。

不知娥姁见了审食其这般有情的一笑,她的心中作何感想,且听下回分解。

第四回 意欲摧花慧姬逃世外 势如破竹真主入关中

却说娥姁那时正站在审食其的背后,一见审食其向镜子里朝她微笑,那还了得,一时意马心猿,无法自制。当时她与审食其调情的举动,不佞也不愿意细写。不久,她便与审食其两个,如鱼得水,似漆投胶,露水姻缘,情同伉俪。审食其虽然有负刘邦,但是出于被动,尚非主动,责他不能守身如玉,竟受娥姁引诱,自然罪不可赦。不过看他日后受封辟阳侯之后,尚怕物议,不敢常进宫去。后经吕后再三宣召,临之以威,他因错在从前,亦难拒绝于后。每常进宫,也敢不助纣为虐。就是对于外边臣子,又知排难解纷,所以一有危险,就遇救星。倘竟早死数年,或可幸免那位淮南王的一椎之苦。当时那班薄负虚名的文人,也去与他交游,他若真是元恶巨凶,诸吕被杀的时候,早也一网打在其内的了。

不佞本是一个嫉恶如仇的人物，何至袒护这位淫棍？因其确是被动，不佞故不苛刻责人。一个人读史，当用自己的眼光，不必以为那部史记，便是信史。所以这部《汉宫》虽说是小说体裁，与正史有别，然而书中所有的材料，倒非杜撰。阅者若因正史所无，就认为空中楼阁，那就未免腹俭了。

现在再说娥姁自从与审食其有了暧昧以后，他们二人，真是形影不离，寝食难分。只不过避去太公刘媪的两双眼睛。太公到底是她的公公，自然不会监督到她的私房之内去的。独有她的婆婆，有病在床的时候，毋须说起，有时病愈，自然要到媳妇房中走走。亏得审食其这人，年纪虽轻，世情极熟。他与娥姁有情以后，平时一举一动，无不十分留心。不要说他们二人此时的奸情决不会被刘媪察破，就是将来入了楚营，身为抵押之品，依然同寝共食，也未稍露破绽。观他细心，倒是一位偷香的妙手。谁知刘媪为人，真是一位好人。她恐怕她的那位好媳妇，因为有她在世，终究碍手碍脚，未免有些不甚方便，情愿牺牲自己皇太后的位份，一病长逝，躲到阴曹地府里边去了。娥姁一见她的婆婆归天，面子上不得不披麻戴孝，心里呢？少了一个管头，真是万分惬意。

这时候刘邦内有姣姵替他运筹帷幄，外有樊哙、夏侯婴等人替他陷阵冲锋，一时声威大震，已与项羽齐名。这天正攻下了胡陵、方与二邑，方待乘胜向外发展的时候，忽得刘媪逝世的凶信。算他尚知孝道，便令樊哙、夏侯婴二人，分守胡陵、方与两城，自己带了姣姵回家治丧。

此时娥姁一见姣姵回来，心里大不高兴。她不是在芒砀山中曾经表示过不妒嫉姣媚的么，此刻何以忽又中变起来呢？她这人，虽是一位女流，却是历代皇后中的佼佼人物，不要小觑了她。她因姣姵这人十分伶俐，她与审食其的私事，恐怕被她看破。若去告知刘邦，她与审食其二人，便有性命之忧。她于是想出一条毒计，悄悄地去问审食其道："你看袁姣姵的脸儿生得如何？"审食其便据以对道："非常美丽。"娥姁道："比我如何？"审食其道："尹、邢难分，她是娇中含有英武之气，你是美中带着温柔之风。我们这位季兄，真是艳福无双也。"娥姁听了，便微微地笑着，咬了他的耳朵道："你莫艳羡你们季兄，我想不准你们季兄独乐，他所享受的艳福，统统分半给你如何？"审食其听了一吓道："使不得，使不得！嫂嫂为人何等精明，我方敢冒险而为。你却不可动气，你就是一位才足以济奸的人物。那位姣姵嫂嫂呢，我看她英武虽然有余，精细未免不足。日后泄露机关，我们便是刘季刀下之鬼，这还是她情情愿愿入伙的说话，已有如此危险。她若不肯入伙，那时我们的秘事，尽为所知，一经声晓，其祸立至。嫂嫂呀！我审食其是从此替你守贞的了，这种盛情，委实不敢领受！"世间妇女的心理，对于奸夫，自然更比自己的丈夫捻酸吃醋，还要加二厉害。奸夫若是瞒了奸妇，另有情人，这位奸妇，宁可牺牲一切，必定愿与奸夫拼死。若是偶因别种关系，她

要将其他的一个妇女，介绍奸夫，要他破坏此人的贞节，好与自己同流合污，以防她的正式夫婿。奸夫若是推让，她必定以为奸夫爱她，不肯二色，心中一个感激，对于醋心，便淡了下去，对于怜爱奸夫的心理，反而浓厚。奸夫偏是不要，她却偏要给他。这是普通的习惯。此时娥姁一听见审食其声明替她守贞，她自然把他爱得胡地胡天起来。她当时便报了他很满意的一个笑眼，自去行事。

一天晚上，姣姵方与娥姁闲谈，娥姁谈到后来，忽然对姣姵笑道："妹妹此番在外，听说很替他建了几件功劳，依据酬庸之典，我想择日叫他将你收房。不然，妹妹还要疑心我在暗中作梗呢！"姣姵听了，只羞得脸晕红潮地答道："夫人这番恩惠，姣姵心感不尽。不过我已声明在前，只因练习剑术的关系，万难破身。况且夫主既有孝服，又与项羽等辈，逐鹿中原，似乎不可将儿女私事去分其心，只要得了天下，那时再办我的事情也不为迟。"娥姁听了又笑道："你的说话，本也有理。我正因为你出身官家，懂得道理，不肯辜负你的贤淑。"说着，忙朝外面看了一看，见没人来，她又对姣姵说道："我有一句心腹之话，想对你讲，又恐为好成仇，大不值得。"姣姵道："夫人有话，只管请讲。我既是刘家的妾媵，心里自然只尊重夫人一个人。若有歹意，天实鉴之！"娥姁见她如此真心对待自己，便去和她咬了几句耳朵。姣姵听毕，便不似起先的那般和顺了，就把双眉一竖地说道："夫人此言差矣！妇女以名节为重，性命为轻。审食其这人，本要称他一声叔叔，此等兽行，夫人究视我为何等样人？"娥姁见她忽然变脸，也吓得遍身打颤起来。只得央求她道："我是好心，你既不愿，你却不可声张，害我性命！"姣姵道："姣姵可以替夫人守秘，夫人也须顾及刘氏门中的颜面。天下的事情，若要人不知，除非己莫为的呢！"娥姁道："我不过刚有此想，甚实我与审食其叔嫂称呼，本来干干净净，你却不可多疑。"姣姵道："夫人放心，彼此莫提此事便了！"这天晚上，姣姵回到自己房内，左思右想，没有善全的法子。"就是刘郎将来打得天下，宫中有了这位皇后，在她手下，怎样弄得清白？况且她的短处，已为人知，她也不肯甘休，我还是快快遁入空门，炼习我的剑术，倘能成就，便好去找我的亲娘。好在秦家江山，总不能保全的了。父仇既已可报，尘世之上，便没有我的事情。"她筹划了一宵，趁天未明，倏忽不知去向。后来刘邦得了天下，有人谓至峨嵋山上，遇见一位中年尼僧，问及刘邦，便托那人带了一个口信给刘邦，叫他对于天下大事，倒可以放心，惟有宫中之事，千万力宜整顿。那人哪敢将此事奏知汉帝，直等吕后终世，此话方始渐渐地传了出来。有人疑心此尼，就是袁姣姵，当时事无考证，不敢判断。及至唐时，有无名氏作了一部《侠女传》，袁姣姵之名，也在其中。不佞既作这部《汉宫》，不敢遗漏此人。又服姣姵有先见之明，毅然洁身以去，否则人彘第二，戚夫人便有人奉陪了。此处叙过，后不再提。单讲当时刘家忽然不见了姣姵，刘邦百思不得其故。起初的时候，一旦失去这位

女军师，心里自然不舍，后经娥姁万般譬解，也就渐渐地将她忘了。

又过了几时，萧何、曹参、樊哙、夏侯婴等人，催刘邦墨垤从戎的书信，宛如雪片的飞来。又说若不亲来主持军事，人心一散，大事即去。刘邦的回家葬亲，本来是假仁假义，做给人看，何尝愿意回家守孝？今见萧何等人催他出去，便将家事重托审食其照应，别了太公与娥姁二人，忙向沛县而来。

萧何等人，见他到了，一个个异口同声地对他说道："将军在家守制，原属孝思。但是事有缓急轻重，我们内部之事，已是蛇无头儿不行。外面呢？项家叔侄二人，声势非常浩大，现在天下英雄四起，谁不想继秦而有天下。此时正是千钧一发之际，稍纵即逝。一旦真的被捷足者先得，我们岂非白费心思。况且众弟兄拼命沙场，也无非是巴望将军得了天下，大家博个分茅裂土。况且项梁将攻此地，将军如何办理呢？"

刘邦听至此处，忙问："项家叔侄，现在究竟握有几许兵力，你们快快告诉我听，我好筹划对付。"曹参道："项梁本下相县人，即楚将项燕子，燕为秦将王翦所围，兵败自刎，楚亦随亡。梁既遭国难，复念父仇，每思起兵报复，只惧秦方强盛，自恨手无寸铁，不能如愿。有侄名籍，表字子羽，少年丧父，依梁为生。梁令籍读书，年久无成。改令学剑，仍复无成。梁怒其不肯用功，喝叱交加。籍答道：'读书有何大用？仅不过为人傭书而已。学剑虽足保身，也只能敌得一人。一人敌何如万人敌，我愿学万人敌。'梁听籍言，怒气渐平，语籍道：'汝有此志，我就教汝兵法。'籍大喜，愿受教。学了几时，仅知兵法大意，不肯穷极底蕴，梁只得听之。及梁为仇家所诬，株连成狱，被系栎阳县中。幸与蕲县狱椽曹无咎相识，作书求救，始得出狱。后将仇家杀死，带了项籍，避居吴中。又见四方英雄并起，正待起事，适由会稽郡守殷通，前来召他叔侄，欣然应命。谁知殷通，也想乘机起事，请他们叔侄相助。项梁顿时心怀异志，便命项籍将殷通杀害，自为将军，兼会稽郡守，籍为偏将。又把本地一班豪士，任作校尉，或为侯司马等职，声势顿壮。旋又率领部众，杀奔彭城。秦嘉非其敌手，非但兵败身亡，连所立的那位楚王景驹，孤立无援，出奔梁地，一死了事。听说项梁现想发兵来夺我们这个胡陵，如何是好？"刘邦听了道："可惜我的女军师姣姵，不知何往。她若在此，何愁没有妙策？"萧何道："我们兵力不及他们的十分之一，不如将此地让与他们，我们以此处沛地作根本之所，另图别举。"刘邦听了，尚在迟疑，忽据探报说道："秦泗川监来攻丰乡，事已危急。"刘邦调兵与战，得破秦兵，泗川监遁走。刘邦便命里人雍齿，居守丰乡，自己分兵往攻泗川。泗川监平，及泗川守北，出战败绩，逃往薛地，复被刘邦追击，转走戚县。刘邦部下左司马曹无伤，从后赶去，杀死泗川守，泗川监落荒逃去，不知下落。刘邦既得报怨，乃驻军亢父。不意魏相周市，遣人密至丰乡，招诱雍齿，给以封侯。雍齿本与刘邦不协，于是背了刘

邦，举丰降魏。刘邦闻报，急引兵去攻雍齿。雍齿筑垒坚守，屡攻不下。刘邦一想顿兵非计，只有去借大兵，再图决战，便撤兵北向。道出下邳，巧与张良相遇。刘邦见他面如冠玉，应对如流，大为叹赏，乃向萧何等人说道："我失一袁姬，今得一子房，两相比较是以羊易虎也。"言已大笑，立时授张良为厩将。

张良献计道："项梁既然欲得胡陵，将军何不举以赠之，便可向其借兵五千，还攻丰乡，似是上策。"刘邦大喜，即造项梁营门，说明来意，梁允其请。刘邦便急回丰乡，再攻雍齿。雍齿保守不住，出投魏国去了。刘邦既复故里，乃改丰乡为邑。又知家中平安，曹女无恙，心中甚喜，忙向项梁处告捷申谢。梁复书道贺，并约刘邦前去，商议另立楚王之事。刘邦欣然应命。

乃至，适值项羽战胜班师。因得相会，一见如故，联成为萍水之交。次日，项梁升帐，顾大众道："我闻陈王，确已身死，楚国不可无主，应立何人为是？"众将竟请项梁自为楚王。项梁方拟承认，忽报居鄛人范增求见。梁令请见，却是一位老者。梁命旁坐，便以欲立楚王相询。范增答道："老朽本为此事而来。陈胜本非望族，又乏大才，骤欲据地称王，谈何容易！此次败亡，原不足惜。自从暴秦并吞六国，楚最无罪，怀王入秦不反，楚人哀思至今。仆闻楚隐士南公，通晓术数，曾谓楚虽三户，亡秦者必楚。据此看来，三户尚足亡秦。陈胜首先起事，不思求立楚后，妄欲自尊，焉得不败！焉得不亡！将军起自江东，渡江前来，故楚豪杰，争相趋附，无非因将军世为楚将，必立楚后，所以竭诚求效，同复楚国。将军若能扶植楚裔，天下闻风慕义，投集麾下，关中何难一举而得？"项梁心知陈胜是他前辈，便打断自立之意，忙笑答道："尊论甚是，我当从之。"言已，并留范增在营，任作参谋，遂派人四出，访求楚裔。

不久，就有人报称："民间有一牧童，查知此人确是楚怀王孙，单名叫做心。"项梁听了，便遣人往迎，谁知相见之下，小小一个牧童，极知礼节，却也可怪。接到之后，拥心高坐，就号为楚怀王，自率众将谒贺，并指定盱眙为国都。命陈婴为上柱国，奉着怀王，同往盱眙。梁自称武信君。又因英布有功，封他为当阳军。张良趁此机会，请复韩国。梁允之，乃命张良为韩司徒，奉了韩公子成，西略韩地去作韩王。刘邦暂任沛公，有功再封。此时山东六国并皆规复，暴秦号令，已不能够出国门一步了。后来楚怀王又迁都彭城，此时项梁已死。刘邦、项羽同心夹辅，气象一新。怀王因思灭秦，便问众将谁人敢当此任？众将瞠目结舌，无一应命。怀王复朗声道："无论何人，首先入关，便当立为秦王。"言未已，即有一人应道："末将愿往！"此人的姓字，刚刚吐出，复有一人厉声道："我亦愿往，须要让我先去！"怀王瞧着，第一个应声的沛公，第二个厉声的就是项羽。两人都要争着西行，反弄得怀王左右为难，俯首沉吟。项羽又进说道："叔父梁战死定陶，仇尚未报，末将谊关叔侄，怎肯罢休！即使刘季要往，末将也须同行。"

怀王听了，方徐声道："两位将军，同心灭秦，尚有何说！且去各人部署人马，择日起程。"沛公先发。怀王复命项羽，且先攻了章邯，再行会师关中。便令宋义为上将，项羽为次，范增又次之，率兵数万，前往救赵。

此事从略，单说沛公，向西进发，攻城得地，势如破竹。一日，攻入武关，便写书给赵高，叫他出降。赵高无法，忙命阎乐弑了二世。可怜二世，只做了三年的皇帝，亡时年仅二十有三，便在他的手内亡秦。赵高既弑二世，立即奔入宫中，抢得玉玺，初想自立，继恐人心不服，且将公子婴抬举出来，想举楚军议和之后，再作后图。后来沛公用了张良之计，攻入城中。其时赵高已死，子婴不得不捧了玉玺向沛公屈膝请降。沛公接过玉玺命子婴一同偕入咸阳，众将请杀子婴，免滋后患。沛公道："怀王遣我进关，原因我宽容大度，现在人已降我，何必杀他。况他为王仅有四十六日，也没甚么歹政。"沛公言已，便把子婴饬人看管，自己走入宫内，先将金银珍宝，封锁起来。众将乘乱饱掠，沛公也无法禁止，独知萧何自往丞相府中，只将秦朝图籍，一并收藏，以备日后检查，笑谓左右道："此人是异才，也不枉我提拔他一场！"此时沛公闲暇无事，因为妻妾不在身边，一时心动，忙暗忖道："秦宫佳丽天下闻名，我久思一睹。现在我已入关，怀王本有先入关者为王之命，数年军旅，筋骨疲劳，何不前去乐它一乐。"想罢之后，一个人便向后宫而来，跨进宫门，可巧就见一位娇滴滴的美人，正向一口井中在跳。他因爱她万分美貌，一时不忍，赶忙一个箭步，蹿至那位美人身边，一把将她抱住。正是：

连年吃得苦中苦，今日方为人上人。

不知这位美人是谁，且听下回分解。

第五回　粉腻花馨华筵迷艳魅　香温玉软御榻惑才妃

却说沛公当时可巧见有一位美人，正在投井，急忙奔上前去，一把将她的身子抢着抱住，顺便搂入怀内，就向井栏上一坐，边温存着，边问她道："你这位美人，何故轻生？你看看，这般的花容月貌，一跳下井去，岂不是顷刻就玉陨香销了么？"那位美人被他搂住，虽然未敢挣扎，只是不肯开口，用袖掩着面，嘤嘤的哭泣而已。沛公见她不声，又笑着问她道："你怎的尽哭？你莫吓，我有权力保护你。"那位美人听他这样一说，方想下地叩谢活命之恩，沛公忙止住她道："不

必！不必！你是何人？可将姓氏告知我听。"那位美人，便一面以她的翠袖拭干眼泪，一面低声答道："奴是亡帝秦二世的妃子，名叫赵吹鸾的便是。亡帝被弑之后，那个奸贼赵高，只知另立新主，哪里顾得打发我们。奴今晨忽然得着沛公已经入城的消息，恐怕他来清宫，与其做他下头之鬼，何如清流毕命，到地下随侍亡帝。今被将军相救，自然感恩非浅。不过沛公若要处治我等的时候，还要求将军，引那罪不及孥之例，赦宥我等。"

沛公听了，便大笑起来道："你这位美人，怎的这般惧怕沛公，你可猜猜，我到底是何人呢？"那位美人闻说，慌忙朝他脸上仔细地看了一看，顿时现出失惊的样子道："陛下莫非就是沛公不成？如此说来，奴已冒渎圣颜，罪该万死！"说完，急思挣下身去。沛公仍旧紧紧地将她搂住。正要说话的当口，忽觉自己的手，偶触所抱这位赵吹鸾的肌肤柔软如棉，滑腻似酥，不禁心内一荡，跟着他的鼻孔之中，又闻着她鬓上所插的残花之香，一时不能忍耐，便命她站了起来，一同来至后宫。谁知重门叠户，不知往哪里进去为是。这位赵吹鸾妃子，真是不愧为秦宫人物，已知其意，便朝他嫣然一笑道："陛下，还是让奴来引路罢。"说着，便把沛公导入一座寝宫里面。先请沛公坐在一张金镶玉嵌的卧椅之上，她始花枝招展，深深地拜了下去。沛公忙将她扶起，赵吹鸾一面起来，一面奏道："陛下且请宽坐一刻，容奴出去召集全宫的妃嫔，前来朝见陛下。"沛公刚要止住，只见赵吹鸾早已轻移莲步，袅袅婷婷地走出去了。沛公俟她走后，方把这座寝宫打量一番，甫经抬头便累他大大地称奇起来。你道为何？原来这座寝宫，正是秦二世生时行乐之所。二世荒淫无道，更甚其父。行乐之时，必设种种的玩具，以助兴致。单是四面的宫墙之上，都绘着春风蝴蝶图。图中形容毕肖，栩栩欲生，娇情荡态不可逼视。沛公本是一位贫寒起家的人物，从前虽也惹草拈花，可是都是那些民间的俗物。一旦身入万分奢丽的秦宫，真是闻所未闻，见所未见。他的初意，见了这般非常奇突的装饰，也怪二世无道，不应如此。谁知一经触目，早把怪二世的心理，束诸高阁。忙一个人望着四壁，细细地领略起来。

正在赏鉴未已的时候，忽听得一群莺声燕语，早由那个赵吹鸾为首，率领无数的美人儿进来朝见，于是粉白黛绿的塞满了一屋子。他从前不是曾经因公来过咸阳，偶见始皇在九霄楼上饮酒取乐，那一种旖旎风光的盛举，他当时十分痨馋，不是说过"大丈夫应当如是"的那句说话么？有志者事竟成，真个也是他的福份。当下他一面吩咐免礼，一面将诸妃轮眼一看，只见：有的是蛾眉半蹙，平添西子之愁；有的是蝤领低垂，不掩神女之美；有的是粉靥微红，容光夺目；有的是云鬟弹翠，香气撩人；有的是带雨梨花，盈盈堕多情之泪；有的是迎风杨柳，袅袅舞有意之腰。真是各有各的神情，各有各的态度。此时的这位沛公，也会学他的那个末代子孙，乐不思蜀起来。他正在暗想，此时有了名花，必须美酒前来

助兴。他的念头尚未转完，早见一班宫娥彩女，顿时摆上一桌盛筵。他这一喜，便心花怒放，走去自向上首一坐。那班妃嫔，就蜂拥着，前来轮流把盏。挤不上来的呢？争来围着他的身后，宛如一座肉屏风一般，绕得水泄不通。他也知道此刻尚难马上就做皇帝，自然不好提那正事，只得拣那些无关紧要的说话，先问那位赵吹鸾道："你们在一闻城破的当口，究是甚么心理？何妨一一照直说与我听。"当下赵吹鸾首先答道："那时奴辈的思想，尚未知陛下是何等样人，若是照直说了出来，恐撄圣怒，其罪非轻。"沛公道："我不见罪你们，放心大胆地说出就是。"赵吹鸾听了，方才微笑奏道："奴当城破之时，尚卧在床。心里默念，亡帝荒淫无道，又有那个姓赵的奸臣，只知助纣为虐，逢君之恶，对于天下诸侯，自然十分刻待，因此惹起干戈。一旦亡国，那班杀人不眨眼的将士，走入宫来，奴等必死乱刀之下。如此惨苦，岂不可怕！当时心理，未免怪着亡帝，早能行些仁政，便可长保江山。那时我们也好长在宫中伴驾，朝朝寒食，夜夜元宵，方不辜负天生丽质，得享富贵荣华。哪料陛下，如此仁厚，如此多情。在此刻是只望陛下大事定后，奴等得以长侍宫帏，便无他望的了。"沛公听了，便以手中之箸，击着桌子微笑道："妇人心理，大都如是。恨二世不能长保江山，恨得有理。此是老实说话，我却相信。"说完，便把面前酒杯，递到她的口内道："赐君一杯，奖君直道。"赵吹鸾此时以为这位皇帝，既已垂怜，将来妃子一席，必定有份，心中一喜，忙将那杯酒接着，跪在地下，向她口中"咽咽咽"地咽了下去。喝完之后，又站身起来，忙用翠袖把那杯子揩拭干净，新斟上满满的一杯，走至沛公面前，重又跪下，高高地擎在手内，对沛公说道："陛下请饮一杯，万年基业，已兆于此矣。"沛公就在她的手内，俯身一饮而尽，命她起来，坐在身旁。再去问一个著绛色宫装的美人道："你呢？何妨也说说看。"只见那位美人，慌忙起立，话未开口，见将她的粉颊，微微地红了一红。沛公一见这般媚态，真是平生未曾经过。不禁乐得手舞足蹈，忙自己干了一杯，复把他的眼睛望着那位美人的一张媚脸，静听她的言语。又见她却与赵吹鸾不同，换了一副态度，朗声说道："陛下乃是有道明君，不然，哪会攻破咸阳，身入此宫来的呢？奴当时一闻城破，必以为定受亡帝的带累。陛下一进宫来，一定把奴辈杀的杀，剐的剐。可怜奴尚在青年，虽然身居此宫，享了几年的艳福。大凡一个人，在享福的当口，只嫌日子过得太短，在受苦的当口，只嫌日子过得太长，这是普通心理。奴蒙亡帝不弃，倒也十分宠幸。当日何尝防到秦室的天下，亡得这般快法。天下本无主，有德者居之，此事毋庸说它。不过古代的天子，亡国的时候，都把一切坏事，尽去推在他们一班后妃身上，以为这些女子，个个都是妖精鬼怪，将帝皇迷惑得不顾国事，因此亡国杀身。其实国家大事，却与女流何干？女流就算最是不好，也不过在深宫承欢一桩事情罢了。那班圣帝明君，宫中何尝没有女眷。大舜皇帝而且一娶便是两个。娥

皇女英，究竟有何德能，附助大舜，以安天下。那班妲己、妺喜之流，无非在于后宫，奢华一点，浪费半些而已。奴的意思，最是不服女色能够亡国的那句言语。所以一闻城破国亡，真是又急又惧，怨恨万分。本想自缢而亡，也不用着再惜此身。后来一想，得天下的必是仁君，或能赦宥我们这班无知女流，打发出宫。不图圣上一派慈祥盛德，不嫌奴等是败柳残花，准其承恩在侧，奴辈有生之年，皆陛下所赐。"说着，靥上忽然红喷喷起来，眼中忽然水汪汪起来，一派含情脉脉的春意，早向沛公面上递送过来。此刻沛公，听她的一番议论，并非强词夺理的说话，已经喜她腹有经纶，非但是个美人，而且是个才女。又见她尽把万种风流的态度，直向自己送来。他本是一个马上将军，何曾享过这般艳福。于是也不问是青天白日，便命诸人暂且回避，只将这个绛衣妃子，暨赵吹鸾二人留下，又对她们二人微微示意。他们三个，不久便学壁间所绘的春风蝴蝶一样，联翩的飞入那张御榻之中去了。直至日斜，方始一同出帏，仍命诸妃入内。略谈一会，一时灯烛辉煌起来，耀同白日。那班宫娥，只知道他是新主，自然也来拼命奉承。顷刻之间，酒筵又复摆上。沛公边喝边听她们继续再说各人的心理。听了之后，无非一派献媚之辞，便已有些生厌，忙命诸人停住。这一席，直吃到月上花梢，方才罢宴。沛公虽恶文人，对于才女倒也喜欢，这夜便令绛衣妃子一人侍寝。上床之后，这位绛衣妃子，要卖弄她的才学，想固异日之宠，尽把她的腹中所有，随便讲与这位新主去听。复又吟诗一首道：

宫门黯黯月初斜，枕畔慈云覆落霞；
自问残枝无雨露，不图春色到梅花。

沛公本不知诗是何物，随便夸赞几句，就顾其他，一时入梦。忽见始皇与二世二人，恶狠狠的各仗一剑，奔至榻前，对他喝道："这厮无礼，竟敢眠我御床，污我妃子。公仇可赦，私恨难饶。"边骂边把手上的宝剑，向他头上砍来。他此时手无寸铁，自知不能抵敌，深悔不应大事未定，就进宫来作此非礼之事。正在拼死的当口，忽见天上一轮红日，不偏不正地却向他的头上压来。他这一急，不禁大喊道："我命休矣！"那时那位绛衣妃子，只想巴结这位新主，不敢睡熟。一听这位新主，在梦中大喊，赶忙去叫醒他道："陛下勿惊！莫非梦魔了么?"沛公被她唤醒，方知是梦，及至醒转还吓出一身冷汗。但也怕这个绛衣妃子，笑他胆小，便对她说道："我平生胆子最大，独有梦寐之中，常要惊醒。这是我的惯常，无关紧要。"这位绛衣妃子，防他腹饿，早已备了食物。此刻见他醒来，慌忙一样一样地递到他的口内。或遇生冷东西，还用她那张樱桃小口，把东西含热之后，方从她的嘴内哺了过去。沛公边在吃，边又暗忖道："我妻娥姁，对于我的饮食起居不甚留意。那个曹女，她伺候我的地方，已是胜过我妻。我往常因她能够尽心服伺，因此更加怜爱。岂知在芒砀山中，无端的遇着袁氏姣姵，她的年龄虽

小，对于我的身上，可谓无微不至。我原想大事一定，总要使她享受几年福气，也不枉她随我一场。谁料她不别而行，临走的时候，又不给我片纸只字。现在我已发迹，虽然尚有怀王、项羽活在世上，是我对头，也不过再动几场干戈，便可如我之愿。即以现时地位而论，怀王本说先入关者，当王关中，就是皇帝做不成，我的王位总到手的了。姣姵此时若在我的身边，王妃位置，舍她其谁？如此说来，一个人的福份是生成的，若没福气，断难勉强。现在这人，伺候我更是体贴入微。像这样举世难求，又温柔，又美丽的姬妾，哪好不弄几个在我身边。我若能就此不用出宫，那就不必说她。若是因有别种关系，必须出宫，这几个妃嫔，我是一定要带走的。"他一面在吃东西，一面肚内这般在想。及至吃毕，又见这位绛衣妃子，忙将她那只雪白如藕的玉臂送将过来，代作枕头。沛公乐得享受，便把他的脑袋，枕在她的臂上。问她道："你叫甚么名字？"她赶忙答道："奴姓冷，小字梅枝。既蒙陛下垂问，要求陛下将奴名字记于胸中。因为这宫中人多，陛下将来哪里记得清楚。"沛公听了道："你放心，就算他人会忘记，你总不致于忘记的了。"梅枝听了此言，真是喜得心花怒放。便对沛公笑道："陛下左股有这许多黑痣，究竟几粒，陛下可曾知道其数？"沛公道："七十二粒。"梅枝道："七十二的数目，适成地煞之数。陛下生有异相，难怪要得天下，未知陛下何日即位？皇后、妃子、太子等人，是否随同前来？奴今夕既蒙幸过，明日当去叩见娘娘。"沛公道："你既问及此事，我也本来想对你讲了。我此次奉了楚怀王的号令，前来灭秦。同时又有一位将官，名叫项羽的，他也要同来。怀王便说先入关者为王，我虽是已得为王，尚非皇帝，能否长住宫中，还没一定。至于眷属，自然还在家中。"梅枝道："陛下此言，奴不甚解。陛下既是先入关中，自然为王。既是为王，自然便可长住此宫。"沛公不待她说毕，又对她道："项羽这人，颇有威名，怀王本是他叔项梁所立，哪里在他眼中。怀王的号令，他既不服，当然来与我见过高下，亦未可知。"梅枝忙答道："陛下既已入宫，万万不能再让那个姓项的。依奴愚见，等他来时，陛下可在酒席筵前不动声色取他首级，易如反掌。这般一来，连那位怀王，也不必睬他。因为怀王，乃是项氏私人所立，陛下本可毋须承认。那时陛下一面即天子位，一面晓谕天下，真是得来全不费力。若不采择奴之计策，将来或致后悔，伏望陛下三思。"沛公听了，虽然见她有才，因是女流之言，并不放在心上。其实此计，正与鸿门宴的一计，暗相符合。沛公那时若听她言，倒也省去几许战争。幸而项羽也不在鸿门宴上，害了沛公。否则他不听梅枝之计，反去自投罗网，岂不冤枉。

第二天，日已过午，沛公还拥抱着梅枝尚在做他的好梦。累得其余的一班妃嫔，只在帘外候着，赵吹鸾一时等得不耐烦起来。因为自恃业已亲承雨露，此时又无后妃之分，早上候至此刻，倒是仰体沛公连日疲劳，不敢早来惊动他的意

思。此刻时已过午，唤醒他们二人，也不算早了。她便悄悄地走至他们床前，揭起帐幕一看，只见沛公的脑袋，枕在梅枝的那只玉臂之上，他的一条大腿，也压在梅枝的腰间，正在那儿好睡。再看梅枝呢，虽然有条罗衾覆在她的身上，一只玉臂，已为沛公做了枕头，还有一只玉臂正勾住沛公的项颈。两只衣袖，不知怎的，都已褪到肩胛之上，胸前衣钮也未扣齐，头上青丝全散在枕上。这些样儿，倒还罢了，最羞人答答的事情，是她的那条绣裳裤腰已露出脚下的被外。想起夜来风雨，落花自然满地的散乱了。

吹鸾看罢，也会羞得一脸绯红起来。于是先将沛公唤醒，然后再叫梅枝。二人下床梳洗，自有宫娥服伺。一时午饭摆上，沛公只命冷、赵二人同食。梅枝又将夜间的一首诗，背给吹鸾听了，吹鸾也绝口称赞，又说她颂扬得体。饭罢，沛公便令他们轮流歌舞。他在上面，且饮且听，听到出色的地方，亲赐三杯，作为奖赏。内中还有一位王美人，擅长舞剑，舞到妙极的时候，人与宝剑，已合为一，除了剑影钗光之外，宛似一个白球，及至舞毕，沛公将她细细一看，面不改色，声不喘气，他也不免叫声惭愧道："我刘邦哪有这个剑法。"歌舞了一会，沛公又问道："此地到九霄楼，如何走法？"诸妃嫔道："由御花园的腰门进去，也不甚远，陛下可要前去游玩？"沛公便点点头。大家于是簇拥着他，向那座御园而去。正是：

深宵已作皇宫梦，白日犹思御苑游。

不知沛公带同那班妃嫔，进得园去有何事情，且听下回分解。

第六回 约法三章愚民入彀 谀辞一席上将开颜

斜阳淡淡，红分上苑之花；流水潺潺，绿映御园之柳。风光明媚，鸟弄清音，天气晴和，人添逸兴。那座九霄楼中，静悄悄的毫无声息。湘帘寂寂，锦幕沉沉，一派金碧辉煌之色，不愧高楼，十分繁华雄健之形，允称上选。沛公率了诸妃，上得楼来，便向那张宝座一坐，问诸妃道："现在那班乐工，已逃散否？"诸妃答道："他们颇为胆小，吓得纷纷躲避。陛下若需娱乐，何妨召集来此呢。"沛公道："如此，速去召来！"当下自有宫娥，奉命前去召集。顷刻之间，酒筵又已陈上。没有多时，那班乐工，已在楼边奏了起来。一时仙乐飘飘，非常悦耳。沛公回想当时，一望而不可得"今日是凡秦宫所有的，已经亲身享受。我刘邦究竟不是凡侣，得有此日"。他一个人愈想愈乐。那班美人，一见新主这般喜悦，谁不

上来争妍献媚。

沛公正在乐不可支的时候，忽然听得楼梯上，有很急促的脚步声响，便吩咐宫娥前去看来。话尚未完，只见一个雄赳赳、气气昂的将士，趋至他的席前，厉声道：“沛公欲有天下呢？还是做个富家翁，便算满志了？”沛公一见是樊哙，默然不答，但呆呆地坐着。樊哙又进说道：“沛公一入秦宫，难道就受了迷惑不成？我想秦宫既是如此奢丽，秦帝何以不在此地享受，又往哪儿去了呢？沛公当知此物，不是祥兆，请速还军灞上，毋留宫中！”沛公听了，仍然不动，只徐徐答道：“我连日精疲骨痛，很觉有些困惫，拟在此处再宿数宵。”樊哙听了，早已怒发冲冠起来。但又恐出言唐突，使他恼羞成怒，也是不妙。只得拔脚下楼，去寻帮手。

你道他的帮手，又是何人？乃是那位智多星张良。可巧，张良也来寻找沛公。樊哙一见了他，只气得讲不上话来。张良微笑道：“将军勿急，你找沛公，我已知道其事，你同我去见他去。”说着，便同樊哙两个，来至九霄楼上。张良对沛公说道：“秦为无道，我公故得至此，公为天下除残去暴而来，首宜反秦敝政。今甫入秦都，便想居此为乐，恐昨日秦亡，明日公亡。何苦为了贪一时安逸，自将功败垂成。古人有‘良药苦口利于病，忠言逆耳利于行’的教训，果能长此安居此中，倒也未为不可。只怕虎视眈眈者，已蹑公后，不可不防。若不憣然自悟，悔之不及。愿公快听我们樊将军之言，勿自取祸。他日事成，公要如何，便如何可耳。目下乃是生死关头，尚祈明察。”

沛公听了张良之言，知道他是一位智士，必有远见。居然一时醒悟，硬着心肠，跟了张良，就此下楼。可怜那班妃嫔，弄得丈八金身，摸不着头脑。赵、冷二妃，白白陪了他一宵尤其怨命。然又无可如何，只索一场高兴，付诸流水罢了。沛公趋出之后，当下就有一班将士，来把府库严封，宫室全闭。又将那一班粉白黛绿的妖精，统统驱散。不去奸污她们，不去杀害她们，已经算是一件幸事。

沛公来至灞上，召集父老豪杰，殷勤语之道：“父老苦秦苛法，不为不久，偶语须弃市，诽谤受族诛，使诸父老饮痛至今，如何可居民上？今我奉怀王命令，伐暴救民。怀王会有约语，先入秦关，便为秦王。今我已入关中，自然应为秦王。现与诸父老约法三章，杀人处死，伤人及盗抵罪外，凡有亡秦苛法，一概废除。一班官民，均可安枕，不必惊慌。我的还军灞上，无非等候别军到来，共定约束，余无别意。”那班父老豪杰听毕，自然悦服，拜谢而去。沛公又听张良之言，下令三军，不准骚扰民间，违令立斩。复派亲信之人，会同秦吏，安抚郡县。于是秦民感戴沛公，纷纷私议，惟恐他不为秦王。沛公因见已得民心，便安心驻军灞上，静候项羽消息。项羽自从沛公出发之后，便把章邯收服，由东入西，行至新安，忽闻降兵有内变的消息，又惹起了他的一片杀机。

原来秦朝盛时，各处吏卒，征调入都，往往为秦兵所虐待，因此联络项羽。战

胜得志，那班秦兵，反做降虏，难免不受凌辱。秦兵遂私相告语道：“章将军无端投楚，叫我们一同归降。我等受他哄骗，自入罗网，充作异军的奴隶。如楚军乘胜入关，我等犹得一见骨肉，死也甘心。楚军若败，各处吏卒将我等掳掠东归，秦帝那面，必命杀戮我等父母妻子，以泄其愤。如此一来，怎么得了！大家有无安身之计，快快想来。”这种议论，渐渐传到各军耳中，各军将领便去告知项羽。

项羽为人，最不细心，就向各军将领狞笑一声道：“我自有计，诸君静候可也。”项羽说罢，即召英布、蒲将军入帐，秘密吩咐道：“降兵人数极众，闻他们已在私相议论，甚不可靠。倘我军到了秦关，降兵一时不能号令起来，猝然生变。作为内应，我军那时业已深入重地，经此一变，尚想生还么？只有先行下手为强，夤夜围击，把他们一并送命。只留章邯、司马欣、董翳三人，一同入秦方保无虞。”

英布、蒲将军受了命令，自去准备。待至夜半，已是月色无光的时候，引兵出营，去袭降兵。降兵那时都在新安城南，靠山立寨，沉沉夜睡，好梦正浓。英布指挥部众，将他们三面围住。单留后面山路，故意纵他们逃走。又分兵与蒲将军，令他上山埋伏，一待降兵入山，即用矢石齐下，不准生留一人。蒲将军分头自去。英布与兵士等，休息片时，大约计算蒲将军之兵，已经上山，乃驱动他的兵士，一声吆喝，破营直入。此时那班降兵，冷不防地陡听一片杀声，只疑敌兵骤至，一时慌乱，哪里还能抵敌。可怜连那位司马欣等，也不知这条秘计，只得大家迷糊着各人的睡眼，一齐奔出营来，兜头遇见英布。英布急对他们说道：“君等为全军统将，所司何事？君营业已哗变，亏得我军侦破他们诡谋，前来剿杀。君等快快可到项上将营中，自去请罪，免得连坐。”司马欣等，中了英布这计，当下各跃上一马，飞鞭径去。英布放走司马欣等之后，顿时将营门堵住，降兵逃出一个杀一个，逃出一双杀一双。那时其余的降兵，知道前面有人截杀，纷纷的都向后面逃生。后面都是山谷，七高八低，就是日间行走，也防失足。夜间天色又黑，心中又急，哪里还顾别的，只向后山逃命。说时迟，那时快，蒲将军之兵，候在山上，一见乱兵蜂拥的向山下逃过，立时矢石齐下，不到半刻，那二十万降卒，早已一个不存都赴鬼门关去了。英布、蒲将军坑尽降兵，来报项羽，其时项羽早已接见司马欣等，好言安慰，留置本营。及见二将复命，心中暗暗欢喜道：“此计虽毒，箭在弦上，不得不发，现在可以高枕无忧了。”

岂知他自以为高枕无忧，何尝可以高枕呢？因此反而便宜了那位沛公。两相一比，就显出沛公来得仁厚。无论军民人等，谁不愿仁厚的人物，做他们的主人，此是刘项得失的一个大大关键。项羽既坑降卒，拔营西指，中途已没秦垒真是入了无人之境，一口气便跑至函谷关前。一见关门紧闭，关上守卒，皆是楚军，一片随风荡漾的旗帜，上面都写着极大的一个刘字。项羽在路上，似已闻沛公入了秦关的信息，至此见着刘字旗帜，心里不禁着忙，忙仰呼关上守卒道：“尔

等是替何人守关?”守卒答道:“是奉沛公命令,在此守关。”项羽又问道:“沛公已入咸阳否?”守卒又答道:“沛公早破咸阳,现在驻军灞上。”项羽急说道:“我奉怀王命令,统率大兵来此。尔等快快开关,让我去与沛公相会。”守卒道:“沛公有令,无论何军,不准放入。我等不见沛公命令,未敢开关。”项羽听了大怒道:“刘季无礼,竟敢拒我,是何用意?”便令英布上前攻关,自回后面监军,退者立斩。英布本是一员猛将,关上守卒不过数千,一时不能抵御,没有半日,已被英布首先跃登关上,杀散守卒,开门迎入项羽。一直进至戏地时已天暮,就在戏地西首,鸿门地方扎下营盘。项羽此时很露骄气,便在营中设宴,大飨士卒,且与将佐商议对付沛公之策。当下也有主张马上决裂,下手为强的,也有主张暂且从缓,以观风色的,众口纷纭,莫衷一是,弄得项羽没有主意。

正在狐疑莫决的时候,忽由小卒报进,营门外面来了一位使者,说是奉沛公帐下,左司马曹无伤命,有机密事差来面陈,项羽便命传入。使者跪在帐前禀道:“沛公已入咸阳,欲王关中,用秦子婴为相,秦宫所有的妃嫔珍宝,一概据为已有了。”项羽听了,不禁跃起,拍案大骂道:“刘季如此可恶,目无他人,我不杀他,便非好汉!”范增在旁进言道:“沛公昔在丰乡,贪财好色,本是一个无赖小人。今闻他听了张良之计,封库闭宫,假行仁义,必有大志,不可小觑。且增夜来遥观彼营,上有龙虎形,叠成五彩之色,将他们全营罩住,这个便是天子气。此刻若不从速除他,后患莫及!”项羽悍然道:“我破一刘季,如摧枯朽,有何难处!今夜大家正在畅叙,且让他再活一宵,明晨进击便了。”说罢便令使者还报曹无伤,明日我军来攻,请作内应勿误。来使叩头自去。

项羽如此夸口,原来他有兵四十万,号称百万。沛公仅有兵十万,比较项羽的兵力,四成之中,要少三成,自然被他薄视。并且鸿门、灞上相距路途不过四十里。沿路又没甚么险要可守,项兵一发即至,眼见得一强一弱,一众一寡,沛公的危险就在弹指之间了。

谁知人有千算,天只一算。沛公既是龙种,天意属刘,自然就有救星出现。你道这个救星是谁?却是项羽的叔父。既是叔侄关系,何以反而要去帮助他人呢?就事而论,只好归之于天了。他的叔父,单名一个伯字,现为楚左尹。他从前在秦朝时候,误杀一人,逃至下邳,幸遇张良收留,方得藉此避祸。后虽分别,每念前恩,常欲图报。此时他正在项营,一闻范增助羽攻刘,不免替张良害怕起来。他想沛公与我无涉,惟有张良,现下也在沛公身旁,池鱼之殃,我怎好不去相救?他想罢,便悄悄地溜出项营,骑了一匹快马,奔至刘寨,求见张良。

张良一听项伯深夜而来,慌忙将他请入。此时项伯也来不及再道契阔,即与张良耳语道:“快走快走!明天便要来不及了!”张良惊问原委,项伯方将项营之事,尽情告知。

张良听了，沉吟道："我不能立走！"项伯道："你与姓刘的同死，有何益处呢？不如跟我去罢。"张良道："沛公遇我厚，他有大难，我背了他私逃，就是不义。君且少坐，容我报知沛公，再定行止。"说完，抽身急向里面而去。项伯拉他不住，既已来此，又不便擅归，只好候着。

张良进去，一见沛公独坐，执杯自饮。张良忙附耳对他说道："大事不好，明日项羽即来攻营。"沛公愕然道："我与项羽并无仇隙，如何就来攻营？"张良道："何人劝公守函谷关的。"沛公道："鲰生前来语我，谓当派兵守关，毋纳诸侯，始能据秦称王。我一时不及告你，便依其议。你今问此，难道错了不成？"张良且不即答错与不错之言，反先问他道："公自料兵力能敌项羽否？"沛公迟疑一会道："恐怕未必。"张良又接口道："我军不过十万，项羽虽称百万，确实也有四十万，我军如何敌得过他？今幸故人项伯到此，邀我同去，我怎肯背公，不敢不报。"沛公听了，吓得变色道："今且奈何？"张良道："只有情恳项伯，请他转告项羽，说公未尝拒彼。不过守关防盗，万勿误会。项伯乃是羽叔，或可解了此围。"沛公道："你与项伯甚等交情？"张良便将往事，简单地告知沛公。沛公听毕，急忙起立道："你快将项伯请来，我愿以兄礼事之。"

张良忙出来将项伯邀入，沛公整衣出迎。纳项伯上坐，始将己意告知，甚至愿与项伯，结为儿女亲家。项伯情不可却，只得应诺。张良在旁插嘴道："事不宜迟，伯兄赶快请回。"项伯又坚嘱沛公道："公明晨宜来谒羽，以实我言。"沛公称是。

项伯出了刘寨，奔回己营。幸而项羽尚未安寝，因即进见。项羽问道："叔父深夜进帐，有何见教？"项伯道："我有一位故人张良，前曾救我性命，现投刘季麾下，我恐明日我们攻刘，他亦难保，特地奔去邀他来降。"项羽生性最急，一听项伯之言，便张目问道："张良已来了么？"项伯道："张良甚是佩服将军，非不欲来降。只因沛公入关，未尝有负将军，今将军反欲相攻，似乎未合情理，所以不敢轻投。"项羽听了愤然道："刘季守关拒我，怎得说是不负？"项伯道："沛公若不先破关中，将军亦未必便能骤入。今人有大功，反欲加击，似乎不义。况且沛公守关，全为防御盗贼。他对于财物不敢取，妇女不敢幸，府库宫室，一律封锁，专待将军入关，商同处置。就是降王子婴，也未敢擅自发落。如此厚意，还要加击，未免有些说不过去罢！"项羽迟了半晌，方答道："听叔父口气，莫非不击为是？"项伯道："明日沛公必来谢罪。不如好为看待，藉结人心。"项羽点头称是。项伯退出，略睡片刻，已经天晓。

营中将士，都已起来，专候项羽发令，往攻刘营。不料项羽尚未下令，沛公却带了张良、樊哙等人，乘车前来，已在营门报名求见。项羽闻报，即令请来相见。沛公等走入营门，见两旁甲士环列，戈戟森严，显出一团杀气，不由心中忐忑不安。独有张良神色自若，引着沛公，徐步进去。直至已近帐前，始令沛公独

自前行，留樊哙候于帐外，自随沛公趋入。

此时项羽高坐帐中，左立项伯，右立范增。直待沛公走近座前，项羽始将他的身子微动一动，算是迎客礼仪。沛公已入虎口，不敢不格外谦恭，竟向项羽下拜道："邦未知将军虎驾已经入关，致失远迎，今特来请罪。"项羽忽然冷笑一声道："沛公也自知有罪么?"沛公道："邦与将军同约攻秦，将军战河北，邦战河南，虽是兵分两地，邦幸遥仗将军虎威，得先入关破秦。因念秦法苛酷，民不聊生，不得不立除敝政。但与民间，约法三章，此外毫无更改，静待将军主持。将军不先示明入关行期，邦如何得知？只好派兵守关，严防盗贼。今日幸见将军，使邦得明心迹，于心稍安。不图有小人进谗使将军与邦有隙，真是出邦意外，尚乞将军明察!"

项羽本是一位直性人，此刻一听沛公语语有理，反觉自己薄情。忽的一脚跳下座来，捏着沛公的手，直告道："这些事情，都是沛公帐下的左司马曹无伤，遣人前来密告。不然，籍亦何至如此?"沛公反而怡然答道："这是邦的德薄，以致部下起了异心，那能及得将军。驭下有法，上下一气，和睦万分，以后尚求将军指教，方不至被人藐视呢!"说罢大笑。

项羽此时被沛公恭维得不禁大乐，胸中早将前事释然。欢昵如旧，便请沛公坐了客位。张良也谒过项羽，侍立沛公身旁。项羽复顾侍从，命再盛筵相待，顷刻水陆毕陈，当下由项羽邀沛公入席。沛公北向，项羽、项伯东向，范增南向，张良西向侍坐。帐外奏起军乐，大吹大打，侑觞助兴。沛公平素酷爱杯中之物，不亚色字，那时却也心惊胆战，不敢多饮。项羽胸无城府，倒是成情相劝，屡与沛公赌酒，你一杯，我一杯的。宾主正在兴致勃勃的时候，谁料有人又在暗中要害沛公。正是

明计未行暗计续，前波方静后波催。

不知欲害沛公的那人是谁，且听下回分解。

第七回 宴鸿门张良保驾 毁龙窟项羽焚宫

却说要害沛公的那人，不是别个，正是老而不死的那个范增。他自从投入项羽帐下以来，从龙心切，不顾自己春秋已高，屡献诡计，博得项羽心欢，大有姜子牙八十遇文王的气概。他因项羽不纳他发兵攻打刘营的计策，心中已是万分不乐。又见项羽被沛公恭维得忘其所以，不禁又妒又恨。赶忙眉头一皱，计上心来。

这末究竟是个甚么妙计呢？也不过等于妇人之见。学着秦宫里那位冷梅枝妃子，劝沛公在席上害死项羽的那条计策，要请项羽在席间杀了沛公。又因宾主正在尽欢的时候，不便明言，便屡举他身上所佩的玉玦，目视项羽。一连三次，项羽只是不去睬他，尽管与沛公狂饮。他一时忍耐不住起来，只得托词出席，召过项羽的从弟项庄，私下与语道："我主外似刚强，内实柔懦。如此大事，却被沛公几句巴结，便复当他好人。沛公心怀不良，早具大志，此刻自来送死，正是釜内之鱼，瓮中之鳖。取他狗命，真是天赐机会，奈何我主存了妇人之仁，不忍害他。我已三举佩玦，不见我主理会，此机一失，后悔无穷。汝可入内敬酒，借着舞剑为名，立刻刺死沛公，天下大事，方始安枕。"

项庄听了，也想建此奇功，遂撩衣大步，闯至筵前，先与沛公斟酒一巡，然后进说道："军乐何足助兴，庄愿舞剑一回，聊增雅趣。"项羽此时早已醉眼朦胧，既不许可，也不阻止，只顾与沛公请呀请呀的喝酒。项庄便将腰间佩剑拔在手中，运动腕力往来盘旋，愈舞愈紧。

张良忽见项庄所执剑锋，尽向沛公面前飞来，着急得出了一身冷汗，慌忙目视项伯。项伯已知张良之意，也起座出席道："舞剑须有对手。"说着，即拔剑出鞘，便与项庄并舞起来。此时是一个要害死沛公，一个要保护沛公。一个顺手刺来，一个随意挡住。项庄纵有坏意，因为未奉项羽命令，也只好有意无意地刺来。加以又有项伯边舞边拦，所以沛公尚得保全性命。张良在旁看得清楚，一想彼等既起杀意，尽管对舞，如何了局，就托故趋出。劈面遇见樊哙在帐外探望，忙将席间舞剑之险，告知了他。樊哙听毕发急道："如此说来，事已万分危急了，待我入救，虽死不辞。"张良点首。

樊哙左手持盾，右手执剑，盛气地闯将进去。帐前卫士见了樊哙这般俨如天神下降的样儿，自然上前阻止。此时樊哙已拚性命，加之本来力大如牛，不管如何拦阻，乱撞直前，早已格倒数人，蹿至席上，怒发冲冠，嗔目欲裂。项庄、项伯陡见一位壮士闯至，不由得不把手中之剑，暂行停住。项羽看见樊哙那般凶状，也吃一惊，急问道："汝是何人？"

樊哙正待答言，张良已抢步上前，代答道："这是沛公参乘樊哙。"项羽也不禁赞了一声道："好一位壮士！"说罢，又顾左右道："可赐他卮酒彘肩。"左右闻命，忙取过好酒一斗，生猪蹄一只，递与樊哙。樊哙也不行礼，横盾接酒，一口气喝干。复用手中之剑，扑的扑的，把那只猪蹄砍为数块，抓入口内，顷刻而尽。方向项羽横手道谢。项羽复问道："还能饮否？"樊哙朗声答道："臣死且不避，卮酒何足辞！"项羽又问道："汝欲为谁致死？"樊哙正色道："秦为无道，诸侯皆叛，怀王与诸将立约，先入秦关，便可为王。今沛公首入咸阳，未称王号，独在灞上驻军，风餐露宿，留待将军。将军不察，乃听小人谗言，欲害功首，此与暴秦有何

分别？臣实为将军惜之！惟臣未奉宣召，遽敢闯入，虽代沛公诉枉而来，究属冒渎虎威，臣所以说死且不避，还望将军赦宥！”项羽无言可答，只好默然。

张良急用目示意沛公，沛公徐起，伪说如厕，且叱樊哙随之出外，不得在此无礼。樊哙见沛公出帐，方始跟着走出，刚至外面，张良也急急地追了出来，劝沛公速回灞上，迟有大祸。沛公道：“我未辞别项羽，如何可以遽去？”张良道：“项羽已有醉意，不及顾虑。我主此时再不脱身，还待何时！良愿留此，见机行事。惟公身边所带礼物，请取出数事，留作赠品便了。”沛公即取出白璧两件、玉斗一双交与张良。自己别乘一匹快马，带了樊哙等人，改从小道，驰回灞上。

张良眼送他们走后，方始徐步入内，再见项羽。只见项羽闭目危坐，似有寝意。良久，方张目顾左右道：“沛公何在？何以许久不回？”张良故意不答，藉以延拖时间，好使沛公走远，免致追及。项羽因命都尉陈平，出寻沛公。稍顷，陈平回报道：“沛公乘车尚在，惟沛公本人不见下落。”项羽始问张良。张良答道：“沛公不胜酒力，未能面辞，谨使良奉上白璧两件，恭献将军。另有玉斗一双，敬赠范将军。”说着，即将白璧、玉斗，分献二人。项羽瞧着那对白璧，光莹夺目的是至宝，心中甚喜。又问张良道：“沛公现在何处？快快将他请来！盛会难得，再与畅饮。”张良方直说道：“沛公虽惧因醉失仪，知公大度，必不深责。惟恐公之帐下，似有加害之意，只得脱身先回，此时已可抵灞上了。”项羽急躁多疑，听了张良说话，已经疑及范增。

范增一时愧愤交集，即将那一双玉斗，向地上摔得粉碎，且怒目而视项庄道：“咳！竖子不足与谋大事。将来夺项王天下的人，必是沛公，我等死无葬身之地了！”项羽一见范增动怒，也知他是一片忠心，便不与较，拂袖起身入内去了。范增怒气未消，自回房去。此时席上，只剩得项伯、张良二人，相顾微笑。张良谢过项伯，复托他随时留意，径回灞上。一进营门，便见沛公已在审讯曹无伤。曹无伤无语可说，沛公便命牵出斩首。张良见过沛公，又把沛公走后之事，详细告知。沛公听了，一面派人探听项羽举动，一面严守营盘，以防不虞。

单说项羽那边，因有项伯随时替沛公好言，一时尚无害沛公之意。过了数日，便统大军，进至咸阳。首将秦降王子婴，暨秦室宗族，全行杀害；再将城中百姓，屠个罄尽；然后来到秦宫，将所有的珍宝，一件件的取出过目，看一样，称奇一样，便大笑数声。忙了一日，始将那些奇珍异宝看完，顾左右道：“帝皇之物，究非凡品。汝等速将这些珍宝，送至营中，交与虞姬收存。她自从事俺以来，小心翼翼，甚是贤淑，赐她制作妆饰，以奖其贤。”左右奉命遵办。项羽又令搜查玉玺，左右寻了半日，只是寻不着那颗玉玺。项羽大怒道：“必是刘季那厮携去了。”项伯道：“将军不要错怪好人，宫中奇珍异宝，乃始皇费数十年心血，始得聚此深宫，沛公一丝不取，何必单取那个玉玺。或是乘乱遗失，也未可知。”

陈平此时，一则恨项羽居心残忍，稍撄其怒，性命就要难保，此等主子，伴着很是危险；二则看沛公手下文有张良，武有樊哙，如此忠心事主，则沛公之待人厚道可知，已存暗中帮助之意；三则近与项伯引为知己，项伯所言，无不附和。他见项羽因为玉玺一事，似乎又要不利沛公，忙也来接口对项羽道："玉玺虽可宝贵，惟天子可用。沛公连秦王之职尚未到手，要这玉玺何用？"

项羽听了，始不疑心沛公。便立即下令，有藏匿玉玺不献者，诛三族；有呈出者，封万户侯。后来找寻许久，仍没下落。谁知真的已为沛公取去。沛公别的贵重东西，可以割爱，他居心想代秦而有天下，岂肯不将这样东西拿去的呢？这是后话，此刻不必说。

且说项羽当时一面寻找玉玺，一面复将沛公驱散的那班妃嫔宫女全行寻回。除已早经逃脱，或是自缢的外，所余的命站东边。原定由他亲自一个个的挑选，拣出才貌双全的拟留己用。嗣由范增献策，说道："那班嫔妃，都是曾经服伺始皇、二世、子婴过的，内中难免没有忠烈之妇。若是身怀利器，拼死代秦室报仇，一时忽略，竟被她们乘隙行弑，那还了得。最好是褫去衣裳，裸身拣挑，方为稳妥。"项羽听了大喜，真的如此办理。当时选了十成之五，留入宫帐。其余五成，方始分赏有功的将士。从前被沛公幸过的赵妃吹鸾、冷妃梅枝她们两个，或为项羽所留，或为将士所得，或已逃亡，或已自缢，或为沛公私下携去，无从根究。惟日后汉宫嫔妃中，并无二人名字，未便冤枉沛公，只好作为疑案。

当日项羽办过此事，就此回营，对于所留妃嫔，毋庸细述。独有他部下的那班文武将吏，个个自命有功，虽然项羽也将己所勿欲，使于他人。那班将吏，可是上行下效，哪肯安稳过去。早在屠杀民间的当口，先拣美貌的妇女，各人留下不少。内中有一个名叫申侯的，他本是项羽的嬖臣，天生好色，无出其右。他一入咸阳，先带了兵卒，按户搜查，后来查到一位姓秦的都尉家中。这位都尉也是二世的嬖人，年才弱冠，貌似美妇，家中妻妾，竟达三四十人之众。嫡妻赵姮，即赵高的侄女，貌似西施，淫如妲己。夫妻二人，都被二世幸过。这天躲在家中商议，正思拣些珍宝，孝敬项羽，还想做个楚臣。不料已被申侯查至，一见他夫妻二人，都是尤物，吩咐手下兵卒，先把他们二人看住，防他觅死。然后将他的府上所有珍宝，取个罄尽。又见还有三四十个美丽的姬妾，便在当场污辱她们。内中无耻的，只想保全性命，也不管她们的丈夫嫡妻尚在面前，争妍献媚，无事不可依从。内中也有几个贞烈的，不肯受污，当场破口大骂，顿时惹动那位申侯之气，便把她们一个个的剥皮剖肚，送入阴曹。当时那位秦都尉眼见他的爱姬这般惨死，未免流下几点伤心之泪。谁知更是惹动申侯火上加火，立命一班兵卒，把他们夫妻姬妾，由大众污辱而死。临走的时候，还放上一把野火，非但房屋化为灰烬，连那些死体，也变作焦炭。惨无人道，算亘古未有之事。为甚么这

样说他呢？因为这位申侯，究是楚军中的将士，堂堂节制之师，那可比于盗贼。当时一班将吏，与申侯行为类似的也不在少数，记不胜记，只好单写申侯一人，以例其余罢了。项羽手下有了这些人物，焉得不败？若拿沛公部下的张良、萧何、曹参、樊哙、夏侯婴那一班人比较起来，沛公这人，真好算得驭下有方的主帅了。矮子里面拣有长子，他的得有天下，也不惭愧。项羽手下的人，如此凶狠，阅者听了，未免要疑不佞在此乱嚼舌头，形容过分。岂知项羽所做的事情，还要可怪呢！

项羽那天回营之后，不知怎的，一时心血来潮，竟将咸阳宫室，统统付诸一炬。不管甚么信宫极庙，及三百余里的阿房宫，说也太忍，全部做了一个火堆。今天烧这处，明天焚那处，烟焰蔽天，灰尘满地。一直烧了三个月，方才烧完。可怜把秦朝几十年的经营，数万人的构造，数千万的费用，都成了水中泡影，梦里空花。项羽还不甘休，又令二三十万兵士奔至骊山，掘毁始皇的坟墓，收取圹内的宝物，输运入都。又足足地忙了一月，只留下一堆枯骨，听他抛露。本来咸阳四近，是个富庶地方，迭经秦祖秦宗尽情搜括，已是民不聊生。此次来了一位项羽，竟照顾到地底下去了。大好咸阳，倏成墟落！项羽一时意气，任性妄行，也弄得满目凄凉，没甚趣味起来。于是不愿久居，即欲引众东归。

忽然有一个韩生进见，力劝项羽留都关中。他的主张是关中阻山带河，四塞险要，地质肥饶，真是天府雄国，若就此定都，正好造成霸业。项羽听了摇头道："富贵不归故乡，好似衣锦夜行，何人知道？我已决计东归，毋庸申说！"韩生趋出，顾语他人道："我闻谚云，楚人沐猴而冠，今日果然有验，始知此话不虚。"不料有人将此语报知项羽。项羽即命人将韩生拿到，把他洗剥干净，就向一只油锅里噗咚的一声，丢了下去，用了烹燔的方法，把韩生炙成烧烤。项羽狞笑一声道："教他认识沐猴而冠的人物。"

他既烹了韩生，便想起程。转思沛公尚在灞上，俺若一走，他必名正言顺地做起秦王，如何使得。不如报知怀王，逼他毁约，方好把沛公调往他处，杜绝后患。立刻派人东往，密告怀王，速毁前约。谁知去人回报，怀王不肯食言，仍将如约二字作了回书。项羽接了此书，顿时怒发冲冠地召集诸将与议道："天下方乱，四方兵戈大起，俺项家世为楚将，因此权立楚后。仗义伐秦，百战经营，全出在俺叔侄二人之手，以及诸将的勋劳。怀王不过一个牧牛小童，由俺叔父拥立，暂畀虚名。谁知他竟敢恩将仇报，擅自作主，妄封王侯。今俺不废怀王，乃是俺全始全终的大量。诸君披坚执锐，劳苦功高，怎好不论功行赏，裂土分封？鄙意如此，诸君以为如何？"诸将听得有封侯之望，自然众口一辞，各无异议。项羽又道："怀王不过一王位，怎好封人家为王呢？俺思尊他为义帝，我等方可为王为侯。"众将又哄然称是。项羽遂尊怀王为义帝，另将有功将士，挨次加封。忽然

想到沛公，难道真个封他为秦王不成！没有主意，只得仍请范增前来商议。

范增自从鸿门一宴之后，负气不发一言，本想他去，又舍不得几年劳绩。若真是走了，恐怕项羽一旦得志，岂不白白地效劳一场么？连日正在踌躇，忽见项羽召他商议大事，自然欣然应命，也不敢再搭他的臭架子了。当时见过项羽，项羽便与他密议道："俺欲大封功臣，别人都有办法，惟有刘季，实难安插。请君为俺一决！"范增听了，掀须微笑道："将军不听增言，鸿门宴上不杀刘季，大是错着。今日又要将他加封，真是后患。"项羽道："刘季无罪，贸然杀他，天下必要说俺不义。况且怀王力主前约，俺有种种为难，君应谅我！"范增一听项羽说得如此委婉，自己已有面子，只得替他出了一个坏主意道："既是如此，不如封刘季为蜀王。蜀地甚险，易入难出。秦时罪人，往往遣发蜀中，封他在那里，也好出出心头恶气。况且蜀中本是关中余地，也算不负怀王之约。"项羽听了，甚以为是。范增又道："章邯、司马欣、董翳三人，皆秦降将，最好是封他们三人分王关中，堵住刘季出来之路。三人定感我公，尽力与刘季作对，我们就是东归，也好安心。"项羽大喜道："此计更妙，应即照行。"项伯得了此信，忙派人密告沛公。

沛公听了大怒道："项羽无理，真敢毁约么？我必与之决一死战！"樊哙、周勃、灌婴等人，亦皆摩拳擦掌，想去厮杀。独有萧何进谏道："如此一来，大事去矣！"沛公道："其理何在？"萧何道："目下项羽兵多将众，我非其敌，只有缓图。蜀中天险，最合我们养精蓄锐，进可攻，退可守。何必急急，只图目前泄愤呢！"沛公听了，怒气渐平，因问张良，张良亦以萧何之言为是。但请沛公，厚赂项伯，使他转达项羽，求得汉中地更妙。沛公依议，项伯既得厚赂，更加相助。项羽因项伯之言，果然将汉中地加给沛公，封为汉王。以后书中，不称沛公，直称他为汉王了。正是：

　　国号他年称汉字，王封今日亦关中。

不知汉王受封之后，何时入汉，且听下回分解。

第八回　私烧栈道计听言从　暗渡陈仓出奇制胜

却说项羽因见刘季自己请求汉中之地，既已如他之愿，或者不致于再有野心。又有章邯等三人阻止他的出路，略觉放心。便自封为西楚霸王，决计还都彭城。据有梁楚九郡，再图进取。乃遣将士，迫义帝迁往长沙，定都郴地。郴地

僻近南岭，哪及彭域来得繁庶。项羽既要都这繁庶之地，义帝的名号，本是他尊的，怎敢不遵。只索眼泪簌落落的，仿佛充军一般，带着臣下，自往那儿去了。

项羽复将应封诸将的王号，以及地点，书列一表，交付义帝照办。义帝接到此表一看，只见那表上是：

刘邦封为汉王，得汉中地，都南郑。

章邯封为雍王，得咸阳以西地，都废邱。

司马欣封为塞王，得咸阳以东地，都栎阳。

董翳封为翟王，得上郡地，都高奴。

魏王豹徙封河东，改号西魏王，都平阳。

赵王歇徙封代地，仍号赵王，都代郡。

张耳封为常山王，得赵故地，都襄国。

司马卬封为殷王，得河内地，都朝歌。

申阳封为河南王，得河南地，都洛阳。

英布封为九江王，都六。

共敖徙封临江王，都江陵。

燕王韩广封为辽东，改号辽东王，都无终。

臧荼封为燕王，得燕故地，都蓟。

吴芮封为衡山王，都邾。

齐王田布徙封胶东，改号胶东王，都即墨。

田都封为齐王，得齐故地，都临淄。

田安封为济北王，都博阳。

韩王成封号如昔，仍都阳翟。

义帝看毕，怎敢道个不字，只得命左右缮就，发了出去。项羽又另拨三万人马，托词护送汉王刘邦，西往就国。此外各国君臣，一律还镇。

汉王一日奉到义帝所颁的敕旨，就从灞上起程。因念张良功劳，赐他黄金百镒，珍珠二斗。良拜受后，偏去转赠项伯，并与项伯、陈平作别之后，亲送汉王出关。就是各国将士，也慕汉王仁厚，竟有情愿跟随汉王西去，差不多有数万人之众。汉王并不拒绝，一同起程。

及至到了关中，张良因欲归韩，即向汉王说知，汉王无法挽留，只得厚赠遣令东归。骊歌唱处，二人都是依依不舍。张良复请屏退左右，献上一条密计，汉王方有喜色。张良拜辞去后，汉王仍然西进。不料后队人马，忽然喧嚷起来。汉王便命查明报知，即有军吏入报道："后路火起，闻说栈道，都被烧断。"汉王假作惊疑，但令部众速向前行，说道："且到南郑，再作计议。"部众不解，只得遵令前进。旋闻栈道是被张良命人烧断的，免不得一个个的咒骂张良，怪他断绝归

路，使众不得回转家乡，此计未免太忍。谁知张良烧断栈道，却是寓着妙计。一是哄骗项羽，示不东归，让他放心，不作防备；二是备御各国，杜绝他们觊觎之心，免得入犯。张良拜别汉王时的几句密话，正是此条计策。汉王早知其事，当时不过防着部众鼓噪，所以只令飞速前进。

到了南郑，众将见汉王并无其他计议，方知受绐，但也无法。旋见汉王拜萧何为丞相，将佐各授要职，便也安心。内中有一韩故襄王庶子，单名一个信字，曾从汉王入武关，辗转至南郑，充汉属将。因见人心思归，自己惹动乡情，便入见汉王道："此次项王分封诸将，均畀近地，独令大王西徙居南郑，这与迁谪何异？况所部又为山东人居多，日夜思归。大王何不乘锋西向与争天下，若再因循，海内一定，那就只好老死此地的了。"汉王不甚睬他，随便敷衍几句，即令退出。过了几天，忽有军吏入报："说是丞相萧何，忽然一人走出，不知去向，已三天了。"汉王大惊道："丞相何故逃去？莫非他有大志么？"说完，便命人四出追赶，仍无下落。

汉王只急得如失左右手，坐立不安起来。正在着急之际，忽见一人踉跄趋入，向他行礼，一看此人，正是连日失踪的那位萧丞相。一时心中又喜又怒，便佯骂道："尔何故背我逃走？故人如此，其他的人，尚可托付么？"萧何道："臣何敢逃，乃是亲去追还逃走的人。"汉王问所追为谁？萧何道："都尉韩信。"汉王听了复骂道："尔何糊涂至此，我自关中出发，逃者不知凡几，尔独去追一个韩信，这明明是在此地欺我了。"萧何道："别人逃去一万个，也不及韩信一个。韩信乃是国士，举世无双，怎好让他逃去。大王若愿久居汉中，原无用他之处，若还想这个天下，除他之外，真可说一个人没有了。"汉王听了失惊道："韩信真有这样大才么？君既如此看重韩信，我准用他为将。"萧何摇首道："未足留他。"汉王道："这来我便用他为大将。"萧何喜得鼓掌，一连的说了几个好字。汉王道："如此，君可将韩信召来，他曾来劝我举兵西向，我因不知为何如人，故未与议。"萧何道："那个是韩庶子信，并非我说的这位韩信。大王既想用这位韩信。岂可轻召，拜大将须要齐戒沐浴，筑坛授印，敬谨从事。"汉王听了大笑道："我当依尔之言，尔去速办。"

不佞且趁萧何筑坛的时候，抽出空来先把这位韩信的历史叙一叙。原来韩信是淮阴人氏，少年丧母，家贫失业。虽然具有大才，平时求充小吏，尚且不得，因此万分拮据，往往就人寄食。家中一位老母，饿得愁病缠绵，旋即逝世。南昌亭长，常重视之，信因辄去打搅，致为亭长妻见恶，晨炊蓐食，不给他知。待他来时，坚不具餐。他既知其意，从此绝迹不至，独往淮阴城下，临水钓鱼。有时得鱼，大嚼一顿，若不得鱼，只索受饿。有一日，看见一位老妪，独在那儿濒水漂絮。他便问那位老妪，每日所得苦力之资，究有几何。老妪答道："仅仅三五十

钱。”他又说道：“汝得微资，尚可一饱？予虽以持竿为生，然尚不及汝之所入，稳当可靠。”那位老妪，见其年少落魄，似甚怜悯，从此每将自己所携冷饭分与他去果腹。一连多日，他感愧交加，向这位漂母申谢道：“信承老母如此厚待，异日若能发迹，必报母恩。”漂母听了，竟含嗔盯叱道：“大丈夫不能谋生，乃致坐困。我是看汝七尺须眉，好似一个王孙公子，所以不忍汝饥，给汝数餐。何尝望报。汝出此言，可休矣！”说完，携絮径去。他碰了一鼻子灰，只是呆呆望着，益觉惭愧。他便暗忖道：“她虽然不望我报，我却不可负她。”无如福星未临，命运多舛，仍是有一顿没一顿的这样过去。他家虽无长物，尚有一柄随身宝剑。因是祖传，天天挂在腰间。一日无事，踯躅街头，碰着一个屠人子，见他走过，便揶揄他道：“韩信，汝平日出来，腰悬宝剑，究有何用？我想汝身体长大，胆量如何这般怯弱？”韩信绝口不答，市人在傍环视。屠人子又对众嘲他道：“信能拚死，不妨刺我，否则只好钻我胯下。”边说边把他的两胯分开，作骑马式，立在街上。韩信端详一会，就将身子匍伏，向屠人子的胯下爬过。市人无不窃笑。韩信不以为辱，起身自去。嗣闻项梁渡淮，他便仗剑过从，投入麾下。梁亦不甚重视，仅给微秩。至项梁败死，又隶项羽。项羽使为郎中，他也曾经献策，项羽并不采纳。复又弃楚归汉，汉王亦淡漠相遇，给他一个寻常官职，叫作连敖。连敖系楚官名，大约与军中司马相类。韩信仍不得志，薄有牢骚，偶与同僚十三人，聚酒谈心，酒后忘形，出口狂言，庞然自大。有人密报夏侯婴，夏侯婴又去告知汉王。汉王正在酒后，不问姓名，只命一并问斩。谁知将那十三人已经砍毕，正要再斩韩信，韩信始大喊道：“汉王想得天下，何为妄杀壮士？”夏侯婴奇之，力请汉王赦了韩信。他虽然被赦，心中仍是郁郁不乐。他一想在此，也无出头之日，于是逃去。幸得萧何已知其才，一见他逃，自己亲去追回。

不佞叙至此地，萧何所筑之坛，大概已经告成，不佞便接着叙韩信登坛拜将的事情了。汉王这天见坛筑就，择了吉期，带领文武官吏，来至坛前，徐步而上。只见坛前悬着大旗，迎风飘荡，四面列着戈矛，肃静无哗。天公更是做美，一轮红日，光照全坛，尤觉得旌旗耀武，甲杖生威，心中分外高兴。此时丞相萧何已将符印斧钺，呈与汉王。坛下一班金盔铁甲的将官，都在翘首伫望，不知这颗斗大金印，究竟属于何人。内中如樊哙、周勃、灌婴诸将，身经百战，绩功最多，更是眼巴巴望看，想来总要轮到自身。忽见丞相萧何代宣王命，高声喊道：“谨请大将登坛行礼。”当下陡然闪出一人，从容步上将坛。大众的目光，谁不注在此人身上。仔细一看，乃是淮阴人氏，治粟都尉姓韩名信的便是。不由得出人意外，一军皆惊。韩信上登将坛，向北肃立。就在响过行云，一片悠扬受乐之中，只见执礼官，朗声宣仪：“第一次授印，第二次授符，第三次授斧钺。”都由汉王亲自交代，韩信一一拜受。汉王复而谕道：“阃外军事，均归将军节制。将军当善

体我意，与士卒同甘苦，无胥戕，无胥虐，除暴安良，匡扶王业。如有违令者，准以军法从事，先斩后奏。”说到末句，喉咙更加提高，有意要使众将闻知。众听见，果然失色。

韩信当下拜谢道：“臣敢不竭尽努力仰报大王知遇之恩！”汉王听了，忙问韩信，究以何策，可成大业？韩信道：“现今上策，只可明修栈道，暗渡陈仓，使他们不备。”汉王一听韩信所言，正与张良暗暗相合，自然大喜。乃择定汉王元年八月吉日，出师东征。诸将此时已知韩信确有大将之才，也无异辞，大家情愿随着韩信，替汉王夺取天下。

此时雍王章邯闻知汉王已拜韩信为大将，亲自同了韩信正在督修栈道，不日出兵。他便大笑道：“既想出兵，何以又烧栈道？现在修造，不知何年何月，方能修成。真笨贼也！”说完，又问韩信何人，左右忙将韩信的历史对他说明。他复大笑道：“胯下庸夫，有何将才？”于是毫不防备。一日，忽有陈仓的败兵，逃至废邱，报称汉王亲率大军夺了陈仓，杀死戍将，即日就要攻至此地来了。章邯至此，方始大大地着急起来。赶忙引兵迎战，哪里是汉兵的对手，一败二败，早已败到废邱。他的长子名平，本守好畤地方，也被汉兵擒去。章邯正待向翟、塞二王处讨救，汉兵已是蜂拥而至，无法抵敌。章邯自刎而死，雍地尽归汉有。汉王便乘胜移兵转攻司马欣、董翳二人。二人一听章邯败死，自知决非汉敌，只得投降。三秦地方不到两月，都归汉王。项王的第一着计策，已完全失败了。赵相张耳，西行入关，正值汉兵平定三秦，也即投顺汉王，汉王兵力，因此益强。项王前闻齐赵皆叛，已是忿恨。此时又知三秦失去，已成汉属，不由得大肆咆哮，急欲西向击汉。一面命故吴令郑昌为韩王牵制汉兵，一面使萧公角率兵数千往攻彭越。彭越击败萧公角，项王更为大怒，自思彭越小丑何能为力，必是仗着齐王。欲除彭越，不得不先除齐王。于是既欲攻汉，又欲攻齐。可巧张良给他一信，说的是汉王失职，但已收复三秦，仍是为的前约，如约即止，决不东进。惟有齐梁蠢动，连同赵国，要想减楚等语。这明明是帮助汉王，要使项王攻齐而不攻汉，好叫汉王乘隙东进的意思。谁知项王有勇无谋，竟被张良一激，真的先去攻齐。张良得信，忙亲自去告知汉王，且为汉王划策东行。汉王乃使从前误当他是萧何所追回的韩信的那个韩庶子信领兵图韩，许他俟韩地平定后，即封他为韩王。那个韩庶子信，奉命去讫。张良又欲从韩庶子信东去，汉王坚留不放，始居幕中，并受封为成信侯。汉王复遣酈商等，往取上郡北地，俱皆得手。再使将军薛歐王吸，引兵前往南阳，会同王陵徒众，东入丰沛，迎取太公吕雉全家之人入关。

王陵亦是沛人，素与汉王相识，颇有胆略。汉王因他年纪较长，事以兄礼。及起兵西进，路过南阳，适值王陵亦集众数千，在南阳独树一帜，汉王因遣人招

请王陵。王陵当时尚不甘居汉王下,托词不往。此次薛、王二将,复奉命去约王陵。王陵闻汉王已得三秦,其势非小,始决意归汉。且有老母在沛,正好乘此迎接,脱离危机,于是合兵东行。到了阳夏,却被楚兵拦住,不得前进,只得暂时停驻。派人报知汉王,那时已是汉王二年了。汉王得薛、王二将报告,本拟即日东略,又因项王兵威,尚未大挫,正是一个劲敌,未便轻举妄动。所以正在广为号召,思俟兵力十分充足的时候,方敢启行。那时项王一面攻齐,一面密令英布,照计行事,不得有违。英布接了这道密令,不禁大费踌躇。因为依了项王之命办理,必召恶名,不依项王之命办理,又是违命。想了半天,与其仗义违令,立撄项王之怒,自己王位便要不保,宁受身后骂名,到底图了眼前的安稳。这就是威力战胜天理。世人大都如此,也不好单责英布。

这末究竟是一件甚么大事呢?不佞要将它说得如此郑重,阅者细细看了下去,便知真的有些郑重。原来义帝自从被项王逼出彭城,要他迁都长沙郴地。可怜他手无寸铁,部无一兵,哪敢不依。无如手下的随从,皆恋故乡,不肯即行起程,挨了许久,方始乘舟前进。又因大家看他不起,今天行五里,明天行十里,走走停停,走了半年,刚刚走过九江。这个九江地方,乃是英布的封地。项王那时正在军事不甚顺手之际,复想弑了义帝,就此即这帝位。一听义帝行至九江地方,他便密令英布,叫他命人假装水盗,拥入帝舟将义帝戕害。诸君,你们想想这件事情,郑重不郑重呀?义帝既已被弑,于是放出谣言,说他死于水盗。岂知人口难瞒,当时的人,谁不知义帝死在一位目有重瞳,心无仁义的乱臣贼子手中。不过惧他威力,大家不敢声张就是了。正是:

拼死来过皇帝瘾,谋生不及牧童多。

不知项王即命英布弑了义帝后,何人来讨他,且听下回分解。

第九回 乱人伦陈平盗嫂 遵父命戚女为姬

却说汉王整兵秣马,志在东略。只以道路迢遥,烽烟阻塞,对于项王命九江王英布谋弑义帝之事,一时无从遂知。仅闻项王攻齐,相持未决。正好乘间出师,遂与大将韩信出关至陕郡。

关外父老,相率郊近。汉王传令慰抚,众皆悦服。河南王申阳,望风输诚,汉王复书许降,改置河南郡,仍令申阳镇守。同时接到韩地捷音,却是韩庶子信

击败郑昌，郑昌穷蹙乞降。韩已大定，汉王乃授韩庶子信为韩王，自己复引兵渡过黄河，直抵河内。殷王司马卬，率部迎战不利，只得向项王告急。项王赶忙发兵援救，司马卬已被樊哙活捉，解交汉王。汉王亲自下坐，为之解缚，慰谕数语，仍令自去镇守原地。汉兵旋即出略修武。

忽有一美男子前来投谒，军吏问明来历，始知是楚都尉陈平。自称为阳武县人，与汉王部将魏无知相识。军吏报知魏无知，无知出营迎入，班荆道，故相得益欢。无知问道："闻足下已事项王，为何见访？"陈平闻言，连摇其首答道："小弟险些儿不能见君。幸亏尚有小智，方得脱险来此。"无知惊问其故，陈平道："小弟在项王帐下，尚为其宠信。前因殷王司马卬谋叛，项王遣我引兵往讨，我因不欲劳兵，只与殷王说明利害，殷王谢罪了事，我去还报项王，项王曾赏我金二十镒。近日汉王攻殷，项王复命我率兵救援。谁知我行至中途，殷王已降汉。我还兵回见项王，项王怪我迟误军情，便要将我加罪。我只得力求其嬖人，代为说情，连夜封金还印，举身西走，是以到此。"无知道："汉王豁达大度，知人善任，远近豪杰，踵接来归。今足下弃暗投明，我当代为举荐。"陈平拱手相谢，无知便设席为之接风。

席间陈平又说道："小弟此次走出，算已脱离虎穴，谁知半路之上，几乎又入龙潭，真是祸不单行呢！"无知听了，又忙问何事。陈平道："我逃出楚营时，幸无人知。到了黄河，雇舟西渡，舟子五六人，都是粗蛮大汉，我那时急于渡河，自然催舟子速驶。舟子边狂摇橹，边又互相耳语。我悄悄察知，似在疑我身怀珍宝，大有谋财害命之意。我那时身边仅有一剑，并且素来不习武事，怎能敌得过他们数人？我忽情急智生，诡说他们摇得太慢，恐误行程，索性脱去上下衣裳，即去帮他们摇船。他们见我空无一物，方始大失所望。"陈平说至此处，又问无知道："君说此事，险也不险？"无知道："怎么不险！幸君有此奇智，真是令人钦佩！"等得宴罢，时已不早，无知便请陈平安歇一宵。

次早，无知把陈平引见汉王。汉王适值酒醉，命将陈平送入客馆。陈平急去进谒中涓石奋，谓有要事，面禀汉王。石奋允诺，代达汉王。

汉王方令进见，问陈平道："君有何事见教，如此急迫？"陈平道："大王出关，无非想要讨楚。何不趁项王伐齐时，迅速东行，捣其巢穴。若得入彭城，截断归路，那时楚军心乱，容易溃散。项王虽勇，还有何能？"汉王听了大喜，复询行军方略。

陈平详说路径，了如指掌，只把汉王乐得眉飞色舞，欣慰异常。便问陈平在楚，官受何职。陈平答言："项王多疑，范增又嫉人材，平不敢献策，仅任都尉。"汉王道："我也任你为都尉，兼掌护军如何？"陈平拜谢而出。

谁知帐下诸将，见陈平骤得贵官，不禁大哗。于是你一言我一语，都说陈平

初至，心迹未明，如何这般任用，未免不辨贤愚！这种私议，一日传入汉王耳中，汉王一笑置之，且待陈平益厚。一面整顿兵马，指日东行。

陈平既任护军，急切筹备，限令甚严。众将一时布置不及竟有去向陈平行贿之人，乞稍宽限。陈平亦不峻拒，每见贿金，直受不辞。众将得隙讦平，并推周勃、灌婴出头，进白汉王道："陈平虽然美如冠玉，恐怕徒有外表，未具真才。臣等闻他在家时，逆伦盗嫂，今掌护军，又喜受贿金。品行如此，大王不可不察，毋为所惑！"

汉王听了，也免不得疑心起来，遂召入魏无知，当面诘责道："汝荐陈平可用，我如今始知他前曾盗嫂，今又受金，汝为何举荐这个无行之人？"无知道："臣举陈平，但重其才具。大王责及其品行，实非今日行军要务。今日楚汉相争，全仗奇谋，以资佐助。就有信若尾生，贤如孝已的人出来，若无奇谋，也无补军事于万一。大王只问陈平所献计策，能否合用，何必究其盗嫂受金等事。此乃急则治标之法，真是要图。陈平果无才能，臣甘坐罪！"

汉王听毕，尚是半信半疑，俟无知退后，又召陈平责问。陈平直答道："臣本为楚吏，项王不能用臣，故弃而归汉，封金还印，只剩得孑然一身，来投大王。若不稍稍受金，衣履难周，何暇划策？至于臣的家庭细故，乞勿追提前事。如以臣策为可用，不妨听臣行事，或有一得之愚，以献大王，否则原金具在，恩赐骸骨归里便了。"汉王听毕，微笑道："汝能助我以成大业，我亦必令汝衣锦荣归。"说罢，更加厚赐，并且升为护军中尉，监护诸将，诸将从此再不敢多言了。

陈平对于受金一事，既自认不讳，不必说它。惟盗嫂一节，也说家庭细故，乞汉王勿提前事，这是不打自招。且让不佞把他的家事，略叙一叙。陈平少丧父母，与其兄名叫伯的同居。其兄务农为业，所有家事，悉听其妻料理。陈平虽是出身农家，却喜读书，每日手不释卷，咿咿唔唔。其兄恶其坐食空山，常将其所有书籍，劫而焚之。陈平以告其嫂。嫂喜道："小郎能知读书，这是陈氏门中之幸。将来出山，荣宗耀祖，谁不尊敬，即我也有光辉。"说完，即以私蓄相赠，令陈平自去买书。一日，其兄已往田间，陈平在家，方与其嫂共食麦饼。适有里人前来闲谈，见陈平面色丰腴，便戏语道："君家素不裕，君究食何物，这般白嫩？"陈平尚未笑语，其嫂却笑道："我叔有何美食，无非吃些糠粞罢了。"陈平听了，臊得满面通红，急以其目，示意其嫂令勿相谑，免被里人听去，反疑他们叔嫂不和。当时其嫂见她叔叔似有怪她多说之意，自悔一时语不留口，顿时也羞得粉脸绯红起来。里人见他们叔嫂二人如此情景，心中明白，小坐即去。陈平等得里人去后，方对其嫂说道："嫂嫂，你怎么不管有人没人，就来戏谑？我平时出去，旁人问我，你家嫂嫂待你如何，我无不答道，万分怜爱。所以嫂嫂外面的贤惠之名，就是由此而出。今时嫂嫂虽是戏谑，人家听去，便要说我对他们所说的话不

是实在了。”陈平说到此地，便去与他嫂嫂咬上几句耳朵，他的嫂嫂未曾听毕，又是红霞罩脸起来。过了几时，就有人来与陈平提亲，其嫂私下对他说道：“这家姑娘我却知道，她的品貌，生得粗枝大叶，在务农人家，要赖她做事，原也不错。但是将她配你，彩凤妻鸦，那就不对。”陈平听了，自然将来人婉谢而去。后来凡是来替陈平提亲的，总被他嫂打破，不是说这家女子的相貌不佳，便是说那家姑娘的行为不正。过了许久许久，一桩亲事也未成功。陈平有一天也私下问他嫂嫂道：“嫂嫂，我今儿要问你一句说话，你却不可多心。”他嫂嫂道：“你有话尽讲，我怎好多你的心！”说着便微微地瞟了他一眼。陈平见了，也不理她，只自顾自地说道：“我的年纪，也一天一天地大起来了，我想娶房亲事也好代嫂嫂替替手脚，嫂嫂替我拣精拣肥，似乎想要替我娶房天仙美女。不过这是乡间，哪有出色女子，依我之见，随便一点就是。”他嫂嫂听了，略抬其头，又把他盯了一眼道：“我说你就这样的过过也罢了，何必再娶妻子，不要因此弄了是非出来。”陈平道：“嫂嫂放心，我会理会。”陈平自从那天和他嫂嫂说明之后，自己便去留心亲事。一日，偶与一个朋友说起，自己急于想娶一房妻小。那个朋友本来深知他们家中的事情，当时听了，便微笑道：“你想娶亲，你曾否在你那令嫂面前说妥呢？”陈平道：“你不必管我们的事情，如有合适女子请你放心，替我作伐就是。”那个朋友道：“有是有一个出色女子在此地，不过女命太硬一点，五次许字，五次丧夫。”陈平听了，不待那个朋友辞毕，便说道：“你所说的，莫非就是张负的孙女么？他家那般富有，怎肯配于我这个穷鬼。至于命硬，我倒不怕。”那个朋友道：“你真不怕，那就一定成功。他家本在背后称赞你的才貌。”陈平听了大喜，便拜托他速代玉成。那个朋友也满口答应。就在那天的第二天，里人举办大丧，挽陈平前去襄理丧务，适值张负这天也来吊唁。一见陈平，便与他立谈数语，句句都是夸奖陈平的说话。张负回去之后，召子仲与语道：“我欲将孙女许与陈平。”仲愕然道：“陈平是一个穷士，何以与他提亲起来？”张负道：“世上岂有美秀如陈平，尚至长贫贱的么？”仲尚不愿，入问其女，其女虽然俯首无辞，看她一种情景，似乎倒也愿意。可巧那个朋友，正来作伐，张负一口应允。又阴出财物，赠与陈平，使得诹吉成礼。陈平大喜过望，即日成婚。亲迎这日，张负又叮嘱孙女，叫她谨守妇道，不可倚富欺贫。孙女唯唯登与，到了陈平家中，花烛洞房，万分如意。新娘虽然如意，可是未免寂寞了那位嫂嫂了。那位嫂嫂，一见陈平娶了这位有钱有貌的婶子来家，天天的卿卿我我，似漆投胶，不禁妒火中烧，未免口出怨言，暗怪陈平无情。陈平纵用好言相劝，这种事情断非空口可以敷衍了事的。后来他的嫂嫂闹得更不成样子，事为其夫知道，恶她无耻，立刻将她休回母家了。陈平既娶张女，用度即裕，交游自广。就是里人，早已另眼相看。有一天，里中社祭，大家便公推陈平为社宰。陈平本有大才，社中分肉小事，自然不在他

的心上。那班里中父老，却交口称赞道："好一个陈平孺子，不愧社宰！"陈平闻言叹息道："使我得宰天下，当如此肉一般。有才之人，总有发迹之日。"不久，陈胜起兵，使部将周市徇魏，立魏咎为魏王。陈平就近往谒，授为太仆。嗣因有人中伤，乃走出投项羽，从项羽入关，受官都尉。他也是书中的要紧人物，他的事情，即已叙明。

再说汉王传集人马，统率东征，渡过平阴津，进抵洛阳。途次遇一龙钟老人，叩谒马前。汉王询其姓氏，乃是新城三老董公，时年已八十有二，当令起立，问有何言。董公道："臣闻顺德必昌，逆德必亡。师出无名，人必不服。敢问大王出兵，究讨何人？"汉王道："项王无道，因此讨他。"董公又道："古语有言，明其为贼，敌乃可服。项羽不仁，本来无可讳饰。但其逆天害理之事，莫如阴弑义帝那桩最为重大。大王前与项羽共立义帝，北面臣事，今义帝被弑江中，虽有江畔居民，捞尸藁葬，终究难慰阴灵。为大王计，若欲讨项，何不为义帝发丧，全军缟素，传檄诸侯，使人人知项羽是个乱臣贼子，大王亦得义声，岂不甚善！"

汉王听了，忙向董公拱手道："公言甚是，我不遇公，哪得闻此正论。"当下重赏董公，董公不受而去。汉王乃为义帝举哀，令三军素服三日，并发檄文，分赉各国，文中略谓：

> 天下共立义帝，北面事之。今项羽弑义帝于江中，大逆无道，莫此为甚。寡人谨为义帝发丧，诸侯应皆缟素，悉发关内兵，收三河士，南浮江汉以下，愿从诸侯王击楚之弑义帝者。

这道檄文，传报各国。魏王豹复书请从，汉王请他发兵相助，魏王豹如约而至。其余的是塞、翟、韩、殷、赵、河南各路大兵，纷纷杀奔彭城。汉王又恐项羽乘虚袭秦，特令大将韩信，留驻河南。彭城本是虚空，不久即将彭城占住。汉王揽辔徐入，查得项王后宫所有美人，半是秦宫妃嫔，不由得故态复萌，就在宫中住下。朝朝寒食，夜夜元宵，更比从前入咸阳的时候格外胆大了。彭城溃卒，奔至咸阳，往报项羽。项羽一闻是信，气得暴跳如雷，留下诸将攻齐，自己率领精兵十万，由鲁地出胡陵，径抵萧县。萧县本有汉兵防守，奈非项王之敌，略略抗拒，早被楚兵杀散。项王长驱直入，即抵彭城。

汉王日耽酒色，骄气横生，诸将亦上行下效，都在温柔乡中鏖兵，销魂帐内打仗，哪里还顾防守。忽闻楚兵已抵城下，全吓得心惊胆战，神色仓惶。当由汉王摩挲倦眼，出宫升帐，调集大兵，开城迎敌。遥见项王跨着乌骓，披着黑甲，当先开道，挟怒奔来。所有的楚兵楚将，因为城中都有他们的父母妻小，对于汉兵本是前来拼命。因此战一合，胜一合，战十合，胜十合，汉兵此时早被杀散其半。项王又亲自动手，一枪拨倒汉王的那一面大纛。大纛一倒，全军自然慌乱。汉王此时也顾不得新搭上的楚宫美人，只得落荒而逃。好容易逃到灵璧县界以

东，回顾那一条大河，一时尸如山积，随波漂散，睢水已为之不流。汉王逃了一程，又被楚兵追及，宛如铁桶般的围了三匝。自顾随身人马，只有百余骑，如何冲得出去，不禁仰天长叹道："咳！我大不该贪图楚宫女色，疏于防备。可怜我今天死于此地的了！"叹罢之后，顿时流出几点英雄之泪。

正在待毙的时候，忽然狂风大作，飞沙走石，遍地黑暗，楚兵伸手不见五指，也恐或有埋伏，只得退回。汉王乘间脱围，寻路再走。此时身只一骑，边向前逃，边又暗忖道："此地若有楚将突出，我真正的没有命了呢！"言犹未已，陡见小路上，又闪出一支楚兵，当头那员楚将，颇觉面善，只得高声道："两贤何必相厄，不如放我逃生！"说罢，只见那员楚将，似有放他之意。他疾跃马冲过，只向前奔。原来那员楚将，名叫丁公，因知汉王人称贤人，乐得卖个人情，收兵回营。

汉王逃出之后，因思距家不远，不如就此回家，把老父娇妻搬取出来，免遭楚兵毒手。当下驰至丰乡，走近家门，但见双扉紧闭，外加封锁，不觉大吃一惊。再去看看邻居，亦是如此，无从问询，只好丢开再说，忙又纵辔前行。走了许久，离家约有数十里了，看看日色西沉。人困马乏，倒还在次，腹中饥饿，实在难熬，只思寻个村落，便有法想。又走数里，忽见有几家人家，已在前面。疾忙奔到那里，敲开一家之门。见一老人，方在晚餐，他此时也顾不得汉王身份，只得砚颜求食。那位老人问他姓氏，他倒也不相瞒，老实说了出来。老人一听他是汉王，倒身叩拜。他一面扶起老人，一面又说腹中饥饿，快请赐食之后，再说别的。老人听了，慌忙进去，稍顷，捧出几样酒菜出来道："大王独自请用，老朽入内尚有小事，办毕之后，再来奉陪大王。"

汉王答声请便，他就独酌起来。忽听得里面，似乎有一个女子的声音道："爹爹所讲，虽是有理。不过在女儿想来，母亲去世，爹爹的年纪已大，若将女儿献与这位汉王作妾，他现在正与楚兵相争，兵乃凶事，若有三长两短，女儿终身，又靠何人。女儿情愿在膝下侍奉爹爹，这等无凭的富贵，女儿却不贪图。"又听得方才进去的那位老人道："我儿此言差矣！为人在世，自然要望富贵。现在汉王已是王位，纵不为帝，你也是一位妃子呢。为父要你嫁他，乃是为的光耀门楣。我儿快快听为父之言，不可任性。"又听得那个女子说道："女儿的意思，仍是为的爹爹。爹爹既是一定要女儿跟他，女儿怎敢不遵爹爹之命。不过人家……"那个女子说到这句，就把声音低了下去。

汉王听到此地，便知那位老人要将他的闺女，赠他作妾。他想乡村人家，此女不知长得如何，果有姿色，寡人也可收他。正是：

虽然家破人亡客，尚择天姿国色姬。

不知这位女子，究竟有无姿色，且听下回分解。

第十回　同命鸳鸯营中充质品　销魂蝴蝶帐下擅专房

一庭明月如昼,照着门窗户壁,宛在水晶宫中模样。茅堂之上,点着一对红烛,中间炉烟袅袅,塞满一堂氤氲之气,香味芬芳。桌前垂着一幅红布椅围,地下烧了一盆炭火,烈焰四腾。座旁端坐着一位天姿国色,布服荆钗的二八女郎,含羞默默,低首无言。这是甚么地方?就是那个老人家中。老人思将他的爱女,赠与汉王为姬,故有此等布置。

当下只听得老人对汉王喜气盈盈地说道:"老朽戚姓,系定陶县人氏。前因秦项交兵,避难居此,妻子逝世。"说道,就指指座旁那位女郎道:"仅有此女,随在膝下。幸她尚知孝顺,腹中也有几部诗书。某岁,曾遇一位相士,他说小女颇有贵相,今日大王果然无意中辱临敝舍,可见前缘注定,所以老朽方才匆匆入内,已与小女说明,小女也愿奉侍大王巾栉。因此不揣冒昧,草草设备,今夜便是大王花烛之期。老朽只有此女,大王后宫,必多佳丽,尚乞格外垂怜!"汉王听了,微微笑道:"寡人逃难至此,得承授餐,已感盛情,怎好再屈令爱,做寡人的姬妾呢?"老人道:"只怕小女貌陋,不配选入后宫,大王请勿推却!"

汉王此时早见这位戚女,生得如花似玉,楚楚可怜。他本是好色,见一个爱一个的人,当下便欣然笑答道:"既承厚意,寡人只好领情的了。"说完,解下身边玉佩,交与老人,作为聘物。

老人乃命女儿,叩拜汉王。戚女闻言,陡将羊脂粉靥,红添二月之桃;蛇样纤腰,轻摆三春之柳,于是向这位汉王夫主,羞怯怯地拜了下去。汉王受了她一礼,始将她扶了起来,命她坐在身旁。戚女又去斟上一杯,双手呈与汉王。汉王接来一饮而尽,也斟一杯还赐戚女。戚女未便固辞,慢慢儿的喝干。这就算是合卺酒了。他们父女翁婿三个,畅饮一会。看看夜色已阑,汉王趁着酒兴,挽了戚女的玉臂,一同进房安睡。戚女年已及笄,已解云情雨意。且小家碧玉,一旦作了王妃,将来的富贵荣华,享受不尽,自然曲意顺从,一任汉王替她宽衣解带,拥入衾内。两情缱绻,春风豆蔻。骊珠已探,一索得男,珠胎暗结,此子即是将来的如意。此时的戚女,真是万分满意,哪里防到她异日要做人彘的呢?此是后话,且不提它。

单说诘旦起床,汉王即欲辞行。戚氏父女,苦留汉王再住数日。汉王道:“我军溃散,将士想在寻我。我为天下大事,未便久留。且俟收集人马,再来迎迓老丈父女便了。”戚公不敢强留,只得依依送别。只有戚女,新婚燕尔,仅得一宵恩爱,便要两地分离,怎得不眉锁愁峰,眼含珠露。只说得一声:“珍重!”可怜她的热泪,早已盈盈地掉了下来了。

汉王此时也未免儿女情长,英雄气短、临歧絮语,握着戚女的柔荑,恋恋难别。没有法子,只索硬着心肠,情致缠绵地望了戚女一眼,匆匆出门上马,扬鞭径去。

走了多时,忽见面前尘头起处,约有数百骑人马,奔将过来。怕是楚兵,疾忙将身躲入树林之内。偷眼窥看,方知并非楚兵,却是自己部将夏侯婴。那时夏侯婴已受封滕公,兼职太仆。彭城一败,突出重围,正来寻找汉王。汉王大喜,慌忙出林与他相见,各述经过。汉王即改坐夏侯婴所乘的车子同行。沿途见难民,携老扶幼的纷纷奔走,内中有一对男女孩子,狼狈同行,屡顾车中。夏侯婴见了,便与汉王说道:“难民中有两个孩子,好像是大王的子女。”

汉王仔细一看,果是吕氏所生的子女。便命夏侯婴把他们两个,抱来同车。问起家事,女儿稍长,当下答道:“祖父母亲,避乱出外,想来寻找父亲,途次忽被乱兵冲散,不知下落。我们姊弟,幸亏此地遇见父亲。”说到亲字,泪下不止。汉王听了,也未免有些伤心。

正在谈话之际,陡听得一阵人喊马嘶,已经近了拢来。为首一员大将,乃是楚军中的季布,赶来捉拿汉王。汉王逃一程,季布便追一程,一逃一追,看看已将迫近。汉王恐怕车重难行,竟把两孩推坠地上。夏侯婴见了,忙去抱上车来,又往前进。没有多时,汉王又将两孩推落,夏侯婴重去抱上。一连数次,惹得汉王怒起,顾叱夏侯婴道:“我们自顾不遑,难道还管孩子,自丧性命不成!”夏侯婴道:“大王亲生骨肉,奈何弃去!”汉王更加恼怒,便拔出剑来,欲杀夏侯婴。夏侯婴闪过一旁,又见两孩仍被汉王踢下,索性去把两孩抱起,挟在两腋,一跃上马,保护着汉王再逃。复在马上问汉王道:“我们究竟逃往何处?”汉王道:“此去离砀县以东的下邑不远,寡人妻兄吕泽,带兵驻扎下邑,且到那儿,再作计议。”夏侯婴听了,忙挈着两孩,由间道直向下邑奔去。

那时吕泽正派兵前来探望,见了汉王等人,一同迎入。汉王至此,方有一个安身之地。所有逃散各将,闻知汉王有了着落,陆续趋集,军旅渐振。惟探听各路诸侯消息,殷王司马邛,已经阵亡;塞王、翟王,又复降楚;韩、赵、河南各路人马,亦皆散去。这些随合随离的人马,倒还在次,同时又得一个最是惊心的信息,乃是太公、吕氏二人,已被楚兵掳掠而去。汉王一想,“我入彭城,曾犯项羽后宫的人物,现在我父被捉,当然性命不保。我妻尚在青年,项羽岂有不将她污辱,以报前仇之理?如此一来,我异日纵得天下,一位皇后,已蒙丑名,我拿甚么

脸去见臣下呢?”他虽这般想,然又无可如何。

原来太公携了家眷,避楚逃难,子妇孙儿孙女之外,还有舍人审食其相从。大家扮作难民模样,杂在难民之中,只向前奔。头一两天,尚算平安。至第三日,正在行走的时候,忽遇一股楚兵。偏偏楚兵之中,有认识太公的,一哄上来,竟把他们翁媳捉住。审食其因为难舍吕氏,情愿一同被拘。幸而汉王的子女,在楚兵冲来的当口,已经岔散。所以在半路上为夏侯婴看见,通知汉王。其时两孩,尚不知他们祖父、母亲被掳,见父亲只说冲散。

楚军得了太公翁媳,如获至宝,忙连同审食其这人,送至项王帐下。项王一听是汉王的父亲妻子,便想杀害太公,奸污吕氏,以泄汉王曾经住宿他的后宫之愤。吕氏畏死,早拟不惜此身,一任项王如何的了。谁知忽然遇着救星,项王非但不污吕氏,且给好好的一所房子,让他们居住。不过门外有兵防守,不准她与太公逃走罢了。

这末这个救星,究竟是谁呢?仍是那位项伯。项伯一见太公、吕氏,都被捉住,恐怕项王杀害太公,污辱吕氏,慌忙进见项王道:“太公、吕氏,不妨将他们严行看守,以作抵押之品。汉王知他的父亲妻子,在我们军中,投鼠忌器,自然要顾前顾后起来。这是以逸待劳之计。大王若将太公、吕氏,或杀或污,汉王那时无所顾忌,放胆与大王作对,实于大王大大有害。项王听了,方命将太公、吕氏,交与项伯监守。

项伯听了,始把心中的一块石头落地。及至出去,正要去安慰太公、吕氏,谁知仅见太公、审食其二人,吕氏却不知去向。细细一查,始知吕氏,已入项羽的后宫。忙又去问项羽道:“大王既允不犯吕氏,何以又将她送入后宫?”项羽听了,愕然道:“我何曾将吕氏取入后宫,不知谁人所为。叔父且在此等候,让我回宫看来。”项王说完,匆匆地就向后宫而去。及至进去一看,只见他的一班妃嫔,都以小人之心度君子之腹,以为敌人的妻女,照例要作战胜的口头之肉,因想讨好于他,早将吕氏索入后宫。有的劝吕氏既已羊落虎口,只有顺从,否则难保性命;有的忙来替她涂脂抹粉,改换衣衫,把她打扮得像个新娘一般。此时吕氏早拚不能全贞的了,正在含羞默默,一语都无的时候,忽见项王匆匆进来,顾那班妃嫔道:“谁是吕氏?”众妃听了,即将吕氏拥至,命她叩见项王。吕氏此时身不由己作主,只得口称“大王在上,受犯妇吕雉一拜。”边说,边已盈盈地拜了下去。项王因已答应项伯,倒也不肯食言,便命左右将吕氏送与项伯收管。项伯一见吕氏,忙一面安慰一番,一面将她送入已经收拾好的屋子。此时审食其忽见吕氏到来,自然大喜。项伯这样一办,反而成全了审食其与吕氏两个。虽在监守之中,身为抵押之品,仍不拆散他们两个的恩爱。可怜汉王,还在那里愁他妻子一到项羽之手,便要丧廉失节,何尝防到早为审食其两个,做了一对的同命鸳

鸯。虽然同是一顶绿头巾，究竟一明一暗，保全颜面多了。

现在不提他们在楚军之事，再说汉王已把大将韩信，由河南调至。还有丞相萧何，也遣发关中守卒，无论老弱，悉诣荥阳，于是人数较前益众。汉王大喜，遂使韩信统兵留守，挡住楚军，自引子女等人，径还栎阳。韩信究属知兵，出与楚军鏖兵，一连大胜三次。一次是在荥阳附近；二次是在南京地方，这个南京，即春秋时的郑京，并非现在的江宁；三次是在索城境内。楚兵即是节节败退，不能越过荥阳。韩信复令兵卒沿着河滨，筑起甬道，运取敖仓储粟，接济军粮，渐渐的兵精饷足，屹成重镇。

汉王自到栎阳，连接韩信捷报，心里一喜，遂立吕氏所生之子盈为太子，大赦罪犯，命充兵戍。那时太子盈尚只五岁，汉王便使丞相萧何为辅，监守关中，并立宗庙，置社稷，所有大事，俱准萧何便宜行事。汉王复至荥阳，指挥军事。一日，魏王豹入白汉王，乞假归视母疾，汉王许可。魏王豹一到平阳，遂将河口截断设兵扼守，叛汉联楚起来。汉王得信，尚冀魏豹悔悟，便命郦食其前去晓谕。郦食其领命，星夜驰至平阳，进见魏豹，说明来意。魏豹微笑道："大丈夫谁不愿南面称王。汉王专喜侮人，待遇诸侯不啻奴隶，孤不愿再与他见面的了。"郦食其返报汉王，汉王大怒，立命韩信为左丞相，率同曹参、灌婴二将，统兵讨魏。汉王等得韩信出发，又召问郦食其道："汝知魏豹命何人为大将？"郦食其道："闻他的大将，名叫柏直。"汉王掀髯大笑道："柏直乳臭未干，怎能当我韩信？"又问："骑将为谁？"郦食其又答道："闻是冯敬。"汉王道："冯敬即秦将冯无择之子，颇负贤声，惜少战略，也未足当我灌婴。还有步将为谁呢？"郦食其接口道："叫做项它。"汉王大喜道："他也不是我曹参的对手。如此说来，我可无忧了，只候韩信捷报到来，汝等方知寡人料事不错呢。"

谁知果然被其料着。韩信等一到临晋津，望见对岸全是魏兵，不敢径渡，扎下营盘，察看地势，恍然有得，即用"木罂渡河"之法，从上流夏阳地方偷渡。魏将柏直等人，只知扼住临晋津，因知夏阳地方，无舰可渡，汉兵断难徒涉，所以置诸度外。不料韩信用了木罂渡河，攻其不备。及至汉兵已抵东张，魏兵方始着慌，然已来不及了。灌婴、曹参又非等闲之将，只杀得魏兵尸横遍野，血流成河。未死的兵将，只得一齐投降。魏豹单身逃走，又被韩信活捉，并将他的全家妇女，一同解至荥阳。汉王一面又派韩信，会同张耳，前去击赵，一面提入魏豹，拍案大骂，意欲将他枭首。吓得魏豹匍匐座前，叩头如捣蒜，乞贷一死。

汉王忽然想着一事，便转怒为笑道："汝这鼠子，量汝也没本领，今日不妨权寄首级。惟须将你妻妾，全行押在此地作奴，代汝领罪。"魏豹此时只想活命，哪里还敢道个不字，连连叩着头道："遵命！遵命！听命大王发落就是！"汉王放还魏豹之后，便顾左右道："魏豹慈母年高，准其免役，余者统统驱入织室作工。"

原来汉王久闻魏豹有个姬妾，姓薄小字蝴蝶，生得面不抹粉而白，唇不涂脂而红，万分美丽，万分风流，还在其次。最奇怪的是，每逢出汗，偏会满体奇香，一闻其气，无不心醉。薄蝴蝶之母，本为魏国宗女，魏为秦灭，流落异乡，与吴人私通，便生蝴蝶，尚未及笄，已负美人之誉。后来魏豹得立为王，首先将蝴蝶立为妃子，异常宠爱。那时河内有一老妪，具相人术，言无不中，时人呼为许负。魏豹闻其名，召入命其遍相家属。许负相至蝴蝶，不胜惊愕道："这位妃子，将来必生龙种，当为天子。"魏豹听了，惊喜交集道："可真的么？能应尔言，我必富尔。试相我面，结果何如？"许负笑答道："大王原是贵相，今已为王，尚好说是未贵么？"魏豹听到此语，知道自己不过为王而已，惟得子为帝，胜于自为，更是欢喜，厚赏许负使去。从此益宠蝴蝶，就是他的背汉，也因许负帝子的那句说话酿成。谁知痴愿未偿，反将宠妃蝴蝶，被汉王罚她作奴。蝴蝶也自伤薄命，身为罪人，充作贱役，许负之言，成了呓语。哪知不到数日，夜得一梦，忽为苍龙所交，大惊而寤。醒后看看，织室寂静，益觉凄楚。正在暗暗伤心的时候，忽见两个宫娥，匆匆含笑走入，向她口称贵人。说是奉了汉王之命，前来宣召，令她入侍。她只得含羞问道："汉王现在何处，何以忽然想及罪人？"宫娥答道："大王方才在帐内，批判军营公牍已毕，仅命奴辈来此宣召，这是贵人的幸运到了。"蝴蝶听毕，不得不略整残妆，前去应命。便一面梳洗，一面暗忖道："难道那位许负之言，应在汉王身上不成？即使空言不准，我今得侍汉王，已较此地为奴，胜得多多了。"装扮已毕，随了宫娥进帐。见过汉王，在旁低头侍立其侧。汉王方在酣饮，一双醉眼，朝她细细打量一番道："汝知道寡人不斩魏豹之意么？"蝴蝶答道未知。汉王微笑道："这是为的是你呀！纳人之妇，哪好不留人之命。"蝴蝶道："大王仁厚待人，必延万世基业。"她说到基业二字，陡然想起许负之言，心中一喜，禁不住微微地嫣然一笑。汉王见她这一笑，真显倾国倾城之貌，便顺手把她拉来坐在膝上，也笑着问她道："汝心中在想何事？何故笑得如此有味？"蝴蝶便呈出媚态，边去拂着汉王的美髯，边答道："织室罪奴，一旦忽蒙召侍，不禁窃喜，故有此笑。"汉王见她出言知趣，也就呵呵的一笑，即倚着她的肩头，同入帏中去演高唐故事去了。蝴蝶此时身不由主，却在恩承雨露的时候，始将她的梦兆，以及许负之言，告知汉王。汉王笑道："此是贵征，我此刻就玉成你罢！"说也奇怪，蝴蝶经此一番交欢，便已怀胎，后来十月满足，果生一男，取名为恒，就是将来的汉文帝。

当时只晦气了一个魏王豹，天天的在那儿大骂许负相术不灵。在不佞看起来，许负的相术，真正是大灵特灵。譬如许负当时不说蝴蝶要生帝子，魏豹也不敢独立，竟去叛汉。若不叛汉，蝴蝶仍做魏豹的妃子。仍做魏豹的妃子，自然不会与汉王交欢。不与汉王交欢试问这个龙种，又何从去求得呢？必要这样一

说，方能引动魏豹叛汉之心，蝴蝶因此方得做汉王的妃子。人生遇合，命数倒也不可不信。刘媪曾受龙种，而生汉高帝；蝴蝶亦受龙种，而生汉文帝。两代相传，都是龙种。虽是史家附会之说，未可深信。不过取作小说材料，凭空添了不少的热闹。再说那时争天下的只有楚汉二国，其余诸侯，不过类似堤边杨柳，随着风势，东西乱倒罢了。

项王一见各路诸侯，对于他叛了又降，降了又叛，无非为的是汉王一个人，若能将汉王灭去，各路的诸侯，传檄可定。他又因汉王手下有三个能人：划策的是张良，筹饷的是萧何，打仗的是韩信。汉王既有他们三人扶助，连年交战，大小何止百次，与其和他死战，不如招他投顺，省得长动干戈。但是汉王如此军威，如何肯来投顺呢？项王踌躇了几天，竟被他想出一个毒计。正是：

思人服我谈何易，对子烹亲技亦穷。

不知项王想出的是甚么毒计，且听下回分解。

第十一回　逆子乞分羹思尝父肉　奸夫劳赐爵酬伴妻身

却说项王，想出对付汉王的毒计以后，一面吩咐左右，速去办理，一面复向汉王索战。汉王畏惧他的势猛，只是不肯出战。项王便命把汉王之父太公，洗剥干净，置诸俎上，推至涧侧，自在后面押着，厉声大喝道："刘邦那厮听着！尔若再不出降，我即烹食尔父之肉！"这两句说话的声音，响震山谷。

汉兵无不听见，急向汉王报知。汉王也为大惊失色道："这样如何是好？"张良在旁，慌忙进说道："大王不必着急，项王因恨我军不出，特设此计，来吓大王。大王只要复辞决绝，他们的诡谋，便无用处。"汉王道："倘使我父果然被烹，我将如何为子？如何为人？"张良接说道："现在楚军里面，除了项王，就要算项伯最有权力了。项伯与大王已联姻娅，定能谏阻，决计无妨。"汉王听了，想了一想，果使人传语道："我与项羽同事义帝，约为兄弟，我翁即是汝翁，必欲烹汝翁，请分我一杯羹！"

项王听到此语，顿时怒不可遏，立命左右，将太公移置俎下，要向鼎锅里就投。正在间不容发之际，陡见项王身后，忽的闪出一人，高叫道："且慢，且慢！"说着，又朝项王说道："天下事尚未可知，务请勿为已甚。况且为争天下，往往不顾家庭，今死一人父，於事无益，多惹他人仇恨罢了。"项王闻言，始命把太公牵

回,照前软禁。这位力救太公的楚人,就是项伯,果如张良所料。

项王复遣使致语汉王道:“天下汹汹,连岁不宁,无非为了我辈二人,相持不下。今愿与汉王亲战数合,一决雌雄。我若不胜,卷甲即退。何苦长此战争,劳民伤财呢?”汉王笑谢来使道:“我愿斗智,不愿斗力。”楚使回报项王,项王一跃上马,跑出营门,挑选壮士数十骑,令作前锋,驰向涧边挑战。

汉营中有一个下士楼烦,素善骑射,由汉王派他出垒,隔涧放箭。飕飕的响了数声,射倒了好几个壮士。陡见涧东来了一匹乌骓马,乘着一位披甲持戟的大王,眼似铜铃,须如铁帚,那种凶悍形状,令人一见,心胆俱碎。再加一声叱咤,天摇地动,好似空中打了一个霹雳一般。只吓得楼烦双手俱颤,不能再射,两脚也站立不住,倒退几步,更是回头便跑。走入营中,见了汉王,心中犹在乱跳,说话竟至无从辨听。

汉王飞派探子出去探视敌人如何凶恶。那探出去,见是项王守在涧侧,专呼汉王答话。汉王闻报,虽然有些胆怯,但又不肯示弱,因也整队趋出,与项王隔涧对谈。项王又叱语道:“刘邦!汝敢亲与我斗三合么?”汉王道:“项羽休得逞强!汝身负十大罪,尚敢饶舌么?汝背义帝旧约,迁我蜀汉,一罪也;擅杀卿子冠军目无主上,二罪也;奉命救赵,不闻还报,强迫诸侯入关,三罪也;烧秦宫,发掘始皇坟墓,劫取财宝,四罪也;子婴已降,将他杀害,五罪也;诈坑秦降卒二十万,累尸新安,六罪也;部下爱将,私封美地,反将各国故主,或降或逐,七罪也;出逐义帝,自都彭城,又把韩梁故地,多半占据,八罪也;义帝尝为汝主,竟使人扮作水盗,行弑江中,九罪也;为政不平,主约不信,神人共愤,天地不容,十罪也。我为天下起义,连合诸侯,共诛残贼,尝使刑余罪人击汝,你不配与我打仗。”

项王气极,不及打话,只用手中的戟,向后一挥,便有无数弓弩手。弓弦响处,只见呼呼的箭镞,飞过涧来。

汉王一见箭如雨至,正想回马,胸前早已中了一箭,顿时一阵奇痛,几乎坠下马来。幸亏众将上前掩救,疾忙牵转马头,驰回营中。汉王痛不可忍,跳下马来,屈身趋进帐内,众将都来问安。汉王却佯用手扪足道:“贼箭中我足趾,或无妨碍。”左右拥至榻上安卧,即召医官,取出箭镞,敷上疮药。犹幸创处未深,不致有性命之虞,只是十分疼痛罢了。

项王回营,专听汉营动静,只望汉王因伤身死,便好一战而定。汉营里面的张良,又知其意,匆匆入内帐看视汉王。汉王创处虽痛,犹能强勉支持。张良急劝汉王立即起床,巡视各营,藉镇军心。汉王只得挣扎起来,裹好前胸,由左右扶他上车,向各垒巡视一周。将士等正在疑虑,忽见汉王亲来巡查,形容如故,大家方始放下愁怀。

汉王巡行既毕,私下吩咐左右,不回原帐,竟驰至成皋权时养病去了。项王

得报，始知汉王未死，且在军中亲巡，又不禁大费躇踌。自思进不得进，退不敢退，长此迁延下去，恐怕粮尽兵疲，一时委决不下。陡地又传到警耗，却是大将龙且，战败身亡，首级已被韩信取去示众。项王大惊道："韩信小子，真有如此厉害么？他既伤了我的大将，势必乘胜前来，与刘邦合兵攻我。韩信！韩信！我总与你势不两立的了。"

韩信既杀龙且，又闻田横。因为田广已死，自为齐王，出驻嬴下，截住灌婴。灌婴奋力还击，杀得田横大败而逃，投奔彭城去了。韩信平定齐地，使人至汉王那儿告捷，且求封为齐王。

汉王前在成皋养疾，刚刚痊可，便至广武。可巧韩信的使者也到广武，遂将韩信书信呈上。汉王展阅未终，不禁大怒道："寡人困守此地，日日望他率兵来助，他非但不来相助，还要想做齐王么？"张良、陈平二人，适立其侧，赶忙连连轻蹑汉王足趾。汉王究属心灵，一面停住骂声，一面以原书持示他们二人。二人看罢那书，附耳语汉王道："汉方不利，哪能禁止韩信称王，不若如他之愿。不然，恐有大变。"汉王因韩信书中，有"暂请命臣为假王，方期镇定"之语，复佯叱道："大丈夫能够平定诸侯，不妨就做真王，为何要做假王呢？"即命来使回报，叫韩信守候册封。来使去后，汉王便命张良赍印赴齐，立韩信为齐王。

韩信接印甚喜，厚待张良。张良又述汉王之意，望他发兵攻楚。韩信满口应允，俟张良走后，一面择吉称王，一面收拾兵马，预备攻楚。忽有楚使武涉，前来求见。韩信想道："楚是我方仇敌，为何遣使到此？想是来作说客。我自有主意，何妨准他进见。"遂令召入。

武涉是盱眙人，饶有口才。一见韩信，肃然下拜称贺。韩信起身答礼微笑道："君来贺我作甚？无非替你项王，来做说客？快快请说。"武涉听了，又是一拱道："天下苦秦已久，故楚汉戮力击秦。今秦已亡，大家已经分土为王，正应藉此休兵，以培原气。明智如公，当能体会。汉王为人，最尚诈术。足下只知为其效忠。我恐他日，必遭反噬，为彼所伤。足下得有今日，实由项王尚存，汉王不敢不笼络足下。足下眼前处境，正是进退裕如的时候，附汉则汉胜，附楚则楚胜。汉胜必危及足下，楚胜当不致自危。项王与足下本是故交，时时怀念，必不相负。若足下尚不肯深信，莫妙是与楚联和，三分天下，鼎足为王。楚汉两国，谁也不敢不重视足下。这是为目下万全之策，足下乞三思之！"韩信笑答道："我前事项王，官不过郎中，位不过执戟，言不听，计不从，因此弃楚附汉。汉王授我上将军印，付我数万兵士，解衣衣我，推食食我，我若负他，必至为天所弃。我老实对君说，誓死从汉的了。请君为我善复项王可也。"武涉见他志决难移，只得别去。

韩信送走武涉，帐下谋士蒯彻，也来进言，苦苦劝他对于楚汉，两不相助，三分鼎峙，静待时机。韩信仍不肯听，但又将人马停住，再听汉王消息。

汉王固守广武，又是数旬，日盼韩信发兵攻楚，终没动静，乃立英布为淮南王，使他再赴九江，截楚归路。一面复致书彭越，叫他侵入梁地，断楚粮道。布置稍定，尚恐项王粮尽欲归，仍要害及太公，当夜便与张良、陈平商议救父之法。两人齐声道："项王目下乏粮，不敢急归者，惧我方击其后耳。此时正好与他议和，救回太公、吕后，再观风色。"汉王道："项王性情暴戾，一语不合，便至丧身。若要遣使前往议和，其人委实难选。"

言尚未毕，忽有一人应声道："微臣愿往！"汉王瞧去，乃是洛阳人侯公。从军多年，素长肆应。遂允所请，嘱令小心。侯公驰赴楚营，来谒项王。项王正得武涉归报，很觉愁闷，忽闻汉营遣使到来，乃仗剑高坐，传令进见。侯公徐徐步入，见了项王，毫无惧色，从容行礼。项王嗔目与语道："你来为何？尔主既不进战，又不退去，是何道理？"侯公正色道："大王还是欲战呢？还是欲退呢？"项王道："我欲一战。"侯公道："战是危机，胜负不可逆料。臣今为罢战而来，故敢进谒大王。"项王道："听汝之言，莫非要想讲和么？"侯公道："汉王本不欲与大王言战，大王如欲保全民命，舍战为和，敢不从命！"项王此时意气稍平，便将手中之剑，插入鞘内，问及和议条款。侯公道："使臣奉汉王命，却有二议，一是楚汉二国，划定疆界，各不相犯；二请释还汉王父太公，妻吕氏，使他们骨肉团圆，也感盛德。"项王听了，狞笑道："汝主又来欺我么？他无非想骗取家眷，命汝诡词请和。"侯公也微笑道："大王知汉王东出之意么？天伦至重，谁肯抛弃？前者汉王潜入彭城，只是想取家眷，别无他意。嗣闻太公、吕氏已为大王所掳，因此频年与兵，各有不利。大王如不欲言和，那就不谈。既言和议，大王何不慨然允臣所请？汉王固感大王高谊，誓不东侵。天下诸侯，也钦大王仁厚，谁不悦服。大王既不杀人之父，又不污人之妻，孝义二字，已是分得如此清楚，今又放还，更见仁字。汉王如再相犯，这是曲在汉王。师直为壮，大王直道而行。天下归心，何惧一汉王哉？"项王最喜奉承，听了侯公一番谀词，深惬心怀，便令侯公与项伯划分国界。

项伯本是袒汉人物，当下就议定荥阳东南二十里外，有一鸿沟，以沟为界，沟东属楚，沟西属汉。当由项王遣使同了侯公，去见汉王，订定约章，各无异言。所有迎还太公、吕后的重差，仍烦侯公熟手办理。侯公又同楚使至楚，见了项王，请从前议。项王倒也直爽，并不迟疑，即放出太公、吕氏，以及审食其，令与侯公同归。

这天汉王计算他的慈父、他的爱妻，不久就要到了，便亲自率领文臣武将，出营迎接。父子夫妻，相见之下，一时悲喜交集，六只眼睛，你望望我，我望望你，万语千言，反而无从说起。

汉王急将父亲、妻子，导入内帐，暂令审食其候于外帐。又因侯公此次的功劳不小，即封为平国君，以酬其劳。汉王始去跪在太公面前，扶着太公的膝盖，垂泪

道："孩儿不孝，只因为了天下，致使父亲，身入敌营，作为质品，屡受惊吓。还望父亲重治孩儿不孝之罪！"太公见了，一面也掉下几点老泪，一面扶起他的儿子道："为父虽然吃苦，幸而邀天之福，汝已得了王位。望汝以后真能大业有成，也不枉为父养你一场。"汉王忙现出十分孝顺的颜色，肃然答道："父亲春秋已高，不必管孩儿冲锋陷阵，快顾自己的快乐。要穿的尽管穿，喜吃的尽管吃，优游岁月，以娱暮景便了。"太公听毕，一想儿子得有今日，当年龙种之话，已是应了。愁少乐多，倒也安心。独有吕氏，一人孤立在旁，已是难耐。一等她的丈夫和她公公一说完话，便走近她的丈夫身前，一面拉着他的手，一面又将自己的粉颊，倚在他的肩胛之上。尚未开言，早又泪下如雨。汉王赶忙用衣袖替她拭泪道："现在总算大难已过，夫妇重圆，快莫伤心！"吕氏听了，方才止泪道："你这几年在外封王封侯，你哪里知道为妻所吃的苦楚呢？"汉王道："贤妻的苦况，我已尽知。但望我把天下马上打定，也好使你享受荣华，以偿所苦。"说着，便命后帐所有的妃嫔，出来先拜太公，后拜妻子。吕氏又提起她的子女，为乱兵冲散，现在未知生死存亡。汉王告知其事，又说："我已将盈儿立为太子，现在同他姊姊，都在关中。且过几时，我请父亲同你也到那儿去就是了。"吕氏听了，方始面有喜色。

这天晚上，汉王便命在后帐大排筵宴，与父亲、妻子压惊。这席酒筵，倒也吃得非凡高兴。等得宴罢，便与吕氏携手入帐，重叙闺房之乐。吕氏始将别后之事，一一告知汉王。又说起她在家中的时候，全仗审食其鞠躬尽瘁，无微不至；逃难的时候，奋不顾身，拼命保护；"在楚营时候，陪伴劝慰，解我烦恼。我害病时候，衣不解带，侍奉汤水。像这种多情多义的人材，为公为私，你须要看为妻之面，重用其人才好。"汉王听了道："审食其这人，我仅知道他长于世故，所以托他料理家事。谁知他尚有这般忠心，洵属可取。贤妻既是保他，我当畀他一个爵位，以酬伴你之劳就是。"

次日，汉王便召入审食其奖励他道："我妻已将你的好处，告知于我，我就授尔为辟阳侯，尔须谨慎从公，毋身寡人。"审食其听了，自然喜出望外，以后对于吕氏，更是浃骨沦髓的报答知遇。这是汉四年九月间的事情。

没有几日，汉王已闻项王果然拔营东归，汉王亦欲西返，传令将士整顿归装，忽有两个人进来谏阻。这两个人你道是谁？却是张良、陈平。汉王道："我与项王已立和约，他既东归，我还在此作甚？"张良、陈平二人，齐声答道："臣等请大王议和，无非为的是太公、吕后二人留在楚营，防有危险。现在太公、吕后既已安然归来，正好与他交战。况且天下大局，我们已经得了三分之二，四方诸侯，又多归附。项王兵疲食尽，众叛亲离，此是天意亡楚的时候。若听东归，不去追击，岂非纵虎归山，放蛇入壑，坐失良机，莫此为甚！"

汉王本是深信二人有谋，遂即变计，决拟进攻。惟因孟冬已届，依了前秦旧

制，已是新年了。乃就营中，备了盛筵，一面大飨三军，一面自与吕后陪着太公，却在内帐奉觞称寿，畅饮尽乐。太公、吕后从没经过这种盛举，兼之父子完聚，夫妻团圆，白发红妆，共饮迎春之酒。金尊玉斝，同赓献岁之歌。真是苦尽甘回，不胜其乐。这天正是元旦，已是汉王五年。汉王先向太公祝厘，然后身坐外帐，受了文武百官的谒贺。复与张良、陈平商议军情，决定分路遣使，往约齐王韩信，及魏相彭越，发兵攻楚，中道会师。又过数日，派了一支人马护送太公、吕后入关。汉王便率领大军，向东进发，一直来至固陵，暂且扎营。等候韩、彭两军到来，一同进击，谁知并无消息。项王那面，倒已知道，恨汉背约，便驱动兵马，回向汉军杀来。

汉王不是项王对手，早又杀得大败，紧闭营门，不由得垂头丧气地闷坐帐中。复又问计于张良道："韩、彭失约，我军新挫，如何是好？"张良道："楚虽胜，尽可毋虑。韩、彭不至，却是可忧。臣料韩、彭二人，必因大王未与分地，所以观望不前。"汉王道："韩信封为齐王，彭越拜为魏相，怎么好说没有分地？"张良道："韩信虽得受封，并非大王本意，想他自然不安。彭越曾经略定梁地，大王令他往佐魏豹。今魏豹已死，他必想望王封。大王尚未加封，不免缺望。今若取睢阳北境，直至穀城，封与彭越。再将陈以东，直至东海，封与韩信。韩信家在楚地，尝想取得乡土。大王今日慨允，他们二人，明日便来。"汉王只得依了张良之议，遣人飞报韩、彭，许加封地。

二人满望，果然即日起兵。更有淮南王英布，与汉将刘贾进兵九江，招降楚大司马周殷，已得九江之地。这三路人马，陆续趋集，汉王自然放胆行军。正是：

刘氏渐将临晓日，楚军早已近黄昏。

不知汉王有了这三路大军相助，那场鏖战，胜负如何，且听下回分解。

第十二回　白水盟心虞姬自刎　乌江绝命项氏云亡

却说项王又闻汉兵大至，正思迎战，只见粮台官报告，兵食已尽，仅有一日可吃了。项王听了，方始着急起来，不得已连夜退兵，急向彭城回去。正防汉兵追击，用了步步为营的法子，依次退走。好容易到了垓下，遥听得后面一带，鼓声、马声、呐喊声，一齐而起。独自登高向西一望，只见汉兵已如排山而至，差不

多与蚂蚁相似,地上已无隙缝。不禁发狠跺脚道:“好多的汉兵!我悔前日不杀刘邦,养成他今日的气焰!”项王虽然有此懊悔,还仗着自己的勇力,盖世无双;手下的兵将,也还有十多万之众,遂就垓下扎营,准备对敌。

此时汉王早已会齐了三路兵马,共计人数,不下三四十万。复用韩信为三军统帅,主持军事。韩信因知项王骁勇,无人可以对敌,特将各路军马,分作十队各派大将带领,分头埋伏,回环接应。韩信自引一军,上前来引诱项王。项王全靠勇力,不重机谋。一闻韩信自来挑战,一马冲出营来,正与韩信打了一个照面。项王一见仇人,分外眼红,飞起一戟,便向韩信当胸刺去。韩信本没武艺,又是专来诱敌,顿时把身子一偏,回马就走。项王哪里肯放,大喝一声道:“你这乳臭小儿,你往哪儿逃?你的老子前来取你性命来了!”说完,拨马便追。追了几里,已入汉兵的埋伏之中。韩信急放信炮,通知伏兵,陡然杀出两路兵来,便与项王交战。

项王见了,冷笑一声,哪在他的心上,愈杀愈觉起劲。正在向前杀去,韩信又命二次的伏兵,截住项王。项王全不惧怯,复向汉军冲来,于是汉兵中的信炮迭响,伏兵迭起。项王杀了一重又是一重,直杀到第七八重的时候,看看手下的兵士,虽是七零八落,他却仍是有进无退,带了残军,更是飞快地冲杀过去。哪知韩信的十面埋伏之兵,一齐聚集,只向项王一人的马头,围裹拢来。项王随带的楚兵,已是纷纷四窜,惟靠项王的一枝画戟,向敌人左来左挡,右来右挡,刺死一排,又来一排,杀散一群,又来一群。无奈一双手,究竟难敌百般兵器。此时项王也悔不该自恃勇力,深入敌军,急令钟离眛、季布等人,拼死断后,自己杀开一条血路,败回垓下。

项王自从起兵以来,像这样的败法,尚是破题儿第一遭呢!项王一看自己的人马,十分之中,已少掉了八成,他老人家到了此时,也会忧惧起来。他有一位宠姬虞氏,秀外慧中,知书识字,与项王十分恩爱,形影不离。有时项王出去打仗,她也会着了蛮靴,披上绣甲,骑马跟着。只因项王有万夫不挡之勇,她在其后,毫没危险。此次却在营中,守候项王回来。项王入营,当下由虞姬迎入内帐,见他形容委顿,神色仓惶,不像从前得胜回来的气概,也觉花容失色,媚脸生惊。等得项王坐定,喘息略平的时候,才问战阵之中的情事。项王唏嘘道:“大败!大败!”虞姬忙劝慰道:“胜败乃兵家常事。大王盖世英名,谁人不惧!偶然小挫,何必烦恼?”项王听了摇头道:“今日之败,不比往常。连我也不曾遇此恶战,难怪你们女流,罔知利害呢?”虞姬听了,虽然是芳心乱跳,粉靥绯红,可又脸上还不敢现出惊慌之色,恐怕惹起项王的烦恼。幸而早已整备酒肴,忙命摆上,意欲借此美酿,好替项王解闷消愁。项王此时已无心饮酒,因见他的这位爱姬,如此殷勤,一时难却她的情意,只得坐到席间,使她旁坐相陪。刚饮了三四杯,

就见帐下军士报称汉军围营。项王听了,也无他法,仅把他手朝军士一挥道:“去罢了,俺知道。”这个军士尚未退出,又来一个军士报道:“汉军把本营围得水泄不通,请示大王的号令,怎么办?”项王道:“可令各将士小心坚守,不准轻动。且待明日,俺与他们再决一场死战罢!”

此时虞姬在旁,一听得项王说出一个不祥的死字,伤心得几乎要将她的珠泪,从眼眶之中迸出来了。眼看那两个军士退出。因为此时已经天黑,便命点起银烛,将房内照得如同白日一般。复去情致缠绵地斟上两杯,双手呈与项王。项王接来一饮而尽。饮毕,方对她说道:“孤今夜心绪不宁,爱卿可也陪孤同饮几杯?”说完,即斟一杯,送与虞姬。

虞姬接到手中,慢慢喝干。此时,她心中只想挣出几句说话出来劝慰项王,谁知腹内似有多少说话,及到喉管之上,不知怎的,竟会一句说不出来。项王呢,平日是胆大包天,从无一件可惧的事情,此刻也会锐气全消,愁眉不展起来。见了这般的酒绿灯红,鬟青眉黛,仿佛有无限凄凉情景,含在其中。二人默默无言地喝了一会,项王越饮越愁,越愁越倦,不觉睡眼模糊,呵欠欲寐。虞姬本是一位十分聪明,十分伶俐,十分知情,十分识趣的美人,当下便将项王轻轻儿扶入锦帐,让他安卧,自己哪敢再睡,就在榻边坐守。谁知一寸芳心,只似小鹿儿在搅,万分不得宁静。同时耳边,又听得一阵阵的凄风飒飒,莆粟呜呜,俄而车驰马叫,俄而鬼哭神号,种种声音,益增烦闷。旋又陡起一片歌音,随风吹着进来,其声如怨如慕,如泣如诉,忽尔一声高,忽尔一声低,忽尔一声长,忽尔一声短,仿佛九霄鹤唳,仿佛四野鸿哀,一齐入到耳内,一齐迸上心头。虞姬原是一位解人,禁不住悲怀邑邑,泪眼盈盈。回顾项王,只是鼻息如雷,不知不闻,急得虞姬有口难言,凄其欲绝。

这种引起凄凉、引起悲惨的歌声,究竟是从何而来的呢?乃是汉营中的张子房,费了几天心思,编出一曲《楚歌》,教军士们夜至楚营外面,四面唱和。真是无句不哀,无字不惨。激动一班楚兵,怀念乡关,陆续偷偷散去。连那钟离眜、季布,随从怀王几年,无战不与,无役不随,共死同生,永无异志的人,也会情不自禁变起挂来,背地走了。甚至项王季父项伯,亦悄悄地溜出楚营,往报张良,求庇终身而去。单剩得项王的子弟兵八百人,兀守营门,尚未离叛。正想入报,项王已自醒来,那时酒意已消,心中自是清爽。忽闻《楚歌》之声,不禁惊疑起来。出帐细听,那种歌声,反是从汉营传出,不觉诧异道:“难道汉已尽得楚地了么?为何汉营中有许多楚人呢?”正在思忖,已见军士进来禀说道:“将士兵卒,全行逃散,只剩得随身的八百人了。”项王大骇道:“变出非常,天亡我也!”疾忙返身入帐。

突见虞姬直挺地痴立一旁,早变成一个泪人儿了。项王见了这种情景,也不由得迸出几点英雄眼泪,长叹一声,寂无一语。及睹席上残肴,尚未撤去,壶

中未尽之酒犹存。一面命厨人烫热，一面轻轻地一把拉过虞姬，再与对饮。饮尽数觥，便信口作歌道：

力拔山兮气盖世，时不利兮骓不逝；
骓不逝兮可奈何，虞兮虞兮奈若何！

项王生平所爱之物，第一是乌骓马，第二是虞美人。此次被围垓下，已知死在目前，惟他心中实不忍割拾美人骏马，因此慷慨悲歌，欷歔呜咽。虞姬在旁听得，已知项王歌意，也即口占诗句一首道：

汉兵已略地，四面《楚歌》声；
大王意气尽，贱妾何聊生！

虞姬吟罢，泣不成声。项王也未免陪了许多眼泪。就是未曾散去的亲信侍臣，在旁见了，个个情不自禁，悲泣失声。

项王凄怆了一会，陡听得营中更鼓，已敲五下，乃顾虞姬道："天将明了，孤当冒死冲出重围，卿将奈何！"虞姬泫然道："妾与大王形影不离的已是数年，既然相随而来，自当相随而去。纵有危难，怎忍任大王单身而行，惟有生死相依。倘能邀天之幸，归葬故土，死也瞑目！"项王摇首道："如卿这般弱质，怎能冲出重围，卿可自寻生路，孤与卿就此长别了。"说罢，以袖掩面，良久无声。

虞姬突然立起，竖起双眉，喘声对项王道："贱妾生随大王，死亦随大王，愿大王前途保重！"说到重字，陡从项王腰间，拔出佩剑，急向己项上一横。说时迟，那时快，早已血溅珠喉，香销残垒了。项王急欲相救，已是不及，抚尸大哭一场，急命左右掘地成坑，就此埋香葬玉。至今安徽省定远县南六十里，留有一座香塚，传为佳话。后来一班诗人，钦佩虞姬节烈可嘉，谱入词曲，就以"虞美人"三字，作为曲名，留芳千古。比较那位汉朝第一代皇后，吕雉吕娥姁，一入楚营，便就失节，真正不可同日而语的了。

那时项王眼看葬了他的那位节烈爱姬之后，勉强熬住伤心，大踏步出得帐去，跃上乌骓，趁着天色未明的时候，率领八百子弟兵，衔枚疾走，偷出楚营，向南逃去。及至汉兵得知，飞报韩信，已是鸡声报晓，天色黎明了。

韩信一闻项王溃围逃走，急令灌婴，率轻骑五千，往追项王。项王也防汉兵追来，匆匆逃至淮水之滨，觅舟东渡。所部八百人，又失散大半，仅剩得一二百骑了。行至阴陵，见路有两歧，未识何路可往彭城，不免踌躇。适有乡农已在田间，因问路径。谁知乡农却认识他是项王，恨其平日暴虐，用手西指，可怜竟将这位叱咤风云的西楚霸王，轻轻送入死地。也是项王命中该绝，天意兴汉，便信以为真，还向那个乡农拱手一谢。策马西奔，约行几里，忽见前面一条大湖，挡住去路。至此方知受了那个乡农欺骗，赶快折回原处，重向东行。因为这番周折，竟被灌婴追着，一阵冲击，又丧失了百余骑。还亏项王所骑乌骓，不是凡马，

首先逃脱，到了东城。项王回头一看，紧紧相随的仅有二十八骑，四面的人喊马叫之声，渐已逼近。项王自知难以脱逃，引骑至一山前，走上冈去，摆成阵图，慨然谓兵士道："俺自起兵以来，倏已八年，大小七十余战，所当必靡，所攻必破，未尝一次败北，因得称霸至今。今日被困此间，想是天意亡俺，并非俺不能与天下战也。俺已自决一死，愿为诸君再决一战，定要三战三胜，为诸君突围，斩将夺旗，使诸君知俺善战，乃是老天所亡，与俺无涉，免得归罪于俺。"刚刚说罢，汉兵早已四面围了拢来，把这座山头，围得水泄不通。

项王便分二十八骑，作为四队，与汉兵相向。东首有一员汉将，不知利害，贸然驱兵登冈，要想上来活捉项王，以去报功。项王语骑士道："君等且看俺刺杀来将。"说着，纵辔欲走，又回头复说道："诸君可四面驰下，至东山之下取齐，再分三处驻扎。"于是奋声大呼，挺戟驰下，刚遇那员汉将，一戟戳去。汉将不及躲闪，早已被他倒栽葱地刺落马下，跟手轱辘辘地滚下山去了，立刻毕命。汉兵见了，统皆赶忙退下。项王回马上山。山下汉将，仗着人众势盛，团团围绕，多至数匝，竟被项王杀散不少。汉骑将杨喜，复上山来追赶。也被项王大声一喝，人马辟易，倒退了一两里。那时项王部下二十八骑，先与项王打过照面，然后三处分开。汉兵赶至，未知项王究在哪一队内，也分兵三路，围了拢来。谁知项王左手持戟，右手仗剑，来往驰驱，忽劈忽刺。一连斩了汉都尉十余员，刺毙汉兵数百名，还能杀出重围，救回两处部骑。重聚一处，检点人数，仅少了两个骑兵，便笑问部骑道："我的打仗如何？"部骑皆拜伏道："真如大王所言，大王实天神也。"统计项王自那山上杀下，一连九战。汉兵每逢项王冲下一次，必死数百，并退散一次。所以至今人称那山名为九头山，又号四溃山，都是这个出典。

那时项王既得脱围而出，走至乌江地方，却值乌江亭长，泊船岸旁，请项王渡江过去，并且进言道："江东虽小，地方千里，亦足自王。臣有一船，愿大王急渡。"项王听了，笑对亭长说道："天意亡我，方至败剩孑然一身，俺又何必再渡？且俺与江东子弟八千人，渡江西行，如今一无生还。即使江东父老，怜俺助俺，再愿王俺，然俺还有甚么面目去见他们呢？"说着，后面尘头大起，料知汉兵复又追到，亭长又数数催促。项王喟然道："俺知公为忠厚长者，厚情可感，无以为报。惟座下乌骓马，随俺五年，日行千里，临阵无敌。今俺不忍杀此马，特把它赐公，后日见马犹如见俺，也罢！"一面说，一面跳下马来。正在令部卒将马牵付亭长的时候，说也奇怪，那马竟会掉下几滴悲泪，低首长鸣起来。

项王不忍心去看它，只命部骑皆下马步行，各持短刀，转身等候汉兵。那时汉兵已经一齐赶至，项王又鼓勇再战，乱刺蛮劈，复毙汉营兵将数百十人，自身也受了十几处伤创。陡见有数骑将驰至，识得一人是吕马童，凄声向他道："尔非俺的旧友么？"吕马童一见项王在和他说话，不敢正视，即把身子缩退后面，旁

顾僚将王翳道:“这位就是项王。”项王却已听得,复对吕马童道:“俺闻汉王,悬有赏金,得俺首级者,赐千金,封邑万户。俺今日就赏一个人情给尔罢!”说毕复朝了乌骓马,把他的头接连点了几点之后,便用剑自刎。哀哉!年仅三十有一。项王既已自刎,所余的二十六骑,亦皆逃散。

汉营兵将,却来抢夺项王尸体,竟至自相残杀,死了无数。后来是王翳得了头颅,吕马童、杨喜、吕胜、杨武等四将,各得一体,持向汉王报功。汉王见了,命将项王五体凑合,果然相符,便封吕马童为中水侯,王翳为杜衍侯,杨喜为赤泉侯,杨武为吴防侯,吕胜为涅阳侯。

附楚诸城一听项王已殁,自然望风请降。独有鲁城坚守不下,汉王大怒,正想踏平鲁城。不料到了城下,一片弦诵之声,不绝于耳。复又转念道:“鲁为知礼之邦,为主守节,并不为错,何妨设法招降,藉服人心。”便将项王首级令将士挑在竿上,举示城上守兵道:“降者免死,抗者屠其三族!”鲁城官吏,私相商议道:“汉王先礼后兵,我们只好出降,保全民命。”众谋佥同,开城迎降。汉王因为从前楚怀王曾封项羽为鲁公,鲁虽后降,足表对于鲁公的忠心,即以鲁公礼,收葬项王尸身。且就穀城西隅,告窆筑坟,亲为发丧,泣吊尽礼,将士动容,祭毕方还。现在在河南省河阳县有项羽之墓,就是他当日自刎的地方。今日的乌浦,在安徽省和县东北,置有祠宇,号为西楚霸王庙。这些不必说它。

单说那时汉王因见对头已死,天下惟其独尊,心中一喜,便将项氏宗族,一律赦死。又感项伯相救之情,封为射阳侯,赐姓刘氏。其外的项襄、单佗等人,也都赐姓封爵。此时各路诸侯,无不附势输诚。惟临江王共敖子尉,嗣爵为王,怀羽旧恩,不肯臣服。经汉王派刘贾往讨,旬日平定。汉王见大事楚楚,即日还至定陶,又与张良、陈平二人,密议一事,诸将概不知道。正是:

危时不虑生他志,事后惟防有贰心。

不知汉王与张陈二人所议何事,且听下回分解。

第十三回 即帝位侮辱人臣 分王封裁培子弟

却说汉王与张良、陈平二人商议之事,乃是项羽已除,诸侯归附,外乱既平,内防宜固。韩信功高望重,且握有兵权,不先下手为强,预令收回帅印,恐怕将来尾大不掉,一有二心,便难制服。所以要将韩信的兵权夺去,仅畀虚名,始足

放心。他们君臣三个，商量妥当，即由汉王不动声色，亲自趋至韩信营中。

韩信一见汉王驾到，慌忙出迎，同入帐内，奉汉王上坐。但听得汉王面谕道："将军屡建奇功，得平强项。寡人心慰之余，始终不忘将军之助。惟将军连年征讨，定已精神疲乏，理应及时休息，寡人之心稍安。况且天下既定，不复劳师，将军可将帅印缴还，仍就原镇去罢。"韩信听了，无辞可拒，只得取出印符，交还汉王。汉王携印去后，过不多时，又传出一令，说是楚地已定，义帝无后，齐王韩信，生长楚中，素谙楚事，应改封为楚王，镇守淮北，定都下邳。魏相国彭越，劝抚魏民，屡破楚军，今即将魏地加封，号称梁王，就都定陶等语。彭越得了王封，自然欢喜，拜谢汉王，受印而去。

惟有韩信，易齐为楚，知道汉王记着前嫌，不愿使他王齐。但既改楚，大丈夫衣锦归乡，也足吐气，便遵了命令，即日荣归。到了下邳，首先差人分头去觅漂母，及受辱胯下的恶少年。漂母先到，韩信下座慰问，赏赐千金，漂母拜谢去讫。既而恶少年到来，早已吓得面无人色，叩头谢罪。韩信笑道："君勿惧，我若无君当日的一激，也未必出去从军。老死牖下，至今仍是一个白衣人罢了。现授汝为中尉官。"恶少年谨谢道："小人愚顽，蒙大王不记前事，不罪已足感恩，哪敢再事受爵。"韩信微笑道："我愿汝为官，何必固辞？"恶少年始再拜退出。韩信复与梁王彭越、淮南王英布、韩王信、故衡山王吴芮、赵王张敖—张敖即张耳之子，是年张耳病殁，张敖嗣爵，燕王臧荼等，联名上疏，尊汉王为皇帝。疏辞略云：

> 先时秦为无道，天下诛之。大王先得秦王，定关中，于天下功最多。存亡定危，救败继绝，以安万民，功高德厚，又加惠于诸王侯，有功者使得立社稷。地分已定，而位处比儗，无上下之分，是大王功德之著，于后世不宣。谨昧死再拜上皇帝尊号，伏乞准行！

汉王得疏，急召集大小臣工与语道："寡人闻古来帝号只有贤者可当此称。今诸王侯，推尊寡人，寡人薄德鲜能，如何敢当此尊号？"群臣齐声道："大王诛不义，立有功，平定四海，功臣皆已裂土封王，大王应居帝位，天下幸甚！"汉王还想假意推让，哪禁得住内外文官武将，合词再行申请，始命太尉卢绾及博士叔孙通等，择吉定仪，就在汜水南面，郊天祭地，即汉帝位。颁诏大赦，追尊先妣刘媪为昭美夫人，立王后吕氏为皇后，王太子盈为皇太子。又有两道谕旨，分封长沙、闽粤二王，文云：

> 故衡山王吴芮，与子二人，兄子一人，从百粤之兵，以佐诸侯，诛暴秦有大功，为衡山王。项羽侵夺之，降为番君。今以其长沙、豫章、象郡、桂林、南海诸郡，立番君芮为长沙王，钦哉惟命！

> 故粤王无诸，世奉越祀，秦侵夺其地，使其社稷，不得血食。诸侯伐秦，无诸身率闽中兵，以佐灭秦，项羽废而勿立。今以为闽粤王，王闽中地，勿

使失职，以酬王庸。

是时诸侯王受地分封，共计八国，就是楚、韩、淮、南、梁、赵、燕，及长沙、闽粤二王，此外仍为郡县，各置守吏。

天下粗定，汉帝便命诸侯王悉罢兵归国，自己启跸入洛，即以洛阳为国都。特派大臣赴栎阳奉迎太公、吕后及太子盈、公主等人，又遣人至沛邑故里，召入次兄刘仲，从子刘信，并同父异母的少弟刘交。正史仅云刘交为汉高帝的异母之弟，余皆未详，大约是太公于刘媪逝世后，或继娶，或纳妾所生，无事可述，故不详载。且太公被掳至楚营时，已无其人，想是一位不永年之人。汉帝既已念及手足，自然要记得姬妾了。更将微时的外妇曹氏，及其所生之子肥；定陶戚氏父女，及戚氏所生之子如意，一同迎接入都。汉帝至是，父子兄弟、妻妾子侄，陆续到来，齐聚皇宫，这一喜，真是非同小可。

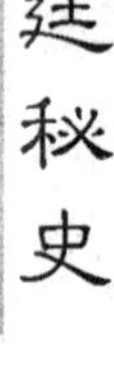

正在十分得意的时候，忽由虞将军入报，说有陇西戍卒娄敬求见。因为那时汉帝有意求才，不问贱役，且有虞将军带引，料是必有特识，即命入见。汉帝见娄敬虽然褐衣草履，形容倒极清秀，便语他道："汝既远来，未免腹中饥饿，现正午膳时候，汝且去就食，再来见朕。"

娄敬便去，稍顷即来。汉帝问其来意，娄敬正容奏道："陛下定都洛阳，想是欲媲美周室么?"汉帝点头称是。娄敬又奏道："陛下取得天下，却与周室不同，周自后稷封邰，积德累仁数百年，至武王伐纣，乃有天下。成王嗣位，周公为相，特营洛邑。因为地取中州，四方诸侯，纳贡述职，道里相均，故有此举。惟有德可王，无德易亡。周公欲令后王嗣德，不尚险阻，非不法良意美。只是隆盛时代，群侯四夷，原是宾服，传到后世，王室衰微，天下不朝，虽由后王德薄，究于形势，颇有关系。欺弱畏强，人心皆同，致有此弊。今陛下起自丰沛，卷蜀汉，定三秦，与项王转战荥阳成皋之间，大战七十次，小战四十次，累及天下人民，肝脑涂地，号哭震天，至今疮痍满目。乃欲媲美周室，臣窃不敢附和，徒事献谀。陛下试回忆关中，何等险固，负山带河，四面可守，就使仓猝遇变，百万人可以立集。所以秦地素称天府，号为雄国。臣为陛下万世计，莫如复都关中。万一山东有乱，秦地尚可无虞。所谓扼喉拊背，那才可操纵自如呢。"这一席话，说得汉王心下狐疑起来，因命娄敬暂退，即集群臣会议。群臣半系山东人氏，不愿再入关中，离开乡井。于是纷纷争论，都说周都洛阳，传国至数百年，秦都关中，二世即亡。况且洛阳东有成皋，西有肯龟，背河向洛，险亦足恃，何必定都关中，方谓万世之基呢?"汉帝听了，更弄得没有主张。想了半天，只有召那位足智多谋的张子房来，解决这事。

原来张良佐汉成功，早已看出汉帝这人，只可以共患难，不能够共安乐，便借要学导引吐纳诸术，以避嫌疑。平日非但足不出户，而且避去谷食。有人问他何

故如此？他答道："我家累世相韩，韩为秦灭，故不惜重金，设法替韩复仇。今暴秦已亡，汉室崛起，我不过凭着三寸之舌，为帝王师，自问应该知足，所以要想谢绝世事，从赤松子游，方足了我心愿。人间富贵，于我如浮云。诸君若肯相从，我亦欢迎。"汉帝听到这些说话，自然毫不疑他，因此许他在家休养。若有大事，仍须入朝参预。此时既为建都问题，自然少不得他了。张良奉召，不敢怠慢，入见汉帝。汉帝便将娄敬所陈，以及朝臣之意，告知张良。张良道："洛阳虽是有险可守，其中平阳居多，四面受敌，实非万全之地。关中地方，左有肇函，右有陇蜀，三面可据以自守，一面东临诸侯，万无一失者也。昔人一金城千里之言，确非虚语。娄敬能够见到，乃陛下盛世人材，伏乞允准施行！"汉帝听了，方始决定择日启行。到了栎阳，丞阳萧何，迎接圣驾，汉帝与说迁都之事。萧何道："秦关雄固，形势最佳，惟项羽焚宫以后，满目邱墟，自应赶造皇宫，及多数市房，方可请陛下迁往。"汉帝便在栎阳暂时住下，命萧何西入咸阳，速行修造宫殿。

汉帝因将各处的小小乱事，对付平靖。大汉六年，汉帝仍还洛阳，惟以项羽部将钟离昧，尚未缉获，不甚放心，便下谕严缉钟离昧，勿得有误。没有几天，就有人来密报，说道钟离昧已为楚王韩信，留于下邳，甚为倚重。汉帝听了，严旨申斥韩信，限他立将钟离昧解都治罪。韩信奉旨，复奏诡称钟离昧并未来邳，已饬所属通缉等语。

汉帝已经恶他欺君，加之韩信出巡，声势异常威赫，又有嫉之者，密告汉帝，汉帝乃召陈平进见，问计于他。陈平道："这事只好缓图。"汉帝发急道："造反大事，怎好缓图？"陈平道："诸将之意若何？"汉帝道："都请朕发兵征讨。"陈平道："诸将何以知他谋反呢？"汉帝道："诸将见其举动非常，故有此疑。"陈平道："陛下现在所有将士，能够敌得过他否？"汉帝道："这倒没有。"陈平道："既然如此，哪好去征讨他？所以臣说只好缓图。"汉帝道："卿最有谋，必须为朕想出一个万全之计。"陈平踌躇半晌道："古时天子巡狩，必大会诸侯。臣闻南方有一云梦泽，陛下何妨传旨出游其地，遍召诸侯会集陈地。陈与楚邻，那时韩信，自来进谒，只要一二武士，便可将他拿下。此计似较妥善。"汉帝听了，连称妙计，当下传旨召集诸侯，会于云梦。

韩信自然不知是计，便想赴会。左右进谏道："汉帝多嫉，大王还是不去的为妙。"韩信道："孤并无一事，可使汉帝见疑，惟有私留钟离昧，或为汉帝见嫉。"说着，凝思一会，便把钟离昧召至，吞吞吐吐说了几句。

钟离昧已知其意，便恨恨地对他说道："公莫非虑我居此，因而得罪汉帝么？"韩信微点其头。钟离昧愈加大怒道："尔系一个反复小人，恨我无眼，误投至此！"说完，拔剑自刎，一灵往阴曹去事项羽去了。韩信一见钟离昧自刎，不禁大喜，忙把他的首级割下，径至陈地，等候汉帝。汉帝一日到了，驻下御跸。韩

信欣然持了钟离昧的首级，来见汉帝。可怜他连钟离昧的首级尚未来得及呈出，已被汉帝命左右拿下。韩信既已被绑，方长叹一声道："果如人言：'狡兔死，走狗烹，飞鸟尽，良弓藏，敌国破，谋臣亡。'天下已定，我固当烹的了。"汉帝怒目视之道："有人告汝谋反，故而把汝拿下。"韩信听了，也不多辩，任其缚置后车。汉帝目的已达，何必再会诸侯，便传谕诸侯，说是楚王谋叛，不及再游云梦，诸侯已起程者速回，未起程者作罢。自己带了韩信急返洛阳。大夫田肯却来进贺道："陛下得了韩信，又治秦中。秦地居高临下，譬如高屋建瓴，沛然莫御。还有齐地，东有琅琊即墨的富饶，南有泰山的保障，西有黄河的限制，北有渤海的优处，东西两秦，同一重要。陛下自都关中，秦地亦非亲子亲孙，不可使为齐王，远望陛下审慎而行。"汉帝听了，便知田肯明说秦齐地势，暗救韩信，因此有悟，便笑语田肯道："汝言有理，朕当依从！"田肯退下，汉帝跟着就是一道谕旨，赦免韩信，不过降为淮阴侯罢了。

韩信虽蒙赦免，心中究竟怏怏不乐，只居府邸，托疾不朝。汉帝因已夺了他的权位，便也不去计较他礼议。

惟功臣尚未封赏，谋将往往争功，弄得聚讼不休。汉帝只得选出几个人，封为列侯，以安众心。那时所封的是：

萧何封酂侯。曹参封平阳侯。周勃封绛侯。樊哙封舞阳侯。郦商封曲周侯。夏侯婴封汝阴侯。灌婴封颍阴侯。傅宽封阳陵侯。靳歙封建武侯。王吸封清阳侯。薛欧封广严侯。陈婴封堂邑侯。周緤封信武侯。吕泽封周吕侯。吕释之封建成侯。孔熙封蓼侯。陈贺封费侯。陈豨封阳夏侯。任敖封曲阿侯。周昌封汾阴侯。王陵封安国侯。

这班总算功臣，封毕之后，还有张良、陈平二人，久参帷幄，功不掩于诸将。汉帝先将张良召入，使其自择齐地三万户。张良答道："臣曩在下邳避难，闻陛下起兵，乃至留邑相会，此是天意兴汉，将臣授于陛下。陛下采用臣谋，臣乃始有微功。今但赐封留邑，愿于已足。三万户便是非份，臣敢力辞。"汉帝喜其廉洁，即封张良留侯，张良谢恩退出。

汉帝又召陈平，因为陈平为户牖乡人，便封他为户牖侯。陈平辞让道："臣得事陛下，累积微功，但不是臣的功劳，乞陛下另封他人。"汉帝不解道："朕用先生奇谋，方能大定天下，何以不是先生的功劳呢？"陈平道："臣当日若无魏无知，怎得能事陛下？"汉帝听了，大喜道："汝之为人，真可谓不忘本矣！"乃传见魏无知，赐以千金，仍命陈平受封。陈平方与无知二人，一同谢恩而退。

诸将见张良、陈平二人，并无战功，也得封侯，已不可解。又见萧何安居关中，反封在列侯之首，而且食邑独多，甚为不服。因即一同进见汉帝道："臣等披坚执锐，用性命换来，不过得一侯位。萧何并无汗马功劳，何以恩赏逾众？敢望

陛下明示！”汉帝听了，微笑道：“诸君亦知田猎之事么？追杀兽兔，自然要靠猎狗，发纵调度，其实仍是猎夫。诸君攻城夺地，正与猎狗相类，无非几只走狗罢了。若萧何呢，镇守关中，源源接济军饷，发纵调度，俨如猎夫指使猎狗逐兽。诸君的有功，乃是功狗，萧何的有功，乃是功人。况他举族相随，多至数十人之众，他非但本人对朕有功，更把他的家族，助朕有功。试问诸君，能与数十家族随朕么？朕所以因此重赏萧何，诸君勿疑！”诸将听了，不敢再言。

后来排置列侯位次，汉帝又欲把萧何居首，诸将又进言道：“平阳侯曹参，冲锋陷阵，功劳最大，应列首班。”汉帝正在沉吟，忽有一谒者鄂千秋，出班发议道：“平阳侯曹参虽有大功，不过一时之战绩，何能加于遣兵补缺，输浪济困，功垂万世的萧何丞相之上呢？以臣愚见，应以萧何为首，曹参次之。”汉帝听了，喜顾左右道：“鄂卿所言的是公论，诸君休矣！”因即以萧何列首，并赐其剑履上殿，入朝不趋。一面又奖鄂千秋，说他知道进贤，应受上赏，乃加封鄂千秋为安平侯。诸将拗不过汉帝，只索作罢。汉帝又想起从前萧何会赆他当百钱五枚，现在自己贵为天子，应该特别酬报。便又加赏萧何食邑二千户，且封其父母兄弟十余人。更又想起田肯曾言应将子弟分封出去，镇守四方，一想将军刘贾，是朕从兄，可以首先加封；次兄仲与少弟交，乃是一父所生，亦该封他们的土地。于是划分楚地为二国，以淮为界，淮东号为荆地，封刘贾为荆王，淮西仍楚旧称，封刘交为楚王。代地自陈余受戮后，久无王封，封刘仲为代王。齐有七十三县，比较荆、楚、代三地尤大，特封庶长子肥为齐王，命曹参为齐相，佐肥而去。同姓四王，已分四国。惟从子信，未得封地，仍居栎阳，太公恐怕汉帝失记，特为提及。汉帝愤言道：“儿何尝失记，只因信母从前待儿刻薄，儿至今日，尚有余恨。”太公默然。汉帝嗣见太公不惬，始封信为善颉侯。汉帝因记长嫂不肯分羹之事，故有此名。人称汉帝豁达大度，真是拍皇帝马屁的言语。

一日汉帝独坐南宫，临窗闲眺。偶见多数武官打扮，聚坐沙滩，互相耳语，似乎有所商量。忙去召进张良，问他那班人究在何谋？张良脱口道：“乃在谋反。”汉帝愕然道：“为何谋反？”张良道：“陛下所封，皆是亲故，旁人既没封到，免不得就要疑惧，一有疑惧，谋反之事，自然随之而来了。”汉帝大惊道：“这样奈何？”张良道：“陛下试思平日对于何人，最为厌恶，即以所恶之人，赐以侯位，此事即平。”汉帝道：“朕平日最恶雍齿，因其曾举丰乡附人，至今心犹不忘其事，难道反去封他么？”张良道：“陛下一封此人，余人皆安心不疑了。”汉帝乃封雍齿为什部侯。嗣后果然人皆悦服。

汉帝又因居住洛阳已久，念及家眷，那时正值夏令，因命启跸前赴栎阳，省视太公。太公见了汉帝，无非叙些天伦之乐。当下就有一个待从太公的家令，问太公道：“皇帝即位已久，何以太公尚无封号？”太公道：“这些朝庭大典，我实

未尝学习，不封也罢。”家令道：“这倒不然，天下岂有无父之君的呢！我有一法，请太公试行之！”太公忙问何法？家令道：“皇帝究是天子，每日来拜太公，太公应报以礼节，让我来教给太公一种礼节。太公听了，不知所云。正是：

谁知失礼狂天子，不及知仪小侍臣。

不知那个家令，究竟在教太公何种礼节，且听下回分解。

第十四回　隔墙有耳面斥戚夫人　窃枕无声魂飞安彩女

一座小小宫院，门外侍从寥寥，终日将门掩闭。左为绿密红稀的树林，鸟声如鼓瑟琴，轻脆可听，右为一湾小溪，碧水法法，清澄似镜。溪内一群鹅鸭，自在游行，若易朱漆宫门为数缘茅舍，一望而知是座乡村人家，何尝像个皇宫。此时汉帝便服来此，两扇宫门，翕然而开。汉帝忽见门内有一位白发老翁，葛衣布履，清洁无尘，手上持着一把小小扫帚，正在那儿扫地。及见汉帝进去，似乎扫得更加起劲，大有御驾光临，蓬筚生辉，扫径以迎的意思。

当下汉帝见了，十分诧异，慌忙前去扶住太公。太公道：“皇帝乃是天下之主，应为天下共仰，哪可为我一人，自乱天下法度的呢？”汉帝听了，猛然醒悟，自知有失，因将太公亲自扶至里面，婉言细问太公，何以有此举动。太公为人素来诚朴，不会说假，便直告道：“家令语我，天子至尊，为父虽为尔亲生之父，究属人臣，尔日日前来朝我，他教我应该拥彗迎门，才算合礼。”

汉帝听了，也不多言，辞别回宫，即命内侍以黄金五百斤，赏给太公家令。一面使词臣拟诏，尊太公为太上皇，订定私朝礼节。太公至是，始得坐享尊荣，毋须拥彗迎门了。

谁知太公为人，喜朴不喜华，喜动不喜静。从前乡里逍遥，无拘无束惯了，自从做了太上皇之后，反受礼节缚束，颇觉无味。因此常常提及故乡，似有东归之意。

汉帝略有所闻，又见太公乐少愁多，似有病容。于是仰体亲心，暗命巧匠吴宽，驰往丰邑，将故乡的田园屋宇，绘成图样，携入栎阳，就在附近的骊邑地方，照样建筑，竹篱茅舍，自成其村。复召丰邑许多父老，率同妻孥子侄，杂居新筑的村中，以便太上皇于清晨暮夜，随便往游，得与旧日父老，杂坐谈心，宛似故乡风味。太上皇果然言笑自如，易愁为乐起来。汉帝又改骊邑为新丰，以垂纪念。

这场举动，总算是曲体亲心的孝思。不佞对于汉帝，每多贬词，惟有此事，不肯没其孝思。

汉帝做了这事，心里也觉十分快乐。不料他的后宫里头，忽然后妃不和起来。

原来吕后为人，最是量狭。初来的时候，她见后宫妃嫔，个个都是天仙一般的人物，自己照照镜子，年增色衰，哪能与这班妖姬相比。不过那时她的丈夫，尚未得着天下，若是马上吃起醋来，外观未免不雅，因此只好暂时忍耐。又因汉帝最得宠的那位薄妃，对于她很能恭顺，非但不敢争夕，每见汉帝要去幸她的时候，她必婉词拒绝，有时还亲自扶着圣驾，送往吕氏的宫中。吕氏虽有河东狮吼之威，她倒也未便发了出来。一住数月，尚无捻酸吃醋的事情，闹了出去。后来曹氏、戚氏到来，汉帝一概封为夫人。曹氏人甚婉静，倒还罢了。只有那位戚夫人，相貌既已妖娆，风情更是妩媚。汉帝对她本又特别宠爱，她为固宠起见自然对于汉帝格外献媚起来。因此之故，便遭吕后妒嫉。

这一天，汉帝适赴太上皇那儿省视，便不回宫午膳。吕后不知汉帝出宫，以为又在戚夫人房中取乐，午膳开出，未见汉帝进宫和她同食。她又任性，并不差遣宫娥出去打听，她却自己悄悄地来至戚夫人宫外。戚夫人的宫娥，一见皇后驾临，正想进去通报，要请戚夫人出来迎迓。吕后忙摇手示意，不准宫娥进去通信。她却一个人，隐身窗外，把一只眼睛从窗隙之中望内偷看。看见汉帝虽然不在房内，但已听见戚夫人在对她儿子如意说道："我儿呀，你此时年纪尚轻，应该好好读书，以便异日帮同父皇办理天下大事。"又听得如意答道："读书固然要读，帮同办事，恐怕未必轮得到孩儿。"又听得戚夫人复说道："我儿此言差矣！同是你的父皇所生之子，怎的说出轮得到轮不到的说话。"

吕后听至此地，顿时怒发冲冠，一脚闯进房去，一屁股坐在汉帝平时所坐的那张御椅之上，怒容满面，一言不发。

此时戚夫人尚未知道皇后，已在窗外窃听了半晌，忙一面怪她的宫娥，为何不来通报，一面忙去与吕后行礼道："娘娘驾至，婢子未曾远迎，失礼已极，娘娘何故似在生气？"吕后不答。戚夫人方要再问。吕后忽地跳了起来，啐了她一口道："你这贱婢，皇宫之内，哪似你那乡村人家，不分上下，不知大小。我问你怎么叫做帮同办事？"说着，又冷笑一声道："这还了得么？"此时的戚夫人，一则初进皇宫，本也不谙甚么礼仪；二则自恃皇帝宠爱，打起枕上官司，未必就会失败；三则人要廉耻，后宫粉黛既多，若被皇后如此凌辱，岂不被人看轻；四则帮同办事那句说话，也不会错。她因有这四层缘故，也不管吕后有国母的威权，便还嘴道："娘娘不得无礼，开口骂人。我的说话，错在哪儿？甚么叫做了得了不得的呢？"如意此时年纪虽小，倒甚知道礼节，他一见他的母亲，与他的嫡母娘娘，一

时口角起来，赶忙去向吕后下了一个半跪，又高拱他的小手，连拜连说道："母后不必生气，孩儿母亲，一时有了酒意，还望母后恕罪！"

吕后还没答言，薄夫人适过门前，听见房内戚夫人在与娘娘斗嘴，疾忙走入。先将吕后说法劝回宫去，又来劝慰戚夫人道："戚娣怎的不能忍气？无论如何，她总是一位正宫娘娘，连万岁也得让她三分。我们身为侍姬，这些地方，就分出低贱来了。"说着，眼圈微红，似有兔死狐悲之感。

戚夫人一进宫来，因见薄夫人性情柔顺，举止令人可亲，便与她情投意合，宛似姊妹一般。此时听见薄夫人劝她的说话，还不甚服气道："薄姊爱护妹子，自是好意。但妹子虽然初入深宫，未习礼仪。不过幼小时候，曾读古史，后妃坏的是妲己、褒姒之类，贤的是娥皇英女等辈。只要有正宫，便有妃嫔。后之死在妃手的，也不可胜记。"戚夫人刚刚说至此处，薄夫人慌忙止住她道："隔墙有耳，千万留口！姊姊无心，听者有意。不要弄得仇恨愈深，两有不利的呢！"戚夫人听了，方始不语。薄夫人又敷衍一会，便也自去。

等得薄夫人走后，就有一个宫娥，走来讨好戚夫人道："夫人知道皇后的历史么？"戚夫人摇摇头，答称未知。那个宫娥便悄悄地说道："听说万岁爷当年在打天下的时候，家中没人照料，便拜托现在那位辟阳侯审食其，索性长久住在家里，经理家务。听说那位审食其，却生得面庞俊俏，性格温柔。"那个宫娥说至此地，微微一笑，似乎表出不敢说下去的意思。此时戚夫人正听得津津有味，见其神情，已知吕后必定不端，因要知道吕后的丑事，定要那个宫娥详细说出。那个宫娥，本意来巴结戚夫人的，既要她讲，自然大胆地讲道："皇后那时青春少艾，不甘独宿，听说便与审食其有了暧昧情事。此事外人皆知，不过那时的太上皇不知道罢了。"戚夫人听了，也吃一惊道："真有其事的么？你不准在此地诬蔑皇后。我虽与她争论几句，万岁爷的颜面攸关，我愿此话是个谣传。"那个宫娥又说道："此事千真万确，怎好说是谣传呢？还有一件更可笑的事情，此事真假如何，婢子也是听人说的。"戚夫人又问她何事。那个宫娥道："有一年，万岁即趁项王攻赵的时候，自己率了大军，竟将项王的彭城占据。项王闻信回保彭城，万岁即一时不备，便吃一场大大的败仗。"戚夫人道："这件事情，我却知道。那时万岁即孑然一身，腹中奇饿，逃到我们家中。我的蒙万岁迎娶我，就在那个时候。"那个宫娥听了笑道："这样说来，万岁爷那年的那场败仗，不是反成就了夫人的婚姻么？"戚夫人点点头道："你再说下去。"那个宫娥又接着道："皇后那时难以安住家中，只得同了太上皇，以及现在的太子、公主，出外避难。"戚夫人道："那个审食其，难道肯替她们守家不成？"那个宫娥摇着头道："皇后哪里舍得他在家，自然一同逃难。不料没有几天，就被楚军掳去。那时项王因恨万岁爷占据彭城的当口，曾在他的后宫住了多时，因要报仇，便想轻薄皇后。岂知我们这

位好皇后，她居然情情愿愿任项王的宫人，将她老人家妆扮得脂粉香浓，宫妆娇艳。见了项王，自报姓氏，口称大王，拜倒座前。有人那时曾经亲眼看见皇后，装束得像个新娘一样。”戚夫人忙接口问道：“难道她竟肯失身于敌人的么？”那个宫娥又痴笑一声答道：“她因怕死，虽是情愿失身，岂知那位项王，已听他的叔叔项伯相劝，应允不污皇后身子。不过那时楚宫人物，匆促之间，尚未知道底蕴，于是你也来劝她丧节，我也来劝她失身，那时皇后听说只是默不作声，粉面含羞承认而已。后来被项王发交项伯软监。项伯那时已经暗附万岁爷了，倒设备了精致屋宇，上等饮食，使皇后住在里面。这样一来，又便宜了审食其这人，双宿双飞，俨如伉俪。”那个宫娥说到此地，又轻轻地对戚夫人说道：“此事薄夫人似乎也晓得的。”

戚夫人听毕，便微微冷笑一声，自言自语地说道：“这才是皇后的身份。不似乡村人家，不分上下，不知大小的呢？”那个宫娥又献计道：“夫人就是为了万岁爷面上，不便宣布此事。现有皇后身边的那个安彩女，却做了一件不可告人之事，婢子知道得清清楚楚。何不将此事暗暗奏明万岁爷，打丫头就是羞小姐呀！”戚夫人道：“你且说给我听了之后，再作计议。”那个宫娥道：“安彩女是皇后的心腹，万岁爷业已幸过。她不知怎么，一心只想替万岁爷再养出一位太子，她就好名正言顺地升为夫人了，但是雨露虽承，璋瓦莫弄。她便私信一个尼僧之言，用三寸小木头，雕刻成万岁爷的模样，又将万岁爷的生辰八字，用朱笔写在那个小木头人的胸心前，后心又钉上七根绣花针，外用一道符箓，把小木头人身子裹住，塞在每日睡的枕头之内。据那尼僧说‘只要七七四十九日，必然受孕。不过万岁爷却要大病一场。’现在已经有三七二十一天了。这件秘事，只有婢子一个人晓得。夫人若要此枕，婢子可以前去偷来，好让夫人在万岁爷面前，献一件大大的功劳。因为这事，明明在魇魔万岁爷，万岁爷乃是天下之主，岂可任其在暗中如此糟蹋的呢！”

戚夫人听了，不禁大喜道：“你现在何宫服役，我想把你留在我的宫里。”那个宫娥道：“奴婢乃是散役，并没一定的宫名。”戚夫人道：“如此你就在我身边，我命人知照管宫太监便了。”那个宫娥听了，马上伏在地上，向戚夫人磕头谢恩道：“奴婢名叫小胡，一班宫人，都戏呼奴婢做妖狐。今得服伺夫人，奴婢便有出头之日了。夫人命奴婢几时去偷那个枕头，奴婢便几时去偷。”戚夫人道：“且慢，等我与薄夫人商量商量再说。”说完，疾忙来至薄夫人宫内，悄悄地告知其事。

薄夫人听了，也是一吓道：“万岁爷半生戎马，冲锋陷阵，可怜方有今日。怎好去魇魔他的身子，还要害他生病，那还了得。不过此事，闹了出来，又与皇后有碍。依妹子主张，最好将那枕头，悄悄窃来，偷去木人了事。”戚夫人听了，自有主意，当时便含糊答应。回宫之后，便命妖狐就在当夜去偷。妖狐因与安彩

女本甚知己，出入不忌的，现在要讨好戚夫人，也顾不得卖友求荣的了。

安彩女姓安，小字妊姐，本是楚宫的宫人。吕后软禁楚营的时候，由项伯向项羽拨来服伺她的。吕后喜她伶俐，又念她在楚营服伺三年，倒还忠心，议和回来的时候，便把她带了同走。汉帝也爱她长得美貌，曾将她幸过多次。她因急于想生一位太子，因有此举。有一天夜间，她由吕后那里回到自己房中，正在脱衣就寝的当儿，陡见她的那个有宝贝木人在内的枕头，凭空失其所在。这一吓，还当了得，顿时神色仓惶地四处乱寻，还且不敢问人，恐怕一经闹了出来，立时便有杀身之祸。谁知左寻也无着，右寻也没有。她至此时，始知必被他人窃去，那人既是指名单窃此枕，必是已经知道她的秘密。分明是拿着她的一条小性命，去献自己的功劳去了。可怜她想至此地，又害怕，又着急，又深悔不应该听信那个害人尼僧之言，冒昧做了此事。此时越想越怕，不禁一阵心酸，泪下如雨起来。急了一会，居然被她自己以为想出一位救命王菩萨来了。她知道这位薄夫人，待下既宽，便可前去求她。复知她在万岁爷面上，虽比不上戚夫人的宠眷，却也言听计从。只要她肯设法援手，便有性命。妊姐想罢，慌忙奔至薄夫人的宫里。

这也凑巧，只有薄夫人一个人在房内，妊姐扑的一声跪在她的面前，边磕着响头，边叫夫人救救奴婢性命。薄夫人一见安彩女这般着慌，便知必是为了那个枕头之事，便一面叫她起来，一面问其究为何事。妊姐哪肯起来，仍跪在地上，将失去那个木人枕头的事情，说了出来，求她搭救。薄夫人听了，也怪她不应做此暗欺万岁爷之事。妊姐又哭诉道："奴婢原无坏意，只因一时糊涂，受了尼僧之愚。总望夫人相救，世世生生当做犬马，以图后报。"薄夫人一则因见妊姐吓得可怜；二则又因戚夫人答应仅窃枕头毁去木人，不去奏知万岁。所以便命妊姐放心，此事包在她的身上，不给万岁知道便了。

此时妊姐一听薄夫人满口答应，始将心里的一块石头落地。一面谢过薄夫人，一面自己仗着自己的胆子道："这才算一条小性命保全了。"正是：

糊涂自慰原堪笑，懵懂身亡似可怜。

不知安彩女性命能保与否，且听下回分解。

第十五回 长乐宫诸侯观礼 匈奴国阏氏受愚

却说薄夫人等得安彩女出去之后，便问宫人，此时已是甚么时候。宫人回

禀道："启夫人！此刻铜壶滴漏，正报三更。"薄夫人一想，"夜已深了，我又何必急急去找戚夫人呢？况且此事，她本来和我商量好的，只毁木人，不奏万岁。我若此刻前去找她，万一圣驾在她那儿，多有不便。"想罢之后，熏香沐浴，上床安眠。次日大早，她正在香梦沉酣的当口，忽被她身边的一个宫娥将她唤醒禀知道："夫人快快起身，万岁爷正在大怒，已把安彩女斩首。各宫夫人，纷纷地都往戚夫人的宫里，请万岁爷的早安去了。"薄夫人听完一吓道："你在怎讲？"宫娥道："安彩女已被斩了。"薄夫人不免淌下泪来，暗怪戚夫人道："此人言而无信，必要与吕后娘娘争个高低，害了这个安妊姐的性命。其实在我想来，船帆一满，便要转风，做人何尝不是这个道理。她既和我知己，遇便的时候，我待劝她一番。"

薄夫人边这般的在想，边已来到戚夫人宫内。走进房去一看，非但万岁爷不在那儿，连戚夫人也不知去向，便询那个妖狐。妖狐谨答道："万岁爷已出视朝。我们夫人，方才在房内，此刻大约往曹夫人那儿去闲谈去了。"薄夫人听了自回宫去。过了几时，趁没人在房的当口，又恳恳切切地劝了戚夫人一番。戚夫人当面虽然称是，过后哪把这话放在心上。近日又收了这个妖狐作身边宫娥，如虎添翼，对于汉帝，更是争妍献媚，恨不得把她的一寸芳心，挖出给汉帝看看。汉帝被她迷惑住了，吕后那边也是去得稀了。

吕后因惧汉帝，只得恨恨地记在心上。有时和审食其续欢之际，她把想用毒药暗害戚夫人的意思，说与审食其听了。审食其倒也竭力阻止。吕后因审食其不赞成此计，只得暂时忍耐。

再说汉帝自从怒斩安彩女之后，深恶宫内竟有尼僧出入，又将守门卫士斩了数人。薄夫人这天晚上，因见汉帝带醉地进她宫来，脸上似有不豫之色，便柔声怡色地盘问汉帝为何不乐。汉帝道："皇宫内院，究有尼僧出入，卫士所司何事，朕已斩了数人。"薄夫人道："婢子久有一事想奏万岁，嗣因干戈未息，尚可迟迟。今见万岁连日斩了不少的卫士，他们都有怨言。婢子至此，不敢不奏了。"汉帝因她平日沉默寡言，偶有所奏，都能切中事弊。此刻听她说得如此郑重，便也欣然命她奏来。薄夫人当下奏道："守门卫士，官卑职小，怎敢禁止那班功臣任意行动。那班功臣，往往入宫宴会，喧语一堂，此夸彼竞，各自张大功劳。甚至醉后起舞，大呼小叫，拔剑击柱，闹得不成样儿。似此野蛮举动，在军营之中，或可使得。朝廷为万国观瞻，一旦变作吵闹之场，成何体统？区区卫士，哪能禁阻有功之臣。最好赶快定出朝仪，才是万世天子应做的事情。"汉帝听完，只乐得将他的一双糊涂醉眼强勉睁开，瞧着薄夫人的那张花容，细细注视。薄夫人见汉帝不答所奏，只望她的面庞尽管出神，不禁羞得通红其脸道："万岁尽着瞧着婢子，难道还不认识婢子不成！"汉帝听了，复呵呵大笑道："朕想张良、陈平二

人，也算得是人中之杰。此等大事，彼二人默然无言，反是你一个女流之辈，提醒于朕，朕心中快乐。笑那魏豹死鬼，生时蠢然若豕，哪有如此的艳福消受爱卿也。你既知道应定朝仪，可知道何人可当这个重任呢？”薄夫人因见汉帝夸她，不由得嫣然一笑道：“婢子知道有一个薛人叔孙通，现任我朝博士。此事命他去办，似不致误。”汉帝听了，更是喜她知人，一把将她拉来坐在膝上，温存了许久，方始同上巫山。

次早坐朝，便召叔孙通议知此意。叔孙通奏道：“臣闻五帝不同乐，三王不同礼。须要因时制宜，方可合我朝万世之用。臣拟略采古礼，与前秦仪制，折中酌定。”汉帝道：“汝且去试办。”叔孙通奉命之后，启行至鲁，召集百十儒生，一同返都。又顺道薛地，招呼数百子弟，同至栎阳。乃就郊外旷地，拣了一处宽敞之所，竖着许多竹竿，当作位置标准。又用棉线搓成绳索，横缚竹竿上面，就彼接此，分划地位。再把剪下的茅草，捆缚成束，一束一束植竖起来，或在上面，或在下面，作为尊卑高下的次序。这个名目，可叫做绵蕞习仪。布置已定，然后使儒生弟子等人，权充文武百官，及卫士禁兵，依着草定的仪注，逐条演习。应趋的时候，不得步履仓惶，须要衣不飘风，面不喘气；应立的时候，不得挺胸凸腹，须要形如笔正，静似山排；还有应进即进，应退即退，周旋有序，动作有机。好容易习了月余，方才演熟。

叔孙通乃请汉帝亲临一见。汉帝看过，十分满意，欣然语叔孙通道：“朕已优为，汝命朝中文武百官照行可也。”未几，秋尽冬来，仍沿秦制，例当改岁。可巧萧何奏报到来，据称长乐宫业已告成。长乐宫就是秦朝的兴乐宫。萧何改建，监督经年，方始完备。汉帝遂定至长乐宫中过年。是年元旦，为汉朝七年，各国诸侯王，及大小文武百僚，均诣新宫朝贺。天色微明，便有谒者侍着，见了诸侯，引入序立东西两阶，殿中陈设仪仗，备极森严；卫官张旗，郎中执戟，大行肃立殿旁，共计九人，职司传命。等得汉帝乘辇而来，徐徐下辇升阶，南面正坐。当下由大行高呼诸侯王丞相列侯文武百官进殿朝贺，趋跄而入，一一拜毕。汉帝略略欠身，算是答礼。一时分班赐宴，肃静无哗。偶有因醉忘情，便被御史引去，不得再行列席，与从前裸胸赤足的神情，大不相同。

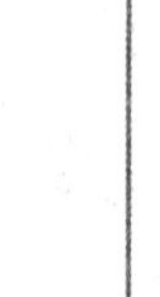

宴毕，汉帝入内，笑容可掬地对后妃道：“朕今日方知皇帝的尊贵了。”便命以黄金百斤，珠珍十斗，赐与薄夫人，奖其提醒之功。又将叔孙通进官奉常之职，并赐金五百斤。叔孙通叩谢而退，这且不提。

单说长城北面的匈奴国，前被秦将蒙恬逐走，远徙朔方。后来楚汉相争，海内大乱，无人顾及塞外，匈奴便乘隙窥边。他们国里，称他国王，叫做单于，皇后叫做阏氏。那时他们的单于头曼颇饶勇力。长子名叫冒顿，勇过其父，立为太子。后来头曼续立阏氏，复生一男，母子二人，均为头曼钟爱。头曼便欲废去太

子冒顿，改立少子，乃使冒顿出质月氏，冒顿不敢不行。月氏居匈奴西偏，有战士十余万人，国势称强。头曼阳与修和，阴欲侵略，且希望月氏杀死冒顿，伐去后患。所以一等冒顿到了月氏那里，便即发兵进攻。岂知冒顿非但勇悍过人，而且智谋异众。他一入月氏国境，早料着他的父亲命他作质，乃是借刀杀人之计。因此刻刻留心，防着月氏前来害己。及见月氏因他父亲进攻，果来加害，于是伺机逃回。头曼见了，倒吃一惊。问明原委，反而服他智勇，安慰数语。可笑那个阏氏，虽是番邦女子，却与汉朝戚夫人嬲着汉帝，要将她的儿子如意，立作太子的情形相同。头曼爱她美貌，哪敢拂她之意，便又想出一策，封冒顿为大将，去与月氏交战，胜则以月氏之地给他，败则自为月氏那面所杀，岂不干净。谁知冒顿又知其意，假以调兵遣将为名，挨着不去。

一日，冒顿造出一种上面穿孔的骨箭，射时有声，号为鸣镝。便命部众，凡见彼之鸣镝到处，必须众箭随之齐发，违者斩首。冒顿还防部众阳奉阴违，不遵命令，遂先以打猎，去试部众，部众如命。次以鸣镝去射自己所乘之马，部众从之。后射爱姬，部众从违各半，冒顿尽杀违者。部众大惧，以后凡见鸣镝到处，无不万矢俱发。冒顿至是，先射头曼的那匹名马，部众果然不惧单于，立时弓弦响处，那匹名马，早与一个刺猬相似。冒顿始请头曼同猎，头曼哪防其子有心杀父，反把阏氏少子，带往同猎。此时冒顿见了父亲继母少弟，三个人同在一起，不禁心花大放，就趁他们三人一个不防，鸣镝骤发，部众的万矢齐至。可怜那位单于头曼，自然一命呜呼，带同他的爱妻少子，奔到阴间侵略地府去了。

冒顿既已射死其父等人，遂自立为单于。部众惧他强悍，并没异辞。惟东方东胡国，闻得冒顿杀父自立，却来寻衅。先遣部目向冒顿索取千里马，冒顿许之。又再索冒顿的宠姬，冒顿亦许之。三索两国交界的空地，冒顿至是大怒，一战而灭东胡，威焰益张。于是西逐月氏，南破楼烦白羊，乘胜席卷，竟把从前蒙恬略定的地方，悉数夺还，兵锋所指，已达燕代两郊。

汉帝据报，乃命韩国的国王信移镇太原，防堵匈奴。韩王信报请移都马邑，汉帝批准。不料韩王信，甫到马邑，冒顿的兵，已经蜂拥而至。韩王信登城一看，只见遍地都是敌人，已把马邑之城，围得与铁桶相似，哪敢出战，只得飞乞汉帝发兵救援。嗣又等候不及，遣使至冒顿营中求和。等得汉帝发救兵到临，见已和议成立，回报汉帝。汉帝派使责问韩王信，何故不待朝命，擅自议和。韩王信惧罪，索性一不做，二不休，竟将马邑献与匈奴，自愿臣属。冒顿收降韩王信，即命其先导，南逾勾注山，直捣太原。汉帝闻警，乃下诏亲征，时为七年冬十月。汉帝率兵行至铜鞮地方，这与韩王信的兵马相值，一场恶战，韩兵大败，将官王喜阵殁。韩王信奔还马邑，与部将曼邱、臣王黄等，商议救急之法。二人本系赵臣，说道：“不如访立赵裔，藉镇人心。”此时韩王信已无主见，只得依了二人计

策，寻着一位赵氏子孙名叫赵利的，权时拥戴起来，一面飞报冒顿求助。冒顿时扎营在上谷地方，闻报立命左右贤王率领铁骑数万，与韩王信合兵。左右贤王，爵似中国的亲王，这也是冒顿知道中国利害，非比番邦，可以随便打发的意思。那左右贤王与汉兵在晋阳地方，打了几仗复被汉兵杀败，只得逃回。汉兵追至离石，得了许多牲畜。嗣因天气严寒，雪深数尺，汉兵不惯耐冷，未便进攻。汉帝还至晋阳，因命奉春君刘敬，单身往探匈奴的虚实。这位刘敬便是前时请都关中的戍卒刘敬。汉帝因他献策有功，赐姓刘氏，封为此职。又知他久戍边地，熟谙番情，带在军中，备作顾问。刘敬奉命去后，不日探了回来报道："依臣愚见，不可轻进。"汉帝作色道："为何不可轻进？"刘敬道："两国相争，兵势应盛。臣见匈奴人马全是老弱残兵，料其有诈，不可不防。"汉帝大怒，责他摇动军心，立时拿下，械系武广狱中，待至得胜回来，再行发落，一面自率精兵再进。沿途虽无兵垒，只是泥滑难行，好容易进抵平城。刚刚驻下，陡听得一派胡哨，四面尘头大起，奇形怪状的番将番兵，早已围了拢来。匈奴单于冒顿，亲率铁骑，加入阵中。此时汉兵本已行路疲乏，怎禁得起这班生力军呢！连战连退，已经退到白登山了。汉帝因见此山高峻，赶忙把人马扎上山去，扼住山口之后，敌兵倒也一时未能攻上山来。无奈敌兵太多，却将那山团团围住，无路可逃。冒顿用了老弱残兵，引诱汉兵深入之计，虽被刘敬料到，惜乎汉帝意气从事，不纳良言，致有此困。一连困了数日，看看兵粮将尽，实已无力支持。此次张良未曾随军，汉帝便与陈平商量数次，陈平亦无计策。汉帝忽见足智多谋的陈平，也无法子，这是只好死于此山的了，自然长吁短叹，忧形于色。

直待第六天，陈平方思得一计，面告汉帝。汉帝大喜，急命照计行事。陈平便备了一幅美人图画，以及许多金珠，派了一个胆识兼全的使臣，下得山去，买通番兵，指名要见冒顿新立的那位阏氏。阏氏听得汉使指名谒她，不知何事，便瞒着冒顿，私将汉使传入内帐，问他有何说话。这位汉使见了阏氏，先将金珠呈上道："汉帝被困白登山，想与此间单于议和，知道阏氏对于单于很能进言。汉帝的意思，只望两不相犯，永修和好。因恐单于不允，特将戋戋金珠，孝敬阏氏。若能就此言和，这是最好之事。若是单于不允，现有一幅图画在此，此是中国的第一个美人。因为不在军中，先将图画送来，再行令人回去，将这位美人取来，奉赠单于。"汉使说完，急将图画递与阏氏。阏氏接去一看，看见图中美人，果然生得花容月貌，比较自己，真有天壤之别，忙暗忖道："这位美人，若被我们单于看见，一定取入宫中。那时这位美人擅宠专房，必夺自己的恩爱。"便对汉使说道："这位美人，万万不可送来！"汉使道："汉帝本也不忍使美人来此，只因无奈。阏氏若能设法解救，汉帝自然不将美人送来，回去之后，情愿将多数的金珠，孝敬阏氏。"阏氏道："我会设法。你且回去报复汉帝，请他放心！"汉使走后，阏氏

又暗忖道："汉帝若不出险，仍要将这位美人送来。事不宜迟，只得从速进言，以解自己之危。"于是阏氏只用了一夜的枕上功夫，单于已被她说允，果然即将汉帝的人马，统统放出。

汉帝引兵南还，经过武广，首将刘敬从狱中取出，并封为建信侯，食邑二千户，又加封夏侯婴食邑千户。再经曲逆县，见那座城池的形胜，不亚洛阳，即以全县采地，悉数酬庸，改封陈平为曲逆侯。这个计策，就是陈平六出奇计的最后一计。以前的五计，一是捐金用反间计，害了范增；二是用恶劣菜蔬，瞒过楚使；三是夜出妇女，解荥阳围；四是潜蹑帝足，请封韩信王齐；五是伪游云梦，不费刀兵，缚了韩信。六条奇计，详载正史，这部《汉宫》故得从略，并非不佞偷懒，把这些事情删去的。

再说汉帝离了曲逆，路过赵国。赵王张敖出郊迎迓，执子婿礼甚恭。张敖的未婚妻，就是吕后长女，早有口约。不过年未及笄，尚难下嫁罢了。谁知汉帝本是一个喜怒无常的人物，又因瞧张敖不起，见了他便箕踞谩骂，发了一番泰山的脾气，自顾自的起程走了。到了洛阳，忽见他的次兄刘仲狼狈进谒道："匈奴寇代，抵敌不住，因此来请援兵，守候陛下已月余了。"汉帝大怒道："尔只配田间耕种，怪不得见敌便逃。尔可知匈奴已经收兵回去了么？"刘仲答称："来此已久，却未知道。"说着，便想回国。汉帝冷笑道："慢着，朕不看手足之情，应该将尔斩首。现在且降为合阳侯以观后效。"刘仲挨了一顿臭骂，还要失去王位，只得忍气吞声地退去。汉帝因为是宠戚姬，其子如意虽仅八岁，先封为代王，复命阳夏侯陈豨为代相，替如意前往镇守。陈豨去后，汉帝又接到萧何的奏报，咸阳宫阙，大致告成，请御驾乘便往视。汉帝乃由洛阳至栎阳，复由栎阳至咸阳，萧何接驾，导入游观。最大的一座，叫做未央宫，周围约有二三十里。东北两方，阙门最广，殿宇规模，亦皆高敞。前殿尤为壮丽。武库太仓，分建殿旁，也是崇闳轮奂，气象巍峨。

汉帝巡视未毕，便佯怒道："朕的起义，原为救民而来。现在民穷财尽，天下未定，怎将这座宫殿，造得如此奢侈。"萧何见责却不慌不忙地奏道："臣正为天下未定，不得不把宫室，造得略事堂皇，藉壮观。瞻若是因陋就简，后世子孙，仍要改造。与其多费一番周折，倒不如一劳永逸，较为得宜。"

汉帝听到此地，转怒为笑道："这样说来，朕未免错怪你了。"正是：

钓誉沽名多作态，详申细解代明心。

不知萧何还有何话，且听下回分解。

第十六回　记旧恨戏诘尊翁　蒙奇冤难为令坦

却说萧何见汉帝转怒为喜，已在安慰他了，反又傈傈危惧起来，肃然答道："微臣此事，虽蒙陛下宽宥，但为日方长，难免有误，尚望陛下有以教之！"汉帝复微笑道："汝作事颇有远见。朕记得从前此地城破时，诸将乘乱入宫，未免各有携取，惟汝只取书籍表册而去，目下办事有条不紊，便宜多了。"萧何亦笑道："臣无所长，一生作吏，对于前朝典籍，视为至宝。平日得以借镜，今为陛下一语道破，天资颖慧，圣主心细，事事留意，真非臣下可及万一也！"汉帝听了大喜，便指着未央宫的四围，谕萧何道："此处可以添筑城垣，作为京邑，号称长安便了。"萧何领命去办。汉帝乃命文武官吏，至栎阳、洛阳两处迎接后妃，一齐徙入未央宫中。从此皇宫已定，长安久住，不再迁移了。

不过汉帝生性好动，不乐安居，过了月余，又往洛阳一住半年，随身所带的妃嫔，第一宠爱戚夫人，其次方是薄姬。至八年元月，闻得韩王信的党羽，出没边疆，复又亲率人马出击，及到东垣，寇已退去，南归过赵。至柏人县中过宿，地方官吏，早已预备行宫。汉帝趋入，忽觉心绪不宁起来，便顾左右道："此县何名？"左右以柏人县对。汉帝愕然道："柏人与迫人同音，莫非朕在此处，要受人逼迫不成？朕决不宿此，快快前进！"左右因为每每看见汉帝，喜怒无常，时有出人意外的举动，便也不以为异。汉帝到了洛阳之后，左右回想，在途甚觉平安，方才私相议论道："是不是万岁爷在柏人县里，那种大惊小怪的样儿，差不多像发了疯了，其实都是多事！"大家互相说论，不在话下。

汉帝住在洛阳，光阴易过，又届残年，当下就有淮南王英布、梁王彭越、赵王张敖、楚王刘交，陆续至洛，预备朝贺正朔。汉帝适欲还都省亲，即命四王扈跸同行。及抵长安，已是岁暮。没有几天，便是九年元旦。汉帝在未央宫中，奉太上皇登御前殿，自率王侯将相等人，一同叩贺。拜跪礼毕，大开筵宴。太上皇上坐，汉帝旁坐，其余群臣，数人一席，分设两边，君臣同乐，倒也吃得很有兴致。酒过数巡，汉帝起立，捧了一只金爵，斟满御酒，走至太上皇面前，恭恭敬敬地为太上皇祝寿。太上皇含笑接来一饮而尽，不觉脱口道："皇帝已有今日，尔亡母昭灵夫人的龙种之言，真已验了。"群臣不解，都起立请求太上皇说出原委。此

时的太上皇微有醉意，并不瞒人，就将当年昭灵夫人堤上一梦，讲与群臣听了。群臣听毕，一个个地喜形于色道：“如此说来，万岁万世之基，早已兆于当时的了。臣等早知此事。那时战场之上，必有把握，何必担惊受怕呢。”汉帝也有酒意，便去戏问太上皇道：“从前大人总说臣儿无赖，不及仲兄能治稼穑之事，今日臣儿所立之产，与仲兄比较起来，未知孰优孰劣？”太上皇听了，无词可答，只得付之一笑。群臣听了，连忙又呼万岁。大家着着实实恭维一阵，才把戏言混了过去。直至夕阳西下，尚未尽兴，汉帝便命点起银烛，再续夜宴。后来太上皇不胜酒力，先行入内，汉帝方命群臣自行畅饮。自己来至后宫，再受那班后妃之贺。后宫的家宴，又与外殿不同。外殿是富丽堂皇，极天地星辰之象。后宫是温柔香艳，俱风花雪月之神。于是汉帝坐在上面正中，右面是吕后。那时重右轻左，凡是降谪的官吏，所以谓之左迁。左面是戚夫人，薄夫人坐在吕后的肩下，曹夫人坐在戚夫人的肩下。宫娥斟过一巡，吕后为首，先与汉帝敬酒。汉帝笑着接到手内，一饮而尽，也亲自斟上一杯，递与吕后。吕后接了，谢声万岁，方才慢慢儿喝下。戚夫人却将自己的酒杯，斟得满满的，递到汉帝的口边。汉帝并不用手去接，就在戚夫人的手内，凑上嘴去把酒呷干。汉帝也把自己杯内斟满，递与戚夫人，戚夫人见了，便嫣然一笑，也在汉帝手中呷干。此时吕后在旁见汉帝不顾大局，竟在席上调情起来。又恨戚夫人无耻，哪儿像位皇妃的身份，此种举动，直与粉头何异。原想发挥几句，既而一想，今天乃是元旦，一年的祥瑞，要从今天而起，不要扫了汉帝高兴。汉帝与吕后多年夫妇，哪有猜不透她的心里，因此对于薄、曹两位夫人的敬酒，只得规规矩矩起来。大家敬酒之后，汉帝忽然想起一个人来，略皱其眉地向吕后说道：“朕已贵为天子，今日后妃满前，开怀畅饮，可惜少了一个。她若在此，那时首占沛县之功，似在诸将之上呢。”吕后忙答道：“万岁所言，莫非记起那个袁姣姵夫人来了么？她真走得可惜，贱妾说她真称得起能文能武，又贤又淑的夫人。现在宫中，人数却也不少，谁能比得上她呀！”汉帝听了，复长叹了一声道：“咳！朕何尝不惦记她呢！未知她还是尚在人间，抑已仙去？果在人间，四海之内，为朕所有，未必一定不能够寻她转来。”吕后道：“恐怕未必，她从前每对妾说，她只想把剑术练成，便好去寻她仙去的亲娘。她又是一位未破身的童女，练习剑术，自然比较别人容易，并且家学渊源，有其母必有其女。照妾看来，自然已经仙去的了！不然，陛下与她如此恩爱，贱妾也与她情意相投，若在人间，她能忍心不来看视陛下一次的么？”汉帝道：“她就仙去，朕已做了天子，已非寻常人物。她就来看我一看，似乎也不烦难的呀！”吕后道：“妾闻始皇要觅神仙，曾令徐福带了三千童男，三千童女，去到海上求仙，谁知一去不还，大概也已仙去。妾以此事比例，大概一做神仙，就不肯再到尘凡来了。”

不佞做到此地，想起秦史中所记徐福求仙一节，因与徐福同宗，安知徐福不与不佞有一线之关。不佞于逊清光绪末叶，曾赴日本留学，暇时即至四处考察古迹，冀得一瞻徐福的遗墓，以伸钦仰之心。果于熊野地方新宫町，得见二千年以前，那位东渡的徐福之墓。墓地面积凡四亩又二十一步，墓前有一石碑，相传海川赖宣藩主于元文元年立。附近有楠树二枝，墓傍原有徐福从者之坟七所。惟不佞去时，仅见二冢，蔓草荒烟，祭谒而返。熊野即是蓬莱，蓬莱山之麓，有飞鸟神在，中有徐福祠一。至于徐福之遗物，早已散失无存。该地滨海洋，多鲸鱼出没，捕鲸之法，犹是徐福遗教。该地又产徐福纸，亦徐福发明的。如此名贵的古迹，竟沦于异域，可慨也夫！不佞作书至此，因以记之，这是闲文，说过丢开。

再说当时汉帝听了吕后之言，甚为欷歔。薄夫人见汉帝惦记前姬，便请汉帝将那位仙去的袁家姊姊一生事迹，谕知朝臣，立朝致祭，使她好受香烟。汉帝摇头道："这可不必，朕知她素恶铺张，如此一来，反而亵渎她了。"戚夫人最是聪明，能知汉帝心理，忙接嘴凑趣道："婢子之意，也与万岁相同。袁家姊姊，既是埋名而去，她的行径，自然不以宣布为是。不过万岁苟有急难，她岂有坐视之理。圣天子有百灵护卫，何况同床合被的人呢？"汉帝听了，方有喜色。

戚夫人又想出许多歌功颂德之词，拣汉帝心之所好的说话尽力恭维。汉帝此时就不像起先那般颓唐了，有说有笑，大乐特乐。这天因是元旦，汉帝只好有屈几位夫人，自己扶着吕后安睡去了。

第二天起来，忽接北方警报，乃是匈奴又来犯边。但是往来不测，行止自由，弄得战无可战，防不胜防。汉帝无法对付，急召关内侯刘敬，与议边防事宜。刘敬道："天下初定，士卒久劳，若再兴师动众，实非易事。冒顿如此凶顽，似非武力可以征服，臣有一计，但恐陛下不肯照行。"汉帝道："汝有良策，能使匈奴国子子孙孙臣服天朝，这是最妙之事，汝尽管大胆奏来！"刘敬道："欲令匈奴世世臣服，惟有和亲一法。陛下果肯割爱，将长公主下嫁冒顿，他必感谢高厚，立公主为阏氏。将来公主生男，即是彼国单于。天下岂有外孙，敢与外公对抗的么？还有一样，若陛下爱惜公主，不忍使她远嫁，或令后宫子女，冒充公主，遣嫁出去。冒顿刁狡著称，一旦败露，反而不美。伏乞陛下三思！"汉帝听完，连点其首道："此计颇善！朕只要国可久安，何惜一个小小女子呢？"

汉帝说毕，即至内宫，将刘敬之策，告知吕后。吕后还未听完，便大骂："刘敬糊涂，做了一位侯爵，想不出防边计策，竟敢想到我的公主身上，岂不可丑？"吕后边骂，边又向汉帝哭哭啼啼地说道："妾身惟有一子一女，相依为命。陛下打定天下，从无一个畏字，怎么做了天子，反忍心将自己亲女，弃诸塞外，配与番奴？况且女儿早已许字赵王，一旦改嫁，岂不贻笑万邦。妾实不敢从命。"汉帝一见吕后珠泪纷飞，娇声发颤，已是不忍。又见她都是理直气壮的言词，更觉无话可说。吕后

等得汉帝往别宫去的时候，忙唤审食其到来密议。审食其听了，也替吕后担忧，即向吕后献计道："赵王张敖，现正在此，不如马上花烛，由他带了回国，那才万无一失呢。"吕后听了大喜，真的择日令张敖迎娶。张敖也怕他的爱妻被外国抢去，赶忙做了新郎。汉帝理屈词穷，只好做他现成丈人，闷声不响。公主嫁了张敖，倒也恩爱缠绵，芳心大慰，不及满月，夫妻便双双回国去了。吕后在他们夫妻结婚之际，已将女儿的封号，向汉帝讨下，叫做鲁元公主。公主一到赵国，自然是一位王后。汉帝眼看女儿女婿走了，也不在心上，只是注重和亲一事，不忘于怀。便将曹夫人的一位义女，诈称公主，使刘敬速诣匈奴，与冒顿提亲。

刘敬去了回来，因为冒顿正想尝尝中国女子风味，自然一口应允。汉帝命刘敬为送嫁大臣，刘敬倒也不辞劳苦。番邦喜事，不必细叙。刘敬有功，汉帝又加封他食邑千户。刘敬又奏道："现在我们以假作真，难免不为冒顿窥破，边防一事，仍宜当心。"汉帝点首称是。刘敬复道："陛下定都关中，非但北近匈奴，必须严防。就是山东一带，六国后裔，及许多强族豪宗，散居故土，保不住意外生变，觊觎大器。"汉帝不待刘敬说毕，连连地说道："对呀！对呀！你说得真对！这又如何预防？"刘敬答道："君看六国后人，惟齐地的田、怀二姓，楚地的屈、昭、景三族，最算豪强。今可徙入关中，便其屯垦，无事时可以防胡，若东方有变，也好命他们东征。就是燕、赵、韩、魏的后裔，以及豪杰名家，都应酌取入关，用备差遣。"汉帝又信为良策，即日颁诏出去，令齐王肥、楚王交等饬徙齐楚豪族，西入关中。还有英布、彭越、张敖诸王，已经归国，也奉到诏令，调查豪门贵阀，迫令挈眷入关。统计入关人口，不下二十余万。幸得兵荒以后，人民流难，半未回来，否则就有人满之患了。汉帝办了这两件大事，心中自觉泰然，终日便在各宫像穿花蝴蝶一般，真是说不尽朝朝寒食，夜夜元宵。况且身为天子，生杀之权由他，谁敢不拼命巴结，博个宠眷呢。谁知他的令坦国中，赵相贯高的仇人，忽然上书告变。汉帝阅毕，顿时大发雷霆，亲写一道诏书，付与卫士，命往赵国，速将赵王张敖、赵相贯高、赵午等人，一并拿来。

究竟是件甚么事情呢？原来汉帝从前征讨匈奴回朝，路经赵国的时候，曾将张敖谩骂一场。张敖倒还罢了，偏偏激动贯高、赵午二人，心下不平，竟起逆谋。他们二人，都已年当花甲，本是赵王张敖父执，平时好名使气。到老愈横。自见张敖为汉帝侮辱之后，互相私语，讥诮张敖庸弱无能。一日，胆敢一同入见张敖，屏去左右，逼着张敖，使反汉帝。张敖当时听了不禁大骇，且啮指见血，指天为盟，哪敢应允。二人见张敖不从，出而密商道："我王忠厚，没有胆量，原不怪他。惟我等身为大臣，应该抱君辱臣死之义，偏要出此一口恶气，成则归王，败则归我等自去领罪如何？"二人计议一定，便暗暗地差了刺客，候在柏人县中。不料那时汉帝命不该绝，一入行宫，忽然心血来潮起来。其实那时那个刺客，早

已隐身厕壁之中，只等汉帝熟睡，就要结果他的老命。偏偏汉帝似有神助，不宿即去，以致贯高、赵午所谋不成。这是已过之事，忽被贯、赵二人的仇人探悉，便去密告。汉帝即差卫士，前来拿他们君臣三人。张敖不知其事，虽叫冤枉，只得束手就绑。赵午胆小，自刎而亡。惟有贯高大怒道："此事本我与赵午二人所为，我王毫不知情，赵午寻死，大不应该；我若再死，我王岂不是有口难分了么！我本来说过败则归我自去领罪之语，现在只有一同到京，力替我王辩护，就是万死，我也不辞。"当时还有几个忠臣，也要跟了赵王同去，无奈卫士不准。那班忠臣，却想出一个法子，自去髯钳，假充赵王家奴，随同入都。

汉帝深恶张敖，也不与之见面，立即发交廷尉讯究。廷尉因见张敖是位国王，且有吕后暗中嘱咐，自然另眼看待，使之别居一室，独令贯高对簿。贯高朗声道："这件逆谋，全是我与赵午所为，与王无涉。"廷尉听了，疑心贯高袒护赵王，不肯直供，便与刑讯，贯高打得皮脱骨露，绝无他言。接连一讯、二讯、三讯，贯高情愿受刑罚，只替赵王呼冤。廷尉复命以铁针烧红，刺入贯高四肢，可怜贯高年迈苍苍，哪里受得起如此严刑，一阵昏晕，痛死过去。及至苏醒转来，仍是咬定自己所为，不能冤屈赵王。廷尉没法，只得将贯高入狱，暂缓定谳。其时鲁元公主，早已回来求他母亲。吕后见了汉帝，竭力代张敖辩诬道："张敖已为帝婿，决不肯再有逆谋，求你施恩将他赦出。"汉帝听了，怒责吕后道："张敖得了天下，难道还要少了你女儿活宝不成！"吕后无法，只好暗去运动廷尉。廷尉一则要卖吕后人情，二则贯高一口自承，何必定去冤枉赵王，即去据实奏知汉帝。汉帝听了，也不禁失声道："好一位硬汉，倒是张敖的忠臣！"又问群臣："谁与贯高熟识？"后知中大夫泄公，与贯高同邑同窗，即命他去问出隐情。泄公来至狱中，看贯高遍体鳞伤，不忍逼视，乃以私意软化道："汝何必硬保赵王，自受此苦！"贯高张目道："君言错矣！人生在世，谁不爱父母，恋妻子？今我自认首谋，必诛三族，我纵痴呆，亦不至此！不过赵王真不知情，我等却曾与之提及，彼当时啮指见血，指天为誓。君不信，可验赵王指上创痕，我如何肯去攀他？"泄公即以其言返报。

汉帝始知张敖果未同谋，赦令出狱，复语泄公道："贯高至死，尚不肯诬及其主，却也难得。汝可再往狱中告之，赵王已释，连他亦要赦罪了。"泄公遵谕，亲至狱中，传报圣意。

贯高闻言，跃然起床道："我王果真释放了么？"泄公道："主上有命，还不仅赦赵王一人呢。"贯高不待泄公辞完，大喜道："我的不肯即死者，乃是为的我王，今我王既已昭雪，我的责任已尽。"说着，扼吭竟死。

泄公复报汉帝。汉帝也为惋惜，命厚葬之。又知赵王家奴，都是不畏死的忠臣，概授郡尉，以奖忠直。惟责赵王驭下无方，难膺重寄，降为宣平侯，改封代王如意为赵王，并把代地并入赵国，使代相陈豨守代，另任御史大夫周昌为赵

相。正是：

乳臭幼孩连授爵，情痴爱妾尚争储。

不知王母戚夫人满意与否，且听下回分解。

第十七回　口吃人争储惊异宠　心狠妇戮将示雌威

却说汉帝夺了爱婿张敖的王位，改畀他爱姬戚夫人之子如意，还要把原有代地，一并归他。在汉帝的心里，可算得巴结戚夫人至矣尽矣的了。谁知戚夫人却认作无论甚么王位，总是人臣，无论甚么封土，怎及天下，必须她的爱子，立为太子，方始称心。

汉帝又知御史大夫周昌，正直无私，忠心对主，命他担任赵地作相，同往镇守。这个周昌，乃是汉帝同乡，沛县人氏，素病口吃，每与他人辩论是非时，弄得面红耳赤，青筋涨起，必要把己意申述明白，方肯罢休。但他所说，都是一派有理之言，盈廷文武将吏，无不惧他正直，连汉帝也怕他三分。因他是前御史大夫周苛从弟，周苛殉难荥阳，就任他继任兄职，并加封为汾阴侯。他就位之后，很能称职，夙夜从公，不顾家事，大有“禹王治水三过其门不入”之概。

一日，周昌有封事入奏，趋至内殿。即闻有男女嬉笑之声，抬头一瞧，遥见汉帝上坐，怀内拥着一位娇滴滴的美人，任意调情，随便取乐，使人见了，肉麻万分。那位美人，就是专宠后宫的戚夫人。周昌原是一个非礼勿视的正人，一见那种不堪入目的形状，连忙转身就逃，连封事也不愿奏了。不料已被汉帝看见，撇下戚夫人，追出殿门，在后高呼他道：“汝为何走得如此快法？”周昌不便再走，只得重复返身跪谒。汉帝且不答话，趁势展开双足，跨住周昌颈项，作一骑马形式，始俯首问他道：“汝来而复去，想是不愿与朕讲话，究属当朕是何等君主看待，情实可恶！”周昌被问，便仰面看着汉帝，尽把嘴唇乱动，一时急切发不出声音。嘴唇张合许久，方始挣出一句话来道：“臣，臣，臣看陛下，却似桀纣。”汉帝听了，反而大笑，一面方把双足跨出周昌头上，放他起来，一面问他有何奏报。周昌乃将事奏毕，扬长而去。

汉帝既被周昌如此看轻，理该改了行径。岂知他溺爱戚夫人，已入迷魂阵中，虽然敬惮周昌，哪肯将床第私情，一旦抛弃。实因为那位戚夫人，生得西施品貌，弄玉才华，尚在其次；并且能弹能唱，能歌能舞，知书识字，献媚邀怜。当

时有出塞、入塞、望妇等曲，一经她度入珠喉，抑扬宛转。纵非真个亦已销魂，直把汉帝乐得手舞足蹈，忘其所以。戚夫人既博殊宠，便想趁此机会，要将太子的地位，夺到手中，异日儿子做了皇帝，自己即是国母，于是昼夜只在汉帝面前絮聒。你们想想看，如意虽封赵王，她如何会满意的呢？汉帝爱母怜子，心里已经活动起来。又见已立的那位太子盈，不及如意聪明，行为与之不类，本想就此办了废立之事，既可安慰爱姬，又能保住国祚。无奈吕后刻刻防备，究属糟糠之妻，又不便过甚，因循下去，直到如今。及至如意改封赵王，其时如意已经十岁，汉帝便欲令他就国。戚夫人知道此事，等得汉帝进她宫来的时候，顿时哭哭啼啼，如丧考妣的情状，伏在地上，抱着汉帝双腿道："陛下平日垂怜婢子，不可不谓高厚，何以今天要将婢子置诸死地？"汉帝失惊道："汝疯了不成？朕的爱汝，早达至境，汝又无罪，何至把汝处死，这话从何说起？"戚夫人听了，又边拭泪边启道："陛下何以把如意远遣赵国，使我母子分离？婢子只有此子，一旦远别，婢子还活得成么？"汉帝道："原来为此。朕的想令如意就国，乃是为汝母子将来的立足，汝既不愿如意出去，朕连那周昌也不叫他去了。有话好说，汝且起来呢！"戚夫人起来之后，便一屁股坐到汉帝的怀内又说道："陛下只有将如意改为太子，婢子死方瞑目。"说着，仍旧嘤嘤地哭泣起来。汉帝此时见戚夫人，宛如一株带雨梨花，心里不禁又怜又爱，忙劝她道："汝快停住哭声，朕被汝哭得心酸起来了，我准定改立如意为太子，汝总如意了。"戚夫人听了，方始满意地带着泪痕一笑道："我的儿子，本叫如意，陛下早就将他取了这个名字。顾名思义，也应该使我母子早点如意呀。"

次日，汉帝临朝，便提出废立的问题。群臣听了，个个伏在地上，异口同声地奏道："废长立幼，乃是不得已之举。今东宫册立有年，毫无失德，如何轻谈废立，以致摇动邦基？"汉帝闻奏，也申说自己理由。话尚未完，陡听得一人大呼道："不，不，不，不可！"汉帝看去，却是口吃的周昌，便微怒道："尔仅说不可，也应详说理由。"周昌听了，越加着急，越是说不出来。那种猴急的样儿，已是满头大汗，喘气上促。群臣见了，无不私下好笑。过了一霎，周昌方才挣出数语道："臣口不能言，但期期知不可行！陛下欲废无罪太子，臣偏期期不敢奉诏！"汉帝见此怪物，连说怪话，竟忍不住圣貌庄严，大笑起来。这期期二字，究竟怎么解释？楚人谓极为周昌口吃，读綦如期，连说期期，故把汉帝引得大笑，就此罢议退朝，群臣纷纷散出。

周昌尚在人丛之中，边走边在揩他额上的汗珠。甫下殿阶，忽被一个宫监抓住他道："汝是御史周昌么？娘娘叫你问话。"话未说完，也不问好歹，拖着周昌便向殿侧东厢而去。周昌不知就里，不禁大吓一跳，想问原委，话还未曾出口，已被那个宫监拖至东厢门口。周昌一见吕后娘娘站在那儿，自知那时帽歪

袍皱不成模样，忙去整冠束带，要向吕后行礼。不料吕后早已朝他扑的一声，跪了下来。此时只把这位周昌又吓又急，两颗眼珠睁得像牛眼睛一般，慌慌忙忙地回跪下去。谁知跪得太促，帽翅又触着吕后的须花。幸得吕后并不见怪，反而娇滴滴地对他说道："周君尽管请起，我是感君保全太子，因此敬谢！"周昌听了，方知吕后之意，便把他的脑袋赶紧抬起答道："臣是为公，不不不是为私，怎怎怎么当得起娘娘的大礼！"吕后道："今日非君'期期期期'的力争，恐怕太子此刻早已被废了。"说毕回宫，周昌亦出。

原来吕后早料戚姬有夺嫡之事，每逢汉帝坐朝，必至殿厢窃听。这天仍是一个人悄悄地站在那儿。起初听见汉帝真的提出废立问题，只把她急得三魂失掉了两魂。金銮殿上，自己又不便奔出去力争。正在无可如何的当口，忽听得周昌大叫不可，又连着"期期期期"的，竟把汉帝引得大笑，并寝其事。这一来，真把吕后喜得一张樱口合不拢来，忙命宫监，速将周昌请至。及至见面，吕后便跪了下去。吕后从前并不认识周昌，因他口吃，一开口便要令人失笑，容易记得他的相貌。还有一班宫女，只要看见周昌的影子走过，大家必争着以手遥指他道："此人就是周昌，此人就是周昌。"因此宫娥彩女，内监侍从，无老无幼，没有一个不认得周昌的。所以吕后一听见他在力争，急令宫监把他请来，使他受她一礼。至于宫监去抓周昌，累他吃吓，这是宫监和他戏谑惯了，倒不要怪吕后有藐视周昌的意思。吕后那时心里的感激周昌，差不多替死，也是甘心，何至吓他。

惟有那位最得宠爱，想做皇太后的戚夫人，得了这个青天霹雳，自然大失所望，只得仍去逼着汉帝。汉帝皱眉道："并非朕不肯改立如意，其奈盈廷臣子，无一赞成此事，就是朕违了众意，如意眼前得为太子，日后也不能安稳的。朕劝你暂且忍耐，再作后图罢！"戚夫人道："婢子也并非一定要去太子，实因我母子的两条性命悬诸皇后掌中，陛下想也看得出来。"汉帝道："朕知道，决不使尔母子吃亏便了。"戚夫人无奈，只得耐心等着。汉帝却也真心替她设法，但是一时想不出万全之计，连日弄得短叹长吁。真正闷极的当口，惟有与戚夫人相偎相倚，以酒浇愁而已。

那时掌玺御史赵尧，年少多智，已经窥出汉帝的隐情，乘间入问道："陛下每日闷闷不乐，是否为的赵王年少，戚夫人与皇后有嫌，虑得陛下万岁千秋之后，赵王将不能自全么？"汉帝听了，连连点首道："朕正是为了此事，卿有何策，不妨奏来！"赵尧道："陛下本有赵王就国，又命周昌前往为相之意，后来因为立太子一事，因罢此议。照臣愚见，还是这个主意最妙。臣并且敢保周昌这人，只知有公，不知有私，决不因不赞成赵王为太子，就是于赵王不忠心了。"汉帝听了大喜，便将周昌召至语他道："朕欲卿任赵相，保护赵王。卿最忠心，当知朕的苦衷。"周昌泫然流涕道："臣自陛下起兵，即已相随，陛下之事，胜于己事。凡力所

及必当善事赵王，决不因秩类左迁，稍更初衷。”说完，便去整顿行李，陪同赵王出都。如意拜别其母，大家又洒了不少的分离之泪。汉帝在旁力为劝解。戚夫人无法，眼睁睁地看着他儿子走了。

周昌既为赵相，所遗御史大夫一缺，接补之人，汉帝颇费踌躇，后来想着赵尧，便自言自语道：“看来此缺，非赵尧也无人敢做。”说着，即下一道谕旨，命赵尧升补周昌之缺。从前周昌任御史的时候，赵尧已为掌玺御史。周昌一日，有友赵人方与公语他道：“赵尧虽尚年少，乃是一位奇才。现在属君管辖，君应另眼看待。异日继君之职者，非彼莫属。”当时周昌答道：“赵尧不过一刀笔吏耳，小有歪才，何足当此重任！”后来周昌出相赵国，得着消息，继其职者，果是赵尧，方才佩服方与公的眼力。这也不在话下。

单说汉帝十年七月，太上皇忽然病逝，汉帝哀痛之余，便把太上皇葬于栎阳北原。因为栎阳与新丰毗连，使他魂兮归来，也可梦中常与父亲相见，这也是汉帝的孝思，不可湮没。皇考升遐，自然闹热已极。诸侯将相，都来会葬，独有代相陈豨不在。及奉棺告窆，特就陵寝旁边，建告一城，取名万年，设吏监守。汉帝因在读礼，朝中大事，均命丞相负责，自己只与戚夫人，以及薄、曹各位夫人，饮酒作乐。

有一天，忽闻赵相周昌说有机密大事，专程前来面奏，忙令进见，问他有何大事。周昌行礼之后，请屏退左右，方秘密奏道：“臣探得代相陈豨，交通宾客，自恃拥有重兵，已在谋变。臣因赵地危急万分，因来密告。”汉帝愕然道：“怪不得皇考升遐，陈豨不来会葬。他既谋反，怎敢前来见朕。汝速回赵，小心坚守，朕自有调度。”周昌去后，汉帝尚恐周昌误听了人言，一面密派亲信至代探听，一面整顿兵马，以备亲征。

原来陈豨为宛陶人氏，前随汉帝入关，累著战功，得封阳夏侯，授为代相。他与淮阴侯韩信，极为知己，当赴代时，曾至韩信处辞行。韩信握住陈豨的手，引入内庭，屏退左右，独与陈豨对立庭中，仰天叹息道：“我与君交，不可谓不深。今有一言，未知君愿闻否?”陈豨忙答道：“弟重君才，惟君命是遵。”韩信道：“君现在任代相，代地兵精粮足，君若背汉自立，主上必亲率兵亲讨，那时我在此地作君内应，汉朝天下，垂手可得，好自为之!”陈豨大喜而去，一到代地，首先搜罗豪士，次第布置，预备起事。

事被周昌探知，亲去密告汉帝。汉帝派人暗查属实，尚不欲发兵，仅召陈豨入朝。陈豨此时已与投顺匈奴的韩王信联络，胆子愈大，声势愈壮，举兵叛汉，自称代王，派兵四出胁迫赵代各城守吏附己。各处纷纷地向汉帝告急。汉帝始率大兵，直抵邯郸。周昌迎入，汉帝升帐问道：“陈豨之兵，曾否来过?”周昌答称未来。汉帝欣然道：“朕知陈豨，原少将略，今彼不知先占邯郸，但恃漳水为阻，未敢轻出，

不足虑矣。”周昌复奏道：“常山郡共计二十五城，今已失去二十城了，应把该郡守尉拿来治罪。”汉帝笑道：“你这话未免是书生之见了，守尉无兵，不能抗拒，原与谋反者有别。若照汝言，是逼反了。”周昌听了，方始暗服汉帝果是一位英明之主，万非自己之才可及。汉帝一面立下赦令，凡是被迫官民，概准自拔来归，决不问罪。一面又命周昌选择赵地壮士，令作前驱。周昌赶忙拣了四人，带同入见。汉帝见了四人，略问数语，突又张目怒视四人道：“鼠子怎配为将！”四人吓得满面羞惭，伏地无语。汉帝却又喝令起来，各封千户，使作前锋将军。四人退出，周昌不解汉帝之意，乃跪问道：“从前将士，累积战功，方有升赏，今四人毫无功绩，便畀要职，得毋稍急乎？”汉帝道：“此事岂尔所知！现在陈豨造反，各处征调之兵，尚未赶集，只凭邯郸将士，为朕用命。若不优遇，何以激励人心？”周昌听了，更加拜服。汉帝又探知陈豨手下半是商贾，乃备多金，四出收买。至十一年元月，各路人马，已经到齐，汉帝引兵往攻陈豨，连战皆捷。陈豨飞请韩王信自来助战，亦被汉将柴武用了诱敌之计，一战而毙韩王信；二战并将韩部大将王黄、曼邱臣二人活擒过来，斩首示众；三战便把陈豨杀败，逃奔匈奴去了。

汉帝平了代地，知道赵代两地，不能合并，回至都中，正想择一子弟贤明者，封为代王。当下就有王侯将相三十八人，联衔力保皇中子恒，贤智仁勇，足膺此选。汉帝依奏，即封恒为代王，使都晋阳。这位代王恒，就是薄夫人梦交神龙所得的龙种。薄夫人因见吕后擅权，莫如赶紧跳出危地为妙，便求汉帝，情愿随子同去。汉帝那时心中所爱，只有一位戚夫人。薄夫人已在厌弃之例，一口应允。薄夫人便安安稳稳地到代地享受富贵去了。

吕后为人虽然阴险，那时单恨戚夫人一个，薄夫人的去留，倒还不在她的心上。她因汉帝出征陈豨，把朝廷大权交她执掌，她便想趁此做几件惊人之举，好使众人畏惧。适有淮阴侯韩信的舍人栾说，探知韩信与陈豨密作内应之事，不及等候汉帝回朝，先行密报丞相萧何。萧何即来奏知吕后。

吕后听了，不动声色，即与萧何二人如此如此，商定计策。萧何回至家中，暗暗地叫着韩信名字道：“韩信韩信！你从前虽是我将你力保，现在你既谋叛，我也不能顾你的了。”

次日，便命人去请韩信驾临相府私宴。韩信称病谢绝。萧何又亲到韩府，以问疾为由，直入内室。韩信一时不及装病，只得与萧何寒暄。萧何道：“弟与足下，素称知己，邀君便餐，乃是有话奉告。”韩信问其何话。萧何道：“连日主上由赵地发来捷报，陈豨已经逃往匈奴，凡是王侯，无不亲向吕后道贺。足下称疾不朝，已起他人疑窦，所以亲来奉劝，快快随我入宫，向吕后道贺，以释众疑。”韩信因为萧何是他原保之人，自然认作好意，跟了萧何来至长乐殿谒贺吕后。

吕后一见韩信，即命绑了。韩信连连口称无罪，要找萧何救他。萧何早已

不知去向。只听得吕后娇声怒责道:“汝说无罪,主上已抄陈豨之家,见你给他愿作内应的书信,你还有何辩?”韩信还想辩白,早被武士们,把他拖到殿旁钟室中,手起刀落,可怜他的尊头,已与颈项脱离关系了。吕后杀了韩信,并灭了他的三族。吕后办毕此事,赶紧奏报汉帝行营。

汉帝见了此奏,大乐特乐。及至回朝,见了吕后,并不怪他擅杀功臣,仅问韩信死时,有何言语。吕后道:“他说悔不听蒯彻之言,余无别语。”汉帝听了失惊道:“蒯彻齐人,素有辩才,此人怎好让他漏网?”急遣使至齐,命曹参将蒯彻押解至都。曹参奉谕,怎敢怠慢,即把蒯彻拿到,派人押至都中。汉帝一见蒯彻,喝命付烹。蒯彻大声呼冤。汉帝道:“汝教韩信造反,还敢呼冤么?”蒯彻朗声答道:“臣闻跖犬可使吠尧,尧岂不仁,犬但为主,非主即吠,臣当时只知韩信,不知陛下。”汉帝听到此地,不禁微笑道:“汝亦可算得善辩者矣,姑且赦汝。”即令回营。正是:

宫中既有长才妇,天下何愁造反人。

不知吕后杀了韩信,尚有何为,且听下回分解。

第十八回　讨淮南舍身平反寇　回沛下纪德筑高台

却说吕后诱杀淮阴侯韩信之后,汉帝爱她有才,非但国家大计常与商酌,连废立太子之事,也绝口不提了。吕后一见其计已售,自然暗暗欢喜。正想再做几件大事,给臣下看看,预为太子示威的时候,可巧又有一个送死鬼前来,碰到她的手里。

这人是谁?乃是梁王彭越。彭越佐汉灭楚,他的功劳虽然次于韩信,但也是汉将中的一位翘楚。他自从韩信降为淮阴侯之后,已有兔死狐悲之感。及见陈豨造反,汉帝亲征,派人召他,要他会师,他更加疑惧,因此托疾不至。嗣被汉帝遣使诘责,始想入都谢罪,又为部将扈辄阻止道:“大王前日未曾应召,今日再去,必定遭擒。倒不如就此举事,截断汉帝归路,真是上策。”可笑彭越只听扈辄一半计策,仅仅仍是借口生病,不去谢罪。不料被他臣子梁大仆闻知其事,从此大权独揽,事事要挟。彭越正想将他治罪,他已先发制人,密报汉帝。汉帝生平最恶这事,出其不意,即将彭越、扈辄二人拘至洛阳,发交廷尉王恬开审讯。恬开审了几堂,虽知彭越不听扈辄唆反之言,无甚大罪,因要迎合汉帝心理,不得

不从重定谳。奏报上去，说的是谋反之意，虽出扈辄，彭越若是效忠帝室，即应重治扈辄之罪，奏报朝廷，今彭越计不出此，自当依法论罪等语。汉帝见了这道奏报，适闻韩信伏诛，自己急于离洛回都，去问吕后原委，因将彭越之事，耽搁下来。及至再来洛阳，又恐连杀功臣，防人疑惧，所以仅斩扈辄，赦了彭越死罪，废为庶人，谪徙蜀地青衣县居住，以观后效。彭越押解行至郑地。中途遇见吕后。

吕后正为汉帝不杀彭越，遗下祸根，特地由都赶赴洛阳，要向汉帝进言。谁知彭越当她是位慈善大家，想她代求汉帝，赦去远谪，恩放还家。于是叩谒道旁，力辩自己无罪，苦求吕后援救。吕后当面满口应允，且命彭越同至洛阳。彭越这一喜，以为他们祖宗必有积德，方能中途遇见这位救命大王。他到洛阳了，正在廷尉处候信的当口，有人前去问他，他也不瞒，直将吕后已经允他，方向汉帝说情的话，说了出来，别人听了，自然替他贺喜。谁知他受人之贺，尚未完毕，忽闻传出一道旨意，乃是"着将彭越斩首"六个大字。总算未杀以前，幸有一位友人前来报信给他，他方知吕后见了汉帝，非但不去替他救赦，反而说道他是歹人，谪徙蜀中，乃是纵虎归山，必有后患，不如杀了来得放心。彭越知道这个消息，尚不至于死得糊里糊涂。否则见了阎王老子，问他何故光临，他还答不出理由出来呢。汉帝既杀彭越，还有三项附带条件：第一是灭其三族，说道斩草不除根，防有报复；第二是把他尸体醢作肉酱，分赐诸侯，以为造反者戒；第三是将他的首级示众。他首级之旁，贴着诏书，有人敢收越首，罪与越同。这三项花样，都是吕后的裁剪。

岂知竟有一个不畏死的，前来祭拜。汉帝正在夸奖吕后的时候，忽见军士报道："顷有一人满身素服，携了祭品，对于越首，哭至晕去，现已拿下，特来奏闻。"汉帝听了，也吃了一惊道："天下真有这样不畏死的狂奴么？朕要见见此人，是否生得三头六臂，快把这个狂奴带来。"一时带到，汉帝拍案大骂道："汝是何人？敢来私祭彭越！"那人听了，面不改色，声不喘气，却朗朗地答道："臣是梁大夫栾布。"汉帝更加厉声问他道："汝为大夫，识得字否？"栾布微笑道："焉得不识？"汉帝道："汝既识字，难道朕的诏书，汝竟熟视无睹不成？汝既如此大胆，定与彭越同谋！"说罢，即顾左右道："速将此人烹了！"那时殿旁，正摆着汤镬，卫士等一闻汉帝命令，立将栾布的身体，高高举起，要向汤镬中掷去。栾布却顾视汉帝道："容臣一言，再入镬中未晚。"汉帝道："准汝说来！"栾布道："陛下前困彭城，败走荥阳成皋之间，项王带领雄兵向陛下追逼，若非梁王居住梁地，助汉扼楚，项王早已入关。今陛下已有天下，如此惨杀功臣，实使天下寒心，臣恐不反的也要反了。臣既来此，自然是为梁王尽忠而来。来意还未说出，便要向镬中投去。"汉帝见他说得理直，且有忠心，便命将他释放，授为殿前都尉。栾布方向汉帝大拜四拜，下殿自去。汉帝遂将梁地划分为二：东北仍号为梁封皇庶子

名恢的为梁王；西南号为淮阳，封皇庶子名友的为淮阳王。这两位皇子，究是后宫哪位夫人所出，史书失传，不佞也不敢妄说。

单说吕后见汉帝在洛，无所事事，劝他返都休养。汉帝便同吕后回至咸阳。到了宫中，休息没有几时，忽然生起病来，乃谕宫监，无论何人，不准放进宫门。一连旬日，不出视朝。却把那班臣下，急得无法可施，于是公推舞阳侯樊哙入宫视疾。樊哙本与汉帝是内亲，及进宫去，谁知也被宫监阻住，樊哙大怒，狂吼一声，硬闯进宫。门帘启处，就见汉帝在戏一个小监。汉帝见了樊哙，倒还行所无事，独有那个小监，只羞得满面通红，抢了衣裳，就急急地逃入后宫去了。樊哙不禁大愤道："陛下起兵，大小百战，这个天下，也是九死一生之中，取而得来。今天下初平，理应及时整理，以保万世之基。乃与小阉，嬉戏宫中，不问朝事，难道陛下不闻赵高故事么？"汉帝听了，一笑起身道："汝言甚是，朕明日视朝便了。"

次日，汉帝坐朝，见第一本奏折，就是淮南王英布的臣下中大夫贲赫，密告英布造反的事情，不觉大惊失色道："这还了得！"说着，拟命太子率兵往击英布。原来太子有上宾四人：一位叫做东园公；一位叫做夏黄公；一位叫做绮里季；一位叫做角里先生。这四位上宾，向居商山，时人称为商山四皓。吕后因惧戚姬夺嫡，特用重礼，聘为辅佐太子。那天四皓闻得汉帝要命太子出征，忙去通知吕后亲兄建成侯吕释之道："皇后聘吾等辅佐太子，现在太子有难，不得不来告知足下。"吕释之听了一惊道："太子有何危难，我怎不知？"四皓道："主上现拟命太子率兵往击英布。太子地位，有功不能加封，无功便有害处。足下速去告知皇后，请皇后去与主上说，英布乃是天下猛将，朝中诸将，半是太子父执，若命太子驾驭他们，必然不听号令。中原一动，天下皆危。只有主上亲征，方于大事有益等语。此乃危难关头，务请皇后注意。"吕释之听了，忙去告知吕后，吕后自然依计而行。

汉帝听了，喟然道："朕早知竖子无能，仍要乃公自去，我就亲征便了。"正待出兵，可巧汝阴侯夏侯婴，适荐薛公，称他才智无双，可备军事顾问。汉帝召入，始知薛公为故楚令尹，问计于他道："汝看英布果能成事否？"薛公道："不能！不能！彼南取吴，西取楚，东并齐鲁，北收燕赵，坚壁固守，是曰上策；东取吴，西取楚，并韩取魏，据敖仓粟，塞成皋口，已是中策；若东取吴，西取下蔡，聚粮越地，身归长沙，这是下策。臣知英布必用下策，陛下可以高枕无忧。"汉帝听了大喜称善，即封薛公为关内侯，食邑千户。且立赵姬所生之子名长的，为淮南王，预为代布地步。出征之日，群臣除辅太子的以外，一概从军。张良送至灞上道："臣因病体加剧，只好暂违陛下，惟陛下此行须要慎重。"汉帝点头说是。张良又道："太子留守都中，陛下可命太子为大将军，统率关中兵马，方能镇服人心。"汉帝依议，又嘱张良道："子房为朕故交，今虽有恙，仍宜卧辅太子，免朕悬念。"张良道："叔孙通已为太子太傅，才足辅弼，陛下放心。"汉帝乃发上郡北地陇西车骑，及巴蜀将官，并中尉卒三

万人，使屯灞上，为太子卫军。部署既定，始启程东行。

那时英布已出兵略地，东攻荆，西攻楚，又号令军中道："汉帝的将士，只有韩信、彭越二人，可以与寡人对抗。今韩、彭已死，余子不足道也。"诸将听了，自觉胆壮。英布遂先向荆国进攻。荆王刘贾，迎战死之。英布既得荆地，复移兵攻楚。楚王刘交，分兵三路出应，虽然抵挡几阵，仍是败绩，只得弃了淮西都城，带了文武官员出奔薛地。英布以为荆、楚既下，正好西进，竟如薛公所料，用了下策。及至他的兵马，进抵蕲州属境会甀地方，正遇汉帝亲引大兵，浩浩荡荡，杀奔前来。英布遥望汉军里面，高高竖起一面黄色大纛，方始大大地吃了一惊，忙顾左右道："汉帝春秋已高，难道亲自引兵前来拒我么？汝等速去探明报我，休被那张良、陈平两贼，假张汉帝亲征旗号前来诳人。"左右奉命去后，英布急召随军谋士商议道："汉帝若自己前来，倒要仔细一二。"当下有一个谋士袁昶，微笑答道："臣只怕汉帝未必亲来。他真亲来，这是大王的福命齐天，应该垂手而得汉室的天下了。"英布道："寡人除韩信、彭越二人之外，不知怎的对于汉帝，似乎有些惧他。汝说寡人应得天下，据何观察而言？"袁昶道："汉帝已经名正言顺地做了几年天子了，海内诸侯，畏其威势，自然都在观望，不敢贸然附和大王。汉帝若不亲自出战，只命各路诸侯前来敌我，大王一时也不能即将诸侯杀尽，久战不利，人所共知。若汉帝自来，我们只要设法能把汉帝一鼓而擒，这就是擒贼擒王的要著。不然，汉帝死守咸阳，我军就是连战皆捷，也要大费时日呢。"英布听了道："汝言固是，但宜小心！"

袁昶正要答话，左右已经探明回报道："汉帝果然自引大军三十万，已在前面扎下营盘了。"英布听罢，因有袁昶先入之言，便觉胆子大了不少，急以其目注视袁昶道："汝有何计，快快说来！"袁昶听了，便与英布咬了几句耳朵。英布听罢大喜，急命照计行事。

谁知那位汉帝，也在那儿畏惧英布的行军阵法，颇似项羽，暗想这次的敌兵，恐非陈豨可比；兼之此次一路行来，辄有乱梦，莫非竟是不祥之兆么？因即策励诸将，有人取得英布首级前来报功，朕即以淮南王位畀之。诸将闻命，人人思得这个王位，军威陡然大震。汉帝见了，心中暗暗高兴，因即下书，要与英布当面谈话。英布批回允准。

汉帝率领诸将出了营门，遥语英布道："朕已封汝为王，也算报功，何苦猝然造反？那陈豨、彭越诸贼，如何出奔，如何被获，汝尚不知不闻么？"英布素无辩才，听了汉帝之言，索性老老实实地答道："为王哪及为帝？我的兴兵，也无非想做皇帝而已。"汉帝见他无理可答，急将所执之鞭，向前一挥，随见左有樊哙，右有夏侯婴，两支人马，冲至英布阵前，大战起来。这天直杀到红日西沉，两面未分胜败，各自收兵，预备次日再战。

就在这天晚间，忽有英布部将冯昌，私率所部，前来归降汉帝。汉兵不知是计，未敢阻拦，奔报汉帝。汉帝听了，急道："来将恐防有诈，不得使他逼近营门。"岂知汉帝话犹未完，陡听来军一连几声信炮，即见冯昌首先一马杀进营来，霎时敌兵漫山遍野地围了拢来。汉兵一时未防，所扎营寨，早为敌人冲破。汉帝见事不妙，跃上那匹御骑，急向后营逃走。甫出后门，不知何处飞来一箭，竟中前胸。幸亏披有铁甲，未伤内腑，但已痛不可忍。汉帝暗想道："我若因痛而遁，我军无主，必然全溃。我的性命仍在未定之天，只有死里求生，或能转败为胜，也未可知，即使再败，我也甘心。"汉帝想罢，赶忙忍痛，奔至一处高阜之上，大呼道："诸将听着！朕虽中箭，不肯罢休。汝众若有君臣之义，快快随朕杀入敌阵，一人拼命，万夫难当，今夜乃是朕与汝众的生死关头。"诸将见汉帝已经受创，还要亲自杀入敌阵，为人臣的，自应为主效力。于是争先恐后的，一齐转身杀入敌阵。大家杀了一条血路，又换一条血路。人人拼死，个个忘身，真是以一当百，竟把敌阵中人，杀得七零八落，锐气全消，弄得打胜仗的反成了败仗。军心一散，便像潮涌般的溃了起来。

此时英布，虽是主帅，哪里还禁止得住，自己要保性命，只得领了残军，带战带退，一路路地败了下去。汉帝乘胜追赶，直逼淮水。英布不敢退守淮南，便向江南窜逃。中途忽遇长沙王吴臣遣来助战的将士，见他如此狼狈，便劝他还是暂避长沙，再作计议。

吴臣即吴芮之子。吴芮病殁，由子吴臣嗣位。吴臣虽与英布为郎舅至亲，见其胆敢造反，因惧罪及三族之例，早已有心思害英布，以明自己并无助逆行为，一时急切不得下手。正在那儿想法之际，一日接到英布书信，邀其派兵相助，吴臣便趁此机会，面子上发兵遣将，算来助布，其实暗中早有布置。

英布哪里防到，一见来将劝他逃往长沙，以为是至亲好意，决不有疑，赶忙改了路程，直投吴臣。谁知行至鄱阳，宿在驿馆，夜间安睡，正在好梦蘧蘧的时候，壁间突出刀斧手数十人。不费吹灰之力，这位已叛的淮南王英布，早已一命呜呼。却与韩信、彭越一班人，在阴曹相对诉苦去了。壁间的刀斧手，自然不是别人所派，阅者也该知道是那位大义灭亲的吴臣所为的了。吴臣既杀英布，持了他的首级，亲自去见汉帝报功。汉帝面奖几句之后，又从吴臣口中知道那个假借诈降为名，乘机冲破汉营的英布部将冯昌，乃是奉着谋士袁昶的密计而来的。袁昶那时与英布所咬的耳朵，自然就是这个计策了。

汉帝平了英布，知道天下英雄，已无其敌，心中岂有还不坦然之理。那时因近故乡，索性顺道来至沛县访谒故老。这明是汉帝衣锦还乡的举动。沛县官吏，冷不防地忽见圣驾光临，无不吓得屁滚尿流，设备行帐，支应伙食，忙个不了。无如沛县城池不大，汉帝人马又多，弄得满坑满谷，毫无隙地。哪知汉帝是

所带随身亲兵，比较他的队伍，不过十成中只带了二三成来了罢。等得汉帝驾至城内，所有官绅，沿途跪接，异常恭敬。汉帝因是故乡官吏，倒也客气三分，接见父老，更是和颜悦色；及见香花敷道，灯彩盈街，心里虽然万分得意，脸上却不肯现出骄矜之色。进得行宫，自己坐了御座，复将从前认识的那班父老子弟，一一召入，概免跪拜，温语相加，悉令两旁坐下。县中官吏，早备筵宴，一时摆上。汉帝又命他们同饮，同时选得儿童二百二十人，使之皆著彩衣，歌舞值酒。这班儿童，满口乡音，都是呀呀的闹了一阵。汉帝大乐特乐，此时已有酒意，遂命左右取筑至前，亲自击节，信口作乐道：

大风起兮云飞扬，威加海内兮归故乡，安得猛士兮守四方？

汉帝歌罢，大家莫不凑趣，于是又争着恭维一番。汉帝当场复命那班儿童，学习他所唱的歌句，儿童倒也伶俐，一学即会，唱得仰扬入耳，更把汉帝乐得手舞足蹈，居然忘了天子尊严，下座自舞。他虽随便而舞，可怜累得那班父老，竟把各人的喉咙，喝彩喝哑。汉帝忽然回忆当年的苦况，不禁流下几点老泪。众人见了，自然大为惊慌，忙去恭问原因。汉帝喟然道："我今日虽已贵为天子，回想当年，几无啖饭之处。"说着，即命左右持千金分赠王媪、武妇，为了当年留餐寄宿之情。其时两妇已殁，由其子孙拜领去讫。汉帝又对众人说道："朕起兵此邑，得有天下，为人不可忘本，应将此邑赋役，永远豁免。"大家听了，群又伏地拜谢。汉帝尚未尽兴，直吃到午夜方散。

次日，汉帝复召各家妇女，无论老幼，均来与宴。那班妇女，不知礼节，弄得个个局促不安。汉帝又命免礼，放心痛饮，这一场筵席，更闹出百般笑话。汉帝视以为乐，并不计较。一连十余日，方始辞别父老，启行返都。父老又请道："沛县已蒙豁免赋役，丰乡未沐殊恩。"汉帝道："非朕不肯，实恨雍齿叛我，今看父老之面，一视同仁可也。"父老等送走御驾之后，便在沛中建造一台，名曰"歌风"。正是：

为人在世原如梦，作帝还乡应筑台。

不知汉帝何时到都，且听下回分解。

第十九回　无可奈何撩愁借楚舞　似曾相识被诱说胡廷

却说汉帝从沛邑返都，刚刚行至中途，忽又心中转了一个念头。便命左右，传谕队伍，各归本镇，自己先到淮南，办理善后诸事。行装甫卸，适接周勃发来

的捷报，见是周勃追击陈豨，至当城地方，剿灭豨众，豨亦死于乱军之中。代地、雁门、云中诸地，均已收复，听候颁诏定夺。乃将淮南封与其子名长的镇守，又命楚王交仍回原镇去讫。又因荆王刘贾战死以后，并无子嗣，特改荆地为吴国，立兄仲之子濞为吴王。刘濞原封沛侯，年少有勇力智谋过人，此次汉帝征讨英布，刘濞亦随营中，所有战绩，为诸将之冠。汉帝因为吴地人民凶悍，决非寻常人物，可以镇慑，因此想到刘濞。

刘濞入谢，汉帝留心仔细一看，见他面目狞恶，举止粗莽，一派杀气，令人不可逼视，当时就有懊悔之意，怅然语刘濞道："汝的状貌，生有反相，朕实不甚放心。"刘濞听了，甚为惧怕，赶忙跪在地上，不敢陈说。汉帝又以手抚其背道："有人语我，汉后五十年，东南方必有大乱，难道真的应在汝的身上不成？汝应知道朕取天下，颇费苦心，汝须洗心革虑，切切不可存着异心。"刘濞听了，连称："不敢，不敢！陛下尽纾圣虑。"汉帝听了，始命起去。

刘濞去后，汉帝说过此事，便也不在他的心上。那时汉帝共封子弟，计有八国，乃是齐、楚、代、吴、赵、梁、淮阳、淮南。除楚王刘交、吴王刘濞二人之外，余皆是他亲子。汉帝以为骨肉至亲，谅无异志，就是刘濞，虽有反相，但是犹子如儿，无可顾虑，讵知后来变生不测。这是后事，暂且不谈。

单说汉帝见淮南大事已妥，便启跸东行，途经鲁地，正想备具太牢，亲祀孔子，陡然箭创复发，一刻不能敖忍，乃命大臣代祭，匆匆入关，卧于长乐宫中，一连数日，不能视朝。戚夫人日夜伺候，见汉帝呻吟不已，势颇危殆，急得一把眼泪，一把鼻涕地求着汉帝，总要设法保全他们母子性命。汉帝听了，暗忖道："此姬为朕平生钟爱，她又事朕数年，也算忠心。她虑朕一有长短，母子二人性命，极可担忧，倒有道理，并非过甚之辞。朕想惟有废去太子，方能保全他们。"想完之后，决计废立，凡是来保太子的谏章，一概不阅，连他生平言听计从的那位张子房先生，也碰了一鼻子灰，扫兴而去。

当时却恼了那位太子太傅叔孙通，也不缮写奏章，贸然直入汉帝寝宫，朗声谏道："陛下乃是人中尧舜，何以竟有乱命颁下？陛下要知道废长立幼一事，自古至今，有善果的，十不得一。远如晋献公宠爱骊姬，废去太子申生，因此晋国乱了许久；近如秦始皇不早立扶苏，自致灭祀。今太子仁孝，天下臣民，谁不赞扬，皇后与陛下久共甘苦，只有太子一人。即以糟糠而论，此举亦属不应，况关于天下社稷的么？陛下真欲废长立少，臣情愿先死，就以项血洒地罢！"说完，扑的一声，拔出腰间佩剑，即欲自刎。汉帝见了，吓得连连用手拍着病榻，慌忙止住他道："汝快不必如此！朕不过偶尔戏言，何得视作真事，竟来尸谏呢！"叔孙通听了，始将手中之剑，插入鞘中复说道："太子为宗社根本，根本一摇，天下震动。陛下何苦将辛辛苦苦得来的天下，欲以儿戏视之么？"汉帝惶然道："朕准卿

言，不易太子便了。”叔孙通听罢，拜谢道：“如此，则社稷之安矣！陛下圣体欠安，也应善自珍重，以慰人民之望，万勿胡思乱想，实于圣躬有害的呢！”汉帝点头称是。叔孙通趋出。

过了几天，汉帝病体稍瘥，谁知戚夫人还不心死，仍是只在汉帝耳边叽咕。一日，汉帝特召太子盈至戚夫人宫中侍宴，太子奉瑜而至，四皓紧随左右，等得太子向汉帝行礼之后，四皓亦皆上前叩谒。汉帝一面命起，一面问太子：“此辈为谁？”太子谨奏道：“此即商山四皓，皇后聘为臣儿辅佐。”汉帝一闻此四人就是四皓，不觉愕然而起，惊问四皓道：“公等都是年高有德之人，朕曾征召数次，公等奈何避朕不见，今反来从吾儿游？”说着，又微笑道：“得毋轻视乃公乎？”四皓齐声答道：“陛下轻士善侮，臣等义不受辱，因此违命不来；今闻太子贤孝，更能敬重山林之士，天下且归心，臣等敢不竭力辅助太子乎？”汉帝听了，徐徐说道：“公等肯来辅佐吾儿，亦吾儿之幸。惟望始终保护，使吾儿不致失德，朕有厚望也。”四皓唯唯，便依次入座，来与汉帝奉觞上寿。汉帝饮了一阵，乃命太子退去。太子离座，四皓亦起，跟着太子谢宴而出。

汉帝急呼戚夫人从帏后出来，边指着方才出去的四皓，边唏嘘对她说道：“此四位老人，就是望重山林，久为天下所敬仰的四皓。今来辅佐太子，翼羽已成，势难再废矣。”戚夫人闻言，顿时眼泪簌落落地掉了下来，一头倒入汉帝怀内，只伤心得天昏地暗，乱箭攒心，甚而至于几乎晕死过去。汉帝见了这种形状，又急又怜，只得譬喻地说：“人生在世，万事本空。我今劝汝得过且过，何必过于认真？我此时尚在与汝说话，只要一口气不来，也无非做了一场皇帝的幻梦而已。”说着，也不禁眼圈微红，摇头长叹。

戚夫人此时一见汉帝为她伤感，暗想主上现在病中，如何可以使他受着深刻激刺。想至此地，无可奈何，只得收起她已碎的一片芳心，去劝慰汉帝。汉帝见戚夫人知道体量自己，便对她道：“汝既这般慰朕，汝可为朕作一楚舞，朕亦为汝作一楚歌，先把这团忧愁推开，再谈别的如何？”戚夫人听了，便离开汉帝怀内，下至地上，于是分飘翠袖，袅动纤腰，忽前忽后，忽低忽高，轻轻盈盈地舞了起来。汉帝想了一会，歌词已成，信口而唱。

正在凄怆无聊之际，忽见几个宫人，慌慌张张地走进来奏道：“娘娘前来问候万岁爷的圣安来了。”戚夫人刚刚停下脚步，吕后已经走了进来，一见汉帝斜卧御榻，面有愁容，开口便怪戚夫人道：“圣躬有恙，汝何得使其愁闷？”戚夫人无语，索性赌气退到后房去了。吕后又向汉帝似劝非劝，似讥非讥地絮聒一番，方始趋出。

汉帝一等吕后去后，忙向戚夫人安慰。戚夫人泣语道：“万岁在此，娘娘尚且这般，倘圣躬万岁千秋以后，婢子尚能安居此宫一日么？”汉帝道：“朕病尚不至如此，汝且安心，容长计议。”又过数日，汉帝虽然不能视朝，所有大政，尚欲亲裁。

一日，为了丞相萧何做了一件错事。汉帝便不顾自己有病，忽然震怒起来，你道何事？谅来那时萧何，位至相国，及死韩信，更加封五千户，在汉帝手里，也算得宠眷逾分的了。这天萧何奉到进爵诏书，即在府中大排酒筵，众宾纷纷道贺，独有故秦东陵侯召平往吊。召平自秦亡后，隐在郭外家中种瓜，时人因其所种之瓜，味极甘美，故号为东陵瓜。萧何入关，闻其贤名，招至幕下，每有设施，悉与计议，得其益处，却也不少。这天正是喜气盈庭，座上客满的时候，忽见召平素衣白履，昂然入吊道："公勿喜乐，从此后患无穷呢！"萧何听了不解道："君岂醉乎？我进位丞相，主上圣眷方隆，且我遇事小心翼翼，未敢稍有疏虞。今君忽出此语，难道有见怪于我的地方不成？"召平道："主上南征北讨，亲冒矢石，此次甚至中箭卧床，而公安居都中，不与战阵，反得加封食邑，我揣度主上之意，恐在疑公。试观淮阴侯，百战殊功，尚且难保首领。公自思之，能及淮阴么？"萧何听至此处，一想召平之言，确是深知汉帝腹内的事情，连忙求计于他道："这且如何？君应教我以安全之道。"召平道："公不如辞让封邑，且尽出私财，移作军糈，方可免难。"萧何称是，便只受职位，谢绝封邑，并出家财，拨入内库。汉帝果然心喜，奖励有加。

从前汉帝征讨英布时，萧何每次使人输送粮饷。汉帝屡问来使，萧何近作何事。来使答言，萧相爱民如子，除办军需之外，无非抚循百姓而已。当时汉帝听了，默然无语。来使回报萧何，萧何亦未识汉帝用意所在，偶尔问及门客。一客道："公不久要满门抄斩了。"萧何大骇，问其何法解救。门客道："公位至丞相，功列百僚之首，尚有何职可以加封。主上背后屡屡问公的意思，乃是防公久居关中，深得民心。一旦乘虚号召，闭关自守，据地称尊，岂非使主上进不能战，退无可归？这样关他死生的事情，哪能不日日存诸胸中的呢？今公还要孳孳为民，以为邀功地步，真如有病而不求医，反去与鬼为伍，岂非自入死境？现在第一须解释主上的疑忌，对症下药，惟有使民间稍起谤公之谣，才能转危为安。"萧何道："主上最恶剥削小民的官吏，这事我不敢做。"门客听了微哂道："公何明于治人，昧于治己乎？寻常官吏，职位卑小，主上并不畏其畜有野心。所以略失官箴，必遭谴谪，如公地位，岂比他人。主上防公作乱，摇动社稷，自然认为大大刺心的问题。至于贪赃枉法那些小事，又自然认为个人溺职，反不足轻重了。"萧何听了，方始终服这位门客有见，便依了客言，故意做些侵夺民间财物之事。不到几时，就有人将萧何所为，密报汉帝。汉帝听了，行所无事，并不查问。已而淮南告平，汉帝返都，中途百姓遮道上书，争控萧何有强买民田等事。汉帝接书，仅不过令萧何自向民间谢罪，补偿田价了事。

及至汉帝卧病在床，然见萧何上一奏章，请将御苑隙地，拨给民间耕种，便又恨他取悦于民，恐有深意，立刻降了一道谕旨，命廷尉将萧何拘到，剥去冠服

押入天牢待罪。群臣以为萧何必犯大逆不道之事，恐惹祸祟，都不敢替他呼冤。幸亏有一位王卫尉，平日素敬萧何为人，一天适值侍宴宫中，便乘间探问汉帝道："相国萧何现押天牢，不知身犯何罪？"汉帝听了道："汝提到这个老贼，朕便生气。朕闻李斯相秦，有善归主，有恶自承。今相国受人货赂，向朕请放御苑之地，给民耕种，这是明明示好于民，不知当朕何等君王看待？"卫尉道："陛下未免错疑了。臣闻百姓足，君孰与不足，相国为民兴利，化无益为有益，正是宰相调和鼎鼐应做的职务。就是民间感激，也只感激陛下，断不是单独感激相国一人，因为朝中良相，必是宫内贤君选用的。还有一层，相国果有异志，陛下从前拒楚数年，相国是时若一举足，即可坐据关中。乃相国反命子弟随营效力。近如陛下讨陈豨，平英布，当时人心摇动之际，相国更以私财助饷，陛下因而连战皆捷。照臣说来，都是相国之功。相国亦人杰，何至反以区区御苑，示好百姓，想去收买人心乎？前秦致亡，正因君臣猜忌，以授陛下的机会。陛下若是疑心相国，非但浅视相国，而且看轻自己了。"汉帝听了，仔细前后一想，萧何果没甚么不是，于是笑了一笑，即命左右赦出丞相。

那时萧何年纪已大，入狱经旬，械系全身，害得手足麻木，困疲难行。虽然遇赦，已是蓬头赤足，秽污不堪。但又不敢回府沐浴再朝天子，只得裸身赤体地入朝谢恩。汉帝见萧何那种形状，不觉失笑道："相国不必多礼。此次之事，原是相国为民请愿，致被冤抑。如此一来，正好成汝贤相之名，百姓知朕过失，视为桀纣之主罢了。"萧何更是惶恐万分，伏地叩首。汉帝始命左右扶他出宫，照常办事。从此以后，萧何益加恭谨，沉默寡言。汉帝也照旧相待，不消细说。

一天，汉帝偶与戚夫人话及赵王如意在外之事。戚夫人道："我儿年幼，远出就国，虽有周昌相佐，政事或者不致有误，衣食起居，婢子万不放心。"汉帝道："且待朕病稍痊，出去巡狩，带汝同行就是。"戚夫人听了，倒也愿意。她的脸上，便现出高兴的颜色来了。汉帝近来长久不见她的笑容了，喜得连命摆宴。他们二人，正在畅饮的当口，忽见周勃前来复命。汉帝就命召进宫来，询问之后，始知陈豨死后，所有部将，多来归降。因而知道燕王卢绾，与陈豨却有通谋情事。汉帝素来宠任卢绾，不甚相信，便命周勃退去。一面去召卢绾入朝，察观动静。次日即派廷尉羊管赴燕。谁知卢绾果有虚心，不敢入朝。

说起这事，又要倒叙上去。先是陈豨造反时，曾遣韩王信拨与他的部将王黄，奔至匈奴国求援。那时匈奴虽与汉室和亲，初则尚想应允发兵相助，禁不起那位假公主在枕上一番劝止，因此对于王黄，便以空言敷衍。事为卢绾所知，也派臣属张胜，亲往匈奴，说是陈豨已败，切勿入援。张胜到了匈奴，尚未去见冒顿，忽在逆旅之中，遇见故燕王臧荼之子衍，两下叙谈，衍思报复父仇，乃诱动张胜道："燕与胡近，宜早自图，汉王连杀功臣，所有封地尽与子弟。卢王究属异

姓，汉帝现无暇顾及，所以燕国尚能苟存。欲保国基，惟有一面援救陈豨，一面和胡，方算计出万全。”燕地张胜，听了道：“燕国若失，我的官儿不保，只有用衍之说，才是上策。”于是违背卢绾之命，反劝冒顿助豨敌汉。冒顿偏被说动，发兵援豨。卢绾久等张胜不归，又见匈奴已去助豨，心里甚为着急。及至张胜回报，查知张胜违反使命，便要把他问斩。岂知卢绾为人，最是耳软。张胜又与卢绾妃子有私，弄得结果，张胜非但没有问罪，仅将狱中一个犯人，提出替他斩首。他还秘密奉了卢绾之命，再赴匈奴，办理连和的事情去了。卢绾复令近臣范齐，往谒陈豨，叫他大胆敌汉，燕与匈奴都是他的后援。不料陈豨太不争气，在卢绾未去壮胆以前，倒还能够与汉帝打上几仗。等得卢绾去壮胆以后，反而一败涂地，甚至马革裹尸，总算应了那个“名将从来不白头”的诗句。卢绾一见陈豨败死当城，只吓得拉了他的那位爱妃道：“你与张胜两个，害死寡人了！”那位妃子又劝他装病不见外客，以观动静，所以对于廷尉羊管，只说有病，容缓入朝谢罪。羊管回报汉帝。

汉帝再命辟阳侯审食其，御史大夫赵尧、侍臣刘沅，一同入燕，察看是否真病，以及促其入朝。三位使臣到了燕地，不问真病假病，一齐闯入宫去，看见卢绾脸上虽有愁容，肌肉甚是肥壮，都责其不应假病欺君。卢绾强勉辩说道：“现在主上有病，一切大权，尽操吕后之手，我若入朝，岂非要与韩信、彭越他们鼎足而三了么？且俟主上圣躬复元，那时我方敢入朝。”赵尧、刘沅二人听了，尚想相劝，无奈审食其一听卢绾的说话，大有不满吕后之意，一时替他情人代怒起来，逼着赵、刘二使立即回都复命。

汉帝听了三人奏语，已是愤怒。适又接到边吏的奏报，知道张胜并未问斩，且为和胡的使臣，汉帝自然怒上加怒，立命樊哙速引骑兵万五千人，往讨卢绾。樊哙去后，汉帝便又卧倒在床，一因怒气伤肝，二因箭创迸裂，三因深怪吕后不该卫护太子，劝他亲征英布，以致病入膏肓。每逢吕后母子进宫问疾，没有一次不嗔目大骂。

吕后索性避不见面，日日夜夜反与审食其一叙巫山云雨之情，二商龙驭上宾以后之事。照吕后毒计，恨不得以进药为名，毒死汉帝，好使儿子从早登基，反是审食其，力说不可，方始打消此念。

谁知天下之事，无独有偶。吕后之妹吕媭貌虽不及乃姊，才更不及乃姊，风流放荡，却与乃姊相埒。她的情人，就是樊哙的家臣，姓商名冲，洛阳人氏，生得面如冠玉，目若明星。惹草拈花的手段，更比审食其高强，损人利己的心肠，尤较审食其厉害。一天为着公事，被樊哙责了他几句，心中自然大不愿意，一等樊哙去讨卢绾，他就来到一家勾栏之中，与一位名叫醉樱桃的妓女，商量一件密事。正是：

因怜国戚王妃色，欲取元勋大将头。

不知商冲究与醉樱桃所商何事，且听下回分解。

第二十回　挟微嫌家臣害主　嘱后事高祖升遐

咸阳东门胭脂桥畔，地段幽雅，景致天然，原为始皇别院。嗣被项羽焚毁，瓦砾灰堆，已成荒烟蔓草之地。萧何建造汉宫划作民间市廛。当时就有一位名妓，人称醉樱桃。单以这个芳标而观，便知此妓的艳丽无伦了。她爱胭脂桥来得闹中取静，即自建一角红楼，作为她的妆阁。楼前种上一堤杨柳，随风飘舞，婀娜迎人，曲径通幽。两旁咸植奇花异草，一到艳阳天气，千红万紫似在那儿献媚争妍。楼中白石为阶，红锦作幕珍珠穿就帘拢，玛瑙制成杯盏。金鸭添香，烧出成双之字，铜壶滴漏，催开夜合之花。以故王孙公子，腰缠十万，不惜探艳之资；词客才人，珠履三千，来沾寻春之酒。弄得醉樱桃的香巢，门庭如市；樱桃花下，游骢接踵，也像后来的山阴道上，应接不暇。这位名妓醉樱桃，在三个月以前，接着一位如意郎君，真是"潘吕邓小闲"五字皆全。她既是做的神女生涯，只要献得出缠头的人物，就可作入幕之宾，何况这位风流俊俏的郎君呢？她自然与他说不尽的海誓山盟，表不出的情投意合了。

此客是谁？便是舞阳侯家臣商冲。商冲既与吕嫈有染，暇时复辄至醉樱桃妆阁消遣。这天，他忽又想起樊哙奉命出征卢绾的前几天，他偶然误了一桩公事，就被樊哙骂得狗血喷头。他想害死樊哙，以泄羞辱之愤，因知醉樱桃，虽属妓女，素有奇才，所以来此问计于她。他一到她的房内，醉樱桃立刻设了盛筵，和他二人低斟浅酌，作乐调情。

商冲喝了一会，始对醉樱桃说道："此处不甚秘密，我与你将酒肴移到那绣月亭上去。我有一件大事，要与你去商量呢。"醉樱桃听了，尚未开言，先就嫣然地一笑。这一笑，真有倾城倾国之容。从前褒姒的那一笑，未必胜她。醉樱桃一笑之后，又向商冲微微地斜了一眼道："你是一位侯府官员，国家大事，你也可从旁献议。今儿有甚事故，反来下问我这个纤弱无能的小女子起来呢？"商冲也笑道："这件事情，说大不大，说小不小，且到绣月亭上，自然会告诉你听。"

醉樱桃便命丫鬟们，重添酒筵，摆到后花园里的绣月亭中。丫鬟遵命去办。她便与商冲二人，手挽手地出了卧房，走到园中。其时夕阳已，堕皓月初升，一

片清光，把那一园的楼台亭阁，竹木花草，照得格外生色。他们二人，走到亭前的沼边，立定下来，赏了一会月色，约计时候，酒菜谅已摆好，方才走进亭去。一面命丫鬟们，统统退出，未奉呼唤，不得进来；一面关上亭门，惟将窗帘卷起，借着月光，免得点烛麻烦。布置已毕，那些酒筵，早已摆在近窗的那张桌上。他们二人，东西向的对面坐下，醉樱桃先替商冲满斟一杯，自己也斟上了，边喝着边问商冲道："商郎究属何事，为何说得如此郑重？"商冲听了道："我与你的恩爱，本是至矣尽矣的了，所缺者不过没有夫妻的名义而已。这件事情，除你以外，我也不敢与第二个人商量。我与我们舞阳侯夫人，本有关系，我并不瞒你。"醉樱桃听到这句，便插嘴道："商郎呀，奴一开口奉劝，你总说奴吃醋。大凡吃醋的问题，是对于她的情人，不准再去与第二个女子爱好，这是普通的习惯。奴的劝郎快与那位吕媭斩断情丝，公的是为若被樊侯知道，郎的性命，必定难保。私的是为道德关系，既为他的家臣，岂可再犯主妇？一个人在世上总要凭良心作事，郎偏说奴吃醋。奴若吃醋，何以又任郎在各处惹草拈花呢。"商冲听到此处，忙止住她的话头道："我只说了一句，你就叽里咕噜起来，快快莫响，听我和你且谈正事。"醉樱桃笑道："你说你说，奴听你讲就是了。"商冲道："我本是顶天立地的大丈夫，做个家臣，似乎已经对不住自己了。樊侯不过运气好些，碰见一位真命天子；我若那时也能跟着皇帝打仗，恐怕如今还不止仅仅封侯而已呢。我前几天偶误小事，即被樊侯当面糟蹋，我实气愤不过，打算害死姓樊的，因为你有才情，我所以要你替我想出一个万全之计。你有法子么？"醉樱桃听了，陡地瞪着眼珠子问商冲道："你这说话，还是真的呢？还是说着玩的？"商冲道："自然真的，我若不杀姓樊的，誓不为人！"醉樱桃听了，气得柳眉倒竖，杏眼圆睁地责商冲道："我本想将我终身托付于你，谁知你竟是一个人面兽心的小人。你既污他的妻子，又想害死他的性命，你也是吃饭喝水的人呀，怎么亏你说出这种话来？"说完，便把她手中一只酒杯，向地上一掷，只听得豁啷 一声，倒把商冲吓了一跳，一时老羞成怒，便红了他的那一张脸，大发脾气道："你这贼婢，身已为娼，不是我这没眼的人抬举你，恐怕早被巡查官员赶走的了。我好意问问你，你竟骂起人来！"说着，顺手一掌，只打得醉樱桃粉颊晕红，珠泪乱迸，正想一把拖住商冲，要与他拼命。不料商冲接着又是两脚，已把醉樱桃一个娇滴滴的身材，踢倒在地，他却大踏步自顾自地走了。

不言醉樱桃自怨所识非人，哭着回她房去。单讲商冲出得醉樱桃门来，越想越气，忽然被他想到一个内侍。这位内侍，名叫英监，乃是戚夫人的心腹，从前曾经看中商冲祖传的一座白玉花瓶。商冲知他是最得宠的太监，不取瓶价，情愿奉赠与他。英监大喜，便和商冲结了朋友。此时商冲既然想到英监，立刻来至他的私宅，见了英监，假装着气愤不过的样子，甚至下泪，向英监哭诉道：

“樊侯无礼奸污我的妻子，还要凌辱于我。此次出征卢绾，他一回来，我的性命，必难保全。”英监本来对于商冲，尚未还过那座花瓶的人情，便答商冲道：“你不必害怕，我自有计，叫樊哙决不生还咸阳便了。”商冲忙问何法。英监道：“将来自知，此时莫问。”

英监送出商冲之后，即去告知戚夫人道：“臣顷间得着一个不好的消息，舞阳侯樊哙，本是皇后的妹婿，已与皇后设下毒计，一俟，万岁归天之后，要将夫人与赵王杀得一个不留，就是连臣也难活命。夫人不可不预为防备。”戚夫人本来只怕这一著棋子，一听英监之言，顿时哭诉汉帝。

汉帝这几天正不惬意吕后的时候，听完戚夫人的哭诉，立将陈平、周勃两人，召至榻前，亲书一道密诏，命他两人乘驿前往，去取樊哙之首，回来复旨。两人听了，面面相觑，不敢发言。汉帝又顾陈平道：“汝可速将樊哙之首，持回见我，愈速愈妙。莫待朕的眼睛一闭，不能亲见此人之头，实为恨事。”复谕周勃道：“汝可代领樊哙之众，去平燕地。”汉帝说罢，忽然双颊愈红，喘气愈急。戚夫人慌得也不顾有外臣在室，赶忙从帏后钻出，一面用手连拍汉帝的背心，一面又对陈平、周勃两人道：“二位当体主上的意思，速去照办，且须秘密。”

陈平、周勃两人听了戚夫人的说话，又见汉帝病重，更是不敢多讲，只得唯唯而出，立刻起程。陈平在路上私对周勃道：“樊哙是主上的故交，且是至戚。平楚之功，他也最大，不知主上听了何人的谗言，忽有此举。以我之意，只有从权行事，宁可将樊哙拿至都中，听候主上发落，足下以为如何？”周勃道：“我是一个武夫，君有智士之称，连留侯也服君才。君说如何，我无不照办。”陈平道：“君既赞成，准定如此行事。”

谁知他们二人，尚未追着樊哙，汉帝已经龙驭上宾了。原来汉帝自从陈平、周勃二人走后，病体一天重起一天，至十二年春三月中旬，自知创重无救，不愿再去医治。戚夫人哪肯让汉帝就死，自然遍访名医，还要将死马当作活马医治。一天由赵相周昌送来一位名医，入宫诊脉之后。汉帝问道：“疾可治否？”医士答道：“尚可医治。”汉帝听了，便拍床大骂道：“我以布衣，提三尺剑，屡战沙场，取得天下。今一病至此，岂非天命，天要我亡，即令扁鹊复生，亦是无益。”说完，又顾戚夫人道：“速取五十斤金来，赐与此医，令他即去。”戚夫人拗不过汉帝，只得含泪照办。

汉帝遂召群臣至榻前，并命宰杀白马宣誓道：“诸卿听着！朕死之后，非刘氏不准封王，非有功不准封侯。如违此谕，天下兵击之可也。”誓毕，群臣退出。汉帝复密请陈平，命他斩了樊哙之后，不必入朝，速往荥阳与灌婴同心驻守，免得各国乘丧作乱。布置既毕，方召吕后入内，吩咐后事。吕后问道：“陛下千秋以后，萧何若逝，何人为相？”汉帝道：“可用曹参继之。”吕后又问道：“曹参亦

老,此后应属何人为相?”汉帝想了一想道:“只有王陵了。王陵太嫌愚直,可以陈平为辅。陈平才智有余,厚重不足,最好兼任周勃。欲安刘氏,舍周勃无人矣。就用周勃为太尉罢!”吕后还要再问。汉帝道:“此后之事,非我所知,亦非汝所知了。”吕后含泪而出。

汉帝复拉着戚夫人的手,长叹道:“朕负汝,奈何奈何!”戚夫人哭得糊里糊涂,除哭之外,反没一言。又过数日,已是孟夏四月,汉帝是时在长福宫中瞑目而崩,时年五十有三。自汉帝为汉王后,方才改元,五年称帝,又阅八年,总计得十有二年。后来谥称高帝,亦称高祖。

汉帝既崩,一切大权尽归吕后掌握。她却一面秘不发丧,一面密召审食其进宫。审食其一见吕后面有泪痕,忙去替她揩拭道:“娘娘莫非又与戚婢斗口不成?”吕后一任审食其将她的眼泪揩干,一看房内都是心腹宫娥,始向审食其说道:“主上驾崩了,尔当尽心帮助我们孤儿寡母。”审食其一听汉帝已死,只吓得抖个不住,呆了一会,方问吕后道:“这这这样怎么得了呢?”吕后却把眼睛向他一瞪道:“你勿吓,我自有办法。我的叫你进宫,原想望你替我出些主意。谁知你一个七尺昂藏,反不及我的胆大,岂不可恨!”审其食道:“娘娘是位国母,应有天生之才,怎好拿我这平常之人来比呢?”吕后听了,忽然忍不住,噗哧的一声笑了出来。又用她的那双媚眼盯住审食其的脸上,似嗔非嗔,似笑非笑的一会,方始开口说道:“我不要你在这里恭维我。现在你们主上,既已丢下我归天去了,你却不许负心的呢!”审食其听了,连忙扑地朝天跪下发誓道:“皇天在上,我审食其若敢变心,或是一夜不进宫来陪伴娘娘,我必死在铁椎之下。”吕后听他罚了这样血咒,一时舍不得他起来。急去一把将他的嘴闷住道:“嘴是毒的,你只要不负心,何必赌这般的血咒!我愿你以后逢凶化吉,遇难成祥就是了。”说完,便把他拉了起来,一同坐下道:“主上去世,那班功臣,未必肯服从少帝,我且诈称主上病榻托孤,召集功臣入宫,等他们全到了,我早预备下刀斧手,乘大众不备,一刀一个,杀个干净。只要把这班自命功高望重的人物去掉,其余的自然畏服。”吕后说至此地,便又去拉着审食其的手问他道:“你看我的计策如何?”审食其被她这样一问,急连连地摇着头道:“不好,不好!这班功臣,都是力敌万夫的人物。几个刀斧手,哪是他们的对手。就是如心如意的真被我们杀尽,那班功臣手下,都有善战的勇士,一旦有变,那还了得。”吕后不慌道:“你不赞成么?”审食其道:“我大大地不赞成。”吕后道:“你的别样功夫倒还罢了,你的才学,我却不服。”审食其道:“娘娘既然不服我的才学,可请国舅吕释之侯爷进来商量。”吕后果将释之请到,释之听了吕后的主意,也是不甚赞成。但比审食其来得圆滑,只说容长计议,不可太急。吕后因见他们二人,都不赞成,一时不敢发作。

转眼已阅三日,外面朝臣已经猜疑,惟因不得确实消息,大家未敢多嘴。独有

曲周侯郦商之子郦寄，平时与吕释之的儿子吕禄，斗鸡走狗，极为莫逆。吕禄年少无知，竟把宫中秘事，告知郦寄。郦寄听了，回去告知其父。郦商听了，细问其子道："此等秘密大事，吕禄所言，未必的确。"郦寄道："千真万真，儿敢哄骗父亲么？"郦商始信，慌忙径访审食其，一见面就问道："阁下的棺材，可曾购就？"审食其诧异道："君胡相戏？"郦商乃请屏退左右，方对审食其言道："主上驾崩，已是四日，宫中秘不发丧，且欲尽害功臣，请问功臣诛得尽否？现在灌婴领兵十万，驻守荥阳；陈平又奉有诏令，前往相助；樊哙死否，尚未一定；周勃代哙为将，方征燕地。这班都是佐命元勋，倘闻朝内同僚有被害消息，必定抱兔死狐悲之恨，杀入咸阳。阁下手无缚鸡之力，能保护皇后太子否？阁下素参宫议，人人尽知。我恐全家性命，尚不仅一刀之苦的呢！"食其嗫嚅而答道："我却不知此事。外面既有风声，我当奏闻皇后便了。"郦商道："我本好意，当为守秘。"说完，告辞别去。

食其急去告知吕后。吕后见事已泄，只得作罢。一面叮嘱食其转告郦商，切勿喧扬；一面传令发丧。朝中大臣，方得入宫举哀忙乱了十几天，乃由朝臣公议遵照遗嘱，将汉帝御棺，葬于长安城北，号为长陵。以太子盈嗣践帝位，尊吕后为皇太后。朝廷大政，均奉皇太后懿旨行事，新皇帝年幼，那时尚只十有七岁，未谙政事，只能随着太后进退而已。后来庙谥曰惠，不佞书中称呼，便用惠帝二字。那时惠帝登基，照例赏功赦罪，喜诏颁到各国，各处倒也平安。

惟有燕王卢绾，前闻樊哙率兵出击，原不敢与汉兵相敌，自领宫人家属数千骑，避居长城之下，拟俟汉帝病愈，入朝辩明，希冀赦罪。及闻惠帝嗣立消息，料知权操太后，何苦自往送死，一时进退为难，弄得没有法子。后来仍听妃子的主张，投奔匈奴。匈奴命为东胡卢王，暂且安身。

等得樊哙到了燕地，卢绾早已不在那儿。燕人并未随之造反，毋劳征讨，自然畏服。樊哙进驻蓟南，正拟出追卢绾，忽有使者到来，叫他临坛接诏。樊哙急问坛在何处，使者答称坛在郊外。樊哙武人，本来不谙礼节，又恃功高众将，兼为国戚，毫不疑虑，即随使者，前去受命。乃至郊外，遥望筑有土坛，又见陈平已登坛上，忙至坛前，跪下听诏。甫听数语，突有武士数名，奔出坛来，把他拿下。樊哙正要喧闹，那时陈平诏已读完毕，急忙走近樊哙身前，与他耳语数句。樊哙方始无言，一任陈平指挥武士，将他送入槛车。同时周勃早已驰入樊哙营内，出诏宣谕。将士素重周勃，又是圣意，群皆听命。周勃代掌将印，自有奏报，暂且不提。

先说陈平押了樊哙，直向关中进发，正在中途，又接汉帝后诏，命他自往荥阳，帮助灌婴坚守，所有樊哙首级，交付来使携回都中。陈平奉诏之后，因与此使本是熟人，暗将他的办法，告知此使。此使并不反对，但说道："既是如此，我且与君在中途逗留数日，且看主上病体如何，再定行止。"陈平甚以为然。居然不到三天，已得汉帝驾崩消息，陈平眉头一皱，计上心来，急将槛车托付那使押

解,自己乘马,漏夜入都。他的计策是要速见吕后,以炫未斩樊哙之功。他虽知道吕后为人凶悍,但对大事,尚能分出好歹。只有她的妹子吕媭,性素躁急,防她先向吕后进谗,不要反将好心弄成歹意。

谁知陈平果有先见,幸亏早见吕后一步,否则真要受吕媭的中伤呢。

那时汉帝棺木,尚未安葬,陈平一至宫中,伏在灵位之前,且哭且拜,几乎晕去。吕后一见陈平到来,急从帏中走出,怒询樊哙下落。陈平暗暗欢喜,自赞他主意不错,边拭泪边答道:"臣知樊侯本有大功,不敢加刑,仅将樊侯押解来都,听候主上亲裁。不料臣已来迟一步,主上驾崩,臣不能临终一面主上,真可悲也。"

吕后一听陈平未斩樊哙,心里一喜,即将怒容收起,夸奖陈平道:"君真能顾大局,不遵乱命,樊哙今在何方?"陈平又答道:"樊侯不日即到,臣因急于奔丧,故而先来。"正是:

才人毕竟心机活,处事才称手段高。

不知吕后听了陈平答话尚有何言,且听下回分解。

第二十一回 老尼姑瓶中摄酒 少皇子被内遭酖

却说吕太后听见樊哙不日可到,不禁大悦,便含笑对陈平道:"君沿途辛苦,可先回家休息。"陈平复道:"现值宫中大丧,臣愿留充宿卫。"吕太后道:"君须担任大政,守卫之事,令数武士足矣。"陈平听了,又顿首固请道:"新立储君,国是未定,臣受先帝厚恩,理应不离储君左右,事无巨细。臣须目靓储君饮食兴居等事,方始放心。"吕太后听他口口声声顾念嗣君,既感他未斩樊哙之恩,又喜他忠于儿子之意,于是不绝于口地温谕嘉奖道:"忠诚如君,举世罕有。现在嗣主年少,处处需人指导,先帝临终,曾言君才可用,敢烦君为郎中令,傅相嗣主,使我释忧。"陈平一再叩首谢恩,真的不回私宅,就去伴随惠帝去了。

陈平刚刚趋出,舞阳侯夫人吕媭,已进宫来,向她乃姊,哭诉樊哙被冤,都是陈平主唆,须速将他问斩。吕太后听了,怫然道:"我曾说你卤莽,一丝不错。陈平乃是好人。你的丈夫,若非陈平,恐怕一百个也死了,还待此时!"吕媭道:"这是陈平听得先帝驾崩,因而变计,又来讨好。他的狡猾,我却深知。"吕太后听了,且怒且笑道:"此地距燕,路程不下数千,往返至少也要一月半月。当时先帝

尚存,本是命他去立斩汝夫之首,他若照办,也不能怪他。你怎么说他变计?那时你我在都,尚且不能设法相救。幸他能顾大局,保全你夫之命,此等大恩,应当世世不忘。我是国母,身份关系未便舍公言私。你有夫妇之情,怎应恩将仇报起来,如此行为?”吕太后说到此地,便微微冷笑一声道:“你以后须要改换才好呢,你切不可自恃是太后妹子,遇事任性。国法难赦,不要后悔。”

原来吕媭本想乃姊听她的说话,斩了陈平,替她示威,以后别人,便不敢来惹着樊府之事了。哪知偏偏碰了一个大大钉子,不禁满面含羞地一言不发,立在一旁。吕太后见她羞愧之容,堆满一脸,一时想起姊妹之情,方将此事丢开不谈,命她赶快回去,等她赦了樊哙,一场险事总算平安,应该谢谢祖宗。

吕媭去后,樊哙已经解到,待罪之臣,未便擅自入宫。吕太后下了赦令,樊哙进来拜谢。吕太后问他道:“汝的性命,究是何人保全,汝知道否?”樊哙道:“自然是太后的恩典,臣当以死图报。”吕太后笑道:“我不敢以他人之功,据为己有,也不劳你当面恭维。汝再想想看,到底是谁?”樊哙明知是陈平帮忙,因是私事,不敢直认。现见太后一定要他说出,没有法子,只得老实道:“臣那时听了陈平宣读诏书,诏中有立即斩首字样,自知命已不保,纵有冤抑,路隔数千,何能插翅飞到先帝面前诉冤?幸而陈平与臣耳语他的办法,臣始放心。陈平冒死违旨相救,真是可感!”吕太后笑道:“汝还老实,尚有良心,不比汝妻糊涂已极,竟来逼我降罪陈平。汝以后倒要好好地管教她才是。”樊哙听毕,连连地代他妻子认罪。吕太后道:“汝快去谢过陈平,往后不论公私事务,与陈平商量商量,多有益处。”樊哙听了退出,回至家中,吩咐家臣商冲,立刻预备上等酒宴,单请陈平一人。陈平接到请帖,自然赴宴。

谁知到了樊侯府第,那桌酒宴,不设正所,却设在内室。陈平受宠若惊,先与樊哙寒暄之后,樊哙也谢过救命之恩。陈平方始力辞道:“执事为国戚皇亲,此地内室,太后尝来私宴,晚辈外臣,怎敢无礼!”樊哙听了,呵呵大笑道:“我是武夫,不会客套,荆人尝受太后教训,尚长词令。我今日请先生在内室饮宴,原是以至亲骨肉相待。”说完,即命丫鬟,快请夫人出来,拜谢先生。陈平急去阻止,早见吕媭已经袅袅婷婷的,轻移莲步,走至他的面前,口称:“恩公在上,受我一礼。”边说边已盈盈地拜了下去。陈平只得慌急跪下回礼道:“夫人请起,如此折死晚辈了!”吕媭拜完,又去亲自执杯,与陈平递酒。陈平还要谦让,却被樊哙大喝一声,一把将他揿在首位坐上。陈平那时一个冷不防的,不觉大大地吓了一跳。就在这一吓之中,他们夫妻二人,已经左右坐下,一同吃了起来。陈平只得告罪道:“贤夫妇如此错爱,晚辈恭敬不如从命了。”樊哙听了,复大笑道:“先生本是风流才人,何必拘拘学那班腐儒的行为,这样最好。”酒过三巡,樊哙又笑问陈平道:“先生曾在先帝面前献过六次奇计,这是人人钦佩的。不过此次承先

生相救，我却有一桩事情不解，今日既成忘形之交，可否明白宣布，以释我的疑团?"陈平道:"从前之计，乃是偶然猜中，一则是先帝的鸿福，二则是诸位的功劳，何消挂齿。执事何事不懂，晚辈自当解释。"樊哙道:"我的蒙先生不照诏书行事，现在是有太后恩赦，对于先生的办法，公私俱足称道。但那时先帝尚在，先帝为人，说行就行，谁人敢去违他圣旨。先生偏敢毅然相救，难道预知先帝驾崩的日子么？若是不能预知，岂不是舍了自己的性命救我么?"吕媭也接口道:"我也是这个意思，务请先生不要见怪。我们夫妻，敢认先生知己，因此无语不谈，也无事不可问了。"陈平当下答道:"晚辈当时与周将军同奉面谕之后，本想当场即替执事求赦，实因那时先帝满面怒容，又在病中，求也无益，兼之戚夫人在侧，晚辈更不便多言。"陈平说至此地，吕媭又微蹙双眉，接口道:"那个贱婢，连太后也不在她的眼中。我们是太后一方面的人，她自然应该进谗的了。"陈平道:"此事先帝究听何人之言，不敢臆度，但也不好一定疑心是戚夫人进的谗言。"樊哙道:"这且不提，先生只说那时的意思。"陈平道:"晚辈那时没有法子，然已打定这个主意，中途即与周将军商议。周将军只要我肯负责，也很赞同。我的将执事押解入都，乃是让先帝自行办理，腾出机会一则希望先帝回心转意，赦了执事之罪;二则内有皇后，外有同僚，大众力保，未必无望。至于我纵因此获罪，因为国家留将材起见，却也甘心。说到先帝宾天之期，我非神仙，何能预知？且先帝待我甚厚，断无望他速死之意。"樊哙、吕媭听毕，一齐答道:"如此说来，这是先生实心相救的了，我夫妇有生之年，皆先生所赐。"陈平接口道:"晚辈为国为才，非为执事，何敢承誉。不过说起先帝的病症，却有一段小小奇闻。"樊哙问其何事。陈平道:"山荆随我有年，平生极孝父母。她因为祖父、父亲有病，常去求神问卜，我因她是孝思，也未阻止。山荆有一天，在此间东郭外，一家先觉庵里，无意中遇见一位有道的老尼，法号苦女。据云，她已百有十岁，尚是童身，亲见列国纷争，那时连始皇也未出世，她避兵灾，入山遇仙，因此略知过去未来之事。山荆见她童颜鹤发，道貌盎然，即以她的祖父、父病为问。那尼微笑答道:'二人无碍，惟母氏可忧，山荆当时不甚为然。因那时她的母亲，身体康健，毫无小病，何至可忧。岂知未到半月，即接家报，母氏果得急病而亡。山荆至是始服那位老尼，真有道行，因以语我。我即偕山荆前去拜谒老尼，那时我适奉了命，捕执事的诏书。不办呢，有违旨之罪，若办呢，执事乃国家梁栋，岂不可惜。便以这桩疑难问题，取决老尼。老尼即写出四句隐语，那隐语是:

山中虎，不必捕;窟内龙，至此终。

陈平述完隐语，又接说道:"我当时仍不相信，总之欲救执事，却是南山可移，此志决不更改。现在事后想来，此尼真有道行了。据说张留侯避穀之术，就是此尼所教。"樊哙听了，倒还不以为奇。

惟有吕媭听了这件奇事，笑得一张樱桃小口，合不拢来，急问陈平道："我们此刻便去将此尼请来，问问吉凶如何？"樊哙本宠这位贵妻，真的差了商冲，亲自去请。稍顷回报，老尼拒绝来府。吕媭问他何故不来。商冲答道："老尼说的世人喜闻吉语，恶听凶词，万一因此触犯贵人之忌，反多麻烦等语。"吕媭道："烦君再去相请，就对此尼说：'我要罹千刀万剐之罪，是我命中注定，我也决不怪她就是。'"

商冲去后，不到半个时辰，果然同了老尼来了。陈平因是熟人，便与她为礼。吕媭就请此尼坐在席上，略道寒温，戏以杯中之物相敬。老尼接了酒杯微笑道："夫人所赐，不敢违命。惟贫尼绝食已久，哪能破戒。"说着，即把眼睛四处一望，乃笑指几上一座翡翠花瓶道："这瓶现在未曾插花，可以替代贫尼饮这美酒。"边说边以杯中之酒，向空一洒之后，始朝吕媭申谢道："贫尼拜领矣。"吕媭不信，赶忙命丫鬟将那座花瓶，捧至面前。先以她的鼻子向瓶口一闻，果有芬芳馥郁的酒气，不禁称奇。复把瓶口覆地，那酒就汩汩的流了出来。说也奇怪，瓶中之酒，不过两匙，那座花瓶，却有一尺五寸高低，那酒竟会源源地流出不绝。又命丫鬟，接以巨盆，盆满三次，瓶中之酒犹多。此刻连樊哙也奇怪起来。他本洪量，便笑将那瓶接在手中。举得极高，以瓶口置诸他的唇边，一口一口地喝在肚内。谁知喝了许久，觉已微醺，那酒仍未倒罄。同时又见那尼以指向空中一指，道了一声"疾"，那座瓶里，顿时告尽。忽见家人进来禀说："府中所存十巨翁的美酿，不知何故，突然自会点滴俱无。"老尼接口笑道："此酒已入侯爷腹中矣，哪得还有！"樊哙大乐，敬礼有加。吕媭方以终身的祸福相询。老尼输指良久，忽然目注吕媭的脸上微讶道："夫人急宜力行善事，以避灾星。"吕媭急问道："莫非我有不祥之兆么？"老尼摇首不语。吕媭记起方才商冲传语，便笑对老尼道："仙姑毋惧，任何凶兆，务乞明示！"老尼方嗫嚅道："贫尼亦不解，夫人贵为国戚，纵有不幸，亦何至裸体去受官刑乎？贫尼屡卜均有奇验。不验之事，或者自此始矣！"说完，告辞而出，坚留不住，赠金不受。吕媭亦不在意，惟当时因有贵客在座，微现羞容罢了。

陈平便也告谢辞出。次日，即将舞阳侯留宴之事，遇便奏知太后。吕太后听了，喜他戋微私务，亦不相瞒，对于国家大事，自然更加忠心，因此十分宠信。

一日，吕太后召陈平至，询以欲害戚夫人，廷臣有闲话否？陈平奏道："宫中之事，廷臣哪好干涉。"陈平退后，吕太后即将戚夫人唤至，数以罪状道："尔狐媚先帝，病中不戒房事，一罪也；欲废太子，以子代之，二罪也；背后诽谤国母，三罪也；任用内监，致有不法行为，四罪也。此四样乃其大者，其余之罪，罄竹难书。尔今日尚有何说？"戚夫人听毕，自知已失靠山，哪敢言语。吕太后便顾左右道："速将髡钳为奴的刑罚，加她身上。"于是就有几个大力宫奴，走上来先把戚夫人身上绣服褫去，换上粗布衣裳，然后把她头上的万缕青丝拔个干净。吕太后见了，又冷笑

一声道:“尔平日擅作威福,且让尔吃些苦头再讲。”说完,即令戚夫人服了赭衣,打入永巷内圈禁,每日勒限舂米一石,专派心腹内监管理此事,若少半升,即杖百下。可怜戚夫人十指尖尖,既嫩且白,平日只谙弹唱,哪里知道井臼之事,而且没有气力,娇滴滴的身材,如何禁得起那个石杵?但是怕挨御杖,只得早起晏眠地攒眉工作。一天委实乏了,便一面流泪,一面信口编成一歌,悲声唱道:

子为王,母为虏。终日舂,薄暮常与死相伍。相离三千里,谁当使告汝!

她歌中寓意,明是思念她的儿子赵王如意。

不料已有人将歌词报知吕太后。吕太后愤然暗想道:“不错,她拼命地只望儿子作帝,这个祸根,留在世上,自然不是我们母子之福。”想到此地,急命使者速往赵国,召赵王如意入朝。使者去后,一次不至,二次不来,吕太后愈加动怒。正欲提兵遣将,去拿赵王,就有一个心腹内监奏道:“臣知赵王不肯应召入朝,全是赵相周昌作梗。只要用一个调虎离山之计,把周昌先行召入朝来,那时赵王一个乳臭小儿,我们要他至东,他也不敢往西的了。”吕太后依奏,即把周昌征召入都。周昌接到诏书,不敢不遵,只得别了赵王,单骑来见太后,吕太后一见周昌,顿时怒容满面地叱之道:“我与戚婢有嫌,汝应知道,何故阻止赵王,不使前来见我?”周昌听毕,仍是急切说不出话来。挣了半天,方始断断续续地挣出几句说话。不佞将他的说话凑接拢来,乃是“先帝以赵王托臣,明知臣虽无才,尚觉愚直,为人不可无信,况主上么?况已去世的主上么?所以臣从前在朝的时候,只知主上与太子二人。那时主上要废太子,臣情愿冒犯主上,力保太子。自从奉先帝命作赵相之后,臣只知一个赵王,不知有他。这是臣阻止赵王入都,以防不测的意思。说到现在的嗣帝,乃是赵王之兄。赵王为先帝钟爱,太后与嗣帝,也应该仰体先帝之心,善视赵王,方才不负先帝。今太后恨臣不使赵王入都,以此测度,太后不是有不利赵王的心思么?臣意嗣帝已为天子,赵王原属臣下,不比先帝在日,或防赵王有夺嫡之事。况且先帝有誓,非刘氏不准封王。赵王乃是先帝亲子,尚望太后速弃私怨。臣奉先帝遗命,刀斧加项,不敢相辞等语。”当时吕太后听毕,原想将周昌从重治罪,后来听他提起从前争储一事,念他前功,故而赦他违抗之罪,但是不使他回赵,一面复召赵王入谒。

赵王既已失去周昌,无人作主,只得乖乖应命入都,朝谒太后。那时惠帝年虽未冠,却是存心仁厚,与他母亲的性情,大不相同。每见其母虐待戚夫人,曾经哭谏,无奈太后不理。他究是她的亲生之子,只得空替戚夫人嗟叹而已。现见太后召入赵王,知道不怀好意,一俟赵王谒过太后,他便命赵王和他同寝同食,一刻不使离开左右。好在他尚没有立后,他的宫中,也用不着避嫌。赵王见惠帝如此相待,自然感激涕零。有一天,他趁便求着惠帝,思见其母一面。惠帝

好言安慰，允他随时设法，急则反为不妙。赵王无法，只得日以眼泪洗面，一天一天地只在愁城度日。吕太后召入赵王，当然是要害他。因被儿子顷刻不离地管住，倒也一时不好下手。

光阴易过，赵王在宫中一住数月，已是惠帝元年十二月中旬了。惠帝近见太后，不甚注意赵王，以为已经打消毒意。一天出去打猎，因见时候尚早，天气又寒，赵王既在梦中，不忍唤他醒来，于是一个人出宫而去。待至打猎回来，心中惦记赵王，尚未去见太后，却先回至寝宫。及见赵王还在蒙头高卧，非但自己不去唤他，且令侍从也不许惊动。直至午膳开出，方去揭开锦被一看，不看犹可，这一看，只把惠帝伤心得珠泪纷抛起来。你道为何？原来赵王如意，何尝如意，早已七窍流红的，死了多时了。

惠帝明知这个辣手，定是太后干的，只得大哭一场，吩咐左右，用王礼殓葬。后来查得帮助太后酰死赵王的人物，内中有一个是东门外的官奴，惠帝便瞒了太后，立将那个官奴暗暗处死。其余的呢，都是日伴太后身边，也只好敢怒而不敢言，付之一叹罢了。赵王既死，可怜戚夫人仍在永巷舂米，毫未知道，还巴望她的爱子，前去救她呢。正是：

安眠虽赖贤兄爱，惨死其如嫡母何！

不知吕太后酰死赵王如意之后，能否放过其母，且听下回分解。

第二十二回　异想天开将人作彘　奇谈海外尊妹为娘

却说吕太后酰杀赵王如意之后，忽又闷闷不乐起来。那时审食其总在宫中的时候居多，看见吕太后似有不豫之色，忙问她道："太后何故不乐？照臣说来，现在你以太后行天子事，赏罚由你，生杀由你，怎么还有愁闷的事情？"吕太后道："戚婢为我生平第一个仇人。她的儿子，虽然已死，她还活在世上，我实在大不称心。"食其道："我道何事，原来为了这一些些小事。马上把她处死，真是不费吹灰之力，你也未免太多愁了。"吕太后听了，微微含嗔道："处死这个贱婢，自然容易，我因为想不出她的死法，因此烦恼。"食其道："要杀要剐，悉听你的吩咐，怎的说出想不出她的死法呢？"吕太后道："你既如此说，你就替我想出一个特别的死法来。我要从古至今，没人受过这样刑罚，方始满意。你若想得一个最毒最惨，而又没人干过的法子，我便从重赏你。"食其笑道："我这个人本无才

学，限我三天，方能报命。”吕太后听了，也被他引得笑了起来。

等得饭后，吕太后偶至后园闲逛，忽听得有杀猪的声音，甚是凄惨，便踱了过去。尚未走近御厨，遥见一只母猪，满身之毛，虽已钳去，当胸的致命一刀，尚未戳进，那猪未死而先拔毛，岂不可惨。原来这个杀猪法子，也是吕太后始作俑的，她说，先戳死而后拔毛，肉味是死的；先拔毛而后戳死，肉味是活的。她的命令，谁敢不遵。不过当时宫内的猪，也算受了无妄之灾，同是被人吃肉，还要多受这个奇惨的痛苦，未免冤枉。

吕太后那时看了那猪之后，顿时心有所得，赶忙回至宫里。跨进房去，却见食其一个人昂着脑袋，似乎还在那儿想那法子，她便笑对食其道：“你这傻子，可以不必费心了。我老实对你说，我想不出的法子，你便休想。我此刻偶然看见一桩事情，那贱婢的死法，却已有了。”食其忙问何法，吕太后又微笑道：“你看了自会知道，何必我来先说。”说完，便来至堂前，自己往上一坐，吩咐宫娥彩女，速把戚婢带来。

顷刻之间，戚夫人已被带至。此时戚夫人已知吕太后的威权，不由得不向吕太后双膝跪下，只是不敢开口，悄悄地抬眼朝上一望。只见吕太后满面杀气，危坐堂中，两旁侍立数十名宫娥彩女，肃静无哗。可怜她在腹中暗忖道：“今天这场毒打，一定难免。”哪知并非毒打，真要比毒打厉害一百万分呢！当下只听得吕太后朝她冷笑一声道：“你这贱婢，万岁在日，我自然不及你，如今是你可不及我了。”说完，便向两旁的宫娥喝道：“速把她的衣服先行洗剥。”戚夫人一听吕太后此时说话的声音，宛如鹗鸟，未曾受刑，先已心胆俱碎。这时候没有法子，只得低声叫着“太后可否开恩，让我连衣受杖罢。”只见吕太后正眼也不睬她，只是把她一双可怕的眼珠子钉着那班宫娥。那班宫娥自然拥上前来，顷刻之间，已把戚夫人剥个裸虫一般，先以聋药，熏聋耳朵；次以哑药，灌哑喉咙；再挖眼珠，复剁四肢。可怜戚夫人受着这种亘古未有的奇刑，连嘴上也喊叫不出，她心里如何难受，可想而知的了。当时卧在地上的戚夫人，哪里还像一个人形，不过成了一段血肉模糊的东西。这种名目，吕太后别出心裁，叫作人彘。有史以来，人彘之名，真是创闻。吕太后此时既出心头之气，一面命人将这个人彘，投入厕中；一面去与审食其开怀畅饮，以庆成功。

他们二人你一杯，我一盏的，喝了一会，吕太后又想起一事，便对食其道：“嗣帝居心长厚，我要害死如意，他却拼命保护，如此母子异途，很与我的心思不合。将来若被臣下进些谗言，我虽然不惧他，你这个人的命运，便有危险。”食其听到此地，果然有些害怕起来。过了一阵，越想越怕，扑的一声，站了起来，似乎要想逃出宫去，从此与太后斩断情丝的样子。无奈吕太后中年守寡，情意方浓，哪肯就让审食其洁身以去。当下便恨恨地朝食其大喝一声道：“你往哪儿走，还不替我乖乖地

坐下。”食其一见太后发怒，只得依旧坐下，口虽不言，他的身子却在那儿打颤。吕太后见他那种倜促尴尬的形状，不禁又生气，又好笑地对他说道：“亏你也是一个男子汉大丈夫，连这一点点的胆子都没有，以后我还好倚你做左右手么？”食其听了，仍是在边发抖，边说道：“太后才胜微臣百倍，总要想出一个万全之计，方好过这安稳日子。”吕太后微笑道：“你莫吓！我自有办法。”说着，即令宫娥，去把嗣帝引去看看人彘，使他心有警惕，以后就不敢生甚么异心了。

宫娥当时奉了太后之命，便去传谕内监照办。内监忙至惠帝宫中。那时惠帝正在思念少弟赵王，忽见太后宫里的内监进来，问他是否太后有甚么传谕。内监道：“奴辈奉了太后面谕，命奴辈前来领陛下去看人彘。”惠帝正在无聊，一听人彘二字，颇觉新颖，便命内监引路，曲曲折折，行至永巷。内监开了厕门，指示惠帝：“这个就是人彘，陛下请观。”惠帝抬头往内一望，但见一段人身，既没手足，又是血淋淋的两个眼眶，眼珠已失所在，余着两个窟窿，声息全无，面目固难辨认，血腥更是逼人；除那一段身子，尚能微动之外，并不知此是何物。看得害怕起来，急把身子转后，问内监道：“究是何人？犯了何罪，受此奇刑？”内监附耳对他说道：“此人就是赵王之母戚夫人。太后恶其为人，因此命作人彘。”

那个内监“人彘”二字，刚刚出口，只见惠帝拔脚便跑，一口气跑回自己宫里，伏在枕上，顿时号啕大哭起来。内监劝了一番，惠帝一言不发。那个内监回报太后，说道：“皇帝看了人彘，吓得在哭。”吕太后听了，方才现出得色，对食其道：“本要使他害怕，那才知道我的厉害，不敢违反我的意旨了。”

次日，忽据惠帝宫中的内监前来禀报道：“皇帝昨天看了人彘之后，回得宫去，哭了一夜，未曾安眠。今儿早上，忽然自哭自笑，自言自语，似得呆病，特来禀闻。”吕太后听了，到底是她亲生儿子，哪有不心痛之理，使同内监来至惠帝宫中。只见惠帝卧在床上，目光不动，时时痴笑，问他言语，答非所问。赶忙召进太医，诊脉之后，说是怔忡之症，一连服了几剂，略觉清楚。吕太后回宫之后，常常遣人问视。过了几天，惠帝更是清醒，便向来监发话道：“汝去替我奏闻太后，人彘之事，非人类所为。戚夫人随侍先帝有年，如何使她如此惨苦？我已有病，不能再治天下，可请太后自主罢！”来监返报太后。

太后听毕，并不懊悔惨杀赵王母子，但悔不应令惠帝去看人彘。后来一想，惠帝不问国事也好，到底大权执在自己手中，便当得多，从此连惠帝也不在她的心上了。翌日视朝，遂从淮南王友为赵王，并将后宫所有妃嫔，或打或杀，或锢或黜，任性而为，不顾旁人议论。朝中大臣，个个惧她威权，反而服服贴贴，竟比汉高帝在日，还要平静。

独有周昌，闻得赵王惨死，自恨无法保全，深负高帝付托，因此称疾不朝。吕太后也不去理他。周昌到了惠帝三年，病死家中，赐谥悼侯。这还是吕太后不忘

他当日争储之功,若照他近日的行为,就有一万个周昌,恐也不会寿终正寝的了。

那时吕太后还防列侯有变,降诏增筑都城,迭次征发丁夫,数至百万之众,男丁不足,益以妇女。可怜那时因为怠工的妇女,被杀之数,何止盈万。那座都城,直造了好几年,方才筑成。周围共计六十五里,城南为南斗形,城北为北斗形,造得异常坚固,时人称为斗城。所有工程费用,似也不下于秦始皇的万里长城。后之人只知始皇造长城的弊政,竟不提起吕雉筑斗城的坏处。这是史臣袒护她的地方,不必说他。

惠帝二年冬十月,齐王肥由镇入朝。肥是高帝的庶长子,要比惠帝年长数岁。惠帝友爱手足,自然诚诚恳恳地以兄礼事之,陪同入宫,谒见太后。太后佯为慰问,又动杀机。这天正值惠帝替齐王接风,内庭家宴,自无外人。惠帝不用君臣之礼,要序兄弟之情,于是请太后上坐,请齐王坐了右边,自己在左相陪。齐王因未辞让,又惹吕太后之怒。吕太后当下心中暗骂道:"这厮无礼,真敢与吾子认为兄弟,居然上坐。"勉强喝了一巡,便借更衣为名,返入内寝,召过心腹内监,密嘱数语。

内监自去布置,吕太后仍出就席。惠帝存心无他,已忘乃母害死赵王母子之事,只与齐王乐叙天伦,殷勤把盏。兄弟二人,正在开怀畅饮的当口,惠帝忽见一个太后宫中的内监,手捧一只巨杯,向齐王行过半跪之礼,将那巨杯,敬与齐王道:"此酒系外邦所献,味美性醇,敬与王爷,藉作洗尘之礼。"齐王接到手内,不敢自饮,慌忙站了起来,恭恭敬敬地转献太后。吕太后自称量窄,乃令齐王自饮。齐王复去献与惠帝,惠帝接了那只巨杯,刚刚送到唇边,正要呷下的时候,突见太后似露惊慌之色,急向他的手内,把那只巨杯夺去,将酒倾在地上。不料忽来一只项系金铃小犬,竟在地上,把那酒舐个干净。不到半刻,只见那犬,两眼发红,咆哮乱叫,旋又滚在地上,口吐毒血而死。

齐王至此,始知那酒有毒,幸而自己没有喝入腹内,不然,岂不是与那犬一样了么?吓得诈称已醉,谢宴趋出。回至旅邸,心中犹在狂跳不止,忙将此事,告知左右。当下就有一位随身内史献计道:"大王若欲回国,惟有自割土地献与鲁元公主,为汤沐邑。公主系太后亲女,公主欢心,太后自然也欢心了。"齐王依计行事,上表太后,愿将城阳郡献与公主,增作食采,果奉太后褒诏。齐王忙趁此机会,申表辞行,谁知不得批答,仍是未能回国,又与内史商酌,内史续想一法道:"臣有一策,但恐大王不屑为此,否则必发必中。"齐王道:"我只要能够回国,又能保全性命,无论何事,我都肯做。"内史道:"臣的计策,是请大王上表太后,情愿尊奉鲁元公主为王太后。那时鲁元公主必助大王,自然可以安然回去了。"齐王踌躇道:"公主乃是寡人的亲妹,如何可以称之为母呢?"内史道:"大王要救性命,哪能顾此!赵王如意之事,大王莫非不知么?"齐王一听赵王如意几字,不

禁颜色陡变道:“快快上表！快快上表！”缮成之后,递了进去,果有奇效。

只隔一宵,齐王正在旅邸梳洗,忽见许多宫娥彩女,嘻嘻哈哈,各携酒肴,走了进来,口称太后、皇上、鲁元公主,随后就到,前来替大王饯行。齐王大喜,赶忙厚馈宫女。稍顷,即闻銮驾已经到门,齐王跪接入内。吕太后上坐,惠帝姊弟二人,左右分坐。齐王先与吕太后行礼之后,再去向鲁元公主行了母子礼节,引得吕太后呵呵大笑,乃戏谓鲁元公主道:“吾女得此佳儿,我又获一外孙儿了。”其实鲁元公主与齐王年龄相若,以姊弟作母子,真是亘古未有之奇闻！鲁元公主一喜之下,倒也破费不少,当下便给齐王见面礼黄金十斤。齐王拜谢,也孝敬这位新王太后明珠百粒,玉盏一双。鲁元公主真也无耻,自命为母,口呼:“王儿少礼！为娘生受你了！”惠帝虽然不甚赞可,但能因此保全齐王,免步赵王后尘,倒也假言凑趣。吕太后一见儿子今天不比往常,时有笑容,更是大悦,忙命摆上酒肴,自己上坐,惠帝居右,鲁元公主居左,齐王下坐侍宴。这一席酒,吃得非常有趣,却与前日那桌接风酒,险些儿害了齐王性命,便大大不相同了。一直吃到日落西山,方始散席。齐王跪送外祖母、王太后、惠帝等人出门之后,漏夜收拾行装。不待天明,已离咸阳回国去了。

是年春正月,兰陵井中,忽传有双龙现影,吕太后认为祥兆,大赏廷臣。不久,却闻陇西地震数日,到了夏天,各地大旱。吕太后并不在意,仍是污乱宫帏,穷奢极欲,过她的安闲日子。到了秋天,丞相萧何,忽罹重病,医药无效,似已难治。惠帝亲至相府视疾,见他骨瘦如柴,仅属呼吸,料知不起,便问他道:“君百岁后,何人可继君位?”萧何顿首道:“先帝临终,曾有遗嘱,知臣莫若君,陛下可用曹参为相便了。”惠帝返报太后,太后也为欷歔。过了数日,萧何竟殁府中,蒙谥为文终侯,使其子萧禄袭封酂侯。萧何一生勤慎节俭,每置私产,皆在穷乡僻壤,墙屋毁坏,不准修治,尝语家人道:“后世有贤子孙,应学我俭约;如或不贤,亦免为豪家所夺。”后来子孙继起,世受侯封,有时纵有犯罪致谴,尚不至身家绝灭。这也是萧何勤俭的积德。

齐相曹参,一闻萧何病殁,即命舍人治装。舍人问:“将何往?”曹参道:“我不日要入都为相了。”舍人不信,姑为治装。不数日,果奉朝命,召曹参入都为相,幸已行装早备,不致匆促,舍人方服曹参果有先见,惊叹不休。曹参本是一员战将,未娴吏治。及出任齐相,乃召入齐儒百数十人,遍询治国大道。谁知言人人殊,无所适从。后又访得胶西地方,有一位盖公,望重山林,不事王侯,倒是饱学之士,特备厚礼,专人聘请。盖公也闻曹参是位名将,既是降尊求贤,当然是想把齐国治得太平,居然应命而至。曹参见是一位须眉皓白的老者,更是敬其年高有德,殷勤相询。盖公答道:“老朽素治黄帝老子之学,应以他们二位的遗言为标准,治道毋烦,出以清静。大臣之心既定,民心自然随之而定,如此,未

有国之不治者。”曹参甚为敬服，当下以师礼相待。自己避居侧屋，正堂让与盖公居住，一切举措，无不遵教施行。果然民心翕服，齐地大治，曹参因得贤相之名。曹参做了九年齐相，那天奉到召入都中为相的诏书，别了齐王，来至咸阳，见过吕太后、惠帝之后，接印任事。当时朝中大小官吏，私相议论，都以为萧何、曹参同是沛吏出身，后来曹参积有战功，反而不及萧何，防他定与萧何有隙。旧令尹之政，必被新令尹翻案。

谁知曹参视事已久，毫无更变甚至揭出文告，索性书明凡是用人行政，概照前相旧有章程办理。有些自命有才的官吏，想去上上条陈，倘蒙相国采择，便好露出头角。不料曹参早知来意，并不拒绝。但是一见面后，即设宴入座，只命喝酒不使开言。后来那些人始知曹相国请他们吃酒，乃是借酒阻言，免谈政事的意思，只得各将一团兴致，付诸东流去了。那时曹相国府中，上上下下，无不饮酒作乐，所有政事，只要照章办理，毋用操心。

一日，曹参偶至花园之中，观玩景致，忽闻嬉笑聚饮之声，送至耳中，便踱了过去。那班属吏，一见相国到来，大家因在席地饮酒，自然有些局促不安，慌忙站了起来，垂手侍立。曹参正色问他们道：“青天白日，诸君不办公事，反在此地聚饮，未免荒疏职务！”大家同声答道：“无事可办，备此消磨长昼，还要相国原谅！”曹参假意失惊道：“诸君只要不误公事，饮酒取乐，我本不禁，但是何至无事可办呢？”大家又答道：“相国视事以来，一切公务，悉由旧章，照例而行，皆无掣肘，因此故有暇晷。”曹参听了，方始微笑道：“如此说来，诸君已知不必改弦易辙为便当了。朝臣尚在疑我，似乎未肯励精图治，不知振作。殊不知萧相国早已斟酌尽善，何必多事！”说完，即令众人仍自纵饮，自己也去加入，吃得尽欢而散。正是：

前人已植成荫树，后世方多避暑场。

不知曹参悉照萧何的计划行事，究竟是好是歹，且听下回分解。

第二十三回　塞外递情书戏调荡后　狱中忆旧事求救良朋

却说曹参治齐九年，已有经验。再加那位盖公，也同入都，见了萧何的治国章程，极为贤美，每谓曹参道：“萧相国当时一入秦宫，百物不取，惟将人口户籍、钱粮国税等等簿据，尽携而归，后来悉心斟酌，应增应删，成为治国的良规。相国照旧行事，必无贻误也。”曹参本是奉盖公如神明的，自然赞同。

谁知那班朝臣，反而怪他因循苟且，似乎偷懒，再加他纵令家臣人等饮酒取乐，很失大臣体统。于是就有人将曹参所行所为，密奏惠帝。惠帝本因母后专政，自己年幼，未便干涉，每每借酒消遣。及闻曹参也去学他，疑心曹参倚老卖老，或者瞧自己不起，故作此态。

正在怀疑莫释的时候，适值曹参之子曹窋，现任中大夫之职，因事进见。惠帝与他谈完正事，再语他道："汝回家时候，可为朕私问汝父，你说：'先帝升遐，嗣帝年幼，国事全仗相国维持。今父亲但知饮酒，无所事事，如何能够治国平天下呢？'这般说法，看他如何回答，即来告朕。"曹窋应声欲出，惠帝又叮嘱道："汝回家切不可说出是朕之意，要作为是汝的意思，方才能够探出真相。"

曹窋听毕回家，即以惠帝所教，作为己意，进问乃父。其言甫毕，曹参就大怒道："汝懂甚么，敢来多说！"说着，不问情由，竟把曹窋责了二百下手心。曹窋被责，真弄得莫名其妙，但又不敢再问理由。正在迟疑之际，又被乃父叱令入侍，不准再归。曹窋只得入宫，一句不瞒地告知惠帝。

惠帝听毕，更比曹窋还要莫名其妙。翌日视朝，乃令曹参近前语之道："君何故责打你的儿子？所询之语，实出朕意，使来谏君。"曹参闻言，慌忙免冠伏地，叩首请罪。惠帝见其无语，复问道："君果有言，但讲不妨，朕不怪君就是。"曹参听了，方始反问惠帝道："陛下自思圣明英武，能及先帝否？"惠帝被问，愕然稍顷，便红了脸答道："朕年未成冠，且无阅历，如何及得先帝！"曹参又问道："陛下视臣及得萧前相否？"惠帝复答道："朕看来似乎也不能及。"曹参道："诚如圣论！伏思先帝以布衣起家，南征北讨，方有天下。若非大智慧、大勇毅，焉能至此。萧前相明订法令，备具规模，行之已久，万民称颂。今陛下承先人之荫，垂拱在朝，用臣为相。只要能够奉公守法，遵照旧章，便是能继旧业，已属幸事，尚欲胜于前人么？若思自作聪明，推翻成法，必致上下紊乱，恐欲再求今日的安逸，已无可得矣。"惠帝听了，恍然大悟，急挥手令退道："朕知之矣，相国可照旧行事，朕当申斥进谗之人便了。"曹参退后，惠帝与曹参问答之语，朝臣均已目覩耳闻，从此敬服曹参，再不敢进谗，或是腹诽了。

一日，曹参上了一道表章，大意是"内乱易平，外侮难御，臣现拟注意等边，惟人才难求"等语。惠帝批令照办去后。谁知曹参果有先见，不到数月，匈奴国冒顿单于，竟有侮辱吕太后的书函到来。

原来冒顿自与汉朝和亲以后，按兵不动，忽已数年。及闻高帝驾崩之耗，即派人入边密探。据探回报，始知新帝年稚，且来得仁柔寡断，吕太后荒淫无度，擅杀妃嫔，因此藐视汉室。一天，他便亲笔乱写几句戏语，封缄之后，外批"汉太后吕雉亲阅"字样，专差一位番使，来至长安，公然递入。

那时惠帝已在纵情酒色，虽未立有后妃，只与漂亮内监，标致宫人，陶情作

乐。所有国家大故，统归太后主持，寻常事务，亦交丞相办理，乐得快活。

这天惠帝忽见送进一封匈奴国冒顿单于致太后的书信，且须太后亲阅，心里闷极，便悄悄地偷展一看。不看则已，那一看之后，便把他气得三尺暴躁，七孔生烟，也不顾擅拆之嫌，拿了那书，一脚奔至太后寝宫。及至走到，只见房门紧闭，帘幕低垂，门外几个宫奴，倚在栏杆之上，垂头睡熟。惠帝那时的耳中，早已隐约听得太后房内，似有男女嬉笑之声。他急转至窗下，口吐涎沫沁湿一个小小的纸洞，把眼睛凑在洞边，朝内一望，一见内中的形状，更是气上加气。只因儿子不能擅捉母后之奸，却也弄了一个小小蹊跷，将手中所执的那一封书信，从窗洞里塞了进去。岂知房内的太后正在有所事事，一时没有瞧见。惠帝又低声呼道："母后快收此书，臣儿不进来了。"说完这话，飞奔回宫。

等得吕太后听见她儿子的声音，急来开门，已经不见她亲儿子的影踪。当下先将那班偷睡的宫奴，一个个地活活处死，方才怒气稍平。正要再去呼唤惠帝，却见审食其拿了一封书信，面现慌张之色地呈与她道："这封书信，就是方才嗣皇帝从窗子外面塞进来的，你我之事，被他看见，如何是好？"吕太后听了，恨得把心一横道："这有什么要紧！他究是我肚皮里养出来的。你若害怕，你就马上出宫去，从此不准见我！"审食其一见太后发怒，又吓得连连告饶道："太后何必这般动气，我也无非顾全你我的面子起见。你既怪我胆小，我从此决不再放一屁，好不好呢？"吕太后又盯了食其几眼，方始去看那信。正想去拆，见已拆过，心知必是惠帝所拆，也不查究。及看那信上的言语，也曾气得粉面绯红，柳眉直竖地将信摔在地上。食其忙去拾起一看，只见信中写的是：

孤愤之君，生于沮泽之中，长于平野牛马之域；数至边境，愿游中国。陛下独立，孤愤独居，两主不乐，无以自娱，愿以所有，易其所无。

食其看完，不禁也气得大骂："番奴无礼，竟敢戏侮天朝太后！"说完，又问吕太后道："这事怎样处治？臣已气愤得心痛难熬了！"

吕太后此时正在火星进顶，也不答话，想了一会，急出视朝，召集文武大臣，将书中大略告知众人。话犹未毕，两颊早已满挂盈盈的珠泪起来。当下就有一员武将，闪出班来，声如洪钟地奏道："速斩来使！臣愿提兵十万，往征小丑。"这位武将话尚未完，众将都也一齐应声道："若不征讨这个无礼番奴，天朝的颜面何存？臣等情愿随征。"吕太后抬头一看，起先发言的乃是舞阳侯樊哙，其余的人众口杂，也分不清楚何人。

正想准奏，尚未开言，又听得有人朗声道："樊哙大言不惭，应该斩首！"吕太后急视其人，却是中郎将季布。季布不待太后问他，已向太后奏道："从前高皇帝北征，率兵多至三四十万之众，以高皇帝之英勇，尚且被围七日。樊哙那时本为军中大将，不能打败番奴，致使高皇帝坐困，弄得竟起歌谣。臣还记得歌谣之

语是‘平城之中亦诚苦，七日不食，不能够弩。’目下歌谣未绝，兵伤未瘳，樊哙又欲去开边衅，且云十万人足矣，这明明是在欺太后女流之辈了。况且夷狄之邦，等于禽兽，禽鸣兽嗷，何必理它？以臣愚见，断难轻讨。”吕太后被季布这样一说，反把怒容易了惧色，连那个雄赳赳气昂昂的樊哙，也被季布驳得默默无言，弄得没有收场。幸有陈平知机，出来解他急难，向吕太后奏道：“季将军之言，固属能知大势；樊侯之忠，更是可嘉。愚臣之见，不妨先礼后兵，可先复他一书，教训一场。若能知罪，也可省此粮饷。否则再动天兵征讨，并不为晚。”

陈平真是可人，这一番说话，只说得季布满心快活，樊哙感激非常。连那吕太后也连连点头赞许。当下便召入大谒者张释，命他作书答报。又是陈平来出主意道：“既然先礼后兵，书中词意，不妨从谦。最好索性赠些车马之物给他，以示圣德及远之意。”张释本来正在难于落笔之际，及听陈平之言，有了主意，自然一挥而就，呈与太后。太后接来一看，是：

> 单于不忘敝邑，赐之以书。敝邑恐惧，退日自图。年老气衰，发齿堕落，行步失度。单于过听，不足以自污。敝邑无罪，宜在见赦。窃有御车二乘，马二驷，以奉常驾。

吕太后看毕，稍觉自贬身份，然亦无法，乃付来使而去。

冒顿单于见了回书，词意卑逊，已经心喜。又见车乘华美，名马难得，反觉得前书过于唐突，内不自安，便又遣人入谢。略言僻居塞外，未闻中国礼义，还乞陛下赦宥等语。此外又献野马数匹，另乞和亲。吕太后大喜，乃厚赏陈平、张释二人，并将宗室中的女子，充作公主，出嫁匈奴，冒顿见了，方才罢休。

不过堂堂天朝，位至国母，竟被外夷如此侮辱，还要卑词厚礼，奉献公主进贡。公主虽是假充，在冒顿方面，总认为真。幸而那时只有一个冒顿，倘使别处外夷，也来效尤，要求和亲，汉朝宫里哪有许多公主，真的要将太后凑数了。这个侮辱，自然是吕太后自己寻出来的。若因这场糟蹋之后，从此力改前非，免得那位大汉头代祖宗，在阴间里做死乌龟，未始不美。岂知这位吕太后外因强夷，既已和亲，边患可以暂且平静，内因她的秘事，又被儿子知道，背后并无一言。吕太后便认作大难已过，乐得风流自在，好免孤衾独宿之愁，于是索性不避亲子，放胆胡为。

有一天，因为一桩小事，重责了一个名叫胭脂的宫娥。不料那个胭脂，生得如花之貌，复有咏絮之才，早与惠帝有过首尾。胭脂既被责打，便私下去哭诉惠帝。惠帝听毕，一面安慰胭脂一番，一面忽然想出一计，自言自语地道：“太后是朕亲生之母，自然不好将她怎样。审食其这个恶贼，朕办了他，毫无妨碍。但是事前须要瞒过母后，等得事后，人已正法。太后也只得罢了！”惠帝想出这个主意，便趁审食其出宫回去的时候，命人把他执住，付诸狱中。又因不能明正其

罪，却想罗织几件别样罪名，加他身上，始好送他性命。无如惠帝究属长厚，想了多时，似乎除了污乱宫帏的事情以外，竟无其他之罪可加，只得把他暂时监禁，慢慢儿再寻机会。这也是审食其的狗运，遇见这位仁厚主子，又被他多活几时，或者竟是他与吕太后的孽缘未满，也未可知。

审食其既入狱中，明知是惠帝寻衅，解铃系铃，惟有他的那位情人设法援救。候了数日，未见动静，他自然在狱中大怪吕太后无情。其实吕太后并非无情，可怜她自从审食其入狱之后，每夜孤眠独宿的时候，不知淌了多少伤心之泪。只因一张老脸，在她亲子面前，难以启齿，但望朝中诸臣，曲体她的芳心，代向惠帝求情。谁知朝中诸臣，谁不深恨食其，作此犯上之事，不来下井投石，已是看在太后那张娇脸份上。若来救他，既怕公理难容，且要得罪惠帝，所以对于食其入狱一事，大家装做不知不闻，听他自生自灭罢了。食其又在狱中等了几时，自知太后那面，已是绝望，还是自己赶紧设法，姑作死里逃生之望。后来好容易被他想出一个人来。

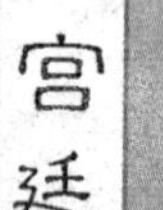

此人是谁？乃是平原君朱建。朱建曾为淮南王英布的门客，当时英布谋反，他曾力谏数次。英布非但不从，且将他降罪，械系狱中。及至英布被诛，高帝查知朱建因谏入狱，是个忠臣，把他召入都中，当面嘉奖，赐号平原君之职。朝中公卿，因他曾蒙高帝称过忠臣，多愿与之交游，朱建一概谢绝，独钦中大夫陆贾为人，往来甚昵。审食其向来最喜趋炎附势，因见朝中公卿，愿与朱建相交，他也不可落后，于是备了重礼，亲去拜谒，谁知也遭闭门之羹。他心不死，辗转设法，始由陆贾答应代为介绍，但叫食其不可性急，食其无法，只索静候。过了许久，方接陆贾一封书信，急忙拆开一看，上面写的是：

> 执事所委，屡为进言，朱公不敢与游，未便相强；俟诸异日，或有缘至。所谋不忠，执事宥之！执事入宫太勤，人言可畏；倘知自谨，有朋自远方来，胡患一朱某不缔交耶？然乎否乎？君侯审之！

食其看完那信，只索罢休。又过几时，忽然闻得朱建母死，丧费无着，又因硁硁小信，不肯贬节，竟至陈尸三日，尚未入殓。食其得了这个消息，便重重地送了一笔楮敬。朱建仍不肯受，原礼璧还。食其又写了一封信给他，大意是食其素钦君母教子有方，大贤大德，举世无双，戋戋薄敬，餽与君母者，非助君者，乌可辞谢。且不孝矣，实负贤名等语。朱建正在为难之际，复见责以大义，方始受下。次日，亲至食其处谢孝，不久即成莫逆之交了。

及至食其下狱，连日昏昏沉沉，竟将朱建这人忘记。既已想起，赶忙派人去求朱建。朱建回复使者，必为设法，请食其毋庸心焦。食其得报，当然喜出望外。不到几天，果蒙赦罪，并还原职。食其出狱，见过太后，即去叩谢朱建，朱建为之设宴压惊。食其问起相救的手续，朱建屏退左右，始悄悄地说道：“这件事

情，惠帝因恨执事入宫太勤而起。我思欲救执事，无论何人，不便向惠帝进言，除非是惠帝嬖幸之人，方才能有把握，我便想到闳孺身上。”食其听了，忙问道：“闳孺不是嗣帝的幸臣么？你怎么与他相识？”朱建道：“此话甚长，执事宽饮几杯，待我慢慢讲与君听。闳孺之母，昔与寒舍比邻，其母生他的时候，梦见月亮里掉下一只玉兔，钻在她的怀内，因而得孕。养下之后，十分聪明，其母爱同拱璧。不久其父病殁，其母不安于室，从人而去，不知所终。闳孺到了十二三岁的时候，貌似处女，不肯读书。后为一个歹人所诱，做了弥子瑕的后身。从前屡至我家借贷，我亦稍稍资助，后见其既与匪人为伍，同寝同食，俨如夫妇，我恶其为人，因此不与往来。后来我蒙先帝召进京来，恩赐今职。一日，闳孺忽来谒我，我仍拒绝。闳孺乃在我的大门之外，号泣终日，泪尽继之以血。邻人询其何故如此？闳孺说：‘朱某为近今贤人。’”朱建说至此处，微笑道：“其实我乃一孤僻之人，乌足称贤！”食其道：“君勿自谦，贤不贤，自有公论。我的交君，本是慕名而来的呢。”朱建听了，甚有得色，又续说道：“当时邻人又问闳孺道：‘朱某纵是贤人，被不愿见君，哭亦无益。’当下闳孺又说道：‘朱公待我有恩，我从前无力报答，迄今耿耿于心。我现为太子盈伴读，极蒙太子宠眷，方想一见朱公之面，得聆教益。俟太子登基之后，我拟恳求他重用朱公。今朱公拒人于千里之外，我从何报答他呢？’后来闳孺仍是常来请谒，我闻他有报恩之语，越加不愿见他，他便渐渐地来得疏淡了。及执事派人前来，要我设法援救，我想闳孺既为嗣帝宠幸，这是极好的一条路子。我为执事的事情，只好违背初衷，反去寻他。他在南城造有一所华丽住宅，闻已娶妻，其妻即中郎将恒颇之女，生得极美，闻与嗣帝亦有关系。”食其听到此地，忙又插嘴道：“如此说来，闳孺不仅自己失身于嗣帝，且及妻子了，未免太没廉耻！”朱建笑道：“这是论他品行，另一问题。但因此而蒙嗣帝言听计从。否则执事没有他来帮忙，危险孰甚。我既要去寻他，自然只好到他的私宅，谁知我去见他的时候，竟闹了一场不大不小的笑话。”正是：

酬恩虽可常相拒，求助何能不屈尊。

不知朱建去寻闳孺，究竟闹的是甚么笑话，且听下回分解。

第二十四回　夫妻易位少帝弄玄虚　甥舅联婚嗣君消艳福

却说朱建与食其说到他去见闳孺的时候，闹了一个笑话。这个笑话，且让

不佞来代朱建说罢。原来闳孺自蒙惠帝宠幸之后，惠帝爱他不过，便由惠帝作伐，将中郎将恒颇的爱女，小字叫恒嫦娥的，许与闳孺。嫦娥原负美名，世家阀阅，无不想她去作妻子。她却目空一切，数年来没有一位乘龙快婿选中。后来惠帝作伐，她始不敢峻拒，但也要求先须与新郎一见，及见之后，果然称心。结褵以来，闺房燕好，不佞这枝秃笔，实在无法描写，只好一言以蔽之。鹣鹣鲽鲽，如鱼得水，似鸟成双罢了。一天，惠帝戏谓闳孺道："朕的宠爱你，究竟至如何程度，你倒说说看，可能猜中朕的心理？"闳孺笑答道："臣知陛下恨不能身化为泥，与臣的贱体捏做一团。"惠帝听了，乐得手舞足蹈地道："你真聪明，真说到朕的心里去了。"闳孺又说道："臣的心里，只想将臣的身子，磨骨炀灰，洒于地上，那就好使陛下日日行路，履上总沾着臣所化的泥尘。"惠帝笑道："此言该打。"闳孺道："何以该打呢？难道天下还有比臣对于陛下再忠诚的么？"惠帝也笑道："你既如此忠心，怎么不死呢？这不是明明当面巴结朕的说话么？"闳孺听了，正色答道："臣并非不忠心，也并非不肯死，现在的活着，只恐怕陛下伤心臣的死后，没人陪伴陛下了。"惠帝听了，却呆了一会，蓦然一把将闳孺的纤纤玉手，紧紧捏住道："你这一句说话，已经说得朕伤心起来，倘使真的死了，朕也不愿为人，不愿为帝了！"惠帝说至此处，忽又微笑道："朕还有一件事情，命你去做，恐你未必应命。"闳孺道："微臣死也情愿，尚有何事不肯应命呢？陛下请快宣布！"惠帝听了，便与闳孺耳语数语。闳孺听了，半晌低了头，默默无言。惠帝道："你莫发愁，这件事情，本在人情之外。你若爱朕肯做，朕自然欢喜无限；不肯做呢，朕也决不怪你。"闳孺听毕，方始答道："陛下未免错会微臣之意了，臣的不答，并非不肯，但有所思耳。因为臣妇乃是平民，未曾授职，如何可以冒昧进宫？"惠帝道："这件事情，有何繁难！朕马上封她一职就是。"闳孺道："这还不好，太后倘若知道，微臣吃罪不起，要么可使臣妇扮作男子，偕臣进来，方才万无一失。"惠帝大喜，急令照办。闳孺回至私宅，将惠帝之意，告知嫦娥。嫦娥初不肯允，后经闳孺再三譬解，嫦娥听了，口虽不言，双颊渐渐地红晕起来了。闳孺知她意动，忙令穿上男子衣服。等得装扮之后，果然变为一个美男子模样，夫妻二人，俨然像是同胞弟兄。闳孺大喜，便将嫦娥悄悄地引进宫内，于是达了惠帝大被同眠的目的。一住几天，惠帝赏赐种种珍玩，给嫦娥作遮羞之钱。闳孺、嫦娥谢过惠帝，闳孺道："我妻可以易钗而弁，我就可以易弁而钗。"惠帝不待他说完，便笑说道："你肯与你妻子互易地位，朕更有赏赐。"闳孺笑道："臣不望赏赐，只求陛下欢心足矣！"说完，真的扮作妇人，惠帝自然喜之不尽。一天，闳孺夫妻二人，偶然回至私宅，闳孺因为要固惠帝之宠，便在家中用了一面巨镜，照着自己影子，要使一举一动，与妇女无异。于是竟成轻盈巧笑，朱唇具别样功夫；袅娜纤腰，翠袖飘新鲜态度；鸣蝉之髻，独照青灯；堕马之鬟，双飞紫燕；芳容酒困，须如二

月之桃；媚脸情生，恰似三秋之月；斜倚豆蔻之窗，调琴咏雪；醉眠茱萸之帐，傍枕焚香；绿减红添，妒煞陌头之柳；珠园翠绕，浑疑楼上之人；恼时恨水愁烟，泪洒湘妃之竹；喜时飞花舞絮，声传笑妇之城。闳孺这一来，仿佛在妇女学校毕了业的样子。他还恐怕有时忘记，平时在家，也着女装。这天他正与嫦娥对酌的时候，忽听得家人报进，说是平原君朱建亲来拜谒。他这一喜，非同小可，也来不及再去改装，慌忙命丫鬟们，将朱建引入中堂，自己站在门前迎迓。朱建久与闳孺不见，哪里还会认得。及见一位二九佳人出来款待，必是闳孺在宫未回，他的妻子嫦娥前来会他，赶忙上前一揖，口称嫂嫂不已。闳孺正想有个外人，前来试验试验他的程度如何，便不与朱建说穿，当下娇声答道："朱家伯伯，快请上坐。"朱建坐下，寒暄几句，便问道："嫂嫂可知闳孺兄何时回家？我有要事，特来通知。"闳孺又假装答道："拙夫在宫伺候主上，三天两天，方始回家一次，朱家伯伯有话，尽管请说便了。"朱建恐怕尽则误事，一想托她转言，也是一样，便说道："辟阳侯审食其入狱之事，外人都说是闳孺兄向嗣帝进的谗言，未知嫂嫂可知此事？"闳孺听了，也吃了一惊道："儿夫与辟阳侯素无嫌隙，何至与他作对，外人之话，定是谣言。"朱建道："我也不信此事。但是众口悠悠，若辟阳侯一死，太后必定要怪着闳孺兄的。我是好意，前来关照，嫂嫂何不转达闳孺兄，请他去求嗣帝，速将审食其赦了。在嗣帝方面，何必得罪太后；在闳孺兄方面，也好免众人之疑。此事于人于己，两有利益，似乎宜早为佳。"闳孺听了道："朱家伯伯，既如此说，奴当转达儿夫便了。"朱建道："嫂嫂既允转达，我要告辞了。"闳孺听了，忙把他头上的假髻一去，对着朱建狂笑道："朱恩公数年不见，真的不认得我么？还是我装着女人模样，一时辨别不出。"朱建此时蓦见这位闳孺夫人，一变而为男子，倒把他大大地吓了一跳。及听闳孺的口音，方知闳孺扮了女人，与他闹了半天，不禁也大笑道："留侯少时，人家说他像个处女；陈平面如冠玉，人家也说他像个好妇人，其实不过说说而已。我兄易弁而钗，真是一位天生美人呢！"闳孺听了，知道自己的程度，已达登峰造极，心中自然大乐。忙去将他的妻子唤出，拜见恩人道："这才是真正内人嫦娥呢。"朱建慌忙一面与嫦娥行礼，一面也戏闳孺道："君夫妇真是邢尹难分了。"

于是又谈了一阵，方始辞别回家。不到几天，就闻知惠帝赦了审食其。后来审食其前去谢他，他提起笑话之事，不佞故替他代说出来。当时食其听毕，谢了朱建转托之劳，急去亲谢闳孺。那时闳孺是否仍是女装见他，毋庸细叙。

单表吕太后一见情人出狱，恍似久旱逢甘雨一般，愈加有情，愈加得意。惟见食其的兴致，不如往常。吕太后问他何事烦闷，食其又不肯言。食其的不言，明是因为只要开口，即被吕太后发出雌威，令人难受。还是做个息夫人无声无息，免得淘气。吕太后明知食其的闷闷不乐，是怕她的儿子作梗，好在她自命满

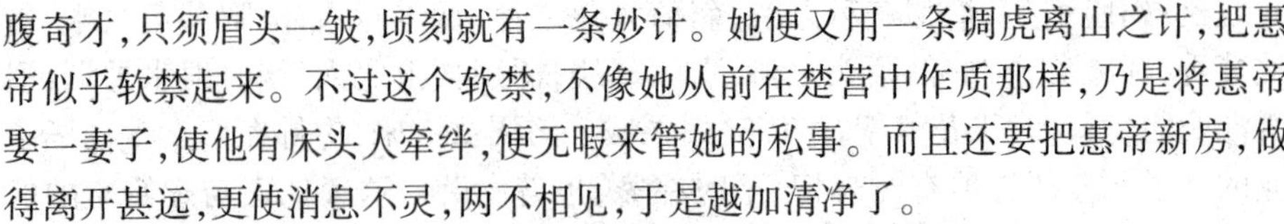

腹奇才，只须眉头一皱，顷刻就有一条妙计。她便又用一条调虎离山之计，把惠帝似乎软禁起来。不过这个软禁，不像她从前在楚营中作质那样，乃是将惠帝娶一妻子，使他有床头人牵绊，便无暇来管她的私事。而且还要把惠帝新房，做得离开甚远，更使消息不灵，两不相见，于是越加清净了。

那时正是惠帝四年元月，惠帝年已弱冠，所聘的皇后，不是别人，却是惠帝嫡亲甥女，胞姊鲁元公主的千金。鲁元公主虽比惠帝大了数岁，可是这位千金，却比惠帝小着一半，新娘芳龄仅仅十有一岁。以十一岁的小姑娘，来主中宫，已属大大奇事。还要甥舅配为夫妇，更是乱伦。无奈吕太后立意要做此事，谁人敢来多嘴。惠帝本是懦弱，也不敢反对母后的主张。那天已届惠帝册立皇后喜期，新房做在未央宫中，一切大典，自然异常富丽堂皇。只是新郎已经成人，新娘尚是幼女，交拜的时候，旁人看了这位新娘，与新郎并立一起，她的身材仅及新郎的肩上。如此的一个小姑娘，行此大礼，宛似一个东瓜，在红毡上面，滚动而已。竟有人笑得腹痛，不过不敢出声，怕惹祸祟，反去向吕太后奏趣道："一对璧人，又是至亲，将来伉俪情深，可以预卜，都是太后的福气。"吕太后听了，当然万分高兴。这天晚上，乃是合卺之期。惠帝睡到龙凤帐内，一把将那位新娘皇后，娇小玲珑的身体，抱入怀中，觉得玉软香柔，又是一番风味。谁知那位皇后，年纪虽轻，已知人事，一任惠帝倒凤颠鸾，成了百年好合之礼。这也是天生异人，仿佛老天特地制造出一位早开花的奇树，真正好算一件奇文。

次日，新郎新娘，去谒吕太后的时候，由未央宫到长乐宫，也有几里的路程，于是同坐御辇，数百名宫娥彩女，簇拥着慢慢行去。岂知皇后身材，究竟太小，不知何时跌出路旁，惠帝竟未觉着，蓦然看见并坐之人，失其所在，不禁一吓。正在命把御辇停下，口称皇后失踪的当口，忽见一群宫娥彩女，笑嬉嬉的，已将皇后抱着送进辇中来了。皇后经此一跌，便去紧紧偎着惠帝怀内，惠帝也把她牢牢搿住，总算到了长乐宫中，并未第二次跌出。这件笑史，却非不佞杜撰，渊博君子，自然知道。不过不佞写得不甚庄重，略有轻侮皇后之意罢了。

及至吕太后见了这一对新儿新妇，高兴得摩挲老眼，尽管抱着新娘不放。一时天良顿现，便笑对新娘说道："汝从此以后，切莫称我为外祖母了。汝的辈份，现已提高一辈，见我的时候呢，自然以婆媳称呼。不必因为称我婆婆，防汝母亲与我同辈不便，只要各归各的称呼就是。"皇后奉命，坐了一会，方始回宫。

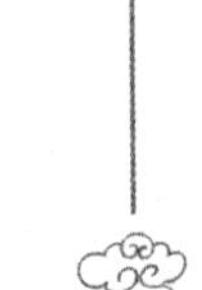

谁知皇后，一天看见嫦娥在与惠帝调情，同时又见一个男扮女装的闳孺，夹在里面混闹，居然把一个小小醋瓶，打得粉碎，且向惠帝哭闹道："臣妾年纪虽小，明明是位正宫。今陛下令此等无耻男女，混在深宫，是否有意蔑视臣妾！"惠帝只得好言相劝，又命闳孺夫妇，跪向皇后告饶。不知闳孺夫妇，究有如何手段，不多几时，这位小皇后，非但不以恶声相加，且令长在宫中伴驾。太后方面，

她会代为遮瞒。惠帝喜出望外，索性和皇后说明，太后宫中，还有两个宫女：一名胭脂，一名翡翠，均与自己有过关系，要请皇后成全她们。皇后一口答应，去向太后讨来。太后只要儿子不来干涉她的私事，一两个宫人，算得甚么，于是准了皇后之奏，册立为妃。惠帝有此数人相伴，朝朝寒食，夜夜元宵，大乐特乐，便把身子糟蹋得不成模样了。吕太后只知自己行乐，情愿少见儿子之面。偶尔前来朝见，匆匆数语，也看不出儿子得了弱症。吕氏一生的罪恶，单是这桩事情，已经无面目见她刘氏祖宗。这且不说。

有一天，惠帝命将未央宫与长乐宫的中间，由武库南面，筑一复道，以便他去朝见太后的时候，毋须经过市巷。一则銮跸出入，往往断绝交通，使民间不便；二则胆小，生怕路上或有刺客，那还了得。这个主意，皇后已经反对，因为皇后仰体外祖母而兼婆婆的心理，自然不愿皇帝常至长乐宫中，搅扰太后的闲情逸致。无奈拗不过皇帝，便去运动帝傅叔孙通出面谏阻。

叔孙通也是一位善于拍马的人物。一口应允，真的趋至未央宫中，谏惠帝道："陛下新筑的复道，正当高皇帝衣冠出游的要路，奈何将它截断，渎慢祖宗，未免有失孝思！"惠帝听了，果然大惊失色道："朕一时失却检点，致有此误。"叔孙通道："陛下既知有误，何不即命停工呢！"惠帝道："朕素来无所举动，偶筑小小复道，便要取消，朕亦不愿。可在渭北地方，另建原庙，高皇帝衣冠出游渭北，省得每月到此，且多建宗庙，也是人子应为之事。"叔孙通的谏奏，本非此意，不过想借这个大题，阻止惠帝筑道的意思。今见阻止不住，自然还要再谏。惠帝又道："高皇帝的陵寝，本在渭北，陵外有园。所有高皇帝留下的衣冠法物，并皆收藏一室，按月取出衣冠，出游一次，不必定经朕所筑的复道。朕意已决，师傅毋庸多言！"叔孙通碰了一鼻子灰，只得扫兴退下。

皇后密告太后，太后也无法阻止，只得比较的留心一点，省得露出马脚。这样一来，无非宫娥彩女，多此忙碌。谁知宫娥彩女，愈加小心，宫中愈出灾异，总计自惠帝春天起至秋天止，宫内失火三次。第一次是长乐宫中的鸿台；第二次是织室；第三次是未央宫中的凌室，这还是宫内的火炎。后来外地也跟着闹出别样怪象。

外地又是甚么怪象呢？宜阳地方，一天忽然雨起血来，腥秽无比；十月里响起大雷，长雨不止，人民损失不赀；近都地方，冬天桃李生华，枣树结实。有人说，这都是阴盛阳衰的不祥之兆。老天虽是警告吕太后，无如吕太后毫不在意。还有那班贪图禄位的臣子，反说这些事情，都是祥瑞，国运方兴的表示。又过一年，曹参一病身亡，予谥日懿，其子曹窋袭爵平阳侯。

吕太后不忘高皇帝遗嘱，拟用王陵、陈平为相。一混半年，至惠帝六年，始任王、陈二人。但将相国名义废去，添设左右两个丞相：王陵为右，陈平为左。又任周勃为太尉，国家幸而无事。又过数月，留侯张良，在府病终。张良本来多病，又

见高皇帝、吕太后次第屠杀功臣，生怕轮到自己头上，借学仙为名，深居简出，不谈国事。及至高皇帝归天，吕太后念其从前力保太子之功，每每将他召进宫中，强令酒食，并且劝他道："人生在世，无非白驹过隙，乐得要吃便吃，要穿便穿，何必自寻苦恼。"张良却情不过，只好稍稍饮食。谁知辟谷之人，若再重食，就有大害。张良之死，也可以说是吕太后栽培他的。张良既殁，吕太后赠以厚资，并谥为"文成"。张良曾随高皇帝至谷城，无意中得着一块黄石，认作圯上老人的化身，生时敬礼有加，设位供奉，临死时候，留下遗嘱，命将黄石伴葬墓中。长子名叫不疑，照例袭爵，次子名叫辟疆，年仅十四，吕太后酬功起见，授官侍中。张良死不多时，舞阳侯樊哙，也继张良到阴间去事高皇帝去了。樊哙是吕太后的妹夫，又是高皇帝微时侣伴，自然更要优予卹典，加谥为"武"。其子樊伉袭封。

吕太后姊妹情深，常召吕媭入宫与宴。那时吕媭的情人，因事已把醉樱桃杀死，不久自己也吐血而亡。吕媭影只形单，又相与上一个士人，名叫徐衍的，躲在家中快乐，不愿常进宫去。吕太后恶她不识抬举，以后便不甚召她了。

那时外边忽然起了一个谣言，说是审食其亦与吕媭有染。吕太后闻知此语，即将食其的衣服褫尽，恨他无情无义，也要治他人彘的刑法。食其是眼见戚夫人身受其痛的，自然吓得心胆俱碎，叩头如捣蒜地道："太后不可轻信谣言。臣早罚过血咒，若有二心，应死铁椎之下。臣既陪伴太后有年，断乎不敢再作非礼之事。"吕太后本是吓吓他的，假怒一场，自然了事。不过对于她的妹子吕媭，从此不准她进宫去了。

吕媭情人徐衍，就是惠帝妃子翡翠之兄。他因为与翡翠不睦，情愿放弃国舅的位份。惠帝屡召不至，只得罢休。一天，惠帝聚集翡翠、胭脂、闳孺、嫦娥等人，陪同皇后设宴取乐，无端闹出一桩风流案子，倒也要算奇文。正是：

深宫不少稀奇事，秘洞原多古怪妖。

不知究是一件甚么事情，且听下回分解。

第二十五回　酒壮胭脂胆秘洞寻狐　香迷翡翠心重帷匿兔

傍水依山，筑就幽冈雅坞；莳花垒石，修成御苑名园，清风习习，无非种竹之亭；碧月溶溶，不愧凌云之阁；红楼望海，杰栋伟梁；白塔回溪，珠心玉角；芬芳扑鼻，重重芍药之栏；馥郁迎人，曲曲荼蘼之架；梧桐之树，密结成林；橘柚之香，遥

飞入榭；游鱼避钓，睡鹤闻琴；既有梁王之兔，复多佛氏之鸡；不是百姓之园，实为皇家之圃。这是甚么地方？乃是未央宫的一座花园。此园便是前秦阿房宫的仙圃。因为萧何修造汉宫，即把这个地方，改为未央宫花园，名曰新园。

园中景致，大略已如上述。但这园内，有一个古洞，相传洞中住有狐仙，每于月白风清之夜，或是迷云雾拥之宵，常有狐仙出来迷人：雌狐迷男，雄狐迷女。最近的一样事情，就是有一个宫奴，一夜偶经此洞，竟被一只雄狐，把她摄进洞去，盘桓数日，方始放她出洞。可怜这个宫奴，已被雄狐蹂躏得钗横鬓乱，月缺花残，忙去奏知惠帝。惠帝不信，便命闳孺查复。

这天惠帝正与大家在饮酒之际，闳孺便在席上，向惠帝奏道："陛下命臣查勘古洞狐仙一事，臣已细细查明，此洞确有狐仙。它在始皇二世时代，还要厉害，凡迷之人，无不立毙。始皇二世，曾遣僧道书符焚篆，捉拏洞内狐仙，谁知反被狐仙驱逐。始皇二世没有法子，只得向它软求，封号祭祀，方才稍觉安静。及至先帝登基之后，间有狐仙出来迷人，但是一接而去，并不伤害人的性命，先帝所以听之。日前被狐仙摄入洞去的那个宫奴，确有其事。以臣愚见，可以每逢朔望，派人就在洞口祀它一次，以表诚敬。或者能够平安，也未可知。"

惠帝听毕，十分惊骇道："真有这等事么？"皇后在旁一闻此言，早已吓得发抖，扑的躲到惠帝怀内道："陛下快快准奏。最好命朝臣就替狐仙起庙，朔望虔心祭祀。臣妾未入都时，曾在赵地亲见一位狐仙，它非但奸污妇女，且有吃人情事，所以臣妾一闻此事，心胆已碎。狐仙既是称仙，它有道术，不管深宫密院，不问帝室皇家，见有美貌妇女，必来相犯。臣妾最怕此事，未知陛下有否良法？"

惠帝听了，一面安慰皇后，一面命闳孺传谕管园内监，虔心祀奉，不得亵渎上仙。闳孺领旨去了回来，大家方始畅饮。席间所谈，无非都是各述生平闻见，不离狐仙一事。等得席散，大家回室。

独有胭脂，不甚相信狐仙的事情。平时虽然曾听父老说过，她以为耳闻犹虚，目睹方实。她的胆子，素来不小，那时又在大醉的当中，她便暗忖道："狐仙真有如此灵验么？我却要去瞻仰瞻仰，果能被我撞见，我方相信。"她想至此地，于是仗了酒胆一个人来至新园，只见斜月在天，凉风拂面。那时正是夏末秋初，晚上暑气已退，满身香汗，已被凉风吹干。因为酒气醺醺，脸上尚觉火热，心中并无一个怕字。将近洞门，遥见一只似兔非兔，似鸡非鸡的东西，忽从树下如飞地跑过，不禁一吓。她还当看见的东西，就是狐仙，不知怎的，不期然而然地便会胆小起来。又被凉风一吹，酒已醒了大半，她心里一清，便自言自语道："我何必与狐仙赌胆，我此刻看见的是否狐仙，我虽不敢决定，似乎锐气已经退了不少，快莫多事。听皇后的口气，生怕狐仙寻着，躲开都来不及，我怎的反来找它呢？"她边这样地在想，边把脚步回转。刚刚走至洞门，只见一只雉鸡，向她眼睛

前头飞过。此刻看得清楚,知道方才所见必是这些东西。胆子一大,她又转了一个念头道:“不入虎穴,焉得虎子!我既来此,偏要进洞去看它一看。”她又回转身子,直向洞门行来。及至走近,趁着月光,先朝洞内一望,里面虽不明亮,也不黝黑,因见洞门不大,只好低着头,曲着背的钻将进去。忽觉脚下踏着一物,仔细一看,似乎是只兔子,她便暗骂道:“你这畜生,又来吓我了。我若冒失一点,一定又当你这东西,是狐仙了呢。”她刚刚骂毕,正想用脚去踢它一下,撵它走开,不要在此挡路,说时迟,那时快,忽见那只兔子,似乎又不像兔子,顿时扑的一声,人立起来,转眼之间,已经化为一位美貌少年,一把将她抱定道:“你这位皇妃,承你多情,自己送上门来,也是小仙与你有缘。快快跟我入洞,成其好事,使你求仁得仁,不虚此来便了。”胭脂此时始知真有狐仙,心中虽是害怕,但已被它抱住,欲逃不能,索性不响,看它如何。她正在腹中暗忖,那位狐仙已经知道她的心事,便边将她抱入洞内,边与她说道:“你既要看我如何,我就给你看看。”狐仙说完,已至洞底,里边并没甚么陈设的东西,仅有一张石榻,两张石凳而已。狐仙将她放在榻上,不知如何一来,她的衣裳等等,自会全行卸下,以后她便昏昏沉沉的不知人事了。

这且丢下不提,再说惠帝同了皇后回进寝宫,皇后仍是胆小,只求惠帝把她紧紧抱牢。惠帝笑道:“这样不好,汝既如此胆怯,胭脂皇妃胆子素大,朕将她召来陪你。”说着,又与皇后耳语道:“大被同眠之兴,朕又有数日不乐了。”皇后听了,也不反对。惠帝即命宫人,速召胭脂皇妃来此侍寝。

谁知宫人去了半天,单身回来道:“奴辈四处寻遍,不见胭脂皇妃。”惠帝微怒道:“胡言,胭脂皇妃,晚上向不出宫,快快再去寻来!”宫人去后,突见嫦娥匆匆地进来报说道:“陛下快快同奴辈,到园内去看胭脂皇妃。方才有人来说,据管园内监前来通知,说道胭脂皇妃,一个人裸卧洞门,唤之不醒,特来禀知。奴辈不敢作主,特来请陛下同入园内去看。”惠帝听了,大吃一惊,也不多言,急同嫦娥来至园内。未近洞门,已见胭脂真的寸丝无存,躺在洞门之外。慌忙走近,向她前胸一按,尚有热气,一面替她穿上衣服,一面抬入宫中,急召太医诊治。太医按脉之后,始奏道:“皇妃左右二脉,现尚震动,似是邪兆。”惠帝点头称是。太医急用避邪丹灌下。

顷刻之间,胭脂已经苏醒转来,忙问惠帝道:“奴辈何以在此?”惠帝听了,便将她卧在洞门之事,告知了她。胭脂听完,方才现出含羞的态度,低声道:“这样说来,狐仙是真正有的了。”惠帝命她不必害臊,不妨据实奏来。胭脂初不肯说,后来惠帝硬逼不过,只得一情一节地说了出来。

惠帝听了,倒还罢了,只把这位小皇后娘娘,真吓得哭了起来。惠帝弄得没有主张。幸知闳孺极能干,问他皇后害怕狐仙,可有甚么救急之法。闳孺便与

惠帝耳语数句。惠帝急命照办。闳孺去了一会，忙进来道："已命法师，用符篆请大仙迁移了。"皇后听了，方始放下愁怀，好好安睡。其实是闳孺哄骗皇后，急切也无法师，即有法师，也无如此法术。不过狐仙本有灵性，凡无邪念的人，未必都来缠扰，况且皇后还是国母，自然无碍。一连数日，果然平安。惠帝方始真的安心，一面夸奖闳孺果有急智，一面自到洞门默祝一番。

从此之后，狐仙并不出来扰乱。但是此时惠帝已成弱症，每夜须有房事，方能安睡。好在一后二妃，还有闳孺夫妇二人，帮同行乐，惠帝倒也安宁。

一夕，翡翠、闳孺两个，轮着守夜。惠帝与皇后已经睡熟。翡翠因为长夜无事，便与闳孺二人，斗赌纸牌消遣。斗了一阵，翡翠忽闻闳孺身上，似有一阵阵的芬芳气味，便悄问道："你的身上，藏有甚么香药，或是花露？"闳孺听了，微笑答道："我从来不爱熏香。"说着，即以两袖，凑近翡翠的鼻边道："你再闻闻，方知我真的没有甚么香料藏身。"翡翠听了，果去仔细一闻，虽然不能指名闳孺袖内藏有何香，可是愈闻愈觉心荡起来，不觉粉脸生春，眉梢露出荡意。闳孺本是偷香好手，于是以目传情，用手示意。郎既有心，妾亦有意，他们两个便悄悄地来至翡翠私室，神女会了襄王。一连数夕，很是莫逆。翡翠却私下对闳孺道："少帝太觉贪花，奴父曾任医官，奴亦略知医术，少帝已成精枯血干之症，必至不起。奴不甘作此冷宫孤孀，实想与郎白头偕老，为婢为妾，亦所甘心。"闳孺道："我也不忍与你分离。第一样是要望少帝万岁千秋，你说他已成不救之症，这未可有甚么药医呢？"翡翠摇首道："精血是人心之本，此物一无，就是神仙来治，也没有法想的了。"说着，便长叹一声道："咳！少帝待我等不薄，皇后年轻，也无娇矜习气，我等长在宫中伺候，岂不甚愿。但是，……"谁知翡翠但是二字刚刚出口，可怜她的一双媚眼之中，早已簌落落地落下珠泪来了。闳孺更是伤心。二人欷歔一会，翡翠又说到本题道："少帝之事，已属无望。我等的事情，郎须答应我一个实在，让我放心。"闳孺听了，沉吟半晌，渐现愁容道："荆人嫦娥气最是狭小，我与你同居之事，恐难办到。"翡翠道："她是郎的正式妻子，我当然只好让她三分；就是不能同居，我做郎的外室，亦无不可。此地的曹太妃，便是先帝的外室，先帝是先有曹太妃，而后方有吕太后娘娘的。你看现在不是也同居宫中么？"闳孺听到这里，便戏翡翠道："人彘之刑，你不怕么？"翡翠道："我怎么不害怕？戚夫人说也可怜，我也是当时的一位帮凶呢。"闳孺道："你倒下得了狠手么？"翡翠道："我那时尚是宫娥，太后圣旨，敢不遵从么？"闳孺道："你肯跟我，还有何说。不过少帝真个不幸之后，你是宫妃，如何能够嫁我呢？太后何等厉害，须要想得周到才好。"翡翠听了道："你不必管我，我自有法子。"他们二人，谈了半天。

惠帝正在四处地寻找他们，他们见过惠帝，惠帝问他二人何往？闳孺应声道："陛下龙体，总不十分康健，翡翠皇妃，正想瞒人割股，却被臣无意中撞见。

臣劝皇妃，这个割股之事，无非表示忠心而已，其实于受者没甚益处。皇妃依臣的说话，方始作罢。足见陛下待人仁厚，方有这般忠心的妃子。”惠帝听了，似乎很怜爱地看了翡翠几眼道：“这又何必，朕这几天精神尚旺，汝等切勿大惊小怪！若被太后知道，又要怪我不知保重。日前已经有人在奏太后，说道朕的身边后妃太多，很于病人不利。太后已将此话，向朕说知。朕当下答称一后二妃，伺候汤药犹嫌不够，怎的好说太多。太后听了，方才叮嘱朕要自知谨慎。”惠帝说到此地，便恨得跺脚道：“朕总是一位天子，一共只有你们两个妃嫔，人尚不容，朕活在世上，也无益处！”说着，便伤感起来。翡翠、闳孺赶忙再三劝解，惠帝方始丢开此事不提。

这天晚上，轮着陪夜的乃是胭脂、嫦娥二人，翡翠、闳孺，名虽分头自去安睡，其实正好鸳帐鏖兵。他们二人，正在春意洋洋的当口，忽见皇后亲自前来呼唤翡翠。因为惠帝忽然想起要看药书，立命翡翠前去帮同检查。翡翠听了，一面请皇后坐下，一面走下床来，生防皇后来揭帐子，便要看见闳孺，慌忙放下帐子。又把帐子外面所悬的那顶复幕，也放了下来，方始去穿外衣，穿好之后，即随皇后来至惠帝那里。

惠帝说出书名，翡翠自去检查，检查许久，却检不出惠帝所说的那服汤头。惠帝道：“朕也一时记不清楚，汝可携回自己私室去查。查得之后，送来与朕观看便了。翡翠携书回房，赶忙奔至床前，揭开两重帐幕，向闳孺道：“方才好险呀！万一皇后来揭一揭帐子，那就不得了了。”闳孺道：“你看门外可有闲人，如没闲人，快快让我回房。”翡翠道：“此刻没人，你要走快走。”

闳孺刚想下床，忽又听得他的妻子嫦娥和胭脂两个人，边说话，边要走进来了。翡翠急悄悄地道：“你还是躲在铺盖里面，且等她们来过之后再走。”闳孺刚刚躲进，胭脂、嫦娥二人已经进来，向翡翠说道：“主上命你快查，我们在此守候。”翡翠笑道：“你们二位，在此多坐一刻。这个汤头，主上说得不甚清楚，未必查得出来呢！”二人坐下，候她再查。翡翠又查了一阵，依然查不出来。胭脂忽然打了一个呵欠，又伸上一个懒腰道：“连日少睡，让我暂在翡翠姊姊床上，躺下一霎。”说着，便将那顶复幕一揭，又把帐子揭开，和衣躺在床上。

那时翡翠一见胭脂忽然钻到床上，这一吓，只把她吓得灵魂出窍，双眼一阵乌黑，哪儿还会看得出一个字来。闳孺也在铺盖之内，吓得不敢喘气，只望翡翠赶紧出去，好将她们二人带出。谁知翡翠早已吓昏，非但不把她们二人设法骗出，反而呆呆坐着，连药书也不会检查了。嫦娥此时绝想不到她的丈夫，会在翡翠的床上，自然毫不疑心。就是翡翠吓得发呆，她也以为翡翠急切查不出来，怕被惠帝责怪，便劝翡翠尽管慢慢儿查，越急是越查不着的。哪知嫦娥正在与翡翠讲话的时候，正是胭脂在床上与闳孺入彀的时候。原来胭脂躺下之后，忽见

被内坟起，偏去用手一揭，蓦然见被内有一个人，却是闳孺，始知翡翠已与闳孺有了暧昧事情。倘若闹了出来，三方皆有不利。胭脂的与翡翠，本来比较嫦娥来得亲昵几分，自然要帮翡翠，反去示意闳孺，叫他勿吓，免被嫦娥听见。闳孺会意，当然不敢动弹丝毫。谁知胭脂平时也在看中闳孺，因为一时没有机会，只得暂时忍耐。此刻二人钻在一床，乃是天赐良缘。此刻若不有挟而求，就要上违天意，下失人心，还当了得，于是微有表示。闳孺自然是却之不恭的了。过了一会，嫦娥隔着帐子问胭脂道："一上床便睡熟了么？快快起来，大家坐着，引起大家的精神，不然，我也要睡进来了。"嫦娥说完这句，只把床中的两人，棹上的一位，同吓得暗暗叫苦。棹上的那位翡翠，她见胭脂睡进床去，许久并无声息，知道吉多凶少，不是未曾看出，便是帮忙代瞒。正在要想借句说话，先命嫦娥回报惠帝的时候，蓦然听得嫦娥说道，也要睡进床去，自然加二吓煞。幸亏胭脂，那时不能再顾公事，已否完毕，慌忙一面答道："我不睡，我不睡。"一面就钻出帐子，也不再候翡翠查着与否，一把拖了嫦娥走出房来。及至出了房门，翡翠心中方始一块石头落地。

岂知接连又是一桩吓人之事。你道何事？乃是翡翠的卧房，走到惠帝的寝宫，必须经过嫦娥的卧房。嫦娥既是经过自己的卧房，便有要紧没要紧的，随便叫叫闳孺。你想那时闳孺自然不在房内，因为没人答应，必致闹破。此时的胭脂，岂有不大吃一惊之理的呢？当下胭脂一听见嫦娥在叫闳孺名字，忙又拖了嫦娥，只向惠帝那里乱奔。好得翡翠此时也已追了出来，三人同进惠帝房内。惠帝便问翡翠，有否查着。翡翠答道："委实查不出来，陛下或者真的记错，也未可定。"惠帝听了，方才不叫再查，胭脂、嫦娥，仍在惠帝房内伺候。

翡翠又忙赶回自己房里。明知此时闳孺，断断不会再在她的床上，但是贼人心虚，总是再看一看，来得放心。这是普通人们的心理，并非翡翠一个人是这样的。正是：

私情到底防窥破，交好方能代隐藏。

不知胭脂帮了翡翠这场大忙，翡翠如何酬报胭脂，且听下回分解。

第二十六回　一人得志鸡犬皆仙　两妇进谗豺狼当道

却说翡翠与胭脂二人，本是吕太后宫中的宫娥，平日既在一起，自然较他人为

密切。及至一同选做惠帝妃子,各思固宠,反而疏淡起来。又因各人私下看中闳孺,大家表面避嫌,更弄得有些尴尬。现在胭脂既替翡翠隐瞒藏人之事,翡翠对于胭脂,当然万分感激。后来打成一气,一男两女,私下瞒人取乐,且不细说。

惟有惠帝,生不逢辰,碰见如此的一位太后,心中愁闷,便借酒色消遣。后因已成弱症,对于酒字,自然减退;对于色字,欲浇虚火,真有片刻不能离开之势。加之皇后不算外,一男三女,宛如四柄利斧。可怜一株脆弱之树,如何禁受得起!于是惠帝勉强延至七年仲秋,竟在未央宫中,撒手西归。

一班文武官员,统至寝宫哭临,大家见太后坐在惠帝尸旁,虽似带哭带语,面上却没泪痕,当下个个腹中都在称奇不止。又想太后只此亲生之子,年甫二十有四,在位仅及七年,理该哭得死去活来,方合人情。如今这般冷淡,不知内中有何隐情。大家既猜不透,只得帮办丧仪,各尽臣职而已。

独有侍中张辟疆,乃是张留侯次子,年轻有识。他已窥破太后的隐衷,等得殓后,随班退出,径至丞相府中,谒见陈平。

陈平因他是故人之子,格外优待,寒暄数语,便欲留餐。辟疆不辞,乃在席间语陈平道:"太后只生一帝,临丧哭而不哀,君等曾揣知原因否?"陈平素负智士之名,对于这事,却未留意。此刻因被辟疆一问,似乎有些调促起来,便转问辟疆道:"君既见问,当然已知其意了,请即明示!"辟疆道:"主上驾崩,未有子嗣,太后恐君等另有他谋,所以不遑哭泣,断非对于亲子,如此无情,其理至显。君等手握机枢,既被见疑,须防有祸。不若请太后立拜吕台、吕产为将,统领南北两军,并将诸吕一体授官,使得居中用事。那时太后心安,君等方得脱险。"陈平听毕,连连点首称善,并握了辟疆的小手道:"子房有子矣!"

一时餐毕,陈平急急入宫,面奏太后道:"朝中宿将老臣,纷纷凋谢;主上又崩,国事未定,民心未安,臣甚为忧虑。太后当有善后的良法,臣当维命是从。"吕太后听了,欷歔说道:"君为汉室栋梁,君应有所陈述。"陈平道:"吕台、吕产,智勇双全,惟有即日任为将军,分掌南北禁兵;吕台、吕产皆是太后从子,此二人必能为汉室的保障,伏乞太后准行!"吕太后听毕,心里暗喜道:"陈平才智,真是令人可爱!"便含笑答道:"君为丞相,既以为是,我当准奏。"陈平退出照办。

吕太后从此专心痛哭儿子,每一举哀,声泪俱下,较诸惠帝临终的时候,判若两人了。过了二十余日,惠帝灵钦,出葬长安城东北隅,与高皇帝陵墓,仅距五里,号为安陵。群臣恭上庙号,叫做孝惠皇帝。

惠帝后张氏,究属年幼,未能生育。吕太后却想出一个妙法,暗取后宫不知谁何之子,一个小孩,纳入张后房中,诡称是张后所生,立为太子。又恐此子之母,异日多事,一刀杀死,断绝后患。惠帝葬事一毕,伪太子立为皇帝,号称少帝。少帝年幼,吕太后仍是临朝称制。《史记》因为少帝来历不明,略去不书。

但汉统幸未中断，权以吕太后纪年：一是吕太后为汉太后，道在从夫；二是吕太后称制，为汉代以前所未闻。大书特书，寓有垂戒后人的意思。存汉诛吕，确是史臣谨严之笔。

吕太后既是仍掌大权，便欲封诸吕为王。当时恼了一位忠直大臣，竟与吕太后力争。此人大声呼道："高皇帝临终以前，召集群臣，宰杀白马，歃血为盟，谓以后非刘氏不得封王，违者天下共击之。今口血未干，奈何背盟毁约起来？"

吕太后瞋目视之，乃是右丞相王陵。一时欲想驳诘，急切说不出理由；若是听之，后来如何有权办事？只急得满头大汗，青筋饱绽，几乎眼泪也要迸出来了。她此时的不哭，因为尊严起见，也是强思示威的意思。左丞相陈平，与太尉周勃，一见太后没有下场，于是同声迎合道："王丞相之言，未免有些误会高皇帝的本意了。高皇帝说，非刘氏不得封王，后又紧接一句是，非有功不得封侯，这明明是指无功而滥竽王位的而言。高皇帝平定天下，曾封子弟为王；今吕太后称制，分封吕氏子弟为王，夫唱妇随，有何不可。"吕太后听了，甚是暗赞陈、周二人，脸上便露出高兴的颜色来了。

王陵一见陈、周二人，忽然附和，忘记地下的先帝，顿时怒气填胸，仍旧据理力争。无奈寡不敌众，自然失败。退朝出来，王陵却向周勃、陈平两个发话道："先帝歃血为盟，言犹在耳，君等都是顾命大臣，如何不持公理，只知阿顺，贪图禄位？实为不取。试问将来有何面目见先帝于地下乎？"陈平、周勃二人，微笑答道："今日面折廷争，仆等原不如君；他日安刘氏，定社稷，恐怕君不如仆等呢！"王陵哪儿肯信，悻悻而去。

次日，即由吕太后颁出制敕，授王陵为少帝太傅，夺他相位，由陈平升补；所遗陈平左丞相之缺，就以情人审食其补授。王陵自知已为太后所恶，连忙辞职。吕太后也不挽留，任他自去。吕太后又查得御史大夫赵尧，尝为赵王如意定策，力保周昌相赵，便诬他溺职，坐罪褫官；另召上党郡守任敖入朝，补授御史大夫。任敖曾为沛吏，吕太后从前入狱被笞的时候，略事照应太后。太后此举，乃报他昔日之恩。

过了数日，吕太后又追赠生父吕公为宣王，升长兄周吕侯吕泽为悼武王。她恐人心不服，特封先朝旧臣，郎中令冯无择等人为列侯；再取他人之子五人，硬作惠帝诸子，一个名疆，封为淮阳王；一个名不疑，封为恒山王；一个名山，封为襄城侯；一个名朝，封为轵侯；一个名武，封为壶关侯。

谁知吕太后大权在握，正想大大地加恩爱女鲁元公主的时候，偏偏鲁元公主，没有福气，连忙病死。吕太后哀痛之余，即封鲁元公主的儿子张偃为鲁王，谥鲁元公主为鲁元太后。又思诸吕，若由自己径封，究属无谓，最好须由朝臣代请，乃密使大谒者张释，即从前代为作书复冒顿之人，命他示意陈平，由陈平代

诸吕请封。

陈平听了，哪敢不从，即日上书，请割齐国的济南郡为吕国，做了吕台的王封。吕太后准奏，既已开例，即封吕台为吕王。不料吕台也没有福命，一得王封，居然与世长辞。吕太后又命其子名嘉的袭封。复封吕泽幼子吕种为沛侯。吕太后的寡姊之子，仍姓吕姓。吕平为扶柳侯，吕禄为胡陵侯，吕他为俞侯，吕更始为赘其侯，吕忿为吕城侯。众人封毕，封无可封，又封吕媭为临光侯，吕媭情人徐衍为新侯。

吕太后犹恐刘、吕两姓不睦，终不平安，若使刘、吕联起姻来，便好一劳永逸。那时齐王肥已殁，予谥悼惠，命他长子襄嗣封，次子章，三子兴居，均召入都中，派为宿卫。即将吕禄之女，配与刘章，加封刘章为朱虚侯；刘兴居为东牟侯。又因赵王刘友，梁王刘恢，年均长成，复把吕氏女子，配与二王为妻。二王哪敢违旨，自然娶了过去。吕太后这几年如此地苦心安排，以为可以长治久安了。

谁知她所立的少帝，忽然变起心来，少帝起先年幼无知，当然只好由她播弄。及至渐长，略懂人事，就有一班歹人，将吕太后掉包，以及杀他生母的事情，统统告知了他。这位少帝，却没有惠帝来得仁厚懦弱，他一听了那些说话之后，自思朕已贵为天子，寻根究蒂，生母如此惨亡，哪好听她。于是对于张后，渐渐地不恭顺起来。张后偶有训责，他便应声道："太后杀死朕的生母，待朕年长，必要报仇。你既非朕的亲母，免开尊口，一个不对，朕可撵你出宫。"

张后听了，岂有不气之理，便将少帝的言语，告诉吕太后。吕太后尚未听完，已气得咬了牙齿发恨道："小小年纪，竟有如此主张。等他长大，我的一条老命，还想活么？"想了一会，即将少帝拘入永巷，决计另行择人嗣立。当下发出一道敕书，她说："少帝忽得怪疾，不能治事，应由朝臣妥议，改立贤君。"

这些事情，本是丞相责任。审食其固然以吕太后之命是从。就是那位陈平，一意逢迎，率领属僚，就阙朗奏道："皇太后为天下计，废闇立明，奠定宗庙社稷，臣等敢不奉诏。"吕太后道："汝等公议！只要能安天下，我也服从众意。"陈平退下，即在朝房互相讨论。但是未知圣意所在，臣下何敢妄出主意。陈平乃运动内侍，探听吕太后究竟属意何人，就好奏闻。后来果被他探出，吕太后所属意的，却是恒山王义，此人即是从前的襄城侯山，为恒山王不疑之弟。不疑夭逝，山因嗣封，改名为义。吕太后既然看中他了，他自然就有暂作皇帝的命运。于是群臣力保，太后依奏，那些无谓手续，均已做到，又改名为弘，即了帝位。永巷之中的少帝，暗暗处死，便称弘为少帝。弘年亦幼，仍是吕太后费心代劳。

不久，淮阳王疆亦死，壶关侯武继承兄爵，倒也相安。惟有吕王嘉，甚为骄恣，连吕太后也不在他的心上。他既在老虎头上搔痒，吕太后如何放得他过，因欲把他废置，另立吕产为吕王。吕产本为吕嘉之叔，即吕台胞弟，以弟继兄，已

成那时的惯例了。岂知吕太后仍欲臣下奏请,因此耽搁下来。

可巧来了一个齐人田子春,察知宫中之事,巧为安排,一来为吕氏效劳,二来为刘氏报德,双方并进,也是一位智士。先是高皇帝从堂兄刘泽,受封营陵侯,留居都中。田子春尝到长安,旅资适罄,因挽人引进刘泽门下,一见甚洽。那时刘泽屡望封王,便命田子春代为划策。当下由刘泽付田子春黄金五百斤,托他设法钻营。不意田子春拿了那笔金子,回他齐国去了。初时刘泽当他家中有事,尚在盼他事了即来。后来等了两年之久,仍无消息,不得已专人赴齐寻找子春。其时子春,已用那笔金子,营运致富,见了来人,赶忙谢过,即命来人返报刘泽,约期入都相会。来人回报,子春挈子携金,来至都中。但是不去拜谒刘泽,独自出金运动,将他儿子送居大谒者张释门下。张释本是阉官,因得吕太后之宠,极有权力,他正想罗织人才,一见田子,喜其俊逸,留居门下。田子已受其父秘计,谄事张释,渐得欢心。

一日田子求张释驾临其家小酌,以便蓬荜生辉。张释慨然应允。及到田家,子春出迎,寒暄之后,相见恨晚。子春设席款待,备极殷勤。酒过三巡,子春盛誉张释有才,且得太后信任。张释微笑道:“太后待我良厚,惜我无甚作为,报答太后耳。”子春道:“太后视朝以来,天下称颂,虽是太后天才,也是诸吕之助。太后本欲多封诸吕王位,因恐臣下不服,是以迟疑;今闻太后欲废吕王嘉,臣下未知圣意,未敢擅请。足下久侍宫帷,定知太后心意。”张释道:“太后之意,无非欲以吕产为吕王耳。”子春道:“足下既知此事,何不示意朝臣,请封上去。吕产果得封为吕王,足下亦有功呢。”张释听了大喜,称谢辞去。不到数日,吕太后升殿,谘询群臣,何人可以改立。那时群臣已得张释通知,忙将吕产保荐上去。太后甚喜,即封吕产为吕王。退朝之后,知道此事是张释示意臣下,即以黄金千斤,赏赐张释。张释不忘田子春提醒之功,分金一半,送与子春。子春谢过,又乘间语张释道:“吕产现已得了吕王,我闻群臣意中,尚未心服,必须设法调停,方是万全之策。”张释失惊道:“这又奈何?”子春道:“营陵侯刘泽,为诸刘长,现虽兼管大将军之职,尚未封王,究属不免怨望。足下可以入告太后,何妨裂十余县地,加封刘泽为王。如此,刘、吕两姓,方得平稳,足下也不白替吕产费心了。”张释听了,忙又以此话。告知吕太后,吕太后本不愿意,嗣闻封刘即是安吕,刘泽又是吕媭的娇婿,方始勉,允其请,乃封刘泽为琅琊王,遣令就国。田子春一见目的已达,才去谒见刘泽。刘泽早已有人报知,此次得封王位,全是子春之功,相见之下,异常感激,便邀子春同行,俾可酬劳。子春且不谈话,急请刘泽连夜起程。刘泽不知子春用意,因其确有奇才,自然遵命。后来就国之后,方知吕太后果有悔意,并且派人追赶他们。嗣因他们已出了函谷关了,望尘莫及,只得回报太后。太后既因追赶不回,一时未便大张晓谕地收回成命,只得作罢。刘

泽事后，始知子春果有先见，乃将一切国事，统统付他主持。这且不提。

单说吕太后为人，本最多疑，每以小人之心，去度他人。俗语说得好，“心疑生暗鬼。”于是往往弄出无中生有的麻烦出来。原来那天吕太后，因为懊悔封了刘泽为王，正在闷闷不乐之际，忽见赵王友的妻室，前来告密，说道她夫赵王友，鬼鬼祟祟，深恨诸吕，将有谋反情事。她原是吕家女子，吕太后哪有不信之理，当然气得倒竖双眉，火迸脑顶，立派将士往拿赵王。其实赵王何尝谋反，都是吕女有意诬告。这末吕女既为赵王王妃，何故定要害她丈夫呢？此事说来，甚堪发噱。赵王本有姬妾，个个都是才貌双全之人。赵王因为这位吕王妃，乃是吕太后作伐，明是派她来监督自己的，平日忍气求安，已被吕女欺凌得不像人样；有时受气不过，偶尔口出怨言，也是有的。一日，醉后与他朋友谈起，他说诸吕有何大功，如何贸然封王。若待太后百年以后，我当剿灭诸吕。那位朋友劝他不可乱言，恐防招祸。等得赵王悔悟，早被吕女听见。吕女正在捻酸吃醋，无可发泄的当口，自然要把鸡毛当了令箭起来，暗去告知太后。太后及把赵王拿到，也不令其剖白，禁锢监中，派兵监守，不给饮食，赵王饿得奄奄一息，因而作歌鸣冤道：

诸吕用事兮刘氏微，迫协王侯兮强授我妃。我妃既妒兮诬我以恶，谗女乱国兮上曾不寤。我无忠臣兮何故弃国，自决中野兮苍天与直。吁嗟不可悔兮宁早自贼，为王饿死兮谁者怜之！吕氏绝理兮托天报仇。

谁知赵王唱歌之后，仍旧无人给食。于是一位国王，活活地饿死，所遗骸骨，只用民礼葬于长安郊外了事。

吕太后遂徙梁王恢为赵王，改封吕王产为梁王。又将后宫之子名太的，封为济川王。吕产时常有病，不去就国，留京为少帝太傅。太亦年稚，也不令他东往，仍住宫内。

赵王恢的妻子，就是吕产的令媛，阃内雌威，还要较赵王友之妻，来得厉害。赵王恢，也与友同一懦弱，种种受制，怨苦难伸。他有一位爱姬，名唤娜芝，知书识字，敬重产女。无奈产女，恶她太美，自己貌不及她。一日，瞒了丈夫，竟将娜芝害死。恢既痛爱姬惨亡，徙国亦非所愿，环境围逼，索性仰药自尽，去寻爱姬去了。

吕太后知道其事，不怪产女不贤，反恨恢不该殉姬，上负祖宗，下失人道，因此不准立嗣，让他绝后。另遣使臣赴代，授意代王，命他徙赵。代王恒，情愿避重就轻，力避徙赵，使臣返报吕太后，太后便立吕释之之子吕禄为赵王，留官都中，遥领王衔。那时吕释之刚刚逝世，特地追封为赵昭王。同时闻得燕王建，也已病殁，遗有一子，却是庶出。吕太后潜遣刺客赴燕，刺杀建子，改封吕台之子吕通为燕王。至是，高皇帝八男，仅存二人：一是代王恒，一是淮南王长。加入齐、吴、楚及琅琊等国，总算零零落落，尚有六七国之数。一朝天子一朝臣，那句说话，倒也不差。正是：

雪中送炭原来少，锦上添花到处多。

不知此后，吕太后再害何人，且听下回分解。

第二十七回　室有贤媛刘章笃伉俪　途逢苍狗吕雉竟呜呼

却说吕太后称制以来，刘家天下，早已变成吕氏江山。人民虽尚苟安，天灾却是极重，各处水旱频仍，瘟疫大起，大家还认为不是特殊之事。最明显的是，忽尔山崩，忽尔地陷，忽尔天雨血点，忽尔昼有鬼声，忽尔太阳变成绿色，忽尔月亮尽作红光。吕太后也有些觉着。一天，蓦见日食如钩，向天嗔语道："莫非为我不成！我年已暮，却不怕见怪异。既然蒙先帝给我这个天下，我也乐得快活快活。"她发表这个意见之后，依然为所欲为。当时助纣为虐的，内有临光侯吕媭，左丞相审食其，大谒者张释；外有吕产、吕禄等人，朋比为奸，内外一气。就是陈平、周勃，不过虚有其表而已，实在并无权柄。

至于刘氏子孙，性命尚且难保，哪敢还来多嘴。惟有一位少年龙种，隐具大志，想把刘家天下，负为己任。此人是谁？乃是朱虚侯刘章。他自从充当宿卫以来，不亢不卑，谨慎从事。所以吕太后尚不注意于他。他的妻子，虽是吕禄女儿，也被他联络得恩爱无伦，却与前番的两位赵王之妻，迥不相侔。吕太后偶有提起刘章的时候，他的妻子，竭力疏通，保他毫无歹意。这也是刘章的手段圆滑所致，毋庸细述。

一夕，吕太后遍宴宗亲，列席者不下百数十人。大半皆是吕姓王侯，骄矜傲慢之气，令人不可逼视。刘章瞧在眼中，已是怒发冲冠。但又不露声色，照常和颜悦色地对付诸吕。那时太后看见刘章在侧，便命他暂充酒吏，使他监酒。刘章慨然应命道："臣本武将，奉令监酒，须照军法从事。"太后素来藐视刘章，总道是句戏言，便笑答他道："我就准你！"说着，又笑对大众道："刘章既要军法从事，尔等须要小心！"太后这句说话，无非乐得忘形的意思。诸吕听了，更是毫不在意。及至入席，饮过数巡，大家已有酒意。刘章要使太后欢心，唱了几曲巴里词，演了一回莱子戏，引得太后笑逐颜开，大为称赞。刘章复申请道："臣再为太后进一耕田歌。"太后笑道："汝父或知耕田之事，汝生时已为王子，怎知田务？"刘章笑答道："臣倒略知一二。"太后道："汝且说些给我听。"刘章即信口作歌道："深耕溉种，立苗欲疏；非其种者，锄而去之。"太后听了，已知他在正喻夹写，

一时不便发作，只得默然。刘章却佯作不知，只向大众拼命敬酒，灌得大家都已沉醉。内中却有一个吕氏子弟，偏偏不胜酒力，潜自逃席。刘章见了，跟着下阶，拔剑在手，追到那人背后，大喝一声道："汝敢擅自逃席，明明藐视军法！我这个监酒使者，原也不足轻重；太后口传的煌煌圣谕，朝中大臣，天下人民，无不遵服。逃席事小，违令事大，这法不行，保以服众！"说完，手起刀落，已将那人的脑袋剁了下来，持了首级，转身趋至太后跟前道："适间有一人违令逃席，臣已遵照太后圣谕，照章将他正法了。"

刘章此语一出，竟把大众吓得胆战心惊。吕太后也觉变色。但是既已允他军法从事，朝廷之上，哪好戏言，只得把眼睛狠命地盯着刘章，看了几眼，传食散席。

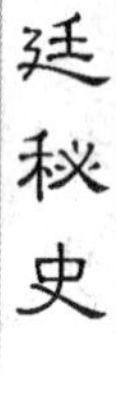

太后入内之后，刘章妻子跟纵而至，谓太后道："今日之事，太后有无感触？"太后怒目视之道："汝夫如此行为，我将重治其罪。"章妻道："太后差矣！我说太后应该从重奖之，怎么反将有功者，要办起罪来呢？"太后不解道："汝夫杀人，反而有功不成？"章妻道："太后现在是一位女流之辈，各国不敢叛乱者，乃是太后能够执法耳。国法若是不行，朝廷便不能安。我夫平日对我说，他因感激太后能治天下，他心中亦只愿卫护太后一个人。他今天能够执法，正是替太后张威。太后不以心腹功臣视之，从此以后，谁肯再为太后出死力呢？我是太后之人，深知我夫忠于太后，故敢前来替他声明的。"太后听了，回嗔作喜道："照你说来，你夫虽是刘姓，居然肯实心实意助我，我未免错怪他了！"说罢，即以黄金五十斤奖赏刘章。

诸吕知道，从此不敢妒嫉刘章，并且以太后的心腹视刘章了。连周勃、陈平二人，也暗暗地敬重刘章，知他真是刘氏子孙中的惊天之柱，益形亲爱。惟独吕媭，她因与太后姊妹关系，得封临光侯，那时妇女封侯的只有她一人，那日亲见刘章擅杀吕氏子弟，因想报复，时在太后面前进谗，幸有章妻刻刻留心，太后不为所动。

吕媭既然不能陷害刘章，只好拿陈平出气。又向太后诬告陈平，说他日饮醇酒，夜戏妇人，丞相如此，国事必至不堪设想。太后因知吕媭仍旧不忘宿嫌，不甚信她的言语。但又因吕媭说得如此郑重，也嘱近侍随时暗察陈平的行为。陈平本在联络近侍的，近侍即将此事，密告陈平。陈平听了，索性更加沉湎酒色，好使太后不疑他暗助刘氏。太后得报，果然非但不责陈平酒色误公，且喜他心地光明，并未与吕氏作对。

一天，陈平入宫白事，适值吕媭在旁。太后等得陈平正事奏毕，乃指吕媭谓陈平道："女子说话，本不可听。君尽照常办事，莫畏我女弟吕媭在旁多嘴！我却信君，不信她呢！"陈平顿首谢恩，放心而退。

可怜当时只难为了一位太后的胞妹，当场出丑，没有面子，恨不得有一个地

洞钻了下去。她又不好奈何太后，只得双泪莹莹，掩面哭泣而已。太后还要冷笑数声，更加使她坐立不安，只得借故避去。从此以后，吕媭非但不敢再谮陈平，连要害刘章的心理，也一齐打消了。

说到陈平生平虽是第一贪色，不过那时的沉迷酒色，却非他的本意。他的眼光，原较他人远些。他知道这个天下，乃是高皇帝苦苦打下来的。诸吕用事，无非仗着吕后一人的威权，归根结蒂，将来仍要归诸刘氏。他若极意附吕，日后必致吃亏。他所以一面恭维太后，暂保目前的禄位；一面也在七思八想，意在安刘。他与中大夫陆贾，私下联络，因知陆贾是一个为守兼备的人物，将来有事，或须借重于他。不过思想安刘的意思，不敢露出罢了。

谁知陆贾，因与陈平的地位不同，眼看诸吕用事，委实气愤不过，争则无力，不争呢，于心不安。于是托病辞职，去到好畤地方，退隐避祸。老妻已死，有子五人，无甚家产，只有从前出使越南时候，得有赆仪千金，乃作五股分开，分与各子，令自营生。自己有车一乘，马四匹，侍役十人，宝剑一柄，随意闲游，以娱暮景。有时来到长安，便住陈平家中。这天又到都中，直入陈平内堂，却见陈平一人独坐，满面忧容地低了头，似有所思，他便直问道："丞相何故忧虑，难道不怕忧坏身子的么?"陈平一听有人与他讲话，方始抬头一看，见是陆贾。明知他是自由出进惯的，家人不便阻止，自然不好去责家人。当下一面让坐，一面问他何日到此。陆贾答道："今日方到，即来拜谒丞相，丞相所思，我已知道。"陈平且笑且问道："君一到长安，即蒙光顾，自是可感。惟说知我心事，我则不信。"陆贾也笑道："丞相位至首相，食邑三万户，好算富贵已极，尚有何忧？我想除了主少国危，诸吕用事之外，似无可忧的了。我所以贸然一猜，未知是与不是?"陈平道："我的心事，君既猜中，请问有何妙策，可以教我?"陆贾道："此事固属可忧，以愚见说来，并非无法。古人说，'天下安，注意相。天下危，注意将。'将相和睦，众心归附，朝中有变，不至分权。既不分权，何事不成！如今国家大事，只在两人身上。"陈平问他："两人为谁?"陆贾道："一是足下，一是绛侯。我与绛侯相狎，说了恐他不信。足下何不交欢绛侯，联络感情，包你有益非浅。"陈平听了，似有难色。陆贾又与陈平耳语半晌，陈平方始首肯，愿去交欢绛侯。

原来陈平与周勃，虽然同朝为官，意见却不融洽。从前高帝在荥阳的时候，周勃曾劾陈平受金盗嫂，虽已事隔多年，陈平心中未免尚存芥蒂。及闻陆贾献策，乃特设盛筵，邀请周勃到他相府。周勃来后，入席畅饮，这天不谈国事，单是联络感情。等得酒半，陈平问起周勃的家事。周勃笑答道："人口众多，出入不敷，奈何奈何！"陈平即命家人呈上白银万两，为周勃寿。周勃力辞不受。陈平暗命家人，送至周勃府上。那时周勃尚在相府，周妻接受之后，重赏来使。及至周勃回来，周妻笑谓周勃道："君虽为将有年，家中颇为拮据；陈丞相馈金前来，

我已收下，我们儿女，从此吃著不尽矣。”周勃失惊道：“此银如何可受？当日我曾劾他受金，他必记起前仇，有意陷我不廉，快快退还。”周妻道：“彼食邑三万户，分俸相赠，算得甚么？人家善意，君何多疑乎？”周勃听了，方始一笑置之。

次日还席，陈平到来，周勃谢过赠金之事。席间所谈，渐入国事。周勃也在深恨诸吕，今见陈平提到他们，岂有不赞同之理，于是大家预为安排，遇机即发。陈平回府，告知陆贾道：“周将军已允我共事矣；现在劳君之处，救国大事，幸勿见却！”陆贾听了，笑答道：“丞相欲使我任苏秦、张仪之责乎？”陈平点首道：“正是此事，君擅辩才，舍君无人矣。”陆贾道：“丞相有心救国，陆某敢不效奔走之劳。”陈平乃赠陆贾奴仆百人，车马五十乘，钱五百万缗，请他交游公卿，预相结纳，俾作驱吕臂助。陆贾应命即去，先择平时莫逆诸子，将来意说明，然后逐渐推广。一班朝臣，无不被他说动，暗暗预备背吕。于是吕氏势力，日渐削小。惟有亲吕诸人，尚在梦中，仍在那儿力任吕氏的鹰犬。吕产、吕禄等人，自然依旧怙恶不悛，照常用事。

这年三月上已，吕太后依照俗例，亲临渭水，拔除不祥。事毕回宫，行过轵道，突见一物奔近，形似苍狗，咬她足履，顿时痛彻心腑，不禁大声呼喊。卫士闻声，上前抢护，见无他异，始问太后：“何故惊慌？”吕太后紧皱双眉，呜咽道：“尔等不见一只苍狗咬我么？尚问何事。”卫士等回说：“实无所见，莫非太后眼花么？”吕太后闻言，始左右四顾，其物已杳，只得忍痛回宫。解袜审视，足踝已经青肿。急召太史入内，令卜吉凶。太史卜得爻象，乃是赵王如意作祟，据实奏明。

吕太后闻知，疑信参半，急令医治。谁知敷丹服药，均无效验。没奈何遣人至赵王如意坟墓，代为祷免，仍旧无效。缠绵床褥，昼夜呼号。直至新秋，自知不起，始任吕禄为上将，管领北军，吕产管领南军，并召二人入嘱道：“尔等封王，朝臣多半不平，我若一死，必有变动。尔二人须拥兵入宫自卫，切勿轻出，免蹈不测。就是我出葬时候，也不必亲送，在在须防。尔等无我，殊可忧也！”二人听罢，饮泣受命。又过几日，吕太后于是呜呼哀哉。遗诏授吕产为相国，审食其为太傅，立吕禄女为皇后。吕产在宫内护丧，吕禄在宫门巡视，内外布置，甚是周密。

等到太后灵柩出葬长陵，吕产、吕禄二人，遵奉遗命，并不送葬，只带着南北两军，严守宫廷。陈平、周勃虽想发难，一时未敢动手。因循多日，毫无良策。独有朱虚侯刘章，私下盘问其妻，其妻并不相瞒。刘章始知吕产、吕禄蟠居宫禁，早已有备。一想如此过去，更是可虑，不如密使赴齐，告知我兄刘襄，请其率兵洗扫宫禁，自为内应，事成奉他为帝。使者去后，刘襄得了弟信，即与母舅驷钧，郎中令祝午，中尉魏勃，部署人马，正拟出发。事为齐相召平所闻，即派重兵，严守王宫，名为入卫，其实监督齐王刘襄。刘襄既被牵制，不便行动，急与魏勃等人密商。魏勃因与召平尚有私交，便假装与刘襄不睦形状，亲去语召平道：

"我王擅自发兵,迹近造反,丞相派兵监守,此举最当。惟王与我有嫌,愿投麾下,以保残命。"召平闻言大喜,即以兵符,付与魏勃,命其指挥兵士,自己却在相府纳福。没有数时,魏勃行使兵符的权力,撤去围监王府之兵,反把召平的相府,围得水泄不通。召平至是,方知有变,忙欲抵制,已是不及,只得关闭府门,聊为御敌。不料魏勃早经首先冲入。召平一见事已无可挽回,长叹一声,拔剑自刎。魏勃见召平已死,府中女眷,一概赦罪,令自逃生,回报刘襄。刘襄遂任魏勃为将军,准备出兵。又思左右邻国,为琅琊、济川及鲁三国,济川王刘太,是后宫之子,鲁王张偃,是鲁元公主之子,当然偏于吕氏,惟有琅琊王刘泽可以联合。即遣祝午往见刘泽,约同起事,自己预备一个秘计,以便对付。祝午见了刘泽,请他速至齐廷会议,将来帝位,齐王愿让与他。刘泽果然照办,到了临淄。刘襄阳为与之议事,阴则阻其自由;再遣祝午复赴琅琊,矫传刘泽之命,尽发全国人马,西攻济南。济南本属齐辖,后为吕太后割与吕王,刘襄所以如此计划,也是先去吕氏羽翼的意思。一面办好檄文,号召四方,及陈诸吕罪状。其文是:

高帝平定天下,王诸子弟。悼惠王薨,惠帝使留侯张良,立臣为齐王。惠帝崩,高后用事,听诸吕,擅废帝更立,又杀三赵王,灭梁、赵、燕以王诸吕,分齐国为四。忠臣进谏,上惑乱不听;今高后崩,皇帝春秋富,未能治天下,固待大臣诸侯。今诸吕又擅自尊官,聚兵严威,劫列侯忠臣,矫制以令天下,宗庙以危。寡人率兵入诛,不当为王者。

那时吕产、吕禄二人,已见檄文,也知害怕,急令颍阴侯灌婴,领兵数万,径出击齐。灌婴行至荥阳,顿兵不进,观望风色。齐王刘襄,亦兵止西界,尚未进发。琅琊王刘泽,羁绊临淄,自知受绐,也出一计,向刘襄进说道:"悼惠王为高帝长子,王又系悼惠王长子,即是高帝冢孙,入嗣大统,方为合法。且闻朝中大臣,已在提起嗣主之议。泽本忝居亲长,应去主持,大王留我无益,不如让我入关,必保大王登基。"刘襄果被说动,便准刘泽西行。刘泽离了临淄,哪敢至郡,只在中途逗留而已。当时各路情景,已成大家互相观望的僵局。幸而二吕没有兵略,徒知拥兵保护一身,若有调度,二吕未必即至失败。二吕既是专心顾外,都中自然疏于防备,于是都中就有变动。

这回的变动,为首之人,自然是陈平、周勃二人了。他们怎样发动,且听不佞慢慢道来。陈平自从采纳陆贾计策之后,交欢周勃,只因兵力不足,只得静以观变。嗣闻齐王刘襄在齐发难,二吕派遣灌婴应敌,陈平乃会同周勃,一面授意灌婴,叫他按兵不动;一面诱拘郦商父子,逼迫他们父子力劝吕禄,速出就国,藉止各路诸侯兵祸。郦商无法,只得命子郦寄去劝吕禄道:"高帝与吕后共定天下,刘氏计立九王,吕氏亦立三王,皆由大臣议定,布告诸侯,诸侯各无异言。今太后已崩,帝年尚少,阁下既佩赵王之印,不闻前去守国,因此起了各路诸侯的

疑心。现在惟有请阁下缴还将印，并请梁王亦缴出相印，大家出去就国，彼此相安，岂不甚善！否则众怒难犯，实为阁下不取！”吕禄本无见识，郦寄又是他们私党，自然信以为真，只待开一吕氏家族会议之后，一准缴出印信。郦寄受了使命，已经入了陈、周之党，所以日日相劝吕禄，赶速实行。吕禄对于如此大事，只是麻木不仁，淡然置之，反而约同郦寄陪他出猎。

一日猎回，途经吕媭之门，吕媭那时已闻吕禄将要缴还印信，使人拦入吕禄，怒目谓之道：“小子无知，身为上将，竟思缴印潜逃。如此，吕氏无噍类矣！”吕禄听了，连连答道：“何至如此！何至如此！”吕媭不待吕禄再说，即把家中所有的奇珍异宝，统统取出，置诸堂下。吕禄不知吕媭之意，甚觉惊讶。正是：

芳魂已近黄泉路，异宝应交并枕人。

不知吕媭取出珍宝，置于堂上，究是何意，且听下回分解。

第二十八回 满面羞惭裸受桃花板 存心仁厚恩加柳叶刀

却说吕媭既将奇珍异宝，置诸堂下，乃呼其情人徐衍至前道：“尔静听着！”说着，又指吕禄语徐衍道：“我等性命，已为此子断送。戋戋珍物，尔可携去逃生，勿谓我误尔也。”徐衍听了，不肯取物，只是掩面哭泣，一若与吕媭二人，即有死别生离之事发生。吕媭也不去睬他，复把金银财帛，分给家人道：“汝等或留或去，我可不问，不过汝等随我多年，这点东西，也算留个纪念。”

吕禄至此，无颜再看吕媭处理家事，只得低头趋出，其时郦寄，已在门外候久，一见吕禄出来，忙问在内何事。吕禄摇头道：“君几误我，且待回去再谈。”

郦寄同了吕禄来到他的家内，又问究为何事。吕禄始将吕媭与语，以及分散珍宝之事，统统告知郦寄。郦寄听毕，微笑道：“我不误君，妇人之言，真误君呢！君若出而就国，南面称王，岂不富贵；若是抗不缴印，试问君等二人，能敌万国诸侯么？我因与君知己，故来请君听我舍短取长之策，否则与我何干？”说完，似乎露出就要告别的样子。

吕禄一见郦寄要走，慌忙一把拖住郦寄的衣袖道：“君勿舍我而去，且待熟商！”郦寄道：“有何再商，此乃君的切己之事，他人无关也。”吕禄听了，于是又大费踌躇起来。

这且暂时丢下。再说曹参之子曹窋，那时正代任敖为御史大夫之职。这

天，他与相国吕产同在朝房，适有郎中令贾寿，由齐国出使回来，中途闻知灌婴逗留荥阳，已与齐王刘襄联合，即劝吕产速行入宫，为自卫计。吕产听罢贾寿之言，马上神色大变，不问朝事，匆匆入宫而去。

曹窋眼见此事，连忙报知陈平、周勃。陈平、周勃知道事已危急，不能不冒险行事了。当下急召襄平侯纪通，及典客刘揭，一同到来。纪通即故列侯纪信之子，方掌兵符。陈平叫他随同周勃，持节入北军，诈称诏命，使周勃统兵。尚恐吕禄不服，又遣郦寄带了刘揭，往劝吕禄，速让将印。周勃等到了北军营门，先令纪通持节传诏，再遣郦寄、刘揭入绐吕禄道："主上有诏，命太尉周勃掌管北军，无非要想阁下速出就国，完成好意，否则阁下祸在眉睫了。"吕禄因见郦寄同来，并不疑虑，即将印信交与刘揭之后，自己扬长出营。

周勃得了印信，即下令召集北军道："为吕氏者右袒，为刘氏者左袒！"周勃说完这话，只把眼睛注视大众。谁知大众个个袒露左臂，情愿助刘。

周勃大喜，急率北军，进攻南军。吕产亦率南军，就在宫门之内，抵敌北军。两军正在交斗，尚未分出胜负的当口，忽见刘章带了一支生力军，拦腰冲杀进来。刘章自然帮助北军。南军气馁，纷纷溃散。吕产一见大事已去，赶忙自投生路。

等得周勃命人去捉吕产，吕产早已不知去向。正在四处搜捕的时候，偏是几个小卒，已把吕产从厕所之内，拖了出来。周勃还想上前数他之罪，因见吕产满身蛆虫，秽污难闻，略一迟疑，突见刘章手起一刀，吕产的那颗头颅，早已扑的滚在地上，咬紧牙关，不肯言语了。刘章会同周勃，复又杀入长乐宫中。长乐宫乃是吕更始把守，仗一打，个个束手就缚。此时吕禄、吕媭，以及凡是吕姓子弟家人，皆已拿到。周勃先将吕禄绑出斩首。

谁知吕媭早祟一死，见了周勃、刘章，破口谩骂，语甚秽亵。刘章听了，眉毛一竖，拔剑在手，正欲去杀吕媭，周勃慌忙摇手阻止。刘章急问周勃道："太尉岂想留此妇的性命么？"周勃道："非也，此人既是拼死，她以为无非一刀了事。但是她的罪恶滔天，老夫要令她慢慢儿地死，并且丢丢吕氏妇女之丑。"刘章听了，一任周勃自去办理，他又至别处搜杀余党去了。周勃乃高坐公案，命左右把吕媭全身衣服，剥个干净，即用治妓女的刑罚，将她裸笞至死。陈平适因事来与周勃商酌，看见吕媭伏地受笞，忽然想起老尼之言，倒也暗暗称奇。那时正是办理大事的时候，哪有闲暇工夫，去与周勃谈那老尼预言的事情，匆匆地与周勃说完几句，他便回府治事。等得陈平走后，吕媭尚未笞死。因为笞吕媭的刑杖，乃是一种毛竹板子，也是萧何立的刑律。他说妓女人尽可夫，当然无耻已极，裸而受笞，也是应该。那种刑法，只能加入妓女之身，时人号称为桃花板，寻常人民，不能适用此刑。周勃因恨吕媭谩骂，假公济私，也是有的。至于吕媭受刑之时，她的心中，如何感想，当时她未表示，不佞不敢妄拟。不佞所知道的，不过是伏在

地上,流红有血,挨痛无声而已。当时笞至八千余板,吕媭方始绝气。一位堂堂临光侯爵,如此被辱,周勃也未免恶作剧了。但是那时人人深恶吕氏弄权,这样小小的凌虐,有人还嫌周勃用刑太轻呢。吕媭既死,周勃始命把吕氏子弟,无分男女,不论老幼一概斩决。约计人头,总在一千以上。吕氏如此收场,也是他们自作自受,不必多叙。

燕王吕通,当时已出就国,周勃亦矫帝命,派使前往令他自尽,鲁王张偃,因其无甚大罪,废为庶人。后来文帝即位,追念张耳前功,复封张偃为南宫侯。惟有左丞相审食其,既是吕媭私党,而且还有污乱宫闱之祸,理应治罪,明正典刑。谁知竟由朱建、陆贾代为说情,不但逃出法网,反而官还原职。这也是当时朱、陆二人大有贤名,众人既重其人,自然要卖他们的面子。不过审食其杀无可赦,朱陆二人,反去保他,公私未明,试问贤在何处呢?朱陆二人,当时还不止单保审食其一人,就是济川王刘太,也是他们二人之力,得徙封为梁王。

陈平、周勃,又命刘章亲自赴齐,请刘襄罢兵;另使人通知灌婴,即日班师。刘泽闻知吕祸已平,他始放胆登程,及至入都,朝中正在公议善后之事。刘泽既是刘氏之长,大家自然请他参预其事。当时陈平先开口说道:"现在之帝,实非惠帝遗胤,自应另立贤主。"周勃道:"齐王刘襄,深明大义,此次首先发难,可以奉他为帝。"刘泽在旁发言道:"刘襄的母舅驷钧,少时虎而冠者;及任齐吏,种种不法,罄竹难书。若立刘襄,是去一吕氏,又来一吕氏了,似乎非妥。"大家听了,便不坚持。不过,刘襄几乎已经到手的一个天子,竟被刘泽片语送脱。刘泽因报羁禁之仇,未免太觉刻毒一点。刘襄既是无分,当下又有人提到代王刘恒。大家听了,一因代王之母薄氏,在宫未尝专政;二因高帝诸子,仅余二王,代王较长,立之为帝,情法两尽,于是众无异议。陈平、周勃,便遣使至代,迎他入京。

代王刘恒,一见朝使,问知来意,知是一件大大喜事。他也不敢骤然动身,乃开会议,取决行止。郎中令张武等谏阻道:"朝中大臣,并非騃子,何至来迎外藩为帝,似乎不可轻信。"中尉宋昌等,又来劝代王入都道:"大王为高帝亲子,薄太后从前在宫,又有贤名,此乃名正言顺之事。天予不受,似不相宜!"刘恒听了众臣之言,各有各的理由,一时不能决断,便去请示薄太后。薄王太后听了儿子入都,要做皇帝,自然高兴。忽又想起前情,不禁流泪,甚至哭得很是伤心。刘恒失惊道:"臣儿若能即了帝位,这是一天之喜,就是不去,亦无害处。母后何故伤感起来,臣儿甚觉心痛。"薄王太后听了,摇摇首道:"为娘并非为你作帝之事。只因蓦然听见吾儿说要入都,为娘一则想起戚夫人人彘之惨;二则又想起先帝相待的恩情,因此伤心。吾儿不必发愁。"刘恒等他母后说完,揣度其意,似乎赞成为帝的意思居多,便又问道:"母后之意,究竟愿臣儿入都与否,请即明示,俾定行止!"薄王太后哭道:"皇帝世间只有一个,哪有不爱之理,不过有无害处,为

娘是个女流之辈，未知国事，我看还是你自己斟酌罢。”

刘恒听了，决计入都，于是择吉起行。及抵高陵，距离长安已近，刘恒尚不放心，先遣宋昌前行，以观动静。及至宋昌驰抵渭桥，早见朝中大臣，都在那里守候，慌忙下车，与诸大臣行礼道：“代王随后即至，特来通报。”诸大臣齐声答道：“我等已恭候圣驾多时了。”宋昌一见众人齐心，料没意外，复又回至高陵，报知代王。

代王听了，命驾前进。到了渭桥，众人伏地称臣，代王下车答礼。周勃抢进一步，进白代王，请屏左右，有话密奏。宋昌在旁大声说道：“太尉有话，尽可直陈，所言是公，公言便是；所言是私，王者无私。”周勃听了，羞得无地自容，只得仓猝跪地献出玉玺。代王谦辞道：“且至都中，再议未晚。及入，众臣代为预备的邸第。时为高后八年闰九月中。周勃乃与左丞相陈平率领群僚，上书劝进。表文是：

> 丞相臣平、太尉臣勃、大将军臣武、御史大夫臣苍、宗正臣郢、朱虚侯臣章、东牟侯臣兴居、典客臣揭，再拜言大王足下：子弘等皆非孝惠皇帝子，不当奉宗庙。臣谨请阴安侯顷王后琅琊王，暨列侯吏二千石公议大王为高皇帝子，宜为嗣，愿大王即天子位。

代王览表之后，复申谢道：“奉承高帝宗庙，自是正事。寡人德薄才疏，未敢当此。愿请楚王到来，再行妥议，选立贤主。”群臣等复又面请道：“大王谦抑，更使臣等钦仰，惟请大王以稷社为重。即高皇帝有灵，亦在地下含笑矣。”代王逡巡起座，西响三让，南响再让，依然固辞。群臣伏地不起，仍请代王即皇帝位。说着，即不由分说，由周勃呈上玺符等物，定求代王接受。代王至是，不得已姑应允道：“即由宗室诸王侯暨将相，决意推立寡人，寡人不敢违背众意，勉承大统便了。”众臣听了，舞蹈称贺，即尊代王为天子，是为文帝。东牟侯兴居奏道：“此次诛灭吕氏，臣愧无功，今愿奉命清宫。”文帝允奏，命与太仆汝阴侯夏侯婴同往。

二人来至未央宫，入语少帝道：“足下非刘氏子孙，不应为帝，可即让位。”一面说着，一面挥去左右执戟侍臣。左右侍臣，有遵命散去者，有仍护少帝不肯即行者。当下由大谒者张释巴结新帝，劝令侍臣皆散，即由夏侯婴呼入便与，迫令少帝出宫。少帝弘战栗问道：“汝等载我何往？”夏侯婴等齐声答道：“天无二日，民无二王，足下出宫，再候新帝恩诏。”说完，即将少帝送至少府署中。兴居又逼使惠帝后张氏，移徙北宫。那时惠帝宠妃胭脂、翡翠两位，早已乘乱逃走。有人说，跟了闳孺夫妇走的；有人说，或已自尽。史书未详，只好付诸阙如。兴居既已清宫，便备法驾，至代邸恭迎文帝入宫。

文帝甫进端门，尚见十人持戟，阻住御驾。文帝宣召周勃进来。周勃谕散各人，文帝才得入内。当日即拜宋昌为卫将军，镇抚南北两军；授张武为郎中

令，巡行各殿。翌日，文帝视朝，颁出诏曰：

制诏丞相太尉御史大夫，间者诸吕用事擅权，谋为大逆，欲危刘氏宗庙，赖将相列侯，宗室大臣诛之，皆伏其辜。朕初接位，其赦天下，赐爵一级，女子百户牛酒，酺五日。

这道恩诏一出，万民欢颂。

惟有那位少帝弘，不知何故，暴死少府署中。陪他同死的，尚有常山王朝，淮阳王武，梁王太三人。三王当日虽受王封，只因年幼，留居宫中，一帝三王，同时暴卒。想是陈平等人，恐怕他们后生枝节，斩草除根为妙。文帝虽知其事，乐得不问。又过数日，下诏改元；十月朔，谒见高庙。礼毕还朝，受群臣贺，并下诏封赏功诏。臣云：

前吕产自置为相国，吕禄为上将军，擅遣将军灌婴，将兵击齐，欲代刘氏；婴留荥阳，与诸侯合谋以诛吕氏。吕产欲为不善，丞相平与太尉勃等谋夺产等军。朱虚侯章，首先捕斩产；太尉勃，身率襄平侯通，持节承诏入北军；典客揭夺吕禄印。其益封太尉勃邑万户，赐金千斤；丞相平，将军婴邑各三千户，金二千斤；朱虚侯章，襄平侯通，邑各二千户，金千斤；封典客揭为阳信侯，赐金千斤，用酬勋劳，其毋辞！

封赏既毕，遂尊薄氏为皇太后，派车骑将军薄昭，带领銮驾，往代恭迎。追谥故赵王友为幽王。赵王恢为共王，燕王建为灵王。共灵二王无后，仅幽王有子二人，长子名遂，由文帝特许袭封，命为赵王；移封琅琊王刘泽为燕王。所有从前齐、楚故地，为诸吕割去的，至是尽皆给还。

没有几时，薄太后已到，文帝亲率群臣，出郊恭迎。薄太后安坐凤辇之中。笑容可掬地点头答礼。一时进至长乐宫中，将身坐定，自有一班宫娥彩女，前来叩见。薄太后见了，大半都是熟人，虽然相隔多年，去燕得归故巢，门庭似昔，情景依然，所少者仅吕太后、戚夫人等数人，已归黄土，老姊妹不能重见耳。当下就有一个曾经伺候过薄太后，名叫元元的宫娥，笑向薄太后说道："奴婢自太后赴代后，蒙吕太后娘娘，将奴婢拨至此宫伺候，那时高皇帝尚未升天。"元元说至此处，薄太后早已泪流满面呜咽道："我出都时候，先帝春秋正当，谁知竟与我永诀了！吕太后待我本好，我当然感激她的；只有戚夫人人彘一事，未免稍觉辣手一点。我的今朝尚能再入此宫，倒是赴代的便宜了。"薄太后说完，方命元元有话说来。元元又奏道："那时吕太后娘娘，恐怕有人行刺，男子卫士，进出深宫，究属不便，乃命奴婢学习刀剑。奴婢学了年余，尚蒙吕太后娘娘不弃，真是特别厚恩，于是命奴婢不准离开左右。因此，吕太后娘娘所作所为的秘事，奴婢皆是亲见。"薄太后听了，慌忙摇手道："已过之事，毋庸提它。况且吕太后娘娘，相待你我，均有厚恩，别人背后或者略有微词，我们曾经侍奉她老人家过的，断断不

可多嘴多舌,你还有甚么话说么?”元元一听薄太后不喜背后说人之短,赶忙变了口风道:“娘娘教训,奴婢遵命!奴婢因有薄艺,不敢自秘,特来请示娘娘,奴婢应否照旧办理,还是另派工作。”薄太后笑道:“其实吕太后也多疑了,深宫密院,何来刺客。我的胆子,虽然不大,却毋庸随身守卫,你只与大众供职就是。”薄太后讲完此话,恐怕元元暗中怪她自大,便又微笑语元元道:“你即有此武艺,将来自有益处。我虽然用不着它,但要看看你的刀剑。你从前在我身边,不是风吹吹都要倒地的么?”元元听了,便高高兴兴地舞了一回刀剑,又打了几路花拳,停下之后,面不改色,声不喘气。两鬓青丝,光滑似镜,一身宫服,四面平风,如果不是亲眼见她舞过,还要疑心她在吹牛呢?

薄太后看毕,问元元此剑何名。元元答称叫做柳叶刀。薄太后便赏元元黄金一斤,以奖其艺。元元谢赏之后,自知薄太后为人正直而宽,庄严而谨,从此见好学好,一变而为佳人。后来因有战役,一位将官名叫赵公的,极有功劳,封为苏陵侯。薄太后因见元元做人不错,又有本事,便与文帝商酌,竟把元元配与赵公,做了侯妃。元元感激薄太后之恩,与她丈夫做了汉室忠臣。这都是薄太后御下有方的好处。此乃后事,提前叙过,便不再述。正是:

宫中贤后原堪敬,世上佳人本不多。

未知薄太后尚有甚么美德,敷于宫中,且听下回分解。

第二十九回　立东宫骨肉又相逢　服南越蛮夷咸入贡

却说薄太后因为重回故宫,自己地位不比从前,一举一动,足为宫嫔模范。所以首先训谕那个宫娥元元,不准妄述已故吕太后之短。元元固然变为好人,后来结果因而也好。就是合宫上上下下人等,均也一齐归正,比较从前吕太后在日,前者是刀山剑地,此日是德海仁山了。薄太后又知文帝正妻已殁,身边妃嫔虽多,只有一位窦氏,最为贤淑。

说起窦氏的来历,却也很长,因她也是一位贤后,先要将她的从前事情叙明,再说近事。窦氏原是赵地观津人氏,早丧父母,只有兄弟两个:兄名建,字长君;弟名广国,字少君。当时兄弟都小,窦氏亦未成人,三个孩子,知道甚事。那时又值兵乱,更是年荒,她们同胞三个,几乎不能自存。又过几年,适值汉宫选收秀女,就有一个邻妇,代为窦氏报名应选,虽然得入宫中,可是兄弟的消息,当

然一无所知的了。窦氏无可如何，只得死心塌地守在宫中，做一个预备头白的宫奴。后来吕后发放宫人，分赐诸王，每王十人，窦氏自然也在其内。她因籍隶观津，自愿往赵，好与家乡接近，便可打听兄弟下落。当下私自拜托主管内监，陈述己意。主管太监，看得事属细微，随口答应；不意事后失记，竟把窦氏姓名，派入代国。及至窦氏知道，再去要求主管太监设法，主管太监答称，事已弄错，断难更改。窦氏无奈，只得暗暗饮泣，她想道："我这个人的苦命，也要算得达于极点的了，同一分发，连想稍近家乡的国度都不能够。"于是两行珠泪，一片愁心地跟着其余的九人，到了代国。入宫之后，仍作宫奴，每日照例服役，除了不敢偷懒之外，无非花晨月夕，暗暗自伤薄命而已。那时文帝尚是代王，一夕，酒醉初醒，便命窦氏舀水洗脸。窦氏自然恭恭敬敬地照例把一个金盆捧着，跪在地上，听候代王洗脸。不料代王偶欲吐痰，一时大意，一口老痰，竟吐在窦氏的前襟之上。代王不好意思，忙用手去替她拂拭，可巧刚刚触在她的鸡头肉上。代王固是无心，窦氏却满面绯红，羞得无地自容起来。但是主仆地位，哪敢多说。代王那时也觉无趣，赶忙洗毕他去。又过数月，时当三伏，代王正妃午后沐浴，窦氏摆好浴盆，舀好热水，自至帘外侍立。谁知代王正妃脱衣之后，正想入浴，忽然肚皮奇痛不已，一面忙至床上假寐，一面语窦氏道："我未曾洗，水仍干净，你就在这盆内洗了罢！"代王正妃，为甚么忽有此举呢？因为窦氏为人伶俐婉淑，为她心爱，当时自己既不洗澡，那水倒去，似乎可惜，因而就命窦氏趁便洗了。其实这些小事，原极平常。岂知事有凑巧，代王那时方从宫外饮酒回来，自己卧房，自然随便出入，决不防到他的妃子，正令窦氏在她房内洗澡。当时代王匆匆入内，一见窦氏独在盆内洗澡，宛似一树带雨梨花，一见事出意外，虽是嘴上连说怎么怎么，吓得慌忙退出，可是窦氏的芳容，已为所见，不禁心中暗忖道："寡人莫非真与这个宫人有些天缘么？不然，何至洗面手触其乳，入房目睹其身的呢？"代王想罢，当晚即将此事，笑对王妃说知。王妃本极怜爱窦氏，一闻代王有意此人，连忙凑趣，玉成其事。于是一个铺床叠被的宫奴，一跃而为并枕同衾的妃子。这不是窦氏的幸福么？窦氏既列嫔嫱，极蒙代王宠爱，珠胎暗结，早已受孕，第一胎生下一个女儿，取名为嫖；后来又生两子：长名启，次名武。一女两男，都长得美貌无双。代王正妃，当时已有四子。窦氏为人，素安本分，命她子女，不得与四兄并驾齐驱；自己敬事王妃，始终也不懈怠。因此王太后及代王，嘉她知礼，分外怜爱。不料王妃就在这年，一病身亡，后宫妃嫔虽有多人，自然要推窦氏居首。

及至代王入都为帝，薄太后思及亡媳，便命文帝册立窦氏为后。文帝既爱窦氏，又奉母命，岂有反对之理？窦氏既主中宫，臣下索性拍足马屁，大家奏请道："陛下前后四子，均已夭逝，现在皇后册立，太子亦应豫立。"文帝听了，再三

谦让道："朕的继位，原属公推；他日应该另选贤王，以丞大统。乌得擅立太子，使朕有私己之嫌？"群臣复奏道："三代以来，立嗣必子。今皇子启，位次居长，敦厚慈祥，允宜豫立，上丞宗庙，下副人心。陛下虽以谦让为怀，避嫌事小，误国事大，伏望准奏！"文帝听了，只得依议。窦氏皇后，一闻儿子立作太子，私下忖道："我从前若使主管太监，不忘所托，派至赵地，最好之事，无非列作王妃罢了。谁知鬼使神差，把我送至代地，如今一跃而为国母，儿子又为太子，这真正要感激那位主管太监了！"

窦氏皇后想至此地，一张樱桃小口，笑得几乎合不拢来了，有意赏赐那个主管太监。不料那个太监，自知并非己功，不敢冒领错惠，早已急病归天去了，反而害得窦后无处报恩，怅惘了好多天呢。

过了几时，窦后的长女，又蒙封为馆陶公主；次子武，亦封为淮阳王；甚至窦后的父母，也由薄太后推类锡恩，并沐追封。原来薄太后的父母，也与窦后双亲一样，未享遐龄，即已逝世。父葬会稽，母葬栎阳。自从文帝即位，追尊薄父为灵文侯，就会稽郡置园邑三百家，奉守祠掾；薄母为灵文夫人，亦就栎阳北添置园邑，如灵文侯园仪。薄太后为人最是公道，自己父母，既叨封典，不肯厚己薄人，乃诏令有司，追封窦父为安成侯，母为安成夫人。就在清河郡观津县中，置园邑二百家。所有奉守祠塚的礼仪，如灵文园大概相同。还有车骑将军薄昭，系薄太后的胞弟，时已封为轵侯。

事更凑巧，薄昭偏知窦后之兄长君的下落，又由薄太后厚赐田宅，即命长君移居长安，好使他与窦后朝夕相见，以叙多年不见的手足之情。等得长君到来，兄妹聚首，当然悲喜交集。惟不知少君生死存仁，尚觉美中不足。

窦后天性又重，弄得每日私下涕泗滂沱。一天，偶被文帝瞧见，问她何事悲伤，窦后不敢相瞒，便也直告。文帝听了，忙安慰道："皇后放心，四海之内，莫非王土，朕就令各郡县详查，令弟果在人世，断无寻不着之理。"窦后谢过文帝，静候消息。

谁知一等半年，仍是音信杳然。一夕，窦后方在房内与文帝私宴，忽见一个宫人，递进一封书信，接来一看，封面写的是汉皇后窦姊亲展字样。窦后见了大喜，忙把这信呈与文帝道："此函莫非我那兄弟写来给我的么？"文帝赶忙拆开一看，果是少君写与其姊的，函中大意谓，幼时与姊苦度光阴，冻馁交迫；后来姊氏入宫，便绝消息。及与长兄分离，天涯浪迹，万般困苦。函尾尚恐窦后防他假冒，又附述幼时采桑坠地，几乎死去，幸由窦后抱赴邻家，置他于火坑之旁，安眠半日，方始苏醒等语，以为佐证。

文帝看毕，笑问窦后道："采桑坠地之事，果有的么？"窦后此时，早知是她的亲弟到了，自然喜逐颜开地答明文帝。文帝即将少君召入。窦后见了少君，因

为相隔已有十年，面貌无从记忆，瞻前却后，反而不敢相认。还是文帝问她道："令弟身上，有无特别记号？"窦后忙答道："我弟臂上，有红痣七粒，宛似北斗形状。"文帝即命少君露臂相示，果有七粒鲜明红痣。

窦后至是，方才与少君抱头大哭。哭了一会，始令少君叩见文帝。文帝命与长君同居，一面自去报知母后。薄太后听了，也代窦后欢喜，又赐少君许多田宅。长君、少君，兄弟相见，正在各诉契阔的时候，事为周勃、灌婴闻知，二人便互相商议。灌婴道："从前吕氏擅权，无非仗着太后之势。今二窦同居，难免不蹈覆辙。果有不幸之事，我等岂非是前门送狼，复门进虎么？"周勃听了道："这末只有预为防范，慎选师友，曲为陶镕，方才免去后患。"二人议定。

次日，周勃面奏文帝道："国舅窦氏兄弟，现在安居都中，请即选择正士，与二窦交游，俾进学业。"文帝甚以为然，择贤与处。二窦果然退让有礼，不敢倚势凌人。文帝也能惩前毖后，但使二人丰衣足食，不加封爵。

文帝既是励精图治，发政施仁，于是赈穷民，养耆老，遣都吏巡行天下，甄别郡县优劣。又令各国不得进献珍宝，以杜荒嬉。不久海内大定，远近翕然。复又加赏前时随驾诸臣，封宋昌为壮武侯，张武等六人为九卿。另封淮南王舅赵兼为周阳侯，齐王舅驷钧为靖郭侯，故常山丞相蔡兼为樊侯。又查得高帝时佐命功臣，如列位郡守，共得百数十人，各增封邑。

过了几时，文帝欲明国事。一日视朝，时陈平已将右丞相之位，让与周勃，自己退居左丞相。文帝即顾右丞相周勃道："天下凡一年内，决狱几何？"周勃答称未知。文帝又问："每岁钱粮几何？"周勃仍答未知。周勃嘴上虽是连答未知未知，心内早已自知惭愧，弄得汗流浃背，湿透重衣。

文帝见周勃一时不能对答，原谅他是位武将，便不再问。复顾陈平道："君是文臣，应该知道。"陈平也未留心，乃用其急智答道："这两件事情，各有专责，陛下不必问臣。"文帝又问："何人专责？"陈平道："决囚几许，可问廷尉；钱粮若干，可问治粟内史。"文帝作色道："如此说来，君究竟所管甚事？"陈平慌忙免冠伏地请罪道："陛下不知臣驽钝，使臣待罪宰相，臣实有负陛下，但宰相一职，乃是总理其事，上佐天子，燮理阴阳，调和鼎鼐；下抚万民，明庶物，外镇四夷，内督卿大夫各尽其职，关系均极重大。譬如建造房屋，宰相无非绘图监督工匠。至于每日用泥瓦若干，用木料几许，另有司帐负责。若须事必躬亲，一人的精力有限，日行的例事极多，至挂一漏万，因小失大，遗误实匪浅鲜呢！"文帝本是仁厚，听完陈平之言，反而点首称是。

其实陈平不过一张利嘴，能辩而已。即照他所说，难道监工人员，连一个总数都不知道么？譬如问他，每年所办之案，盗贼若干，人命若干，婚姻若干，钱债若干，或是收入钱粮若干，用于何地若干，用于何事若干，自然一一不能细答。

若是总数，只须答以决囚几万几千件，钱粮共入若干万缗，共出若干万缗，出入相抵，应盈应亏若干足矣。陈平竟不知道数目，空言塞责。文帝又是王子出身，不事荒淫，能知仁孝，已经称为贤君；能够问到次囚钱粮等事，更算留心政治；若要他去驳斥陈平，这是断无这种经验。从前的皇帝易做，宰相犹不繁难。他们君臣二人，无非一对糊涂虫罢了。陈平的糊涂，尚能辩说几句；还有那位周勃，糊涂得更是令人发噱。

那时周勃，仍是满头大汗地呆立一旁，他见陈平应对如流，连主上也点头赞许，一时相形见绌，越加大难为情。等得散朝，周勃便一把将陈平拖住，埋怨他道："君既与我交好，何不预先教我。今日使我当场出丑，未免难堪！"陈平当下听了，笑不可仰地答道："君年长于我，又是首相，时时应防主上垂询。倘若主上问君长安究有盗贼几许，试问君又如何对答呢？此等言语，只有随机应变，哪能预教。"周勃一听言之有理，忙又拱手谢道："这是我错怪君了！"周勃回府，即将此事告知其妻，似露求退之意。其妻答道："君才本来不及陈平，现在年纪已大，正可休养。若再贪恋虚荣，恐怕祸不远了。"周勃听了一吓，复又失笑道："我才不及陈平，今且不及女子，惟有退休，尚足自保。"

次日，即上表求退，文帝略加挽留，也即准奏。专任陈平为相，更与陈平商及南越事宜。南越王赵佗，前由汉帝册封，归汉称臣。至吕后四年，有司请禁南越关市铁器，赵佗因此大怒，背汉自立。且疑长沙王吴回进谗，遂发兵攻长沙，蹂躏数县，饱掠而去。嗣又诱致闽越、西瓯，俱为属国，居然也与汉天子抗衡，乘黄屋，建左纛，藐视天朝。及至文帝即位，四夷宾服，独有赵佗倔强犹昔。

文帝便想派兵征讨。陈平道："劳师动众，胜负未知；臣保一人，可以出使。"文帝问他何人，陈平道："陆贾前番出使，不辱君命，遣他再往，事必有成。"文帝遂授陆贾为大中大夫，赍着御书，往谕赵佗。

陆贾奉命起程，不日到了南越。赵佗本极傲慢，只因陆贾为他所钦佩的，方准入见。陆贾与赵佗行礼之后，呈上御书。赵佗展书观看，只见书中长篇大页，写着不少，细细一看，乃是：

> 朕高皇帝侧室子也，奉北藩于代，道路辽远，壅蔽朴愚，未尝致书。高皇帝弃群臣，孝惠皇帝即世，高后自临事，不幸有疾，日进不衰；诸吕为变，赖功臣之力，诛之已毕。朕以王侯吏不释之故，不得不立。乃者闻王遗将军隆虑侯书，求亲昆弟，请罢长沙两将军。朕以王书罢将军博阳侯，亲昆弟在真定者，已遣使存问，修治先人冢。前日闻王发兵于边，为寇灾不止。当时长沙王苦之，南郡尤甚，虽王之国，庸独利乎？必多杀士卒，伤良将吏，寡人之妻，孤人之子，独人父母，得一亡十，朕不忍为也！朕欲定地犬牙相入者以问吏。吏曰：高皇帝所以介长沙土也，朕不能擅变焉；今得王之地，不

足以为大;得王之财,不足以为富;岭以南,王自治之。虽然,王之号为帝。两帝并立,无一乘之使以通其道,是争也;争而不让,王者不为也!愿与王分弃前恶,终今以来,通使如故,故使贾驰谕,告王朕意。

赵佗看罢那书,大为感动,便笑嘻嘻地语陆贾道:“汉天子真是一位长者,愿奉明教,永为藩服!”陆贾道:“此书是天子御笔亲书,大王既愿臣服天朝,请即去了帝号,一面亲书回信,以示信征。赵佗听了,果然立去帝号,又亲书一信道:

蛮夷大长老夫臣佗,昧死再拜,上书皇帝陛下:老夫故越吏也;高皇帝幸赐臣佗玺,以为南越王,孝惠帝即位,义不忍绝,所以赐老夫者厚甚。高后用事,别异蛮夷,出令曰:毋与蛮夷越金铁甲器马牛羊。即予,予牡毋予牝!老夫处僻,马牛羊齿已长,自以祭祀不修,有死罪,使内史藩,中尉高,御史平凡,三辈,上书谢罪皆不返。又风闻老夫父母坟墓已坏削,兄弟宗族与诛论,吏相与议曰:“今内不得振于汉,外无以自高异,故更号为帝;自帝其国,非敢有害于天下!高皇后闻之大怒,削去南越之籍,使使不通。老夫窃疑长沙王谗臣,故敢发兵以伐其边。且南方卑湿,蛮夷中西有西瓯,其众半羸,南面称王;东有闽越,其众数千人,亦称王;西北有长沙,其半蛮夷,亦称王。老天故敢妄窃帝号,聊以自娱。老夫处越四十九年,于今抱孙焉。然夙兴夜寐,寝不安席,食不甘味,目不视靡曼之色,耳不听钟鼓之音者,以不得事汉也。今陛下幸哀怜,复故号,通使汉如故,老夫死骨不腐,改号不敢为帝矣!谨昧死再拜以闻!

赵佗写好此信,又附上许多贡物,交给陆贾,归献文帝,并赠陆贾白银万两。

陆贾回报文帝,文帝自然大喜,也赏赐陆贾黄金五百斤。陆贾两番出使,居然成了富翁。又过数月,无疾而终。未几,便是文帝二年,蛮夷虽未入贡,而朝中却死了一位大臣,于是上上下下,无不悲悼。正是:

化外蛮王方悦服,朝中冢宰忽亡身。

不知死的究属为谁,且听下回分解。

第三十回 半夜深更洪姬引鬼 回心转意慎氏知人

却说当时朝中忽然死了一位重要大臣,上上下下,莫不悲悼。就是薄太后与文帝,也为叹惜不已。你道此人是谁?乃是曾替高帝六出奇计的那位丞相陈

平。那末他究属是甚么毛病死的呢？诸君勿急，且听不佞细细地叙来。

陈平自从文帝允准周勃辞职，专任他一个人为丞相之后，自然较为操心。他本是一位酒色过度的人物，斫伤已久。一夕，又遇一件奇事，便卧床不起了。他有一个极得宠的姬人，名字叫做洪瑶芝，却与窦皇后为亲同乡。在陈平没有得病的时候，也常常被窦皇后召进宫去与宴，有时因为夜深，就宿在宫中，也是常事。陈平得病的那一天，宫中又来召她，她因陈平这天小有不适，辞不赴召。宫中既知陈平政躬不豫，却也赐了不少的药料。瑶芝服事陈平服药之后，一见病人已经睡熟，便命几个贴身丫鬟，留心伺候，自己独至后园，思去割股。那时已是夜半，寒风猎猎，夜色沉沉，瑶芝爱夫心切，倒也不怕。到了后园，点好香烛，朝天祈祷之后，正拟割股的当口，耳中忽闻有女子唤她的声音。她仔细一听，声音就在墙外，她暗忖道："此刻半夜三更，还有何人唤我？"她转念未已，又听得一种娇滴滴的声气，喊着她的名字道："瑶芝夫人，请上墙头，奴有要紧话相告。"她听了更觉奇异，但也不由得不至墙头去看那个女子。及至爬上墙去一看，只见一位美貌的中年妇人，布服荆钗，一派村乡打扮。见她倚在墙头，忙向她说道："我是窦皇后田间来的亲戚，顷间听得皇后提起此间丞相，小有贵恙，我素知医，所以奉了皇后之命，深夜来此。尊府前门守卫较严，我忽然想起皇后说过，夫人每夜必至后园来烧天香，因此冒叫一声，不料夫人果然在此。夫人的一片诚心，定能感动神衹，保佑丞相康健。"瑶芝一听此人是皇后娘娘所遣，而且能够说出她每夜至后园烧香一事，此话只有皇后一人知道，并未向第二个面前提过，可见真是宫中差来，不可负了娘娘的一片好心。她想至此地，忙答那个妇人道："前门既是不便，让我放下短梯，接你上来便了。"说完，放下短梯，把那个妇人接进墙来。那个妇人，走近点着天香的几前，见有一柄利刀，放在几上，又对瑶芝说道："夫人莫非想要割股么？"瑶芝点点头道："是的，丞相是我们一家之主，我的此举，明知近于迷信；但是望他病好，姑且为之。"那个妇人慌忙摇手道："不必！不必！丞相只要一见我面，自然勿药矣。"瑶芝听见此妇有如此的异术，不禁大喜道："你这位婶子，果能把我们丞相医愈，我愿以万金相报。"那妇听了，忽然面现惨色道："我来报他，夫人何必报我！"瑶芝听了，也不留意，便同那个妇人，来至自己卧房。甫搴珠帘，正想回头招呼那妇的当口，不知怎么，那妇突然已失所在，同时又听得陈平睡在床上，大呼有鬼。瑶芝此时又吓又急，也顾不得那妇是人是鬼，慌忙两脚三步地奔至床前，急问陈平道："相爷是否梦魇了么？"陈平也急答道："你且莫问！快快先召太史，命卜吉凶，有无祈祷之法，然后再说。"

瑶芝听了，一面飞召太史前来，一面又问陈平是否看见甚么？"陈平复摇着头道："我对你说过，且俟太史卜过之后再说，你偏要此刻问我，我不是不肯对你说，一因此刻说了，于事无益；二因你必害怕，反而没人伺候我了。"

瑶芝一听陈平说到害怕二字，始知方才那妇，真正是个鬼魂；想是大门上有门神阻拦，它方用言语给我，骗进墙来。丞相虑我害怕，不忍说与我听，岂知这件事情，还是我引鬼入门的呢。瑶芝想至此地，自然非常害怕。又因陈平有病，不敢明说，只得接二连三地去催请太史，看那太史卜后，有无办法。

过了一会，太史已经进来，参见丞相之后，陈平请其坐下道："君为我一卜，此病吉凶若何？"太史卜过，爻象是阴人见迫，是月大凶。陈平又问太史，有无祈祷之法。太史道："从前吕太后见苍狗而病不起；丞相吉人天相，或无大碍。"

陈平知无挽救，挥手令出，始凄然语瑶芝道："汝可将夫人以及各位夫人召来，我有遗嘱吩咐。"瑶芝一听遗嘱二字，早已哭得像个泪人儿一般，呜咽得哪里还会说话。

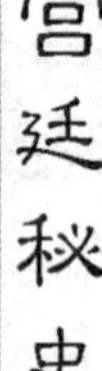

当下由陈平自命丫鬟，去将各位夫人召至榻前道："我幼时甚寒，家无膏火之费，幸我嫂氏，暗中助我读书，方始有成。当时我因嫂氏相待良厚，对之稍加亲昵，也是有之，不料外面大起谣言，污了嫂氏名誉，后来我兄便将嫂氏休退。临别的当口，我曾对嫂氏说过，异日若能发迹，必不负其恩情。谁知我自从跟着先帝，南征北讨，并无暇晷，可以返乡，看视嫂氏。及至先帝得了天下，大家来至这个长安，我便遣人回乡迎接眷属，始知嫂氏早已逝世。临殁有言，似甚怨我。"陈平说至此处，因指瑶芝语大众道："方才她从外面进来，搴帘之际，我突见她的背后跟着一人。陈平边说，边又以双目轮视房内一周道："你们不必害怕，跟在瑶姬身后的正是我那嫂氏的冤魂。"大家一听此语，个个吓得魂不附体，都把眼睛也向四面乱看，疑心那个冤鬼，站在各人的身后，岂不吓死。其实那时那个冤魂，确在房内，不过那位夫人及如夫人们阳气尚重，那鬼有意不给她们看见罢了。至于瑶芝的看见那鬼，也非她的阳气不足；只因那鬼为门神所阻，不能直进相府，因此掉了一个鬼花枪，瞎三话四地骗信瑶芝，要她带它进来，门神就不去阻拦它了。那时大众各将房内边看，边又问陈平道："这末我们赶快祈祷祈祷，请它不可讨命，它念前情，因此应允，也未可知。"陈平摇首道："获罪于天，无所祷也！"边说边就神色大变，口吐鲜红不已，虽然连连服药，并无效果。清楚的时候，尚能处理后事；昏迷的时候，满口鬼话连篇，把人吓得要死。那班粉白黛绿的夫人与如夫人们，若使不是在陪病人，早已逃得如鸟兽散了。没有数日，陈平一命呜呼，这段事实，正史固无，却载在《隋朝野史》，不佞将它叙入此书，也是儆戒后人，不可贪色乱伦，具有深意，并非杜撰附会，阅者自能知道。当时陈平将气绝的时候，尚单对他的爱姬瑶芝一人说道："我虽见了嫂氏冤魂而死，我生平喜尚阴谋，亦为道家所忌，后世子孙，未必久安。"这句说话，也被他料着。

后来传至曾孙陈何，果因擅夺人妻，坐法弃市，竟致绝封。陈平能知身后之事，而不肯改其邪行，真是可笑。不过当时的文帝，自然要厚给赙仪，赐谥曰

"献";又命他的长子陈买袭封,仍又起用绛侯周勃,命他为相。周勃本想家居,以娱暮境,既是文帝念旧用他,他也受命不辞。

就在那月,日蚀极是厉害。文帝因知天象示儆,慌忙下诏求贤。当下有一位颍阴侯骑士贾山,上了一道治乱之策,非常恳切,时人称为至言,其文甚长,略过不提。文帝下诏之后,又过数月,见内外平安。四夷宾服,国家清闲无事,不免出外游行。一天带着侍臣,前往上林苑饱看景致,但见草深林茂,鱼跃鸢飞,胸襟为之一爽。行经虎圈的时候,偶见有一大群禽兽,驯养在内,不胜指数。便召过上林尉问他道:"此中禽兽总数,究有若干?"上林尉听了,瞠目结舌,竟不能答。反是监守虎圈的啬夫,从容代对,一一详陈其数。文帝听毕称许道:"好一个吏目!像这般才算尽职。"说完,即顾令从官张释之,拜啬夫为上林令。

释之字季,堵阳人氏,前为骑郎,十年不得调迁,后来方才升为谒者。释之欲进陈治道,文帝叫他不必论古,只论近代。释之乃就最近的秦汉得失,详论一番,语多称旨,文帝遂任为谒者仆射。每次出游,必令释之随行。那时释之奉了升任啬夫之谕,半晌不答,文帝不解道:"尔以为不然么?"释之始进说道:"陛下试思绛侯周勃,以及东阳侯张相如二人,人品如何?"文帝道:"都是忠厚长者。"释之接说道:"陛下既然知道二人都是长者,奈何欲重任啬夫呢?"啬夫是张利口,却与忠厚长者,每欲发言不能出口,大是两样。从前秦始皇喜任刀笔吏,竟致竟尚口辩,因此不得闻过,失败之原因一也;今陛下一见啬夫能言,便欲升迁,臣恐天下从此喋喋不休了。"文帝想了一会儿道:"汝言是也!"遂不升迁啬夫,反授释之为宫车令。释之从此益加奋勉。一日,梁王因事入朝,与太子启同车进宫,行过司马门的当口,并未下车,可巧被释之撞见,赶忙阻住梁王太子二人,不准入内,立刻援了汉律,据实劾奏。他的奏文是:

> 本朝禁令,以司马门为最重。凡天下之事,四方贡献,皆由司马门接收。门前除天子外,无论谁何,均应下车,如或违犯。罚银四两,以示薄惩。今太子与梁王,身为群臣表率,竟敢违犯禁令,实大不敬!不敢不奏。

文帝见了,视为寻常小事,搁置不理。事为薄太后所闻,召入文帝,责他纵容儿子,溺爱不明。文帝一见太后动怒,慌忙免冠叩首,自认教子不严,求太后恕罪。薄太后始遣使传诏,赦免太子梁王之罪,准令入见。文帝并不怪释之多事。且嘉他能够守法不阿,即拜为中大夫,不久,又升为中郎将。又有一天,文帝挈着宠妃慎夫人,出游霸陵,释之照例扈跸。霸陵在长安东南七十里,却是负山面水,形势独佳。文帝自营生圹,因山为坟,故号霸陵。文帝与慎夫人眺览一番,复登高东望,手指新丰道上,顾慎夫人道:"此去就是邯郸要道。"慎夫人本是邯郸人氏,一听此言,不禁触动乡思,凄然色沮。文帝见她玉容黯淡,自悔失言,忙命左右取过一瑟,使慎夫人弹着消遣。原来邯郸就是赵都,赵女以善瑟出名。

慎夫人更是一位绝顶聪明的人物，当然不比凡响。慎夫人弹了一阵，文帝竟听得悲从中来，便顾从臣道："人生更过百年，若不仙去，必定逃不出一个死字。朕死以后，若用北山石为椁，再加紵絮杂漆，还有何人能够摇动？"从臣听了，个个都是唯唯。独有释之朗声辩道："皇陵中间，若是藏有珍宝，万岁千秋以后，虽用北山为椁，南山为户，两个合成一陵，不免有隙可寻，若无珍宝，即无石椁，恐亦无碍。"文帝又认为说得有理，点头嘉许。是日回宫，又命释之兼为廷尉。释之上任之后，甚是称职。他还恐怕吏役舞弊，每日私至御监察看。有一天晚上，他查至女监，忽然听得有三五个宫人，因为犯偷窃御用物件之罪，监禁三月，却在监中聚谈。释之索性悄悄地立在女监窗外，听她们所谈的究是甚么言语。当下听得一个年轻的宫人说道："人谓张廷尉判狱贤明，我说不然，即如我的罪名，就是冤枉。"又听得有一个较老的宫人说道："怪我贪小，偷了太后的珠环一副，现在办得罪重刑轻，固是太后的天恩，也是张廷尉的宽厚，我所以并不怨人；你的事情，我也知道有些冤枉。好在监禁三月，为日无多，何必口出怨言呢？"又听得年轻宫人答道："做人只在品行，如此一来，我便是一个贼了，出狱之后，何颜见人！"释之听了，记着号数，又走至一处，仍旧立下偷听，里面也是几个宫人，却在议论前任的中郎将袁盎。释之自忖道："袁盎为人正直无私，他是保荐我的人，我倒要仔细听听他的舆论如何。"当下只听得一个本京口音的道："袁盎办事固佳，遇事肯谏，也与现在张廷尉一般。我知道他有一天，看见万岁爷使宦官赵谈参乘，袁盎就直谏道：'臣闻天子同车，不是公侯将相，便是才人学子；今汉室虽乏才，陛下奈何令一刀锯余人，同车共载，似乎不甚雅观！'万岁爷听了，果命赵谈立即下车。又有一次，万岁爷在霸陵纵马西驰，欲下峻坡，袁盎那时正跟随后面，慌忙上前，揽住马缰，吓得满头大汗。万岁爷笑对他说道：'尔何胆小如此！'当时袁盎答的是：'臣闻千金之子不垂堂，百金之子不骑衡，圣主不乘危，不徼倖，陛下倘使有失，如何对得起高庙太后呢？'万岁爷听了，以后果不再骑快马了。还有一次，万岁爷偶因一个小宦官，失手破碗，万岁爷怒以脚踢小宦，又为袁盎撞见，万岁爷怕他多说多话，返身入宫。谁知袁盎拼命地追着高呼道：'臣有本奏，陛下稍停。'万岁爷只好止步。袁盎谏道：'天子之尊，无与其右，小宦有过，付与廷尉足矣；今陛下以足踢之，未免失体统矣！'万岁竟被他说得脸红起来。"又听得有一个代地口音的答道："你所说的，还不稀奇呢。你知道万岁爷最宠的夫人是谁？"又听得本京口音的答道："自然是慎夫人了，还有谁人！"又听得代地口音地说道："对呀！慎夫人真被万岁爷几乎宠上天去；恐怕从前高皇帝的宠爱戚夫人，未必如此。有一天，万岁爷携了窦皇后与慎夫人，同游上林，上林郎署长预备酒席，款待万岁爷与后妃诸人。那时袁盎紧随左右。万岁爷当时坐了上面，窦皇后坐于右面。空出左边一位，慎夫人正欲去坐，不料站在万岁爷身

边的那位袁盎，突然用手一挥，不准慎夫人去坐。并且想要引慎夫人退至席下，侍坐一旁。慎夫人平日在宫，仗着万岁爷宠爱，又因窦皇后待人宽厚，慎夫人与窦皇后并坐并行惯了的。那位袁盎，竟要当场分出嫡庶起来，慎夫人如何肯受此辱，自然站着不动，且把两道柳眉竖了起来，要和袁盎争论。万岁爷见了，恐怕慎夫人万一被袁盎引经据典，驳斥几句，当场出彩，如何是好。心中虽是怪着袁盎多管闲事，但又无理可折，不禁勃然出座，就此回宫。窦皇后自然随着万岁爷上车，慎夫人也没有工夫去与袁盎争执了。袁盎等得万岁爷入宫之后，还要进谏道：'臣闻尊卑有序，上下方能和睦；今陛下既已立后，后为六宫之主，不论妃姬嫔嫱，哪能与后并尊！慎夫人虽甚贤淑，得蒙陛下宠爱，宠爱私也，尊卑公也，慎夫人总是妾御，怎能与后同坐？就是陛下想要加恩慎夫人，也只能优赐珍宝，至于秩序，断难紊乱；因此酿成骄恣，名是爱她，实是害她，前鉴非遥，宁不闻当时人彘么！'万岁爷听了人彘二字，也为悚然，始将胸中之怒，消得干干净净。万岁爷入宫，寻来寻去，不见慎夫人的影踪，后来方知慎夫人，一个人躲在自己床上哭泣。万岁爷乃将袁盎之言，细细地告知慎夫人，慎夫人居然明白转来，即赐袁盎黄金百斤。从此以后，私室之中，仍无忌讳。可是一遇公宴，慎夫人却守礼节，不敢与皇后敌体了。"代地口音的宫人说至此地，又对本京口音的宫人说道："有明主，便有直臣；有贤君，方有淑妃。你说袁盎的胆子，也可算为大得包天了。"

释之听至此地，便也回去。次日，细细一查年轻宫人的案子，果是有些冤枉，非但将她赦出，并且自己上了一道本章，申请疏忽之罪。文帝批了"免议"二字。释之谓家人道："我的忠直，不及袁公多多矣！"

当时的君臣，很有朝气，似与高帝、吕后的时代，大不相同。正是：

过能即改原非易，恶到临终不可逃。

不知后事如何，且听下回分解。

第三十一回 遇椎毕命数本难逃 谋叛戕生咎由自取

却说那慎夫人自从重赏了袁盎之后，虽蒙文帝依旧宠眷，窦皇后仍是爱怜。但她自知谨慎，对于宫帏礼节，已不肯随便乱来，文帝自然益加欢喜。

一日，淮南王刘长，入朝谒见。文帝仅有此弟，友爱之情，不下惠帝的相待

赵王如意。当时惠帝不能保全如意，致令惨亡，其罪不在惠帝，因为宫中有一位活阎王吕太后在那儿。现在呢？薄太后何等宽洪大度，看得别姬所出之子，真与自己所养一样。因此之故，刘长反而骄傲起来，弄得结果不良，死于非命。“养而不教”，古人已有戒言，薄太后与文帝二人，恐也有点非是呢。

刘长是汉高帝的第五个儿子，其母便是赵姬。赵姬本是赵王张敖的宫人。那年高帝讨伐韩王信，路过赵国，张敖出迎，虽然受了一顿谩骂，仍派宫人前往伺候高帝。高帝生性渔色，一夜不可离开妇人的。见了赵姬长得标致，当然命她侍寝。一夕欢娱，赵姬即有身孕。次日，高帝离赵，早把她忘记得干干净净。还是张敖，因见赵姬曾经做过他的一宵小丈母，便将她安置别宫，拨人伺候。后来赵相贯高等谋反，事连张敖，张氏宫中，不问上下，全行拘入狱中，赵姬也在其内。不料赵姬就在狱内，生下一孩。狱官探知此子是高帝的龙种，赶忙申报郡守。郡守据情奏闻，久不得旨。赵姬有弟名赵兼，因与审食其为友，于是备了厚资，往谒食其，托他设法。食其知道吕后醋性最大，不敢多嘴，拒而不纳。赵兼无法，只得老实回复赵姬。赵姬怨恨交集，自缢而亡。及至高帝知道，已经很久了。高帝见子思母，倒也记起前情，便将此子留入后宫，抚养长成，出为淮南王，这就是刘长的出身来历。

刘长到了淮南之后，即把母舅赵兼迎至。谈起亡母之事，始知氏母惨死，乃是审食其所误。每思杀死食其，以报母仇。只因没有机会，因循至今。那时已是文帝三年，遂借入觐为由，径见文帝。又见文帝手足情深。宠爱备至，暗想此时若不杀死食其，再待何时。

有一天，可巧是食其的五十寿诞，文官武将，贺寿的塞满了一堂。食其当时接待众官之后，入内再开家宴，妻妾团坐，大乐特乐。他有一位最宠爱的姬人，名叫过天星，此人乃是吕太后宫中过宫人之女，其父为谁，无由考究。有人说：“就是食其与过氏勾搭，生下天星的。”那时食其正在吕太后得宠的时候，所有宫人，谁不与他接近。一接而孕，不可胜数，此等孽报，也是应有之事。天星长大，吕后已死，食其便将她作为爱姬。头一年，已经生下一子，食其爱她母子，自然加人一等。这天天星就在酒筵之上，奉承食其道：“相爷生性忠厚，每次遇难成祥。今天喜值大庆，真可称得福寿双全的了！”说着，忙花枝招展地敬上一杯。食其边接了酒杯，边掀髯大笑地说道：“福寿二字，本是难得。我的福字呢，自然还不敢承认，独有这个寿字，自知尚有几分把握。为甚么敢如此夸口的呢？我蒙故吕太后的眷爱，现在是过去之事，也不必瞒你们大家。我记得有一次，曾在吕太后之前，罚过一个血咒。”食其说到这里，过天星忙又笑嘻嘻地问道：“相爷那时为固宠起见，那个血咒，想来必非等闲。”食其听了，复呵呵大笑道：“等闲虽非等闲，可是一个牙痛小咒。我当时暗忖了许久，我已位至侯相，莫说犯罪，自

然有吕太后为我担当。就是法无可赦，也须奉旨正法，决不至于身受别项非刑。所以，我当时罚了一个死在铁椎之下的血咒。现在我已退职家居，非但不问国事，连大门之外也少出去。”食其讲到此地，先把眼睛将大家望了一望，始又接着说道：“你们大家替我想想看，我门不出，户不出的，那个铁椎如何会击到我的头上来呢！”当时大家听了，个个都笑答道：“我们想来，就是一个蚊子，也飞不到相爷的头上。不要说那种凶巴巴的铁椎了。”食其听了，乐得把桌子拍得震天价响地说道：“对啰，我的尊头，除了诸位的玉臂，尚能接触我的头上外，其余的铁器，今生今世是可以不劳光临的了。”

食其刚刚说完，忽见一个丫鬟，飞奔地来至席前禀报道：“御弟淮南王亲来拜寿，已至厅上。”过天星笑着岔口道：“是不是，连当今天子御弟都来拜寿，朝廷的恩眷尚隆，相爷还要复职，也未可知呢。”

食其一听见淮南王亲至，也顾不得再与爱姬说话，慌忙吩咐丫鬟道，速速传命出去，相爷亲自出厅迎接。他话未完，已见淮南王不待迎接，走入内堂来了。食其见了，赶忙离座，迎了上去，口称：“不知王爷驾临，未曾远迎，罪当万死。”

说时迟，那时快，淮南王并不答话，手起一椎，早把辟阳侯前任左丞相那位审食其的尊头，扑的一声，击得粉碎。此时席间的妇女，匆促之间尚未避去，蓦见相爷死于非命。凶手又是御弟，一时不敢还手。只得一片娇声，抱了食其的尸身，号啕大哭起来。那时刘长，一见目的已达，便一声不语，大踏步地扬长出门去了。审食其应了血咒，孽由自作，不必说他。

单说刘长，自知闯下人命，疾忙来见文帝，俯伏阶前，肉袒谢罪。文帝不知何事，也吃一惊，忙问道：“御弟何为，速速奏上！”刘长道：“臣母死于狱中，乃是辟阳侯审食其不肯奏闻所致。赵王如意，死得冤枉，也是审食其助纣为虐而成。至于审食其污乱宫帏的事情，人人皆知，臣也不必说了，臣因朝廷不正其罪，已经将他一椎击死。但臣虽是为母报仇，终究有擅自杀人之罪，特来自首，愿受明罚！”文帝听罢，踌躇半晌，挥令退去。

事为中郎将袁盎所闻，慌忙入谏道：“淮南王擅杀朝廷大臣，国法难容。陛下若置不问，恐怕酿成尾大不掉之祸，爱之适以害之呢。”文帝道：“审贼之罪，罄竹难书，盈廷诸臣，坐视不问，有愧多矣。君毋言，去休可也！”

袁盎无奈，便径入长乐宫奏知薄太后。薄太后听了，召入文帝道：“淮南王所为之事，情虽可原，法不可恕。皇帝若不治罪，纲纪何存！”文帝听了，唯唯而退。回宫之后，一面暗令刘长连夜回国，闭门思过；一面追究审食其的私党，以堵人口。朱建得了此信，仰药而亡。有人报知文帝，文帝道：“朕并不欲杀他，他又何必畏罪自尽？”遂召朱建之子名和的入朝，授为中大夫之职。

次年文帝四年，绛侯周勃，业已就国，因为胆小，每出巡视郡县，必带刀兵甲

士。当下就有人密报文帝，说他谋反。文帝本来因他功高望重，刻刻留心他的，一听有人告他谋反，急命廷尉张释之，派员把周勃拿到都中。审问时候，周勃不善口才，没有辩供。释之无法开脱，只得将他械系狱中，让他自去设法。周勃为人，倒还长厚，只有刚愎自用，是他短处。又因曾任丞相，不肯向狱官使用规费。谁知狱官，抱着皇亲犯法，与庶民同罪的老例，若无银钱，便不肯优待，虽然未敢加他非刑，但是那种冷嘲热骂的情况，已经使周勃不堪忍受。幸有他的儿子，名叫胜之的，其时已经携了妻子，赶到都中，打听得他的父亲，不肯化费使用，很受轻视，忙暗暗地备了千金，送与狱官，托他格外照应，狱官见钱开眼招待周勃，就换一副面目。只因案犯谋反，关系重大，未便直接交谈，即在当天晚上，由狱卒私下呈上一条。周勃接来一看，乃是"以公主为证"，五个大字。周勃看了之后，因思我的长媳，确为当今主上之女。不过平时对我来得异常骄傲，我也不甚加以礼貌。我的儿子与她常有反目情事，现在事急求她，恐怕未必有效。

周勃正在自忖自度的时候，可巧他的长子进狱省视，周勃只得嘱咐儿子，去求公主。胜之听了道："公主平时藐视我们父子，儿子所以和她不甚和睦。此时事有轻重，儿子哪敢再存意见，父亲放心，儿子出去办理就是。"周勃听了，也无多话。

当下胜之别了父亲，回到家里，只见公主一个人坐在房内看书，见他进去，正眼也不去看他。胜之只得陪着笑容，走近公主的身边，问她道："公主在看甚么书？"公主仍是不睬。胜之一看，见公主所看的乃是《孝经》，胜之就借这个题目开场道："公主别的书很多，何以单看《孝经》？照我说来，公主独有此书，可以不必看它。"公主此时已知胜之话中有话，始懒洋洋地抬起头来问胜之道："为甚么我不能看这本书呢？"胜之微笑着答道："孝经自然讲的是个孝字，现在你的公公，身系狱中，无人援救。此事除公主之外，谁有这个力量？公主到京以后，并不进宫去代公公疏通，岂非与此书的宗旨相反么？"公主听了道："你们父子两个，平日只当我是一根眼中之钉，大不应该。此事我去求我父亲，这种小案，未必不准，即使不准，我还好去哭诉祖母。这些些的情分，也是有的。无如你们府上，自恃功高，往往使人难堪，我实在气忿不过，因此冷心。"胜之听了，笑答道："公主此话，开口就说错了。"公主道："怎么我说错了呢？你倒指教指教看！"胜之道："你与我不睦，乃是闺房私事。断不可因为闺房私事，连堂上的事情，也置诸脑后。"公主听了道："照你说来，我不去替你父亲疏通，便是不孝了。"胜之道："对哕！公主打我骂我，都是小事。你的公公之事，哪可不管？"公主听至此地，脸上就现出得意色道："如此说来，你们周府上，也有用得着我的地方么？"胜之道："我为父亲的狱事，自然只好求你。其实我与你二人，又无冤仇，都是你平日骄气逼人，使我无从亲近，不能怪我。你若能够救出我父，从此以后，我就做你

的丈夫奴隶，我也情愿的了。”公主此时已有面子，便嫣然一笑道：“我只怕你口是心非。等得事情一了，你又要搭起侯爷公子的架子来了。”胜之道：“公主放心，侯爷公子的架子，无论如何大法，总及不上公主的架子呢。”

公主听完，微微地瞪了胜之一眼，方始命驾入宫。见了文帝，自然请求赦他公公之罪。谁知文帝，并不因父女之私，就寝谋反之事。公主一听，语不投机，她也乖巧，便不多说，径至她的祖母之前，伏地哭诉道：“孙女公公周勃，自从跟了去世祖父，打定天下，忠心为国，直至如今。公公若有异心，嫡祖母当时斩淮阴侯韩信的时候，岂不留心，哪能还到现在？父皇不知信了谁人谗言，不念前功，贸然翻脸，孙女想来，国家功臣，似乎不可过于摧残的呢。”

此时薄太后本已得了薄昭之言，也说周勃并无异心，正要去责文帝疑心太重，冤屈功臣的时候，又见她的孙女，哭得泪人一般，说得很是有理，便一面令公主起来，一面召入文帝。文帝应召进见。薄太后一见文帝，竟把她头上所戴的冒巾，除了下来，向文帝面前一掷，大怒道：“绛侯握皇帝玺，统率北军，奋不顾身，攻下吕产所管的南军，这个天下，才得归汝。他那时不造反，今出就一个小小县城，反想造反么？”文帝一见太后动怒，又知太后从来不肯多管闲事，若非查得切实，决不有此举动的。慌忙跪下道：“母后不必生气，容臣儿即命廷尉释放绛侯便了。”薄太后听了道：“这才不错，非是为娘干涉朝政，绛侯人本忠厚，春秋又高，哪能受得这般惊吓？况且汝是由王而帝，不比汝父自己打来的天下，对于功臣，稍稍倨傲一点，尚不要紧。”文帝道：“母后教训极是，臣儿不敢不遵命！”文帝说罢，退出坐朝，即将周勃赦免。

周勃出狱，喟然长叹道：“我曾统百万雄兵，怎知狱吏骄贵，竟至如此！”说着，入朝谢恩。文帝自认失察，叫他不必灰心，仍去就国。周勃听了，他自矢一番，趋出之后，谢过众人，回国去了。胜之因为公主救出其父，从此对于公主，真心敬爱。公主也秉了严父慈母之教，对于公婆丈夫面上，并不再拿架子，相亲相敬，变为一个美满家庭。

周勃回国之后，感激太后恩典，每思有以报答。一天，得了一个密信，知道淮南王刘长，骄恣日盛，出入用天子警跸，擅作威福，因思文帝只有此弟，若不奏明，预为儆戒，实非刘氏之福，于是密遣公主，入都报知文帝。

文帝听了，贻书训责。刘长非但不听，竟敢抗词答复说道：“甘愿弃国为布衣，守家真定。”文帝见了复书，知是怨言，又命薄昭致书相戒。其辞是：

窃闻大王刚直而勇，慈惠而厚，贞信多断，是天以圣人之资奉大王也。今大王所行，不称天资，皇帝待大王甚厚，而乃轻言恣行，以负谤于天下，甚非计也！夫大王以千里为宅居，以万民为臣妾，此高皇帝之厚德也。高帝蒙霜露、冒风雨、赴矢石、野战攻城，身被疮痍，以为子孙成万世之业，艰难

危苦甚矣。大王不思先帝之艰苦，至欲弃国为布衣，毋乃过甚！且夫贪让国土之名，转废先帝之业，是为不孝！父为之基而不能守，是为不贤！不求守长陵。而求守真定，先母后父，是为不义！数逆天子之令，不顺言节行，幸臣有罪，大者立诛，小者肉刑，是为不仁！贵布衣一剑之任，贱王侯之位，是为不智！不好学问大道，触情妄行，是为不祥！此八者危亡之路也！而大王行之，弃南面之位，奋诸贲之勇，常出入危亡之路，臣恐高皇帝之神，必不庙食于大王之手，明矣！昔者周公诛管叔，放蔡叔以安周；齐桓杀其弟以反国；秦始皇杀两弟，迁其母以安秦；顷王之代，高帝夺其国以便事；济北举兵，皇帝诛之以安汉。周齐行之于古，秦，汉用之于今。大王不察古今之所以安国便事，而欲以亲戚之意，望诸天子，不可得也。王若不改，汉系大王邸论相以下，为之奈何！夫堕父大业，退为布衣，所哀幸臣皆伏法而诛，为天下笑，以羞先帝之德，甚为大王不取也！宜急改操易行，上书谢罪，使大王昆弟欢欣于上，群臣称寿于下，上下得宜，海内常安，愿熟计而疾行之！行之有疑，祸如发矢，不可追已。

刘长看过薄昭之书，仍旧不改旧性。但恐朝廷真的见罪，只好先发制人。当下遣大夫但等七十人，潜入关中，勾通棘蒲侯柴武之子柴奇，同谋造反。约定用大车四十辆，载运兵器，至长安北方的谷口，依险起事。柴武即遣士伍，名叫开章的，往报刘长，叫他南联闽越，北通匈奴，乞师大举。刘长见了开章，奖他忠心，为治家室，并赏财帛爵禄。开章本是罪人，得了意外际遇，一面留在淮南做官，一面作书回报柴氏父子。

不料书被关吏搜出，飞报朝臣。朝臣奏知文帝。文帝尚念手足之情，不忍明治刘长之罪，仅命长安尉往捕开章。

刘长胆敢匿不交出，密与故中尉简忌商议，将开章暗地杀死，给他一个死无对证。又把开章尸身，盛了棺木，埋葬肥陵，佯对长安尉说道："开章不知下落，容异日拿获解都。"长安尉却已查知其事，回都据实奏明文帝。

文帝又另遣使臣，召刘长入都问话。刘长部署未定，不敢起事，只得随使至都。丞相张苍，典客行御史大夫事冯敬，暨宗正廷尉等，审得刘长谋反有据，应坐死罪。文帝仍旧不忍。复命列侯吏二千石等申仪，又皆复称如法。文帝御笔亲批，赦了刘长死罪，褫去王爵，徙至蜀郡严道县印邮安置，加恩准其家属同往。并由严道县令替他营屋，供给衣食。刘长押上辎车，按驿递解。行至雍县，刘长忽然自尽。文帝得了雍令奏报，一恸几绝。正是：

天子未能全骨肉，阉奴反去降蛮夷。

欲知刘长何事自尽，且听下回分解。

第三十二回　习经书才媛口授　赎刑罚孝女名传

却说那文帝因闻得刘长中途自尽之信，一恸几绝。当下把窦皇后与慎夫人等人，吓得手忙脚乱。一面急召太医，一面飞报太后。太医先至，服下甚么返魂丹，甚么夺命散之后，等得太后到来，文帝已经回过气来了。

太后坐在榻旁，抚其背，劝说道："皇儿不必如此！可将淮南王何以自戕，有无别故，仔细说与为娘听了！大家商议一个办法，只要使他瞑目，于公于私，说得过去就是。"文帝听了，呜咽答道："臣儿方才知道吾弟是在中途饿死的，所有押解官吏，不知所司何事，臣儿只有此弟，使他这般结果，于心实觉不安。"太后尚未答言。那时中郎将袁盎可巧进来，一听文帝之言，赶忙接口道："陛下以为不安，只好尽斩丞相御史。"太后听了，也接口道："丞相御史，远在都中，如何可以罪及他们？"文帝道："这末沿途押解诸吏，难道目无所睹，耳无所闻，一任淮南王饿死的么？臣儿必要重惩他们，方始对得起吾弟。"太后见文帝要重惩沿途诸吏，一想这班官吏，本有监视之责。淮南王活活饿死，断非突然发生，不能预防的事情，疏忽之咎，却是难免，因此不去阻拦。文帝便诏令丞相御史，按名拘至，竟至百数十人之多，一并弃市。

文帝办了诸吏，又用列侯礼葬了刘长，即在雍县筑墓，特置守掾三十户，并封刘长世子刘安为阜陵侯，次子刘勃为安阳侯，三子刘赐为周阳侯，四子刘良为东成侯。文帝这般优待其弟，在情谊上可算无缺，在国法上大是不当。岂知当时民间，还有歌谣出来。歌谣是："一尺布，尚可缝；一斗粟，尚可舂。兄弟二人不相容！"等词。

文帝有时御驾出游，亲耳听见这等歌谣，回宫之后，便对窦皇后、慎夫人长叹道："古时尧舜，放逐骨肉；周公诛殛管蔡，天下称为圣人，朕对御弟，还是爱护备至，他的自戕，非朕所料。现在民间，竟有是谣，莫非疑心朕贪淮南土地么？"慎夫人听了，尚未开口，先将眼睛去望窦后。窦后见了，微笑道："汝有甚么意见，尽可奏明万岁。倘若能使民间息了是谣，也是好事。我是向来想不出主意的，汝不必等我先讲。"慎夫人听了，方向文帝说道："这件事情，似乎也不烦难。陛下何不赐封御侄刘安，仍为淮南王呢。"文帝听了，连连点头称是。即拟追谥

刘长为厉王，长子刘安袭爵为淮南王。慎夫人又进言道："四侄刘良闻已亡过，不必再说。二侄刘勃、三侄刘赐，既是御弟亲子，亦应加封，方始平允。"文帝便将淮南土地，划分三国，以衡山郡、卢江郡，分赐二三两侄。

文帝办了此事，心里稍觉安适。一天，接到长沙王太傅贾谊的奏报道："淮南王悖逆无道，徙死蜀中，天下人民，无不称快。今朝廷反而加恩罪人子嗣，似属以私废公。况且要防其子长大，不知记恩，只知记怨，既有凭藉，作乱较易，不可不虑。"文帝不纳，单把贾谊召入都中，改拜为梁王太傅。梁王系文帝少子，性喜读书，颇知大礼，诸子之中，最为文帝所钟爱，故有是命，也是重视贾谊的意思。谁知贾谊，不甚满意。他的心里，以为必是召入内用。今为梁王太傅，仍须出去，于是大发牢骚，上了一篇《治安策》，要想打动文帝，如他心愿。文帝见了那策，并不注意。贾谊见没指望，只得陛辞起程。

文帝等得贾谊走后，又去把贾谊的那篇《治安策》，细细一看，见内中分作数段，如《应痛哭》的一事，是为了诸王分封，力强难制；《应流涕》的有二事，是为了匈奴寇掠、御侮乏才；《应长太息》的有六事，是为了奢侈无度、尊卑无序、礼义不兴、廉耻不行、储君失教、臣下失驭等等。

文帝看毕，只觉诸事都是老生常谈，无甚远见。惟有匈奴一事，似尚切中时弊，正想召集廷臣，采取筹边之策。忽见匈奴使人报丧，召见之后，始知冒顿单于已死，其子稽粥嗣立，号为老上单于。文帝意在羁么，复欲与之和亲，遂再遣宗室之女翁主，往嫁稽粥，作为阏氏。特派宦官中行说，护送翁主，同至匈奴。

中行说不愿远行，托故推辞。文帝道："汝是燕人，朕知汝熟悉彼国情事，自应为朕一行。"中行说无法，口虽答应，心里大不为然。临行之时，毫无顾忌，倡言于大众之前道："堂堂天朝，岂无人材，偏要派我前去受苦；朝廷既然不肯体谅，我也只好不顾朝廷，要顾自己了。"大众听了，一则以为不愿远去，应有怨言；二则若去奏知朝廷，朝廷必定另行派人，谁肯代他前去。因此之故，大家向他敷衍几句，让他悻悻地去了。

中行说到了匈奴，所谓阉人善谀，不知怎么鬼鬼祟祟的一来，老上单于，果被他拍上马屁，居然言听计从起来。后来中行说倒也言而有信，不忘去国时候之言，所行所为，没有一桩不是于汉室有损，于匈奴有益的事情。文帝知道其事，专使前去训斥。谁知反被中行说对了使臣，大发一顿牢骚，并说："且把汉廷送去礼物，细细查看，若是真的尽善尽美，便算尽职；不然，一待秋高马肥，便遣铁骑，踏破汉室山河，莫要怪他不顾旧主。"当下汉使听了，只气得双眼翻白。不过奈他不得，只好忍气吞声地携了复书，回报文帝。文帝听了，始悔不应派中行说去的。但是事已至此，除了注意边防之外，尚有何事可为呢，于是连日与丞相御史悉心筹议，仍是苦无良策，空忙几天。

事为梁王太傅贾谊所闻，又上了一道对付匈奴，三表五饵的秘计。文帝因他过事夸张，不愿采用。复因匈奴仅不过小小扰边，掠了牲畜即退，对于国家，尚不致大伤元气，便也得过且过，因循下去。

光阴如驶，转眼已是文帝十一年了。梁王刘揖，因事入朝，途中驰马太骤，偶一不留心，竟一个倒栽葱的摔下马来。侍从官吏，慌忙上去相救，已经气绝。文帝痛他爱子跌毙，又把诸人，统统斩首。贾谊既是梁王太傅，一面自请处分，一面请为梁王立后。并说淮阳地小，不足立国，不若并入淮南，以淮阳水边的二三列城，分与梁国，使梁国与淮南，均能自固。文帝依奏，即徙淮阳王刘武为梁王。刘武与刘揖为异母兄弟，刘揖既无子嗣，因将刘武调徙至梁，使刘武之子，过继刘揖为嗣。旋又徙太原王刘参为代王，并有太原。没有几时，贾谊因为梁王已死，郁郁寡欢，一病不起，呕血而殁，年才三十有三。

贾谊本来不为文帝重视，他的病死，自然不在文帝心上。那时最重要的国事，仍是匈奴扰边，累得兵民交困，鸡犬不宁。文帝也恨廷臣没有用，索性不与他们商量，还是与他爱妃慎夫人斟酌。当下慎夫人答道："我想重赏之下，必有勇夫。陛下何妨诏令四方人民，不问男女，不管老幼，如因献策可用者，赐千金，封万户侯。"文帝点头道："只有此法，或者有些道理。"

次日，真的下诏求言。当时就有一个现任太子家令的龟错，乘机面奏道："急则治标，缓则治本。治本之道，非一时可得，亦非一时可行。惟有治标之法，今为陛下陈之：现在防边，最要的是得地形、卒服习、器用利三事。伏思地势有高下之分，匈奴善于山战，吾国长于野战，自然要舍短取长。士卒有强弱之分，选练必须精良；操演必须纯熟，毋轻举而致败。器械有利钝之分，劲弩长戟利及远，坚甲銛刃利及近，须因时而制宜。若能以夷攻夷，莫妙使降胡义渠等，作为前驱，结以恩信，助以甲兵，这也是以逸待劳之计。"文帝听毕，大为称赏。龟错又说："发卒守塞，往返多劳，不如募民出居塞下，使之守望相助。如此，缓急相资，方能持久。远有纳粟为官一事，可以接济饷粮。"文帝听了，一一采用。当时却有小小成效，文帝便把他宠着无比。

有一天，文帝正与后妃饮酒，因见龟错在侧，便笑问他道："尔所上诸策，经朕采用尚有成效，究竟尔师何人，谅来定是一位学者。"龟错奏道："臣前任太常掌钦时，曾奉派至济南，那时老儒伏生，正在设馆讲学，臣即在他门下，专习《尚书》。"文帝听了，大乐道："尔是此人门人，自然学有根蒂了，朕已忘记此事。"

原来伏生名胜，通《尚书》学，曾任秦朝博士。自始皇禁人藏书，伏生不能不取出藏书销毁。独有《尚书》一部，为其性命，不肯缴出，暗暗藏匿壁中。及秦末天下大乱，那时伏生早已去官，避乱西方，并无定址。直至汉有天下，书禁已开，才敢回到故乡，取出壁间藏书。谁知纸受潮湿，半已模糊，伏生细细检视，仅存

二十九篇。

后来文帝即位，首求遗经，别样经书，尚有人民藏着，陆续献出，惟有《尚书》一经，竟不可得。嗣访得济南伏生，以《尚书》教授齐鲁诸生，廷臣乃遣龟错前往受业。不过那时伏生，年纪已大，发脱齿落，发音不甚清晰。龟错藉隶颖川，与济南相距甚远，方言关系，更加不能理会。

幸而伏生有一位女儿，名叫羲娥，夙秉父训，深通《尚书》大义。龟错当时全仗这位世妹，做了翻译，方能领悟大纲，尚有数处不解，只好出以己意，随便附会。其实伏生所传的《尚书》二十九篇，已是断章取义，半由伏生记忆出来，有无错误，也不可考。龟错得了鸡毛，就当令箭，其实廷臣，都是马上功夫居多，自然让他夸口了。

说到《尚书》，后至汉武帝时，鲁恭王坏孔子旧宅，得孔壁所藏《书经》，字迹虽多腐蚀，可较伏生又增二十九篇，合成五十八篇。由孔子十二世孙孔安国，考订笺注，流传后世。

这且不在话下，惟龟错受经伏生，虽赖伏女口授，应是伏生之弟子，后人附会，都说龟错受业伏女，这是错的。不佞考究各书所得，趁在此处为之表明。伏女虽非龟错之师，但她能够代父传讲，千古留名，足为女史生色。那个时代，齐国境内，还有一位闺阁名媛，更比伏女羲娥，脍炙人口。

此女是谁？就是太仓令淳于意少女缇萦，淳于意是临淄人，幼时曾梦见一位天医星君对他说："乱世初平，医学最为紧要，汝须留心。"他就因此研究医学，颇有心得。后闻同郡元里公乘阳庆，独擅黄帝之学，且得古代秘方，他又前往自请受业。阳庆初尚拒绝，嗣见他殷殷向学，方始收其为徒。那时阳庆已经年逾古稀，无子可传，遂将黄帝、扁鹊诸书，以及五色诊病诸法，一律传授。淳于意学成回家。为人治症，居然能够预知人的生死，无论如何怪病，只要经他医治，便会手到病除。于是时人求医的，踵接而至，门庭如市，累得他自早至夜，应接不暇，尚是小事。竟有豪门显客，你要抢先，我不让后，一天，互殴之下，出了一场人命。虽经有力者代他解脱，金钱方面，却已化费不少。他灰了心，便出门远游，以避烦嚣。路过太仓地方，郡守阎公，定要他做太仓县令，他情不可却，只得应命，做了一任，也无积蓄，未几辞职，就在太仓住下。谁知又遇着一个退职阉官，硬要拜他为师。他恶此人心术不正，不敢招接，已经结下冤仇。没有几天，邻居老妪，病已重危，求他诊视。他按脉之后，对老妪之子说："此病是个不起之症，除非破腹洗心，方能有效，惟治后必要心痛三日，痛时切忌饮水。"老妪自愿如命。岂知医治之后，老妪心痛难熬，私下呷了几口冷水，不到半日，癫狂而死。老妪之子，本是那个退职阉宦的爪牙，便去力求阉宦，要他代母伸冤。那个阉宦正中下怀，就把淳于意押送有司问罪。有司还算念淳于意是位名医，不办死罪，

仅谳肉刑。又因他曾任县令,未忍擅加刑罚,申奏朝廷,听凭皇帝主裁。

那时正是文帝十三年,文帝见了此奏,即命将淳于意押送长安。淳于意本无子嗣,只有五个女儿,起解之日,都来送父,环绕悲泣,苦无救父之法。淳于意见此情形,便仰天长叹道:“生女不如生男,缓急毫无所用。”淳于意说完此话,伯仲叔季四女,仍是徒呼负负;独有少女缇萦听了,暗中自忖道:“吾父懊悔没有儿子,无人救他,我却不信,倒要拼拼性命,总要吾父不白生我们才好。”她想完之后,草草收拾行装,随父同行。当时淳于意还阻止缇萦道:“我儿随我入都,其实亦无益处,大可不必!”缇萦也不多辩。

一日到了长安,淳于意自然系入狱中,待死而已。文帝尚未提讯淳于意,忽接其女缇萦上书为父呼冤。书中要语是:

> 妾父为吏,齐中尝称其廉平。今坐法当刑,亡伤,夫死者不可复生,刑者不可复属,虽欲改过自新,其道莫由,终不可得!妾愿没入为官婢,以赎父刑罪,使得改过自新也。

文帝阅毕,不禁恻然。

可巧窦皇后、慎夫人等人,适得一盆奇花,即在御园清风亭上,设下御宴,欲替文帝上寿。文帝入席之后,偶然谈及缇萦上书救父之事。慎夫人道:“孝女救父,万岁如何办法?”文帝道:“淳于意的狱事,情尚可原;今其女既愿以身代父,朕当准许。但未知缇萦的相貌如何呢?”慎夫人听了,就将柳眉一竖道:“陛下此言差矣!缇萦既是孝女,哪得问她相貌美恶?婢子敢问陛下,是不是准否的标准,要在她的相貌中定意旨么?”文帝听了,急以手笑指慎夫人道:“汝此语说得真是挖苦朕了,朕不是已经说过准她赎父么?汝怎么说朕似乎以她相貌美恶,方定准否呢?”慎夫人道:“原来如此,陛下的准许,乃是准缇萦代父赎罪。她既有愿为官婢之言,陛下莫非要以孝女作妃子么?以婢子之意,天下不乏美人,缇萦无论如何美法,万不可糟蹋孝女。”窦皇后在旁接口笑道:“慎夫人之言,真是深识大体!她既声请陛下另选美妃,更是情法兼尽。陛下何不准奏,做个有道明君呢?”文帝听了,呵呵大笑道:“你们二位都是圣后贤妃,朕也不敢自己暴弃,硬要学那桀纣。”慎夫人不待文帝说完,慌忙一面下席谢恩。一面便代文帝传旨,不但赦免淳于意之罪,而且还免缇萦入宫为婢。

文帝原是一位明主,一笑了事,并不责备慎夫人擅自作主。连这天的一席酒,也吃得分外有兴。事为薄太后所知,赞许窦后、慎妃知道大理,皇帝从善如流,更是可嘉,一个高兴,便扶了宫娥,来至席间。文帝一见母后有兴,自己今天所做之事,且有面子,慌忙扶了太后入席,奉觞称寿。薄太后入席之后,即命人取黄金二千斤,分赐窦后、慎妃二人,文帝反而没赏。文帝笑着道:“母后何故偏心,厚媳薄子,使臣儿也得点赏赐呢?”薄太后听了,也微笑答道:“皇帝幸纳她们

二人之谏，不然，为娘还要见罪，哪得希望赏赐？”慎夫人接口奏道：“太后也要奖许皇帝。皇帝果因不纳谏言，而妃孝女，就是太后见罪，似乎已经晚了。”薄太后听了道：“此言不无理由。”即赐文帝碧玉一方，又赐慎夫人明珠百粒。

次日，文帝又诏令废去肉刑。那天诏上之语是：

诗曰：恺悌君子，民之父母。今人有过，教未施而刑已加焉；或欲改过为善，而道无由至。朕甚怜之！夫刑至断肢体，刻肌肤，终身不息，何其痛而不德也！岂为民父母之意哉？其除肉刑，有以易之！

文帝下诏之后，便命廷臣议办。正是：

莫谓都中来孝女，还须宫内有贤妃。

不知后事如何，且听下回分解。

第三十三回　掷棋盘太子行凶　退奏折相公呕血

却说丞相张苍等奉诏之后，议定刑律，条议上闻。原来汉律规定肉刑分为三种：一种谓之黥刑，就是脸上刺字；一种谓之劓刑，就是割鼻；一种谓之断左右趾刑，就是截去足趾。这三种刑罚，不论男女少壮，一经受着，身体既是残毁，还要为人类所不齿。虽欲改过自新，但是已受刑伤，无从恢复，成了终身之辱。当下所改定的是：黥刑改充苦工，即城旦舂之罚；劓刑改笞三百；趾刑改笞五百。笞臀虽是不脱肉刑，究竟受刑之后，有衣遮体，不为人见，除查案才能知道外，旁人可以瞒过。汉朝第一代皇后吕雉，即受过此刑。总而言之，一个人不犯刑罚才好。刑于之人，就是轻些，也不过百步与五十步的比较。当时这样的一改，面子上虽是文帝的仁政，其实还赖孝女缇萦，那句刑者不可复属的一语，虽知自从改轻肉刑之后，不到两年，天下方庆文帝的圣德，宫中太子，又犯了刑章。

先是齐王刘襄，助诛诸吕，收兵回国，未几弃世；其子刘则，嗣立为王，至文帝十五年，又复病逝，后无子嗣，竟致绝封。文帝不忘前功，未忍撤消齐国。但记起贾谊的遗言，曾有国小力弱的主张，乃分齐地为六国。尽封悼惠王刘肥六子为王，长子刘将闾，仍使王齐，次子刘志为济北王，三子刘贤为菑川王，四子刘雄渠为胶东王，五子刘印为胶西王，六子刘辟光为济南王。六王同日受封，悉令就镇。惟有吴王刘濞，镇守东南，历年已久，势力充足。又因既得铜山铸钱，复煮海水为盐，垄断厚利，国愈富强。文帝在位，已十数年，刘濞并未入朝一次。

是年遣子吴太子贤入觐，就与皇太子启，游戏相争，自取祸殃。皇太子启，与吴太子贤，本为再从堂兄弟，素无仇怨，那时又奉父皇之命，陪同吴太子贤游宴，自然格外谦抑。起初几日，并无事端发生。盘桓渐狎，彼此就熟不知礼起来。一日，吴太子贤，喝得大醉，要与皇太子启，赌棋为乐。皇太子启，原是东道主人，哪有拒客所请之理，当下摆上棋盘，二人东西向的对坐。吴太子贤，入宫时候，带有一位师傅，出入相随，顷刻不离左右。于是吴太子贤的师傅，站在左边，东宫侍官，站在右边。各人心理，都望自己主子占胜，虽属游玩小事，倒也忠心为主，参赞指导，不肯一丝放松。两位太子，那时也凝神注意的，各在方罫中间，各圈地点，互相争胜。皇太子启不知怎的错下一子，事后忙想翻悔改下。吴太子贤，认为生死关头，哪肯通融。弄得一个要悔，一个不许的时候，吴太子贤的师傅，又是楚人，秉性强悍，自然帮着他的主子力争。还有同来的一班太监，更是没有脑筋的，大家竟将一件游戏消遣之事，当作争城夺地的大举起来。你一言，我一语，硬说皇太子启理曲，一味顶撞，全无礼节。皇太子启，究是储君，从来没有受过这般委屈，一时怒从心上起，恶向胆边生，说时迟，那时快，皇太子启，顺手提起棋盘，就向吴太子贤的脑门之上掷去。吴太子贤一时躲让不及，当下只听得砰的一声，吴太子贤，早已脑浆迸出，死于非命。当时吴太子贤的师傅，一见其主惨死，回国如何交代，一急之下，也不顾凶手乃是当今太子，他便大喝一声，就用那个棋盘，要想回掷皇太子启起来。幸有东宫侍从各官，拼命保护皇太子启逃进内宫，哭诉文帝。

文帝爱子心切，一面命他退去，一面召入吴太子贤的师傅，温语劝慰，命他从厚棺殓，妥送回吴。刘濞见了，又是伤痛，又是气忿，于是向文帝所派护送棺木的使臣，大发雷霆道："太子虽贵，岂能杀人不偿性命？主上对他儿子，犯了人命，竟无一言，只将棺木送回，未免太不讲理！寡人不收此棺，汝等仍旧携回长安，任意埋葬便了。"使臣无法，只得真的携回。文帝闻报，无非从优埋葬了事。

吴王自此心怀怨恨，渐渐不守臣节。有人密奏文帝，文帝因思此事，错在自己儿子，吴王虽然不守臣礼，但是因激使然，倒也原谅他三分。吴王因兄文帝退让不究，反而愈加跋扈。他的心理，自然想要乘机造反。

幸有一位大臣阻止，方始暂时忍耐。这位大臣是谁？就是曾任中郎将的袁盎。原来袁盎为人，正直无私。不论何人，一有错事，他就当面开发，不肯稍留情面。因此文帝恶他多事，用了一个调虎离山之计，把他出任陇西都尉，不久，迁为齐相，旋为吴相。照袁盎平日的脾气，一为丞相，势必与吴王刘濞冲突，何能相安至今？其中却有一层道理。

他自奉到相吴之命后，有一个侄子，名唤袁种，少年有识，手腕非常灵敏，本为袁盎平日所嘉许的。袁种便私下劝他叔父道："吴王享国已久，骄倨不可一

世，不比皇帝英明，能够从善如流。叔父遇事若去劝谏，他定恼羞成怒，叔父岂不危险？以侄之意，叔父最好百事不问，只在丞相府中休养。除了不使吴王造反之外，其余都可听之。”袁盎听了，甚以为然。相吴之后，果照袁种之言办理。吴王本在惧他老气横秋，多管闲事；及见袁盎百事不问，只居相府，诗酒消遣，倒也出于意外。君臣之间，因是洽融。迨皇太子启掷死吴太子贤的祸事发生，袁盎早已料到吴王必要乘势作乱，于是破釜沉舟地譬解一番。吴王因他近在左右，万难贸然发难，只得勉抑雄心，蹉跎下去。此事暂且搁下。

单说匈奴的老上单于，自从信任中行说以来，常常派兵至边地扰乱。其时汉室防边之计，皆照龟错条陈办理总算没有甚么巨大的损失。没有几时，老上单于病死，其子军官单于即位，因感汉室仍遣翁主和亲，不愿开衅。无奈中行说再三怂恿，把中原的子女玉帛，说得天花乱坠，使他垂涎。军官单于，果被说动，遂即与兵犯塞，与汉绝交。那时已是文帝改元后的六年冬月。匈奴之兵，两路进扰：一入上郡，一入云中。守边将吏，慌忙举起烽火，各处并举，火光烟焰，直达甘泉宫。

文帝闻警，急命三路人马，往镇三边：一路是出屯飞狐，统将系中大夫令勉；一路是出屯句注，统将系前楚相苏意；一路是出屯北地，统将系前郎中令将武。并令河内太守周亚夫，驻兵细柳；宗正刘礼，驻兵灞上；祝兹侯徐历，驻兵棘门。

文帝还不放心，亲自前往各处劳军，先至灞上，次至棘门。只见两处，非但军容不整，连那统将，日已过午，犹是高卧帐中，及见文帝御驾入内，方始披衣出迎。那种慌张偈促之状，甚觉可笑。文帝当场虽不见责，心里很不高兴。嗣至细柳营，尚未近前，已见营门外面，甲士森列，干戈耀目，仿佛如临大敌一般。文帝便命先驱传报，说是车驾到来。岂知那班甲士，一齐上来阻住。先驱再三声明，那班甲士始答道：“我等并非不敬天子，实因军中以统将为主。若无统将命令，虽是天子，亦不敢违令放入。”先驱回报文帝，文帝大赞亚夫的军纪严肃，乃取出符节，命使先见亚夫。亚夫见了来使，亲自出迎，谒过文帝，首先奏道：“臣曾有将令在先，军中无论何人，不得驰驱，伏望陛下将车驾缓缓入营。”文帝依奏。入内之后，又见弓张弦，马上辔，虽非御敌，悉有准备。于是正想用手去拍亚夫之肩，奖许他的当口，突然几个军士，急把兵器前来掩护主将的身体。亚夫见了，一面挥手忙令退去，一面又奏道：“这也是臣平日将令的一项，臣在军中，不论谁何，不准近臣之身。”文帝点头笑道：“这才称得起是位治军的真将军呢！”当下纵谈一刻，即便出营，坐在车上，回视营门，肃然如故，另有一派军威。乃语侍臣道：“像灞上、棘门两处的兵士，恐怕敌人入营，他们主将被擒，大家尚未知晓呢！”

是日，文帝回到宫中，把周亚夫治军有方的好处，讲与薄太后、窦后、慎妃等

人听了，当下窦皇后先说道："周亚夫虽然军令严肃，对于天子，究竟有些失仪。"慎夫人道："皇后所言，乃是太平时代。这末将在外，君命有所不受的那句说话，又作怎么样解释呢？"薄太后插口道："皇后的说话，乃是知礼；皇妃的说话，乃是知机，二人均有道理。"说着，便想取金赐与亚夫。慎夫人道："现在边患未靖，且俟有功，再赏未迟。"薄太后又以为是。

过了几时，文帝接到边吏奏报，说是匈奴听得朝廷命亚夫为将，吓得收兵回国去了。文帝喟然道："如此，可见命将的事情，不可不慎了。"即以黄金千斤赐与亚夫，并擢为中将。原来周亚夫就是绛侯周勃的次子。周勃二次就国，未几即逝，长子胜之袭爵。次子亚夫，为河内太守。就任之日，闻得素擅相术的老妪许负，年纪虽大，还在代人看相，以定吉凶，特将她邀到署内，令她看相。许负默视良久道："君的贵相，岂止郡守！再俟三年，还有封侯之望。八年以后，出将入相，为第一等的人臣。可惜结果不佳！"亚夫道："君子卜凶不卜吉，我莫非要正国法不成。"许负摇首道："这却不至如此。"亚夫定要她说个明白。许负道："九年过得甚快，何必老妇此时哓哓呢！"亚夫笑道："相已生定，即示先机，有何紧要？"许负听了，方始微笑答道："依相直谈，恐君将来饿死。"亚夫听了更大笑道："此话我便不甚相信了，我兄现下承袭父爵，方受侯封。即使兄年不永，自有兄子继续，那个侯封也轮不到我的身上。果如汝言，既封侯了，何致饿死？这就真正费解了！"许负听了，也笑答道："老妇掳相论相，故敢直言。"说着，即用手指亚夫口边道："这里有直纹入口，谓之饿死纹，法应饿死。但究竟验否，人定胜天，能够善人改相，也未可知。"亚夫还是半信半疑。

说也奇怪，到了三年之后，胜之忽坐杀人罪，竟致夺封。文帝因念周勃有功，亚夫得封条侯，至细柳成名，进任中尉，就职郎中，那个时候，差不多要入预政权了。又过年余，文帝忽然得病，医药罔效，竟至弥留。皇太子启，入侍榻旁。文帝嘱咐太子道："环顾盈廷诸臣，只有周亚夫缓急可恃。将来若有变乱，尽可使他掌兵，毋须疑虑。"皇太子启，涕泣受命。

时为季夏六月，文帝驾崩，享年四十有六。文帝在位二十三年，总算是位守成之主，惟遗诏令天下短丧不循古礼，是他的缺点。其余行为，似无可以指摘之处。文帝既崩，皇太子启即位，是谓景帝。尊薄氏为太皇太后、窦氏为皇太后。又命群臣，恭拟先帝庙号。当下群臣复奏，上庙号为孝文皇帝。丞相申屠嘉等又言功莫大于高皇帝，德莫大于孝文皇帝，应尊高皇帝为太祖，孝文皇帝为太宗，庙祀千秋，世世不绝。景帝依奏。又奉文帝遗命，令臣民短丧，匆匆奉葬霸陵。是年孟冬改元，称为景帝元年。

廷尉张释之，前因景帝为太子时，与梁王共车入朝，经过司马门未曾下车，曾有劾奏情事。今见景帝即位，防他记恨，自然心中忐忑不安，便去向老隐士王

生问计。王生善治黄老之术，名盛一时，满朝公卿，多半折节与交，释之平时，亦在其列。当时王生见释之问计于他，他便高举一足，笑向释之说道："我的袜线已破，尔先为我结好，再谈此事。"释之素钦其人，并不嫌他亵渎自己，真的长跪屈身，替他结袜，良久结成。王生又笑道："尔的来意尚诚，且平日极端敬我，不得不为汝想一解难之策。"释之听了大喜，问其何策。王生道："汝既惧皇帝记起旧事，不如趁他没有表示之先，自去谢罪。"释之听了，果然依他之话，入朝面向景帝请罪。景帝口头虽是叫他勿忧，朕于公私二字，尚能分得清楚；其实心里不能无嫌，不到半年，便将释之外放为淮南相，另以张欧为廷尉。

张欧曾为东宫侍臣，治刑名学，甚有根蒂，素性又来得诚朴，不尚苛刻，群吏倒也悦服。一天，景帝问张欧道："汝作廷尉，虽然为日无多，每日平均计算，可有几件案子？"张欧奏答道："十件八件，未能一定。若是太多，也只好慢慢儿鞫问，急则恐防有冤屈的事情。"景帝又问道："男女犯法，都是一律治罪的么？"张欧道："是一律的。"景帝道："朕思妇女以廉耻为重，裸体受笞，似乎不雅，朕想免去笞刑。"张欧道："从前丞相萧何逝世，曹参继职，不改旧法，因此有萧规曹随的美誉。我朝刑律，几费经营，方有如此成绩，似乎未可轻率更改。至于陛下恐怕妇女裸责贻羞，乃是帝怀仁厚，惟有罪者方受刑责，清白妇女，何至来到公庭？凡到公庭受责的妇女，都是亲自招供的，即使贻羞也不能怪人。"景帝听了，虽不废去笞刑，却也将应笞五百的减为三百，应笞三百的，减为二百。张欧断狱，又能持平，于是风闻四海，歌颂不息。

次年夏天，薄太皇太后无疾而终，葬于南陵。先是薄太后有一位侄孙女，曾经选入东宫，为景帝妃子，景帝并不钟爱。只因太后面上，不好交代，敷衍而已。及景帝即位，不得不立她为皇后，更立皇子刘德为河间王，刘阏为临江王，刘余为淮阳王，刘非为汝南王，刘彭祖为广州王，刘发为长沙王。长沙旧为吴氏封地。文帝末年，长沙王吴羌病殁，无子可传，撤除国籍，因将其地改封少子。这且不提。

单说有位晁错，他本是景帝为太子时的家令，因在文帝十五年献策称旨，授为中大夫之职。景帝即位，自然因为旧属的情感，升为内史，屡参官议，景帝事事采纳。因此之故，朝廷法令，渐渐更变，盈廷诸臣，无不侧目。丞相申屠嘉，更是嫉视，只因景帝宠眷方隆，无可如何。一天，可巧拿着晁错一样错处，正欲借此问罪，于是连夜秘密办好奏折，以便次日上朝面参。谁知晁错，还要比申屠嘉占先，一听这个消息，马上夜叩宫门，入见景帝，伏地口称死罪，臣不能侍奉陛下了。景帝听了，也吃一惊，问他："何故如此？"晁错方才奏道："内史署紧靠太上皇庙，臣因出入不便，私将太上皇庙的一道短垣拆除，筑成直路。本待工程完竣，即来奏知。顷间有人密报，说道丞相申屠嘉，业已办好参折，明日上朝便要

将臣问斩，是以臣连夜来见陛下，未知陛下能够赦臣之罪否？”景帝听了微笑道：“朕道甚么大事，汝放心回去，朕知道就是。”晁错自然大喜，谢恩回署。

次日，景帝视朝，申屠嘉果然递上一折，请景帝立斩晁错，以为大不敬者戒。景帝略略一看，便把那本折子，退还申屠嘉道：“此是朕命晁错如此办的，相国不要怪他擅专！”申屠嘉碰了一个暗钉子，于是满面含羞地回至相府，不到三天，呕血而死。

后人批评是：晁错擅拆太庙，自然有罪；景帝偏袒倖臣，也非明主；申屠嘉身为相国，一奏不准，何妨再奏，若非谋乱等事，也只好顺君之意，以便慢慢劝谏，引君为善。今竟一怒呕血而死，他的度量，未免太窄了。这番说话，却也讲得公平。

那时景帝一见申屠嘉已死，赐谥曰“节”。便升御史大夫陶青为丞相，升晁错为御史大夫，当时就引动一个已黜之臣，上书辩冤。正是：

拍马不知侵太子，吹牛反去怪廷臣。

不知此人是谁，且听下回分解。

第三十四回 铜山不富饿死黄头郎 翠戒为媒强奸赤足妇

却说丞相申屠嘉既死，忽然引动一个被黜之臣，上书景帝要想辩冤。谁知此人不辩倒还罢了，这一辩，更比不辩还要不妙。此人究竟是谁呢？乃是文帝时代的一位宠臣，姓邓名通，蜀郡南安人氏。本无才识，只有水里行船，是他专长。后来遇见一个同乡，正充文帝的内监，在宫中虽无权力，推荐个把小小官儿，似乎力尚能及。当下收了邓通一份重礼，便代邓通谋到一个黄头郎的官衔。——汉制御船水手，都戴黄色帽子，故有是称。——邓通得了此职，倒也可谓幼学壮行，每日照例行事，他心中并不希望甚么意外升迁。

岂知时运来了，连他自己也意想不到。先是文帝夜得一梦，梦见自己身在空中，距离灵霄宝殿，不过数丈，正想腾身再上，不料力量不够，几乎掉下地来。那时忽见一个头戴黄帽之人，也在空中，见他无力上升，赶忙飞身近前急用双手，托着文帝双足，向上尽力一推，文帝方得升到天上。当时心感其人，俯视下面，仅见此人的一个背影，衣服下盖，似有一个极大的窟窿，正想唤他，耳边已是鸡声报晓，一惊而醒，文帝回忆梦境，历历在目，又暗忖道：“这梦非常奇突，此人

既来助朕,必是江山柱石之臣。但是他的面貌姓名,一无所知,叫朕何处寻觅他呢?”文帝想到这里,没有办法,只得暂且丢过一边。这天视朝之后,便在各处游玩,希望能够遇见夜梦贤臣,也未可知。游了一番,各处并无其人,后来行过渐台的当口,遥见有百十名黄头郎方在那儿打扫御船,文帝一见那班人所戴之帽,正与梦中所见的相符,不禁心中大喜。即吩咐内监道:“朕今天要点御船水手的花名,速去传旨。”内监虽然不知其意,只得诺诺连声答应。顷刻之间,那班水手,都已齐集一起。文帝又命未曾应点的,统统站在左边,点过的站在右边。文帝坐了临时御案,点一名,就向他们身上,由上而下地察看一名。及至全数点毕,只见帽子,虽然同是黄色,下面衣盖,都是完全无缺,并未见衣有窟窿的水手,忙问左右道:“御船水手,都齐全了么?”左右因问大众,大众答道:“还有一个,现请病假,因此未到。”文帝道:“速将此人召来。”等得此人扶病而至,文帝见了,命他背转身去。那人听了,大大一吓,一时没有法子,只得扑的跪下,老实奏道:“臣有重病,卧在寓中,匆匆应召,未曾更换衣服。”文帝不待此人辞毕,仍命起来背立。谁知不看犹可,一看他的下面衣盖,真的一个大洞,正与梦中所见,一丝不差。文帝既已觉到此人,也不多言,问过姓名,即擢为御船船监之职。这个船监,便是首领。

邓通忽逢奇遇,自然喜出望外。究竟怎么有此奇遇,可怜连他自己也莫名其妙。幸而他虽没有本事,却有拍马功夫,不到两年,已升到大中大夫之职。朝中各臣对于邓通,倒还罢了,独有丞相申屠嘉,大不为然。

一天,可巧邓通因事失仪,申屠嘉捉着把柄,立请文帝把他正法。文帝心有成见,哪里肯听,当下便向申屠嘉微微冷笑一声道:“相国未免太多事了,朕知盈廷诸臣,失仪的也很多,相国单单只注意邓通一个,莫非因为朕太宠任他么?”申屠嘉听了,慌恐免冠叩首谢罪,回家之后,只得另想别法,收拾邓通。文帝背后也叮嘱邓通,以后须要遇事谨慎,不可被丞相拿着短处。邓通原是拍马人材,往后对于申屠嘉,非但不敢唐突,且去巴结。申屠嘉见他既已服软,便即罢休。又过几时,文帝复擢邓通为上大夫。

那时朝中一班公卿,正在大谈相术,许负以外,尚有吴曼珠、洪承娇、广元仙、文官桓诸人,都是精于相人之术,颇有奇验。文帝既宠邓通,也将吴曼珠召入内廷,命她替邓通看相,曼珠为灞上人,夫死守节,已有二十多年,平时以相术营生,言必有中,因而致富。某日,建造住宅,她所用的泥木两匠,都拣面有福相的才用。她说:“有福相的匠人,宅成之后,家可大富。”后来果然营业鼎盛,每日有十斤黄金的进益。她既富有,趋之者更是若惊,连中郎将袁盎,那般正直的人,也会十二分信她。她那天入宫之后,见过文帝。文帝指邓通语之道:“此是新任上大夫,对朕很为尽忠,汝可将他仔细一看。”曼珠奉了圣谕,便将邓通脸上

端详一番，当下摇着头奏道："邓大夫之相，实在不佳。"文帝道："怎样不佳呢？"曼珠听了，迟疑半晌道："面有穷相，恐怕饿死。"文帝听了，大为不悦，叱退曼珠，愤然谓邓通道："朕欲富汝，有何繁难。就是天要饿死汝身，朕也要与天争一争呢！"说完，即下一诏，竟把蜀郡的严道铜山，赐与邓通，并准他私自铸钱，等于国币。原来汉高帝开国，因嫌秦钱太重，每文约有半两，即命改铸英钱，每文仅重一铢半，径五分，形如榆策之式。当时民间因为钱质太轻，物价陡然奇涨，白米竟售到每石万钱。文帝乃改铸四铢钱，并除去私铸之令。

贾谊、贾山，次第上书谏阻，文帝不纳。因此吴王刘濞，觅得故鄣铜山，自由设局大铸。因而富已敌国。后来邓通也有铜山铸钱，与吴王东西对峙。当时东南多用吴钱，西北多用邓钱，吴王尚有国用开支；邓通乃是私人，入而不出，其富不言可知。邓通既已暴富，当然感激文帝。

汉朝宫廷秘史

一天，文帝忽然病痔，溃烂不堪，脓血污秽，令人掩鼻。每日号叫痛楚，声不绝口，医药无效，巫卜无灵。上自太后，下至妃嫔，无法可想。乃悬重赏，若能医愈文帝之痔者，富贵自择。为日既久，一无应命之人。

邓通见此情形，自然双眉深锁，叹气不已。他的爱妾麻姑问他道："君已富贵至是，尚有何愁？"邓通始将文帝患痔，无法止痛之事告之。麻姑听了道："妾有一法，封于此症，平日屡试屡验，惟恐君不肯做；若是肯做，必有九分把握。"邓通听了，乐得不可开交，拉着麻姑的手问她，甚么法子，只要能够立时止痛，我必定替你大置钗饰。麻姑听了，笑答道："君从前为黄头郎的时候，不是应许过我百粒明珠的么？至今尚未如约，现在又来骗我。"邓通道："我现有铜山铸钱，人称活财神，你还愁甚么？你快将法子教我要紧。"麻姑听了，尚未开言，忽双颊泛红云，羞涩之态，不可言语形容。邓通见了大奇道："你与我夫妇三年，恩爱已达极点，还有何事怕羞呢？你快快说吧。"麻姑至是，始含羞说道："妾前夫也患此症，应时痛得无法可治，妾偶然替他吮去痔上脓血。谁知真有奇效，吮的当口，非但立刻止痛，大约三四十次之后，其病霍然而愈。不过吮的时候既腥且臭，其味难闻，势必至于恶心，若恶心就不能够吮了。"邓通听了道："他是皇帝，又是我的恩人，这点事情，哪好再嫌肮脏。"说完，连夜出府入宫。

当下就有内监阻止他道："邓大夫不得进入寝宫。皇后皇妃吩咐过的。"邓通发急道："我是前来医主上病的，不比别样事情，你们哪好阻我？"内监听了，慌忙报了进去。慎夫人忙站至窗口问邓通道："皇上已经痛得昏厥数次，邓大夫若是寻常之药，仍恐无益。"邓通隔窗奏道："娘娘且让臣进房，再当面奏。"慎夫人知道邓通素为文帝宠任之人，便让他进去。

邓通进房，看见文帝躺在御榻，真的痛得已是奄奄一息，那时也顾不得再去与后妃行礼，赶忙走至榻边，向伺候的宫女道："诸位请将万岁的被服揭开，帮同

褪去下衣，我要用口吮痔。”邓通尚未说完，薄太后、窦皇后、慎夫人三个，在旁听得，连忙岔嘴道：“这个法子尚未用过，或者有效，也未可知。不过亵渎大夫，于心未免有些不安。”邓通一面客气几句，一面便去用嘴替文帝吮痔。

说也奇怪，他只吮了几口，文帝已经可以熬痛。先时是闭着眼睛，侧身朝里睡的，此时知道有人用嘴吮他痔上的脓血，复用舌头舐了又舐，随吮随时止痛，不便动弹，单问慎夫人道：“吮痔的是谁！”此时邓通嘴上因有工作，当然不能奏对。慎夫人趋至榻前，向文帝说道：“替陛下吮脓血的是上大夫邓通。陛下此刻毋须多问，且让他吮完再说。”文帝听了，便不言语。

直待邓通吮毕，文帝痛既止住，身上如释重负，始回转头来，向外对邓通言道：“你如此忠心，总算不负朕的提拔。你就在此专心办理此事，所有后妃，毋庸回避。”邓通当夜连吮数次。

文帝自然欢喜，复问邓通道：“你说何人，对朕最为亲爱？”邓通道：“父子天性，臣想最亲爱陛下的人，自然是皇太子了。”文帝听了，尚未答言。

可巧太子启进来问疾，文帝便命太子候在榻前。过了一阵，痔上的脓血，又长出来了，文帝就命太子替他吮痔。太子起初嫌憎肮脏，不肯应命，后见窦后暗暗示以眼色，只得跪在榻前，嘴对文帝肛门，去吮痔上脓血。只吮了一口，马上一个恶心，呕吐起来。

文帝见了，面上已现怒色。慎夫人知趣，忙借故使太子退出。

太子出去，悄悄立派内监探听吮痔之事，是由何人作俑。内监探明回报，太子记在心上。后来即位，首先就把邓通革职，并且追夺铜山。

邓通不知景帝怪他吮痔献媚，把他革职，反疑申屠嘉与他作对。平常每向朋从吹牛，他说只要丞相一走，他就有复职希望。故而一见申屠嘉逝世，马上上书辩冤，还想做官。

景帝本来恨他，不去问他死罪，还是看在先帝面上，及见他不知悔过，竟敢上书渎奏，于是把他拘入狱中。审讯时候，邓通始知有人告他私铸铜钱。邓通虽是极口呼冤，问官仰承上意，将他的家产，统统充公，仅剩了妻妾三个光身。一位面团团的富翁，一旦竟和乞丐一样。

还是馆陶公主，记着文帝遗言，不使邓通饿死，略为周济。谁知又为内监尽入私囊，邓通分文不能到手，后来真的饿死街上，应了曼珠之言。

那时朝中最有权力的，自然就是晁错。一天暗暗上了一本密奏，请削诸王封地，并以吴王刘濞为先。景帝平日念念不忘的就是此事，今见晁错此奏，正中下怀，即命廷臣议削吴地。吴王刘濞，闻知其事，乃谓群臣道：“皇帝当年打死寡人之子，寡人正想报仇，他既前来寻事，寡人只好先发制人了。”于是联络胶西王刘印。刘印又纠合齐、菑川、胶东、济南诸国，刘濞又自去纠合楚、赵、闽越、东越

诸国,一共起事。当时诸侯共有二十二国,与刘濞共图发难的不过七国,哪里是地广兵多天子的对手?景帝便命周亚夫为将。亚夫原是将材,昔日已为文帝所许,率兵出伐。不到三月,果然吴王刘濞兵粮不足,一战死之。其余六国,也为景帝另派之将所平。景帝既平乱事,理应重赏晁错才是,谁知景帝怪他存心太毒,诸王之反,说是他激变的,一道密旨,竟将晁错腰斩。晁错自命博学多才,死得这般可惨,一半是他聪明误用,一半是景帝残忍不仁,两有不是,不必说它。

是年景帝,立其子刘荣为皇太子。刘荣本是景帝爱妃栗氏所出,年虽幼稚,因母得宠,遂为储君,当时的人,都称他为栗太子。其母栗氏,一见其子已作东宫,遂暗中设法,想将皇后薄氏挤去,俾得自己正位中宫。薄皇后既是无出,又为景帝所不喜,不过看太皇太后薄氏面上,权立为后,原是一个傀儡。一经栗氏倾轧,怎能保住位置?挨到景帝六年,薄氏果然被废。当时宫中诸嫔,总以为继位正宫的人,必是栗氏。岂知事有不然,原来景帝的妃嫔,除了栗氏之外,最受宠的还有一对姊妹花,王氏姝儿、樱儿二人。

二人之母,名叫臧儿,为故燕王臧荼的孙女,嫁与同乡王仲为妻,生下一子二女:子名王信,长女名娡,小字姝儿,次女名息姁,小字樱儿。不久,王仲病殁,臧儿不安于室,挈了子女,转醮长陵田家,复生二子:长名田蚡,幼名田胜。姝儿长成,嫁与金王孙为妇,亦生一女,名唤帐钩。臧儿平日最喜算命,每逢算命,无不说她生有贵女。一天姝儿归宁,可巧有一位名相士,名叫姚翁的,为同邑某富翁聘至。臧儿因与富翁的仆妇为友,辗转设法,始将姚翁请到她的家里。姚翁一见姝儿,大惊失色道:“此地怎有这位贵人,将来必作皇后,且生帝子。”续相樱儿,亦是贵相,不过不及乃姊。当下臧儿听了,暗想:“姝儿已嫁平民,怎会去做皇后,难道金婿,将来要做皇帝不成?本朝高祖,虽是亭长出身,后来竟有天下。可是金婿,貌既不扬,才又不展,如何能够发迹?”臧儿想了半天,明白转来,方才晓得姚翁无非为骗金钱,信口雌黄而已,于是便将这事丢开。

姝儿在家住了几天,依然满心欢悦。回到夫家,忙对其夫金王孙笑说道:“我在娘家,有一位姚翁,乃是当今的名相士。他说我是皇后之命,异日还要生出帝子呢!”金王孙本是一介平民,人又忠厚,听了他妻之言,吓得慌忙双手掩了耳朵道:“我的脑袋,尚想留着吃饭,我劝你切莫乱说,造反的事情,不是玩的。”姝儿被她丈夫这般一说,一团高兴,也只得付诸流水。她虽打断作后思想,可是她却生得貌可羞花,才堪咏絮。每日揽镜自照,未免懊悔所适非人。

有一天,姝儿赤了双足,方在田间下秧,忽来一个无赖之子,调戏她道:“我听见人说,金嫂是位皇后之命,今天还在这里撩起雪白大腿,赤足种田,如何能够为后?不如嫁我为妻,定能达到目的。”姝儿明知此人调戏自己,故意问他道:“难道你会做皇帝不成?”无赖子听了,轻轻地答道:“我想前去作盗,成则为王,

败则为寇，皇帝就是做不成，平头王总做定的了。”姝儿见他满口胡言，俯首工作，不去睬他。无赖子没有意思，即在身边，摸出一只翡翠戒指，朝姝儿脸上一扬道：“你看此戒的翠色好么？你若中意，可以奉赠。”姝儿本是赤穷人家，妇女又以珠翠为性命的，一见此戒，翠色可爱，顿时换了一副笑容答道：“你肯见赠，我当以自织的细布相报。”无赖子听了，便将姝儿诱至荒塚旁边，并坐谈天道：“此戒足值百金，本来非我所有，前日邑中某富翁做寿，我去磕头，无意之中拾得的。”姝儿一听此戒价值昂贵，心里更加艳羡道：“你说赠我，我怕你有些舍不得罢！”无赖子答道：“你不必用激将法，我是有心赠你的。”说着，真的把那只戒指递到姝儿手内。姝儿平生从未戴过这种贵重东西，一时接到手内，便情不自禁地向无赖子嫣然报以一笑。无赖子就在此时，趁她一个不防，一把拥入怀中，强奸起来。姝儿力不能抗，叫喊出来，更是害臊：心中几个念头一转，早已失身与这个无赖子了。

次日，邑中小儿，便起了一种歌谣道：“一只翠戒易匹布，荒塚之旁委屈赤足妇，皇后勿自误！”姝儿听了，羞得躲在家中，不敢再往田间工作。好在那只戒指，却也价值不赀，以之遮羞，还算值得。过了几时，事为金王孙所知，责她不知廉耻。本想将她休回娘家，后又爱她美貌，不能割爱，模糊了事。

姝儿虽为其夫所容，却被邻人讪笑，正在无以自解的时候，邑中忽然到了几位过路的内监。姝儿探知其事，急急归宁，去与臧儿商酌。正是：

生成虽有中宫相，发迹还为内监恩。

不知姝儿与其母，究竟所商何事，且听下回分解。

第三十五回　万劫仙姑宥赦左道　再醮民妇正位中宫

三椽草屋，斜日沉沉；一带溪流，凉泉汩汩。满树蝉声，借熏风以入耳；半窗水影，摇翠竹而清心。鸡声犬吠，村里人家；鼎沸烟香，画中佛像。却说此时一位半老徐娘，方在喃喃念经，旁立一个标致少妇，正在与之耳语。这位徐娘，就是臧儿。她见姝儿忽又归宁，免不得看她总是一位后相，满心欢喜的，用手一指，叫她稍歇。因为自己口里正在念经，无暇说话。谁知姝儿已等不及，急把嘴巴凑在她娘耳边，嘁嘁喳喳地说了一会儿。

臧儿尚未听完，早已喜得心花怒放，也顾不得打断念经是罪过的，即拦断她

女儿的话头道："我儿这个法子，妙极无疆，倘能如愿，恐怕你真有皇后希望。只是我们娘儿两个，衣衫褴褛，穷相逼人，如何能够见得着那几位过路的公公呢?"姝儿微笑道："事在人为，即不成功，也没甚么坏处。"

臧儿听了，就命次女樱儿看守门户，自己同了姝儿一径来至邑中。打听得那几位过路公公，住在邑宰衙内，于是大着胆子，走近县前。臧儿此刻只好暂屈身份，充作候补皇后的仆妇，向一个差役问道："请问大师，我们王姝儿小姐，有话面禀此地住的公公，可否求为传达?"那班差役，话未听完，便鼓起一双牯牛般的眼珠，朝着臧儿大喝："你这老乞婆，还不替我快快滚开！你知道此地是甚么所在?"臧儿吓得连连倒退几步，正想再去央求那班如狼似虎的差役，不防身后，忽又走来一个差役，不问三七二十一的，从后面双手齐下，扑的扑的，左右开弓的，把臧儿打上几个耳光。

可怜臧儿被打，还不敢喊痛，慌忙掩了双颊，逃至姝儿面前，方始呜咽着埋怨姝儿道："都是你要做甚么断命黄猴不黄猴，为娘被他们打得已经变为青猴了。"姝儿听了，急把她娘掩面的双手，拿了下来一看，果是双颊青肿，眼泪鼻涕，挂满一脸。只得一面安慰她娘几句，叫她站着莫动，一面亲自出马，走近一位差役面前，万福了道："有劳大师，替我传报进去，说是民女王娡，小字姝儿的，要想求见内监公公。"那个差役，一见姝儿长得宛如天仙化人一般，便嬉皮笑脸地答道："你这个女子，要见公公作甚？这里的几位公公，乃是过路客官，前往洛阳一带，选取美貌民女去的。此地并不开选，我们怎敢进去冒昧?"姝儿一听此地并不开选，未免大失所望。一想这位差役，倒还和气，我何妨再拜托拜托他看。因又问那个差役道："我明知此地不开选秀女，不过想见他们，另有说话面禀。"那个差役听了，也现出爱莫能助的样子道："并非不肯帮姑娘的忙，委实不便进去传报。"

姝儿听了，正拟再恳，忽听铃声琅琅，外面奔来一匹高头大马，上面骑着一位内监。停下之后，一面正在下马，一面把眼睛盯了她的面庞在看。姝儿此时福至心灵，也不待差役传报，慌忙迎了上去，扑的跪在那位内监面前道："民女王娡，想求公公带往都中，得为所选秀女们，烧茶煮饭，也是甘心。"那位内监，本已喜她美貌，至于姝儿并非处女，内监原是门外汉，自然不知。当下便点点头道："此地虽不开选，俺就破个例儿，将你收下便了。"说着，把手一挥，当下自有内监的卫士，将姝儿引进里面去了。

臧儿一个人遵她女命，站着不动。站了半天，未见她的女儿出来，想去探听呢，怕吃耳光，不敢前去。不去探听呢，究竟她的女儿何处去了，怎能放心。她正在进退维谷之际，忽听得有几个闲人，聚在那儿私相议论道："这件事情，真是稀奇，选取秀女，必须处女，此是老例；今天所选的那个王姝，她明是嫁了姓金的

了，且已生有女儿，一个破货怎的选作秀女，这不是一件破天荒的笑话么！”臧儿听毕这番议论，喜得心痒难搔，便自言自语道：“我佛有灵，也不枉我平时虔心供奉，现在果然保佑我女选作秀女，我想无论如何，总比嫁在金家好些。”她想完之后，连尊脸上的肿痛，也忘记了。回家之后，即把她的女婿叫来，老实告知，姝儿已经选为秀女。

当下金王孙听了，自然不肯甘休。臧儿只给他一个阴乾。金王孙没法，只得去向县里告状。县官见他告的虽是岳母臧儿，其实告的是内监。甚至若是选中，被告便是皇帝，这个状子，如何准得，自然一批二驳，不准不准。金王孙既告状不准，气得不再娶妇，带了他的女儿金帐钩，仍旧做他的庄稼度日，往后再提。

单说姝儿那天进署之后，就有宫人接待。次日，跟着那班内监，径至洛阳。未到半月，已经选了四五百名，额既满足，出示停选。当下自有洛阳官吏，贡献秀女们的衣穿。那时正是夏末秋初的天气，单衣薄裳，容易置办，办齐之后，内监便率领这几百名秀女入都。

一天行至栎阳城外，早有办差官吏，预备寓所。姝儿因为天气燥热。’白天赶路的时候，数人一车，很是挤轧，满身香汗，湿透衣襟，所以一到寓所，想去洗澡。又因人众盆少，一时轮不到自己，偶然看见后面有个石池，水色清游，深不及膝，只要把腰门一关，甚是幽静，她便卸去上下衣裳，露出羊脂白玉的身体。正在洗得适意的当口，忽听空际，有人唤她名字，疾忙抬头一看，见是一位妙龄仙女。她因身无寸缕，恐怕亵渎上仙，一时不及揩抹，急急穿好衣裤。那位仙女，已经踏云而下。姝儿伏地叩首，口称：“上仙呼唤凡女名字，有何仙谕吩咐？”只听得那位仙女道：“我乃万劫仙姑是也。顷在仙洞打坐，一时心血来潮，知你有难，因此前来救护。”姝儿听了，连连磕着响头道：“上仙如此垂怜凡女，凡女异日稍有发迹，必定建造庙宇，装修金身，不敢言报。”万劫仙姑道：“这倒不必，你可回房，毋庸害怕，孽畜如来缠扰，叫它永不超生。”仙姑说完这话，忽又不见。

姝儿望空复又拜了几拜，急回她的那间房内，燃灯静坐，不敢睡熟。直到三更，并无动静，她想天上仙姑，何至说谎，料定不久必有变异。因有仙姑保护，故不害怕。又过许久，觉得身子有些疲倦，正想和衣而卧的当口，忽见万劫仙姑，又站在她的面前道：“你且安睡，我在外床，略一打坐。”姝儿听了，不敢违命，自向里床睡下，留出外床，只见仙姑盘膝而坐，闭目无声。谁知就在此时，姝儿陡觉一阵异香，钻入她的鼻中，她的心里，忽会淫荡起来。正在不能自制的时候，不知怎的一来，那位仙姑已经化作一位美貌仙童，前来引诱姝儿。姝儿也不拒绝，正思接受那位仙童要求的事情，突然听得一个青天霹雳。那个仙童，忽又变为一个虬髯道人，又见那个道人，顿时吓得缩做一团，跪在床前，高举双手，向空中不迭的乱拜，口里跟着连叫：“仙姑饶命！可怜小道修炼千年，也非容易，从此

洗心涤虑，改邪归正便了！”姝儿此时弄得莫名其妙，还疑是梦中，急急抬头朝窗外一看，只见万劫仙姑，坐在檐际，一脸怒色，对着那个道人。姝儿一见仙姑已在发怒，想起方才自己大不应该，要去接受仙童的要求，无耻之状，定为仙姑所知，倘然责备起来，实在没有面子。谁知她的念头，尚未转完，又见那个道人，转来求她道：“小道不应妄想非分，致犯天谴，好在皇后未曾被污，务请替我求求仙姑，赦了我罢！”姝儿倒也心软，真的替那道人，力向仙姑求情。仙姑居然未能免俗，看在候补皇后面上，竟将道人赦了。那个道人，一听仙姑说出一个赦字，慌忙大磕其头之后，倏的不见。

姝儿正想去问仙姑，那个道人，究竟是妖是人的当口，忽见空中飞下一张似乎有字之纸。再看仙姑，亦失所在。急把那纸一看，只见上面写的是：

> 该道修炼千年，虽是左道旁门，将受天职，只因良心不正，辄以坏人，名节为事。今日原思犯尔，俾得异日要挟求封，尔亦不正，几被所诱。嗣后力宜向善，尚有大福，勉之！

姝儿阅毕，不禁愧感交并。忙又望空叩谢，一个人睡在床上，重将那纸看了又看，看到大福二字，芳心得意，不可言状。直至鸡唱三次，方始沉沉睡去。没有多时，宫人已来唤她起身上路。姝儿察看宫人情形，夜间之事似乎未知，她也严守秘密，不敢招摇。不日到了都中，那时文帝尚未升遐，景帝还是太子时代，姝儿却被拨入东宫服役。

也是她的福运已至，一晚，她去替太子筛茶，筛罢之后，正拟退出，忽见太子极注意地朝她看了几眼。她一个不防，也会红云满靥羞得香汗淋漓起来。少顷，她渐渐地定了神，就在肚内暗忖道：“我的丢了丈夫，离了女儿，自愿应选，来至深宫，无非想应那位姚翁之话，此刻太子既在痴痴地看我，未必没有意思，我何不献媚上去。这件事情，乃是我王姝儿的生死关头，错过机会，悔已迟了呢。”她这般地想罢之后，于是就把她的那一双勾人眼波，尽向太子的脸上，一瞄一瞄地递了过去。一则也是她的福命，二则也是她长得太美，三则刚刚碰见太子是位色中饿鬼，四则宫人虽多，哪个敢去引诱太子，若被太后皇后等查出，非但性命难保，还要族诛。姝儿初进宫来，不知就里，居然被她胆大妄为，如了心愿。姚翁之言，真是有些道理。当下太子忽见姝儿含情脉脉，送媚殷殷，心里一动，便还报了她一笑，跟着问她道：“汝是哪里人氏？何日进宫？怎的我从前没有见你？”姝儿听了，尚未答言，先把眼睛，向四处一望。太子已知其意，又对她说道：“我的宫中，没有闲人，汝胆大些说就是了。”姝儿听了，站近一步，却又低着头，轻轻地说道：“奴婢槐里人氏，母亲王氏，早已寡居。因为家寒，自愿应选入宫服役，拨到此间，尚未旬日。奴婢原是一个村姑，未知宫仪，进宫之后，心惊胆战，生怕贻误，尚求太子格外加恩！”太子听毕，见她言语玲珑，痴憨可爱，便将她一

把抱到怀中，勾着她的粉项，与之调情起来。姝儿本是老吃老做，自然拿出全副本领，一阵鬼混，太子早入她的迷魂阵中。太子一看左右无人，就想以东宫作阳台，以楚襄自居了。姝儿一见太子入彀，反因不是处女，害怕起来，不敢答应。太子从未遭人拒绝过的。此时弄得不懂，再三问她，姝儿只是低首含羞不语。太子情急万分，没有法子，只好央求姝儿。姝儿至是，方始说出不是处女。太子听了笑道："这有何碍！"于是春风一度，已结珠胎，十月临盆，生下一女。姝儿既为太子宠爱，宫中的人，便改口称她为王美人。姝儿又为希宠起见，说起家中还有一妹，也请太子加恩。太子听了，急令宫监，多带金珠，前往臧儿家中聘选次女樱儿。

臧儿自然满口答应。樱儿听见乃姊享受荣华富贵，今蒙姊姊不忘同胞，前来聘选，心里又是感激，又是欢喜。臧儿嘱咐数语，便命樱儿随了宫监入都。进宫之后，太子见樱儿之貌，虽逊乃姊，因是处女，却也高兴。当夜设上盛筵，命这一对姊妹花，左右侍坐，陪他喝酒。酒酣兴至，情不自禁。姝儿知趣，私与太子咬上几句耳朵，戏乞谢礼。太子笑着推她出房道："决不忘记冰人，快快自去安睡。"姝儿听了，方始含笑退出。

是夜太子与樱儿颠鸾倒凤之事，毋须细叙。次年樱儿养下一男，取名为越，就是将来的广川王。姝儿一见其妹得子，哪肯甘休，不久腹中又已有孕，谁知生下地来，仍是弄瓦，不是弄璋，害得姝儿哭了几天。太子宽宏大量，连连自认办理不周，说道："要使姝儿三次怀胎，定是男子。"姝儿倒也信以为真。岂知生了下来，又是女的。

直至景帝即位的那一年，一天晚上，景帝梦见一只赤彘，从天而降，云雾迷离，直入崇芳阁中。次晨醒来，尚见阁上青云环绕，俨然一条龙形，急召相士姚翁入问。姚翁笑道："此梦大吉，必生奇胎，异日当为汉朝盛世之主。"景帝大喜，索性问姚翁道："朕宫中后妃甚多，应在何人身上，君能预知否？"姚翁道："臣不敢悬揣，若出后妃一见，亦能知之。"

景帝即将后妃统统召至。姚翁一见姝儿，慌忙跪下贺喜道："王美人尚记得臣昔年的说话么？"姝儿听了，笑容可掬地答道："君的相术，真有奇验。"一面以黄金百斤，赐与姚翁；一面将从前看相之事，一句不瞒的，奏知景帝。景帝听毕，甚为惊骇，也赐姚翁千金。姚翁道："陛下皇子虽多，似皆不及王美人第四胎的男胎有福。"

当夜景帝就梦见一位神女，手捧一轮红日，赠与王美人。景帝醒来，即将此梦告知王美人。谁知王美人同时也得一梦，正与景帝之梦相同。二人互相言罢，各自称奇不迭。王美人即于这夜，又与景帝交欢，一索而得。次年七夕佳期，王美人果然生下一子，声音宏亮，确是英物。景帝是夜又梦见高祖吩咐他，

王美人所生之子，应名为彘。景帝醒后，即取王美人新生之子为彘。嗣因彘字取名，究属难听，乃改名为彻。说也奇怪，王美人自从生彻以后，竟不再孕。妹子樱儿又连生三男，除长男越外，二三四三子，取名为寄、为乘、为舜，后皆封王。这且不提。

且说王美人生彻的时候，景帝早奉薄太皇太后之命，已娶薄氏的内侄孙女为后。宫中妃嫔，虽然不知其数，都非王美人的情敌。独有栗妃，貌既美丽，生子又多，景帝一时为其所惑，私下答应，将来必立其子荣为皇太子。嗣因王美人之子彻，生时即有许多瑞兆相应，景帝又想毁约，立彻为皇太子。于是迁延了两三年之久，尚难决定。后来禁不住栗妃屡屡絮聒，又思立幼废长，到底非是，决计立荣，并封彻为胶东王，以安王美人之心。

那时馆陶长公主嫖，为景帝胞妹，已嫁堂邑侯陈午为妻，生有一女，名叫阿娇。因见荣已立为太子，思将阿娇配与太子，异日即是皇后。讵知栗妃当面拒绝，长公主这一气，非同小可。

王美人闻知其事，忙去竭力劝慰长公主。长公主恨恨地道："彼既不识抬举，我将阿娇配与彻儿，也是一样。"王美人听了，自然暗喜，但嘴上谦逊道："犬子不是太子，怎敢有屈阿娇？"长公主道："这倒不然，废立常事，且看我的手段何如。"王美人急将此事告知景帝，景帝因为阿娇长彻数岁，似乎不合。王美人又将长公主请至，想她去向景帝求亲。那时彻适立景帝之侧，长公主戏指宫娥问彻道："此等人为汝作妇，可合意否？"彻皆摇头不愿。长公主又指阿娇问彻道："她呢？"彻听了笑答道："若得阿娇为妇，当以金屋贮之。"此言一出，非但长公主、王美人听了笑不可仰，连景帝也笑骂道："痴儿太老脸了！"当下就命王美人，以头上的金钗，赐与阿娇，算是定婚。王美人既已结了这位有力的亲母，没有几时，景帝竟将荣废去，改立彻为皇太子。

栗妃一得这个消息，那还了得，便像母夜叉的一般，日与景帝拼命。景帝本是一位吃软不吃硬的君王，一怒之下，一面立把栗妃打落冷宫，一面即立王美人为后。

可怜栗妃费了好几年的心血，方将薄后挤去，岂知后位不能到手，反将宠爱二字断送。正是：

宫帏更比民家险，党羽原须自己寻。

不知栗妃身居冷宫，是死是活，且听下回分解。

第三十六回 能言树栗氏惨投环 解语花芸姝怕著裤

却说栗妃初入冷宫的当口，她只知道景帝怪她过于泼辣，犹以为像这点点风流罪过，不久即能恢复旧情，心里虽然忧郁，并未十分失望。一夕，她一个人觉得深宫寂寂，长夜漫漫，很有一派鬼景，便问她那随身的宫娥金瓶道："金瓶，此刻甚么时候了？"金瓶答道："现正子时，娘娘问它作甚么？"栗妃听了，又长叹了一声道："咳！我想我这个人，怎么会到这里来的呢？从前万岁待我何等恩爱！不说别的，单是有一天，我因至御花园采花，被树桠杈裂碎皮肤，万岁见了，心痛得了不得。顿时把我宫里的宫人内监，杀的杀，办的办，怪他们太不小心，闹了许久，方才平静。我那时正在恃宠撒娇的当口，所以毫不觉著万岁的恩典。谁知现在为了太子的事情，竟至失宠如是。我既怨万岁薄情，又恨那个王婢，专与我来作对。此时不知怎的，只觉鬼气森森，极为可怖，莫非我还有不幸的事情加身么？"金瓶听了，自然赶着劝慰她道："娘娘不要多疑！娘娘本是与万岁朝朝寒食，夜夜元宵，热闹惯的，此时稍事寂寞，自然就觉得冷清非凡了。其实宫中妃嫔甚众，一年四季，从未见着万岁一面的，不知凡几，娘娘哪里晓得她们的痛苦呢？以婢子愚见，最好是请娘娘亲书一封悔过的书函，呈与万岁。万岁见了，或者能够回心转意，也未可知。"栗妃听了，连连摇头道："要我向老狗告饶去，这是万万办不到的事情，死倒可以的。"金瓶听了，仍是劝她不可任意执拗。栗妃哪里肯听。她们主仆二人，互相谈不多时，已是东方放白。

金瓶一见天已亮了，忙请栗妃安歇。栗妃被金瓶提醒，也觉得有些疲倦，于是和衣侧在床上，随便躺着，一时沉沉入梦。梦见自己似乎仍是未曾失宠的光景，她正在与景帝并肩而坐，共同饮酒。忽见几个宫人，一二连三的报了进来，说是正宫娘娘驾到。栗妃心里暗想，正宫早已被逐，候补正宫，当然是我。我在此地，何得再有正宫前来。她想至此处，正待动问宫人，陡见与她并坐的景帝，早已笑嘻嘻地迎了出去。不到一刻，又见景帝携了一位容光焕发，所谓的正宫娘娘一同进来，她忙仔细朝那人一看，并非别人，正与自己三生冤家的那个王美人便是。她这一气，还当了得。那时不知怎的一来，忽然又觉景帝携手进来的那个新皇后王美人，一变而为太后装束，景帝不知去向。一同站着的，却另是一

位威风凛凛的新主。她以为自己误入别个皇宫，慌忙回到自己宫里，仔细一看，仍复走错，却又走到冷宫里来了，连忙喊叫金瓶，叫了半天，只见门帘一动，扑的扑的，一连跳进十数个男女鬼怪，个个向她索命道："还我命来！还我命来！"她再细细一看，那班鬼怪，都是她自己平日因为一点小过，打死的宫娥内监。她吓得挣出一身冷汗，急叫："金瓶何在？金瓶何在？"又听得耳边有人喊她道："娘娘醒来！莫非梦魇了么？"她被那人喊醒，睁眼一看，喊她的正是金瓶，方知自己仍在冷宫，不过做了一个极长与极怕的恶梦。忙将梦中之事，告知金瓶。金瓶听了道："日有所思，夜有所梦。娘娘心绪不宁，故有此梦。"

栗妃听了，正在默味梦境，忽听有人在唤金瓶。金瓶走至门前，只听得来人与金瓶嘁嘁喳喳的说了一阵。来人去后，金瓶回至栗妃身边。栗妃见金瓶的面色，一阵青，一阵白，却与方才很镇定的脸色，大相悬殊。栗妃此时也知梦境不祥，怕有意外祸事。又见金瓶态度陡异，不禁心里忐忑不定地问金瓶道："方才与你讲话的是谁？到底讲些甚么？你此刻何故忽然惊慌起来？快快说与我听！"金瓶也知此事关系匪小，不是可以隐瞒了事的，只得老实告诉栗妃道："方才来报信的人，就是王美人身边的瑂瑂宫娥，她与婢子私交颇笃。她因王美人已经册立为后，她也有贵人之望。"金瓶说至此地，还要往下再说的时候，陡见栗妃一听此语，哇的一声，吐出一口鲜血，跟着砰的一声，倒在地上，昏厥过去。

金瓶见了，吓得手足无措，好容易一个人将栗妃唤醒转来。只见栗妃掩面痛哭，异常伤感，金瓶赶忙劝慰道："娘娘切莫急坏身子。常言说得好：'留得青山在，不怕没柴烧'，娘娘惟有格外保重，从长设法补救才是。"栗妃听了，想想亦无他法，只得听了金瓶之劝，暂时忍耐，希望她的儿子荣，或能设法救她。过了几天，一天傍晚，栗妃一个人站在阶前，眼睛盯着一株已枯的古树，心里正在打算如何方可出这冷宫，重见天日的时候，忽见那株树后，隐约立着一个身穿宫装的人物，起初尚以为是金瓶，便喊她道："金瓶，你怎么藏藏躲躲的，站在树后？快快过来，我有话问你。"谁知栗妃只管在对那人讲话，那人仍旧站着一动不动。栗妃心下起疑，正拟下阶走近前去看个明白，忽见那人的脚步，也在移动，似乎要避自己的形状。又看出那人，身体长大，宛如一个大汉子模样，不过是个背影，无从看出面貌。栗妃暗忖，宫中并无这般长大的宫娥，难道青天白日，我的时运不济，鬼来迷人不成。

栗妃此念一转，又见那人似乎已知其意，有意回转头来，正与栗妃打了一个照面，给她看看。栗妃一见那人的面孔，狭而且长，颜色铁青，七孔之中，仿佛在流鲜血，宛似一个缢鬼样儿，顿时吓得双足发软，砰的一声倒在阶下。

那时金瓶，因为栗妃好一会不见，正在四处寻觅栗妃。一闻有人跌倒的声音，慌忙两脚三步奔出一看，只见她的主人，已经倒在地上，疾忙跪在栗妃的身

边，用手把她拍醒。又见栗妃闭了双眼，摇着头道："好怕人的东西，真正吓死我了！"金瓶边扶她坐起，边急问娘娘看见甚么。栗妃听了，坐在阶石之上，略将所见的说与金瓶听了。

金瓶听了，心里也是害怕，因为这个冷宫，只有她们主仆二人，只得大了胆子道："这是娘娘眼花，青天白日，哪得有鬼！"金瓶话尚未完，忽听得那株枯树，竟会说起话来道："此宫只有你们二人，第三个不是鬼是谁呢？"金瓶、栗妃两个，一听枯树发言，直说有鬼，真是天大的怪事，自然吓得两个抱做一团。索落落的只有发抖之外，并没二策。还是栗妃此刻心已有悟，拼了一死，反而不甚害怕。并且硬逼着金瓶，扶了她到树背后，索性看个分明。金瓶无奈，只得照办。

谁知她们二人，尚未走近树前，那个宫装的长大人物，早又伏在墙头，扮了一副鬼脸，朝着她们主仆二人苦笑。金瓶一见此鬼，吓得丢下栗妃就跑。跑到房内，等了许久，不见栗妃跟着进来，无可如何，只得又一面抖着，一面走一步缩一步地来叫栗妃进房。谁知尚未踏下阶级，陡见她的主子，早已高挂那株能言的树上，发散舌出的，气绝多时了。金瓶一见出了乱子，慌忙奔出冷宫，报知景帝。

景帝听了，并无言语，仅命内监从速棺殓了事。不过因念栗妃既死，其子荣当给一个封地，令出就国。又因栗妃的少子阏，原封江陵，早已夭折，该地尚未封人，因即命荣前去。荣奉命之后，自思生母业已惨亡，挨在宫中，一定凶多吉少，不如离开险地，倒也干净。又以他的国都，设在临江，嫌那王宫太小，就国之日，首先改造宫室。宫外苦无余地，只有太宗文皇帝的太庙近在咫尺，遂将太庙拆毁，建筑王宫。宫还未曾造成，经人告发，景帝听了大怒，召荣入都待质，荣不敢不遵。及至长安，问官名叫郅都，本是那时有名的酷吏。景帝喜他不避权贵，审案苛刻，特擢廷尉。荣素知郅都手段太辣，与其当堂被辱，不若自尽为妙。他既生此心，他的亡母栗妃当晚就来托梦给他，叫他赶快自尽，也算替娘争气。荣醒来一想，我娘既来叫我自尽，正合我意，若再耽搁，等到天亮，有人监视，就是要死也不能够的了。于是解下裤带，一索吊死，总算与他娘亲，同作缢死之鬼，不无孝心。景帝知道其事，也不怪监守官吏失察，只把荣尸附葬栗墓，算是使他们母子团圆。

这年就是景帝第一次改元的年分，皇后姝儿，因为妹子樱儿病殁，恐怕景帝身边少人陪伴，凡是有姿首的宫娥彩女，无不招至中宫，俾得景帝随时寻乐。无如都是凡姿俗艳，终究不能引起景帝兴致。

一天，忽有一个身边的宫人，名叫安琪的，听见一桩异事，急来密奏王皇后道："奴婢顷闻我母说起，现在上大夫卞周，有一个妹子，名唤芸姝，生下地来，便能言语，因此时人称她为'解语花'。那个芸姝，年方二九，非但生得花容月貌，识字知书。最奇怪的是她的汗珠，发出一种异香，无论甚么花气，都敌不上它。

民间妇女，于是买通芸姝的仆妇，凡是洗涤过芸姝衣服的水，拿去洒在身上，至少有兼旬的香气，馥郁不散。后来芸姝的嫂嫂，知道此事，索性将芸姝洗衣的水，装着小瓶，重价出售。不到三年，已成巨富。芸姝这人，除此以外，更有一件大奇特奇，从古至今；没人干过的奇事，只是有些秽亵，奴婢不敢直奏。”安琪说至此处，抿嘴微笑。

王皇后当下听了，笑骂安琪道：“奴婢怕些甚么！纵使秽亵，无非因她长得美丽，又有异香，逾墙越隙的定是有人，因而做出伤风败俗之举，你说我猜着没有呢？其实既往不咎，娼妓入门为正，只要她以后为人，知守范围，也是一样。”安琪听了，仍旧一个人扑扑哧哧地忍不住笑道：“娘娘猜错了，据说她还是一位处子呢。”王皇后听了，更加不解道：“既是处子，足见是位闺秀。你这奴婢，何故出口伤人？又说甚么秽亵不秽亵呢？”说着，便佯嗔道：“不准吞吞吐吐，照直说来就是。”

安琪听了，一看左右无人，方才带笑奏道：“据说芸姝美丽无伦，满身肌肉，赛过是羊脂白玉琢成就的。平时的装扮，翠羽明珰，珠衫宝服，恐怕补石女娲，巫山神女，也不及她。可是她生平最怕著裤，长衣蔽体，倒也无人瞧破。我母某日，由她嫂嫂唤去服伺芸姝之病，因此知道其事。好在她也不瞒我母。我母私下问她，她既羞且笑答道：‘你且服伺我吃药之后，陪我睡下，等我讲给你听便了。’当时我母要听奇闻，赶忙煎好了药，让她服后，一同睡下。我母正要听她讲话，忽闻一阵阵的异香，钻进鼻孔之中，起初的时候，只觉气味芬芳，心旷神怡罢了。后来越闻越觉适意，竟至心里佚荡起来，几乎不可自遏，慌忙跳下床来道：‘老身惜非男子，不然，闻了小姐奇香，也愿情死！’芸姝听了，嫣然一笑道：‘安媪何故与我戏谑！’我母正色答道：‘老身何敢戏谑，委实有些情难自禁呢！’芸姝硬要我母再睡，我母因为不便推却，只得仍复睡下，勉自抑制。当下只听得芸姝含羞说道：‘安媪只知我身有异香，殊不知我的不便之处，却有一桩怪病，只要一穿小衣，即有奇臭，所以虽届冬令，也只好仅著外衣。幸我深居闺中，尚可隐瞒。’我母道：‘此病或是胎毒，何不医治？’芸姝道：‘有名医士，无不遍请，均不知名。只有缇萦之父，说是非病。’我母听了，又问她将来嫁至夫家，怎么办法，芸姝欷歔答道：‘今世不作适人之想，老死闺中而已。’”安琪说至此处，笑问王皇后道：“娘娘，你说此事奇也不奇？”

王皇后听了，暗暗地大喜道：“此人必是国家的祥瑞，希世的尤物，天赐奇人，自然是我主之福。”想完，急把芸姝暗暗召至，见她相貌，已与自己一般美貌，又见其毛孔之中，微露汗珠，异香扑鼻，奇气撩人，果然名不虚传。复又将她引至密室，掀起长衣察看，两腿洁白如玉，真的未著亵服。王皇后正在察看芸姝的当口，只见芸姝笑容可掬，低首无言，娇滴滴的令人更加可爱。

王皇后急将景帝请至，笑指芸姝道：“陛下且看此人，比妾如何？”景帝把芸

姝上下端详一番，也笑答道："尹、邢难分，真是一对琪花瑶草。此人是谁？"景帝正要往下再说，忽闻一阵异香，钻进鼻内，上达脑门下入心腑，顿时淫心大炽，急问皇后道："此人莫非是妖怪不成？何以生有撩人香气？"王皇后听了，又笑答道："妾因樱姝亡过之后，陛下每常闷闷不乐，妾身马齿稍长，不能日奉床第之事，因此四处寻觅美人，以备陛下消遣。此乃上大夫卞周之妹卞芸姝，即誉满长安的解语花便是。"王皇后说完，又去咬了景帝耳朵说了几句。

景帝听了，只乐得手舞足蹈地狂笑道："皇后如此贤淑，令朕感激不置。"说着，即以黄金千斤，美玉百件，赐与皇后。当下就封卞芸姝为西宫皇妃。芸姝谢恩之后，含羞地奏道："婢子幼有异疾，难著下裳；宫帏重地，似失阃仪，如何是好？"景帝不待她说完，忙接口笑答道："皇后荐卿，固然为的此异，朕的封卿，也是为的此异。爱卿若无此异，便与常人一般，还有何事可贵呢？"说得芸姝更是红云上脸，格外妩媚起来。

景帝当下越看越爱，即在皇后宫内，大排筵席，以庆得人之喜。

可巧馆陶长公主，携了阿娇进来。王皇后戏问长公主道："公主身上，今日抹了甚么异味，何以满室如此奇香呢？"长公主不知就里，连连笑答道："我今天并未抹香，此种香气，究竟从何而来？"景帝因见阿娇在旁，恐怕皇后说出情由，若被阿娇听去，未免不雅，急忙示之以目，止她勿言。长公主见了，错会意思，以为景帝与皇后二人，有意戏她，便不依皇后道："皇嫂吃得太闲，是否无事可做，竟拿我来作乐么？"景帝恐怕妹子介意，故意先命阿娇走出，方把芸姝身有奇香的缘故，告知长公主。说完之后，又令芸姝见过御妹。芸姝自知身有隐疾，恐怕公主与她戏谑，羞得无地自容。王皇后见她为难的情状，索性高声说道："这是病症，有何要紧，皇妃勿忧！"说着，等得芸姝见过长公主之后，又正色将此事告知长公主。长公主听了，一面笑着安慰芸姝，一面趁她不防，扑地把她外衣掀了起来。芸姝赶忙抢着遮掩，已是不及，早被长公主所见。长公主突然见此粉装玉琢的皮色，心里也会一荡，因有乃兄在前，忽又将脸红了起来。景帝本是一位风流之主，当时原有一种流言，说他们兄妹两个，似有暧昧情事，虽然没有切实佐证，单以他与长公主随便调笑，不避嫌疑，市虎杯蛇，不为无因。当下景帝又向长公主笑道："朕今日新封皇妃，你是她的姑娘，宾主之分，你须破费见面之礼。"长公主这人，最会凑趣，所以能得景帝欢心，于是也笑答道："应该应该！"说着，即命随身宫人，取到雨过天青色的蝉翼纱百端，赠与芸姝皇妃道："皇妃不要见笑，戋戋薄礼，留为随便制作衣裳。"长公主说到裳字，忙又微笑道："皇妃既不著裳，以我之意，最好将外衣的尺寸，加长数尺，似乎既美观而又合用。"景帝听了大喜道："孔子寝衣，本是长一身有半。御妹方才所说服式，可名为垂云衣。"嗣后汉宫中人，竟著此服，便是芸姝作俑。当时还有那班无耻宫嫔，因思固宠起

见，连无隐疾之人，都也效颦不著亵服。甚至王皇后长公主诸人，偶尔兴至的时候，居然也效芸姝所为。宫帏不成体统，景帝实有责焉。此事载于《汉史》"下妃夙有隐疾"一语，即指此事，却非不佞的杜撰。

景帝既得这位宠妃，从此不问朝事，只在宫中寻欢作乐，害得太后屡次严斥，并且宫内榜示内则数篇，欲思做戒后妃。无如景帝乐此不疲，不过瞒了太后行事罢了。

后人只知陈后主、隋炀帝二人，风流太甚，不知景帝何尝不是这般的呢，只因他们两个是亡国之君，景帝是守成之主，成败论人，实不公允。正是：

贪欢君主朝朝有，献媚嫔嫱代代多。

不知后事如何，且听下回分解。

第三十七回　学坏样意羡余桃　作良媒情殷报李

却说当时景帝自从得了那位不爱著裤子的卞妃之后，专以酒色事事，不问朝政。

转瞬已是改元六年，丞相刘舍，虽非干材，只因国家无事，故得敷衍过去。刘舍也自觉没事可做，乃想了些更改官名的政见出来，条呈景帝。当时景帝已将郡守改为太守，郡尉改为都尉，复减去侯国丞相的丞字，仅称作相。于是刘舍为迎合上意起见，拟请改称廷尉为大理；奉常为大常；典客为大行，嗣又改为大鸿胪，治粟内史为大农，嗣又改为大司农；将作少府改为将作大匠，主爵中尉改为主爵都尉，嗣又改为右扶风；长信詹事改为长信少府；将行改为大长秋；九行改为行人。景帝当即依议。不久，又改称中大夫为卫尉。这等五马贩六羊的事情，总算是景帝改元以后的作为。

又过几时景帝之弟梁王武，奏劾卸任丞相周亚夫谋反，立请将他正法。景帝那时正忌亚夫，即把亚夫拘至，发交大理严讯。

亚夫对簿之下，方知因为他的儿子，替他预备后事，曾向尚方买得甲櫓五百具，作为将来护丧仪器。亚夫事先本未知晓，入狱之后，始由其子告知其事。亚夫当时自然也吃一惊，连忙申辩。大理讯之道："君侯所为，就算不反阳世，也是思反阴间。"亚夫听了大理揶揄之言，气得瞠目结舌，不能对答。于是回到狱中，不肯饮食，一连饿了五天，绝食而毙，应了许负遗言。

景帝闻得亚夫饿死，也无恤典，仅封其弟周坚为平曲侯，使承绛侯周勃遗祀而已。王皇后乃兄王长君，毫无功绩，因为裙带官儿，倒封盖侯。丞相刘舍，就职五载，滥竽充数，景帝也知他真是没用，将他免职，升任御史大夫卫绾为丞相。这样一年一年地过去，中间又改元两次。到了后三年孟春，景帝忽得色痨之症，竟致崩逝。享年四十有八，在位一十六年。遗诏赐诸侯王列侯马各二驷，吏二千石，各黄金二斤，民户百钱，出放宫人回家，不复役使，作为景帝身后的隆恩。

太子彻嗣皇帝位，年甫十六，即位之后，好大喜功，就是比迹秦皇的汉武帝，当下尊皇太后窦氏为太皇太后，皇后王娡为皇太后，上先帝庙号为孝景皇帝，奉葬阳陵。武帝未即位时，已娶陈阿娇为太子妃，此时尊为皇后，又尊皇太后之母臧儿为平原君，连臧儿后夫所生之子田蚡、田胜，也封为武安侯、周阳侯；所有丞相御史等官，一概仍旧，并即日改元。向来新帝嗣统，应在先帝逝世那年改元，以后虽活百岁，不得再有改元情事。自从文帝误信新垣平侯日再中，始有二次改元之事。景帝别样政治，不及其父，只有改元三次，可称跨灶之子。哪知武帝更是大好子孙，以为改元乃是美事，竟改至十数之多，岂不是一个绝大的笑话。幸而武帝喜欢读书，雅重文学，一经践阼，就颁下一诏，命各官吏举荐贤良方正，直言极谏之士。于是广川人董仲舒，菑川人公孙弘，会稽人严助，以及各地稍有文名的儒者，次第被选，尽得要位。这些事情，且不说它。

单说弓高侯韩颓当，平叛有功，未几病卒，有一庶孙，名叫韩嫣，表字王孙。因他生小聪明，貌似美女。武帝为胶东王时，因见韩嫣的人物，年轻貌美，便把他召来，作为东宫侍臣。一天，武帝因为私调宫娥，适被景帝撞见，当场一顿训斥，还要罚跪悔过。幸有皇妃卞芸姝缓颊，方始赦免。武帝当时回至东宫，自觉没趣，正拟去寻韩嫣解闷，忽见韩嫣匆匆地独向御园而去。武帝便悄悄地跟在韩嫣后面，看他去到御园何事。又因跟得太近，便要被韩嫣觉着，所以离开韩嫣约有半箭之遥。等得武帝跨进园门，只觉韩嫣一个人，已经爬到一座假山石上去了。武帝就隐在门后，偷看韩嫣上去究作何事。当时只见韩嫣撩起罗衫，褪下锦裤，顿时露出一个既白且嫩的玉臀，蹲下身去，痾起屎来。武帝心里暗笑道："这倒是桩怪事，屋里好好的厕所，不去出恭，偏要来到假山石上，大撒野屎。"武帝一面好笑，一面心里不禁一动，赶忙偷偷地轻手轻脚，走至韩嫣的背后；待他解完之后，正在束带的时候，趁他冷不防的，急用手把他抱住。韩嫣决不防是武帝，以为必是东宫同僚，与他戏耍，便大怒骂道："哪一个狭促短命！"韩嫣刚刚骂到这个"命"字，他的头已经回了过来，见是武帝，赶忙一面捡起裤子，一面又陪了笑脸，对武帝道："太子怎么这样不庄重！"武帝听了，也不待韩嫣再说第二句，即接口笑答道："我见了你这个人，委实心痒难搔，自然便情不自禁地而有此举。你莫多问！"说着，把手向一座牡丹亭上一指道："快快跟我到那里

去，我有话与你说。”韩嫣听了一怔，复又把脸一红道：“那末太子请先往，让臣到荷花池畔洗手之后，马上就来。”武帝听了，不肯独自先去，却与韩嫣一同走至池畔。自己停在一株柳树底下稍待，只催韩嫣快快去洗。韩嫣就蹲在池畔，正在洗手。武帝又悄悄地走近几步，窃至韩嫣背后，出其不意，把韩嫣一推。说时迟，那时快，只听得噗咚一声，韩嫣早已跌入池中去了。幸而那时正是三伏，池水甚浅，故而不至灭顶。那时武帝也已懊悔，慌忙俯身把韩嫣拖了起来。只见韩嫣拖泥带水的一身污泥，哪里还成人的模样。武帝忙向他赔不是道：“我的初意，无非想吓吓你的，不料一个失手，推得太重，你可不要怪我！”韩嫣的生母，原是一位船娘出身，所以韩嫣自小就喜游泳，因此能识水性。当时听了武帝之语，便一面即用湿衣把脸上的污泥揩净，一面答道：“太子与臣玩耍，臣怎敢见怪！”说着，又微笑道：“臣此时不成人形，还是且到牡丹亭上再说。”

武帝听了，便同韩嫣来至亭内，就在那时，却被武帝一阵鬼混。韩嫣已是忍辱含羞，做了武帝的宠臣了。韩嫣又对武帝道：“我的肚子有些饿得慌，且让我去摘些果子充饥。”武帝听了，似乎有话。韩嫣也不睬他，出了亭子，把眼睛四处一望，瞥见东北角上，有十几株白玉桃，桃子结得满树，每个的大小，约有四寸圆径，不觉大喜，赶忙奔到树下，爬了上去，一连摘下七八枚。回到亭内，只见武帝似乎疲倦，横在榻上闭着双眼，方在那儿养神。韩嫣便不去惊动他，自把桃子一枚枚地吃下。刚刚吃到最后的那一枚，陡见武帝坐了起来，走至他的面前，将他手上所吃剩的那半枚桃子，抢到手里，送至口边，大嚼起来，边吃着边还大赞道：“好桃子，怎么有这样鲜味？”韩嫣笑道：“我这半枚吃剩的桃子，原是你自己抢去吃的，你异日可不要对于我，也学卫灵公，因为祢子瑕色衰爱弛，说是曾尝食我余桃者，那就无情了。”武帝听了笑答道：“你放心！我当效那魏王，异日即位的时候，必定诏令四方，敢言美人者诛，这样好么？”韩嫣听了，方始现出满意的一笑。

自从那天以后，武帝即与韩嫣同寝共食，恩爱异常。后来虽娶陈阿娇，仍命韩嫣不离左右。践位以后，并封韩嫣为承恩侯，并用拍至侯许昌为丞相，武疆侯庄青翟为御史大夫；复把太尉一职，罢置不设。先是河内人石奋，少侍高祖，有姊能通音乐，入为宫中美人。石奋因得任为中涓，迁居长安。后来历事数朝，累迁至太子太傅。因恶韩嫣无耻，迷惑武帝，一天，适见韩嫣与武帝同饮一只酒杯，立刻正色地奏请武帝斥退韩嫣，还要加上不少的迂腐之谈。武帝念他三朝元老，敷衍使出。韩嫣等得石奋走后，便向武帝撒娇，当由武帝温存一番，方才罢休。

这天晚上，武帝即宿在灵芝殿内，命韩嫣侍夕。韩嫣偶然说起王太皇后，昔日曾嫁金王孙，生有一女，小名叫做帐钩。武帝听了愕然道：“你何不早言，朕既有这位亲姊，当然要把她迎接入宫，以叙天伦之乐。”

次早起来，便带同韩嫣率领文武大臣，以及禁卫军，出了横城门，即长安西

门，浩浩荡荡地来到金氏宅前，方停御辇。

那时金王孙已经去世，仅剩女儿帐钩一人，支持门户。虽已招了一个女婿，又是呆大，既无遗产，开门七件，甚属困难。平时度日，全靠对门一位邻居李女稍稍资助，为数虽不甚多，几年积成整数，也在百金以外。帐钩心下不安，每语李女道："妹妹的家境，原也不裕，舍己救人，真是难得！但我男的不会赚钱，母亲入宫，存亡未卜，所贷的钱，叫我何法奉还呢？"李女叫她不必放在心上，并安慰她道："瓦爿尚有翻身之日，一个人哪里说得定的呢？银钱小事，我若想你归还，我也不借给你了。"帐钩听了，自然感激不尽。

这天帐钩一个人正在家里烧饭未熟的时候，忽听得人喊马叫，由远而近，她便奔出厨房，站在门口想看热闹。不料那些人马，一近她的屋子，顿时团团围住。并且有一位美男子，对同来的人说："帐钩必在屋里。"帐钩一听此言，方知那些人马，前来捉拿她的。这一吓，魂灵早已出窍，一想："往外不能逃走，只有躲到床下，不知可能幸免！"想罢之后，慌忙奔进屋内，急向床下一钻，非但不敢出声，真的连屁也不敢放一个。那时那些人马，早已拥进屋内，四处搜寻无着。闹了半天，方在床下把帐钩寻了出来，引至武帝面前，叫她跪下叩见万岁。帐钩此时早已吓得迷迷糊糊，身不由主，悉听众人摆布。武帝一见金女，貌极像他，不禁心花怒放，亲手扶她起来道："姊姊，你莫吓！母亲现在已作太后，我也登基一年多了，姊姊随我回宫，见过母后，便可长享荣华富贵，不必再过这个苦恼日子了。"说完，另用一乘车子，将帐钩载回宫中。

那天王太后适患小病，卧在寝宫，忽见武帝带了一个民女进来，正待问武帝此是何人，又见武帝向她笑奏道："臣儿来替母后贺喜，臣儿已将金氏姊姊，寻进宫中来了。"王太后听了，摩挲双眼，急向此女一看，不禁狂喜，就将帐钩一把抱到怀内道："果是我的帐钩女儿来了。"帐钩在两三岁的时候，就离开亲娘，此时见了一位太后的母亲，人生乐事，恐怕没有再比这事为快乐的了。于是乐极而悲，一头倒在王太后的身上，呜咽起来。王太后一生虽无伤心之事，既见她的女儿哭得泪人儿一般，也会掉下几点老泪。武帝见了，赶忙劝慰道："今天是桩天大喜事，母后不可伤感！"王太后听了，点点头道："这末皇儿可将三个姊姊召进宫来，好让她们姊妹相见。"武帝听了，奔出宫去，立召三个姊姊进宫。等得武帝同了他三个姊姊，来到王太后那里，只见他的金氏姊姊，早已打扮得如花似玉，很像一位皇姊模样。各人相见之后，悲喜交集，毋庸细述。

武帝又知金女已经适人，忙把金婿召至。岂知这位金婿，没有福气，就在第二天上，得了一个急症，呜呼哀哉！武帝又怕金女痛夫情切，太后便不开怀，除封金女为修成君外，并赐金银田宅，令居长安，以便常常入宫，陪伴太后。王太后见武帝姊弟情重，心里一喜，也和武帝说着笑话道："如此一来，皇帝岂不太事

破费了么?”武帝听了,也大笑不已。

帐钩便趁机向太后说道:“女儿在家,全亏邻居李女借贷度日,方能苟延至今;李女相貌虽不齐整,但是很有福相,女儿想求母后将李女召进宫来,赐与皇帝弟弟为妃,这样一来,女儿方算报了李女借贷之恩。”王太后道:“皇帝现与皇后不甚和洽,替他多置几个妃子,也是正理。”说完,即把李女召至,打扮停当之后,送至武帝宫中,传谕太后懿旨,即夕成婚。皇后陈阿娇听见此事,气得躲到一边哭泣去了。

武帝细将李女一看,不觉大大地吃了一惊。你道为何?原来李女的相貌,既麻且黑,还在其次;一口臭味,令人闻了,便要恶心。因是太后所赐,不好拒绝,只得应应景儿了事。次晨起身,即将夜间不得已的事情,告知韩嫣。韩嫣笑道:“陛下眼睛太凶,只要别人稍有姿色的,无论男女,不肯放松;如今这个李女,也算报应。”武帝笑骂道:“你倒说得刻薄,可惜此人是太后所赐,不然,朕便赏赐与你为妻,使你一世没夫妇之乐,看你如何?”韩嫣不待武帝说完,忙接口答道:“我已嫁了陛下,为人之妇,何能再去娶妇呢?”武帝听了,赞他忠心,更加宠眷。

武帝虽有韩嫣伴驾,但嫌陈后李妃,皆不美貌,即日建造一座明光宫,选取燕赵佳人二千名,纳入其中,都是十五岁以上二十岁以下的。又恐散漫无稽,特立女监督率。韩嫣复上条陈道:“建章、未央、长乐三宫,距离较远,二千人数不敷分配,最好再选一万六千人,分作数十队,大者四五百人,小者一二百人,每队以女官为队长,秩比六百石。凡被陛下幸过的,记其时日,受孕的赐五百金,生子的赐千金,聪明伶俐的,爵拜容华充作侍衣之属,年届三十,悉出嫁之,再取少女填补。如是一来,陛下日作穿花蝴蝶,可以长居温柔乡了。”武帝听了大喜,一一依议。一天,武帝忽见一个姓朱的队长,年纪不过二十多岁,身边一个女官,看去已有十七八岁。朱队长呼之为女,不禁诧异起来,便问朱队长道:“这个女官,是你的义女么?”朱队长慌忙跪下奏道:“女官名叫恒姐,乃是队长亲生之女。”武帝道:“你今年几岁?朕意养她不出。”朱队长听了,微笑奏道:“队长现年四十有一,如何养她不出?”武帝道:“这样说来,你莫非有驻颜术不成?”朱队长听了,将脸一红道:“队长幼遇异人,曾授房中术,因此不老。”武帝听了狂喜,即问其术。朱队长嗫嚅道:“万岁要学,队长斗胆不便口述,必须床上亲授。”武帝便命朱队长随至便殿,使之秘密传授。不到数夕,尽得其术。从此可以三日不食,不能一夕无妇女侍寝。韩嫣又想出种种助兴之法,讨武帝的欢喜。武帝重赏之下,并令韩嫣改作女装,任为三宫的总队长。

韩嫣本像妇人模样,一经改扮装束,真的没人知道他是膺鼎。于是就有不满意他的人,私将韩嫣之事,奏知太后。太后别事不管,只防武帝被人引坏,不是玩的。一听此言,立把韩嫣召去,从头至脚,细细看过,复又再三盘问,竟至三

个时辰之久。岂知韩嫣神色自若，对答如流。太后弄了半天，居然被他瞒过。韩嫣退了出来，始露恐怖之色，对武帝道：“陛下快降一诏，以后有人再将臣事，去到太后那儿搬弄是非的，诛三族。因为臣究是男子，若是常常召去盘问，难免不露马脚，事若败露，连陛下也失面子。”武帝听了，不但降诏，还把私奏太后的那人，借故问斩。从此以后，再没人敢与韩嫣作对的了。正是：

宫中不仅人妖见，梦里还招仙女魂。

不知后事如何，且听下回分解。

第三十八回　纱帐映芳容水中捞月　荷池冀裸戏镜里看花

却说武帝既具御女之术，自是荒淫无度。当日最爱的除了韩嫣之外，尚有两个女子：一个是李夫人，一个是仙娟。他们两个，美与韩嫣相似，宫里的人，戏称他们三人为福禄寿三星。李夫人与仙娟的出身，都极卑鄙，且让不佞一个个的叙来。

一天，武帝方与韩嫣饮酒取乐。因见乐官李延年执了乐器，前来侑酒，武帝道：“宫中词曲，朕已听厌，最好别出心裁，新制一阕。”李延年听了，即随口歌道：“北方有佳人，绝世而独立。一顾倾人城，再顾倾人国。宁不知倾城与倾国，佳人难再得！”武帝听了，摇首叹息道：“世间安得有此佳人！”其时平阳公主可巧随了已晋封为窦太主的馆陶公主，也来与宴，刚刚坐定，看见武帝正在摇头，忙问何事。武帝因述李延年所歌的词句。平阳公主听了，微笑道：“谁说世间没有这等佳人？”说着，复以目视李延年道：“李乐官的女弟，恐怕还不止倾城倾国呢！”武帝听了，甚为惊异，急询李延年道：“卿家既有如此宝物，何故秘而不宣？”李延年听了，慌忙免冠跪下奏道：“臣的女弟，本也稍具姿首；因为不幸，已坠风尘，如何敢以有瑕之璧进献陛下呢！”武帝道：“这有何碍？”立命召至，一见惊为天人，即封为夫人之职。以后宫中的人，均呼为李夫人。

当天晚上，便命李夫人侍夕。李夫人原是倚门卖笑的人物，自然另有一种特别的风味。武帝将她幸过之后，还抱了她笑道：“朕看卿的美丽，真与韩嫣是鲁、卫之政，兄弟也。”李夫人也含笑道：“奴婢自视不及韩总队长多矣！他是男子，居然不抹粉而白，不涂脂而红，人称国色，洵非虚誉！”武帝见李夫人并不妒嫉韩嫣，心里更是高兴。又笑答道：“这末卿也何妨洗去铅华，以庐山真面示朕

呢?"李夫人听了,真的下床,尽把脂粉洗去。回至床上,武帝见其未曾穿衣,宛似一树雪里寒梅,分外清洁,急将她拥入衾内,重上阳台。一宵雨露,李夫人已经受孕。次年生下一男,是为昌邑哀王。谁知李夫人产未三日,就奉谕旨召去侍宿,于是得了下红之症。

武帝一见李夫人为他所害,又觉抱歉,又是怜惜,连连召医诊治,已是不及。不到两月,李夫人已是骨瘦如柴,没有曩时的颜色了。先是李夫人自知所患之病,是个不起之症;得病未久,就令宫人前去奏知武帝,请圣驾暂时不可进她的寝宫,既防药味冲了御躬,又怕圣驾见了病人,反多烦恼,且容病愈,再当请罪承恩。武帝听见李夫人传奏的话,说得凄凉宛转,不忍拂她意思,只得暂到别宫寻欢。无奈曾经沧海难为水,除却巫山不是云,那时宫人,虽有一万八千之众,可是都被李夫人比下。幸而还有那位男妃韩嫣,否则真要食不下咽,寝不安枕了。武帝一夕,正与韩嫣同浴,忽见一个宫人,上气不接下气的,奔来启奏,说是李夫人病笃。武帝一听到病笃二字,顿时眼前一阵乌晕,砰的一声,倒在浴盆外面去了。幸被韩嫣一把抱住,并由宫人等扶到榻上。韩嫣又凑着武帝耳朵,连连地叫道:"陛下苏醒!我帝苏醒!"叫了好一会,武帝的魂魄,方始悠悠地回了转来。百话不说,只令宫人扶他立往李夫人的寝宫。虽经韩嫣拼命阻止,哪里肯依,一时来至李夫人寝宫。

李夫人病虽万分沉重,可是人甚清楚,一听得武帝驾到,赶忙饬宫娥出去拦道阻止。武帝发急道:"夫人病已垂危,尔等尚不容朕去一视么?"说完,一脚踢开跪在地上阻止他的宫娥,径至李夫人的绣榻之前,问道:"夫人的清恙怎样了?"李夫人急以锦被首蒙谢道:"奴婢病卧已久,形貌毁坏,万难再见陛下;惟有吾儿以及兄弟,务望陛下照拂,奴婢虽在九泉,也感恩不尽了。"说至"了"字,泣不成声,已无眼泪。武帝听了,心胆俱碎地道:"夫人病甚,殆将不起,见一见朕,嘱托身后事情,岂不大佳!"李夫人听了,又在被内答道:"妇人貌不修饰,不见君父,奴婢实不敢以秽污之容再见陛下。"武帝又说道:"夫人但一见朕,朕将加赐千金,尔子不必说,连兄弟等也当尊官。"李夫人道:"尊官不尊官,原是陛下的恩典。何必强欲一见,方肯尊官的么?"武帝听了,仍请一见永别之面。李夫人见武帝缠纠不休,索性更把身子往衾内一缩,暗里欷歔,不复有言了。武帝很觉不悦,旋即趋出。等得武帝一走,李夫人的姊妹辈,一拥上前,都来怪她道:"贵人与万岁有仇么?不然,万岁说至如此,贵人决意不肯一见,其理安在?"李夫人听了,始答大众道:"大凡以色事人的,色衰必定爱弛,爱弛必定恩断,顷间万岁死死活活必要见我一面,乃是因为我平日的容貌,尚不甚恶的缘故。此刻我的容貌,已如鬼怪,倘若一见了我这丑劣之貌,畏恶吐弃之不暇,尚肯追念我而加恩于我的兄弟么?我的不使万岁一见的理由,无非深望万岁记念昔日容颜,或能

施恩于我兄弟，也未可知。”众人听了，方才佩服李夫人深有见地，各人自叹不如。等得李夫人死后，武帝果然被她料着，除从丰棺殓外，并画了李夫人的小像悬诸甘泉宫里。她的兄弟，各皆尊官；武帝还时时对了那张小像，痴问道：“夫人，朕在此地看你，你怎么一声儿也不言语呢?”于是乃穿昆灵之池，泛翔禽之舟，并且自己作了歌曲，使宫中女伶歌唱。一天，太阳已经西倾，凉风激水成声，女伶歌声，尤其凄楚。歌的是《落叶哀蝉》之曲道：

罗袂兮无声，至墀兮尘生；

虚房冷而寂寞，落叶依乎重扃。

望彼美之女兮，安得感余心之未宁！

武帝越听越加愁闷，特命龙膏之蜡，遍照舟内，悲啼号叫，不能自制。亲随的官眷，见武帝如此模样，怕他发痴，大家上去劝慰一阵，复进洪梁之酒，酌以文螺之卮。武帝饮了数爵，酒气上升，方觉收去悲容，停舟上岸。是夕宿于延凉室，并命女伶侍寝。武帝自己本来说过，一晚上不可没妇女的，虽在悲憾之中，仍作采花之蝶。事毕，沉沉睡去。忽见李夫人冉冉而至，笑容可掬的，授以蘅芜之香。武帝受香大喜道：“夫人尚在人间么？真把朕想煞也！”说罢，正想去抱李夫人，一惊而醒，始知是梦。手是香气犹觉芬芳馥郁，飞绕衣带之间，直至一月以后，尚未消尽。当夜遂改延凉室为遗芳梦室，旋改为灵梦台，每月祀祭。

有一天，齐人李少翁，自来请见武帝，说道：“能将李夫人的魂魄，召来入梦。”武帝大喜。到了晚上，李少翁择了一间秘室，室内左右各置一榻，各悬白纱帐子，帐前烧着明蜡，陈上酒食，将武帝藏于右榻的帐子里面。到了三更时分，武帝遥见左榻的帐子内，陡然映出一位天仙般美貌女子的影子出来。仔细一看，正是他每日每夜心心惦记的那位李夫人。不觉大喜，正想下榻，奔至对面的床上，与李夫人讲话，却被李少翁一把拖住道：“陛下不可造次！此是李娘娘的魂魄归来，一见陛下以慰相思之苦，不比活人，可以把晤。陛下若至那榻，阴气不胜阳气，李夫人的魂魄，便难久留。”武帝没法，只得远远注视，虽然不能握手谈心，可是慰情也聊胜于无呢！武帝当时作诗道：

是耶非耶？立而望之，偏何姗姗其来迟。

复作赋道：

美联娟以修嫮兮，命天绝而弗长！

饰庄容以延伫兮，泯不归乎故乡。

惨郁郁其闷感兮，处幽隐而怀伤。

税马余千上椒兮，掩修夜之不旸！

李夫人的魂魄，直至次晨，方才隐隐淡去。当时有人说，李少翁探知武帝思想李夫人过度，防其发痴，乃取暗海所出潜英之石，石色甚青，石质轻如羽毛，夏

则石冷,冬则石温,本为不易多得之物。李少翁既觅得此石,遂刻作李夫人的形像,悄悄地置于白纱帐内,使武帝见她影子,宛如李夫人生时的模样一般,心中悲苦,方能略止。还有一说,是李少翁用丹皮剪作人形,绘以彩色,映在帐里,俨同演木人戏一样。不过木人戏是有形的,皮影戏是影子罢了。当时科学,犹未昌明,比方有人发明一件事情,即以神权附会其说,人人信以为真。况且武帝又在思念得迷迷糊糊之际,当然更不知道是假的了。近日四川盛行皮人影戏,据《蜀省文志》载着,便是李少翁的遗法。当时武帝自从一见李夫人的魂魄之后,心中果觉安慰几分。

复经窦太主、馆陶公主,代为觅到一位尤物,名叫仙娟,年仅十四,美貌绝伦,幼入娼寮,淫业鼎盛。单是一身白而且嫩的皮肤,使人一见,为之销魂。武帝即以仙娟补李夫人之缺,每日同卧同食,顷刻不离。

一夕,武帝在衾中,看见仙娟的玉肤柔曼,抚摩着不忍释手,便笑对她说道:"夫人以后穿衣着服,须要刻刻留意。"仙娟不解武帝的语意,憨笑不答。武帝又笑着申说道:"爱妃的身上,生得宛似羊膏,若被衣上的缨带拂着,肉上防有痕迹。朕的意思是爱卿身上,不准它受着一丝半毫的损伤,汝须知晓!"仙娟听了,方才明白,也含笑道:"奴婢素来不穿粗糙质料,正是此意。"武帝次日,即命尚衣监,定制纱绢宫衣三千袭,赐与仙娟。

但是仙娟虽承武帝万分宠爱,还嫌武帝的面貌,不甚俊俏,于是常常去向韩嫣挑逗。有时竟令韩嫣与她当场换著衣服,男女之嫌,毫不避忌。武帝那时心爱他们两个,不啻拱璧,无论他们如何如何,皆不生疑。可是仙娟的胆子,越加大了。那时正是三伏天气,武帝天天在清阴院里,与韩嫣、仙娟二人陶情作乐。

有一天晚上,武帝觉得没事可做,很是无聊,仙娟已知其意,却去咬着武帝的耳朵道:"陛下的待遇奴婢,何异雨露滋养小草,如此深恩,无从报答,惟有使那位快乐之神,须臾不离陛下左右才好。此刻陛下似乎有点烦闷,奴婢想出一法,拟请陛下同奴以及韩总队长,去到御花园荷花池内,捉鱼为戏,定有特殊趣味。可惜韩总队长究属男子,一同下水,使奴婢未免有些难以为情罢了。"武帝听了,顿时胸间一爽地笑答得:"不碍,不碍!汝停刻入水的时候,心里不要存着韩总队长是个男子,只当他也是女身,自然不致害臊了。他的做人,真是规矩,你还未知道呢。"仙娟的此举,本是她自己要去寻寻快乐,何尝为武帝计。及闻武帝之言,正中下怀,于是用左手拉了武帝,用右手拉着韩嫣,满面欢容,心花怒放地来到御花园荷花池边。首将武帝全身的衣服脱去,请他先行跳下水去。武帝在做太子的时候,常与韩嫣入池洗澡,日子既久,本已略识水性。此时仙娟叫他第一个下去,倒也鼓起兴致。只听得噗咚的一声,武帝早已跳入池内,仅仅剩出两只臂膀,以及脑袋在水面之上,大叫他们两个道:"朕已占先,汝等快快下

来!”此时韩嫣本是女装,早将长衣卸去,正在要想脱下衣的当口,忽见仙娟,一面在解衣钮,一面向他傻笑,那种不三不四的尴尬面孔,定是下水之后,便有欲得而甘心之举。

韩嫣为人,只以固宠为第一桩大事,至于对着那班嫔嫱宫娥等人,倒还不敢稍有其他的作为。武帝平日早已试验过的,所以准他混在嫔嫱之内,毫不疑心。近来仙娟私下看上了韩嫣,武帝固然不防,韩嫣也未觉着。及至此时,韩嫣方始看出仙娟的神情不对,忙心里暗忖道:“这事不好,她现在也是主子的红人,我若不允她的请求,她必定见怪。倘使夜夜在枕上告起状来,我或者要失宠,也未可知。若是依了她呢,主子这人,何等精细!只因从前曾经有两三个宫人,前来勾引我,我不为所动,主子爱我规矩,因此愈加信任。我现在果与仙娟有了私情,彼此举动,断无不破案之理,莫要我的百年长寿,送在这个顷刻欢娱之中,那就大大的犯不着了。”韩嫣想至此地,颇觉左右为难,好容易被他想出一个主意:等得仙娟下水之后,他便忽然假作失惊之状地对武帝说道:“臣的两腿,昨夕好端端的生起湿毒疮来。若去下衣,势必奇痒,惟有穿了下衣下水奉陪的了。”说完这话,扑地跳入池中。武帝听了,倒还罢了。只把这位仙娟妃子,恨得银牙紧咬,玉靥生青,既是不能达她在水中调情的目的,自然闷闷不乐,随便在水里瞎闹一阵,便对武帝道:“奴已乏力了,陛下的兴致尽了么?”武帝道:“起先要到池里来玩耍本是你发起的,何以下来未久,你又说乏力要上去了呢?”仙娟正要辩白几句,尚未开口的当口,忽见韩嫣在水底下摸出一柄宝剑,慌忙游泳至武帝身边,把那柄宝剑呈与武帝道:“此剑寒光逼人,似非等闲之物。陛下识得此剑之名否?”武帝接到手内一看,乃是有名的干将剑,自从失落以后,很有多年不出现于风尘中了。当下武帝大喜过望,携着此剑,同了韩嫣、仙娟两个,一齐上来。大家穿好衣服,武帝就命韩嫣设宴于牡丹亭上,以庆得宝之喜。

乐官李延年,一得这个喜信,赶忙拿了乐器,来至亭上,边歌边舞,以助武帝的兴致。武帝又命仙娟与李延年对歌,仙娟歌了一阕,亭外的百花飞舞,树上的众鸟齐鸣。武帝见了,愈觉添上几分喜色。馆陶公主知道此事,也来与武帝贺喜。武帝见了这位以姑母而兼丈母的双料长辈,忙敬上一觞道:“明日无事,拟至侯府一游。”馆陶公主道:“圣驾光临,敢不扫径以俟。”大家谈笑一会,馆陶公主先行辞席回去。武帝又去召了许多妃嫔,前来席间歌舞。这天的一席酒,直吃到月上花梢,方始大醉地扶了仙娟回宫。

次日起来,早将昨天所说要到馆陶公主家里去的事情,忘记得干干净净。韩嫣私下问仙娟道:“主上今天不是要到窦太主府中去么?我们可要提醒他呢!”仙娟听了,先把左右一看,见无外人,始向韩嫣摇摇头道:“我们快莫提醒他,我的私意,最好是使主上勿与窦太主接近;若一接近,窦太主难免不替她女

儿进言！主上现方宠任你我二人，皇后宫中，足迹不到的。”韩嫣听至此处，不待仙娟往下再说，赶忙答道：“我知道，我知道！仙妃莫忧，只要我不失宠，不是我夸口，断不令帝后恢复夫妻之情就是了。”仙娟听了，也嫣然一笑道：“只要我不失宠，不是我夸口，断不使你向隅就是。”韩嫣道：“仙妃成全，没齿不忘！”仙娟佯嗔道：“你既和我同盟，怎么昨天我要你下水捉鱼，你为何又说生了疮呢？”韩嫣听了，慌忙撩起裤脚管，将他的大腿送至仙娟的眼睛前头道：“生疮的事情，可以假的么？你不信，请你过目！”仙娟真的细细一看，方始相信。其实韩嫣在昨日夜间，故意涂抹些药末，以实其言。他那个以男装女的反戏，连王太后都要被他瞒过，心思若不周密，怎能够在宫中鬼混，不闹乱子出来的么？

这且不说。单说馆陶公主当晚回府之后，一面悄悄地把她那位爱宠董偃，支使出门，一面吩咐大办酒筵，以备次日圣驾到来，好于席间，乘间替她女儿陈后进言。谁知次日一等也不来，两等也不至，直到时已亭午，尚未见御辇临门，赶紧饬人到宫里去探听，回来报道：“万岁正与韩总队长、仙娟妃子二人击剑为戏，并无前来赴宴的表示。”馆陶公主听了，又气又闷；但也无法，只得饬人去把董偃寻回。所办酒筵，也只好自己与董偃两个吃喝。正是：

专制君王原自大，殷勤岳母枉劳神。

不知后事如何，且听下回分解。

第三十九回 窦太主爱情推心腹 董庖人私惠浃骨髓

却说那时的窦太主，年已五十有余，因为生性淫荡，所私的标致少年，不知凡几。自与董偃有了首尾以后，从前的那班奸夫，一概拒绝，不使重温旧梦。

董偃之母董媪，向以卖珠度日，其时董偃年才十二，随母出入窦太主家。窦太主爱他面目姣好，常常以果饵予之。一天，窦太主笑对董媪道：“尔子面如冠玉，必定聪颖，与其随尔仍作这项买卖，将来至多无非是一个富商罢了；不如留在我家读书，异日长大，只要他对我忠心，一官半职，易同拾芥。”董媪听了，乐得向窦太主连连磕上几个响头道：“这是太主的天高地厚之恩，也是董氏祖宗积有厚德，方会碰见你这位救苦救难的现世观音！”窦太主听了，笑了一笑，复给董媪黄金十斤，令她自去营生。转瞬六个年头，董偃已经十八岁了，为人温柔谨重，惟喜修饰。陈侯邸中，无大无小，莫不赞他。当下就有一位官吏，要他去充记

室，每月薪水，也有百金。董偃拒绝道："偃本家寒，蒙此窦太主留养至今，寒则衣之，饥则食之，有病给药，闲游赐钱，如此大恩，负了必无好的收成。君侯见爱，只好容图别报。"窦太主知道此事，便谓左右道："董偃倒是一个有良心的人，有了机会不就，我却不可负他。"窦太主说完此话，即日就令董偃暂充执辔之役；又恐怕他嫌憎贱役，不甚高兴，特将他召至，当面吩咐他道："此职虽贱，在我身边，不无好处，我慢慢地栽培你就是。"董偃听了，慌忙叩头道："臣蒙太主恩典，每思略伸犬马之报，苦于没有机会。太主现在命臣执辔，臣只望生生世世不离左右，方始心满意足。至于其他富贵，并不在臣的心上。"

窦太主当初留养董偃的意思，原是别有用意。后来渐渐大了，只因自己是位公主，何能自贬身份，去就仆役；加之年龄相差，有三十岁的大小，娶亲早的，已可抱玄孙了。若去与他勾搭，势必为家臣等人所笑，正在想不出法子的时候，一听董偃不肯出去充作记室，已是满心欢喜，嘉他不肯忘本。此刻又听他这几句情甘效死的忠言，复见貌又可人，顿时心猿意马起来，老脸一红，春意陡上眉梢，当下暗暗想出一个妙计，就笑容可掬地答道："尔既愿在我的身边，那就更妙了。此刻我就要赴常太君之宴，尔替我执辔前往可也。"说完，窦太主自去更衣，董偃也退至自己的私室。

谁知窦太主装扮已毕，袅袅婷婷地出了大门，坐在车上。等了许久，不见董偃出来驾驷，命人去催，仍旧未出。正想下车，亲到董偃房里，看他在作何事，忽听一班家臣，哄然笑语道："董郎今日的装束，这才不愧为侯府的执辔郎呢！"众人话犹未毕，只见董偃急急忙忙地冲开大众，奔至车侧，轻舒猿臂，一把将马缰绳带到手中，跟着一跃而上，早已坐在车辕。复将执辔之手向前一扬，那乘车子，便得得如飞地往前去了。窦太主一个人坐在车内，看见董偃满身新衣，虽是车夫打扮，可比公子王孙，还要漂亮万分。方知董偃在内打扮，因此迟迟未出，于是越看越喜，越喜越爱。行未数里，已至宫门桥边。此桥因在宫门外面，原是禁地，除了王侯的车辆方准行走，平常人民都从别处绕道。所以桥之左右前后，寂无人迹。

窦太主等得车子正在下桥的当口，故作惊惶之状，用手急向董偃的腰际一推。说时迟，那时快，董偃这人，早已从车辕上一个倒栽葱地摔在地上。窦太主见董偃跌在地上，赶忙跳下车去，抱着董偃身子问道："你可摔伤么？这是怪我不好！我因陡见一只苍狗，吓得推了你一下，不防闯此大祸。"董偃听了急急坐了起来答道："太主勿惊，此间都是草地，并未跌坏。只要太主勿被苍狗吓坏就好了！"说完，似乎就想跳上车去。谁知身上皮肉，虽未跌破，而腿骨节却已受伤，前脚刚刚提起，陡觉一阵奇痛，后脚哪里还能站住，只听得扑的一声，重又跌倒地上去了。窦太主见了，太息了两声，怪着董偃道："我原知道你一定跌伤了

的，你还说并未跌坏，足见年纪轻的孩子，不知轻重。你现在切勿再动，让我去就在附近唤一乘街车来，将你载回邸中，赶紧医治。”此时董偃已是痛得只是哼叫，仅把头点上一点，算是答复。

窦太主去了一刻，果然坐着一乘街车回来。当下便由车夫把董偃这人，抱入车内，让他卧好。窦太主只好暂时屈尊，坐在车辕之上，也不再去赴宴，仍向原路回家。其实这天窦太主的赴宴，乃是假的。她因无法亲近董偃，诡作此说。又知道常太君住在城北，此去必经宫门桥，那里四面无人，便好把董偃推跌在地，跌伤之后，势必医治，就在医治的时候，借这题目，亲奉汤药，制造爱情。如此一来，以后不怕董偃不真心诚意地感激她。她这个法子，固然可以达她目的。可是董偃的这场意外跌伤，岂不冤枉呢？幸亏仍由窦太主将他服侍痊愈。痊愈之后，因而得亲芳泽，总算尚不吃亏。

话既表明，再说那天窦太主回至邸中，下了街车，不令董偃再睡下房，命人扶到她的寝室，卧在她的床上。一面急召医官，前来医治；一面对董偃说道：“今天之事，原是我害你的。所以要你睡在我的床上，我的心里，方才过意得去。”董偃听了垂泪道：“太主乃是无心，如何倒说过意不去此床陈侯睡过以后，现在只有太主独睡，家奴睡在此地，实在非礼。”窦太主听了，忽然将脸一红，正拟答话，因见医官已至，便不再说。及至医官诊过，说是伤了骨节，至少须两三个月，方能痊可。窦太主听了道：“只要不致残废，日子多些，倒也不妨。”医官用药去后，窦太主衣不解带的，真个亲自服侍。董偃阻止无效，只得听之。

有一天晚上，众人已睡，窦太主替董偃换过药膏，问他道：“我觉得你的伤处，业已好了一大半了，你自己觉得怎样？”董偃道：“从前痛不可忍，家奴因是太主亲自服侍，熬着不敢喊痛，这两天不甚疼痛。但是太主如此待我，不避尊卑，不嫌龌龊，家奴就是痊愈，恐怕福已折尽，也不会长命的了。”窦太主听了，实是心痛得了不得地答道：“你放心，我是一个寡妇，虽是天子姑母而兼岳母，身边没有一个亲信之人，设有一个缓急，无人可恃；你好了之后，如不忘恩，我命你如何，你就如何，那才算得真正的报答我呢。”董偃听了，即伏枕叩头道：“太主从小豢养我长大，就是不是如此待我，我也应该肝脑涂地地答报大恩。现在这样一来，实使我报无可报，怎样好法呢？”窦太主道：“你只要存有此心，不必一定实有此事，我还有教训你的说话，等你伤愈之后，毋用再任执辔之役，只在我的身边，做一个心腹侍臣就是了。不过我们邸中人多口杂，见我待你逾分，背后恐有闲言。你第一须待人和气不可露出骄矜之态；第二呢，不妨多给他们金钱，塞塞他们的嘴巴，你要用钱，我将钱库的对牌交给你。最好你能与士大夫交游，我更快活。”董偃听了，点点头道：“太主教训，我都理会得来。但愿早日痊愈，也不枉太主服载我一场。”窦太主听了，微笑答道：“你最聪明，能够合我心理，我便安心

矣！”过了几天，董偃已经大愈，窦太主自然欢喜无限。又见董偃唇红齿白，目秀眉清，依然不减以前的丰采，便去咬了他的耳朵问道：“我的这般相待，你知道我的心思么？”董偃因点点头，低声答道：“臣虽知道，惟恨乌鸦不敢眠凤巢耳！”窦太主听了，红了脸佯嗔道：“你这小鬼头，倒会谦虚。我要问你，你这几个月里头，是不是眠的凤巢呢？”董偃被诘，没话可答，只得撒娇，一头倒在窦太主的怀里。窦太主这几个月来，也算费尽一番心血，方才如愿以偿。不佞对于此段文章，不便描写，却有一首歪诗是：

一树梨花压海棠，为讥白发戏红妆；

当年陈邸稀奇事，才发新枝便受霜。

窦太主自从这天与董偃有私以后，索性不避嫌疑。竟将董偃留在房内，寝食与俱，情同伉俪。好在合邸之中，都是她的家臣。况有金钱塞口，非但背里毫没闲言，并且当面恭维董偃为董君，从此不敢称名。董君又能散财交士，最多的一天，竟用去黄金百斤、钱百万、帛千匹。窦太主知道，还说董君寒素，太不大方。可是董君业已内不自安，常忧得罪。

当时有一位名士，却与董君十分莫逆。这位名士，就是安陵爰叔，便替他出了一个绝好主意，叫他入白太主，请太主将自建的那座长门园，献与武帝作为宿宫，武帝果然大悦。太主知道此谋出诸爰叔，乃以黄金百斤，命董君亲自送与爰叔为寿。爰叔得金，未能免俗，谢而又谢。董君笑道：“谢可不必，最好乞公再出一谋，使我得见皇帝，即可出头露面，暗中又能免人中伤，岂不大妙！”爰叔听了，也微笑道：“这有何难！君可请太主称疾不朝，皇帝必定临候。太主有所请求，皇帝对于病人之言，即不愿意，也不致驳斥。”董君听了，连连拍案道：“妙计，妙计！公且听我的好音可也！”董君说完，又将爰叔之言，转告太主。太主听了，自然依从。

武帝一听太主有病，急排全副鸾驾，来至太主邸中。一见太主病卧在床，花容惨淡，似有心事，便问道：“太主心中不适，如有所欲，朕当代为罗致。”太主伏枕辞谢道：“臣妾幸蒙陛下厚恩、先帝遗德，奉朝请之礼，备臣妾之列，使为公主，赏赐邑人，隆天重地，无以塞责。一日，猝有不胜洒扫之职，先狗马填沟壑，窃有所恨，不胜大愿。愿陛下时忘万事，养精游神，从中掖庭，回舆枉路，临妾山林，得献觞上寿，娱乐左右，如是而死，何恨之有！”武帝大笑答道：“这有何难，不过朕的从臣多，恐怕太主破钞耳！”武帝回宫。

太主次日，假装病愈，特地带钱千万，造宫与武帝游宴。武帝因此约定次日亲至太主家中，不料当晚与仙娟锦帐春深，弄得昏头搭脑，第二天早已忘记罄净。仙娟与韩嫣二人，又不肯从旁提醒武帝，恐怕太主替皇后进言。其实太主倒是为的奸夫出头的事情，至于她女儿的失宠，倒还不在她心上。

武帝一直过了几天，方始忽然想着，急造陈邸。太主一见御驾到来，慌忙自执

敞帚，膝行导入，登阶就坐。那时武帝已微闻董偃情事，甫经坐定，即笑谓太主道："朕今日来，甚愿一见主人翁。"太主听了，乃下殿卸去簪珥，徒跣顿首谢道："臣妾无状，有负陛下，身应伏诛，陛下不致之法，顿首死罪！"武帝笑令太主戴着簪屐，速去引出董君来见。太主遂至东厢，将董君唤至，俯伏阶下。武帝见董君绿帻傅鞲，面貌和婉，顾问太主道："此即所谓董君者乎？"太主谨答道："此即臣妾家中庖人董偃是也。"武帝命之起立，并赐衣冠器用种种。太主复代叩谢，跪进数觞。武帝不禁大乐。太主乃请赐将军列侯从官，金钱杂绘，各人欢呼拜谢。

次日，太主导董君入宫与宴，巧值东方朔备戟殿下，及见董君傲岸无礼，乃解戟趋前劾奏道："董偃负斩罪三，哪可赦宥？"武帝道："甚么三罪？"东方朔道："以人臣私侍公主，一罪也；败男女之化，乱婚姻之礼，有伤王制，二罪也；陛下富于春秋，方积思六经，留神王事，驰骛唐虞，折节三代，董偃不遵经劝学，反以靡丽为右，奢侈为务，是为国家之大贼，人主之大蜮也，实是淫首，三罪也。"武帝听了，默然良久，始答道："朕知道了，往后命他改了就是！"东方朔太息道："陛下万世之基，不可坏于此事。"

自此以后，董君便不得入宫游宴了。但他虽然不得入宫，可是太主和他仍旧形影不离。有一天晚上，已是深夜，一班丫鬟犹听得太主房内，尚有歌唱之声。因为房门已闭，不便进去，大家都想偷看房内的把戏。内中有一个人道："我们何不把窗纸戳破一个窟窿，便可窃视。"当下又有一个年纪稍长的道："不可！不可！戳破纸洞，明天太主看见，必要查究。依我主张，可以偷至楼上，伏在天花板上，窍听他们说话，也是一样。"大家听了，吃吃暗笑，都以为然。于是一个个轻手轻脚的，同至楼上，把各人的耳朵，紧贴在楼板上面。只听得歌声甫停，床上的金子帐钩，已在震动，叮呰之声，不绝于耳。同时复听得董君腻声说道："我久受太主厚恩，无可报答；此刻的区区微劳，乌足挂齿！"又听得太主噗哧地一笑道："你已浃骨沦髓的，将身子送与我了，我虽然没有与你同年同月同日同时生，我但愿与你同年同月同日同时死！"又听得太主说至此句，床上金钩复又鸣动起来。那班丫鬟，听到这里，个个面红耳赤，大家掩口葫芦的，悄悄下楼归房安睡。次日大早，太主见董君操劳过度，懒卧不起，急召医至，令开十全大补之方。董君一连服了数剂，方才强健如昔。又有一天，正是三伏，董君卧于延清室内，用画石为床。此石纹如锦绣，质量甚轻，出郅支国，上悬紫琉璃帐，侧立火齐屏风，并列灵麻之烛，以紫玉为盘，如屈龙，皆用珍宝饰之，丫鬟遥立户外，以罗扇轻轻扇之。董君笑谓道："有石有玉，尚须尔等扇扇，方才生凉么？"丫鬟听了，个个抿嘴微笑。因为这等床帐器具，乃于涂国王，进献景帝，景帝转赐于太主的。堂邑侯陈午在日，太主与他不甚恩爱，故未享受此等艳福，丫鬟自然更加不识这些宝物的妙处了。今既为董君说破，方不再扇。董君以微贱出身，自

蒙太主宠幸后，富堪敌国，享拟王侯，也是太主前世欠他的孽债，今世偿还。可惜董君有福无命，年未三十，病瘵而亡。太主亲视棺殓，痛不欲生。虽经武帝派人慰劝，仍未稍减悲憾，即在此年冬天，亦患瘵病逝世。临终的时候，上书武帝，乞与董君合葬。武帝允之。及太主殁，果与董君葬于霸陵，倒合上那句"生同衾，死同穴"的风流艳语。嗣后公主贵人，多逾礼制，便是自窦太主为始。

皇后陈阿娇，自从失宠以来，原望太主为其进言。等得太主亡后，影只形单，还有何人顾问。一天，忽由宫娥贵枝，领进一个女巫楚服，自言有术能使皇帝回心转意。陈后听了，岂有不喜之理？急赐黄金百斤，令她从速作法。女巫即于晚间设位祭神，并出仙药数丸请陈后服下，说是名叫如意丸，皇后服下之后，皇帝一闻此气，一定视皇后为天仙化人，其余妃子，不问男女，都以粪土视之了。女巫复著男子衣履，峨冠博带，自命具神仙风格，日与皇后同食同宿，相爱俨若夫妇。事为武帝所闻，亲自奔至皇后宫内，把女巫洗剥审视。谁知女巫乃是男体，形虽不全，即俗称雌雄人的便是。武帝大怒，查问何人引进。宫娥贵枝，无法隐瞒，只得直认不讳，自请恩赏全尸。武帝听了，冷笑一声道："你尚想全尸么？你且等着！"说完，即令卫士，把女巫与贵枝二人，活钉棺中，再用火烧。可怜贵枝睡在棺中，以为既是活葬，全尸二字，总能够办到的了，谁知葬身火窟，变了一道青烟。武帝为人，最无信用，连鬼都要骗骗的，岂不可笑。那时陈后自知罪在不赦，辩无可辩，幸亏总算做了数年夫妇，知道武帝心思，只有太后的言语，尚有一句半句肯听。急趁武帝正在处置女巫和贵枝的当口，飞奔地来至太后宫中，跪在地上，抱了王太后的双膝，哭诉一番，只求救命。王太后倒也心软，就把武帝召至，命他从轻发落。

武帝听了，母命难违，仅把皇后的头衔废去，令居长门宫中悔过自省。陈后得保性命，确是太后的力量呢！正是：

祸福无门惟自召，穷通有命任君为。

不知陈后到了长门宫中，有无复位的希望，且听下回分解。

第四十回 翻戏党弹琴挑嫠女 可怜虫献赋感昏君

却说陈后自从入居长门宫中，终日以泪洗面，别无言语。她的身边，却有一个极聪明的宫娥，名唤旦白，前被贵枝所嫉，因此不敢露面。现在贵枝既死，也

便顶补其缺。一天夜间,她无端地做了一梦,仿佛陈后已经复位,且与武帝来得异常恩爱。念她服役勤劳,也已封为贵人。她心里一乐,忽然笑醒转来。她一个人正在枕上回思梦境,陡听得陈后似在梦魇,慌忙奔到陈后房里,即将陈后唤醒,问道:"娘娘梦魇了么?"陈后被她唤醒,不觉很凄楚地说道:"我方才梦见万岁忽来召我,方拟出宫,谁知惊醒是梦;我那时想想,我已待罪居此,哪里再会重见天日,因此伤心。不料又被你唤醒,却是一个梦中之梦。"说完,长叹一声,眼眶里面,便像断线般的珍珠,滚将出来了。旦白道:"这就真巧了,奴才方才也做一梦,梦见娘娘已经复位,连我也……"旦白说至此处,赶忙缩住。陈后道:"你有话尽讲,何必留口?"旦白听了,忸怩了一会,始把梦中之事,一句不瞒地告知陈后。陈后听了道:"我若能够复位,保你做个贵人,也非难事。但是,……"陈后说至此处,只把她的那一双愁楚之眼,呆呆盯着旦白,良久无色。旦白道:"奴才想来,娘娘长居此宫,如何结局,总要想出一个法子,能使万岁回心,我与娘娘,方有出头的日子。"陈后听了,连忙拿手掩了耳朵,又摇着头道:"我被那个妖尼,几乎害了性命,我不是也因她说能使万岁回心,才上她的当么?"旦白道:"已过之事,不必提它。我晓得蜀人司马相如,极有文才,所作词赋,文情并茂。万岁最爱文字,娘娘何不遣人携了多金,去求他做一篇《长门赋》,叙其哀怨,万岁能够动心,也未可知。"陈后听了,点头称是。次日,即命一个心腹内监,携了千金,径往成都。

原来司马相如,字长卿,四川成都人氏,才貌出众,自幼即有璧人之誉。父母爱之,过于珍宝,呼为犬子。及年十六,慕战国时的蔺相如为人,因名相如。那时蜀郡太守文翁,吏治循良,大施教化,选择本郡士人入都肄业,相如亦在其列。学成归里,文翁便命他为教授,就市中设立官学,招集民间聪颖子弟,师事相如,读书有成,都使为郡县吏,或为孝弟力田。蜀中本来野蛮,得着这位贤太守,兴教劝学,风气大开。嗣是学校林立,化野为文。后来文翁在任病故,百姓追念功德,立祠致祭。相如也往游长安,纳赀为郎,旋得迁官武骑常待。相如本是一个饱学之士,既膺武职,反致用违其长,遂辞职赴睢阳,干谒梁王。梁王爱他满腹珠玑,是位奇才,优礼相待。相如因得与邹阳枚乘诸子,琴书雅集,诗酒流连,暇时撰成一篇《子虚赋》,传播出去,名重一时。未几梁王逝世,同人风流云散,相如立足不住,只得回至成都。及进家门,方知父母都死,家中仅有四壁;又因不善积蓄,手无分文,于是变为一个身无长物的穷人。偶然想起临邛县令王吉,是他的文字之交,乃摒挡行李,径往相投。王吉一见故友到来,自然倒屣相迎。问起近状,相如老实直告。王吉原是清官,无钱可助,使想出一法,与相如附耳数语,相如甚喜。当下用过酒膳,即把相如的行装,命左右搬至都亭,请他小住,每日必定亲自趋候。相如初尚出见,后来屡屡挡驾。王吉仍旧日日一

至，并未少懒。附近居民，见县官仆仆往来，不知是何贵客，一时传说不一，哄动全城。临邛第一家富绅，名叫卓王孙，次为程、郑两家。一日，程、郑二人，来访卓王孙道："都亭住的必是贵客，我们不可不宴他一宴，也好高抬你我的声价。"卓王孙本是一个有名的势利鬼，一听此言，甚为得意。大家议定，就在卓府设席，宴请相如。并把他们三家之中的精华，统统取出，摆设得十二万分的华美。收拾停当，方发请柬，首名自然是司马相如，次名方是县令王吉，其他的都是本地绅士，不下百十余人。王吉闻信，喜其计之已售，立赴都亭，密告相如，叫他如此如此。相如大悦，依计而行。等得王吉别去，急将衣箱打开一看，并无贵重的衣服；幸有一件鹔鹴裘，原非等闲之辈所有的，还是他从前在睢阳的时候，梁王很为器重，每逢佳会，非相如作文不乐。有时直至深夜，方命内监伴送相如回寓。有一夕，天忽大雪，梁王恐怕相如受寒，特将御赐的这一袭鹔鹴裘，借与相如一穿。只因裘太名贵，说明不便相赠，只好暂借。谁知相如穿了回寓之后，次日正想送还，不料梁王忽得重病，竟致不起。相如乐得将此裘，据为己有。平时乏资，百物皆去质钱；惟有此裘，不忍割爱。有此缘故，所以相如竟有这一件名贵之裘。相如穿上之后，照照镜子，所谓佛要金装，人要衣装。相如本是一张标致面孔，一经此裘点缀，愈觉得风流俊俏，华贵无伦，自己心里也觉高兴。他正在大加打扮的当口，卓府佣人，已经接二连三地来催请了。相如还要大搭架子，不肯即行。直至卓王孙亲自出马来邀，方始同至卓府。那时王吉已在卓府门前相候，故意装出十分谦卑的样儿，招待相如。相如昂然径入。对于县令，微微颔首而已。众绅争来仰望丰采，见他果然雍容大雅，宛似鹤立鸡群；回视自己，人人无不自觉惭愧。当下仍由卓王孙将相如延至厅上坐下。王吉顾大众道："司马公本不愿光降，尚是本县的情面，才肯屈尊呢！"相如接口道："鄙人孱躯多病，不惯酬应。自到贵地以来，只谒县尊一次，尚望诸君原谅！"大众听了，吓得不敢冒昧恭维。卓王孙因是主人，只得大了胆子，狗颠屁股，语无伦次地大拍一拍。谈着，上过几道点心，即请相如入席。相如也不推辞就向首位一坐。王吉以下，挨次坐定。卓王孙以及程、郑两人，并在主位相陪。这天的酒菜，无非是龙肝凤脑；这天的谈话，无非是马屁牛皮，无用细述。吃到一半，王吉笑谓相如道："闻君素善弹琴，当时梁王下交，原也为此，我想劳君一弹，使大家听听仙乐。"相如似有难色，禁不起卓王孙打拱作揖地定要相如一奏，并谓舍下虽是寒素，独有古琴，尚有数张。王吉忙拦阻道："这倒不必，司马公琴剑随身，他是不弹别人的琴的。"说完，也不待相如许可，即顾随从道："速将司马公的琴取来！"须臾取至，相如不便再辞，乃抚琴调弦，弹出声来。这琴名为绿绮琴，系相如所素弄，凭着多年熟手，按指成音，自然雅韵铿锵，抑扬有致。大家听了，明是对牛弹琴，一丝不懂，但因相如是位特客，又是县官请他弹的，叮叮咚咚之声，倒也好听。顿时哄

如犬吠，莫不争先恐后地赞好。相如也不去理睬大众，仍是一弹再鼓的当口，忽闻屏后有环珮之声响动，私下抬头一看，正是王吉和他所计议的那位美人。此人究竟是谁？乃是卓王孙的令嫒千金，万古传名私奔的祖师，卓文君便是。文君那时年才十七，生得聪慧伶俐，妖艳风流；琴棋书画，件件皆精；歌赋诗词，门门皆妙；不幸嫁了一位才郎，短命死矣。如此一位佳人，怎能经此惨剧？不得已由卓王孙接回娘家，嫠居度日。此时闻得外堂宾客，是位华贵少年，已觉芳心乱进，情不自主。复听得琴声奇妙，的是专家，更是投其所好。于是悄悄地来至屏后，探出芳姿，偷窥贵客。相如一见这位绝世尤物，因已胸有成竹，尚能镇定如常，立刻变动指法，弹出一套《凤求凰》曲，借那弦上宫商，谱出心中词意。文君是个解人，侧耳细听，便知一声声的寓着情词是：

凤兮凤兮归故乡！遨游四海求其凰。有一艳女在此堂，
室迩人遐毒我肠，何由交接为鸳鸯？凤兮凤兮从凰栖！
得托子尾永为妃。交情通体必和谐，中夜相从别有谁？

文君听得相如弹到这里，戛然终止，急将相如的面庞再仔细一瞧，真是平生见所未见的一位美丈夫，便私下忖道："我久闻此人的才名，谁知不仅是位才子，真可称为人间鸾凤、天上麒麟的了。"文君刚刚想至此处，只见一个丫鬟，将她轻轻地请回房去，又笑着对她说道："这位贵客，小姐知道他是甚人？"文君道："他是当今的才子。"丫鬟听了，又傻笑道："我活了二十多岁，从未见过这般风流的人物。听说他曾在都中，做过显官，因为自己青年美貌，择偶甚苛，所以至今尚无妻室。现在乞假还乡，路经此地，县令慕其才名，强留数日，不久便要回去了。"文君听了，不觉失声道："呀！他就要走了么？"丫鬟本由相如的从人，出钱买通的，此刻的一番说话，原是有意试探，及见文君语急情深，又进一步打动她道："小姐这般才貌，若与贵客订结丝萝，正是一对天生佳偶，小姐切勿错过良缘！"文君听了一怔道："尔言虽然有理，但是此事如何办法呢？"丫鬟听了，急附耳叫她夤夜私奔。文君记起琴词，本有"中夜相从"一语，恰与这个丫鬟的计策暗合。一时情魔缠扰，也顾不得甚么嫌疑，甚么名节，马上草草装束。一俟天晚，携了丫鬟，偷出后门，趁着月光，直向都亭奔去。都亭与卓府，距离本不甚远，顷刻之间，即已走到。那时司马相如，尚未就寝，正在胡思乱想，惦记文君的当口，陡然听得门上有剥啄之声，慌忙携了烛台亲自开门。双扉一启，只见两女鱼贯而入，头一个便是此事的功臣，文君的丫鬟；第二个便是那位有才有貌，多情多义的卓文君。相如这一喜，还当了得！赶忙趋近文君的身边，恭恭敬敬地作上一个大揖。文君含羞答礼。当下那个丫鬟，一见好事已成，便急辞归。相如向她谢了又谢，送出门外，将门闭上，始与文君握手叙谈。还未开口，先在灯下将文君细细端详一番，但见她眉如远山，面如芙蕖，肤如凝脂，手如柔荑，低头弄带，默默含情。相

如此时淫念大动，也不能再看了，当即携手入帏，成就一段奇缘。女貌郎才，你怜我爱，这一夜的缱绻绸缪，更比正式婚姻，还有趣味。待至天明，二人起身梳洗。相如恐怕卓家知道，兴师问罪，便不好看，索性逃之夭夭，与文君同诣成都去了。卓王孙失去女儿，自然到处寻找。后来探得都亭贵客，不知去向，转至县署访问，县里却给了他一个闭门羹。卓王孙到了此时，方才料到寡女文君，定是私奔相如，家丑不可外扬，只好搁置不提。县令王吉，他替相如私下划策，原是知道卓家是位富翁；若是贸然前去作伐，定不成功，只有把相如这人，抬高声价，使卓家仰慕门第，方好缓缓前去进言。事成之后，不怕卓王孙不拿出钱来，替他令坦谋干功名。谁知相如急不及待，夤夜携了艳妇私逃，自思也算对得起故人的了。由他自去，丢开一边。

惟有文君随着相如到了成都，总以为相如衣装华丽，必是宦囊丰富；谁知到家一看，室如悬罄，却与一个窭人子一般，自己又仓猝夜奔，未曾携带财物。随身首饰，能值几何。可是事已至此，还有何说，没奈何典钗沽酒，鬻钏易粮。不到数月，一无所存。甚至相如把所穿的那件鹔鹴裘，也抵押于酒肆之中，换了新酿数斗，肴核数事，归与文君对饮浇愁。文君见了酒肴，勉强陪饮；问及酒肴来历，始知是鹔鹴裘抵押来的，不觉泪下数行，无心下箸。虽由相如竭力譬解，仍是无限凄凉。文君继见相如闷然不乐，停杯不饮，面现愁容，方始忍泪道："君一寒至此，终非长策。妾非怨君贫乏，只愁无以度日。君纵爱我，终至成为饿殍而已。不如再往临邛，向兄弟辈借贷银钱，方可营谋生计。"相如无法，只得依从。次日，即挈文君启程，身外已无长物，仅有一琴一剑，一车一马，尚未卖去，可以代步，方得到了临邛，先向逆旅暂憩，私探卓家消息。店主与相如夫妇，并不相识，犹以为是过路客商，偶尔问及，便把卓家之事，尽情告知他们道："二位不知此事，听我告诉你们，卓女私奔之后，卓王孙气得患了一场大病；有人听得卓女目下贫穷不堪，曾去劝过，说道：'女儿虽然不好，究属亲生骨肉，分财周给，也不为过。'谁知卓王孙听了，盛怒不从，还说生女不肖，不忍杀死，只好任她饿死；若要我给他们分文，且待来世等语。"店主说毕自去。相如听完自忖道："如此说来，文君也不必再去借贷了。卓王孙如此无情，我又日暮途穷，不能再顾颜面，索性与他女儿开起一爿小酒店，使卓家自己看不过去，情愿给我钱财，方才罢休。"主意已定，即将此意告知文君。文君听了，倒也赞成。于是售脱车马，作为资本，租借房屋，置办器具，居然悬挂酒帘，择吉开张。相如自己服了犊鼻裙，携壶涤器，充作酒保；文君娇弱无力，只好当垆卖酒。顿时引动一班酒色朋友，拥至相如店里，把盏赏花。有些人认得卓文君的，当面恭维，背后讥诮，吃醉的时候，难免没有几句调笑的言词。当下自然一传十，十传百，传到卓王孙的耳中。初犹不信，后来亲自去看，果是他的千金，羞得杜门不出。岂知他的亲朋故旧，

都来不依他，并说你愿坍台，我们颜面有关，实不甘愿。于是你一句，我一句地逼得卓王孙无奈，方才拨给僮婢百人，连从前那个丫鬟，也在其列；又给钱百万缗，以及文君嫁时的衣饰财物，统统送至相如店中。相如一一笑纳，即把酒肆关闭，满载而归。县令王吉，初见相如，忽来开设酒肆，便知其中必有蹊跷，也不过问。相如得财之后，亦不往拜，恐怕王吉要受嫌疑，彼此心照不宣而已。相如回到成都，买田造宅，顿成富翁；且在园中建了一座琴台，备与文君弹琴消遣。又因文君性耽曲蘖，特向邛崃县东，购得一井，井水甘美，酿酒最佳，后人因号为文君井。过了几时，相如原有消渴病的，复因酒色过度，几至不起。幸而有钱，延医调治，渐渐痊可，特作一篇《美人赋》以为自箴。一天，忽奉朝旨：武帝因读他的《子虚赋》，爱他文辞优美，特来召他。相如便别了文君入都，授为文郎。次年，武帝欲通西南夷人，特拜相如为中郎将，建节至蜀。太守以下郊迎，县令负弩矢先驱，蜀中父老，无不荣之。卓王孙大喜，欲以婿礼谒见，相如拒绝不纳。还是文君说情，方认翁婿。通夷事毕，相如辞职，住于茂陵。某日，因悦一个绝色女子，欲纳为妾，文君作《白头》四解以示绝。相如读罢，涕泪交流，因感其情，遂罢是议。

至于陈后派人至蜀，乞相如作《长门赋》的时候，是在文君已经当墟以后，未至都中献赋以前。相如那时并不希望这区区千金，只因陈后书函恳切，方始允撰。内监携回都中，呈与陈后。陈后求人递交武帝。武帝见了那赋，泪下不止，于是，仍为夫妇如初。陈后自此谦和，反去巴结韩嫣、仙娟二人。他们二人，因见陈后既不妬嫉，便也不再从中播弄是非。

有一天，武帝幸平阳公主家，公主就在酒筵之上，唤出一个歌姬，名叫卫子夫的，命她自造词曲，当筵歌舞。武帝听了这种淫词，欲心大炽，便向公主笑道："此人留在公主府中，无甚用处，可否见赠？"公主也笑答道："陛下若欲此人，却也可以。惟须把皇后身边的那个旦白宫娥，封为贵人，臣妾自当奉命。"武帝不解道："公主何故力为旦白说项？"公主道："旦白服伺皇后，颇为尽心，皇后托我转求，故有是请。"武帝依奏，即晚回宫，便将旦白封为贵人。正是：

事主能忠应得宠，为人说项也称贤。

不知后事如何，且听下回分解。

第四十一回 假含羞蛱蝶头贴地 真抢物蜻蜓背朝天

却说武帝既准平阳公主之奏，回宫即封陈后身边宫娥旦白为贵人。次日黎明，复至平阳公主家中，要公主践约，好将歌姬卫子夫其人带回宫去。谁知因为时候过早，公主尚在高卧，武帝无奈，只得坐在外堂守候。

这末武帝对于公主，如何这等迁就呢？内中却有一段艳史。公主有恃无恐，所以不怕这位皇帝兄弟动怒。原来公主本封信阳公主，自嫁与平阳侯曹寿为妻之后，乃改称平阳公主。公主为王太后所出，与武帝为姊弟，仅长武帝两岁，生得丰不见肉，瘦不露骨，当时在宫中的时候，已有美人之誉。那时武帝还是太子，一天听了韩嫣的指使，吃得大醉的，前去私调公主。其时公主独处深宫，尚无坏样可学，因此严辞拒绝，不为武帝所乱。及嫁到曹侯府中，初则嫌憎夫婿不识枕上风情，次则看见窦太主豢养董偃，花朝月夕，淫乐为事。于是渐渐看了坏样，也想私下搜罗几个如意情郎，以备作乐。虽然不惧夫婿见责，却怕武帝从旁吃醋，天子尊敬，是不好玩的。既有这桩难题，必须先通此关，方能为所欲为，无人干涉。又知武帝早将爱她的心思淡了下去，若是自己进宫调戏皇帝，耳目众多，深有不便。好容易被她想出一个对症下药的妙计，特用千金，向娼家买到一个卫子夫，来到府内，充作歌姬。更知卫子夫非但能房中术，且具特别才智，即将己意告知子夫。子夫闻言，岂有不从之理？公主刚刚布置妥贴，可巧陈后阿娇正与武帝恢复感情，因纳宫娥旦白之计，大收附己党羽，好与韩嫣、仙娟一派对垒。想来想去，只有平阳公主可以做她帮手，遂遣旦白去与公主说通。公主乐得答应，故以子夫作饵，好叫武帝上钩。武帝一见子夫，眉分八字，妖艳奇淫，竟认作美在韩嫣、仙娟之上，故而公主请他先封旦白为贵人。武帝连忙允许，这天大早到来。公主晚上，因为子夫与她商量计策，直到东方放白，始行入梦。

武帝既到，当下就有侍婢急来报告。公主听了，方才慢慢地升帐，同与子夫两个画上八字眉，梳好双飞髻，装扮得真似天仙一般。且将子夫藏过，始命侍婢把武帝请入内堂。武帝见了公主，开口就说戏话道："曹侯现方奉命出征，公主夜间无人陪伴，应该倒枕就睡，何至此时香梦犹酣呢？"公主听了含笑答道："臣

妾近日骨软筋瘦，春睡甚浓，以致失迓圣驾。”武帝道：“原来如此，朕当体贴公主之意，亟将曹侯召回便了。”公主听了，赶忙频摇其头道：“此人粗蠢若豕，那堪承教！”武帝道：“这也不难。”公主不待武帝说完，忙接口道：“谈何容易！今日臣妾，料知御驾必定光临，略备水酒，为陛下寿。”武帝道：“酒可不必，请将卫姬见赠，即感盛情！”公主听了微笑道：“陛下今日必须在臣妾家中畅乐一天，夜间准令卫姬同归可也。”武帝听了道：“公主赐宴，朕敢不遵！”公主便将武帝引至园中藏春阁上，一面摆上盛筵，一面把卫子夫唤出侍宴。武帝便携了子夫的手，走至窗前，并肩而立地闲眺园中景致。

此时正是暮春时候，艳阳天气，园中万紫千红，似乎也在那儿争妍献媚，以助他们君臣的兴致。武帝看了一会，看得十分出神，只听得公主催他入席，始行回到席上。公主便与子夫两个左右奉陪，殷勤把盏。酒过三巡，公主笑向武帝道：“陛下如今尊为天子，日理万机，还记得幼时常与臣妾捉迷藏之戏否？”武帝听了，喟然叹道：“咳，怎不记得！可惜流光催人，再过几时，朕与公主，势必至发脱齿落，虚生人世了。”公主道：“诚如圣论，臣妾也是此意，无如想不出一桩特殊的寻欢之事。”说着，以目视子夫道：“倒是她想出一法。”公主说到这里，笑谓子夫道：“汝可奏知万岁，如以为可，不妨就在此间行之。”子夫听了，赶忙趋近武帝身边，咬了一会耳朵。武帝听了，乐得手舞足蹈，大赞道：“妙极！妙极！捉迷藏的玩艺，朕有十多年不闹了。再加上诸人都是无叶之花，更有趣味。”说着，看了一看公主道：“但使公主向隅，未免有些对不起主人呢！”子夫接口道：“公主虽然不便夹在里面，可以请她老人家做一个监令官，何人违法，她便责罚何人。”武帝拍手道：“此法更妙！”公主红了脸，笑着推辞道：“监令官须与她们有别，不能那般模样，免失监令官的尊严。”子夫笑道：“公主首先违法，陛下须要罚她三觥。”武帝听了，边笑着，边去亲筛三大觥热酒，强逼公主喝下。公主不敢不喝，喝下之后，不到三分钟的辰光，早已头重脚轻，烂醉如泥，不省人事。子夫一面把昨晚预备好的美貌歌姬二十余人，一齐唤入。叩见武帝之后，分列两旁。武帝急朝大众细细一看，个个都画着八字眉毛，长得虽然赶不上子夫，却也都还妖艳，便命各人遵照子夫的办法，又与子夫二人，帮同将公主如法炮制，不禁呵呵大笑。又催子夫速用醒酒汤，将公主灌醒。公主醒了一看，直羞得无地自容。还想争辩，已被子夫阻止道：“公主若再多说，万岁又要罚你喝酒了。”公主无奈，只得立在一张椅上，担任监令之职。武帝与子夫二人，也和大家一样。子夫又用一条绸巾，去把武帝的双目扎住，请他先捉。子夫的办法是，武帝捉着何人，何人算得头标。得头标的，武帝要如何便好如何。武帝本是一位风流天子，淫毒魔王，不论甚么大事，就是秦始皇也没有做过的把戏，他也要干干，何况关在房内，与几个女子取乐的小事呢？当时武帝便对大众笑道：“尔等快跑，朕要动手

捉人了。"嘴内犹未说完,双手就向空中乱摸。那时子夫早同那班歌姬,一个个轻手轻脚,抿着嘴边笑边四散地乱跑。武帝一个人却在中间乱转,捉了半天,一个都没有捉住。其实那班歌姬,依她们的心理,只望武帝把自己首先捉住,便好如何如何。这样一来,将来不是妃子,即是贵人,岂不比做这侯府歌姬,高升万倍么?只因公主早已吩咐过的,不准众人被武帝捉住,只有她与子夫二人,方有这个资格。暗中既有安排,试问武帝怎样能够捉着呢?武帝一时觉得有些乏力了,可巧一把将站着一动不动的,那位平阳公主抱住,顿时连连大叫道:"朕捉住一个了!朕捉住一个了!"公主不待武帝去除脸上所扎的那块绸巾,忙也连声大叫道:"我是监令,不能算数,不能算数。"武帝哪里肯听,一面自将绸巾除去,一面笑对公主道:"这是天缘,公主何必推托!"公主假装发急道:"陛下不可造次,臣妾与陛下乃是一母所生的呢!"武帝听了,复大笑道:"我们刘氏,原有老例,先帝与窦太主,难道不是一母所生的么?"公主听完,仍是假作羞得无可如何的形状,赶紧俯伏地上,把她的脑袋,不敢丝毫抬起。武帝见她这般娇羞,更觉可爱。当时便不管三七二十一的,一把将公主抱到榻上,做那真正的禽兽行为去了。那时满房中的那些歌姬,非但个个眼观鼻,鼻观胸的,不敢正视他们;连那位运筹帷幄的卫子夫,也恐羞了公主,故意走了开去。

谁知这座阁外,早已围满了不少的侍婢,都在那儿偷看里面的把戏。看得要紧的关头,也会悄悄暗笑起来。不过不敢出声,仅仅乎微微噗哧噗哧的罢了。内中还有一个十二三岁的小侍婢,因为身子短小,要求较大的抱她起来偷看。她又情窦未开,尽问别人,里面嘻嘻哈哈的在干甚事。别个都抿了嘴,悄悄笑答道:"公主在与万岁秘密奏事,你千万不可对外人声张!"小侍婢便信以为真地道:"我看这件奏本,未必能准呢!"别个问她:"你怎样知道不准的呢?"小侍婢道:"我见万岁对着我们公主,只是在那儿哼哼哼的,我却知道哼的唧的便是不许可的表示,你们莫要欺侮我年纪小呢!"大家听她这话,险些儿要大笑出来了。

不言外面偷看,且说里面一时完毕,子夫慌忙上去服侍他们二人,重整杯盘。武帝便与公主并肩坐着,同喝热酒。子夫又想出一桩特别玩法道:"陛下可惜没有携带饰物前来,不然,婢子还有一事,能使陛下大乐特乐。"武帝道:"这有何难!朕命人回宫去取也可,就是向公主暂借也可。"公主慌忙接口道:"臣妾之物,本是陛下所赐,何必说到借字?"说着,立命一个歌姬到她房内,取来百十件小巧玲珑的饰物。武帝又问子夫道:"饰物已到,汝打算如何玩法?"子夫笑道:"请陛下将这等饰物,一面可向地上乱掷,一面准这班歌姬自由抢夺;她们既向地上乱爬乱抢,自然双手据地,背脊朝天,宛似几条野狗抢食。陛下看了,必定失笑。"武帝听了,果对两旁分立的那班歌姬说道:"子夫所上条陈,尔等听见否?朕所掷在地上的饰物,准汝等自由抢取,抢得多的人,还有重赏!"说完这话,便

把饰物,纷向地上乱掷。你想公主的饰物,岂有不贵重的;况且抢得多的,尚有格外赏赐。于是大众争先恐后,纷纷地爬在地上,去抢饰物。当时的情形,就像几十只蜻蜓,同在那儿点水一般。阅者闭目思之,是何景象此等事实,并非不佞杜撰,载诸简册,可考可查。现在已成民主之国,人们不应再存帝王思想。不佞描写宫帏秽史,完全是彰其罪恶,使人们心中,痛恨专制君王的罪恶,杀无可赦。这也是不佞伸张民权的意思呢! 闲言叙过不表。

再说这夜武帝也不回宫,就命公主、子夫二人,即在藏春阁上一同侍寝,次日方才带了子夫回宫。陈后、旦白二人,一见武帝携了卫子夫回宫,暗暗欢喜,凭空多了两个帮手,面子上不露动静,设席贺喜而已。独有韩嫣、仙娟两个,陡见来了一位劲敌,此人的相貌,实在他们二人之上,若不设法除去,于己大有不利。首先便由韩嫣向武帝再三再四地说子夫这人,生得太觉妖艳,不宜亲近。武帝听了,笑答道:“尔与仙娟两个,难道还不算妖艳么?”韩嫣道:“臣与仙娟妃子,只知保重陛下身体为主,返衷自问,实是两个忠臣,不比新来的这位卫妃,除了自己蛊惑陛下不算外,还要想出种种没规矩的玩艺儿出来,使陛下名誉上、道德上,都有损害。”武帝听了,置诸不理,反劝韩嫣不必吃醋。韩嫣无法,又由仙娟上去进谗。武帝仍旧两面敷衍,仙娟也只好慢慢地另想别法,以除敌人。

一天,韩嫣忽然打听得建章宫中,有一个小吏,叫做卫青,乃是卫子夫的同母兄弟,新近进宫当差。他既一时推不倒子夫,要想从她母弟身上出气。于是暗中吩咐从人,随时随地,只要看见卫青,硬加他一个私奸嫔嫱的罪名,将他捕来,由他发落。谁知卫青,早已有人通信,避了开去,反而因祸得福。

原来卫青与子夫,同母不同父。其母曾充平阳侯府中的婢女,嫁与卫氏,生有一男三女:子名长君,长女名君儒,次女名少儿,三女就是子夫。后来夫死,仍回平阳侯府中为佣。又与家童郑季,勾搭上了,生下卫青。郑季本有妻室,不能再娶卫媪。卫媪养了卫青数年,无力浇裹,乃将卫青交与郑季。郑季义不容辞,只好收留。又因发妻奇妒,却使卫青自去牧羊。卫青一日遇见一个老道,注视了他良久道:“小郎今日虽然牧羊,异日却要封侯。”卫青听了,心中暗喜。又过数年,仍去寻找卫媪,替他设法。卫媪力求平阳公主。公主唤进卫青一看,见他相貌堂堂,即日用为骑奴。那时卫氏三女,皆已入都,长女嫁了太子舍人公孙贺;次女嫁了平阳家臣霍仲孺,生子名叫去病;三女子夫嫁一士人,因为犯奸,罚入娼家,已由平阳公主买去赠与武帝。卫青因恨郑氏无情,仍去姓卫,自取一个表字,叫做仲卿。没有几时,便由公主将他荐入建章宫中,充作小吏。他方以为既已入宫,不难慢慢地巴结上去,封侯纵不敢望,个把官儿,或不烦难。

不料有人通信,说是韩嫣命人捕他,叫他赶快避开。他一时无处可躲,不知怎的一弄,竟到武帝的厕所之中去了。可巧武帝正来大解,忽见一人,疑为窃

贼，亲自审讯，方知就是宠妃卫子夫的介弟。问他："何故不在建章宫中当差，躲在此处作甚？"卫青也知韩嫣是位嬖臣，不敢说出捕他之事。只说忽然病腹，不知此处却是禁地，罪该万死。武帝那时正在宠幸子夫，顿时授卫青为中大夫之职。又有子夫暗中吹嘘，不久，便升了上大夫。但他出身微贱，仅识之无，那知政治；也是他的福星照命，忽有一个才与司马相如相等的寒士，前来投他。

此人是谁？姓朱名叫买臣，表字翁子，吴中人氏，性好读书，不治生产。蹉跎至四十岁，还是一个落拓儒生，食贫居贱，困顿无聊。家中只有一个妻子，不能养活，无法可想，只得丢下诗书，去到深山砍柴，挑往市上求售，易钱为生。惟买臣肩上挑柴，口中口尹唔不绝。有时那班买主，当他是个痴汉，反而不敢照顾。自早至晚，一根柴草也没售脱，每日回家，必被妻子咕叽。

一天，他又挑柴上市，他的妻子，悄悄跟在后面。他也并不知道，仍旧一面踯躅前行，一面口中背诵诗文。他妻在后听着，自然半句不懂，揣度情形，总是读那饥不可以为食，寒不可以为衣的断命书本。不由得火星乱进，大喝一声道："你若再哼，老娘马上和你拼命！"岂知买臣听了越念越响，甚至如唱歌一般。他的妻子，见此情状，顿时大发雌威，一把将买臣拖回家中，拍桌打凳地叫骂道："我本是一位良家女子，要吃要穿，方嫁丈夫。现在你有早顿没晚顿的，叫老娘怎样度日？请你给我一条生路，我要别寻门径去了！"买臣叹息道："你勿急，相士说过，我年五十当富贵；今已四十多了，不久，包你发迹就是。"买臣还要往下再说，早被其妻一声喝住道："你会发迹，黄狗也不吃屎了。我一定要走，留着这个夫人位置，且让有福气的人，前来风光罢！"说完，大哭大闹，不可开交。买臣无奈，只得给她一张休书，任她自去。

买臣仍操故业，读书卖柴，行吟如昔。一日，正是清明令节，买臣挑了一担柴草，刚刚下山，陡遇一场大雨，把柴弄湿。不能售钱，还是小事；且将全身破衣，弄得好像落汤鸡的一般，无可奈何，走至一座坟墓之前，暂避风雨。岂知天总不晴，腹中又饿，委实支撑不住。方在为难时候，忽见前面来了男女二人，挑着祭品，行近墓前，祭扫起来。买臣仔细一看，那个妇人，正是他的故妻，劈口就问他道："君还没有发迹么？"买臣愧不能答，正想逃走，免遭揶揄，又被其妻一把拖住，将祭毕的酒食，分给一半与他。买臣此时，也顾不得羞惭，到口就吃；总算有些志气，吃完之后，不去交还妇人，却去递与那个男子，说声奉扰，挑了柴担，掉头就走。那位男子，就是他故妻的后夫。单看他能够祭扫坟墓，家境似比买臣好得多了。

买臣相形见绌，自然溜之大吉。又过数年，买臣年届知命，果是前时那个相士，顺便带他入都，诣阙上书，多日不见发落。买臣虽然待诏公车，可是无钱使用。幸遇邑人庄助，把他荐入卫青门下。卫青原是腹俭，一切文字，皆赖买臣代

其捉刀,因此感激买臣,力在武帝面前保举。武帝召入,面询学术。买臣先说《春秋》,继言《楚辞》,适合武帝意旨,遂拜为中大夫,竟与庄助同侍禁中,比那卫青仅小一级。正是:

书中自有黄金屋,朝上难容白木人。

不知买臣何时富贵还乡,且听下回分解。

第四十二回　朱买臣讹传泼水　东方朔力辟偷桃

却说朱买臣虽然对答称旨,拜为中大夫,不意释褐以后,官运仍未亨通,屡生波折,甚至坐事免官,乃在长安寄食。又阅年余,方得召他待诏。那时武帝正在注意南方,欲平越地,遂令买臣献策。越地乃是他的故乡,所见所闻,自较他人为亲切,于是被他取得铜章墨绶,竟作本地长官。或是老天因为买臣故妻,嫌贫爱富,不念夫妻之情,特地造出这个机会,好使买臣回去气气他那下堂之妻;否则现在盛行的这出《马前泼水》之戏,便不能附会了。话虽如此,当时买臣所献之策,倒也切中时弊。

只因那时东南一带地方,南越最大,次为闽越,又次为东越。闽越王无诸,受封最早,还是汉高祖所封;东越王摇,以及南越王赵佗,受封较迟,摇为惠帝时所封,赵佗为文帝时所封。他们三国子孙,代代相传,从未绝过。自从吴王刘濞败奔东越,被他杀死,吴太子驹,出亡闽越屡思报复父仇,辄劝闽越王进击东越。闽越王郢,乃发兵东侵。东越抵敌不住,使人向都中求救。武帝召问群臣。武安侯田蚡,首先说道:“越地辽远,不宜劳师动众。”庄助听了驳之道:“小国有难,天子不救,如何能抚万邦?”武帝当时以庄助之言为然,即遣他持节东行,到会稽郡调发戍兵,使救东越。谁知会稽太守,阳奉阴违,迁延不发。庄助本有符节在手,当场斩了一员司马。太守始惧,方由海道进兵,前往救援。行至中途,闽越将官,闻得汉兵将到,自行退去。东越王屡次受创,恐怕汉兵一退,闽越仍要进扰,因请举国内徙,得邀俞允。于是东越王以下,悉数迁入江淮之间。闽越王郢,自恃兵强器利,既得逐走东越,复欲乘势并吞南越。休养了三四年,真的侵入南越地境。南越王胡,即赵佗之孙,一听闽越犯边,一面固守,勿出应战,一面飞报汉廷,略言两越,俱为藩臣,不应互相攻击;如今闽越无故侵臣,臣却不敢还击,惟求我皇裁夺。武帝览奏,极口褒赞,说他知礼,不能不为他出师。当下便

命大行王恢，以及大司农韩安国，二人都为将军，一出豫章，一出会稽，两路齐发，夹讨闽越。淮南王安，上书谏阻。武帝不听，并饬两路人马，飞速进攻。闽越王郢，回军据险，防御汉军。郢弟余善，聚族与谋，暗拟杀郢谢汉，族人个个赞成。即由余善怀刃见郢，趁郢未及防备，将郢刺毙，立刻饬人赍着郢的首级，献到王恢军前。王恢大喜，一面通知韩安国毋庸进攻；一面将郢的首级，专人送至都中，候诏定夺。武帝下诏退兵，并遣中郎将传谕闽越，另立无诸孙繇君丑为王，使承先祀。不料余善挟威自恣，不服繇王。繇王遣人入报。武帝以余善诛郢有功，不如使王东越，权示羁縻，即派使册封，并谕诫余善，不准再与繇王相争。余善既得为王，总算听命，武帝又使庄助慰谕南越。南越王胡谢恩之后，愿遣太子婴齐入都，备作宿卫。庄助遂与婴齐同行，路经淮南，淮南王安，迎接庄助等人入都，表示殷勤。庄助本奉武帝面嘱，负有顺道传谕淮南王之使命，淮南王也知前谏错误，惶恐谢罪，并且厚待庄助等人。庄助不便久留，回至长安。

武帝因他不辱使命，设宴赏功。偶然问及庄助家事，庄助答称："臣事陛下，屡荷天恩，于愿已足；惟少时家贫，致为友朋富人所辱，迄今未免耿耿于心。"武帝听了，立拜庄助为会稽太守，有意使他夸耀乡里，以吐当年之气。谁知庄助莅任以后，并无政声。武帝正拟将他调回，适值东越王余善，屡征不朝，武帝盛怒，即欲征讨。

朱买臣便乘机献策道："东越王余善，向居泉山，负嵎自固，一夫守险，万夫难越。今闻他南迁大泽，去泉山已五百里，无险可恃，倘若发兵浮海，直指泉水，陈舟列兵，席卷南趋，破东越似非难事。"武帝听完，凝思良久，陡然笑道："汝言是也！"遂把庄助调回，拜朱买臣为会稽太守。买臣谢恩之日，武帝笑谓道："富贵不归故乡，如衣锦夜行，汝今可谓衣锦荣归了。"买臣听了，免冠叩首道："此乃陛下之赐，臣当尽忠国事，不负此行方好。"武帝又嘱道："此去到郡，亟治楼船，储粮蓄械，待军俱进，不得违误。"买臣奉命而退。

从前买臣曾经一度失官，无资赁屋，借寓会稽守邸中，那时守邸，即现在的会馆，困守无聊，未免遭人白眼，此次既已荣任会稽太守，诚如武帝所谓，正好扬眉吐气。他便藏着印绶，仍穿一件破旧衣服，伛偻其身，蹒跚其步，来至邸中。可巧邸中坐着上计郡吏等人，方在置酒高会，见了买臣进去，并不邀他入席。买臣也不说明，低头趋入内室，偏与邸中当差夫役，一同吃喝。待至吃毕，方从怀中露出绶带，随风飘扬。旋被一个夫役瞧见，趋至买臣身边，引绶出怀盯睛一看，却是会稽郡太守的官印。一时尚难分别真伪，赶忙奔出告知大众。大众都已烂醉，还说夫役见鬼，青天白日，在说呓语。那个夫役发急道："我也不知真假，但他怀着的那颗官印，上面确是会稽郡太守官印字样。你们快去看一看呢，倘是真的，岂不是得罪贵人了么？"当下就有一个素来瞧不起买臣的书吏，他听

了夫役说得这般活龙活现，嘴上虽是不肯相信，可是他的那一双穿着官靴的尊腿，早已不听他的支配，自由行动地提脚，就往朱买臣所在之地奔去。顷刻趋出，对了大众，急得摇着头，顿着脚地自怨自艾道："不得了，了不得！朱买臣果真做了会稽郡太守了！"大众一听此言，也顾不得再去问他细情，顿时你抢我夺地奔去禀知守邸郡丞。守邸郡丞，大怪众人，不应简慢贵官，疾忙穿戴衣冠，吩咐众人排班肃立，自己亲自进去，恭请买臣出来受谒。买臣方始徐徐踱到中堂。众人犹恐慌张失仪，各皆加意小心，拜倒地上。买臣仅仅微弯其腰，算是答礼。众人刚刚拜毕，外面已经拥满了贺客，以及迎接买臣上任的人员。买臣分别接见之后，登车自去。还有那班势利小人，赶着变了笑脸，恭维买臣，要想跟去到任，派些差使。虽被买臣一口拒绝，甚至讽讯得无缝可钻，也无半句怨言。这是世态炎凉的例子，毋庸细叙。

单讲买臣驰入吴境，吏民夹道欢迎，真个万人空巷。吴中妇女，尤喜看会观灯，那天一听新任太守到来，又是本地人做本地的官，愈觉稀奇，一时争先恐后，仰望丰采，把一条大街，几乎塞得水泄不通。此时买臣坐在舆中，正在得意洋洋的时候，一眼瞥见他的那位下堂故妻张氏，也在人丛之中，伸头缩脑地看他。不禁想起旧情，念那墓前分食的余惠，便命左右，呼她过来，停下官舆，细询近状。可怜这位张氏，那里还能答话，既羞且悔，珠泪纷纷而已。买臣也长叹了一声，命她且俟接印以后，来衙再谈。张氏听了，含羞退去。过了几天，买臣诸事已毕，方问近身家人，那个张氏曾否来过？家人等复道："夫人……"那个家人刚刚说出夫人二字，忙又缩住，改口道："那位张氏，早已来过多次，家人等因见主人没有闲空，不敢引她进见。"买臣尚未答话，又见一个家人接口道："那位张氏，早上候至此刻了。"买臣即令唤进。张氏到了此时，自知贵贱悬殊，况且后夫，又充衙中公役，此刻不是妇随夫贵，乃是妇随夫贱了，只得老老脸皮，双膝跪下。买臣叫她起来站着道："前事不必再谈，尔的后夫，既是衙中公役，我当拣派优差，使你不致冻馁便了。"张氏尚未开口，又已双泪交流，低声答道："我已懊悔无及。务望念我与你二十余载夫妻之情，将我收留身边，作妾作婢，悉听尊便。"买臣听了，很是慨叹一会，方始摇头道："下堂之女，泼水难收，你应该知道。但我既有今日，可以将你夫妇，留居后园，你个人的衣食，由我供给。"说完，立命左右，将她带出，以后毋须再来相见。张氏无法，只得跟了左右出去，回至寓中，一把扭住后夫的前襟大骂道："都是你这天杀的害我！老娘若不嫁你，老娘此刻岂不是一位现成夫人。"她的后夫道："这事不能怪我，我娶你的当口，你早已与朱家脱了关系的。"张氏不待后夫说完，陡地飞起一腿，可巧踢在后夫的下部，只听得哎唷一声，已没气了。张氏一见闯了人命，飞忙托人告知买臣，求他搭救。买臣听了，也吃一惊，因是命案，无法帮忙，一口谢绝。张氏见没指望，自己想想，就算

不去抵命，活着也无趣味，便趁衙役尚未来捕捉的时候，趁早一索子吊死了事。后人演剧，附会其词，竟演出朱买臣真在马前泼水，张氏一头碰死；其实泼水难收的事情，乃是太公望的故事，本与朱买臣无关。当时朱买臣对于张氏，仅引这个古典，并未实做。不知后人如何张冠李戴，弄到他的头上。不佞编撰这部《汉宫》，事事根据正史，兼采古人杂记野史，以及各省省府县志，不敢面壁虚构，即此一段，就可证明。现在再说当时朱买臣听得张氏畏罪自尽，自然将她从优棺殓了案。至于朱买臣如何置备船械，如何助讨东越，不必细述。

单讲武帝听得朱买臣到任以后，所施政绩，却比庄助为优，倒也放心。便将出兵的事情，概付廷臣主持，自己仍在宫中与后妃取乐。有一天，正与陈后、韩嫣、仙娟、子夫、旦白等人，同在槐荫院里，大玩捉迷藏的当口；忽见新封的一位美人，名叫冯吟霞的，笑嘻嘻地拿着一封书走来，向他说道："奴婢奉了陛下之命，整理奏牍，忽见此书的词句，十分诙谐。细查上书之人，方知就是东方朔。奴婢久知此人，是个滑稽派的首领，并且曾经遇着异人，授他长春不老之术。照奴婢的愚见，陛下与其以捉迷藏消遣，弄得筋疲力倦，何不把此人召至，正经的呢，向他学些延寿之方；玩笑的呢，命他讲些笑话，以消长昼。据古人传说，一个人每天能够大笑三次，比服补药十剂，还要有益呢！"

武帝尚未答言，卫子夫因见吟霞这个主张，很有道理，忙把她手里的那一封书，接来一看，只见上面写的是：

> 臣朔少失父母，长养兄嫂。年十二学书，三冬文史足用；十五学击剑；十六学诗书，诵二十二万言；十九学孙武兵法，战阵之具，钲鼓之教，亦诵二十二万言；凡臣朔固已诵四十四万言，又尝服子路之言。臣朔年二十二，长九尺三寸，目若悬珠，齿若编贝，勇若孟贲，捷若庆忌，廉若鲍叔，信若尾生，若此可以为天子大臣矣。臣朔昧死再拜以闻。

子夫读完此书，不禁笑不可仰地对武帝说道："我们快快停了这个捉迷藏的把戏，准照冯美人的主意，速将东方朔召来。"武帝听了道："东方朔的笑话，朕已听厌了的。尔等既是要听，将他召入，也无不可。"

一时东方朔来到，见过武帝。武帝又将专管游戏的术士召到，欲令东方朔射覆为乐。武帝又命取过一盂，笑向吟霞道："汝可暗取一物，覆在盂下。"说着，又指指东方朔道："他能猜着。"吟霞果去取了一个守宫虫，悄悄覆于盂下，先命各术士次第猜来。各术士猜了半天，一个也未猜着。武帝方命东方朔猜来。东方朔于是分蓍布卦，依象推测，顷刻答出四句道：

> 臣以为龙又无角，谓之为蛇又无足；
> 肢肢脉脉喜缘壁，是非守宫即蜥蜴。

吟霞一见竟被东方朔猜着，不禁吓得呆若木鸡，半晌不言。陈后等人，无不笑声

吃吃。武帝即赐东方朔锦帛十匹,再令续猜别物,没有一件,不是奇中。

当下便惹妒了旁立武帝最宠爱的一个优伶郭舍人,盛气地进白武帝道:"东方朔不过侥幸偶中,不足为奇。臣来令他再射,若能射中,臣愿受笞百下,否则东方朔也须受笞。"武帝颔首。郭舍人即密向盂下,放入一物,便叫东方朔再射。东方朔布卦毕,即笑道:"这不过是个窭数罢了。"郭舍人听了,立刻就现德色道:"臣原晓得东方朔乱讲的。"东方朔忙又接口道:"生肉为脍,干肉为脯,著树为寄生,盆下为窭数。"郭舍人听了,不禁失色。武帝命人揭盂一看,果系树上寄生。武帝因爱郭舍人,正拟下诏免笞。谁知陈后、子夫、仙娟、吟霞、旦白、韩嫣等人,大家都帮着东方朔,逼着武帝如约,立笞郭舍人。郭舍人无法,只好自己褪下裤子,露出那个雪白的屁股,伏地受笞。于是执刑的喝打声,郭舍人叫痛声,东方朔拍掌声,陈后等人互相说笑声,哄然而起,闹得烟障雾罩,声震屋瓦。

东方朔拍了一阵复大笑道:"出口无毛,敲声好,尻益高。"郭舍人听了,又痛又恨,又羞又气。等得受笞即毕,忙一跷一拐地走至武帝面前,哭诉道:"东方朔毁辱天子从臣,罪应问斩。"武帝乃问东方朔道:"你何故毁辱她?"东方朔道:"臣何尝毁辱她,不过与她说了几句隐语。"武帝问:"是甚么隐语?"东方朔道:"口无毛是狗窦形,敲声好是鸟哺谷声,尻益高是鹤俯啄状。"郭舍人听了道:"他有隐语,臣也有隐语,他若不知,也要受笞。"东方朔道:"汝尽管说来!"郭舍人胸无成竹,只好信口胡诌,作为谐语道:"令壶龃,老柏涂,伊优亚,标眸牙。"东方朔不假思索,即应声道:"令作命字解;壶所以盛物;龃却邪齿貌;老是年长的称呼,为人所敬;柏是不凋木,四时阴浓,为鬼所聚;涂是低湿的路径;伊优亚乃未定词;狋吽牙乃犬争声。如此浅语,有何难解?"郭舍人听毕,暗忖道:"我本杂凑而成,毫无深意;如今被他一解,反而都有来历。如此看来,我的辩才,万不及他,还是挨了一顿板子了事。"想完之后,只得老实奏道:"东方朔真是能人,臣服输了!"武帝听了,喜她不忌人才,也赏锦帛十匹。郭舍人拜谢退下。

适有东都献来一个矮人,武帝召入。那个矮人,头足大于常人,身子不满二尺,却是举动有致,出口成章,舞蹈既毕,忽指东方朔向武帝奏道:"此人会偷王母蟠桃,何亦在此?"武帝怪问原因。矮人答道:"西方王母,所种之桃,三千年方始结实,此人无行,业已偷过三次了。"武帝乃问东方朔,命他据实奏来。东方朔但笑不言。武帝尚恐矮人在此,东方朔或有不便地方,即把矮人送至御苑,又问东方朔道:"尔不直奏,朕要见罪了!"东方朔听了,方才跪下奏道:"臣昔遇异人,秘授长生之术。此术既非炼丹,亦非绝食:第一须不近女色;第二须不作恶事;第三须出语诙谐,乐天行道。第三样,既容易而又最要紧者也。不近女色,精神充足;不作恶事,心地光明;出语诙谐,包涵太和。此三事不缺一样,即能与天地同寿,若仅抱定诙谐为主,每日大笑数次,或数十百次,纵不白日飞升,也可长春

不老；一个人尽在春令之中，譬如永作赤子，自无老境堪虞了。至于偷桃一事，即是臣诙谐的诡说。臣现年二十有二，虽在力行长生之术，尚未成仙，怎能去偷王母之桃呢？世人以耳为目，此时已经当真。臣恐千秋万世之后，东方朔偷桃一事，或致演成戏剧，亦未可知。臣非但此时诙谐，直可以永远诙谐下去了。不过不敢欺君，故以实奏。”吟霞在旁插口对武帝笑道：“如此说来，奴婢所奏非虚矣。”武帝听了也笑道：“不近女色，朕断难办到；不作恶事，也不敢必；独有语出诙谐，包涵太和，朕当行之。”

那里知道武帝本是暴厉之主，稍不合意，就要把人族诛，孔子所说的不迁怒，不贰过，仿佛是为他说的。包涵太和之举，叫他如何办到？所以东方朔寿至百岁以上，武帝未及其半，即已呜呼。冯吟霞劝武帝的一番说话，虽非金玉良言，可是比较子夫、仙娟、韩嫣之流，专以酒色为事，已是老鸦中的凤凰了。正是：

须知心境原难足，做了人君想学仙。

不知后事如何，且听下回分解。

第四十三回　马上结同心姻缘特别　池中成密约体统何存

却说那时上大夫卫青，已因征讨匈奴有功，授为大将军之职，恩荣无比，富贵无双，还有一条锦上添花的事情，前来凑趣。你道何事？就是前时卫青的女主人平阳公主，竟要嫁他。其时曹寿已经病殁，公主不甘寡居，便想择人再醮。当下召问邸中仆从等人道，目今各列侯中，何人最贵？何人最贤？仆从所说，大家都说除了卫大将军以外，实无其人。公主听了，沉吟半晌道：“他是我家骑奴，曾经跨马随我出入，如何是好呢？”仆从又说道：“卫大将军，如今却不比从前了，自己身为大将军，威权赫赫，连朝中丞相见了他，也要客气三分。况且其姊指日就要册立为后，所有儿子，又悉封列侯，恐怕除了当今皇上外，更有何人赶得上他。”公主听了，暗思道：“此言甚是有理。而且卫青方在壮岁，身材状貌，很是雄伟，较之那个死鬼曹寿真有天渊之别。我若嫁得此人，也好算得后半生的福气了。只是眼前没人作主，怎样进行？”

正在左思右想，无计可施的当口，忽见几个家臣，从外面奔进来对她说道：“公主快快进宫贺喜！卫妃子夫，真个册立皇后了！”公主听了大喜道：“真有其

事么？这是天从人愿了！”说着，赶紧打扮起来，急急入宫，先与武帝叩喜。武帝因她介绍卫后之功，温语留宫喝酒。

公主又去谒见卫后，乘间忙把自己的心事，告知卫后。卫后道：“我无公主，怎有今日。公主是我恩人，敢不竭力替公主设法？但是近日宫中多故，此事一时尚有阻碍。”说着，便去咬了公主的耳朵，叽叽喳喳说了一会。公主听完，红了脸忸怩答道：“这个办法，好是好的，不过羞人答答的，叫我怎样做得出来呢？”卫后听了，微笑道：“这有何碍，现在陈后又已废去；韩嫣已被太后查出男扮女装之事，问了斩罪；仙娟妃子，早也失了万岁的欢心。只因太后为了窦太主与董偃合葬之事，深怪万岁不顾大体，万岁近来心下很不快活。公主改节再醮吾弟一事，虽比窦太主与董偃的事情，自然正当，可是机会碰得不好。所以我请公主以私情打动万岁，只要万岁答应了，太后那面总易设法。”公主听了，方知自己因在丧中，久不入宫，宫中这般的大变故，她都未曾知道，当下只得依计而行。

这晚武帝喝得大醉如泥的，由宫娥等人将他扶到卫后寝宫，脱去衣服，睡入衾中，便即沉沉睡熟，鼾声大作。及至午夜，懒得睁开眼睛，即将睡在外床的那位卫后拥至怀内，云雨起来。所事未毕，似觉有异，急把眼睛睁开一看，谁知与他颠鸾倒凤之人，却是他的同胞姊姊平阳公主。不觉失惊问道：“你怎么睡在此地？卫后这人，又到哪儿去了呢？”公主垂泪道：“臣妾自从夫死以后，影只形单，寂寞寡欢，直到现在陛下又只知宠幸新后，忘记原媒。臣妾既被陛下所污，原可寻着陛下，惟思一个人既为妇女，应该稍存廉耻，像窦太主的那等行为，很败刘氏门风，臣妾又不愿学她。卫后方才忽然腹中奇痛，适遇臣妾进来。卫后急于要去更衣，反恐陛下这里没人照应，特命臣妾暂卧外床，俾得伺候圣躬。谁知陛下忽忆旧情，又来相犯。”公主说至此处，更是泪如泉涌，失声而泣。武帝一见公主这般情状，倒也一时心软，极意温存一番，藉赎平时冷落之愆。公主便在此时，要求武帝纳她为妃，否则情愿死在武帝面前。武帝无法，急把卫后呼来，请她调处。卫后笑道：“陛下既为公主同床共枕过了，纳之为妃，也是正理；兄妹为婚的事情，古来极多，又不是陛下作俑。妾见陛下魄力雄厚，眼光远大，历代帝王所不敢为之事，陛下无不为之。像这一件小事，怎么反又踌躇起来呢？”武帝听了道：“天下之事，朕要如何便好如何；惟有宫内之事，太后要来干涉，朕是出名的一位孝子，怎好不奉慈训？”说着，佯嗔假怒，一定逼着卫后替他设法。卫后一见其计已售，始向武帝笑道：“吾弟卫青，现方断纭，陛下何不将公主赐婚吾弟，太后那里，由妾自去请求就是。”武帝听了大喜。那天晚上，一感娇妻解围之功，一与公主叙旧之乐，居然大被同眠，至于乱伦蔑理，那还顾及。

次日，公主回家静候佳音，卫后便至长乐宫中谒见太后。原来卫后最有心计，在做妃子时代，太后身边的人，无不尽情贿赂，因此太后的两只耳内，天天听

见卫后的贤声。此次卫后的册立为后，太后故不反对。这天太后方在心痛平阳公主，青年寡居，又不便自己出口，叫她女儿嫁人。平时与武帝常常寻事，半是为此。卫后早已猜透太后的心理，故敢承认来求太后。其实她是摔开武帝，由她提议，太后自然要见她的情份。当下见了太后，首先恭维一番，方将来意说明。太后一听她言，正是实获我心，非但满口答应，还要夸奖卫后，能识大体，对于姑娘，很是多情。卫后一见太后应允，赶忙回去奏知武帝。

武帝立刻下诏，令大将军卫青尚平阳公主。成婚这一天，大将军府中，挂灯扎彩，靡丽纷华，不消细说。到了凤辇临门，当有傧相请出那位再醮公主，与大将军行了花烛之礼。谁人不说他们两人，真是天赐良缘。礼毕入房，夜深人静，展开鸳衾，成了凤侣。但不知行那周公之礼的时候，这位新娘，还记得她的皇帝令弟否？

卫青自尚公主以后，武帝与他亲上加亲，当然越加宠信。满朝公卿，孰敢不来趋奉。独有汲黯，不甚为礼，却与从前一样。卫青为人，倒也谦和，因为他本敬重汲黯，今见汲黯稍事锋芒，毫不介意。最可怪的是那位目中无人的武帝，也会见了汲黯生畏，平时不整衣冠，不敢见他。一天，武帝御坐武帐，适值汲黯入内奏事。武帝自思尚未戴冠，不愿使他瞧见，慌忙躲入帷中，命人出接奏牍，不及翻阅，即刻传旨准奏。等得汲黯退出，方从帷中钻出就座，这是武帝特别待遇汲黯。此外无论何人，都是随便接见，傲不为礼，就是新任的丞相公孙弘进谒，也是未曾戴冠，便与接见。至如卫青，虽是第一等贵戚，第一位勋臣，武帝见他，总是穿着亵服。可见人臣立朝，只要自己正直，不问他是如何的雄主，也会敬服。可惜一班臣子，见理不明，只知阿谀为事，势必至熟不知礼，有害无益，这是何苦来呢！可是汲黯虽然心地正直，他的身体却不强健，略事操劳，便要生病，每每一请病假，总是再一至三。这天，他又在病假期内，托了一个知己同僚，名叫严助的代向武帝展假。武帝准假之后，又问严助道："尔看汲黯为甚等人？"严助答道："汲黯居官任职，似乎亦与常人无异；若是寄孤托命，定能临节不挠，虽遇孟贲、夏育，未必能夺他的志操。"武帝听了，从此背后对人说话，总称汲黯为社稷臣。不过汲黯喜黄老术，与武帝的志趣不同；并且言多率直，有时实令武帝难以承受。就是边界有事，汲黯却阻武帝用兵。武帝还道他书生胆怯，不甚采用。况且身边现有那位卫大将军，英武绝伦，数次出塞，并无一次遭挫，正可乘此大张天威逐退强虏。

说到匈奴，却又好笑，一败便逃，天兵一退，他就又来扰边，忽退忽进，捉摸不定。甚至今天入代地，明天攻雁门；不是掠定襄上郡，便是逼永昌安邑。于是元朔六年，武帝再使大将军卫青，出讨匈奴。并令合骑侯公孙敖为中将军，太仆公孙贺为左将军，翕侯赵信为前将军，卫尉苏建为右将军，郎中令李广为后将

军，左内史李沮为强弩将军，分掌六师，统归大将军节制。浩浩荡荡，出发定襄。卫青外甥霍去病，年仅十八，熟悉骑射，官拜侍中，此次也自愿随征军中。卫青有心提拔，命为嫖姚校尉，另选壮士八百人，归他带领，一同前进。既至塞外，适与匈奴相遇，一场恶战，匈奴大败遁去。卫青暂驻定襄，休养士马。约过月余，便又整队直入匈奴境内百余里，攻破好几处胡垒，斩获甚多。一班将士，杀得高兴，分道再进。前将军赵信，本是匈奴小王，降汉封侯，自恃路径熟悉，早由岔道杀入。右将军苏建，岂肯轻落人后，联镳继进。霍去病少年好胜，自率壮士，另走一路，去寻胡虏。直到深夜，各将次第回报，都说不见胡虏踪迹，无从追杀。卫青吩咐各自退去；独有赵信、苏建以及自己外甥霍去病三人，不见回营，恐怕有失，复令各将前往追踪救应。过了一日一夜，各将纷纷回缴将令，说是不见他们三个的影子，只得回来。卫青听了，已知他们三个深入敌地，恐怕凶多吉少。方在惶惑不安之际，忽见苏建狼狈而入，伏地请罪。问他原因，苏建泣诉道："末将与赵信，偕入敌境，猝被虏兵包围，杀了一日，部下伤亡过半，虏兵死的更多，我兵正好趁此脱围，不料赵信忽又变节，自带千人，投降匈奴。末将独力难支，仅以身免，特来请罪。"卫青听了道："按照军法，本应治罪；姑念将军没有畏罪投降胡奴，自来请罪，罚俸三月，戴罪立功可也。"苏建退下，有人私议卫青执法太宽，似非治军之道。卫青笑谕众人道："我若将苏建治罪，以后将士偶有战败，势必降敌，谁人还敢回营呢！"众人听了，方才明白卫青深有见地，无不悦服。

又过两天，卫青正拟亲自率兵去寻去病，陡然闻得敲着得胜鼓之声，由远而近，顷刻已至营门，跟着又见去病双手提着血淋淋的几颗首级匆匆进营。卫青急问所提的是何人首级。去病听了，且不答话，慌忙伏地自称死罪。卫青不解道："汝既斩有首级而回，何以又说有罪？"去病道："末将一时轻进，杀入敌军阵地；起初虽然胜了几仗，后来敌军愈围愈多，漫山遍野，竟集十多万人马。末将因为寡不敌众，一死虽不足惜，惟于我国的军威有关，一时无法，猝出敌军一个不防，幸将一员女将，活擒过来。当时敌方一见末将擒了他们的女将，锐气略挫，阵脚稍乱，末将始能突出重围，挟着女将落荒而走。边跑边问，才知那员女将，名叫翠羽公主，乃是匈奴单于的侄女。她因被擒，思保性命，口述路径，使我逃出险地。到了一座高山，她又叫我直上。那时末将尚未知是善意，便想结果她的性命。岂知她又立誓情愿降汉作为向导，末将遂允其请。她又忸怩地说道，自愿嫁与末将为妻。末将责她无耻，行军之时，何能提到此事。她复申说道，她在他们国里，很有一部分人信仰她。她曾受平汉先锋之职，她既降汉当然不能再回匈奴。她的私意，只要嫁了末将，至少可以导我杀毙他们国里几位贤王。末将因已入了险地，只好权且应允。她一定逼着末将折箭为誓，末将既要羁縻她，便即答应。当下她就在高山之上，召集她的人马，又把我的壮士八百

人，悉行改扮虏兵，回军冲入他们的阵地。他们的将士，一见公主生还，个个喜得既像猴啼，又作雀跃。她就悄悄与我耳语数句，陡然给他们那方一个冷不防的，厮杀起来。他方既未防备，一时不能抵御，立即溃散。她却奋不顾身，便把单于季父罗姑，相国当户，活擒过来，斩杀首级，也有三千余颗。可惜末将所率壮士和她的亲军，不到二千人。若有我方军队接应，便可大胜数仗，冲破敌营，也未可知。”去病说完，急把手提的首级呈上道：“这是翠羽公主手下的部将，行至中途，忽然反抗起来，思将公主抢回献功；末将帮同公主，方把这几个将士斩首，其余的人，才得伏贴归顺。不过末将未奉将令，擅与敌人配婚，当然罪在不赦。末将只求元帅恩赐生还，决计不敢邀此微功。”卫青听毕大喜道：“吾甥此场大功，虽由翠羽公主所助，临机应变，很是可嘉。至于与公主配婚一节，候我专折奏报长安，请旨定夺再说。”没有几时，接到武帝的手诏，一授翠羽公主为偏将军，二授霍去病为冠军侯，即补赵信所遗前将军之缺，且准二人配为夫妇。卫青见他外甥建此奇功，自己也有面子，大乐之下，便在营中备设花烛，使他们二人成亲。又因匈奴经此大败，全行逃回，于是抱定穷寇勿追之议，引军还朝。

武帝因为此次北征，虽得斩首万级，逐退匈奴，自己这面，却也覆没两军，失去一个赵信，功罪仅足相抵，不应封赏，但赐卫青黄金百斤，以酬其劳。惟见霍去病战绩过人，擢为中郎将，护卫宫门，并将苏建免为庶人。那时连岁出兵，军需浩繁，不可胜数，害得国库空虚，司农仰屋。不得已令人民出赀买爵，名曰武功，大约买爵一级，计钱十七万，每级递加二万钱。嗣是朝廷名器，几与市物相似，只要有钱输入，不论人格如何，便是一个官儿，制度虽然不良，国用因得支持。这也不在话下。

单说武帝的令霍去病守卫宫门，原有用意。这末是甚么用意呢？因为偏将军翠羽公主，虽是蛮邦女子，却生得雪肤花貌，特别风骚。武帝本是色中饿鬼，一见这位异种，岂肯轻易放过之理。她的丈夫，既任守宫之职，她自然随夫一起，朝夕相见，便可乘间调戏。这天可巧去病患病在家，就命他的妻子翠羽公主暂时庖代其职。武帝知道此事，正中下怀，于是一个人走到卫所。翠羽公主一见圣驾亲临，吓得不知何故，朝拜之后，静候纶音。武帝却笑嘻嘻的和她谈了一阵家常，后来又对她说：“宫中妃嫔甚多，终日无所事事，拟命她做第二个孙武子，担任教练一队女儿兵。”翠羽公主听了，自然不敢违旨，只得跟了武帝入宫。武帝即将这事告知皇后卫氏。卫后还是头一回见她这位外甥媳妇。至戚关系，除赏赐珍宝外，又向她问长问短，谈个不休。武帝在旁，等得不耐烦起来，便一把将卫后拖到一间密室，老实把自己看中翠羽公主的意思，对卫后讲明。卫后听完，边笑着，边又啐了武帝一口道：“世间怎有你这昏君，难道我们卫氏方面的人物，都要被你受用不成？”武帝再三央求，卫后无法，只得与武帝咬了几句耳

朵,请他暂行避开,让她安排。

武帝走后,卫后便邀翠羽公主小宴,一位姑母,一位外甥媳妇,低斟浅酌的,喝得万分有趣。卫后有意将翠羽公主灌得大醉的时候,问她:“可爱洗澡?御园有个荷池,水清见底,凉爽无伦。”翠羽公主原是蛮邦女子,平时爱洗野浴。此时酒醉的当口,面红耳赤,心里烦躁,一听卫后之言,赶忙求着卫后同至御园。卫后含笑颔首。一时到了池边。此地乃是禁地,除后妃前来沐浴外,无论何人,不准来此的。翠羽公主一见池水清涟可爱,早已卸去衣服,口里只对卫后说了一声道:“臣妾先下去了。”言犹未毕,已听得噗咚的一声,她那个肤如凝脂的身子,早已跳入池内去了。卫后乃是天朝国母,又生在文物之邦,自然比较翠羽公主文雅得多,那时慢慢的先褪下裳,将下身跳入池内之后,方将上衣脱去,抛在池边草地之上。这样一来,她的下体为水所浸,便不至被人瞧见了。

她们二人入水之后,正在洗得忘形的当口,陡见武帝一个人踱至池边,也不打她们二人的招呼,自说自道地脱了衣履,早也钻入池中。卫后假意阻止,已是不及。可怜只把这位翠羽公主羞得无地自容,如果逃至岸上,当然更不雅相。惟有缩做一团,轻轻的只叫卫后解围。武帝原是有为而来,又有皇后在旁帮凶,你们想想看,那这个蛮邦女子,还敢抗拒天朝的皇帝么?卫后还有王婆的手段,趁他们两个结合将成之际,急去咬了翠羽公主的耳朵,订成一个密约。不佞虽然不知她们二人所订甚么密约,不过以后翠羽公主不敢单独侍寝,一奉宣召,必与卫后同行,大约就是密约之中的条件了。当下三人洗完了浴,一同回到宫里,从此朝朝寒食,夜夜元宵,尽情取乐。不过瞒着霍去病一个人罢了。正是:

皇后居然能带马,将军可是已成龟。

不知后事如何,且听下回分解。

第四十四回 大将军性似迂儒 小太后形同木偶

却说卫后的替武帝拉马,她也是不得已而为之。因为自己已届徐娘风韵,万一色衰见弃,岂非要做陈阿娇第二。一时为固宠起见,只有拿她的这位外甥媳妇来做幌子。这样的又过两年,卫后的姿首,真的大不如从前了。翠羽公主呢?又被武帝厌出。卫后没有帮手,正思再去寻觅几个美人来宫,以作臂助;不料已为武帝捷足先得,反目卫后为老妪,却去宠爱了一位王夫人。

这个王夫人出身赵地，色艺动人。自从进入宫中，见幸武帝，产下一男，取名为闳，竟与卫后做了情敌。一天卫青进宫，卫后便执了他的手长叹道："我已无能为你的助了，你以后须要自己当心！"

卫青听了，略事劝慰几句，闷闷出宫。路过闹市，忽见一人拦车请谒，说有要事密谈。卫青为人本最和气，心里正有隐忧，也望有人指教指教。当下即请那人同车，回到府邸，方知那人名叫宁乘，是个齐人，入都待诏，为日已久，不能见着武帝，累得赀用告罄，衣履不全，见他路过，乘间打算献策。卫青问明来历，宁乘便说道："大将军身食万户，三子封侯，可谓位极人臣，一时无两了。但物极必反，高则益危，大将军亦曾计及否？"卫青听了，连连跺足道："我正为此事担忧，君既见询，必有良策教我。"宁乘道："大将军得此尊荣，半为战功，半乃叨光懿戚。今皇后原是无恙，王夫人已见大幸。王夫人尚有老母在都，未邀封赏，大将军何不赠以千金，预结王氏欢心。多一内援，即多一保障，此后方可无虑呢！"卫青听了，甚以为然。当下谢过宁乘，一面留于府中，待以客礼；一面立取千金，亲去奉送王夫人之母。王母受了，自然告知其女。王夫人即将此事，告知武帝。武帝听了，虽也高兴，惟思卫青为人长厚，计不及此，为何无故赠起金来？次日坐朝面询卫青。卫青老实答是齐人宁乘的主张。武帝听了，即问："宁乘何在？"卫青答以现住臣家。武帝立即传旨召见，拜为东海都尉。宁乘谢恩退出，居然驷马高车的上任去了。

武帝回至宫中，仍是天天淫乐。淫乐只管淫乐，却又欢喜求仙，要觅长生之乐，一时投其所好的方士，不知凡几。小有灵验的，封赏优异；不验的也得赏银百斤。这般一年年的过下去，其间已改元十几次。那年武帝年已七十，生有六男，除长男卫太子名据的外，一为齐王闳，一为昌邑王髆，一为钩戈子弗陵，还有燕王旦，及广陵王胥。次年武帝忽染重病，自知不起，传受顾命，越宿即驾崩五祚宫中。寿终七十一岁，在位五十四年，共改元十有一次。史称武帝罢黜百家，表章六经，重儒术，兴太学，修郊祀，改朔正，定历数，协音律，作诗乐，本是一位英明的主子。即如征伐四夷，连岁用兵，虽然未免劳师么饷，却也能够拓土扬威。只是渔色求仙，筑宫营室，侈封禅，好巡游，任用计臣酷吏，暴虐人民，终落得上下交困，内外无亲。亏得晚年轮台一诏，自知悔过，得人付托，藉保国祚，所以秦皇汉武，古今并称。独武帝传位少子，不若秦二世的无道致亡，那就不可同日而语了。后人或谓武帝崩后，移棺至未央前殿，早晚祭采，似乎真来吃过一般。后来奉葬茂陵，后宫妃嫔，多赴陵园守制，夜间仍见武帝魂魄临幸。还有殉葬各物，又复出现人世，遂疑武帝尸解仙去。这种都是无稽之谈，不佞这部《汉宫》，虽是小说体裁，可也不敢附会其词。

单说那时大将军霍光，依着遗诏，奉太子弗陵即位，是谓昭帝。昭帝年甫八

龄，未能亲政，无论大小事件，均归霍光等主持。霍光为顾命大臣的领袖，兼尚书事，因见主少国疑，防有不测，日夕宿于殿内，行坐俱有定处，不敢少移。且知少帝幼冲食起居，需人照料，其时太后、皇后等人，皆已去世。就是帝母钩弋夫人，又已赐死。人谓仙去，也是讹言。只有盖侯王充妻室，是昭帝的长姊鄂邑公主，方在寡居，家中已有嗣子文信，不必她去经管，正可乘暇入宫，请她护持昭帝。于是即加封鄂邑公主为盖长公主，尅日入宫伴驾。琐屑内事，尽归公主料理；外事由霍光与朝臣担任。哪知不到数天，半夜有人入报，说是殿中出了怪异。霍光本是和衣睡着，闻报即起，出召尚符玺郎，向他取玺。霍光之意，以为御玺最关重要，所以首先顾着。岂知尚符玺郎，亦视御玺如命，不肯交出。霍光不暇与说，见他手捧御玺，便欲去夺。那个郎官见了，急抽佩剑道："臣头可断，玺却不能随便交出！"霍光肃然道："汝能保守御玺，尚有何说！我怕轻落人手，何尝要夺取这个宝物呢？"郎官道："臣职司所在，宁死不敢私交。"说毕便退。霍光即传令殿中宿卫，不得妄薛，违者立斩。此令一出，全殿寂然。等到天明，并无所谓怪异。

次日，霍光立斩诳报怪异之人，并加尚符玺郎俸禄二等。大小臣工，始服霍光公正，倚作朝廷柱石。霍光又与廷臣商议，尊钩弋夫人为故皇太后，谥先帝为孝武皇帝，大赦天下，万民悦服。燕王旦与广陵王胥，皆昭帝之兄。旦虽辩慧博学，但是性情倨傲；胥呢，虽有勇力，又喜游猎，故武帝都不使为储，反立年甫八岁的昭帝。昭帝即位，颁示诸侯王玺书，通报大丧。燕王旦接玺书后，明知武帝凶耗，他却并不悲恸，反顾左右群臣道："这个玺书封函甚小，恐是伪造；难道朝中另有变故不成？"乃遣近臣寿西、孙纵之等，西入长安，托言探问丧礼，实是侦察内情。及诸人回报，谓由执金吾郭广意言，主上崩逝五祚宫，诸将军共立少子为帝，奉葬时候，并未出临。旦不待说完，即猝然问道："鄂邑公主你们见否？"寿西答道："公主已经入宫，无从谒见。"旦佯惊道："主上升遐，难道没有遗嘱？况且鄂邑公主又不得见，岂非怪事！"赶忙复遣中大夫邵梓入都上书，请就各郡国设立武帝庙。大将军霍光，已经料定旦有异志，不予批准。仅传诏赐钱三千万，益封万三千户。此外对盖长公主及广陵王胥，亦照燕王旦例加封，免露形迹。旦却傲然道："我依次应该嗣立，当作天子，还劳何人封赐呢？"当下与中山哀王子刘长，齐孝王孙刘泽，互相通使，密谋变乱。诈称前受武帝诏命，得修武备，以防不测。郎中成轸，更劝从速举兵，迟则不及。旦竟昌言无忌，召令国中道：

> 前高后时，伪立子弘为少帝，诸侯交手，事之八年；及高后崩，大臣诛诸吕，迎立文帝，天下乃知少帝非孝惠子也。我为武帝亲子，依次当立，无端被弃，上书请立庙，又不见听；恐今所立者，非武帝子，乃大臣所妄戴，愿与天下共伐之！

这令既下，又使刘泽申作檄文，传布各处。

刘泽本来封爵，且浪游齐燕，到处为家，此次既与燕王旦立约，自归齐地，拟即纠党起应。燕王旦亦大集奸人，收聚金铁，铸兵器，练士卒，屡出校阅，尅期发难。郎中韩义等先后进谏，均遭杀戮，共计十有五人之多。燕王正拟冒险举事，不料刘泽赴齐，已为青州刺史隽不疑所执，飞报朝廷，眼见得逆谋败露，不能有成了。隽不疑素负贤名，曾由暴胜之荐，方授今职。不疑虽然执住刘泽，却未知他有谋反情事。适由缾侯刘成，闻急告变，方始据实上闻。大将军霍光谓新主禅位，不宜骤杀亲兄。但将刘泽处斩，令旦谢罪了事，迁不疑为京兆尹，益刘成食邑。一场天大风云，化为没事，这也是霍光存着宽大主义的好处。

霍光又恐有人嫉他专权，乃举宗室刘辟疆等任光禄大夫。辟疆系楚元王孙，年已八十有余，徙官宗正，旋即病殁。时光易过，匆匆已是始元四年，昭帝已经十有二岁。

上官桀有子名安，娶霍光女为妻，生下一女，年才六龄，安欲献入宫中，希望为后，乃求诸妇翁，说明己意。霍光谓安女太幼，不合入宫。安虽扫兴而回，不肯罢休，居然被他走着一条门路，跑到盖侯门客丁外人家中，投刺请见。丁外人籍隶河间，小有才智，美丰仪，擅口令，盖侯王文信，聘他入幕为宾。谁知却被盖长公主瞧见，不由得大动淫心。她虽中年守寡，大有窦太主与平阳公主之风。丁外人原是一位风流人物，到口馒头，断不推却。不到几时，自然似漆如胶了。及至盖长公主入宫，护持昭帝，内外隔断，情不能已，还时时出宫相会。事为霍光所闻，霍光暗思奸情事小，供奉事大，索性令丁外人一同住在宫内，使公主如了心愿，方能一心一意地照料幼主。于是面子上算是诏令丁外人入宫值宿，暗底下这个宿字大有文章。盖长公主既满她的心愿，其乐可知。上官安探知此事，特地恳求丁外人入白公主，玉成此事。丁外人乐得答应，事成之后，自然不致空劳。等得晚上与公主同宿的当口，告知公主。公主本想将故周阳侯赵兼女儿，配合昭帝，既是情人说项，只好把赵兼女儿降为妃嫔，即召安女入宫，封为婕妤，未几就立为后。

上官安既是国丈，不次超迁，已为车骑将军，心感丁外人进言之功，要想替他求个侯爵，以酬大媒。一天特去面求霍光，霍光听了摇头道："此事有违汉例，万万不可！"上官安碰了一鼻子的灰，只得请出乃父，去与丈人说情。上官桀与霍光同为顾命大臣，又是儿女亲家，自己以为这点小事，定可为丁外人干旋；岂知霍光抱定公事公办，毫不以私废公的宗旨。上官桀复又降格相求，能封丁外人一个光禄大夫，也算有个交代；不料霍光忿然道："丁外人并无尺寸之功，何能轻易授爵？"上官桀抱惭回府，从此便与这位亲家变成冤家。盖长公主也恨霍光不封她的情人为侯，于是里应外合的要想推倒霍光。乃由桑弘羊伪写燕王旦密

劾霍光的一本奏章，递与昭帝。

是年本为始元七年，昭帝年虽只有十四，却有作为，因改号五凤元年。昭帝接了奏牍一看，早知是假，搁置不理。那天坐朝，不见霍光，便问："大将何在?"上官桀应声道："霍光自知有罪，不敢入见。"昭帝亟顾左右，召入霍光。霍光免冠伏地。昭帝道："将军无罪，尽可戴冠。"霍光谢恩起来，问昭帝道："陛下何以知臣无罪?"昭帝笑道："朕虽年少，真伪尚能鉴别。"群臣听了，极口称颂万岁圣明。

只有上官桀气得不可开交，索性一不做，二不休，竟拟先杀霍光，继废昭帝，再把燕王旦诱令入都将他刺死，自登大宝，一面告知盖长公主，只说杀霍光，废昭帝，迎立燕王。公主倒也依从。上官桀复请盖长公主设席宴请霍光，以便席间行刺；一面飞报燕王旦，请即入都。燕王大喜，即欲起程，燕相平阻止不听。正拟择日入都，又接盖长公主密书谓：本拟即日在都发难，因惧大将军霍光，右将军王莽二人。今王莽已逝，丞相又病，准趁这个机会举事，叫燕王旦从速预备行装等语。燕王即将此书遍示群臣。偏偏天象告警，忽尔奇热，忽尔奇寒，忽尔天上一虹下垂宫井，井水忽涸，大众薛言井水为虹噢干；忽又群豕突出厕中，闯入厨房，毁坏灶觚；忽又乌鹊在空中大战，纷纷堕地而死；忽又鼠噪殿门，跳舞人立而行；殿门自闭，坚不能启；城垣无故发火，宫中坠下巨星。燕王迭见这般怪异，也会吓出病来，赶紧遣人入都探听消息。去人回报，方知上官父子逆谋败露，自己还有大祸。先是盖长公主听了上官桀的计议，欲宴霍光，将其刺死。事尚未发，已被舍人燕苍密告霍光，霍光急奏昭帝。昭帝即命丞相田千秋密捕上官父子，及御史大夫桑弘羊等人处斩；燕王旦赐令自尽，其子免罪，废为庶人，削国为郡；盖长公主与其子王文信，一同撤去封号；惟上官皇后，未曾与谋，且是霍光的外孙女，因得免议；又封燕苍为列侯，以奖其密告之功；丁外人因已畏罪自尽，亦得免议。燕王旦既知其事，一恸而殁，总算自尽。昭帝办过这场逆案，愈加信任霍光。霍光仍是旧日行为，并没骄矜之色。

又过四年，昭帝已是十八岁了，提早举行冠礼。上官皇后，六岁入宫，现年不过十有二岁。以十二岁的女子加笄，本也太早，无如刘氏上代，鲁元公主之女张皇后已有先例。此次十八岁的新郎，十二岁的新娘，大家见了，也不为奇。大婚这天，大将军以下，一律入贺，只有丞相田千秋，患病甚重，不能与贺。及至婚礼告成，千秋却已谢世，谥曰定侯。昭帝乃命御史大夫王䜣继任丞相。至五凤七年元日，复又改始平元年，诏减口赋钱十分之三，宽养民力。从前汉初定制，凡人民年在十五岁以上的，每年须纳税百二十钱；十五岁以下，概行豁免。武帝时代，因为国用不足，加增税则，人民一到七岁，便要输钱二十三钱。昭帝减税，也是他的仁政。是年仲春，天空中忽现一星，形大似月，向西飞行，后有许多小

星随着,万目共睹,大家无不惊异。谁知可巧应在昭帝身上。不久,昭帝年仅二十一岁,忽然生了一种绝症,医治无效,竟于始平元年夏四月,在未央宫中告崩。共计在位十三年,改元三次。

那时上官皇后,年才十五,已作寡鹄,又未生下一男半女,其余妃嫔也是不曾生育。大将军霍光以及盈廷臣工,都以继立无人,颇费踌躇,或言昭帝无后,只好再立武帝遗胤。现在的广陵王胥,本是武帝亲子,可以继嗣,霍光则不以为然。正在相持未决之间,便有一郎官,窥透霍光意旨,上书说道:“昔周太王废大伯,立王季,文王舍伯邑考立武王,无非在付托得人,不必拘定长幼,广陵王所为不道,故孝武帝不使承统,如今怎么可承宗庙呢?”霍光见了此书,遂决计不立广陵王,另想应立宗支。想来想去,只有昌邑王贺,本为武帝之孙,虽非正后所出,便查武帝两后,陈氏被黜,卫氏病殁,武帝却说她自杀。这样一来,好似没有王后一般。当武帝驾崩时,命将李夫人配飨。李夫人就是昌邑王贺的亲生祖母,正可入承大统。且与昭帝有叔侄谊,以侄承叔,更好作为继子。于是假上官皇后命令,特派少府史乐成、宗室刘德、光禄大夫牛吉等人,往迎昌邑王贺,入都主丧。

原来昌邑王贺五龄嗣封,居国已十多年,却是一位狂纵无度的人物,平时专喜游牧,半日之中,能驰三百里路。中尉王吉,屡次直谏,并无听从;郎中令袭遂也常规劝。贺却掩耳逃入后宫,但与驺奴宰夫,戏狎为乐。一天,贺居宫内,陡见一只巨大的犬,项下似人,头戴方山冠,股中无尾,禁不住诧异起来。忙问左右,俱答未见。乃召袭入内,问主何逃?袭遂答称:“这是上天垂戒大王。意谓大王左右,如犬戴冠之人,万不可用,否则必失国士。”贺疑信参半。过了数日,又见一只白熊,仍问袭遂,答道:“亦是危亡之象。”

贺正待答话,忽见内侍急急报入,说道天使已至,为迎大王入都为帝。贺听了大笑之下,急把袭遂所戴纱帽一掀道:“是不是寡人要做皇帝了?你还胡言乱语地说甚么要失国士!”说完,又将袭遂推下陛墀道:“去休,去休,你枉做朕的大臣!”袭遂也把帽子戴正,边立定答道:“十五岁的小太后能作甚么主张,不过形同木偶而已;全是大将军霍光的主意。大王做得成皇帝,也是霍光的傀儡,做不成呢,贻笑天下,有何面目再回国来。臣为大王计,似宜审度而行为妥。”贺当下听了,连连道:“皇太后若是木偶,朕更可为所欲为,无人干涉了!”袭遂一见忠言不纳,趋出立即辞官而去。正是:

忠言逆耳翻遭侮,喜气临头怎肯推?

不知后事如何,且听下回分解。

第四十五回 驿馆作阳台死贪写意 宫庭易监狱活不耐烦

却说袭遂去后,贺也不去留他,只急将史乐成等人,请入宫中。展书阅看未毕,又乐得手舞足蹈,喜气洋洋的,昂头向天大叫道:“老天,老天!我刘贺竟会做皇帝老子不成!”他痴痴呆呆的还要再说,他身边的一班厨夫走卒,闻得长安使至,召王嗣位,个个也是中毒一般,一哄而进地围着贺,要求跟着进京,弄个一官半职玩玩。贺见了这班牛鬼蛇神的仁兄,毫不讨厌,反而对他们说道:“大家都是开国元勋,当然带你们同去。”于是择定次日起程。

还是史乐成等人,看了这位新主身边的人物,太不成模样,只得问他道:“大王身边不是有一位诤臣袭遂么,现在何处去了?”贺答道:“诸公问他么?他方才与我闹了一阵,辞职而去。”史乐成等人太息道:“这是不能准他走的!大王此次入都,单是中途招待迎送的侯王官吏,也有不少的酬应。袭遂为人,大家无不钦佩。所以臣等冒昧直言,务请大王将他召回同行。”贺听了,心里虽然不甚高兴,惟恐得罪来使;若被他们掉个枪花,不要弄得到手的皇帝,不着杠起来,那还得了。没有法子,只得忍气吞声地去把袭遂召回,好言劝慰一番。袭遂听了,便与王吉二人,合缮一书,叩马进谏,大略举殷高宗故事,叫他谅闇不言,一切国政,全归大将军处决,幸勿轻举妄动等语。

贺看了之后,假装称赏不置,立时同了大众急急登程。他一个人仍是骑着他所蓄的那匹大马,把鞥一提,用出平生绝技,一口气跑了一百三四十里;回头看看从人,却没一个影子。其时已到定陶,他无奈只得入驿等候。直至晚上,一班朝使,以及随从诸人,方始赶到,都言马力不足,沿途倒毙甚多。原来各驿所备马匹,寥寥无几,总道新主入都,从吏不过百人。哪里知道贺手下的幸臣,已有七八百人之多。再加幸臣手下的幸臣,也有数百。驿中一时不能凑数,只好把所有的劣马病马,统统献出。劣马病马,如何追得上贺的良骏?沿途倒毙,本是意中之事。谁知贺的幸臣,狐假虎威,不胜骚扰。史乐成等人,心中虽不为然,究竟因是新主,不便多言。仍是袭遂在旁看不下去,力请贺减少随从。贺倒应允。但是那班幸臣,个个都想攀龙附凤,谁肯中道折回?袭遂左右为难了一会,竟会作主,挑选一百余人,准令随行,其余人等,饬令自由入都,不得在此喧哗。

这样一办,次日方能成行。及抵济阳,贺忽然要买长鸣鸡、积竹杖起来。因为这二物,是济阳的著名土产。其实于贺毫无用处,无奈这位新天子一定要办。还是袭遂再三带骗带劝,总算只买了长鸣鸡一百只,积竹杖二百根,趱程再行。晚宿弘农,贺已沿途望见美貌民女,不胜艳羡。暗使大奴善物色佳丽,送入驿中。大奴善奉了贺命,便将民间妇女,稍有姿首的,强拉登车,用帷遮着,驱至驿舍。贺如得异宝,顺手揿着便奸,也不问她们愿与不愿。可怜那班村姑乡妇,怎敌得这位遇缺即补皇帝的威力,只好吞声饮泣,任其所为。

事为史乐成等所知,便怪昌邑相安乐,为何不加谏阻。岂知安乐是个拍马好手,那敢去扫新主的兴致,仍去转告袭遂,要他来作凶人。袭遂原是硬汉,并不推辞,自然入谏。贺也自知不合,极口抵赖。袭遂正色道:"大王果无此事,这是大奴善的妄为了,罪有应得,由臣将他处治。"大奴善系官奴头目,故号大奴。当时立在贺侧,即由袭遂亲自动手,把他拉出,付与卫弁正法。并将所有妇女,各给十金,遣回原家。案既办了,又启行至灞上。距离都城已近,早有大鸿胪等出郊远迎,恭请贺改乘法驾。贺乃换乘龙辇,使寿成御车,袭遂参乘。行近广明东都门,袭遂向贺陈请道:"依礼奔丧入都,望见都门,即要举哀。"贺闻言,托词喉痛,不能哭泣。再前进至城门,袭遂复申前请。贺尚推说城门与都门相同,且至未央宫东阙,举哀未迟。及入城,到了未央宫前,贺面上只有喜色,并没戚容。袭遂又忙指示道:"那边有棚帐设着,就是大王的坐帐,赶紧下车,向阙府伏,哭泣尽哀。"贺至此推无可推,方始一跳下车,步至帐前,伏在地上,俯首无闻,算在举哀。礼毕入宫,先以侄礼见过上官皇后。这位侄子,倒比她大着数岁。当下由上官皇后下谕,立贺为皇太子,择吉登基。贺自入宫至即位,幸有袭遂耳提面命,总算尚无大错。便尊上官皇后为皇太后。又过数日,将昭帝奉葬平陵,庙号孝昭皇帝。

贺即登位,拜昌邑相安乐为长乐卫尉,此外随来的一班幸臣,统统授为内臣。一天到晚,仍与内臣游狎;一见美貌宫女,立刻召入侑酒侍寝;又把乐府中的乐器,悉行取出,叮叮咚咚,闹个不休。一夕,贺正与一班内臣喝酒,内中有一个名叫项能恭的悄悄地对贺说道:"现在朝廷大权,全操霍光之手。皇太后乃是霍光的外孙女儿,年仅十五,业已守寡。陛下若能向她挑逗,此关一通,便可把霍光革职,陛下就好为所欲为了。"贺听了连连摇首道:"此人面有麻斑,只有那位孝昭皇帝,会赏识她,朕却不中。"

谁知可巧被袭遂亲耳听见,顿时一把将项能恭揪住,大骂道:"你这丧心病狂的东西,竟会说出这样大逆不道的言语出来!"项能恭还想贺去救他。说时迟,那时快,早被袭遂拔出佩剑,手起刀落,项能恭的尊首,已与肩胛脱离关系。贺见了,也会吓得大喊饶命。袭遂一面插入手中之剑,一面伏地大哭道:"陛下不改劣行,臣等死无葬身之处矣!"贺也惭愧不遑,不过事情一过,仍复荒唐如故。

大将军霍光，本是此次推戴最力的一个人，眼见贺如此荒淫无道，深以为忧，每与大司农田延年熟商善后方法。延年道："将军身为柱石，既然失检于前，何不补救于后？只要入白太后，另选贤君，也不为晚。"霍光嗫嚅道："古来曾有此事否？"延年道："从前伊尹相殷，尝放太甲至桐宫，藉安宗庙，后世称为圣人。今将军能行此事，就是汉朝的伊尹了！"霍光听了，乃擢延年为给事中；并与张安世秘密计议废立大事，其外并无一人得知此谋。

又过几日，贺梦见蝇矢满阶，多至五六石，有瓦覆着，醒来又问袭遂，主何吉凶。袭遂道："陛下尝读过《诗经》，诗云：'营营青蝇，止于樊。恺悌君子，毋信谗言！'今陛下嬖佯甚多，正拟蝇矢丛集，因此有这梦兆。臣愿陛下摈绝昌邑故臣，臣应首先告退！"贺听了，似信不信地道："从前在昌邑时候，种种梦兆，君谓不佳，朕何以已为天子？大家既是赞成你的为人，朕也不便放你回家！立于朕身边的臣众，他们又不谈及国事，何必去理睬他们呢？"说完之后，就把此事丢开。

次日，大仆张敞，也来进谏。贺以嬉笑出之。言尚未已，光禄大夫夏侯胜因来奏事，奏毕也谏道："臣见久阴不雨，臣下必有异谋，陛下不可不防。"贺听了大怒，斥为妖言惑众，立命发交有司究办。有司告知霍光，霍光不禁暗暗起疑道："夏侯胜语似有因，或由张安世泄谋，也未可知。"即把张安世召至，面加诘责。张安世道："此是何事，我怎会与他言及秘密？可以面质！"霍光亲提夏侯胜研讯。夏侯胜从容答道："《洪范传》有言：'皇极不守，现象常阴。下人且谋代上位。'我不便明言，故仅云臣下有谋。"霍光当下听了，不觉大惊，一面将夏侯胜官还原职，一面与张安世密议道："此事不能缓了！"即命延年往商丞相杨敞。杨敞听了，顿时吓得面如土色，汗下似雨，不敢允诺。倒是杨敞妻子，为司马迁之女，颇有才干，搴簾而出，语延年道："大将军遣君来商此事，乃是不弃我们，请即复报将军，我们准奉教令。"延年返告霍光。

霍光即令延年、安世二人，缮定奏牍，妥为安排。翌日，至未央宫，传召丞相、御史、列侯，及中二千石，大夫博士，一同入议，连那位不肯抗节重归故国的苏武，亦令与会。群僚不知何故，只得静听大将军发言。霍光一见大众均已到齐，便大声道："昌邑王行迹昏庸，恐危社稷，诸君都是食禄的臣子，可有甚么高见？"大家听了，方知是这个大问题，个个人把眼睛望看霍光的那一张嘴，想听下文；心里呢，莫不存着但凭吩咐四字罢了。霍光一见众人不肯首先发言，又对众人道："这是国家大事，应该取个公论。"当下田延年奋然起座，按剑上前道："先帝以社稷托付将军，授以全权，无非深知将军忠心为国，能安刘氏。今群下鼎沸，譬诸大厦将倾，将军若不设法维持，试问有何面目见先帝于地下？"

霍光正要答语，陡见由宫内奔出一个赤体光身的宫女，向他扑地跪下道："奴名苏馥，曾为先帝幸过。今皇帝不顾奴的节操，强行奸污。奴因一个弱女

子，力不可抗，此刻乘隙逃出，禀知将军。奴死之后，没有脸去见先帝，乞将奴面蒙上一布，奴心方安。”说完，就用手中所藏的一把绣花小剪，向她喉中一刺，顷刻之间，飞出一股鲜红，死于殿上。

霍光一面急命左右，把苏馥的尸身拖下，好好安葬；一面对大众道：“即此一端，废之已有余。”大众一见延年按剑而走，声势汹汹，又见贺的行为果也不对，大家若不相从，必遭杀害，何苦要替贺来做死忠臣呢？于是个个离座向霍光叩首说道：“社稷人民，全系将军；大将军苟有主张，臣等无不遵从。”霍光乃将大众请起，袖中拿出奏牍，先请丞相杨敞署名，其余次第署毕，便引大众至长乐宫，入白太后，陈明昌邑王贺无道，不应嗣位的情形。可怜这位太后，年才十五，懂得甚事，自然是以霍光之言，惟命是从了。

霍光又请太后驾临未央宫，御承明殿，传诏昌邑故臣，不准擅入。那时贺闻太后驾到，不得不入殿朝谒。但因酒醉过甚，由宫娥搀扶而行，朝毕趋出，退至殿北温室中。霍光走来指挥门吏，速将室门关闭。贺张目问霍光道：“关门何为？”霍光跪答道：“太后有命，不准昌邑群臣入内。”贺摇头道：“这也不必如此急急，让朕慢慢地打发他们回去便了。”霍光也不与他多言，返身趋出。

此时已由张安世率领羽林兵，把昌邑群臣拿下，约有四五百人，连袭遂、王吉也在其数。霍光又将昭帝旧日群臣召入，责令把贺监守，毋令自尽，致负弑主恶名。贺真昏愦，到了此时，还没有知道废立情事。一见新来侍臣，尚问道：“昌邑群臣，究犯何罪，却被大将军全行驱逐？”侍臣不便明言，只推不知。稍间，就有太后诏至，立传贺去问话。贺至此方才有些惶恐起来，问诏使道：“朕有何罪，乃烦太后召我？”诏使也含糊答应。贺只得随之来见太后。只见太后身服珠襦，端坐武帐之中，侍卫森立，武士盈阶，犹不知有何变故，战战兢兢地跪下，偷视太后之面。

这时已有尚书令捧着奏牍朗声宣读道：

丞相臣杨敞、大司马将军臣霍光、车骑将军臣张安世、度辽将军臣明友、前将军臣韩增、后将军臣赵充国、御史大夫臣蔡义、宜春侯臣王谭、当涂侯臣魏圣、随桃侯臣赵昌乐、杜友臣屠耆堂、太仆臣杜延年、太常臣门昌、大司农臣田延年、宗正臣刘德、少府臣史乐成、廷尉臣李光、执金吾臣李延寿、大鸿胪臣韦贤、左冯翊臣田广明、右扶风臣周德、故典属国臣苏武等，昧死言皇太后陛下：自孝昭皇帝弃世无嗣，遣使微昌邑王典丧，身服斩衰，独无哀悲之心。在道不闻素食，使从官略取女子，载以衣车，私纳所居馆舍。及入都进谒，立为皇太子，尝私买鸡豚以食。受皇帝玺于大行前，就次发玺不封。复使从官持节，引入昌邑从官二百余人，日与敖游，且为书曰：皇帝问侍中君卿。使中御府令高昌，奉黄金千斤，赐君卿娶十妻。又发乐府乐器，引纳昌邑乐人，击鼓歌吹，作俳优戏。至送殡还宫，即上前殿，召宗庙乐人，

悉奏众乐，乘法驾皮轩鸾旗，驱驰北宫桂宫，弄彘斗虎。召皇太后所乘小马车，使官奴骑乘，游戏掖庭之中，与孝昭皇帝宫人蒙等淫乱。诏掖庭令敢泄言者腰斩。

上官太后听到此处，也不禁大怒，命尚书令，暂行止读，高声对贺道："为人臣子，可如此悖乱的么？"贺听了，又惭又惧，退膝数步，仍然俯伏。

尚书令又接续读道：

取诸侯王列侯二千石绶，及墨绶黄绶，以与昌邑官奴。发御府金钱刀剑玉器采缯，赏赐所与游戏之人。沉湎于酒，荒耽于色。自受玺以来，仅二十七日，使者旁午，持节诏诸官署征发，凡一千一百二十七事，失帝之礼，乱汉制度。臣敞等数进谏，不少变更，日以益甚。恐危社稷，天下不安，臣敞等谨与博士议，皆曰：今陛下嗣孝昭皇帝后，所为不轨，五辟之属，莫大不孝。周襄王不能事母，春秋曰：天王出居于郑，由不孝出之，示绝于天下也。宗庙重于君，陛下不可以承天序，奉祖宗庙，子万姓，当废。臣请有司以一太牢，其告宗庙。谨昧死上闻！

尚书令读毕，上官太后单说准奏二字。这还是她的外公霍光教导她的。

当下霍光便令贺起拜受诏。贺急仰首说道："古语有言，天子有诤臣七人，虽无道，不失天下。"霍光不待说完，即接口道："太后有诏废王，怎得倘称天子！"说完，忙走至贺身边，代解玺绶，奉与太后，便命左右扶贺下殿，出金马门，群臣送至阙外。贺自知绝望，始西向望阙再拜道："臣愚戆不能任事。"言罢乃起，自就乘与副车。霍光亲送入昌邑邸内，才向贺告辞道："王所行自绝于天，臣宁可负王，不敢负社稷，愿王自爱！臣此后不能再侍左右了。"说罢，涕泣而出。群臣复请治贺应得之罪，太后便把贺下入监狱；昌邑诸臣，陷王不议，一概斩首。只有郎中令袭遂，中尉王吉，因曾谏贺，得减轻髡为城旦。

贺入了监狱，又知昌邑群臣，个个斩首，至此方始懊悔起来，掩面大泣道："我的性命，恐怕难保了！"连哭三日三夜，泪尽见血。当夜复得一梦，梦见一双燕子，只在他的面前呢喃，醒来告知狱官，要他答出吉凶。狱官听了，敷衍他道："燕子应归故垒，大王或者蒙赦，仍回昌邑，也未可知。"贺听了悲喜交集地道："我若能回返故土，那就心满意足，再不去与昌邑群臣游戏了。"狱官道："昌邑群臣，早已弃市，大王怎会再与他们游乐呢？"贺失惊道："不错，不错！他们都死了！我一时忘记，故有此言。"

不言贺在监中，日望赐回故土之诏。单讲霍光既废了贺，自知从前冒昧，并未先行察访贺的平日为人，贸然便把他立为新君。现在朝廷无主，只有四面的打听刘氏的贤裔。一天与光禄大夫丙吉，谈完国事，猝然问道："君知刘氏后人，何人最贤？"丙吉答道："我妻素号知人。她在将军迎立昌邑王贺的当口，曾经谓

我道：‘武帝曾孙病已，现年十八岁，通经术，具美材，且有孝行，比起昌邑王来，真有天壤之别；大将军今乃舍贤立劣，是何用意？”霍光听到此地，不待丙吉说完，连连地跺足道：“君夫人人称女中丈夫，果然名不虚传。此事怪君，何以不先告我？”丙吉道：“此刻提及此人，也不算迟。”霍光摇首道：“已经多此一段麻烦了，现在既有这位贤人在此，老夫即当奏知太后，请她定夺。”正是：

帝位既为私有物，刘家以外自无人。

不知后事如何，且听下回分解。

第四十六回　柳叶成文龙飞九五　杨枝托梦凤折重三

却说霍光自知上次立帝之事，未免有些冒昧，反防丙吉夫人的说话，不甚可靠，又向四处暗暗打听，方知那位病已果是真正的贤人。乃去开了一个朝议，说明己意，要立病已为君。众无异辞，便会同丞相杨敞等上奏上官太后。上官太后本是一个徒拥虚名的木偶，要她作主，确没这个程度，霍光一言，当然准如所请。霍光即命宗正刘德备车往迎。

说到这位病已的历史，却也很长。他也是一代明君，应该细细表明，阅者方会知道。原来病已就是卫太子据的孙子。卫太子据尝纳史姓女子为良娣。良娣是东宫姬妾的宫名，位在妃嫔之下，等于皇帝身边的贵人美人。当时史良娣生子名进，号史皇孙。史皇孙纳王夫人，因生病已，号皇曾孙。卫太子起兵败死，史良娣、史皇孙、王夫人等人，同时遇害。那时病已尚在襁褓，系在长安狱中。适值廷尉监丙吉，奉诏典狱，见了这个呱呱在抱的婴儿，查知是武帝的曾孙，回到家里，急急告知他的夫人。

他的夫人姓水名媭，赵地人氏，自幼即具望气知人之术。她的要嫁丙吉，也是她自己选中。她说她的禄命，很是平常，只要嫁个衣食无亏的丈夫，乐天知命，安安闲闲地度过一生，便是万幸。嫁了丙吉之后，并劝丙吉：“不可妄冀非分，你我二人，自然不愁冻馁，白头到老。”那时丙吉正在少年气盛的时候，哪儿肯听这个阃令！后来事事不能如意，都被他的夫人道着，方始服软。有一天，武帝要擢丙吉一个要职，丙吉赶忙力辞。武帝不解，他便把他夫人望气知人的本领说将出来。武帝听了，也甚惊异，急把水媭召至道：“汝能教汝夫守分处世，朕极嘉许！但朕是位天子，要汝夫富贵，并不费吹灰之力，汝相信朕的权力么？”水

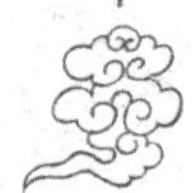

婴俯伏奏道:“诚如圣论,则从前的邓通,既有现成铜山铸钱,也不至于饿死了。”武帝被她驳倒,一笑了事,单对丙吉道:“朕拟任汝为典狱;此职不大,汝当毋违!”丙吉听了,目视水婴,不敢立诺。水婴颔首道:“此职专管人犯,倒可积点阴功,与君却也相宜。”丙吉听了,方才奉命。武帝见了大笑道:“丙吉有此内助,此生不致有意外了。”丙吉谢了武帝,同着水婴下朝回家。

次日前去查监,见了病已,自然要与水婴商量。水婴道:“且俟妾明日与君前去看过再议。”次日水委到了狱内,将病已抱来一看,不禁失色道:“此子将来福与天齐,君应善为护持!”丙吉即在狱中,拣了赵姓胡姓两个犯妇,令她们好好哺乳,自当另眼看待。赵胡二妇,喜出望外,小心照管,宛同己出。丙吉夫妇,天天亲去检查,恐怕二妇暗中尚有虐待的情事。嗣见二妇真的尽力照管,方始放心。

岂知武帝养病五祚宫内,听得一个术士说:“长安狱中,有天子气上现。”于是下了一道诏书,立命郭穰把狱中的人犯,不管男女长幼,一概处死。丙吉探知其事,等得郭穰到来,偏偏闭门不纳,但命人传语郭穰道:“天子以好生为大德,犯人无罪,尚且不可妄杀,何况此中有皇曾孙在内呢?”郭穰本知武帝正在信任丙吉,便把丙吉之言,回报武帝。武帝却也省悟,却大笑道:“狱中有此大头官儿,这明明是天命所在了!”因即一律免死。

丙吉又替病已设法,欲将他移送京兆尹那里。未行之先,致书相请。谁知京兆尹胆小,不敢接受。转眼之间,病已已经数岁,在狱时常生病,医治不甚方便,全赖丙吉夫妇刻刻提防,方才不致夭折。丙吉又探得史良娣有母贞君,居住乡间,有子史恭,尚能仰事,乃将病已送与史贞君扶养。贞君本在惦记这个外曾孙,一见到来,不觉破涕为笑,虽是年迈龙钟,倒也振作精神,竭力看护。至武帝驾崩,有遗嘱将病已收养掖庭,病已因得重行入都,归掖庭令张贺照管。

张贺即现任右将军张安世之兄,前曾服伺卫太子据过的。追念旧恩,格外尽心抚养,及稍长大,自出私囊,令其入塾读书。病已非但聪明过人,而且来得勤学不倦,又过数年,已是一表人材。张贺便想把他女儿配与病已。张世安发怒道:“病已为卫太子据的孙子,叛国后裔,只要衣食不缺,也好知足,我们张氏女儿,怎好配这罪奴?”张贺拗不过这位做大官的老弟,只得罢了此议。但是仍在留心一位好好女子,总要使病已成家立业,方算对得起卫太子据。

适有暴室啬夫许广汉,生有一女,名唤平君,真个才貌双全,婉淑无比。只是命宫不佳,许了欧侯氏之子为妻,尚未过门,欧侯氏之子,一病身亡,平君便做了一位望门寡妇,现尚待字深闺。广汉与张贺,前皆因案牵坐,致罹宫刑。张贺是坐卫太子一案,广汉是坐上官桀一案,二人都是刑余之人,充当宫内差使。掖庭令与暴室啬夫,官职虽分高下,可是同为宫役,时常相晤,各怜身世,每以杯酒

消愁。一日，两人互谈衷曲，酒至半酣。张贺便向广汉说道：“皇曾孙病己，年已长成，将来如有恩赏，便有侯封之望，君有令嫒，待字闺中，如若配与病己为婚，也是好事。”那时广汉已有酒意，慨然应允；饮毕回家，与妻谈及。他的妻子勃然大怒道：“我的女儿乃是一朵鲜花，怎能配他！”广汉听了，便把病己如何有才，如何有貌，一定求他妻子答应。他的妻子听完，又瞪着广汉道：“既是这般好法，张贺也有一个女儿，何以不许配他呢？”广汉道：“张贺本要许他的，因为他的老弟反对，所以不成事实。其实这位病已，究是一位皇曾孙，你要想想看，刘氏的亲骨血，会不会落魄无依的呢？将来一朝得志，你我还有靠傍呢！”他的妻子听到此地，方才明白过来道：“不错，不错！他无论如何，总是皇帝家中的子弟。既是如此，我就将我的女儿配他。”张贺仍旧拿出私财，替病已行聘成礼。娶来之后，两小夫妇，倒也甜甜蜜蜜，鱼水和谐。病已因有岳家资助，便向东海澓中翁处，肆习《诗经》。闲暇的时候，也常出游三辅，所有闾里奸邪，国家政治，无不谨记胸中。还有一样异相，满体生毛，居卧之处，时有光耀，他也因此自豪。

昭帝元凤三年正月，泰山有大石，忽然人立；上林中的柳树，已经枯死，忽又复活，叶上虫食之处，隐约成文，却是“公孙病已立”五字。当时朝野人士，无不惊为异事，不过一时想不到这位皇曾孙病已的头上罢了。那时符节令眭孟，曩从董仲舒传习《春秋》，通纤纬学，独奏大石人立，僵柳复起，必有匹夫起为天子，应请下诏求贤，禅授帝位。霍光怪他造谣惑众，捕拿处斩。谁知果应所言，竟于元平元年孟秋，由宗正刘德，迎入皇曾孙病已，至未央宫谒见太后，虽是天皇嫡派，但已削为民籍，不便径立。霍光特请皇太后先封病已为阳武侯，然后由群臣上书请立，即皇帝位，便是宣帝。

上官太后欲将霍光的幼女立为皇后，宣帝一定不肯，必要那位糟糠之妻许平君为后。群臣不敢违拗，争着上书，请宣帝册立故剑许氏。宣帝认可，先封许氏为婕妤，不久即令正位中宫。并引先朝旧例，封后父许广汉为侯。霍光却来反对道：“许广汉曾受宫刑，不应再加侯封。”宣帝倒也从谏，仅封为昌成君。又赐他那位岳母，黄金三千斤。那位岳母，一见他的女婿做了天子，乐得连连称赞广汉，真有眼光不置。

没有几时，已是腊鼓咚咚，新岁时节，新帝照例改元，号为本始元年，增封大将军霍光，食邑万七千户；车骑将军张安世，食邑万户；张贺食邑二千户；史恭食邑二千户；丙吉食邑二千户，水婴还要辞谢，宣帝再三不准，方才拜受。当时列侯加封食邑的共计十人，封侯的五人，赐爵关内侯的八人。霍光上书归政，宣帝不许。并令大小臣工，凡有封事，须先白霍光，方准奏闻。霍光之子霍禹，及兄孙霍云、霍山，俱得受官，以致女婿外孙，蟠踞朝廷，渐形无忌。宣帝虽然有些猜忌，因看霍光正直如故，隐忍未究。

那时大司农田延年，首倡废立大议，晋封阳城侯，也是趾高气扬的以为自己功高，旁若无人。不料竟被一个冤家对头告讦，说他办理昭帝大丧，谎报车价，侵吞公款，至三千万钱之多。新任丞相蔡义，年已八十余岁，由霍光一手提拔，方任今职，于是据实参劾，说道："应将田延年下狱鞠讯。"田延年素性甚傲，不肯入狱。严廷年也来参他手持兵器，侵犯属车。田延年愤然道："无非逼我速死！"拔剑自刎而亡。田延年死后，御史中丞等人，又劾严廷年明知田延年犯法，早不奏闻，也是有罪。严廷年乃上书自参，辞职遁去。

宣帝对于朝事，概不过问，悉听霍光一人主持。惟思本生祖考，未得封号，乃令廷臣妥议奏核。廷臣议后奏称，说是为人后者为人子，不得私其所亲；陛下继承昭帝，奉祀陵庙，亲谥只宜称悼，母号悼后，故皇太子谥曰戾，史良娣号戾夫人。宣帝因即准奏。不过重行改葬，特置园邑，留作一种报本纪念而已。更立燕王旦太子建为广阳王，广陵王胥少子弘为高密王。

越年复下诏追崇武帝，拟增庙乐，令列侯二千石博士会议。群臣复称如诏。独长信少府夏侯胜驳议道："孝武皇帝虽尝征服蛮夷，开疆拓土；但是多伤士卒，竭尽财力，德泽未足及人，不宜更增庙乐。"这语一出，群臣哗然道："这是诏书颁示，怎好违旨！"夏侯胜昂然道："诏书非尽可行，全仗人臣补救；若是阿意顺旨，朝廷何必有此一班禄蠹呢?"大众听了，都怪夏侯胜不肯奉诏，联名奏参。惟有丞相长史黄霸，不愿署名，却是夏侯胜的同道。大众复又弹劾黄霸，请将二人一同下狱治罪。宣帝依议，夏侯胜、黄霸二人被逮下狱。夏侯胜入狱之后，仍治他的经学。黄霸请他讲授《尚书》，夏侯胜欣然许可。黄霸每对入狱探视他的亲友道："朝闻道，夕死可矣。况且未必即死，诸君不必代我担忧！"黄霸的钦佩夏侯胜，也可算得达于极点的了。

这且不提，单说宣帝那天退朝回宫，脸上本有怒容。及见许后独坐焚香，脸上还有泪痕，反把自己腹中的怒气，消得干干净净，急问："许后何故伤感?"许后被宣帝这一问，更是引起伤心，两只眼眶之中，复又簌落落地滚下泪珠来了。宣帝就坐她的身边，边替她拭干眼泪，边又问道："皇后有何心事？朕已贵为人君，皇后若有所欲，朕无物不可力致。"许后听了凄然道："臣妾此刻伤心的事情，恐怕陛下也无能为力呢！臣妾今晨起得太早，陛下出去视朝，臣妾便至床上小睡，不觉悠然入梦，梦见臣妾的亡友杨枝师父，前来托梦道：'她说今年三月三日，这个重三，便是臣妾的难关，臣妾问她甚么难关，能否解免?'她又摇首慨叹道：'凤凰和平，最怕热燥之物，人与命战，失败者多。'言罢欷歔掩面而去。臣妾拼命唤她转来，却已吓出一身冷汗。惊醒后，只见蘼钩动处，似乎尚见杨枝师父的背影。臣妾与杨枝师父，自幼同学，长为知己。她因看破世情，入了空门，虽然修炼未久，颇有道行。都中人士，凡有疑难问题，都去求她解决。夫人不言，言必

有中。后来圆寂，臣妾未尝梦见过她一次。今天忽来托梦，臣妾想来，必是凶多吉少。现在已是正月，待到上巳那天，为日已是无多。陛下呀！臣妾恐怕要与圣驾永诀了！”宣帝听完，也吃一惊，但是口里只得安慰许后道：“春梦无凭，皇后如此开通的人，何故也学村姑行径起来？”许后道：“杨枝师父，素来不打诳语。阴阳相隔，独来托梦，陛下不可儿戏视之！”宣帝听了，自然力为譬解。因见许后既害怕，又伤感，便又劝她道：“皇后现有身孕，三月里便是分娩之期，即有年灾月晦，定被喜事冲破，你千万放心。再不然，朕俟你将产的时候，召入多数医生前来伺候，一切饮食药料，都命他们检视！这样一来，难道还不千稳万妥么？”许后听了，也以为然，便请宣帝预先留意名医，免致临时不及。宣帝听了，即将此意，诏知太医掌院。

谁知这样一办，反使奸人得以乘隙而入，送了许后的性命。这也是许后命中注定，虽有杨枝托梦，仍旧无从挽回。原来霍光之妻霍显，本是一位淫悍泼妇。她是霍光前妻东闾氏的陪嫁丫鬟。东闾氏只生一女，嫁与上官安为妻，东闾氏不久即殁。霍显搔首弄姿，引诱霍光上手，纳作姬人，旋生子女数人。霍光不便再娶，就把霍显升作继室。霍显的幼女，名叫成君，尚未字人，满望宣帝纳入宫中，做个现成皇后。谁知宣帝故剑情深，册立许氏为后，霍显自然失望，心怀不平，日夜设计，总要把许后除去，方好如她的心愿。无奈一时无隙可乘，只好暂时隐忍。及听见宣帝诏谕太医掌院，预备名医，俾得日夕伺候皇后生产。太医院中正在采募女医。霍显一得这个信息，急把一个心腹义女，掖庭户卫淳于赏的妻子叶衍，召入府中，秘密对她说道：“汝平日每每求着为娘，转乞大将军想将汝夫升补安池监之缺，今日有了机会了。”说着，即与叶衍咬上几句耳朵。叶衍听了，起初尚有难色，嗣被霍显许了一个大大的报酬，方始满口承认而去。回家之后，便把霍显要她谋害许后的事情告知淳于赏。淳于赏本是一个小人，只知人欲，不知天理，当下自然大喜，忙到太医掌院那里，替叶衍报名。太医掌院因知叶衍是大将军的义女，未能免俗，一口应允，并且把她列在诸医之首。叶衍等到三月初一的那天，暗取附子捣末，怀在身边，同了众医来至许后的寝宫。许后即于三月三日夜半临盆，生下一女，并不难产。许后那时人很清爽，自思危险之期已过，不致再有甚么难关了。因为产后乏力，急于调理，各位御医公拟一方，合丸进服。叶衍本是首领，由她经办，她便大了胆子，私将附子药末和入丸中。这个附子，虽非砒毒，性极热烈，产妇服下，气血上升，就有性命之虞。可怜许后哪里知道，只知丸药可以补她身体，何尝晓得却是一服勾魂散呢？服下不久，顿时喘气起来，额上涔涔的冷汗，流个不住，急问叶衍道：“这服丸药，服了气喘汗出，莫非有毒不成。”叶衍道：“丸药乃是众医公拟的方子，何至有毒，娘娘放心！再过一刻，自然大愈。”许后听了，半信半疑。不到两个时辰，可怜许后一条

性命，已被这位叶衍活活害死！临死的时候，要想与宣帝分别几句，舌已麻木，也不能够了。

宣帝一见许后断气，哭得大骂一班庸医害人，立把十余名医生，统统发交有司治罪。叶衍乃是首领，在霍显未来救她以前，只好一尝铁窗风味，淳于赏急去求救霍显。霍显听了，一喜一忧，喜的是冤家已去，她的千金便有补缺的希望；忧的是恐怕叶衍一经刑讯，说出真情，那就不妙。没有法子，只得老实告知霍光。霍光听了，本想自首，后来舍不得一位娇滴滴的爱妻，前去身首异处，只得偶作违心之事，去求宣帝赦了那班医生。还怕宣帝不肯答应，又去私求太后。宣帝既听霍光与太后之言，又思众医与许后无冤无仇，谅不致害死她的，狱官呈报，又无口供，便把众医赦了。

霍显一见宣帝赦了众医，方始心里一块石头落地，一面重酬叶衍，一面安排妆奁，预备女儿好做皇后。因为没人做媒，只好复求霍光。霍光倒也赞成，便去恳求太后作主。太后本有此意，前因许氏活着，难以启齿，现在是名正言顺的了。正是：

母党争权非怪事，姨娘作媳是奇文。

不知上官太后究与宣帝如何说法，且听下回分解。

第四十七回　掀风作浪黑瞒不多时　搔首弄姿白伴能几日

却说上官太后允了外公霍光之请，力劝宣帝册立她的姨母霍成君为继后。宣帝本没成见，便遵太后之谕，即與成君成婚。于是一位堂堂姨母，反称甥女做阿婆了！霍后人尚秀媚，宣帝又当好色之年，虽然偶忆亡妻，余哀未尽，但对此一位粉装玉琢的美人，怎肯不优加相待。从前许后最守妇职，每逢五日，必至长信宫中朝谒太后。霍后既为刘家媳妇，自然不能推翻旧例，每逢朝谒太后的时候，太后必离位旁立，口称免礼。太后这个举动，明是因为霍后是她嫡嫡亲亲的姨母，特别客气几分。其实这层麻烦，第一要怪霍显只知后位，不顾纲常；第二要怪霍光身为朝廷柱石，怎好徇儿女私情，不问辈份大小？就是宣帝贸然承诺，也属非是。事既木已成舟，上官太后行这似是而非的礼节，真是贻笑大方。当时盈廷臣工，尚夸太后知礼，这是拍马论调，更是狗而屁之的了。

是年丞相蔡义病逝，进大鸿胪韦贤为丞相，封扶阳侯大司农魏相为御史大

夫,升颍川太守赵广汉为京兆尹。又因各处地震,山崩水溢,北海、瑯琊,毁壞宗庙,种种兆征,似示不祥。宣帝特地素服避殿,大赦天下,诏求经术专家,以及贤良方正之人。夏侯胜、黄霸二人,因得出狱。夏侯胜并受命为谏大夫,黄霸出任扬州刺史。那时夏侯胜年已垂老,有时入对,或误称宣帝为君,或误称他人表字。宣帝倒不计较,赞他朴实,颇为亲信,并且呼之为先生,旋迁为太子太傅,年至九十余岁,无病而终。上官太后嘉他忠直,赐钱二百万缗,斋戒五日。宣帝亦赐茔地,陪葬昭帝的墓旁。西汉经生,生茔死哀,要算夏侯胜为第一了。宣帝于本始四年冬季,议定改元,次年元旦,即号为地节元年。朝政清闲。国家无事。及至地节二年春三月,霍光忽得重病,不到几天,溘然长逝。宣帝念他前劳,恤典隆重,并拜其子霍禹为右将军,嗣爵博陵侯,食邑如旧。又命张安世为大司马大将军,继任霍光之位。

霍光既死,霍显更是没缰之马,骄奢不法,任性妄为。又与俊仆冯殷私通,不顾人言。冯殷素来狡慧,与王子方二人,同为霍氏家奴。子方面貌不及冯殷姣好,因此人称冯殷为子都。霍禹、霍山,也学了霍显的坏样,淫纵无度。霍云正在少年,整日不办公事,只是携带家丁门客,问柳寻花,东闯西撞。还有霍禹的姊妹,仗着母家声势,任意出入太后皇后两宫。物必自腐,然后虫生,于是恼了一位御史大夫魏相,密上一本参折,还恐此折被霍禹抹然不报,乃托许广汉亲自面递宣帝。

宣帝接来一看,只见上面写的是:

> 臣闻《春秋》讥世卿,恶宋三世为大夫,及鲁季孙之专权,皆足危乱国家。自微元以来,禄去王室,政由冢宰。今大将军霍光已殁,子禹复为右将军,兄孙山,亦入秉枢机;昆弟诸婿,各据权势,分任兵官。夫人显及诸女,皆通藉长信宫,或賁夜呼门出入。骄奢放纵,恐渐不制。宜有以损夺其权,破散阴谋,以固万世之基,全功臣之世,国家幸甚!臣等幸甚!

宣帝看完此折,长叹道:“霍氏不法,朕已深知。一则因念霍光前功,二则须看太后面上,所以暂时姑容。现既弄得天怒人怨,朕也不敢以私废公了。”

宣帝说完,转折一想,且一面先任魏相兼领给事中,凡有封事,准其径奏,不必先白霍氏;一面诏知霍显,命她赶紧管束子弟,毋得再有不法情事发现。宣帝此诏,也算得情理兼尽。

无如霍显贼胆心虚,生怕谋害许后旧案发作,便有灭族之祸;又因宣帝已立许后微时所生之子奭为皇太子,将来即了帝位,查出其事,必替亡母报仇。不如一不做,二不休,暗暗唆使霍后,趁皇太子尚在孩提时候,也用毒药害死,以绝后患。霍后奉了母命,自然照计行事。

不料宣帝早已防到,每当霍后赐食与皇太子的当口,必须媬母先行尝过。

霍后无从下手，只得背地咒骂皇太子早死。可巧又被宣帝亲耳听见，不禁大疑起来。回想从前许后的死状，其中定有蹊跷，便与魏相密商一种釜底抽薪之法，慢慢进行。那时度辽将军范明友，为未央卫尉；中郎将任胜，为羽林监，还有长乐卫尉邓广汉，光禄大夫散骑都尉赵平，都是霍光的女婿，手掌兵权；给事中张朔，系霍光姊夫；中郎将王汉系霍光孙婿，亦充要职。宣帝先徙范明友为光禄勋，任胜为安定太守，张朔为蜀郡太守，王汉为武威太守。复调邓广汉为少府，收还霍禹右将军之印，改任为虚名的大司马；并将赵平的散骑都尉印绶，同时撤回，特任张安世为卫将军，所有两宫卫尉，城门屯兵，北军入校尉，统归张安世节制。另使许、史两姓子弟代为将军。

宣帝这样的一番大调动，霍氏岂有不明白之理，便也私开会议，以备抵制。霍禹年纪较长，胆量自然较大，首先发言道："县官微贱时候，几至饿死。不是我们大将军成全他，怎有今日！我们又把妹子配他，也可算得恩上加恩，惠上添惠的了。他既无情，我便无义，何不把他废去，只推太后作主，何人敢说二话。"霍禹背后每呼宣帝为县官，不知作何解法。正史如此记载，不佞不便略去。现在单讲大众听了霍禹之言，个个赞成。会议既定，只待进行。谁知竟被他们家中的一个马夫，名叫欧阳明德的听得清清楚楚，急去告知长安亭长张章。张章听了暗忖道："这是我的大运临头了。"便以欧阳明德藏在家中，备作活证，就去上书密告宣帝。

宣帝早已预备，既有这桩导火线引着，立把霍氏全家，以及一切亲族，统统捕获。霍山、霍云、范明友三人，一知事发，顿时服毒自尽。霍显母子，一时无法逃避，早被拘入狱中。问官讯出真情，霍禹腰斩，霍显绞毙。所有霍氏三族，全行弃市，冯子都、王子方也作刀下之鬼。

宣帝还恐臣下议论，下了一道长诏，说明原委。张章此次首告有功，封为博成侯。还有欧阳明德、金安上、杨恽、董忠、史高等人，均因同告逆党有功，亦得分别封爵赏金。还有一个几陵人徐福，预知霍氏必亡，曾经连上三书，请宣帝裁抑霍氏。宣帝当时留中不发，事后想着徐福，召他为郎。上官太后一闻霍案发觉，即把宣帝召去，劝他从轻发落。宣帝道："母后尚不知此中情节，自从高皇帝命萧何厘定法律，世世子孙，应该遵守。现在天下尚能为刘氏所有，就是君臣能守这个法律，不致灭亡。秦二世无道，以致绝祀，前车已是殷鉴。霍氏诸人，淫奢事小，危害社稷事大。单以霍显而论，欲夺后位，胆敢毒死许后。"上官太后听到这句，大惊失色道："皇儿此话真的么？我何以毫不知道呢？"宣帝道："此事霍显守秘都来不及，怎敢使母后晓得？"上官太后听了，忿忿地说道："如此讲来，我也有失察处分了。"宣帝道："此事怎能牵及母后！臣儿与许后天天在一起的，都被她们瞒在鼓中，母后独处深宫，何从知道呢？不过许后为人很是可怜，身为皇

后，死于非命，臣儿确是对不起她。淳于赏的妻子叶衍，用附子为末，掺入丸药，现在有司那儿都有口供。”上官太后垂泪道：“我的这位许氏贤孝儿媳，她很知礼。我正悯她短命去世，谁知内中尚有这段文章。那个叶衍现在何处，快快把她拿来，让我亲自鞠讯，方才不负亡媳。”宣帝道：“叶衍夫妇，业已问斩，提起此人，臣儿犹觉发指。”

上官太后听到此地，正要答言，忽见霍后成君，披头散发地奔来，扑地跪在地上，边叫太后救命，边说道：“此事不关臣妾，乃是亡母一人的主张。”上官太后一见霍后花容失色，边在发抖，边在哭泣，不觉怜惜起来道：“此事就是汝母的主意，你一则可以谏劝，二则可以告发。现在事已至此，我也不能搭救你了。”霍后听了，一把抱住太后道：“霍氏大家所行所为，实与臣妾无干；就是叶衍谋死许后一事，那时臣妾尚待字闺中。冤有头，债有主，万求太后分别办理！”说完，又朝宣帝连连磕头道：“陛下总要稍念夫妻之情，臣妾伺候陛下，无不推心置腹，甚至床……”霍后说至这个床字，顿时将脸一红，顿了一顿，方又接说道：“陛下心里想总明白！”说着，急把双手高擎，望空乱拜，似乎有意将玉臂露出，送近宣帝的眼睛前头，暗示一种隐语的样儿。谁知宣帝一见霍后这条玉臂之上，现出一点红疤，也会打动向日感情起来，不禁长叹一声，掉头径去。原来霍后平时自恃略有三分姿色，每在枕上，呈妍献媚，常常说可把她的那颗芳心，挖了出来给宣帝看。宣帝也爱她房中风月，胜过许后。有一天晚上，竟与霍后海誓山盟的，作了一次啮臂记念。方才霍后高擎粉臂，原要宣帝看见这个红疤，想起旧情。宣帝果被感动，又因此案太大，有司已拟霍后死罪，一时办又不忍，赦又不能，故而掉头径去，留出余地，似备转圜。上官太后一见宣帝忽然出去，不知他对于霍后，究竟是赦是办，心里也替霍后着慌。忙又下了一道手谕，诏令廷臣从宽议处。廷臣接了太后手诏，当然要卖些人情。于是公议霍后事先并不知情，可以免死，惟嫌疑所在，似乎难主中宫等语。宣帝便把霍后废去后位，徙入昭台宫中，这也是死罪可饶，活罪难免的意思。

霍后既废，宣帝为了立后一事，又踌躇了一二年之久，方始决定一人。此人是谁？乃是长陵人王奉光之女，入宫有年，已拜婕妤。王奉光的祖上，曾随高祖入关，得封侯爵。及至奉光出世，家已式微；少年时候，且喜斗鸡走狗，落拓无聊。宣帝寄养外家，因与相识。那时奉光之女，虽未及笄，却有几分姿首；只是生就一个大败命八字，一临夫家，她的未婚夫，便要归天。一连几次，都是如此。奉光见她这般命凶，只索养她一世的了。后来宣帝嗣阼，想起旧事，便将王女召入后宫，幸而宣帝命宫更比她硬，没有被她克死。宣帝因她尚不恃宠而骄，也还怜她三分。后来许后逝世，霍后继立，陆续又召幸张婕妤，生子名钦；卫婕妤，生子名嚣；公孙婕妤，生子名宇；华婕妤，生女名钵。这些人之中，宣帝最宠张婕

好，本思立她继霍为后。后又一想，她已有子，若怀私意，必致弄成霍后第二，如何能够保全储君？想来想去，只有王婕好无出，人又长厚，因此册立为后。就把皇太子奭，交她小心抚养。过了几时，已是宣帝六年，业已改元两次，曾于五年间改号元康。内外百僚，竞言符瑞，连番上奏，说是泰山陈留，凤凰出现，未央宫中，大降甘露。宣帝听了甚悦，但是德归祖考，追尊悼考为皇考，设立陵庙；又豁免高祖功臣二十六家赋役，令子孙世奉祭祀，赐天下吏爵二级，民一级，女子百户牛酒，鳏寡孤独年高的都赏粟帛，省刑减赋，大赦天下，这样的又过十二年，上官太后一病身亡，宣帝办毕丧事，忽又想起许后死得可惨，竟把霍成君逐锢云林馆，旋又逼其自杀。霍成君知无援救之人，仰药而殁。当时有人责备宣帝寡情。照不佞说来，霍成君本有应得之罪，知情间谋，死已晚了。

这且不提，再说宣帝时代，匈奴也来犯边。幸有赵充国征服西羌，匈奴闻风生畏，旋又退去。又值壶衍鞮单于病死，传位于弟虚闾权渠单于，国内乱起，闹了多时。胡俗素无礼教，父死可妻后母，兄亡得纳长嫂，成为习惯，罔知廉耻。壶衍鞮单于的妻室，本是颛渠阏氏，年已半老，犹有淫心，她想夫弟嗣立，自己又可再作现成阏氏。那知虚闾权渠，不爱颛渠，另立右大将女为大阏氏，竟将颛渠疏斥。颛渠不得如愿，自然有些怨望。适值右贤王屠耆堂入谒新主，被颛渠无意中窥见，爱他状貌魁梧，正中私怀，当下设法勾引，把屠耆堂诱入帐中，纵体求欢。屠耆堂情不可却，便与颛渠成了好事。嗣因屠耆堂不能久留，害得颛渠大失所望。至宣帝神爵二年，虚闾权渠在位已有好几年了。向例在五月间，匈奴主须大会龙城，祈祷天地鬼神。屠耆堂当然与会，顺夜与颛渠重叙旧欢。等得会毕，屠耆堂正要骊歌将唱的当口，颛渠留他道："近日单于有病尔且再住几时。如有机缘，尔可乘此继位。"屠耆堂自然留下，因见单于的病，日重一日，便与颛渠私议，暗布机关。那时颛渠的兄弟都隆奇，方任左大且渠之职，由颛渠命他伺机即发。也是屠耆堂大运亨通，虚间权渠一死，都隆奇杀尽他的子弟亲信，拥立屠耆堂为握衍朐鞬单于，都隆奇自号执政，颛渠当然名正言顺地做了阏氏了。当时只有一位日逐王先贤掸，居守匈奴西陲，素与握衍朐鞬有隙，岂肯臣服，遂密遣使至伊犁，通款汉将郑吉，情愿内附。郑吉即发西域人马五万，往迎日逐王，护送入都。宣帝封日逐王为归临侯，留居长安，特命郑吉为西域都护，准立幕府，驻节乌垒城，镇抚西域三十六国，于是西域完全归王，遂匈奴国断绝关系。匈奴握衍朐鞮单于，一闻日逐王降汉，勃然震怒，立把日逐王两弟，拿下斩决。日逐王姊夫乌禅幕上书乞赦，批斥不准。再加虚间权渠之子稽侯栅，系乌禅幕女婿，不得嗣位，奔投妇翁。乌禅幕遂与左地贵人，拥立稽侯栅，号为呼韩邪单于，引兵进攻握衍朐鞮。握衍朐鞮从暴无道，民怨沸腾，一闻新单于到来，争相欢迎，弄得握衍朐鞮穷无所归，仓皇遁去，不知所终。那位淫妇颛渠阏氏，即被

其弟都隆奇割了首级，投奔右贤王去了。

呼韩邪一旦得回故宫，收降散众，封兄呼屠吾斯为左谷蠡王，又密遣人告知右地贵人，教他杀死右贤王。右贤王乃握衍朐鞮之弟，方与都隆奇商定，别立日逐王薄青堂为屠耆单于，发兵数万，暗袭呼韩邪单于。呼韩邪单于迎战不利，挈众东奔，屠耆单于据了王都，使前日逐王先贤掸之兄右奥鞬王，与乌籍都尉，分屯东方，防御呼韩邪单于。同时西方呼揭王，来谒屠耆，与屠耆左右唯犁当户，谗搆右贤王，屠耆不问皂白，唤进右贤王，乱刀杀死，煮肉饲犬。右地贵人，相率拼命，共讼右贤王之冤。屠耆一见众怒难犯，又把唯犁当户腰斩，并杀全族。呼揭王恐怕连坐，因即叛去，自立为呼揭单于。左奥鞬王也自立为车犁单于。乌籍都尉又自立为乌籍单于。那时匈奴一国之中，几个单于，四分五裂，自顾不遑，当然无暇犯边了。

宣帝知道他们内乱正亟，便思发兵征讨。御史大夫萧望之谏阻道："君子不伐人丧。我们堂堂天朝，何必乘人之危，取人之利？不如遣使问吊，夷狄也有人心，定当悦服来归，这也是怀柔的美政。"宣帝素重望之，便即依议。谁知匈奴国内乱益剧，累得天使无从致意，中道折回。

直过数年，匈奴方始乱定。这个定乱之功，乃是一位巾帼英雄，姓冯名僚，原是楚公主解忧和番时候，身边的侍儿。她随解忧至乌孙后，嫁与乌孙右大将为妻。胸罗经史，熟悉匈奴国情。她去四处调和，大家联盟，国乱方定。因有冯夫人的关系，匈奴情愿再与汉室和亲。

宣帝准奏，边患总算得平。次年忽有黄龙出现广汉，宣帝又改黄龙元年。不料就在这年年终，宣帝忽然生起病来，病中看见一只白虎向他奔来，病更加剧。正是：

黄龙出现方添瑞，白虎奔来又不祥。

不知宣帝之病，究竟如何，且听下回分解。

第四十八回　阮良娣心如蛇蝎　冯婕妤身挡人熊

却说宣帝卧病在床，忽见一只白虎向他奔来，吓出一身冷汗，急问后妃，都称未见。宣帝召卜者至，令占凶吉。卜者占了一课道："白虎临头，不甚利于病人；但可祈祷，或亦无碍。"宣帝命去照办。卜者搭起七七四十九层高台，名曰借

寿,还要皇太子以及大小臣工,俯伏罗拜。据说,玉帝若准借寿,所焚之符,便会飞上九霄。说着,边念咒语,边焚符箓。群臣抬头观望,那道所焚之符,果然直上空际。众人正在额手相庆的时候,突见几个宫监,满头大汗地奔了出来,向太众宣示道:“万岁宴驾!众官速在此地举哀,太子快快进宫,去接遗嘱!”众人听了,个个吓得魂不附体,一面放声大哭,一面把卜者拿下,发交有司治罪。那位卜者只好哭丧着脸,逡巡入狱去了。不久,又奉王皇后手诏,说卜者法术无灵,贻误大行皇帝性命,立即处斩。卜者到了阴曹,见着那位宣帝,有何辩白,不佞当然不得而知,无从叙述。

单说当时皇太子奭入宫恭读遗诏,是命侍中乐陵侯史高为大司马,兼车骑将军,太子太傅萧望之为前将军,少傅周堪为光禄大夫,共同辅政。总计宣帝在位二十五年,改元七次,史书称他综核名实,信赏必罚,功光祖宗,业垂后嗣,允称中兴明主。惟贵外戚,杀名臣,用宦官,酿成子孙之国的大害,未免利不胜弊,确是正论。那时大丧办毕,皇太子奭嗣皇帝位,是为元帝。尊王皇后为皇太后,越年改易正朔,号为初元元年。奉葬先帝梓宫,尊为杜陵,庙号中宗,上谥法日孝宣皇帝。立妃王氏为皇后,封后父王禁为阳平侯。

王禁即前绣衣御史王贺之子。王贺在日,自谓曾经救活千人,子孙必贵;果然出了一位孙女,正位中宫。积德者昌,此语真个不错。王皇后名政君,是王禁的次女。兄弟八个,姊妹四人,母氏李姓,生政君时,梦月入怀,当时戚友都说她将来必定大贵。及政君年已及笄,婉孌多姿,颇通文墨。独她那位老子,不修边幅,好酒渔色,纳妓作妾,竟达二十四人之多。李氏是位正室,除政君以外,尚有两男:一个单名凤字,排行最长;一个单名崇字,排行第四。此外同父异母弟兄六人:名谭、名曼、名商、名立、名根、名逢时。李氏生性奇妒,屡与王禁反目。王禁逼令李氏大归,后即改嫁河内人苟宾为妻。王禁因见政君已经长成,许与邑人蒯姓,蒯姓未娶即夭。赵王闻得政君美貌,拟聘为姬;甫纳财礼,赵王又是病故。王禁见政君叠丧二夫,甚是诧异,因邀相士南宫大有来家,为政君看相。南宫大有一见政君,即伏地称臣。政君又羞又吓,躲入帷内。王禁心里暗喜,便问南宫大有道:“君如此举动,难道吾女要做后妃不成?”南宫大有道:“令爱若不大贵,请断吾头!”王禁重谢使去。乃教政君学琴。政君一学即会,复负才女之誉。远近争来作伐,王禁一概婉辞。政君年十六,承宣帝宫中一位婕妤的介绍,执役宫内。

那时太子良娣司马氏得病垂危,太子奭痛不欲生,百计求治,终无效验。良娣也自知不起,泣语太子夷道:“妾死非由天命。想是东宫姬妾,见太子怜妾太过,阴怀妒嫉,咒我速死。我死之后,太子必须替我报仇!”说罢,两颊生火,喘气不止。太子奭答道:“若待日后报仇,汝已不能眼见,此时就让我到各房搜查。

如无其事便罢,倘若被我查出,我一定活活处死,给你出气就是了。"太子夷说完这话,真的亲去搜查。

岂知竟在一个姓阮的良娣房内,搜出一具二寸长布做的小棺材,棺内睡着一个通草制成的裸体妇人,胸前写着蝇头小字。细细一看,却是司马良娣的姓名,籍贯时辰八字。

太子奭看完,直气得发抖。就把此物,拿在手中,一把揪了那个阮良娣的头发,拖到司马良娣的病榻前面,飞起一腿,对准阮良娣身上,把她踢得倒在地上,喝声跪着等死。又将那一具小棺材递与司马良娣看道:"世上竟有这样黑心狠毒的妇人!"司马良娣赶忙接到手里一看,顿时气得昏晕过去。太子急忙把她唤醒,只听得司马良娣呜咽道:"我与她无冤无仇,何故这般害我?"太子奭不及答话,正想去抽床上悬着的那柄宝剑,打算把阮良娣一刀两断的当口,司马良娣连连止住道:"太子且莫杀她,最好此人让我亲手处治,我死后方才甘心。"太子尚未答言,那个跪在地上的阮良娣自知没命,便趁司马良娣在与太子说话的时间,只听得砰确的一声,阮良娣的脑袋,已经碰在壁上,脑浆迸出,一命呜呼。太子一面命人把阮良娣的尸首拖出;一面想去劝慰司马良娣。谁知司马良娣早和阮良娣两个双双的同赴阴间打官司去了。太子奭一见司马良娣死得口眼不闭,几乎要以身殉。嗣经众人力劝,方始稍止悲痛。安葬司马良娣之后,迁怒各房姬妾,非但不进各房之门,且不准她们见他面。

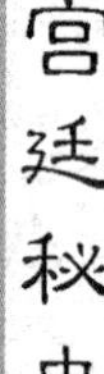

宣帝知道此事,也怪阮良娣太妒,除将现任大夫阮良娣之兄阮甘霖革职外,又因太子年已弱冠,尚无子息,此次为了司马良娣之事,谢绝姬妾,如何会有子嗣!乃嘱王皇后选择美貌宫女数人,俟太子入朝皇后的时候,当面赏赐与他。王皇后听了,自然照办。等得太子入见,将已选就五人,装束得像天仙一般,笑问太子道:"这班宫女,何人最美?太子若是合意不妨领去!"太子答道:"臣儿悲悼司马良娣,实在不愿再见其他妇女。"王皇后道:"司马良娣死得固属冤枉,你的父皇已把阮甘霖革职,也算对得住司马良娣的了。你若再替她去守节,子嗣关系,如何交代祖宗宗庙呢?这几个宫女,乃是你的父皇之命,不去违拗,方算孝子!"说着,又指这五个宫女道:"你倒说说看,这几个之中,难道一个都不赞成么?"太子奭听了,勉强将眼睛朝这五个人望了一望道:"内中只有一个,稍觉可取。"王皇后问他是哪一个,太子奭又默然不语。王皇后复恳恳切切地劝了太子一番,始令退去。

等得太子去后,就有一个宫娥笑对王皇后说道:"太子方才答复皇后的时候,"那个宫娥边说,边指一个绛衣宫女道:"太子似乎说她可取呢!"王皇后听了道:"此人本来贤淑,既是如此,就叫她去伺候太子便了。"说完,即命侍中杜辅,掖庭令浊贤,将这个绛衣宫女,送至东宫,交与太子。这个绛衣宫女,就是政君。

政君既入东宫，好多日不见召幸。有一天，太子偶见这个政君，忽著素服，便召她至前，问她何故戴孝。政君跪下奏道："奴婢因为司马良娣，未曾生育，阳世如果没人戴孝，阴间必甚寂寞。奴婢之举，无非要望司马良娣早日去入天堂的意思。"太子听毕，心里一个高兴，当晚就命她侍寝。说也稀奇，太子本有姬妾十几个人，七八年之中，未得一男半女，却与政君一宵同梦，便即一索得男。甘露三年秋季，太子宫内甲观昼堂，忽有呱呱之声，有人报知宣帝。

宣帝知已抱孙，当然大悦，赐名为骜。弥月之后，即令保母抱去相见，抚摩儿顶，号为太孙。嗣后常令在侧，一刻不见，就要问及。不料翁孙缘浅，不到两载，宣帝崩逝。太子仰承父意，自己一经继位，便拟立骜为皇太子。又因不能先子后母，乃立王政君为后，立后未度一岁，即命骜为太子。其时太子骜尚仅四岁呢。元帝内事既已布置妥贴，遂办外事。首将诸王分遣就国。于是准阳王钦、楚王嚣、东平王宇，次第启行，各范封土。只将宣帝少子竟，因未长成，虽封为清河王，仍留都中。

当时大司马史高，职居首辅，并无才干。他本是告发霍氏有功，渐蒙先帝宠信，当日随班进退，人云亦云，所以看不出他短处，现在独当一面，自然露出马脚来了。元帝登基未久，不便斥退老臣，但把朝廷大事，责成萧望之、周堪二人决断。二人又是元帝正副师傅，因此格外信任。望之复荐刘更生为给事中，使与侍中金敞，左右拾遗。金敞为金日磾之侄，金安上之子，正直敢谏，有伯父风。更生为前宗正刘德之子，博学能文，曾任谏大夫之职。两人当然不负望之的推荐，多所辅弼。

惟独史高以外戚显贵，起初尚知自己才不及人，情甘藏拙。后见徒拥虚名，未免相形见绌，又经多数戚友怂恿，渐怀嫌隙起来。可巧宫中有两个宦官，很是用权，一是中书令弘恭，一是仆射石显。自从霍氏族诛之后，宣帝恐怕政出权门，特召两阉侍直，使掌奏牍文件。两阉小忠小信，颇得宣帝欢心。尚幸宣帝是位英明之主，虽然任用两阉，犹能制其跋扈。及到元帝手里，英明已经不及乃父，又属新主嗣阼，对于旧日近臣，更要重视三分。因此之故，两阉得以蟠踞宫庭，渐渐欺蒙元帝起来。正想联络外援的当口，史高有心结合，自然打成一气，表里为奸了。石显为人尤其刁猾，时至史高府中，参预谋议。

事被萧望之等看破，特向元帝进言，请罢中书宦官，上法古时不近刑人的遗训。元帝其时已为两阉所尽，留中不报。望之愤而辞职，元帝居然准奏。因此国事日非，已不似宣帝时代太平。

这且不在话下，单说元帝因为时常有病，每每深居简出，只在后宫取乐。那时除了王皇后外，要算冯、傅两位婕妤，最为宠幸。傅婕妤系河南温县人氏，早年丧父，母又改嫁。傅婕妤当时年幼，流离入都，得侍上官太后，善伺意旨，进为

才人,后来辗转赐与元帝。凭她的柔颜丽质,趋承左右,甚得欢心。就是宫中女役,因她待下恩多,无不极口称颂,常常饮酒酹地,祝她康健。几年之后,生下一男一女:女为平都公主,男名康,永光三年,封为济阳王,傅婕妤因得进号昭仪。元帝对她母子二人,万分怜爱,甚至过于皇后太子。光禄大夫匡衡,曾经上书进谏,请元帝分出嫡庶,不可使卑逾尊。元帝总算采纳,遂任匡衡为太子太傅。匡衡受命之日,倒也高兴,以为元帝既是纳谏,必定已知前非。岂知元帝怜爱傅昭仪母子如故,匡衡只得辞职,元帝并不挽留。

傅昭仪之外,就要轮到冯婕妤了。冯婕妤的家世,又与傅昭仪不同。她的父亲,便是光禄大夫冯奉世。奉世讨平莎车,嗣因矫诏犯了嫌疑,未得封侯,元帝初年,迁为光禄勋。未几陇西羌人,为了护羌校尉辛汤,嗜酒好杀,激变起事。元帝素知奉世深谙兵法,授为右将军,率兵征讨,一战平羌,封为关内侯,升任左将军,并授其子野王为左冯翊。冯婕妤系野王之妹,由元帝召入后宫,拜为婕妤,生子名兴,渐承宠幸。

永光六年,改元建昭。这年冬季,元帝病体大愈,率领后宫妃嫔,亲至长杨宫郊猎。文武百官,一律随驾。到了猎场,元帝在场外高坐,左侍傅昭仪,右侍冯婕妤。此外六宫美人,统统像肉屏风一样的围在后面。文官分立两旁,武将都去射猎。闹了一阵,各献所获的飞禽走兽,元帝分别赏赐酒食绢帛。余兴未尽,复到虎圈前面,观看斗兽。傅昭仪与冯婕妤二人,她们与元帝本是行坐不离的,自然随着元帝左右。虎圈内的各种野兽,各有铁笼关住,一经放出,兽与兽斗,凶猛无比。元帝同着傅、冯等人,看了那些猛兽咆哮跳跃,互相蛮触,有用角斗的,有用口咬的,有用爪抓的,有用足踢的,真比现在的马戏还要好看几倍。元帝看得大乐,急命献上酒来,边喝边看。正在有趣的当口,陡闻呼啸一声,只见一只极巨的人熊,跳出虎圈,直向御座前面奔来。那种张牙舞爪的凶相,大有攫人而噬的情状。幸而御座之前,还有铁栅挡住,那只人熊,用爪抓住栅栏就想耸入吃人。说时迟,那时快,元帝与一班妃嫔,一见势已危急,不及呼唤从臣,大家急急往后四散地奔逃。那位傅昭仪更是胆小,早已不顾元帝,她却逃得最快。其余一班妃嫔,也有哭喊的,也有跌倒的,也有失鞋的,也有落帽的,兀像一阵花蝴蝶的各处乱飞,只顾自己,哪里还有工夫再管人家。独有冯婕妤却不慌乱,反而挺身上前,挡住那只凶巴巴的人熊。元帝见了,吓得边跑边呵道:“你怎的不逃呀?”说了这句,又连连地跺足道:“冯婕妤今儿一定喂熊了!”说声未了,幸见几个武士奋不顾身的,各用武器,把那一只人熊乱斫乱击。没有一会,只听得那熊几声怪叫,方始毙命。元帝回头再看冯婕妤,见她花容未变,依然镇定如恒。忙把她一把拖到身边问她道:“你可是活得不耐烦了么?难道不怕它吃你的么?”冯婕妤答道:“妾闻猛兽攫人,得人而止;妾恐那熊害及圣躬,故而拼了性

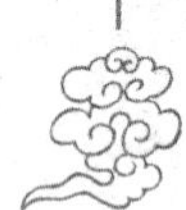

命，挡住那熊，让它在吃妾的时候，好使陛下脱身。”元帝听至此地，不等冯婕妤往下再讲，赶忙紧握冯婕妤的玉臂太息道：“爱卿的忠心固属可嘉，难道忘了朕爱你如命的么？”冯婕妤道：“二害相并，择其轻者，像妾这般的人，世上很多，失一不足为惜；陛下是系社稷宗庙安危的人，岂可没人替死？妾闻我们高祖皇帝，军中危急的时候，曾有纪信化装替死。妾亦食君之禄，哪好专顾自己生命呢？”元帝听了，心里一个不忍，居然落下泪来。这天回宫之后，即封冯婕妤为昭仪。——昭仪这个官名，是元帝新设的，仅较皇后小了一级。——当时宫里既有两位昭仪，傅昭仪受封在前，自然不甚愿意，从此对于冯昭仪，差不多像相面的尹、邢两不相下了。冯昭仪既是如此得宠，中书令石显，最会趋炎附势，他便力保冯昭仪之弟冯逡，说他如何贤能有为，要请元帝重用。元帝即将冯逡召至，原想授他为侍中，谁知冯逡这人，倒是一位有志之士，反把原保人石显狠狠地奏参一本。元帝听了，盛怒之下，几乎要将冯逡斩首，幸看乃姊之面，降为郎官。石显见冯逡参他不动，便向廷臣现着得色道：“这个小鳖蛋，这般没有良心，我倒要看看他乃姊的威风有几时呢！”大家听了，都拍他马屁，反怪冯逡不好。石显又有一个胞姊，名叫石华，因爱郎中甘延寿为人，欲想嫁其为妻，偏偏甘延寿看轻石显，不愿与婚，石显自然衔之刺骨。

建昭三年，甘延寿任西域都护骑都尉，与副校尉陈汤同出西域，袭斩郅支单于，傅首长安。廷臣皆为甘、陈二人请封，石显单独反对，因此罢议。甘、陈何故袭斩郅支，阅者且听不佞补叙。原来匈奴国从前内哄的时候，幸得冯夫人僚，出来调解，公认呼韩邪为一国之主。郅支事后怨汉袒护呼韩邪，拘辱汉使江迺始等，遣使入都求加封号。元帝特派卫司马谷吉持诏前往驳斥。郅支大怒，杀死大使谷吉。自知负汉，又闻呼韩邪与汉和亲地位渐固，恐遭袭击，正想他徙以避其锋。适有康居国派使迎他，要想与之合兵，共取乌孙，郅支乐得应允，当即引兵西往康居。康居王便以其女配与郅支。郅支亦以其女配与康居国王，互为翁婿，真是野蛮国的行为。元帝既知谷吉被杀，特命甘延寿、陈汤二人出征康居，一仗大胜。郅支方欲遁去，已被甘、陈袭杀，并杀死阏氏太子名王以下千五百人，生擒番奴四百十五人，搜得汉使节二柄，及谷吉前时所赍诏书。回朝之后，二人之功，几为石显所没。后由刘更生挺身廷争，元帝恐寒将士之心，始封甘延寿为义成侯，陈汤为关内侯；复追忆冯奉世前破莎车，功与甘、陈相等，亦拟补封侯爵。嗣又因奉世已殁，且破灭莎车，是先朝之事，搁起不提。

不久御史大夫繁延寿又殁，朝臣多举冯野王可以升补。石显又来反对道：“冯野王虽然有为，可惜是位国戚；如果重用，天下必说朝廷不公。”元帝听了，乃以张谭补为御史大夫。当时石显的权力，比诸从前的霍光，也不相上下了。正是：

宫中纵有英明主，朝上偏多跋扈臣。

不知后事如何，且听下回分解。

第四十九回　去汉邦凄凉出塞　从胡俗苟且偷生

却说石显明知元帝已经万分信他，还防有人中伤，难保禄位，特向民间搜罗无数绝色女子，献入后宫。只要元帝沉迷酒色，一切军国大事，便好由他一人支配。谁知元帝果中其计，日夜宣淫，刻无暇晷，何尝还有工夫来顾国政？石显因得擅作威福，一意孤行，根蒂既固，复引牢梁、五鹿充宗等人，为其爪牙。当时民间便起了一种歌谣，其辞是："牢耶？石耶？五鹿客耶？印何垒垒，绶何若若？"可惜这种可致石显等死命的歌辞，传不到元帝耳中。所以元帝一朝，石显竟得安然无恙。那时已是建昭五年，复又改元竟宁。

竟宁元年春三月，匈奴呼韩邪单于，自请入朝面圣，奉诏批准。呼韩邪便由寨外启行，直抵长安，见着元帝，行过胡邦最敬之礼以后，仍乞和亲。因为前时所遣的那位公主，业已逝世，故有是请。元帝也防边疆多故，不如暂时羁縻，省得劳民丧财，多费心机，当下一口允诺。

等得呼韩邪退出，元帝回到后宫，却又踌躇起来，他一个人暗忖道："从前我朝与匈奴和亲的办法，都是私取宗室女子，冒充公主，遣使送至他们那里，历朝以来，从没一次败露。目下呼韩邪亲住都中，随从人等耳目众多，若照从前办法，必至露出破绽，堂堂天朝，岂可失信蕃奴；若以真的公主遣嫁，朕又于心不忍，这倒是件难题。"元帝想到此地，不禁愁眉不展起来。当时只有冯昭仪一人在旁，便问元帝道："陛下今日退朝，似有不悦之色，莫非朝中出了乱子不成？"元帝听了，即把这桩难题，告知冯昭仪。

冯昭仪听完，却向元帝笑道："臣妾以为甚么大事，有烦圣虑，谁知此等小事，有何烦难呢？"元帝道："你说不难，你有甚么主意快快说来！"冯昭仪道："目下后宫宫人，至少也有二三千人，十成之中，倒有九成九没有见过陛下一面的。陛下平时要幸宫人，都是按图索骥，看见图画上面哪个美貌，就选哪个前来侍寝。这样拣取，就是陛下圣寿万年，也幸不完许多宫人。此事只要从宫人之中，选出一个较美的人物，扮作公主模样，当面赐与呼韩邪，便可了结。"元帝听了道："这个办法，朕何尝不知道；朕的意思，是恐怕这班宫人之中，未必真有美丽

的。万一当场被呼韩邪识破，大家都没面子，甚至翻起旧案，一假百假，这事便难收场。”冯昭仪道：“陛下放心，此事臣妾负责就是！”说着，忙把三千幅美人图，取至元帝面前，请元帝选择。元帝见了许多图画，哪有功夫细拣，随便指着一人，对冯昭仪说道：“就是她罢！不过要你吩咐她们，须要装束得体，不可露出马脚为要。”冯昭仪听了，亲去传谕宫娥，叫她们前去关照此人。

到了次日，元帝特在金銮殿上，设席宴请呼韩邪。酒至半酣，便命可将公主召出，以便与呼韩邪单于，同赴客邸完婚。此言甫了，只见一群宫娥拥出一位美人，袅袅婷婷地轻移莲步，走近御座之前辞行。元帝不瞧犹可，瞧了一眼，直把他吓得魂飞天外，魄散九霄起来。你道为何？原来此人，真是一位绝代佳人。但见她云鬓拥翠，娇如杨柳迎风；粉颊喷红，艳似荷花映日；何殊月窟姮嫦，真是人间第一；不亚瑶池仙子，允称世上无双。元帝当下看得痴呆一阵，忍不住轻轻地问那人道：“汝叫何名，何时入宫？”只见那人轻启珠喉，犹如呖呖莺声地奏道：“臣女王嫱，小字昭君，入宫已有三个年头了。”元帝听了失惊道：“这末朕怎么没有见你一次呢？”王嫱也轻轻答道：“后宫人多，陛下只凭画工绘图选取。”王嫱说至此地，她的声音，已经带着酸楚的味儿道：“那班画工，只知蒙蔽君王，以我等苦命宫人，当他的生财之道，还有何说呢？”元帝听了，始知画工作弊。本想把王嫱留下，另换一人赐与呼韩邪；无奈呼韩邪，坐在殿上，只把一双眼睛，尽管望着王嫱，不肯转动。情知木已成舟，万难掉包，只得硬了心肠，闭着眼睛，将手一挥道：“这是朕负美人，你只好出塞去的了！”元帝此时为何闭了双眼？他若不把眼睛闭住，说不定一股热泪，也要滚出来了。那时王嫱也知无望，又见元帝舍不得她的情状，女人不比男子，早已呜呜咽咽起来。呼韩邪起初看见这位美人，在与皇帝说话，此刻又见她掩面暗泣，还以为骨肉远别，应有这种现象。一个不知爱情为何物的番奴，也会英雄气短，儿女情长起来，慌忙出座，向元帝跪奏道：“臣蒙陛下圣恩，竟将彩凤随鸦，外臣感激之下，除将这位公主，带至本国，优礼相待，不敢损她一丝一发外，子子孙孙，臣服天朝，决不再有贰心。”

元帝此刻仍是闭着眼睛，不忍再见王嫱这人；及听呼韩邪这番说话，仅把他的头连连点着，吩咐群臣护送公主至客邸成婚，自己拂袖进宫。一到宫里，不觉放声大哭，吓得后妃等人，莫名其妙。还是冯昭仪已知元帝的意思，赶忙一面劝慰元帝，一面又说道：“此事千不好，万不好，要怪画工不好；现在只有重治画工之罪，也替我们女界吐吐恶气。”元帝摇着头道：“如此一位白玉无瑕的美人，竟被这个画工奴才生生断送！”说着，即顾左右，速将画王嫱容貌的这个画工拿来，由朕亲自审讯。一时拿到，元帝问了画工姓名，方知名叫毛延寿。元帝问他王嫱如此美貌，尔何故把她画得这般丑劣？毛延寿辩白道：“臣画王嫱的时候，乃是黑夜，未免草率一点，罪该万死！”元帝听了冷笑道：“恐怕不是黑夜，不过有些

黑心罢!”毛延寿叩头如捣蒜地道:“这臣不敢,这臣不敢!”元帝道:“索贿罪小,断送美人事大。”说完,便把毛延寿绑出斩首。

此刻让不佞再来叙叙王嫱的身世。王嫱字昭君,系南郡秭归人王穰的长女,妹子小昭君,小她两岁,和她一般美貌。当时选取宫女的内监,原要将她们姊妹二人一同带入宫中,还是王穰苦苦哀求,说是年老无子,将来祭扫需人,方才把小昭君留下。王嫱入宫以后,例须画工画了容貌,呈上御览,以备选定召幸。画工毛延寿,贪得无厌,有钱送他,便把你画作西施、郑旦的容颜;没有钱送他,便把你画作嫫母、无盐的相貌。元帝本来模模糊糊,毛延寿这般作弊,竟被蒙过。王嫱貌既可人,品又高洁,对于画工,怎肯行贿。及至得见元帝,已经事已无救,只得携了她平日心爱的那面琵琶,跟着呼韩邪凄凄凉凉地出塞去了。

那时从长安到匈奴,都是旱道。沿途虽有官吏供应,十分考究,如何遣得开王嫱去国离乡的愁怀?她又想着元帝和她分别时候的形状,明知元帝十分不舍,她的身世,倘若不被画工作弊,一定得蒙宠幸。像她这般花容月貌的人材,如在元帝身边,岂不是朝朝寒食,夜夜元宵;何至跟着这个面目可憎,语言无味的番奴呢?虽然去到匈奴,便作阏氏,无奈寨外是个不毛之土,每年自春至冬,地上不生青草,即此一端,已知那些地方的瘠苦了。王嫱一个人自思自叹,自怨自艾,长日如年,百无聊赖,无可解愁,只有在马上抱着琵琶,弹出一套《出塞曲》来,藉以消遣。

谁知天边飞雁,见她美貌,听了新声,居然扑的扑的落在马前。这个便是落雁的典故。古来有四大美女:第一个是越国西施,她在浣纱的时候,水中游鱼见了她的影子,自形惭愧,沉了下去;第二个就是昭君的落雁;第三个是三国时代,王司徒允的婢女貂婵,她因主人忧国致病,每夜对月焚香,祈祷主人病愈,可以为国效力,那个月亮,见她的丰姿,也会闭了拢去;第四个是唐代的杨玉环,肌肤丰腴,白皙胜似梨蕊,那些花朵,见了她也会含羞纷纷落地。所以文人誉美的名词,便有“沉鱼落雁,闭月羞花”这四种的古典。

这且不讲,单说王嫱到了匈奴之后,呼韩邪倒也言而有信,待她甚厚,号为宁胡阏氏。逾岁生下一子,叫作伊屠牙斯。后来呼韩邪病死,长子雕陶莫皋嗣位,号为复株累若鞮单于。那时王嫱尚是花信年华,她在匈奴已有数年,胡国规矩,略知一二。她既然晓得胡俗的陋习,父死可以娶母,她于复株累若鞮登基的那一天,急把新主召至问道:“尔是胡人,我是汉女;尔现做了单于,对于阏氏问题,还是从胡,还是从汉?”复株累若鞮答道:“臣儿生长斯土,自然应从胡俗。”王嫱当下听了,又吓又羞,早把她的那张粉脸,泛出朵朵桃花,低头不语。复株累若鞮见了这位国色天香,怎肯舍了美人,又背国教,便笑对王嫱道:“本国风俗如此,人臣不可违抗。否则人民不服,天也不容。”王嫱无法,只得忍辱含羞的从了

胡俗。复株累若鞮即封王嫱为阏氏；一切待遇，倒也和去世单于一样。王嫱复生二女，长女为须卜居次，次女为当于居次。又过十余年，王嫱病殁，埋葬之后，她的墓上，草色独青，当时呼为青冢。

后人因她红粉飘零，远适异域，特为制了一曲，谱入乐府，名叫《昭君怨》，或说王嫱跨马出塞马上自弹琵琶，编成此词。后又不从胡俗，服毒自尽，这都是代她不平，附会其辞，并非事实。不佞说她苟且贪生，愿失贞操，虽是正论，但是一介女流，身处威权之后，除了一死之外，自然只好失节的了。论者略迹原心，未为不可。

再说元帝自从王嫱出塞之后，虽把毛延寿立时问斩，因为到口馒头，被人生生夺去，恹恹不乐，竟至生起相思病来。后妃等人，赶忙代觅佳丽，投入对症之药。岂知元帝见了别个女子，视如粪土，不能去他心头的烦闷。冯昭仪便令内监出去打听王嫱有无姊妹。内监回报，说有一个妹子，名叫小昭君，貌与乃姊一式无二，可惜早嫁济南商人，已成破璧。冯昭仪当下据实奏知元帝。元帝一听王嫱尚有胞妹，又是面貌相同，也不管业已嫁人，急令召入宫中，封作婕好。

不料有位冒失的廷臣，名叫蒯通谏奏道："世间闺女甚多，皇宫里面，岂可容这再醮民妇？"元帝忿然道："汝为我朝臣子，刘氏上代历史，汝知道否？"蒯通道："臣知道是知道的，从前王太后固是再醮，这种乱法，不学也好。"元帝听了道："这是朕的家事，汝不必多管！汝把国事办好，也就难为你了。"说完，挥令退去，倒也未曾降罪。石显为见好元帝，便谮奏道："蒯通此奏，明明污辱王婕好的身份，应该问斩！"元帝准奏。蒯通身首，于是异处。

那位小昭君却有两样绝技，胜于乃姊：一桩是出口成章，比较后来的那个曹子建，还要敏捷；一桩是具房中术，有通宵不倦之能。这第二桩绝技，便把元帝乐得无可如何，特地建筑一座好合亭，居于未央宫的东北，每日同了小昭君游宴于此。有时也令傅、冯两位昭仪与宴。

冯昭仪原是媒人，况又知趣，一任元帝与小昭君欢乐，毫不争夕。独有那位傅昭仪，性情狭窄，气量极小，常常打翻醋罐，甚至与小昭君扭成一团。有一天，却被元帝亲眼看见，先命左右，设宴好合亭上，自己和小昭君一同坐下，方把傅昭仪召至，裸其体肤，逼令跪在地上，眼看他们行乐。傅昭仪不敢抗旨，只好忍辱遵办。跪在地上，还是小事，眼见元帝与小昭君二人，花开并蒂，镜合鸳鸯的当口，可怜她的脸上，忽然红一阵白一阵，一刻一变样子。至于傅昭仪还是羞愤，方始露出这个样儿的呢，还是有所感触情不自禁起来，始有这种面上升火的形象，不佞当日身不在场，不敢妄断。

单讲元帝正在特别惩戒这位傅昭仪的当口，就有宫娥前去报知冯昭仪。冯昭仪一听元帝做出这样不成体统的事情出来，不觉动了兔死狐悲之感，想来责

备小昭君,要她系铃解铃,不可撑足满篷。不料走上好合亭去,一见内中如此情状,连她已羞得慌忙退了出来。提笔吟上一首长歌,讽劝元帝。元帝与小昭君见了这诗,一时感动,便把傅昭仪放了起来,后来傅昭仪感激冯昭仪解围之恩,始把心中妬嫉她的酸味,统统取消。后由傅昭仪也进一个美女,名唤梅君的,元帝复将好合亭改称四美亭,日夕与傅昭仪、冯昭仪、小昭君、梅君等四人,乐而忘返。唐人宫词云:“桃花欲与争颜色,四美亭前月信明”,就是咏此。

那时她们四人之中,自然是小昭君最美。元帝对她,也比其余三个,来得怜爱。小昭君忽然想起其姊,逼着元帝谕知匈奴,恭送王嫱入朝省亲。元帝也想再见王嫱一面,或有一箭双雕之事,也未可知,即派上大夫吕干亲迎王嫱。那时王嫱已嫁复株累若鞮单于,长女甫经出经。复株累若鞮好色过于呼韩邪,不准王嫱离开身边。王嫱闻得其妹小昭君业已事帝,虽然不能回国,倒也高兴,乃作一书,以报元帝,其辞是:

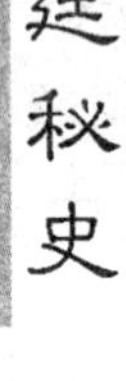

臣妾幸得备禁脔,设身依日月,死有余芳;而失意丹青,远窜异域,诚得捐躯报主,何敢自怜?独惜国家黜陟,移于贱工;南望汉关,徒增怆绝耳!有父有妹,惟陛下幸少怜之!

王嫱书后,又附一诗云:

秋木萋萋,其叶萎黄。有鸟处山,集于苞桑。养育毛羽,形容生光。既得升云,上游曲房。离宫绝旷,身体摧藏!志念没沉,不得颉颃;虽得委食,心有徊徨。我独伊何,来往变常!翩翩之燕,远集西羌!高高峨峨,河水泱泱,父兮母兮,道悠且长!呜呼哀哉!忧心恻伤!

吕干携书回报元帝。元帝展诵未毕,泪已盈眶。小昭君在旁见了,也是欷歔不已。元帝从此复又忧闷。傅、冯二人,暗怪小昭君多事。小昭君也惧因此失宠,更是以色取媚元帝。没有数年,小昭君先患瘵病而殁。

元帝悲伤过度,也得重疾,日加厉害。每见尚书入省,问及景帝立胶东王故事。尚书等虽知帝意所在,应对却多吞吐。原来元帝有三男,最钟爱的是傅昭仪所出之定陶王康,初封济阳,徙封山阳,最后即是定陶。康有技能,尤娴音律,与元帝才艺相若。元帝能自制乐谱,规成新声,常在殿下摆着鼙鼓,亲用铜丸连掷鼓上,声皆中节;甚至比较坐在鼓旁,以槌击鼓,还要好听。臣下希冀得宠,每学不能;惟有定陶王康,技与乃父不相上下。元帝赞不绝口,且与左右时常谈及。驸马都尉史丹,系前大司马史高之子,随驾出入,日侍左右。他见元帝屡屡称赞定陶王康,便有些不服气起来,对元帝说道:“臣意音律小事,纵有技能,无非一位乐官而已,那里及得上聪明好学的皇太子骜呢?”元帝听了,不禁失笑。

未几,元帝少子中山王竟,得病遽殇。元帝挈着皇太子骜,前往视殓,元帝犹且挥泪不止,独太子面无戚容。元帝见了发怒道:“临丧不哀,是无人心!天

下岂有无心肝的人，可以仰承社稷宗庙的么？”又见史丹在旁，特责问道：“汝言太子多材，今果如何？”史丹免冠谢罪道：“此事怪臣不好，臣见陛下哀悲过甚，务请太子勿再哭泣，免增陛下伤感。”元帝听说，不知是谎，方才不怪太子。

后来元帝寝疾的时候，定陶王康与傅昭仪母子二人，衣不解带地日夕侍侧。元帝被他们母子所惑，因欲援胶东王故例，讽示尚书。

史丹一听这个消息，等得傅昭仪母子偶离元帝左右的当口，大胆趋入元帝寝宫，跪伏青蒲上面，尽管磕头。青蒲是青色画地，接近御榻，向例只有皇后方可登上青蒲。那时史丹急不暇择，若一耽搁，傅昭仪母子就要走来，便没有时间可与元帝说话了。

当下元帝一闻榻前有磕头的声音，睁眼一看，不禁大怒。正是：

废嫡视为儿戏事，规君幸有正经人。

不知元帝对于史丹越礼，如何处置，且听下回分解。

第五十回　大嫖院东宫成北里　小上坟南苑劫西施

却说元帝一见史丹跪在青蒲之上，不禁大怒，方欲责备史丹越礼。史丹早已涕泪陈辞道：“太子位居嫡长，册立有年，天下业已归心；今闻道路传言，宫中似有易储之举。陛下若无此事，天下幸甚，汉室幸甚！陛下若有此意，盈廷臣工，必定死争。臣今日斗胆跪此青蒲奏事，已存死节之心。独有废储大事，幸陛下三思！臣到九泉，方才瞑目。”元帝素信史丹忠直，听他侃侃而谈，也知太子不应轻易。于是收了怒容，又长叹一声道：“朕因太子不及康贤，废立之事，本在踌躇，尔既拼死力保太子，这是太子为人，或有几分可取。太子原为先帝钟爱，只要他不负祖宗付托，朕也不是一定要废他的。朕病已入膏肓，恐将不起，但愿汝等善辅太子，使朕放心。”史丹听毕，叩谢而出。

不料元帝就在当晚，瞑目逝世，享年四十有二，在位十有六年，改元四次。太子骜安然即位，就是成帝，首尊皇太后王氏为太皇太后，母后王氏为皇太后，封母舅阳平侯王凤为大司马大将军，领尚书事。奉葬先帝梓宫于渭陵，庙号孝元皇帝。

越年改元建始，就有一桩黜奸大事发现。原来成帝居丧读礼，不问朝政，所有一切大小事件，均归王凤负责。王凤素闻石显揽权用事，民怨沸腾，因即奏请

成帝,徙石显为长信太仆,夺去政权。那时匡衡已因阿附石显任为丞相;御史大夫张谭,也是石显的党羽。今见石显失势,二人即联衔弹劾石显种种罪恶,以及党羽五鹿充宗等人。于是将石显革职,勒令回籍。石显怏怏就道,亡于中途。少府五鹿充宗,降为玄菟太守;御史中丞伊嘉,也贬为雁门都尉,牢梁、陈顺等等,一概免职。一时舆论称快。又起一种歌谣道:“伊徙雁,鹿徙菟,去牢与陈实无价。”

当时匡衡、张谭二人,以为自动地劾去石显,总道可盖前愆。谁知恼了一位直臣王尊,飞章入奏,直言丞相御史,前与石显一党,应即问罪。成帝见了此折,也知匡衡、张谭本失大臣体统,惟因初初即位,未便遂斥三公,遂将该奏搁置不理。匡衡、张谭闻知其事,慌忙上书谢罪,乞赐骸骨归里,同时缴还印绶。成帝降诏慰留,仍把印绶赐还,并贬王尊为高陵令,顾全匡衡等面子。匡衡等始照旧治事。但是朝臣都替王尊抱屈,背后很怪匡衡等无耻。

王尊系涿郡高阳人氏,幼年丧父,依他叔伯为生,叔伯家亦贫寒,令他牧羊。王尊且牧且读,得通文字,后充郡中小吏,迁补书佐。郡守嘉他才能,特为荐举遂,以直言闻时,任虢县令。辗转升调,受任益州刺吏,莅任以后,尝出巡属邑,行至邛莱山,山前有九折阪,不易行走。从前临邛县王吉,任益州刺史时,行至九折阪,仰天叹道:“我的身体肤发,承受先人,不可毁伤,何必常常经此冒险。”当即辞官归去。及王尊过九折阪,记起先哲遗言,偏使御夫疾行向前,且行且语道:“此处不是王吉先生的畏途么?王吉是孝子,王尊是忠臣,各行其是,都有至理。”王尊在任二年,复调任东平相。东平王刘宇,系元帝之弟,少年骄纵,不奉法度。元帝知道王尊忠直敢言,故有是命。王尊果能直谏,不为威势所屈。刘宇最喜微行。王尊屡谏不改,乃令厩长,不准为之驾马。刘宇只得作罢,但是心里大为不怿。一日,王尊进谒刘宇。刘宇虽与有嫌,因是兄皇派来之相,不得不延令就坐。王尊早经窥透其意,即正色向刘宇说道:“臣奉诏来相大王,臣的故旧,皆为臣吊。臣闻大王素负勇名,也觉自危,现在待罪相位有日,未见大王勇威,臣自恃蒙大王宠任。这样看来,大王倒不勇,臣才好算真勇呢!”刘宇听了王尊之言,勃然变色,意欲把王尊立时杀死,又恐得罪朝廷,亦有未便,眉头一皱,计上心来,因即与语道:“相君既自诩勇,腰间佩剑,定非常品,可否让我一观?”王尊偷看刘宇面色,似带杀气,猜他不怀好意,也用一计,却向刘宇左右近侍说道:“大王欲观我的佩剑,尔等可代解下,呈与大王。”边说边把双手悬空高举,一任近侍解他所佩之剑。等得剑已离身的当口,方始又对刘宇微笑道:“大王毕竟无勇,仅不过想设计陷臣不义而已。”刘宇既被王尊道破隐衷,暗暗叫声惭愧。又知王尊久负直声,天下闻名,只得解释道:“寡人并无是意,相君未免多疑了!”说完,即令左右设宴,与王尊同饮,尽欢而散。岂知刘宇之母,公孙婕妤,平生仅

有刘宇一子，万分心爱，固不待言。此时既为东平太后，眼看王尊这般管束其子，大为不悦。于是上书朝廷，参劾王尊倨傲不臣，臣妾母子事事受制，必定逼死而后已。元帝览奏，见她情词迫切，不得不将王尊去职。及成帝即位，大将军王凤，素慕王尊为人，因召为军中司马，兼任司隶校尉。任事未久，偏又为了匡衡、张谭二人之事坐贬，王尊赴任数月，因病辞职。王凤也知王尊受屈，不去挽留，由他自去，且过几时，再图召用。

那时成帝因念太后抚养之恩，十分优待王姓，除已封王凤为大将军外，复封王崇为安成侯，王谭、王商、王立、王根、王逢时等，统统赐爵关内侯。王凤、王崇二人，俱系太后同母弟兄，爵亦较尊。其余是异母弟兄，爵故稍卑。那时朝臣明知此举，不合祖宗遗训，但贪爵禄，个个噤若寒蝉。哪知人不敢言，天已示警，夏四月天降黄雾，咫尺莫辨，市民喧扰。宫中疑有变故，查问之后，始知为了大雾的事情。成帝也觉有异，诏问公卿，各言休咎，毋庸隐讳。谏大夫杨兴，博士驷胜等，异口同声地奏称，说是“阴盛阳衰，故有此征。从前高祖临殁有约，非功臣不准封侯；今太后的弟兄，无功受禄，为历朝所无，应加裁抑”等语。

大将军见了此奏，立即上书辞职。成帝不肯照准，而且愈加亲信。是年六月，忽有青蝇飞至未央宫殿，集满群臣坐次。八月复见两个月亮并现，晨出东方。九月夜有流星长四五丈许，状似蛇形，贯入紫宫。种种奇突的灾异，内外臣工，都归咎于王氏。成帝因母及舅，倚异如故。还有太后母李氏，早与后父王禁离婚，嫁与苟姓，生子名参，贫无聊赖。太后既贵，便令王凤迎还生母，且欲援田蚡故例，授苟参为列侯。倒是成帝谓田蚡受爵，实非正办，苟参不宜加封。太后无奈，犹授苟参为侍中水卫都尉。此外王氏子弟七侯以外，无论长幼，俱进官爵，不在话下。

成帝践阼以后，年方弱冠，大有祖上遗风，嗜酒好色，很能跨灶。在东宫时代，已喜猎艳。元帝又因母后被毒，未享遐龄，特选车骑将军许平恩侯许嘉之女，为太子妃。许女名娍，秀外慧中，博通史事，并擅书法，复与太子年貌相当，惹得太子意动神驰，好像得了一位月里嫦娥一般。整日的相爱相亲，相偎相倚，说不尽千般恩爱，万种温存。当时元帝曾经暗令黄门郎许沅，前往东宫，窥探儿媳是否和谐，及所为何事。沅既是奉旨私探，当未便直入东宫，只得私下唤了一个东宫内监，同至僻静地方，仔细一问，不禁也觉好笑起来。你道为何？原来太子正在扮作嫖客模样，又令太子妃以及诸良娣，统统扮作勾栏妓女，学那倚门卖笑的行径，陪他取乐。许沅不便以此事奏知元帝，只得改辞回报，说是太子正与妃姬等人，埋头诵读，唔咿满堂，东宫变为学校。元帝与后妃未曾听毕，早已乐得心花怒放，当下拟赐太子黄金千斤，以作膏火之赀。后妃等人，因见元帝高兴，都凑趣道：“陛下闲着无事，何不同去看看一对儿媳呢？”元帝听了又笑道：

"我们大队人马，同至东宫，岂不冲散他们读书的好事么？"冯昭仪更是兴头，不待元帝许可，急去拿了许多书籍，拖了元帝就走。元帝打趣冯昭仪道："尔也想上学不成！"冯昭仪笑答道："臣妾满腹诗书，不必再读；只因陛下为人俭约，每常吝发我等花粉之费，臣妾要去毛遂自荐，做个乡村教读，以便糊口呢！"元帝听了，不禁失笑道："如此说来，朕的宫里，倒成了诗书之邦了。"说完之后，便与后妃等人，边说笑着，边缓步来至东宫。这个时候，却把黄门郎许沅吓得要死，慌忙溜到太子那里，把万岁如何令他窥探，他自己如何谎说东宫变了学校，万岁如何大悦，又与冯昭仪如何说笑，现在已经就要到了等，一口气对太子说完。许妃在旁听毕，赶紧命大家改换装束，假意坐下诵读。许沅刚刚溜走，元帝等人，早已走到东宫廊外。尚未进门，真的听见里面咿唔之声，达于户外，不禁点点头对后妃等人笑道："如此不枉先帝爱他一场。"皇后也笑道："臣妾教养有功，陛下如何说法？"元帝道："从优奖叙如何？"说着，跨进东宫室门。太子同了许妃以及良娣等人，当然出来跪接。冯昭仪忙去拉着许妃的手，笑对她说道："你的皇帝公公，背后在赞你相夫有道，很是嘉许，因此前来看看你们。我呢，要想前来谋个教读位置，不过稍觉腹俭一点。"冯昭仪还要往下再说，那时小昭君方在得宠之际，急忙用她的那只柔荑纤手，按住冯昭仪的嘴道："你像打莲花落的说了一连串，难道不怕嘴酸的么？"大家一笑，方始进至里面。元帝一见满桌上都摆着书本，便对太子微笑道："读书固是好事，但是死读书本，未娴政治，也是无益。"许妃最擅词令，忙跪下奏道："太子常向臣媳说，他说父皇现把国事办得太太平平，将来只要依样葫芦，便宜不少。"元帝听了，心下自然欢喜，嘴里却笑骂太子道："痴儿只趁现成，不知有此福命否？"小昭君道："先帝钟爱孙子，哪会错的，太子如无福命，也不会投胎到刘氏门中来了。"元帝这天格外大悦，就在东宫摆上酒筵，作了一个团圆家宴，并赏赐太子、许妃、良娣等人十万金钱，方才回宫。不久许妃产下一个男胎，元帝正庆抱孙之喜，岂知未曾弥月，即已夭折。后来太子即位，做了皇帝，这位许妃当然立后。惟皇太后王氏，因见许后不再生育，皇帝身边的嫔嫱，亦无一男半女，于是特传诏旨，采选天下良家女子，入备后宫。前御史大夫杜延年之子杜钦现任大将军武库令，进白大将军王凤道："古礼一娶九女，无非为广嗣起见。今主上春秋方富，未有嫡嗣，将军何不上效古人，选取淑女，使主上一娶数后。从来后妃贤淑的，决不致没有良嗣。"王凤听了，甚以为然，即入告太后。谁知太后拘守汉制，不欲法古，王凤只好退出。

建始二年三月，长安忽然大旱，直至次年春季，方始降雨。一年多没有点滴雨水，这也是亘古未有的奇灾。成帝却在宫内，只知行乐，不顾民间疾苦。一天听了一个余婕妤的条呈，将命巧匠，制造一座飞行殿，广方一丈，形如凤辇，选取有力的宫女百名，负之以趋。成帝同了后妃坐在殿内，既捷且稳，两耳亦闻风雷

之声，改名曰云雷宫。复纳卞贵人之奏，在太液池畔，建造宵游宫，用漆为柱，四面全用黑绨之幕，器皿乘舆，也尚黑色。后妃以下，尽服玄色宫衣。既至宵游宫中，上悬一颗夜光珠子，照得如同白日，玄服所绣之花，朵纹毕现。成帝大乐道：“古人秉烛夜游，真正寒酸已极！朕承先人余荫，享此繁华之福。曾记先帝生时，偶至东宫，说朕不知有无福命，今竟如何？”说着，偶然记起黄门郎许沅、光禄大夫史丹，均曾替他扯谎，瞒过元帝，不为无功，乃受许沅为上大夫，史丹为左将军，并封牟靖侯，食邑万五千户。许后笑道：“陛下记性真好，臣妾早已忘记此事。”成帝也笑道：“朕有恩必报，有罪必罚，也算万分平允的了。不知怎么上天总降灾异，臣下又说阴阳不和，诚属费解！”许后虽然尚觉贤慧，对于要分爱情于他人一节，也有些当仁不让，更是献媚承欢，无微不至，所以成帝十分爱她。

次年八月，霪雨为灾，一连四十余日，不肯放晴。长安人民，陡然哄起一种谣言，说是洪水将至，纷纷逃避。弄得你要争先，我怕落后，老幼妇孺，自相践踏，伤亡不知其数。这个消息传到成帝耳内，慌忙升殿，召集群臣，各陈意见，商量避水方法。大将军王凤道：“洪水果至，陛下可奉太后以及后妃等人，乘舟浮水，决无危险。都中人民可令他们登城，由国家暂给衣食。”

话犹未毕，右将军王商接口向成帝奏道：“古时国家无道，都中尚未水及城郭，今政治和平，人民相安，虽是连旬大雨，河水并未汛滥，何至洪水暴发？定是不肖游民，造言生事，断不可信。再今百姓登城，未免庸人自扰了！”成帝听毕，方才稍觉安心。王商自去巡视四城，一面晓谕民众，毋得惊惶自乱；一面严拿造谣之人，以便重惩。于是民心略定。直到晚上，并没所谓的甚么洪水到来，又过一宵，仍是平安无事。成帝因此重视王商，说他确有定识，温谕有加。王凤听了，不觉有些愧惭，自悔一时以耳为目，反为讹言所误。

这个右将军王商，却与王凤庶弟同姓同名。他是宣帝的母舅乐昌侯王武之子。王武殁后，王商袭爵为侯，居丧既哀，又能兄弟怡怡，尽将家财，分给异母弟兄。廷臣因他孝义可风，交章举荐，由侍中升中郎将。元帝时代，已任右将军之职。成帝也敬他老成持重，本拟升他为左将军。他说史丹之忠，胜他十倍，情愿相让。成帝乃将左将军之职，畀了史丹。史丹、王商虽为成帝信任，终究不及王凤的得宠。

连那位车骑将军平恩侯许嘉，他与成帝兼有两重亲谊，而且辅政有年，成帝犹恐怕他牵制王凤，竟把他本兼各职取消，假说他年高有德，理应在家纳福，不该再作脚靴手版的官儿。又因许后面上交代不过，特赐田园金帛，总算是有面子的勒令还乡。

建始三年十二月朔日，日食如钩，夜间地震。未央宫的房屋，也被摇动。成帝心慌起来。暗想：“难道许后这人，真的为老天所忌不成！我姑且再在民间选

几个女子,弄到身边,稍稍分她一点爱情,就算被老天所征服罢。”成帝主见一定,次日示意廷臣。廷臣一听主上要选女子,谁不想来巴结,于是分头觅宝。但是闹得满城风雨,所见的无非俗艳凡葩,非但要比许后还美的,实在没有,就是较逊一筹的,也是难觅。每逢上朝之日,你问我可有佳人,我问你可有美女,大家都是横点其头而已。

谁知一班廷臣,弄得一筹莫展的当口,却被一个小小县吏姓周的,居然抢到一位现世观音。这个周县吏,那天正在家中闲坐,忽然来了一个乡亲。周县吏偶然谈起皇帝要觅几个美貌女子的事情,那位乡亲连连说道:“不难,不难!我有一位亲戚,他娶了一房妻子,名叫班姬,此人真生得天上少有,地下难寻,目下业已守寡。明天午间,她就要到南苑上坟。南苑地方,很是僻静,我与你只要多带几个人,等她一到,走去抢来,岂不便当。”周县吏听了,起初不甚相信,以为平常女子,哪有出色人材,后经那位乡亲赌誓罚咒地道:“她有赛西施的绰号,如果不是二十四万分的标致,怎会有此绰号?”周县吏听了,方才有些相信起来。到了次日,就请那位乡亲,充作眼线,自己率领多人,等在南苑地方。未及亭午,果见一个手持祭品,全身素服的少妇,单身走来。周县吏一声吆喝,顿时拥了上去,把那个少妇,拦腰一抱,抢到所备的车上,加上几鞭,顷刻之间,已到他的府居。那个少妇大哭大喊,寻死觅活地骂道:“青天白日,强抢良家寡妇,该当何罪!”周县吏却不慌不忙地将那少妇,命人把她撳在一张太师椅上,自己纳头便拜,口称娘娘息怒。正是:

今朝奉旨为强盗,指日承恩作宰官。

不知周县吏说出何话,且听下回分解。

第五十一回 拍马屁幸列前茅 吹牛皮几兴巨祸

却说班姬被人硬撳在一张太师椅上,突见为首抢她来家之人,朝她纳头便拜,复又连着口称娘娘。班姬弄得莫名其妙,只得暂且停住骂声,听他底下的说话。当下只见他接着说道:“当今皇帝因为没有子嗣,后宫人物虽众,貌皆不美,必须觅一位天字第一号美丽女子,进宫即封娘娘。大小臣工,四处寻访,迄未觅得,小人久闻娘娘是位天上神仙,故敢斗胆硬将娘娘请到寒舍,即日伴送进宫,娘娘后福无穷,将来尚求娘娘栽培一二。”班姬听毕,心下便像车水输盘似的,开

足马力，飞快地转了几转，于是含羞似的答道："此言真的么？我乃寡妇，已是败柳残花的了；皇帝是何等眼光，未必选中，如何是好。"班姬说完，又听此人答道："娘娘尽管放怀，小人包娘娘做成娘娘便了！"周县吏说完，情知班姬已经首肯，不致变卦，赶忙驱散众人，急用一乘车子，将班姬直送宫门。

那时宫门之外，本已派了十名内监，以备招待民间自愿入宫的女子，一见有人送来一位极妙人材，当然据实奏闻。成帝传旨召入。班姬见了成帝，俯伏不语。成帝命她抬起头来，不见犹可，这一见真把成帝乐得心旌摇摇不定，急问班姬的家世姓氏。班姬奏对称旨，立刻送入后宫，改换装束。成帝即授周县吏为益州什邠令。周县吏大喜过望，真像狗颠屁股似的到任去了。成帝进得宫来，并不隐瞒此事，马上携了班姬来见许后。许后心里自然不甚情愿，因见木已成舟，只得强勉招呼。成帝一见许后并不吃醋，更是欢喜，便封班姬为婕妤。班婕妤也还知趣，除了在枕边献媚外，对于许后尚属恭顺。许后又带她见过太后，这且不提。

那时成帝对于天降灾异，还不放心，翌日下诏，令举直言敢谏之士。杜钦及太常丞谷永，同时奏称，犹言后宫妇女，宠爱太专，有碍继嗣。成帝听了，明知他们指斥许后，便微愠道："朕已封了班婕好了，后宫并没甚么专宠之事，汝等不治朝事，每每以后宫为言，毋乃太觉不伦乎！"杜钦、谷永二人，不敢再言。丞相匡衡也上一疏，规讽成帝，疏中的说话是，请戒妃匹，慎容仪，崇经术，远技能。成帝也不采纳。匡衡及见灾异迭出，屡乞让去相位，成帝不许。没有几时，匡衡之子匡昌，现任越骑校尉，酒醉杀人，坐罪下狱。越骑官属，乃与匡昌之弟匡明密谋，拟劫匡昌出狱，谋泄事败。有司劾奏，奉诏从严惩办。匡衡大惊，徒跣入朝，谢罪自劾。成帝尚给面子，谕令照常冠履。匡衡谢恩趋出。不料司隶校尉王骏等，又劾匡衡封邑逾界，擅盗田地，罪非寻常，应请罢官候讯。成帝也知匡衡无颜立朝，令他去职归里。右将军王商继任相位，少府伊忠，升任御史大夫。

建始四年正月，亳邑陨石四块，肥垒陨石两块。成帝命罢中书宦官，另置尚书员五人。四月孟夏，天降大雪，人民冻毙不知其数。成帝诏令直言极谏诸士，诣白虎殿上对策。太常丞谷永奏对道：

> 方今四夷宾服，皆为臣妾，北无熏粥冒顿之患，南无赵佗、吕嘉之难，三陲晏然，靡有兵革。诸侯大者仆食数县，不得有为，无吴楚燕梁之势。百官盘互，亲疏相错，骨肉大臣，有申伯之忠，无重合安阳博陆之乱。三者无毛发之辜，乃欲以政事过差，咎及内外大臣，皆瞽说欺天者也！窃恐陛下舍昭昭之白过，忽天地之明戒，听暗昧之瞽说，归咎于无辜，倚异乎政事，重失天心，不可之大者也！陛下即位，委任遵旧，未有过政。元年正月，白气起东方；四月黄雾四塞，覆冒京师；申以大水，著以震蚀，各有占应，相为表里。

百官庶士，无所归依，陛下独不怪与！白气起东方，贱人将与之表也；黄雾冒京师，王道微绝之应也。夫贱人当起，而京师道微，二者甚丑。陛下诚深察愚臣之言，致惧天地之异，长思宗庙之计，改往返过，抗湛溺之意，解偏駮之忧，奋乾纲之威，平天覆之施，使列妾得人人更进，犹尚未足也；急复益纳宜子妇人，毋择好丑，毋论年齿，广求于微贱之间，祈天眷佑，慰释皇太后之忧愠。解谢上帝之谴怒，则继嗣繁滋，灾异永息矣！疏贱之臣，至敢直陈天意，斥讥帷幄之私，欲离间贵后盛妾，自知忤心逆耳，难免汤镬之诛。然臣苟不言，谁为言之！愿陛下颁示腹心大臣，腹心大臣以为非天意，臣当伏妄言之罪；若以为诚天意也，奈何忘国大本，背天意而从人欲？惟陛下审察熟念，厚为宗庙计，则国家幸甚！

谷永此策，完全好说，私意他已爬做到大将军王凤的走狗了。貌似极言敢谏之臣，心怀附势趋炎之念。他因见王凤揽权用事，一门七侯，盈廷臣众，大有烦言；恐被众人推倒，乃掉弄文笔，硬说天意示变，都因许后霸占宫帏，不准成帝分爱于人，以致触动天怒，真是一派胡言！许后为人尚无甚么大恶，至于献媚成帝，这也是女为悦己者容的意思。顶多把成帝弄成色痨，算是她的罪恶，何至酿成天怒人怨；老天哪有这样闲空工夫，来管他们被窝里头的把戏呢？

此外还有武库令杜钦，也和谷永一般论调。成帝竟被他们说得动听，二人之名，于是高列前茅。当时谷永取了第一，杜钦取了第二。谷永升了光禄大夫，杜钦升了谏大夫。谷永字子云，籍隶长安，就是前卫司马谷吉之子。谷吉出使匈奴，死于郅友之手。杜钦字子夏，一目已瞽，在家自读，无心出岫。王凤闻他是位饱学之士，罗致幕中。同时又有一个郎官杜邺，也字子夏，倒是一位学优而仕的人物。时人因为二杜齐名，同姓同字，无从区别，遂称杜钦为盲杜子夏。杜钦恨人说他短处，特地自制一冠，戴着游行都市，都人复称杜邺为大冠杜子夏，杜钦为小冠杜子夏。杜钦因感王凤知遇之恩，阿附王凤，还可说他饮水思源，尚不忘本。独有谷永，本由阳城侯刘庆忌荐举，也欲附势求荣，这是比较起来，更在盲杜之下了。

不久，天复霪雨，黄河决口，百姓都怪大将军王凤没有治国之才。不过王凤深居简出，无从听见小百姓的舆论罢了。说起黄河为害，非自汉始，历代皆是如此。就令大禹重生，恐怕也没良策。汉朝开国以来，溃决之事，已是数见不鲜。文帝时代，河决酸枣，东溃金堤。武帝时代，河徙顿邱，又决濮阳。元封二年，曾发卒数万人，塞瓠子河，筑宣房宫，后来馆陶县又报河决，分为屯氏河，东北入海，不再堵塞。至元帝永光五年，屯氏河仍复淤塞不通，河流泛滥，所有清河郡属灵县鸣犊口，变作汪洋。那时冯昭仪的弟兄冯逡，方为清河都尉，奏请疏通屯氏河，分减水势。元帝曾令丞相御史会议，估计工程之费，其数颇巨，因此因循

不行。建昭四年秋月，大雨二十余天，河果复决馆陶，及东郡金堤，淹没四郡三十二县。平地水深三丈，汆坏官舍庐室四万余所。各郡守飞章报闻，御史大夫尹忠，尚说是所误有限，无关大局。成帝下诏切责，痛斥尹忠不知忧民，将加严谴。尹忠为人最是拘泥，一见了此诏，惶急自尽。成帝乃命大司农非调，发付钱粮，赈济灾民；一面截留河南漕船五百艘，徙民避水。朝廷虽是心关民瘼，可是事后补救，百姓已经大遭其殃了。

谷永那时愈蒙王凤宠信，便向王凤大吹其牛道："此次黄河决口，皆因从前办事的人员，没有治水之学。不才幼即研究《禹经》，对于天下河道源流，了如指掌。大将军若向主上保举我去督办，不出三月，可不再见水患。"王凤听了大喜道："'强将手下无弱兵'，这句言语，真的不错！以君之才，何往不利，莫谓区区一个黄河，老夫即刻上书奏保便了。"果然不到两个时辰，谷永已奉诏旨，兼任治河大臣。谷永马上孝敬王凤一笔重礼，率领所属，首先建造衙署，竟将工程之费，半入私囊，半作贿赂。第二天就闹出一桩强抢民女的大案。好好一座都城，几乎断送他的手内！

原来谷永最是惧内，他的夫人蒋氏，素具狮吼之威。谷永少时，家况清贫，没人以女配他。他又是一个登徒子流，七尺昂藏，怎好没有内助，于是东去吊膀，西去偷香。无如一班女子，见他面目虽然长得标致，但是两手空空，嫁他之后，只好去喝西风，因此大家都以闭门羹相饷。适值这位蒋氏，那日因扫双亲之墓，回到半途，天忽下雨。蒋氏明知清明时节，晴雨不时，只要暂避一霎，就会放晴。她心中想罢，抬头一看，遥见半箭之外，就有一座小小凉亭，她忙两脚三步地奔进亭内，坐在一具石凳上面，守候天晴。谁知等来等去，天已将黑，雨尚未止，蒋氏此时倒有些心慌起来了。为甚么缘故呢？蒋氏住在长安东门城内，家中双亲既亡，全仗她一人当家。她一出门，家里便没第二个大人。稍有遗蓄，尽藏箱内。平常每有一班狂蜂浪蝶，到来勾引，一则爱她略具姿首，二则爱她也有数千金的首饰。若能把她弄到手内，就是人财两得。蒋氏颇有心计，看出大家行径，自然严词拒绝。那班浪子，因此渐渐恨她。她也明白，她既一人在外躲雨，心里怎不惦记家中？长安城门，照例入夜即闭，一闭之后，没有大将军府的对牌，断无权力开城，所以蒋氏情急起来。谁知蒋氏越是着急，那爿老天越是与她作对，非但雨势加大，而且天黑更快。那时正是三月天气，入夜便寒。蒋氏身上仅穿两件单衣，更加抖个不止。就在此时，只见亭子外面，匆匆走进一位美貌少年进来。蒋氏忙问那位少年，城门已否关闭？那个少年答道："城门不闭，在下也不来此避雨了。"蒋氏听了，便自言自语道："这样怎么得了！"那个少年，边在她的对面坐下，边问她道："这位姑娘，可是也被此雨所阻，关在城外的么？"蒋氏答道："正是！"那个少年又道："姑娘身上只穿这件单薄衣裳，长长一夜，必至

受寒。"说着，就在身上脱下一袭长衫，恭恭敬敬地递与蒋氏道："姑娘如果不嫌冒昧，可将此衣披在身上，暂作御寒之具。"蒋氏正在熬冷不过的时候，只得老实谢了一声，把衣披在身上。岂料就被这件衣裳，做了良媒。于是男有情，女有意，由疏而亲，由亲而密，一对野外鸳鸯，便在亭上成其好事。不过事后，蒋氏却有两桩条件：一桩是蒋氏可以嫁此少年，嫁了之后，就是一百岁没有子女，不准纳妾嫖妓；第二桩是蒋氏的数千金首饰，也可借与少年作为运动资本，将来发达，一切财权须交夫人执管。少年听了，有此便宜事情，怎不满口应诺？这位少年，便是谷永。次日入城成亲，即以蒋氏奁资，接交都中人士。后由宗正刘德之孙阳城侯刘庆忌荐举入朝，方有今日。最可笑的是蒋氏没有福命，一等谷永贵显，早已一命呜呼。谷永继室，因无条件束缚，当然可以任意妄为。这天，正在巡河的时候，忽见一个孀妇谷邓氏，长得十分齐整，谷永便喝一个抢字。可怜一个弱质女子，如何抗抵？自然服服贴贴的被谷永如愿以偿了。岂知一班民众，以及数万河工，听了一个绰号大刀将军王登的怂恿，即以谷永强抢寡妇，激变民众为题，聚众作乱。那时国家承平已久，大有马放桃林，刀存武库之概。一班将官，日事嫖赌；一班兵丁，夜作浪游；一时匆迫，无从召集。抵挡既然无人，那班乱民，如入无人之境，连毁官舍一千一百余所，杀毙现任官吏，一百四十余人。成帝已拟出亡，幸有一位侍中张放其人，持了天子符节，乘了快马，冲入人丛之中，高喊有旨：朝廷已将谷永拿下治罪，此次为首聚义的王登，官封列侯，以奖民气是国家的后盾等语。那个王登，本无目的，一闻朝廷不加诛戮，反授侯封，顿时解散众人。俗语说得好，叫做"蛇无头儿不行，"于是一场滔天大乱，顷刻之间，风平浪静。只便宜了那个王登，以乱民封侯，这也是桩奇事。哪知刘氏天下，不失在王登之手，却失在王登之侄王莽手里。天意如斯，毋庸研究。

再说那时乱事既平，谷永当然要族诛的了。不料竟有王凤代他力求太后，仅仅革职了事。不到半年，仍又起用，并与王登结了儿女亲家。国是如此，真堪浩叹！张放是此次的首功，成帝封他为厚定侯。张放又保举犍为县人王延世，素习河工，办理必有把握，成帝即授为河堤使者。延世受命之后，巡视河滨。他谓若要永不决口，必须用竹篾为络，长四丈余，大九围足。中贮碎石，由两舟夹载而下，再用泥石为障，费时两月，便告成功。成帝准他便宜行事。延世倒能言行一致，不像谷永只知吹牛不算外，险些儿肇成天子蒙尘的巨祸。

那时成帝一见河工告成，即于次年改元，号为河平，进延世为光禄大夫，赐爵关内侯。成帝因见春光明媚，正想过他那个调莺嬉燕，风流的日子。忽据西域都尉段会宗，驰书上奏，报称：乌孙小昆弥安犁靡，叛命进攻，请急派大军应援等语。

究竟小昆弥何故叛汉，应该补叙。先是元贵靡为大昆弥，乌就屠为小昆弥

划境自守，彼此相安。后来元贵靡死了，其子星靡代为大昆弥。亏得冯夫人嫽，持节往扶。星靡总算受命无事。不久又传位于其子雌栗靡，忽被小昆弥末振将，遣人刺死。末振将即乌就屠之孙，恐怕大昆弥前来并吞他，故而先行下手。汉廷得信，立派中郎将段会宗，出使乌孙，册立雌栗靡季父伊秩靡为大昆弥，再拟发兵往讨末振将。兵尚未行，伊秩靡已暗使翎侯难栖，诱杀末振将，送交段会宗，段会宗据实奏闻。成帝以末振将虽死，子嗣尚存，终为后患，再命段会宗为西域都尉，嘱发戊己校尉及各国兵马，会讨末振将子嗣。段会宗奉命前往，调了数处人马，行至乌孙境内，闻得小昆弥嗣立有人，乃是末振将兄子安犁靡；并探知末振将之子番邱，虽然未得嗣立，也为显爵，因思率兵进攻，安犁靡与番邱必然合拒天兵。与其徒费兵力，难有把握；不如诱诛番邱，免得劳兵动众。计划既定，遂扎住兵马，仅率三十骑前往，派人往召番邱打话。番邱问明去使，既知没有兵马，以为不足为患，便即带了数人，轻骑来看会宗。会宗一见番邱到来，喝令拿下，命他跪听宣读诏书，内言："末振将骨肉寻仇，擅杀汉朝公主子孙，应该诛夷；番邱为末振将子，不能免罪。"会宗读诏到此，拔出佩剑，就把番邱一刀两段。番邱从人，不敢入救，抱头鼠窜，回报小昆弥。小昆弥安犁靡听了，不禁狂怒，复作狞笑道："我不踏平汉地，誓不为人！"说罢，立即率领一万铁甲兵，来攻会宗。会宗急急奔回原驻行营，一面坚守，一面驰报朝廷乞援。以上所叙，乃是段会宗求救的原因。

当下成帝急召王凤入议。王凤想起一人，便即保举。此人是谁，就是前射声尉校陈汤。陈汤自与甘延寿立功西域，仅得赐爵关内侯，已觉功赏未当；又闻甘延寿病殁，怏怏不乐，托病不朝。成帝嗣位，丞相匡衡复劾陈汤盗取康居财物，陈汤于是免官。王凤知他熟谙边情，故请召用。正是：

呼来挥去诚功狗，拜爵封官亦沐猴。

不知陈汤究竟应召与否，且听下回分解。

第五十二回 论贞淫感化妖精 拚性命保全犯妇

却说成帝治国，本以王凤之言是听，王凤既然保举陈汤，当然准奏，便即宣召陈汤入朝。陈汤免官以后，心里岂会高兴，成帝事急召他，理应搭点架子；谁知仍旧热中，朝使一到，立即随行。但他前征郅支时候，两臂受了湿气，不能伸

屈自如，已与朝使言明。朝使回报，成帝正在用人之际，谕令陈汤免去拜跪之礼，陈汤谢恩侍立。

成帝便将段会宗的奏本，给他观看。陈汤阅毕，缴呈御案，始奏陈道："臣老矣，不能用也！况且朝中将相九卿，个个都是英材，此等大事，伏乞陛下另选贤能为妙！"成帝听了道："现在国家正是有事之秋，君是旧臣，理应为国效忠，幸勿推辞！"陈汤此时一见成帝给了面子，方始答道："依臣愚见，此事定可无虑。"成帝不解道："何以无虑呢？尔可说出道理！"陈汤道："胡人虽悍，兵械却不精利，大约须有胡人三人，方可当我们汉兵一人；今会宗奉命出讨，手下岂无兵卒，何至不能抵御乌孙？况且远道行军，最需时日，即再发兵相助，也已无及。臣料会宗之意，并非定望救兵；不过有此一奏，胜则有功、败则卸责，实为一种手段。臣故敢请陛下勿忧！"成帝道："匈奴为患，历朝受累无穷。高祖皇帝何等英武，项羽都被他老人家除去，独征匈奴，却也被困七日，足见边患，倒是国家心腹大病。嗣后朕当对于边将，功重罚轻就是了。"说着，又问陈汤道："据尔说来，会宗未必被困，即使偶尔被困，也不要紧的么？"陈汤见问，一面轮指一算，一面答道："老臣略有经验，不出五日，必有喜报到来。"成帝听了大悦，于是便命王凤暂缓发兵；便又嘉奖陈汤几句，令其退去。

到了第四天，果然接到会宗军报，说是小昆弥业已退去。原来小昆弥安犁靡，进攻会宗，会宗一面坚守，一面飞奏朝廷乞援，他的用意果被陈汤猜着。会宗当时明知救兵如救火，长安至他行营，至少非三个月不办，胡兵既已临头，只有设法退敌。他却守了几天，等得敌人锐气已减，方才出营打话道："小昆弥听着！本帅奉了朝旨，来讨末振将，末振将虽死，伊子番邱，应该坐罪，与汝却是无干。汝今敢来围我，就是我被汝杀死，汉室兵将之多，也不过九牛亡了一毛而已，朝廷岂肯不来征讨？从前宛王与郅支悬首藁街，想汝也该知道，何必自蹈覆辙呢？"当下安犁靡听毕，顿时醒悟，也认有理。但还不肯遽服，便答辩道："末振将辜负朝廷，就是要把番邱加罪，理应预先告我，今诱之斩杀，太不光明。"会宗道："我若预先告汝，倘若被他闻风逃避，恐汝亦当有罪；又知汝与番邱，谊关骨肉，必欲令汝捕拿番邱交出，汝必不忍，所以我们不预告，免汝左右为难，此是我的好意，信不信由汝。"安犁靡无词可驳，不得已在马上号泣数声，复又披发念咒，算是吊奠番邱的礼节，闹了半天，便即退去。会宗一见安犁靡退去，便也一面出奏，一面携了番邱首级，回朝复命。成帝嘉他有功，除封爵关内侯外，又赏赐黄金百斤。

王凤因服陈汤果有先见之明，格外器重，奏请成帝，授为从事中郎，引入幕府，参预军机。后来陈汤又因受贿获罪，法应问斩，还亏王凤营救，免为庶人，因此忧郁而亡。不佞的评论，陈汤为人，确是一位将材。若能好好做去，也不难与

唐时的郭子仪，勋名相并。无如贪得无厌，他任从事中郎，不过一个幕僚位置，还要受贿，这是从前匡衡参劾他盗取康居财物，并不冤枉他了。名将如此，遑论他人？黄金作祟，自古皆然，不过如今更加厉害罢了。

闲言说过，再讲段会宗后由成帝复命他出使西域，坐镇数年，寿已七十有五，每想告归，朝廷不准，竟至病殁乌孙国境。西域诸国，说他恩威并用，不事杀戮，大家为他发丧立祠，比较陈汤的收场，那就两样了。

那时还有一位直臣王尊，自从辞官家居之后，虽是日日游山玩水，以乐余年，心里还在留意朝政。偶然听见朝中出了一个忠臣，他便自贺大爵三觥；偶然听见朝中出了一个奸贼，他便咬牙切齿，恨不得手刃之以快。他的忠心之处，固是可嘉，但是忠于一姓的专制独夫，未免误用。有一天，王尊忽然奉到朝命，任他为谏大夫之职，入都见过成帝，始知是为王凤所保，他只得去谢王凤。王凤素知他的操守可信，又保他兼署京辅都尉，行京兆尹事。

谁知王尊接任未久，终南山却出了一名巨盗，名叫傰宗，专事纠众四掠，大为民害。校尉傅刚，奉命往剿，一年之久，不能荡平。王凤保了王尊，王尊范任，盗皆远避。却恼了一个女盗，绰号妖精的，偏偏不惧王尊。她对人说："王尊是位文官，手无缚鸡之力，大家为何怕他？"当时一班盗首听了笑道："你既不怕王尊，你能把他的首级取到，我等便尊你为王；否则你也退避三舍，不得夸口。"妖精听了，直气得花容失色，柳眼圆睁的忿然道："尔等都是懦夫，且看老娘前去割他首级，直如探囊取物。"说完之后，来到长安，飞身上屋，窜至王尊所住的屋顶。其时已是午夜，一天月色，照得如同白日，一毛一发纤微毕现。妖精揭开一块瓦片，往下一看，只见王尊正与一个形似幕宾的人物，方在那儿高谈阔论。妖精便自言自语地说道："姑且让这个老不死的，多活一刻，老娘倒要听听他究竟讲些甚么。"妖精一边在转这个念头，一边索性将她的身体，侧卧在屋上，仔细听去。只听得王尊驳那个幕宾道："君说奸臣决不会再变忠臣的，这就未免所见不广了；要知人畜关头，仅差一间。大凡晓得天地君亲师的便是人，那个禽兽无法受到教育，所以谓之畜生。便是这个畜生并非一定专要淫母食父，它因没有天良，所以有这兽性。你看那个猢狲，它明明也是畜类变戏法的叫它穿衣戴帽，或是向人乞钱，它竟无一不会，这便是教字的力量。还有一班妇女，譬如她在稠人广众之间，十目所视，十手所指，大家都说她是个淫妇，她无论如何脸厚，没有不马上面红耳赤起来的。倘若赞美她一声，是一位贞女，她没有不自鸣得意的。既然如此，一个人何以要去作恶，为人唾弃呢？"那个幕宾听了，尚未得言，可把在屋上的这个妖精，早已听得天良发现，自忖道："此人的说话，倒是有理。我也是天生的一个人，为何要做强盗？这个强盗的名头，我说更比犯淫厉害。犯淫的人，只要不去害人性命，法律上原无死罪，不过道德上有罪罢了。我现在是弄得

藏藏掩掩,世界之大,几无安身之处,这又何苦来哉呢!”妖精想至此地,急从瓦缝之中,扑的一声窜到地上,便向王尊面前跪下,一五一十地把她来意说明。王尊听毕,毫没惊慌之状地问妖精道:“汝既知罪,现在打算怎样?”妖精道:“犯妇方才听了官长的正论,已知向日所为,真是类于禽兽,非但对不起祖宗父母,而且对不起老天爷爷生我在世。现拟从此改邪归正,永不为非的了!”王尊听了,沉吟一会道:“法律虽有自首一条,此外乃是私室,我却无权可以允许赦汝。汝明天可到公堂候审,那时才有办法。”妖精听了,叩头而出。那个幕宾等得妖精走后,笑问王尊道:“此女明日不来自首,有何办法?”王尊也笑答道:“此女本是前来暗杀我的,既是听了我们的谈论,一时天良发现,情甘自首,明日又何必不来呢?”那个幕宾听了,始服王尊见理甚明,确非那些沽名钓誉之流可比。

到了次日,王尊果见这个女盗随堂听审,王尊查过法律,便对她说道:“汝既自首,死罪可免,活罪难饶,现要将汝监禁三月,汝可心服么?”妖精听了,连连叩头道:“犯妇一定守法,毫没怨言。”

王尊办了此事,于是地方肃清,人民称颂。成帝即把王尊补授京兆尹实任,未满三月,长安大治。独有一班豪门贵戚,大为不便,暗中嗾使御史大夫张忠弹劾,反说王尊暴虐横行,人民饮恨,不宜备位九卿等语。成帝初尚不准,后来满耳朵都是说坏王尊的说话,便将王尊免职。

长安吏民争为呼冤,湖县三老公乘兴上书,力代王尊辩白。成帝复起用王尊为徐州刺史,旋迁东郡太守。东郡地近黄河,全仗金堤捍卫,王尊抵任未久,忽闻河水盛涨,将破金堤。王尊其时方在午餐,慌忙投箸而起,跨马往视。及至赶到堤边,一见水势澎湃,大有摇动金堤之势,急急督饬民夫,搬运土石,忙去堵塞。谁知流水无情,所有掷下的土石,都被狂澜卷去,并把堤身冲破几个窟窿:王尊见了这种情形,也没良策,只有恭率人民,虔祷河神。先命左右宰杀白马,投入河中,自己高捧圭璧,恭而敬之地端立堤上使礼,复官代读祝文,情愿拼身填堤,保全一方民命。那时数十万人民,见了这等好官,争向王尊叩头,请他暂行回署,不要被水卷去,失了万家生佛,那就没有靠山。岂知王尊只是兀立不动,甚至仰天号泣,如丧考妣一般。俄而水势愈急,一阵阵像银山般的浪头,直向堤边卷来。那班百姓一见不是头路,只好丢下王尊,各自逃命,顿时鬼也没有一个。王尊依然站着,并不稍退一步。身旁还有一个巫姓主簿,也愿誓死相从。说也奇怪,那派汹涌的水势,竟被王尊屈服,一到堤边,划然终止,不敢冲上岸来,几次三番的都是如此。直到夕阳西下的时候,居然回流自去,渐渐地平静下来。人民闻得水退,大家忙又赶回。王尊漏夜饬令修补堤隙,一场危险,总算无恙。白马三老朱英等,做了代表,奏称太守王尊,爱民如子,身当水冲,不避艰险,才得安澜,返危为安云云。成帝有诏,饬令有司复勘,果如所奏,乃加王尊秩

中二千石，金二百斤。

又过几时，霸上民变告急，成帝又令王尊前往查办。王尊奉命之后，奏称河工责任重大，未便一日虚悬，请即派员代理。成帝即着张放兼代。王尊到了霸上，安抚民众，乱事即平。正拟回朝复命，忽然生起病来，缠绵兼旬，方才告痊。行至中途，即闻金堤又在决口，赶忙兼程并进。等得将到任所，只听得沿途百姓纷纷议论，说是张放办理不善，已经上负朝廷，下误民众；还要信了一个女巫的鬼话，说是河神托梦给她，河神定要裸妇十名，投入河中，纳作妾媵，方无水患。张放拟把监内犯妇，提出十名，洗剥干净，投诸中流，明日便要举行这个典礼。

王尊听了，气得大骂张放竟效桀纣行为。就是犯妇，也须情罪相当，何得以人性命，视同儿戏？他便不先入朝，径至任所，且不入署去会张放，却在逆旅住宿一宵。

次日大早，王尊挤在人丛之中，去看张放怎样办法。这天大男小女的塞满一途，都来观看怪事。日未旁午，只听得一声炮响，那个张放，已是朝衣朝冠地设摆香案，案上果然排列裸妇十名，一俟张放祭毕，就要把这十名裸妇，投诸中流，以备女巫所说的河神笑纳。王尊一见张放正在磕头，他便出其不意，自裸全身，奔至案侧，一跃而上，也去躺在棹上。张放见了，大吓一跳，急问王尊道："老丈疯了不成？何故如此？殊失官长身份。"王尊听罢，方才慢慢地坐了起来，以手戟指张放道："老夫倒没有失了官长身份；你这恶贼，却坏了人的良心。"说着，又指指那十名犯妇道："她们就是有了死罪，也该用国法办理，怎好轻信女巫妖言，竟要把她们活活地葬诸河流？老夫既是原任京兆尹，如何对得起这班人民？"王尊说到此地，复又一跃而下，奔至堤边。说时迟，那时快，只听得噗咚的一声，王尊早已跳入中流，跟着只见几个浪花，冒上几冒，王尊身体，已与波臣为伍去了。

那时在看热闹的民众，顿时一阵吆喝，分了一半，赶紧下河去救王尊；还有一半，一拥上前，拳脚交下的，已把张放打个落花流水。张放正在性命交关的当时，幸而来了一位救命大王。你道是谁？乃是大将军王凤。原来王凤在家也听得张放所为荒谬，急急奔来阻止。大家一见王凤到来，始将张放这人交与王凤，请他据实奏闻。王凤听了，一面将张放发交有司，一面来救王尊。也是王尊命不该绝，入水之后，却被一个浪头，打到沙滩之上。等得有人来救，水已吃饱，奄奄一息。后经众人灌醒，抬入署内，另行医治。至于案上的那十名犯妇，亦由王凤吩咐狱官，仍旧安置监中去了。

王凤奏过成帝。成帝因与张放有肌肤之亲，仅把他办了一个罚俸的罪名。王尊病愈，仍任原职。无奈王尊年纪已高，精神本来不济，现又灌了一肚河水，虽经治愈，不到半载，病殁任所。大众因他为民而死，争为立祠，岁时致祭。循

吏收场,流芳千古。

河平二年正月,沛郡铁官冶无故失性,铁块高飞。到了夏天,楚国雨雹,形如大釜,毁坏田庐无算。成帝见惯灾异,了不在心,还要尽封诸舅。当时封王谭为平阿侯,王商为成都侯,王立为红阳侯,王根为曲阳侯,王逢时为高平侯。五人同日受封,世因号为五侯。王禁八子除王曼早逝不计外,其余七子都沐侯封。汉朝外戚,以此为盛。当年吕雉握权,也不过封了吕产、吕禄二人,比较王氏,犹觉望尘莫及呢!那时前宗正刘向,已起用为光禄大夫。成帝诏求遗书,便令刘向校勘。刘向也见王氏威权太盛,意欲借书规谏,乃因《尚书》洪范,推演古今符瑞灾异,历详占验,号为洪范五行论,呈入宫中。成帝一见,便知刘向寓有深意;但是对于王氏,依然不能杜渐防微。

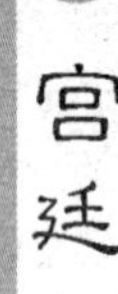

丞相王商,虽然也是外戚,惟与大将军王凤相较,势力悬殊,信任莫敌。王凤又与王商,原有嫌隙,恨不得立将王商相位挤去,方才痛快。可巧匈奴呼韩邪病死,其子复株累若鞮单于继立,特遣右皋林王伊邪莫演入贡土物。伊邪莫演自称愿降,不欲回国。廷臣都以异国来归,理应允准。只有杜钦等人谓匈奴称臣,既无二心,今若收降贡使,心生嫌隙,轻重之间,似宜斟酌。成帝依了杜钦等人的主张,不纳伊邪莫演之降。复株累若鞮闻知此事,虽然未将伊邪莫演问罪,心中却感激汉朝之德,因于河平四年,亲自入朝道谢。成帝召见,安慰一番,即命左右送至馆邸。复株累若鞮甫出朝门,适与丞相王商相遇,因问左右,方知就是天朝丞相,慌忙与之行礼。又见王商身长八尺有余,威风凛凛,吓得肃然倒退数步,方才辞去。左右告知成帝,成帝喟然道:“这才不愧为汉室丞相!”

成帝此言,本是随便说的,毫无成见。谁知王凤因此一语,越加心忌王商。适值琅琊郡内,叠出灾异事件十几桩,王商即派属吏前往查办。琅琊太守杨彤,乃是王凤的儿女亲家,王凤恐怕杨彤被参,即向王商说情道:“灾异本是天降,并非人力可以挽救。杨彤甚有吏才,幸勿吹求。”王商不允,奏劾杨彤不能称职,致于天谴,请即罢官!成帝见了,虽未批准,王凤已恨王商不买他的人情,便欲乘隙构陷。无奈一时无隙可寻,乃以闺门不谨四字,暗令私人耿定上书讦发。成帝阅奏,暗思事关暧昧,又无佐证,便也搁置不提。王凤入内力争,定须彻底查究。

成帝遂将原奏发出,令司隶校尉查办。王商得知消息,也觉着忙,一时记起从前王太后曾拟选取己女,充备后宫。当时因女患有痼疾,不敢献进,现已病愈,不若送入宫中,备作内援。适有后宫侍女李平,新拜婕妤,方得上宠。李平与己略有戚谊,托她向上进言,或有希冀。王商想罢,便去照办。正是:

虽为赫赫朝中相,不逮区区帐里人。

不知后事如何,且听下回分解。

第五十三回　牛衣对泣不纳良言　象服加身频夸怪梦

却说王商果然密嘱一位内戚，径至宫内，拜托那位新封婕妤的李平，保奏其女入宫。李平答称，此事不能急急，要有机会，方可设法。王商得复只得耐心等候。岂知事已不及，早被王凤下了先着去了。

原来第二天忽然日蚀，大中大夫张匡奉了王凤所使，上书力言咎在近臣，请求召对。成帝乃命左将军史丹面问张匡。张匡所说的是丞相王商，曾污父婢，并与女弟有奸；前者耿定上书告讦，确是实情。现方奉诏查办，王商贼人心虚，夤缘后宫，意图纳女，以作内援。堂堂相国，行为如此，恐怕黄歇、吕不韦的故事，复现今日。上天变异，或者示警，也未可知。只有速将王商免官，按法惩办，庶足上回天意，下绝人谋，务乞将军代奏等语。史丹听完，即将张匡之言，转奏成帝。成帝素重王商，并不相信张匡的说话。王凤又来力争。成帝无法，方命侍臣，往收丞相印绶。王商缴出印绶之后，悔愤交并，即日便吐狂血，不到三天，一命归阴。朝廷予谥日戾，所有王商子弟，凡在朝中为官的，一概左迁。那班王凤手下的走狗，还要落井下石，争请成帝革去王商世封。

总算成帝有些主见，不为所动，仍许王商之子王安嗣爵乐安侯，一面拜张禹为丞相。张禹字子文，河内轵县人氏，以明经著名。成帝在太子时代，曾经向其学受《论语》；即位之后，特加宠遇，赐爵关内侯，授官光禄大夫兼给事中，令与王凤并领尚书事。张禹虽与王凤同事，眼见王凤揽权植党内不自安，屡次托病乞休。成帝每每慰留。张禹固辞不获，勉强就职，一切大事，全归王凤主持，自己唯唯诺诺，随班进退而已。现在虽然升任丞相，并受封安昌侯，因为王商的前车之鉴，更不敢过问朝事了。

越年改元阳朔，定陶王刘康入朝谒驾，成帝友于兄弟，留令在朝，朝夕相伴，颇觉怡怡。王凤恐怕刘康干预政权，从旁牵制。因即援引故例，请遣定陶王回国。谁知成帝体贴亲心，暗思先帝在日，尝欲立定陶王为太子，事未见行，定陶王并不介意，居藩供职，极守臣礼；如此看来，定陶王倒是一个贤王。目下后妃皆未生育，立储无人，将来兄终弟继，亦是正办。因此便把定陶王坚留不放，虽有王凤屡屡援例奏请，成帝却给他一个不睬。不料未满两月，又遇日蚀。王凤

乘机上书,谓日蚀由于阴盛所致,定陶王久留京师,有违正道,故遭天戒,自宜急令回国云云。成帝已为王凤所蛊,凡有所言,无不听从,为了定陶王留京一事,已觉拂了王凤之意。现既上天又来示戒,只得嘱令刘康暂行东归,容图后会。刘康涕泣辞去。

王凤方始快意。偏有一位京兆尹王章,见了王凤这般跋扈,直上封事,老老实实的归罪王凤。成帝阅后,颇为醒悟,因召王章入对。王章侃侃而陈,大略说是:臣闻天道聪明,佑善而灾恶,以瑞异为符效;今陛下以未有继嗣,引近定陶王,所以承宗庙,重社稷,上顺天心,下安百姓。此正善事,当有祯祥,而灾异迭见者,为大臣专政故也。今闻大将军凤,猥归日食之咎于定陶王,遣令归国,欲使天子孤立于上,专擅朝事,以便其私,安得为忠臣!且凤诬罔不忠,非一事也。前丞相商守正不阿,为凤所害,身以忧死,众庶愍之;且闻凤有小妇弟张美人,已尝适人,托以为宜子,纳之后宫,私以其妻弟。此三者皆大事,陛下所自见,足以知其余。凤不可令久典事,宜退使就第,选忠贤以代之,则干德当阳,休祥至而百福骈臻矣等辞。成帝见王章讲得似有至理,欣然语之道:"非君直言,朕尚未闻国家大计。现有何人忠贤,可为朕辅?"王章答道:"当世忠良,莫如琅琊太守冯野王了。"成帝颔首至再。王章退出。

这件事情,早已有人飞报王凤。王凤听了,顿时大骂王章忘恩负义,便欲俟王章入朝的时候,与他拼命。还是盲杜足智多谋,急劝王凤暂时容忍。说着,又与王凤耳语数句,王凤方才消了怒气,照计行事。

说到王章这人,却有小小一段历史。他的小字,叫做仲卿,籍隶泰山郡,钜平县。宣帝时代,已任谏大夫之职。元帝初年,迁官左曹中郎将,曾因诋斥中书令石显,为石显所陷,几遭不测,有人营救,方得免官,保全性命。成帝闻其名,起为谏大夫,调任司隶校尉。王凤笼络名臣,特荐举他继王尊为京兆尹。王章少时家境极寒,游学长安,其妻闵氏,相随不离左右。王章一日患病,困卧牛衣之中。甚么叫做牛衣?编成乱麻为衣,用之覆蔽牛身,这种东西,古代俗称,叫做牛衣。当时王章自恐将死,与妻诀别,眼中落泪不止。其妻闵氏,甚是贤淑,一见王章这样的无丈夫气,不禁含嗔,以手拍衣道:"仲卿太没志气!满朝公卿,何人及汝学业;今汝一寒至此,乃是命也!至于人生疾病,本属常事。为甚么嘤嘤不休,作儿女之态耶?"王章被他妻子这样一说,顿觉精神陡长,病便渐愈。及至慢慢地做到今职,虽为王凤保荐,心里不直他的为人,每欲奏劾,苦无机会。近见王凤逼走刘康,成帝也为屈服,于是忍无可忍,缮成奏牍,函封待呈。其妻闵氏知道此奏必撄王凤之怒,倘因参之不倒,必有大祸,赶忙阻止王章道:"人当知足,君今贵了,独不念牛衣对泣的时代么?"此时王章已是义愤填膺的当口,哪里还顾利害,竟摇头答复他妻子道:"此等大事,断非女子所知;亦非女子所应言

的。汝去料理中馈，切勿阻止乃公事。”次日，把折呈入；又次日，奉诏入对。因为奏对称旨，接连又召入数次。王章正在感激成帝的知遇之恩，不料大祸临头，居然被他妻子料着。

那时王凤听了盲杜之计，一面上书辞职，一面入求太后。太后本是女流，只知娘家兄弟为重；至于国家大计，并不在她心上。自从王凤哭诉以后，太后终日不食，以泪洗面。并且时时刻刻叫着先帝名字，怪他何故不来引她同死。成帝见了，自然太惊失色。起初还不知道为了何事，后来暗中打听，方才知是为的王凤辞职的事情，赶紧下诏慰留王凤，劝速视事。太后尚不罢休，定要惩治王章诬告之罪，暗使尚书出头，严劾王章党附冯野王；并言张美人，受御至尊，非所宜言。成帝没法，只好把王章下狱。其妻闵氏，尚是徐娘，其女慧娇，年仅十二，一同被逮，隔室而居。王章入狱之后，始悔不听妇言，好好的京兆尹不做，反而身入囹圄，妻女被累，既愤且惧，不到数日，乘人不备，仰药自尽。他的女儿慧娇，睡至黎明，偶闻隔室狱吏检查囚犯，所报数目，料知其父已死，慌忙唤醒她娘，边哭边说道：“父亲必已自尽了！”闵氏听罢，也吃一吓道：“我儿何以知道汝父自尽？快快告知为娘！”慧娇道：“每日黎明，狱吏必来检查囚犯一次，女儿昨前两天，听得狱吏在门壁所报囚犯名数，却是九个；方才女儿听得所报的数目，只有八个了。吾父性刚，必已气愤自杀。”闵氏忙去问知狱卒，果被其女猜着，一时恸绝，厥了过去。慧娇将她唤醒。闵氏犹长叹了一声道：“汝父不听吾劝，如此下场，岂不可惨！为娘与汝，就是蒙恩赦罪，弱质伶仃，将来依靠何人呢?”闵氏与她女儿，尚未说完，忽见狱吏进监向她说道：“汝等二人，业已判定充戍岭南合浦地方，所有家产，籍没充公。”闵氏母女，只索含悲起解。及至合浦，幸可自由，闵氏便与其女，采珠度日。原来合浦，地近海边，素产明珠。远省人民，虽不充配，也到那里谋生，因而致富的人数，不知凡几。闵氏既在那里十多年，倒积蓄了许多钱财。后来遇赦回里，尚不失为富人，不必说她。

当时冯野王在琅琊任上，闻得王章荐已获罪，恐怕受累，立即上书告假。成帝允准。王凤又嗾令御史中丞，奏劾野王擅自归家，罪坐不敬，应即弃市。成帝心里本是明白，因为不肯违忤太后，只好眼看这班人，寻死的寻死，乞假的乞假，既有御史中丞奏参野王，但将野王革职了事。不久，御史大夫张忠病逝，王凤又保他的从弟王音为御史大夫。王姓一门，均登显职。那时王凤之弟王崇，业已去世，此外王谭、王商、王立、王根、王逄时五位侯爷，门庭赫奕，争竞奢华，四方贿赂，陆续不绝于途，门下食客数百人，互相延誉。

惟有光禄大夫刘向，委实看不过去，上书于成帝道：

臣闻人君莫不欲安，然而常危；莫不欲存，然而常亡；失御臣之术也！夫大臣操权柄，持国政，鲜有不为害者，故书曰：“臣之有作威作福，害于而

家，凶于而国。”孔子曰：“禄去公室而政逮大夫，危凶之兆也。”今王氏一姓，乘朱轮华毂者二十三人，青紫貂蝉，充盈幄内。大将军秉事用权，王侯骄奢僭盛，依东宫之尊，假甥舅之亲，以为威重。尚书九卿，州牧郡守，皆出其门。称誉者登进，忤恨者诛伤；排摈宗室，孤弱公族，未有如王氏者也。夫事势不两大，王氏与刘氏不并立，如下有泰山之安，则上有累卵之危。陛下为人子孙，守持宗庙，而令国祚移于外亲，纵不为身，奈宗庙何！妇人内夫家而外父母家：今若此，亦非皇太后之福也。明者造福于无形，销患于未然，宜发明诏，吐德音，援近宗室，疏远外戚；则刘氏得以长安，王氏亦能永保；所以褒睦内外之姓，子子孙孙无疆之计也。如不行此策，齐田氏复见于今，晋六卿必起于汉，为后嗣忧，昭昭甚明，惟陛下留意垂察！

成帝见了此奏，也知刘向忠心，便将刘向召入私殿，对之长叹道：“君言甚是，容朕思之！”刘向听了，叩谢退出。

谁知成帝一时莫决。因循了一年多，王凤忽得重病，成帝就大将军府问候，执了王凤的手道：“君如不起，朕当使平阿侯继君之任。”王凤伏枕叩谢道：“臣弟谭与臣虽系手足，但是行为奢僭，不如御史大夫音，办事谨慎，臣敢垂死力保。”成帝点头允诺，安慰数语，命驾回宫。翌日，王凤谢世，成帝即准王凤之言，命音起代凤职，并加封为安阳侯；另使王谭位列特进，领城门兵。王谭不得当国，便与王音有嫌。无奈王音虽是大权在握，却与王凤大不相同，每逢大小事件，必奏明成帝而行。如此小心翼翼，王谭还有何法寻他的错处呢？成帝亦因此得以自由用人，遂擢少府王骏为京兆尹。王骏即前谏大夫王吉之子，夙负才名，兼谙吏治。及任京兆尹，地方无不悦服，都说他与从前的赵广汉、张敞、王尊、王章等人，同为名臣。那时人称王尊、王章、王骏为三王。于是就有童谣道：“前有赵、张后有三王，国家有事，遇难成祥。”

成帝既因四方无事，诏书稀少，乐得赏花饮酒，安享太平。从前许后专宠，廷臣总怪许后恃宠而骄，害得成帝没有子息。其实许后当时色艺兼优，成帝又是风流君王。许后献媚，不过十之二三，成帝爱她美丽，倒有十之七八，如何好怪许后呢？后来日复一日，年复一年，许后的花容月貌，已经渐成黄脸婆子，成帝的怜爱她的心理，也从那些青春而去。就是那位班婕妤，也不及从前。成帝除此二人以外，只有王凤所进的张美人了。这样的混了年余又觉无味起来；于是舍正路而勿由，日夜的和一个嬖人张放，形影不离。张放就是听了女巫之言，竟把犯妇十名，洗剥干净，打算投入中流献与河神作妾媵的。虽被奏参，成帝爱他貌如处女，罚俸了事。前者成帝上有许后，下有班、张二美，所以对于张放，不过偶一为之。近来是竟以张放作姬妾了。张放明明是个男子，他既肯失身事人，还有甚么品行呢？张放有一夜，与成帝有事已毕，又向成帝献策道：“长安北

里甚夥，其中美妓最多，陛下何不改换衣衫，臣陪陛下私出游玩，定多妙趣；可惜大将军要来干涉，似有未便。”成帝听了，即用手指弹着张放的面庞道：“爱卿勿惧，现下的大将军，不比从前的那个大将军了。他与太后较疏，不敢入宫多嘴，我们尽管畅游就是。”

张放听了，自然大了胆子，天天导了成帝去作狎邪之游。一次游到一家名叫樱桃馆的妓院，见着一个舞女名唤春灯，妖淫怪荡，确在宫中后妃之上。这个春灯，昔年曾作一个怪梦，她梦见的是无端象服加身，居然做了正宫娘娘。她这一喜，当然非同小可；谁知忽然将她笑醒转来，她便认为这个怪梦，定非寻常，必有应验，因此常常地把这怪梦，说与同院的姊妹们听。起初的当口，大家听了也认为奇怪。于是一院之中的妓女，口有所言，言她这人；目有所视，视她这人。她也以此自豪，弄得她的那位鸨母，竟以娘娘称她。后来还是一位稔客，劝她们不要这般冒昧，若被有司知道，就好用造反的罪名办你们。大家听了，当然害怕。复见没甚效验，都又绝口不提。春灯也知被梦所骗，只好偃旗息鼓，闭口不谈。不意这天忽然光降二位嫖客：一个是龙行虎步，相貌堂堂；一个是粉装玉琢，丰神奕奕。春灯虽与这位相貌堂堂的客人，有了交情，可是不知他的真姓实号。有天晚上，春灯等得这位客人睡着之后，悄悄起来偷查他的衣袋，有无甚么凭据，俾作研究的资料；谁知突见一颗小小印章，直把春灯吓得魂不附体。你道她所见何物？乃是皇帝的私章。此时春灯又喜又惧：喜的是若是真正遇着皇帝，从前一梦，已有奇验，将来说不定真能象服加身了，怎么不喜？惧的是此人若是假扮皇帝，自己就有窝藏叛逆之罪，娘娘不能做成，身首倒要分家。怎么不惧？春灯却也乖巧，仍将那颗印章，纳入袋里，不去动它，每日留心这位怪客的举动。

事有凑巧，第二天大早，春灯正在后房有事，正房里面，只有怪客一人睡着。陡然之间，只听得那个标致客人，急急忙忙地奔进房来，走至床前，轻轻地叫了一声：“万岁快快醒来！太后宣召，业已多时了。”同时又听得床上客人，惊醒转来，似露惊慌之状地答道：“不得了！了不得！朕出宫私游，如被太后知道，岂不大受谴责？”说着，匆匆下床，似乎要走的样子。春灯此时已知这位皇帝并非赝鼎，赶忙奔出后房，扑地向床前跪下道：“臣妾罪该万死，不知陛下驾临。”只见那位客人，含笑答道：“汝即识破朕的行藏，务必代朕守秘，稍缓时日，朕当派人前来迎汝入宫便了。”春灯听了，喜出望外地叩头谢恩，恭送圣驾出门。

春灯等得成帝走后，日日的望成帝派人来接；哪知一直等了两三个月，影踪毫无，于是一急而病，一病而死。阳世不能再作皇后，或者在阴曹守候成帝，也未可知。这末成帝为甚么言而无信的呢？起初在成帝的心理，原想把春灯纳入后宫。后来又是张放上的条陈，说是春灯这人，究是娼家妓女，若进后宫，日子

一久，总要露出马脚来的；陛下倒不要紧，可是臣的吃饭东西，便要搬家了。成帝也以为然。春灯的一条小性命，就被张放这一句说话断送了。

成帝既然拆了那个春灯姑娘的烂污，他老人家只好躲在深宫，当然不来重访枇杷门巷，终日无事，便带着张放在甘泉、长杨、五祚诸宫，东闯西撞。成帝有时穿着便衣，那班宫监不认识他的，他只诡说是富平侯的家人。好好一位皇帝，情愿冒充侯门家奴，岂不是桩笑话！正是：

狐兔迷人非怪事，君臣放浪乃奇文。

不知后事如何，且听下回分解。

第五十四回 真放肆欺君逾制 假正经惧姊捻酸

却说成帝与张放缱绻了年余，又是腊尽春回。是年改易年号，号为鸿嘉元年。丞相张禹老病乞休，罢归就第，许令朔望朝请，赏赐珍物无算。用御史大夫薛宣为相，加封高阳侯。

薛宣字赣君，东海郯人，历任守牧，迁官为左冯翊；光禄大夫杨咸，亦是饱学之人，前称薛宣经术文雅，能断国事。成帝因即召为少府，擢任御史大夫，至是代了张禹为相。越年三月，博士行大射礼，忽有飞雉群集庭中，登堂呼鷇，旋又飞绕未央宫承明殿，并及将军丞相御史等等府第。车骑将军王音，因此上书，谏阻成帝微行。那时成帝游兴方浓，又有张放助趣，哪肯中止。

一日，成帝偶经一座花园，抬头看见园内耸出高台，台下似乎有山，俨与宫里的白虎殿相似。不禁奇怪起来，顾问从人道："此是谁人的花园？"从人答是曲阳侯王根的。成帝当下作色道："如此僭越，成何体统！"言罢，立刻回宫，召入车骑将军王音，严词诘责道："朕前至成都侯第，见他穿城引水，灌入宅中，行船张盖，四面帷蔽，已经奢侈逾制，不合臣礼。如今曲阳侯又叠山筑台，规仿白虎殿形，更无忌惮，这般放肆，真是目无皇室了！"王音听罢，哑口无言，只得免冠谢罪。成帝拂袖入内。

王音慌忙趋出，奔告王商、王根。王商、王根听毕，也吓出一身冷汗，意欲自加黥劓，至太后处请罪。妻孥听了，号啕大哭，说是黥面劓鼻，非但痛苦难当，而且大不雅观；堂堂侯爵，皇皇国戚，还成甚么模样？大家正在纷纷议论踌躇莫决的当口，又有人入报道："司隶校尉及京兆尹等官，已由尚书传诏诘问，责他们何

故阿纵五侯,不知举发。现在这班官儿,统统入宫请罪去了。”王商、王根两个听着这等不祥消息,当然更加惶恐。

没有多时,复有人赍入策书,交与王音。王音跪下捧读既毕,方始递与大众观看。大众一看上面写着的是:“外家日强,宫廷日弱,不得不按律施行。将军速召集列侯,令待府舍,听候后命。”大家传阅之后,个个犹如钻粪的蛆虫一般,那种惶急情形,笔难尽述。

当时王音详问朝使,又知成帝更下诏尚书,命查文帝诛薄诏故事。王音因为事不干己,不过替他们着急罢了。王商、王根,本是两个袂袴子弟,当时仗着王凤的威势,不知天有几许高,地有几许厚;及至冰山失靠,大祸临头,除了抖个不止之外,眼看朝使扬长出门而去,惟有你看看我,我看看你,毫没一些主张。还是王音略有见识,忙对大众说道:“此事已是燃眉,惟有一面快快遣人进宫,力求太后转圈;一面大家同向主上请罪,听候发落。”王商、王立、王根等人,于是身负斧锧,俯伏阙下。好容易候了两三个时辰,始见一个内监,出来口传诏旨,准照议亲条例,赦罪免诛。大家听了,悄悄抽了一口冷气,赶忙谢恩,欢跃回第。成帝拟将诸舅惩治一番,又知太后必来说情,只要他们知罪,从此改过,便也罢休。

有一天,成帝游至阳阿公主府中。公主乃是成帝的异母姊妹,长得异常美貌,家中富有,真堪敌国。单是歌女一项,上等的一百名,中等的二百名,下等的三百名。就是成帝宫里乐工,也无如此之多,即此一端,可以想见公主府中的奢华了。当时公主一见圣驾到来,慌忙设宴,恭请成帝上坐,自己在下相陪,并出上等歌女数十人,侍席侑酒。成帝起初尚不在意,以为普通人物,不值御眼一看。谁知内中有一个绛衣女郎,非但歌声娇润,舞态轻盈,此人的相貌,真称得起人间第一,天上无双。就是许后、班、张两婕妤,妙龄的时代,也难比拟。成帝便笑问公主道:“此女姓甚名谁?御妹能够割爱见赐否?”公主听了,含笑答道:“此女姓赵小字宜主,原姓冯氏,其母即江都王孙女姑苏郡主的便是。郡主曾嫁中尉赵曼,复与舍人冯大力之子冯万金私通,孪生二女,分娩时不便留养,弃诸郊外。据说虎来哺乳,三日不去。郡主知有奇异,又去收回。长即此女,妹名合德。及至数龄,赵曼病逝,二女复归冯氏抚养。数年之后,万金又殁,家境中落,二女无依,流寓长安。臣妾闻其姊妹花的历史,特地收养寒家,平日数以歌舞,一学便会。其妹现方患病,不在此间。惟此女身材袅娜,态度蹁跹,大家见她轻似燕子,一时都呼她为飞燕,现充臣妾歌女的总管。臣妾万分爱她,无异手足。今蒙陛下垂青,臣妾焉敢不遵!陛下且请宽饮数杯,稍停回驾,命她随之入宫便了。”成帝边听公主说话,边以双目频频注视此女,只见她虽有无限娇羞,而一种若即若离的情状,令人不觉骨软筋酥。

成帝此时心花怒放，呵呵大笑。岂知一个不留神，身子朝后一仰，只听得砰确一声，好一位风流天子，早已跌翻在地上了。公主一见圣驾乐得跌在地下，慌忙亲手去扶成帝。成帝一面笑着起来，一面有意捏了公主的玉臂一把，真个又柔软，又滑腻，不觉淫意大动，一想我们刘氏祖上，有好几代都与姊妹有关系的，我此生幸得投胎做了天子，这也是我的福命，到口馒头，何必客气。急向公主扮了一个鬼脸道："朕虽跌了一跤，身上倒不觉痛；御妹扶我起来，被我用力一拉，你绝嫩皮肤恐怕有些触痛了罢？"公主本是一位聪明人物，历代风流典故，早已烂熟胸中。此刻一见成帝与她调情，如何不懂，如何不悦？于是报以一笑道："陛下请庄重些！难道得陇还要望蜀不成？"成帝听了，一把将公主拥至怀内道："媒人那好冷淡！"说着，忙把面前的酒盏，满斟一杯，自己先去呷了一口，又自言自语道："此酒温凉合口，御妹请用一杯！"边说边把酒杯送到公主的口边。公主不敢推辞，就在成帝手中将酒呷干，也去斟上了酒，回敬成帝道："陛下请喝这杯喜酒，今夕好与宜主成双。"成帝也在公主手内一口呷完道："朕已醉了，今夕要在御妹的府上，借住一宵的了。"公主听了，慌忙推辞道："寒寓肮脏，哪好有亵圣驾！还是携了宜主，同回宫中去的好。"成帝听了，并不答腔，又用手招着宜主道："汝且过来，朕有说话问你。"公主此时还是坐在成帝的膝上，正想下去，让出地方，好使成帝去与宜主厮混。成帝一把将公主拖住道："御妹何必避开！宜主乃是御妹一手教导出来的人物，难道敢与她的主人吃醋不成？"公主听了，仍坐成帝身上。宜主走近御座，花枝招展地拜了下去。成帝此时双手抱着公主，一时却腾不出手，去扶宜主起来，急将他的嘴唇皮，向着公主掀动着，是要公主把宜主扶起的意思。公主知趣，一边俯身扶起宜主，一边对她笑道："圣上如此垂怜于你，你进宫之后，得承雨露，不可忘记我这媒人。"宜主起身站着，红了脸轻轻地答道："奴婢若有寸进，如忘主人举荐之恩，天也不容！"成帝笑着接口道："朕从前待遇皇后，略觉密切，有时天降灾异，盈廷臣工，总说皇后太妒。到了后来，方知天上示戒，却是为的那个王凤专权太甚。这样说来，老天倒也难做，专在管理人间之事。宜主方才所说天也不容一语，却有道理。"说完，便与公主、宜主两个，边喝边笑，其乐融融。这一席酒，直吃到月上花梢，方才罢宴。此夕成帝真的宿在公主家中。至于锦帐如何销魂，罗衾如何取乐，事属暧昧，未便描写。

到了次日，成帝命取黄金千斤，明珠十斛，赠与公主，以作执柯之报。公主也备无数妆奁，赠与宜主。成帝携了宜主回宫，即封宜主为贵人。又因飞燕二字，较为有趣，赐名飞燕。宜主二字，从此无人称呼了。成帝自得飞燕之后，非但与之行坐不离，即平日最心爱的那位男宠张放，也冷淡下去。皇后许氏，当然不在话下了。

皇后有一位胞姊，名叫许谒，嫁与平安侯王章为室。这个王章，却与牛衣对泣的那位王章同名。他是宣帝王皇后之兄王舜的长子，不幸早已去世，许谒做了寡鹄。她与许后既为姊妹，自然常常入宫。这天她又进宫，只见许后一个人在那儿垂泪，许谒便询许后何故伤心。许后边拭泪边长叹了一声道："从前皇上与我何等恩爱！就是盈廷臣工，日日参我太妒，皇上不为所动，甚至更加亲暱逾恒，这是姊姊亲眼所见的。姊姊那时还与我闹着顽笑，说我几生修到。此言总在我的耳边。曾几何时，皇上竟将我冷落如此！我因未曾生育，为子息计，为宗庙计，皇上另立妃嫔，原是正办。你看从前的班婕妤、张美人，我何曾吃过甚么醋呢？不料近日由阳阿公主家中，进来一个甚么赵飞燕，日夜迷惑皇上，不准皇上进我的宫，还是小事；连皇上视朝，她也要干涉起来。也有这位昏君，居然奉命维谨。从此国家政治，恐怕要糟到极的了！姊姊呀，你想想看，叫我怎么不伤心呢？"许谒听完道："皇后不必伤感，皇上的纳赵飞燕，原为子嗣起见；皇后只要能够坐喜，不怕皇上不来与你恩爱如初。"许后听了，把脸一红道："人老珠黄不值钱，我哪里还能生育？"许谒道："皇后莫这般说，皇后如今也不过三十来岁的人，人家四五十岁的生育，也是恒事。"许后听了，又与许谒咬了几句耳朵。许谒道："这是皇上色欲过度，无关紧要；我有一法，能使皇后必定恭喜。"许后听了，忙问何法。许谒道："此地三圣庵中，有一位老尼，求她设坛祈禳，就会得子。"许后急付许谒黄金十斤，速去照办。

事为内侍所闻，即去报知飞燕。此时飞燕，正想挤去许后，她便好扶正，因为无隙可乘，只得忍耐。一闻内侍所言，她却先去奏明太后。太后盛怒，要把许后处死；又是飞燕假意求情，方交成帝办理。成帝乃将许后印绶收回，废处昭台宫中，又把许谒以及老尼问斩，并且牵连班婕妤。班婕妤从容奏道："妾闻死生有命，富贵在天；修正尚且未能得福，为邪还有何望？若使鬼神有知，岂肯听信没意识的祈祷？万一神明无知，咒诅有何益处！妾幸略识之无，这些事情，非但不敢为，并且不屑为！"成帝听她说得坦白，颇为感动，遂命班婕妤退处后宫；免予置议。班婕妤虽得免罪不究，自思现在宫中，已是赵飞燕的天下，若不想个自全方法，将来仍是许后第二。她左思右想了一夜，赶忙缮成一本奏章，递呈成帝。成帝见她自请至长信宫供奉太后，便即批准。班婕妤即日移居长信宫内，太后那里，不过朔望一朝而已，暇时吟诗作画，藉以度过光阴。虽然秋扇堪悲，到底保全性命，毋须细谈。

再说许后既废，主持中宫的人物，自然轮到飞燕了。照成帝之意，本可随时册立；谁知太后却嫌飞燕出身微贱，不甚许可。成帝无法，只好请出一位能言善语的说客，前来帮忙。此人是谁？乃是太后的外甥，现在长信宫卫尉，名叫淳于长的。经他力向太后说项，也经好久，飞燕方得如愿。乃改阳朔五年为永始元

年，先封飞燕义父赵临为成阳侯，然后册立赵飞燕为后。赵临系阳阿公主的家令。飞燕入公主家时，因见赵临与之同姓，拜为义父，俾有照应。赵临既为后父，得蒙荣封。

偏有一个不识时务的谏大夫刘辅，上书抗议道：

> 臣闻天之所与，必先赐以符瑞；天子所违，必先降以灾变，此自然之占验也！昔武王周公，承顺天地，以飨鱼鸟之瑞，然犹君臣只惧，动色相戒；况于季世，不蒙继嗣之福，屡受威怒之异者乎？虽夙夜自责，改过易行，妙选有德之世，考卜窈窕之女，以承宗庙，顺神祇，子孙之祥，犹恐晚暮，今乃触情纵欲，倾于卑贱之女，欲以母天下，惑莫大焉！里语曰："腐木不可以为柱，人婢不可以为主。"天人之所不平，必有祸而无福，市途皆共知之。朝廷乃莫敢一言，臣窃伤心，不敢不冒死上闻。

成帝此时对新后赵飞燕，比较从前的许后，还要爱怜百倍。见了此奏，怎么不大发雷霆呢？当下即命御史收捕刘辅，系入掖庭秘狱，已拟死罪。还亏大将军辛庆忌；右将军廉褒、光禄大夫师丹、大中大夫宣商等人联名援救，方把刘辅从系诏狱，减死一等，释为鬼薪。从此以后，还有何人敢来多嘴？

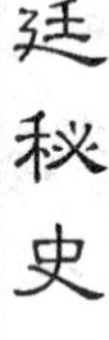

当时后宫有一位女官，名叫樊嫕，乃是赵后的中表姊妹。成帝看在飞燕面上，对于樊嫕，自然特别看待。樊嫕受宠若惊，便献殷勤道："陛下可知皇后尚有一妹，名唤合德的么？"成帝道："朕知合德从前有病，近状如何，却未知道。"樊嫕道："合德之病，早已痊愈。皇后之美，固属世间罕有，说到合德呢，肌肤莹泽，出水不濡，较于乃姊捧心西子，真有异曲同工之妙。陛下正好一箭双雕，似乎不能使合德向隅。"成帝听了不禁大悦，即命舍人吕延福，用着百宝凤辇，往迎合德入宫。

吕延福见了合德，也吃一惊。暗想此人丰若有余，柔若无骨，何以赵家专出美人？当下叩拜之后，合德问来何事？延福禀明来意，合德沉吟一会道："可有皇后娘娘的手诏？"延福道："臣奉主上面谕，前来恭迓贵人，皇后定是同意，故无手诏。"合德道："汝可回宫，代我复奏主上，我非矫情，辜负圣恩；如无我姊一书，不敢应命！"延福回报成帝。成帝虽是嘉许合德知礼，但是皇后面上，未便启齿，也是一桩难题。乃与樊嫣商酌，命她再向合德劝驾。樊嫕道："合德既有此言，她是恐遭娘娘妒嫉，也有一番苦衷。陛下勿急，容臣女去求娘娘或者不辱君命，也未可知。"成帝听了，立赏樊嫣黄金百斤，又付她奇珍异宝无算，转赐飞燕。

樊嫕去了多时，方始满面笑容地前来复命道："娘娘始恐陛下得新忘旧，后由臣女力说，现已应允，现有娘娘手诏在此。"成帝道："如此，汝可持了此诏往接，愈速愈妙！"樊嫕去后，成帝特地腾出一座别宫，铺设得非常华丽，名曰远条馆，备作合德的新房。刚刚收拾停当，合德已经盛妆进宫。先由樊嫕带引朝谒

飞燕。姊妹相见，悲喜交集。合德奏道："主上派人召妹，妹不敢进宫；及奉娘娘手诏，方敢来此。"飞燕道："皇上新近立我为后，若是另选妃子，为姊当然不愿。我妹乃是同胞，共事一主，我妹也可略事分劳。"说完，命人伴送合德进了新房。这天晚上，成帝之乐，可想而知。

次日成帝大排筵席，自己与飞燕坐在上面，合德含羞旁坐。酒过三巡，成帝笑顾合德谓飞燕道："从前出塞的那个王嫱，天下称为美人。皇后之美，固不必说了；她呢，也是人间尤物。"飞燕尚未答言，站在成帝背后的一位披香博士淖方成暗忖道："此是祸水，将来定要灭火的。"方成虽能独具慧眼，却是腹诽，成帝幸未听见。不然，于事无补，这个方成，恐怕也要做鬼薪呢。当下飞燕笑答成帝道："陛下既是赞许吾妹，应该封为昭仪。"成帝点头许可。合德离座谢恩之后，又谢飞燕。飞燕含笑令她免谒，仍去坐下。合德跪进一杯道："或惜亡母已在九泉，否则见了我们姊妹同事一主，岂不快乐！"飞燕眼圈一红道："吾母为我们姊妹二人，受尽辛苦。"成帝不待飞燕往下再说，忙劝慰道："皇后勿悲，朕当追封姑苏郡主为咸和君，再令有司速建园邑，春秋致祀可也。"飞燕合德二人，一同离坐谢恩道："陛下天恩高厚，亡母也得瞑目九泉了！"这天之乐，成帝说是近年中的第一天。飞燕、合德自然也是乐不可支。正是：

从古君王原好色，如今天子更贪淫。

不知后事如何，且听下回分解。

第五十五回　求子息淫狐蓄男妾　应童谣飞燕啄皇孙

却说成帝自得赵氏姊妹花之后，花朝缱绻，月夜绸缪。这等风流旧案，毋庸深谈。有一天，成帝嫌憎饮酒看花，有些腻了，特命巧匠在太液池中，建造一只大舟，自挈飞燕、合德二人，登舟取乐。趁着两岸树上的鸟声，以歌和之，觉得另有一种情趣。又使侍郎冯无方吹笙，亲执文犀簪频击玉盏，作为节奏。舟至中流，忽起大风，吹得飞燕的裙带飞扬乱舞。那时情势，飞燕身轻，险些儿被风吹上天去。成帝大惊失色，急令冯无方救护飞燕。无方丢下手中之笙，慌忙紧紧握住飞燕双履。飞燕本是一个淫娃，早已心爱无方，只因成帝与她寸步不离，一时没有机会，此时既被心爱的情人，手捏双足，顿时觉得全身发麻，心旌荡漾起来。索性让他捏住，凌风舞得格外有兴，且歌且舞，音节更是悠扬。当时成帝在

旁见了这般有趣的事情，反望大风不要就停，好让飞燕多舞一刻。后人遂称飞燕能作掌上舞，便是这个讹传。不然，天下哪有这般大的掌，天下哪有这般轻的人？圣人谓尽信书，则不如无书，确有至理，也是阅历之谈。

再说那天成帝回宫之后，甚赞冯无方奋不顾身，力救皇后之命，许为忠臣，赏赐金帛无数，并准自由出入宫中，俾得卫护后妃。飞燕闻知其事，当然大喜。没有几时，便与无方成了连理之枝。又由无方引得侍郎庆安世，也与飞燕有了暧昧。飞燕一俟成帝宿在合德宫中的时候，即命冯无方、庆安世二人，黑夜入宫卫护，肆无忌惮，无所不为。还要假以借种的大问题，见着侍从等官，凡是青年美貌的人物，无不诱与寝处。今日迎新，明天送旧，一座昭阳宫中，仿佛成为妓院一般。复辟一间秘室，托言供神求子，无论何人，不准擅入。任她胡行妄为，成帝一毫不知。

合德住的是翡翠宫，她见乃姊所为，自然仿照办理。飞燕还只重人材，不尚装饰。合德是情人既须姣好，居室尤要考究。于是有百宝床，九龙帐，象牙簟，绿熊席，这等异常奢华的东西发现。成帝入了这座迷魂阵中，早已醉生梦死，兼之合德虽然淫乱，因为新承帝宠，自然稍加敛迹。但将成帝笼络得住，夜夜到来，就算得计。飞燕呢，入宫为时较久，自以为蒂固根深，日思借种，秘室之内，藏着无数男妾，恣意寻乐，反而情愿成帝不到她的宫中缠扰；即使成帝偶尔光临，也不过虚与周旋，勉强承接而已。因此成帝觉得飞燕的风情，不及合德，翡翠宫中倒常常看见成帝的足迹了。

一夕，成帝正与合德锦帐鏖兵既毕，偶然谈起乃姊近日的行径，似有不满之意。合德明知乃姊迷着情郎，对于成帝自然较为冷落。一想我姊倘若因此失宠，我亦有连带关系的，狐兔之悲，不可不防。赶忙替飞燕解说道："妾姊性刚，容易遭忌；况且许后被废，难免没有许党从中造谣。倘若陛下轻信人言，恐怕赵氏将无遗种了！"成帝听了摇首道："非也，朕倒不信谗言！不过汝姊近来对朕甚形冷淡，不及当日的情致缠绵，朕故有此语。"合德垂泪道："陛下勿言，臣妾当请吾姊不必专去供神求子，以致因此分心，冷淡了圣驾。"成帝见她落泪，慌忙安慰道："汝亦勿愁！朕决不听信谗言，薄待汝姊便了！"合德谢过成帝，更以枕上风月，献媚邀怜。成帝已被合德迷昏，对于飞燕便觉事事可原，件件可恕，毫没丧失感情的地方。谁知有一班冒失鬼，以为飞燕将要失宠，赶紧把飞燕的奸情，出头告发。成帝因有合德先入之言，反把这班冒失鬼，一个个地斩首。飞燕因得公然宣淫，更加放纵。

后来合德把成帝与她一问一答的言语，告知飞燕，飞燕却也感激，特荐一个宫奴，名叫燕赤凤的，给了合德受用，作为答报。原来燕赤凤，辽东人氏，身长貌美，兼之孔武有力。还有一种绝技，真的身轻似燕，能够黑夜之间，射断杨枝，纵

过百丈高城，如履平地。飞燕与之寝宿，极为得意；因此使合德分尝一脔。合德便候成帝到她乃姊宫中的时候，命人引入赤凤，一宵欢娱，胜于伉俪。赤凤往来两宫，毫不告乏。不过飞燕与合德隔得太远，赤凤两面走动，颇觉不便。飞燕即请成帝，在她的宫左，建造一座少嫔馆，使合德迁入。于是赤凤这人，随成帝为转移，成帝幸姊，他便淫妹；成帝幸妹，他便淫姊。成帝戴上绿头巾，反把二赵爱得胡帝胡天。可惜二赵贪色太过，宠幸有年，却无一男半女生养出来，成帝于此，不能不另有所属，随意召幸宫人，冀得生子。飞燕、合德两宫，俱不见成帝的影踪了。她们姊妹二人，只要有了奸夫，成帝的来也好，不来更好。有一天，姊妹二个，为了赤凤一人，几至破脸。后来还是樊嫕从中调和，方始无事。

当时光禄大夫刘向，实在忍无可忍，因采取诗书所载贤妃贞女，淫妇嬖妾，序次为《列女传》八篇，又辑传记行事，著《新序说苑》五十篇，奏呈成帝；并且上书屡言得失，胪陈诸戒，原是望成帝轻色重德，修身齐家。成帝见了，非不称善；无如尽管口中称善，称过便罢，可怜刘向依然白费心机！

成帝更有一件用人失当之事，种下亡国祸根，险些儿把刘氏子孙，凌夷殆尽，汉朝的大好江山，竟至沦没了十八年之久。你道何人为祟？就是王太后从子王莽。王莽系王曼次子，又为叛徒而反封官的王登之侄。王曼早逝，未曾封侯，长子亦是短命。王莽字巨君，生得五官端正，两耳垂肩，望去倒像一表人材。事母总算孝顺，待遇寡嫂，尤能体贴入微；至于侍奉伯叔，交结朋友，礼貌之间，极为周到。尝向沛人陈参受习《礼经》，勤学好问，待下甚厚，责己极严，平时所著衣服，俭朴无华。当时舆论，个个称他为王氏子孙中的贤者。他的伯父王凤病危，他偏衣不解带地亲侍汤药。王凤临死的时候，犹执了他手呜咽道："王氏无人，汝是一个克家之子，可惜我从前未能留心及汝，致未提携！"说到此地，可巧太后前来问疾，王凤即伏枕叩头，力托太后授以一官。太后回宫，告知成帝，成帝乃授王莽为黄门郎，旋迁射声校尉。叔父王商，也称王莽恭俭有礼，情愿自让食邑。朝廷大小官吏，只要一与王莽接谈，回家就上封奏保他。成帝因见众人交口称誉，始尚不信。后来仔细留意，方知不是寻常之辈，乃封为新都侯，进官光禄大夫侍中。王莽越加谦抑，折节下交，所得俸禄，并不携回私宅，半馈亲朋，半瞻贫苦，因此名高伯叔，声望益隆。

那时成帝优待外家，有加无已，王谭死后，即令王商入代王谭之职；未几王音逝世，复进王商为大司马将军；又使王商之弟王立领城门兵。王商因见成帝耽恋酒色，荒淫无度，也觉添愁，每入见太后时，力请面戒成帝。太后也有所闻，屡次训诫。王商从旁的几谏，不止一次。孰知成帝乐而忘返，终不稍改。

永始二年二月，星陨如雨，连日日食。适值谷永为凉州刺史，入朝白事。成帝无暇召对，仅遣尚书面询谷永，有无封事。王商暗嘱谷永具疏规谏，谷永惧怕

获谴,未敢上奏。王商仗他胆子,愿以身家性命担保。谷永有恃无恐,遂把成帝的短处,和盘揭出。成帝果然大恚,正拟命御史兵收谷永下狱。王商早在暗中留心,急令谷永飞马出都,自去回任。等得御史去捕,业已望尘莫及,只得据实复奏。那时成帝怒亦渐平,又经王商力求,便不追究,每日仍在宫中淫逸如前。

侍中班伯,即班婕妤胞弟,迭请病假,续而又续,成帝催他销假,方才入宫报到。可巧成帝又与张放重敦旧好,方在并肩叠股,一同饮酒。班伯朝拜既毕,站在一旁,并不开口,惟把双目注视一座画屏。成帝呼令共饮,班伯口虽唯唯如命,依然目不转睛地直视屏风。成帝笑问道:"汝在痴看甚么?"边说边把眼睛跟看班伯所视之处看去,却见那座屏风上面,并没特别景致,只有绘着一幅古代故事。成帝又笑谓班伯道:"这座屏风,乃是王商进呈,汝既爱不忍释,朕可赏汝。"班伯听了,便把眉毛直竖,怒气冲冲地奏对道:"臣见此画的事实,直非人类所为;臣恨不得一火焚之呢!"成帝此时酒已喝得糊里糊涂的当口,双眼矇眬大有醉态,因闻班伯说得如此,便将张放推在一旁,走近屏风面前,细细一看,方见屏风上面绘着纣王在与妲己淫乱,妲己身无寸缕,仰面承恩,栩栩如生,惟妙惟肖。成帝忽然看得动兴,忙把手向张放乱招道:"汝快来看!汝快来看!"张放趋近屏风,正拟向成帝说话,陡然又听得班伯续奏道:"纣王无道,沉湎酒色,微子所以告去。此图这般秽亵,也是王商借画规谏的深意。谁知陛下竟被无耻龙阳,诱惑得昏昏沉沉,即不为国家计,难道不为子嗣计么?"成帝此时因为看见妲己的形态,忽然想起班婕妤起来;现在虽属面目已非,不堪重令侍寝。但念前时风月,似觉有些对她不起。所以听见班伯当面直谏并不动怒,反而嘉他忠诚,授为秘狱廷尉之职。班伯慌忙谢恩,似有喜色。成帝道:"汝平日不喜做官,经朕催逼方肯销假;何以今日一闻廷尉之命,喜形于色起来呢?"班伯道:"臣因前受之职,有位无权,实在辜负朝廷;现既得任法官,便可执法维严,以警乱法犯上之徒。"成帝听了,深悔授以此职,却于嬖人等等大有不利。一时又不便收回成命,只得拉了张放回宫,且戒张放道:"班伯执法无赦,汝千万勿撄其锋!"张放冷笑道:"臣任中郎将,权位大于彼僚多多,看他敢奈何我么?"成帝听了,还是连连摇首,似乎不以张放之言为然。

不说他们君臣二人,手挽手地进宫,单说班伯到任接印,亲查狱犯,有罪即惩,无罪即释;不到三天,监中囚犯为之一清。一班廷臣,也敬他正直无私,交口佩服。一天,班伯正在朝房与各大臣商酌公事,忽见张放衣冠不整,吃得醉醺醺的由宫内出来。班伯有意惩戒他一番,因为捉不着他的错处,无法奈何。不意张放忘记时辰八字,偏来站在班伯的对面,半真半假,故意揶揄。班伯眉头一皱,计上心来,急在怀中摸出一包纸张,执在手中,直向张放身旁撞去。张放哪里肯让,不知怎么一来,二人已经扭结一团。各位大臣都来相劝,班伯就用手中

的那卷纸张，向张放头上打去。张放不知班伯用意，趁势夺去，撕得粉碎。班伯见他已经上当，急顾左右差役道："快将这个犯了欺君之罪的张放拿下！"那班差役，素知班伯铁面无私，便把张放拿下。张放被拿，还破口大骂道："反了，反了你这小子，敢拿天子侍臣么？"班伯把脸一沉道："汝将圣旨撕碎，已犯大不敬之罪，法应弃市！"说着，吩咐左右，速将张放斩首报来。此时张放一见自己所撕之纸，果是圣旨，也曾吓得发抖，忙求各位大臣替他说情。各位大臣明知他是成帝的男妾，岂有袖手之理？于是都向班伯说情。班伯道："既是各位替他说情，死罪可免，活罪难饶！"说罢，喝令拖下重责八十大板。当下就有一班执刑差役，奔了上去，一把将张放掀翻在地，剥去裤子，顿时露出一个又白又嫩，粉装玉琢，风花雪月的屁股出来。一声吆喝，一五一十地打了起来。可怜张放自从生出娘胎以来，何曾受过这个刑罚？只把他打得流红有血，挨痛无声。一时打毕，只得一跷一拐慢腾腾地去向成帝哭诉去了。

不到一刻，成帝视朝，责问班伯道："张放误撕圣旨，罪有应得；不过汝应看朕之面，饶他也罢！否则他的身上，何处不可责打，为何偏偏打他臀部呢？"班伯应声奏道："臣正因为他的臀部犯法。陛下还是尊重国家的法律呢？还是怜爱他的皮肉呢？"成帝听了，半晌不答。当下群臣都说张放犯法，班廷尉办得不错。成帝听了，只得罢休。

到了晚上，成帝和张放同床共枕的当口，自然有一番肉麻的说话。次日，太后又下一道手诏交给成帝，说是班廷尉秉性忠直，应该从优待遇，使辅帝德；富平侯张放可令就国，不得再留宫中。成帝虽然扫兴，还不肯马上将张放遣走。丞相薛宣、御史大夫翟方进，俱由王商授意，联名奏劾张放。成帝不得已，始将张放左迁，贬为北地都尉。过了数月，复又召为侍中。王商见了，大不为然，入白太后，太后大怒，面责成帝。成帝俯首无词，再遣张放出为天水属国都尉。张放临行时，与成帝握手泣别。成帝俟他去后，常赐玺书劳问。后来张放母病，乞假终养。及母病愈，成帝又任为江东都尉，不久仍召为侍中。那时丞相薛宣，业已因案夺职，翟方进升任丞相，再劾张放，不应召用。成帝上惮太后，下怕公论，只好赐张放钱五百万缗，遣令就国。张放感念帝恩，休去妻子，情愿终身独宿，以报成帝情好。及成帝宴驾，张放闻信，连日不食，毁瘠而死。后来晋王羲之有句嘲张放云："不是含羞甘失节，君王膝下尚无男。"这个挖苦，明明说张放要替成帝生养儿子，大有赵飞燕借种的风味。一语之贬，万年遗臭。张放死而有知，也该红潮上面呢。此是后话，说过不提。

再说当时丞相薛宣，免官的事情，乃因太皇太后王氏，得病告崩，丧事办得不周。成帝本恨薛宣逼走张放，便用假公济私的手段，坐罪薛宣，免为庶人；翟方进事同一律，连带处分，降为执金吾。廷官都为方进解说，争言方进公正不

阿，请托不行。于是成帝复擢方进为相，封爵高陵侯。

方进字子威，汝南上蔡人，以明经得官，性情褊狭，好修恩怨；既为丞相，如给事中陈咸，卫尉逢信，后将军朱博，钜鹿太守孙闳等人，或因新仇，或因旧怨，先后均被劾去；惟他奏弹红阳侯王立，说他奸邪乱政，大逆无道，总算不避权贵，大胆敢为。

成帝既见方进尚能办事，自己乐得燕安如恒。不过年已四十，尚无子嗣，也觉忧虑。赵家姊妹，又是奇妒，只许自己秘藏男妾，不许成帝别幸宫人。她们的意思呢，不佞倒可以替她们辩白。倘若成帝去幸别个宫人，万一生下一男半女，她们姊妹的后妃之位，便要告终；不过为了自己位置，情愿帝室绝嗣，未免不知轻重。

谁知越是防别个宫人，要替成帝生出儿子，那些鬼鬼祟祟暗渡陈仓的把戏，越是来得会养。第一个是宫婢曹晓之女曹宫，只与成帝交欢一度，便已珠胎暗结，产下一男。成帝闻知，暗暗心欢，特派宫婢六名服伺曹宫。不意被赵合德知道，矫了成帝之命，竟将曹宫收下廷狱，迫令自尽；所生婴儿，也即设法谋毙，诡云痘症夭折。甚至连那六婢勒毙了事。成帝惧怕合德，不敢过问。第二个是许美人，住居上林涿沐馆中，每月由成帝召至复室，临幸一次，不久，即已有孕，也生一男。成帝使黄门靳严，带同医生乳媪，送入涿沐馆内，命许美人静心调养。又恐为合德所闻，踌躇多日，自思不如老实告知，求她留些情面，免遭毒手。当下至少嫔馆，先与合德温存一番，始将许美人生子一事，说了出来。话犹未完，合德便指着成帝哭闹道："你既每每对我说，并未与别人寝宿；即未寝宿，小儿从何而来？"成帝被她驳倒，只得直认临幸许美人之事。合德始允将小儿交她抚养，不准许美人与子相见。成帝无法，只索依她。正是：

虎毒犹然不食子，狼凶未必肯伤儿。

不知此儿能否保全，且听下回分解。

第五十六回　钱可通神嗣君继立　病偏遇鬼废后归阴

却说成帝既允婴儿交与合德抚养，便用苇编箧，将婴儿装入其中，送至少嫔馆里。在成帝之意，以为合德自己未曾生育，想将此子据为己有，后日即有皇太后的希望。这种理想，本在情理之中。谁知合德是奉了乃姊使命，仿佛有意要

使成帝绝嗣的样子一般，莫说害死一个，又是一个，就是有一百个，一千个，既是蓄心要害死不会讲话的婴孩，那是并不繁难的。于是不到数日，少嫔馆里，忽有一个宫人，携着一只上有封条的苇箧，付与掖庭狱丞籍武，使他埋葬僻处，不准给人知晓。籍武原是合德所保荐的，当然奉命维谨，即在狱楼下面，掘坎埋箧。这个箧中，自然是许美人所养的骨血。赵氏姊妹未曾入宫以先，都中就起了一种童谣，叫做“燕飞来，啄皇孙”，至是果验。合德一连毙了两孩，成帝竟致无后，反而便宜了一位刘欣，现现成成的做了皇帝。

刘欣即定陶王刘康之子。刘康自被王凤逼令回国，郁郁不乐，未几病殁。王后张氏无出，只有王妃丁氏生了这个刘欣，由祖母傅昭仪抚养成人，得袭王爵。傅昭仪早年即为王太后，随子就国，向有智略，人臣无不称许她的为人。她闻得成帝无嗣，蓄心已久，想将孙子嗣与成帝，以便入统江山。元延四年春正月，中山王刘兴，系成帝少弟，为冯昭仪所出，由信都移封中山。因为惦记都中皇太后皇上，他们母子二人，乘暇入都朝谒。事为傅昭仪所知，也忙帮着孙子刘欣，带同多数臣众，赶紧追踪入都，总想达她目的。后来有志竟成，且让不佞慢慢说来。当时傅、冯两位昭仪，以及中山王刘兴，定陶王刘欣，分途到了长安，大家见过太后王氏。老年姊妹，久别相逢，自有一番乐趣。成帝见了这位侄儿刘欣，少年英俊，很是欢喜，便笑问他道：“汝此次入朝，何故带同许多官吏？”刘欣听了，从容谨答道：“诸侯王入朝，照例得使二千石随行，臣因傅相中尉，秩皆二千石，故令同来，以备遇事顾问，免致失礼有罪。”成帝听毕，又问道：“汝平日曾习何经？”刘欣答道：“习的《诗经》。”成帝有意考他一考，即随意指出数章，令其背诵。刘欣朗朗背出，一字无讹，还能讲解经义，阐发微旨：成帝听完，边抚其背，边赞许道：“汝能如此，刘氏继替有人了。”刘欣欣然奏道：“臣侄年幼，教导无人。倘能长侍陛下，得有日进，乃臣侄之幸也。”成帝颔首至再，复问刘兴道：“御弟为何只带太傅一人？”刘兴本来不及乃侄聪颖，及被成帝一问，瞠目不能答。成帝又问他所习何经，刘兴答称习的《尚书》。成帝也令他背诵数篇，他竟弄得面红耳赤，嗫嗫许久，方始断断续续的背诵几句。成帝见他那种侷促情形，令人好笑，因暗思道：“吾弟年已三十有余，为何这般呆笨，反不如一个十六七岁的侄子？”成帝因此越加欢喜刘欣了。刘欣也甚知趣，对于成帝，事之如父，一丝不敢荒唐。

成帝正想同了弟侄等人，前往御花园游玩，适值傅昭仪已经谒过太后，亦来朝见成帝。成帝慰问路上辛苦，并绝口赞她的孙子聪敏。傅昭仪听了，心里自然十二分快乐，嘴上只好谦逊一番，答称：“老身此番帮同欣孙入朝，一是专诚恭请圣安；二是恐怕欣孙年幼失仪，不甚放心，老身也好随时指导。”成帝谢了她的厚意，留住宫中。傅昭仪真有手段，别过成帝，又到赵飞燕皇后，赵合德妃子两

处，殷勤奉谒。所谈之话，除了马屁以外，无甚可述；并命刘欣先谒后妃，次访大司马王根，四处周旋，面面俱到。最使人眼睛发红的，金帛珍宝，随带甚多，半赠赵氏姊妹，半赂王根，以及盈廷臣众。赵氏姊妹，虽然贵为后妃，但是见了这些贵品，也会笑逐颜开；至于王根廷臣，贪财如命，那就不必说了。傅昭仪这样一办，不到几天，上自后妃，下至臣工，无不交口称誉刘欣多才多艺，足为帝嗣。成帝本有此意，不过一时未决，尚望二赵生育，免得继嗣别房，先替刘欣行了冠礼，暂遣回国，傅昭仪自然随归。赵氏姊妹，早被傅氏拍上，殷勤饯别，不忍分离。傅昭仪就在席间，乘机请托，二赵满口应允，一定从旁进言。等得傅昭仪挈孙返国，刘兴母子早已先走多时了。又过了一两年，赵氏姊妹，依然并未生育，每在成帝面前怂恿，劝立定陶王刘欣为储君。王根也上书申请，成帝方始决定，改元绥和，使执金吾任宏，署大鸿胪持节去召刘欣入京。傅昭仪以及刘欣生母丁氏，亲自伴送刘欣前来，朝臣统统郊迎。惟有御史大夫孔光，单独上书请立中山王刘兴。成帝批斥不准，并贬孔光为廷尉。但怕刘兴不悦，特加封食邑三万户，刘兴母舅谏大夫冯参为宜乡侯，免得他们甥舅，背有怨言。同日即立刘欣为皇太子，入居东宫；又思刘欣既已过继，不便承祀共王刘康，刘康殁后，予谥曰共，乃另立楚孝王孙刘景为定陶王，使奉共王之祀；复命傅昭仪、丁妃二人，仍留定陶邸中，不得跟随太子入宫。傅、丁二人，当然十分怏怏。傅昭仪又去力求太后，许与太子相见，太后商诸成帝，成帝答称太子入承大统，照例不应再顾私亲。太后说："太子幼时，全靠傅昭仪抱养，好似乳母一般；就是准她常见太子，于事想亦无碍。"成帝不好故违母意，准令傅昭仪随时入宫，惟生母丁妃不在此例。那时孔光既经遭贬，改任京兆尹何武为御史大夫。何武字君公，蜀郡郫县人，素来守法奉公，颇有政声。及为御史大夫，上言世事烦琐，宰相才不及古，若令职兼三公，恐防废弛政务，应仿古制建三公官。成帝认可，以王根本为大司马，仍任旧职；惟罢去骠骑将军官衔，即任何武为大司空，封汜乡侯，罢去御史大夫官衔，俸禄皆如丞相，与丞相并称三公。嗣因王根生病，一时无人接替，暂从缓议。

谁知侍中王莽，觊觎王根之位，恐被淳于长夺去，乃向王根诡说道："淳于长自恃太后之戚，见叔乞病，常有喜色，每与朝臣私议，自言必代叔位；且有种种不端行迹，人民恨之刺骨，果成事实，似于国家不利。"王根听毕大怒，便命王莽据实入白太后。

淳于长本是太后外甥，前次飞燕得能册立为后，全仗淳于长向太后疏通之力，因感其情，每请成帝封他侯爵。成帝准奏，即封淳于长为定陵侯。淳于长既有两宫为之内援，于是势倾朝野；又因成帝不时赏赐，诸侯王岁时馈送，积赀亿万，他便饱暖思淫，广蓄妻妾，竟达百人之多。适有龙额侯韩宝之妻许嬺，为废后许氏胞姊，丧夫寡居，徐娘虽老，风韵犹存。淳于长一天偶见许嬺标致，弄得

废寝忘食，就借弔问为名，百般勾引。好在许嬺正在思春，干柴烈火，一碰即燃。不久，许嬺便做了淳于长的小妻。许嬺还要不顾羞耻，有时探视其妹废后许氏，竟是堂而皇之的直告其事。那时废后方徙居长定宫，寂寞无聊，一听乃姊得与淳于长双宿双飞，甚为眼红，遂向乃姊说道："皇后一席，既被赵氏占去，我也不想复位，但我守此活寡，情何能堪？我姊既与定陵侯成了伉俪，我想姊去转求定陵侯，他倘能为我办到婕妤之职，我必重报。"许嬺听了，明知此事难办，不敢即允。废后又出金珠无算，送与许嬺，叫她须看姊妹之情，不可推托。许嬺当时见了黄澄澄的金子，白光光的珠子，哪肯不受。便拿出骗贼行径，对废后说道："我妹相赠，为姊只好拜领！我想婕妤一职，比较昭仪还小，我妹做过皇后，岂可自贬身份？我既想出一法，我去转求汝的姊夫，入请太后，封你为左皇后的职位，你道如何？"废后听了，自然喜出望外。决不防到同胞姊姊，竟会骗她。等得送走乃姊之后，日夕盼望佳音；不意过了许久许久，却如石沉大海，音信杳然，没有法子，日日派人去催乃姊。乃姊被她催急了，方始告知淳于长。淳于长起初倒也致书废后，请她静心守候，俟有机会，必为进行。无如这位废后孤衾似铁，度日如年，天天催逼，弄得淳于长发了脾气，便老老实实复了一封挖苦的回信，大意是臣已答应为尔进行，但是事已至此，只好忍耐。尔若过于着急，臣只好谨谢不敏；否则若肯降尊就卑，尔与乃姊同事一夫，亦一办法。废后见了此书，虽然有些动气，复又转折一想，求人之事，只好忍气。

哪知事被王莽知道，马上告知王根。王根正在恨淳于长的时候，一听有此奇事，就叫王莽去奏太后。王莽当然加油加盐，甚至说得废后已与淳于长有通奸情事。太后大怒，立命王莽告知成帝。成帝听了，心里还想袒护淳于长，不欲加罪，仅令淳于长速去就国。淳于长无奈，只索束装准备就道。方要动身的当口，忽见王立的长子王融，前来送行，淳于长道："承蒙表兄枉驾，愧感交并。"王融听了笑答道："我来送行，尚在其次；兄的车马太多，断乎不能一齐携走，务请分赠若干，备我使用。"淳于长本与王融为中表之亲，当下便也应允。王融大悦，正拟告辞，淳于长留他饮酒。饮至半酣，淳于长忽托王融道："我的出都，乃是太后之意；主上待我良厚，不过太后面上，不能不这样一办。我想托兄，代求令尊为我转圜。"说着，即以废后赠与许嬺的金珠，送与王融。

王融收了金珠，一力承担而去。回到家中告知乃父，并把金珠一半呈出，其余一半自己受用了。王立从前不得辅政，疑心淳于长向太后进谗，深恨淳于长，弄得数年不通庆吊；及见许多金珠，又把前嫌忘得干干净净，慌忙入宫，见了成帝，代淳于长呼冤。

成帝听完，反而因此起疑，默然不答。等得王立趋出，竟命有司根究。有司查察之后，探出王融有私受淳于长的贿赂情事，便要派役拘拿王融。王立闻知

其事，方才懊悔不应听信其子主张，入宫代人求情，急逼王融自尽，始能保全自己。王融哭了一场，服毒而毙。及至吏役到来，一见王融自尽，回报有司。有司覆奏，成帝越想越疑，索性把淳于长下狱。

可巧廷尉宋亚，正是淳于长的冤家，数次刑讯。淳于长受痛不过，所有奸淫贪诈的事件，统统供出，罪坐大逆，未及付斩，已经病死狱中。妻妾子女，移徙合浦；母已年高，放归故里。那个闯祸祖宗的许嬺，不知下落，或者又去琵琶别抱去了。

成帝当时见了谳案，方知废后真的交通外官，乃命副廷尉孔光，持了鸩酒，至长定宫赐废后许氏自尽。可怜许氏在位十有四年，起初时代，何等风光！后来误于两个乃姊手里，既失后位，复丧生命，虽是自贻伊戚，也觉红颜薄命的了！成帝办结此案，复勒令红阳侯王立速去就国，免予置议。

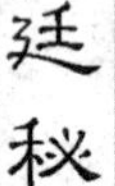

汉朝宫廷秘史

王莽既是这次发奸的首功，且由王根荐令代位，遂拜大司马之职。王莽秉了国钧之后，欲使名誉高出诸父，特去搜罗四方名宿，作为幕僚。所得赏赐，悉数分给宾佐，自己菲食恶衣，格外从俭，直与贫民相同。一日，王莽之母有疾，公卿列侯，各遣夫人问候，个个绮罗蔽体，珠翠盈头。王莽妻子王氏，为故相宜春侯王䜣的曾孙女，当下慌忙出门迎迓。众位夫人见她衣服褴褛，形似仆妇，不甚理睬。及问左右，方知她就是大司马夫人。于是一面虽然跪下道歉，一面腹中仍是暗笑。一时来至内室，问过太夫人疾病之后，并见屋中陈设，既陋且劣，就是宴客酒筵，也是素菜数事而已。这样一来，一传十，十传百，渐渐传至上千累万，无人不知王莽俭约。王莽闻知，自然暗喜。绥和二年仲春，天降灾祸，人民惊扰。丞相议曹李寻，上书丞相，说是灾祸已至，君侯适当其冲，应与阖府官属商议，择一趋吉避凶的良策，以便自保。丞相翟方进，年老昏愦，见了此书，罔知所措。果然不到数天，即有郎官贲丽奏称："天象告变，速请移祸大臣。"成帝览奏，立召方进入宫，责他："为相数年，不能燮理阴阳，致出种种灾异；善自为计，毋待朕言！"方进听完，免冠叩谢，惶然趋出，回至相府，虽知难免一死，但是犹冀生路，不肯遽然自决。孰料次日，成帝听见相府并无动静，复命朝使踵其私第，严加责备；且赐他上尊酒十石，养牛一头，叫他全受。方进接到牛酒，正在踌躇，李寻慌忙上前向他哭拜道："汉家故例，牛酒赏赐丞相，就是赐死的别名，丞相奈何尚不自裁？"方进听了大惊，也抱着李寻大哭道："我悔不听君言，早已趋吉避凶，今无及矣！我的家室，乞君照顾！"言罢，硬着头皮，取出鸩酒，忍心喝下，不久自毙。朝使回报成帝，成帝还要托言丞相暴卒，亲去弔奠。丞相出缺，成帝遍查廷臣，还是孔光谨慎，可使为相，因即擢为左将军。并令有司拟就策文，铸成侯印，指日封拜孔光。

那时梁王立，系梁王揖的世孙；楚王衍，系宣帝孙楚王嚣之子。同时入朝，

业经成帝召见数次，正拟翌日辞行。这夜成帝宿于少嫔馆内，不知夜间被合德如何摆布，次日早起，成帝自系袜带未毕，陡然仆倒床上，不言不语，早已驾崩。合德犹作戏言道："陛下起而复卧，莫非尚有余兴不成？"边说边去拥抱成帝。忽觉全身冰冷，气绝多时，方始着慌起来，急令御医诊脉。御医道："圣驾已宴，应请飞报太后。"言已而退。合德无法，方去报知太后，以及乃姊飞燕。及至大家来到，见了成帝尸体，恸哭一番。当下由太后召入三公，独缺丞相。太后急问："丞相何在。"王莽奏称："丞相本已拟定孔光，尚未接任，不敢应召。"太后听罢，急召孔光入宫，就在灵前拜为丞相，并封为博山侯。幸而策文印绶，均已办就，当付孔光领受。又命梁、楚二王，速行返国。可笑梁、楚二王，无端而来，无端而去，仿佛像来送终的。这且不谈，单说孔光既拜丞相，便与王莽料理大丧。越宿复由太后下诏，令王莽、孔光，会同掖庭等官，查明皇帝起居，以及暴病一切的原因。王莽等奉了太后懿旨，都尊王莽作主。王莽便要从严究治，亲至少嫔馆中，严诘合德。合德虽未谋死成帝，自思从前所作亏心之事甚多，若经细鞫，断难隐讳，且恐连累乃姊，沉吟半晌，决定只有一死，并没别样妙策。乃对王莽说道："君且退去，我当殉帝，毋庸细问！"王莽退出，合德即将珍宝分赐近身宫婢，嘱隐己事，即夕仰药而亡。太后不再查究。惟成帝在位二十六年，先后改元七次，寿终四十五岁。本来气质强健，状貌魁梧，只因贪杯好色，斫伤过度，遂致一度欢娱，立刻晕死。后来择日奉葬延陵，谥为孝成皇帝。太子刘欣，即日入宫嗣位，是谓哀帝。尊太后为太皇太后，皇后赵飞燕为太后。太皇太后王氏，喜谀寡断，傅昭仪谋立孙儿，常至长信宫伺候，竭力趋奉，因得欢心。就是太子生母丁妃，虽然不能常入东宫，可是太后王氏的马屁，已经被其拍上，太后赞其孝顺，视如女媳一般。傅、丁二人，既与现在的太皇太后有这渊源，所以哀帝一经即位，太皇太后便准傅、丁婆媳二人，十日一至未央宫视帝。并降诏询问大司马王莽，大司空何武，丞相孔光等谓："定陶太后傅氏，应居何宫？"王莽乖刁，不赞一辞。何武惟以王莽的马首是瞻，也无意见。只有孔光为人耿直，自思傅昭仪素具权术，若一入宫，必致干预政事，挟制嗣君；因此复议上去，请另择地筑宫，以居傅氏。何武不知孔光之意，他又突然说道："与其另地筑宫，多费国币，不如入居北宫为便。"太皇太后依了何武之言，即命哀帝诏迎定陶太后傅氏入居北宫。傅氏闻命大乐。移入之日，丁妃也得随同进内。北宫有紫房复道，却与未央宫相通，定陶太后既能随便见帝，自然就有所请求了。正是：

妙策居然承大统，痴心又想得尊封。

不知定陶太后究是甚么请求，且听下回分解。

第五十七回　争坐位藩妾遭讥　露行藏皇儿恕过

却说定陶太后要求哀帝，欲称尊号，以及封赏外家亲属。哀帝甫经践阼，不敢贸然应允，因此游移未决。可巧有个高昌侯董宏，闻得消息，便想趁此机会，以作进身之计，费了三日三夜的工夫，做成一本奏稿。稿中引秦庄襄王故事，说是庄襄王本为夏氏所生，过继华阳夫人，即位以后，两母并称太后；今宜据以为例，尊定陶共王后为帝太后。

哀帝正想上报养育之恩，只因苦于无例可援，颇费踌躇，及见董宏封奏，不禁大喜。方欲依议下诏的时候，谁知大司马王莽，左将军师丹，联名奏效董宏，略言：皇太后的名号至尊，也与天无二日，民无二王的意义相同。今董宏乃引亡秦敝政，淆惑圣聪，应以大逆不道论罪。哀帝见了此奏，当然不快。惟因王莽为太皇太后的从子，不敢驳他，乃将董宏免为庶人。

傅昭仪得信顿时披头散发地奔到未央宫中，向哀帝大怒，逼着哀帝定要加她封号。哀帝无奈，只得入白太皇太后。太皇太后早为傅昭仪所惑，即说道："老年姊妹，哪可因此失了感情，就令于例不合，只要我不多心，谁敢异议！"说着，便尊定陶共王为共皇，定陶太后傅氏为定陶共皇太后，共皇妃丁氏为定陶共皇后。傅太后系河内温县人，早年丧父，母又改嫁，并无同胞姊妹弟兄，仅有从弟三人：一名傅晏，一名傅喜，一名傅商。哀帝前为定陶王时，傅太后意欲亲上加亲，特取傅晏之女为哀帝妃。至是即封傅女为后，封傅晏为孔乡侯，又追封傅太后亡父为崇祖侯，丁皇后亡父为褒德侯。丁皇后有两兄：长兄名叫丁忠，已经去世，丁忠之子丁满，因得封为平周侯；次兄名叫丁明，方在壮年，也封为阳安侯。哀帝的本身外家，既已加封，只好将皇太后赵飞燕之弟赵钦，晋封新城侯，钦兄之子赵䜣为成阳侯。王、赵、傅、丁四家子弟，于是并皆沐封，惟有哀帝的嫡母张姓，并未提及。平心而论，委实有些不公。但哀帝既淡然置诸意外，不佞又何必来多管闲事呢！

再说那天太皇太后王氏，十分有兴，设席未央宫中，宴请傅太后、赵太后、丁皇后等人。酒筵摆上，应设坐位。太皇太后王氏，坐在正中，自无疑议；第二位轮着傅太后，即由内者令在正座之旁，铺陈位置，预备傅太后坐处。此外赵太

后、丁皇后等，辈分较卑，当然置列左右两旁。位次既定，忽然来了一位贵官，巡视一周，即怒目视内者令道："上面如何设有两座？"内者令答道："正中是太皇太后，旁坐是定陶太后。"内者令言尚未毕，陡听得这位贵官大声喝道："定陶太后，乃是藩妾，怎能与至尊并坐，快快将这坐位移了下来！"内者令不敢违拗，只好把坐位移列左偏。你道这位贵官是谁？却有如此大胆。此人非别，现任大司马的王莽便是。

王莽既把坐位改定，方才缓步而去。稍停太皇太后王氏，以及赵太后、丁皇后，俱已到来。哀帝也挈了傅皇后，同来侍宴。只有傅太后未至，当下饬人至北宫相请，一连好几次俱被拒绝。傅太后的不肯赴宴，自然为的是坐位移下，已有所闻，故而负气不来与宴。太皇太后不及久待，便命大家入座。太皇太后本甚高兴，始设这桌酒席。谁知傅太后屡请不来，因她一人之故，自然阖座不欢。

一时席散，哀帝回至宫中。傅太后余怒未平，迫胁哀帝立免王莽之职。哀帝尚未下诏，王莽早已得信，即呈奏章，自请辞职。哀帝正在为难之际，今见王莽自动请辞，当然立刻批准。惟防太皇太后面上不甚好看，特赐王莽黄金五百斤，安车驷马，在第休养，每逢朔望，仍得朝请，礼如三公。在哀帝这个办法，以为是刀切豆腐，两面光的了。岂知朝中公卿，虽然不敢联名奏请慰留王莽，但在背后议论，都说王莽守正不阿，进退以义，有古大臣之风。

王莽既已辞职，所遗一缺，应该有人接替，当时舆论，无不属望傅喜。为什么缘故呢？因为傅喜现任右将军，品行纯正，操守清廉，傅氏门中，要算他极有令名。舆论虽然如此，可是傅太后反而与他不对，怪他平日常有谏诤，行为脾气，似与王莽相同。若是令他辅政，势必事事进劝，多增麻烦。乃进左将军师丹为大司马，封高乐侯。傅喜因此托疾辞职，缴还右将军印绶。哀帝秉承傅太后意旨办理，也即批准，并赐黄金百斤，食光禄大夫俸禄，在第颐养。大司空何武，尚书令唐林，皆上书请留傅喜。说是傅喜，行义修洁，忠诚忧国，不应无故遣归，致失众望。哀帝亦知傅喜之贤，惟一时为祖母所制，只好再作后图。

过了数日，忽见司隶校尉解光的一本奏章，弹劾两个要人，大略说的是：

窃见曲阳侯王根，三世据权，五将秉政，天下辐辏，脏累巨万，纵横恣意，大治室第；第中筑土为山，矗立两市；殿上赤墀，门户青锁；游观射猎，使仆从被甲，持弓弩，陈步兵，止宿离宫；水冲供张，发民治道，百姓苦其役；内怀奸邪，欲管朝政；推匠吏主簿张业为尚书，蔽上壅下，内塞王路，外交藩臣。按根骨肉至亲，社稷大臣，先帝弃天下，根不哀悲。思慕山陵未成，公然聘取掖庭女乐殷严、玉飞君等，置酒歌舞。捐忘先帝厚恩，背臣子义。根兄子成都侯况，幸得以外亲继列侯侍中，不思报德，亦聘娶故掖庭贵人为妻。皆无人臣礼，大不敬不道，应按律惩治，为人臣戒！

新主哀帝即位之后,也因王氏势盛,欲加裁抑,俾得收回主权,躬亲大政;王莽既已去官,又见解光后来奏劾王根,正中下怀,本拟批准;后来一想,太皇太后面上,仍须顾全,仅将王根遣令就国。黜免况为庶人。

不料到了九月庚甲那日,地忽大震,自京师至北方,凡郡国三十余处,城郭都被震坍,压死人民四百余人。哀帝因见灾异过重,下诏准令直言。当有待诏李寻上书奏道:

> 臣闻日者众阳之长,人君之表也。君不修道,则日失其度,日奄昧无光。间者日光失明,珥蜺数作。小臣不知内事,窃以日视陛下,志操衰于始初多矣!惟陛下执乾纲之德,强志守度,毋听女谒邪臣之欺,与诸阿保乳母甘言卑词之托,勉顾大义,绝小不忍;有不得已,只可赐以货财,不可私以官位。臣闻月者众阴之长,妃后大臣诸侯之众也。间者月数为变,此为母后与政乱朝,阴阳俱伤,两不相便。外臣不知朝事,窃信天文如此,近臣已不足仗矣!惟陛下亲求贤士,以崇社稷,尊强本朝。臣闻五行以水为本,水为准平;王道公正修明,则百川理落脉通,偏党失纲,则涌滥为败。今汝颍漂涌,与雨水并为民害,咎在皇甫卿士之属,唯陛下少抑外亲大臣。臣闻地道柔静,阴之常义。间者关东地数震,宜务崇阴抑阳,以救其咎。震曰:"土之群者善养禾,君之明者善养士,中人皆可使为君子!"如近世贡禹,以言事忠切,得蒙宠荣。当此之时,士之厉身立名者甚多。及京兆尹王章,坐言事诛灭,于是智者结舌,邪伪并兴,外戚专命,女宫作乱。——此行事之败,往者不可及,来者犹可追也。愿陛下进贤退不肖,则圣德清明,休和翔洽,泰阶平而天下自宁矣!

哀帝看完李寻奏章,明知他在指斥傅太后,不过自己年幼,得有天下,皆是傅太后之力;又为亲生祖母,如何好去驳她?只得暗嘉李寻忠直,擢为黄门侍郎,藉慰忠臣。

当时朝内臣众,已分两派:一派是排斥傅太后,不欲使之干预朝政;一派是阿附傅太后,极望她能膨胀势力。傅太后呢?自然日思揽权,大有开国太后吕雉之风。见有反对自己的大臣,必欲驱除,好教人们畏服,不敢不做她的党羽。大司空汜乡侯何武,遇事持正,不肯阿谀。傅太后大为不悦,密遣心腹伺察他的过失。可巧何武有位后母在家,屡迎不至,即被近臣探知其事,弹劾何武事亲不孝,难胜大臣之任。哀帝本已批驳,谁知傅太后大怪哀帝道:"人君应当以孝治天下。今朝廷有此不孝人臣,何以不使去辞?"哀帝道:"何武系三公之一,以此捕风捉影之事,加罪大臣,恐令臣下灰心。"傅太后大怒道:"我抚养尔成人,今得天下,目中还有我么?"哀帝连连请罪,即将何武免官就国,调大司马师丹为大司空。

师丹系瑯琊东武县人，字仲公。少从匡衡学诗，得举孝廉，累次升迁，曾任太子太傅，教授哀帝。此次虽任大司空，也与傅氏一党不合。到任未久，连上奏章数十通，所说的都是援那三年无改的古训，规讽哀帝动辄斥退公卿，滥封傅、丁外亲等书。哀帝非不感动，但为傅、丁两后层层压迫，无法自主。

那时有一个侍中傅迁，为傅太后从侄，生得五官不正，行动轻佻，有人替他取了一个绰号，叫做花旦侍中。傅迁明明听见，故作不闻，仍是我行我素，无恶不作。哀帝即听师丹规劝，思有振作，特把傅迁革职，做个榜样。哪知傅太后大不为然，竟来干涉，硬逼哀帝下诏将傅迁复任。哀帝不好不遵，重又下诏令傅迁复职。

当有丞相孔光，大司空师丹，同时进白哀帝道："陛下所办傅迁一事，前后诏书，大相矛盾。这样朝命，必使天下起疑，无所取信，赶紧仍将傅迁斥退，方为善著！"哀帝听了，一时不便说出他的苦衷，只好顾而言他。

孔光、师丹二人，见了哀帝这种装聋作哑模样，只得暗叹一声，不怿而出。中途忽遇掖庭狱丞籍武，见他手持奏章，问他："甚么封奏？"籍武答道："下官虽由赵昭仪合德荐举，但见她连毙两个皇儿，心中很觉不满。"孔光，师丹二人，听至此处，相顾失惊道："有这等事么？"忙问籍武道："汝既知道此事，为何不早奏先帝呢？"籍武道："下官曾与掖庭令吾邱尊密商，他说下官官卑职小，恐防先帝难以见信，并惧因此惹祸。吾邱遵旋即病殁，下官孤掌难鸣，故而容忍至今。"孔光、师丹二人听了，复摇头道："先朝之事，至今方始告发，君先有罪，况且赵昭仪已经自杀，奉劝执事，可以休矣！"籍武听了，一想有理，便即退去，烧去奏折，也不再提。

不料事为司隶校尉解光所知，正好借端报倒赵氏子弟，得让傅太后一人尊荣，自己即有功劳。当下拜本进去，追劾赵昭仪合德，狠心辣手，害死皇嗣，非但中宫女史曹宫等，沉冤莫雪，此外得孕宫人，统被赵合德用药堕胎。赵合德惧罪自尽，未彰显戮。所有家属，仍任贵爵。国法何在，天理何存！应请穷究云云。

哀帝见了此奏，也吃一惊，当下暗暗自忖道："合德已死，其余都是从犯，只有赵太后却有唆使嫌疑。便她对我有恩，我那时虽由祖母向四方运动，她若不肯成全，这事早成泡影，我现在不能不留些情面。"哀帝想至此地，便一个人私自踱到赵太后宫中。赵太后忽见皇帝一人到来，慌忙阻止道："此屋十分肮脏，皇帝请到外室，我即出来奉陪。"哀帝听了，退到外面。刚刚坐定，陡见一个标致小官，慌慌张张的从赵太后房中逃出。哀帝点点头叹道："赵太后年事已高，尚有此等不规举动，无怪廷臣要参她了。我既有心维持，当然只好不问，让我暗暗讽示，请她改过。否则若被我的祖母知道，那就难了。"

哀帝一个人正在打他主意，已见赵太后搴廉出来。哀帝行礼之际，赵太后

十分谦虚。相对坐下，赵太后道："圣驾光临，实在简亵不恭！"哀帝道："母后何必客套！臣儿现有一事，特来奏闻。"说着，便将解光参折递与赵太后。赵太后接来一看，吓得花容变色道："这是无中生有之事，皇帝不可相信。"哀帝道："臣儿本不相信，但是既有此折，臣儿不能不将赵姓外臣，稍事儆戒。不然，盈廷臣众，闹了起来，反于母后不利。"赵太后道："我说赵昭仪决无此事，若有其事，先帝那时望子情切，岂肯默然不言！"赵太后说到此地，又向哀帝微笑道："我说赵昭仪即有其事，也是皇帝的功臣。"哀帝听了，也现愧色道："此事不必多说。臣儿尚有一事，也要母后留意！"赵太后道："皇帝尽管请说，老身无不遵旨！"哀帝道："傅氏太后，耳皮甚软，肯信浮言；母后宫中，似乎不使外臣进来为妥。"赵太后一听哀帝似讽似劝之言，也将老脸一红道："皇帝善意，老身极端感激！"哀帝便即退出。次日视朝，寻了一件别事，将赵钦、赵䜣夺爵，充戍辽西了事。

那时已经改元，号为建平元年。三公之中，缺少一人，朝臣多推光禄大夫傅喜。哀帝不知傅太后与傅喜不睦，以为重用傅喜，必得祖母欢心，即依群臣保荐，任傅喜为大司马，并封高武侯。当下郎中令冷褒，黄门郎段犹，看见傅喜位列三公，傅氏威权益盛，赶忙乘机献媚，博得傅太后快活，自己便好升官。于是联名上书，说是共皇太后与共皇后二位，不应冠以定陶二字，所有车马衣服，也该统统称皇，并宜为共皇立庙京师。哀帝不敢自决，便把此奏发交廷臣公议，是否可行。群臣谁肯来做恶人，个个随口附和。

独有大司空师丹出头抗议，大略是：

> 古时圣王制礼，取法于天，故尊卑之礼明，则人伦之序正；人伦之序正，则乾坤得其位，而阴阳顺其节。今定陶共皇太后，共皇后，以定陶为号者，母从子，妻从夫之义也。欲立官置吏，车服与太皇太后相埒，非所以明尊无二上之义也。定陶共皇号谥，前已定议，不得复改。礼父为士，子为天子，祭以天子，其尸服以士服，子无爵父之义，尊父母也。为人后者为之子，故为所后服斩衰三年，而降其父母为朞服，明尊本祖而重正统也。孝成皇帝圣恩深远，故为共皇立后，奉承宗祀；今共皇长为一国太祖，万世不毁，恩义已备。陛下既继体先帝，持重大宗，承宗庙天地社稷之祀，义不可复奉定陶共皇，祭入其庙。今欲立庙于京师，而使臣下祭也，是无主也。又亲尽当毁，空去一国太祖不堕之祀，而就无主当毁不正之礼，非所以尊厚共皇也！臣丹谨上。

师丹这篇复议，真是至理名言！只要稍知大体的无不赞同。所以那时丞相孔光，竟钦服得五体投地。就是他们傅氏门中的那位傅喜，也以师丹此论，面上看去似在反对，其实他的爱护共皇，实心实意，共皇真是有益，良非浅鲜！

岂知朝房议论，早有佞臣报知傅太后。傅太后当下大发雷霆道："别人犹

可，怎么我们傅喜，反去附和人家！”可巧傅晏、傅商二人，含怒来见傅氏太后。傅晏先开口说道：“我们傅氏门中，出了一个大大叛逆，太后知道否？”傅太后道：“我正为此事生气。”傅商接口道：“这件事情，究是师丹破坏，我们快快先发制人；不然，他和死者作对不算外，恐怕还要与我们生者开衅呢！”傅太后道：“汝等快快出去，探听师丹那个贼人的过失，令人参奏，由我迫着皇帝办理就是。”

傅晏、傅商二人退出，明查暗访，闹了几天，可是一点找不着师丹的错处。后来好容易探到一件风流罪过，说是师丹此次的本章，未曾出奏以前，已由他的属吏抄示大众，于是即以不敬之罪，暗使党羽弹劾师丹。正是：

欲加之罪原容易，想去其人本不难。

不知哀帝对于此事，如何办理，且听下回分解。

第五十八回 施奇刑油饼堪怜 发怪响鼓妖示警

却说傅太后一见有人奏参师丹，迫令哀帝将其免官，削夺侯封。哀帝那敢异议，立刻照办。盈廷臣众，人人都替师丹不平，不过惧怕傅太后的威势，未便出头。内中却有两个不怕死的硬头官儿：一个是给事中申咸，一个是博士炔钦，联衔上奏，他说：“师丹见理甚明，怀忠敢谏，服官颇久，素无过失；此次漏泄奏稿一事，尚无证据。即有其事，咎在经管簿书，与他无干。今乃因为失察细过，便免大臣，防微杜渐，恐失人心。”谁知递了进去，御笔亲自批斥，且将申咸、炔钦二人贬秩二等。尚书令唐林，看得朝廷黜陟不公，也来上疏，说是：“师丹获罪极微，受谴太重，朝野臣民，皆说应复师丹爵位；伏乞陛下加恩师傅，俯洽舆情！”哀帝见了此奏，提到师傅二字，回想前情，自己学问，得有造就，全是师傅的功劳。于是不去奏知傅太后，自己作主，恩赐师丹为关内侯，食邑三百户，并擢京兆尹朱博为大司空。从前朱博曾因救免陈咸，义声卓著，后来陈咸既为大将军府长史，颇得王凤信任，遂将朱博引入。王凤因爱朱博人材出众，正直无私，大加赏识。朱博于是历任栎阳长安诸县令，累迁冀州刺史，琅琊太守，专用权术驾驭吏民，人皆畏服；嗣奉召为光禄大夫，兼任廷尉。朱博恐被属吏所欺，特地召集全部吏属，当众取出累年所积案卷，独自一一判断，俱与原判相符。因此一班属吏，见他这般明亮，自然不敢蒙蔽。隔了年余，得升为后将军之职。嗣因坐党红阳侯王立一案，免官归里，哀帝犹称他为守兼优，仍复召用为光禄大夫，及京兆

尹。适值傅氏用事，要想联络几位名臣，作为羽翼，遂由孔乡侯傅晏，与他往来，结为知己。及至师丹罢免，傅晏自然力保他继任大司空。朱博为人，外则岸然道貌，内则奸诈百出，专顾私情，不知大道。时人不察，以耳为目，还当他是一位好官。他呢，只想从龙，竟作走狗了。那时傅太后既已除去师丹，便要轮到孔光。因思孔光当日曾经请立中山王刘兴为嗣之奏，现在刘兴虽死，其母冯昭仪尚存。从前先帝在日，因见她身挡人熊，忠心贯日，由婕妤一跃而为昭仪，使我大失颜面；当时无权报复，隐恨至今。现既大权在握，若不报仇，更待何时？况且外除冯昭仪，内除孔光，一举两得，何乐不为？傅太后打定主意，可怜那位著名的贤妃冯昭仪，还睡在鼓中，毫不知道呢！原来中山王刘兴自增封食邑之后，得病即殁。王妃冯氏，就是刘兴母舅冯参的亲女，嫁了刘兴数年，仅生二女，并无子嗣。刘兴另纳卫姬，得产一子，取名箕子，承袭王爵。箕子幼年丧父，并且时常有病，遍请名医都无效验。后来有一位女医管妣，她说："箕子是患的肝厥症，每发之时，手足拘挛，指甲全青，连嘴唇也要变色，有时大小便都要自遗，这病断难断根。"冯昭仪听她说得极准，留她在宫，专替箕子医病，服她之药，尚有小效。后来管妣为盗奸污，羞愤自经。箕子之病，便又照前一般的厉害了。冯昭仪只此一个孙子，岂有不急之理。没有法子，只得祷祀神祇，希望禳解。哀帝闻得箕子有疾，特遣中郎谒者张由，内监袁宏，带同医生，前往诊治。即至中山，冯昭仪极知大体，自然依礼接待，不敢疏忽。张由素来性急，留居多日，因见医生不能将箕子治愈，甚为懊恼，忽地心血来潮，要把医生带回长安复命。袁宏阻止不可，只得随同回朝。哀帝问起箕子之病，是否痊可。张由老实答称："臣看中山王的病症，已入膏肓，医亦无益，故而回来。"哀帝又问袁宏，袁宏奏称，曾经阻止，张由不听。哀帝听了大怒，当面将张由训斥一番。等得张由谢罪退出，哀帝回宫，越想越气，复遣尚书诘问张由何故自作主张携医回朝。张由被诘，无法对答，只得跪恳尚书替他辩白。尚书不肯代人受过，非但不允所请，且将张由教训一番，方拟据实回奏。张由一想，尚书果去直奏，我的性命当然不保，不如如此如此，坏了良心，去向傅太后诬告冯昭仪，便有生路。张由想罢，便简单地对尚书说了一声："若要知道底蕴，可请主上去问傅氏太后。"尚书听了，就将张由之言，奏知哀帝。适值哀帝手中正在批阅各处奏章，无暇就至北宫去问傅太后。也是冯昭仪的不幸，但被张由走了先著。张由既向傅太后如此如此，诬奏一番。哀帝的奏章，尚未批毕，傅太后已来宣召。哀帝丢下奏章，赶忙来到北宫。一进门去，就见傅太后的脸色不好。请安已毕，忙问："祖后何事生气？"当下只听得傅太后含怒道："我辛辛苦苦，把这皇帝位置，弄来给了你这不肖，我总以为得能坐享荣华富贵几年，再去伺候你的亡祖；岂知好处未曾受着，反被那个姓冯的妖姬，用了巫觋，诅咒你我二人；不过你能与我同死，倒也罢了。但这天下，必被姓

冯的妖姬断送,叫我拿甚么脸去见你的亡祖呢?”傅太后说至此地,顿时号哭起来。哀帝听了,一面嘴上慌忙劝慰傅氏太后,一面心里也在暗怪张由,何以不先奏明于我,害我多碰这个钉子。哀帝边想边把张由召至,诘问道:“汝先见朕,何故不将中山王太后之事奏知于朕,累得太后生气?现且不说,汝速重奏朕听,不准冤屈好人!”哀帝还待往下再说,只听得傅太后把御案一拍道:“皇帝既说冯妖是好人,这是我与张由两个诬控好人了!”哀帝听了,连忙跪下求恕道:“祖后千万不可多心!臣孙因为中山王太后,也是臣孙的庶祖母。”傅太后听了这句,更加大怒道:“皇帝只知庶祖母,难道不知还有一个亲祖母活在世上受罪么?”哀帝此时辩无可辩,只得急命张由速速奏来。张由方才奏道:“臣奉了万岁之命,与袁宏二人,带同医生去到中山。谁知当天晚上,臣见他们宫中鬼鬼祟祟。起初尚未疑心,后来细细探听,才知中山王太后,请了巫觋,诅咒太后皇上二人。并说要把中山王的病症,用了法术移在太后皇上身上。太后皇上若有不祥,中山王箕子,便好入统大位。臣想太后皇上,乃是天地之尊,他们既然目无君上,臣又何必将他们医治呢?”哀帝听完道:“袁宏不是与汝同去的么?”张由答称是的。哀帝道:“汝可将袁宏召来,待朕问过。”一时袁宏来到。哀帝问他道:“张由说中山王太后咒诅朕与太后,可有其事?”袁宏虽是内监,素来不说假话,当下一见哀帝问他,急奏答道:“臣与张由行坐未离,他实妄奏。中山王宫中,仅有巫觋替中山王箕子祈病,并无咒诅太后与皇上事情。”哀帝听了,尚未说话,傅太后听了,早已气得发抖道:“袁宏定是冯妖的党羽,胆敢替她洗刷。”说着,即顾左右道:“快把袁宏这个奸贼砍了!”说时迟,那时快,哀帝忙想阻拦,已经不及。可怜袁宏血淋淋的一颗首级,早已献了上来。傅太后那时已知哀帝大有袒护冯昭仪意思,急把御史丁玄召入,与他耳语几句,丁玄答称:“知道,太后放心!”说完这话,匆匆趋出。

原来丁玄就是共皇后丁氏的胞侄,专拍傅太后马屁。所以傅太后凡遇大事,必命他去承办。他偏能揣摩傅太后的心理行事,平日所办之事,傅太后件件称心。冯昭仪遇见这个阎王,试问还有生命么?现在不提北宫之事,单说丁玄奉了傅太后口诏,一到中山,即将宫内役吏,连同冯姓子弟,一齐拘入狱中,约计人数,共有一百余名之多,逐日由他亲自提讯。闹了几天,并未问出口供,一时无从奏报。傅太后等得不耐烦起来,再派中谒者史立,与丞相长史大鸿胪同往审究。史立等人,星夜驰至中山,先去见了丁玄。丁玄皱眉说道:“连日严讯,一无口供,奈何奈何?”史立暗笑道:“这种美差,丁玄不会办理,真是笨伯!”便请丁玄暂退,由他一人提讯人犯。那班人犯,一半是冯昭仪的子侄,一半是中山王宫的仆人,如何肯去诬攀冯昭仪呢?连审数堂,也没证据。史立当下想出一法,他想男子究比女子来得胆大心硬,不如严刑加在宫女身上,不怕她们不认。史立

想罢，即将冯昭仪身边的全部宫女，统统捉至，问了一堂，仍无口供，他便命差役制造几具大大的油锅，烧得通红，又把宫女洗剥干净，全身赤裸，首先摔了一个下去。当时只见那个宫女，滚入油锅之中，口里只喊着一个哎字，可怜第二个唷字还未出口，早已成了一个油饼了！一阵腥臭之气，令人欲呕。你道可怜不怜！这个宫女既死，其余的宫女，自然吓得心胆俱碎，狂喊饶命。等得差役再要来剥她们衣裳的当口，只听得哄然一片哭声，大喊大叫道："我们怕死愿招。"史立听了，暗暗欢喜，即命众人快快招来，好保性命。众人听了此言，反又大家你看我，我看你的，不知供些甚么。史立却也真能办事，居然由他一人包办，做就供词，命大众打了指印，仍行下狱。又把冯昭仪的女弟冯习，以及寡弟妇君之二人捉到，也要她们诬供。冯习不比宫女怕死，开口便骂史立只想升官发财，不知天地良心。史立听了，当然大怒，就把惊堂一拍道："你不要仗着冯后女弟，可知王子犯法，与庶民同罪么？"冯习又冷笑道："没有罪又怎样办呢？"史立听了，也答以冷笑道："没有罪，自然不能办你。但是全部宫女，业已招认，你还想翻供么？"说完，便不管三七二十一的，竟把冯习的下衣剥去，赤体受笞。可怜冯习也是娇生惯养，风吹吹都要倒的人物，如何受得起这样大杖。一时又羞又急，又气又痛；不到一刻，当堂毙命。史立一见冯习死去，也觉着忙，因为她是冯后妹子，不比常人，死了无碍，只得暂将君之系狱；一面买通医生徐遂成，要他硬做见证。徐遂成便是张由带去的那位医生，既有好处，自然情愿出作证人。于是依了史立之嘱，当堂诬供道，冯习与君之二人，曾经向我密语云："武帝时有名医修氏，医愈帝疾，赏赐不过二千万钱，今闻主上多病，汝在京想亦入治，就是把主上治愈，也不能封侯；不若医死主上，使中山王能代帝位；我们二人，可以包你封侯等语。"徐遂成说完，史立还要假装不信，又经徐遂成具了诬告反坐的甘结，方将冯昭仪请出，面加诘问。冯昭仪真无其事，怎肯诬服，当然反驳史立。史立冷笑道："闻你从前身挡人熊，何等胆大，勇敢有为，因此得了忠心为主的美誉；今日何以如此胆小呢。"冯昭仪听到身挡人熊一语，方始知道傅太后要报前仇，愤然回宫，语左右道："我的挡熊，乃前朝之事，宫中言语，史立何以知晓，必是有人陷我，迟早总是一死。"等到晚上，悄悄仰药自尽。史立一见冯昭仪已死，还要诬她畏罪自尽。当史立第一次的奏报，哀帝尚未知道冯昭仪自尽，下诏徙居云阳宫，仍留封号。及见二次奏报，方知已死，犹命仍以王太后之礼安葬。一面召冯参入诣廷尉。冯参少通《尚书》，前任黄门郎，宿卫十余年，严肃有威。那时王氏五侯，何等威势，见他也惧三分，每想加害，竟没奈何。后由王舅封侯，得奉朝请，此次无故被陷，岂肯受辱，遂仰天长叹道："我冯参父子兄弟，皆备大位，身至封侯；今坐恶名，何颜在世！"拔剑自刎，年已五十有六。弟妇君之以及冯习之夫与子，连同箕子，或自尽，或被戮。这场冤案，上上下下，大大小小，共死一百十有

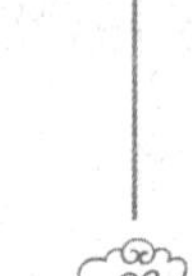

七人。惟冯参之女，为中山王刘兴王妃，免为庶人，得与冯氏宗族，徙归故郡，还算万幸。

傅太后论功行赏，因为张由是此次告发的首功，封为列侯；史立医官太仆，加封关内侯；丁玄虽无功而却有劳，亦有赏赐。张由、史立、丁玄三个，直至哀帝崩后，由孔光上书劾奏他们的罪恶，方始夺官充戍，谪居合浦。冯氏冤狱，仍未申雪。可见乱世时代，真无公理的了！那时傅太后既已害了冯昭仪，便想斥逐孔光，谁知傅喜大不赞成。傅太后私与傅晏、傅商二人密议，要连傅喜一同免职。傅晏忙去就商朱博。朱博乃命部下私人，今天你参孔光迂拙，明天他参傅喜奸邪。建平二年三月，竟免大司马傅喜之职，遣令就国。越月，又免丞相孔光，斥为庶人。朱博复奏请罢三公官，仍照先朝旧制，改置御史大夫。于是撤消大司空官署，任朱博为御史大夫，另拜丁明为大司马卫将军。没有几时，便升朱博为丞相，用少府赵玄为御史大夫。朱博、赵玄就任之日，廷臣都向他们二人贺喜。不料陡闻殿上连声怪响，音似洪钟，约有一刻，方始停止。大家骇顾，不知所措。朱博、赵玄，又是害怕，又是扫兴。哀帝心知有异，急命近侍去验殿上钟鼓，无人击撞，何故会发巨声。当有黄门郎杨雄，待诏李寻同声奏道："这个明明是《洪范传》所谓的鼓妖了。"哀帝急问："何为鼓妖?"李寻又奏道："人君不聪，为众所惑，空名得进，便致有声无形。臣意宜罢丞相，藉应天变，若不罢退，期年以后，本人即有大祸。"哀帝听了，默然不答。杨雄也进言道："李寻所言，乃是依据古书，定有奇验；况且朱博为人，宜为将而不宜为相；陛下应该量材任用，毋践凶灾！"哀帝听毕，依旧沉吟无语，拂袖回宫。朱博既晋封阳乡侯，感念傅氏栽培恩典，请上傅、丁两后封号，除去定陶二字。傅太后本来只望这著，立即迫令哀帝下诏，尊称自己为帝太太后，居永信宫；尊丁氏为帝太后，居中安宫；并在京师设立共皇庙，所有定陶二字，统皆删去。这样一来，同时宫内便有四个太后，各置少府太仆，秩皆中二千石。傅太后既如所愿，所行所为，竟致忘其所以，甚至背后常呼太皇太后王氏为老妪二字。幸而这位王政君素来长厚，不与计较，因得相安。赵太后飞燕，早已失势，反而前去奉承傅太后，口口声声称她似亲婆婆一般。于是永信宫中，常闻赵太后的语声。长信宫内，不见赵太后的足迹了。太皇太后眼见傅太后如是骄僭，目无他人，自然十分懊悔，不应引鬼入门，酿成尾大不掉之势。无奈傅氏权力方盛，莫可如何，只得勉强容忍，听她胡为。这还是王政君能够忍耐的好处。不然，就做冯昭仪第二，也在意中。朱博、赵玄二人，早经串成一气，互相用事，朋比为奸。一日，又联衔上奏，请复前高昌侯董宏封爵，说他首先请加帝太太后封号，因被王莽、师丹所劾去职，饮水思源，董宏实有大功。帝太太后依议。朱博个人又参王莽、师丹二人，身为朝廷大臣，不知显扬帝太太后名号，反敢贬抑至尊，不忠不孝，莫此为甚！应请将王莽、师丹夺爵

示惩。帝太太后见了此奏，当即黜师丹为庶人，令王莽速出就国，不准逗留京师。一班廷臣，个个噤若寒蝉，图保禄位。惟独谏大夫杨宣上书，规劝哀帝，略言："先帝择贤嗣统，原欲陛下侍奉长信宫帏；今太皇太后春秋七十，屡经忧伤，且自命亲属引退，藉避傅、丁，陛下试一登高望远，对于先帝陵庙，能勿抱渐否？"杨宣这样一奏，哀帝也被说得动听，因即封赐王商之子王邑为成都侯。又过几时，哀帝忽患痿疾，久不视朝，所有国家大事，虽有帝太太后代劳，可是孙子有病，当然担忧。适有待诏黄门夏贺良其人，窃得齐人甘忠可遗书，挟以自豪，妄称能知天文，上书说道：汉历中衰，当更受命，宜急改元易号，方能延年益寿等语。哀帝竟为所惑，遂于建年二年六月，改元太初，自号陈圣刘太平皇帝。谁知祥瑞倒未看见，凶祸偏偏光临。正是：

祸福无门惟自召，妖灾解免在人为。

不知究是甚么凶祸，且听下回分解。

第五十九回　恩承断袖遗臭万年　死拒穿衣流芳千古

却说哀帝听了夏贺良的妄语，真的改元易号，要思趋吉避凶；岂知不到旬日，帝太后丁氏，忽罹凶症，溘然长逝。哀帝力疾临丧，弄得病上加病，奄卧床第，几至不起。嗣由御医多方调治，方始渐渐痊可。这天哀帝正在朝谒太皇太后，适遇王莽入宫，面请懿训，俾得登程，出就本国。太皇太后偶尔问及夏贺良的天文学识，究竟甚么程度？王莽接口奏道："夏贺良的履历臣却深晓，他是一个妖言惑众的妄贼，平生并无技能，单靠甘忠可的遗书，作为秘本。甘忠可也是妖民，曾制《天官历》、《包平太平经》二书，内中似通非通之言，不胜缕举。忠可又尝自称为天帝特赐，秘使真人赤精子传授。当时曾由光禄大夫刘向，斥他罔上欺民，奏请拿究，寻至下狱瘐死。刘向现已逝世，夏贺良以为没人识其底蕴，入都干谒，遂由他的同学长安令郭昌，替他转求解光、李寻等人，登诸荐牍。"王莽说至此地，即把眼睛看了一看哀帝，又接续说道："始蒙皇上召用。"哀帝听到这里，便岔嘴向太皇太后奏道："臣孙已知夏贺良言辞闪烁，毫无实学，此刻回宫，即拟治其应得之罪。"太皇太后听了颔首道："此人既是如此，自然应该严惩。"哀帝听了，退出长信宫，正拟下诏拿办夏贺良，偏偏夏贺良还要不知死活，正来奏称御史丞相，未知天道，不足胜任，宜改用解光、李寻辅政，国家方能太

平。哀帝当然是火上添油，诏罢改元易号二事，立命捕缗夏贺良入狱，问成死罪；并将郭昌、解光、李寻三人谪徙墩煌郡。照不佞说来，郭昌、解光，阿附傅氏，本来该办。李寻素负直声，因此被累，未免冤抑。但是妄保非人，失检之咎，也难尤人。

那时帝太太后傅氏，既已削灭王、赵两家的势力，独揽大权，自然满心快活。哀帝不问国事，自然也觉清闲。饱暖思淫，无论何人，难越此关。一天，哀帝闲立阶上，纵览景致，忽见一个宫女，忽来忽去，传报漏刻。哀帝远远望去，这个宫女，实在标致。适因左右无人，即用手招着那个宫女，令她近前。那人一见哀帝招她，赶忙趋近俯伏称臣。哀帝叫她起来，仔细端详，始知此人并非宫女，乃是一位少年官儿。猝然想起一事，急向他问道："你不是曾充太子舍人的董贤么？"那人尚未答言，哀帝心里忽又转念道："男子之中，竟有这般姿首，朕却平生少见。"哀帝刚刚想至此地，已听得那人娇声答称："臣正是董贤。"哀帝见他边说边现微微的笑容，又骚又媚，确是一个尤物。不好了！哀帝的魂灵儿，模模糊糊的似乎飞往半天里去了。哀帝便命董贤随至秘殿，携手并坐，大有轻薄之意。只见董贤含羞说道："此是妾妇所为之事，小臣不敢亵渎圣躬。"哀帝笑道："朕见你生得千娇百媚，心地应该玲珑，怎么说出话来，这样糊涂！你要知道我朝祖上，常干此种把戏。高宗时，有籍孺其人；惠帝时，有闳孺其人；文帝时，有邓通其人；武帝时，有韩嫣其人；就是最近的成帝，也有张放其人。老天既是赐你这般美貌，哪好自己暴弃。"哀帝说完，居然和董贤有了情好。

原来董贤是云阳人，父名董恭，曾官御史，生下一子一女。子即董贤，现年十六，曾为太子舍人。当时年幼，身材瘦弱，哀帝不甚注目。否则一块美玉，何至挨到如今，方始有玷呢？此时董贤之父董恭，已经出任外官。哀帝因看其子之面，即召为霸陵令，光禄大夫。

董贤也是一月三迁，竟做到驸马都尉侍中，出则骖乘，入则共榻。有一天，哀帝与董贤在寻芳阁上昼寝，哀帝已醒，意欲起来，因见董贤好梦方浓，不忍惊觉。又因自己衣袖被他身体压住，若要将袖抽出，必致把他吵醒，只得轻轻地用刀把衣袖割断，悄然下榻而去。这桩怜香惜玉的故事，后世凡称嬖宠男色的，就叫做有"断袖癖"。于是董贤的断袖，竟与弥子暇的余桃二字，联缀成名，万年遗臭，自此而始。当时董贤一觉醒来，忽见共枕之人已去，又见他的身下压着一角断袖，因感哀帝待遇他的恩情，真是焚身莫报。从此不肯回家去睡，托言哀帝多病，自己必须留在宫中，以便亲视汤药。哀帝知他已娶妻室，既然如此爱他，便不好使他的妻子孤衾独宿，几次三番地命他回家欢聚。董贤哪里肯听。哀帝一时过意不去，特地创设一个女官名目，准许董贤妻子入宫，与她丈夫同宿。复又查得董贤尚有一妹，她的姿色，甚是可人，也命送入宫中，封为昭仪。董贤无可

报答圣恩,自然令他妻妹同侍哀帝。有时兴至,不妨大被同眠。哀帝乐极之余,赏赐无算,旋复擢董贤为少府,赐爵关内侯。甚至董贤的岳父,亦任为将作大匠。因为董贤岳父,也好算是哀帝岳父的缘故。这个说话,并非不佞刻薄,诸君想想,女儿共枕之人,不称他作岳父,请问称他为甚么东西呢?哀帝既是如此宠爱董贤,便替董贤建造一座大第,堂皇富丽,几与白虎殿相似。又就自己万年陵旁,另茔一冢,以便董贤死后,做鬼也不分离。还因董贤无功,不便封侯,竟在东平巨案之内,硬说董贤也是告发的功首,封为关内侯。当下侍中傅嘉,巴结董贤,授意董贤去恳哀帝,将帝太太后最幼从弟傅商,封为列侯。帝太太后既然欢喜,董贤方无他患。哀帝本以董贤之话是听,便即依言拟封傅商为汝昌侯。

谁知尚书仆射郑崇、太宰文诰同来谏道:“从前成帝,并封王氏五侯,终至天象示变,弄得黄雾漫天,日中现出黑气;今傅商非但无功封侯,而且乳臭未干,成何体制?坏乱祖宗垂戒,逆天行事,臣等愿拼性命,领受国法,也要有面目去见先帝!”说着,大众按着御案,不使哀帝下诏。

内中尤以郑崇,声色俱厉,双眼通红,其形其势,洵属令人看了生畏。这末郑崇如何有这般胆量呢?他系平陵人,由前大司马傅喜荐入,直言敢谏,所说之话都在理中。每次进见,必著革履,橐橐有声,更加助其正直庄严。哀帝一听履声,不待见面,即笑顾左右道:“履声又至,想是郑尚书前来奏事了。”言未毕,果见郑崇直立案前,振振有词,句句有理。哀帝听他陈奏,十件要准九件。此次又来谏奏,哀帝已想收回成命。

事被帝太太后闻知,怒斥哀帝道:“世间岂有身为天子,竟受一个小臣挟制的么?”哀帝不敢不遵,只得封了傅商为侯。郑崇果然呕血而死,哀帝耳中乐得干净。这且丢下,再说帝太太后之母,本已改嫁魏郡郑翁,生子名叫郑恽。郑恽又生子名叫郑业,至是亦封为信阳侯,追尊郑恽为信阳节侯。

哀帝又欲加封董贤,先上帝太太后的封号为皇太太后,买动祖母欢心,始令孔乡侯傅晏,赍着加封董贤的诏书,往示丞相御史。丞相王嘉,为了东平冤狱,已觉不平;此时又见诏书上面,复提及董贤告逆有功,不禁触动前恨,即与御史大夫贾延,上书谏阻。哀帝没法,只好迁延半年,后来实觉董贤太美,对待自己,真个奋不顾身,如此忠诚,便毅然下诏道:

> 昔楚有子玉得臣,晋公为之侧席而坐。近如汲黯,折淮南之谋,功在国家。今东平王云等,至有弑逆之举;公卿股肱,莫能悉心聪察,销乱未萌。幸赖宗室神灵,由侍中董贤等发觉以闻,咸伏厥辜。书不云乎?用德彰厥善。其封贤为高安侯,孙宠为方阳侯,息夫躬为宜陵侯。

东平巨案,究是一件甚么事情?且让不佞补述。先是东平王刘宇,为宣帝之子,受封历三十三年,老病逝世。其子刘云,嗣为东平王。建平三年,无盐县

中，出了两件怪事：一是瓠山上面土忽自起，覆压草上，平坦如故；一是瓠山中间，有大石转侧起立，高九尺六寸，比原地离开一丈，远近传为异闻。无盐县属东平管辖。东平王刘云，闻知其事，疑心有神凭附，备了祭物，挈了王后伍谒等人，同至瓠山，向石祭祷。祭毕回宫，即在宫内筑一土山，也似瓠山形状上立石像，束以黄草，视作神主，随时祈祷。不料这桩事情，传到都中，竟被两个奸人，想步张由、史立的后尘便好升官，一个是息夫躬，系河阳人；一个是孙宠，系长安人。息夫躬与傅晏是同乡，向来要好，因得任为待诏。孙宠做过汝南太守，贪赃免职，流落长安，也因上书言事，任为待诏。他们二人，一听东平王祭石之事，同撰一本奏章，拜求中郎石师谭，转交中常侍宋弘代为呈入。折中大略说的是：

无盐有大石自立，闻邪臣附会往事，以为泰山石立，孝宣皇帝遂得龙兴。东平王刘云，因此生心，与其后日夜伺察，咒诅九重，欲求非望。而后舅伍弘，曾以医术幸进，出入禁门。臣恐霍显之谋，将行于杯杓；荆轲之变，必起于帷幄。祸且不堪设想矣！事关危急，不敢不昧死上闻！

哀帝一听荆轲、霍显二语，如何不怒，即命有司驰往严究。去的有司，受了息夫躬、孙宠二人的嘱托，到了东平，真学着史立的手段，屈打成招。复命之日，哀帝就把刘云、伍弘处死，王后伍谒拘入都中秘狱。当下就有廷尉梁相、尚书令鞠谭、仆射宗伯凤等一同上书，说是案情未明，请再复审。哀帝不但不准，且将三人严办。复又借了这桩案子，大封特封他的幸臣董贤。

岂知董贤还要想去奸占东平王后伍谒。伍谒年轻貌美，本有西方美人之誉。她见丈夫死得可惨，恨不得替夫报仇，虽是粉骨碎身，亦所不惜。董贤一厢情愿，前来奸她。你想想看，她肯不肯顺从的呢？谁知这位伍谒，一见董贤，居然满口应允。不过要求另置香巢，为婢为仆，均不反对。董贤听了伍谒的要求，不觉诧异起来，他便暗忖道："伍谒素有贤名，我来占她，我总以为必要大反江东，方能如我之愿；怎的竟会这般和顺，莫非她要借此以作脱身之计不成？"董贤想至此处，忽又转念道："逃倒不怕她逃走，只要刻刻留心，防着她行刺就是了。"于是含笑对伍谒说道："王后若是真心诚意嫁我，真是后福无穷。不过我却有话在先，王后若存歹心，那是王后自己不好，不能怪区区薄情。"伍谒听了，微笑着答道："董侯不必疑心，蝼蚁尚且贪生，何况一个人，何况我这个年轻的妇人。董侯如不见信，可请自便，任我死于狱中就是。"董贤听了，也笑答道："王后勿怪！此等事情，谁也要生疑心的。王后既已表明心迹，快快随我入宫！"伍谒脱去犯服，换上平常衣裳，真的跟了董贤就走。一时到了宫中，走上一座小小画楼。董贤吩咐左右，速速摆上酒来。酒筵摆上，董贤赶忙斟上一杯美酒，送至伍谒的樱唇前面。说时迟，那时快，伍谒早趁董贤一个大意的当口，扑的一声，用她十指尖尖之手，早把董贤的咽喉叉住大骂道："你这狼心狗肺的奴才，你们冤死我们

王爷不算外，还想奸占我这个未亡人么?”董贤究是一个男子，当然有些气力，一被叉住的时候，用力一挣，已经挣脱。跟着飞起一脚，可巧踢中伍谒的下部。当时只听得砰磅一声，可怜伍谒早已倒在地上，香销玉殒，死于非命了！董贤索性一不做，二不休，唤进左右，喝把伍谒的上下衣裳，洗剥干净，正想对于伍谒尸体有所非礼，陡然似乎有人击他脑门，顿时痛得也死了过去。左右一见出了乱子，飞奔报知哀帝。哀帝一听此信，还当了得，马上同了董贤的妻妹二人，两脚三步地奔到董贤面前，用手一按，尚有微微的呼息。一面急召全部御医，齐来救活董贤;一面命把伍谒的裸尸抬出，用火焚化。岂知十几个大力卫士，用尽牛力，莫想移动分毫。哀帝当下也有些奇怪起来，便谕知众人姑且退出，等得医生来过再说。

一时医生诊过董贤之脉，同向哀帝奏称道:“高安侯双脉乱颤，恐防有邪。”哀帝一听，知是伍谒作祟，又命速召卜者占卦。卜者占卦既毕道:“确是东平后作怪，只有祈祷方有希望。”哀帝此时只要董贤能够活命，不论何事，都可准奏。卜者代向祈祷之后，董贤居然回过气来。一见哀帝在侧，一面拉着哀帝之手，一面呜咽道:“微臣犯了东平王后，我主快快替我哀求!”哀帝真的替他求着伍谒道:“王后若赦董贤，朕准封尔!”说着，即命速以王后礼节安葬伍谒。谁知左右去替伍谒尸体穿著衣裳，说也稀奇，衣服一近她的尸身，一件件的竟会飞得老远，任你如何设法，休想近着她的尸体。哀帝看了，自然着急，又命卜者再占。卜者又占一卦道:“东平王后，洁身而死，不愿再著汉室衣履，还是请万岁索性成全她的志愿，将她裸葬便了!”哀帝无法，只得依奏，便命谒者等官，把伍谒的棺木葬于东平凉帽山下。后来人民因她十分灵验，代建庙宇，称为流芳庙。哀帝又封她为清净仙姑。

这是后话，不必再提。单说董贤就在伍谒的棺木抬出长安的一天，便有起色。因怕伍谒再来作祟，力请哀帝赦了东平王，追谥王爵，嗣子继位。哀帝一一准奏，董贤之病，果得痊愈。息夫躬与孙宠二人，他们初见董贤害了鬼病，却也怕惧，不敢再事害人。过了年余，便又肆无忌惮起来，历诋公卿大臣。廷臣畏他们的势焰，反去附和。大司马丁明，忽患重病，奏请派人接替。哀帝准可，即拜董贤为大司马。那时董贤年才二十有二，竟得位列二公。掌握兵权，汉朝开国以来，得未曾有。

又过年余，哀帝因为色欲过度，得了痨症，日见加重。别人倒还罢了，只是那位大司马董贤，急得神色慌张，口口声声愿以身代。哀帝此时病已垂危，对他这位幸臣，也无半句言语。董贤心里虽是万分惶急，仿佛妇女，夫死便成孤孀的样子;然又满望哀帝年未及壮，不致一病即崩。哪知哀帝和他的孽缘已满，即于元寿二年六月，奄然归天。年止二十有六，在位只有六年。当时傅皇后、董昭仪

等人，一闻哀帝凶耗，一同哭入寝宫。董贤不忘哀帝恩情，也在寝门外面，号恸如丧考妣。正在闹得乌烟瘴气的当口，陡见太皇太后王氏，亲自到来，抚尸举哀。哀止即将玉玺纳入袖中，一面召问大司马董贤，大丧如何办理？可怜董贤只有后庭功夫，至于大丧礼节，做梦也未见过。现因哀帝告崩，如同寡妇死去情夫，三魂失掉了两魂，自然不能对答，只有瞠目直视太皇太后之面而已。太皇太后见他这种情形，尚不见罪，仅对他说道："新都侯王莽，老成干练，适在京师，他曾承办先帝大丧，熟习故事，我当命他进来助汝。"董贤此时，哪知引虎入门，反遭其噬。听了太皇太后之言，赶忙免冠叩谢道："如此是幸甚了！"太皇太后立传懿旨，召王莽入宫。

王莽进来谒过太皇太后，首言董贤臭名满天下，不可令其尸位。太皇太后点头称可。王莽即托太皇太后意旨，命尚书弹劾董贤不亲汤乐，罪列不敬，当即禁止董贤出入宫殿。董贤得信，慌忙徒洗诣阙，免冠谢罪。王莽说声："来得正好！"竟传太皇太后命令，将董贤的印绶一齐取下，传旨罢职，就第待罪。

董贤回到府第，自思王莽如此辣手，我必为他所害。想了一会，流泪一会，又哀哀地叫着哀帝名字，痛哭一会，忍心想出一个主意，急去告知他的妻子。正是：

当时只觉春如海，此日方忧玉有瑕。

不知究是甚么主意，且听下回分解。

第六十回　窃神器安汉公篡位　掷御玺老寡妇复宗

却说董贤自知不免，忽心想出一个主意，急与他的妻子说道："我的失身于帝，甚至不惜尔躯，原望长事主上，得享殊荣；岂知帝不永年，王莽又是我们对头，与其为他所害，不如自尽。"其妻听了，便呜咽答道："妾在宫中，除了主上一人怜爱外，背后受人羞辱，真是罄竹难书，得不偿失，早已灰心，因君并无一言，妾故忍辱为之。今既如此，我们夫妇同死便了。不过主上曾在万年陵旁，为君筑有一墓，想来也不能够葬身于此窟的了！"董贤听罢，长叹一声，摇头无语。于是夫妻二人，抱头对哭一场，双双自经毕命。他的家令，也知朝中有了王莽，吓得不敢报丧。随便将董贤夫妇的尸体草草棺殓，夤夜埋葬僻地。不料仍为王莽所知，疑心董贤诈死，吩咐有司奏请验尸，自行批准。

验过之后,虽非假死,犹将董贤尸体,拖出棺外,剥去殓饰,用草包裹,暴尸三日,始埋狱中。并劾董恭纵容长子不法,次子淫佚无能,一并夺职,徙往合浦;家产全行充公,约计总数,竟达四千三万万缗,可谓骇人听闻。董贤平时,曾经厚待属吏朱诩。朱诩因感其恩,特至狱中,为董贤更衣换棺,改葬他处。办妥之后,上书自劾。王莽心里不悦,另寻别事,把朱诩办了死罪。那时孔光,因为巴结傅氏,已任大司徒之职。现见王莽得势,又来献媚,邀同百官,公推王莽为大司马。廷臣唯唯诺诺,无人反对。只有前将军何武、后将军公孙禄,说道:不应委政外戚,自相推荐云云。又因没人理他,等于白说。太皇太后平时受了皇太太后傅氏肮脏之气,无法奈何,此次决拜王莽为大司马领尚书事,藉为自己出气地步。

王莽因得手握大权,不似当年的谦恭下士,渐渐的拿出手段来了。太皇太后遂与王莽商量,应立何人为嗣?王莽听了,慌忙免冠伏地,口称:“臣有死罪,不敢奏闻!”太皇太后命他起来道:“汝有何罪,皆可赦免不究,尽管直奏!”王莽起来侍立道:“从前冯昭仪被傅太后使人逼死,她的孙子箕子,当时遭害,乃是假的,实由臣设法掉换,至今藏于远地。”太皇太后听了,失惊道:“当时谁不知道箕子已死,汝何以做得这般神秘的呢?”王莽道:“那时傅太后耳目众多,稍一不慎,臣即有杀身之祸。”太皇太后听了,又大喜道:“如此说来,汝无罪而有功了。汝即提及此事,莫非拟以箕子入统不成。”王莽道:“照臣算来,现在宗室之中,惟有箕子为宜。”太皇太后颔首道:“既然如此,汝即命人迎入可也。”

王莽即遣车骑将军王舜,持节往迎。王舜系王音之子,为王莽的从弟,王莽有意使他迎立有功。便好封赏。王舜奉命去后,尚未回来,朝中无人主持,一切政令,全由王莽独断独行。王莽首将皇太后赵氏,贬为孝成皇后;皇太后傅氏,逼令徙居桂宫。赵太后的罪状是唆使女弟赵合德,专宠横行,残灭继嗣;傅后的罪状,是纵令乃父傅晏,骄姿不道,害及国家。二后罪案宣布以后,朝臣并没一人敢出反对。王莽索性再贬皇太后傅氏,为定陶共王母;已逝丁太后为丁姬。所有傅、丁二氏子弟,一律免官归里,并把傅晏全家,同徙合浦。

当时廷臣,个个私议,以为傅喜这人,同是傅氏子弟,现既将他个人搁置未办,或者必有重谴,也未可知。与傅喜知己的,且替他扰忧不已。哪里晓得王莽,故作惊人之举,以博美誉。这末甚么惊人之举呢?原来王莽等得谴责傅氏子弟完毕以后,特将傅喜召入都中,位居特进,使奉朝请。傅喜不知王莽沽名钓誉,还当他是忠臣,便也受命不辞。又过几时,王莽听得太皇太后,偶然提及定陶共王母的劣迹,重复再废定陶共王母、孝成皇后为庶人。二后一闻此信,又知大势已去,同时愤而自杀。自作自受,倒也不必怜她。王莽又见孔光,是三朝元老,为太皇太后所敬,不得不阳示尊荣,特荐孔光女婿甄邯为侍中,并兼奉车都

尉。朝中百僚凡与王莽不合的,王莽即罗织成罪,使甄邯赍着草案,往示孔光,孔光不敢不如旨举劾。王莽便去奏知太皇太后,说是廷臣公意,他不敢有私,要请太皇太后作主。太皇太后真的认作廷臣公意,因此没有一件事情,不奉批准。何武公、孙禄二人,遂坐互相标榜之罪,一齐免官。董宏之子董武,本嗣高昌侯,坐父谄佞,褫夺侯爵。关内侯张由、太仆史立等,罪坐中山冯太后冤案,一律处死。红阳侯王立,为王莽诸父,成帝遣令就国,哀帝时已召还京师。王莽不免畏忌,又令孔光劾他前愆,仍使就国。太皇太后只有这个亲弟,这道本章,有些不愿准奏。复经王莽从旁撺掇,说是不应专顾私亲,太皇太后人本老实,只得含泪遣令王立回国。王莽遂引用王舜、王邑为心腹,瓯邯、甄丰主弹劾,平晏领机事,刘歆典文章,孙建为爪牙。等得布置周密,中山王箕子可巧到来,乃由王莽召集百僚,奉着太皇太后诏命拥之登基,改名为衎,是为平帝。当时年仅九岁,自然不能亲政,仍是太皇太后临朝,王莽居了首辅。至是始奉葬哀帝于义陵,兼谥为孝哀皇帝。

大司徒孔光,一则年纪已高,无力办事;二则为人傀儡,似也忧惧;于是上书求乞骸骨。奉诏迁孔光为帝太傅,兼给事中,掌领宿卫。这样一来,政治大权尽归王莽独揽了。

王莽又思权势虽隆,功德未敷,特地派了心腹至益州地方,暗令官吏买通塞外蛮人,叫他诡称越裳氏,入贡白雉。平帝元始元年元月,塞外遣使入贡,口称越裳氏,心服天朝威德,特贡白雉。王莽奏报太皇太后,将那白雉荐诸宗庙。从前周成王时代,越裳氏重译来朝,也曾进贡白雉。王莽自比周公,故而想出此法。果然盈廷臣工,仰承王莽鼻息,群称王莽德及四夷,不让周公旦。公旦佐周有功,故称周公;今大司马王莽,安定汉室,应称为安汉公,增加食邑,太皇太后当即依议。王莽假装固辞不获,方始受命;且代东平王刘云伸冤,使其子开明嗣位王爵;王后伍谒,既由哀帝封过道号,赐田二百顷,春秋二季,由地方致祭。又立中山王刘宇之孙桃乡侯之子成都,为中山王,奉中山王刘兴祭祀。再封宣帝耳孙三十六人,皆为列侯。此外王侯等无子有孙,或为同产兄弟子,均得立之为嗣,承袭祖爵。皇族因罪被废,许复属籍;官吏年老休致,仍给原俸二分之一,得赡终身;甚至庶民鳏寡孤独的,也有周邺。这等恩惠,都由王莽作主施行。于是上上下下,无不感戴这位安汉公,对于王太后小皇帝,直同无人一般。哪知安汉公并不安汉,反把汉室灭了,改作王姓天下。所以后来诗人有"周公恐惧流言日,王莽谦恭下士时;若使当年身早死,一生真伪有谁知"之句。

闲话休提,再说当时王莽又讽示公卿,奏称太皇太后春秋已高,不宜躬亲细故;此后惟有封爵大典,应由安汉公奏闻;其他政事,统归安汉公裁决等语。太皇太后总道自己内侄,既有能耐,又是忠心,自然乐得安享清福,使又准如所请。

一日，忽有一位小臣，姓高名邕，奏称平帝既已入嗣大统，本生母卫姬，未得封号，不免向隅。王莽见了此奏，虽然恶他多事，但又不好驳斥；若是准他，又惧卫氏一入宫来，必踏傅、丁二后覆辙。想了多日，始命少傅甄丰，持册至中山，封卫姬为中山王后；帝舅卫宝、卫玄封关内侯，仍然留守中山，不准来京。复有扶风功曹申屠刚，上书直言道："嗣皇帝始免襁褓，便使母子分离，有伤慈孝，应将中山太后迎入都中，另居别宫，使嗣皇帝得以乐叙天伦；并召冯、卫二族，选入执戟，亲奉宿卫，方是正办。"王莽见了此奏，恨得咬牙切齿，忙去撺掇太皇太后出面下诏，斥责申屠刚，违背大义，胆敢妄奏，着即弃市。又过两年，忽有黄支国献入犀牛一头。廷臣以为黄支国在南海中，去京有三万里程途，向未入贡；今既臣服来朝，又是安汉公的威德所致，正待上书献谀，又接得越巂郡的奏报，说有黄龙出游江中。太师孔光、大司徒马宫，于是奉表称瑞，德归安汉公。独有大司农孙宝说道："周公上圣，召公大贤，彼此尚有龃龉；如今无论何事，都是异口同声，一致无二，难道近人反胜周召不成？"众人听了，个个吓得变色。不到半天，孙宝已奉去职之旨。

那时匈奴久与汉室和亲，未扰边界，闻得汉朝真的出了圣人，慌忙也来进贡。王莽见了番使，偶然问及："王嫱的二女，是否尚存？"番使答称："王嫱二女，现已适人，平安无恙。"王莽说道："王昭君系天朝遣嫁，既有二女，理应令她们入京省视外家。"番使又答称："俟使臣回国，奏知单于，再当奏报。"王莽重赏番使。番使回去，不到三月，匈奴单于囊知牙斯，果如王莽之意，特遣王嫱长女云，曾号须卜居次的，入朝谒圣。一至关门，就有关吏飞报上闻。王莽大悦，即令沿途官吏，妥送至京。太皇太后一见须卜居次，虽是胡服，面貌极似昭君，已经大乐。又见她言语礼节，均能大致如仪。这一喜非同小可，命她旁坐，问长问短，赏赐许多珍宝，住了多日，方才送她回国。这件事情，又赞王莽功劳。太皇太后还说，从前小昭君要见乃姊一面，何等繁难，后来仅得乃姊一书了事。现在其女居然来回娘家，这真是我们侄儿的德化了。王莽乘机奏道："皇上虽仅十二三岁，近来皇室乏嗣，应请早为大婚。"太皇太后笑道："汝有一女，尚属美丽，何不配与皇帝，弄个亲上加亲？"王莽听了，正中下怀，便不推却，即日成婚。

成婚以后，太皇太后因见王莽现为国丈，欲将新野田二万五千六百顷，赐与王莽。王莽力辞。王莽之妻私问道："太后赐田，何故不受？"适值王莽酒醉，便漏出一句心腹话来道："天下之田，皆我所有，何必她赐呢！"其妻会意，不再多言。没有多时，群臣又请赐给王莽九锡典礼，太皇太后又如所奏。王莽也不逊谢，直受而已。又过年余，王莽闻得女儿之言，始知平帝渐有知识，背后怨他，不令母子相见。王莽陡然起了毒念，暗用毒酒，献与平帝，不到半日，便已呜呼。王莽知道驾崩，心里虽是快活，还要说道："何不早言，老臣真愿替死。"大家听了

此言,无不匿笑。王莽此时哪管众人议论,竟自作主,即立宣帝玄孙,名叫婴的为嗣。年仅两岁,当然不能治国。王莽便想摄政,忽有前辉光谢嚣奏称:“武功县长孟通浚井得白石,上有丹书,文曰:‘告安汉公莽为皇帝。’”前辉光就是长安地名,王莽曾改定官名,及十二洲郡县界划分长安为前辉光,后承烈二郡。谢嚣本为王莽所荐,因即揣摩迎合,捏造符命。王莽急令王舜转白太皇太后。太皇太后听了此语,也会作色道:“这乃是欺人之谈,哪能相信?”王舜一见太后不允,也作色道:“事已至此,无可奈何!”王莽亦不过想借此镇服天下,并无别意。太皇太后听了,不得已下诏。内中最可笑一句是云:“为皇帝者,乃摄行皇帝之事也。”真是自欺欺人。王政君之罪,却不容恕了。当时群臣接了诏书,酌定礼仪。安汉公当服天子衮冕,负扆践阼,南面受朝,出入用警跸,皆如天子制度;祭祀赞礼,应称假皇帝;臣民称为摄皇帝,自称臣妾,安汉公自称曰予,朝见太皇太后、皇帝、皇后,仍自称臣。这种亘古未有的谬妄礼节,奏了上去,有诏许可。转眼已是正月,即改号为居摄元年。王莽戴着冕旒,穿着衮衣,坐着鸾驾,到了南郊,躬祀上帝,然后返宫。又过数月,方立宣帝玄孙婴为皇太子,号为孺子;尊平帝后为皇太后;使王舜为太傅佐辅,甄丰为太阿右拂,甄邯为太保后承。王莽亲信,虽得安然升官。

谁知刘氏子孙不服,外面已经起兵,前来讨伐。此人是谁?乃是安众侯刘崇,系长沙定王刘发的六世孙,刘发即景帝之子。闻得王莽为假皇帝,乃与相臣张绍商议道:“王莽必危刘氏,天下虽知莽奸,可是没人发难。我当为宗族倡义,号召天下,同诛此贼。”张绍听了,极端赞可。刘崇只知仗义,不顾利害,于是率兵百人,进攻宛城。哪知宛城的守兵,倒有数千,已经胜过刘崇人数数十倍之众,任你刘崇如何有勇,所谓寡不敌众。一战之下,刘崇、张绍二人,可怜俱死乱军之中。刘崇族叔刘嘉,张绍从弟张竦,幸而脱逃,留得性命。只恐王莽追究,反去诣阙谢罪。王莽因欲笼络人心,下诏特赦。张竦能文,又替刘嘉做了一篇文字,极力称谀王莽,且愿潴崇宫室,垂为后戒。王莽大喜,立即批准,褒奖刘嘉为率礼侯,张竦为淑礼侯。廷臣上奏,说是刘崇叛逆,乃是摄皇帝权力太轻,应将臣字除去,朝谒两宫,也称假皇帝。太皇太后只得许可。旋有广饶侯刘京、车骑将军千人扈云,上书言瑞,应请假皇帝为真皇帝。倘若不信,但看亭中发现新井,便知天命。王莽大喜,奏知太皇太后,自言天意难违,应改居摄三年为初始元年。太皇太后此时方知自己眼瞎,引虎伤身。但是权操王莽之手,不能不从。及至初始同年十二月朔,王莽率领群臣至高庙,拜受金匮神禅,还谒太皇太后,又捏造一派胡言。太皇太后正拟驳斥,王莽不管,早已上殿登基去了。当日即定国号曰新,并改十二月朔日为始建国元年正月朔日。服色旗帜尚黄,牺牲尚白。此诏一出,群臣争呼新皇帝万岁。

王莽自思身为天子，也不枉平生的假行仁义，苦力经营。惟传国御玺，尚在太皇太后手中，应该向她取来，方算大功告成。即召王舜入宫，嘱咐数语。王舜奉命，直至长信宫中，立向太皇太后索取御玺。太皇太后跺足大骂王舜道："汝等父子兄弟，受汉厚恩，并未答报，反敢助纣为虐，来索国玺，人面兽心之徒，恐怕狗彘也不肯食尔等之肉。莽贼既托言金匮符命，自作新皇帝，尽可去制新玺，要这亡国玺何用！我是汉家的老寡妇，决与此玺同葬，尔等休得妄想！"边说，边已泣涕不止。旁立侍女，无不下泪。王舜见此惨境，也觉欷歔。过了一霎，方申请道："事已至此，臣等无力挽回，不过新皇帝业已登基，倘若必欲此玺，太后岂能始终不与的么？"太皇太后沉吟半晌，竟去取出御玺，狠命地掷在地上，复哭骂道："我老将死，且看汝辈能不灭族否？"王舜无暇答言，忙向地上拾起御玺，急去呈与王莽。

王莽一见御玺角上碎了一块，问明王舜，始知被太皇太后掷碎，不得已用金补就，终留缺痕。此玺乃是秦朝遗物，由秦子婴献与高祖，高祖传与子孙，至是暂归王莽。最奇怪的是，此玺一得一失，都在名婴的人物手中，难道婴字，这般不利于皇室的么？这是空谈。单说当时王莽得玺之后，总算尚有良心，即改称太皇太后为新室父母皇太后；不久便废孺子婴为安定公，号孝平皇后为定安太后。于是西汉遂亡。总计前汉凡十二主，共二百一十年。

至于王莽自幼至壮，由壮至老，蓄心制造名誉，窃得汉室天下，是否能够久长，以及孝元、孝平两后，暨孺子婴等人，如何结局，须在下回叙明。正是：

刘家亡国虽然惨，汉室中兴尚有为。

不知后事如何，且听下回分解。

国学传世经典

汉朝宫廷秘史

（下）

授龙种天意兴刘 斩蛇身先机兆汉 炼剑术姣姵请迟婚 医刑伤娥姁甘堕志 争城夺地爱妾任军师 送暖嘘寒娇妻通食客

涂哲身◎著

陕西新华出版传媒集团
三秦出版社

图书在版编目（CIP）数据

汉朝宫廷秘史 / 徐哲身著．
—西安：三秦出版社，2006.4（2018.7重印）
（中华传统文化精粹）
ISBN 978-7-80546-973-7

Ⅰ.①汉… Ⅱ.①徐… Ⅲ.①历史小说-中国-现代
Ⅳ.①I247.5

中国版本图书馆 CIP 数据核字(2006)第 032868 号

汉朝宫廷秘史

徐哲身 著

出版发行 陕西新华出版传媒集团 三秦出版社
社　　址 西安市北大街147号
电　　话 （029）87205121
邮政编码 710003
印　　刷 阳信龙跃印务有限公司
开　　本 710×1000 1/16
印　　张 40
字　　数 640 千字
版　　次 2006 年 4 月第 1 版
　　　　 2018 年 7 月第 3 次印刷
标准书号 ISBN 978-7-80546-973-7
定　　价 64.00 元（上、下册）

网　　址 http://www.sqcbs.com

第六十一回　春色撩人茜窗惊艳影　秋波流慧白屋动相思

历史小说是根据事实而做的，不可杜撰。正史根据事实，分了前汉后汉，这部《汉宫》不能不也有个分际。自从本回起，就是后汉的开始了。为便于读者醒目起见，先行表明一下。

却说九十春光，绿肥红瘦，风翻麦浪，日映桃霞。杨柳依依，频作可怜之舞；黄莺恰恰，惯为警梦之啼。梅子欲黄，荼蘼乍放。在这困人天气的时候，谁也说是杜宇声嘶，残春欲尽，是人生最无可奈何的境界了。那一片绿荫连云的桃杏林子里面，不免令人想起杜牧之寻春较迟之叹！那些初结蓓蕾的嫩蕊，却还迎着和风，摇摆个不住，村子里面曲曲弯弯露出一条羊肠小路，好像一条带子，环屈在地上一样。这时只有一群不知名的小鸟，在树干上互相叫骂，似乎怪老天忒煞无情，美满的春天，匆匆地便收拾去了。

此时忽然又夹着一种得得得的步履声音，从林子里面发将出来，那一群小鸟，怪害怕地登时下了动员令，扑扑翅膀便飞去了。停了半晌，才见一个十六七岁的少年，从里面蹩了出来。他一面走，一面仰起头来，四处盼望，不时地发出一种叹息的声音，料想着一定是触景生情，中怀有感。当下他懒洋洋的走出树林。面前便是一条小溪，右面架着一座砖砌的小桥，他走到桥上，俯视溪水澄清。一阵微风，将那溪边的柳絮，吹得似下雪般飞入水中，水里鱼儿，便争先恐后地浮上来唼喋。他蹲下身子，熟视了好久。直等那鱼儿将杨花唼喋尽了，摇摇摆摆地一哄而散，他才怅怅地站了起来，背着手，仍是向桥那边慢慢踱去。没几步路，前面一道，却是蔷薇障在前面横着，他绕着蔷薇障一直走了过去，到了尽头之处，便是一簇一簇的荼蘼花架。前面在那众绿丛中，隐隐的露出红墙一角。他立定脚步，自言自语道："我也太糊涂了，怎的好端端地跑到人家的花园里来做什么呢？"他说罢，便回过身来，想走了出去。

谁知花园里甬道很多，走了半天，不独没有钻出来，反而钻到院墙的跟前去了。他便立定脚，向四面认一认方向，可是他一连认了好几次，终于没有认出方向来，他暗暗的纳闷道："这真奇了！明明是从那面一条甬道走进来的，怎么这会儿就迷了方向，转不出去呢？假使被人家看见了，问我做什么的，那么，怎样

回答呢？岂不要使人家叫我是个偷花贼吗？不好不好，赶紧想法子钻了出去，才是正经。迟一些儿，今天就要丢脸。”他想到这里，心中十分害怕，三脚两步地向外面转出来。说也不信，转了半天，仍然是外甥打灯笼照舅，还是在方才站的那个地方。他可万分焦躁，额上的汗珠黄豆似的落个不住，霎时将那一件鹅黄的直摆，滴得完全湿了。他立在一棵杨柳树的下面，呆呆地停了半晌，说道：“可不碰见鬼了么？明明地看见一座小桥在那边，怎么转过这两个荼蘼架子，就不见那小桥呢？”他没法可想，两只眼睛，不住的在四边闪动，满想找一条出路好回去。谁知越望眼越花，觉得面前不晓得有多少路的样子，千头万岔，纡曲回环，乱如麻缕，他气坏了，转过头来，正想从南边寻路，瞥见一带短墙蜿蜒横着，墙上砌着鹿眼的透空格子。那短墙的平面上，挨次放着吉祥草、万年青的盆子。隐隐的望见里面万花如锦，姹紫嫣红，亭台叠叠，殿角重重，他不知不觉的移步近来，靠着短墙，向里面瞧了一会，瞥见西南角上有几个十五六岁的丫头，在那里寻花折柳的游玩。他心中一想，我转了半天，终没有转了出去，倒不如去问问她们，教她们指点指点，或者可以出去。他想到这里，壮着胆，循着短墙，一直往那几个丫头的所在绕来。

一刻儿，到了那几个丫头玩耍的所在，不过只隔着一层墙，所以一切都能看得清楚。他屏着气，先靠着墙上面的篱眼向里面瞧去，只见一个穿红绢袄子的丫头，和一个穿月白色衣裳的丫头，坐在草地数瓦子。还有一个穿酱紫色小袄的丫头，大约不过十二三岁的光景，头上梳着分心双髻，手里拿一把宫扇，在那里赶着玉色蝴蝶。那一只蝴蝶，被她赶得忽起忽落，穿花渡柳的飞着。她可是赶得香汗淋淋，娇喘吁吁，再也不肯放手。一手执着扇子，一手拿出一条蛇绿的绢帕来，一面拭汗，一面赶着。这时坐在地上的穿红绡的丫头，对穿白月色的丫头笑道：“你看那个蹄子，是不是发疯了；为着一只蝴蝶儿，赶的浑身是汗，兀的不肯放手，一心想要扑住，这不是癞蛤蟆想吃天鹅肉么？”那穿月白色的也笑道：“她发疯与你有什么相干？你尽管去说她做什么？今天让她去赶够了，但看她扑着扑不着？”她两个有说有笑的，那个扑蝶的丫头，一句也没有听见，仍旧轻挥罗扇，踏着芳尘的去赶那蝴蝶，又兜了好几个圈子。好容易见那只蝴蝶落到一枝芍药花上，竖起翅膀，一扇一合的正在那里采花粉，她嘻嘻的笑道：“好孽障，这可逃不了我的手了。”她蹑足潜踪的溜到那蝶儿的后面举起扇子，要想扑过去。那一只蝶儿，竟像屁股生了眼睛一样，霎时又翩翩的飞去了。她一急，连连顿足道：“可惜可惜！又将它放走了。”她仍然不舍，复又跟着那一只蝶儿，向西赶来，走未数步，她被一件东西一拌，站不住，一个跟斗，栽了下去，正倒在一个人的肩上。她睁眼一看，不是别人，正是那个穿红绡的丫头。她连忙爬了起来，对着那个穿红绡的丫头，嗤嗤憨笑。那个穿红绡的，正坐在地上弄瓦子，弄得高

兴,冷不提防她凭空往她身上一栽。她可是吓得一大跳,仔细一看,便气得骂道:"瞎了眼睛的小蹄子,没事兀的在这里闯的是什么魂?难道我们坐在这里,你没有看见吗?"那个扑蝶儿的笑道:"好姐姐!我因为那只蝶儿实在可爱,想将它扑来,描个花模子,可是我费尽力气,终于没有扑到。刚才委实没有看见,绊了一个跟斗,不想就掼在你的身上。"穿红绡的丫头听了便用手指着骂道:"扯你娘的淡呢,谁和你罗嗦,马上告诉小姐去,可是仔细你的皮。"那个扑蝶的丫头听了这话,登时露出一种惊惶的神气来,忙着央告道:"好姐姐!千万不要告诉小姐。你若是一告诉,我可又要挨一顿好打了。"她答道:"你既然这样的害怕,为什么偏要这样的呢?"她慌的哀求道:"我下次再也不敢了。"那个穿月白的丫头笑道:"痴货,你放心吧!她是和你开玩笑的,决不会回去把你告的。"她听得这句话,欢喜得什么似的,跳跳跑跑的走开,一直向西边墙根跑来。

她一抬头,猛的看见一个人,在墙外向着篱眼望个仔细。她倒是一惊,忙立定脚,朝着墙外这个人问道:"你是哪里来的野男子?跑到我们家园里面来做什么呢?可是不是想来偷我们的花草的?"坐在地上的两个丫头,听她这话,连忙一齐站起来,向他一望,同声问道:"你这野汉子,站在墙外做什么勾当?快快的说了出来!如果延挨,马上就喊人来将你捆起来。问问你究竟想干什么的?"

他站在墙外,看见她们游戏,正自看得出神,猛的看见她们一个个都是怒目相向,厉声责问着,六只星眼的视线,不约而同的一齐向他的脸注着。他可是又羞又怕,停了半晌答道:"对不住,我因为迷失路途,想来请姐姐们指点我出去。"内一个丫头笑道:"迷路只有陌上山里,可以迷路,从没听过迷到人家园里来的。"他急道:"我要是在山里陌上,反倒没有迷过路;可是你们园里,我进来的时候,倒不晓得是个家园,后来看见有了许多的荼蘼架子,才知道是家园。我原晓得家园里外人不能任意游玩的,所以我忙要回去,谁知转了好久,竟转不出去了。千万请姐姐们,方便只个。"那扑蝶的小丫头笑问道:"那个高鼻子的汉子,你姓什么?叫什么名字?告诉我们,马上将你送出去。"他连忙道:"我姓刘名秀,字文叔,我家就住在这北边春陵白水村。"话还未了,那个穿红绡的笑道:"这个痴丫头真好老脸,好端端的问人的名姓做什么,敢是要和他做亲不成?"那个扑蝶的小丫头听了这话,登时羞得满面通红,低着粉颈,只是吃吃的憨笑。那穿月白的向她说道:"明姐,你去问问那个汉子。"她连忙答道:"他方才不是说过迷路的吗,又去问他做什么呢?你出园引他出去吧!"那穿月白的笑道:"你既然会说,你何不去引他出去呢?"明儿笑道:"我又不认得他,怪难为情的,教我怎样送法呢。雪妹,还是你送他出去吧!"雪儿笑道:"谁愿意去,你自己不去,又何苦来派别人呢?依我说,不如叫碧儿送他出去吧!"明儿笑道:"正是正是。我倒忘记了她了,叫她去一定是肯去的。"忙向扑蝶的笑道:"碧妹!你送那高鼻子出去

吧！”碧儿笑道：“怎么送法？”明儿道：“你个痴丫头，真个死缠不清，年纪长得这么大了，难道送人都不会送吗？”碧儿急道：“你们又不说明白，教我将他送到哪里去呢？”雪儿道：“啐！谁和你缠不清，你不送就是了，扯你娘的什么淡！马上回去，明姐把你告诉小姐，少不得又要打得个烂羊头。”碧儿急得满头绯红，几乎要哭了出来，停了一会子，说道：“你们只是摆在自己的肚皮里，又不来告诉我，教我怎样送法？还说我不肯呢。”她说着，便向刘文叔问道：“那个高鼻子，你是到哪里去的？”刘文叔忙道：“我是要回到白水村去，你如肯送我出去，我就感激不尽了。”碧儿听了这话，便对她们哭道：“好姐姐，请你们送他去罢！我实在不知什么白水村黑水村在哪里。”雪儿笑道：“呸！不送就不送，哭的什么？谁又教你送他到白水村去呢，不过叫你将他引出花园就完事了。”

碧儿听了这话，忙拭泪笑道：“我晓得了，去送去送！”她便动身向北而走来，刚走了几步，猛可里听得娇滴滴的一声呼唤道：“碧儿！”她连忙止住脚步，回转身来，对她们说道：“姐姐们听见么？这可不能再怪我不送那个高鼻子了。现在我要到小姐那里去了。”她说着，便顺着花径弯弯曲曲的向东南角一座两间的小书斋里走去。

刘文叔在墙外听见碧儿肯送他出去，心中自是欢喜。猛听得有人将她唤去，他却将一块石头依旧压在心上，料想这雪儿明儿一定是不肯送他出去的。没奈何打起精神，等碧儿再来，好送出去。他想到这里，那两只眼睛不知不觉的将碧儿一直送到书斋里。她进去了一会子，北边一扇窗子，忽然有人推开。他便留神望去，只见窗口立着一个十五六岁的女子，打扮得和天仙一样，更有那整整的庞儿，淡淡的蛾眉，掩覆着一双星眼，鼻倚琼瑶，齿排贝玉，说不尽千般娇艳，万种风流，把个刘文叔只看得眼花缭乱，噤口难言。禁不住暗自喝采道：“好一个绝色的女子！有生以来，还是第一遭儿看见这样的美人。只可恨近在咫尺，不能够前去和她谈叙谈叙。一见芳泽，不知哪一位有福的朋友，能够消受如此仙姿。”他正自胡思乱想的时候，瞥见她的身旁，又现出一个人来，他仔细一看，却就是刚才的碧儿。但见她和那个女子向自己指指点点的说个不了。刘文叔也晓得是说自己的，无奈只是一句不能听见，只好痴呆呆的望着她们。只见碧儿说了一阵，她闪着星眼，向自己望了一眼，这时窗门突然闭起，他怔怔的如有所失。片晌，只见那碧儿跑了出来，对她们说道：“明姐，小姐教你送那个高鼻子出去呢。”明儿笑道：“这可不是该应，偏偏就教着我，倒便宜了这痴货了。”她说罢，立起来，向刘文叔道：“你那汉子，你先转到后门口等我。”刘文叔听罢，连忙称谢不置，顺着短墙，向北走去。不一会儿，果然走到后门口，但见明儿已经立在那里等他，刘文叔便伸手一揖。

明儿躲让不遑的问道：“你这是什么意思？”刘文叔笑道：“一者谢谢你引我

出去;二者我有两句话要问你。”明儿道:“有什么话可问?”刘文叔笑道:“请问这里叫什么地方?你们主人姓甚名谁?”明儿笑道:“我当是什么要紧事的呢,这样的打拱作揖做鬼脸子,我对你说罢,我们这里名叫杨花坞,我们家老主人去世了,只有老太太,两个小主人,一个小姐,大主人叫阴识,二主人叫阴兴。她说到这里,便住口不说了。

刘文叔正想她说出她们小姐的芳名来,不想她不说了,连忙问道:“姐姐!我还要请问你,你家小姐芳名叫做什么?”明儿听了这话,似乎有些不大情愿的样子,扭过头,向他狠狠地瞅了瞅一眼,冷冷的答道:“你问她做甚么?闺阁里面的名字,又不应该你们男子问的。”刘文叔被她当面抢白了几句,直羞得面红过耳,片晌无言,那心里仍旧盘算个不住,陡然想出一个法子来,便笑着对明儿道:“姐姐,你原不晓得,我问你家小姐芳名,却有一个原因,我有个表妹,昨天到我们家里,她没事的时候,谈起一个阴家女子来,说是住在杨花坞的,她请我带一封信给她,我想你们杨家坞,大约也不是你们主人一家姓阴的,而且阴家的姑娘,又不是一个,我恐怕将信交错了,所以问问你的。”明儿凝着星眼,沉思了一会子道:“你这话又奇了,这杨花坞只有我们主人一家,姓阴的更没有第二家的,我家也只有一个小姐,名叫阴丽华。”刘文叔还恐她不肯吐实,忙故意的失惊道:“果真叫阴丽华吗?”明儿笑道:“谁骗你呢?”刘文叔道:“那就对了。”故意伸手向怀里摸信。明儿道:“你先将信给我看看,可对不对?”他摸了一会,忙笑道:“我可急昏了,怎的连一封信都忘记了,没有带来,可不是笑话呢?”他便对明儿笑道:“烦你回去对你们小姐说一声,就说有个人,姓君名字叫做子求,他有信给你呢。”明儿笑道:“信呢?”刘文叔笑道:“我明天准定送来,好吗?”明儿点头,笑道:“好是好的,但是不要再学今天这个样儿,又要累得我们送你出去了。”刘文叔摇头笑道:“不会的,不会的,一回生,二回熟,哪里能回回像今朝这个样子呢?”她便领刘文叔绕着荼蘼架子转了好几个圈子,一面走,一面向刘文叔说道:“你原不晓得,这荼蘼架子摆得十分奥妙,我常常听他们说,当日老太太在日的时候,最欢喜栽花,许多的好花,栽到园里,不上几天,就要给强盗偷去了。后来没有法子想,就造出这些荼蘼花的架子来捉强盗,说也奇怪,没有来过的生人,撞到里面,再也摸不出去的。”刘文叔问道:“究竟是个什么顽意儿?”明儿笑道:“你不要急,我细细的告诉你。我们这个荼蘼花架立起来之后,一个月里,一连捉到三个偷花的强盗。那些偷花的强盗撞进来,每每转了一夜,转得力尽精疲,不能动弹,到了早上,不费一些气力,手到擒来,打得个皮开肉绽的才放了。后来这个消息传出去之后,一班偷花的强盗奉旨再也不敢来了,都说我们主人,有法术将他们罩住,不能逃去。其实说破了,一点稀奇也没有。听说这荼蘼架子摆的位置,是按着什么八卦的方向,要出来只需看这架子上记号,就能出去了。”

刘文叔又问道："看什么记号呢？"明儿笑指那旁边的架子说道："那可不是一个生字吗？你出去就寻那个有生字的架子，就出得去了。"刘文叔点头称是。一会子，走到小桥口，明儿便转身回去。

刘文叔折回原路，心中只是颠倒着阴丽华，他暗想道："我不信，天下竟有这样的美人，敢是今朝遇见神仙了吗？"没一刻，进了白水村，早见他的大哥刘縯、二哥刘仲，迎上来同声问道："你到哪里去的，整整的半天，到这时才回来？"他正自出神，一句也没有听见，走进自己的书房，一歪身子坐下。这正是：

野苑今朝逢艳侣，瑶台何日傍神仙

要知后事如何，且看下回分解。

第六十二回 妆阁重来留情一笑 幽斋数语默证三生

却说刘文叔走进书房，靠着桌子坐下，一手托腮，光是追想方才情景。这时他的两个哥哥，见他这样，都十分诧异。刘縯道："他从来没有过像今朝这样愁眉苦脸的，敢是受了人家的欺侮了吗？我们且去问问看。"说着，二人走进书房。

刘仲首先问道："三弟今天是到哪里去的？"他坐在桌子旁边，文风不动，竟一个字都没有听见。刘仲向刘縯道："大哥！你看三弟今朝这个样儿，一定和谁淘气的。如果不是，为何这样的不瞅不睬？"

刘縯点着头，走到他的身边，用手在他的肩上一拍，笑道："三弟！你今天敢是和哪个争吵，这样气冲斗牛的？愚兄等一连问你几声，为什么连一个字都不答我们，究竟是什么意思呢？"

他正自想得出神，不提防有人猛的将他一拍，他倒是吓得一跳，急收回飞出去的魂灵定睛一看，但见两个哥哥站在身旁问话，可是他也未曾听得清楚，只当是问他田事的呢，忙答道："瓜田里的肥料，已经派人布好；豆子田里的草，已经锄去；还有麦田里的潭已动手了，只有菜子还没收，别的差不多全没有事了"。

刘縯、刘仲听了他这番所答非所问的话，不禁哈哈大笑。

他见他们笑起来，还只当是他们听了自己说的话，赞成的呢。他便高兴起来，又说道："不是我夸一句海口，凭这六百多顷田，由我一个人调度，任他们佃户怎样的刁钻，在我的面前，总是掉不过鬼去的。"他们听了，更是大笑不止。

刘文叔到了此时，还不晓得他们为的是什么事发笑的，复又开口说道："大

哥二哥听了我这番话，敢是有些不对吗？"刘缜忙道："你的话原是正经，有什么不对呢？"刘文叔忙道："既然对的，又为何这样的发笑呢？"刘仲笑道："我们不是笑的别样，方才你走进门，我们两个人就问你几句，你好像带了圣旨一样的，直朝后面走，一声也不答应我们；我们倒大惑不解，究竟不知你为着什么事情这样的生气？我们又不放心，一直跟你到这里，大哥先问你，我又问你，总没有听见你答应我们一句腔，后来大哥在你肩上拍了一下子，你才开口。不想你讲出这许多驴头不对马嘴的话来，我们岂不好笑？"

他听了这番说，怔怔的半天才开口说道："我委实没有听见你们说什么呀？"刘缜忙道："我看你今天在田里，一定遇着什么风了，不然，何至这样的神经错乱呢？"刘仲道："不错，不错，或者可以碰到什么怪风，也说不定，赶紧叫人拿姜汤醒醒脾。"刘缜便要着人去办姜汤。他急道："这不是奇谈么？我又不是生病了，好端端的要吃什么姜汤呢？"刘仲道："你用不着嘴强，还是饮一些姜汤的好，你不晓得，这姜汤的功用很大，既可以辟邪去祟，又可以醒脾开胃。你吃一些，不是很好的吗？"刘文叔急道："你们真是无风三尺浪，我一点毛病也没有，需什么姜汤葱汁呢？"刘缜道："那么，方才连问你几句，也没有听见你答一句，这是什么意思呢？"

刘文叔沉思了一会，记得方才想起阴丽华的事，想得出神，所以他们的话一句没有听见。想到这里，不禁满面绯红，低音无语。

刘缜、刘仲见他这样，更加疑惑，便令人出去办姜汤。一会子姜汤烧好，一个小厮捧了进来。刘缜捧着，走到他身边说道："兄弟！你吃一杯姜汤，精神马上就得清楚。"刘文叔心中暗笑，也不答话，将姜汤接了过来，轻轻的往地下一泼，笑道："真个这样的见神见鬼了。我方才因为想了一件事情，想得出神，所以你们问我，就没有在意，你们马上来乱弄了。"刘缜笑道："既然这样，便不准你一个人坐在这里发呆，要随我们一同去谈谈才好呢。"刘文叔被他们缠得没法，只好答应跟他们一同走到大厅上。那一班刘缜的朋友，足有四百多人，东西两个厢房里，以及花厅正厅上跑来跑去，十分热闹。有的须眉如雪，有的年未弱冠，胖的、瘦的、蠢的、俏的，形形色色，真个是珠履三千。刘文叔正眼也不去看他们一下子，懒洋洋的一个人往椅子上一坐，也不和众人谈话，只是直着双目呆呆的出神。刘缜、刘仲，也只当他是为着田里什么事没有办妥呢，也不再去理他，各有各的事情去了。

不多时，已到申牌时候，一班厨子，纷纷的到大厅上摆酒搬菜。一会子安摆停当，那班门下客，一个个不消去请，老老实实的都来就坐。刘缜、刘仲、刘文叔三个人，和五个年纪大些的老头子，坐在一张桌子上。

酒未数巡，忽有一个人掷杯于地，掩着面孔，号啕大哭。刘缜忙问道："李先

生！今天何故这样的悲伤烦恼，莫非下人怠慢先生吗？如果有什么不到之处，请直接可以告诉鄙人。”那人拭泪道：“明公哪里话来，兄弟在府上，一切承蒙看顾，已是感激不尽，哪里有什么不到之处呢？不过我哭的并非别事，因为今天得着一个消息，听说太皇太后驾崩，故而伤心落泪的。试看现在乱到什么程度了，莽贼篡位，自号新皇帝，眼看着要到五年了，不幸太皇太后又崩驾归西，这是多么可悲可叹的一件事啊！”有个老头子，跷起胡子叹道：“莽贼正式篡位的那一年，差不多是戊辰吧？今年癸酉，却整整六年了，怎么说是要到五年呢？”刘缜皱眉叹道：“在这六年之内，人民受了多少涂炭，何日方能遂我的心头愿呢？”刘仲道：“大哥！你这话忒也没有勇气了，大丈夫乘时而起，守如处女，出如脱兔，既想恢复我们汉家基业，还能在这里犹疑不决么？时机一到，还不趁风下桌，杀他个片甲不留，这才是英雄的行径呢。”众人附和道：“如果贤昆仲义旗一树，吾等谁不愿效死力呢？”

刘文叔笑道：“诸公的高见，全不是安邦定国的议论，不错，现在莽贼果然闹得天怨民愁的了。但是他虽然罪不容诛，要是凭你们嘴里说，竖义旗就竖义旗，谈何容易？凭诸公的智勇，并不是我刘文叔说一句败兴的话，恐怕用一杯水，去救一车子火，结果决定不会有一点效力的。要做这种掀天揭地的大事业，断不是仗着一己的见识和才智所能成事的。老实说一句，照诸公的才干，谈天说地还可以，如果正经办起人事来，连当一名小卒的资格还没有呢。”

他将这番话一口气说了到底，把一班门下客，吓得一个个倒抽一口冷气，面面相觑，半晌答不出话来。

刘缜忙喝道：“你是个小孩子家，晓得天多高、地多厚呢？没由的在这里信口雌黄，你可知道得罪人么？”刘文叔冷笑不语。

刘缜忙又向众人招呼陪罪道：“舍弟年幼无知，言语冲撞诸公，务望原谅才好！”众人齐说道：“明公说哪里话来，令弟一番议论，自是高明得很，我们真个十分拜服。”

刘仲道：“请诸公不要客气，小孩子家只晓得胡说乱道的，称得起什么高明，不要折煞他罢。”他们正自谦虚着。刘文叔也不答话，站起身来出了席，向刘缜说道：“大哥！我今天身体非常疲倦，此刻我要去睡了。”刘缜笑道：“我晓得你是个生成的劳碌命，闲着一天，马上就不对了，今天可是弄得疲倦了？”

他也不回答，一径往后面书房里走来，进了自己的书房，便命小僮将门闭好，自己在屋里踱来踱去，心中暗想道：“明天去，想什么法子教那儿人出来呢？但是写信这个法子不是不好，恐怕她一时反起脸来，将这信送给他的哥哥，那么我不是就要糟糕了么？”他停了一会子，猛的又想道：“那阴丽华会朝他狠狠的望了一眼的，她如果没有意与我，还能叫明儿将我送出来么？是的，她定有意与我

的。可是这封信，怎样写法呢？写得过深，又怕她的学识浅，不能了解；写得浅些，又怕她笑我不通。她究竟是个才女，或者是一个目不识丁女子，这倒是一个疑问了。她是个才女，见了我的信，任她无情，总不至来怪罪我的；假若是个不识字的女子，可不白费了我一番心思，去讨没趣么？”他想到这里，真个是十分纳闷。停了一会，忽然又转过念头道：“我想她一定是个识字的才子，只听明儿讲话大半夹着风雅的口吻，如果她是个不识字的，她的丫头自然就会粗俗了。”他想到这里，不觉喜形于色，忙到桌子跟前，取笔磨墨，预备写信给她，他刚拿起笔来，猛然又转起一个念头来，忙放下笔，说道：“倒底不能写信，因为这信是有痕迹的，不如明天去用话探试她罢。”

他又踱了一回，已有些倦意，便走到床前，揭开帐子，和衣睡下。那窗外的月色直射进来，他刚要入梦，忽听得窗外一阵微风，将竹叶吹得飒飒的作响。他睁开睡眼一骨碌爬起来，便去将门放开，伸头四下一张，也不见有什么东西，只得重行关好门，坐到自己的床边，自言自语道：“不是奇怪极了？明明的听见有个女人走路的声音。还夹着一种环珮的声音，怎么开门望望，就没有了呢？”他正自说着，猛可里又听得叮叮哨哨的环珮声音，他仔细一听，丝毫不错，忙又开门走出去，寻找了一回，谁知连一些影子也没有。他无奈，只得回到门口，直挺挺立着，目不转睛的等候着，不一会果然又响了，他仔细一听，不是别的，原来是竹叶参差作响。他自己也觉得好笑，重行将门关好，躺到床上，可是奇怪得很，一闭眼睛就得看见一个满面笑容的阴丽华，玉立亭亭的站在他的床前，他不由的将眼睛睁开来瞧瞧，翻来覆去一直到子牌的时候，还未曾睡着。几次强将眼睛闭起，无奈稍一合拢来，马上又撑了开来。不多时，东方已经渐渐的发白。他疲倦极了，不知道在什么时候，合起眼来，真的睡着了。

再说那明儿回去，到了阴丽华的绣楼上，只见丽华手托香腮，秋波凝视，默默的在那里出神。明儿轻轻走过来笑道：“姑娘，我已经将那个高鼻子送出去了。”丽华嫣然一笑道：“人家的鼻子怎样高法呢？”明儿笑道：“姑娘，你倒不要问这人的鼻子，委实比较寻常人来得高许多哩！”丽华笑道：“管他高不高，既然将他送了出去就算了，还啰唆什么呢？”明儿笑道：“我还有一件事情，要来禀知姑娘，不知姑娘晓得吗？”丽华笑道：“痴丫头，你不说我怎么能晓得呢？”明儿笑道：“我送那高鼻子出去的时候，他曾对我说过，他有个表妹，名字叫什么君子求，她写一封信要带给你，我想从没有听见过一个姓君的，是你的朋友呀！”丽华笑道：“你说什么，我没有听得清楚，你再说一遍。”明儿道：“你有没有一个朋友姓君的。”

丽华方才入神，忙问道：“他叫什么名字？”明儿道：“叫做君子求，他有一封信要带给你。”她听了这话，皱着柳眉，想一会道：“没有呀。”明儿笑道：“既然没

有，为什么人家要寄信给你呢？那个高鼻子说得千真万真，准于明天将信送得来，难道假么？”她仔细的一想，芳心中早已料瞧着八九分，可是她何等的机警，连忙正色对明儿道：“这个姓君的，果然是我的好友，但是她和我交接的时候，你们大主人与二主人皆不晓得，现在她既然有信来，你可不能声张出去的，万一被他们晓得，一定要说我不守规矩，勾朋结类的了。”明儿哪里知道就理，连连的答应道：“姑娘请你放心，我断不在别人面前露一言半句的。”丽华大喜道：“既然如此，你明天早上就到园里去守他收信，切切！”明儿唯唯答应，不在话下。

岔回来，再表刘文叔一梦醒来，不觉已到午时，望日当窗？那外面的鸟声，叫得一团糟似的。

他披衣下榻，开门一望，只见炊烟缕缕，花气袭人，正是巳牌的时候。他懒洋洋的将衣服穿好，稍稍的一梳洗，便起身出门，到了五杀场上看见刘缜，带着二千多名乡勇，在那草地上操练呢，他也没心去看，一径走到濠河口的吊桥上。

刘缜见他出来，正要和他说话，见他走上吊桥，似就要出村去的样子，不由的赶上来劝道：“兄弟，你昨天已经吃足辛苦了，今天又要到哪里去？”他冷冷的答道：“因为这几天身上非常不大爽快，所以住在家里气闷煞人，还是到外面去跑跑的好。”刘缜道：“游玩你尽管游玩，不过我劝你是不要操劳的为妙。田里的各事，自然有长佃的是问，需不着你去烦神的。他们如果错了一些儿，马上就教他们提头见我。”刘文叔笑道：“话虽然这样的说，但是天下事，大小都是一样的，待小人宜宽，防小人宜严，要是照你这样的做去，不消一年，包管要怨声载道了。”刘缜笑道：“你这话完全又不对了，古话云，赏罚分明，威恩并济，事无不成的。如果一味敷衍，一定要引起他们小视了。”刘文叔笑道：“你这话简直是错极了，用佃户岂能以用兵的手段来应付他们？不独不能发生效力，还怕要激成变乱呢！”刘缜被他说得噤口难开，半晌才道：“兄弟的见识，果然比我们高明得多哩！”

刘文叔此刻心中有事，再也不情愿和他多讲废话，忙告辞了，出得村来，顺着旧路，仿仿佛佛的走向南来。不一会，又到了那一条溪边的小桥上面，可怪那些小鸟和水里的鱼儿，似乎已经认识了的样子，一个个毫不退避，叫的、跳的、游的、飞的，像煞一幅天然的图画。他的心中是多么快活，多么自在，似乎存着无穷的希望，放在前面的样子，两条腿子也很奇怪，走起来，兀的有力气，不多一会，早到了她家的后园门口，只见后门口立着一个丽人，他心中大喜道：“这一定是丽华了。”三步两步的跑了过去，定睛一看，不是别人，却是明儿。

但见她春风满面的，第一句就问道：“你的信送来了吗？”他故意答道：“送是送来，但是我们小姐说过的，不要别人接，需要你们家小姐亲自来接信才行呢。”明儿笑道：“你这人可不古怪极了！任你是什么机密的信，我又不去替你拆开，怕什么呢？”刘文叔笑道：“那不行的，因为我们的小姐再三叮咛，教我这封函，千

万不可落到别人的手里。我是抱定受人之托，忠人之事的宗旨。姐姐，请你带你们的小姐出来，我好交信与她。”

明儿强他不过，只得向他盯了一眼，说道：“死人，你跟我进来吧！”他听了这话，如同奉了圣旨一样，轻手轻脚的跟着她走进园去。

不多时，走到书房门口，明儿对他道：“烦你在这里等等，我去带小姐马上就来。”他唯唯答应，她便起身去了。

刘文叔在书案上翻看了一会，等得心焦，忙出书房，张目向前面望去。猛可里听见西南角上呀的一声，他抬起头来，凝神一望，只见楼窗开处，立着一个绝代佳人，他料想一定是阴丽华毫无疑议了。但见她闪着秋波，朝刘文叔上下打量个不住，最后嫣然一笑，便闭了楼门。这一笑，倒不打紧，把个刘文叔笑得有痒没处搔，神魂飞越，在书房里转来踱去，像煞热锅上蚂蚁一样。等了一会，伸出头来，望了一会，不见动作，他满心焦躁道：“明儿假使去报告他家主人，那就糟了！”忽然又转过念头道：“不会的，不会的，方才她朝我一笑，显系她已得明儿的消息，才能这样的。”又等了半晌，突闻着一阵兰麝香风，接着又是断断续续一阵环珮的声音，从里面发了出来，他暗暗的欢喜道：“那人儿来了。”

不多时，果见明儿在前面领着路，但见她婷婷袅袅的来了。刘文叔这时不知怎样才好，又要整冠，又要理衣，真是一处弄不着。霎时她走到书房门口，停了停，便又走了进来，娇羞万状，默默含情。刘文叔到了这时，一肚子话尽化到无何有之乡，张口结舌，做声不得。明儿对他说道：“这是我们的小姐，先生有什么信儿，可拿出来吧？”

刘文叔忙抢上前躬身一揖，口中道：“请屏退侍从，以便将信奉上。”阴丽华宫袖一拂。明儿会意，连忙退出。她娇声问道：“先生有什么信，请拿出来吧！”这正是：

休道落花原有意，须知流水亦多情。

要知后事如何，且看下回分解。

第六十三回　协力同心誓扶汉室　翻云覆雨初入柔乡

却说刘文叔见她问话，低声答道："久慕芳名，昨于无意中得瞻仙姿，私怀幸慰！故以寄信为题，借此与玉人一亲芳泽，虽死亦愿矣。但素昧平生，幸勿责我孟浪，则衔感无既。"

阴丽华听了这番话，只羞得粉面飞红，低垂螓首，半晌答不出一句话来。他也不便再说，俩人默默的一会子，刘文叔偷眼看她那种态度，愈是怕羞，愈觉可怜可爱。他情不自禁的逼近一步，低声问道："小姐不答，莫非嗔怪我刘某唐突吗？"阴丽华仍是含羞不语。他恐怕马上要有人来，坐失此大好的机会，大胆伸手将丽华的玉手一握，她也不退避。刘文叔见了这种光景，加倍狂浪起来，一把将她往怀中一搂，接了一个吻，说道："亲亲！你怎么这样的怕羞呢？此地也没有第三个人在这里，是否敢请从速一决。"她躲避不迭，不觉羞得一双星眼含着两包热泪，直要滚了下来。他见她这样情形，忙放了手说道："小姐既不愿与某，可以早为戒告，某非强暴者流，就此请绝罢！"他撒开手便要出来。阴丽华忙伸出玉腕将他拉住哭道："我曾听古人有云，女子之体，价值千金，断不能让男子厮混的。我虽然是个小家女子，颇能知些礼义。家兄为我物色至今，完全碌碌之辈，不是满身铜臭，便是纨绔气习，俗气逼人，终未成议。昨日在此地见君，早知非凡人可比。但今朝君来，我非故意作态，一则老母生病未愈，二则家兄等俱在母侧，倘有错失，飞短流长，既非我所能甘受，与君恐亦不宜。"他听了这番话，知道她已误会，忙答道："小姐，你可错疑我了。鄙人方才的来意，不过完全是征求尊意，是否能够下顾垂爱，别无其他的用意的。我非是那一种轻薄之辈，专以肉欲用事的。"她回悲作喜道："这倒是我错怪你了，不知你还肯原谅我吗？"刘文叔笑道："小姐，哪里话来！小姐肯怜惜我，我就感激不尽了，何敢说个怪字呢。"她道："我们坐下来谈罢！"

刘文叔唯唯的答应，便走向左边的椅子上坐下。她便将明儿喊来，附耳谈了几句。明儿点头会意，又将刘文叔瞟了一眼，方才出去。她从容地坐下，方展开笑靥问道："刘先生胸怀大志，将来定能做一番轰轰烈烈的大事业的。眼见中原逐鹿，生灵涂炭，莽贼窥窃神器，转眼六年，芸芸众生急待拯救，不知先生将用

何种方针，去恢复汉家的基业呢？”她说罢，凝着秋波，等他回答。

刘文书听她说出这番话，不禁十分敬爱，不由的脱口答道：“吾家基业，现不必论，终有恢复之一日。丈夫处事，贵于行，而不贵乎言，言过其实，非英雄也。敝人的志愿，仕宦当作执金吾，娶妻当娶阴……”他说到这里，忙噎住不响，知道自己失言，登时面泛红光。她听他刚说到一个阴字，便噎住了，自己还不明白吗？也羞得面泛桃花，低首无语。

刘文叔忙用了话岔开去。二人又谈了一会，刘文叔虽然是个年未弱冠的少年，但是他的知识却过于常人，一举一动都深有含蓄，比较他的两个哥哥真有天渊之别。今日见了阴丽华，觉得她没有一处不可爱。

看官，这个爱字，与情当然是个搭挡的，情与肉欲，又差到多少路程呢？看官一定能够了解的。我再进一步说，这爱与情，情与肉欲，至多间隔着一毫一发吧。任他是什么人，一发生了爱，自然就会有情了，有了情，那必从肉欲这条道路上走一下子，才算是真情呢！谁说我这话说得不对，他就是个大骗子。为什么呢？肉欲也是情之一种，也就是情的收束。闲话少说，言归正文。

刘文叔和她谈了一阵子，只见阴丽华朱唇轻启，爽若悬河，句句动容，矢矢中的。他可是把那爱河的浪花，直鼓三千尺，按捺不定，低声问道：“我能够常常到此地来聆教聆教吗？”她微笑不答，伸出纤纤玉腕拿起笔来，就在桌上写了四个字。他眼近来一看，乃是关防严密，他也提起笔来在手心里写了六个字，何时方可真个，伸出手来向她示意。她闪着星眼一看，不觉红晕桃腮，娇羞不胜，复提起笔来在玉掌上面写了一行字，向刘秀示意。他仔细一看，原来是明酉仍在此候驾。

他看罢心中大喜，便向她说道：“蒙允感甚！但是现在因为还有许多事情，要回去料理，明日届时过来候驾，今天恕我不陪了。”她含羞微笑道：“你今天出去，可要不要着人送你？”“他忙道：“不需不需！”她将明儿唤了进来，说道：“你将刘先生送出园，快点回来，我在这里等候你呢！”明儿诺诺连声的送着刘文叔走出书房，一直将他送到园门口。

刘文叔依依不舍，回头一望，只见她倚着花栏，还在那里朝自己望呢。他可是站住不走了。明儿道：“先生，你今天和我们小姐谈些什么话？”他笑道：“不过谈些平常的话罢了。”明儿摇头笑道：“你不要骗我，我不信。”她说着，斜瞟星眼，盯着刘文叔。文叔笑道：“好姐姐！你不要告诉人家，我就说了。”明儿忙答道：我不去告诉人，你说吧！”他笑道：“好丫头，你们小姐许给我了。”明儿诧异问道：“这话从何说起，怎的我们一些也不知道呢？”他笑道：“要你们知道，还好吗？”明儿笑道：“呸！不要我们知道，难道你们还想偷嘴吗？”刘文叔禁不住笑道：“好个伶俐的丫头，果然被你猜着了。”明儿又问道：“敢是你们已经……”她说了半

句,下半句说不下去了,羞得低着头只是发笑。

刘文叔见她这样子,不由地说道:"不瞒你说,虽然没有到手,可是到手的期限也不远了,明天还要烦你神呢!"明儿问道:"明天又烦我做什么?"刘文叔笑道:"你和我走出园去,告诉你。"二人便出了园。

文叔便将方才的一番话,完全告诉了她,把个明儿只是低头笑个不住道:"怪不得两个人在书房里,咕咕叽叽谈了半天,原来还是这个勾当呢!好好好!我明天再也不替你们做奴婢了!"刘文叔忙道:"好姐姐,那可害了我了,千万不能这样!总之,我都有数,事后定然重重的报答你,好吗?"明儿笑问道:"你拿什么来谢我呢?"刘文叔笑道:"你爱我什么,便是什么。"明儿指着他羞道:"亏你说得出,好个老脸!"她说罢,翻身进去,将门闭起。

他高高兴兴的认明了方向,顺着有生字的荼蘼花架,走了出去。到小桥边,又看了一回风景,才寻着原路回来。肚中已觉得饿了,忙叫童儿去拿饭来,胡乱吃了些。才放下饭碗,就有两个老佃长进来禀话。

见了刘文叔,两个老头子一齐跪下。刘文叔慌忙下来将他们扶起来,说道:"罪过罪过!这算什么!你们有话简直就坐下来说就是了,何必拘这些礼节呢?"一个老头子捋着胡子叹道:"我们今天到这里来,原来有一桩要紧事情,要讨示下。"刘文叔道:"什么事情?你们先坐下来,慢慢的说罢。"两个老头子同声嚷道:"啊也,我们佃户到这里来,断没有坐的道理,还是站着说罢。"刘文叔忙道:"二位老丈,这是什么话?赶紧坐下来,我不信拘那些礼节,而且我们又不是皇帝家,何必呢?"两个老头子,又告了罪,方才坐下。

刘文叔问道:"二位老丈,今天难道有什么见教吗?"东边花白胡子的先答道:"小主人!你还不晓得?现在新皇帝又要恢复井田制了,听说北一路现在都已实行了,马上就要行到我们这里来了。我想我们一共有六百多顷田,要是分成井田,可不要完全归别人所有了吗?"刘文叔听了这话吃惊不小,忙问道:"这话当真么?"那两个老头子同声说道:"谁敢来欺骗主人呢?"

刘文叔呆了半晌,跌足叹道:"莽贼一日不除,百姓一日不安!"那老头子又说道:"听说有多少人,现在正在反对,这事不知可能成功?"刘文叔叹道:"这种残暴不仁的王莽,还能容得人民反对吗?不消说,这反对两个字,又不知杀了多少无辜的百姓了!"

正说话时,刘仲走了进来,听他们说了个究竟,气得三光透顶,暴跳如雷,大声说道:"怕什么!不行到我们这里便罢,如果实行到我们这里,凭他是天神,也要将他的脑袋揪下来,看他要分不要分了。再不然,好者我们的大势已成,趁此机会就此起兵,与莽贼分个高下。若不将吾家的基业恢复过来,誓不为人!"刘文叔劝道:"兄长!你何必这样的大发雷霆呢?现在还没有行到这里呢!凡事

不能言过于行的，事未成机先露，这是做大事的人的最忌的。”刘仲被文叔这番话说得哑口无言，转身出去。

那老头子又向文叔说道：“昨天大主人到我们那里去，教我们让出一个大空场来，给他们操兵。我想要是在冬天空场尽多，现在正当青黄不接的时候，哪里能有一些闲空地方呢？我当时没有回答，今天请示，究竟腾出哪一段地方做操场？”刘文叔沉思了一会，对两个老头子说道：“那日升谷旁边一段地方，现在不是空着吗？”两个老头子同声说道：“啊也，真的老糊涂了！放着现成的一段极大的空地，不是忘记了。”刘文叔笑道：“那一段空地，就是有十万人马，也不见得什么拥挤的。你们今天回去，就命人前去安排打扫，以备明日要用！”两个老头子唯唯的答应，告辞退出，一宵无话。

到了第二天一早上，那四处的乡勇，由首领带领，一队一队的向白水村聚集。不到多时，只见白水村旗帜飘扬，刀枪耀日。刘缜、刘仲忙得不亦乐乎，一面招待众首领，一面预备午饭。直闹到未牌时候，大家用饱茶饭，各处的首领纷纷出来，领着自己的人马，浩浩荡荡，直向日升谷出发。

刘缜、刘仲骑马在后面缓缓的行走。他的叔父刘良，也是老兴勃发，令人扶他上马，跟去看操。到了地头，一声呼号，一队队的乡勇，排开雁阵，听候发令。那一班首领，骑在马上，奔走指挥。一时秩序齐整，便一齐放马走到刘缜、刘仲的面前，等候示下。

刘仲首先问道：“秩序齐整了吗？”众首领轰天价的一声答应道：“停当了！”刘缜便向司令官一招手，只见那个司令官捧着五彩的令旗，飞马走来，就在马上招呼道：“盔甲在身，不能为礼，望明公恕罪！”刘缜一点首，那司令官便取出红旗，在阵场驰骋往来三次，然后立定了马，将手中的红旗一展。那诸首领当中有三个人，并马飞出阵场。司令官扬声问道：“来者敢是火字队的首领吗？”三人同声答道：“正是！”司令官便唱道：“第一队先出阵训练！”那个背插第一队令旗的首领，答应一声，飞也似的放马前去，将口中的画角一鸣。那东南角上一队长枪乡勇，风驰电掣的卷出了来，刹那间，只见万道金蛇，千条闪电般的舞着。司令官口中又喊道：“火字第二队出阵对手试验！”那第二队的首领，也不及答应，就飞马前来，将手中的铜琶一敲。霎时金鼓大震，一队短刀乡勇，从正东方卷了出来，和长枪队碰了头，捉对儿各显本领，枪来刀去，刀去枪迎，只杀得目眩心骇。这时司令官又大声喊道：“火字第三队出阵合击第一队。”第三队的首领早就放马过去，听司令官一声招呼，便将令旗一招。那一队铁尺兵，疾如风雨般的拥了出来，帮着短刀队夹攻长枪队，只杀得尘沙蔽日，烟雾障天。司令官将黄旗一展，霎时金鼓不鸣。那火字第三队的人马，风卷残云般退归本位，露出一段大空场来，静荡荡的鸦雀无声。

这时候，忽见西边一人飞马而来。刘缜、刘仲回首看时，不是别人，是刘文叔前来看操的。他首先一句问道："现在操过第几阵了？"刘缜答道："操过第一阵了！"刘文叔道："成绩如何？"刘缜点头微笑道："还可以。"

话还未了，只见司令官口中喊道："土字第一队出阵！"那个首领背着一把开山斧，用手一招。东北上跑出一队斧头兵来，每人腰里插着两把板斧，一个个雄纠纠的挺立垓心。那首领一击掌，那些斧头兵，连忙取斧头耍了起来，光闪闪的和雪球一样。司令官又喊道："第二队出阵对手！"第二队的首领，忙将坐下的黄骠马一拍，那马嘶吼一声，只见正北上一队铜锤兵，蜂拥前来，和第一队的板斧相搏起来。此时只听得叮叮哨哨，响不绝于耳。战够多时，司令官取出黑旗，迎风一展，那两队土字兵慢慢的退回本位。司令官口中喊道："水字第一队出阵！"话还未了，只见正南的兵马忽地分开。这时金鼓大震，那水字队的首领用手一招，登时万弩齐发。射到分际，司令官将旗一摆，复又一招，瞥见第二队从后面翻了出来。每人都是腰悬豹皮袋，穿到垓心，一字儿立定，取出流星石子，只向日升谷那边掷去，霎时浑如飞蝗蔽空一般。

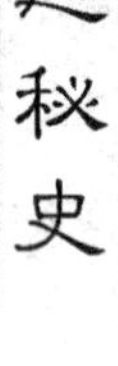

司令官将白旗一竖，那流星一队兵，就地一滚，早已不知去向。正西的盾牌手，翻翻覆覆的卷了出来。司令官又将蓝旗一招，那正南方霍的穿出一队长矛手，和盾牌手对了面，各展才能，藤牌一耍，花圈锦簇，长矛一动，闪电惊蛇。杀了多时，司令官将手中五色彩旗，一齐举起，临风一扬，四处的队伍，腾云价的一齐聚到垓心，互相排列着。就听金鼓一鸣，那五色的兵队，慢慢延长开去，足有二里之遥。司令官兜马上了日升谷，将红旗一招，三队的火字兵立刻飞集一起。司令官将五色旗挨次一招展，那五队兵霍地一闪，各归本位。胡笳一鸣，各队兵卒都纷纷散队，各首领和司令官一齐到刘缜面前，打躬请示。

刘缜点头回礼，向众首领说道："诸公辛苦了！今天会操的成绩，我实在不望到有这个样子，只要诸公同心努力，何愁大事不成呢？"刘文叔忙问道："谁是流星队的首领？"只见一个小矮子近来，躬身说道："承问，在下便是。"刘文叔满口夸赞道："今天各队的训练成绩，都是不差。惟看你们这一队的成绩，要算最好了！"那个矮子只称不敢。刘良笑道："文叔，你平素不是不大欢喜练有武功吗？今天为何也这样的高兴呢？"文叔笑道："愿为儒将，不为骁将；儒将可以安邦定国，骁将不过匹夫之勇耳。"刘良惊喜道："我的儿！看不出你竟有这样的才干！汉家可算又出一个英雄了！"大家又议论了一会，只见日已含山，刘缜便令收兵回去。一听令下，登时一队队的排立齐整，缓缓的回去。刘良等回到白水村，刘缜便请诸首领到他家赴宴谈心。

大家刚入了座，刘文叔猛的想起昨日的话来，酒也不吃，起身出席，走后门出去。幸喜刘缜等因为招待宾客，未曾介意。他趁着月光，出了白水村，一径向

杨花坞而来。一路上夜色苍茫,野犬相吠,真个是碧茵露冷,花径风寒。一转眼又到阴家的后园门口,他展目一看,只见双扉紧闭,鸡犬无声,他不觉心中疑惑道:“难道此刻还没人来?敢是阴小姐骗我不成?我想决不会的。或者她的家中事牵住,也未可知;再则有其他缘故,也说不定。”他等了多时,仍未见有一些动静,自言自语的道:“一定是出了岔头了,不然,到这晚,明儿还不来呢?”

他等得心焦,正要转身回去,猛听得呀的一声,门儿开了,他可是满肚子冰冷,登时又转了热。忙定睛一看,不是别人,正是明儿。她向他一招手,他进了园。

明儿轻轻的将门关好,领着他一径向前而来。转亭过角,霎时到了丽华的绣楼。轻轻的上了楼,走进房内,但见里面陈设富丽堂皇,锦屏绣幕,那一股甜习习的香气,撞到他的鼻子里,登时眼迷手软浑身愉快。那梳妆台上,安放着宝鸭鼎,内烧沉降。右边靠壁摆着四只高脚书橱,里面安放牙签玉轴,琳琅满目,他走进几步,瞥见丽华倦眼惺忪的倚着薰笼,含有睡意。明儿向他丢下一个眼色,便退了出去。他轻轻的往她身旁一坐。这正是:

最喜今朝兼四美,风花雪月一齐收。

要知后事如何,且看下回分解。

第六十四回 芍药茵中明儿行暧昧 荼藤架下贼子窃风流

斗移星换,夜色沉沉;帘卷落花,帐笼余馨;海棠已睡,垂柳骄人。当此万籁俱寂的时候,刘文叔坐在她的旁边,用手在她的香肩上轻轻一拍,低声唤道:“卿卿,我已经来了!”她微开倦眼,打了一个呵欠,轻舒玉臂,不知不觉的搭在刘文叔的肩上,含羞带喜的问道:“你几时来的?”刘文叔忙道:“我久已来了,不过在后园门口等了好久,才得明儿将我带来的。”她微微的一笑,启朱唇说道:“劳你久等了!”文叔忙道:“这是什么话?只怪我急性儿,来得忒早了。”她问道:“你受了风没有?”文叔忙道:“不曾不曾!”她伸出玉手,将文叔的手一握,笑道:“嘴还强呢,手冰冻也似的,快点倚到薰笼上来度度暖气!”文叔忙将靴子脱下,上了床,她便将薰笼让了出来。文叔横着身子,仰起脸来,细细的正在饱餐秀色。她被他望得倒不好意思起来,笑道:“你尽管目不转睛地朝我望什么?”文叔笑道:“我先前因为没有晚饭吃,肚子里非常之饿。现在看见你,我倒不觉得饿了。”她

听了这话，惊问道："你还没有吃晚饭吗?"文叔笑道："日里我们家兄约会了四周的乡勇在日升谷会操，我也去看操。到了晚上我回来的时候，刚才坐下来入席，猛的想起昨天的约来，忙得连饭都没敢吃，生怕耽搁辰光。再则又怕你盼望，故而晚饭没吃就来了。"她嗤的一笑，也不答话，起身下床，婷婷袅袅的走了出去。

文叔不解她是什么用意。一会她走进来，坐到床边，对他笑道："你饿坏了，才是我的罪过呢!"刘文叔忙答道："不要烦神，我此刻一些儿也不饿。"她笑道："难道要成仙了么？此刻就一些也不饿。"话犹未了，但见明儿捧了一个红漆盒子进来，摆在桌上，又倒了两杯茶，便退了出去。她轻轻的问道："太太睡了不曾?"明儿笑道："已经睡熟了。"她又竖起两个指头问道："他们呢?"明儿笑道："也睡了好久了。"她正色对文叔说道："君今天到这里，我要担着不孝、不义、不贞、不节的四个大罪名，但是贞姬守节，淑女怜才，二者俱贤。照这样看来，我只好忍着羞耻，做这些不正当的事情，惟望君始终要与今朝一样，那就不负我的一片私心了。"刘文叔忙道："荷蒙小姐垂爱，我刘某向后如有变卦……"

他刚刚说到这里，阴丽华伸出纤纤的玉腕，将他的口掩着笑道："只要居心不坏，何必指天示日，学那些小家的样子做什么呢？现在不需啰唆了。明儿刚才已经将点心拿来，你不嫌粗糙，请过去胡乱吃一些罢。"文叔也不推辞，站起来，走到桌边坐下。她跟着也过来，对面坐下，用手将盖子揭去。只见里面安放着各种点心，做得非常精巧。她十指纤纤用牙箸夹了些送到他的面前。文叔一面吃着，一面细细认着，吃起来色香味三桩，没有一桩不佳，就是不知道叫什么名字，也不好意思去问她，只好皱着眉毛细细的品着味道。

她见文叔这样，忙问道："敢是不合口吗?"文叔笑道："极好极好!"她道："不要客气罢！我知道这里的粗食物，你一定吃不来的。"文叔道："哪里话来，这些点心要想再比它好，恐怕没有了。"她笑道："既然说好，为什么又将眉毛皱起来呢？这不是显系不合口吗?"刘文叔悄悄的笑道："我皱眉毛原不是不合口，老实对你说一句，我吃的这些点心一样也认不得，所以慢慢的品品味道，究竟是什么东西做的。"她听了笑道："原来这样，我来告诉你罢!"她说着，用牙箸在盘里点着道："这是梅花髓的饼儿，这是玫瑰酥，这是桂蕊饽饽，这是银杏合儿。"她说了半天，刘文叔只是点头叹赏不止。又停一会，猛听谯楼更鼓已是三敲，刘文叔放下牙箸，对她低声说道："夜深了，我们也该去安寝了。"她低首含羞，半晌无话。

刘文叔便走过来，伸手拉着她的玉腕，同入罗帏，说不出的无边风景，蛱蝶穿花，蜻蜓掠水；含苞嫩萼，乍得甘霖；欲放蓓蕾，初经春雨；自是百般愉快，一往情深了。

但是他们两个已经如愿已偿了，谁也不知还有一个人，却早已看得眼中出

火。你道哪一个？却原来就是明儿。她的芳龄已有二八零一，再是她生成的一付玲珑心肝，风骚性儿，看见这种情形，心里还能按捺得住吗？她站在房门外边，起首他们两个私话喁喁，还不感觉怎样；后来听得解衣上床，一个半推半就，一个又惊又爱，霎时就听得零云断雨的声音，一声声钻到她的耳朵里，她可是登时春心荡漾，满面发烧，再也忍耐不住，便想进去分尝一脔。回转一想，到底碍着主仆的关系，究竟理上讲不过去；再则刘文叔答应倒没有什么，假若刘文叔不答应，岂不是难为情吗？她思前想后，到底不能前去，她只得将手指放在嘴里，咬了几口，春心才算捺下去了一些。一会子，又听得里面动作起来，禁不住芳心复又砰砰的跳了起来，此番却十分利害，再也不能收束了。她皱眉一想，猛的想出一个念头来，便轻轻的下了楼，将门一道一道的放开，直向后园而来。进了园门，瞥见海棠花根下，蹲着一个黑东西，两只眼和铜铃一样，灼灼的朝自己望个不住，她吓得一噤，忙止住脚步，细细的望了一会。无奈月色昏沉，一时看不清楚，究竟是什么东西。可怪那东西兀自动也不动的蹲在那里。她到这时，进又不敢，退又不肯。正在为难之际，只见那东西忽的穿了出来，咪呼咪呼的乱叫，她吓得倒退数步，原来是一只大黑猫。她暗骂道："狗嚼头的个畜生！没来由的在这里大惊小怪呢？"她说罢，恨得拾起一块砖头来，迎面向那黑猫掷去。那个黑猫一溜烟不知去向，她才又向前走去。

霎时到了书房门口，她轻轻的在门上拍了一拍，就听得里面有人问道："谁呀？"她轻轻的答道："是我。"里面又问道："你究竟是谁呀？"明儿道："我是明儿。"里面忙道："明姐吗？请你等一等，我就来开门。"

不一会儿，一个十五六岁的童儿，将门开放，笑问道："明姐，你此时还未睡吗？"她笑道："没有，你们为何到这时也不睡呢？"那童儿笑道："和小平赶围棋，一直赶到这会，还没睡呢。姐姐，你来做什么的？"她笑吟吟将那童儿的手一拉，说道："我来和你们耍子，不知你们肯带我么？那童儿笑道："那就好极了！我们两个人睡又睡不着，你来，我们大家耍子，倒觉得有趣咧！"她和他手拉手儿，进了房。但见里面还有一个小童儿，大约在十一二岁的光景，正坐在那里注目凝神的朝着棋盘里望着，见她来忙笑道："明姐，你来了正好，我这盘棋刚要输了，快些来帮着我，小才专门会和我赖。"明儿笑道："你输几盘给他了？"小平道："连输三盘给他了，我和他讲的是二十记手心一盘，现在已经欠他六十记手心了。好姐姐，快来帮助我吧！"她笑道："好好！我来帮助你。"小才道："那可不成功，谁是你的对手呢？"明儿笑道："不要这样的认真，他小你大，我不去帮着他，难道还来帮着你不成？"说着便靠着桌子坐下，一把将小才拉了坐在自己怀里。一面教小平动棋，一面暗暗的盘算道："在这里断不能做勾当的。那个小平虽然小，假使明天露了风声，那就糟了，越是这小孩子嘴里，越没有关拦。"她想

了半天，猛的想起一个调虎离山的法子来，便向小平笑道："这捞什子没有什么趣，不如我们三个人去捉迷藏，倒反有趣得多咧。"小平摇头说道："我不去，我不去。这夜静更深的，谁愿意出去玩呢，怪害怕的，遇着马猴子，还要吓杀了呢。"他笑道："小孩子家，一点胆气也没有。今天外边的月色真是好极了，和白天差不多，怕什么？"小才道："我也不愿意出去，还是在家里玩的好。"她笑道："捉迷藏，你不是欢喜捉的吗？今天为何反不高兴呢？"小才笑道："日里大家玩耍是高兴的，现在我们人少，谁高兴呢？"她暗道这条计竟不济事，便怎生再想法子呢？她又想了半天，悄悄的对小才道："你不是对我说过要杏子吃的吗？你看后门口的杏子都熟了，这时何不去摘几个来吃吃呢？"小才听了这话，大喜道："有何不可，有何不可！不是你提起我倒忘了。白天又不敢大明大白的去摘来吃，小碧她们的嘴，最坏不过，被她看见了，马上又要去告诉。现在去摘光了，也没有人晓得的。"小平听得要去摘杏子十分高兴，也要想去。她忙说道："动不得！你却不能去，这里全走了，假如有个强盗，怎生是好呢？"小平努着嘴说道："你们不带我去，我明天去告诉太太。"她慌的哄他道："好兄弟，你不要心急！我们去随便摘多少，我们一个也不吃，弄回来和你同吃如何？"小平笑道："那么，我明天自然就不去告诉太太了。"小才道："事不宜迟，我们就去吧！"她又怕小平跟他们出来，破坏他们的好事，临走的时候千叮咛万嘱咐，教他不要乱走。小平诺诺连声的答应，她才和小才出了门。

绕着花径走了一会，小才问道："姐姐，路走错了！杏子树不是在门外边吗？为什么走了向西呢？"明儿也不答应，转眼走过一大段芍药花的篱边，拉着小才的手说道："兄弟，你随我进来，我有句话要和你说。"小才也不知就理，随着她走进芍药花的中间一块青茵地上，她往地上一坐，小才也跟她往身旁一坐，向她问道："姐姐，你有什么话和我说，请你说罢！"她乜斜着眼，往小才嗤的一笑，悄悄地说道："我喊你到这里来，难道你心里还不明白吗？"小才急道："你不告诉我，我明白什么呢？"她一把将小才搂到怀中，兄弟长兄弟短的叫了一阵子，才停住声音，半晌又开口问道："好兄弟，你究竟欢喜我吗？"小才仰起脸来，说道："自家好姐妹不欢喜，难道欢喜别人吗？"她笑道："你光是嘴上说欢喜，心里恐怕未必罢？"小才笑道："你这是什么话呢？心里如果不欢喜，我也不愿意和你再一起顽耍了。"他说到这里，猛听得东边梧桐树下，飞起一样东西来，怪叫了两声，飞得不知去向，他吓得无地可钻，忙埋怨明儿道："我说不要出来，你偏要出来，怪害怕的。"她慌的哄他道："好兄弟，你不要怕，方才飞的那东西，一定是野雉。"小才说道："管他是什么，我们回去吧！"她忙搂住他说道："你不须急，我还有几句话和你说呢。"小才急道："亲娘，你有什么话，只管说罢！我要被你缠死了"她附着他的耳朵说了一会，小才翻起眼睛说道："那么，就算恩爱了吗？"她笑道："是呀！

那才算恩爱呢。”小才道：“我们就来试试看。”明儿便宽衣解带。二人就实行交易了一回，小才少精无力的问道：“怎么？这也奇怪极了，我从来还不知道这样的趣味！”她坐起来，把粉脸偎着小才的面孔，笑问道：“你说如何？”小才满口赞道：“果然有趣极了！”二人坐在草地上，南天北地的又谈了一会子。小才忽然问道：“姐姐，我有一桩事情始终不明白，人家讨了老婆，怎的就会生出小儿来呢？”她笑道：“痴子，亏你到了十六七岁，怎么连一点事情都不晓得，你要知道人家生小儿，就是我们方才做的那个玩意儿。”他拍手笑道：“原来原来原来是这样的，我还要问你，人家本来是两个人做那勾当的，怎的反是一个人生小孩呢？而且全是女人家生的，我们男人从没看见过生小孩，这又是什么道理呢？”她笑道：“谁和你来缠不清，连这些都不晓得，真是气数，不要多讲了，我们回去吧。”他笑道：“好姐姐？你回去也和小平去弄一回，看他舒服不舒服？”她听了这句话，兜头向他一啐道：“你这个糊涂种子，真是天不该生，地不该长，怎的这样的油蒙了心，说出话来，不晓得一些高下呢？”她笑道：“姐姐，肯就肯，不肯就算了，急的什么呢？”她见他这样呆头呆脑的，不觉又好气，又好笑，又深怕他口没遮拦露出风声来，可不是玩的，忙哄他道：“兄弟，你不晓得，我和你刚才做的这件事，千万不能去告诉别人！”他翻起白眼问道：“告诉别人怎样？”她恐吓道：“如果告诉别人，马上天雷就要来打你了。”他用手摸着头说道：“好险好险！还亏我没有告诉别人，不然，岂不是白白的送了一条性命吗？”她笑道：“你留心一点就是了。”他又笑问道：“我方才教你和小平去弄一会子，你为什么现出生气的样子来呢？”她正色说道：“你晓得什么？这件玩意，岂能轻易和人去乱弄的吗？”他笑道：“怕什么，横竖不是一样的？”她急道：“傻瓜，我老实对你说罢，他小呢，现在不能够干那个顽意儿呢。”他问道：“干了怎样？”她笑道：“干了要死的。”他吓得将舌头伸出来，半晌缩不进去。停了一会，哭丧着脸说道：“姐姐！你可害了我了，我今天不是要死了吗？”她笑道：“你过了十五岁，就不要紧了。”他听了这话，登时笑起来了。她说道：“我们到外边去摘杏子罢！”他道：“可不是呢，如果没有杏子回去，小平一定要说我们干什么的了。”她也不答话，和小才一直出了后园门，走到两个杏子树下，小才笑道：“你上去还是我上去呢？”她笑道：“自然是你上去！”小才撩起衣服，像煞猢狲一样爬了上去，她站在树根底下说道：“留神一点，不要跌了下来！”小才嘴里答应着，手里摘着，不多时摘了许多的杏子。用外边的衣服兜住，卸了下来，自己也随后下来。向她说道：“姐姐，我们回去吧！”她向小才说道：“你先进去吧！我要解手去。”小才点头进去了。

她走到东边一个荼蘼架子下面，扯起罗裙，蹲下身子，一会子完了事，刚要站了起来。这时后面突来一个人将她凭地抱起，往东走了几步，将她放下。她又不敢声张，偷眼往那人一望，原来是个十九岁多的少年，生得凶眉大眼，满脸

横肉，向她狞笑道："今天可是巧极了，不要推辞吧！"她晓得来者定非好意，无奈又不能声张，只得低头无语。说时迟，那时快，那个人竟像饿虎擒羊一般，将她往地上一按。她连忙喊道："你是哪里来的野人，赶快给我滚去。"话还未了，瞥见那人飕地拔出一把刀来，对着她喝道："你再喊，马上就给你一刀！"她可吓得魂落胆飞，还敢声张么。霎时间，便任他狂浪起来。一会事毕，那人搂着她又亲了一回嘴，才站起来走了。她慢慢的从地上爬起来，心中倒反十分愉快。因为小才究竟年轻，不解风流，谁知无意中倒得着一回趣。她慢慢的走进园门，又朝外边望望，那人早已不知去向。

她顺手将门关好，走到书房里，只见小才和小平两个人掏着杏子，满口大嚼。见她进来，小才忙问道："你到哪里去了，到这会才来？"她一笑答道："我因为看见一个野兔，我想将它捉来玩玩，不想赶了半天，竟没有赶上，放它逃了。"小才笑道："你这人真痴，兔子跑起来能够追上风呢，你就赶上了吗？"她笑道："我见它头埋在草窠里，当它是睡着呢，从背后抄上去，不想它来得乖觉，忽然跳起来就逃去了。"

他们正在谈话之间，猛听得更楼上，当当当的连敲四下子，她才将闲话丢开，别了他们，一径向前面而来，将门一重一重的关好，上了丽华的绣楼。进了房，但见他两个交颈鸳鸯，正寻好梦，她一想再迟，恐怕要露出破绽来，忙走进来，轻轻的将二人推醒，说道："天要亮了，你可不能再耽搁了！"二人听说这话，连忙起身，披衣下床。明儿走过来，替丽华帮着将衣裳穿好。

刘文叔这时也将衣服穿好，推窗一望，但见雾气重重，月已挂到屋角，东方渐渐的露出鱼肚的色彩。他忙将窗子关好，走到床前，向丽华深深一揖，口中说道："荷蒙小姐垂爱，慨然以身相许，刘某感谢无地，刻骨难忘。惟望早酬大志，宝马香车，来接小姐。"这正是：

无限春风成一度，有情鹣鲽订三生。

要知后事如何，且看下回分解。

第六十五回　触目烟尘鸦飞雀乱　惊心声鼓鲽散鹣离

却说刘文叔讲过这一番话以后，她慌忙还礼答道："愿君早酬大志，恢复汉家基业，扫除恶暴，为万民造福。丽华一弱女子，又以礼教束身，不能为君尽一

寸力，殊深自恨！惟望勿以丽华为念，努力前途，则幸甚矣！”刘文叔躬身答道：“多蒙教悔，何敢忽忘此番起义倘不能得志，愿以马革裹尸，了我毕生志愿，如蒙上天垂佑，得伸素志，虽赴汤蹈火，断不负卿的雅望也！现已四更将尽，不能再稍留恋，仆去矣。”

他说罢，忙放步下楼，丽华和明儿也跟着送他出了后园门。丽华执着他的手呜咽问道：“你们几时起义？”刘文叔道：“差不多就在这数天之内了。”她呜咽道：“愿君一战成功，丽华坐候好音便了。”刘文叔道：“但愿有如卿言，后会有期，务希珍重。”他说罢，大踏步走了。

丽华伫望了半天，等看不见他，才怏怏的回楼。明儿笑道：“姑娘真好眼力，我看这人，后来一定要发达的，将来姑娘可要做夫人了！”她低着头也不答话。

停了一会，天色大亮，明儿对着穿衣镜，正自梳洗。丽华瞥见她穿的绯色罗裙后面，一大段青汁和泥污，她不禁心中大疑，忙问道：“明儿，你罗裙后面，哪里来的那一段肮脏东西？”明儿听了这话，忙回头一看，不禁满脸飞红，半晌答不出话来。丽华愈加疑惑，加倍问个不住。明儿勉强笑道：“还是昨天晚上在园子里滑了一跤，跌在青草上面，弄了一大段青汁。”她笑道：“你这话恐怕不对吧，这青汁污泥，既然是昨天弄上的，为什么昨天晚上我一些儿也没看见呢？”明儿张口结舌，答不出一句话来，放下梳子，只是拔弄裙带。

丽华到了这时，心中反尔懊悔起来，暗道：“己不正，就能正人吗？这种情形，推测起来，准是做了什么不正当的事情了。但是她也十六七岁了，人非草木，孰能无情呢？今天如果执意逼她说，她一定是不肯说，反要激起她的怨恨来，一定要来反噬我，那不是糟了吗？”她暗想了一会子，只见明儿坐在那里低着头，一声不响。她又暗自说道：“同是一样的女儿家，她不过生长在贫穷人家，到我家来当一个奴婢，其实我自己不是也做下了错事吗？在人家说起主子原是占着面子，她们奴婢难道不是人吗？”她想到这里，倒反而可怜明儿了，芳心一软，不觉掉下泪来。明儿见她这样，自己也觉得伤感，便伏着桌子，也呜咽起来。两个人默默的一会子，还是丽华先开口向明儿道：“现在不用说了，你做的不正当的事，就是我不好。我如果不为惜才起见，又何能教你如此。”她说到这里，便咽住哭将起来。

明儿听了这些话，心中更是动了感触，泪如雨下，站起来走到丽华身边双膝跪下，叩头如捣蒜地说道：“奴才知罪，奴才该死，千万求小姐恕我的罪，我才说呢。”丽华忙用手将明儿拉起，说道：“你只管说罢，难道我还能怪你吗？无论如何，总怪我先不正的了。”明儿含羞带泣的将夜来一回事，细细的说个究竟。丽华跌足叹道：“可怜可怜！一个女孩子家，岂轻容易失身与人的？何况这苟且的事情呢！明儿，我虽然做下这件违背人伦的事情，但是我既然看中刘文叔，我向后就誓死无他了。太太她不晓得我，也是要去告诉她老人家的。但是我现在替

你设想,十分可怜可叹,以后千万不要再蹈前辙才好呢!"明儿哭道:"这也是我们不知礼节的苦楚,蒙姑娘宽恕我,已是感恩不尽了!我又不是禽兽,当真还要去做那些没脸的事么?"她说道:"能够这样还好,只怕知过不改,那就没有办法。"她们谈了一会子,明儿梳好了头,又将裙子换了,跟着丽华下楼去定省了。这也不在话下。

再说刘文叔回到白水村,见了刘缜、刘仲以及刘良等。刘缜问道:"兄弟昨夜敢是又到田上去料理什么事情的?"刘文叔笑道:"原是为两个朋友留着不准走,在那里饮酒弹琴,直闹了一夜,到此时才回来。"

他刚刚说到这里,瞥见外面有一匹报马,飞也似的跑进村来。马上那人直跑气急,到了门口滚鞍下马,大叫祸事了!祸事了!刘缜等大吃一惊。大家拢近来齐声问道:"何事这样的惊慌?"那人大叫道:"宛城李通因为设谋不密,全家被斩,李氏弟兄现已不知去向,宛城的贼兵,现在已向这里出发。赶快预备,马上就要到眼前了!"刘仲大叫一声:"气死我也!叵耐这些不尽的狗头,胆敢来捋虎须,不把这班贼猪杀尽了,誓不为人!"

刘缜、刘文叔等,忙去披挂。接着邓辰带了一队乡勇,拥护着两辆车子,上面坐着女眷,蜂拥而来。刘缜等裹扎停当,提着兵器上马。刘文叔浑身铠甲,腰悬两口双股剑,外披大红斗蓬,头戴百胜盔,骑在马上雄纠纠,气昂昂的准备厮杀。把一班平素笑他没用的人,吓得人人咋舌,个个摇头,都道看不出他竟有这样的胆量!连刘缜等也都暗暗称奇不置。霎时西南上烟尘大起,金鼓震天,刘缜知道贼兵已经逼近,忙指挥乡勇,排队以待。

不一刻,贼兵的头队已到村前。刘缜、刘仲、刘文叔,各自领兵接战。届时喊杀连天,那一班百姓携幼扶老,哭声震天漫地向东北逃难。刘缜等混战多时,只见贼兵愈来愈多,势如潮涌,自知寡不敌众,便向刘仲道:"二弟!此刻万万不能再恋战了。再停一刻,就要全军覆没了。赶紧收队,向小长安去,再图计议罢!"刘仲道:"我也是这样的主意。无奈三弟和妹妹姐姐,现在不知死活存亡,我进去寻一趟看。"说罢,舞动蛇矛,翻身突入重围,东冲西突,如入无人之境。寻了半天,竟没有寻着一些影子,他满心焦躁,大吼一声。复从西北角上杀了出来。瞥见刘文叔在柏树林子旁边,和一队贼兵正在那里混战,见他又要兼顾女眷十分危急,他不禁心中大喜,大声喊道:"三弟休慌,我来救你!"

刘文叔正在危急之时,忽见刘仲到来,精神陡添百倍。刘仲催马前来和那个贼将搭上手,不到三回合手起一矛,那员贼将仰鞍落马,奔到阎王那里去交账了。一队贼兵见主将已死,无心恋战,霎时东奔西窜,散得精光。刘仲向文叔道:"你保着车辆,在此休要乱走。我去将大哥寻来,大家一同到小长安去,再图计议罢!"刘文叔点首答应。刘仲略憩一憩,提矛上马,杀入重围。只见刘缜杀

得浑身血污，独战四将。刘仲眼中冒火，拍马前来迎敌。刘縯见刘仲杀进来，满心欢喜，忙问道："三弟寻着吗？"刘仲一面迎敌，一面答道："寻着了。"刘縯精神百倍奋勇大杀，满想将这两个贼将结果了，好领兵夺路。

谁知那两个贼将，兀自转战不衰。正在杀得难解难分之时，瞥见东北角上，喊声大震，贼兵纷纷逃散，转眼看见一员女将，坐下桃花征驹，手持梨花枪，身上也无披挂，只穿一件银红紧身小袄，露出半截粉藕似的膀子，飞花滚雪价的杀了进来，把一群贼兵杀得人翻马仰，鼠窜狼奔。霎时冲到面前，刘縯仔细一看，不是别人，正是他自己妹子伯姬，心中大喜。但见她娇声唤道："哥哥！请住手，将这两个贼小子，交给我！"她搅动梨花枪，便和两个贼将相搏。刘仲在那边与两个贼将杀得目眩心骇，难分高下。刘縯更忍不住，拍马上前，帮着刘仲厮杀，杀到分际，刘仲大吼一声，手起矛落，将那员贼将刺死于马下。还有一个贼将，连忙兜马落荒而逃。刘仲便纵马追赶。刘縯忙摇手道："二弟，穷寇莫追！收兵要紧。"刘仲便兜住马，正要和刘縯来助伯姬，只见伯姬马首挂着两个人头，从那面杀了过来。刘縯便和他们二人一齐冲杀出来，到了柏树林下，收集残兵，幸喜还有两千余人。刘文叔道："为今之计，先到小长安，大家再为聚议罢！这里万不能再耽搁的。"

话犹未了，但见那班贼兵自被他们冲散后，便四处抢劫焚烧，无所不为。立时火光冲天，哭声遍野。刘縯心中好大不忍，仰天长叹道："本欲扫除莽贼，拯救百姓，这样一来，反而害了百姓了。"刘文叔劝道："兄长徒自悲伤，于事何益。先自保重要紧，天长地久，恢复有时。目下急切，先要预备，再图报复要紧。勿以小挫，即欲灰心。"刘縯含泪点首，指挥兵队直向小长安进发。还未到半路，猛听得四处的喊声又起。一队贼兵，斜次里冲了出来，为首贼将甄阜、梁邱赐，双马冲出，摆开兵器，拦住去路，大叫："刘家贼子，留下头来！"刘仲大怒，大吼一声，放马直冲过去，和甄阜对手厮杀起来。这里刘縯心头火起，舞起双鞭，接着梁邱赐大杀。刘文叔哪里还能忍耐，舞着双股剑，飞马前来助战。这时贼将队里冲进一个人来，手持大砍刀，也不答话，接着刘文叔厮杀。刘伯姬要动梨花枪，便要出来助战。刘元忙摇手道："你万万不能前去，你一去，我们这班人，岂不要束手待毙么？"刘伯姬只得暂耐着性，勒住马，闪着秋波观阵，只见垓心里十二只臂膊缭乱，二十四个马蹄掀翻，好个厉害。只杀得尘沙蔽天，目眩心骇，足足杀了八十多个回合，未见胜败。刘伯姬催动桃花征驹，冲入垓心，替回刘文叔和那员贼将接上手，奋勇大杀起来，战了二十多回合，刘伯姬拍马落荒而走，贼将不知死活，跃马追来。梁邱赐忙大叫道："曾将军！休中了这婆娘暗计！"话犹未了，只听得弓弦响处，贼将翻身落马。说时迟，那时快，弓弦又响，好厉害的梁邱赐，忽地将头一低，那一枝箭恰恰的从他头上飞过。梁邱赐大怒，撇下刘縯，推马舞

刀,直奔刘伯姬。伯姬毫不畏怕,拍马相迎,各展本领,大杀起来。刘缜深恐伯姬有失,忙催马追上,双战梁邱赐。好个梁邱赐,双战他兄妹二人,展开大刀,翻翻覆覆的舞了起来,不慌不忙,敌住二人。甄阜和刘仲又战五十余回合,仍是未分胜负。甄阜腾了一个空子,把手中的枪向后一招,只见大队的贼兵,一齐冲杀上来。刘文叔死力护住阵线,无奈来势如潮水一般,四处难以兼顾。眼见阵线立被冲散了,刘文叔心如刀绞,拼命价的冲杀不了。这时刘缜见大队贼兵掩杀过去,知情不妙,忙撇下梁邱赐突围来寻饷械。可怜突了半天,哪里还见饷械一些影子,他此刻已下了死心,舞着双鞭,逢人便打,遇将就击。再说刘伯姬和梁邱赐,大战了半天,究竟她是个深闺弱质,力气有限,哪里是梁邱赐的对手呢。先前和刘缜二人战着,还不觉得怎样吃力,后来单身抵敌,眼见的不济了,枪法散乱,她何等的乖觉,拍马就走。

梁邱赐晓得她的弓箭厉害,也不敢追赶,放她走了。梁邱赐便催马来助甄阜,双战刘仲。刘仲和甄阜正是半斤八两,凭空又添上一个劲敌,却渐渐的应付不来,再加上见阵线被贼兵冲散,愈加心慌脚乱,矛法散乱,这时梁邱赐泰山盖顶的一刀斩了下来,刘仲忙用矛头一拨,架开大刀。接着甄阜的双锤从左右双击过来,刘仲把矛杆一转,将双锤扫开,趁势一矛,向甄阜的马首刺来,甄阜忙将马一带,凭空跳出垓心。这时梁邱赐的大刀已逼近到他的颈旁。刘仲晓得不好,赶着将头一低,早将头盔被刀削去。刘仲大惊,忙跃马欲走。甄阜放马拦住去路。刘仲此时,知道逃走不了,只得下了死心,决力奋斗。又战了五十多回合,梁邱赐一摆大刀,拦腰斩来,刘仲横矛一隔,正要还手,瞥见甄阜双锤,天旋地转的打了过来。刘仲将肩一偏,让过上一锤,又将马头一带,让过下一锤,举起蛇矛认定甄阜的腕际刺去。甄阜两锤不着,正自动怒,不防他这一矛刺来,将左手腕划断,大叫一声,右手擎锤,正要打了过来,瞥见梁邱赐大刀从刘仲的后面飞了过来,他急用锤向刘仲的马首打去。刘仲只顾带马,却不提防后面有人暗算,马头还未带起,可怜刀光飞处,把一员热血的勇将登时死于非命,翻身落马。梁邱赐、甄阜,便领兵来战刘缜和文叔。指挥众卒,将他兄弟两个,一重重的围困起来。

这时刘缜与刘文叔、刘伯姬兄弟妹妹,全已分开,各个不能兼顾,刘缜见大家现都冲散,真个是心如火灼,也无心恋战,大吼一声,杀出重围,直向棘阳而去。刘文叔这时杀得浑身血污,看不见一个哥哥妹妹,也没有心肠厮杀,催马突出重围,在树林下,人疲马乏不能动弹,只得下马,坐在树根旁边,仰天长叹。停了一会,猛听得喊声逼近,慌忙拉马要走,那马软摊在地,再也不肯起来。他可急煞,掣出马鞭,一连打了数十下子,那马仍是不肯起身。他无法可想,放下马鞭钻进树林。再说刘伯姬在乱军中,冲突了半天,却不见几个哥哥的踪迹。她的芳心

焦躁得莫可名状，舞动梨花枪，旋风也似的杀了出来。迎面又撞见梁邱赐、甄阜二人，又大杀一阵。她明知不是对手，长啸一声，撇下二人冲出重围。刘文叔正在树林里盼望，瞥见贼兵队里，杀出一员女将来，将那些贼兵杀得东逃西散，魂落胆飞，只恨爷娘生短腿，兔子是他们的小灰孙，没命的让出一条路来，杀到面前。他细一看，正是他的妹妹伯姬，他忙喊道："妹妹！快来救我！"伯姬闻声住马，见是文叔，忙下马慰问。文叔便道："妹妹！你可看见大哥和二哥到哪里去了？"伯姬忙道："我哪里知道他们的去处，我正要来问你呢。"文叔满眼垂泪道："他们到这时不见，准是凶多吉少了。"伯姬也粉腮落泪。文叔道："妹妹！你可知道伯父到哪里去了？"伯姬道："他老人家已经到棘阳去了。"

他二人正自谈话，只见西边有一群妇女，披头赤足的奔来。伯姬一眼看见她的姐姐刘元亦杂在其内，忙出林唤道："姐姐！我们在这里！"刘元见了她和刘文叔，抱头大哭，呜呜咽咽地说道："你的姐夫已经和外公一道到棘阳去了，你们赶紧去罢，不要再在这里留恋了！"伯姬道："姐姐先请上马！"刘元哪里肯听，她只是催他们快走，猛听见金鼓大震，向东边直掩了过来，伯姬大惊道："姐姐、兄弟，快请上马？我来步行夺路。"文叔忙道："那如何使得？"说话时，那大队已到眼前，刘元哭道："你们赶紧逃命去吧！不要大家全将性命送掉！我此刻还能骑马么？"伯姬见贼兵已到面前，不得已飞身上马，刘文叔也跟着坐在马后。这时贼兵和斩瓜切菜的一样，将那一群逃难的妇女，立刻杀得精光，那一位刘元小姐，当然也不免殉难了。伯姬和文叔眼见他姐姐被贼兵杀死，也没法去救，只好各顾生命。刘伯姬搅动长枪，杀出一条血路，只向东南而去。再说到刘缜单骑奔至棘阳城外，早见邓辰、刘良等开城迎接，大家都来问他究竟。刘缜仰天长叹，两泪交流，大家便知不妙。邓辰前来解劝不已。无奈刘缜心中伤感过度，一时只是呆呆的坐在马上出神。一会子瞥见刘伯姬和文叔二人骑着一匹秃马来到，他心中稍为安慰一点，忙问文叔道："二弟呢？"文叔答道："我没有看见。"邓辰插口问道："你姐姐呢？"二人听问，不禁四目流泪。伯姬呜咽着将刘元临死的情形，说了一遍。邓辰捶胸顿足，大放悲声。刘缜也禁不住泪落如珠。

大家正在悲伤的当儿，瞥见一人飞马而来，近前一看，不是别人，正是李通。但见他浑身血迹，气喘喘的走近来，见了他们连忙滚鞍下马，放声大哭道："实在只望扶助明公，扫除强暴，谁知事机不密，不独舍间九族全诛，累得明公如此狼狈，于心何安！

刘缜见李通赶来，满心欢喜，忙下马安慰道："此事只怪刘某无能，不能奋力去援救将军全家，致罹此难，心中惭愧，将军何必这样的引咎呢？"李通忙道："二将军阵亡了，不知明公知道否？"这正是：

千古难消今日恨，一身谁识雁行冤。

要知刘縯答出什么话来，且看下回分解。

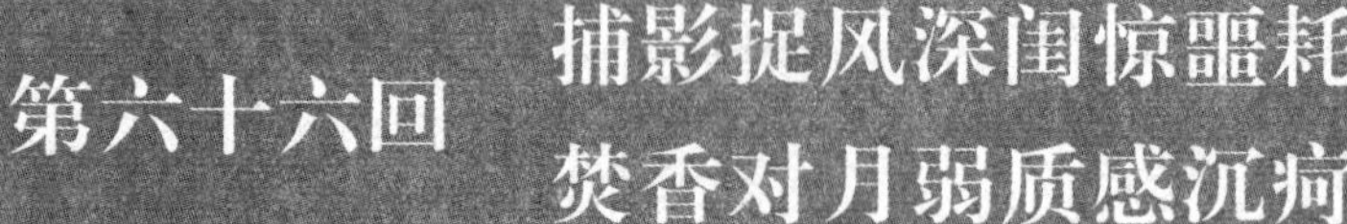

第六十六回　捕影捉风深闺惊噩耗　焚香对月弱质感沉疴

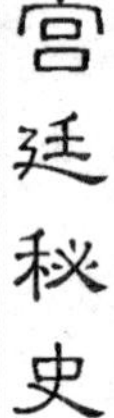

刘縯听说刘仲阵亡，蓦地狂叫一声，向后便倒。慌得众人忙走近来，将他扶起。但见他口流白沫，人事不省。刘文叔、伯姬、邓辰俱是泣不成声，见刘縯这样，更加伤心。众人手忙脚乱一阵子，只见刘縯半晌才苏过一口气来，说道："天丧我也！"说了一声，才放声大哭。众人一齐劝解道："将军悲伤过度，何人复仇？目下且请保重要紧！何况二将军已经归天，岂能复生呢？"刘縯哭得死去活来，半晌坐在地上叹道："二弟！我和你实指望同心协力，共除莽逆，恢复我家基业。谁知大志未伸，竟和你永诀了。"言罢，泪落如雨。邓辰也在旁边拭泪劝道："縯兄！现在仲弟已经弃世，你徒悲何益！为今之计，火上眉梢的时候，还不想指挥应付吗？"刘縯含泪上马，便和众人进城商量大事去了。

在下一枝笔，不能叙两边事，到了这个时候，只好将他们这里高高搁起，专说阴丽华的情形了。我要是直接叙下去，列位要说小子抄袭后汉了。

闲话少说，再表阴丽华和明儿下得楼来，见过她的母亲。邢老安人因为前几天感了一点风寒，这两天也就好了。见丽华来定省，自然是欢喜，将她搂入怀里笑道："我的儿，为娘病了几天，累得你日夜不安，我心中老大不忍。"明儿笑道："太太你还不晓得呢？小姐夜夜都要来伴你，却被我们劝住了。因为你老人家面前，一者用人本来不少，二者大主人二主人俱在这里，什么事还怕不周到吗？所以我们劝小姐不要烦神。而且小姐的贵体，又薄弱，假若劳累出什么来，岂不教你老人家加倍不安么？"邢老安人笑道："好孩子！你的话极有见识，果然一些儿也不错。但是你们小姐她这样的孝心，我可不是修得出来的么？"丽华在她母亲的怀里，仰出粉脸笑道："你老人家有了贵恙，理应我们亲自服侍，才是个道理，那些不晓得道理的丫头，她们偏要说起她们的歪理来，兀自不肯放我前来服侍你老人家。"邢老安人忙道："我儿，明儿这话，你倒不要看错，她实在合我的心理。"明儿笑道："罢呀！你老人家不要说罢，我们为着不准她来，不知道被她骂了多少不知礼节的丫头了。"邢老安人笑道："明儿！你这孩子深明大义，我素昔最欢喜你的。你可要原谅你们小姐的孝心才好。"明儿笑道："我们是奴才，小姐是主人，小姐纵有千桩错，难道我们还敢去和小姐扳驳么？休要说小姐是一

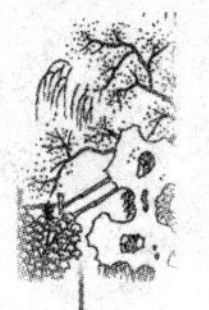

片的孝心，愈是我们留得不是，论理我今天要请太太责罚我呢。”丽华笑着对邢老安人道：“你老人家听见吗？这蹄子的嘴愈说愈刁刻得厉害了。”邢老安人笑道：“这个你倒不要怪她，她原是一片好意，不料你反来说她不知礼，可不是白白的冤枉她了吗？”丽华微笑点首道：“太太不要讲，这事原是我错，我回楼去给这蹄子陪罪如何？”邢老安人笑道：“那倒不必，你也不算错。”明儿笑道：“太太还不晓得呢，小姐陪罪，不是嘴里陪罪。”邢老安人插口笑道：“不是嘴里陪罪，是什么陪罪呢？”明儿做起手势向邢老安人笑道：“原来她用竹板子来陪罪啊！”邢老安人摇头笑道：“明儿，你不要乱说，你们小姐她从来没有过动手动脚的，拿出做主子的派子来。”丽华笑道：“这蹄子越发来呕我了，好好！我今天就拿一回做主子的派头出来，给个厉害你尝尝。”明儿笑道：“我不怕，有太太呢！”丽华笑对邢老安人道：“你老人家听见吗？都是你老人家将这些蹄子庇护上头了。”

她刚刚说罢，瞥见阴兴神色仓皇的走进来，对邢老安人说道：“不好了，不好了！”邢老安人见他这样，吓得一跳，忙问道：“什么事这样大惊小怪的？”阴兴说道：“你老人家还不知道吗？”后面白水村刘家昆仲起兵复汉，联合宛城李轶、李通，教他们做内应。不料事机不密，李通、李轶的全家四十余口，全被杀了，只逃去他们弟兄两个。现在宛城王莽的贼兵，正向白水村开进来，剿灭刘氏兄弟。我想滔天大祸，就在眼前了。”

他说到这里，丽华抢着问道：“你这话果真么？”他急道：“这事非寻常可比，难道还来骗你们不成？”她登时吓得玉容失色，星眼无光。邢老安人也吓得抖做一团，口中说道：“刘家兄弟，太也不自量力，他们有多大本领，就存这样的妄想，岂不是自己讨死么？”丽华道：“太太哪里话来？莽贼暴虐，万民侧目，敢怒而不敢言。刘氏昆仲，乃汉家嫡派，此番起义名正言顺，谁不附和呢？说不定，将可成其大事的。”邢老安人道：“你这话，原属不错，但是他们这一来，却又不知杀了多少无辜的百姓呢。”阴识此时也走了进来，但见他急急地说道：“兄弟，贼兵马上就要杀到眼前了，要想法子来预备才好。”阴兴道：“我们这里又不去帮助谁，料他们不会来的，至多我们出去躲避躲避罢。”丽华道：“你这是什么话呢？贼兵如果到了白水村，难保不来扰搅的。还是去预备的好，好免得后悔莫及呀！邢老安人也插口说道：“儿呀！你们千万不可大意。他们这班贼兵，还讲什么道理呢！管你帮助不帮助，他们只晓得抢掠烧杀，赶紧去预备才好呢！”阴识、阴兴兄弟两个，满口答应道：“太太不须忧虑，我们就去预备就是了。”

他们就出了门，点齐乡勇，将四周的吊桥撤了，四处的屯口埋伏着强弓硬弩。阴识带了五百名乡勇，在东半边巡阅；阴兴带了五百名乡勇在西半边巡阅。不到巳牌的时候，就听得北边喊杀连天，旌旗蔽野，阴家兄弟加倍留神。在四周的濠河边，像走马灯一样，不住脚的团团巡阅。此时只见一班逃难的百姓，扶老

携幼,哭声震地,十分凄惨。是在白水村四周一带的村落,被那些贼兵抢动一空,放起火来,登时红光直冲霄汉,隐隐的听得兵器响声,丁当不绝。

没多时,果然见了一队贼兵,向他们的濠河边蜂拥而来。为首一个贼将手执方天戟,跃马到了濠河边,用剑一指,向阴兴说道:“那个汉子,快将吊桥放下,让我们进去搜查贼人!”阴兴答道:“我们这里没有贼人,请你们到别处去搜查罢!”那贼将剔起眼睛说道:“你是什么话,凭你说没有,难道就算了吗?我们奉了命令来的,你越是这样,我们偏要查的。识风头,快些将吊桥放下!要惹得咱家动火,冲进庄去,杀得你个玉石俱焚,那时就悔之晚矣!”阴兴正要答话,只见阴识跃马赶去,问他究竟。阴兴便将以上的事告诉阴识。阴识陡然心生一计,对贼将说道:“你们不要在此乱动,你们的主将是谁?”那个贼将喝道:“我们的主将难道你不晓得吗?你站稳了,洗耳听清,乃甄阜、梁邱赐两个大将军便是!”阴识听了,呵呵大笑道:“我道是谁,原来是他们两个,他们现在哪里?”那个贼将说道:“他们带着后队兵还没到呢?”阴识笑道:“既如此,放下吊桥,让我们去会会他们,多年不见的老朋友,今朝恰巧碰着了,大家也好叙叙。”他说罢,便令乡勇放下吊桥,缓辔出来,笑容可掬的对那贼将说道:“烦尊驾带我一同去瞧瞧老朋友。”那个贼将听他是甄阜、梁邱赐的好朋友,只吓得张口结舌,半晌才答道:“那那那倒不必,他他他们还未到呢,我我我去替你老人家转达就是了。”他说着,便领着士卒离开杨花坞。临走的时候,还向阴识道歉一阵子。

阴识见自己的计策已受,还不乐于敷衍吗,便放马过了吊桥,随即令人撤起。阴兴笑道:“你这法子好倒好,但是甄阜、梁邱赐如果真个来,那便怎样应付呢?”阴识笑道:“兄弟你只知其一,不知其二,这班狗头,你估量他,他回去还敢和甄阜、梁邱赐去提起这件事么?真个过虑了。你细细的想想看,难道甄阜、梁邱赐不教他们打仗,教他们出来掠劫烧杀无辜的百姓吗?恐怕没有这种道理吧!我虽然撒下这个瞒天大谎,料瞧他们一定不敢回去提起的。”阴兴沉吟了片晌,拍手笑道:“你这条计,真是好极了!马上如果再有贼兵来滋扰,简直就用这话去对付他,岂不太妙!”阴识摇手道:“动不得,这条计,万不可再用。适才那个贼将,我见他呆头呆脑的,故想出这样的计来去吓骗他。凡是须随机应变才好。要是一味的抱着死题做去,岂不偾事么?”

话犹未了,只见南面又是一队贼兵冲到濠河边,为首一员贼将手执鹰嘴斧,怪叫如雷,连喊放下吊桥,让咱家进去搜查不止。阴识、阴兴慌忙带着众乡勇飞也似的赶过来,说道:“我们这里没有敌人,请向别处去搜查罢!”那个贼将大怒喊道:“好贼崽子,胆敢抗拒王命,手下人,与我冲进去!”说时迟,那时快,一队贼兵,一齐发喊起来,便要冲了过来。阴识见了这种情形,晓得这个贼将的来势不讲道理,只得大声说道:“好贼子,谁教你们出来搜查的,这分明是你们这班狗

头，妄作妄为罢了，识风头，趁早走，不要惹得老爷们生气，将你们这些狗头的脑袋，一个个揪下来，那时才知杨花坞的老爷厉害呢！”那个贼将只气得三光透顶，暴跳如雷，忙令一众贼兵，下水过濠。那些贼兵扑通扑通的跳了十几个下水。谁知水里早就埋藏着铁蒺藜、三面匀等，那跳下去的贼兵，没有一个活命，都是皮开肉绽，腹破如流，一齐从水里浮了起来。那时村里的乡勇，一齐大笑。那个贼将，又惊又怒，仍不服气。又叫贼兵运土填濠。阴识右手一挥，登时万弩齐发，冲在前面的贼兵，早被射倒数十个，贼将才知道厉害，挥着贼兵，没命的逃去了。阴兴道：“这岔子可不小，这个贼将回去，一定要说我们拒抗王兵。假使大队的贼兵全来，那便怎么办呢？”阴识也踌躇半晌道：“事到如此，只好硬头做下去，别无办法，如果让这班贼兵进来，试问还堪设想么？”

这时忽然众乡中走出一个人来，对阴识说道：“为今之计，最好将这班贼兵的尸首先埋了。如果没有人来便罢，假若有人来责问，我们一口不认，他们没有见证，也无奈何我了。”阴兴拍手道：“妙！”忙令乡勇将吊桥放下，拥出去，七手八脚将那些贼兵的尸首掩埋了，赶着进来，撤起吊桥，仍然向四处去巡阅。谁知一直等到天晚，竟没有一个贼兵前来。北面喊杀的声音，渐渐也没有了，大家方才放心。又巡守了一夜，到了第二天早上，见那一班逃难的陆续不断的回来，知道贼兵已去，阴识、阴兴才卸甲进庄。

到了家里，先到邢老安人面前请安，只见房里空洞洞的一个人也没有，忙问仆妇，谁知一个仆妇也没有，弟兄两个，一直寻到后花园的书房里，才见邢老安人和丽华以及明儿、碧儿等一班人，都在里面，一个个愁眉苦脸的。阴识忙请了安，接着阴兴也过去请安。邢老安人见他们弟兄两个，好好的回来，心中自然欢喜，忙问道：“现在你们回来，大约贼兵已经退去了？”阴识道：“母亲不要惊慌吧，现在贼兵确已退去了。”丽华插口问道：“两家的胜负如何？”阴兴道：“还要问呢，方才听见一班逃难的百姓说的，刘家兄弟，大败亏输，全军覆没了！听说弟兄三个之中，还被贼兵杀了一个呢！”丽华听得，芳心一跳，忙问道：“死的是第几个？”阴兴道：“大约是个最小的吧j”她听得这话，陡然觉得心中似乎戳了一刀，眼前一黑，扑的向前栽去。慌得众人连忙将她扶起。只见她星眼定神，樱口无气，吓得邢老安人大哭起来。阴识、阴兴也莫名其妙。谁也不知她和刘文叔有了这重公案，一个个面面相觑，手慌脚乱。邢老安人更是儿天儿地的哭个不住。过了半晌，才见她微微的舒了一口气，哇的哭出声来，大家方才放心。这时只有明儿一个人肚里明白。到了这时，邢老安人只是追问明儿。明儿晓得安人溺爱小姐，说出来料也无妨，便将以前的公案，一五一十的说个究竟。邢老安人方才明白，正要开口，阴识是个孝子，晓得母亲一定要怪兄弟出言不逊的，忙道：“这是兄弟听错了，昨天被贼兵杀的原是刘仲，不是刘文叔。”邢老安人却并不怪丽

华做出这样不端的事来，反而怪阴兴有意妒嫉他妹子，便将阴兴骂得狗血喷头。可怜阴兴有冤难诉，只得满脸陪笑道："安人！请不要动气，只怪我没有听真，得罪了妹子。"邢老安人骂道："不肖的畜生，还在这里啰唆什么，还不给我滚出去。"

阴兴被他母亲骂得垂头丧气，张口不得，连忙退了出来。阴识也随后出来，向阴兴笑道："兄弟你今天可是冤枉死了！"阴兴笑道："说来真奇怪极了，想不到妹妹竟有这样见识，往日东家来说亲，她也不要，西家来做伐柯，她也不准。料不到她竟看上了这个刘文叔，我倒不解。"阴识正色说道："妹妹的眼力，果然不错。刘文叔这人，你会过面没有？"阴兴道："没有。"阴识道："啊！这个刘文叔，我在十村会操的时候，见过他一次，不独气宇轩昂，而且恢廓大度，将来一定可以出人头地的，而且他又是汉室的嫡派，他此番起义，一定能够恢复汉家基业。"阴兴道："如果他果真死了，那么汉家岂不是同归于尽么？"阴识道："道路之言，不可轻听。"

话犹未了，外边探事的儿郎，走进一个来禀道："现在贼兵已经退守宛城，刘缜领兵到棘阳了。"阴识忙问道："刘家兄弟听说阵亡一个，不知是谁？"那探事地说道："阵亡的差不多就是刘仲。我听说刘仲是员勇将，当他们失败时候，他一个人独战四将，临死还将一个贼将的手腕戳伤，你道厉害么？"阴识一摆手，那探事的退出。

他忙与阴兴兄弟两个，一同进来，对邢老安人说道："请母亲放心罢，现在刘文叔果然未死，和他的哥哥到棘阳去了。"邢老安人听了这话，忙去告诉丽华。丽华才稍展愁容。

大家便到前面楼上，邢老安人一面又差人出去打探究竟。数日后，得了回音，说刘文叔果然未死，丽华自然欢喜。

光阴似箭，年复一年，丽华深闺独处，备觉无聊，常闻人言沸沸，说刘文叔现已封为汉大将军，现在洛阳。但言人人殊，她的芳心，转难自信。有一天晚上，她晚妆初罢，只见一轮明月从东方高高升起，她寸心有感，便命明儿捧香伺候。明儿便捧着宝鸭香炉，内盛着沉香，用火引起。明儿便对她说道："姑娘要燕香，有何用处？"丽华微颔螓首，答道："此刻无须你问，我自有用处。"明儿早已料着八九分，也不便再问，只得捧着香盘，静悄悄的立在旁边听她吩咐。她将罗裙一整，粉脸一匀，婷婷袅袅的走下楼来。明儿也捧香盘跟她下了楼。转楼过阁，不多时进得园来，她走到牡丹亭的左边，亭亭立定，便命明儿去取香案。明儿忙将手中的香盘，安放在牡丹亭里，她一径向书房而来。到了书房门口，只见里面灯光已熄，鼾声大作，她敲门喊道："小才，小才！快点将门开放，我有事呢！"喊了半天，小才听得有人叫门，冒冒失失的爬起问道："谁敲门呀？"明儿答道："我。"

小才听见是明儿的声音,心中大喜,没口的答应道:“来了,来了,好姐姐!劳你等一等?”说着,他一骨碌爬了起来,将门开了,劈面将明儿往怀中一搂,说道:“好姐姐,你今天可是和我干那勾当么?”明儿被他一搂,不禁心中一动。后来又想丽华教训她的一番话,不觉用手将小才往旁边一推,怒道:“谁和你来混说,小姐现在这里,仔细着你的皮。”小才听说小姐在此,吓得倒抽一口冷气,忙放了手,说道:“不肯就罢了,何必要这样的大惊小怪呢?”明儿道:“赶快搬一张香案到牡丹亭旁边去,休要再讲废话了。”

小才见她这样与往日大不相同,当然不敢再去嘻皮笑脸的了,忙搬了一张湘妃竹的香案,跟着明儿径向牡丹亭而来。这正是:

神女无心出云岫,襄王乏术到阳台。

要知后事如何,且看下回分解。

第六十七回　慰娇娃老妪烹野雉　见仙婆医士想天鹅

那一轮皎洁的明月,从东方含羞带愧慢慢地现了出来。她的可爱的光华,照遍大千世界。她最能助人清兴,而且又能引人的愁思和动人的感触。那一群小鸟见她出来,似乎受了感触的样子,反舌歙翼闭着眼睛,一声也不响。那园里的花儿似乎动了清兴,展开笑靥,静悄悄的度它的甜蜜地生活。亭右的她,似乎引动愁思,拂袖拈香,仰起粉脸,朝着月亮微吁了两口气,玉手纤纤的将香插到炉中,展起罗裙,盈盈的拜了下去,深深的做了四个万福,樱唇微微的剪了几剪,便退到牡丹亭里,懒洋洋的往椅子上一坐,斜首望着天空,可是她的一颗芳心,早就沉醉了。那个善伺人意的明儿走到香案跟前,端端正正的拜了几拜,跪在地上,口中说道:“我们小姐随便什么心事,全要和我说的,今天她不告诉我,我已经明白了,我要替小姐祷祝,过往神祇,但愿姑老爷封王为帝,扫平暴乱,四海清宁的时候,用香车宝马,将我们小姐接了去,做一品夫人,我也沾光得多了。”她说到这里,丽华嗤的笑了一声,也不言语。明儿便站起来,跑到丽华的身边笑道:“姑娘,我说的话,错么?”她也不答应。明儿笑道:“我晓得了,我刚才祷祝,还少两句,因为小姐和他已经分别好久了,姑老爷现在得志,就来将小姐接去,早成佳偶吧!”丽华笑道:“好不要脸的蹄子,任何没脸的话,你都嚼得出。谁要你在这里捣鬼?”明儿笑道:“嘴里说不要我在这里,可是心里不知怎样的欢喜

呢。"丽华笑道:"这蹄子越来胆越大了。"明儿笑道:"罢呀!姑娘你不要这样装腔做势的,像我明儿这样的体贴你,恐怕没有第二个了。"丽华笑骂道:"嘴不怕烂了么,只管啰唆不了。少要嚼舌头,跟我到园中去闲步一回罢!"明儿点首答应,便喊小才将香案收去。

小才高高兴兴的起来,只当明儿喊他去做那个勾当的呢,后来被明儿一拒绝,又加上一个迎头二十五,只弄得垂头丧气。见明儿喊他搬香案回去,碍着丽华在这里不敢多讲,只得将香案搬起。临走的时候,向明儿下死劲盯了一眼,口中叽咕道:"你不记得那天百般的哄我和你……"他刚刚说到这里,明儿羞得无地可容。丽华早已明白,忙向小才喝道:"蠢才!她叫你将香案搬去,难道还不依从么?怎的嘴里叽咕什么,还不给我快点搬去,迟一些,我回去告诉太太,马上就将你赶了出去,看你倔强不倔强咧!"小才叽咕道:"姑娘不要怪我,原是她惹我的。"丽华喝道:"她惹你做什么?男女大了,难道还不知回避吗?"明儿还恐他再说,忙向丽华道:"这东西出口不知一些轻重,还是让我去告诉太太,请他立刻动身的好。"她说罢,故意要走,吓得小才连忙跪下哭道:"好姐姐!我下次可不敢了,你如去告诉太太,我就没有性命了。"丽华见他这样,禁不住笑将起来,忙道:"还不快些搬了去!"小才从地下爬起来,搬起香案飞也似的去了。

丽华向明儿笑道:"这真奇了!我讲的话,倒没有你的话有用,可不是反了天了吗?"明儿羞容满面,低着头半晌答不出一句话来,搭讪地说道:"小姐不要笑我罢!只怪我一着之错。"丽华忙道:"你不用见疑,我本来和你说的一句玩话。一个人谁没有错处呢?不过错了以后,千万不能再错就好了。我们主婢,也比不得别人,你就是有一点错儿,现在已经改过自新。我难道还来追寻你吗?我们去散步罢!"她说罢,和明儿手携手到各处去闲逛一回。

这时,正是新秋天气,河内的荷花,已经半萎,亭旁木樨,早结蓓蕾,野虫唧唧的叫个不住。她徘徊了一回,究竟乏味,便欲和明儿回去。明儿笑道:"今天的月亮真是难得,我们停一会子回去吧。"她说道:"还是早一些儿回去的好,免得太太盼望。"明儿点头道是,便和她顺着花径走了出来。还未到园门,蓦地起了一阵微风,习习吹来,丽华不禁打了一个寒噤,当时倒也没有介意,便和明儿出得园来,回到楼上,只见雪儿笑道:"你们到哪里去的?太太一连着人来问过几次了。"明儿笑道:"你怎么回的?"雪儿笑道:"我说小姐到后花园里去散步了。"明儿笑道:"看不出你倒有些会隔壁算呢,真的我和小姐方才从花园里来的。"她们俩正在谈话,碧儿跑进来说道:"太太不放心,打发我来望望小姐回楼不曾。"明儿笑道:"这蹄子,想是眼睛跑花了,小姐坐在这里,难道没有看见吗?"碧儿一掉头见了丽华,忙笑道:"原来小姐回来,我还没看见呢,你到太太那里去吗?"明儿见她懒懒的,只当她疲倦已极,忙向碧儿道:"你去到太太那边,就说小

姐在后园里逛了一会儿，现已回来。因为身体疲倦，已经睡了。”碧儿答应去了。明儿又向雪儿道：“你还在这里发什么呆，天不早了，也该去睡了。”雪儿道：“不等小姐睡了，我就好去睡的吗？”明儿道：“这里用不着你，小姐自有我来服侍，你早点去挺尸罢，省得到明天早上，教人喊得舌苦喉干的，还是不肯起来。”雪儿果然瞌睡，巴不得的明儿这两句呢，忙起身下楼睡觉去了。

明儿走近来，向丽华问道：“姑娘还吃点东西么？如果要吃，我就去办。”她摇头说道：“不需不需。我此刻不知怎的，好端端的头晕起来，你快来扶我到床上去躺一下子。”明儿忙扶她立起。谁知她刚才站起，哇的一口，接着一连呕了十几口，复又坐下，只是呻吟不止。明儿忙去倒了一杯开水，与她嗽口，然后扶她上床，用被子替她盖好。自己又不敢离开，先用扫帚将楼板上扫得清洁，过来低声问道：“小姐！你现在觉得怎样？”她呻吟着答道：“别的倒不要紧，只是头昏得十分厉害，像煞用刀劈开的一样。”明儿那敢怠慢，脚不点地的飞奔下楼，告诉邢老安人。她听了这话，滚萝卜似的扶着碧儿赶到丽华的楼上，进了房门，就发出颠巍巍的声音问道：“我的儿！你觉怎样？”说着，已到她的床前。邢老安人坐在床沿上，又问了一遍。丽华见母亲到了，忙免强答道，“请母亲放心，我只不过有些头晕，别的倒不觉得怎样。”邢老安人伸出手来，在她的身边一摸，竟像火炭一样的亢热，不禁慌了手脚，大骂明儿不当心服侍姑娘。明儿一声也不敢响，满肚子委屈。丽华忙对邢老安人说道：“娘呀！你老人家不要去乱怪她们，一个人头疼伤风，原是当有的事呢。”邢老安人说道：“假若她们服侍周到，你又何能感受寒凉呢？”

说话时，阴识、阴兴听说妹妹生病，忙着一齐赶来慰问。阴识向邢老安人说道：“母亲！你老人家放心，妹妹差不多是受了一些寒凉了，所以才这样发热头晕。买一些苏散的方子来，疏化疏化自然就会好了。”邢老安人道：“可不是么，这都是些丫头不当心，弄出来的。”说着，便问阴识道：“买些什么苏散的方子？你快些儿用笔写好，就叫小厮去配罢！”阴识答应着，退了出来，蘸墨铺纸，写着：荆芥、防风、白芷、苏叶、麻黄五样，便叫一个小厮配去。小厮拿着单子，飞也似的向宛城去了。

没多时，小厮将药买好回来，送到楼上，明儿忙接过来，一样一样的放在药炉里，对匀了水。一会子，将药煎好，将渣滓剔下，盛在碗里，明儿捧着便进房来。

邢老安人见了骂道：“痴货，那药刚刚煎好，就忙不了捧来，怪烫的，教她怎样吃法？还不先摆在茶儿稍为冷冷。”丽华忙道：“烫点好，就给我吃罢！”邢老太太说道：“乖乖！你不用忙，那药刚才从炉子里倒出来，滚开的怎样吃法？等得稍减一点热气，再吃罢！”丽华也不言语。明儿此时真个是啼笑不得，进退不可。

停了一会，邢老安人喝道："你那小蹄子，难道听我说了两句，就动气了么？痴呆呆的站在那里，药也不捧过来，还等我去捧不成？"明儿忙将药捧了过来。丽华就向明儿的手中，将药吃完。明儿放下药碗，用被子替她重重盖好。阴识对她说道："妹妹！你好生睡一会子，等到出了些汗，马上就要好了。"丽华一面答应着，一面向她母亲说道："母亲，你老人家请回去安息，我没有什么大要紧，出了汗就好了。"邢老安人忙道："是的，我就睡觉去，夜间千万自己留神，出汗的时候，不要再受风要紧！"她满口答应，邢老安人又教雪儿起来，帮着明儿服侍小姐。雪儿一骨碌爬起来，没口的答应。邢老安人又叮嘱一番，才扶着碧儿下楼去了。接着阴识、阴兴也自下楼去安寝了。

雪儿揉揉睡眼悄悄的向明儿笑道："姐姐！你今朝可碰着钉子了。"明儿笑道，悄悄的答道："还要问呢！蹄子蹄子，直骂了一大堆儿，也是我合当倒霉晦气罢了。"她二人见丽华已经睡着，便对面赶围棋儿。弄了一会子，不觉疲倦起来，伏着桌子，只是打瞌盹。一会子，两个人都睡着了。再等她们醒来，已是天色大亮。二人忙到丽华的床前，见她已醒了，粉面烧得胭脂似的，紧锁柳眉呻吟不住。明儿低声问道："小姐，今天好些么？"她呻吟着答道："汗可是夜来出得倒不少，只是热怎的不肯退"明儿伸手进被一探，不觉大吃一惊，周身亢热到十二分火候，忙又问道："小姐，你还觉得怎样？"她勉强答道："头晕倒好一些，可是身子恍恍惚惚的，像在云端里一样。"

明儿正要再问时，邢老安人扶着碧儿，后面跟着一个七十多岁的婆子，径进房来。明儿、雪儿忙去搬两张椅子，靠着床前摆下。邢老安人和那个老婆子，一齐坐下，邢老安人靠着丽华的耳边，悄悄的问道："乖乖，你今朝可好些么？"她呻吟着答道："头觉得不大晕了，只是精神恍惚得厉害，身子轻飘，像煞在云雾里一样。"邢老安人用手在她的头上摸了一把，不觉皱眉说道："热倒像反增加了许多。"那个婆子问道："小姐的病是几时觉得的？"邢老安人道："啊也！张太太，我竟忘了。"忙向丽华道："儿呀，东邻张太太，特地来望你的。"她忙说道："烦老人家的驾，罪过罪过！"邢老安人对张太太说道："她的病，就是昨天晚上到后园里去散步觉得的。"张太太道："哦！我晓得了，这不是病，一定碰见什么捉狭鬼了，大凡人家的儿女，越是娇着，这些捉狭鬼前后就跟着她，一得个空子马上就揪她一把，或是推她一跤 ，都要将她弄出病来，才放手呢！"邢老安人忙问道："照这样说来，还有解救么？"张太太道："怎么没有呢？我回去请个人来替她解救解救。"邢老安人问道："你老人家去请什么人？"张太太道："就是马奶奶啊！她专门医治这些怨鬼缠身的毛病。"邢老安人喜道："那就好极了！就烦你老人家去将她请来吧！"

张太太满口答应，起身下楼。一刻儿，带来了一个老太婆，身穿黄布袄，腰

系八卦裙，手执擎香蟠龙棒，见邢老安人，打个大喏，便走近床边，向丽华脸上熟视了一会，便命人摆设香案。马太婆将头发打散，坐在椅子上巍巍不动。阖宅的人都立在旁边，肃静无声，一齐望着她做作。阴识焚过香，磕过了头，刚刚站起，但见马太婆狂叫一声，连椅子往后一倒，吓得众人一跳。阴兴忙要过来扶她，张太太连忙摇手止住道："不用不用！她这时入阴曹和捉狭鬼去谈话了。"

阴识心中有些不大相信，但是张太太的命令又不好去反对，只是含笑不语。一刻儿，只见马太婆微微的苏回了一口气。张太太忙对众人说道："赶快焚香叩头，她回来了。"阴识只得又去焚香叩头。马太婆慢慢的从地下爬起来，对老安人说道："恭喜太太！小姐碰见的黄鼠狼的神，我方才下去和他争论了半天。他兀的要追小姐的性命，他说小姐是狗投胎的，在前世曾将他咬死，他要报仇。我又向他劝解一会子，准他猪头三牲，香烛纸马，一只野雉，他才答应。太太可快点预备罢！"老安人道："猪头三牲是敬他的，但要野雉做什么用呢？"马太婆道："买一只来，须你老人家亲自动手烹调，先敬神后与小姐吃，不上三天，就会要好了。"老安人满心欢喜，忙差人去买野雉，一面又取出五十两银子，赏给马太婆。马太婆还谦辞了一阵子才收下银子，告别走了。

张太太对邢老安人说道："你可照办罢！我也要回去。"她说罢告辞，也走了。

一会子，买野雉的小厮回来说道："宛城、春陵都跑到了，买不着野雉。"邢老安人勃然大怒，骂道："叫你们这些狗头办这一点事，都办不到，可见就是吃饭罢。"阴识见邢老安人动怒，忙前来说道："请你老人家暂息雷霆，让别个再去买一趟看。如果买着了，将这些狗头一个个重打一顿，赶出去便了。"说着，向那几个小厮喝道："还不给我滚出去！站在这里发什么呆！"那几个小厮，抱头鼠窜的下楼去了。阴识明知野雉买不到，下了楼，带了十几个家丁到郊外去打猎，也是他的孝心感动上苍，果然打到一只野雉。忙回来对邢老安人说道："到四处的乡镇上寻了好久，果然没有野雉，孩儿没法，只得带了几个家丁，到郊外去打猎，才打到一只。"邢老安人大喜，忙教拿进来，亲自动手，将野雉杀了，竟弄了半天，才将雉毛挦去。阴识听得马太婆说过，不准别人动手，只得望着邢老安人一个人弄着，也不敢去喊别人来帮助。邢老安人将毛挦得干净，又用刀将鸡肉一块一块的切开，方才放下锅，和着油盐酱醋之类，将雉肉烹好，用碗盛起来。众人七手八脚的，早将猪头三牲预备停当。邢老安人将野雉恭恭敬敬捧到桌上，嘴里又祷祝了一会，亲自点烛焚香，叩了头，将雉肉捧到丽华面前说道："儿呀，你将这碗里的雉肉吃了下去，毛病马上就会好了。"丽华也不敢重违母意，只得免强喝了一口汤，吃了一块肉，放头倒下。邢老安人还教她吃，她呻吟着答道："母亲，请老人家不要烦神了，孩儿实在不能再吃，恶心得好不难受。"阴识插口说

道："母亲！不必尽管教她吃，只要吃过了就算了。"邢老安人便命人将碗拿下去，满望她就此好了。

谁知到了第二天，再来瞧看，俗语有一句道，外甥打灯笼照舅。邢老安人可是没了主意，整日价愁眉苦脸的。阴识道："母亲！你老人家做的事，论理本不应我们多嘴，但是人生了毛病，当然要去请医生来诊视才好。没的听着风，就是雨，妖魔鬼怪，乌乱得一天星斗。你老人家想想，到如今妹妹的病，不独没有好一些，反而加重了。"邢老安人叹一声，片晌无语。阴兴道："我听得人家说，宛城东门外，有一个医生很好。名字叫什么万病除，不论百样的病，只要经他的手一诊，马上就好。我看妹妹的病，现在愈来愈重，何不将他请来看看呢？"邢老太太骂道："你这个畜生！明知有个好医生，为什么不早些说出呢？一定要挨到这会，才告诉人。"阴识忙差人飞马去请万病除。

不一刻，万病除到了。阴识、阴兴忙将他接到大厅上，献茶，问了名姓。阴识便将万病除请到丽华的绣楼上。明儿忙将帐子放下。邢老安人坐在旁边问道："这就是万先生么？"阴识道："正是。"万病除斯斯文文的走到丽华的床前，往椅子上一坐。明儿将丽华的玉手慢慢的拉出来。他见这只玉手，早已野心大动，急切要一见帐里的人。他握着丽华的手腕，觉得软如棉絮，滑如凝脂。停了一会子，他徒然心生一计，向阴识道："请将帐子揭开，让我看一看虚实寒热。"阴识忙叫明儿将帐子揭开。他伸头一张，不觉神魄失据，大了胆在丽华粉腮上摩了一会，才缩手离位，把手拍着胸脯，拍得震天价响的对阴识说道："大世兄，请太太放心，小姐的病，不过重受寒凉，没什么要紧。"这正是：

狼子野心真可恨，佳人病势入危途。

要知后事如何，且看下回分解。

第六十八回 癞犬登门屠户吃粪 痴猫守窟小子受笞

却说万病除满口担保道："不是我万某夸口，照小姐这点细些小病，不消三剂药，管教她好就是了。"邢老安人听他这话，自然欢喜，说道："只要先生肯替我们小姐将病看好，要谢什么有什么。"万病除笑道："太太！老人家不须客气，晚生用心就是了。"

说着，阴识将他送到外边的明间里。小厮早就将砚台笔纸预备停当。万病

除靠着桌子坐下，摇首摆尾的想了一会子，便拿起笔来，装腔做势的又停了半天，嘴里叽咕道："太阳入于少阳，有火伤心，太阳入于少阳，无火伤肠。"七搭八搭的哼个不了。

阴兴悄悄的向阴识道："这先生如何？不要说别样，你看他开一张单子，何等郑重！"阴识点头暗暗的佩服。他听见有人赞成他，愈是牵丝不了，一张单子，直开了半天，才算开好。老安人忙拿出五两纹银，教家丁送他回去。万病除哪里肯收，口中说道："请太太无须客气，等我将小姐的病看好之后，再说。"老安人再也不准。无奈他一百二十个不受，老安人却也无法，只得命人送他回去。

他在马上一路胡思乱想地说道："这也是天缘巧遇了，你看她的那副模样儿，可不是天下独一吗？她一定是有心于我，如果没心于我，我用手去摸她的粉庞儿，难道一声不做吗？只要我将她的毛病看好，怕她不给我吗？凭我这个样儿，在宛陵的四乡，不是我说句麻木话，谁有我这样的威风呢？"他想到这里，不禁点头晃脑，险些颠下马来。

那个跟马的小厮见他这样，也不觉好笑，暗道："这位先生有些神经病吗？"他自己哪里觉得，一味的嘻皮癞脸的，一会子到他的家门口。小厮忙将马头一带，那马便立住不动，等他下马。

谁知他正自想得出神，见马不走，举起鞭子在马屁股上着力打了一下子。那马霍的向前一跳，将他往下一掀，一个倒栽葱，只跌得个发昏。可巧刚刚天下雨才晴，路上的泥泞，完全被他沾去，浑身斑斑点点，好像泥牛一般。他又羞又气，忙从地上爬起来，指着马骂道："你这个王八蛋，岂不是有意和我寻开心么？"他痛骂了一阵，便对小厮说道："烦你回去罢，我现在也不要骑马了，就是步行回去咧。"

他说罢，低着头，一径向西走去，那个小厮不禁诧异地说道："先生，你不是已经到家了吗，又向西到哪里？"他听得这话，忙立住脚步，回头一看，不禁自己也好笑，忙道："几时到这里的，怎么我一些也没有介意？既如此，更好了，你赶快回去罢。"小厮笑着跳上马，一径回去不提。

再说阴识见他走后，忙拢近来朝他的单子上，仔细看了一会子，只见脉案上开的是：大受寒凉，身体不安，火热厉害，头又晕、眼又花，用一方以治。下面写着：附片五钱、肉桂三钱、羌活三钱、白芍三钱、茯苓三钱、细辛五分、防风三钱、前胡三钱、桔梗一钱、冬瓜皮一钱、灯薪五钱做引子。阴识对医药一道原有些三脚猫，见他这张单子只吓得目瞪口呆，半晌说不出话来。阴兴问道："如何？"阴识抿嘴道："万先生这方子，未免胆太大了。"阴兴听他这话，很不以为然地说道："怎见得胆大？"阴识道："什么病可以用五钱附片，三钱肉桂呢？"阴兴道："你晓得什么，人家既然能用这两味，想必别有用意的。"

阴识忙教小才拿着这个单子，到宛城药材铺子里去配。小才那敢怠慢，就出得门，上了大骡，到宛城一家药店门口停下，将骡子拴好，进了店，将单子往柜台上一放，说道："替我配一帖药。"里面走出一个老相公，将单子接到手中，撑起老光眼镜仔细看了一遍，挠起胡子说道："这单子上面的药，我们这里不全，请到别人家去配罢！"小才子拿单起子，便到东面一家药铺子里去配。一个小学徒的，正站在柜台旁边打盹。小才将柜台一拍，喝道："伙计，你夜里没有困觉吗！生意来了。"那个小学徒的被他冒冒失失的一嚷，吓得一怔，忙将睡眼揉开，没住口的答应道："来了来了！"说着，伸手将他的单子接过，往戒尺底下一压，拿起药盘便去配药。这时里面老板，听得小才的呼唤，他正在小便，裤子也来不及束，就赶到外边。见学徒已经动手配了，他便先将腰裤束好，走进来朝药单子仔细一看，不禁倒抽了一口冷气，忙伸手将学徒打了一个耳光，骂道："你这个混蛋！连眼睛都瞎了，这样的单子，你就配了吗？"他说罢，将单子还与小才说道："这单子上的药，我们小店里配不全，请换一家罢！"小才听他这话，心中十分诧异的问道："你这是什么话？药不全，难道就开药店了吗？"那店老板说道："委实不全，请换一家罢！"小才深怕耽搁辰光，回去又要挨打，急得向店老板大声说道："呔，你说没有，怎么你家相公又配呢？想必是有的，没有他就配了吗？"那店老板说道："这倒不要说，他是才来的一个学徒，晓得什么，你不看我方才打他吗？"小才说道："我晓得了，莫非怕我不给你钱吗？"店老板笑道："你这是什么话，我们既然开一爿药铺子，你不给钱他不给钱，难道我们吃西北风吗？"小才道："既然这样，为什么又见生意不做呢？那店老板对他说道："老实对你说一句，你这单子，不论拿到谁家去总不见得配给你的。"小才听了这话，更是惊异问道："照你说，我这单子竟没有地方配了？"店老板摇首说道："没有没有。"小才道："难道配这单子就犯法了么？"店老板道："不是犯法，恐怕要招人命。"小才益发不放心的问道："难道我们这单子上有杀人刀么？"那店老板被他逼得不得已的问道："你这单子究竟是人吃的，还是牛吃的？"小才听他问得蹊跷，忙转问道："人吃怎么？牛吃怎么呢？"他道："牛吃还可以，如果是人吃的，包管今天吃下，明日送终。"小才说道："什么药这样的厉害呢？"他道："什么病能用三钱肉桂，五钱附片呢？"小才道："你不用管，好歹这单子又不是你开的，怕什么呢？"他道："这是不可以的，人命关天，岂能乱动？"小才道："那么你将这两样厉害的药少配些罢。"他答道："如果这样办，还可以。"他便动手，一味一味的配了半天，才将这一副药配好。小才付了钱，跳上骡子，连打几鞭。那骡子两耳一竖，腾云价的回来了。跑到半路上，小才方想起药没有携取，忙兜转骡子，重到这家药铺子里，取药便回。待得到家时，已是申牌时候。他跳下骡子，将药送进去。

阴识问道："为什么到这会才来？"小才便将以上的话说了一遍。阴识也不

答话，就将药送到楼上。邢老安人正是守得心焦，见药配来，忙叫明儿去煎。明儿一会子将药煎好与丽华吃下。大家全坐在她的房里，静悄悄的候着。但见她吃下药，没一会子，汗出如雨，额上直是滚个不住。阴识对邢老安人说道："你老人家快些到被窝里探探看，汗出到什么样子了？"邢老安人便伸手入被一摸，那被褥上完全被汗湿透了，忙叫明儿将上面的被子揭去。但见她面色惨白，娇喘微微，一句话也不能说了。阴识走到她面前，用手在她的额上一按，跌足叹道："这便怎生是好？狂热一分也没有退去。"阴兴道："再去请万先生来看看，究竟出汗不退热，是什么道理？"阴识忙着人去请万先生。

一刻儿万病除脚打屁股的进来。阴识忙迎上去，首先问道："舍妹服先生的药，汗是出得不少，但是狂热有增无，究竟是个什么缘故呢？"他之乎者也的答道："夫狂热不肯退者，定是大汗未出也，若夫再以出汗之剂服之，大汗一出，周身无病矣。"

阴识便领他到丽华的房中。邢老安人忙问道："小姐汗是出得和洗沐的一样，怎的狂热简直一分不退呢？"万病除笑道："请太太放心！在我手里看的病，不会不好的，小姐出汗不解热，一定是还是汗没有出透的缘故吧！再将药煎与她吃，等汗出透了，自然就会好了。"邢老安人忙叫明儿将药再煎。明儿忙又去煎药，给小姐吃了。

万病除又问道："现在她怎么样了？"邢老安人忙将帐子揭开说道："请先生来看看！"他巴不得这一声，忙走到她的床前，睁开那一双贼眼，向她望了一会，猛的伸出那一双又粗又大的黑手来，摸她的颊额，可是把个丽华羞得欲避不能，欲喊无力，任他摸了半天。可恨这万病除野心勃发，竟由她的粉颈下面，一直探到她的胸前，只觉得双峰高耸，宛如新剥鸡头。他可心花大放，把手缩了出来，对邢老安人笑道："别的医生看病，他奉旨不肯替人家摸胸口的，他们这些装腔做势的派子，我可学不来，我看病无论何人，总要探一探虚实寒热的。"老安人哪里知道他的念头，满口称是。他又笑吟吟的向丽华问道："小姐的月经是几时当期？"丽华此刻，又羞又愧，又气又恼，哪里还去答他的话儿，强将身子一掉，面孔朝里，呻吟不住。邢老安人忙道："先生！你不要去问她，我晓得的，出了房细细的告诉你。她们女孩子家，将这些光明正大的事，都是怪难为情的，不肯说出来？"万病除笑道："原是原是。我看了无数的小姑娘毛病，问她们的月经，总是吞吞吐吐的难说出来。最后还是她的母亲，或是嫂子代说出来。她们还羞得无地可容哩！"他说罢，起身出来。

邢老安人也就跟了出来，将丽华的经期一五一十的告诉他，他点头笑道："我晓得了，太太请放心罢。这一剂药，将二次吃下去，马上就转机了。我现在还有许多事，无暇再耽搁了。"他说罢，起身下楼。阴识忙叫人拉出一匹马，送他

回去，不提。

再说丽华见万病除走了之后，只气得泪流满面，嘤嘤的哭道："哪里请来的这个混帐医生？我宁可死，也不要他看了！"邢老安人忙道："儿呀！你不要误会，医生有割股之心，他问你都是他留神之处。"她不回答，只是哭个不住。邢老安人也无法劝慰。这时明儿已经将药捧了过来，她哪里肯吃。慌得邢老安人哄道："乖乖，这药是你哥哥开的单子，那个王八已经打走了。"她哭道："妈妈，不要哄我！不过吃了他的药，心中像火烧的一样，所以不愿再吃了。妈妈既然教我吃，我还能违抗么？"她说罢，一口气将药吃下去。这一来，可不对了，没一会，只见她从床上劈头跳起来，青丝撩乱，一双星眼，满暴红筋，大声说道："好好好！你们想害刘文叔么？恭喜你们，我跟他一同死了！谁能留住我？十万赤眉强盗已经被你捉住了么？"众人吓得手忙脚乱，大家全抢过来，将她按住。争奈她大力无穷，一挥手，将明儿、雪儿推得跌到三尺以外。邢老安人更是心肝肉儿哭个不住。

这时阴识、阴兴正在楼下议论万病除的方子，忽听得楼上沸反盈天，大闹起来。二人一惊不小，一齐飞奔上楼，只见丽华披头散发，满口胡言。阴识抢过来，一把将她按住。丽华还要挣扎，阴识死力将她压住。阴兴也过来帮忙，才将她扳倒睡下。阴识一面按着，一面埋怨阴兴道："这都是你招来的。我早就说过了，姓万的方子，万不可吃，你偏要替他扯顺风旗。昨天小才将单子拿去配，药铺里没有一家肯配，后来将肉桂附片减去三分之二，才将药配来。如今妹妹这个样子，还想活么？"

老安夫人听见这话，一头撞在阴兴的怀里，大哭大骂道："好孽障！你究竟和你妹妹有多少深仇大怨，三番两次的盘算她？现在她要死了。你总算安心了。畜生！你不如将我的命也算去吧，省得见我的心肝死得可怜！"邢老安人说了一阵，忽的往下一倒，双目直视，竟昏厥过去。明儿、雪儿吓得走投无路。

阴识忙向她喝道："还不过去，将太太扶起来，发什么呆呀！"阴兴一面哭，一面和众人将邢老安人扶起来，在背上轻轻的用手抚个不住。一会子，邢老安人才舒过一口气来。

阴识到此时，也由不得别人做主，忙差人到春陵去请李雪梅医生，没多时，李雪梅到了。阴识命明儿等将小姐按住，自己下楼，将李雪梅请上楼来，到床前略一诊视。

李雪梅捋着胡子，沉吟了一会，退出房来。阴识躬身问道："敢问老先生，舍妹可有回生之望么？"李雪梅摇头咋舌道："不容易，不容易！只好尽我的力量。如其再不中用，那也无法可想。小姐的贵恙，可曾请先生看过吗？"阴识道："请过万病除看过了。"李雪梅道："可有单子？"阴识忙去将单子拿与李雪梅。他仔

细一看,拍案大惊道:“该死!该死!这分明是伤寒化火,还能任意用这些附片、肉桂吗?真是奇谈!”阴识道:“晚生也是这样的设想,无奈家母等一厢情愿的脾气,不喜别人多嘴的,弄到现在,才后悔迟呢!”李雪梅叹道:“这等医生,不知白送了多少人命了!”他拿起笔来,酌量半天,开了一张单子,上面写着:羚羊角三分、金钗、石斛五钱。他对阴识道:“叫人去配,估量这羚羊角要磨半天呢,快点就去罢!”阴识忙差小才,拿着单子指名到保和堂去配了。

这时楼下有个小厮上来禀道:“万先生来了。”阴识听了,把那无名的业火高举三千丈,捺按不下,忙辞了李老先生匆匆的下得楼来。劈面就看见万病除笑嘻嘻向他问道:“大世兄,小姐的病势如何?”阴识也不和他客气,冷笑一声道:“先生的妙药,真是手到回春!舍妹现已好了,到后园里去顽耍了,请先生就到后边去看看,也好教先生喜欢喜欢。”万病除听得他这话,真是乐不可支的笑道:“非是万某空夸大口吧。”阴识道:“果然果然。”说着,便将他一径带向后面而来。

走到腰门旁边,阴识喊道:“走出几个来!”话犹未了,里面厢房里跑出四五个家丁来,阴识喊道:“将这个狗头,先捆起再说。”那几个家丁,不由分说,虎扑羊羔似的将他捆起。阴识掣出皮鞭上下抽个不住,口中骂道:“你这个杂种!登门来寻死,可不要怪我。今天将你生生的打死,好替我妹妹偿命!”万病除打得怪叫如枭,满口哀告。阴识哪里肯息。打了半天,忽然心生一计,便叫人将他抬到后门口,用溺器盛了满满的一下子臭粪,硬将他的嘴撬开,灌了一个畅快,才将他放下来。

他抱头鼠窜,一蹒一跚的走了。一会子,到了自己家里,浑身全是粪汁,臭不可当。许多人掩着鼻子来问他。他只得说是行路不慎,失足落下毛厕的。他将衣服一换,带了家小,连夜搬家逃得不知去向了。

再说阴识将万病除摆布了一阵,才算稍稍的出口恶气。带了众人回来,他便上楼对阴兴说了究竟。阴兴也很快活。阴识忙问阴兴道:“小才去配药回来没有?”阴兴道:“不曾回来呢。”阴识诧异道:“怎的去了好久,还不回来呢?”他便喊了一个小厮前去催他。

这小厮就跳上大骡,一口气跑到保和堂门口停下。小厮跳下骡子,但见小才倚着柜台外边,闭着眼睛,只管在那里打盹。小厮也不去喊他,竟向店伙问道:“阴府上的药配好没有?”伙计答道:“早已配好。喊他数次,这个家伙睁开眼睛,开口就要骂人,我们气得也不去喊他了。”这个小厮素来和他不睦。他眉头一皱计上心来,忙对店伙说道:“请你将药先交给我带回去,让他在这里打一会瞌睡罢。”店伙也不知就理,忙将一个羊脂玉的杯子取出来,里面盛着羚羊角磨的汁,又将金钗、石斛用红绿绒绳系好,一起交与小厮。

那小厮上了骡子,飞也似的回来了,将两样药送到楼上。阴识忙问道:“小

才呢?”那小厮撒谎道:“我去人家早以将药配好了,摆在那里。我问他到哪里去了,那店里的先生都不肯说。后来被我再三追问,才告诉我,说他去看把戏了。我想小姐这样危险,还能再耽搁么?就将药拿回来。”阴识听得,气得一佛出世,二佛升天。这正是:

无名业火三千丈,可怖皮鞭五尺长。

要知后事如何,且看下回分解

第六十九回 出奇制胜智勇冠三军 触景生情缠绵书一纸

却说阴识听得那小厮的话,勃然大怒,也不言语,忙将羚羊汁和金钗、石斛送进去,关照明儿怎生弄法。明儿一面答应,一面将药接了过去。

阴识退了出来。没多时,小才在药店里打盹打得醒了,再问药方,已经被人拿去,只吓得倒抽一口冷气。没奈何骑上骡子,没精打彩的回来。才下骡子,劈面就和阴识撞个满怀,吓得倒退数步,忙想要走。

阴识喝道:“叫你去配药,药配到哪里去了?”小才抿着嘴也不敢回嘴。阴识气冲冲的骂道:“好狗头,越来越不像个模样了!是我教你去办事,都不在心上了。你们给我将这畜生捆起来,重打一顿,给我赶出去!”有几个家丁,忙走过来将他按住,着实的打了数十下子。只打得小才像蛇游的一样满地乱滚,只是央告不止。

阴识倒底是个面恶心善的人,见他这样,不由的心软起来,忙道:“放下来。”那些家丁连忙住手,将他放下。小才直挺挺地跪在地上,央告道:“求大主人开恩,我下次无论做什么事情,不敢再怠慢了,如果再犯这个毛病,尽你老人家打死了,也是情愿的。”阴识道:“果然改过么?”小才叩头道:“再不改过,随大主人怎么办我就是了。”阴识见他说得可怜,而且平日又不是个刁钻的,便说道:“如能改过,且饶你个下次!”小才听了这话,忙叩了几个响头,爬起来一溜烟向后面去了。

阴识便回到丽华的楼上。李雪梅站起来问道:“大世兄,令妹服药的情形怎样?请你带我进去看看!”阴识忙领着李老先生进得房来,但见邢老安人只是向他们摆手示意,教他们不要吵闹,悄悄地说道:“她吃下了药,停了一会,便不吵了,现在已经睡着。”李老先生忙退出来,对阴识笑道:“恭喜恭喜!小姐的病,有几分希望了。”阴识谢道:“全仗先生妙手,能够将舍妹看好,阖家就感恩不尽了。”李雪梅又谦逊了一阵子,提起笔来,仔仔细细的开了一张转手的方子,汤头

是用的竹叶石膏汤。阴识忙又差人去配了来，煎好了，等候着。

一直到天晚，丽华才慢展秋波醒了。邢老安人真个是喜从天降，静悄悄的问道："我儿，你现在觉得怎样呢?"她吟呻着说道："清爽得多了。"明儿忙捧了药过来给她吃。她又将第二剂药吃下去，一直酣睡到第二天巳牌的时候，翻身叫饿。邢老安人便出来问李雪梅道："请问你老人家，小女现在饿了要吃，可能吃一些薄粥吗?"李雪梅点首说道："可以可以。"明儿顺手随便盛了一碗薄粥，捧到床前。她吃下去，没一刻儿，又酣呼睡去。

李雪梅道："小姐的贵恙，料可无妨了，老汉要回去了。"他又留下一张单子，给阴识道："这单子是善后的，你教她多吃几剂，就可大好了。"阴识连连称是，忙教四个家丁抬一乘小轿，送他回去。临走的时候，又恭恭敬敬的送上五百两纹银。兄弟两个，一直送出大门外，方才回来。由此向后丽华的病势，日见轻减。不到三月，已经大好了，按住不表。

却说刘縯等自从失败之后，东奔西走，四处活动，不上数月，已将新市、平林的两路贼兵收伏了，又数日，又将下江的兵马联合停当，一个个摩拳擦掌，预备厮杀。刘縯令兵马共分六部，以备调用。休息了几天，大排筵席，上至诸首领，下至士卒，俱欢呼畅饮。酒后，刘縯和各将领申立盟约。到了第二天，北风怒吼，大雪纷飞，正是残冬的时候，诸将领纷纷请令出兵，刘縯也是跃跃欲动。

正要发兵，刘文叔急忙止住道："此刻天寒地冻，出兵征伐，十九不利。时机未到，不可乱动!"王常听他这话很不以为然，忙道："趁他不备的当儿，猛的发兵，杀得他个片甲不留，岂不大妙，三将军何故反而违抗众议呢?"刘文叔笑道："诸君的高见，并非不佳，但是如此冷天，一旦发令动兵，他们士卒，一定是畏寒怕冷，容易气馁，而且蓝乡、宛城各处，未见没有防备的。依我的拙见，不如等到除夕那一天，他们准没有预备的，何妨潜师进袭，谅这小小的蓝乡和宛城两处，还怕不到手么?"诸将领听他这番话，一个个毫无言语，都是暗暗的佩服不止。

好容易等到除夕那一天，所喜天气晴和，微风不动。一天早上，刘縯升帐，就要出兵。刘文叔忙再止住道："凡事岂可性急，急则偾事，今天发兵，以夜里为最好，现在出兵，你想有什么益处呢?"刘縯沉吟了一会道："果然不错!"只得又忍耐等到晚，约在二更将近，才调动全队。刘文叔和刘伯姬、李通、成丹四人带领一队兵，径向泚水出发；刘縯、王常、李轶、邓辰等，带了全部的兵直捣蓝乡。差不多到三鼓的时候，大家偃旗息鼓，直等将蓝乡周边完全围起，一声令下，登时金鼓震天，灯球火把，照耀得和白日一样。

原来这蓝乡是莽贼的手下将士屯粮之所，并非没有守兵。怎奈那些守兵，因为到了岁末的一天，谁也不肯去防范。你吃酒，我猜拳，十分热闹。到了这时，差不多大半都到睡乡中度生活去了。猛的一阵大乱，把那些贼兵从梦中惊

醒。揉开睡眼，只见灯光火亮，照耀得和白日一样，只吓得三魂落地七魄升天，连裤子也来不及穿，赤身露体的逃走，霎时，东奔西散，跑个精光。刘缜和诸将，不费一些气力，竟将无数的粮草夺到手。士气大振，诸首领俱有进兵泚水的念头。刘缜也不加阻止，便令邓辰、李轶带一队兵，在这里守住。自己和诸首领，带兵星夜向泚水进发。

再说刘文叔等带兵到了泚水城下，东方已经发白，忙令李通搦战。城内守将甄阜、梁邱赐闻报大怒，赶紧披挂出城接战。忽见探事的进来报说："蓝乡失守！"二人听得这话，真个是半天里打了一个霹雳，面面相觑，半晌无语。梁邱赐大叫道："事已如此，不如开城和这班鸟男女决一死战。我们若是打胜了，趁势去将蓝乡夺回，岂不大妙。"甄阜听他这话，拍手道是。二人全身披挂，带兵出城。两边列成阵势。梁邱赐跃马横刀，用手指着刘文叔骂道："杀不尽的草寇，快来纳命。"刘文叔大怒，正要遣将迎敌。瞥见李通一马闯到垓心，摇动豹尾枪，也不答话，便奋勇大杀起来。战了五十多个回合，不见胜负。刘伯姬仇人相见，分外眼红，拍动桃花驹，便来夹攻梁邱赐。甄阜正在后面压阵，见对方双将出马，深恐梁邱赐有失，忙教杜生出马。这杜生在甄阜的部下原是一员勇将，只见他将双绸舞起，飞马出阵。成丹更不怠慢，摧马摇枪，出阵接住。这时刘缜的大队已到，合在一处。刘缜一眼望见梁邱赐，不禁将那无名的业火，高举三千丈，捺按不下，一拍乌锥挥动双鞭，三战梁邱赐。好个梁邱赐大战三人，毫无怯惧的情形，展开全身的本领，兀自转战不衰。可是甄阜见对面来了三个，战梁邱赐一个，不禁暗暗的替梁邱赐吃惊，由不得飞马出来。王常见对面有人出马，大吼一声挥动龙舌枪，闯到垓心，挡住甄阜，大战起来，一时金鼓大震，喊杀连天，只索得目眩心骇。

刘文叔看了多时，猛然见贼兵的阵脚纷纷扰动，才想起贼阵无人压阵，用马鞭一挥，从左右两边抄出两支兵，直向贼阵直抄过去。贼兵登时大乱，纷纷乱窜。甄阜见自己的阵势已动，大惊失色，忙弃了王常，飞马回阵来弹压，谁知军心一乱，任你怎样来弹压，终归没有用处。王常见甄阜回阵，哪里肯舍，紧紧的赶来。甄阜见兵心已乱，料想不能弹压，只得回身，又和王常大战了数十回合，虚晃一锤，便想逃走。王常早知就理，展开龙舌枪，将他紧紧的逼住。甄阜见没有空子可逃，也下了决心，摆动双锤耍起来，足可应付王常。南面杜生和成丹已战了八十多回合，杜生虽然猛勇，哪里是成丹的对手，剑法散乱。成丹觑个破绽手起一枪，刺杜生于马下。这时阵里早跑出两个小卒，枭下首级，跑回阵去，成丹却不回阵，拍马来助王常，双战甄阜。这里梁邱赐又和三人战了多时，仍然毫不在意。

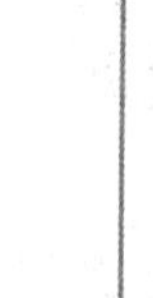

刘伯姬见兀的战不倒他，她柳眉一锁，计上心来，虚晃一枪，拍马回阵。梁邱赐见去了一个劲敌，心中稍放下一点。刘伯姬向文叔道："我们将这两个贼将

困住,你还不趁此袭城,等待何时。”这句话,提醒了刘文叔,忙领了一队兵,抄过贼兵的背后,向泚水而去。

刘伯姬霍的翻转柳腰,攀弓搭箭,飕的一箭,直向梁邱赐的咽喉射来。梁邱赐正在酣战的当儿,猛的听得弓弦声响,晓得厉害,忙将头一偏。说时迟,那时快,右耳已穿去半边,血流如注。正要拨马逃走,听得弦声又响,他连忙用刀尖一拨,将第二枝箭拨落,不敢恋战,大吼一声,拨马直向泚水而逃。刘縯、李通并马追来,一直追到城边,只见吊桥已经撤起,城头上站着一员大将。梁邱赐抬头一看,不是别人,正是刘文叔。他不禁倒抽一口冷气,忙回马欲向宛城逃走。劈面刘縯、李通一齐拦住,他只得下个死心,和二人又恶斗起来。

再说甄阜和成、王二将,大战了八十多回合,见手下的兵卒,逃散一空,杜生阵亡,梁邱赐也逃走了,自己不敢再战,丢了一个架子,拨马落荒而走。刘伯姬闪着星眼,见他逃走,一提辔环,弯弓一箭射去。甄阜心慌意乱,哪里还顾后面的暗算,一刹那间翻身落马,被王、成两将生擒过来。

刘伯姬和二人领着大队,直向泚水而来。刚到城下,见梁邱赐正与刘縯、李通战得难分难解之际,王常、成丹哪里肯休,双马飞来,加入战涡。梁邱赐战了半天,精神已经不济,哪里再能加上两个呢?走又走不掉,逃又逃不了,只得死力的应付。刘伯姬看得仔细,飕的一箭。梁邱赐听得弓弦声响,忙将马头一带,让过一箭。刘伯姬见一箭未中,接着又是第二箭上弦。这时刘縯的双鞭,已逼近他的胁下。王常的龙舌枪,也逼到他的颈际。梁邱赐忙用大刀来拦架。这时第二箭恰巧中在他的手腕,梁邱赐大吼一声,连刀抛去。刘縯手起一鞭,正打中他的马头。那马忽痛一跃,将梁邱赐掀落地上。李通连忙下马,双手锁住他的盘膝,冷不提防梁邱赐飞起一脚,正中李通的肩头。李通一放手,险些将他放走。王常跃马前来手起一枪,将梁邱赐的右手刺断。成丹飞身下马,帮助王常、李通,才将梁邱赐擒住。

大家见大事已定,便合兵一处,大唱凯歌。刘文叔忙令人大开城门,让大队进城。安民已毕,大家互相道贺。刘文叔对众将言道:“目下可慢道贺。宛城未破,是吾等第一劲敌。我看我们的士气正盛,何不一鼓而下呢?”诸首领一齐称是,忙传令下去关照,不要卸甲,饱饭一顿,便下令直向宛城进攻。单留王常守着泚水。

刘縯带了兵马,到了宛城城外。刘縯正要出马挑战,忽见探事官飞马报道:“贼将严尤、陈茂,现在清阳摆阵以待。”刘縯料想宛城非智取不可,急忙领兵,来到清阳。早见贼兵摆好阵势,严尤、陈茂并马立在阵门之下,耀武扬威。刘縯舞动双鞭,身先士卒,冲到垓心。陈茂摇枪拍马,来敌刘縯,大战了三十回合。刘伯姬飞马出阵,替回刘縯,搅动梨花枪,和陈茂大战起来。

陈茂瞥见对阵飞出一个如花似玉的女将军来,不禁邪心大动,暗想道:“若

能将她擒住，带回去做一房妻室，不枉为人一世。”他正在胡思乱想的当儿，瞥见她的梨花枪已到面前，忙用矛一架，顺手一矛，向她的马首刺来。她手灵眼快，急将马一带，那马凭空一跳。陈茂的矛刺了一个空，身子往前一倾。二马相近，她一伸玉手，揪住陈茂的腰绦，用力一拖，竟将他拖离马鞍。陈茂心中一慌，一放手，将矛丢在地上。刘伯姬将他往腰里一夹。陈茂还不知死活，伸手去摸伯姬的下颊。伯姬大怒，掣出宝剑，飕的一剑，将陈茂的手腕斫去。陈茂大喊一声，不能动弹。严尤见陈茂被擒，只吓得魂飞天外，忙驱兵逃去。刘缜指挥兵士，赶上去，大杀一阵，把那些贼兵杀得十死八九，尸横遍野，血流成渠。刘缜忙收兵来攻宛城。

哪知到了城下，瞥见刘文叔立在城头大笑道：“兄长来迟，小弟却早经夺得也！”刘缜大喜，诸首领无一个不暗暗惊奇，都道他的妙计出人意料之外。原来刘文叔见他们和贼将交兵的当儿即带了一队人马，到了宛城，诡称是陈茂派来守城的。城里的贼兵哪知就理，连忙下城大开城门。刘文叔带着士卒，一拥而进，将城内的贼兵完全杀尽。

闲话少说，刘缜见宛城已得，真是喜不自胜，带队进城，点查降兵，不下四万，合自己的部下二万，再连新市、平林的三大部，已足有十五万人，此外尚有陆续投附，今日数十，明日数百，真是多多益善，如火如荼。刘缜下令命各军分扎城外，把一座宛城保守得铁桶一般。各首领纷纷议论，都道军中无主，不便统一。南阳诸首领一个个出席议论，要保举刘缜为帝。独王常、成丹诸将，惧縯威明，不敢附和，意欲立刘玄为帝。原来这刘玄是个庸弱无能之辈，一旦将他立起，以便自己任所欲为了。这刘玄本与刘缜同宗兄弟，王常又买通李轶，大家俱选刘玄为帝。

停了几天，诸首领对刘缜将来意说明。刘缜慨然对众将说道：“诸君欲推立汉裔，盛情原属可感，唯愚见略与诸君微有不同。目下赤眉数十万众，啸聚青、除要害，听说南阳选立新主，必然一样施行，彼一汉帝，我一汉帝，两帝不能并立，怎能不争？况王莽未灭，宗室先自相攻，坐失威权，何能再破莽贼呢？自古以来，首先为尊，往往不能成事；陈胜、项羽的行为，诸君也好明瞭了。今舂陵去宛三百里，尚未攻克，便想尊立，是使后人得乘吾敝，宁非失策么？愚意不如暂立为王，号令三军。若赤眉所立果贤，不妨去投他，不至夺我爵位。否则西破王莽，东扫赤眉，岂非万全之策吗？”南阳诸将听了刘缜这番话，当然十分赞成。可是新市、平林的首领一定要立刘玄为帝。尤其有一个党徒张印拔剑击地，非立刘玄不可。刘缜只好随声附和，让他们将刘玄立起。这时南阳诸将领，一个个怒目咬牙，跃然欲动，刘缜多方劝解，总算将诸将敷衍过去。

刘文叔另有定见，点了三万人马到刘玄面前请令攻颍川。刘玄准如所请，又令王常、李通随往协助。不到三日，已将颍川攻下，乘胜长驱，直捣昆阳。说

也奇怪，未上半日，又将昆阳攻下，势如破竹。未上三天，进克郾县来窥定陵，一路上秋毫无犯。一班百姓，莫不歌仁颂德，欢腾四野。

刘文叔屯兵定陵城外，正欲发令进攻，瞥见一个守门的兵卒，进来报道："帐外有一个人，自称姓阴，要见将军！"刘文叔心中一动，暗道："莫非丽华么？"忙问道："是个什么样子的人？"那守门士卒道："是个二十多岁的汉子。"刘文叔忙道："带进来！"

那守门的士卒，打了一个千，走出去，不多时，带进一个人来，手里执着一封信，恭恭敬敬的呈到刘文叔的面前，口中说道："别来已久，明公无恙否？"刘文叔仔细一看，见这人有些面善，无奈一时想不起来。那人道："明公尚记得春陵十五村会操的阴识吗？"刘文叔忙道："啊啊！我竟忘了！请坐请坐。"他一面招待，一面将信拿到手中一看，但见上面写着面呈汉大将军文叔麾下，下面写着名内详。他从容将信拆开，但见里面写着：

妾丽华裣衽于

大汉将军文叔麾下：别后荚荚屡更，眷念之忱，无时去诸怀抱。近闻旌旗指处。小丑全消，逖听之余，不胜雀跃！家兄识有志从戎，妾特申函座右，祈录用麾下。天下兴亡，匹夫有责，惟将军图之。

妾阴氏丽华手启

他将书信看罢，不胜欣慰。这正是：

龙潭虎穴惊前夕，情话芳笺慰此时。

要知后事如何，且看下回分解。

第七十回 宝马香车丽华出阁 长矛大纛文叔兴师

话说刘文叔将书看过，心中大喜，忙向阴识说道："来意已悉，目下正在需人之际，如果足下肯以身许国，那就好极了。"阴识道："山野村夫，全望明公指教。"二人谦虚了一会子。李通入帐报道："定陵的主将来降！"刘文叔忙教人将他带进来。

那个降将走进大帐，双膝跪下，口中说道："降将胡文愿随明公麾下，执鞭随镫，共剿莽贼，区区微忱，万望明公容纳！"刘文叔急忙亲自下来，将他从地上扶起说道："良禽择木而栖，贤臣择主而事。将军能明大义，汉家之幸也。"胡文见刘文叔一表非凡，自是暗喜。

刘文叔带了众将领兵进城，安民已毕，即大排筵席犒赏三军，席上李通对邓辰说道："邓辰，你可认识那个姓阴的？"邓辰道："不认得。"李通道："我看文叔和他非常亲密，不知是何道理。"邓辰道："大约是他的旧友罢了。"

到了天晚，邓辰私自对文叔道："今天来的这个姓阴的，是你的朋友么？"刘文叔忙道："你来了正好，我有一件心事刚要去和你商议。"邓辰道："什么事？"刘文叔含羞咽住。邓辰不禁诧异起来，忙道："这不是奇怪么？话还未讲倒先怕羞起来。"这两句话说得文叔更是满面通红，开口不得。邓辰道："自家亲戚，有什么话，尽管说，不要学那些儿女之态，才是英雄的本色哩！"刘文叔道："原是自家的亲戚，才喊你来商议的。"邓辰道："不要指东画西的了，请你直接说罢！"刘文叔便将阴丽华的情形，大略拣有面子的话说了一遍。意思想请邓辰作伐和阴识求亲。

邓辰听他说过这番话之后，哈哈大笑道："我道是什么事呢！原来如此，怪不得你和他十分亲近。既然这样，那就妙极了，我岂有不尽力的道理？你放心，多在三天，包管你洞房花烛，但是我是个男媒，再请个女媒，才像个事体。"文叔道："你不要忙，先向阴识去探探口气再说。"邓辰把胸脯拍得震天价地说道："这事无须你过虑，我敢包办。如其不成功，算不了我的本事了。"刘文叔道："姐丈玩话少说，你去和阴识谈谈看！"邓辰道："那个自然。但是我一个人去，未免太轻忽人家，最好请李将军和我一同去，方像个正经。"刘文叔未曾置个可否。邓辰笑道："踌躇什么，难道李通不是你的妹丈么？"刘文叔道："并不是这样讲的，我想李通为人粗率，出言不雅，故尔沉思。"邓辰道："你又呆了，他和我去，预先关照他，不准他开口，直做个样子，什么话全让我来讲，岂不是好么？"刘文叔大喜道："如果成功，定然办酒谢媒。"邓辰笑道："媒酒那还怕你不预备么？不过我这个人，从来没有给人家做过了一回媒人，你可要听明。"刘文叔笑道："天下的事只要有了个谢字还不好么？休再啰唆了，快些去罢！"

邓辰笑着出来，一径到李通的家里，但见李通正在里面与刘伯姬畅谈一把宝剑的来历。见他到了，二人忙起身相迎。邓辰进了客室，便向李通笑道："我们刚刚吃过了庆功筵，马上又有喜酒吃了。"李通诧异问道："你这是什么话？"邓辰坐了下来，将以上的事一五一十的说个究竟。李通拍手道："怪不得他与那个姓阴的非常亲近啊，原来还有这样事呢，真是可喜可贺！"刘伯姬忙问道："敢是我们前村的杨花坞的阴丽华么？"邓辰道："你怎么知道的，不是她还有谁呢？"她笑道："怪道我在家的时候，常听他说在宦当作执金吾，娶妻必取阴丽华这两句。差不多是他的口头禅，一天不知说了几遍。料想这阴丽华一定是个才貌双全的女子。如不然，他不能这样的记念着她的。"邓辰笑道："管她好的丑的，目下都不能知道，我们且去替他将媒做好再说，到订婚之后，自然就晓得了。"李通笑道："可不是哩，我们就去给他说罢。"邓辰笑道："这事用不着你着急，可是有两

句话,我要先向你声明。”李通道:“你说,你说。”邓辰道:“你和我去,你不准开口,才和你去呢。”李通笑道:“这不是奇谈么？难道我讲话,就犯了法了么?”邓辰笑道:“你不要误会,因为你没有媒才,所以用不着你开口。”李通笑道:“什么叫做媒才,我倒来请教。”邓辰笑道:“啊,做媒这件事,看起来一点也没有什么稀奇,一有稀奇,任你舌长八丈,口似悬河,那是没有用的。”李通道:“我只当是什么难事呢,原来这点玩意儿,我晓得了,今天去,就拣好话就是了。”邓辰摇手道:“话有几等说法,万一说得不对,凭你说的什么好话,也要坏事的。”李通道:“照你这样说,我竟不配说话了。”邓辰笑道:“你又来了,谁说你不配说话的,不过今天的话,不比寻常的话,一句也不能乱说的。”刘伯姬笑道:“他既不要你开口,你就不开口,少烦了神,吃现成的喜酒,做现成的媒人,可不是再好没有呢?”李通大笑道:“就这样的办,我今天跟他去,只装个哑子,一声也不响好么?”邓辰道:“好极了,我们就去罢。”

说着和李通出得门来,一路上千叮咛万嘱咐,教他到那里不要开口乱说。李通道:“你放心罢,我决不开口的。”

一会子到了阴识住的所在,敲门进去,只见阴识秉烛观书,见二人进来,忙起身让坐。二人坐下,阴识问道:“二位尊姓?”邓辰便说了名姓。李通坐在那里和大木头神一样,一声不响。阴识忙走过来,向李通深深一揖,口中说道:“少请教尊姓台甫?”李通忙站起来,回了一揖,便又坐下,仍然一声不响。邓辰心中暗暗着急,暗道:“这个傻瓜,真是气煞人呢！教他不开口,认真就闭口不响了。”忙用手向他一捣,意思教他将他名姓说出来。谁知李通见他一捣,越觉不敢开口,真个和六月里的蛤蜊一样,紧紧的努着嘴,双眼管着鼻子,不敢乱视,邓辰却被他急得无法,只得站起来替他通了一回名姓。阴识问道:“二位深夜下顾,必有见教。”邓辰忙答道:“岂敢,特有一要事相求。”阴识忙问道:“有何贵干？请即言明罢！”邓辰便道:“刘将军文叔与敝人忝属葭莩,他的才干,谅足下已经深知,无须小子赘言了。”阴识忙道:“刘将军英武,出众拔类的奇才。”邓辰继续道:“他的年龄已过弱冠,不过中馈无人。但是他的眼界高阔,轻易不肯就范。闻足下令妹才德兼优,颇有相攀之念,故敝人等不揣冒昧,来做一回月老,不知足下还肯俯允否?”阴识听了,满口答应道:“邓兄哪里话来,惜恐舍妹蒲柳之姿,不能攀龙附凤,既蒙刘将军不弃寒微,阁下又殷殷下顾,何敢方命呢?”邓辰见他已答应,不禁满心欢喜道:“承蒙不弃,不独舍亲之幸,便是小弟也好讨杯媒酒吃了。”阴识大笑道:“邓兄,哪里话来,等到吉日,小弟当恭备喜酒相请就是了。”

邓辰也不便多讲,与李通告辞出来,先到李通家中。李通才开口说道:“好了好了,今天的媒人也做稳了,喜酒也吃定了。”刘伯姬忙问究竟。邓辰笑得打跌道:“罢了罢了,像这样的媒人,我真是头一朝儿看见的。”刘伯姬笑问道:“难道又弄出

笑话来了么?”邓辰便将阴识请教名字的一事,说了一遍,把个刘伯姬只笑得花枝招展。李通瞪起眼睛说道:“咦,不是你们教我不要开口的吗?我当然不开口啊!任他问我什么,我没有破戒,还不好么?”刘伯姬笑道:“果然不错,应当这样的。”她说着,又向邓辰问道:“媒事如何?”邓辰道:“成功了。”刘伯姬只是十分喜悦。

邓辰便告辞,径到刘文叔的住处。刘文叔正在那里盼望他回话,瞥见他进来,忙问道:“姐丈!所托之事,如何?”邓辰笑道:“成功是成功了,但是你拿什么谢谢大媒人呢?”刘文叔听得成功,不禁满心欢喜,没口的答应道:“有,有,有!”邓辰笑道:“只管有有有!究竟拿什么来谢我呢?”刘文叔道:“要什么,有什么,还不好吗。”邓辰笑道:“别的我不要,只将好酒多办些,供我吃一顿就是了。”刘文叔道:“容易,容易!遵办就是了。”邓辰收了笑容,正色对他说道:“三弟,难得人家答应。在我的拙见,趁现在没有事的当儿,不如早成好事,倒了却一层手续,你看如何?”文叔沉吟一会子,然后向他说道:“事非不好,不知对方能否答应,倒是一个问题。”邓辰道:“这倒用不着你踌躇,还是我和阴识商议,不难答应的。”

邓辰忙又到阴识这里,只见阴识尚未睡觉。邓辰忙对他道:“阴兄,小弟又来吵搅你。”阴识忙起身让坐,笑问道:“现在下顾,还有什么见教么?”邓辰说道:“忝在知己,无庸客气了。我刚才回去,对舍亲说过,舍亲自然是喜不自胜,他对小弟曾有两句话,所以小弟再来麻烦的。”阴识道:“愿闻,愿闻!”邓辰道:男婚女嫁,原是一件大事。但是舍亲现在以身报国,当然没有什么闲暇的时候。可巧这两天将定陵得了,暂息兵戎,在他的意思,欲在这几天择个吉日,将这层手续了去,省得后来麻烦。”阴识满口答应道:“好极了!明天兄弟回去,就和家母预备吉日,大约就在这月里罢!”邓辰道:“依我看,就是九月十六罢。”阴识道:“好极,好极!”邓辰道:“还有几句话,要和阁下商议,就是妆奁等类,千万不要过事铺张,徒将有用的钱财,使于无用之地,最好就简单一些为好。舍亲文叔他也是个不尚浮华的人。”阴识道:“阁下的见解真是体贴人情已极,兄弟无不遵办就是了。”邓辰便立起来笑道:“吵闹吵闹!”阴识便送他出来。

邓辰到了刘文叔这里,将刚才的话说了一遍。刘文叔真个是喜从天降。邓辰笑道:“自古道,媒人十八吃,新人才吉席,我做这个媒,连一嘴还未吃到,就将这头亲事做好了,岂不是便宜你们两家了吗?”刘文叔道:“那个我总有数,请你放心就是了。到了吉日,我预备十八个席面,尽你吃如何?”邓辰笑道:“那是玩话,我当真就是这样的一个老饕吗?”刘文叔道:“我要不是这样办,惹得你又要说我小气了。”邓辰笑道:“就这样办。”二人又说笑了一会子,不觉已交四鼓。邓辰便告辞回去安息了,一宵无话。

到了第二天早上,阴识便到刘文叔这里来告辞。临行的时候,向文叔问道:“你几时到舍下去?”文叔道:“我到十五过去。”阴识喜洋洋的走了,在路数日,

不觉到九月初九早上，已经到了杨花坞，早有家丁进去报与阴兴。阴兴心中好生疑惑，暗道："难道刘文叔不肯录用他么？如其录用，现在回来做什么呢？"他正自疑惑，阴识已经走了进来。阴兴问道："大哥，什么缘故去了几天，就回来呢？"阴识便将刘文叔和妹子订婚一节，告诉阴兴。阴兴自然欢喜。阴识忙问道："太太呢？"阴兴道："现在后园牡丹亭里饮酒赏菊呢！"阴识笑道："她老人家的兴致很为不浅咧！"

他两个正自谈话，雪儿早已听得清清楚楚，飞也似的跑到后园里。只见丽华坐在一旁，朝着菊花只是发呆出神。邢老安人倒了一杯酒在她面前说道："我的儿，来吃一杯暖酒吧。"她正自想得出神，竟一些没有听见。邢老安人又用箸夹了一只大蟹，送到她的面前说道："乖乖，这蟹是南湖买来的，最有味的，你吃一只看。"她才回过头来，对邢老安人说道："谢谢母亲，孩儿因为病后，一切晕冷都不大敢乱吃，蟹性大凉，不吃也好。"老安人笑道："还是我儿仔细，我竟忘了。"

这时雪儿跑得一佛出世，二佛涅槃，喘吁吁的进来，向邢老安人笑道："恭喜小姐！"她说了两句，便张口喘个不住。邢老安人瞥见她凶神似的跑进来，倒吓着一跳，后来听了她说恭喜两字，不禁诧异问道："痴丫头，什么事这样冒失鬼似的？"丽华也接口问道："什么事？"雪儿又停了半天，才将阴识回来的话，一五一十说个究竟。邢老安人放下酒杯问道："真的么？"雪儿笑道："谁敢在太太面前撒谎呢？"邢老安人真个喜得心花大放，忙用眼去瞧丽华，正想说出什么话来，只见她低垂粉颈，梨面堆霞，娇羞不胜。老安人笑道："我早就说过了，我们这小姐，一定要配个贵人，今日果然应了我的话了。我的儿，你的福气真不浅咧！"丽华虽然不胜羞愧，但是那一颗芳心，早以如愿，十分满意了。

这时邢老安人正要去请阴识，阴识已经进园来了，到了亭子里，先向邢老安人请了安，然后将文叔求亲的事情，说个究竟。邢老安人笑道："我养的女儿，难道随你们作主吗？"阴识只当她的母亲认真的，忙道："母亲，这事不要怪我，在我的意见将妹子配了刘家，岂不是再好没有么？凭他家的世胄，难道配不上我家么？不是孩儿说一句，错过刘文叔，再去订一个，老实说，不独妹妹不答应，再像刘文叔这样子，恐怕没有了。"邢老安人忙笑道："我儿，为娘方才那是句玩话，难道你就认真了么？"阴识也笑道："我明知母亲和我打趣，我也和母亲打趣的。"丽华早就羞得回楼去了。

当下阴识对邢老安人商议道："看看吉期已近，我今天就要着手预备了。"邢老安人道："可不是妆奁家伙一样没有，赶快要着人去办才好呢！"阴识笑道："不需，不需。"邢老安人道："这倒奇怪！怎的连嫁妆都不要呢？"阴识便将原由说了一遍。邢老安人道："原来这样，那倒省得多少麻烦了。"阴识道："别的倒不要预备，但是此番来道贺的人，一定不在少数呢！将前面的三座大厅一齐收拾起来，预备酒席，

两边的厢房,也要收拾清净,预备把他们歇宿。"邢老安人也是无可无不可的。

阴识便和阴兴兄弟两个,手忙脚乱,一直忙了三四天,到了十五早上,各式停妥,专等刘文叔到来。一直等到未牌的时候,阴识心中好不焦急,暗道:"文叔难道今天没空来么,我想决不会的。"他正在猜测的当儿,猛的见一个家丁进来报道:"大姑爷到了!"阴识急忙起身出门去迎接。阴兴也吩咐家丁预备招待,自己也随后出来。

只见刘文叔高车骏马,远远而来,一刻儿到了村口。阴兴便吩咐家丁,放起爆竹。一霎时劈劈拍拍,放得震天价响的,一班音乐也同时奏起。刘文叔在前面走,后面跟着李通、王常,还有一队兵。阴识忙迎上去,与三人握手寒暄,向文叔问道:"邓兄今天没有下降吗?"文叔答道:"因为定陵城初下,我到此地,不能不留一个人在那里弹压。"阴识点头道:"那是自然。"说着,又与李通、王常见了礼。大家握手进村,到了门口,各自下马入内。阴识一面招待李通、王常,一面引着刘文叔拜见他的母亲。

到了第二天,远近听说文叔结婚,谁也要敬一份贺礼,真个是车水马龙,贺客盈门,十分热闹。到了晚上,合卺交怀,同入罗帐,自有一番叙别之情,不必细说。读者们谁不是过来人呢?良宵易过,永昼偏长,曾几何时,又是鸡声喔喔,日出东方了。丽华忙起身梳洗,刘文叔也就起身梳洗。

二人梳洗停当,携手去参拜邢老安人,把个邢老安人乐得心花怒放。试想这一对璧人,怎能不欢喜呢?阴识忙又到大厅上摆酒,招待众人。大家还未入席,瞥见有个家丁进来报道:"外边有个背着青包袱的人。口中说道,是奉着圣旨前来有事的。"阴识忙起身迎接。那人进了大厅,往中间直挺挺站着,口中喊道:"刘文叔前来接旨!"

文叔在后面早已有人报知与他,听说这话,忙命人摆下了香案,自己往下一跪,三拜九叩首已毕。那个官长口中喊道:"破虏大将军刘文叔,圣旨下!"刘文叔伏地奏道:"微臣听旨。"那个背旨官又喊道:"破虏大将军武信侯刘文叔因其破虏有功,劳绩卓著,特升授司隶校尉,行大司马事,克日即行,往定河北,钦此。"文叔听罢,三呼万岁,舞蹈谢恩。阴识忙设席招待,那个背旨的官员,也不赴筵,就匆匆的走了。

刘文叔忙向邢老安人辞行,又与丽华握别。新婚乍离,总不免英雄气短,儿女情长。这正是:

　　昨夜帐中春意满,今朝塞外晓风寒。

要知后事如何,且看下回分解。

第七十一回 骁骑将军权充蛱蝶媒 圣明天子喜结鸳鸯偶

却说刘文叔奉了圣旨，往定河北，怎敢怠慢，即日启程。和阴氏分手，带着王常、李通、阴识先到定陵。方到了馆驿，还未落座，瞥见刘伯姬浑身缟素，大哭而来，把个刘文叔惊得呆了，忙向她询问。李通也莫名其妙。她还未开口，瞥见邓辰泪容满面，神色仓皇的走了进来。

刘文叔见邓辰这样，料知事非小可，只听刘伯姬娇啼宛转地说道："三哥！你晓得么？大哥被新市、平林那班贼子窜掇刘玄，将他杀了。"刘文叔大惊垂泪，绝无言语。邓辰向李通说道："这事料想起来，恐是你们令兄主使，莫说是自家亲眷，就是朋友。万万做不到这层事的。而且刘缜在日，究竟和令兄有多少深仇大怨呢？"刘伯姬一把扯住李通，圆睁杏眼，骂道："天杀的，你将我和文叔索性杀了罢。"李通气得大叫如雷，向伯姬道："你不用和我们缠。我先去杀那个负心的贼子，随后就将新市、林平的一班鸟男女，杀个干净，最后将昏君剜心割胆，替大哥报仇。"他霍地立起身来，拔出佩剑就走。

刘文叔死力拉住哭道："圣上既然将家兄伏法，一定是犯了什么罪的，如不然，岂有妄杀大臣的道理？大哥已死，只怪他身前粗莽，你却不能再来乱动了。"伯姬哭道："三哥，你怎么说出这样的话来？难道大哥的为人，你还不知道么？"刘文叔拭泪答道："妹妹，你哪里知道！自古道，君教臣死，不死便是叛臣；父叫子死，不死便是逆子。而且大哥刚愎自用，一些不听别人的谏劝，每每要出人头地。独排众议，这就是他取死的原因。"

看官，你们看到这一段，不要说刘文叔毫无兄弟之情吗？同胞哥哥被人杀了不独不忿怒报仇，反说哥哥不好，岂不是天下绝无这样的狠心残忍的人么？这原有一个缘故，在下趁此将这一段说出来，看官们才知道刘文叔另有用意呢。

闲话少说，再表新市、平林诸将，见刘缜威名日盛，各怀嫉妒，每每在刘玄面前，叠进谗言。刘玄是个庸弱之辈，晓得什么，便照他们诡谋，设法来害刘缜了。恰巧王凤、李轶等，运输粮械接济宛城，诸首领以为时机已到，便暗中向刘玄进计，便借犒赏为名相机行事，即日大排宴席，刘缜当然也在其列。刘玄见刘缜腰悬佩剑，故意要借过来赏识赏识。刘缜生性豪爽，哪知是计，忙除下来，双手奉上。刘

玄接过来，玩弄半天，不忍释手。诸将目视刘玄，意思教他传令，以便动手。谁知刘玄只是不发一言。新市、平林的诸首领，不觉暗暗着急。申徒建忙献上玉玦，意思教他速决。无奈刘玄呆若木鸡，兀的不敢下令。新市、平林的诸将只急得一佛出世，二佛升天，深怨刘玄太无决裂的手段。一会子席散，刘玄仍将佩剑交与刘缜佩上。刘缜的二舅樊宏早看破情形，私下对刘缜说道："今天的大祸，你晓得吗？"刘缜道："不知道，什么大祸呀！"樊宏道："我闻鸿门宴，范增三举玉玦，阴示项羽。今日申徒建复献玉玦，居心叵测，不可不防！"刘缜摇头笑道："休要胡猜乱测，料想这班贼子，不敢来惹我的。"樊宏见他不信，也无可如何，但是新市、平林的首领，见一计未成，焉肯就此罢手，又联络李铁继续设计。那李铁本来是刘缜的私人，不想他竟丧心病狂，趋炎附势，与诸首领狼狈为奸。刘缜有个部将，名叫李稷，真个是勇冠三军。当刘玄称帝的时候，李稷即出忿言，他说此次出兵，俱是刘缜兄弟的功绩，刘玄是个什么东西，竟称王称帝起来，真是谁也不能心服的。这话谁知又传到刘玄的耳朵里，便大起恐慌，忙下旨封他为抗威将军。李稷不受。刘玄便领兵数千人，来到宛城，将李稷下令，传进帐来，不待他开口，便传令将他拿下，喝令推出去斩首。恼动了刘缜一人，挺身出来，替李稷辩白，极力固争。刘玄又没了主意，俯首踌躇。不意座旁朱鲔、李铁左牵右扯，暗中示意，逼出刘玄说一个拿字。话声未绝，已有武士十余人蜂拥入帐，不由分说，将刘缜绑了起来。刘缜极口呼冤。你想到了这时，还有什么用呢？生生的将一位首先起义的豪杰，枉送了生命，只落得三魂缈缈，驰入鬼开门里去了。

再表刘文叔听说他的哥哥被害，心中好似万箭攒穿的一样，又碍着王常在这里，不敢乱说，只好拿反面的话来敷衍众人。此刻只有邓辰心中明白。刘文叔收泪对众人说道："于今圣旨下来，命我克日即往河北，国事要紧。"邓辰知道他的用意，忙道："那是自然之理，我们就去是了。"王常即到刘文叔面前请假一月，回到洛阳，将刘文叔的情形，一一告诉刘玄。刘玄反觉自己太不留情面，竟将刘缜杀了，不禁暗暗的自惭自愧。随令成丹、王常带一队兵马，送多少粮械，去帮助刘文叔北伐。

这时刘文叔已过河北，据邺城。王常、成丹随后赶到，将刘玄犒赏的粮械一齐献上。刘文叔望着旨意，舞蹈谢恩已毕。忽然守门的士卒，进来报道："有个人，求见将军！"刘秀便命带进来一看，不是别人，却是刘文叔心中久已渴慕的南阳邓禹。久别重逢，当然欣喜不置。邓辰又出来与他寒暄一阵子。刘文叔笑问道："先生下顾，莫非有什么指教吗。"邓禹笑道："没有什么指教。"刘文叔笑道："既不愿指教，何苦仆仆风尘到这里做什么呢？"邓禹笑道："愿明公威加四海，禹得效寸尺之功，垂名竹帛，于愿已足了。"刘文叔鼓掌大笑道："仲华既肯助我，我还愁什么呢？"原来仲华就是邓禹的表字。

当下刘文叔十分喜悦，又听邓禹进言道："莽贼虽然被申徒建辈灭去，但山东未安，赤眉等到处扰乱，刘玄庸弱，不足称万民之主。如公盛德大功，天下称服，何不延揽英雄，收服人心，立高祖大业，救万民生命？一反掌间，天下可定，胜似俯首依人，事事受制哩！"

刘文叔听了他这番话，正中己杯，忙用眼向左右一瞟，幸喜王常、成丹不在这里，忙道："先生高见，秀敢不佩服。"他说罢，附着邓禹的耳朵说道："刘玄的耳目众多，言语间，务望留神为要！"邓禹点头会意。当下冯异、姚期均有所闻，俱来劝文叔自立。文叔一一纳进他们的议论，依计施行，克日到邯郸。骑都尉耿纯出城迎谒，刘文叔温颜接见。耿纯见刘文叔谦虚下士，部下官属，各有法度，益发敬服不置。自己预备良马三百匹，缣帛五百丈，入献刘文叔。文叔称谢收下。

这时忽有探马报道："王郎占据山东北隅，聚众作乱。"刘文叔听得，吃惊不小，忙与诸将转赴卢奴商议剿灭之策。不数日，又听得探马报道："王郎拥兵数万，近据邯郸，假称刘子舆招摇吓诈，无所不为。"刘文叔听得这个消息，心中颇为纳闷。又怕幽、蓟一带，为王郎所得，所以先定幽、蓟，远击王郎，恰巧耿弇亦到，刘文叔便留他为长史，同往蓟洲，又令功曹王霸募集市乡的新兵，预备去攻邯郸。偏偏无一人来应募。市乡百姓，沸沸扬扬转说刘秀不是真主，刘子舆方是紫微星，一传十，十传百，说得震天价响的。王霸万分无奈，只得回报刘文叔。文叔晓得人心未附，便欲南归。诸将皆有归意，独有耿弇不主张南行，他对刘文叔说道："明公方到此地，恩信未立，便欲南行，岂不失策？依我的愚见，现在渔阳太守与明公有同乡之谊。我家世茂陵，家父现为上谷太守，若联合两处人马，直捣邯郸，还怕什么假子舆呢？刘文叔抚掌称善。

唯一班官属归心已决，大家哗噪起来，都道："无论如何，总要回南，谁情愿向北去，将一条生命，白白的送掉呢？"刘秀笑指着耿弇，对众人道："这是我的北道主人，诸位怕的什么呢？"李通掣剑在手，怒目喝道："谁敢直说出一个回字来，先将他的狗头砍下！"诸人还敢响么？只得随声附和。

刘文叔遂致书渔阳、上谷两处乞救。这时已到更始二年春月了，刘文叔留在蓟城，专等两处人马到此，就调兵往剿王郎。

不料王郎反悬赏百万，购买刘文叔的头颅。百姓哪里知道端底，沸沸扬扬，讹言百出，纷纷说是邯郸兵至，将捉刘秀。刘文叔见人心如此惶惶，不如早离蓟城，再作计议。主意一定，便领了将士出南门想走。

不料南门已被百姓封闭得水泄不通。姚期奋动神威，斩关夺路，方得走脱。一连走了几日，方到了下曲阳。文叔已冻得面无人色。又听得探马报道："王郎的兵已到后面。"大家惊慌得不敢停留，急趋滹沱河。前驱的探马报道："河水长流，毫无一舟一楫。"刘文叔吃惊不小，不由得嗟叹起来。王霸飞马到河边一看，

果然静悄悄的无有一舟一楫，只见寒风猎猎，流水潺潺，暗想道："无船渡去，如何是好！"他正在迟疑，刘文叔带了众将，已到了河边。刘文叔对王霸说道："怪不得没有船只，你看这河里，完全冻起来了，哪里来的船只呢？"王霸听他这话，颇为奇怪。再一回头，只见河里冻得像一面大镜子一样，不禁暗暗称奇。冯异道："这几天这样的冷法，我想河里的冻，一定是来得很厚的，让我去试试看，如果能走着冻上过去，那就好极了。刘文叔摇头摆手的，不准他下去。冯异哪里肯听他话，翻身下马，到了河边。俯首一望，只见那河冻得突兀，不知多厚。那边王霸也下马来，走到河边。冯异向他说道："你用锤试试看。"王霸真个举起斗大的铜锤，尽力打了一下。只听得震天价响的扑通一声，王霸双手震得麻木，忙低头一看，只见冻上露出斗大的一个痕迹，一点水没有出来。冯异大喜道："可以可以。"王霸便大踏步一直走到河心，却一点动静没有。忙跑回来，笑道："快些过去！快些过去！大家好生欢喜。邓禹道："不要慌，人虽然可以过去，但是马怎么办呢？"刘文叔听他这话，不禁笑道："先生，你这不是过虑了吗，人既然可以过去，难道马就不能过去了吗？"邓禹笑道："明公哪里知道，人过去当然是容易的，但是马究竟是个畜生，晓得什么，走得不好，滑了一交，在这冻上爬也爬不起来呢！"刘文叔听了这话，倒反踌躇起来，半晌向邓禹笑道："我倒有一个法子，不知好不好？"邓禹问道："主公想出什么法子来呢？"刘文叔笑道："如果就是这样过去，马当然是不能走，因为马蹄是硬的，不小心就要滑倒，最好用稻草包好，那就万无一失了。"邓禹笑道："好极了，我也是这样想。"说着大家就到田里寻了些稻草，将马蹄包好。

正待渡河，忽听得后边烟尘大起，喊杀连天，冯异大呼道："不能再延了，追兵就要到了！"耿异不由的扶着刘文叔首先下河，走著冻上过去。接着众人也牵马过来，大家上了岸，后面的追兵已经赶到对岸。大家再回头一看，只见一些冻也没有，仍旧是流水淙淙，漫无舟楫，又见那边追来的贼兵，立在岸边望洋兴叹，刹时收兵走了。邓禹举手向天道："圣明天子，到处有百灵相助，这话真正不错！"

话还未了，瞥见有一个白发老人，拦住刘文叔的马头说道："此去南行八十里，就是信都。前程无限，努力努力！"说罢，刘文叔正要回答，怎的一岔眼光，那老者就不知去向。大家不胜惊异，于是同心合力，一齐向信都而来。

不到一日，已到信都。信都太守任光，闻说刘文叔到来，连忙开城迎接。刘文叔到了城中，肚中饥饿已极，便向任光说道："三日诸将皆未进食，烦太守赶紧预备酒饭。"任光满口答应，忙去命人大排宴席，款待诸将以及刘文叔。一个个饥肠辘辘，谁愿吃酒，都要吃饭。任光忙命人用大碗盛饭。大家虎咽狼吞，饱餐一顿，精神百倍。散了席，县令万修、都尉李忠，入内谒见刘文叔。文叔均用好言抚慰。任光自思王朗的军威极盛，信都又没有多少兵马，满望刘文叔有些人

马，谁知单是数十个谋士战将，并无一兵一卒，不觉大费踌躇，暗道："保刘文叔西行，尚可支持，如其去征讨王郎，岂不是以卵击石么？"

正是进退不决的当儿，忽然有人报道："和戎太守邳彤来会。"刘文叔心中大喜，忙出来接见，一见如故。邳彤听文叔现欲西行，便来谏止道："海内万民，望明公如望父母，岂可失万民之望！何不召集二郡兵马，前往征伐，还愁不克么？"刘文叔赞成其议，忙下令带领两郡的人马，浩浩荡荡直向河北进行。

一路上任光又造了许多檄文，将王郎的罪恶，一一宣布出来，并云大司马刘公领兵百万，前来征讨。吓得那一班无知的百姓，惊慌万状，不知如何是好。刘文叔的大军到了堂阳县，吓得那些守城的官吏，望风而降，第二天又将贳县克复。当晚昌城刘植带了一万兵马，前来投降。如是进行，不到十日，又到卢奴。义旗到处万众归降。唯刘扬聚众十余万，附助王郎，不肯归降。刘文叔颇为忧虑。当下骁骑将军刘植献议道："刘扬与我有一面之交，凭着三寸不烂之舌，说他来归降明公如何？文叔大喜。

刘植当下辞了诸将，匹马而去。不到几天，刘植回来，报道："刘扬是说下了，但是有一桩事情，要请主公承认，方可遵令来降呢！"刘文叔忙问道："什么事？"刘植道："刘扬现欲与主公联姻，不知主公可能答应么？"刘文叔惊疑道："这又奇了，我虽然娶过阴氏，目下尚无子女，怎样好联姻呢？"刘植笑道："刘扬有个甥女，欲嫁与主公。"他听了这话，忙道："那如何使得呢！我早与阴氏结过婚了。"邓禹道："天子一娶九女，诸侯一娶三女，主公难道两妻就算多了么？"刘文叔沉吟了半晌，只得答应，忙命刘植带了许多金帛前去，作为聘礼。不到几天，刘扬已将他的甥女郭圣通软车细铟，送到刘文叔的宾馆里，当晚便与文叔成其好事。文叔见郭氏的态度，虽不及丽华，倒也举止大方，纤秾合度。

这时刘秀便令人大摆宴席，招待众将。席间共有李通、邓信、邓禹、冯异、王霸、任光、万伤、李忠、刘伯姬、耿纯、耿弁、姚期、阴识、刘植、邳彤、岑彭、马武等，一十七员大将。惟有王常、成丹，自从上次失败，早就回到洛阳去了。诸将军酣呼畅饮，菜上三道，刘文叔亲自到各将领面前敬酒。邓禹首先向刘秀笑道："主公，今天吉期，理应陪着我们痛饮一场才是。"刘秀笑道："那是自然的。一来承诸公的大力血战疆场，才得有今日；二来以后还望诸公继续努力，歼平海内妖氛。秀不才，今天每位挨次恭敬三杯！"他说罢，使取壶来首先在邓禹面前先斟三杯，依次各将面前都斟三杯。李通笑道："论理，我与邓大兄，今天要吃个双倍才是个道理。"邓辰插口道："可不是么，上次我们替他跑得不亦乐乎，喜酒没有吃到一些，第二天就奉命北伐了。"刘文叔忙笑道："不是你们提起，我几乎忘了。"他又在二人面前敬了三杯。李通笑道："媒人不可分厚薄，刘大哥他是今朝的正媒，当然他也要和我们一样，才是个道理！"刘文叔忙又到刘植面前斟酒。刘植站起来让道："请明公不要烦

神罢，末将素不喜饮酒。”李通笑道：“刘大哥不要如此客气，今天不必分高分下的，爽性干三杯罢。”刘植推辞不了，只得站起来，将三杯酒一气饮了。李通拍手笑道：“照呀，我生平最怕人家装腔做势的。”邓禹笑对众将道：“我有一句话，不知诸公能赞成么？”岑彭笑道：“请讲罢，你的主意，我们没有不赞成的道理。”邓禹笑道：“主人方才敬我们三杯，我们也该每人回敬三杯。才是个道理。”众人都拍手道好。邓禹便斟了三杯。刘文叔含笑饮了。

以后挨次到每人面前，各饮三杯。共吃了五十一大杯，把个刘文叔吃得颓然大醉。邓禹忙教人将他扶进新房。刘文叔睡眼模糊，踉踉跄跄的走到床前，与郭圣通携手入帏。这正是：

嫩蕊初经三月雨，柔蕾不惯五更风。

要知后事如何，且看下回分解。

第七十二回　纤手解红罗柔情似水　秃头膏白刃军法如山

却说刘文叔大醉入房，与郭氏携手入帏，共效于飞之乐。良宵苦短，曾几何时，又是纱窗曙色。郭氏正要起身梳洗，猛可里听得刘文叔哽哽咽咽的哭道：“兄长你放心，我今身不替你报仇，誓不为人！不过我面上却万万不能露出颜色。须知刘玄的耳目众多，万一走漏风声，不独我没有性命，就是仇也报不成了。”

他说罢，哽哽咽咽哭个不住。把个郭圣通大吃一惊，也顾不得什么羞耻，伸出一双纤纤玉手，将刘文叔推醒，只见他泪痕满面。圣通低声问道：“你方才梦着什么恶梦，便这样大惊小怪的？”刘文叔忙坐了起来，双手揉揉睡眼，只是发呆。圣通又低声问道：“君家为着什么缘故，这样的糊涂？”刘文叔到这时，才听见她问话，忙答道：“没事，没事。不过心中事，每每形于梦寐罢了。”郭圣通也坐了起来，一面先替文叔将衣披好，一面笑道：“你用不着瞒我了，我方才听得清清楚楚了。”刘文叔料想也瞒她不住，便将刘玄怎样将他的哥哥杀了，自己预备怎样报仇的心事，完全告诉圣通。她听了这番，也是歔欷欲泣似的。两个人默默的半晌，圣通才开口向文叔劝道：“君的玉体，务望保重要紧！不要常常伤感。天长地久，终有报仇的一天。”刘文叔拭泪答道：“卿的劝我，原是正理，怎奈手足之情，片刻不能忘却。”圣通又劝道：“君家现在势力直欲盖刘玄而上，强将如云，谋士如雨，要想报复前仇，还有什么阻碍么？依我想，目下王郎未灭，天下未安，

宜先从事征讨清静，那时推翻刘玄一反掌间耳。”刘文叔听她这番话，真是喜不自胜，情不自禁的用手将她怀中一搂，辒着香腮，低声说道：“卿乃真知我心。”两个人喁喁的又谈了一会子。她说出来的话，无句不中听，把个刘文叔喜得心花大放，比阴氏还要宠爱三分。

不多时已到辰牌时候，刘文叔才起身升帐，与众将商议进攻的方法。邓禹对文叔道：“如今我们的军威正盛，万不可稽延时日，须即日继续出伐，直捣邯郸。王郎小丑不难一鼓荡平了。”刘文叔投袂而起，对众将说道：“邓先生的高见，正与我同情，望众将军指示可否！”帐前的众将，一个个伸拳掳袖，齐声说道：“邓先生的高见，我们谁不赞成呢？”

刘文叔见众将如此同心协力，心中暗喜，忙下令进兵。留下刘植守昌城，阴识守贯县，余下的众将，完全随征。挥动大队人马，浩浩荡荡直向元氏县进发。

还未到城下，元氏县的官长，只吓得屁滚尿流，忙请都尉重黑商议迎敌之计。重黑听得刘文叔领兵百万，强将千员，前来讨伐，早就吓得浑身发软，四肢好像得了寒热病一样，抖抖的动个不住。又想逃走，又想求救，真是和热锅上蚂蚁一样，团团乱转，一无着处。猛听得县令请他商议，忙对来人说道：“请你回去对县太爷说罢，我这两天身上有些不好，兀的恶寒怕热的。”那人只得回去，照他这番话告诉县令。把个县令急得走投无路。暗道：“当着这生死的关头，偏偏他又生病，这不是活该要送命么？”他万分无奈，亲自到都尉重黑的家里来。

重黑听说他来，只得装着病，哼声不绝的出来，故意问道：“县令今天到这里，有什么贵干吗？”县爷跌足大声道：“你还不晓得么？现在刘秀带兵百万，强将千员，前来讨伐我们了。大约就在两天之内，就要到了。”重黑哼道：“那么，怎样办呢？偏生我又病着；如果好好的，不是我重某夸一句海口，凭那几个毛鬼，不消我一阵斧头，包管杀得他片甲不存。但是我这两天病势渐渐凶恶得十分厉害，还要回去请医服药。”县爷听他这话，慌了手脚道：“将军一走，我是个手无缚鸡之力的人，怎生应付呢？”重黑翩起眼睛说道：“咦，这真奇怪极了，人家病这样的重，难道不要回去诊视吗？”县爷哭丧着脸说道：“将军一个人回去也不要紧，不回去也没有要紧，可是下官还有三个小儿，四个小女。假若刘秀到此，岂不是全要做无头之鬼吗？”重黑呻吟了半晌，向县令道：“我倒有个主意，明天刘秀到了，你竖起降旗，跪到他的马前，多说几句好话就完了事。此刻恕我不陪了。”县令见他向后面进去，只得回来预备投降。

差不多申牌的时候，刘秀的大军已到。金鼓震天，喊声动地，把个元氏县令吓得手颤足摇，拼命价的喊人竖起降旗，自己硬着头皮，开了城门，走到刘文叔的马前，扑通往下一跪，口中说道：“元氏县县太爷，迎接刘秀大老爷进城。”这两句话，说得刘文叔不禁嗤的一声笑将出来。见他那种神气活现的样子，又可怜

又可笑，忙教人将他扶起，一同进城，留下李忠守城，便星夜向房子县进发。

直走一夜，到东方发白，才到房子县的城外，扎下大营。正要预备攻城，早见城里竖起降旗，城门大开，刘秀忙领兵入城。那守城的县令，早逃得不知去向。刘文叔安民已毕，便与诸将商议进攻办法。姚期道："军如荼火，万不可稍稍延顿，致挫锐气，依我的愚见，趁此再向鄗城进攻。等鄗城一下，再教士卒们稍留憩几日，再行进发。"刘秀大喜，忙下动身令，只留下万修守房子县。不到半日，果然又将鄗城攻克。正待出示安民，猛听城外喊声震地，金鼓大鸣，邓禹忙命人撤起吊桥，闭起城门。

大家上城头观看，只见一队贼兵，从西北上蜂拥而来。为首一员贼将，生得虎头燕额，十分威武，手持四窍八环刀，到了城下，厉声喊道："不怕死的草寇，快来纳命!"岑彭按不住心头火起，便来请令。文叔见他要出马，自然欢喜，忙道："将军肯去，好极了。"

岑彭飞马出城，到了垓心，大声喝道："来将通名。"那个贼将大声说道："你站稳了，我乃大汉皇帝部下大将军李恽是也。"岑彭也不答话，舞动龙蛇枪，扭住便斗。抢来刀去，大杀了一百多回合，未见胜负。刘文叔见李恽委实厉害，恐岑彭有失，忙鸣金收兵。岑彭虚晃一枪，兜马入城。李恽立马垓心，等候多时，不见有人出来，勃然大怒，下令攻城。城上的灰瓶石子和飞蝗一般的抛掷下来。贼兵倒被打得头破血飞。

李恽无奈，只得领兵转道向东门而来。到了东门附近，厉声大骂。不多时，冯异手持独脚铜人，打出城来。二人见面，也不答话，大杀起来。大战了八十多回合，城上一片的鸣金声音，冯异便抛下李恽，飞马进城去了。李恽再来骂阵，谁知一直骂到未牌的时候，竟没有一个人出来答应他，李恽可气坏了。可是他虽然厉害，不敢攻城，便拨马向城南便走。

未到南门，姚期跃刀横刀，早已在那里等候，见了他，狂笑一声道："反贼休慌，你老爷在此，等候已久了。"李恽大怒，也不答话，拍马舞刀，来战姚期。姚期慌忙接着。二人奋力大杀了四十多回合，不分胜负。这时城内忽然飞马跑出一员女将来，搅动梨花枪，冲到垓心，泼开樱桃小口，娇声喝道："毛贼休慌！快些纳下头颅，免得姑娘动手。"李恽大怒，正要来战。姚期虚闪一个架子，纵马回城。刘伯姬便和李恽大战起来。杀到分际，刘伯姬拍马落荒而走。李恽哪知是计，一味的不顾死活，催马追来。刘伯姬霍的扭转柳腰，正待取弓。说时迟，那时快，这时耿纯不知从何处来的，腾云价的飞到李恽的马前，大喝一声。李恽措手不及，被耿纯一刀，斩于马下。一队贼兵，吓得狼奔鼠窜的逃了。

刘伯姬枭了首级，正待回马，瞥见有两员贼将，从贼兵中放马冲到伯姬的面前，刀矛并举。刘伯姬也不怯惧，要动梨花枪，敌住二人。未到十回合，不料从

北边又冲来两个，一个手执双锤，一个手执开山斧，来战伯姬。伯姬不慌不忙，展开梨花枪，敌住四人。刘文叔深恐他妹妹有失，忙叫人鸣金。这时城头上鸣金的声音，呛呛呛敲得震天价响的。谁知伯姬安心要在众将面前大展才能，乱翻玉臂，大战四人，兀的不肯回来。李通在城上看得心慌，飞奔下来，一马冲到垓心，舞动大刀，战住两个贼将。伯姬虽然称雄，究竟是个女流之辈，厮杀了一阵，便吃劲的了不得。见李通分去二将，自己登时轻爽得多了，奋起精神，和二人恶斗不止。王霸、耿弁更是看得眼热，二人也不待命令，并马出来，各挥兵刃，来帮助李通、刘伯姬。那几个贼将见有人来帮助，忙分头迎敌。伯姬深恐马乏，虚晃一枪，跳出圈子，让王霸去独战两将。伯姬见王霸的双锤，耍得风雨不透，将那两员贼将，杀得只有招架之功，并无还手之能。伯姬更不怠慢，霍的扭转柳腰，弯弓搭箭。飕的一箭，那个使刀的早已翻身落马。说时迟，那时快，伯姬的第二箭又到，不偏不斜，正中那个使戟的手腕，一放手，被王霸手起一锤，将那贼的马头打的粉碎。那贼将被马掀落在地。王霸飞身下马，将那两员贼将生擒活捉了，忙与伯姬正要来帮助李通、耿弁，只见他们各捉一个，正在那里捆缚呢。四人各擒一员贼将，高高兴兴的回城。刘文叔一一慰劳已毕，便命将那捉来的四个贼将，带了上来。那四个贼将，立而不跪，十分强悍。刘文叔倒有一种怜才之意，便来用柔软的手段，收服他们，正要下令松绑。

鄗城的县令，上前拦道："明公休要乱动，这四个死囚，非杀不可，万无赦放之礼。"刘文叔忙问："什么缘故？"鄗城县令咬牙说道："这四个死囚，原姓苏，是部城第一个财主。此番明公起义到此，下官本已预备归附明公。不想这四个死囚，坚要和我作对，一面淆惑百姓还不算数，还要去勾结王郎的部下李恽来和明公作对。这人如果将他留下，必为后患，求明公还是杀去的好。"刘文叔听了这番话，不禁怒从心上起，恶向胆边生，忙教人推出去斩了。一面又命祭遵带了一队人马，前去抄拿家属。军司令祭遵带了人马，直扑苏宅而来，这且慢表。

如今单说有一个人姓王名明，他本是刘秀家中的一老家人的义子，此番起义，他也跟刘文叔到东到西。这王明生性狡猾异常，事事趋承。刘文叔倒也十分欢喜他。王明便仗着文叔的势力，居然出车入马，威风凛凛的，众人都以为他是刘文叔的私人，不去惹他。谁想他见众人不去理他，竟疑众人怕他，越法肆无忌惮。诸将谁不是宽宏大量的，一个不去和他较量长短。刘文叔见他办事精勤，也肯信用他。因此把这个舍中小儿，一天一天的捧出头了。

今天他在帐后，听说要去抄查苏家，他不禁动了念头，暗想道："我跟了小主人至今，还没有一点余积，听说这苏家是个大财主，何不去捞几文来用用呢。"他主意打定，却不走前面，蹑足潜踪的出了后门，上马加鞭，直向苏家而去。谁知他初到此地的，路径不熟，竟摸错了。一路上问人，好容易摸到姓苏的府前，只

见里面已经闹得沸反盈天，捉的捉，绑的绑，哭的哭，喊的喊，乌乱得一天星斗。他下了马，挺腰凸肚的走了进去。守门的兵士，都认识他是刘秀的家人，所以让他进去。王明得意洋洋的直往后闯，到了百客厅，迎头撞见祭遵。祭遵只当是刘秀差他来勘察的呢，连忙向他恭而有敬的行了一个礼。王明正眼也不去看他一下子，稍稍的一颔首，便与祭遵擦肩而过。他一径直向后面住宅里走来，登楼上阁，真个勘察史一般。到一处有一处珍宝，珊瑚镜，翡翠瓶，五光十色，目不暇接。他恨不得连屋子带动身，撞来撞去，一头撞到库房里面，只见那些金锭银锭，堆积如山。他可没了主意，又不知怎样才好，拼命价的往怀里乱揣。霎时怀里揣得满了，又将裤腰松开，放了两裤脚管的金银锭子，袖子里又笼了好些。正要出去，猛可里后面呀的一声，他大吃一惊。

回头一看，只见那北边靠墙的那一面书橱动了起来。他不禁暗暗的纳罕道，这真奇怪极了，怎么这个书橱竟会动呢？莫非年深日久，成了精怪不成么？他正自一个人在那里迟疑不决，瞥见书橱开处，后面现出一个门来。他不禁暗喜道："这里一定是苏家藏宝贝的机关，倒要来看看。"他说着，轻手轻脚走到门旁边。正要进去，瞥见里面走出一个千姣百美的妙人来。但见她云髻蓬松，星眼流电，那一副整整面庞儿，真是个令人神飞魂落。王明见了大喜欲狂，急忙扑上前去。那美人被他一吓，连忙缩身躲了进去。他随后跟了进去，不知不觉的砰的一声，外面的书橱仍旧关上。他进秘室，仔细一看，只见里面锦屏绣幕，装设得富丽堂皇。但是那个美人，却不知去向。他一颠一簸的四处寻找，不料将双手无意往下一放，袖子里的金银锭子，一起造了反，骨碌碌的滚了下地。他连忙要去拾锭子，猛听得帐子里有人吃吃的发笑。他这时锭子也无心去拾了，忙走到帐子前揭开一看，只见那个美人，坐在床前，只是向他发笑，他可是如同得着一方金子似的，不管三七二十一，抢过那个美人往怀中一搂，说道："我的心肝。"那美人连忙伸出纤纤玉手，含羞带愧的将他往旁边一推，低垂粉颈，梨面通红。王明哪里肯就此罢手，又过来将她搂住说道："美人，你不要倔强，现在你们一家子全被我下令拿去斩了。"那个美人听了他这话，只吓得玉容失色，梨面无光，便哽哽咽咽的哭将起来。他连忙问道："你是他家的什么人？赶紧告诉我，或者可以放你！"那美人娇羞欲绝，哪里还肯答他的话呢。

列位，要知道美人的来历，在下就此交代明白，省得诸位在那里打闷葫芦。原来这个美人名叫金楚楚，是苏大户用二千银子买来的。这楚楚是苏大户第一个宠妾，整日价的将她藏在库房后面的一间秘室里。自从这苏大户带了三个兄弟到王郎那里去求救，金楚楚在这秘密室里，无一日不耽惊受怕的。今天一早上，就有丫头进来送信说："大户弟兄四个，全被刘秀捉住杀了，快些预备出去逃命罢！"这金楚楚还有几分不大相信，这时见王明进来，才知大户真个杀了。她

可怜哪里还敢回话，低着头，只是啜泣不止。王明又向她说道："美人，我看你依了我一件事，我马上命人将你接到我的家中去做太太。"那楚楚见他这样，心中十分不愿；无奈性命要紧，又不敢说不答应，只得低首无言。王明一面搂住她，那一种兰麝的香气，直冲到他的鼻子里。心里本就把那一股无明欲火，高举三千丈，捺按不下。不由分说，将楚楚往床上一按，正要开始工作，那裤子里的锭子，累坠得动弹不得。他可是顾不得许多了，胡乱的将脚管一放，那些锭子一个个的滚落在地上。他爬上床来，楚楚也不敢动弹。将玉体横陈在床上，闪着两双星眼，只是望着王明做作。这时王明伏到她身上，说道："美人，你可将罗裙解去，好与你……"她不敢不依，含羞带愧的用手将罗裙解去。霎时动作起来，正在这入彀的时候，猛的有人将门一推，闯进十几个人来。楚楚忙道："有人进来，你快些起来！"那王明哪里肯放手，只顾紧抱住楚楚，务求完事。

说时迟，那时快，有人将帐门一揭。王明回头一看，不禁倒抽一口冷气。你道是谁？却原来就是祭遵，他连忙爬下床来。祭遵见此情形，不觉勃然大怒，手起一剑，竟将王明的一颗癞痢头，早和肩上宣告脱离，一缕魂灵直向巫山十二峰去了。这时楚楚吓得浑身乱战。祭遵命人一并捆起。

这时忽然有一个人对祭遵说道："军司令，这岔子你可惹得不小。你方才杀的这人，你知道是谁？"祭遵摇头道："管他是谁，犯了法，终要斩的。"这正是：

有味残膏犹在指，无情利刃已临头。

要知后事如何，且看下回分解。

第七十三回　玉殒香消杀妻投古井　头飞血溅背母突重围

却说祭遵将王明杀了之后，忽然有个人向他说道："军司令，今天将王明毅然杀了，岂不怕主公见罪于你吗？"祭遵道：用不着你们发愁，我自有道理。"此刻早已有人飞报刘文叔，说道："祭遵将王明杀了。"刘文叔听得这话，勃然大怒道："祭遵是个什么东西，他竟敢藐视我，目无法纪，胆敢将我的舍中儿杀去。"

说到这里，邓禹忙用腿将他一推，附着刘文叔的耳朵，悄悄地说道："主公你错了，当此之时，假使军令不严，何能压服众将呢？祭遵这事，足见他能尽职办事，主公不察反说他不好，岂不令众将不服么。"刘文叔恍然大悟。

一会子，祭遵领着人犯，和抄出的金银财宝一齐抬到帐内，前来交令。手里

执着一张报单，点着报道："抄出逆产如下：黄金三万斤、白金五百斤、纹银三百箱，每箱五百斤，国币八万贯、珊瑚器皿十二件、玛瑙器皿三十三件、羊脂玉物三百四十七件、绸缎绢绫三万五千三百二十四匹、布帛八百箱，每箱三百匹，衣服四百五十箱，刀枪一库、马六十匹、木器共七千六百五十四件、零星物件三百箱、粮食六万石、人犯一百三十四口，现已全到，请主公示下。"

这时帐下的众将，一个个都替祭遵担忧。刘文叔问道："我方才听说你将我的舍中儿杀去，果然有这回事么？"祭遵挺身直认不讳地说道："不错，是我杀的。"刘文叔笑着问道："你怕我罪你么？"祭遵走到刘文叔的面前，躬身答道："主公哪里话来。主公不委我任军司令则已，既然任我做军司令，我当然不负主公的重托，任凭他是主公的什么人，只要他不守规矩，犯到我的手里，都要按军法从事。我今天将王明杀了，主公莫非要见罪么？既如此，请主公就按军法办我罢！"他说罢，直立帐前，等候刘文叔的示下。

刘文叔毫不动怒，反而满脸堆着笑容问道："卿家今天杀了王明，但是他究竟犯的是什么罪？"祭遵答道："那个自然，要将他的罪恶宣布出来。今天末将到苏家去抄拿，主公是否教他去没有？"刘文叔道："没有。"祭遵道："未得军令，私出营门，一罪；强奸妇女，二罪；私窃逆产，三罪。有这三个罪名，杀得究竟冤枉不冤枉呢？"刘文叔大笑道："原来如此，该杀该杀！莫说杀了一个，便是杀了十个百个，也不为多。"忙命人赏祭遵黄金三百斤，绢帛五百匹，加封刺奸将军。祭遵忙谢恩退下。刘文叔便将那一班捉来的人犯，谳审了半天，一个个的赐些金帛，发放他们走了。又命人将抄来的逆产，寄存于部城，以备军需。

发放已毕，邓禹进议道："连日奔走，士卒们辛苦极了，只好休息两天，再遣他们征伐。"刘文叔说道："先生之言极是，我也是这样的设想。让他们养足锐气，再为调动不迟。"

话犹未了，探马飞来报道："渔阳、上谷的两郡兵马到了。"刘文叔大喜，忙命大开城门，领着众将开城迎接。只见渔阳、上谷的两处兵马，足有六七万众，旌旗蔽天，戈矛耀日，军容十分齐整。刘文叔心中说不出的十分欢喜，忙催马到耿况、彭宠跟前施礼，招呼道："劳驾远来，秀实不安。"彭宠、耿况忙回手致敬道："明公远涉长征，为万民造福，我们敢不附骥么？"刘文叔又和他们寒暄一阵子，便一同进城。

耿况、彭宠将带来的四员大将与文叔相见，一个是昌平人，姓寇名恂字子翼；一个是栎阳人，姓景名丹字孙卿；一个是安阳人，姓盖名延字巨卿；一个是姓王名梁，籍贯与盖延相同。刘文叔见他们个个俱是威风凛凛的将才，不禁满心欢喜，忙叫人杀猪宰羊，大排宴席，款待来宾，并犒赏三军，马步众将。

到了第二天，领兵出城，留下耿纯守城，余下均拔寨动身，这番出兵，总数有

二十余万，不上半日，已离钜鹿只有三里之遥了。刘文叔便吩咐扎下大营，预备攻城。王郎早得急报，忙差倪宏、刘奉两员大将带了三万人马，来救钜鹿。随后又派胡平、郭左两员大将，又带兵三万，驻防南蛮，作为犄角之势。

到了第二天，钜鹿主将王饶，见刘奉、倪宏的兵到，十分壮胆。便留吴汉守城，自己带三千兵马，出得城来，摆成阵势，匹马双锤，直闯到刘秀的寨前骂战。霎时金鼓大震，冯异领了一队人马，从寨后冲了出来。王饶忙回马到了垓心。冯异已经赶到，举起独脚铜人，劈头就打。王饶也不慌忙，便抡锤迎敌。各奋神威，酣斗了一百多回合，不分胜负。

这时刘文叔已经点齐众将，一齐出寨掠阵。只见他二人杀得尘沙蔽天，难分难解，刘伯姬哪里还能耐忍，一拍桃花征驹，闯到垓心。正想替回冯异，瞥见对阵冲出一个贼将来，手持方天画戟，也不答话，扭住刘伯姬便斗。王霸大吼一声，一马冲到垓心，替回冯异，便和王饶大杀起来。四只大锤，只杀得天旋地转。那边刘伯姬和刘奉大战了八十多回合，不分高下。姚期看得眼热，也不待命令，拍马舞刀，杀到垓心。那贼兵的阵里，跟着也出来一个贼将，手执双锏接住。姚期喝道："来将通名，咱老爷刀下，不死无名之鬼。"那员贼将一阵狂笑道："反寇，你且在马背上坐稳，不要吓得翻下马去。咱老子乃大汉皇帝座前右大将军倪宏便是。识风头，早些归顺，省得咱老子动手。"姚期大怒，也不答话，挥刀就砍。倪宏举锏相迎。

这时垓心里，只见刀光锤影，十二只背膀撩乱，二十四个马蹄掀翻，只杀得目眩心骇。邓禹对刘秀道："你看这钜鹿城上，没有多少贼兵，何不趁势就此袭取城池呢？"刘文叔点头道是，忙令冯异、岑彭带了一队兵来袭城池。刚刚冲到濠边，瞥见城上石子灰瓶，暴雨般打了下来，前队的兵被打伤不少。这时城上现出一个贼将，两边站着无数的兵士，手里俱是拿着鹿角，铁蒺藜。那个贼将向冯异笑道："要想攻城，这里恐怕你没有这样的能力了，请向别处去罢！"冯异大怒，一声令下，万弩俱发。城头上霎时现出五色云牌来。说也奇怪，射来的箭，完全嵌入云牌里，一枝也落不掉。霎时箭尽，一班兵士，只得住手，这时城头的云牌立刻撤去。那员贼将依旧立在城头上，向冯异、岑彭道："多劳赐箭，心感谢谢！现在对不起，却要回敬了。"话声未了，城上登时万弩齐发，如同暴雨一般。前敌的兵士，射倒数百人。冯异大惊，忙和岑彭下令退兵。刘文叔见城上的守将，如此厉害，不禁暗自吃惊。冯、岑两将，回到刘文叔马前，齐声说道："城上的守将，委实厉害，无法进攻。"刘文叔道："两位将军，请暂休息，再作道理。"冯异、岑彭带兵退下。

这时城上一片鸣金的声音，王饶等三个贼将，领兵进城。王霸等也就收兵回营。刘文叔对众将赞赏了一番。邓禹开口说道："单是出城的三个贼将，倒不足为患，不过匹夫之勇；但是守城的那个贼将，倒着实棘手。"冯异插口说道："可

不是么？凭我们的攻法，任他是谁，也有些应付不来，不料那个贼将，来得十分厉害。”耿况道：“那个贼将姓谁？”冯异道：“姓什么倒不晓得。”耿况道：“我有个朋友，姓吴名汉，这人端的是智通双全。前月听人说他投奔王郎，我倒替他可惜。如果是他，我能凭着三寸不烂之舌，说他来归降主公。”邓禹笑道：“但愿是吴汉，那就好办了。”

大家吃了夜饭，众人刚要去安息。邓禹道：“今天遇着劲敌，大家都要防备一些才好！”这句话提醒了刘文叔，忙道：“不错，不错，凡事都宜谨慎为佳。”李通、王霸同声说道：“你们也忒过虑了，今天你不看见那几个贼将，杀得精疲力尽么？夜里还敢再来讨死不成？”冯异说：“休要这样道，还是预备一些的好。”他说罢，便与岑彭前来请令。邓禹便教他们带兵在寨左寨右埋伏。景丹、盖延也过来请令。邓禹见他们日间没有厮杀，再则要试试他们的本领，便令他们带兵五千，在寨前埋伏，不提。

再说王饶、倪宏、刘奉收兵回城，一齐责问吴汉何故鸣金？吴汉对三人说道：“你们只顾厮杀，那刘秀的部将来攻城，你们知道吗？”王饶道：“怎么不知道呢，你在城上做什么的？”吴汉笑道：“双拳不敌四手，他们假若派出许多兵马，教我一个人怎样来得及呢？”王饶才恍然大悟，忙道：“不错，不错，应当要鸣金。”吴汉道：“方才听探马来报，说主公又派了胡平、郭左两员大将，带了三万兵马，现已到栾城。今天夜里趁他初到此地，将全城的人马，调到城外，一面着人到栾城教郭左、胡平到三更时候，来接应我们。我们在二更左右，分着三路前去劫寨，趁他不备，杀他个片甲不存。”王饶大喜，忙差人飞马到南栾去关照郭、胡二将。自已将全城的人马共有八万多，分四门出来，悄悄的扎下大营，将一座钜鹿保护得铁桶相似。吴汉一面点兵调将，一面教探马到刘秀寨前探听虚实。

一会儿，探马忙回来报道：“刘秀的寨前，一点动静也没有。”王饶大喜，忙与倪宏、刘奉各领了五千人马，分着三路，悄悄的向刘秀的大寨进发。这时星移斗换，已到子牌时候了。王饶等到了刘秀寨前，一声呐喊，杀了进去，不提防左右突然冲出两支人马。景丹、盖延各自挥动家伙，挡住王饶。两边的灯球火把，照耀得如同白日一样。王饶见有预备，忙奋勇敌住二人。刘奉、倪宏的两支兵，从两边趁势直抄进去。还未到寨前，猛的一声号角，冯异、岑彭的两支埋伏兵，斜刺里冲了出来挡住。冯异大笑道：“老子们早就晓得你们要来送死了！”倪宏也不答话，挥动双锏，直取冯异。冯异不慌不忙，展开独脚铜人，大战起来。这里岑彭和刘奉早就扭成一团，大杀不止，霎时金鼓震天，喊声动地，把刘文叔等从梦中惊醒。这时后寨又发喊起来。

原来南栾的贼将，得着这个消息，星夜拔寨前来接应。邓禹却没有料到后面有人抄来，只弄得措手不及。王霸连盔甲也来不及穿戴，赤膊上马，舞动双

锤，向后寨抵敌。刘伯姬只着了一件贴身小袄，搅动梨花枪，飞花滚雪价的杀了出去。姚期、李通、王梁、寇恂、马武、耿弇等一班武将，保住刘文叔，邓禹、耿况、彭宠夺路便走。刚出了寨门，差不多有二里之遥，瞥见一将，从斜刺里冲了出来，姚期慌忙上前敌住。战了二十余回合，那员贼将，长啸一声，伏兵齐起。霎时火光烛天，四处的贼兵，不知有多少，翻翻腾腾的滚了上来。李通、马武等分头迎杀，无奈杀了半天，竟未杀出重围，贼兵愈来愈众。

这时灯球火把，照得雪亮。那耿况一眼看见一员贼将，不是别人，正是吴汉。他满心欢喜，催马大叫道："姚将军与吴将军，请暂且住手，我有话说。"姚期听得有人喊，忙住了手。吴汉也住了手。耿况一马闯到垓心，向吴汉拱手道："子颜别来无恙否？"吴汉见是耿况，连忙也拱手道："承问，明公何故到此地的？"耿况便趁势将自己如何归降刘秀，刘秀为人何等英武，势力怎样的伟大，说了一番。又用旁敲侧击的话来劝解他归降刘秀。吴汉沉吟了一会，对耿况道："承明公指教，敢不如命。但是汉有老母，尚在城中，容回去与老母商量，再来报命。"耿况大喜。吴汉假意与姚期战了几合，回马败走。他将手中的枪一招，那一队兵全随着他退去了。邓禹忙令姚期、耿弇、李通、马武四员大将，前去助战。四人领了令，飞马前来助战。只见战场上兵对兵，将对将，只杀得一天星斗，惨淡无光。那些贼将各自遇着劲敌，正在拼命价的恶斗，不提防凭空飞出四只猛虎似的勇将来，在阵内往来冲突，如入无人之境，杀得血流似海，尸集如山。那一群贼兵，只恨爹娘少生两只腿，没命的四散逃走。王饶见势头不好，虚晃一锤，收兵退走。倪宏、刘奉、郭左、胡平，各自收兵退去。

刘文叔等才回到大寨，一一检查，共死五千多名士卒。幸喜粮草辎重，一些没有被他们劫去。众将中只有景丹手腕被贼将刺伤，余下丝毫没有一些损伤。刘文叔深自庆慰。邓禹对他说道："三军易得，一将难求，损失五千兵，得一吴汉，还是主公的洪福。"

不表他们在这里议论，再说吴汉收兵回营，一个人只是盘算着，自己对自己说道："吴汉吴汉，凭你这样的才干，难道终与这伙亡命之徒在一起，就算长久之计了么？耿况这番话，何尝不是。但是王郎虽是个亡命之徒，徒我总未有一分错。现在我毅然去投降刘秀，未免于良心上有些过不去。罢罢罢！忠臣不事二主，无论如何，一心保王郎吧！"他正是自言自语的当儿。王饶气冲冲的和刘奉等一班人，走进吴汉的帐篷，大声说道："我早就说过，今天不可去劫寨，偏是你要自逞才能，要去劫寨，现在查过了，共损失一万五千几百名儿郎，这不是你招的么？"吴汉正自不大自在，听他这番话，不禁勃然大怒，对王饶冷笑一声，答道："谁是主将？令是谁发出去的？自己不认错，反来乱怪别人，不是笑话么？假若今天去打个胜仗，你又怎么样呢？"王饶被他这几句抢白得暴跳如雷，飕的拔出剑来，剔起眼睛向吴汉

说道:“谁来和你拌嘴?今天先将你这个狗头杀了再说。”吴汉更是按捺不住,也拔剑站了起来,大声说道:“好,你这狗头,想杀哪个?”刘奉、倪宏忙过来劝住吴汉。郭左、胡平早将王饶的背膊扳住,齐声说道:“胜负军家常事,何必这样争长较短的呢?现在刘秀未除,自家先斗了起来,不怕人家笑话么?”郭、胡二人,忙将王饶劝出帐走了。倪宏、刘奉说好说歹,又劝了吴汉一阵子,才起身走了。

吴汉这时便将投刘秀的心,十分坚决了。他上马进城,到了自己的家里,先对他的母亲将来意说明。吴母大喜道:“吾儿弃暗投明,为娘固然赞成,但是你的媳妇,恐怕她未必肯罢!”吴汉道:“只要你老人家答应,就行了。她答应更好,不答便将她杀了,有什么大不了呢?”原来吴汉的妻子,就是王郎的侄女。吴汉大踏步走到后面。王氏见他回来,连忙来迎接,满脸堆下笑来,乜斜眼说道:“我只当你就此不回来的呢?撇下了我,夜里冷冷清清,一些趣味也没有。你怎么就这样狠心毒意呢?”吴汉此时哪里还有心去听进这些话,忙向她问道:“我有一件事,特来问你,不知你可肯答应吗?”她笑道:“自家夫妻,什么事儿不肯呢!”吴汉便将要去投刘秀的一番话告诉她。她气得一佛出世,二佛升天,用手指着吴汉骂道:“你这负心的杀才,我家哪样待错你?吃着穿着,还不算数,又将我匹配与你,高车大马,威风十足,心里还不自足,要想去投刘秀。我劝你不要胡思乱想着好得多呢!”吴汉也不答话,冷笑一声,向她招手。她见吴汉这样,只当他是要亲嘴呢,也就半推半就的走了过来,仰起粉腮。说时迟,那时快,只听得咯嚓一声,她的头早就滚落在地。吴汉忙将宝剑入鞘,将手上的血迹拭抹干净,不慌不忙将她的尸首连头捆好,携到后园往井里一送。此刻他也顾不得许多,到了吴母的房里,说道:“母亲,那贼人已被我杀了,我们走罢!”吴母听了大吃一惊,忙道:“你果真将她杀了吗?”吴汉道:“谁敢哄骗你老人家?”吴母不禁垂泪道:“我与你投奔刘秀,她不答应,就罢了,何苦又将她杀了呢?”吴汉陪笑道:“请老人家快些收拾吧!已经杀了,说也无用的。”吴母道:“收拾什么?这里的东西,还要么?就走罢!”吴汉便用绸巾将吴母拴在自己的背上,掉枪上马就走。

刚到了城外,谁知王饶早已得着消息,见他出来,忙命众兵将他团团困住,一齐大叫道:“反贼吴汉,要想到哪里,赶快留下头来!”吴汉也不答应,搅起长枪,上护其身,下护其马,与贼将大杀起来。这正是:

骊龙岂是池中物,玉凤原非栖内禽。

要知后事如何,且看下回分解。

第七十四回　招展花枝娇娃临大敌　扫除草寇虎将立奇功

却说吴汉背着他的母亲，一马冲出南门，正要投奔刘秀的大营。谁知王饶早已得着这个消息，点齐众将，将四门围困得水泄不通，专候吴汉到来。

这时见了吴汉闯出城来，王饶勃然大怒，厉声大骂道："反贼吴汉！王家待你哪样亏负？竟失心反了。好禽兽，留下头来，免得咱家动手。"吴汉到了这时，也不答话。搅动长枪，来战王饶。王饶荡起双锤，蔽天盖日价的逼住吴汉。两个人舍死忘生的大战了八十多回合，吴汉虚幌一枪，思想要走。王饶哪里肯放松一着，双锤如同雨点一般的逼住。吴汉见不得脱身，也就下了决心，舞起长枪，飞花滚雪般的恶斗不止。正在杀得难分难解之际，瞥见刘奉、倪宏各领一支人马，蜂拥而来，将吴汉团团困住，各展兵刀来敌吴汉。吴汉与王饶正自不分高下，凭空又添上两只猛虎，吴汉虽有万夫不当之勇，到了此时，也有些应付不来了。战够多时，吴汉只有招架之力，并无还手之能，只杀得尘沙蔽日，烟雾障天。吴汉暗道："今番我命休也！"

正在这万分危急之时，猛听得西南阵角，金鼓大振，杀进一支兵来。为首一员大将，手持龙舌枪，闪电般的杀进重围。这时正南喊声又起，又见一员女将，耍动梨花枪，纺车似的突入重围，来和贼兵厮杀。

列位知道，这两支人马，是哪里来的？原来刘秀昨天听了吴汉的那一番话，今天早就预备，又听得喊声震地，金鼓大鸣，料想吴汉已经杀出城来，忙与邓禹商议援救之策。邓禹忙下令问道："哪位将军，情愿领兵去救吴汉？"话犹未了，只见一将挺身出班，躬身说道："末将愿去。"邓禹和刘秀仔细一看，不是别人，就是岑彭。二人心中大喜，正要答话，众将中又走出一个人来，向邓禹娇声说道："先生请发一枝令箭，奴家愿随岑将军前去接济吴将军。"刘秀见他的妹妹要出马，忙道："妹妹连日厮杀，精神有限，今天另派别将前去，妹妹请养息养息罢。"伯姬听得这句话，不由的气得杏眼圆睁，柳眉倒竖，忙对刘秀说道："三哥哪里话来！小妹这两天一些也没有痛快厮杀一场，今天无论如何，都要请令前去厮杀的。"邓禹笑道："既然小姐要去，主公也不必过于阻止，就请她帮助岑将军前去就是了。"刘秀也没有什么不赞成，当下派兵一万，教二人各领五千，前去接应吴汉。

他二人各领兵马，杀入重围。岑彭接住刘奉，伯姬和倪宏搭上手，奋勇大杀起来。吴汉见援兵已到，心中大喜，精神陡长，和王饶大战三十余回合，仍然不分胜负。吴汉此时，哪里有心厮杀，只想突出重围，无奈王饶的双锤，兀的紧紧逼住，不得脱身，又怕母亲在他的肩上，辰光多了，吃不了惊吓，满心焦躁奋起神威，恨不得一枪将王饶搠死，好闯出重围。王饶到了这时，见刘秀有兵来接济吴汉，不由大怒起来，耍动双锤，恨不得将吴汉一锤打死，方泄胸中之恨，哪里还肯放松一步。

这时西北阵脚忽然大乱起来，只见王霸舞动双锤，只打得一群贼兵人翻马仰，登时杀到面前。王霸大叫道："小弟奉了邓先生的命令，前来接应将军，将军请暂且住手，将这狗头丢下与我，结果他就是了。"王饶见王霸进来，心中暗暗吃惊，只得舞起双锤来迎王霸。吴汉见此光景，再不逃走，更待何时，大吼一声，杀出一条血路，直向刘秀的大营而来，还未到营前，早见刘秀和众军并马迎接。邓禹首先说道："将军深明大义，弃暗投明，不独禹等深自庆慰，即是汉家又多一个柱石。"吴汉喘息答道："罪将来迟，万望诸公原谅！"刘秀忙赶着下马，亲手扶吴老太太下马，口中说道："累太太受惊了。"吴老夫人忙答道："主公哪里话来，犬子不肖，归附王郎，拒抗天师，罪无可逭。再不早为依顺麾下，益发要万世唾骂了。"大家你谦我让的一阵，才一起进营。

再说刘伯姬与倪宏战了一百二十余回合，未分胜败。伯姬长笑一声，兜马就走。倪宏哪知就理，拍马追上，赶到分际。刘伯姬霍转柳腰，飕的一箭，觑准倪宏的咽喉射来。倪宏忙将头一偏，那支箭从头边恰恰的飞过。倪宏大惊，正要带马回头，第二枝箭已经飞到。倪宏赶紧再让，说时迟，那时快，第三箭已经攒进他的肋下，倪宏大叫一声，翻身落马。刘伯姬枭了首级，拍马重行杀入重围。只见岑彭和刘奉正杀得不分上下，伯姬更耐不住携马摇枪，双战刘奉。那边王霸和王饶也锋芒相对，恶斗不衰，这时李通、姚期的两队兵马，已经赶到，翻翻滚滚，大杀起来。那些贼兵，东逃西散，鬼哭神号。王饶见士卒奔散，心中焦躁万分，大吼一声，意欲逃走。王霸趁此机会，舞起双锤，直向他的马头打下。王饶连将马头一带，那马凭空一跳，四足跃起有六尺多高，让过双锤。李通穿云闪电般的闯到垓心，大喝一声，手起刀落，王饶措手不及，眼睁睁他一员勇将，身首异处了。刘奉见到王饶已死，心中加倍惊慌，战法散乱。伯姬、岑彭的两支枪，蔽云遮日一般的将他裹住。刘奉到了此时，料知事情不妙，不如下个死心，搠死他们一两个也算不得白死。他想到这里，搅动方天戟，神出鬼没的和二人恶斗不止。刘伯姬一面迎敌，一面向李通喊道："此时还不去取城，等待何时？"这句话提醒了李通，忙和姚期带兵竟逼城下。

城上那些贼兵，大惊失色，手忙脚乱，又不知怎样才好。姚期一马当先，闯

过吊桥。猛可里城上轰天价响的一声，将千斤闸放下。可巧姚期正到城门，忙举右手，将闸门托住，坐下乌锥马，四足撑开，双耳竖起，动也不动，李通忙领动人马，和潮水一般直望里边拥进，城上那些贼兵，慌了手脚，真个是军无主将，人情汹汹，便各自去寻生路，也顾不得许多，撒手飞奔。李通忙领兵上得城头，先将千斤闸绞起，然后和姚期收服残卒，预备出城迎接刘秀。

再说刘奉和伯姬、岑彭又战了五十多合，一心想走，无奈插针的工夫也没有。他丢去一个解数，预备动身。伯姬早已看出情形，故意将马一拍，跳出圈子，让他逃走。刘奉得了这个空子，忙拍马闯出垓心，落荒而走。伯姬随后赶去。刘奉扭转身躯，弯弓搭箭，飕的一箭，向伯姬的右手射来，伯姬手明眼快，忙用梨花枪一拨，那支箭滴溜溜的直向草地上落下。刘奉见一箭未中，心中大怒，第二箭又飞了过来。伯姬长啸一声，手起箭发，将来箭拨开有三丈多远。刘奉惊得目瞪口呆，半晌说不出话来，急忙带马就逃，还未扭转马头，伯姬的第二箭已经射中他的马首。那马大吼一声，霍地一跳，将刘奉掀落马下。伯姬正要下马来杀刘奉，瞥见岑彭一马赶到，她深怕岑彭争功，赶着手起一枪，忽听岑彭大叫道："姑娘请慢动手！我有话讲。"话还未了，刘奉的喉咙早已现出一个透明的窟窿，鲜血直喷，一缕魂灵早到阎王那里去交帐了。

岑彭道："姑娘忒也手馋了。"伯姬笑道："岑将军这话，不是奇极了么？如果我们不是他的对手，还不是照样被他结果了么？"彭笑道："并非这样，我看这员贼将的能耐，着实不可多得，如果用柔软的手段来，将他收服住，不是主公的一个大臂膀么？"伯姬听了这话，懊悔不迭的答话，"何不早说，何不早说！如今有什么法子挽回呢？"说罢，翻身下马，拳出佩剑，将刘奉的首级割下，和岑彭收兵入城，见城中的百姓，安逸如常，欢声载道。他二人见过刘秀，伯姬在帐前将倪宏、刘奉的两颗首级，往地下一掷，向刘秀说道："三哥请你仔细看看，是不是那两个贼将的狗头？"刘秀哈哈大笑道："不想贤妹竟有这样的能耐，我还不佩服么？"邓禹接口说道："主公哪里知道小姐的本领，我早就料到小姐今天一定要马到成功了。"帐下诸将同声赞道："姑娘的武艺实在超凡！这两个贼将，除了她，别一个实在有些棘手呢！"刘秀笑道："今天要算三妹头功，并非是我的私护。"众将忙躬身答道："那自然，主公不要尽管客气罢。"邓禹取出功劳簿，首先写起刘伯姬的战绩，第二便是李通，其余诸将也都按功登记。

次日，便要领兵去攻邯郸。耿况、彭宠二人进议道："南栾、钜鹿，俱为北伐要径。冯将军去攻南栾未知胜负如何，如果南栾一下，邯郸即易如反掌了。"话犹未了，冯异的牙将，进帐报道："冯异于午牌时候，已得南栾。"刘秀大喜。耿况道："南栾既得，须乘胜进攻邯郸，但是这两处，俱为重要地方，不可疏失才好。"邓禹对他们二人笑道："依我的愚见，请彭将军镇守南栾，耿将军留守钜鹿，那就

万无一失了。"耿况忙要回答,刘秀鼓掌附和道:"先生这话是极了,我也是这样的设想。"彭庞忙道:"冯将军智勇双全,现在南栾还怕有什么差错呢。"邓禹道:"彭将军请不要推辞。冯异目下正要用他,而且镇守的职位,非要老成持重者不可。"彭庞再三推托。刘秀道:"彭将军莫非是见怪么?"彭庞忙躬身说道:"既是这样,末将不才,便去效劳是了。"邓禹又点五千士卒与彭宠替回冯异;一面又留下一万五千精兵于耿况守钜鹿。安排停当,第六天是黄道日期,便拔寨起身。一路秋毫无犯,浩浩荡荡,直向邯郸进发。

不到两日,离邯郸尚有三里之遥,邓禹便下令扎营。王郎早已得到消息,先听说吴汉反了,已经急得走投无路。后来接二连三的探马报个不住,又说钜鹿失守,南栾被陷,王饶等阵亡,把个王郎只吓得一佛出世,二佛涅槃,搓手顿足,竟像热锅上蚂蚁一般,一处搔不着,镇日价愁眉苦脸,短叹长吁。刘林、赵猛等一班人,也是面面相觑,无计应付。

正是泪眼相看的当儿,忽见报马飞来报道:"刘秀的大兵,已到东郊扎寨了!"王郎听得这个消息,只吓得屁滚尿流,张口结舌,半晌说不出一句话来。翻着两只眼睛,朝左右说道:"如此便怎么好?"刘林说道:"依我的主见,不如去投降刘秀,或者不失封侯之位呢。"王郎摇头说道:"不行,不行!这个计策,简直是自己去讨死。我想我们若去投降那刘秀,一定是不旨收纳的。到那时,只消嘴一动,我们还想活么?"大家正自没有应对的法子,这时高家四将,挺身出班说道:"大王休要高长别人的志气,灭了自己的威风,愚兄弟四人,愿带三千兵马出城,包将这班毛贼杀得他片甲不存。"王郎听他这番话,忙闪目一看,只见高骏、高骝、高骅、高驹弟兄四个,雄纠纠,气昂昂的站在殿前。他见此情形,心中又没了主意。向刘林问道:"在卿家意下如何?"刘林答道:"依我的话,还是投降的好!高家四将,虽有能耐,怎能和刘秀首下的大将厮杀呢?不要讲别的,单说昆阳一战,谁不闻名?他们要去,岂不是以卵击石么!"他还未说完,高骝哇呀呀直嚷起来,大叫道:"偏是你这狗头,贪生怕死的要去投降刘秀,便在大王面前,信口胡诌,我们今天偏要去拼个你死我活。"高骏飕的一声,拔出宝剑,剔起眼睛,向刘林说道:"谁再提投降,先结果了他再说。"刘林到了这时,真个是噤若寒蝉,一声也不敢多响。

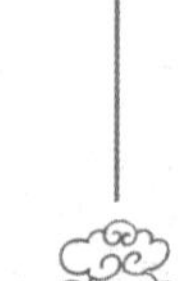

王郎见他们都动了火,深怕弄翻了脸,不是耍的,赶忙说道:"高将军的主见不错!自古道,兵来将挡,水来土掩,还是烦四位将军的大驾,前去杀退贼兵,孤王就万分感谢了。"高骏等昂然退出来,各操兵器,飞马出城,指挥众兵,背城排成阵势,等候厮杀。

再说刘秀等正是才将大营扎好,瞥见城门大开,一队贼兵蜂拥出来,排成阵势,忙向帐下问道:"哪位将军愿去攻打头阵?"景丹挺身出来,向上打躬答道:

“末将愿往。”邓禹心中大喜，即对景丹说道：“将军肯立头功，那就妙极了！不过第一阵，用不着将军动手，将军的骑兵，最好作为后应，杀得他措手不及才好呢。”景丹点头称是。这时冯异、伯姬同时出班，对邓禹讨令出马。接着王霸、延盖也过来讨令。邓禹也不阻止，一一发下了令。四将领令出帐。

邓禹吩咐景丹道：“久闻将军部下的骑兵，非常厉害，今天出阵，务须趁他不备，冲杀一阵为上着。”景丹点头会意，出帐上马，点齐骑兵，随后起身赶到垓心。只见高骏立马垓心，手持四窍八环泼风刀，正在那里骂阵。刘伯姬哪里能忍耐，搅动梨枪花，那桃花征驹晓得要厮杀，双耳一竖，直冲过去。伯姬和高骏接近了，各展兵刃，奋勇大杀，大战二十余回合。高骏渐渐不济，汗如雨下，喘不成声。高骝见他大哥要走下风，忙拍动征驹，要起双鞭来助高骏，双战伯姬。伯姬哪里放在心上，不慌不忙，敌住二人。又战了五十余回合，高骏、高骝被她那支梨花枪，只逼得像走马灯一样，近身不得。高骅、高驹各催坐骑，赶到垓心，将刘伯姬团团围住，枪刀齐举。伯姬毫不怯惧，奋起精神，和四将大杀。这边早恼动了冯异，手执独脚铜人，飞马赶到垓心，厉声大骂道：“好狗头！你们以多仗势么！”他飞起铜人，直奔高骏打来，高骏慌忙敌住。高骝撇下伯姬，助战冯异。伯姬见去了两个劲敌，登时精神大振，舞动梨花枪，飞花滚雪价的逼住二人。战到分际，猛听得伯姬长啸一声，手起枪下，刺高骅于马下。高驹大惊，兜马要走。李通带了一队兵，从斜刺里冲了出来，挡住高驹，大吼一声，手起刀落。高驹的首级竟像西瓜一般，登时和身上脱离关系。高骏见两个兄弟齐送性命，不由的心中大惊，刀法一乱，被冯异觑着个破绽，一铜人将他打得脑浆迸裂，翻身落马。高骝魂飞天外，一鞭坐骑，落荒而走。冯异带马追来，李通喊道：“冯将军，穷寇莫追，由他去罢！”冯异收马回来，合兵一处。景丹正要发出骑兵，忽听伯姬娇声向那些贼兵喊道：“众贼子听着，要保全首级赶快抛戈丢甲，还不失本身的地位。”

那些贼兵听得这话，谁不望风归附呢？霎时倒戈弃甲，一齐下跪。冯异一一的安慰，共收降卒二千多人。大家商量一会子，便领兵乘胜攻城。一时矢石如雨，城上的守城贼兵，死力拒住，看看不支。王郎到了这时，真个是上天无路，入地无门。谏议大夫杜威对他说道：“高家四将，现已阵亡，还有什么依恃呢？在我愚见，赶紧去投降，还能保全原有的位置，否则立刻攻破了城，玉石俱焚，那时悔之晚矣！”王郎忙道：“是极，是极！就请你去说罢。”

杜威出来，先命人城门开放，自己乘马出城，到了刘秀的大营，将来意说明。刘秀勃然大怒道：“王郎妖言惑众，罪在不赦，还想保全原有的位置么？”杜威道：“大王息怒，久闻大王以仁信昭著，今天邯郸既降，当然要封邯郸之主为万户侯，以安人心。”刘秀大怒道：“王郎小丑，竟敢冒冲汉裔，待他不死，已是格外施恩，

还想封他万户侯么!”杜威不敢再说,只得告辞出来。刘秀督队攻城,一连攻了十数天。城内因为粮食缺乏,众心惶惶,遂不由王郎做主,一班士卒,竖起降旗,大开城门。刘秀督队进城,再来搜寻王郎,一些影子也没有了,连刘林也不知去向。

刘秀安民已毕,便命人大排宴席,论功行赏。诸将领你夸我的本领,我赞你的功绩,吵闹得一团糟似的。刘秀与邓禹前来,一一查点,独不见了冯异。忙问众人道:“冯将军到哪里去了?”有个小卒上来禀道:“冯将军在营后的大树之下呢!”刘秀与邓禹忙到后营,果然见冯异独立大树之下,异态消闲,竟像没有知道论功的一样。刘秀一把将他拉进营中。

正要行赏,瞥见长安的使臣,手执刘玄的封册径入帐来。刘秀忙起来迎接。邓禹展开封册,只见里面加封刘秀为萧王之职。这正是:

漫道疆场无结果,谁知竹帛早标名。

要知后事如何,且看下回分解。

第七十五回　帐中一度阿父喜封侯　坛下三呼萧王初即位

却说文叔正要犒赏众将,忽然接到刘玄的封册,赐为萧王,自是欣喜,忙摆酒席,款待来使。那来使对刘秀说道:“还有旨意一通在此,请王爷细阅。卑职公务匆忙,不敢耽搁,就此告辞。”那来使将旨意取出,告辞而去。

刘秀和众人将旨意拆开观看,只见里面并无别话,只写着:

扫灭王郎功绩隆厚,加晋萧王,仰即班师西下!钦此。

刘秀看罢,惊疑不止,便对邓禹说道:“我们方将王郎扫灭,河北一带的地方,还未收复,何能即刻退兵。我倒不懂,他是什么用意?”邓禹笑倒:“主公哪里知道他们主见,主公军威日盛,所向无前,百姓归心,群雄依附,深恐我们一朝翻脸,去报大将军刘缜的旧恨哪!别的还有什么用意呢?”刘秀沉思一会,答道:“恐怕不是这样的用意罢。”话还未了,朱祐、冯异齐声说道:“当此乱世之秋,刘玄何人,怎能作万民之主?惟大王有日角相,天命所归,不宜自误!”

刘秀听罢,便对二人笑道:“两位将军莫非今朝庆功宴上多吃了几杯酒么?怎的这样的乱说?须知刺奸将军铁面无私,剑下从未留过情面,还劝两位将军少说为佳。”冯异、朱祐果然不敢再说。邓禹早知就理,忙对诸将说道:“今天主

公加封晋爵，诸位将军，且请痛饮一场，不才自有定论。”耿弇这时向邓禹一笑。邓禹也没答话。

大家从容入席，酣呼畅饮，席间邓禹对文叔说道：“诸将之内，我最佩服是冯异。你看他不邀功，不求赏，端的是个大量大器的英雄。我看，真正不可多得哩。”刘秀点头笑道：“果然果然！方才诸将，谁也争强论胜，惟有他一个人反到营后的大树底下，可见他的心思与众不同了。”李通大笑道：“那么主公不要封他，我倒有个顶好的封号。”邓禹笑问道：“李将军有什么封号呢？”李通笑道：“何不就叫他为大树将军呢！”大家鼓掌附和道：“妙极了，好一个大树将军！从此以后，我们就叫他为大树将军了。”刘秀含笑不语。一会子，日落西山，不觉已到酉牌时候了。”大家撤退残席，重新入座，又议了一回军事，才各自去安寝不提。

在下说到这里，却要岔到刘玄那面去说了。因为一枝笔不能写两面事，刘玄那面的消息，至今未有提起一字，恐怕读者纳闷，所以趁他们睡觉的空子，特地抽暇来报告一下子罢。闲话少说，言归正传。

且说刘玄在洛阳住了四个月，申徒建、李松等一班人，极力撺掇迁都长安。这时已到更始二年的九月了，刘玄入长乐宫，升坐前殿。郎吏两旁站立，肃穆一堂，把个刘玄羞得头也不敢抬起，垂头播弄衣带，一言不发。霎时众臣朝贺已毕，刘玄羞答答的一声也不敢响，李松、赵萌劝他封功臣为王。劝了半天，刘玄吞吞吐吐地说道：“教我怎样封法？”

话未说毕，朱鲔大声抗议道：“从前高祖有约，非刘氏不王，今宗室且未加封，何能先封他人呢？”李松、赵萌又请刘玄先封宗室。刘玄只是眼管鼻子，鼻管脚后跟的坐在那里，缩做一团，满脸绯红，再也说不出一句话来。李松催道：“请陛下不要迟疑，就论功加爵罢。”刘玄急得涨紫了脸，向李松带怒含嗔地说道：封他娘的什么劳什子，尽管来啰唆不了！这个倒头皇帝，我也不要做了，倒也落得清净些。”李松急得走投无路，忙走到他的跟前，附着他的耳朵，正要说话。

谁知刘玄见他走来，将头移到自己耳边，不禁吓得一大跳，双手掩着耳朵，大声哭道：“我不做皇帝，与你有什么相干，你想来咬我么？我偏不做，看你们怎样对待我？”他说罢，撩起袍服，便要下殿。朱鲔见此光景，又好气，又好笑，忙来将他拉住哄道：“你不用害怕，他不是咬你的，是来教你主意的。”他听了这话，登时露出一嘴黄牙，向朱鲔笑道：“真的么？”朱鲔正色说道：“谁骗你呢？”他才重复坐下，用袖子将眼泪拭去，向李松道：“你来，你来！有什么话，你就说罢！”李松悄悄地说道：“你不是不会封吗？”刘玄连连点头道：“不会封，不会封。”李松道：“你就照封刘秀那样封法就对。”刘玄大喜道：“晓得了，共封几个人？”李松道：“宗室内共有八个，我来报名与你。我报一个，你封一个，好么？”刘玄点头称是。李松便向殿下喊道：“定乐侯刘嘉听封！”刘嘉越班出来，到阶跪下，三呼万岁。

刘玄却又弄得莫名其妙,两眼不住向李松翻着。李松暗暗着急道:“从来没有看见过这个木瓜。”他连连用嘴向他一努。刘玄便大声说道:“大司马萧王刘秀。”他没头没尾的说了一句,便不言语。阶下众郎吏,一个个弄得不知所以,面面相觑。李松、朱鲔、赵萌等一干人,只急得一佛出世,二佛升天。朱鲔忙向李松说道:“谁教你叫他这样封法的?”李松急道:“我又何曾这样说法的。”刘玄翻起眼睛向李松道:“你还赖呢,不是你方才对我说的吗?”李松听得这话,方才会意过来,忙向他啐了一口道:“不要说罢,五顷田里长的一只大傻瓜,谁叫你这样封的?”他说罢,向朱鲔说道:“不如我们替他封一下子罢。”朱鲔没法,只得和李松假传圣旨,将宗室以及功臣,一一的封赠。

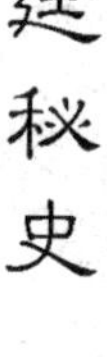

封毕,刘玄才退殿,到了长乐宫,将金冠往桌上一掷,咳声叹气地说道:“我又不知几时作下什么孽,弄到如此,不知从哪里说起。好端端多么自在,定要压信我做这晦气皇帝,我真倒霉极了!”他一个人正在这怨天尤人的当儿,瞥见赵萌走进来向他说道:“主公,”他一句还未说完,刘玄剔起眼睛向他说道:“谁是你家祖宗?你不要将我折杀了罢!”赵萌见他怒容满面,知道他的宿气未消,忙满脸堆下笑来,向他说道:“小臣今天办了些狗肉,用沙锅煨得粉烂,请你去吃一顿,如何?”

刘玄本来酷嗜狗肉,听他这话,不禁口角流涎,忙笑嘻嘻的对赵萌道:“真的有么?”赵萌道:“一大沙锅子,全是关西狗肉,又香又肥,请你就去罢!”刘玄只笑得一张嘴合不拢来,忙取了金冠,一拉赵萌便要动身。赵萌慌忙的对他说道:“如今你是皇帝了,要出去是很不容易,要去非要先将衣服换好,才能动身。”刘玄急道:“谁是皇帝呢,你孙子才是皇帝呢,你儿子才是皇帝呢!”赵萌道:“你不换衣服,我也不带你去。”刘玄无奈,只得草草的将衣服换好,带了两个宫侍,一溜烟跟到赵萌的府内。

赵萌亲自到后面,将一沙锅子狗肉,捧到前面。刘玄嗅着狗肉的香味,嘴角上的馋涎像那雨过的檐溜,点点滴滴的险些儿将前襟湿透,偏是那赵萌的话多,和他谈了许多闲话。他可再也耐不住了,向赵萌道:“你这人忒也小气,既请我来吃狗肉。为什么尽管说废话,不吃狗肉呢,我难道来和你谈话的么?”赵萌跌足笑道:“我真糊涂了。”忙命侍者去取一壶好酒来。

两个人对面坐下,吃着狗肉,喝着酒,十分高兴。刘玄一面狼吞虎咽的吃着,一面向赵萌说道:“你真是我的恩人,自从做了这个倒霉皇帝之后,镇日价的吃那些咸鸡辣鹅,一点情趣也没有。可怜我生平就欢喜这狗肉,我有了狗肉,什么都不要了,今天可让我吃他一个畅快。”赵萌笑道:“主公实在喜欢,我每日亲自动手,办一沙锅子,着人抬进宫去如何?”刘玄听他这话,忙停下筷子答道:“那就好极了。”两个人一饮一呷,不觉都有些酒意。在赵萌的用意,想借此笼络刘

玄,自己好肆无忌惮。不想刘玄果然中了他的圈套。他便眉头一皱计上心来,向刘玄说道:“主公,请暂坐一会,我还有点事情去。”刘玄忙道:“你有事,尽管请便罢,我也不陪了。”赵萌起身出去,停了好久,还未回来。刘玄一个人丢下酒杯,拔弄筷子的吃个不住,真个是满桌淋漓,浑身斑点。

这时突然一阵香风吹了进来,那一股兰麝之气,中人欲醉。接着又听得环珮声音,玲玲玎玎的由远而近。刘玄放下杯箸,闪着醉眼一看,只见一位如花似玉的美人儿,站在门旁。手里拿着几枝菊花,生得柳眉杏眼,云鬓堆鸦。他眼睛便定了神,再加吃了许多酒,便自持不住,不由的笑问道:“美人姐姐,请进来吃杯暖酒罢!”那女子娇羞答答的走了进来,在赵萌的位子上坐下去。刘玄真个是喜从天降,忙倒了一杯暖酒,双手捧了过来。那女子忙站起来,接了过去。刘玄笑嘻嘻的问道:“美人姐姐,你姓什么,你叫什么名字?请你告诉我。”她先用眼睛向刘玄瞟了一下子,然后又嫣然一笑,说道:“你问我吗?”刘玄点头道:“正是正是。”她道:“我姓赵,刚才和你吃酒的,就是我的爸爸,他现在出去有事了。临走的时候,他关照我,说你一个人在这里吃酒,怪冷清的,特地教我来陪伴陪伴你的。”刘玄大喜道:“原来如此,我还不晓得咧!姐姐,你今年十几岁了?你叫什么名字?告诉我,好照名字喊你。”那女子微微一笑,然后慢慢地说道:“我今年十七岁了,名叫媚熙。”刘玄又笑道:“媚熙妹妹,你有婆家没有呢?”媚熙啐道:“谁和你来缠不清呢?”刘玄忙道:“妹妹,请你不要动气,原是我说错了,我还有一句话,不知你肯么?”媚熙笑道:“什么话?”他道:“我听人家说,我们男人和美人儿在一起睡觉,极有趣的,我看你今天不如和我睡一会子,究竟有趣没有?”她听他这话,兜头向他啐了一口道:“谁和你混说不清呢?我也要去了。”她故意站起要走。慌得刘玄自己用手打了几个嘴巴说道:“好妹妹,请你不要动气,我再说,随你打,好么?”媚熙心中又好气,又好笑。忙过来将他的右手拉住笑道:“又要乱说,又怕得罪人,何苦这样。”刘玄一阵酒涌上来,一张嘴吐了一大堆。媚熙掩着鼻子笑道:“黄汤少灌些,也不致这样呕了啊。”刘玄站不住,一歪身,往媚熙的怀中一倒,慌得媚熙一把将他扶住,忙教人将地上的龌龊扫去,自己扶着刘玄到一所小厢房里面的床上睡下,自己奉了她的父亲的命令,和衣在刘玄身旁睡下。

刘玄睡到夜半子牌时候,酒也醒了,伸手一摸,觉得有人睡在他的身旁。他用手在这人头上一摸,摸到她的云髻,再往下摸,只觉得双峰高耸,好似新剥鸡头,他不禁心中暗喜道:“那美人姐姐果然来和我睡觉了。”他搂着她,亲了一个嘴,问道:“你可是媚熙姐姐吗?”连问几声,她总没有答应一声。他可急了,忙用手将她一摇,轻轻地说道:“美人姐姐,你为什么不睬我呢?”她才微微的伸开玉臂,悄声笑道:“你尽管问我怎的?”他笑道:“人家说的男女睡在一起,有一种不可思议的快乐,我和你一直睡到这时,也不见得有什么快乐。”他还未说完,她嗤

的笑了一声，悄悄地说道："傻子，你晓得什么，我来教你。"她说罢，轻抒皓腕，宽衣解带，做了一个荐枕的巫娥。约莫有两个时辰，把个刘玄只乐得心花大放，不可收拾，真个是春风一度，恍若登仙，忙道："好极好极，我们再做一回看。"她笑道："这事是逢着高兴，万不可当为儿戏的。"他得着甜头，哪里肯依，不由她分说，硬来上马，翻云覆雨了一回，只弄得精竭神疲，方才住手。二人并头而睡。

直到五更，外面有人敲门，媚熙在床上醒了，晓得他的父亲来探听究竟了。她披衣下床，将门开了，赵萌低声问道："所事如何？"赵媚熙答道："你老人家去问他罢。"赵萌心中早已明白了，走到床前。刘玄慌忙坐起说道："赵老爷子，这时来做什么的？"赵萌道："微臣万死，将主公留在此地，直到一夜，还没回去，现在请驾回宫罢。"刘玄大惊道："那如何使得？"我和你女儿正自睡得有趣，谁愿意去呢？"赵萌听了，便知已与女儿有了事情了，格外催道："主公请驾回宫罢。如果他们寻问起来，微臣吃罪不起。"刘玄道："那便如何使得？要想我走，须要叫你家女儿随我一同进宫去，我才走呢。"赵萌巴不得的他说出这一句呢，忙道："主公既然看中小女，请先回宫，我即着人送去就是了。"刘玄道："那可不行，非要随我一同去才行呢。"赵萌忙令人抬着他们二人，绕道进宫。一连几天，刘玄也不上朝，镇日价的宣淫纵乐，不理朝政。将赵萌封为右大司马，秉理朝政。

赵萌这时真是大权在手，为所欲为，一班狐群狗党都来极意逢迎。赵萌一一赏给他们官职，小小膳夫，俱是锦衣大帽，出车入马，威风凛凛。长安城中，充满了傀儡的官员，软敲硬诈，只弄得怨声载道。一班百姓，编出谣歌来，一传十，十传百，在街头巷尾的唱道："灶下养，中郎将；烂羊胃，骑都尉；烂羊头，关内侯。"唱个不住。赵萌等一干人，哪里知道是讽刺自己，收吸民膏，无所不至，一班百姓敢怒而不敢言。这也不去多说。

再说刘文叔进得帐来，正要安息，瞥见帐外走进一个人来，往他的床前一跪，说道："望主公容纳微臣数语。微臣虽肝脑涂地，亦所情愿。"刘秀大惊，忙用手将来人拉起仔细一看，不是别人，正是耿弇。刘秀忙伸手将他拉起问道："卿家深夜前来，有什么指教？"耿弇道"海内万民，谁不苦恨王莽？于今莽贼已除，复思刘氏，闻汉兵起义，莫不欢腾，如脱虎口，复归慈母。今更始为天子，昏弱无才，贵戚纵横都内，政治紊乱，比莽更甚。大王功名已著，天下归心，若不决计自取，转眼之间，将此大好山河，归诸别姓了。日间诸将之陈言，未为不是，奈何大王不察耶？"刘秀听他这番话，点首无言。忽然又有一人，进帐跪下，刘秀展目一看，原来是虎牙将姚期，只听他说道："河北地近边塞，人人习战，号为精勇。今更始失政，大统垂危。明公据有山河，拥集精锐，如果顺从众心，断然自主，天下谁敢不从，请主公勿疑！"刘秀听得，便点首对二人说道："二卿高见，正与孤暗相吻合；日间诸将陈词，也非不是；孤为慎重起见，故作一顿。殊不知事未成，机先

露，为办大事者第一忌。既然众卿一心拥戴，秀非草木，岂得无心？准从众议便了。”二人见他答应，真是喜不自胜，忙退出来寻邓禹。

二人刚刚出得帐来，忽然有一个人，将二人的肩头一拍，悄悄的笑道：“你们好大胆，竟敢瞒住众人在这里议论这些事情。”二人大吃一惊，回头一看，不是别人，正是邓禹。二人大喜，忙对邓禹道：“先生来的正好，主公现在被我们谏准了，就请你布置大计罢。”邓禹笑道：“还到这会呢，我早就安排停当了。”二人惊问道：“你这话不是奇极了么，你不等主公答应，就好去安排了么？”邓禹笑道：“我早就料定了，目下多说无益，到了后天，自有分解。”二人听了，只是纳闷。耿弇笑道：“邓先生，无论做什么事，老是不肯说明，全叫人打闷葫芦。”邓禹附着二人的耳朵，如此这般说了一番。二人方才明白，便和邓禹告辞出来，一夜无话。

到了第二天，邓禹下令班师。诸将莫明其妙，纷纷入帐，询问邓禹何故班师。邓禹笑道：“请诸位将军，不要细问，我自有道理。”一时拔动大队，浩浩荡荡，直向部城进发。正是鞭敲金证，人唱凯旋，军威齐整，旗帜鲜明，在路不止一日。那天到了鄗城。守城的将卒，大排队伍，开城迎接。刘秀等率队进城。过了数日，刘秀、邓禹仍然没有提及一字，诸将领好不气闷。

一天，刘秀点齐众将，自己升帐，对众将说道：“孤家夜间梦见一条赤龙，飞腾上天，不知主吉主凶？到了现在，我的心里兀的跳个不住呢！”冯异、邓禹出班贺道：“天命所归，神灵相感，请主公不必迟疑，克日先正大统，以安万民之心。”诸将听得这话，齐呼万岁！邓禹便请刘秀登坛受命。

刘秀到了此时，知道推辞不了，只得缓步登坛。祝官宣读祝文。祝文读毕，祭礼告祖，南面就坐，受文武百官朝贺。改元建武，颁诏大赦。这正是：

慢道鲸鲵舌海甸，好看龙虎会风云。

要知后事如何，且看下回分解。

第七十六回　公主多情隔屏选婿　大夫守义当宴拒婚

话说刘秀缓步登坛，南面坐定，受文武百官朝贺已毕，改元建武，颁诏大赦，改鄗城为高邑。是年本为更始三年四月，史家因刘秀登基，汉室中兴，与刘玄失败不同，所以将正统归于刘秀，表明建武为正朔。且刘秀后来庙号叫做光武，遂沿称为光武皇帝。小子依史演述，当然人云亦云，从此将刘秀文叔四个字，高高搁起，改

名为光武皇帝。读者须要注意,以后如说到光武皇帝,却就是刘秀文叔了。闲文剪断,叙归正文。如今光武正统已定,先暂按一段,特将刘玄一面细叙一叙。

话说刘玄在长安听说刘秀正了大统,不由的满心欢喜,忙将李松、赵萌召到殿上说道:“两位卿家,你们晓得么?如今又出了一个皇帝了。”李松、赵萌听他这话,大吃一惊,一齐问道:“谁做皇帝?”刘玄笑道:“就是刘秀啊!适才探事官进来说的。刘秀现在鄗城,自立为大皇帝,颁诏大赦天下了。我想他既然要做皇帝,不如就让他去做罢,省得我吃辛受苦的麻烦不了。”李松忙道:“主公,你这是什么话?自古道,万民之主,九五之尊,岂可轻易让与他人的?如今他既然做了皇帝,我们要赶紧想法子将他扑灭才好。”刘玄翻了一会子白眼,才答道:“你们忒也多事,别人要做皇帝,与你们有什么相干呢?”赵萌急道:“你晓得什么,目下不想法子去扑灭他们,一俟他们势力养成,就要来扑灭我们了。”刘玄笑道:“这话更是胡说。天下哪有这样不讲理的人,他做皇帝,我也不去反对他,他反要来寻着我吗?恐怕没有这回事罢。”李松急道:“偏是你讲得有理,到了刀斧临头,你才后悔呢。”刘玄把头摇得像煞拨浪鼓一样,一百二十个不相信。二人也无法可施。一班文臣武将,早有异心。张卬、申徒建出班奏道:“萧王刘秀天下归心,今正大统,正是顺天应人,主公识时,何不趁机让位呢?”刘玄大喜道:“二卿之言,正合吾意……”他方才说了两句,尚未说完。李松剔起眼睛,向张卬、申徒建厉声大喝道:“卖国求荣的奸贼,快少开口。”张卬被他一骂,只气得三光透顶,暴跳如雷,亦泼口骂道:“你这狗头是什么东西,擅敢泼口伤人。朝廷大事,自有公论,何用你这膳夫干预?羞也不羞?”李松更不可忍耐,忙大声喊道:“武士何在?”话犹未了,从后面转出武士十余人,各怀利刃,直扑二人。张卬见势头不对,忙在腰间掣出宝剑,一路砍出殿门,无人敢当,竟让他走了。申徒建措手不及,被众武士刀剑齐下,登时砍得血肉模糊,死于非命。

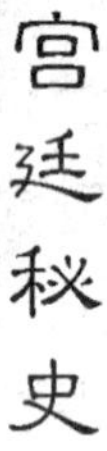

这时刘玄吓得矮了半截,浑身发抖的动个不住。这时赵萌、王匡、陈牧三人,也不待令下,便去点了五千精兵,径扎新丰;李松也带了三千兵马,去扎掷城。谁知张卬出来,便飞马赶到华阴,投奔赤眉大帅樊崇,百般撺掇,劝他出兵,进袭长安。樊崇早有此心,可巧军中劫到刘氏子弟二名,崇心中忽生一计,便将一个名叫刘盆子的,扶为皇帝,招摇惑众,聚众兴师,直向长安进发。一路上抢劫烧杀,无所不为。未满三日,已到了长安城下。旌旗蔽天,矛戈耀日。长安城中虽有些兵士,无奈皆是老弱残卒,哪有抵抗的力量,只得连夜保着刘玄逃到新丰。赵萌、陈牧、王匡等,闻报大惊,星夜联合掷城李松来复长安,八千人马,将长安围困得水泄不通。樊崇、张卬带了三万赤眉,进得长安,肆意劫掠。未到半日,已经劫得十室九空。听说刘玄兵到,慌忙收集众贼,开城迎敌。各排阵势,大杀一场。李松、赵萌等抵敌不住,引兵败走。众贼兵领队追上,将李松等,杀

的杀，捉的捉，一个未曾逃脱。众贼大胜，收集兵士，将刘玄带到殿上。刘玄吓得面无人色。

刘盆子坐在殿上，好像泥塑木雕一般，一言不发。樊崇大喝道："那个刘玄到了现在，还不将玉玺交出，等待何时？"刘玄只得将玉玺卸下。张印大叱道："这样无用的东西，留在世上有何用处，还不将他结果了呢。"忽的两旁边轰雷价的一声答应，将刘玄、赵萌等一干人完全缚起。刘玄满呃哀告。刘盆子倒心中好大不忍，对樊崇说道："樊老爷子，我看这些人怪可怜的，不要杀罢，将他们放去就是了。"樊崇倒也强盗发善心，正要传令放下。谁知张印恨如切骨，厉声说道："斩草不除根，萌芽依旧生。今天将他们放了，难保后来不来作对，到了那时，才后悔不及呢！"樊崇听了他这两句话，心中一动，忙喝道："推出去砍了！"话犹未了，走出几个武士，鹰拿活雀般的抓了出去。刀光一亮，可怜刘玄、赵萌等身首异处了。

樊崇对张印说道："我看刘玄手下有一个将官，名叫成丹，端的是个好汉，现已被我们捉住，囚在后面，要是将他收服住了，倒是一个大臂膀！"张印点首道："不是你说，我几乎将他忘了。此人与我有一面之交，凭我三寸不烂之舌，说他来降就是了。"樊崇大喜道："如此，就烦神前去罢。"张印满口答应，告辞出来，到了后面，令人将成丹放下来。张印打恭作揖地说道："小弟迟来一步，致将军受屈了。"成丹满面羞渐，低头无语。张印又道："吾兄智勇双全，屈居群奸淫威之下，弟实替兄抱屈。如今樊将军扶助刘盆子为帝，何不施一臂之力，建功立业？将来名垂竹帛，永远不朽呢！"成丹答道："败军之将，尚有何颜再事别主，请从速处决罢。"张印忙答道："大丈夫弃暗投明，方不失英雄本色，请将军不要执一才好呢！"成丹也不答话，默默无言。张印心生一计，忙着人将樊崇请来，樊崇见了成丹，躬身到地，口中说道："得罪将军，千祈恕罪！"成丹赶着答礼说道："败将请速处决罢！再加以礼节，实在无地可容了。"樊崇笑道："将军哪里话来？如今乱世之秋，四方无主，惟盆子是汉家嫡派，所以不才等愿效死力，扶助主公，恢复汉家基业。将军肯以万民倒悬为念，请助一臂之力，崇等感谢不尽矣。"成丹仍未答话。又经张印软说细劝，成丹才死心塌地的服从他们。

话休烦屑，说光武帝接位之后，连日接到各处消息，先听说赤眉造反，倒也不十分介意。后来听说刘玄等被赤眉杀了，长安失守，勃然大怒，便与邓禹商议道："如今赤眉猖獗，若不早除，必为大患。"邓禹笑道："赤眉乌合，未足为患，臣愿请兵五万，一鼓荡平便了。"光武帝大喜道："卿家肯去，孤无忧矣！卿家请先出发，孤即首取洛阳，后来随机策应如何？"邓禹大喜，点头称是。忙下令点齐人马，自己带了冯异、王霸、耿弁、李通、刘伯姬、景丹六员大将，克日与光武帝分头出发，在路非止一日。

那日到了长安城外，扎下大营，埋锅造饭，还未晚餐，猛听金鼓大震，一队贼

兵，从西南上斜刺杀来。原来樊崇等早已得着消息，日夜预防。这队贼兵，正是成丹领兵在城外巡阅，瞥见东南上烟尘大起，晓得汉兵已到，忙来迎敌。邓禹见贼兵已有准备，心中也自吃一惊，忙点将带兵，列成阵势。一眼望见成丹跃马横枪，立在垓心，便眉头一皱，计上心来，回头向冯异笑道："那不是成丹么？"冯异道："如何不是！"邓禹道："点阵要烦将军出去，方不致失了锐气。"冯异心中一想，今天邓先生独要我出马，是什么意思呢？"沉吟了一会，猛的省悟道："是了，他一定教我去骂他一番，晓喻大义吧。"

他想到这里，更不怠慢，倒持独脚铜人，拨马闯到垓心，向成丹招呼道："来者莫非成功曹么？"成丹双手当胸一拍，答道："然也。冯功曹别来无恙否？"冯异点了一点头，开口说道："成将军，我们分别以后，不觉倒有四年多了。听人家说，你扶助刘玄，我很替你可惜！以为明珠投暗，永无出头之日了。"他说到这里，成丹也不答话，拍马摇枪来取冯异。冯异暗想道：本来邓先生教我来指陈大义，不想这狗头竟不受教训，只好将他打杀罢。他挥助铜人，与成丹翻翻滚滚，大战了一百多回合。成丹深恐马乏，忙用枪逼住冯异喝道："等一会我，我换马来，和你决一胜负。"冯异哈哈大笑道："今天胜负已分，何必再分胜负呢？"成丹剔起眼睛道："你待怎讲？"冯异不慌不忙地说道："你也是个功曹，我也是个功曹。你入赤眉，我为汉将，同是一样出身，却变着两般结局，可叹呀！可惜！请问你的心肝到哪里去了？不愿天下万人唾骂，竟为赤眉强盗。不独贻羞三代，且要遗臭万年。我冯异为汉家名将，功垂竹帛。你成丹为落草强徒，杀之不足以谢万民；到了势穷力尽的时候，刀斧加头，后悔无及了！如今谁胜谁负，天下自有定论，无须我再哓哓了。你且回去，细思我言。"冯异骂到这里，成丹满面雪白，口吐白沫，大吼一声，往后便倒。冯异见骂倒成丹，忙挥军掩杀，众贼兵拼命价的将成丹抢入城中，紧闭城门。

樊崇见成丹这样，大吃一惊，忙问："什么缘故？"众贼便将上项事情，说了一遍。张印发恨道："叵耐冯异这个匹夫，信口乱言。成将军是个直性的人，竟被他占着上风去了。让我出城和这个匹夫分个高下。"他说罢，点齐三千人，呐喊出城，一马闯到垓心，厉声大骂道："冯异贼子，快来纳命！"

冯异得胜，正在回营，听他骂阵，勃然大怒，兜转马头正要动手，瞥见耿弇一马飞出，扭住张印便斗。二人战了八十多回合，张印刀法散乱，力气不胜，带马要走。冯异穿去闪电般的闯到垓心，大吼一声，一铜人如泰山盖顶的打了下来。张印大吃一惊，措手不及，登时脑浆迸裂，翻身落马。耿弇挥动大队，掩杀过来，将那些贼兵只杀得尸横遍野，血流成渠，只恨爷娘少生两只腿，没命的四散奔逃。冯异与耿弇又领兵追杀了一阵，才收兵回营。邓禹大加赞赏，一宵无话。

到第二天，正要领兵攻城，只见城门大门，并无一军一卒，邓禹心中生疑惑。

耿弇道："想是贼人连夜逃去了？"冯异道："这倒不可料定，众贼诡计多端？倒要小心一点才好。"他们正自议论，忽见探马进来报道："贼人连夜向阳城去了！"邓禹问了个实在，才领兵进城。刚到城门口，猛听得里面隐隐的有角鼓声音，冯异大惊，拨马带兵回头。众三军见头队退下，便知有了缘故，连忙陆续回头。倒把一个邓禹弄得莫名其妙，忙问冯异是什么缘故？冯异道："方才正要领兵进去，猛听得里面鼓角怒号，这不是显系有贼兵埋伏么？"邓禹沉吟大笑道："将军错矣！岂不闻兵法有云，虚即是实，实即是虚；是实非虚，非虚即实么？我想一定城内没有一兵一卒了。"冯异道："这倒奇了，你说没有，鼓角声音，究竟从哪里来的呢？"邓禹笑道："你们大胆进去，自有道理。"李通、王霸哪里还能忍耐，纵马入城。大队也随着入城了，到了扎营之所，进去一看，原来是几只羊，被贼兵吊在墙上，头朝下面，在羊颈下悬着一面大鼓。那羊吊得难过，前面只两脚不住的在鼓面上乱搔。在外面听起来，倒也抑扬顿挫，像煞人敲的一样。诸将看到这里，才佩服邓禹的高见。

原来樊崇见张印阵亡，成丹又病，料知孤掌难鸣，点齐众贼，向阳城遁去。到了阳城，正要行劫，有一个头目上前献议道："此去汉家陵墓不远，何不去掘棺搜抄一下子，一定有不少奇珍异宝呢！"樊崇大喜，便弃了阳城，转道向陵寝进发。不到半日，到了园陵，守陵的官吏，早已溜之大吉。一众赤眉，闯进陵寝，挥动兵刃，不多时将一百三十二座后妃的冢廓，完全撬开，将棺材抬出，动刀动斧，七手八脚，将棺木劈开，只见那些妃子颜色如生，浑身珠宝玉器。那些贼兵将珠玉劫下，每人按着一个死美人，实行工作起来。樊崇最注意是吕后的冢廓，等到将棺木劈开，只见吕后含笑如活人一样，真个是千娇百媚。樊崇淫心大动，呃退侍从，解甲宽衣，竟与吕后做起生死交易来了。等他方才将事做过，那吕氏的尸身，突然化成一滩血水和槎枿白骨，把个樊崇吓得魂不附体，忙从地上爬起。浑身沾着许多血水，既腥且臭，懊恼欲死。正要领队出陵，猛可里四处喊声大起。李通、王霸、耿弇、冯异带了无数兵马，闯进园陵，一班赤眉，人不及甲，马不及鞍，全被生生的缚住。樊崇还要抵抗，怎奈来将谁不是猛如虎豹，还容他动手吗？众将奏凯而回，到了长安。邓禹领队出城迎接。一一慰劳已毕。耿弇道："邓先生妙算如神，果然我们马到成功，一些也未出先生意料之外。"邓禹笑道："不才早已料到这些奴才，一定是要做出这一出来的。"大家进了城，互相道贺，专等光武帝到来。

到了第二天辰牌时候，早有探马飞来报道："圣驾现在已到新丰了，请先生定夺。"邓禹听得，便知洛阳已得，十分喜悦，忙预备接驾，大排队伍。长安城中的百姓。听说光武帝到了，谁也如见天日一般，顶香捧酒，将一条长安大道，跪得密密层层。到了午牌时候，才见斧钺羽葆，一队一队的拥护着圣驾，远远而来。后面旗纛飘扬，追随着无数的大兵，霎时到了城边，众百姓齐呼万岁。光武帝下龙车，一一亲自慰问已毕，然后才慰劳众将士，一会子领队进城，即日升殿。

邓禹出班将扫除赤眉的前后说了一遍。光武帝满心欢喜,便传旨将樊崇、成丹等一班渠魁,枭首示众。刘盆子将玉玺摘下,光武帝格外施恩,封为荣阳侯赐俸终身。发放既定,于是大封功臣,所有什么官职的名称《汉书》上自有记载,无须小子再来饶舌了。从此以后,万民乐业,国泰年丰。虽有一两处草寇造反,一经天兵征剿,无不平服。这也不要多赘。

如今单讲朝中有一位大臣,姓宋名弘,官居大中大夫,为人生平刚直不阿,清廉似水,政声卓著。他是光武帝第一个信服的大臣。他本身所得的薪俸,完全分散与贫寒九族。光武帝体贴入微,不时赏赐各种珍宝。可是宋弘生性拘谨,无故断不轻受。由是光武帝愈加钦敬。

有一天,宋弘荐一个人姓桓名谭,到朝中执事。光武料知他所荐的人,谅必不错,便封为谏议大夫。执事数月,果然清正无伦。光武帝自是欢喜。后来听说他喜弹琴,便将他召入宫中,命他弹琴。桓谭也不好推辞,只得弹了一回。光武帝龙心大喜,赏绢五百匹,黄金三十斤。

不想这个消息传到宋弘的耳朵里,勃然大怒,便将桓谭大大的申斥一番。桓谭垂头丧气,自己认错罢了。光武帝的长姐,湖阳公主,到了现在还未有夫婿。所以光武帝心目中早已属意宋弘。

有一天,光武帝到了湖阳公主的宫里,探了口气。湖阳公主果然有嫁人的口吻。不过嫁虽是嫁,她却来得非常认真,须要自己亲眼选中,才能答应呢。光武帝忽然心生一计,到了次日,便大筵群臣,召桓谭鼓琴,令湖阳公主立在屏后,听他择选。不一会,群臣奉诏,先后俱到,独有宋弘未到。桓谭前次被宋弘一责,心中不禁惴惴不安,又碍着帝命,不敢不弹,便胡乱弹着。这时宋弘正色进来,对光武帝奏道:“臣荐谭入朝,无非望他忠诚辅主,称职无惭,不料他诡道求合,反令朝廷耽悦郑声,这是臣所荐非人,应请坐罪。”光武帝改容令桓谭退下。

这时跑出一个宫女,附着光武的耳朵,说了几句。光武点首称是。宋弘入席,邓禹、冯异等无不整容起敬,独宋弘若无其事。酒至半酣,光武帝亲自向宋弘说道:“孤家听得俗语有两句说话,是贵易交,富易妻,这两句话,大约也是人情常有的事吧。”光武帝还未说完,宋弘正色答道:“主公哪里话来?臣闻贫贱交,不可忘;糟糠妻,不下堂。怎好见利忘义呢?”光武听他这两句话,真个哑口无言,暗道:“这事一定不谐了。”这正是:

漫道落花原有意,谁知流水本无心。

要知后事如何,且看下回分解。

第七十七回 倒凤颠鸾喁喁私语 立妃废后赫赫天威

却说光武帝听得宋弘两句话，便知婚事不谐，只好打消此议。等到筵散之后，群臣告退，光武帝进了内宫，湖阳公主含羞带愧的坐在金圈椅子上，默默的不做一声。光武帝晓得她为着婚事不成，才这样的，自己也不好上前劝慰，只得用闲话岔开，谈了一会便向静宁宫郭娘娘那里去了。

湖阳公主坐了一会，自己觉得没趣，懒懒的朝着架上的鹦鹉发呆。可是那只鹦鹉非常灵慧，抖着翅膀对他说道："穆穆文王，意乱心慌。"湖阳公主听了，不禁嗤的一笑，悄悄的骂道："你这孽障，又来作死了，搧得我一头灰。"那鹦鹉煞是作怪，又响着喉咙念道："窈窕淑女，君子好逑。"她听了它这两句，不禁又打动她的心事。只是对着它闪着星眼，愣愣的出神，暗道："畜类尚知有关雎之韵，可叹我刘黄年过三十，仍然待自闺中，孤衾独拥，对月兴思，画眉生感，悔不该投生富贵人家，到如今弄得高不成，低不就，从此以往，说不定老死闺中罢了！若当初托生一个贫贱人家，随便择一个如意郎君，夫倡妇随，百年偕老，倒也受尽人生的乐趣咧。"她自己对自己叹息了一回，双眼没神，浑身发软，几乎要从椅子上软瘫下来。那些宫女见她这样，谁都晓得她又触起心事来了。

原来这湖阳公主本来是个多愁多病的佳人，而且年过而立，犹待自深闺，怎能不起标梅之叹呢？所以平素那些宫女见她总是愁眉泪眼的，起先大家搭讪着还来劝劝她呢，后来知道她的生性古癖，所以大家益发不去惹她。见她发起愁来，大家都远走高飞去游玩了，乐得她一个人清静些。她平时镇日无所事事，惟有读经阅史做生活。光武帝是个明白人，晓得他的姐姐独居寂寞，常常的来和她赶围棋，论文读书，替她解除烦闷。可巧今天郭娘娘身体不爽，光武帝放心不下，与她没有谈了几句，便起身走了。她悲感了半天，慢慢的起身，轻移莲步，走到廊下，没精打彩的闲眺了一会。可是一个人心中不自在，凭你怎样来寻趣，总觉得呆呆的毫无生趣，随时随地的皆现出一种惨淡的色彩来，其实景物何常惨淡，不过随着她的心地为转移罢了。她站立了一会子，越觉得十分烦闷，便唤了一个宫女，引着路，一径向御园走来。到了御园的门口，那些后宫卫士和看管园的官吏见公主游园，谁敢怠慢，连忙大开园门，一齐敬礼。湖阳公主见他们过来

敬礼,心中大不耐烦,一挥玉腕,便令免礼。那些卫士、官吏谢恩,八字排开。她扶着宫女,婷婷袅袅的走进花园。

这时正当暮春时候,那园内的芍药、牡丹,怒放得和锦盖一样,展着笑靥,飘摇欲活。那些桃杏枝头,早已退了颜色,碧荫连云,子藏叶底。她触景生情,不禁又起了一重感想,暗道:"草木逢春,尚有生荣之日;独我刘黄人老珠黄,何日才能与草木一样的逢春向荣呢?"她想到这里,忍不住粉腮泪落。可怪那些树干里的小鸟,不住的唧唧喳喳的叫个不住,似乎嘲笑她怀春一样,更有那送春的杜宇,一声一声的唤着:"不如归去!不如归去!"她的一颗芳心,可怜早就麻醉了,哪里还有心来领略那些欲去的春光呢?懒洋洋的走到竞芳亭里,坐了一会子,便又扶着宫女,回到宫中。从此红颜易老,白首难偕。小子是个憨大,直来直道,有一句,说一句,向不喜凭空捏造,颠倒是非。以后湖阳公主她择婿与否,小子寻遍史鉴,也未有记载,所以小子也只好将她就此搁起,另表别人罢。

光阴似箭,一转眼十五周年,如飞而逝。这年正是建武十五年的八月十二日。光武帝在那鸡声三唱,谯楼四鼓的当儿,便在淑德宫中阳贵人的卧榻上起身了。金钟三响,圣驾临朝。三百文臣,四百武将,跻跻蹡蹡,鹄立两旁,当由值殿官唱道:"有事出班启奏,无事卷帘退朝。"话犹未了,只见武班中闪出一人,手执牙笏,三呼万岁。光武帝见来者不是别人,正是大司马吴汉。

光武帝问道:"卿家有班,有何议论?"吴汉俯伏金阶奏道:"臣等一介武夫,追随圣躬,十有八年。自我主正统以来,四方静肃,万民乐业,刀枪入库,马放南山,满布升平气象。近数月来,微闻南方交趾以及湖广之间,又有不良之徒,明目张胆,跃跃欲试。臣之愚见,兵甲许久未经训练,倘有不测,为之奈何?微臣今天冒渎圣躬,敢请旨下,将三都军马调来,逐日操练,一有征伐,无往不利也。此乃微臣愚见,未识圣躬以为如何?"他将这番话奏完以后,静候光武帝回答。

光武听他这番话,大不为然,便答道:"大司马的意见,未然不是,但现在天下疲耗,急待滋养之气,且陇蜀一带,逐次荡平,交趾、湖广各处纵有一二莠民,当有该处有司治办,何须劳师动众、枉耗资财呢?以后非遇警报,勿再言兵!"吴汉不敢再奏,只得谢恩退下。

右班中邓禹向贾复说道:"圣上不纳大司马的奏词,大人可知道是什么用意呢?"贾复笑道:"这无非是圣上久历兵戎,心厌武事罢了。"邓禹笑着点头。霎时当值官高喊退朝,群臣纷纷退去。

光武帝退朝,径向静宁宫里而来。郭娘娘连忙接驾进宫。郭娘娘见光武帝面有不悦之色,便问道:"今天退朝,万岁何故这样不悦?"光武帝便将大司马吴汉所奏的大意,说了一遍,郭娘娘正色说道:"大司马的意见果然不错,万岁何故不准其奏呢?"光武帝冷笑一声,向郭娘娘道:"梓童既然这样替他扳驳,想必另

有高见，孤家倒要来领教领教。"郭娘娘道："万岁哪里话来？妾身并非庇护大司马的意旨。须知天下清平，还防鸡鸣狗盗，凡事俱以预备为佳，免得临时措手不及，为害不浅。如今内患已平，还防外侮。自古道，军马为国家之屏障，岂可置之不理？深望万岁三思才好。"光武帝只是拈须微笑，一语不发，心中却一百二十个不赞成。

又过几天，光武帝大宴群臣，一班功臣爵士俱来入席。光武帝亲自执壶与众臣斟酒。真个是肃穆一堂，无不守礼。酒到半酣，光武帝执壶向功臣问道："众卿家当初要是不遇见孤家，预备做些什么事业呢？"邓禹首先立起来答道："微臣不遇圣躬，自忖学问，可做一个文学掾吏。"光武帝大笑道："卿家出言，未免过谦了。卿家志行修整，可官功曹。"依次问到贾复，贾复立起来答道："微臣出身寒素，百无所长，非遇万岁，素衣终身罢了。"光武帝益发笑不可抑的答道："卿家品学兼优，何能落拓如此，最微也可得一县令。"又问马武，马武起身答道："臣一介武夫，除厮杀而外一无所长，得遇万岁，毕身微幸，否则一屠户耳。"这几句话，说得哄堂大笑起来。光武帝笑道："只要不为盗贼，亭长可以称职。"光武帝今天有意遍问群臣，一来是暗炫自己，二来是试试群臣有无弃武修文之心，结果心中十分诧异，不独一班文臣出口之乎，就连一班目不识丁的武将中王霸、李通、马武之辈，也都谈吐风雅，超俗不群。

原来自从那日光武帝驳回吴汉上疏之后，邓禹等一班便彻底了解光武帝的心理了，三三两两退朝议论，大家皆欲顺从天意，你读书，我阅史，满口咿唔，镇日价手不释卷。更有李通、马武等一班不识字的人，加倍用功，一天到晚，手不释卷的苦读，预备圣上来试验。

闲话少说，再表光武帝见群臣一个个都像温文尔雅的书生，将那血战沙场的武夫气概，一洗干净，怎么不喜呢？他偏与一班武将，谈个刺刺不休。可怪他们应答如流，口似悬河，滔滔不绝，把个光武帝乐得心花大放，杯不离手，只饮得满面霞光，熏然大醉。群臣见光武帝已有九分酒意，深恐酒后失仪，便纷纷告退去了。

穿宫太监忙扶着圣驾，径向静宁宫而来。此刻光武虽然有了酒意，却认得路径，忙对太监说道："快扶孤往淑德宫去！"太监哪敢怠慢，连忙转道，径向淑德宫而来。

不一会，到了淑德宫的正门口。一群宫女，忙进去禀知丽华。丽华慌忙出来接驾。只见光武帝吃得酒气熏人，踉踉跄跄而至。丽华带着一群宫女迎来，将光武帝迎进宫中。光武帝醉眼模糊，坐在沉香榻上，用手搭着丽华的香肩，飘摇欲睡。这时可把丽华着了忙，急催宫女去办醒酒汤，枳橘露，手忙脚乱，一会子将醒酒汤送来。丽华亲自接了过来，用嘴吹了一吹，才用羊脂玉的茶匙舀了一茶匙，送到光武帝的唇边，轻轻的唤道："万岁请用一匙醒酒汤呀！"光武帝微睁醉眼，望着

她尽管发笑。她又轻轻的唤道:“万岁,请用罢,再停一会要冷了!”光武帝猛的用手一格。丽华一惊,忙将身子往后一缩,幸喜手中的醒酒汤没有抛去,连忙将碗匙递与宫女,自己轻舒玉臂,将光武帝扶着,将粉脸偎到光武帝的腮边,问道:“万岁,莫非见罪贱妾服伺不周么?”光武帝哈哈大笑道:“大司马哪里话来?自古道,君不正,臣可谏;父不正,子可谏;水来土掩,兵来将挡。何况你又南征北战,屡建奇功,孤家何能见罪与你呢?”丽华听他满口醉话,不禁掩口失笑。

光武帝剔起眼睛向丽华喝道:“郭圣通!难道孤家这几句话说错了么?你这样的轻狂,还称得起一国之母吗?我每次有什么国事,你都要来扳驳我,休要惹得气起,将你贬入冷宫去受罪!到了那时,看你扳驳不扳驳了。”他说罢痴笑了一阵子,伏在丽华的肩上。丽华听了他这番话,却怔住了,细细的忖量半天,暗道:“酒后诉真情,他既然说出这些话来,我想与郭氏一定不睦了。”她沉思了一会子,暗道:“万岁本与我结婚在前,而且海誓山盟,永为鹣鲽;不想他又与郭氏再婚,倒弄个后来居上。她竟为梓童,我倒为贵人,天下事哪有这样反背公理呢?我要和她去为难,无奈她现已大权在手,一翻了脸拿出正宫娘娘的派子来,我可要吃不消了。如今万岁在面上看来,对于她也不觉得有什么好,而且今朝又说出这些话,难保暗中不发什么嫌隙罢。”

她想到这里,柳眉一锁,计从心来,忙将光武帝扶着,便教宫女先将枳橘露取来醒酒。一转眼,枳橘露送来。丽华硬灌了两茶匙。不一时,光武帝果然渐渐的苏醒过来,便嚷口喝,丽华忙去倒了一杯茶,亲自用小金盘托到光武帝身边,含笑说道:“请万岁用茶罢!”光武帝忙将茶杯接了过去,呷了一口,便向丽华笑道:“爱妃,这里宫女尽多,何消烦你的精神?孤家倒生受了。”丽华含笑答道:“万岁不用客气罢,方才贱妾等服侍不周,不见罪就算万幸了。”光武帝听了她这两句话,十分蹊跷,便知酒后失言了,涨红了脸,忙问道:“我可是说些什么的?想也想不起来了。”丽华笑道:“没有说什么。”光武帝摇头笑道:“我不信,这一定说什么话,得罪你了。爱妃,千万莫要见怪,只怪孤王今天多吃一杯。爱妃,孤王这里陪罪了!”他说罢,撩起龙袍,便要跪下去。慌得丽华伸出一双纤纤玉手,拉住他笑道:“万岁,这算什么?不要折杀贱妾罢?”光武帝涎着脸笑道:“好人,你今天可能恕我酒后无德,我就感谢不尽了?”丽华掩口笑道:“万岁!敢是酒还未醒么?”光武帝忙道:“早就醒了。”丽华笑道:“既然醒了,为何颠颠倒倒的缠不清,我又没有说什么,尽管这样磕头虫似的向谁陪小心呢?”光武帝笑道:“孤方才听见你说出那句话来,恐怕酒后失德,有什么言词得罪你,所以向你陪个小心。不料你反而说我未曾醒酒,这不是冤枉人么?”丽华也不答话,嗤的笑了一声,便将外套宫装卸下,坐到床边,向光武帝正色说道:“如今万岁也好去了,专是在这里缠混什么?将大好光阴,轻轻的耽误了,岂不可惜!快点请驾回宫罢!”

光武帝见她娇嗔满面，越发情不自禁，用手将她的玉婉抓住，笑道："爱妃！你叫孤王到谁宫里去？"丽华道："万岁不要胡混罢，再不去，又有人在背后议论我争宠夺夕了。"光武帝笑着，一把将她搂到怀中，接了一个吻，说道："是谁胆敢说这样的话呢？爱妃！快点宽衣罢，辰光不早了。"她也不答话，连着小衣往床里一睡，一言不发。

这时来了两个宫女，替光武帝将龙袍内衣脱下，扶他上床，一面又替他们用被衾盖好，退了出去，光武帝到了这时，正是欲火中烧，不可遏止，而且又是酒后，再也按捺不下，便搂着丽华心肝宝贝的乱叫，像煞婴孩索乳一般，叽咕了半天。丽华心中暗想道："伴君如伴虎，再不答应，恐怕要决裂了。"便将小衣慢慢的解了半天，才解了下来。光武帝还能再耐一刻么，腾身上去，大演起来。丽华又做出各种的浪态来，把个光武帝演得喘若吴牛，恨不得将身子化在她的身上。直演到谯楼四鼓，才算停锣息鼓。光武帝将她紧紧的搂住问道："爱妃，你方才究竟为着什么事情，嗔怪孤家呢？请你直接告诉孤家罢。"她听了，不禁满脸泪痕，哽咽不住，一句话也说不出来。光武帝见她这般模样，更是弄得莫名其妙，益发加紧问道："好人，你爽性说出来，孤家好代你出气。凭她是谁，只消一声，管教她立刻死无葬身之地。"她哭得和泪人一样，总是不肯说出端底，把个光武帝弄得又气又怜，低声下气的哄道："爱妃，你有什么冤枉尽管对我说，我总替你出气就是了。你只管哭，不肯爽爽快快的说了出来，究竟算什么意思呢？"她用绢帕将粉腮上的积泪拭去，然后哽哽咽咽地说道："贱妾与万岁本是先订百年，互相可以体谅，不想后来这个……"她说到这里，却又故意噎住不说了。光武帝愈是疑云叠起，催问道："爱妃，你怎的说了两句又停住作甚呢？"她说道："宁教我受一点屈，不要去说罢。省得万岁听见，又多增烦恼，还是不说为佳。自古道，冤仇宜解不宜结，为人让步不为痴。"光武帝急道："爱妃平日不是一个极其爽快的人么，怎的今朝一句话就吞吞吐吐的这样难说呢？"她说道："她的势力，无论如何，比我来得大，山虽高，怎能遮住太阳呢？要想和她作对，不是以卵击石，枉讨没趣么？"光武帝听了她这两句话，心中才有五分明白，但是还不知道她们究竟为着什么事情参商的。他搂着她接了几个吻，问道："爱妃，你是孤家的性命，你被别人家欺侮，如我被别人家欺侮一样。还是请你快一些说出来罢，免得孤家在这里纳闷吧！"她道："老实说一句，谁和万岁是第一个花烛夫妻呢？"光武帝道："那个还用问什么，不是你还有谁呢。"她冷笑一声："现在的天理简直一点也没有了，有多少后来居上的人，心还不足，还要依势凌人，一些儿也不肯放松。幸亏我是宽宏的人，换了别一个，不晓得要闹出多少花样来了。自己身为万民之母，一点不庄重，镇日价的就将争宠夺势的念头横着心里。鸡肠猴肚，穿长补短，自己不好出来骂人，却叫一班宫女出来骂人。万岁爷！你老人家镇日

价忙在国家大事，哪里知道我们的内容呢?”她说到这里，便不再说了。

光武帝本来是个极聪明的人，还要她细说么，便冷笑了几声，对她说道：“爱妃，你且暂且息怒。今天早朝，孤家包替你出气就是了。”她假意惊惶道：“万岁，那动不得，那就害了贱妾了，还是由她去罢。”

光武帝也不答话，合着眼睛打了一个朦胧，已到寅牌时候，只听鸡声乱唱，钟鼓齐鸣，丽华急忙先自起身，然后服侍光武帝起身。光武帝梳洗已毕，带怒上朝，受了文武百官朝拜已毕，便命值殿官修了一封草诏，废郭后为庶人。群臣听了，莫不大惊失色。这正是：

舌乃是非本，口为祸福门，

要知后事如何，且看下回分解。

第七十八回　煮茗挑灯高贤陈妙策　弑夫媚敌蛮妇动痴情

却说光武帝听了阴丽华一番讽刺谄媚的谀词，察也不察，竟至下诏将郭后废了。朝中文武，谁都不晓得一回什么事情，互相惊讶不止。可怜一位德行俱备的郭娘娘，奉了旨意，也不辨白，缴出印绶，徒居冷宫，听候发落。那个色艺兼全的阴贵人，竟安安逸逸的超居中宫，母仪天下了。

这时群臣中却恼动了一位大臣，你道是谁?就是大司寇郅郓，他越班出来俯伏金阶，三呼万岁已毕，奏道：“臣闻夫妇之好，父子间尚且难言，况属臣下，怎敢参议?但望陛下慎察可否，勿令天下贻讥，社稷方可无忧。”光武帝尚自犹豫。邓禹、贾复、马援、冯异四位大臣，一齐出班，各上陈词，俱云，郭后未失德仪，不可废为庶人，致失万民仰望。光武帝才对众臣说道：“诸卿能深体孤意，但是孤家此举，想亦未会过甚吧!”邓禹奏道：“圣躬威德早著，海内归心，但此举微臣等殊不明陈内容，不敢妄加指议。不过顾名思义，还是请圣躬三思后行才好。”光武帝道：“众卿之议，不为无见；孤王格外施恩，顺从诸卿便了。”众大臣谢恩退下。

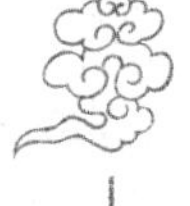

光武帝便传旨封郭后为中山太后；郭后次子辅为中山王；还有三子，刘康、刘延、刘焉，亦俱封为王位；也不易储，原来郭太后长子刘疆早已在建武二年间，已立为皇太子了。阴氏亦五子，名阳苍、荆、衡、京。许贵人宠幸极鲜，故只生一子，名英。至此亦准了诸臣之请，乃令窦容告庙，将各皇子晋封公位，不在话下。

单讲前次吴汉曾云交趾有人作乱，究竟是谁？读者恐怕不甚明白，在下趁此叙一叙。交趾麓冷县令征凡，生两个女儿，长名侧，次名贰，俱有万夫不当之勇，双手可举千斤。征侧行年十九，早与邑人诗索为妻。征贰亦有了夫婿，姓巴名邱，俱是南方勇士。征侧的容貌丑得不堪，双目深陷，有如鹰隼，阔口獠牙，一头红发，惯施两把截头刀。征贰却出落得花容月貌，十二分齐整，性情极其暴戾，惯使两口青锋刀。她嫁了巴邱之后，夫妻之间，却不和睦。可是征侧的心理，却非常野横，常想杀进中原，夺取汉家的天下。她的父亲征凡，不准乱动。所以她们不敢重违父命，镇日价勾徒结类，舞刀弄棒的。征凡以为她们好武，也不去十分阻止，谁知今年六月里，征凡患疫死了，她们姊妹两个，见她们的父亲死了，益发无管束，和两匹野马一样，歹心勃发，四处招集兵马，准备起事。不到半月，竟招到有三万多蛮兵，征侧便想自居为南方女大王。交趾太守苏定，深恐她们的势焰闹大，便令兵马司带了五千名健卒，到麓冷县去缴械。征家姊妹，闻报大怒，公然引动蛮兵，群起反抗，将五千兵，杀得十去八九。还有几个腿快的逃回去，报告苏定。苏定闻得这个消息，大吃一惊，忙要领兵，亲自去征剿，猛可里只听得四处喊杀连天，金鼓大震，探马飞报日南、合浦各处蛮兵，俱接应征家姐妹，反进交趾境内，请令定夺！苏定听了吓得张口结舌，半晌说不出一句话来，料想，孤城难守，不如弃城逃走罢！他打定了主意，便收拾细软，带着家小，腾云价的不知去向了。这时征家姐妹，带着各路蛮兵蜂拥进了交趾的城邑，东抢西劫，为所欲为。未到三日，连夺六十余城，由是蛮兵愈聚愈多，这时已不下四十余万，威名大振，远近皆惊。更有与交趾搭界的地方，官民人等无不惴惴不安，深怕大兵一到玉石俱焚，你也飞章告急，我也遣使求救。那告急的表章，真个似雪片飞来。

光武帝闻报大怒，对众臣说道："不想南蛮竟有这样的野心，胆敢不服王令，强占土地，殊深可恨！待孤家亲领大兵，前去剿灭便了。"邓禹听了这话，连忙出班奏道："主公乃万乘之君，怎好轻自劳动圣驾？臣举一人，包在三月之内，扫除蛮夷便了。"光武帝问道："爱卿所保何人？"邓禹道："虎贲中郎将马援，足智多谋的是征讨能将，何不着他前去呢？"光武帝大喜道："爱卿之言，正合孤意。"便加封马援为伏波将军，又令扶乐侯刘隆、明远将军段志、偏将军王霸、大司马吴汉四人，为左右参赞，点齐精兵十万，克日兴师。

马援奉旨谢恩，次日，便与随行诸将点齐兵马，航海南征。艨艟战舰多至千只，鼓浪乘风，其快如箭，在路非止一日。那天到了合浦，马援下令停泊岸旁，正要登岸。明远将军段志立在马援的身旁，猛的倒下，口流白沫，不省人事。众将大惊。马援对众将说道："段将军不惯登舟，而且初到南方，水土不服，致有此疾，快令军医医治。随军的医生忙来诊视，药方远未开下，段志大叫一声，早已

呜呼哀哉了。众将军见还未出手,先亡大将,一个个摇头嘅嘴,都暗道:"此番出兵,不见得什么顺利吧!独有马援若无其事,对众将慨然说道:"大丈夫以身许国,血战沙场当以马革裹尸,才算幸运呢!诸位将军,勿以小挫便欲灰心才好呢!"诸将领听他这番话,说得慷慨淋漓,谁不兴奋鼓舞呢,一个个伸拳掳袖,预备厮杀。马援一面令人将段志尸身用棺盛好,运回原籍,一面拔队登陆。这时方在九月的时候,赤日炎炎,征汗如雨,和北方的三伏天气差不多。马援下令扎起大营,暂住两日。吴汉问道:"如今我们方到此地,正好乘着锐气去攻合浦,怎么反先住几天呢?"马援笑道:"吴将军你只知其一,不知其二,士卒们远涉征途,未免劳苦,而且这两天又是奇热得十分厉害,士卒们谁有斗志呢,不如暂息两日,一面先派人探明地理,再行进兵,也不为迟。"吴汉听他这番话,十分佩服。

到了天晚,马援一人徒步出去,在大营四周闲行了一回,瞥见山麓里灯光隐透,似乎有人家的样子。马援触动心事,背着手径向那灯光处走来,走到那灯光所在,只见数椽茅舍,听得见里面隐隐有读书声音,马援叹道:"如今乱到这样,这里还有读书人安居此地,真是人间仙境。"他便走近去,用手敲门。里面一会子有个十二三岁的小僮将门开放,揉着瞌睡的眼睛,问道:"现在半夜三更的,是谁在这里吵闹?"马援听他说话的口音,竟不像是南方的口吻,心中暗暗纳罕,便答道:"劳你通报你家主人一声,就说有个姓马的求见。"那小僮答应进去。

不多时,里面走出一位儒冠道服的人来,年纪大约在二十左右,面如冠玉,唇若丹砞,一种风雅态度,直令人望而生敬。马援双手一拱,那少年也答了一个礼,便请马援入室。只见里面陈设得精雅非凡,明窗净几,书厨内满堆着牙签玉轴,琳瑯满目,美不胜收。那少年便请马援入坐,自己陪着,小僮献茶。那少年首先向马援问道:"尊驾莫非平西羌的虎贲中郎将的马援将军么?"马援听他这话,不由的大吃一惊,忙答道:"正是在下,不知尊驾何由得知呢?"那少年笑道:"小子去年在春富山舍舅处,听得舍舅谈起将军来,端的是个绝大的英雄,邓禹以后,一人而已。当时小子还不十分尽信。及听说将军平服西羌,屡建奇功,小子才心意神往。今日见将军的面貌,与舍舅所说相同,故冒昧奉问一声,不料果然是将军,真是三生有幸呢!"马援听他这番话,便料到他一定是严子陵的外甥了,便肃然起敬道:"蒙嘉奖许,实不敢当,但不知尊驾可是严老丈的令甥尤清么?"那少年起身答道:"然也。"马援问道:"不知阁下何故远来此地?乞道其详。"尤清笑道:"辱承下问。小弟七岁时即到此地从师求学了,到了十五岁的时候,家严家慈相继弃世,小弟孑然一身,不愿再往北土,所以就在此地与乱世相混了。"马援道:"以先生的天才,退隐未免可惜。小弟身膺王命来平蛮虏,先生还肯出山助弟一臂之力么?"尤清笑道:"山野村夫,厌世已久,自忖菲材,不堪大用,只请收回成命罢。"马援再三敦请,无奈尤清立志颇坚,不愿再与尘世相见。

马援知道劝也无益，便问道："先生既不愿出山，但是小弟远去此地，水土民情皆未了解，与军事上不无发生许多障碍，敢请给以指教！"尤清也不再推辞，便将地势民情风俗一一的指示与他。马援心中大喜。

这时谯楼已敲四鼓，马援忙辞了尤清，便要回营。尤清亲自将他送到大门以外。马援正要动身，尤清忙喊道："马将军请暂留一步，我还有一句话要告诉与你。"马援听罢，慌忙住脚，回头问道："先生有何指教？"尤清道："大军出发之前，务要多办大蒜，每人嘴里都要含一瓣大蒜，方可人马平安，此地山岚瘴气，极其厉害；而且一班士卒，又是初到此地的，不耐恶心，就要发生瘟疫，有了大蒜，就不怕什么山岚瘴气了。"马援称谢回营。

到了辰牌时候，便下令去买大蒜一百担备用。军需官奉令去办。众将不知是什么缘故，齐问马援买蒜何用？马援便将尤清的嘱咐说了一遍。众将大喜，霎时大蒜办来，马援便如法泡制，下令动兵，直向合浦进发。

未到半日，大兵到了合浦城下。早有探马飞报蛮兵首领哈明。哈明闻报大怒，点兵出城迎战。哈明手持熟铜大砍刀，坐下乌锥马，冲到马援的营前，厉声骂战。马援领着众将带了三千兵马，列成阵势。只见哈明耀武扬威，正在那里骂阵。吴汉便过来请令。马援见吴汉讨令，心中大喜，忙令他出阵。吴汉拍马闯到垓心，厉声大喝道："蛮囚少要逞能，快快过来纳命！"哈明抡起熟铜刀，兜头就砍，吴汉举枪相迎。二人大战了一百多回合，吴汉觑准一个破绽，长啸一声手起一枪，哈明翻身落马。马援见吴汉得胜，便令王霸带兵前去抢城，自己和刘隆、吴汉挥军掩杀，将那些蛮兵杀得东逃西散，血流成河。王霸这时早将城夺了，在城上鸣金收兵，马援见城已得了，满心欢喜，忙率大军进城。又命王霸带了三万精兵，去攻九真。未到半日，九真已下。

话休烦屑。不到半月，将蛮兵占据的六十多个城邑，完全夺了回来，十万雄师一齐向交趾进发。那天到了交趾，便下令将交趾城团团围起。侧、贰姐妹，听得各探报，正要起兵去迎敌天师，不想失败得这样快法。兵临城下，她们哪里有一些惧怯，姐妹商议迎敌之计。征贰道："让我去打头阵，不将这几个狗头捉住，誓不回头！"她说罢，点齐了三千蛮兵，开城挑战。王霸也等不得马援令下，大吼一声，一马闯到垓心，厉声喝道："你那蛮婆娘，快来纳命！"征贰怒从心上起，恶向胆边生，挥动青锋刀，来战王霸。两个搭上手，翻翻滚滚地大战了一百多合，未分胜负。金鼓大震，两边士卒呐喊助威。又战了三十合，王霸渐渐不支，锤法散乱，只有遮架工夫，没有还手的能力。吴汉长啸一声，一马飞来，替回王霸。

那征贰战着王霸，不禁心中暗道："久闻北方出美男，怎的这人也生得这样丑怪呢？"及见吴汉出马，已不像王霸那样丑怪了。三绺长须，方面大耳，凤目有神，心中已起了爱慕之心，和吴汉又战了五十多合。吴汉不是她的对手，虚幌一

枪,败回阵来,对马援喘息说道:“叵耐这蛮婆着实厉害,非常棘手。”马援勃然大怒,便要亲自出马。刘隆上前说道:“杀鸡焉用牛刀?谅这蛮婆能有多少伎俩!让末将前去,将她结果便了。”马援道:“刘将军须要小心为要!”刘隆点首答应,拍动白马,耍起长枪,径取征贰。征贰见自己连败两将,不禁十分得意,站在垓心,骂不绝口。瞥见汉阵中冲出一个少年将军来,面如冠玉,唇若丹硃,目似朗星,眉比漆刷,真个是千般秀丽,百样温文,她把一缕爱的念头,从脚底一直透到头顶上,闪着星眼,看得呆了。刘隆闯到垓心,一声大喝道:“你那蛮婆娘,发的什么呆?快来纳命罢!”这一声,方才将她飞出去的魂灵收了转来,忙舞双锋,和刘隆战了二十余合,故意兜转马头落荒就去。刘隆哪里肯舍,纵马追来,赶到无人之处,征贰霍地扭转马头,认真和刘隆厮杀。不到十二合,刘隆枪法散乱,被征贰看出破绽,一伸玉手将刘隆的腰用力一扯,刘隆坐不稳,翻身落马。征贰随着飞身下马,将他往怀中一搂,偎着粉脸,展开笑靥,向刘隆说道:“我的冤家,你今天可不要逞强了。可依我一件事情放你活命,否则青锋刀它没有眼睛,用手一带,你可要到阎王那里去了。”

刘隆听她这些话,心中早已明白,他却生出一计,便涎着脸皮问道:“小姐你请说罢!我刘某不是不知趣的,凭你怎么我没有不答应的。”她向刘隆瞟了一眼,然后笑道:“你要是不弃我是个蛮女,我愿随你做个……”她说到这里,双颊飞霞,便噎住了。刘隆笑道:“你的意思,我已晓得了,但是还有一个人,将他放在哪里呢?”

看官,这本是刘隆有心和她开玩笑的,谁知竟碰上了疼指头了。征贰听他这话,却大费踌躇,沉吟了一会子,便毅然对刘隆道:“将军且请放心,奴家自有道理。”刘隆便知她已有夫婿了,便对她说道:“既蒙小姐青眼相加,刘某感激无比,不过要想真正百年偕老,那么小姐非依顺我们汉家不可。”征贰笑道:“这也无须将军多虑。奴不将身子附托你便罢;既然将身子事你,焉有夫南妻北之理,当然报顺汉家呀。”

刘隆见她事事遵从,却一时想不出别的法子来难她了。正要开口,瞥见西北上方烟尘大起,便知兵卒赶来,忙对征贰说道:“姑娘请放手,后面的儿郎赶到了,被他们看见反而不美。”征贰连忙放了手。两个人蓦地分开,飞身上马,各持兵刃故意大杀起来。不一刻,两边的士卒,俱已赶到。二人假意大杀四十个回合,征贰幌了一刀,带马收兵入城而去。

刘隆也随后领兵回营。见了马援,也不隐瞒,便爽直地将上项事情说了一遍。马援鼓掌笑道:“将军的艳福,真正不浅!帐下诸将,俱来道贺。”刘隆心中早已打定主意,此刻也不做声,这也不在话下。

再说征贰回城,征侧连忙接入大帐,慰劳了一阵。征贰懒洋洋地退入自己

的住处，这时已经到申牌时候。不一时，吃过晚饭，她一个人坐在房里，兀地乱想出神。她的脑海里不住地浮着一个刘隆，何等俊俏，何等英武，何等温文。越想越爱，正在这闲思的当儿，侍女跑进来报道："巴将军回来了！"她听了这一句，怒从心上起，便啐道："他回来就回来，何必你们大惊小怪的做什么？难道我还去迎接他不成？"那个侍女，碰了一个钉子，努着嘴，站在一旁，一声不响。

一刻儿巴邱已经走进房来，见她怒容满面，忙满脸堆下笑容来，低声问道："小姐今天敢是和谁斗气，这样的不悦？"她见巴邱那一付可憎的面目，和刘隆相比，真有天渊之别，不禁将平日的爱情，完全付与东洋大海。见他的问话，便气冲冲地答道："我和别人生气，与你什么相干？谁要你来献这些假意殷勤呢？"巴邱不觉十分诧异，暗道："她从来没有待我这种样子，今天究竟为着什么事情，这样动怒？"他便走到她的身边，说道："莫非不才有什么不到之处，得罪了小姐么？"她见他这样地问着，不禁大声说道："谁敢得罪谁呢？我十年不见你这个东西也罢，只怪我当初瞎了眼睛，嫁了你这个不尴不尬的鬼罢了。"巴邱听了，把那无名火高举三千丈，按捺不住大声骂道："好不识抬举的贱人，估量着今天在战场上，一定是看见什么美男子了，便生野心了。好好好，咱老子也不是一盏省油灯！"她更不能耐，用手在桌子上一拍，骂道："好杂种，我看中美男子，你便怎么样？"

巴邱更不能下台，用手去拔宝剑。她早已掣剑在手，说时迟，那时快，一剑飞来，巴邱早已身首异处了。她杀了巴邱，总算泄了心头之恨。这正是：

恋慕心头客，断送枕边人。

要知后事如何，且看下回分解。

第七十九回 除荡妇血染芙蓉帐 扫蛮囚烟迷翡翠峰

却说征贰将巴邱一刀杀了，总算除却心头之恨，拔去眼中之钉，登时怒气全消。吓得那些侍女跌跌爬爬地便要逃走。她圆睁杏眼，掣刀在手，娇声喝道："谁敢走，就教和巴邱一样！"那些侍女，听见这话，吓得连忙止住脚步，浑身发抖，一齐跪下央求道："万望小姐开恩，饶恕我们罢！"征贰问道："你们可愿意随我归汉？"众侍女没口地答应。她结束戒装，飞身上马，正要出城，瞥见征侧蓬着一头红发，跃马而来，口中喊道："妹妹何故将巴将军杀去，莫非生了异心么？"

看官，你们看了这一段不要奇怪吗？这里刚才将巴邱杀去，征侧哪里就知道呢？原来有个原因；当巴邱回来，他有马夫，是寸步不离的。他进了卧房，那马夫就在外面伺候。等到征贰将巴邱杀了，他可吓煞，拼命价地奔到大帐报信去了。征侧正在晚餐，瞥见巴邱的马夫飞也似的跑进来，忙放下杯箸，问道："什么事，这样惊慌？"马夫本来有些口吃，直喊不不不不不不不，一连喊出六七个不字来，脸急得和猪血一样，一句话还未说出来。征侧见他这样情形，料知事非小可，忙向他说道："你且慢慢地讲出来，不要心急！"那马夫又停了一会子，哇的一声哭道："女大王爷，不好了！二王爷将我们家巴巴巴老爷杀了。"

征侧大吃一惊，不暇细问，飞身上马，手绰兵刃来到征贰的门口。瞥见她戎装齐整，预备到哪里去的样子，征侧心中早料着八分了，便开口问她。她圆睁杏眼，向征侧喝道："我杀巴邱，与你有什么相干？要你来查问什么？难道我还怕你不成！"征侧勃然大怒，向她喝道："你做下这种逆伦的事情，难道还不准我问吗？好贱人！你究竟为了什么缘故，将巴将军杀死？莫非今日在沙场上看中汉将了么？好贱人！你如果是这样的念头，我劝你不要梦想罢。"征贰大怒喝道："你是我姐姐，又不是我的妈妈，我就是看中汉将，难道你还敢来阻止我不成？识风头，趁早走开，不要恼得我性起，任凭你是谁，马上教你死无葬身之地了。"征侧听她这番话，便知她认真地反了，气得一佛出世，二佛升天，那一副可怕的面孔登时变了颜色，和猪肝差不多，张开大嘴，露出两排金黄色的牙齿，哇呀呀的直嚷起来，舞动两口截头刀，来取征贰。征贰哪里惧怯，耍起双刀，来斗征侧。一媸一妍，相映成趣。她两个大杀了一百多合，征贰一心要走，哪里还有心和她厮杀，虚幌一刀，兜转马头直向东门而来。一路上谁也不敢前来讨死，只好望着她冲出城去了。征侧赶了一程，知道难以追上，只得回城。

征贰一马放到汉营之前，对守营的士卒说道："烦你进去通报一声，就说征贰要见。"那守营连忙进去通报。马援听说征贰，心中明白，忙教请进来。守卒连忙出来，对她说道："请进去罢！"征贰下了马，在马项下取下巴邱的首级，走进大帐，双膝跪下，双手将首级奉上说道："罪女杀了巴邱，决志归依汉家，万望大将军收录。"马援笑道："小姐深明大义，弃邪归正，乃汉之福，某等亦不胜荣幸。但是刘将军也不可失约，常此军事控惚的时候，不如就在今晚先成大事，以便明日进兵。"他说罢，向刘隆说道："小姐诚心归汉，为何你连迎接都不去迎接，未免太觉无情。"这两句话说得刘隆面红过耳，俯首难言。吴汉、王霸两人，又走过去对刘隆说道："小姐绝义归来，将军自然要遵守前约才是。"刘隆也不回答话，走到征贰身旁，躬身施礼，口中说道："小姐驾到，刘某有失远迎，望乞恕罪！"征贰慌忙答礼。马援忙命军需官替刘隆去预备婚事，一面令刘隆将征贰带到他自己的帐篷里去。刘隆也不置可否，便与征贰到了自己的帐篷里。征贰向他问道：

“那坐在帐上的那位将军，姓甚名谁？”刘隆答道：“就是我们行军的主将，伏波将军马援。”她微微颔首，可是心中早又看上马援了。她心中暗想道：“怪不道人家常说，北方帝国之邦，多出郎才女貌，今日才知端底。可恨我征贰生长蛮邦，与一起禽兽般的人物终日厮混，还算老天见怜，今日与刘将军得成大事，也算终身之幸了。”

这且不表，再说刘隆见她追问马援，心中暗想道：“这个贱货，眼中却又看上马援了，真轻薄桃花，随波逐浪呢！她既然能将她的亲夫杀去，难保后来不看上别人，一看上别人，我还怕不和巴邱一般么？”他想到这里，不禁怒从心上起，恶向胆边生。但是他一分不露神色，和她有说有笑的。眼看着日落西山，刘隆便对征贰说道：“小姐请暂坐一会，我去去就来。”她忙答道：“将军有事，请便罢。”刘隆出了自己的帐篷，径向大帐而来。刚走到大营门口，瞥见一个小卒，手里捧着一颗人头往外面去，他连忙问道：“所捧首级是哪里来的？”那个小卒见他问话，忙立定答道：“这是蛮婆子的男人首级，马将军令我去掩埋的。”

原来刘隆将征贰带走之后，吴汉便与王霸议论道：“主帅这事，未免陷人于不义了。”王霸悄悄地说道：“可不是么！这种乱伦无耻的蛮婆娘，不要说刘隆是大丈夫，任凭是谁，也不要的。你看主帅硬做下了主，令他两个成婚，这事真正做得太无道德了。”马援本已听见，他佯作不知，便令人将巴邱的首级拿去示众。吴汉忍不住劝道：“马将军，巴邱虽是蛮人，念他死的可惨，将他首级掩埋了罢。”马援便准了他的所请。王霸便对马援说道：“主帅今天令刘隆与这逆伦偷淫奔的蛮婆结婚，不是硬陷刘隆于不义么？”马援笑道：“王将军哪里知道，我看刘隆今天面带杀气，不要谈结婚，只怕这征贰还有些不利呢。”王霸哪里肯信。吴汉道：“主帅既不愿刘隆与她结婚，就该将这女子当下斩了，不是免得许多周折么？”马援笑道：“谈何容易，你们不知她的厉害么？而且她又未曾将兵刃卸下，一听反起脸来，恐怕大家还要受累呢！”吴汉道：“宁可和她厮杀，拼个她死我活，倒不致失了刘隆的德行。如今洞房花烛，我想刘隆不是个鲁男子柳下惠吧？”“万一和她真的成起夫妇来，不是将一个好端端的刘隆陷得身败名裂么？”马援连连摇首说道：“将军们且请放心，断不会有此一出戏的。不信，今天三更时，自有分解了。”他们哪里肯信，仍是争论不休。

再说刘隆听那小卒说是巴邱的首级，不禁心中暗暗伤感道：“巴邱我和你今日无冤往日无仇，你丧了性命，可不要在阴间埋怨我刘隆霸占你的妻子。在战场上我不过以此话来难她，不想她认真就将你杀了。你可放心，我刘隆堂堂的奇男子，那些禽兽的行为，我断不做的，请你放心罢！”他暗暗祷祝了半天，才进了大帐。马援与吴汉、王霸正在那里议论不休，见刘隆来了，连忙将话头搁起。马援首先向刘隆笑道：“将军命赋桃花，不想在这里巧遇这段天赐良缘，我们今

天可要吃杯喜酒呢！”刘隆冷笑一声道：“主帅哪里话来？不是主帅极力作成我，又焉能白白地得到一位如花似玉的美人呢？喜酒当然要吃，不独主帅，就连诸位将军，我也要一一请过去吃喜酒的。”马援大笑道：“好哇！俗语说得好，人馋做媒，狗馋吃蛇，可见还是媒人的口福不浅咧！”

大家谈谈说说，已是戍牌的时候。当由吴汉代作傧相，引新郎新娘同入洞房，共饮交杯。鼓乐喧天，十分热闹。众将领俟婚礼告成后，一齐拥进新房，闹了一阵子。刘隆忙命人在外帐摆酒。他们出来以次入席，狼吞虎咽，大吃大喝，猜拳行令，三元八马，喊得震天价响的。一直吃到二更将尽，大家都有了酒意，便出席告辞。刘隆便出帐相送。王霸回头向刘隆笑道：“刘将军！今天可要仔细些，不要过于猛浪才好呢！”刘隆冷笑不言。接着诸将又和他嘲笑一阵子。他任凭人嘲笑，也不去争论，一味地 含笑敷衍。吴汉笑道：“人生最快活的一天，就是今朝了。我想刘将军于异地突然遇到此良缘，心中不知怎样的快乐呢？但是现在别的不要去说他，就是等到明天送玉麟，珠胎暗结，十月之后，生出一个小刘将军来，不知还是像爷像娘呢？如其像娘，那就有趣极了，镇日价蛮言蛮语的，倒是一个变种的国民呢！”这句话说得众人大笑起来。王霸大笑道：“我可保定像爷。”吴汉问道：“怎见得呢？”王霸道：“男子为天，女人为地。如果生下一个小弟弟来，便是刘将军替身，怎好像娘呢？”大家又笑了一阵子，才纷纷地告辞回去。

刘隆一人进了洞房，只见她低垂粉颈，默默含羞，早有喜娘姑姑等前来迎接刘隆，口中说道：“现在二更敲过了。”意思要请刘隆入帐，共效于飞了。刘隆一摆手，低声说道：“我还没有吃酒呢，向后天长地久的，何在乎今天忙呢？”喜娘喜姑叠叠地称是，连忙去斟酒。刘隆忙摆手道：“这里用不着你们了，你们退出去罢。”喜娘等睡眼婆娑，巴不得这一句话，连忙狗颠屁股似的走了。刘隆走到她身边，并肩坐下，手执银壶，自己面前先斟三杯，然后又在她的面前满斟三杯，口中说道：“娘子，请饮三杯，算卑人一些儿敬意。”她连忙将三杯酒一仰粉脖喝了。刘隆又斟满三杯，口中说道：“娘子，不才承你垂爱，感谢无已，请饮此三杯，好待不才聊伸歉仄。”她也不推辞，又将三杯喝了。以后刘隆甜言蜜语，说得天花乱坠，哄得她心花怒放。试想她生长蛮方，哪里碰到这样风流如意的郎君，又喜又爱，不知不觉地一连喝下二十余杯。她本来是个杯酒不近的人，哪里禁得起喝了这许多的酒呢？不禁面泛桃花，眼含秋水，娇躯无力，轻舒玉腕，搭着刘隆的肩头，微微地笑道：“将军，奴家实在不能再喝了。”刘隆偎着她笑道：“卿卿！我也知道你不能喝了，我就和你入帐安息罢。”她闪着星眼向刘隆一瞟，含笑不语。刘隆便将她抱起来，放到床上，替她宽衣解带，用被衾盖好，自己将烛花挑去，关起房门，手执着烛台，走到床前，但见她香息微呼，已经入梦。真个如雨后海棠，

娇眠正稳，鼻似琼瑶，眉如春黛，说不尽千般旖旎，万种风流。

刘隆看得眼花缭乱，魄荡魂飞，那一般孽火直勇到丹田之上，情不自禁的，放下烛台，便去宽衣解带，要同入巫山之梦了。刚刚将头盔除下，猛地省悟道："咳！刘隆呀，刘隆呀！你怎么这样的见色忘义。"他又将头盔戴上，拿起烛台，走到窗前坐下，暗自寻思道："我好糊涂，这种不伦不类的女子，我当真就和她配偶了么？不要说别的，就是巴邱的阴灵也要来寻我的。我刘隆本是个顶天立地的奇男子，将来的前程正是不可限量呢，怎好为此等贱货，败裂我的身名，被天下万世唾骂呢？咳！实在不值得！但是我既然不愿和她配偶，将她又怎样发放呢？"他沉吟了一会，自己对自己笑道："刘隆！你好糊涂，你将她劝醉了做甚么的，不是预备将她……"他把话连忙噎住，轻手轻脚地走到床前，细细一听得里面鼾声大作，方才放心。他又走到窗前，猛地想起了一件事情，便又执着烛台，蹑足潜踪地走到外帐，将自己的防身佩剑挂在腰间，重进房来，将房门紧紧地闭好，自己对自己说道："刘隆，你这时还不下手，等何时？再迟一会，等她的酒醒了，那可要棘手了。"

他想到这里，恶狠狠地执着烛台，拔出宝剑，大踏步走到床前，正要动手，只见她那一副娇而且艳的面孔，任凭你铁石心肠，也要道我见犹怜，谁能遣此哩？他可是心软了，连忙又将佩剑入鞘，坐在床边，呆呆地望着她一会子，那颗心由怒生怜，由怜生爱的，不觉又突突地跳了起来。他暗道："不好，不好，我今天莫非着了魔吗？"硬着心肠，离开床边，又到窗前坐下，对着烛光浩然长叹道："我刘隆血战沙场，杀人如草，从未有一分惧怯；却不料今天对这个弱小女子，反而不能将她杀去，昔日的勇气，却向何处去了？"正自游疑之间，忽听得军中刁斗已敲四次，不禁暗自吃惊道："眼见马上天要亮了，如何是好？"他此番下了决心，鼓足勇气，走到帐前，飕地拔出佩剑，一眼望见她那副芙蓉面孔，不禁手腕一软。他那支佩剑呛啷一声，落在地下。他大吃一惊，连忙从地上将剑拾起，送到她的粉颈旁边。可是奇怪极了，任他用尽生平之力，他手腕像棉花一样，一分劲都没有。

正在这万般无奈的当儿，瞥见她轻转娇躯，口中说道："刘将军你可来吧！"她说罢用手将宝剑一抱。这时帐子里突起了一阵冷风，将烛光吹暗。刘隆大惊，忙将烛台移过来仔细一看，只见白罗帐里一片鲜红，那一个如花似玉的美人儿，不知何故，首级早离了肩膀了。刘隆好奇怪，仗着胆，将她的首级提起，径往大帐而来。

这时已到卯牌时候了，他大步进了大帐，只见马援已经升帐。他大声说道："那不伦不义的贱人已被我杀了，请令定夺！"马援正在与吴汉议论他的事情，只见刘隆手提一颗血淋淋的人头走进帐来，心中已经料着八九分了。又听他这两

句,便齐声称赞道:“刘将军见色不迷,端的是位大英雄,大豪杰,我们怎能不佩服呢!”马援又道:“刘将军休要见怪,昨天本是权宜之计,其实我早就料到你的心理了。但是能够这样的决裂,我们怎能不佩服呢?如今不独为国家除一大害,就是将军也得名扬海内了。”刘隆一面谦逊着,一面着人将征贰的首级高吊杆头示众。

大家便议攻城之策。正议论间,只见守卒进帐报道:“外边有个蛮妇带了一队蛮兵,在营外骂战,请令定夺!”马援便吩咐刘隆带兵一万,绕道袭城,自己和王霸带着众将,一齐出营迎敌。到了战场,两面排成阵势。只见征侧跃马横刀,大声喊道:“送死的囚徒,赶快将我家妹子送出,万事全休;如不然,使得我性起,杀得你片甲不回,那时悔之晚矣!”王霸挥动双锤一马飞到垓心,大声喝道:“贼婆娘!你难道眼睛都没有生么?看那杆头上是谁的首级呢?”征侧抬头一看,不禁气得三尸神暴跳,七窍内生烟,泼炸了喉咙直喊道:“气死我也!先将你这狗头杀了,好替我妹子偿命!”说罢,拍马舞刀来取王霸。王霸举锤相迎。二人半斤八两,正自不分高下。诗索看得眼熟,挥动蛇矛,前来助战。马援更不怠慢,飞马接住。大战了八十余合,马援奋起神威,大喝一声,刀光到处,诗索翻身落马,死于非命。征侧看见她的丈夫被杀了,咬紧牙关,拼命价来取马援。马援抡刀相迎,他两人翻翻滚滚地大战了五十多合。猛听得城上一片鸣金声音,征侧不敢恋战,丢了一个架子,收兵回城。

谁知到了城下一看,只见城上满插着汉家的旗帜。刘隆站在城头,向她笑道:“贼婆娘!可惜你来迟了,城被咱老子得了,请你到别处去罢!”征侧这才知道汉兵厉害,带着一队蛮兵,没命地向翡翠峰逃去。马援也不回城,带着大兵,一路追了下去,直追到狮颈山翡翠峰,却不见一个蛮兵的踪迹,忙与王霸、吴汉领兵在翡翠峰下,寻了半天,果然寻到一个大窟窿,上面镌着金豁穴三个大字。马援对众将笑道:“我想那贼婆娘一定和那些蛮兵,在这穴里呢。”吴汉点头,献计道:“末将倒有一计,用树木堆在穴口,烧起来,现在正刮着北风,那股烟吹进去还怕不将他们熏出来么?”马援道:“正是这样办法。”忙令兵士就去伐木,堆在穴前,放起火来。北风怒吼,那股浓烟直向洞里钻进去。

不到一会,那些蛮兵果然在里边被烟熏得十分难过,一齐都往外跑。马援指挥兵将,来一个,杀一个。这正是:

慢道一身无劲敌,管教今夕了残生。

要知后事如何,且看下回分解。

第八十回　绘遗容刘庄承大统　惊异梦蔡谙诣灵山

却说众蛮兵被烟熏得双目满布红云，两手不住揉擦，泪如雨下，不能再在洞里藏身了，只得拼命价你挤我，我轧你，向洞外纷纷出来，各寻生路。

谁知奔到洞口，吓得倒抽一口烟，回身又往洞里逃生。洞里面的蛮兵，不知底细，只往外拥来。有几个晓得洞口有汉兵守着，出去准是送死，要想开口，无奈烟焰噤口，不能说话，身不由己地被众人推了出来。真个是秃头上的苍蝇来一个，死一个。那征侧也被烟熏得十分难过，手挥兵刃，杀出洞来，迎头碰着马援。只听他大喝一声，手起一刀，将征侧斩为两段。霎时数千蛮兵，死的死，亡的亡，自相践踏，要想半个活的也没有。马援见蛮兵已经绝迹，随后遣官填缺，自己班师回朝。光武帝听说马援班师回来，当然喜不自胜。忙命校尉排齐仪仗亲自出都迎接，慰劳备至。这也不在话下。

再说阴丽华自从做了正宫之后，可是愿望已足，每每想起皇太子还未易去，仍旧是郭娘娘生的刘疆为储君，心中未免常常忧虑。暗想："如果皇太子不易，将来我一定做不成正娘娘的。"就此，常在光武帝面前撒娇撒痴的。无奈光武帝虽然被她迷惑，但是皇太子疆实在没有一点不好之处，所以不忍更易。阴娘娘屡次挑拨刘疆的罪恶，光武帝只是装聋作哑，不去理她。她晓得欲更易皇太子，断非言词可动，便暗中设法买通刘疆的近臣，旁敲侧击，吓诈他自己让与刘扬。

那刘疆本是一个大贤大孝的人，见自己久处于疑忌的地位，早有退避之心，现在又听得各处的传闻，俱说光武帝急急地就要易储，自己也落得借此告退，免得旨下反而不美，遂毅然上表，请卸皇太子之职，愿为藩位。光武帝不忍答应，刘疆又请左右诸臣代为说项。

光武帝见刘疆辞意已决，万分无奈，只得下诏道：

> 春秋之义，立子为贵。东海王阴皇后之子，宜承大统。皇太子疆崇执谦退，愿备藩国。父子之情，圣贤同之，其以疆为东海王。此诏。

刘疆奉了诏书之后，忙将太子印绶交给刘扬。光武帝即日册立东海王刘扬为皇太子，改名庄。从此阴娘娘高枕无忧，也不再妄生邪念了。

光阴易过，略晃晃眼，已到了建武三十三年了。光武帝在二月间突然染病，

日重一日，未到十天，在南宫的前殿中寿毕归天了。总计光武在位三十三年，起兵舂陵，迭经艰险，终能光复旧物，削平群雄。可见他的智勇深沉，不让高祖了。

闲话少说，光武帝既然驾崩，太子庄当然嗣位，是为孝明皇帝，即日正位，命太尉赵熹主持丧事。自从王莽乱后，旧有礼节一概散佚无存。诸王俱来奔丧，全与孝明帝同食同桌。凡为藩家的官属，亦得出入宫廷，百官无别。

此时恼动了赵熹，正色立朝，手执宝剑，分别尊卑，整理仪节，复令校尉把守宫门，无论藩爵，皆不得擅入宫闱，如有故犯，格杀勿论。孝明帝又是个无刚断的人，只得听赵熹指使。此时内外百官，没有一个不懔遵法律，真个是穆穆雍雍，一堂肃然。尊阴娘娘为皇太后，奉葬光武帝于原陵，庙名世祖。光武帝曾有遗言，一切葬具，俱如孝文帝制度，务从节省，不得妄费。因此多从朴实，屏去纷华。

明帝承奉遗嘱，在南宫的云台中命巧手画匠，园绘亡故的二十八个功臣的遗像，乃是：太傅高密侯邓禹、中山太守全椒侯马武、大司马广平侯吴汉、河南尹阜成侯王粱、左将军胶东侯贾复、琅琊太守祝侯陈俊、建威大将军好畤侯耿弇、骠骑大将军参遽侯杜茂、执金吾雍叔侯冠恂、积努将军昆阳侯傅俊、征南大将军舞阳侯岑彭、左曹合肥侯坚镖、征西大将军阳夏侯冯异、上谷太守淮阳侯王霸、建义大将军鬲侯朱佑、信都太守阿陵侯任光、征虏将军颍阳侯祭遵、豫章太守中山侯李忠、骠骑大将军栎阳侯景丹、右将军槐里侯万修、虎牙大将军安平侯盖延、太常灵寿侯彤邳、卫尉安平侯姚期、骁骑将军昌成侯刘植、东郡太守东光侯耿纯、城门校尉朗陵侯藏宫、捕虏将军卢阳侯马武、骠骑将军慎侯刘隆、横野大将军山桑侯王常、大司空固始侯李通、大司空安丰侯窦融、太傅褒德侯卓茂。

以上诸将在小子这部《汉宫演义》里，有的曾提过，有的没有提过。不过有个疑问，我想读者诸君，一定是要来责问的：以上诸将，在什么时候死的，怎么不一一的叙明呢？是的，应当要叙明。不过小子有几句话，要对读者们道歉，我所著的是《汉宫演义》，不是完全历史小说，所以没有什么惊奇和香艳的资料，只得高高搁起，不去多说废话了。所以将他们的死亡情形，也只好马马虎虎地总束一笔了。

再说明帝令人将二十八个功臣的遗容描好，择日登台。文武百官，一齐顶礼致敬。东平王刘苍也到云台敬礼，遍看遗容，独少马援，不禁满肚孤疑，便向明帝问道："马援劳苦功高，为什么反落云台之外呢？"明帝微笑不答。

看官，马援自从征了交趾之后，又领兵去征武陵，在壶头山病殁了。可是他血战沙场，南征北讨，论功绩不在邓禹、冯异之下，为何反落云台之外呢？有个极大的缘故，小子趁此交待明白。

马援平交趾之后，谁知他是患湿气的人，爱吃交趾出的薏仁，临回的时候，特买了十余石，用车装回。因此引起文武的议论，说：马援卖国求荣，此番回来，

装着十余石珍宝回来。这个风声，传到光武帝的耳朵里，心中大怒，便要拿马援问罪。幸亏朱勃一力保奏，始得罢议。但是光武帝从此不肯重视马援了。马援死后，光武帝越发恩待稀少。兰夫人见丈夫蒙此不白之冤，终日啼泣。还是朱勃上了一封奏章，将马援生平的战绩，细细地表明，又替他剖白冤枉。光武帝才准归葬旧茔，又到马援家中，将他生的第三个女儿选进宫中，伺候阴娘娘，格外施恩，又封马援四个儿子爵位。谁知马援的三女儿静仪进了皇宫，一举一动，阴娘娘无不欢喜。选入宫中的时候才十三岁，举止端庄，不同凡女，所以光武驾崩之后，阴太后便将马静仪册立为正宫。这一点，也可稍慰马援于九泉之下。

再说明帝见刘苍问询，含笑不语。刘苍暗忖明帝的心理，大约是为内亲的关系，不便列入吧！其实举不避亲，何妨列入呢？明帝与众大臣致敬已毕，礼成告退，是晚入宫所幸的是扶玉宫。睡到三更时候，突然入梦，恍惚中瞥见有两个青衣童子，手执幢幡宝盖，头梳双丫髻，面如古月，走到明帝跟前，点首示礼。明帝不知不觉地立起来，随着两个童儿，信步出了皇宫，脚下生风，渐渐地平地而起，把个明帝大吃一惊，身不由已地随风逐雾地行去。走了多时，只见前面有条极阔的黑水大河，他腾身过去，到了对岸，再睁眼一看，只见青山隐隐，殿阁重重，祥光瑞气，五色纷呈，鸾鹤成群，花木笼罩。明帝十分高兴，暗道："孤家为一朝万民之主，论福也算享着了，不知道还有这般出处呢！真个是神仙之处，何日到此静修一世，倒比做皇帝来得好呢！"正自迟疑之间，那两个青衣小童，一转眼不知去向了。明帝好生奇怪，东张西望，哪里还有一些踪迹呢。瞥见那座山头上，霞光直冲霄汉，从那霞光里面，泛出无数的莲花，霎时万朵菡萏，结成一个修罗宝盖，在宝盖上面又现出一个丈六的金人，顶上白光，像煞雨后白虹一样，扶瑶直上，和祥光一样透入云端。明帝仰起脖子，看得呆了。不一会，祥光渐渐散去，那个金人也就淡淡地消灭于无形了。明帝还仰着头在那里望呢，猛听得震天价响地一声狂吼，明帝低下头来，仔细一看，只见斑斓猛虎，从山麓里跳了出来，张牙舞爪，直奔明帝。把个明帝吓得魂不附体，连呼救命。正在这危急之时，瞥见天空落下一种东西来，像屏风一样，挡住大虫的去路。那个大虫见了，倒竖着尾巴，向山麓里没命地逃去了。明帝好不奇怪，忙近来仔细一看，哪里是屏风，原来是一本极大的书，上面签着四个大字，乃是《大乘宝卷》。明帝暗自寻思道：这书我倒没有看见过呢，不想它竟有这样的厉害，居然将大虫吓得走了，倒要细细地来看它一看。他迈步就向这《大乘宝卷》跟前而来。到了这书的面前定睛一看，可奇怪极了，不独那书上没有一个字，便是那签上明明白白的《大乘宝卷》四个字，也入于无何有之乡了。明帝十分诧异，暗道："久闻灵山有佛，此地莫非就是灵山么？"明帝偶然一回头，那书冉冉地腾空而起。明帝再抬头一看，那《大乘宝卷》升到半空，迎风一晃，猛地化成万丈金龙从半空摇头摆尾地翻腾下来，将明帝周身缠住。明帝吓得张口结舌，一身冷汗。

猛可里听得有人在耳边呼唤道:“万岁醒来!万岁醒来!”明帝再睁眼一看,原来是黄粱一梦,见贾贵人在身边不住地轻轻叫唤。明帝醒来,觉得一身冷汗,翻着眼睛,只是在榻上寻思梦境。贾贵人见他从梦中惊醒,头上汗珠如黄豆一般流个不住,不禁着了忙,低声问道:“陛下方才梦见什么的?这样大惊小怪,敢是着了梦魇了么?”明帝摇手道:“没事,没事。”贾贵人不敢再问,忙唤宫女将香汤伺候。明帝盥了面,稍定一定,贾贵人复又含笑问道:“万岁!方才究竟看见什么的?将臣妾吓得抖做一堆。”明帝便将梦中的情事,仔细说了一遍。贾贵人紧簇娥眉,想了半天,莫名其妙。

一会子,景阳钟响,明帝披衣而起,匆匆的上朝,受了百官朝拜已毕,便对众臣将梦境细细地说了一遍。众大臣中有的说好,有的说坏,议论纷纷,莫衷一是。独博闻大夫傅毅出班奏道:“臣闻西方有神,传闻为佛,佛有佛经,旨玄意奥。从前大将军霍去病征讨匈奴的时候,曾得屠修王所供的金人,置于甘泉宫,早晚焚香致敬。后被王莽一乱,想不复存。万岁所梦的金人,莫非就是佛的幻影。而且西方有一国,名叫天竺国,离此地不过万余里,世称为佛主降生之地。佛的始祖,名叫释迦牟尼,乃是天竺迦淮卫国王的太子。国母摩耶氏梦得天降金人,后来有娠,生下释迦牟尼。生时正当周灵王十五年,天放祥光,已有一种预兆。到了他十九岁的时候,自以为人生在世,永远脱不了生老病死四个字。他想超出三界之外,便立志修行,屏绝六欲,不食烟火。经过了二十八年,方得成道,独创一种教旨,传受生徒。教旨分浅深两种:浅的名叫《小乘经》,深的名叫《大乘经》,有地狱人回的讨论。这时天竺国颇多邪教,能使猛虎毒龙,化为幻术,自从佛主得道之后,便一一的反邪皈正了。后来突然在无那宫中死了。国王国母,大惊啼哭,用棺将他的尸身盛好。不意他突然在棺中坐起,讲经法说,说得玉龙彩凤,俯伏阶前,听他说法,花雨缤纷,瑞气满布宫廷。他将经讲过之后,尸身又复倒下在棺材外面。不知哪里来的一蓬火,将棺材和尸身完全烧化。在空中现出丈六的金身,祥光照耀,鼻子里冲出两道白毫,像两条玉筅管一样。头上满露舍利子,金光直冲霄汉。他的大徒弟阿难,二徒弟迦叶,领着五百多名的信教人,虔心朝礼。停了半天,那空中的庄严佛祖,才淡淡地腾空而逝。阿难、迦叶后来到宝鹫峰修道,不知道兀立山上有一只大鹏,殊为厉害,一口能将四十里方圆的人吸下肚去。当时阿难、迦叶便同心协力,想将这大鹏除去,无奈自己法力微浅,不能制报。有一天,触动了大鹏之怒,便和阿难、迦叶二人为难,斗起法来。阿难、迦叶竟不是大鹏的对手。正在性命相搏的时候,佛祖和普贤、文殊两菩萨,从空而至,各自先将莲花宝座降下,隔住他们。谁知大鹏不知高下,竟来和佛祖较量。佛祖广大慈悲,不忍伤它性命。那大鹏见佛祖未曾动作,只当他没有什么能耐,便展开双翅,抡起利爪,来抓佛祖头上的舍利子。佛祖用手一指,喝道‘好孽障!你还不皈依,等待何时?’那大鹏张着翅

膀，再也飞不起来。阿难、迦叶、文殊、普贤合掌念道：‘善哉！善哉！’那大鹏立在佛祖的面前，厉声说道：‘释迦你使广大法力，将我缠住，害了我也！’佛祖谕道：‘尔作恶万般，食人无算，上天早已震怒，欲雷劈汝身，风裂汝肉，汝至今尚不知省悟，如今快快依皈佛门，忏悔前愆，同登乐土。’大鹏点首会悟，飞上佛祖的顶上，敛翅合目。佛祖便邀文殊、普贤永住灵山了。万岁德行感动天地，昨夜莫非是到灵山去吗？再则万岁曾云亲眼看见《大乘宝卷》，并佛祖的金身，更是班班可考，再无疑惑了。”

这番话，说得明帝满心欢喜，忙对傅毅说道：“卿家的高见，是极！是极！孤家意欲派人到西域去求取真经，以救万民而拯愚恶，但未知卿家以为如何？”傅毅忙奏道：“天下现在清平，正需感化。万岁此举真是甘露遍施，泽及万民了。微臣等敢不仰望呢！”

孝明帝便对众臣说道：“哪位卿家肯体贴孤意，往天竺求经去呢？”连问数声，竟未有一人答应，一个个面面相觑，呆若木鸡，不置一词。谁也不愿意抛妻别子，远涉异地啊！还有几个旷达之流，可不要将肚子笑痛，暗嗤迷信，只好在腔子里格格地不敢笑出声来。明帝连问十几声，见没有人答应，好不动气，便发作道：“朝廷有事，现在连应命的都没有了，将来一有什么变化，可不是束手无救么？”众大臣见明帝罪怪，越发不敢声张，木立两旁，毫无声息。

这时中郎蔡谙出班奏道：“微臣愿往天竺求经。”明帝见蔡谙愿去，满心欢喜，忙道：“卿家肯去，真是社稷之幸了。”蔡谙又奏道：“微臣尚有一言，不知我主可能准许否？”明帝答道：“卿家只管奏来，孤家无不依从。”蔡谙奏道：“微臣此去，预算行程，来去至少有一年的时光，但是沿途千山万水，无数的艰险，一朝遇着毒蛇猛兽，可不要枉送了性命么？”明帝忙道：“既是卿家愿去，孤家早就预备三千武士，随你保护了。”蔡谙又奏道：“主公差矣！此行非寻常可比，如果照陛下的意思，一则多费时日，二则徒耗金钱，于是有损无益。依臣看来，不若差一二勇士，与微臣一同前去足矣！”明帝道：“卿家之言，正合孤意。但是阶下群臣，谁能再像卿家这样体贴孤意呢？”

话犹未了，武班中走出一人，大踏步走到金阶之下，三呼万岁，俯伏奏道：“微臣愿保蔡中郎前去。”明帝展目仔细一看，原来虎贲中郎将林英，心中大喜，正要传旨，瞥见胡明也挺身出班奏与明帝，情愿随往。明帝便准了旨，择了吉日，沐浴斋戒，在西门外建立一坛，名叫受经坛。

到了他们起程的那一天，命文武百官，一齐登坛敬礼。明帝每人亲敬三杯御酒，命人献上黄金三百斤，作为路程之用。蔡谙等拜谢受下，便辞了明帝，又和群僚作别之后。三人道出西门，直向潼关进发。在路非止一日，有一天，走到酉牌时候，看看天色已晚，无处投宿。一眼望去，俱是荒郊旷野，衰草连天，蔡谙

好不心慌，忙对林、胡二将说道："如今天色已暗，肚中非常的饥，又无住宿的去处，如何是好？"林英道："且再走一程看，总有人家的。"

话犹未了，瞥见前面树林中有一丝灯光，直透出来。三人大喜，放马直奔这灯光的所在而来。这正是：

山穷水尽疑无路，柳暗花明又一村。

要知后事如何，且看下回分解。

第八十一回　悲月影空房来怪妇　奋神威废院歼花妖

话说蔡谙等正苦没有住处，林英用手向前面一指，说道："看那树林里面，不是有灯光闪出吗？显见是有人家的去处啊！"蔡谙和胡明齐朝前面一望，只见前面的树林里，果然有一线灯光，从树林中直透出来。蔡谙大喜，忙对二人说道："惭愧，今天不是那里有人家，险些儿要没处息宿哩！"林英道："可不是么，我们就去罢！"

说话时，三人马上加鞭，三匹马穿云价地直向那灯光的去处而来。一转树林，果然露出一座小小的村落来。三人在黑暗里，还能辨认一些，只见檐牙屋角，参差错落，只能望见大概，可是夜深了，一切都沉寂了，静悄悄的连鸡犬都不闻。

三人下了马，各自牵着缰绳，走到第一家门口，向门里一瞧，只见里面黑黝黝的一点灯光也没有。胡明便要上前敲门。蔡谙忙道："胡将军休要乱动！这里人家大约已是睡熟了，我们到别家去借借宿罢！"胡明听他这话，忙住了手。又走第二家，仍然是双扉紧闭，一些声息也没有。林英啧啧地奇怪道："我们方才不是看见这里有灯光的么？怎的走到这里，反而不见了，这是什么缘故呢？"蔡谙笑道："这一点道理你都不明白。我们在远处看来，这里差不多全在眼中。现在到了跟前，只能一家一家的在我们的眼中，那有灯光的人家，或许在后面，也未可知。再则这有灯光的人家，现在已经睡了，亦未可知。"林英点首称是。

三人顺着这个村落，一直向西寻去，刚走村落的中间，瞥见有个黑影子，蹲在墙跟旁边。把个蔡谙吓得倒退几步，林英忙问道："什么缘故？"蔡谙附着他耳朵，悄悄地说道："看那墙跟下面黑黪黪的是个什么东西？你去看看！"林英拔出佩剑，走到前面，故意咳嗽一声。只见那黑影子忽然立了起来，大声问道："半夜三更的，你是什么人，在这里转什么念头？"林英才知道他是个人，忙走近来低声

说道:“请问这里可有宿店没有?”那人说道:“有的,有的,你们几个人?”林英忙答道:“三个。”那人道:“你走这里一直朝西去,前边就是宿店了。”说话时,靠身边一家人家,忽地将门开了,里面露出灯光来,照在那人的脸上,只见他已经须眉斑白了。从里面走出一个二十多岁的少年人来,将老头子搀扶着说道:“老爷子,你老人家这几天肚子里不适意,应该请郎中先生来诊视诊视,才好呢。夜里常常到外面解手,万一受了风,可不是耍的。”那老头子跷起胡子说道:“不打紧,不打紧,用不着你们来担心。”他们说着,走进门去,砰然一声,将门关起。

蔡谙等忙向西而来,走了数家,果然见一家门口悬着一个幌子,门内灯光还未熄去,门边还有一块招牌,上面有几个字,因为天时黑暗,辨不出是什么字来。胡明性急,便大踏步走上前,用手在门上砰砰砰敲得震天价响的。里面有人问道:“谁敲门呀?”胡明答道:“我们是下店的,烦你开一开门罢!”那里的人答道:“下店在酉牌以前,现在不下了。”胡明道:“请你开门罢,因为我们远途而来,一时寻不到下宿的地方,所以到这会才到这里的。”里面答道:“不行,不行。我们这里没有这种规矩的,你们到别处去罢!”胡明按不住心头火起,大声说道:“你这里的人,好不讲道理,咱们下店,又不是不给钱的,为什么偏要推东阻西的?难道你们的招牌上标明过了,酉时就不下客么?”蔡谙忙道:“胡将军!他不下就罢了,何苦与他去口辩作什么来,此处不留人,自有留人处。自古道,东村不下客,西有一千家呢!”

说话时,门已开了,走出一个身高九尺的大汉来。上面穿一件蓝布短袄,露着一只碗粗的赤膊在外面,下面围着一条虎皮的腰裙,双目陷入印堂,高鼻阔口,满面横肉,打量他这个样子,竟像一个屠户。只听得他扬声问道:“哪里来的几个鸟人,在这里吵闹什么?咱家不下客,难道你一定要强迫我们下客不成?”胡明把那一股无明的业火,高举三千丈,按捺不下,抢过来,劈面就是一拳,那大汉原是个惯家,忙将身子一侧,让过一拳。胡明一拳,没有打中,身子往前一倾,忙立定脚,正要再来第二拳,那知那大汉趁势一掌,向胡明太阳穴打来。胡明晓得厉害,赶紧将头一偏。谁知大汉早已将掌收回,冷不提防他一腿,从下面扫来。胡明手灵眼快双脚一纵,又让过了他一脚。正要还手,瞥见那大汉狂吼一声,扑地倒下,不能动弹了。胡明莫名其妙,立在一旁,直是朝那大汉发呆。这时林英走到那大汉跟前,喝道:“好杂种!你想欺负我们远来的旅客么?今朝可先给你一个厉害。”那大汉血流满面,躺在地下,只是哀告道:“爷爷们,请高抬贵手!小人有眼不识泰山,万望饶命。”林英冷笑一声说道:“你可知道咱们的厉害了。”那大汉只是央求饶命。林英才俯下身子,将他一把拉起来,用手朝他的右眼一点。那大汉怪叫一声,身子一矮,右眼中吐出一颗弹子来。林英喝道:“快点去将上好的房间收拾起来,让咱们住!”

这时店里的小伙子、走堂的一齐拥了出来，预备帮着大汉动手。瞥见那大汉走了下风，谁敢还来讨死呢？齐声附和道："就去办，就去办。"胡明还要去动手，蔡谙一把扯住道："彀了，彀了，让人一着不为痴。"这时那小厮吓得手忙脚乱，牵马的牵马，备饭的备饭，乌乱得一天星斗。蔡谙倒老大不忍。一会子盥面漱口，接着吃了晚饭。胡明问道："哪里是我们的住宿地方？"那些小厮，没口地答应道："有，有，有，请客官们随我们进来吧！"蔡谙随着那个秃头小厮，直向后面，一连进了几重房子，到了最后面一宅房子，一共是三间，靠着一所废院，门朝南。他们进了门，仔细一看，原来是两暗一明。里面每间里设着一张杨木榻帐子被褥，倒也洁净，一切用具都是灰尘满布，好像许久没有住过人的样子。

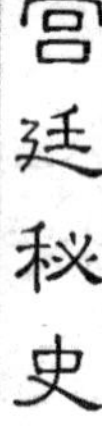

蔡谙不禁疑惑起来，忙向那秃头小厮问道："你们这里，别处可有房间么？"那小厮把头摇得像搏浪鼓一样地说道："今天的生意，真是好极了，别处一间空房也没有了。"蔡谙又问道："我看这房间里，好像许多天没有住过人的样子。"那秃头小厮答道："果然，果然。因为我们这里平常没有什么客人来下店，所以这房子只好空起在这里预备着，如果客人多了就将此地卖钱了。"胡明忙道："那么，这里既然空着三个房间，方才那个汉子，为何又说不下客呢？"秃头小厮答道："客官们不知道，原来有个缘故。"蔡谙忙问那小厮道："什么缘故呢？"秃头小厮突然噎住了，翻着双眼只是发呆。林英倒疑惑起来，大声喝道："小狗头，又要捣什么鬼？有什么话，赶紧好好地从实说来，不要呕得咱老子性起，一把将你这小狗头摔得稀烂！"那秃头小厮，吓得屁滚尿流，忙跪下来央求道："爷爷息怒，小的就说。"蔡谙忙叫他立起来，那小厮立起来。吞吞吐吐地说道："我们这里有个例子，到了酉牌一过，就不下客了，别的没有什么缘故。"林英道："叵耐这小杂种捣鬼，说来说去，不过这两句话，给我滚出去！"那个秃头小厮，得到了这一句，宛如逢着救命一般，一溜烟地出去了。

蔡谙对林、胡二将说道："请各自去安息罢，明天还要赶路呢！"林英正色对蔡谙说道："我看这店里的人，鬼头鬼脑的倒不可不防备一些呢！"蔡谙说道："可不是么？出门的人，都以小心一点为是，不要大意才好呢！"胡明大笑道："你们忒也过虑了，眼见那个牛子已经吃足了苦头，还敢再来捋虎须么？我不相信。"林英道："这倒不要大意，明枪易躲，暗箭难防。"胡明哪里放在心上，笑嘻嘻地走进房间去睡觉。林英也到西边一个房间里去了。

蔡谙在中间明间里，他一个人坐在床前，思前想后，又不知何日方可到天竺，将经取了，了却大愿。寻思一阵，烦上心来，哪里还睡得着，背着手在屋子里踱来踱去，踱了半天。这时候只有两边房间里的鼾声，和外边的秋虫唧唧的声音，互相酬答着，破这死僵的空气，其余也没有第三种声音来混杂的。

蔡谙闷得好不耐烦，便开了门，朝外面一望，只见星移头换，一轮明月，已从

东边升起。这时正当深秋的时候，凉飙吹来，将那院里的树木吹得簌簌地作响。他信步走出门来，对着月亮，仰面看了好久，才又将头低下，心中暗暗地触动了无限闲愁，思妻想子，十分难过，信步走到一座破坏的茅亭里，坐了一会。那些秋虫似乎知道他的心思，兀地哽哽咽咽叫个不住，反觉增加了他的悲伤，暗自叹道："悔不该当初承认这件事的，如今受尽千般辛苦，万种凄凉，还不知何时才到天竺灵山呢？沿途能安安稳稳的，将经求回，就不负我一番苦心了；万一发生了什么乱子，那就不堪设想了。"他自言自语的一会子，猛地起了一阵怪风，吹得他毛发直竖，坐不住，便立起来要走。这时星月陡然没有什么光彩了，周近的树木，只是簌簌地作响。

蔡谙此时心中害怕起来，便大三步小两步地跑进门来，将门关好。挑去烛花，又坐了一会，觉得渐渐的困倦起来，便懒洋洋地走到自己的床前，面朝外往下一坐，用手将头巾除下，放在桌上；又将长衣脱下，回过身来，正要放下，瞥见一个国色无双的佳人，坐在他的身子后面。他可吓得一佛出世，二佛升天，忙要下床，无奈两只腿好像被什么东西绊着的一样，再也抬不起头来。又要开口喊人，可是再也喊不出来。真个是心头撞小鹿，面上泛红光，瞪着两只眼睛，朝着那女子只是发呆。只见她梳着堕马髻，上身穿着一件胡绉小袄，下身系着宫妆百褶裙，一双金莲瘦尖尖的不满三寸，桃腮梨面，星眼樱唇，端的是倾国倾城，天然姿色。

蔡谙定了一定神，仗着胆问道："你这位姑娘，半夜三更，到我的床上做甚？男女授受不亲，赶紧回去，不要胡思乱想！须知我蔡谙一不是贪花浪子，二不是好色登徒。人生在世，名节为重，不要以一念之差，致贻羞于万世。"他说了这几句，满想将这女子劝走。谁知她不独纹风不动，反而轻抒皓腕，伸出一双纤纤玉手，将蔡谙的手轻轻握住。吓得蔡谙躲避不迭的，已经被她握住了，觉得软滑如脂，不禁心中一跳，忙按住心神。只听她轻启朱唇，悄悄地向他笑道："谁来寻你的？这里本是我的住处，今天被你占了，你反说我来寻你的，真是岂有此理！"蔡谙忙道："既是小姐的卧榻，蔡某何人，焉敢强占呢？请放手，让我到他们那里息宿罢！"那女子哪里肯放手让他走，一双玉手，紧紧地握住，斜瞟星眼，向他一笑，然后娇声说道："不要做作罢，到哪里去息宿去？今天难得天缘巧遇，就此。"她说到这里，嫣然向他一笑。这一笑，真是百媚俱生，任你是个无情的铁汉，也要道我见犹怜，谁能遣此哩！

蔡谙定了定心神，正色地向她说道："小姐千万不要如此，为人不要贪图片刻欢乐，损失终身的名誉。"她微露瓠犀说道："久闻大名，如雷贯耳；今日一见，果然名不虚传。要知奴家亦非人尽可夫之辈，今天见君丰姿英爽，逆料定是一位大英雄，大豪杰，不料果然中了奴家估量。良宵甚短，佳期不常，请勿推辞

罢！”蔡谙此时正是弄得进退两难：想要脱身，无奈被她紧紧地握住双手，想要声张，又恐大家知道了难以见人。只怕得浑身发软，满面绯红。她见他这样，不禁嗤的一声，悄悄地笑道：“君家真是一个未见世面的拙男子了，见了这样的美色当前，还不知道消受，莫非你怕羞么？你我二人在此地，要做什么，便做什么，怕谁来呢？”她说罢，扭股糖似的搂着蔡谙，将粉腮偎到他的脸上，轻轻亲了一个嘴。把个蔡谙弄得上天无路，入地无门，只是躲让不住。她笑道：“请你不要尽来做作了，快点宽衣解带，同上巫山吧！”蔡谙此时被她缠得神魂不定，鼻子里一阵一阵地触着粉香脂气，一颗心不禁突突地跳了起来，满面发烧，那一股孽火从小肚子下面直泛到丹田上面，暗道：“不好，不好，今天可要耐不住了。”想着，赶紧按定了心神，寻思了一阵子，猛地想起：“这女子来时，不是没有看见吗？而且我亲眼看见那秃头小厮收拾床铺的。怎地我出去一会子，她就来了，莫非是鬼么？”他想到这里，不禁打了一个寒噤。忽然又转过念头，自己对自己说道：“不是，不是。如果她是鬼，就不会开口说话了。”他定睛朝这女子的粉面上细细地打量了一会子，却也未曾看出什么破绽来，那一张吹弹得破的粉庞上面，除却满藏春色，别的一点看不出什么的色彩来。蔡谙暗想道：“无论她是人是鬼，能够在半夜淫奔，可见不是好货。”他想到这里，将那一片羞愧的心，转化了憎恶，不禁厉声喊道：“林将军！”他一声还未喊完，只见她死力用手将他的嘴掩住，一手便来硬扯他的下衣。

蔡谙死力拽着。正在这闹得不可开交的时候，林英正自睡得正浓，猛听得蔡谙喊了一声。他原是个极其精细的人，便从梦中惊醒，霍地坐了起来，侧耳细听，不见得有什么动静，他不禁倒疑惑起来，暗道：“我方才不是清清楚楚地听见得蔡中郎的声音么，怎的现在又不听见动静呢？敢是我疑心罢了。”他想到这里，便又复行睡下。猛可里听得蔡谙喘喘吁吁的声音说道：“无论如何，要想我和你做那些无耻的事情，那是做不到的。”林英听得，大吃一惊，忙又坐起取了宝剑，轻手轻脚地下了床，蹑足潜踪地走到房门口，探头朝外面一望，只见明间里的蜡烛还未熄去，又见蔡谙的帐子，乱摇乱动，似乎有人在里面做什么勾当似的。林英一脚纵到蔡谙的床前，伸手将帐子一揭，定睛着，瞥见一个绝色的女子，搂着蔡谙，正在那里纠缠不休。林英按不住心头火起。

蔡谙见了林英前来，便仗了胆，喊道：“林将军！快来救我一救！”林英剔起眼睛，大声喝道：“好不要脸的东西，还不放下手，再迟一会，休怪咱老子剑下无情。谁知那女子娇嗔满面，一撒手好似穿花粉蝶一般的飞下床来，向林英喝道：“我和他作耍与你何干？谁教你这匹夫来破坏我们的好事？须知姑娘也不是好惹的。”她说话时，便在腰间掣出两口双峰剑来，圆睁杏眼向林英喝道：“好匹夫，快来送死罢！”林英更是怒不可遏，挥剑就砍，她举剑相迎大战了三十多合，未见

胜负。这时屋里面只听得叮叮当当的宝剑声音，把个蔡谙吓得抖做一团，无地可入。这时林英一面敌住那女子，又恐怕他去害蔡谙；一面又到蔡谙床前，展开兵刃掩护着。又战了五十多合，林英越战越勇，杀得那女子只有招架之功，并无还手之能，香汗盈盈，娇喘细细。林英挥着宝剑，一步紧一步的逼住。

那女子杀到分际，虚幌一刀，跳出圈子，开门就走。林英哪里肯舍，一纵身赶了出来。二人又在天井里搭了手，乒乒乓乓地大杀起来。

再说胡明睡到半夜的时候，被尿涨得醒了。一时又寻不着尿壶，赤身露体地奔了出来，正要撒尿。猛地听得厮杀声音，吃惊不小，忙定睛一看，只见林英和一个女子，正在那里舍死忘生地恶斗，他可着了急，连尿也不撒了，跑到自己的房里，将一对人爪大锤取了出来，赤着身子，跑了出来，大吼一声，要动双锤助战那女子。那女子正被林英杀得招架不来，还能再加上一个吗？只往后退，一直退到一颗老树的旁边，被胡明觑准一锤。只听得壳秃一声，那女子早已不知去向，将那棵老树砍了倒下。这正是：

妖姬甘作先生妾，宝剑能枭荡妇头。

要知后事如何，且看下回分解。

第八十二回 崆峒山双雄擒恶兽 嶙峋洞一丐捉妖蛇

却说胡明手起一锤，看见中了那女子的首级，接着壳秃一声，那女子早已不知去向。原来这一锤正中了一棵老树的中段，呀的一声，连根倒下。二人好生奇怪，借着月光，四处找寻了多时，哪里有一些影子。

这时将店中各人，均已惊醒。那店里的伙计，早知就理，一个个晓得他们和妖精对仗了，只吓得东藏西躲，不敢出头。倒是一班下店的朋友，一骨碌爬了起来，只当是何处失了火呢，有的光着头，有的赤着脚，还有的连下衣都来不及穿，赤条条地冲了出来，登时秩序大乱，一齐拥到后面。追问根底，才知道他们正自在那里捉拿花妖呢，都吓得倒退不迭。

林英忙对众人说道："不用怕！有我们在此。"那些旅客，才仗着胆，立定脚，探头探脑地朝着他们，只是发怔。其中有一个瞥见胡明一丝不挂，赤身露体的双手执着卧爪大锤，虎头环眼，十分可怕。他吓得魂不附体，大声喊道："不好了，妖精来了，快逃快逃！"众人听他陡然一声，吓得魂落胆飞，各自争先逃命。

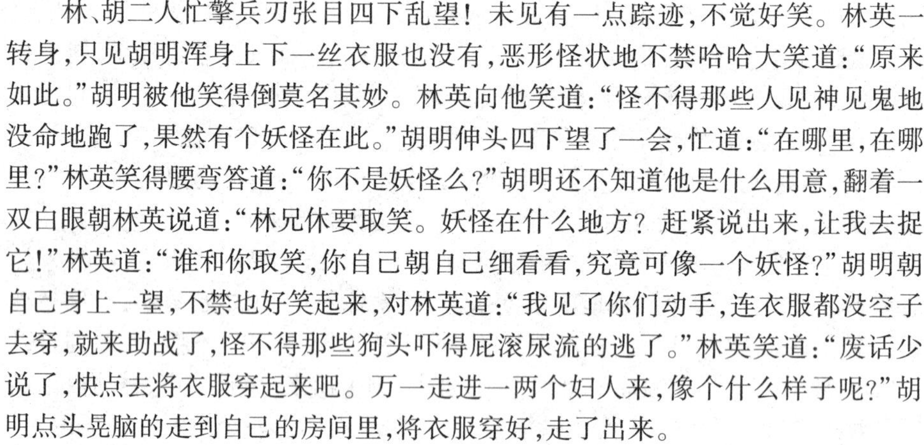

林、胡二人忙擎兵刃张目四下乱望！未见有一点踪迹，不觉好笑。林英一转身，只见胡明浑身上下一丝衣服也没有，恶形怪状地不禁哈哈大笑道："原来如此。"胡明被他笑得倒莫名其妙。林英向他笑道："怪不得那些人见神见鬼地没命地跑了，果然有个妖怪在此。"胡明伸头四下望了一会，忙道："在哪里，在哪里？"林英笑得腰弯答道："你不是妖怪么？"胡明还不知道他是什么用意，翻着一双白眼朝林英说道："林兄休要取笑。妖怪在什么地方？赶紧说出来，让我去捉它！"林英道："谁和你取笑，你自己朝自己细看看，究竟可像一个妖怪？"胡明朝自己身上一望，不禁也好笑起来，对林英道："我见了你们动手，连衣服都没空子去穿，就来助战了，怪不得那些狗头吓得屁滚尿流的逃了。"林英笑道："废话少说了，快点去将衣服穿起来吧。万一走进一两个妇人来，像个什么样子呢？"胡明点头晃脑的走到自己的房间里，将衣服穿好，走了出来。

蔡谙缩在帐子里连气也不敢出，提心吊胆，见了胡明连忙在帐子里喊道："胡将军那个女子可曾打死了吗？"胡明答道："不晓得打死了没有。"蔡谙忙又问道："林将军呢？"胡明道："在外边呢！"蔡谙道："既是妖精不见就罢了，赶紧回来不要遭了她的暗算。"胡明也不答话，一手提着两只大锤，一手执着烛台，走了出来。林英迎上来笑道："胡将军，你拿烛台出来做什么的？"胡明道："用烛台四处去找一找，看这个妖怪究竟躲到哪里去了。"林英道："法子是不错，但是要提防她从暗地里跳了出来。"胡明道："你防着，我来寻就是了。"

二人商议已定，便向各处去寻了一会，不见有什么踪迹，再寻到原处，林英猛地一声道："嗳哟！妖精打杀了。"胡明忙问道："在哪里？在哪里？"林英道："这棵老树根上，不是滴着鲜血么？我想那女子一定是这棵老树的精灵。"胡明忙低头一看，只见那棵老树的根上，果然鲜血迸流。胡明笑道："咦，我倒是头一次碰着呢！不想这老树竟成精作怪，可不是绝无仅有的事么？"林英笑道："那倒不要说，天地间无论什么飞禽走兽、动物植物，只要年深日久，受天地的灵气，日月的精华，皆能成为精怪的。"他说着，蹲下身子，细细地辨认了一回，立起来对胡明笑道："那个女子，却是这棵老桂树化身的，估量它也不知迷了多少人了。"胡明道："可不是么，但是它能够吃人么？"林英笑道："吃人却不能，只能迷人。"胡明摇头说道："你这话未免也太荒唐了！它既然成了精怪，怎会不吃人呢？"林英笑道："你只知其一，不知其二。大凡动物成了精怪，却要吃人；植物质体呆笨，其性极甚驯良，所以它只能迷人。"胡明大笑道："难道这桂花树不是动物吗？"林英笑道："你又来缠不清了，花草树木，均为植物；飞禽走兽，鳞介昆虫，才是动物呢！"胡明点头笑道："原来这样。但是植物与动物一样地成了精怪，怎么它就不会吃人呢？"林英道："你真缠不清，我不是说过植物的性子驯良，不要说别样，单讲一个很浅近的比喻给你听听，那些毒蛇猛兽，还未成为精怪，就想来

吃人了,可见动物的心理,与植物大不相同了。”

二人讨论了半天,才进了卧房。一进了门,就见蔡谙惊得面无人色,蹲在床角,只是乱战。林英忙道:“妖怪已经被我们打死了,请中郎放心罢。”蔡谙忙问道:“果真打杀了么?”林英便将以上的事情,说了一遍。把个蔡谙吓得摇头咋舌地说道:“今天要不是二位将军,我可要把性命丢了。”林英咬牙发恨道:“这事,那个狗头的店主一定晓得,明明的送我们来给妖怪害的。如今妖怪既被我们打死,那个狗头的店主可也请他吃我一剑。”说到这里,胡明哇呀呀直嚷起来,大叫道:“不将这狗头打杀,誓不为人!”他提起双锤,就要动身。林英一把将他扯住说道:“你又来乱动了,现在等我们将各事完毕,先去问他一个道理。那时他如果知罪,便可以饶他一条狗命;如其不认,便再结果他也不为迟呢!”胡明气冲冲复行坐下。蔡谙又劝他一阵子,胡明兀是怒气不息地向林英问道:“我们此时有什么事情没有做呢?”林英道:“自然是有的,此时需不着你问。”

说话之间,天色大亮。林英便与胡明一齐到了前面,刚刚走过中堂,只见那个昨天被打的大汉,扶着两个小厮,一跛一蹶地走到林英的前面跪下,叩头无算,口中说道:“感蒙大德,夜来将怪除了,小人万分感激。”林英笑道:“你倒好,多少地方不要我们去住,独将我们送到后面去给妖精伤害。亏我们有些本领,否则不是要丢了性命么?”那大汉叩头谢道:“这孽障,小的受它的害,着实不浅了,至今没有人敢去和它对手。昨天我晓得二位不是凡人,故借尊手杀了妖怪。小的知道有罪,万望二位饶恕我罢!”

林英听他这些话,不禁心肠倒软了好多。又见他眼睛瞎了一只,所以不愿再去追究了,忙对他道:“如今事已过了,我们也不是鸡肚猴肠之辈。你且去将早膳备好,我们吃过,还要去赶路呢!”

那大汉连忙着人去办了一桌上等的筵席,将蔡谙等三人请来上坐,纳头又拜了下去。林英忙道:“无须这样的客气了。”他们将酒吃过,蔡谙便给他十两纹银。那大汉啊呀连声的再也不肯收,忙对林英道:“恩公等远去,小的正该奉上盘缠呢!”说罢,忙命人捧了二百两一大盘的银子来,蔡谙再也不肯收他的。胡明笑道:“不想昨晚一打,倒打出交情来了。老大,你也不要尽来客气罢,我们两免就是了。”那大汉无奈,只得将银子重行收下,忙命人预备坐马。三人告辞上马,向西而行。

这时一传十,十传百的沸沸扬扬传说,近来客店里捉住一个妖怪。这个消息,传了出去,大家都作为一种谈料。有多少好事之徒,亲自跑来观看的,乌乱得满城风雨,尽人皆知。究竟是否有无,小子也未曾亲眼看见,只好人云亦云罢了。

闲话丢开,再说蔡谙等策马西行,在路又非一日,餐风沐雨,向前赶路。一

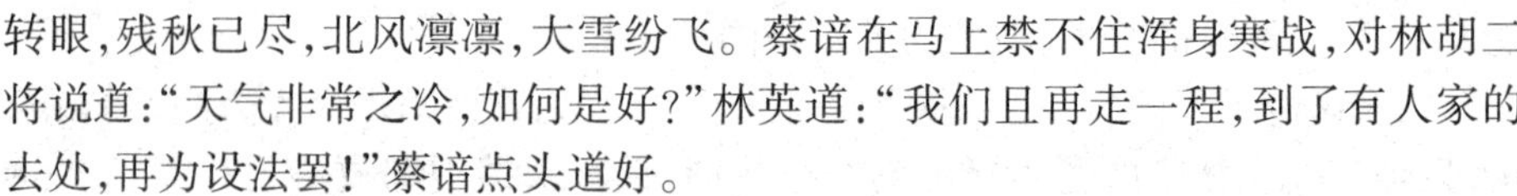

转眼，残秋已尽，北风凛凛，大雪纷飞。蔡谙在马上禁不住浑身寒战，对林胡二将说道："天气非常之冷，如何是好？"林英道："我们且再走一程，到了有人家的去处，再为设法罢！"蔡谙点头道好。

三人又攒了一程，只见前面一座高山，直耸入云，那山脚下面有不少村落。他们便向这村落而来，不多时，已经到一个村落。这个村落十分齐整，四面濠河。三人下了马，挽着缰绳，走进村口，寻了一家酒店。

三人进了店，将马拴入后槽。胡明便择了一个位置，招呼他们二人坐下。林英便四下一打量，见这店里的生意十分热闹，一班吃客挤挤拥拥的坐无隙地。那些堂倌送茶添水的，忙个不了。他们空坐了半天，不见有一杯一箸送来。胡明等得不耐，厉声喝道："酒保，快点拿酒来！"那些堂倌只是答应着。他们又等了半天，仍然没有一个人前来招待他们。胡明按不住心头火起，将桌子一拍，厉声骂道："好狗头，难道我们不是客么？等到这会，还未见一杯水来。"

他正在发作，走近来一个堂倌，向他躬身笑道："请问爷子们要些什么？小的就去办。"林英忙道："你去将竹叶青带上十斤，烤牛脯切三斤，先送来。"那个堂倌满口答应，脚不点地的走去，将酒和牛脯捧来，满脸陪笑道："今天是庄主请客，捉山猫的，所以我们这里忙得厉害。累得爷子们久等，实在对不起！"他说着，放下酒和牛肉。

林英忙问道："你们庄主是谁，请这些人捉什么山猫呢？"那堂倌答道："客官们有所不知，我们这里，叫做宁白村。庄主姓富名平。他有个儿子，常常到村前的崆峒山上去打猎。不想这山上忽然来了两样歹虫，一只山猫，一条毒蛇，将庄主的儿子和一干打猎的人，吃得一个不剩。我们庄主又悲又愤，便出去请了许多打猎的老手来，捉这两个畜生。前天造好一只大铁笼子，每根柱子，都有碗来粗细，内面放着鸡鸭之类，用牛拉到那畜生出没之所。到了第二天，再去望望，可是笼子四分五裂，鸡鸭都不见了，估量着那畜生一定是进了笼子，被它崩坏了的。一连去了好几次，不独没有捉着，倒被他吃了二个，你想厉害不厉害？"林英点头又问道："那蛇是什么样子？"堂倌咋舌说道："啊呀！不要提起，那畜生的身段，有二十围粗，十五丈长，眼如灯笼，口似血池，有两个采樵的看见，几乎吓死。可是那畜生日间不大出来，完全藏身在磷峋洞里。到了夜里，就出寻食了。那畜生与山猫分开地段，各不相扰。一个在山的东边，一个在山的西面。所以我们这里，还没有受它什么害。"蔡谙忙问道："我到天竺国，可是从这山上走过？"那堂倌惊讶地问道："爷子们是到天竺国吗？"林英道："正是。"那堂倌将头摇得搏浪鼓似地说道："赶紧回去罢，去不得，去不得！不要枉丢了性命啊。"蔡谙听了这话，双眉紧锁，放下酒杯，将一块石头放在心上，半晌无语。胡明狂笑一声道："你们这里的人，忒也无用。料想这畜生，有多大伎俩，合群聚众，还不能将

他捉住。要是碰到咱老子的手里，马上请他到阎王老爷那里去交帐。那个堂倌听他这话，登时矮了半截地说道："老爷子！你没有看见呢，那两个孽障，委实十分厉害，近它不得啊！"胡明道："嗄！我倒不信，让我今朝去看看，究竟这两个孽畜，什么样的厉害！"蔡谙忙摇头道："动不得，千万不要去送死！"林英道："我想这山猫倒不足为害，倒是那一条蛇，据他说，倒有些棘手。如今别的不说，人家去驱除不驱除，究竟还没有什么关系；倒是我们不将这两个孽障铲除，怎好到天竺去呢？"蔡谙忙道："宁可设法从别的地方走，也不犯着去碰险啊！"那堂倌笑道："你这位爷子可错了。要到天竺国，须从此山经过，要是转到别处去，走三年也走不到的。"蔡谙听他这话，十分烦闷，也不回答，低头长叹。

他们在这里说话，早被那班捉山猫的猎户听见了，一个个冷笑道："话倒说得一些不费力气，如果前去逞雄，管教你送了性命。"

不表众猎户在那里讥笑，且说富平听见他们在这里说话，忙过来问了名姓，便对林英说道："林兄，兄弟方才听得二位的高见，不胜欣幸。可肯一展身手，将这两个孽障除去，好替我们这里众民除害，再则也好便利行人了。"林英忙站起来答道："富大兄，我想我们是到天竺国的，横直是要先将这两孽畜除了，才好过去呢。不过山猫容易，就是那条毒蛇，倒很棘手呢！"富平忙道："只要先将这山猫办了，那条毒蛇，就好设法驱除了。"林英道："怕不很容易吧！"富平忙道："三位既然下降，小弟想请到舍下去再议如何？"林英也不推辞，便与胡、蔡二人，随着富平一直到他的家里。

富平叫家丁到酒店那里，将马匹行李取来，又去请了三十名强勇的猎户来。富平命人重新摆酒。席间胡明对富平道："我们今天晚上先去探一探虚实如何？"富平大喜道："既是胡将军肯去，那就好极了！"林英便对富平说道："今天我们去，不过是探一探形势。万一在无意之中，遇到那畜生，倒要措手不及呢！我想请几位熟悉路的，随我们一同去。如果碰见了，也用不着他们动手，他们尽可躲开就是了。"富平忙道："那个自然，我早已预备了。"

不一会，散了席，胡明、林英浑身包扎，各执兵刃，预备动身。蔡谙见他们两个执意要去，又因为自己的障碍，所以不便阻拦了。

胡明和林英带了众猎户乘着酒兴，出了村。走不多时，众猎户便向他们说道："二位当心，现在已到了它的范围之内了。"二人答应着，又攀藤附葛地走了半天，只见有一座小庙，立在山崖上。众猎户走到那座破庙门口，便不敢向前走了，就对林英说道："这庙的后面一条路，大约就是那畜生出入的要道了。"林英见大家都露出害怕的情形，便开口说道："既是这样，你们先在这里躲着，我去探听一回虚实。"胡明道："我和你一同去罢。"林英摇手道："用不着，人多岔事。你和众位在这里候着，如有动静，我就吹起号角，你们就来接应我吧！"胡明点头

称是。那些猎户都是些惊弓之鸟，谁也不敢随他去，爬上树的，爬上庙的，四下里分起散开。惟独有胡明抱着一对卧爪锤，坐在庙前一块大石头上面静候着。

林英别了众人，一手提着宝剑，一手挽着弹弓，向庙后又走了半里之遥，幸喜雪霁天晴，一轮明月，挂在天空，还认得路径。他本是个打猎的出身，焉有不知野兽的踪迹道理。他见路旁的细草，好像被人践踏的样子，光溜溜闪出一条六尺宽的大道。他暗自吃惊道："这畜生恐怕不是山猫呢？我想山猫没有这样宽的身段。"他拣了一块大石，往下一坐，静悄悄地等了多时，不见有什么动静。他暗道："难道这畜生出去了么？"又等了多时，还未见有一些动静。他暗想："山有猛兽，獐猫鹿兔全无，这话果然不错。"他等得不耐烦，正要立起来回去，瞥见正南山凹里现出两盏碧绿的灯来。林英识得是兽睛，暗道："那畜生来了！"忙立起来，往一块大石后面一躲。没一刻，那大兽慢慢的一步一步地走了上来，嘘着气，后面竖起一根桅杆似的尾巴。林英偷眼直去，哪里是山猫，原来是一只极大的花斑豹。心中暗自吃惊道："有生以来，还未看见过这样的笨兽呢！"他轻轻地取出弹弓，让他走过。林英拽开弓，闪了出来。那豹好像屁股上生了眼睛似的，大吼一声，好似半天里起了一个霹雳翻转身子，直竖起前面两爪来扑林英。林英连发三弹，不知向何处飞去，晓得不能再慢了，忙将弹弓摔去，挥剑来迎。这时豹已扑下，右边一爪，正扑在剑口上，已经划破爪腕。林英禁不起它这一扑，便将宝剑呛啷啷地掼去。那豹两爪搭着林英的肩头，张开大口。林英赶紧将它一搂，把头往那豹项下一埋，双腿往它后肋一夹，那豹往下一倒。他两个在草里挣扎了一会。林英便想出一个主意来，用力在那豹气管下乱咬，不一刻，将气管咬断，那豹狂吼一声，登时不能动弹。

这时胡明听得狂吼的声音，接着又是摔剑的声音，晓得不好，便与众猎户打着灯笼火把，一路寻来。胡明当先喊道："林兄！我来助你。"一直寻到他们相搏的所在，才见他和大豹滚在一堆。胡明举起大锤，一连在那豹肋下着力打了十几下，那豹眼见得不活了。林英才站起来，满嘴毛血。胡明吩咐众猎户将那斑豹扛了回去。富平见这样大的斑豹，不禁也倒退数步，满口赞道："林将军真是神人！"

话才说完，瞥见一个小厮跑进来报道："外面有个讨饭的，他说能捉毒蛇，要见员外。"富平忙道："请进来！"这正是：

踏破铁鞋无觅处，得来全不费功夫。

要知后事如何，且看下回分解。

第八十三回　软语诉樽前柔情款款　骊歌闻道上行色匆匆

话说富平见林英等扛了一只极大的斑豹吆吆喝喝地走进村来，心中大喜，忙迎了上去，满口夸赞："林将军是神人，谁也想不到竟能将这畜生结果了。"林英摇头说道："侥幸，侥幸！险一些儿将性命送掉了。"说着，和众人进了富平家。林英浑身发软，已经不能动弹，而且双膊又擦伤了。富平忙吩咐家人将他扶到一间静室里息下。

那些打猎的听说林、胡二人将山豹打死，谁也不肯相信，一窝蜂拥到富平的家里。一进门，瞥见一只极大斑豹，睡在阶前，吓得众人倒退数步。胡明带笑喊道："提防着这豹还没有断气呢！"众人听了这话，吓得连忙回身要走。富平笑道："用不着怕得什么似的，这是死豹呀！"众人听说是死豹，大家满面羞惭，重新拥了近来，仔细一看，只见那豹的项下露出碗口大的一个窟窿，忙问了究竟，众人伸舌摇头，你惊我诧。有两个说道："我早就知道胡、林两位将军，定是两位大英雄，大豪杰了。"还有的说道："我早已说过，人家既然能夸下大口，必然是有一种惊人的本领呢！"

大家正在这扰乱的当儿，有一个小厮走进来报道："外面有个乞丐要见员外，他自说能够去捉毒蛇。"富平忙道："快请进来！"

那个家丁忙出来，不一会，带进一个人来。满脸麻子，右边一只眼已经瞎了；头上扎一块旧布，满颈的瘰疬；上身穿一件破烂不堪的袄子，下面穿一条犊鼻裤，百孔千洞，横一块，竖一块的补钉；一双烂冬瓜似的腿上，满发着恶疮，那一股腥臭气，直冲进来。众人嗅着这股异味，不约而同的一齐泛了一个恶心，睁眼看时，只见他一颠一簸地提着一只大竹篮，走了进来。

富平忙上去恭而有敬的双手一拱开口问道："吾兄下降，小弟有失远迎，望乞恕罪！"那乞丐略点点首。富平又问道："敢请教老兄尊姓大名？仙乡何处？"那个乞丐摇头说道："承你问我，自己不知姓什么，叫什么名字，更不知生在何处。还记得我在关西的时候人家叫我异丐，我想大约就是这个名字罢。"众人见他这个样子，谁也要掩口失笑。

富平向他瞅了一眼，又向那异丐说道："老兄下降，不知道还肯助兄弟一臂

之力么?”异丐点头笑道:“那是自然的。我不来便罢,既来当然是要动手的。”富平道:“不知老兄需用什么兵器?小弟好去预备。”那乞丐摇头说道:“需不着,我自有东西去克服这孽障。”

富平忙命人摆酒。一会子,酒席摆下,便请异丐入席。富平和胡明等接着一齐入了座,那异丐毫不客气,拖汤带水的满口大嚼;甚至还用一双和黑笊篱似的手来做代表,吃得不亦乐乎。在座的几个人,见他一双尊手到碗里来一捞,谁也不敢再去动箸了。他见众人不动手,索性往凳上一蹲,捧着大碗嗥嗥地一扫而空,忙对富平道:“快点拿饭来吃饱了,好去动手!”富平连声答应,忙呼家丁去盛饭。他接着一碗饭,风卷残云似的三口两口就吃完了,忙又嚷着添饭。那几个家丁往来不停地替他添饭,像煞走马灯一样,不多时,吃得碗空锅空,才放下碗,拍着肚皮对富平谢道:“我还是旧年在关西一家人吃了一个饱,一直至今还未曾吃过一个饱肚皮,今天多蒙老兄赏赐我吃了一顿,此刻天已大亮,便好去动手了。”富平问道:“可需人随老兄一同去?”异丐摇手道:“需不着,需不着,他们胆小,恐怕要吓煞。”胡明倒有些不佩服,一定要去,还有几个胆大的,也要跟去一观究竟。那异丐点头笑道:“你们既然一定要去,我也不必十分阻止,但是既然跟我去看,须要听我吩咐,才准你们随我一同去呢!”众人忙答应道:“那个当然。”异丐问道:“一共有几个随我同去呢?”胡明一点答道:“十个。”异丐道:“可以,就随我一同动身吧!”

胡明和众人各怀利器,跟着那异丐出了村口,进了山道,谁知那个异丐上了山,健步如飞,轻如禽鸟。众猎户和胡明暗暗诧异。直走了半天,那异丐回头向众猎户道:“此地离嶙峋洞还有多少路?”众猎户齐声答道:“大约还有半里之遥。”那异丐对他们说道:“你们却不能再向前进了,再进却要中毒的。”众人忙立脚步。那异丐在竹篮里取出槟榔般大小的一把红石头来,每人给了一块,说道:“你们将这块石头含在嘴里,就不会中毒的了。你是要看得清楚,赶紧爬上树去,如果那孽畜来了,切不可声张,我自然有法子去治他。”

众人点头应允,一齐爬上树去,静悄悄候着。只见那个异丐在竹篮里搬出一块大的红石头,安放在山路当中。他就地一连发了几声咽咽咽!他便穿云闪电价地爬了上树。不多时,一阵腥风扑面而来。腥风过去,闪出一条锦鳞大蟒,那一颗癞花头,足有十斗来粗细,刺刺刺地窜到这红石头面前,闪着眼睛,吐出舌尖,便来舐吮。舐吮了多时,一口便将这块石头吞了下去,霎时只见它浑身乱战,翻身打滚,盘起放开,搅了一阵,将路旁的乱草被它滚得光溜溜的,搅到分际,一伸腰,直条条的僵毙了。异丐在树上,拍掌大笑道:“好孽障!我什么地方都寻遍了,不想你竟在这里害人。”他说罢,纵身落地,走到那条大蟒跟前,在竹篮里取出一把牛耳刀来,将那大蟒的双眼挖下来,又到肚子旁挖了一个窟窿,不

知他又取出些什么东西来，放在篮里，向众人招手说道："你们下来吧！"

众人看到这时，一个个惊得呆了，见他招手才敢下来，都走到异丐的身旁，一齐问他道："方才那块红石头，究竟是什么东西，那样的厉害？"他笑道："你们哪里知道，我为了这个孽畜，不知费了多少心血，今天才得成功。那块石头，是我的师兄那里借来的，名叫石雄胆，没有它，永远除不了这孽畜。我在昆仑山，已经看见过它一次了，不过那时我因为没有石雄胆，才未去和他为难。我们师兄借了这石雄胆给我，我的师父又执意命我来灭这孽畜，我又推辞不了，所以才来将它歼灭的。"胡明忙将含在嘴里一块小红石头取出来，对他笑道："照你说，这个差不多也是石雄胆了。"他点头说道："正是。这个可是我需不着了，送给你们罢。我此刻要去了，你们回去取些火种来，将它烧化了罢，这蟒名叫什比鳞儿，乃是蛇类中最毒的一种，只有眼睛和胆有用处，别样没有什么用处了。你们可取这乾柴来偎着它烧了罢，此刻恕我不陪了。"他说罢，便飞步地走了。

胡明便和众人忙回到宁白村，将以上的事说了一遍。富平惊喜交集，忙命人扛了这乾柴引火之物，前去将毒蟒的尸身烧化不提。

再说富平家里有位小姐，名叫淑儿，年方二九，长得花容月貌，浑身的武艺，马上马下十八般兵器，运动如飞。此番她的兄弟被大豹吃了，她又悲又愤，三番两次要去擒大豹，给兄弟报仇，俱被富平拦住不准。她无奈，只得暂且隐忍。可是虽然二九年华，却未有个如意郎君，富平每每见有人来作伐，晓得她生性高傲，便命她自己去选择，她一连择了三四年，终未有一个合意的人家。她就此耽搁下来，高不成，低不就。要想她做女人，非要先和她比试三合，起初倒有个小后生，会几手拳脚的，癞狗想吃天鹅肉，来和她比试，不上三合，俱被她打得一佛出世，二佛升天地回去。因此富淑儿的威名，远近皆知。还有几个望梅止渴的朋友，见她这样的厉害，只得将念头打断了，所以连说媒的也不见一个上门。昨天听说汉家大将林、胡二位要去擒兽捉蛇，她的一寸芳心，不禁一动，暗想道："久闻天朝的人物，十分英武。这林、胡二位，究竟不知是个什么样的一个人。"她急于要一见，无奈自己又是个女孩子家，不便擅自出闺门，惹得人家瞧不起，十分纳闷。到了晚上，夜饭也懒去吃，一个人独坐香闺，手托粉腮，不住地出神乱想，暗道："如果这两个之内，果真有一个才貌双全，武艺卓绝，将奴家托付于他，岂不是好？"

她想了多时，不禁红晕双颊，芳心突突地乱跳个不住。停了一会，瞥见一个小丫头跑了进来，向她说道："姑娘！你可知道，现在外面有两个东方上国来的人，他们说是今晚去捉山猫呢。"这两句话，正打动她的心事，忙向她说道："你可看见那两个人的？"那小丫头答道："怎么没有看见呢！"她又问道："是什么样子的呢？"那小丫头答道："他们一共来了三个人，一个有胡子的，听人说他是个文

的,不会动手;一个黑面孔,比西村老杜乔还要高一尺,说出话来,和铜钟一样;还有一个,却与这个大汉是两样,生得唇红齿白,眼似明星,眉如漆刷,生得十分儒雅,和小主人一样。比较起来,恐怕小主人还要不及他呢。”她芳心早有了主见,便一挥手,那个小丫头退了出去。她暗自寻思道:“原来天朝的人物,也是丑俊不齐的。但是他的武艺却不知如何,若是有全身武艺,奴家便许了他,也算不枉了。”

她整整地胡思乱想到三鼓已过,还未登床安寝。正要收拾去安寝,猛听得外面大声小怪的人声嘈杂,沸反盈天,她大吃一惊,只当是出了什么岔子呢!一操兵刃,纵身出来,迎头就撞着富平。她忙问道:“爹爹!前面什么事闹得这个样子,敢是出了什么岔子么?”富平笑道:“我儿你还不晓得?那只害你兄弟的畜生,现在被上国林将军拿住了,放在前天井里,你快点去瞧瞧。”她听到这话,忙入房放下兵刃,和一个上婢婷婷袅袅地走了出来。到了前面的天井里,闪着秋波一看,只见一只极大的花斑豹,睡在地下,嗓子下面现出一个透明窟窿,鲜血迸流。有两个猎户,架着一个美貌的郎君,往后面去了,只见众人点点指指地说道:“你们看见么,刚才扶到后面去的,他就是林将军,这豹就是他打死的。”还有几个人问道:“难道他被这豹咬伤了么?”众人道:“你哪里知道林将军捉豹的时候,两只臂膊在豹的肋下擦伤,现在到后面去休息了。”她听了众人的话,又喜又悲,又敬又爱。喜的大豹已被他奋勇捉住了;悲的是兄弟被这畜生吃掉了,现在虽然这畜生被他打死,可是兄弟却不能再活了;敬的是他能见义勇为;爱的是他武艺超群,人品出众。她扶着小丫头,可是一寸芳心,早就弄得七颠八倒了。她立够多时,才扶着小丫头径往后面而来,可巧从林英睡的静室旁边经过。她见许多人拥在这间房里,问长问短的,估量八分是林英睡的所在。她不由得走到房门口,止住莲步,慢展秋波,朝他的脸上细细的打量,但见他生得伏犀贯顶,星眼有神,锋眉似墨,掩映着一张俊俏俏的面庞,越显出这英武之气。这时林英也早就在意,却也瞟着眼睛,向她打量个不止。四目相接,互相饱看一回。

此时富平正要到林英房里来慰问,瞥见他的女儿痴呆呆地立在房门口,朝着林英出神。他心中有数,连忙退了出来,暗道:“我倒早有此心,难得她又是这样,这头亲事,倒可以靠得住了。”他却转道他的夫人卧房里面,笑嘻嘻地向她说道:“夫人,你知道么?现在我们小姐看中一个人了。”他的夫人笑道:“看中谁呀?”富平笑道:“那就是这位打豹的英雄林将军啊!”他夫人道:“就是方才小厮们扶他到上房安息的那个人么?”富平笑道:“不是他还有谁呢?”夫人笑道:“你怎么知道她看中的?”富平便将方才的情形说了一遍,他夫人拍手笑道:“不想这个痴丫头,眼力果然不错!”富平道:“你且慢慢地夸赞,我不过是忖度的意思,还不知道她是否看中,我想女儿的终身,除了这个,再去找别的像他这样品艺兼优

的，恐怕就不容易了。你马上到她的房中先去探探她的口气，如果她果真看中了，那是再好没有；设若没意，你可用好言去劝慰她，此事务要办到，你我夫妇得着这样生龙活虎的女婿，一辈子也算有靠了。”

他的夫人，满心欢喜，一连几声不错，忙起来带了一个侍女，径向淑儿的房中而来。走不多时，已经进了她的卧房。她在上房偷看了一会，回到自己的房里，只是发愣，暗道：“我不信，天下竟有这样的奇男子。从外面看起来，竟像一个软弱的书生，却不料他竟有这样的惊人武艺。”

她正自想得出神的当儿，瞥见她娘和着一个侍女走进房来，忙立起来，勉强笑道：“母亲，这会你老人家还没有安息么？”夫人笑道：“我儿！为娘的昨晚听你爹爹说的，上国来了两条好汉，今夜要去捉山猫。我听了这话，大为惊异，我想我们这里几十个狼虎似的人，也没有将这个畜生捉住，他们两人，能有多大本领，难道就能将这山猫捉住了么？谁知竟出人意料之外，据说被捉住的，还不是山猫，是一只大豹，而且是那个姓林的一个人动手捉住的。这样的大本领的人，天下也找不出第二个来了。”她插口说道：“这人不但本领好呢，就是生得也十分漂亮，估量着他总在十八九岁的样子罢。”夫人笑道：“我儿难道你已经看见过了么？”这句话，说得她两颊飞红，低垂粉颈。自悔失言。夫人见她这样，忙用话岔开。一会子，夫人又向她说道：“我儿，你也年龄不小了，我为你这孽障，不知操了多少心，如今还是悬着一头未着实。我儿！今天我的来意，你晓得么？”她也不回答。夫人又道：“在我看，这位林将军一则是身膺皇命，二来是品艺兼全，而且年纪又与你不相上下，在我们两老的意思，就此替你了脱一层手续罢。”夫人说到这里，用眼向她一看。但见她垂下粉颈，一句也答不出来，其实心中早已默许了。夫人又道：“我儿，我知道你的脾气，所以特地来征求你的意见，请你快些儿答复我罢。”她含羞带愧地只说了二句道：“孩儿不能擅自作主，一切均随母亲便了。”

夫人听了这话，满心欢喜，便回到房中，将方才的话说了一遍。富平自是欢喜，忙去和蔡谙商议。蔡谙也十分赞同，当下便到林英那里，将来意说了一遍，林英还假意推托了一阵子，才答应下来。蔡谙因为急于动身，便请富平择一个最近的吉期，替她们完了姻。

成婚的那一天，诸亲友全来道贺，车水马龙，十分热闹。附近的村落，听说富淑儿出嫁，一齐争先恐后拥来看新郎，究竟是个什么英雄。这看新郎的如潮水一般，你来我去，川流不息，真个是万头攒动。富平一面命人招待，一面叫他们出来交拜天地，好让大家看见。一会子，由傧相扶着一对璧人出来，交拜天地。那些看新郎的人，无不啧啧称赞道：“果然是个美豪杰，俏丈夫！”富平老夫妻两个，见了这对粉捏玉琢的佳儿佳婿，自然是喜不自胜。可是又惹他想起自

己的儿子来,不免暗暗地伤感,这也不在话下。

一转眼,大三朝过了。蔡谙便连日催促动身。可是他们正在打得热剌剌地情投意合的当儿,焉能一旦撒手分开?究竟英雄气短,儿女情长,暗地不免又说了许多不得已的苦衷。林英择了一个日子,便要动身。富平也知道他皇命在身,不能久搁,料知留他不住,只得命人摆酒饯行。

席间富小姐手执银壶,满斟三杯,送到林英的面前,低声问道:"郎君此去,大约有多少日子才回来?"林英答道:"多至三月,少则两月,就要回来的。"富小姐哽哽咽咽地也不再问。

一会子,散了席,林英进去告辞出来,又和富平作辞。富小姐依依不舍地一直送到村口,只说一句道:"沿途保重呀!"这正是:

人生几多悲苦事,无非死别与生离。

要知后事如何,且看下回分解。

第八十四回 慰鳏鱼佛婆行好事 挥利刃侠士警淫心

却说蔡谙等离了宁白村策马西行,又行了一月有余,不觉渐渐地到了西域的境界了。异乡风景,自是不同,到处皆听着佛声呐呐,钟声当当,果然有修罗世界,与各处不同。蔡谙在马上对林英道:"我们东方的人民,只知争贪抢杀,利欲熏心,断不知忏悔修行;可见连年内乱外患,大约也是上天见罪罢了。"林英点头称是。

三人攒了一程,不觉肚中饥饿。胡明便对林英说道:"我们也好去找一家酒店吃饱了再走罢。"林英道:"正是这样,我也要用中膳了,肚子里饿得辘辘地乱响,再不用些饭,恐怕要饿坏了。"说着,见前面楼台隐隐,殿阁重重,约摸着是一个城池的样子,他们马上加鞭,不多时进了城门,只见里面三街六市,买卖得十分热闹。那市中的买卖大半以香火为最盛。他们三人寻了半天,绝未寻到一家饭店。他们好不奇异,互相说道:"这真奇怪了,怎的找了半天,为什么一家也没有呢,难道此地没有酒馆饭店么?"

说话之间,只见四处的人,一齐拢近来,合掌当胸,一齐念着阿弥陀佛。霎时将三人团团围住。蔡谙大吃一惊,忙对林英说道:"你看这些人困住我们算什么用意呢?"林英也茫然不解他们什么用意。胡明扬声问道:"你们将我们三人

困住做什么的?”那些人也不回答,合掌一齐念着是:“无量佛,无量功德佛,慈悲佛,慈悲功德佛,哆罗哆罗。”胡明一句也不懂,而且肚子里又饿得慌,不得脱身,不禁勃然大怒,剔起眼睛,大吼一声,在腰间取出双锤,大声骂道:“哪里来的这些牛子?哼你娘的什么晦气!赶紧给我滚开去,不要惹得老子气起,一个个将你们打杀了!”那些人见他这样,只吓得跌跌爬爬,一齐喊道:“快去请大师婆来捉这野人!”那些人东奔西散,霎时走得精光。

蔡谙忙埋怨胡明道:“你也忒鲁莽了,也不问青红皂白,就发起脾气来了;万一触动他们首领的怒,领兵来捉我们,岂不是束手待毙么?”胡明大笑道:“中郎忒也过虑,我们也没有做什么违法的事情,怕他什么?不来便罢,如果真来寻我们,只消一顿锤,请他一个个送命!”蔡谙摇头说道:“休要嘴强,人众我寡,出外人岂能生事!你不要执性,须知强中还有强中手,天外有天,人外有人。自古道,谦虚天下去得,刚强寸步难行啊!”胡明哪里肯说服气,只是冷笑不言。

这时瞥见两旁有一队人蜂拥而来,前面两个一排的童子共有十数排,手里执着幢幡宝盖,后面随着许多沙弥,头上披着袈裟,饶钵叮当的,向他们这里而来。蔡谙吃惊不小,忙对林英说道:“这些人一定是方才逃走的人去告诉的,他们来了,怎生回对呢?”林英道:“事到如此,也没有别的办法,来者如讲情理,最好,否则只有动手厮杀,别无他法可想了。”蔡谙摇头说道:“动不得!纵使我们在这里可以逃出去,他们的人多,终于不是他们的对手,凡事易和平为妙。”

正议论间,那队人已到面前。蔡谙翻身下马,步行来到那最后莲花宝辇的面前,躬身施礼。在这莲花的旁边有一个人,头戴卷边帽,身穿灰黑色的外氅,忙对他还了一礼,操着汉邦的口音问道:“尊驾莫非由东土来的么?”蔡谙躬身答道:“正是!”那人笑道:“怪不得他们竟误会了。蔡谙道:“适才我们手下冲撞了贵邦的人,乞望恕罪!”那人道:“岂敢!岂敢!”蔡谙又问道:“还未请教老兄尊姓大名呢?”那人连称不敢地答应:“小弟姓苏名比,在这波斯国里当了一名翻译,方才一众百姓,到大师婆那里报告说保圣市口有几个野人,骑马入市,他们褥祝了一会,竟没有用处,特请大师婆前来捉拿你们。那时兄弟就晓得一定是汉邦的人物,才有这骑马入市的规矩呢!敢问尊驾可是汉邦来的么?”蔡谙答道:“正是。”他说着,又通了名姓。苏比笑道:“谈起来还与兄弟同乡呢。”蔡谙问道:“老兄这样说来,想也是敝处的了。”苏比笑道:“小弟十七岁的时候,即游历西欧了;到了二十二岁的那一年,回到东土去,没有住到一个月,见国内乱得不可收拾,小弟便又出来,在这里差不多已有二十五六年了。”他说罢,又问蔡谙道:“敢问蔡兄下顾敝处,有什么事呢?”蔡谙答道:“我主刻思政治复兴,万民乐业,极欲想出一种法子来感化万民,劝善规过。久闻西方有佛,佛有真经,据云传留天竺,所以特着小弟和林、胡二将,不辞辛苦,到天竺求取真经的。”苏比听

他这话，不禁喜形于色道："我倒早有此心，想将真经传入汉邦，以期感化愚民；不意我主竟有这样的高见，真是福至心灵，阿弥陀佛！"

他说罢，便走到莲花宝座之前，打着番话，叽叽咕咕说了一阵子。只见绣幕开处，那宝座上现出一个人来，穿着半截缁衣，赤条条地露出一对粉藕似的膀子，下面也是一双赤脚，头上满垂缨络，柳眉杏眼，梨面樱唇，却原来是个十七八岁的女子。

蔡谙吓得连忙将头低下，敬了一个礼，口中说道："女普提！敝人这厢有礼了。"苏比忙对那个女子叽咕了两句。那女子微开杏眼，朝蔡谙瞟了一下子，便合掌念道："罗罗哩哩。"苏比便对蔡谙说道："蔡兄！我们大师婆刚才吩咐，请你们到信林驿暂留数日。"蔡谙忙道："小弟们在路已有四个多月了，千万不能再耽搁了。"苏比笑道："蔡兄，恭喜你！用不着你烦神了，请你在这里暂住几日，真经自然有人替你去取。"蔡谙听了这话，惊疑不定地问道："苏兄！你这是什么话？"苏比笑道："目下且不要问，到了馆驿之后，我自然会告诉你的。但是你先去请胡、林二位下马步行，我们这里没有人在市上骑马的。"

说话时，那女子嘴里又叽咕了两句。只见那执幢幡的童儿，一齐念着："罗罗哩罗，哩哩嗹罗。"念了几声，便拔步回头走了。那几个扛莲花宝座的人，一齐念着："大力王菩萨摩诃萨。"念罢，扛起莲花宝座，一径向西而去。

苏比便和蔡谙走到胡、林二人面前。蔡谙便将方才的话告诉他们二人。胡、林正自弄得莫名其所以，听了他的话，方才明白，连忙下了马，随着苏比转街过市。

到了一所房子面前，只见门口有两个人在那里谈话。见了苏比连忙合掌低眉，口中念道："阿弥陀佛！"苏比嘴里叽咕了几句。他两个忙跑了进去。不多一会，走出十几个人来，牵马的，搬行李的，一窝蜂地弄进馆驿。

苏比便请蔡谙、胡、林等一同进了馆驿。蔡谙进了里面，抬头一看，只见另是一种陈设，一间大厅中间，供着许多佛像，香烟缭绕。两旁站着许多的小沙弥，见了他们进来一齐过来打个问讯。蔡谙和他们敷衍了一会子。胡明便向苏比说道："我们早已饿了，烦你先去办饭给我们吃罢！"苏比连连答应，忙唤人去办饭。林英向苏比笑着："你们这里怎么一家酒馆也没有呢？"苏比笑道："要寻酒馆，这里是没有的了。"蔡谙道："假使人家远路来的过客，吃些什么呢？"苏比笑道："这个也难怪，你们在汉邦弄惯了的，却不知我们这里的规矩呢！我们这里从前没有佛教，却和汉邦一样。自从有了佛教，我们主公就步步修行，不肯杀生害命了。因为酒馆饭店里，他们杀生最厉害的。所以一概禁止了。"蔡谙道："你这话我又不明白了，人家远来的过客，一没有亲眷，二没有朋友，难道人家活活地饿死了不成？"苏比笑道："你哪里知道？我们国王，他禁止了旅馆饭店之

后，便设立许多常觉林。这常觉林，便是供应过客设立的，里面有吃有喝，还有地方安息的。”蔡谙道：“原来如此，那么你们全国的人，全要吃素了？”苏比合掌念道：“阿弥陀佛！谁敢开荤呢？”蔡谙又道：“方才出来的那个女子，大约就是国王吧？”苏比道：“不是，不是。”蔡谙道：“不是王，她究竟是谁呢？”苏比道：“她是大师婆，就如汉家的一个大将军一样的。”林英笑道：“她是一个弱小的女子，怎能当得这样的责任呢？万一发生什么关系，难道她还有什么法力去克服么？”苏比道：“你倒不要将她看轻，她的本领真不小咧，是波斯国里的民人，无一个不晓得她这哈达摩的。凭他发生了什么事情，只要哈达摩一到，马上就得瓦解冰消了。她还有一种绝技，能起死回生，医人百病，因此我们国王很器重她的。”林英笑着问道：“她医人怎样医法呢？”苏比道：“人生了病，先到她的府中去祈祷三夜，然后她自然有一种药来医治。如果你的毛病不能回生，她也看得出来，不过进了她的府，至少也要到半月以后才能出来。如果是在府里死了，她大发慈悲，自己拿出葬费来给人家。”蔡谙又问道：“你们国王叫做什么名字呢？”他道：“叫做白尔部达。”林英道：“此地离开天竺国还有多少路了？”他道：“不远不远，只隔着一条苦海，过了苦海，便是天竺国的境界了。”蔡谙又问他道：“苏兄！你方才对我说的，何人肯替我们到天竺去求经呢？”苏比道：“大师婆方才对我说过。她说你们都是五荤杂混的人，真经好取，苦海难过。她可怜你们远道而来，不忍叫你们白白地送了性命，她愿发慈悲，打发大沙里邱、二沙里邱到天竺国替你们去求经。但是你们在这里，还须到她的府中忏悔七周天，方可将真经领了回去；否则就有开神魔鬼，从半路上来抢夺你们的真经了。”蔡谙听他这番话，毛骨悚然，忙问道：“照你这样说来，我们这些人，真经万不能取回东土了。”苏比道：“有什么不能，不过要将一身的罪恶先要忏悔净了，然后自然能将真经安安稳稳地保送归国的。

他们正在谈话的当儿，有一小沙弥进来报道：“斋已齐备，请进去用罢！”苏比忙对蔡谙说道：“现在时已过午，请到里面去用斋吧！”蔡谙等随着他进了一间静室，只见里面已经摆好一席，大家入了座。蔡谙见席上有酒，不禁十分诧异地问道：“苏兄！你刚才说的，你们这里不是没有人吃酒的么，怎么这里又有酒呢？”苏比笑道：“这是葡萄酿，完全净素，你且吃一口，恐怕比较汉家的酒来得还要有味咧！”蔡谙举起杯子，呷了一口，果然芬香冽齿，甜美无伦，不禁极口称赞。

这时敲钟上馆。他们吃了半天，简直连一样都不认得。苏比对他们笑道：“这里的小菜，还吃得来么？”蔡谙点头笑道：“吃倒吃得来，只苦是认不得叫什么名字。”苏比使用箸一样一样地点着对他们说道：“这是蜜勒茄子，那是海威白苏。”说了半天，他们只是夸赞水已。林英笑道：“这差不多全是素菜了。”苏比笑道：“自然是素菜，我们这里可算屏绝五荤了。”林英咂嘴说道：“这素菜倒比较我

们家荤菜来得好呢。”

不说他们在这里用饭，再说那个大师婆自从见了蔡谙后，真个是神魂失据，便想出一个法子来，叫苏比留着他们，好慢慢地来勾引他们。看官，你们看了我以上的两句话，不是要骂我胡言嚼舌么？原来有个极大的秘事，小子趁此替她揭出罢。

闲话丢开，单讲这国里的国王白尔部达，在十年前，本是杀人不眨眼的魔王。有一天，他抓了数十个囚犯，解到法场，瞥见有一队沙弥拥护着一个千姣百媚的女子，走了进来，对他说道："主公为万民之首领，岂可轻害人命？上天有好生之德，这样的乱杀，岂不怕鬼神震怒么？我有佛经，可以感化愚氓，能使天下一般不肖之徒弃邪归正。"白尔部达见了她这样的美貌，身子早就酥了半边。又听她这些妙语纶音，忙教将那几十个引颈待杀的囚徒，放了下来。她教那些囚犯一齐望空跪下，口中念了五百声阿弥陀佛。那些囚徒，正自在那里颈项伸长预备送命，谁也不希望凭空来了一位天仙似的玉人儿，将他们救活了性命，忙着不住嘴地念着阿弥陀佛。五百声念过之后，她又吩咐小沙弥朝空顶礼，一齐敲起钟鼓，念了一回。她做作了一会，便走到那些贼盗的前面，一个一个打量了半天。走到白尔部达的面前说道："这众人里面有两个有善骨的，他们能够传我的大道呢！"白尔部达连忙问道："是哪两个？"她便指了两个年轻貌美的。白尔部达便对她说道："敬请女菩萨就在敝国住下，好么？"她满口答应。白尔部达满心欢喜，便封她为大师婆，特地替她在金殿右面造了一所房子，请她在里面居住。她没事的时候，就到白尔部达的宫里去传道。

听说她传道，很为奇怪，有三不传：女子不传，二人在一起不传，白日里不传。但是这传道的方法，固然是很奇怪而又秘密的，可是究竟怎样传法，读者们谁不是过来人，还须小子饶舌吗？白尔部达自从受了她的传教之后，真是百依百顺。她便四处张罗，招谣撞骗，用了一班人在外面信口雌黄，说她是菩萨化身，来救济众生的；她有大法力，能定人生死，无论什么人做下什么不正当的事情，她能知道一切，并且能医治百病，起死回生。试想波斯国里一班从未受过教化的顽民，怎能不上她的圈套呢？于是一传十，十传百，不上半月，通国皆知，谁也不敢错做一件坏事，倒被她弄得道不拾遗，夜不闭户了。她又命国王禁止杀生，绝荤茹素，家家念佛，户户诵经，城里从没有什么纠缠的事情。如其发生了，只要她一到场，众人马上就死心塌地地不敢再闹了。所以白尔部达十分信仰她，崇拜她，总而言之，将她当作活菩萨一样的看待。可是一班愚民，东也来求医，西也来祈福。她十分冗忙，求医的，乞福的，日多一日，简直有应接不暇之势。她也乖觉，便命她的两个徒弟大沙里邱、二沙里邱，分头敷衍。如果一个死了，她便说是这人功成圆满，登上极乐了。那死人的家属，听她这话，便以为十

分的荣耀。所以一班求医的人,但愿死了成仙成佛。这样一来,她越发肆无忌惮,每日至少有十个八个小后生随她去传道。她胃口越来越大,每日没有十几个来传道,简直是不能挨忍。

有一天,突然来了一个白面郎君,十分俊俏,到她府中求福。她端坐在莲台之上,见了这样的漂亮人物,食指大动,忙对来人说道:“你这人倒有些善相,可惜少忏悔,你肯忏悔么?”那人道:“怎样忏悔法?”她杏眼斜瞟,向他一笑说道:“你如忏悔,自然带你到一个去处去忏悔。”他点头冷笑,也不答话。她下了莲台,轻疏玉手,将他拉起。那人便随着她,转楼过阁地走了半天,到了一间小静室里。只见里面陈设得非常精致,锦屏绣模,四面壁上挂着无数的裸体美人画片:有的睡在床上的,有的仰在椅子上的,各种浪人的姿势,不一而足。不怪那些小后生,一到这里,便要成仙成佛了。她慢慢地将衣服一件一件的脱下,最后脱得精光,便向那人笑道:“你可来吧,我替你来忏悔。”那人走到床前,将帐子一揭,只见里面挂着四轴画,却是赤条条的男女合演玩意儿。那人用手朝画上指着问道:“这算什么意思呢?”她微微地一笑,然后对他说道:“你哪里知道?是这和平之神,你要忏悔,须先和我照这个样子先做了一回,那时我佛欢喜,自然就会赦除你的罪恶,赏赐你的无量福了。”她说到这里,便用手来替他宽衣解带了。那人陡然变了颜色,嗖得在腰间拔出一把利刃来向她脸上一晃,大声说道:“狗贼婆,你可认得我哈特么?我早就晓得你的玩意儿了,今天且饶你一条狗命。快些改过自新,不许再做这些无耻害人的事业,还可留下你这颗狗头;否则一刀两段,为万民除害。”

他说罢,将刀往床边一插,飞身出去,这正是:

饶君掬尽西江水,难洗今朝满面羞。

要知后事如何,且看下回分解。

第八十五回 留客殷勤头巾飞去 可人邂逅手帕传来

话说那个自称哈特的一个人,将哈达摩当面奚落了一番,便将刀往床边一插,飞身出屋,早已不知去向。把个哈达摩吓得面如土色,将那一缕芳魂直飞了出去,一直等他走了之后,方才将飞出去的惊魂收了转来,又羞又怕,慢慢地重新将衣服穿好,下得床来,将利刃拔下,藏在一边。从此以后,她却不敢再做那

些无耻的事情了。

列位，这哈特来无迹，去无踪，究竟是个什么人呢？小子趁此也要交待明白了。那哈特本是波斯国里一个顶有名望的侠客。他镇日价的没有别的事情，专门铲除恶暴，扶济良善。但是他有个怪癖，无论做下什么事情，从来不肯露出真名真姓。所以波斯国里常常发生什么离奇的案子，大家不晓得内容，便疑神疑鬼，疑到大师婆身上去了。因此人人胆战，个个心寒，不敢做一件不好的事情。这哈特早就晓得白尔部达请了一个女子为大师婆了，不过这女子的行为，究竟好与不好，他尚未知道呢。有一天，他因为听了一个朋友告诉他，就是阿司地方的官长，贪婪无比，残杀人民，敲诈财物。他听了这些话，不禁怒从心上起，恶向胆边生。他一个人也不带伙伴，单身直往阿司城而来。到了阿司城里，四处一探听，果然这阿司郡守残暴非常，怨声载道，他便存在心里。一转眼，天色已晚，他怀着利刃，一跃上屋，身轻似燕，毫无半点声息。瞬间到了阿司郡守的府中，他鹜行鹭伏得直向后边而来。不一会子，到了那个郡守的卧房屋上了，他使了一个倒挂金钩的势子，从屋檐口直挂下来，只见里面灯光未熄。他用舌尖将纸窗上面舐破了一些，闪目朝里一望，又见里面有一个汉子，坐在床前。床上有一个十七八岁的美貌的女子，两个中年的妇人，在他的身边。那一个年轻的女子，哭得和泪人一样，闪着黑眼，向两个中年的妇人说道："你们不要尽来劝我！须知无论什么事情，都要人家愿意呢。老爷虽然爱我，我却不爱他，难道就因他看中我，就来强迫我么？"那两个中年的妇人，一齐劝道："薇娘，你不要这样的固执罢，你顺了我们老爷，一生的吃着都比人家好的，请你答应了吧，不要怄得他性起，将你杀了，你还有什么本领来反对么？"她哽哽咽咽地说道："用不着你们来花言巧语的，我既然不答应他，难道因为他要杀我，我就答应了么？他不怕大师婆在暗中监察，他就将我杀了吧！"那两个中年的妇人，听她说出这句话来，不由面上现出一种惊慌的色彩来，便走到那个郡守的身边，不知她们说些什么。只见那个郡守哈哈大笑了一阵子，然后对那个年轻的女子说道："薇娘，你可呆极了，别人不晓得那个大师婆，便疑神疑鬼地说她有多大的法力了，惟有我却去领教过了。老实对你说罢，她是一个万恶不顾廉耻的货色，难得你还将她抬了出来。不瞒你说，她已经和我做过了这一回玩意儿了。"他说着，伸出手来做了一个手势，将那个女子羞得面红过耳。他又发出鸬鹚似的声音，咯咯地笑了一阵子。那两个中年妇人，合掌当胸口中念道："阿弥陀佛！你不要这样的信口胡言，不要被哈达摩大师婆知道，大家皆没有性命啊。"那郡守笑道："用不着你们担心，怕她什么，横直不过一个招摇撞骗的女人。"他说罢，剔起眼睛，对那个年轻的女子说道："你不肯依从我，是真，还是假呢？"那个年轻的女子说道："凭你什么样，我是不从你的。"他哼了一声，便用手在身旁那一口钟上一击，铛的一

声,霎时跑出四个大汉来。不由分说,走过来将那个女子,就像抓小鸡似的扯了过来,往一张睡椅上一按,可怜那个女子无力撑持,只得满口匹灵匹灵地骂个不住。霎时身上的衣服,被那几个虎狼似的大汉脱得精光。那个郡守笑眯眯将身上的衣服卸下,正欲过来做那个不能说的玩意儿。这时哈特在窗外,不能再耐了,大吼一声,一刀将窗子挑去,从窗子口飞身进去,手起一刀,将那个郡守送到极乐国里去了。那四个大汉吃惊不小,一齐放了手,正要去取兵器来抵敌。说时迟,那时快,刀光飞处,颈血乱喷。那四大汉早已变成无头之鬼了。还有两个中年的妇人,见此情形吓得张口结舌,忙合掌只是念着:"修罗修罗,哩连哩罗。"哈特爽性转过身子,一刀一个,将两个中年的妇人也结果了,才到这年轻的女子身边,问个究竟。原来这女子是郡守的亲眷,被他强索来做义女的。不想他竟要做这样禽兽的事情,杀了真真不枉了。哈特问明了她的住址,便连夜送她回去了。到了第二天,满耳朵里只听人家沸沸扬扬地说个不住,齐道,这郡守恶贯满盈,不料大师婆知道了,一定差了什么神将来将他们全杀了。可见大家还是要归心的好。哈特听见这些话,不禁暗笑这些人好不愚钝矣!但是他心中急切要来一探这大师婆的究竟,便不辞劳苦,远道而来。在波斯国城里暗暗地刺探了三天,果然查出许多荒谬不伦的马脚来。他便决意假装着香客,去试探一下子。果然合了那郡守的话了。他暗想道:"我将她一刀杀了,真个和杀鸡的一样,毫不费事。但是将她杀去,不免将国内人民信仰她的心,使之一旦灰了的么?罢罢罢,不如且指斥她一番,如其能革面自新,就随她去;如果怙恶不悛,再来结果了她,也不为迟咧!"他想到这里,因此就放了她一条性命,他便走了。这是哈特的一番来历,小子原原本本的已经说过了。现在也好言归正传了。

且说那个善于迷惑人的哈达摩,自从经他这一番惊吓之后,果然不敢再任意妄为了。一直过了五六年,宁可死挨活耐的忍着,却不敢有一些非分的行为。其实哈特哪里真去监察她呢,不过借着这番恐吓恐吓她罢。她今天在保圣市口见了蔡谙那一种品概,真个是冰清玉洁,更有那个林英面如冠玉,唇若丹朱,她不禁起了一片的恋慕心。她便命苏比先将他们留住,以便慢慢地来施展媚惑的手段。

再说蔡谙等在驿馆里,将饭用毕。苏比立起来,正要说什么话似的,瞥见有一个人,穿着黄色缁衣,头戴毗卢帽,腰束丝绦,手里执着一根锡杖,走了进来。苏比连忙站得直挺挺地合掌念道:"阿弥陀佛!"那人将头微微的一点,口中说道:"罗多嗹哈,哈哈罗嗹,罗吽嗹哩咖。"他说了两句,便向蔡谙合掌唱个大喏。

蔡谙等见他这样,正弄得丈二尺高的金刚,摸不着头脑。苏比忙过来对他们翻译道:"这是我们这里的大国师潜于大和尚,他奉了国王的命令,特地前来拜访诸位的。"蔡谙等听得这话,忙一齐立起来还礼。苏比又对潜于翻译了他们的意思。潜于合掌又念了一声阿弥陀佛。苏比便对潜于将蔡谙的来意说了一

遍。潜于大师合掌说道："苏道引，你可知道西方有一重苦海么？"苏比道："怎么不知呢？"潜于大师道："既然知道西方有苦海，须知恶蛇怪兽，不可胜数，他们能有多大法力，能够超过苦海呢？"苏比道："我并非不知，原来大师婆发广大慈悲，预备差大沙里邱、二沙里邱替他们到天竺去求经，我想既是这样，却能将真经取来了。"潜于听了这话，对苏比冷笑一声说："苏道引，你不要一味糊涂，难道她们的伎俩，你还不晓得么？他们就能去将真经取来了吗，这不是欺人之谈么？"这番话说得苏比满面飞红，低头无语。蔡谙等见他们这样的情形，便估量着一定是谈的他们的话了，不过苦的是不懂他们究竟是谈些什么。大家默默的半晌。潜于大师又向苏比道："据你方才说的他们不是你的同乡么？"苏比点头道："是的！"潜于大师道："既然是你的同乡，难得他们有这样的善行，你就该发广大慈悲，助他设法才是！"苏比连忙双膝往下一弯，扑地往潜于大师面前一跪，口中念道："阿弥陀佛！求大师广发大慈悲，佛驾高升，替东土万民造福吧！"潜于大师忙将他从地上拉起来，说道："我们出家人须不着这些圈套，只知道慈悲为本，方便为门。我到这里来，无非就是这个意思。但是我还有一句话，要对你说，我去将真经取来，我还要随他们一同到东土参观参观。"苏比忙道："只要大师肯去，那是再好没有了。"潜于便向蔡谙等打了一个稽首，便动身走了。

苏比和蔡谙一直将他送到大门以外。潜于便对苏比说道："我动身之后，你须叮咛他们，千万不要到她那里去！"苏比连连答应。潜于正要动身，忽然又向苏比笑道："我真糊涂了！险一些儿白跑一趟。"苏比听他这话，倒不知什么缘故，忙问他道："大师这是什么话？"他笑道："他们来求真经，可有法牒没有？"苏比连忙对蔡谙道："你们来求经，汉帝可曾下旨意与你们不曾？"蔡谙道："有的，有的。"苏比便将潜于大师的来意对他说明。

蔡谙十分感激，忙到自己的房里，在箱子里将圣旨取了出来交于苏比。苏比便送把潜于。潜于反复看了几遍，点头微笑，辞别他们飘然而去。蔡谙暗道："怪不道人说西方佛地，人尽慈悲，今天才应验了。"他们回到中厅，蔡谙便问苏比道："敢问这位潜于大师，是这波斯国里什么人？"苏比道："问他的根底，可是深固到十二分了。他就是普贤菩萨的大弟子，他却不是常到这里来的，这也是我主的洪福齐天，不期而然地遇着他，真是巧得极了。"

他们正在谈话之间，那国王已经派人来请蔡谙了。苏比便陪着蔡、林、胡三人一齐到了贝普殿前。苏比先朝国王打个稽首，蔡谙等也跟着打了一个稽首。白尔部达便命赐坐。蔡谙等一齐坐下，白尔部达向着苏比叽咕了一会子。苏比便将蔡谙等的来意和潜于替他们去求经的一番话，翻译上去。白尔部达喜形于色连连合掌念道："阿萨罗多，密罗阿陀。"蔡谙偷眼见那国王，生得赤眉暴眼，阔口獠牙，十分可怕。他右面的莲花宝座上，端坐着一个千娇百媚的女子，在那里

低眉垂目。他仔细一看,却正是昨天在街上碰见的那个女子。又见国王身后绘着三尊大佛,两旁的侍臣,大半是不僧不俗的打扮。停了片晌,只见那个女子,朝国王叽咕了两句。国王便向苏比说道:"萨克萨克,阿口连哩罗。"苏比便对蔡谙说道:"大师婆现在要请你到她那里用晚斋,不知你的意下如何?"蔡谙一想,暗道:"我们生长东土,这里的形式一些儿也未曾看见过,何不趁此机会去看看呢?"他想到这里,也不推辞,竟一口地答应下来了。不一时,钟鼓乱鸣,国王退殿。苏比便领着蔡谙等径向哈达摩的府中而来。

不一会,到了哈达摩的府中,只见那大厅里,梵贝声繁,异香扑鼻,果然又是一番景象。苏比对他们悄悄地说:"马上你们到佛前拜佛,须先将帽子除下,等到用过晚斋,才能将帽子重新戴上呢。"胡、林二将齐声问道:"这是什么规矩呢?"苏比笑道:"这里在佛前朝礼和用斋,皆要先除下头盔,才算不失仪节呢。"

说话间,那右边的大钟当当当地敲了三下子。苏比便向二人悄悄地说道:"朝礼了。"他们听说这话,赶紧除下头盔,随着苏比走到佛像面前,躬身下拜。行礼已毕,哈达摩轻移足步,走到蔡谙面前,打了一个问询。蔡谙也不知道她是什么意思,只管翻着两只白眼。苏比看见他窘住了,连忙替他向哈达摩翻译道:"他姓蔡,他名字叫谙,是大汉皇帝的驾前使臣,差往西天拜佛求经的。"她伸出玉手,向林、胡二将指着问道:"他们二人姓甚名谁?"苏比答道:"那个白脸少年,姓林名英;那个黑面大汉姓胡名明。他们是保护蔡中郎的官将。"她听罢,满面春风,对苏比笑道:"道引,我看这几个人,却有仙姿道骨,如果肯忏悔一周天,便可以入门了。"苏比听她这话,明知她不怀好意,却因位置的关系,不便和她去作对,只得答道:"这原是大师婆慈悲之念,无奈他们初到此地,一切尚未十分了解,忏悔一层,恐怕他们不见得就肯领教吧。"她含嗔带喜地向苏比说道:"你倒先替他们头门口回掉了。"苏比忙道:"大师婆请不要见怪!方才这两句话,原是我忖度之言,是否他们是这样的心理,尚未可知,待我来问他们,看他说罢。"便向蔡谙说道:"大师婆要请你在这忏悔七天,不知你肯么?"蔡谙连忙摇头说道:"这却不能,一来我们是五荤杂乱惯的人,二来对于经忏一门,毫无研究,只好请收回成命罢。"苏比便对她将蔡谙的一番话,说了一遍。只见她紧蹙蛾眉,十分不悦。她也不答话,便叫人摆席。

大家一齐入座,她在在末座相陪。可巧末座与首座恰在对面。蔡谙见她也入座,不免倒局促不安。可是她倒落落大方,毫无羞涩的态度。一刻儿,菜上两道,蔡谙便要起身告辞了。苏比猜到他是因为哈达摩在桌上的缘故,便悄悄地笑道:"中郎休要这样的羞缩难堪,须知大道不分男女。"蔡谙道:"无论如何,男女怎好在一起入座呢?"苏比笑道:"你这人也未免太拘执了,自古道,举一体,行一事,到什么地方说什么话,才好呢。这里素来有这样的规矩,难道为着你就减

去了么？快快地不要被她们笑话！”蔡谙无奈，只得耐着性子，将头垂到胸前，一直等散，才抬起头，便起身告辞。再寻头巾，却早已不知去向了。哈达摩见他们要走，粉面上突然不悦，也不挽留，痴呆呆地坐在椅子上，一言不发。苏比忙叫小沙弥去寻头盔，找了半天，哪里有一些影子。胡明等得不耐，正要发作。蔡谙向他一捣，胡明却误会他的意思，只当是蔡谙教他发作的呢，他便大声喊道：“我们的头盔，难道被佛老爷偷去不成？真是岂有此理！”那些小沙弥见他这样恶声怪像的，吓得跌跌爬爬地走了。哈达摩见胡明发作，心中也觉害怕，忙叫三沙里邱跑进去，将他们的帽子取了出来，又对苏比叽咕了一阵子。苏比点点头，便领着蔡谙等回到馆驿之内。

蔡谙向苏比问道：“我们出门的时候，那个大师婆向你说些什么呢？”苏比笑道：“她说潜于替你们去取真经，她是最欢喜的，也省得再叫她的徒弟去了。”胡、林二人同声问道：“她将我们的头盔藏起来做什么用呢？”苏比笑道：“你们三位，大师婆的用意，是想将你们留在她的府中忏悔七天，所以设法子挽留你们，才将头盔藏起来的。”林英大笑道：“这不是奇谈么？修行也要人家情愿呢！岂硬来强迫的？”大家谈了一会，便各自去安寝。

停了数日，林英、胡明在馆驿里没有事可做，闷得心慌。两个人私下里商议道：“如今一点事情也没有，何不去闲逛闲逛？”他二人打定了主意，顺馆驿的这条街一直向北走去。不到半里之遥，瞥见有一大空地方，有多少人聚集在一处，拍手欢呼。二人不知道是什么玩意儿，便挨着身子挤了进去。只见有两个人在那里舞刀弄枪的，林英便对胡明笑道：“不料这里也有人喜欢耍刀枪的呢？”

胡明正要回话，瞥见人丛中有四个大汉，纵了出来，手执兵刃，直扑那两个站在场内的人。那两个见他们进来，面上现出怒容，挥着兵刃，便来迎敌。这时跳进四个大汉，帮着方才那四个大汉，围着那二人，性命相扑。林英勃然大怒，一个箭步纵身到场心，一腿将那个使鞭的大汉打倒，夺过鞭子，耍动如飞，将那几个大汉打得落花流水的东逃西散。他正要转身，瞥见白光一道，直奔他的太阳穴而来。他一让，仔细一看，原来是一方手帕。这正是：

白绢飞来浑不觉，红丝牵定早留情。

要知后事如何，且看下回分解。

第八十六回　逞雌威数语解郎围　显绝技单身入虎穴

却说林英见那八个大汉如狼似虎地闯进场，各挥兵刃，将那两个人围住，各施兵刃，大杀起来。林英起初不知道究竟是一回什么事，所以不敢冒昧，后来见他们性命相扑地认真杀了。他只见那两个被他们围住的人，杀得汗流如雨，只有招架之功，并无还手之能。

这时林英那一股无名之火，直冲三千丈，按捺不下，一个箭步进圈子，一腿将那个使鞭的大汉打倒，将鞭夺了过来，奋起神威，一阵鞭将那几个大汉打得鼻塌嘴歪，一哄而散。他正要回身，瞥见一道白光，直向他的太阳穴打来，他知道有人暗算，赶紧将头一偏，那东西翻翻越越地落在地上，他定睛一看，原来是块雪白的手帕。他倒很觉奇怪，一弯腰将那块手帕拾了起来。这时四面的人一齐拢了近来。七张八嘴地叽咕道："亚克亚克，立特阿罗。"那两个被困的人也凑近身子，抱拳念道："萨哩哇罗。"林英一句不懂，料着他们一定夸赞和佩服罢了。他被众人缠得急了，忙向众人只是摇手。那些人也解破他的用意，向四散分开。林英走到胡明跟前笑道："可恨那几个牛子，竟敢以多欺人。"胡明笑道："可不是么，不是你去动手，我也要去了。"林英笑道："这些牛子真禁不起打，只消一顿锏，就打得东逃西散了。"胡明笑道："真的，要是我前去，定要将那几个牛子的狗头揪了下来。"林英笑着，将那一块拾着的手帕拿出来，对胡明笑道："我将那几个牛子打败了，却不知从何处突然飞来一块手帕，你道奇怪么？"胡明跌脚大笑道："你还未看见么？"林英摇头说道："未曾看见。"胡明用手朝西南一指道："看那楼上不是站着一个女子么？这手帕就是她摔下来的。"

林英抬头一看，只见西南角上有一座楼阁，高耸入云，楼窗半启，露出一个人来，生得柳眉杏眼，梨面樱唇，比花花解语，比玉玉生香，说不尽千般妩媚，万种风情，把林英看呆了，见那个女子手扶雕栏，斜凝秋水，却也出神了。他两个四目相接，饱看了好久，全场的人，不期而然地朝着他们注视。胡明轻轻地向林英笑道："你觉得难为情么，全场的人，谁不朝着你望呢？"他也未曾听见。胡明用手在他的肩头一拍，大声笑道："林兄弟，魂灵儿不要被人家摄去呀！"这一句，才将他飞出的魂灵惊了人窍，低下头，满面绯红，一言不发。胡明又笑道："这真

奇了,到处有人看中你,为什么没一个人看中我老胡呢?”

林英正要回答,猛可听得东北角上喊声大起,拥进一个人来,手执刀枪棍棒,直扑林英、胡明二人而来。胡明便对林英笑道:“你看这些牛子,还来讨死呢!”林英道:“来得正好,正要使个厉害给他们瞧瞧呢。”一转眼,那些人拥到面前,为首一人,手执一把铁桨,身高九尺,虎头环眼,喊声如雷。林英空着手抢了上去。那大汉大吼一声,劈面就是一桨。林英往旁边一跳,让过他一桨,他顺手又是一桨,从下面翻起来。林英往后面一缩,又让过他一桨。那大汉两桨落空,怒吼如雷,举起铁桨迎头打下。林英赶紧又往旁边一蹿,恰巧那大汉的铁桨,正打中一块大石头,砰然一声,那一块石头竟被他打得粉碎。林英暗自吃惊不小。这时那些番人一齐拥上前来,刀棒齐施。林英趁着一个空子,夺了一把刀,和众人恶斗起来。胡明急切没有兵器,抢过来一腿踢倒两个,就将这两个从地上抓起来,当着兵器,飞也似的打进重围。那些番人,被他打得五分四散,可是林英却被那大汉逼得团团乱转,急切跳不出圈子。那大汉越杀越勇,眼见林英要走下风了。胡明又被这些番兵缠着,不能过来帮助。

正在这危急之时,瞥见一人,骑着白马,腰挂双刀,纤手执着马鞭子,唰地打了二下子,那马穿云价地冲了进来,只听她一声吆喝,那个大汉回头一看,连忙放下兵刃,往他马前一跪,嘴里不知说些什么。那马上的女子,用手一挥,从后面跑过来许多的女子,一式短衣打扎,每人手里执着一张刀,一捆绳,走了出来将这大汉紧紧地缚个结实。还有那些人一齐抛下兵刃,直挺挺的跪下,这时林英也不懂是怎么一回事,再朝那马上的女子定眼一看,这女子正是方才在楼上掷手帕的。林英倒怔住了,但见朱唇一动,那些黑衣女子,将那些跪下来的人,一个个完全缚了起来。那女子临走时候,斜飘媚眼,向林英嫣然一笑,放着辔环,缓缓地走出人丛去了。

林英呆了半晌,正要和胡明回去,瞥见苏比喘气急急地跑来,向他们问道:“刚才这里有人打架,你们动手不曾?”林英便道:“不错,因为气不过,才动手的。”苏比顿足说道:“这却怎么了?”林英见他这样的惊慌,忙问:“什么缘故?”苏比道:“还问什么,你们准是死也!”林英大吃一惊问道:“难道这里人家打不得抱不平么?”苏比摇头说道:“不是这样说。你们初到此地,哪里知道这里的内幕。那两个执刀棒的汉子,他们本来和我们国里江湖卖艺的一样,但是他们这里有一个规矩,就是卖艺的专门供给人家试验的,不仅是他们自己要几路刀棒,就可以向人家开口索钱了,只要有本领的,谁都可以去比试的。要是将卖艺的打败了,马上就赶卖艺的动身,不准在国里逗留;如果打不过卖艺的,那末不但给钱与卖艺的,还要按月供给他们的粮草呢,方才我在馆驿里听见他们说,拉阿场上有两个野人,帮助卖艺的将四蒙利耶王子府里的八个家将打败。我当时问

他们一个情形，便知你们闯下大祸了。这却怎么了？”

林英听他这番话，方才明白，忙又问他道：“最后一个虎头狷眼的大汉，他难道就是四蒙利耶么？”苏比道：“那个大汉也来和你们动手的么？”林英道：“我将那八个大汉子打败之后，没有一会，他就带着许多人来和我动手了。”苏比将屁股一拍，连珠价响地直说道：“怎了怎了？”林英见他这样，料知事出非常，也觉得费了踌躇。胡明大笑道：“怕什么！这几个鸟男女，已经被那个女子捉去了。”苏比听了这话，不禁诧异地问道：“你这是什么话？”林英抢着将以上的事情说了一遍，苏比听罢，说道：“惭愧，你们的运气真好，可巧碰见她。但不知她何故帮着你们。倒是令人不解呢！”胡明哈哈大笑道：“还问什么，林兄弟命带桃花，到处有人怜爱，究竟是生得漂亮的好。”苏比连声问道：“什么缘故？”胡明道：“他将那八个大将打败之后，那个女子在楼上看见，突然掷下一块手帕来。后来那大汉带了许多人前来和我们为难，正杀得万分危急之际，不想她就凭空的来了，你道不是看中我们林兄弟了么？”苏比听了，便对林英笑道：“恭喜你，恭喜你！三天之内，包管你得到一个公主和你成就了百年的眷属了。”林英涨红了脸，忙对苏比说道：“道引不要尽来开心，你不要听胡大哥撒谎，哪里有这些事呢。”胡明笑道：“这不是冤枉么？我从来不喜和人家说谎话，苏道引你如不信，我立刻给你个见证。”他说罢，一伸手在林英的怀里，摸出一样东西来，向苏比笑道：“这个玩意儿，是哪里来的呢？”苏比接了过来，正在展开细看。林英一纵身便伸手来抢。苏比忙向怀里一缩。胡明忙过来一把将他抱住，口中说道：“还做什么趣呢，好好地让人家看看，究竟是个什么东西？”苏比展开一看，只见里绣着一尊佛，两个和合神，在下角上还留着一个名字，苏比仔细一看，原来是玛丽两个字。他看罢，对林英笑道：“这可无疑是她了，恭喜你，喜星高照。”他说罢，便将手帕交与林英。

林英接过来，不提防他嗤嗤嗤地一连撕了几瓣。胡明、苏比忙用手来夺，却已被他撕坏了。苏比忙道：“林将军动怒，敢是我们看得不好么？”林英笑道：“这是什么话？在小弟的意思，不过因为女子的东西，断不能存留我们男子身边的，不独损失我们的威严，而且对于她也觉有些不恭之处咧。”苏比忙道：“你可错极了，她莫说是个堂堂国王的妹子，就是平常一个女子，人家看中你，怜爱你，你却不能将人家一番好意拂掉了呢。”林英笑道：“苏道引这话，真是奇怪了！你怎么知道她看中我的？”苏比道：“人家有意将手帕掷与你，显见就是撩拨你的。”林英道：“怎能这样说法，人家在楼上或许是失手被风飘下来的，也未可知。”苏比大笑道：“照你这样看来，越是天缘凑合了。试想这场内无数的人，皆未落到他们的身上，恰巧就碰着了你，不是天缘么？”林英正色对他说道：“道引休要取笑罢！不要说我林英已经有了妻室，纵使没有，我林英堂堂七尺之躯，难道就和这番邦的女子配合了么？请你不要讲吧，我们也好回去了。”苏比见他动怒，不便再说，

便和他们回到馆驿之内。

苏比便将以上的事情告诉与蔡谙。蔡谙问道:"这女子果然是国王的令妹么?"苏比道:"怎么不是呢? 这国王有三个妹子:大妹子嫁与白脱司;二妹子嫁与马咸司;惟有这三妹子玛丽生性高傲,而武艺精通,刀马娴熟,有生以来,从未遇见过敌手,所以她目空一切,藐视天下英雄,今年已经十九岁了,还是待字深宫。国王几次要替她择婿,无奈她执意不从。国王不敢十分相强,只得由她自主。她虽然这样倨傲,却是一个性如烈火的女子,她向来和人家是不苟言笑的,我想既然将手帕掷与林将军,我敢断定是已经看中林将军了。"蔡谙笑道:"如果真的,这样倒是千秋佳话了。"林英脱口说道:"中郎你也糊涂了,我难道真去和她配合不成?"蔡谙道:"这也不算什么羞耻的事情。"林英道:"中郎这是什么话呢? 我休说已有前妻,即使没有家室,又何能和番婆子不知礼义的东西结合呢?不要说千古佳话,只怕要遗臭万年了。"蔡谙说道:"林将军请不要动怒,这不过是我们私下里谈论的意思,至于那个公主是否看中了你,还未知道呢!"

他们正在说话之间,国王那边果然着人来请苏比和蔡谙。他二人连忙上朝。那国王对苏比说:"道引,你知道么,现在我们三公主看中了那个姓林的汉将了。"苏比连忙打了一个稽首答道:"微臣已经知道。"白尔部达笑嘻嘻对苏比道:"孤家今天请你来,非为别事,要想请你做个月老呢!"苏比忙答道:"我主的命令,怎敢不依,无奈那个姓林的已经有了妻子。"白尔部达大笑道:"你这是什么话,一个人娶两个妻子,难道多么?"

苏比正要回言,瞥见一个使臣,形色仓皇跑了进来,大声呼道:"比保国兴兵来犯边境了,请我主定夺。"白尔部达听说,便命将四蒙利耶放下来,叫他赶紧带兵去抵敌。

原来这四蒙利耶是众皇子之中最骁勇的一个。他天不怕,地不怕,见了玛丽便骨软筋酥的没了主意了。方才被玛丽传进殿来,说他在外边闯祸,得罪了汉家的大将,所以将他缚来。她又爽爽快快的将林英的本领告诉国王,言话之中,流露一种佩服的口吻。国王点头会意,便令将四蒙利耶锁了起来。这时四蒙利耶放了出来,听说是要他带兵出阵,心中大喜,忙到国王面前谢了恩,点齐十万精兵,前去抵敌。

未到三天,早有探马飞报道:"四蒙利耶阵亡,十万兵死亡投降殆尽,比保的兵马已经闯进边境了。国王闻报大惊失色,无计可施。苏比便上殿奏道:"微臣保举一人,包管旗开得胜,马到成功。"国王忙问:"何人?"苏比道:"大师婆哈达摩法力无边,何不请她前去迎敌呢?"国王大喜道:"我倒忘了。"连忙着人去将哈达摩请来,命她前去迎敌。哈达摩也不敢推辞,带着她的两个徒弟,并一众沙弥前去破敌,未到半日,又有探马来报道:"大师婆与沙弥,完全被比保国的兵杀

了。”国王听得这句话，宛似凭空打了一个炸雷一样，口呆目瞪，不知所措。

这时蔡谙等见这样的急，恐怕城门失火，殃及池鱼，连忙与林、胡商议退避之计。林英慨然说道：“到这里承人家宾礼相待，现在人家到了这危急之时，焉有坐视之理，何不去助他一阵呢？”胡明也是这样说法。蔡谙忙对他们说道：“你们可听见么？那大师婆那样的法力广大，尚且被他们杀了呢，你们为何要去冒险呢？”林英冷笑道：“中郎你也未免忒糊涂了。那大师婆不过是个骗人的妖妇罢了，她有什么法力呢？”蔡谙见他们执意要去，也不好过于阻拦。二人便对苏比说明，苏比自是赞同，忙去告诉与国王。

国王当下又派兵十五万，请林英带兵五万为第一队，胡明领兵五万为第二队，玛丽领兵五万为第三队，又命苏比随着林英去做参赞。

当日林英等点齐兵马，浩浩荡荡直向芥利子城杀来。他们还未到芥利子城，猛见前面旌旗蔽天，矛戈耀日。那比保的头队，已到色生河口。林英忙下令扎营，埋锅造饭。这时还未安排齐整，猛可里比保的营中，金鼓大震，一哨兵马冲杀出来。为首一将，面如重枣，执溜金大锐，怪叫如雷。林英大怒，火速掉枪上马，带队出阵。林英一马当先，也不打话，两个人接上手，奋勇大杀起来，战了一百余合，可是那贼将来得十分厉害，力大无穷。林英到了一百合之后，力气不加，枪法散乱，虚晃一枪，便想逃走，无奈那个贼将，将锐舞得风雨不透，紧紧地逼住，不肯放松一着。林英没法，只得勉强打起精神，和他又战了三十多合，可是只得招架，不能还手了。

这时胡明的第二队已到。听说林英已经出阵，胡明提出双锤，跃马出阵。只见林英被那番将逼得汗流气喘，渐渐的不支了。胡明舞动双锤，拍马飞到垓心，大声喝道：“番狗休要逞能，看咱老子来取你的首级！”他双锤齐下，那番将忙将双镜荡开双锤，接上手，又与胡明大杀了五十余合。林英趁着这个空子儿，兜马跳出圈子，休息了片时，只见他两个翻翻滚滚地杀到八十多回。胡明虽勇，可是那员番将兀自转战不衰。林英飞身上马，摇枪重行抢到垓心。双战那员番将。这时番兵阵内，突然又跳出一个番将来，也不骑马，跑到林英的马前，举起鬼头刀便来刺林英的马腿。林英赶紧将马一带，那马凭空一跃，将他这一刀让过。林英便不敢怠慢，连忙丢下那个用锐的番将，来应付这个步战的番将。一马一步战了四十余合。那个番将马前纵到马后，跃跃如飞，捉摸不定。林英倒有些应付不了。大战了多时，玛丽的第三队已经到了。苏比忙令她出阵助战。她倒提大砍刀，领了一队黑衣番女兵，闯到垓心。此时胡明已杀得锤法散乱，支持不住了。

玛丽长啸一声，飞马前来助战。胡明腾下身子，便兜马回阵。玛丽那口刀舞得神出鬼没，飞花滚雪价地将那番将杀得招架不住。未到三十合，那员番将

丢去一个架子,回马就走。玛丽随后追去。那番将在马上用手一招,登时万弩齐发。玛丽一毫不怯,搅开箭雨,穿云闪电价地追了进去。

胡明在后面望见,忙道:"啊嗄,今番这个女子好道休矣!"话还未了,瞥见林英被那员番将,将马腿捌伤,那马大吼一声,壁立起来,将林英掀翻在地,霎时被那员贼将生擒过去。胡明大惊,正要上马去救,只见番兵阵里喊声四起,纷纷大乱。

霎时玛丽从阵内重新杀了出来,她的嘴里咬着一颗血淋淋的人头,到了苏比的面前,将那颗人头往地上一掷。苏比忙对她叽咕了两句。她连忙掉刀回马,重新杀进阵去。这正是:

碧血浑同三月雨,红颜突入万军营。

要知后事如何,且看下回分解。

第八十七回　过名山狭途逢劲敌　宿古寺隔院听奇声

却说玛丽重新杀入阵去,但见她在番兵阵里,东冲西突,如入无人之境。马到处,尸血横飞,刀来时,肢骸重叠。将那些番兵杀得胆裂魂飞,只恨爹娘将腿生得短一节,没命地四散奔逃。她在马上,一面杀,一面留神向四下里观察。瞥见一个贼将,手执鬼头刀,押着林英,吆吆喝喝地直向大营而去。她把马一拍,赶了过来,大喝一声。那番将措手不及,被她一刀砍死在地下。她赶散了番兵,正要来替林英解缚,猛听得金鼓大震,一队番兵从斜次里冲了出来。她恐将林英伤了,赶快飞身下马,将林英就地抓起,也不及解捆带上了马。这时一声呼哨,万箭如雨。她连忙将刀举起来隔箭。说时迟那时快,粉臂上早已着了三箭。她咬一咬银牙,飞马来取那为首的番将。那番将吓得回头飞也似的逃走了。她也不去追赶,回到自己的营中,将林英放下来,亲手替他解去捆缚。

林英这时又是羞愧,又是感激,偷眼见她咬着牙关,将粉臂上的三枝箭拔了下来,那一股鲜血殷殷地淌个不止。林英到这时,也顾不得什么羞耻了,情不自禁地拔出宝剑来,将自己的袍襟割下一块,走到她的身边,替她重重地裹起。

这时胡明、苏比见她冲入番阵,随后挥动大兵,掩杀过来。这一阵杀得番兵尸横遍野,血流成渠,大吃败仗。胡明等杀到分际,才收兵回营,见林英好好地回来,好不欢喜。她从后帐里出来,因为血淌得太多了,脸上雪白,星眼少神。

苏比等问了个究竟，才知道臂中三箭，大家不胜叹服。再说那比保的营中两个首领，均被玛丽一阵杀了，不禁人人胆战，个个心寒，不由得四散逃窜。有两个小酋长，料知也约束不住，无法可施，只得引兵来归降。苏比便将他们发放了。回来将失去的土地收了转来，这才奏凯而还。

国王见他们得胜回国，喜不自禁，忙命人摆驾迎出波斯城外。蔡谙见胡、林二将，安安稳稳地回来，真个是举手向天，深自庆慰。苏比便将战事大概情形，告诉与白尔部达。白尔部达满口夸赞。玛丽便对国王叽咕两句。国王哈哈大笑道："好好好！就是这样办法。"他说罢，掉过头来又朝苏比说道："道引，前天孤家托你的那件事，可曾替我达到么？"苏比道："前天因为军事匆忙，未曾有空来提起这事，微臣极力撮合便了。"国王大喜，又赏了胡、林二将两尊金佛，一串普陧子，三百斤白金。林、胡忙将佛收下，其余一概不收。

苏比和他们回到馆驿之内，便对蔡谙说道："如今公主玛丽非要嫁给林将军不可，你看这事怎样呢？"蔡谙皱眉道："这事委实太难，一来他已有了妻子，二来他的性子和霹雳一样，别人不能多一句话，我却不好再去开口了。"胡明笑道："此番你们一说，就得成功的。"蔡谙不解他是什么用意。

苏比听得他这话，猛地省悟道："不错，不错。他此番不亏她将他从万军阵中救出来，恐怕早就送了性命咧！我们就去说。"他们便一齐走到林英的房里。苏比首先开口向林英说道："林将军，我此番却认真来讨媒做了。方才国王令我和将军说起将玛丽公主许于将军，未知将军究竟是允许与否呢？"林英此番因为她冒险将他救了出来，情意实在令人佩服。所愁的言语不通，纵然她貌美如仙，结合之后，镇日价不能交通一语，有什么乐趣呢？他踌躇不决地只是发愣。苏比见他默默的一声不作，到不像前番那样的一百二十个不要了，便料到已经有八分认可了。苏比连珠价地催道："将军你素来不是一个最爽直的么，今天为何竟自这样吞吞吐吐的呢？答应与否，请快点回我们一声，是是否否，我们也好就去复命了。"催了半天，林英才说道："公主的盛情，我林英也不是个不解事的，焉能不知呢？但是我生长东土，她偏生西域，言语不通，这是一个难题。再则我已早有妻室，公主此番定要和我配合，还算是嫡，还算是庶呢？"苏比哈哈大笑道："我当是什么难解的事呢，原来是这两桩啊！容易容易，请不要犹豫。她既然和你成了夫妇之后，食同桌，寝同床，不消两个月，言语包管懂了。至于她是第二个嫁给你的，名目上当不能僭居嫡位，不过应付敷衍，完全在你的手段罢了。只重她们两个能安安逸逸的随你度日子，就得了，管她娘什么嫡的庶的。"蔡谙也插口劝解他一回，他也就承认了。

苏比忙去告诉国王，国王不胜欣喜，忙命人安排结婚的仪节，择了一个吉日，便行结婚礼。届时一番热闹，自不必说，可是这玛丽自从和他结婚之后，百

依百顺的，而且她天生的聪明，不上半月，汉家的言语，不独完全懂得，并且能朗朗地脱口说出来，没一些番音。林英好不欢喜。光阴似箭，转眼又过了一个月。

蔡谙日日盼望潜于大师，一直等了两个多月，一些音耗也没有，心中好不焦急。那一天，正在馆驿中发愁，只见苏比跑进来，对他笑道："恭喜恭喜！潜于大师已经到了。"蔡谙听了，喜出望外，忙和苏比一同迎了出来。只见门外两匹白马，背上完全驮着真经。潜于大师见了蔡谙，打了一个问询。蔡谙连忙答礼。苏比又与他握手道苦。潜于大师父便对苏比说道："我此番却不能随诸位到上国去观光了。"苏比忙问："怎的？"他道："我的师父现在正著作《迦楞真经》，要我参核，故没有机会去了。"苏比点头称是，便命人净手斋戒，将真经搬了进来。潜于与苏比、蔡谙等上殿参拜国王。白尔部达又向他顶礼问劳。潜于大师便对国王说道："贫僧师命在身，不敢久于逗留，有缘再会吧。"他说罢，打了一个稽首，飘然而去。

蔡谙慌忙顶礼相送。潜于走后，蔡谙便对苏比说道："我们出国已稽延有八月之久，万不能再为耽搁了。难得潜于大师发慈悲。替不才等将真经取来，现在也好回去了。"苏比忙道："是极是极，我就替你翻译。"他说着，便回过头来对着国王，将他的一番话翻译明白。国王称是。

苏比忙去到馆驿里替他点查真经，放开黄包袱一看，只见里面放着《大乘经》五千部，《小乘经》八千部，《金刚经》三千部，《观音经》五千部，《弥陀经》五千部，《严楞经》三千部，《宝藏真经》三千部，八佛像百帧，共打了八个黄包袱。苏比又将他们的马匹行李收拾停当。

林英便向玛丽道："公主还是随某回汉，还是留在本国，一切均由公主自行裁夺，某不敢擅自作主。"玛丽忙答道："郎君哪里话来，奴家不嫁给你便罢，既然嫁给了你，当然是你的人了，焉有留在本国的道理？"林英道："公主既然情愿随小子一同回汉，那是再好没有了。"他说罢，便对蔡谙说个明白。蔡谙听说她随林英归汉，自是欢喜，忙和胡明等一齐上朝告别。

国王见他的妹子也跟随他们归汉也不好阻拦，免不得又多一番叮嘱。临走的时候，不无生离分别，都有些伤感的。玛丽却一毫没有惜别的样子，欢欢喜喜地到各处去告辞。最后国王向她问道："贤妹，此番归汉，几时才能回国来叙叙呢？"玛丽很爽地忙答道："多在三年，少则二载，总要回来探望的。"国王领着众大臣，一直将他们送出东门。蔡谙屡次请他转驾，国王才转道回宫。

惟有苏比又将他们送了一程。蔡谙再三阻止，向他问道："苏兄仁义过天，小弟此番到这里多蒙照拂，铭感难忘，不知何时才能酬报大德哩。但是久客异乡，终非长策，未卜几时倦游而返呢？"苏比听了他这番话，不禁触动思乡之感，眼眶一红，流下泪来，默默的半晌，才答道："回乡这层，不过随遇机缘罢了，岂能注定呢？而且千山万水，实非易事。"蔡谙听他这番话，便知道他不愿回去了，却

也不便再说，只得请他回去。苏比才放马怏怏地回去。

蔡谙等马上加鞭，归心似箭，在路行程已非一日。韶光逝水，不知不觉地又到一个多月了。那天蔡谙用鞭稍向前一指问道："林将军，那前边黑暗暗的不是一座山头么？"林英抬头一望，忙道："是的，我看这座山好像昆仑山的样子。"蔡谙惊喜着说道："照这样说来，足下就进了中原的境界了。"林英道："如果的确是昆仑山山脚下，自然是中原的境界了。"他们一面谈着，一面策马，飞也似的赶了过来。不多一时，已离昆仑山只有半里之遥了，只见道旁有许多人在那里驱逐骆驼。林英笑道："有八成是昆仑山了，我常听人家说，昆仑山下产生野驼，专吃田间的五谷，那边不是许多人在那里赶逐骆驼么？"蔡谙抬头一看，不禁大喜说道："可不是么？不要讲别的，你看那些人，谁不是穿着中原的衣服呢？"大家说着，已到山跟脚下，只见那些牛皮的帐篷，搭得一个靠住一个。胡明嚷道："自从上路以来，晦他娘的一气，一顿饱饭也没有吃过。"林英笑道："用不着埋怨了，瞎子磨刀，望见亮了，快要到家了，顶多再挨一个月饿罢了。"他说着，下了马，寻了一家酒店，大家吃了一个饱，安息一宵。

次日清晨，用了些点心，便又登程。这时正当五月里的时候，只见这昆仑山上树木连云，蝉声杂噪，野花含笑，怪石点头。蔡谙在马上不禁心畅神怡，回头说道："究竟还是我们中原的景致来得美丽，不似那国外的景致，黑水白山，到处现出一种可怖的形象来。"林英道："怎么不是，我们在波斯国里足足住了两个多月，绝不高兴出去闲逛，因为见了异乡的风景，反而触起思乡之念，不如不见为佳。"他们在马背上，谈谈说说，不觉已经进了山麓。蔡谙见两边的山崖峻险，忙对他们说道："此地非常孤险，大家千万要小心防备！"

这句话还未说完，猛可里一棒锣声，从深林里拥出一队强徒，一式的红巾抹额，各执刀枪，拦住去路。把个蔡谙吓得面如土色，险些儿撞下马来。林英忙拔宝剑对蔡谙道："中郎休要惊怕，谅这几个小毛贼，何足为患？"话声未了，胡明早已拍马悬锤，飞也似的冲到那一队强徒的面前，扬声问道："你们这几个牛子，在这里拦住老子的去路，意欲何为？"那些强徒，一齐高声大叫道："怕死的赶紧丢下买路钱来！"胡明听得这话，不由得哈哈大笑道："好贼崽子，你们要向老子讨买路钱么？我倒肯，就是有两个伙计不肯。"那些强盗听他这话，连忙问道："你的伙计在什么地方？叫他出来，和我们较量较量。"胡明将大锤一挥，向他们笑道："你看，这就是我的伙计。你们如果不服气，先送个榜样与你们看看。"他说罢，荡起大锤，向右边一块磕头石上就是一下子。这时猛听得砰然一声，那块石头被他击得火星四射，登时粉碎。那几个强盗见了，只吓得倒抽了一口冷气，抱着头，没命的逃去了。胡明也不来追赶，带转马头，径向蔡谙这里而来。走到蔡谙的面前，笑道："方才那几个牛子只消一锤，就吓得胆裂魂飞地逃了。这样的

脓包，还要来做劫路的，岂不笑倒人么？”林英道：“你不要这样说，还防他们有大批的羽党呢？”胡明笑道：“用不着你们过虑了，我说他们不敢再来寻死的了。”林英摇头答道：“不见得，不见得。”说着又走了一程，渐渐地到了山崖之上，一片平坡，一眼望去足有数十里之遥。林英笑道：“到了这里，可用不着再来顾虑了，凭他是千军万马，也好突进去杀个畅快。”蔡谙定了一定神，对林英道：“还是小心一点为佳，不要碰见了大批强盗，人众我寡，倒不能就说没有顾虑呢。”

他刚刚将这句话说完了，猛听得后面喊声大起。蔡谙好像惊弓之鸟一样的，无处可藏身体。林英回头一看，只见一大队红头巾的强盗，为首两个骑着高头大马，头抹红巾，一个操枪，一个提着独脚铜人，穿云闪电般追了近来。林英忙向胡明说道：“你保着郎中先自前行，这里有我和她呢。”玛丽勒马横刀等候厮杀。胡明保住蔡谙先向东而去。霎时那一大队强盗，赶到面前。那个虬髯大眼的强盗一举独脚铜人，闯了过来。厉声骂道：“不怕死的牛子，胆敢从我们山上经过，还敢口出浪言，可知道咱家的厉害么？识时务的，赶紧留下买路钱来！如有半字不肯，咱老子铜人一动，管教你立刻到阎王那里去交账！”玛丽把马一夹，飞入垓心，也不打话，挥刀就砍。那强盗举起铜人接住。他两个一冲一撞，大战了八十多回合。那个使枪的，长啸一声，抢到垓心，摆动长枪，正要助战。林英见此情形，更不能耐，将马一拍，那马双耳一竖直冲过来，接住那使枪的贼将。四个翻翻滚滚地大战了一百余合，不见胜负。玛丽杀得性起，将刀一横，霍地平砍过来。那使铜人的大汉，赶紧将头一低，让过她一刀。说时迟，那时快，头上的红巾，已经被她削去了半截。那个贼将吓得魂落胆飞，一转马头，就想逃走。她哪里肯舍，拍马追上，长啸一声，刀光飞处那贼将的首级，骨碌骨碌地向草地上滚去。一众的强盗，吓得回头就走。那个使枪的贼将，见那个使铜人的被她斩去，心中一慌，被林英一枪刺下马来。玛丽还要去赶杀贼兵，林英忙喊道：“贤妻，穷寇莫追，由他们去罢。”玛丽才收马回来。

二人并马来赶胡、蔡二人，不多时已经赶上。只见蔡谙面无人色，在马身上只是乱战。林英忙对他喊道：“中郎，请不要怕了，那两个贼崽子，已经被我们结果了。”蔡谙见他们好好地赶来，心中才将一块石头推去，满脸堆下笑容来，问道：“那两个凶神似的强盗，果然被你们杀了么？”林英笑道：“不将他们杀了，我们就能好好的来么？”

四人又撵了一程，看看天色已晚。林英道：“这可失算了，在这山上，到何处去寻息宿之处呢？”蔡谙道：“我们且走去看，如有人家更好，实在没有，我们就行了一夜，也不妨事的。”林英点头道好。正是说话之时，猛听钟声当当，鼓声咚咚。胡明道：“好了，这不是钟鼓的声音么？一定有什么寺院在此，我们且去寻寻看。”

四人趁着这钟声，一路寻来，不多时，到了一座古庙的门口。蔡谙迎着月

光，细细地一看，只见上面有三个大金字，亮灼灼的乃是"停云寺"三个字。胡明便下马上前敲门。不多时门开了，走出一个小喇嘛来，向他们一看，缩头就要关门，被胡明一把将他扯住。那小喇嘛吓得扑秃往下一跪，满口哀告道："大王爷爷，你们请到别处去发财罢！我们这里是座穷庙，收入几个钱，还不够吃饭的呢。"胡明听他这话，不禁嗤地笑道："扯你娘的什么淡，咱老子又不是劫路的大王，是来向你们这里借宿的。"那个小喇嘛听说这话，一骨碌从地下爬起来，没口地答应道："有有有，请爹爹放手，让我进去问一问我家师父。"胡明便将他放了。小喇嘛狗颠庇股地跑了进去。不多一刻，他又从里面跳了出来，忙道："不行，不行，我家师父说的，我们这里是清静的佛地，不能供往来过客住宿的。"蔡谙道："小和尚烦你再进去与你家师父说，我们是汉帝驾下的大臣，从天竺国刚刚将真经求回来的，走到这里，向他借宿一夜。"那小喇嘛赶着又跑了进去，没多时，从里面对他们说道："请你们进来罢，我们师父已经答应了。"蔡谙等称谢不尽，随着那个小和尚进了中殿。那小和尚用手向东边的耳房一指道："我家师父吩咐的，请你们就到耳房去安息罢。"

蔡谙等进了耳房，只见里面陈设着不少的床铺。他四人各寻一个床铺，安身睡下。林英睡的一张床，贴着北边的墙，他正要入梦，猛听得一阵阵奇怪的声音，传到他的耳朵里。这正是：

属墙原有耳，窗外岂无人

要知后事如何，且看下回分解。

第八十八回　漏泄春光淫髡授首　望穿秋水淑女怀人

却说林英刚要上床睡觉，突然有一缕尖而且锐的声音，从隔壁传来，细听起来真个是如怨如诉。他不禁暗暗地纳罕道："这可奇怪了！这里是个清净的佛地，哪里来的这种悲伤的啼哭声音呢？"他回转来一想，自己对自己说道："这也许是小和尚读经不用心，被大和尚打了，在暗地里啼哭的，也未可知，管他娘的，咱且去寻好梦去。"他说罢，和衣倒下。可是那奇怪的声音，总是在他耳鼓里缠个不住。他三番两次地要想去入梦，但是那一种疑惑的心理，只是不肯除掉，耳边似乎有人对他说道："你去看看，究竟是一回什么事情？"他身不由己地重又坐了起来，便要下床去看看究竟。猛地忽又转过念头："各家自扫门前雪，休问他

人瓦上霜。睡休睡休!”他又倒下,停了一会子,满想安魂定魄地睡去。

谁知任他怎样想睡,总是睡不着。那一对眼睛,兀地不肯合起来,白灼灼地四下乱望,不多时将心血搅了上来,浑身烦躁,好不难过。他无奈只得重新坐起来,侧着耳朵,贴墙细细地听了一会。他可是狐疑满腹,暗道:“这声音断不是哭声,而且又不是叹息声音,简直说不出是一种什么声音。”他到了此时,耳朵边喊他的声音,比较从前又厉害些,似乎有人在那里催他道:“为什么兀地迟疑着不肯去呢?”

他被这狐疑的心理驱使得太厉害了,便下了床,轻手轻脚地从房里走了出来。只见外面的烛灯俱已熄尽了,黑黝黝地只听见众人鼻息的声音。他蹑足潜踪地走出耳房门外。那天上的残月,只有一线挂在屋角,几十个星在旁边拥聚着,放出丝丝的惨淡光芒。那天井里一个大黑影子,足有一丈多高,似乎张开一副可怕的面孔,在那里向他狞笑的样子。他定一定心神,蹲下身子,仔细一看,原来是一个七级的宝塔式的铁香炉。他放开步慢慢地走到天井里,四下里一打量,无奈月色迷糊,一切都不能辨别明白。他向这中间的大殿走来,进了大殿,只见神台前还有一枝半明半暗的残烛在那里点着。他借着烛光,四下里一看,那两旁的泥像,有的坐着,有的站着,绿眉花脸,牛头马面,赤发獠牙的,不一而足。他猛地一看,不禁倒退数步,自己对自己笑道:“你可太痴联了!这都是些泥塑木雕的偶像,他们的体质都是死僵的,怕他怎的?”想到这里,胆子渐渐的也随着壮了起来。他鼓足了勇气,到各号的神像面前,仔细望了一个畅快。但是他们真是温存着脸,一任他在那里窥看,也不出声。他在四周走了一转,觉得阴风飒飒,鬼气森森,耐不住打了一个寒噤。

他便想回去,正从那东边转了出来,猛可里只听得呀的一声。他一愣,连忙朝着发出声音的地方望去,瞥见那东北角上一个木偶像,移了离出原位三尺多远。他不禁大吃一惊,暗道:“不好了,敢是这木像成了精了么?”再来仔细对着木像跳开的地方一望,只见现出一个门来。他不禁暗暗纳罕道:“这真奇了!我倒要来看他一个究竟呢。”正自疑念间,又听得吱呀一声,他定睛一瞧。那门里走出一个女子,浑身缟素,手里拖着一条一丈多长的白绡,从门里面慢慢地走了出来。他赶紧往一个泥判官身后面一掩,屏着气。只见那个女子轻移莲步,婷婷袅袅地走到神前,向一个大蒲团上往下一跪,深深地拜了四拜,坐在蒲团上。他迎着烛光望去,但见这女子生得十分娇俏,真个是秋水为神,玉为骨,芙蓉如面,柳如眉,一双杏眼睡得红光灼灼的。那裙子下面一双小足,瘦削得不满三寸。她坐在蒲团上,微微地吁了一口气,伸出右边一只玉手,到头上整一整鬓。这时林英暗道:“怪不得我在耳房里听见有人哭泣啊!原来还是她呢。我想这寺里,一定藏着不少歹人。今天碰着我,管教他皆作无头之鬼了。”他想到这里,便想立起来去问那个女子的究竟。转身一想,暗道:“不对不对。我冒冒失失地

出来去问她,她一定是很惊疑的,不肯告诉我,不如在这里再耐一会子,且看她在这里做些什么。”

他正在那里打算,瞥见神龛后面,又现出一个中年的妇人来,两只眼睛突出眼眶,舌头也拖在唇外,披着一头的黄发,一蹶一跛地走到神前,往下一跪,只是磕头不止。最可怪的,就是那蜡台上的半枝残烛,自从这散发的妇人走出,忽然变了颜色。从前是白灼灼的光彩,现在却改了一种碧绿的颜色了。林英不禁大吃一惊,暗自说道:“不好了,这个妇人,莫非是鬼么?”他想到这里,浑身的汗毛,一根一根的都直竖起来。那个散发的妇人在神前磕了一阵头,便转过来,又朝着那个坐在蒲团上的女子,不住地叩头。那个女子似乎没有看见的样子,微睁杏眼,叹了一口气道:“天哪!不想我方绿睛竟在这陷人的坑里,老鹰拴在腿上,飞也飞不起,爬也爬不走。娘啊!你老人家可知你的女儿在这里受罪么?”她说罢,泪如雨下,玉容憔悴,可爱可怜。可是那个散发的妇人,仍在地下叩个不住。停了半天,她才立了起来,咬一咬银牙,泼开樱口,悄悄地哭着骂道:“恶和尚!奴家被你玷污了,你不要逞着淫威,我就是死了,也要变着厉鬼来追你的魂灵的。”她说罢,重复坐下痴呆呆地对着那惨绿的灯光,直是流泪。那散发的妇人,在地下头越叩越紧,隐隐地听见得得得的有了声音。那女子便再也坐不住了,重新站了起来,理一理手中的白绡,将尖尖的小脚在地上一蹬,嘤嘤地哭道:“娘呀!女儿和你今天永别了。你的女儿死了,可怜你不知道在什么地方死的呢?娘呀,你的女儿死了之后,你老人家不要常常牵肠挂肚的,只当少生一个女儿罢。”她说了一会子,恨恨地便走到神龛之前,将白绡往下面一拴,在下面做了一个扣子。这时那个散发的妇人,叩得竟像敲木鱼的一样,得得得的不往。

林英看到此时,再也不能忍耐,忙向腰间来拔宝剑。谁知伸手在腰间一摸,奇怪极了,宝剑早已不知去向,他发急忙道:“不好不好,眼见这个女子也不能去救她了!我的宝剑也不见了,难道被鬼摄了去么?”他猛地想出一个主意来,便轻轻地伸手将这判官手里捧着的泥元宝,约摸有碗来粗细,他取到手中,闪了出来,照定那个散发的妇人头着力掷去。猛听得壳秃一声,那个妇人不知去向。猛见那神前陡然现出无数磷火,绿阴阴地闪着,霎时渐渐地连了起来,共成一个极大的火球,一炸之后,就没有一些影迹了。那神前的残烛,依旧复了光明。

林英这时更不怠慢,飞步便来救那个上吊的女子。他还未走到她的身边,叭的一声,那白绡忽然断了,那女子落在地下。林英好不奇异,走到她的跟前,低头一看,那头上的白绡扣子,早已不知去向。但见她星眸紧闭,粉脸无光。林英到了这时,也顾不得什么男女授受不亲了,蹲下身子,慢慢地将她从地上扶到自己的腿上,用手在她的樱口上一摸,不禁说了一声惭愧,幸喜还有些气,连忙替她在柳腰上摩弄了几摩。她才爽爽快快地苏了一口出气,微睁杏眼,朝林英

一望，不禁诧异，连忙挣出他的怀中向他问道：“你是什么人，为什么要来救我的性命呢？”林英道：“随便什么人，难道人家见死不救么？恐怕天下也没有这样的人吧。你这女子究竟有什么冤枉，不妨对我说明，我可设法救你。”那女子听他这话，又朝他上下打量了一回，只见他满脸英雄气概，便知是个非常的人物，连忙深深地拜了下去。林英忙道：“你有什么委屈的事，尽管说来，不用客气罢。”那女子悄悄地说道：“客官！此地不是谈话处所，恐怕被恶人听见。”林英忙道：“既如此，找一个僻静的地方去。”他说罢，便对那个女子招招手，自己先走出了大殿。她也随后跟了出来。

不多时，到了东边的耳房里，林英在身边取出火种，将蜡烛点起，顺手将门紧紧地闭起，便对那女子说道：“你且坐下，有什么冤情，慢慢地告诉我罢！”她羞羞答答地坐了下来，哽哽咽咽地问道：“你这个客官，尊姓大名？”林英见她问话，便答应道：“我姓林名英，乃是汉大皇帝驾下明显大将军是也。”她连忙改口说道：“将军，今天蒙你将奴家救了活过来，承你问，我怎能不诉真情呢！奴家本是山北面合子岗的人氏，奴家姓方名唤绿睛。上月十二日，我的父亲死了，我家到这里来请僧超度。不想这里的和尚，起下不良之心，半夜将奴家盗了出来，囚在他们一个幽房里。有个主持和尚，生得十分凶恶，三番两次来到幽室里，要行非礼，奴家抵死不从，他想了一个方法来，吩咐另外两个贼婆娘，有意用酒将奴家劝醉。可怜我吃醉了之后，就不晓得什么了，那个天杀的恶和尚，就来硬行。”她说到这里，呜呜咽咽地哭个不住。林英忙问道：“你岂不可逃了出去呢？”那女子道：“将军，你只知其一，不知其二。这里墙高门紧，奴家又是个弱小的女子，怎样逃法？而且他们又一步一防。”林英问道：“他们用什么东西将你盗出来？”她道：“还记得我家父亲死了，将他们请来念经超诵。那时我在孝帐里守孝，到了三更之后，不知不觉地昏昏睡去，一梦醒来，却不知怎样就到这里来了。”林英又问道：“这里共有多少和尚呢？”她道：“大大小小差不多有五十多个。”林英便对她说道：“马上我们去寻他们，却不知道路，要烦你带一带路。”她点头答应。

林英便走到胡明的房中，将灯点起，用手将他一推，口中喊道：“胡大哥，快快醒来！”只听他酣睡沉沉，鼻息如雷，再也不会醒的，并且说起梦话道：“快点拿饭来！咱老子吃饱了好走路。”林英不禁好笑，忙又用手将他极力的一推。他冒冒失失地一骨碌坐了起来，一伸手将林英揪住，闭着眼睛骂道：“贼崽子，你可逃不了。”林英忙悄悄地喊道：“是我，我是林英。”他听见他的声音，才放下了手，揉开睡眼笑道：“原来是你，我还当是一个窃贼呢。”林英笑道：“你这样的睡法，只怕连人被人家窃去，还不晓得呢。”他笑道：“林兄弟，你半夜三更的不睡觉，到我这里做什么的？”林英便将以上的事情，细细地对他说了。他翻身下了床，提起大锤，往外就走。林英忙扯住他问道：“你现在哪里去？”他翻起白眼朝林英说

道："事不宜迟，就去动手。"林英跌脚道："你又来乱动了，打草惊蛇的顶不好。"他道："依你怎么样子干呢？"林英道："你不用心急，我自有道理。"胡明只得止住脚步。林英又去将玛丽喊醒，教她保住蔡谙，不要声张。玛丽连连地答应。

林英便教那个女子前面带路，一直走到大殿东北角上。那女子对林英说道："将军们，从这个角门进去，每一个房里，都有一个关捩子设在门后面的墙上。你将那关捩子一按，马上就会现出门来了。"林英点头会意，正要进去。胡明对他笑道："你空着一双手，就想去捉强盗了么？"林英才晓得自己没有带兵器，忙对那女子说道："这里用不着你了，你可随我去罢。"他说罢，将她带到耳房之内，自己到房间里，取出弓弹宝剑，走到大殿里面。到了胡明的跟前说道："胡大哥，你就在这里守着，让我进去；如果有人从里面逃了出来，你切不要放他过去。"胡明点头答应，擎着大锤，目不转睛地向门里候着。

林英进了角门，便到门后面的墙上，用火种一照，果然有一个关捩子嵌在上面。他用手一按，瞥见帐子后面露出一个门来。他屏着气，走进门去，只见里面一点声息也没有。他复用火种一耀，只见这房间里一个人也没有。他又走去寻着关捩子一按，有一面经橱，忽然移了过去，出现出一个门来。只见里面有灯光从门隙中露了出来。林英便知里面一定是他们的藏春之所在了。他拔出宝剑来，轻轻地将门一撬，那门不用推，自然开了。林英伸头一瞧，只见里面摆着三张床，帐子一齐放下。他走到床前，一手将帐子一揭，只见一个和尚搂着一个女子，正自睡着。他一剑两个，不一刻，三张床上六道魂灵一齐巫山十二峰去了。林英正要去寻关捩子，猛听得隔壁有呻吟的声音。他回头一看，那屏风后面又是一个暗门。他走到门口，侧耳听着里面有人说道："超凡，你还未足性么，由晚上一直弄到这会，人家怎生吃得住？"这时又有一个人声音，喘吁吁的答道："心肝，这个玩意儿，只有我们男子弄疲倦的，却不曾听见个女子回嘴不干的。我这样的用力，不是正合你的胃口么？"他说罢，便大动起来。那张木架床，只是咯吱咯吱去和那女人呻吟的声音。

列位，林英在定更的时候，听见是那里的声音呢？却原来就是这里的声浪。他这暗房却紧贴林英睡的耳房，所以一切动静，林英都能听见的。林英听罢，一腿将门打开，一个箭步跳到床前，举起宝剑，正待发作，瞥见一样东西，从帐里飞了出来。林英晓得是暗器，赶紧将头一偏。那东西到对面的墙上，撞个来回，原来是一块飞蝗石。林英一手将帐子一揭，冷不提防，那第二块石子又从帐子里发了出来，躲让不及，右手腕着了一下，幸亏他的刀握得紧，否则连刀都被震掉。他咬一咬牙齿，一剑劈去。那和尚将身往床里边一滚，一剑正着那个下面的女子。林英赶着又是一剑，照定那个和尚的肚皮刺去。那和尚何等的厉害，趁势往床下一滚。林英正要再来寻他，不提防他从帐子西头钻了出来，在壁上取下

一把截头刀,霍的一声,向林英面上劈下。林英将剑往上一迎,只听得呛啷一声,早将他的刀削去了半截。那和尚不敢恋战,回头出门就走。林英随后追来,一连过了三道暗门。林英从后面吆吆喝喝地赶了出来。

胡明听得里面喊杀声音,心里早已痒痒地要去动手了。无奈又恐有人从这门里逃出,他只得耐着性子守候着。猛听得有脚步声音,从里面奔了出来,胡明擎着大锤,身子往旁边一掩。霎时那和尚赤身露体的从里面奔了出来。胡明手起一锤,正中那个秃头。壳秃一声,脑浆迸裂。那一个万恶淫僧,早登极乐了。林英听见,连忙在里面喊道:"胡大哥!不要将这秃头放走,要紧!"胡明笑道:"用不着你关照了,这秃头早送他到老娘家去了。"林英走出来一看,只见那和尚倒在地上,头打得和稀烂西瓜一样,忙唤胡明重复进去寻了一遍,另外也没有暗室了。胡、林二人才回到耳房。

这时蔡谙已经醒了,提心吊胆地等了半天,见他们来了,连忙问个究竟。他二人将方才的事情说了一遍。那方绿睛感谢不尽。不多时,天色大亮,林英便将寺内所有的和尚,一齐赶了出去,点起一把火来,烧得烟焰障天。

林英正想打算将方绿睛送回家去,不料她家里的人已经寻来,听说这样的原因,千恩万谢地将她带了回去。

林英等上马就走。又走了三四天,那天到了宁白村口,早有人进去报于富平。富平喜不自胜,忙到后面,对她的女儿说道:"孩儿!用不着再在这里愁眉泪眼的了,林将军已由天竺国回来了。"她听说这话,赶紧站起来问道:"果真吗?"富平道:"谁骗你呢!"她连忙出来。富平也跟着出来。

父女二人刚出大门,瞥见蔡谙等三人,另外又多一个美丽的女子,浑身上下一式俱是番邦的打扮。这正是:

洞房七日悲长别,妆阁今朝又画眉。

要知后事如何,且看下回分解。

第八十九回　金莲瓣瓣佛座作阳台　玉笋纤纤鱼书与楚狱

却说富淑儿和他的父亲,出了大门,就见蔡谙等三人,另外还有一个年轻貌美的女子。她不禁疑惑道:"这莫非是天竺国随来的法婆么,看她这样的打扮,煞是奇怪,究竟是个什么人呢?"

不说她在那里狐疑不决，再说林英一进了村口，远远地就望见淑儿在门口，倚在她的父亲身边，在那里遥遥的盼望。他不禁勾起了一层心事，暗道："她的本领品貌，论起来还不在玛丽之下，如果她要责问我重娶，我却拿什么话去应付她呢？她如果是个温柔和蔼的女子，还不会发生什么笑话。万一她是个嫉妒成性，免不得各生意见，争宠夺夕，那就要糟糕了。"他越想越愁，不禁脸上现出一种不可思议的面容来。

胡明对玛丽说道："妹妹，你可知道这里就到林兄弟第一个夫人的府上了。"玛丽忙道："果然到了么？"胡明点头笑道："到了到了。"玛丽听说，心里也起了一种感想，暗道："还不知他的前妻究竟是个什么样子的人物，丑的美的，都休去问。但是她的性格与我相合，固然是不生问题；万一性格不合，小觑了我，却怎生应付呢？到了那时，她一定笑我是个番女不知礼义，我倒没有话好去和她抵抗呢。"

不说她暗自打算，这时已经到了门口。蔡谙等翻身下马过来和富平见礼。胡明忙对玛丽道："妹妹，站在西边的那个女子，就是林兄弟的夫人。"玛丽轻移莲步，走到淑儿的面前，操着汉邦的言语说道："姐姐在上，小妹这里施礼了。"她说罢，便折花枝地拜了下去。淑儿倒莫名其所以，急忙的也拜了下去，二人互相谦虚了一会子。胡明大笑道："不是一家人，不进一家门，你看她们第一次见面，就这样的亲热起来。林兄弟！你站在这里发什么愣，还不快一点来替她们介绍一介绍么？"富平见他的话，倒有几分明白，便向林英问道："这位小姐是谁？"林英见他一问，不禁满面绯红，半晌答不出一句话来。胡明大笑道："富老丈，还问什么，这位是林兄弟的第二个夫人。"蔡谙又和淑儿见过了礼。富平忙将他们请进大厅，一面令家人摆酒侍候。

淑儿听见玛丽是林英的第二个夫人，猛的心中灰了半截，暗道："不想这个薄幸郎，竟做下这样的负心事来。好好好，现在暂且耐着一刻，等你到后面，再和你讲话！"她想到这里，不禁星眼向林英一瞅，一张粉脸上不由地现出一种含嗔带怒的情形来。

林英见她这样，暗道："不好不好，果然上了我的话了，不要讲别样，一见面就这样的闹醋劲了，可见日后永无安宁之日了。"他想到这里，不由得愁上眉梢，痴呆呆地望着杯中的酒，默默地一声不做。

富平还未解透其中的情形，举起杯子向林英说道："今天老夫特备一桌酒，替你们洗尘，将军何故这样的怏怏不乐呢？莫非老夫有什么不到之处吗？"林英忙立起来答道："泰山哪里话来，小婿因为沿途受了一点风寒，所以到现在身上还有些不大适意，承你老人家这样厚待，小婿感激还没有感激处，哪里还敢见怪呢。"胡明插口笑道："林兄弟的毛病我晓得，就是因为……"他说到这里，蔡谙忙向胡明使了一个眼色。胡明便不开口，富平忙道："既是贤婿身体不适，一路上

鞍马劳顿，先到后面歇一会去。”林英忙道：“用不着，用不着。”淑儿也不言语，倒是玛丽问长问短的十分亲热，淑儿懒懒的和她去敷衍。

后来富平问起林英如何与玛丽结婚的话来，蔡谙便一五一十的将林英如何陷入番营，玛丽如何冒死救他出来的一番话，说了清楚，富平这才明白。淑儿听了蔡谙的这番话，便将那一片妒疑的念头，登时打消，粉脸上现出笑容来，向玛丽离席谢道：“拙夫身陷番营，多承姐姐大力救了出来，愚妹妹感谢不尽了。”玛丽赶紧答礼道：“姐姐哪里话来，自家的姐姐，何须客气呢！”她说罢，连忙一把将她扯了坐下来。二人谈到武艺一层，说刀论棒，十分投契，只恨相见太晚。林英到了这时，才将那颗突突不宁的心放了下来。

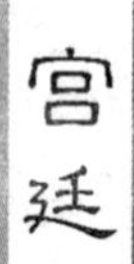

不多一会子，大家散了席，林英便到后面去拜望岳母。到了晚间，富平命人收拾几间空房间来，让蔡谙等去休憩。又在淑儿的卧房对面，收拾出了一间空房来，请玛丽安息。

再说林英到了这时，当然是先到淑儿的房间里去。一则是久别重逢，急于要叙一叙旧情，再则自己娶了玛丽，本是一桩亏理的事情，趁此去笼络笼络她。他走到淑儿的房中一看，却不知她到哪里去了。只见一个丫头名叫小碧的，坐在梳装台旁边，在那里打盹。林英便咳嗽一声，那个丫头惊醒了，揉着睡眼见他进来，忙站起来说道：“姑老爷请坐！”林英道：“你们家小姐到哪里去了？”那个小丫头忙道：“小姐在对面那位番小姐那里谈着呢。”

林英听了就回转身忙向对面的房里而来。走到房门口，偷眼往里一望，只见她两个正在谈得高兴。林英一脚跨入她们的房间，才将她们的话头打断。林英笑道：“你们谈得到好，将我都不理了。”她们见他进来，忙着一齐立起，叫他坐下来。淑儿笑道：“人家正在谈得高兴，谁让你撞了进来？”林英对淑儿笑道：“现在天不早了，也好回去睡了。”淑儿笑道：“我睡与不睡，与你有什么相干！要你在这里噜苏什么呢。”林英笑道：“你不着急，我倒有些着急了。”她听说这话，不禁满面通红，用星眼向他一瞅道：“啐！谁和你说混话？”林英笑道：“我倒是实在的话，良宵苦短，有话明天也好谈的。”玛丽也跟着劝道：“姐姐，天不早了，请回去安息罢。”她玉体横陈的往玛丽的床上一躺，笑道：“谁和你去胡缠呢，快点走罢，让我与妹妹在一起睡一夜安稳觉罢。”林英又说了半天，她响也不响。

林英没法，突然想出一个主意来，忙向玛丽丢了一个眼色。她便会意，托故出了房门，径到淑儿的房中去睡觉了。林英将房门一关，走到床前，便替她宽衣解带，同入罗帏。一度春风，沾尽人间艳福。俗语有一句话，说新婚不如久别，个中滋味，又非笔墨所能形容于万一的。到第二天，林英带了淑儿、玛丽一齐到后面去告别，免不得又是一番叮咛难舍，说也不尽。

蔡谙等辞了富平，出了宁白村，竟往东方而来，一路无话。一直到七月十三

日，才抵长安的西门，早见受经台筑得高入云霄，彩画得十分庄严富丽。

蔡谙等还未到台前，早有十里亭亭长飞马进城报告蔡谙回来的消息。明帝闻得黄门官奏道："蔡中郎现已将真经取了回来了，现在已经到城外的受经台了。"明帝闻奏大喜，忙命侍臣大排銮驾，带了众文武，一齐出城迎接。

蔡谙远远地望见羽葆仪仗，晓得圣驾出城，慌得滚鞍下马，伏在路旁。林英等也就跟着下马，俯伏蔡谙的后面。不一会，明帝的銮驾到了。蔡谙等三呼万岁。明帝连忙下辇，将蔡谙搀了起来，口中说道："卿家们一路上车马劳顿，无须拘礼了。"说着，便命林、胡等一律平身。蔡谙等舞蹈谢恩。

这时内侍臣捧出金壶玉浆，明帝亲手挨次敬了三杯。蔡谙等又谢龙恩。一会子，各种仪式，俱已做过。那御驾前面的校尉，一队一队的向受经台上开发。早有内侍臣将白马背上驮的真经搬了下来，恭恭敬敬地捧上台去。明帝领着众臣上了台，当有司仪官喝着礼典。明帝昭告四方，擎着香对四方拜了四拜，缓步正位。蔡谙将真经一袱一袱的捧到案前。众大臣从未见真经是个什么样子，所以大家一齐聚拢来观看。只见明帝慢慢地将黄袱放开，一一查点，与蔡谙所报之数，实相符合，便先将《大乘经》第一卷展开，与诸大臣一并观看，只见里面奇字满纸，怪言充幅，一点也不能了解，不禁十分纳闷。有几个明达的大臣，见了这经满纸荒唐，不禁互相暗笑。

蔡谙晓得众人不懂，忙俯伏奏道："我主容奏：佛经旨意玄深，一时不易懂得，请静心研习，当不难彻悟也。"明帝闻奏称是，便命守台官将真经藏好，摆驾回殿，加封蔡谙为大司空，胡明为宁远侯，林英为白度侯，两个夫人，也有极品的官诰，按下不表。

明帝自从得了真经之后，便下诏大赦天下，死囚俱释放出狱，到处建筑庵观寺院，容纳僧道之流。一面又命将取来的真经命人刻版重印，以期普及。不到三月，果然风闻全国，家家吃素，户户念经。

这时单表一人姓刘名英，这人本与明帝是介兄弟，乃是光武帝第十一个殿下。他乃是许美人所生的。当明帝即位时，便封他为楚王，地土极小，而且又穷弱不堪。明帝本来是个宽宏大量的主子，见他的范围又小又穷，倒也可怜他，常常有些赏赐。

不想这个楚王刘英却是一个豺狼，面子上到还不敢出明帝的范围，暗地里却反对得极其厉害。他在渔阳、上谷一带，真是为所欲为，收吸民财，怨声载道。家里藏着无数的美妻娇妾，常常有谋为不轨的念头，无奈兵力又少，不敢公然起事。他听说明帝取来真经，他不禁生了歹心，一面着人到长安去请僧道，一面在渔阳城内建筑一座极大的元云寺，命一群百姓俱来烧香祈福，自己也镇日价的在寺里混着。这元云寺里的主持僧，名叫道慧，年纪差不多还没有二十岁，生得

滑头滑脑的，极其刁钻。他晓得刘英的心思，便造了许多无稽的瞎话，把个刘英弄得天花乱坠，言听计从。将这道慧便像菩萨一般的看待，常常将这道慧带到府中，请斋陪席的百样殷勤。

这道慧到他的府中，看见满眼都是些美婢娇妾，不禁食指大动。无奈侯门深似海，无从下手，倒是一件憾事。他每每借着一个名目，常要到刘英的府中，指东画西的一阵子。有一天，他正在寺中发闷，瞥见楚王府中的一个家将跑进来，向他道："大和尚，我家王爷请你，有一件要事相商。"他听说这话，如同得圣旨一样的，连声答应道："是是是，就去就去。"说着走入禅房，换了件新鲜触目的袈裟，随着那个家将出得门来，径到了楚王的府内。到了会客厅上，往椅子上一坐，闪开那一对贼眼，四下一望，不见有一个人在这里，心中好不疑惑。只听那家将对他说道："大和尚，烦你在这里稍坐一会，等我进去通报王爷一声。"他连声称是。那家将便进去。

不一会，出来一个十七八岁的小丫头来，涂脂抹粉的倒有几分动人之处，走到道慧的面前，先拿眼在他上下一打量，然后笑道："你这位师父，敢就是大和尚么?"道慧见她问话，不禁满脸堆下笑容来答道："承姐姐的下问，小僧便是。"那丫头掩着嘴向他嗤的一笑，说道："我家王爷，现在曹贵人的房里，请你去谈心呢!"

道慧听了，诺诺连声地答应着，站起身来，跟着那丫头一同向后面转了多少游廊，进了一个极富丽的房间里面。他进了门，就见刘英怀里拥着一个千娇百美的妙人儿。他估量着这个人一定是曹贵人了。刘英见他走进来，连忙将她推开，迎上来笑道："不知师父的驾到，有失远迎，望乞恕罪!"他连忙答道："王爷哪里话来，小僧伺候不周，还要请王爷原谅才是。"他嘴里说，眼睛早和曹贵人打了一个招呼，但见她对着道慧斜飘秋水，嫣然一笑。这一笑，倒不打紧，可是将一个道慧身子酥了半截。刘英只是谦让着道："岂敢岂敢，师父请坐下来，再谈罢。"他便一屁股送到刘英对过的一张椅子上，往下一坐。刘英对他笑道："孤家今天请师父，非为别事，因为各处的兵马皆已调好，预备克日起兵，未知尊意如何?"道慧听得，暗自欢喜道机会到了，便随口答道："小僧今天清晨在佛前祈祷过了，老佛爷曾发下一个签词。"楚王刘英忙道："是什么签词?"他道："汉家天下，惟英为王；欲祈大福，须在闺房。"我想这四句的意思，无非说是王爷一定是九五之尊。不过还有一点过失，须要闺房中人，到寺里去祈祷七日七夜，再求发兵的日期，那就万无一失了。"刘英大喜笑道："是极是极，师父对于孤家，真是无一处不用心，事成之后，一定封你做个大国师，掌管天下的佛教，如何?"道慧忙假意谢恩。刘英又问道："闺房中孤家的夫人、贵人极多，哪一个最好呢?"他道："最好是王爷心爱的一个，她去祈祷起来，能够真心实意的。"刘英听得这话，便回头向曹贵人笑道："心肝，你可要吃点辛苦了。"她听说这话，正中心怀，故意说道："那可不能！羞人答答，谁情愿去呢?"刘

英正色说道："这是一件光明正大的事情，别人我全不叫她去，独要你去，足见还是我疼爱你的。好人！你现在吃点辛苦，将来正宫娘娘不是你，还有谁呢？"她不禁乜斜着眼睛笑道："王爷不要将我折杀罢，我哪里有这样大的福气呢！"刘英笑道："你没有福，孤家有福，就将你带了福来了。"她向道慧问道："师父，我几时去祈祷呢？"道慧笑道："这个我却不能作主，要随王爷自便了。"刘英忙道："事不宜迟，迟则生变，愈早愈妙，最好今天晚上就去罢。"道慧道："既是这样，我便回去命人安排了。"刘英点头笑道："那就烦师父的清神了。"道慧又向刘英说道："不过还有一件事，我要对王爷说明。"刘英忙道："你说你说。"他道："老佛爷既判明要女子祈祷，千万不要遣那些五荤六杂的男人跟去，以致泄露天机要紧！"刘英忙道："是极是极！就这样的办。"

道慧便告辞出来，到了元云寺，像煞热锅上的蚂蚁一样，一头无着处，好容易耐着性子，等到天晚。到了亥牌的时候，她才带着四个丫头前来。道慧道："将她请进大殿，一面吩咐一切的人等，不准多走。今天是王爷的贵人降香，只命他的四个小徒弟进来念佛。"另外的和尚，因为佛事太忙，成日价地没有睡过一回足觉，听得这话，巴不得的各去寻他们的好梦了。他将大殿前面的锦幔紧紧地拉起。念到三更时分，他便命四个小和尚，四个丫头，一齐退出去，扬言娘娘求签，闲人不能在此。他们退出去之后，道慧便对她笑道："娘娘请去求签罢！"曹贵人随着他一径走到大佛像后面的软垫子上，一把将她往怀中一搂，就接了一个吻。她也不声张，道慧悄悄地说道："娘娘，可怜小僧罢！"她嗤的一笑，也没答话。他大胆将她一抱，往垫子上面一按，解了下衣，上面做了一个吕字，下面便狂浪起来。他两个各遂心愿，如鱼得水，一直弄到东方既白，才算云收雨散。道慧紧紧地将她抱住说道："心肝，我为你费尽了心思，今天方才到手，但不知你究竟对我同情吗？"她笑道："不知怎样，我自从看见你之后，就像魂灵不在身上的一样，镇日价地就将你横在心里，这也许是天缘巧合吧！"道慧下死劲在她的粉脸上吻了又吻说道："你在这里，一转眼七天过去，下次恐怕没有机会再来图乐了。"她笑道："那个糊涂虫，懂得什么，我要来就来了。"二人一直到红日已升，才从里面出来，便将丫头们喊了进来。道慧说道："娘娘的签已经求过了，现在身体困倦，你们伏侍娘娘到东边的静室里去安息罢。"丫头连忙答应，扶着她竟向东边静室里去休息了。暂按不表。

此番刘英谋为不轨，早被一个人看破情形。你道是谁，就是行城县令燕广。他知道刘英就要发兵，镇日价长嗟短叹，无计可施。他的夫人谷琦向他问道："你这两天为着什么事，这样的闷闷不乐？"他便将刘英谋反的情形，对她说了一遍。她不禁勃然大怒，便对燕广道："我去修书与你诣阙告变去。"这正是：

只为藩王谋不轨，却教巾帼压须眉。

要知后事如何，且看下回分解。

第九十回　借剑杀人宫中施毒计　含沙射影枕上进谗言

却说燕广听得他的夫人的话，满心欢喜道："贤妻能助我一臂之力，那就好极了！"谷琦忙道："乱臣贼子，人人得而诛之，何况此等谋为不轨的逆臣呢？"她说罢，磨墨拂几，铺下雪浪笺，不一刻，洋洋洒洒立成千言。她用外套封好，对燕广说道："我们既去告发他们。料想他和我们必不甘休的。此地也难住了，不如妾身和你一同长安去罢！"燕广大喜道："是极是极！我也是这样的想，事不宜迟，今晚就走。"谷琦道："我们就是晚上动身，也不能明显形迹的。"他两个打定了主意，等到天晚，收拾细软，腾云价地直向长安而来，一路无话。到了长安，即行诣阙告变，弹劾楚王刘英，说他与王平、颜忠等，造作图书，谋为不轨等语。明帝得书，发交有司查复。有司派员查明，当即复奏上去，略称楚王刘英招集奸猾，捏造图识，擅置诸侯王公二千石，大逆不道，应处死刑。明帝总算格外施恩，只将刘英的王爵夺去，徙居丹阳泾县，又赐汤沐邑五百户，遣大鸿胪持节护送，使乐人奴婢妓士鼓吹送行。刘英仍得高车怒马，带领卫士，迁到丹阳泾县。不过那个心爱的人儿，却随道慧逃得不知去向了。至于那一班同谋的王平、颜忠等，均先后入狱，且待慢表。

再说刘英到泾县之后，那一种野心仍然一分没有改去，还是聚众造谣，妄想吞夺汉室的江山。不料事机不密，早有人去报与大司徒虞延。谁知虞延以为刘英系天潢宫戚，未敢遽尔上疏。隔了数日，仍是燕广上奏。明帝大怒，便召虞延上朝，切实申斥。虞延惶恐无地，深怕明帝诛及九族，不如自尽了罢。他回到府中，吞金自尽。这事传到刘英的耳朵里，惊惧万分，暗想："大司徒尚且这样，我还想活么？"他也服毒而亡。明帝闻报，一面命将刘英按礼葬祭，一面抄查。锦衣尉奉命前往，隔了一月，回来交旨，献上刘英亲笔写的一本册子。明帝细细一看，不禁天颜震怒，忙将交与军马司，命照册拘拿。原来那本册子是刘英在日亲自写的，上面俱有名人巨卿的名子。但是他写这本册子，究竟是什么用意呢，小子的鄙见，他不过钦慕众人巨卿，想他们扶助，成其大事罢了。可是这班名人巨卿，是否认得刘英与刘英究竟有往来没有，我可说一句，连认得还不认得呢。军马司得了圣旨，便按着册子去挨次拘拿下狱。未到三天，竟拘禁有五千余人。

三台严加询问,可怜他们名人巨卿,无辜的陡然蒙此不白之冤,谁也不肯承认和刘英通同作弊的。淹留日久,审问得毫无头绪,三台官也未免着了忙,惨毒的五刑,只好拿来施用了。这样的一来,将那些无辜的贵卿,害得皮肤溃烂,大半致死。有些未曾死的,奄奄一息,终无异词。日又一日,仍然毫无头绪,将京都内外的大小官员,弄得人人自危,如坐针毡上一样,这事马皇后知道了,便劝明帝从宽发落。明帝说道:“梓童,你只知其一,不知其二。须知这些俱是刘英的党羽,若不趁此将他们铲除,将来为害定然不小呢!”马皇后对明帝又劝道:“妾幼阅经史,殊未见有五千余人同时入狱的,纵有一二不肖之徒,与刘英谋为不轨,也是意中事,但是如许名人贵卿,万岁久知肝胆,难道他们一个个俱变了心么?依妾的愚见,请万岁亲幸洛阳,理直一趟,方可令无辜的得见天日,便是死了也就瞑目了。”明帝听马皇后这番话,不禁大动恻隐之心,便于次日亲幸洛阳,开狱大审,理出未死者一千八百余人。那时正当天旱,谁知连夜即遍降甘霖。明帝大为动容,便越发从宽发落,于是多半赦免复职。只有王平、颜忠二人,铁案已定,而且为谋叛的渠魁,罪无可逭,命斩首示众。明帝将狱事理直清楚,便转驾回京。这一来,万民的信仰登时又增加几倍了。从此风调雨顺,国泰民康。略眨眨眼已到永平十八年的八月间了。有一日早朝以后,明帝忽然患病不起。未到十天,竟在东宫前殿御驾告崩。

群臣以马皇后没有生育,只得将贾贵人所生的刘炟扶登正位,是为章帝。奉葬先帝于节陵,庙名显宗,谥日孝明皇帝,尊马皇后为太后,迁太尉赵熹为太傅,司空牟融为太尉,调蜀郡太守第五伦升补司空。到了建初二年,将泚阳公主所生二女选入宫中,册封为贵人。

原来这泚阳公主乃东海王刘疆的女儿,嫁与安丰侯窦勋。所以小子向后就要称为大窦、小窦了。但是她们姐妹两个,生得本来是倾国倾城,风鬟雾鬓,又兼那一双摄魂的秋水,举动可人。不要说章帝是个风流天子,见了爱得不可形容,即是随便何人见了这种的天生尤物,都要说一句我见犹怜呢。但是自从她们姐妹入宫以后,真个是品冠群芳,百花无色,谁知她们虽然得宠专夕,可是秀而不实,却未宜男,倒是宋贵人反得一子,取名为庆。章帝急欲立储,遂将庆立为太子。这事大窦、小窦心中大不满意,暗自商议道:“如今万岁已经将那宋贵人的儿子立为太子,眼见这正宫的一把交椅,还不是那个贱人稳坐了去么?”小窦:“可不是么?如今急急要想出一条妙计来,笼络万岁的心,将这皇后的位置先夺了过来,以后再慢慢的施展手段,将这条孽根铲除,你道如何?”大窦点头称是。

至此她们各展媚惑手腕来迷溺章帝。尤其是大窦极意逢迎,百般温存,将一个章帝颠倒得神昏志迷,百依百顺。到了第二年的三月间,不幸马太后也崩驾了。章帝越发放荡无忌,镇日与大小二窦胡缠瞎混,一些儿也不问政事。大

窦见机会已到,便在章帝面前撒娇撒痴的一回。章帝哪知就理,便毅然册立大窦为万民之母了。小窦留在静穆宫同样的受宠,不过名目上稍欠一点罢。这时六宫专宠的窦娘娘大权到手,真是如虎添翼,为所欲为了。

有一天,趁章帝早朝的时候,便将小窦召进宫来,共同商议铲除宋贵人母子的方法。小窦首先说道:“现在你的大权已经到手,要怎么,便怎么,还愁什么呢?”窦娘娘摇手说道:“贤妹,这句话太没有见地,须知万岁既然册立她的儿子为太子,可见与她的感情谅非浅鲜了。如今我忽然在他的面前说她的坏话,万岁一定是不肯相信的,不独不能铲除她,恐怕与自己也有些不利呢。”小窦听得这番话,沉吟了片晌,然后说道:“我想要铲除,就要铲除,千万不能再缓了!万一那贱人在万岁的面前,进了我们的谗言,那就不对了。我们失了宠,你这皇后的位置恐怕也要发生变化了。”窦娘娘听罢,蛾眉紧蹙,一筹莫展,停了一会,开口说道:“你的话,何曾不是?无奈那个贱人,无疵可寻,这倒是第一层不容易下手之处。”小窦笑道:“只要将良心昧起来,欲加之罪何患无辞呢?”窦娘娘点头道是。小窦又道:“要想去寻她的短处,非要先派一个人,在她那里刺探究竟,一得凭证,便好下手了。”窦娘娘笑道:“现在的人心难测,除了你我姐妹,更有谁人是我们的心腹呢?若是派错了人,走漏风声,如何是好?”小窦听了,也费踌躇,又停了半天,猛的跳起来,对窦娘娘笑道:“有了有了,我这条计包管百发百中,叫她死无葬身之地!”窦娘娘忙问道:“是什么妙计?”她不慌不忙地对她说道:“现在那贱人不是病了吗?”窦娘娘点头笑道:“是的。”她道:“京里不是有许多太医么?明天假传一道旨意,将那吴化召来,教两个小宫女将他引到她的宫中。一面教万岁去探探她的病势,那时碰了头,岂不是要起疑惑么?只要万岁起了疑心,这事便好着手办了。”窦娘娘拍手道:“绝好,就是这样的办法。但是召太医,还是在晚上的好,容易惹起万岁疑心。”小窦道:“当然是晚上。”

她两个正自商议,忽然有个宫女来报道:“万岁回来了!”窦娘娘带着小窦一齐出来迎接。章帝见她们一对姐妹双双出来接驾,不禁满面春风,忙一弯腰伸出两手,将她们姐妹两个从地下搀了起来,笑道:“下次见孤,用不着这些俗礼了,一概可以从免。”窦娘娘谢恩答道:“这虽是万岁的天恩,但是宫闱之内,如果不按礼施行,何能压伏众人呢?”章帝笑道:“娘娘的话,十分有理;但是孤家的意思,并不是要一律免礼的。”说着,她们忙将章帝扶进宫中,分位就坐。章帝笑嘻嘻的向小窦说道:“爱卿!今天什么风吹到这里来的?你的姐姐常常要到你那边去,怎奈宫内的闲事太多,所以总未能得一些空子。孤家前天已经对你说过了。这几天孤家身体不大好,所以也没有到你那里,心中很是抱歉,正要过去向你告罪,不想你竟来了。孤家顺便对你说明,省得你又要误会。”小窦听得这番话,双颊绯红,斜乜着星眼向章帝一瞟,展开宫袖,掩口笑道:“万岁爷不用这样

的客气罢，我们这些人，哪里能当得起你去告罪，不要折杀贱妾了。我今天听说万岁的龙体欠安，特地前来拜望的。"章帝听了，便情不自禁地将她搂到怀中，捧着粉颊，吻了几吻，笑道："想不到爱妃竟有这样的好心，无怪孤王将你当着心肝儿看待了。"她微微的笑道："万岁爷，请尊重一些！被宫女们看见，像个什么样子呢。"章帝笑道："夫妇恩爱，人之大伦，谁敢来说孤家的不是呢？"这时，窦娘娘早将宫袖一展，一班宫女早就退出去了。她对章帝笑道："万岁，你用不着去听她花言巧语的了，你知道她今天来做什么的呢？"章帝笑道："还问怎的？她方才不是说过了吗？她今天来拜望孤家的。"她笑道："不是不是；她见万岁这几天没有到她那里，她今天是来寻万岁责问的，请万岁就去罢，不然她的性子呕起，大兴问罪之师；那样一来，连我还不得过身呢！"小窦倒在章帝怀中，仰起粉脖对章帝笑道："万岁爷听见么？还亏她是一位堂堂的国母呢！这两句话就像她说的么？你不问，我却要和她交涉了。"章帝笑道："好在你们是姐妹，她拿你开心取笑，也不要紧；你拿她开心取笑，也没有关系，自古道，清官难断家里事。我虽然是个九五之尊，但是你们的事情，我却不敢干预的。"小窦笑道："我晓得了，用不着万岁爷再说了，这无非是万岁爷怕她。"说到这里，掩着嘴，眼看着大窦，只是吃吃的笑个不止。窦娘娘笑着问道："怕什么？快些说出来！"她笑道："用不着说了，万岁爷是个明白人，说出来反觉不大好听，不如不说罢。"窦后一叠叠的催道："他明白，我不明白，务要你说出来！如果不说，光向万岁爷说，我可要将我的威风摆出来了。"章帝笑道："那可使不得，孤王替她说了罢，千怕万怕，大不过怕老婆罢了。"大家戏谑了一阵子，小窦便告辞走了。到了第二天的晚上，小窦便命两个心腹的内监，去请吴化。不一会，果然请到宫中。小窦便命两个小宫女，将他送到宋贵人的宫中。宋贵人的病已经好了，正坐在窗前观看经史，瞥见外面一个宫女进来报道："吴太医来了。"宋贵人只当是万岁的旨意，教他来的呢，忙命宫女请他进来。宋贵人便向他说道："太医，今天来有什么事的？"吴化被她这一问，倒弄得不知其所以，讪讪地答道："万岁的旨意，着微臣来替娘娘诊视的。"宋贵人不觉诧异地说道："我不过前天偶然感着一点风寒，原没有什么要紧，昨天就好了，现在用不着诊视了。"吴化听了答道："这是万岁的旨意，教微臣来的，但是娘娘贵恙之后，也要加些调理才是。"宋贵人接着说道："好好的一个人，又何苦去寻药石来吃，做什么呢？"

不表他们在这里谈话，再说小窦将吴化送去之后，又着人去到窦娘娘那里报信，她得着这个消息，赶紧对章帝说道："万岁，前天臣妾听说宋妹妹的身体欠安，现在不知好一些么？"章帝忙问道："她难道生病了么？"窦娘娘答道："正是呀，我请万岁还是去望望她，究竟是什么病？也该去请一个太医来诊视诊视，才好呢。"章帝忙道："是极是极，还是娘娘想得到，我倒将她忘记了。前天有一个

宫天曾对我说起，不料孤家竟未留心，今天难得你提起，我便望望她罢。”他说罢，便起身径向淑德宫而来，他一个人走进去，瞥见宋贵人的对面坐着一个男子，不禁一怔。忙走进来仔细一看，原来是吴化，不禁顿起疑云。宋贵人见他进来，慌忙站起接驾，吴化随后俯伏地下，奏道：“微臣奉旨前来，娘娘的玉体，已经大安了，不须再用药石了，请旨定夺！”章帝听了这话，不禁十分诧异，暗道：“这话从何说起，我几时有旨意传他呢！”章帝想到这里，猛的省悟，暗道：“这个贼人，竟做出这样的事来，好好好！”他想到这里，也不答话，忙唤道：“武士何在？”话犹未了，早拥进许多武士。章帝忙命将吴化拿下。一群武士，如虎扑羊羔般的就地将吴化抓起来。慌得吴化满口呼冤向章帝呼道：“万岁爷！臣有何罪，请示明白，微臣就是死也瞑目了。”章帝忙命掌嘴。不由分说他的两颊上，劈劈拍拍的早打了几下。章帝又命将宋贵人囚入冷宫，听候发落。众内监不敢怠慢，登时将宋贵人禁入冷宫，可怜一位极贤德的宋贵人，到了现在，还不知道究竟是为着什么一回事，将她囚入冷宫呢，但是一点也不怨恨章帝昏暴，自叹自己命苦罢了。

目下暂且将她搁起，再说吴化囚入天牢，约在明日午时三刻，就要处以极刑了，这个消息传到众大臣的耳朵里，没有一个不大为骇异，均众口异词，莫衷一是。到了第二天的早朝，众大臣挨次上本保奏。章帝一概不准。这时却恼动了大司空第五伦越班出来，俯伏金阶奏道：“臣闻盗贼处以极刑，当亦有证据；今天太医吴化身犯何罪，陛下未曾宣布，便欲施以极刑，岂不令天下之士有异议么？微臣冒死上渎天颜，无论如何，总请万岁将吴化的罪状，先行露布，然后杀之未晚。”章帝忙道：“这事孤家自有道理，请卿家不要多问。”第五伦又俯伏奏道：“这并非是微臣多事，不过先帝曾有遗言：赏罚务明，功罪必布。现在万岁这样的做法，岂不令朝中人人自危，而且失万民的崇仰么？”章帝也没话可说，停了半天，才开口说道：“他未得孤家的旨意，擅自进宫，这罪还可赦么？”第五伦奏道：“吴化乃是先帝的遗臣，一举一动，未曾稍失礼仪，难道他未曾奉旨，竟敢擅自闯入内宫了么？我想这事，定有冤情，还请陛下详察究竟，然后再治罪不迟。”章帝听得，便觉这话也很有理，便将赐死的旨意收回。不想窦娘娘在帘后听第五伦这番辩论，竟将吴化的死罪赦掉，她不禁暗暗的怀恨道：“颇耐这个匹夫，他竟来和我作对了。好好！管教你认得我的手段便了。”

不说她暗自发恨，再说章帝龙袖一拂，卷帘退朝，和窦娘娘一同向坤仪宫而来。半路上有人报道：“宋贵人服毒身亡。”章帝听说这话，一点也不悲感，气冲冲说道：“她死了便死了，要你们这班狗头来大惊小怪的做什么呢？”那些内侍臣吓得俯伏地下，头也不敢抬，等圣驾走过去，才从地下爬起来，抱头鼠窜的走了。可是窦娘娘听说宋贵人已死，真个是化子拾黄金，说不出来的欢喜。到了晚上，

章帝自然是在她的宫里，晚膳已毕，章帝因为多吃了几杯酒，又因为病后，那个老调儿许多时未弄了，便来不及的和她同入罗帐，一场鏖战。等到云收雨散之后。她便偎着粉脸，对章帝轻启朱唇，说出一番话来。这正是：

荡妇阴谋信可畏，遇姬长舌实非虚。

要知后事如何，且看下回分解。

第九十一回　乍解罗褥小秃驴得趣　闹翻绣闼大司马捉奸

却说窦娘娘偎在章帝的怀里，故意哽哽咽咽地哭将起来。章帝被她这一哭，倒弄得莫名其妙，忙问她道："娘娘什么事不如意，这样的悲伤，莫非怪孤家强暴了么？"她答道："万岁哪里话，妾身不许与万岁便罢，既沐天恩，还有什么不如意处呢？不过臣妾今天听得一个消息非常真切。如果这事发生，恐怕要与万岁大大地不利呢！"章帝听她这话，连忙问道："娘娘得着是什么消息，快道其详。"她道："万岁将宋贵人囚入冷宫，究竟为着什么一回事呢？"章帝道："这狗贱人私通太医，杀之不足以偿过，将她囚入冷宫，还算格外加恩哩！"她道："万岁虽然不错，但是她的哥哥宋扬，听说妹妹囚入冷宫大为不服，联络梁贵人的父亲梁竦阴谋不轨，并在京内造谣惑众，弄得人民惴惴不安，所以臣妾想到这里，很替万岁忧愁不浅，因此落泪。"章帝听她这番话，惊得呆了半晌，对她说道："哦，果然有这样的事么？"她道："谁敢在万岁面前讲一句虚话呢？"章帝道："怪不道这些贼子近两天早朝，都是默默的没有什么议论，原本还怀着这样野心呢！别的我倒不说，单讲这梁贵人，难道孤家待她薄么？她的父亲居然这样的无法无天，我想她一定是知道的。"窦娘娘在枕上垂泪道："万岁不提起梁贵人，倒也罢了，提起她来，臣妾不得不将她的隐事告诉万岁了。"章帝道："你说你说，我没有不相信的。"她道："这梁贵人的性子真是一个火燎毛，一言不合，马上就来胡缠瞎闹。"章帝诧异道："那么，她见了我总是温存和蔼的，从未失一次礼节呢！"她连忙说道："万岁哪里知道，她见了你，当然不敢放肆。但是万岁只要三天不到她的宫里去，暗地里不知咒骂多少呢！我几次听见她的宫女们来告诉我，我还未十分相信。前天我到濯龙园里去散心，从她的宫门口经过，她不但不出来迎接，在宫里面泼声辣语的指张骂李。万岁爷，你想想看，我是一个六宫之主，岂可和她去一般见识么？只得忍耐在心，不去计较她。谁想她竟得步进步，在宫

中越发肆无忌惮了。前天万岁在未牌时候，可曾召那个大臣进宫议论什么事情?”章帝忙道:“不曾不曾。”她故意恨了一声道:“我早就知道这贱人的私事了，原来还有这样的能耐呢！我倒要佩服她好大胆。”章帝听她这话，不禁问她:“什么事情?”她停了一会，才说道:“还是不要说罢，说出来又要得罪了别人。”章帝急道:“娘娘，你只管说出来，我怕得罪谁?”她道:“万岁既然不怕，我当然是说出来。听说那天未奉旨意的大臣，据他们传说，就是第五伦。”章帝听得这话，不禁勃然大怒道:“好好好，怪不道那匹夫每每谏阻孤家的命令，原来还有这样的事呢!”他们两个谈谈说说。

不一会，鸡声三唱，景阳钟响，章帝匆匆地起身上朝，受众文武参拜已毕，便下旨意将梁竦、宋扬拘提到殿。章帝将龙案一拍骂道:“孤王对于你们有什么不到之处，胆敢这样的目无法纪，造谣惑众，你们的眼睛里还有一些王法吗?”章帝越骂越气，不由得传了一道圣旨，推出午门斩首。

这时三百文臣，四百武将，一个个如同泥塑木雕的一样，谁也不敢出班多事。独有大司空第五伦越班出众，俯伏金阶，三呼万岁。章帝见来者正是第五伦，不由的怒从心上起，恶向胆边生，冷笑一声，对第五伦问道:“大司空出班，敢是又有什么见教么?”第五伦奏道:“我主容奏，臣闻汤武伐纣，尚须先明罪状;今梁竦、宋扬阴谋不轨，应即处以死刑，惟谋叛的凭证何在? 或者为人告发，万岁当亦指出此人，与梁、宋对质，使彼等虽死无怨。臣滥膺重任，迫于大义，思自策励，虽有死，不敢择地。愚衷上渎，伏乞圣裁。他奏罢俯伏地下，听候章帝发落。

章帝听罢，气冲冲的喝道:“第五伦！你身居台辅，不思报效国家，为民除害，反而为这些乱臣贼子狡词辩白，显系有意通叛。来人！将他抓出去砍了!”第五伦面不改色，从容立起来就绑。那一班值殿的武士，刀光灼灼，将第五伦牵了出去。这一来，众文武越不敢置词保奏。

正在这万分危急的时候，太傅赵熹刚由洛阳回京，听说要斩第五伦，大吃一惊，火速上朝。刚走到午朝门外，瞥见第五伦等三个人已上桩橛，只等旨下，便来动刑了。赵熹大踏步喘吁吁地喊道:“刀下留人！我来保奏!”众武士见太傅上朝，谁也不敢动手了。

这时太尉牟融，司冦陈凡，吏邦尚书鱼重，见事到如此，再不出来保奏，眼见第五伦等三个人就要送掉性命了。他三人一齐出班保奏第五伦。章帝哪里准奏，忙命值殿官悬起上方宝剑，他口中说道:“谁来保奏，就令他和第五伦同样受刑!”吓得他们不敢再奏，返身下来暗暗叫苦。牟融悄悄地说道:“可惜太傅在洛阳，又未曾回来，如果他来，一定能够将第五伦保奏下来的。除了他，别人再没有这样能力。”

话还未了，瞥见黄门官进来报道:“太傅由洛阳回来，要见万岁。”章帝听了，

便着了忙,连教请进来,一方火速传旨去斩三人。

谁知那些武士见圣旨出来,就如未曾看见的一样,挺腰叉手,动也不动,那传旨官叠叠地催道:“圣旨下,快快用刑罢!”那些武士齐声答道:“现在太傅前去保奏了,难道你不知道么?谁敢去和他老人家作对呢?我们没有两个头颅,只好守候他老人家去保奏过了,若是不准,再为动手不迟。那传旨官喊道:“难道你们不服圣旨么?”他们齐道:“他老人家已经对我们关照过了,谁敢去捋虎须呢?虽有圣旨,只好再等一会子罢。”

不说他们在这里辩论,再说赵熹踉踉跄跄地赶到金阶之下,握住胡子,喘了半天,才俯伏下去,三呼万岁。章帝即命金墩赐坐。赵熹发出一个颠巍巍的声音说道:“敢问我主,大司空犯了什么大罪?”章帝安慰他道:“老爱卿!远涉风霜,何等的劳苦,孤家实在不安,请回去静养静养吧!第五伦身犯不赦之罪,所以孤家一定要将他斩首的,这事也无须老爱卿烦神。”赵熹忙道:“万岁这是什么话?第五伦犯法,应当斩首,但是也该将他的罪状宣布于微臣考察考察,是否可有死刑之罪,那时方不致失却万民之望。而且第五伦司蜀郡十有二年,清廉简正,有口皆碑,即使他纵有一二不到之处,我主也应念他的前功,施以惩劝方不失仁君之大旨。今万岁遽然不念前功,施以极刑,不独离散群心,亦失天下之仰望,将来社稷前途,何堪设想呢?我主要杀第五伦,微臣不敢阻止,但是先要将他的罪状宣布。如果欲以莫须有三字屠杀朝廷的柱石,宁可先将老臣这白头砍下,悬在午朝门外,那时随我主怎样了。”他说罢,起身下座,重行俯伏地上,听候章帝发落。章帝被他这番话说得闭口无言,没了主意。停了半天,方才答道:“老爱卿且请归坐,容孤家再议!”赵熹奏道:“我主请不必粉饰,赦杀与否请付一明决罢。”章帝答道:“老爱卿请勿深究,孤家准奏,将他们放下就是了。”赵熹奏道:“这如何使得?要是被万民知道,还要说老臣压迫圣躬,强放罪魁呢!”章帝道:“前情一概不究,命他改过自新,这是孤家的主见,怎好说是老爱卿强迫呢?”他说罢,忙下旨将第五伦放下,官还原职,梁竦、宋扬削职徙归。赵熹舞蹈谢恩。满朝文武,谁不咋舌称险。退朝之后,赵熹又将群僚责问一阵子,谁也不敢开口和他辩白。

再说章帝回宫,便命梁贵人收入暴室。窦娘娘便将她所生的儿子刘肇收到正宫抚养。章帝趁此就将刘庆发为清河王,将刘肇立为太子。可怜梁贵人到了暴室中,不到半月竟香消玉殒了。

隔了几天,窦勋忽然得了一个中风的症,未上几小时,竟呜呼哀哉!大司马窦宪闻讣进宫,窦娘娘听说父亲死了,只哭得泪尽肠枯,便在章帝面前说要回去省亲致祭。章帝先赞美她的孝行,一词不阻,便准了旨,择定建初六年四月二十日回家致祭。大司马得旨,忙命人高搭孝篷,长至四五里之遥,延请高僧六七十

个在府中超度。文武百官，谁不来趋奉他呢，你送礼，我摆祭，真个是车水马龙，极一时之盛。

但是在这热闹场中，却有一件极有越味的事情，不妨趁此表了出来。这窦宪依着他妹妹脂粉势力，出车入马，富埒王侯，婢仆如云，妾媵盈室，一举一动莫不穷极华贵。满朝侧目，敢怒而不敢言。虽有赵熹、第五伦等几个刚直不阿，无奈第五伦因为前次受了挫折，不愿再作傀儡；赵熹年高昏耄，眼花耳聋，渐渐地没有什么精神来弹劾这些奸佞了。牟融为人静肃，不喜多事。所以将一个窦宪娇得不可一世了。这次他的父亲死了，居然出斧入钺，一切仪仗与天子无甚差别。单说他的姬妾一共有四十七个，俱是横占霸夺来的。其中有一个名叫骊儿的，生得花容月貌，贝齿星眸，芳龄只有二九零一，可是她的生性风骚。那窦宪疲于奔命，一天应付一个，派下来须要一个多月才临到她这里一次呢。得到实惠与得不着实惠，还未可知。试想这朵刚刚开放的鲜花，常常挨饥受饿，得不到雨露，还能不生欲望么？只好在暗里别寻头路，以救燃眉。她的解馋人，本是窦宪面前一个侍尉名叫杜清，年轻力足，还能满她的欲望。常常到了风雨之夕，这杜清见他的主人不来，便很忠实地来替他主人做一个全权代表了。暗度陈仓的老调儿竟有二年多了，终未有被一个人看出破绽来。到了现在，府中正忙着丧事，人多杂眼，那个越俎代人的事情，只好暂告停止。所有的妻妾，一齐住在孝帐里守孝，那些和尚成日价地铙钵叮珰的念着。

到了第四天，新到一个西域的小法师。大和尚与恩光禅院的方丈，便请他登堂拜忏。那小法师年纪不过十七八岁，披着五色轻俏的袒衣，杂着众僧走到孝堂里面去拜忏。一时哆罗哆罗不南噜苏之声，不绝于耳。那一群妇女，循例娇啼婉转，和众僧的念忏的声音互相混着，煞是好听。停了一会，众僧将一卷玉皇忏拜完，一齐坐在蒲团上休息。那孝帐里一群粉白黛绿之流，不住地伸头向外窥探。大家不约而同将视线一齐集到这位小法师的脸上。这小法师也拍了回电。只见一群妇女之内，只有一个入他的眼睛，无形中四道目光接触了好几次，各自会意。不多时，天色已晚，众和尚又在孝堂里摆下法器，放着瑜珈焰口。放到四更以后，那些和尚东倒西歪地都在那里打瞌睡了。这小法师却怀着满腔心事，两只眼不时向孝帐描着。不多一会，瞥见有一个人从孝帐里婷婷袅袅地走了出来，他定睛一看，不是别人，却就是日间看中的那个丽人。他不禁满心欢喜，只见她轻移莲步，慢展秋波，四下里一打量，不禁向小法师媚眼一瞟，嫣然一笑。这一笑倒不打紧，将一个小法师骨头都酥了。她用手向小法师一招，慢慢地退向屏风后头而去。这小法师身不由己的站了起来，随后进了屏风，只见她莲步悠扬地在前面走着。这小法师色胆如天，一切都不暇去计较了，追到她的身边，伸手将她一搂，亲了一个嘴，说道："女菩萨，可能大发慈悲，施救小僧这

个。"她微微一笑，也不答话，用手将他推开，一径向左边的耳房而来。他哪里肯舍，竟跟着她进了房。只见里面除了她，没有第二个。他不禁喜从天降，一返身扑的将门闩起，走到她的面前，双膝一屈扑秃往下一跪，央告道："女菩萨，可怜贫僧吧！"她故意的娇嗔说道："你这和尚忒也大胆，为什么好端端地闯到人家的闺阁里来？做什么的，难道你不怕死么？"小法师道："娘子！日间早就对我打过照面了，怎地到这会子，反而假装起正经人来，是什么缘故呢？今天我就是死了，也不出去的，求娘子快点开发我吧！"她扬起玉掌，照定他的脸上拍的就是一下子，故意说道："谁和你在这里混说呢？赶紧给我滚出去！不要惹得我性起，马上喊人将你捆了。"小法师不独不怕，反满脸堆下笑来，忙道："不想我这嘴巴上，竟有这样的福气，得与娘子的玉手相亲近，还请娘子再赐我几掌。"她星眼斜飘，嗤的一笑道："看不出你这个小秃驴反知趣咧，你起来罢。"小法师听她这话，真是如同奉着圣旨一样，一骨碌从地上爬起来，将她往床上一抱，宽衣解带，共赴阳台了。

不说他们正在巫山一度，再说那个杜清将窦宪送到十八姨娘的房里，自己退了出来。正走到前面的孝帐里，用目一张，只见那些守孝的人和一群和尚，均已酣然入梦了，他大胆着伸头朝孝帐里面一张，却单单不见了骊儿。他不由得心中诧异道："她本来是与大众一同守孝的，此刻不见，莫非是回房去睡觉了吗？"他寻思了半天，暗道："我且去看看她，究竟是到哪里去了？"他便离了孝帐，一径向后面而来。刚刚走到她的房门外，耳朵里忽然冲着一着奇怪的声音，他屏气凝神地听了片晌，不禁忿火中烧，不可遏止，暗道："原来这贱人还是这样的人物呢！好好，管教你今日认得咱老子的手段。"他说罢，离开这里，一径向窦宪房中而来。不一会，到了窦宪的房门口，用手在房门上面一拍。里面有人问道："谁呀？"杜清连忙答道："是我。"窦宪听见他的声音，连忙问道："杜清！你此刻还不去睡觉，到我这里来做什么呢？"他道："请大人起来，我有要事禀报。"

窦宪见他半夜三更的前来，料知事非小可，连忙一骨碌起身，将门放开。只见他满脸怒容，窦宪问道："杜清！你有什么要紧的事，请你就说吧。"杜清道："请大人将宝剑带着，跟我到一个地方去，自有分解。"窦宪真的挂起宝剑，随着一径向前面而来。走到骊儿门口，杜清止住脚步，悄悄对窦宪笑道："大人请你近来，细细地听听看，究竟是一回什么事情？"窦宪附耳靠门，听了一会，只听得里面吱咯吱咯的床响和一种狎昵的声音，他不听犹可，这一听不禁将那无名忿火高举三千丈，按捺不下，一脚将门踢开，瞥见床上一对男女，正在那里干那不见天的事哩！他定睛一看，男的却是一个六根未尽的小法师，女的却是自己的爱妾骊儿。他不禁勃然大怒，拔出剑来，飕的一剑砍去，那小法师上面的头，却离了本位，骨碌碌向房外去了，这时鲜血直喷。骊儿见了这样，只吓得魂不附

体,啊呀两个字还未喊得出口,剑光到处早已身首异处了。杜清见将她杀了,未免心中倒暗暗地懊悔起来,却不敢说了出口,只得私下里叫苦。

窦宪将二人杀了,便对杜清道:"你赶紧去喊两个侍尉,将这狗贱人与秃驴的尸首,悄悄拖出后门,埋入花园里面,不准声张。"杜清唯唯答应,转身出去。不多一会,带来两个人,将他们的尸首用力一提。说也奇怪,小法师的两只手紧紧抱着骊儿,竟像生根了一样,任你怎么提拔,纹风不动。他们见了这样,倒反没了主意。杜清道:"提不开,就将他们两个尸首一并抬了去罢。"有一个侍尉答道:"那却如何使得?抬出去,万一被人看见,这赤身露体的一男一女,究竟像一个什么样子呢?"窦宪见他们尽在这里游疑,不禁怒道:"你们这些无用狗头,这一点事都不能完全地办妥了,还有什么用处?"他说罢,拔出宝剑,将小法师的两只膀子砍了下来。这一来可离开了。他们一人背着一个,径向后园而去。这正是:

生前何幸同罗帐,死后还应共一邱。

要知后事如何,且看下回分解。

第九十二回 园丁得宠蔷薇花下 厨役销魂翡翠衾中

却说两个侍尉,将他们的尸首,用被褥裹好,拖到后园,用土掩埋不提。这时窦宪对杜清说道:"你将这里的血迹打扫干净,替我将那些秃驴完全赶了出去,用不着他们在这里鬼混。"杜清忙道:"动不得,千万不能这样的做去。明天娘娘驾到,见这里一个和尚没有,不怕她责问么?再则你现在将小法师杀了,他们还不知道呢。如果你突然要将他们赶出去,不是显易被他们看出破绽来吗?我看千万不能这样做去,只好多派几个人,在前面监视他们,不会再有什么意外之事发生了。"窦宪翻一回白眼,说道:"依你这样的说,我是不能赶他们的了。"他道:"动不得,只好忍耐几天罢了。"窦宪说道:"既如此,你替我派几个人,暗地侦视他们便了。"他说罢,回房而去。杜清一面将房里的血迹打扫干净,一面又派好几个人去暗里头侦视一群和尚。

再说那些放焰口几个和尚,一个个打了半天瞌睡都醒了,敲着木鱼金磬,嘴里哼着。不多一会,敲鼓的和尚回头一看,不见了小法师,不禁大吃一惊,暗道:"他到哪里去了,敢是去登厕了么?我想他是一个法师,理应知道规矩才是个道

理；难道这台焰口还未放完，就能去登厕了么？我想决不会的。”他顺手向后面的一个和尚一捣，那和尚正在打盹，被他一捣，不禁吓得一噤，揉开睡眼，大声念道：“嘛咪吽，嘛咪吽。”这敲鼓的和尚，忙悄悄地说道：“喂，你可见正座的小法师到哪里去了？”那和尚听他这话，用手向背后一指，说道：“不是坐在上面吗？”敲鼓的和尚用嘴一呶，说道：“你看看！哪里在这里呢？”那和尚回头一看，果然不见正座的小法师坐在那里了，不禁很诧异地问道：“这可奇了，到哪里去了呢？”这两句话声音说得大一点了，将众和尚都惊动了。不约而同一齐朝正座上一望，一个个目瞪口呆，不知所措，面面相觑了半天。那敲木鱼的和尚，猛地跳起来对大家说道：“我晓得了，这小法师一定不是凡人，恐怕是罗汉化身，来点化我们的，也未可知，他现在腾云走了。”众和尚听他这话，有的念佛，有的合掌，有的不信，叽叽咕咕在那里纷乱不住。又有一个和尚说道：“方才静悟大和尚这话未免忒也不符，他既是个神僧，还吃烟火之食么？我想他一定是个骗吃骗喝的流僧，他怕这台焰口放不下来，趁我们打盹，他轻手轻脚地逃走了，也未可知。”又有一个和尚极力辩白道：“你这话，未免太小视了人，连我们方丈都十分恭敬他；如果他是个流僧，我们方丈还这样的和他接近吗？”那敲鼓的和尚说道：“如今他既然走了，管他是个好和尚，坏和尚。但是我们这里没有了正座，这焰口怎样放法？万一被人家知道了，便怎样办呢？”大家道：“这话不错，我们赶紧先举出一个正座来，遮人耳目，才是正经。”说罢，你推我，我请你的虚谦了一阵子。结果那个敲鼓的和尚，被他们选出来做正座，马马虎虎将一台焰口勉强放了。

到了天亮，那方丈主持一齐走了进来，见小法师不在里面，忙齐声问道：“小法师到哪里去了？”众和尚一齐撒谎答道：“我们放到半夜子时的时候，小法师头上放出五彩毫光，脚上生出千朵莲花，将他轻轻地托起腾空去了。”那主持方丈便合掌念道：“阿弥陀佛！我们早就知道这小法师是个神僧了。”

正在说话之时，窦宪从里面走来。方丈和尚连忙上前来打个稽首，对他说道：“恭喜老王爷，洪福齐天；他老人家归西，竟有神僧前来超度，还愁他老人家不成仙成佛么。就是大人，将来也要高升万代的。”窦宪猛的听他这些话，倒弄得丈二的金刚，摸不着头脑，忙问他什么缘故。那方丈连忙将夜来众和尚看见小法师飞腾上天的一番话，告诉窦宪。窦宪才会过意来，不禁点头暗笑，也不回话。

不多会，早有飞马进来报道：“娘娘的銮驾已出宫门了，赶紧预备接驾要紧。”窦宪听说，忙去安排接驾。沘阳公主带着众姬妾迎出孝帐，俯伏地下。停了一会，只见羽葆执事，一队一队的慢慢近来。随后细乐悠扬拥着两辆凤辇。凤辇前面无数的宫嫔彩女，一齐棒着巾栉之类，缓缓地走到孝帐面前。沘阳公主连忙呼着接驾。

窦娘娘坐在前面辇上，见她母亲接驾，赶紧下来，用手将她搀起，口中说道：“孩儿不孝，服伺圣躬，无暇晨昏定省，已经有罪，何敢再劳老母前来接驾，岂不是将孩儿折杀了么？”小窦贵人也跟着下了辇，与她母亲见礼。母女三个握手呜咽，默默的一会子。窦宪又赶出来接驾。接着那些姬妾跪下一大堆来，齐呼娘娘万岁。窦娘娘一概吩咐免去，方与沘阳公主一同进了孝帐举哀致敬。将诸般仪式做过，窦娘娘便随她的母亲、妹妹一齐到了后面。

这时有个背黄色袱的官员飞马而来，到了府前，下了马一径向孝堂而来，走到孝堂门口，口中喊道：“圣上有旨，并挽额前来致祭，大司马快来接旨！”窦宪忙摆香案，跪下来接旨。那个司仪官放开黄袱，取出圣旨，读了一遍，又将祭词奏乐读了，然后许多的校尉指挥御林军扛着一块沉香木的匾额，并许多表哀的挽联。窦宪三呼万岁谢恩。司仪官便告辞，领着校尉御林军回朝而去，这且不表。

再说大小两窦进了内宅，和她的母亲以及窦宪的夫人谈了一会子。小窦笑道：“妈妈，我们那里好像坐牢的一样，一步不能乱走，真是气闷极了。在人家看起来，表面上不知道要多少福分才能选到宫里去做一个贵人呢，其实有什么好处，镇日价的冷冷清清，一点趣味也没有，反不及我们家来得热闹呢。”沘阳公主笑道：“儿呀！你们这样的高贵，要什么有什么，还这样的三石足四不愿吗？”大窦笑道：“她还这样怨天怨地的呢，要是像我这样的拘束，你还要怨杀了呢，话都不能乱说一句。”小窦笑道：“我究竟不解平常百姓家生个女儿，一年之内只少也要回来省望一两次，从不像我们一进了那牢三年多了，兀的不能回来望望。”沘阳公主笑道：“我儿，你真呆极了！你可知道，你是个什么人呢，就能拿那些平常人一般比较了么？你们却都是贵人了。”小窦笑道：“什么贵人，简直说一句，罪人罢了。无论要做甚么事情，全受尽了拘束，一点不得自由自便的。”大窦笑道：“你看她这些话，可有一句在情理之中，你既不愿做贵人，难道还情愿做一个贱人么？”小窦道：“你倒不要说，寻常人家一夫一妻的，多么有趣！不像我们三宫六院的，而且见了他都要跪接，这些事最教人不平的。”大窦笑道：“罢呀！休要这样的不知足罢，你拿梁、宋两个比较比较，我包你不再怨天尤人了。人都不可以任意说没良心的话，万岁对于我们，还不是言听计从的么？”

小窦正要答话，忽见一个侍尉走进来说道：“现在道场摆齐了，请娘娘、贵人、太夫人去做斋。”大窦听了这话，便向小窦使了一个眼色。小窦会意，连忙对沘阳公主说道：“姐姐的身体不大好，我也懒懒的，请太太前去罢，让我们舒舒服服地住一天，明天就要回宫了。”沘阳公主听了这话，忙道：“那里做斋，自有我去，用不着你们了。”她说着，便起身带了一群的姬妾，径到前面去做斋了。小窦便对那些宫女说道：“这里到了我们的家里，自然有人服事我们，用不着你们在这里侍候了，你们可以退出去，随意去游玩罢。”那些宫女随即谢恩退了出去。

这里只有大小两窦。大窦悄悄对她说道："妹妹，难得我们在这样的好机会回来，千万不能失去，都要想出一个法子来，将那两个弄进宫去，要怎样便怎样，岂不大妙？"

列位！她说了这两句话，你们一定又要生疑了，那两个究竟是谁呢？小子也好趁此交代明白了。原来这大小两窦未曾选到宫里的时候，在家里本来是个风骚成性的人物。又见她的哥哥成日家抱玉偎香，受尽人间艳福，不知不觉地芳心受了一种感触。但是她们家，侯门似海，没事不能看见一个人，虽然有意寻春，无奈没法可以任意选择一个如意的郎君。大窦究竟比小窦大了两岁，那勃勃欲动的一颗芳心，早就有了主见。她们厨房的大司务，共有十六个。内中有一个名叫江贵的，生得倒也不错，年纪约在二十以内。她却有心和他勾搭，不到三月，居然就实行做过那不见人的调儿了。他们一度春风之后，真是如胶投漆，再恩爱没有了。可是家中除了小窦以外，却没有第二个知道有这回事的。

小窦见他们打得火一般地热，不禁也眼红，便在仆从身上留心，暗暗选了多时，终于没有一个看得上眼的。有一天，无意走到后面园里去散闷，瞥见有一个人蹲在玫瑰花簇子那边，在那里持剪修节。她仔细一看，原来是一个十六七的童子，生得唇红齿白，面如古月，双目有神，英俊得令人可爱。她不由的立定脚，低声问道："你姓什么？叫什么名字？你是几时到我们家里来的？"那童子抬头朝她一望，连忙住手立起，答道："小姐问我么？我姓潘名能，上月来的。"她微笑点首，又问道："你今年几岁了？你的家里还有什么人呢？"他笑道："我今年十七岁了。我们家里还有一个母亲，别的没有人了。"她又道："你娶了亲没有？"他听说这话，不禁着的面红过耳，片晌怔怔地答不出一句话来。她掩口向他催道："这里就是我们两个人在这里，什么话不好说，什么事不能做呢，尽管羞人答答地怕什么呢？"那童子愣愣地半晌才吞吞吐吐地说道："还没有女人呢，到哪里去娶亲呢？"她听罢，朝他嫣然一笑，说道："你一个人在这里，不觉得冷清么？"他道："我们做惯了，也不觉得怎样的冷清。"她道："你跟我到一处地方去玩耍罢！"他道："小姐，那可不能。我们做工的人，怎能乱走？倘被他们管事的看见，就要吃苦头的。"她道："你跟我去，凭他是谁，也不能来问的。"他听说这话，便放下剪刀，随着她一径向里面一间亭子里而去。不到一会，一对童男处女，一齐破了色戒了。从此以后，小窦每天无论如何，都要到他这里来一次。不想有一天，突然接到圣旨，选她们姐妹进宫。欲想去应选，又舍不得心坎上的人儿；若要不去，无奈王命难违，只得将他撇下来。一去三年，她虽然身为贵人，可是没有一天不思想潘能。怎奈宫禁森严，没事不能乱出宫门一步，所以怨天恨地的，无法可施。天也见怜，忽然得着这个机会。

她也知道非在这时候，将他带进宫去不可。她便对大窦说道："你在这里坐

一会子，我到园里去闲逛一回，马上就来。”大窦笑道：“你去罢，我晓得了，但是要小心一点，不要弄出破绽来，大家没脸。”她用手将大窦一指，悄悄地笑骂道：“骚货！谁叫你说出这样的话来，不怕秽了嘴么？”大窦笑道：“快些去吧，趁这会儿没人，一刻千金，不要耽误了。”她微微地笑着，也不答话，轻移莲步，皂皂婷婷地直向后园而来。

走进园门，只见园内的花草树木，和从前比较大不相同，一处一处的十分齐整。她暗暗喜道：“不料他竟有这样的妙手，将这些花草修理得这般齐整。”她想到这里，脑筋里便浮出一个娇憨活泼的小少年来。她遮遮掩掩地走到三年初会的那一簇玫瑰花跟前，不觉芳心一动，满脸发烧，似乎还有一个潘能坐在那里的样子。她定一定神，四处一打量，却不见他的影迹，不禁心中着急道：“不好不好，难道被他们回掉了么？”我想决不会的。”她又走过假山，四下里寻找了一会，仍未见有一些踪迹。她芳心早就灰了大半，痴呆的站在一颗梧桐树下面，暗道：“这可了不得了，眼见他不知到何处去了？莫不是回去了么？”她想到这里，险些儿落下泪来。她默默片晌，心仍不死，又复顺着假山向右边寻去，瞥见前面山脚下面一带的蔷薇花，挡住去路。她刚要转身，耳鼓猛听得有人的鼻息声音。她赶紧止住脚步，侧耳凝神地细细一听，那鼻息声就在蔷薇花的那面。她靠近从篱眼里望去，果然见有一个人，睡在蔷薇花下，但是头脸均被花叶重重地遮着，看不清楚。她便转了半天，转到这人跟前仔细一看，不禁说了一声惭愧。

你道是谁，却原来她遍寻不着的潘能。但见他头枕着一块青方石，倒在蔷薇叶里，正自寻他的黑甜风味。她见他不由的身子软了半截，呼吸也紧张起来。不由分说，一探身往他的身子旁边一坐，用手将他轻轻地一推，他还未醒。她又微微地用力将他一推。潘能梦懵懵地口中埋怨道：“老王！你忒也不知趣，人家睡觉，你总要来罗唣，算什么呢？”她不禁嗤地一笑，附着他的耳朵，轻轻地喊道：“醒醒，是我。”他听得是小窦的声音，连忙揉开睡眼，仔细一看，只见面前坐着一个满头珠翠的美人儿。不是她，还有谁呢。他连忙坐起，打了一个呵欠，搂着她，颤声说道：“你由哪里来的，我们莫非是在梦中相见么？”她仰起粉脸，对他笑道：“明明是真的，哪里是梦呢？”他又说道：“我不信，你怎么出来的？”他笑道：“休问我，我是单为你才想法子出来的。”潘能也不再问，便伸手去解她的罗带。她笑道：“你怎的就这样的穷凶极恶的？”他道：“快些儿罢，马上有人，又做不成了。”她便宽了下衣，两个人在蔷薇丛中，竟交易起来。

停了一会，云收雨散，二人坐起来。她向他说道：“我明天进宫去了，还不知几时才能会面呢？”他道：“可不是么，自从你走后，我何日不将你挂在心里？”她道：“我到有个法子，不知你可肯依从我么？”他忙道：“只要我们能聚在一起，我什么事都答应。”她附着他的耳朵道：“如此如此，不是计出万全么！”潘能点头笑

道："这计虽好，但怕走了风声，露出破绽来，那可不是玩的。"她摇手道："请放心，只要你去，便是被他们看出破绽，也不怕的，谁敢来和我们作对呢？"他道："既如此，就照你的吩咐就是了。"她起身说道："你明天早点到化儿那里去，教她替你改扮就是了。我现在不能再在这里久留了。"她说罢，起身出园，一径向前面大窦的卧室而来。

走到客堂里，瞥见一个小丫头，立在房门口，在那里探头探脑的张望，见她来，忙迎上来笑道："贵人！现在娘娘正在房里洗澡，请停一会子再来吧！"她笑道："别扯你娘的淡，我和她是姐妹，难道你不晓得么？自家人何必拘避呢？"那小丫头满脸通红，半晌不敢答话。她见了这样的情形，心中本就料到八九分了。她向那小丫头作嘴一呶，小丫头连忙退了出来。她蹑足潜踪地走到房门口，猛听得里面吱咯吱咯的响声和男女喘息的声音。她不禁倒退数步，暗道："不料她也在这里干这老调儿，这倒我不能进去的；一进去，破坏了她们的好事，反而不美。罢罢罢，让人一着，不算痴呆，而且我也有个破伤风，彼此全要联络才对呢。"

她想到这里，连忙退了出来。刚刚走到外边，瞥见窦宪大踏步走进来，她吃惊不小。只见他雄纠纠地就要向房内走去，她连忙喊道："哥哥！你到哪里去？"他道："我来请娘娘去拈香的。"她急道："慢一刻，现在她正在净身哩。"他听说这话，忙诺诺连声地退了出去。她不敢怠慢，走到门口，四下里一打量，见一个人也没有，回转身来正要去喊她们出来，瞥见她俩已经整衣出房。只见大窦云髻松蓬，春风满面，见了她不禁低下头去，两靥飞红，默默地一声不做。那江贵见了她，微微地一笑，一溜烟走了。这正是：

春风放胆来梳柳，夜雨瞒人去润花。

要知后事如何，且看下回分解。

第九十三回 留风院中借花献佛 濯龙园里召将飞符

却说江贵走了之后，小窦对她掩口一笑，说道："我今天勤谨的替你做一回守门的校尉，你却拿什么来谢我呢？"她红晕两颊，勉强笑骂道："谁和你这蹄子来混说呢？"小窦笑道："无论什么事情皆有循环，不料现在的报应来得非常之快，就如别人家嘴伸八丈长，教我小心一点的；不料我的饽饽包得十分紧，倒一

些没有漏菜。那伸嘴说人的人，反而露出马脚来了，可不是笑话么？”大窦笑骂："颇耐这小蹄子，越来越没脸了。”她说罢，一转身往房里便走。

小窦也随后跟她进去，口中说道：“你拿一把镜子照照看，那头上蓬松得成一个什么样子呢，还不过来让我替你拢一拢，万一被妈妈看见了，成一个什么样子呢？”大窦便靠着穿衣镜旁边坐下来。小窦到妆台上取了一把梳子，走过来替她将头发拢起来。大窦面朝镜子里，只见小窦头上发如飞蓬，那坠马髻旁边，还粘着鸡子大小一块青苔。大窦禁不住笑道：“小蹄子！你只顾伸嘴来挖苦别人，你自己可仔细望望，又成什么样子呢？”小窦听说这话，忙朝镜子里一望，不禁涨红了脸，忙伸出手来先将青苔拈去，然后又用梳子在头上慢条斯理的梳了一阵子，放下梳子，朝大窦身旁一坐。

两个人朝镜子照了一会子，四目相对，连镜子里八道目光相视而笑。大窦笑道：“自己还亏是个贵人呢，就是叫化子，要敦夫妇之伦，还有一个破庙啊。断不能就在光天化日之下，赤条条就做了起来的。”小窦辩白道：“人家说到你的心坎上的事儿，没有话来抵抗，拿这些无凭无证的话诬人，可不是显见得理屈词穷了么？”大窦笑道：“罢了，不要嘴强罢，眼见那一块青苔，就是个铁证。”小窦笑道：“那是不经心在园里跌了一跤，头上没有觉得粘上了一大块青苔；你没有别的话，只好捉风捕影的血口喷人罢了。”大窦笑道：“阿弥陀佛，头上有青天；如果没有做这些事情，你当我面跪下来，朝天发了一个誓，我就相信。”她笑得腰弯道：“这不是天外的奇谈么？好好的一个人，为什么事不得过身，要发誓呢？”大窦笑道：“你不承认你做此等事情，我自然不敢相信，所以教你发誓的。”小窦笑道：“发誓不发誓，和你有什么关系，谁要你在这里横着枝儿紧呢？”大窦笑得花枝招展地说道：“用不着你再来辩白了，马脚已经露出了，我最相信你说是今朝没有这回事的。”小窦还未会过她的意思来，忙道：“当然我没有做什么不端的事啊！”大窦笑道：“自己方才倒老老实实地招出来了，还在这里嘴强呢，用不着再说了。”小窦忙道：“我说什么的，你提出来罢。”大窦道：“你做事不做事，赌咒不赌咒，与我有什么相干；我当真是一个呆子不懂事，还要啰唆什么呢？”小窦听了，细细的一想，果然不错，自悔失言，不禁将那一张方才转白的粉庞，不知不觉的又泛起一层桃花颜色来。大窦笑道：“贼子足见胆虚，听见人家道着短处，马上脸上就挂出招牌来了。”小窦笑道：“你也不要说我，我亦不必说你，大家就此收束起来罢。”大窦拍着手掌笑道：“好哇！这样老老实实地承认下来，也省得你嘲我谑的了。”

她二人戏谑了一阵子，瞥见她的母亲和窦宪夫人一同进得房来，大小二窦连忙起身迎接。批阳公主慌忙说道：“娘娘和贵人不要这样的拘礼，在家里又何必这样的呢？”小窦道：“妈妈惯说回头话，你老人家不是叫我们不要客气的吗，

那么你老人家为何又称呼我们娘娘、贵人呢？你老人家先自拘起礼来，反要说我们客气，这不是笑话么？”这话说得大家全笑起来，连沘阳公主自己也觉得好笑。她便对大窦说道：“还是杏儿浑厚些，什么事都不大来挖苦人；惟有这丰儿一张嘴顶尖不过，别人只要说错了一句话，马上就将人顶得舌头打了结，一句话答不出来。”小窦笑道：“妈妈真是偏心，我不过就是嘴上说话笑笑，却一点没有计较心。你老人家不晓得她呢，她是冬瓜烂瓤子，从肚里头往外坏，面善心恶，口蜜腹剑，再坏没有了。”大窦微笑不语。窦宪的夫人胡氏，插口笑道：“你用不着说了，妈妈说了两句，你劈劈拍拍数莲花落似的足足说了二十多句。你看大妹妹，她纹风不响的，一句都没有。如果她要是个坏人，她还让你这样贫嘴薄舌的吗，恐怕未必吧！就是一个哑子，也要呀两声呢。”

她说罢，小窦正要回话，从外面走进一个仆妇来，对沘阳公主说道：“老太太，奴婢等四处寻找遍了，兀的不知道她到哪里去了？”胡氏连忙问道：“果真没有找到么？”那妇人答道：“谁敢在太太、奶奶面前说一句谎话呢？”胡氏柳眉一锁，对沘阳公主说道：“妈妈，你老人家听见么？我相信贱人犯了天狗星，一定逃走了，也未可知。”沘阳公主沉吟着答道：“我想她决没有这样的胆气。而且在这里吃的是山珍海味，穿的是绫缎绮罗，住的是高厅大厦，有什么不如意处。再则你们老爷待她还不算天字第一号么？”胡氏答道：“你老人家这话差矣，这些无耻的荡妇，知道什么福，成日没有别的念，就将些淫欲两个字横在心里，她只要生了心，凭你是神仙府，也不要住的。”沘阳公主道：“还不知道你们的老爷晓得不晓得呢？”胡氏道：“可不是么，他要是晓得她逃走了，一定要来和我蛮缠了。”沘阳公主道：“你不要怕，他如果真的来寻你，你可来告诉我，一顿拐杖打得他个烂羊头。”

话言未了，窦宪带了几个侍尉，走了进来。沘阳公主便开口向他说道：“儿呀，我们府里在这两天忙乱之中，出了一件不幸的事情，你可知道么？”窦宪吃了一惊，忙问道：“你老人家这是什么话呢？”沘阳公主说道：“你那个最心爱的骊儿，却不知去向了。”杜清插口便道：“太太还要提呢！”窦宪赶着将他瞅了一眼，开口骂道：“你这小杂种，多嘴多舌的毛病，永远改不掉。”杜清碰了一个钉子，呶着嘴不敢再说。沘阳公主见了这样的情形，便知另有别故，忙向窦宪喝道：“该死的畜生，你见他和谁谈话的，遮天盖日一塌糊涂地骂了下来，不是分明看不起为娘的么？”吓得窦宪垂头丧气地招陪道：“孩儿知罪，冲撞了太太，务请太太饶恕我一次，下次再不敢放肆了。”沘阳公主便对杜清道：“你快些说下去，她究竟是怎样不见的？”

杜清见窦宪站在旁边，气冲冲的，他吓得再也不敢开口。沘阳公主一叠叠地催道：“快说，快说。”那杜清竟像泥塑木雕的一样，闷屁都不敢放一个。沘阳

公主大怒喝道："这小畜生，倒不怕我了，不给你一个厉害，你还不肯说呢！人来，给我将这个小畜生绑起来，重打四十大棍。"杜清听说，吓得尿滚屁流，也顾不得许多了，双膝一屈，扑秃往下一跪，口中央告道："太太！请暂且息怒，我说就是了。"沘阳公主忙道："你快点说！"杜清便将骊儿怎样和小法师私通，怎样被自己看见，后来怎样被窦宪杀了的一番话，一五一十完全说了出来。把个沘阳公主气得一佛出世，二佛涅槃，厉声骂道："我窦家三代祖宗的光荣，全被你这畜生败尽了，成日家咸的臭的，全往家里收纳，做下这些没脸的事来，何尝听过我一句话。你自己也该想想，皇恩浩荡，凭你这些的蠢材，还配得做一个大司马么？一天到晚，没有别的事，丢得酒，便是色，你这畜生，就是立刻死了，也算我窦家之福。你不怕遗臭万世，我难道就能让你无所不为的了吗？好好好，我今天的一条老命也不要了，和你这畜生拼了罢。"她说罢，取下杖，就奔他身边而来。

大小窦连忙拉住。大窦说道："太太动气了，还不跪下么？"窦宪连忙往下一跪。沘阳公主仍未息怒，将他骂得狗血喷头，开口不得。一直闹了一夜，到了卯牌时候，才算停止。

沘阳公主也骂得倦了，正要去安息，瞥见有个家丁进来报道："接驾的已到，请娘娘们赶紧收拾回宫吧！"大窦便和她母亲说道："太太，孩儿要去了，又不知何日才能会面呢？"沘阳公主勉强安慰道："我儿，天长地久，后会的期限正多着哩！但望你善待君王，为娘的就放下一条愁肠了。"

不说她们在这里谈着，单表小窦听说要动身了，不禁着了忙，也无暇和他们去谈话，移身径向西边百花亭后面的厢房而来。走到厢房里面，只见化儿已经替潘能改扮好了，果然是一个很俊俏而又娇艳的宫女。那化儿正在那里扭扭捏捏的教他学走路呢，见了她，忙出来迎接。小窦便说："改扮停当了么？"化儿点头笑道："改扮好了，但是有些不像之处。"她道："有什么不像之处呢？"她笑道："别的不打紧，可是走起路来，终有些直来直闯的，没有一些女子的姿势，却怎么办？"她道："你用心教他走两回，他自然就会得了。"化儿便又婷婷袅袅地走了起来。潘能便经心着意的跟她学了两趟，说也奇怪，竟和她一般无二了。小窦笑道："可以了，我们就走吧。"化儿与潘能刚要动身，她偶然一低头，不禁说道："啊唷，还有一处终觉不妥，而且又最容易露出破绽来，便怎生是好呢？"化儿忙道："是什么地方呢？"她用手朝他的脚上一指，笑道："那一双金莲，横量三寸，竟像莲船一样，谁一个宫女有这样的一对尊足呢？"化儿见了，果然费了踌躇，停了半晌，猛的想出一个法子来，对小窦笑道："娘娘不要踌躇罢，我想起一个最好的法子来了。"她忙问道："是什么法子？"化儿笑道："只要将宫裙多放下三寸来，将脚盖起来，行动只要留心一点，不要将脚露出来，再也不会露出破绽的了。"小窦

连声说道:“妙极！就是这样办罢,还要快一些,马上就要走了。”化儿便又来替他将宫裙放下三寸,将那一双惊人出色的金莲盖起来。化儿便去将那些带来的宫女,一个个都喊了近来,将他夹在当中。化儿又叫他不要乱望,只管头低着走,方不会露出马脚来。他一一的答应着,随着众人竟向大窦这里而来。

到了门口,只见大窦已经预备就动身了,见了小窦不禁埋怨道:“什么事这样牵丝扳藤的呢？尽管慢腾腾的,回宫去倘使万岁见罪,便怎生是好呢?”小窦笑道:“你只知就要走,她们来的那些宫女,不招呼她们一同走,难道还将她们留在府中不成?”大窦道:“偏是你说得有理,要招呼她们,老实些家里那个仆妇用不起呢,偏要亲自去请,不怕跌落自己的身分么?”小窦道:“已经招呼来,还只管叽咕什么呢?”二人说着,便扶着宫女径出了大厅到了孝帐里,在遗容面前又举哀告别,做了半天的仪式,才和她的母亲与嫂嫂告辞上辇。沘阳公主领着儿媳,一直送到仪门以外才回来。

这且慢表,岔转来再说大小窦回了宫,先到坤宁宫里,章帝的面前谢恩。章帝离了她们姐妹两个一天,竟像分别有了一年之久的样子,连呼免礼一把将窦娘娘往怀中一拉,口中说道:“孤的梓童,我离你一天一夜,实在不能再挨了,好像有一年的光景。”说罢,又将小窦拉到怀中笑道:“爱妃！你今天可不要回宫去了,就在这里饮酒取乐吧。”小窦斜飘星眼向他一瞅,嘴里说道:“万岁爷真不知足,难道有分身法么？应酬她,还能应酬别人么？真是饿狗贪恶食,吃着碗里,想着锅里的。我今天却不能遵命,宁可万岁爷明天到我那里去罢。”章帝听罢,哈哈大笑道:“爱妃这话是极,倒是孤王不好了,就这样说吧,我明天定到你宫去。”小窦听了不住地微笑。

不多时,用了午膳,小窦便起身告辞。回到宫中,宫女们叩拜后都到她的房中服伺。一会子,天色已晚了,小窦向化儿使了个眼色,那些服事小窦的宫女被化儿一齐喝退下去,小窦笑向化儿道:“这事不亏你,怎能这样的周全呢?”化儿笑道:“罢了娘娘,不要赞我,若不是娘娘想出这条妙计来,我又到何去处显本领呢?”小窦笑向潘能道:“你向后可要报答报答你的姐姐,才是个道理。”化儿跪下说道:“娘娘不要和奴才来寻趣罢,奴才不敢。”她正色对化儿说道:“你快点起来,我和你说话。”化儿便站了起来。她说道:“你却不要误会,我方才这句话,却是从心里头说出来的,断不是和你寻趣的。”化儿听了这话,反而不好意思起来,羞得涨红了脸,一言不发。小窦笑道:“足见你们女孩子家,没有见过什么世面;这里除却你我他三人,也没有第四个晓得,何必尽是羞人答答地做什么呢?”化儿也不答话。

小窦便使了一个眼色给潘能。能儿会意,忙拿起银壶,满斟三杯佳酿,恭恭敬敬地送到她的面前,口中说道:“妹妹,今天得进宫来,全仗大力,小生感激无

比，请姐姐满饮三杯，也算小生一点微敬了。”她举起杯子，仰起粉脖，吃了下去。对小窦笑道：“娘娘听见么？这会子还是小生大生的不改口吻，幸亏是和我说的，如其遇着别人，怕不走露风声么？”小窦嗤的笑道：“可不是呢！”能儿笑着插口说道：“我这一点，难道还不会么？不过在什么人面前讲什么话罢了。”小窦笑道：“你不用舌难口辩的，向后还是小心一点为佳。”能儿诺诺连声地答应着。

一会子大家都有些酒意，便散了席。化儿起身对小窦说道：“娘娘，我要去了。”她忙道：“你倒又来了，你这会子还到哪里去的？”她道：“我今天的酒吃得太多了，还是到留风院去安安逸逸地睡一夜罢。”小窦道：“你酒吃得不少，怎能回去呢？还是教能儿送你吧。”化儿口说不要，可站起来花枝乱摆，四肢无力，心里还想争一口气要走。无奈天已黑下来，小窦见些光景，暗想：“何不如此如此？教她沾染了，向后死心塌地的听我摆布。”想到这里，便向能儿丢了个眼色，又做了一个手势。

能儿会意，赶紧来到化儿身边，将她扶住问道：“留风院在什么地方？”小窦道：“你顺着游廊向北去便是。”他答应着，双手架着她的玉臂来到留风院她的房里。他也不客气，竟动手替她宽衣解带。她到了此际，也就半推半就的随他动手。不一会，二人钻进被窝，干起那件风流事来。停了一会子，云收雨散，能儿不敢久留，便附她的耳朵悄悄地说道：“姐姐，你明天早点过来，替我妆扮要紧。”她醉眼惺忪似笑非笑的点头答应。他又搂着她吻了一吻，才撒手下床，到了小窦的房里只见灯光未熄。

他进了房，只见她外面的衣裳已卸尽，上身披了一件湖色的轻纱小袄，下面穿一条银红细绡的混裤，玉体横陈，已躺在榻上睡着了。好个能儿，他竟不去惊她，转过身子，先将帘子放下，然后走到床前，替她宽去衣裳。她一点也不知道，及至动作起来，才将她惊醒，微睁醉眼，悄悄地骂了一声捉狭鬼。他喘吁吁的笑道：“你这人真是睡死觉了，小和尚进了皮罗庵，还不知道呢。”她也不答话，鏖战了多时，才紧紧地抱着睡去。从此能儿左拥右抱，受尽人间艳福了。

停了十几天，章帝忽然得了一个风寒症，延绵床第，一连一个多月，不见起色。大窦熬煎得十分厉害，又不好去想别法，只得出来闲逛闲逛，藉此稍解胸中的积闷，便约小窦一同到濯龙园里望荷亭上去纳凉，也未带宫女。二人谈了一阵子，大窦满口怨词，似乎白天好过，黑夜难挨。小窦猜透她的心理，便向她笑道：“姐姐，我有一个人，可以替你消愁解闷。”这正是：

嫩萼嗟无三月雨，孤衾不耐五更寒。

要知后事如何，且看下回分解。

第九十四回　露春色总监吞声　逞淫威侍郎受辱

话说大小窦一同到望荷亭里纳凉，两个人怀着两样的心事：一个踌躇志满，一个满腹牢骚。真是一宫之内，一殿之间，苦乐不同。大窦坐在棠梨椅上，星眼少神，娇躯无力，怔怔地望着荷池里那些锦毛鸳鸯，一对对的往来戏水。她不禁触景生情，深深地叹了一口气，自言自语地说道："草木禽兽尚且有情，惟有我一个孤鬼儿，镇日价和那要死不活的尸首伴在一起，真是老鹰鳖在腿上，飞也飞不走，爬也爬不动。流光易过，眼见大好青春，一转就要成为白头老媪了。到那时，还有什么人生的真趣呢？"她说罢，叹了一口怨气，闪着星眸，只是朝池里那些鸳鸯发呆。

小窦暗道："欲知内心事，但听口边言。她既然说出这些话来，我想一定熬不住了，何不将那能儿唤来，替她解渴呢？她正要开口，猛的省悟道："不好，不好，我假若将能儿让与她解解闷，万一她看中了，硬夺了去，那便怎生是好？还是不说罢！"她忽然又转念头道："她与我本是姐妹，不见得就要强占了去罢。我现在已经受用不少了，也落得做个人情，与她解解馋未为不可。如果一味的视为已有，万一以后走落了风声，反而不对了。不若趁此就让她开心一回吧！她受了我的惠，或许可以帮助我，再想别的法子去寻欢，也未可知。"

她想到这里，便向大窦笑道："姐姐，我有一个宫女，生得花容月貌，吹弹歌舞，没有一样不精，将她喊来替你解解闷如何？"她连连摇头道："用不着，用不着。我的愁闷，断非宫女所能解的。"小窦笑道："或者可以解渴。"大窦笑道："我的愁闷，难道你不知道么？"小窦笑道："我怎么不知道，所以教她来替你解闷呀！"大窦道："任她是个天仙，终于是和我一样的，有什么趣味？至于说到吹弹歌舞，我又不是没有听见过的。"小窦嗤的一声笑道："或者有一些不同之处，你用不着这样的头伸天外，一百二十个不要。那人来只要替你解一回闷，恐怕下次离也离不掉他呢。"大窦听她这话，便料瞧着五分，忙道："带得来，试验试验看，如果合适，便解解闷也不妨事的。"小窦笑道："你既然不要，我又何必去多事呢？"大窦道："你又来了，君子重一诺，你既然承认，现在又何必反悔呢？"小窦笑道："人家倒是一片好心，要想来替你设法解闷；谁知你不识人情，反而不要，我

还不趁此就住吗?”大窦笑道:“好妹妹,快些去将她喊来,把我看看,究竟是一个什么人?你再推三阻四的,休怪我反起脸来,就要……”她说到这里,不禁望着小窦嫣然一笑。小窦笑道:“你看她这个样儿,又来对我做狐媚子了;可惜我是个女子,要是个男人,魂灵还要被你摄去哩!我且问你,我不去将他喊来,你预备什么手段来对待我?”她笑道:“你再不去,我就老实不客气,亲自去调查一下子,但看你倒底藏着一个什么人在宫里。”小窦纤手将酥胸一拍,笑道:“谁怕你去搜查呢?你不用拿大话来吓我,你须知愈是这样愈不对,我倒要你去搜查一下子,我才去喊他呢。”大窦笑道:“那是玩话,你千万不要认真才好。”小窦便用星眼向她一瞅,口中说道:“依我的性子,今朝偏不去教他来。”大窦道:“好妹妹!还看姐妹的分上罢,我不过讲错了一句话,你便这样认真不去了么?”她说着双膝一弯扑秃往小窦面前一跪,口中说道:“看你去不去。”小窦笑道:“羞也不羞,亏你做得出。”

她说着,便起身回到自己的宫中,只见化儿正与能儿在那里说笑呢,见她进来,忙一齐来让坐。小窦含笑对能儿道:“你的造化真不小,现在娘娘指明要你去服事她,这事却怎么办呢?”化儿慌的问道:“这话当真么?”她正色说道:“谁来骗你们呢?”能儿大惊失色,一把搂住她,只是央告道:“千万要请你想个法子去回掉她。我如果去服事她,岂有个不走漏风声的道理,一露出马脚来,不独我没有性命,就连你们也有些不利的了。”化儿道:“这可奇了,她怎么晓得?我想我们这层事,凭是谁也不会猜破的。”小窦笑道:“痴货!你自己以为计妙,难道外面就没人比你再刁钻些吗?”化儿道:“如此便怎么好呢?”小窦说道:“事已如此,我也没法去挽救,只好让与她罢。”化儿急道:“娘娘你忒也糊涂了,你也不细细地想想,这可以让他去么?”小窦笑道:“在你看,有什么法来挽救敷衍呢?”化儿沉思了一会子,忙道:“有了,有了,此刻先将他藏到我那里,你去对她说,就说他生病了,不能服事,慢慢地一步一步来搪塞她。到了紧要的时候,爽性将他藏到病室里去,就说他死了,她还有什么法子来纠缠呢?”小窦笑道:“还亏你想出这个主意来呢,你可知道,她现在已说过了,如不送去,马上带宫女就到我们这里搜查了,你可有什么法子去应付呢?”化儿听了这话,不禁揉耳抓腮,苦眉皱脸,无计可施,连道:“这从哪里说起,可是他这一去,准是送掉了性命。娘娘,你和他有这样的关系,为什么反坐视不救?”小窦笑道:“我倒不着急,偏是你和他倒比我来得着急,可见还是你们的情义重了。”化儿急得满脸飞红,向她说道:“娘娘真会打趣,到了这要紧的关头,还尽管嘻嘻不觉的,难道与你没有关系么?”小窦笑道:“痴丫头,不要急得什么似的,我告诉你罢,她再大些和是我姐妹,我有了什么事情,她还能来寻我的短处么?要是她替我声扬出去,与她的脸上有什么光荣呢?”化儿道:“我别样倒不踌躇,我怕她见了他,硬要他永远服事,

你岂不是替她做了一个傀儡么?”小窦笑道:“那也没有法子,只好让与她罢。”能儿急道:“我不去,我不去。”化儿说道:“娘娘既是这样的说法,你就去罢,料想娘娘此刻看到你,也不见得和从前一样了。你去了,好也罢,坏也罢,还想窦娘娘救你,也是不容易的了。”小窦笑道:“你看这个痴丫头,指桑骂槐的,说出多少连柄子的话来,到底是个甚么意思呢?”她道:“什么意思,不过我替别人可惜罢了。你救不救,与我有什么相干?”小窦笑道:“还亏没有相干,如真有相干,今天还不知道怎样的磕头打滚呢?”化儿道:“本来和我是没有相干。”小窦到这时,才对他们笑道:“你也不用急,他也不用慌,我老实对你们说罢,娘娘并不晓得,倒是我今朝提起来的。”化儿道:“这更奇了!这层事,瞒人还怕瞒不住呢,偏是你自己招出来,这又是什么用意呢?我倒要请教请教!”她笑道:“这个玩意儿,非是你可以料到的。你原来是不工心计的,不怪你不能知道,我来告诉你吧。一个人无论做什么秘密的事情,千万不可只顾眼前,不望将来的;你想我们这事,不是极其秘密么?除了我们三人,恐怕再也没有第四个晓得了。但是天下事,要得人不知,除非己不为,日久无论如何,都要露出些蛛丝马迹的。到了那时候,万一发生什么意外,娘娘一定要怨恨我们做下这些不端之事,而且她自己也好趁此显出自己是个一尘不染的好人了。所以我想现在也教她加入我们这个秘密团,一则可以灭她的口,二则她的势力原比我们大,等到必要的时候,还怕她不来极力帮忙么?”化儿拍手笑道:“我真呆极了,不是你说,我真料不到。”能儿笑道:“这计虽然是好,当中最吃苦的就是我了。”化儿向他啐道:“遇着这些天仙似的人儿,来陪你作乐还不知足,还要说出这些没良心的话来,不怕伤天理么?”小窦笑道:“这也难怪,他一个人能应付几个吗?”化儿笑道:“别的我倒不怕,但怕娘娘得了甜头,不肯松手,那就糟糕了。”小窦笑道:“不会的,她现在不过因为万岁病着,实在没处可以解馋,才像这样饿鬼似的。万岁病一好,还不是朝朝暮暮,暮暮朝朝,弄那个调儿么?她到了那里,应付万岁一个人,还觉得有些吃不住呢,哪里还能再带外课呢?你快点将能儿送到濯龙园里去,她在望荷亭里,估量等得不耐烦了,快点去罢。你将他送去,你要识相些,不要在他们的眼前阻碍她们的工作要紧。”化儿连声应道:“理会得,用不着娘娘关照,都教他们称心满意的就是了。”她又向能儿说道:“你到她那里,须要见机行事,务必使她满意为要,千万不要骇得和木头人一样,那就不对了。她的脾气我晓得,她最相信活泼乖巧的,我关照你的话,你却要留心。”能儿点头答应,便和化儿直向园内而来。

一路上虽有宫监内侍,谁都不来查问,而且化儿没有一个不认得她的,不多时,到了望荷亭里。只见她独自一个躺在一只沉香的睡榻上面,那两颊红得和胭脂一样,眼含秋水,眉簇春山,说不尽千般旖旎,万种风流,见她们进来,懒懒地坐了起来,口中问道:“化儿,随你来的这个宫女,就是新来的么?”化儿见她问

话，忙拉着能儿一齐跪下。能儿说道："愿娘娘万寿无疆。"她香腮带笑，杏眼含情地向他问道："你叫个什么名字，你是哪里的人氏？"化儿见她们谈起来，忙托故出去了。能儿答道："娘娘要问我么，我就是娘娘府里的人，我名字叫能儿。"她听说这话，又惊又喜地一把将他从地下拉了起来，问道："你姓什么？我可健忘，一时想不起来了。"能儿笑道："我姓潘。"她听说这话，心中明白，却故意装做不知，向他笑道："你坐下，我好和你谈话。"能儿也不客气，一屁股送到她的身边，并肩坐下。她一点也不嗔怪，含笑问道："你今年几岁了？"他道："十九岁了。"她不知不觉的斜疏皓腕，轻轻的搭在他的肩上，将粉脸偎到他的腮边，悄悄地笑道："你几时到我们府中的？"能儿笑道："我早就在娘娘的府中了，不过娘娘未曾看见我吧。这也难怪，我成日价没有事，也不到前面来，都是在后园里修理花草的多。"她听说这话，更觉得万无疑惑了，那一颗芳心，登时突突地跳跃起来，呼吸同时也紧张起来，斜乜着星眼，笑眯眯地盯着能儿。

这时一阵凉风吹了进来，两个人不约而同的打了一个寒噤。她便向他说道："这里凉风太大，我们到怡薇轩里去坐坐吧。"能儿点头答应。她便起身和能儿走过假山，到了一座雅而且静的房子里面，乃是一明两暗。她便和他手牵手进东边的房里。能儿的鼻子里嗅着一阵甜习习的幽香，不禁眼饧手软，那一股孽火从脚跟一直涌到泥丸宫的上面，再也不能忍耐了。但是却不敢造次，只得按住心神，看她的动静。只见她一把搂到怀中，那一股兰芬麝气，直冲着鼻管，心中越觉得勃勃欲动。只听她悄悄地说道："能儿，我方才听你们的娘娘说的，你有什么本领可以使人开心呢，不妨来试验试验。"

能儿听说这话，便知道时机已到，再不下手，等待何时，便笑道："娘娘真的试验，我却斗胆动手了。"他说罢，便来替她解去罗襦，自己也将下衣解下，露出一根冲锋的利器来，将她往榻上一按，便干起那个勾当来，果然是再开心没有了。她也是久旱无雨了，像煞又饿又渴的人，陡然得着一碗糜粥似的摆出百般的浪态来，把个能儿弄得恨不能将全身化在她的身上。

他两个正在这云迷雨急的时候，猛可里听见外面有一阵脚步的声音，从外面走了进来，她忙放下手道："有人来了。"能儿正是在要紧的关头，哪里肯放，紧紧抱着大动不住。

说时迟，那时快，只见有个人将帘子一掀，伸头朝里面仔细一望，不禁倒抽一口冷气。赶紧退身出来。你道这人是谁，却就是六宫总监魏西。他也到园里纳凉的，不想偶然走到怡薇轩的门口，听见里面有人说话的声音，他便进来看看是谁，万料不到这六宫专宠的窦皇后在这里干那不见天的事情。他吃惊不小，赶紧退出来，立在假山的脚下暗道："这岔子可不小，我要不去奏与万岁，料想她一定也要疑惑我有心和她作对，她势必不能放我过门；我去奏与万岁，那是更不

要说了，准是没有性命了。”他踌躇了半天，自己对自己说道：“魏西，你今年不是六十三岁了，你受了汉家多少恩典，你难道就将良心昧起，去趋奉这个淫乱无伦的贱货么？好，我情愿纳下这颗白头，和贱妇去碰一下子罢。”

他打定主意，扶着拐杖，一径向坤宁宫而来。进了坤宁宫，只见黄门侍郎窦笃跪在章帝病榻之下，放声大哭。章帝呻吟着问道：“爱卿，何事这样的悲伤？”那窦笃哭道：“今天无论如何，要万岁替微臣伸冤。微臣今天被九城军马司的部下将我打坏了，万岁如果不信，微臣自有伤痕，请万岁亲察。”他说罢，将腿上的裤子掳起，果然大一块小一块的伤痕，而且头上还有几个鸡蛋大的疙瘩，一股鲜血，还在殷殷地淌个不住。列位要知这窦笃是谁？就是窦宪的堂兄弟。九城军马司，他是何人，胆敢将窦笃打得这般狼狈呢？难道他就不怕窦宪的威势么？原来有一个缘故，小子也好趁此交代明白。

这九城军马司姓周名纡，本来是做雒阳令的。因为他办事认真，刚廉毅正，从不徇情，所以章帝极其器重他，由雒阳令一跃而为京都九城军马司。他感受当今的厚德，越加懔守厥职，不敢偷安一刻。未到三月，将京都内外整理得一丝不乱。章帝见他这样的忠诚，自是恩宠有加。可是他生性骨梗，章帝常常有些赏赐，他完全退回，向未受过一丝一缕，由此章帝格外敬爱。他的第一个好友，就是第五伦，平时常在一起磋商政治。他的老师，就是那铁面无私的赵熹，所以他的根本也算不浅。窦氏群雄，见他还畏惧三分。本来忠奸极不能融洽的，各行各路，河水不犯井水。周纡虽然不肯阿私，但是不在他的范围之内，却也不喜多事，所以窦氏处了二年多，尚未反过面孔。他今天正领着禁城的校尉，在大操场上操。那黄门侍郎窦笃因为别事耽搁，一直过午才出禁门，纵马到了止奸亭前。

看官，这止奸亭，又是什么去处呢？原来禁城以外，四门建设四个止奸亭。每亭派兵一百，一个亭长，专门搜查过时出禁城官员的。那窦笃一马放到止奸亭边。这亭内的亭长霍延挺身去来，拦住马头，厉声问道：“来者住马。”黄门侍郎窦笃眼睛哪里还有他呢，昂头问道：“你是何人，拦在马前，意欲何为呢？”霍延答应道：“你休问我！凭他是谁，过午出禁门，我们是要搜查的。”窦笃道：“我今天因为在朝中议论国家大事，所以到这时才出来的；我又不是个罪犯，要你们搜查什么！”霍延答道：“我们不知道你是罪犯，还是好人，我们只晓得奉上司的命令搜查的。”窦笃大声说道：“你们奉的谁的命令，要在这里搜查行人？”霍延笑道：“亏你还是朝廷议论国事的大臣，连这一点儿都不知道。止奸亭也不是今朝才立的，你要问我们受的谁人命令，我告诉你罢，我们是受的九城军马司的命令，九城军马司是受的万岁的命令。你不准搜查也可以，但是你去和万岁讲理。到我们这里，我们当要照公办公的。请快些下马，让我们搜查一下子，你便走

罢。"窦笃大怒喝道:"今天咱老子不准你们这些狗头搜查,便怎么样呢?"霍延也不答话,忙向手下喝道:"将这狗官拖下来!"

话犹未了,走上几个守亭兵,将窦笃从马上不由分说的拖了下来。你也搜,我也查,将个窦笃弄得气起,不由的泼口大骂。恼得霍延性起,忙喝道:"打!"那些兵士你一拳,他一足,打得他发昏章第十一。这正是:

半途遭毒打,狭道遇冤家。

要知后事如何,且看下回分解。

第九十五回 妖态逼人难为长舌妇 忠言逆耳断送老头皮

却说黄门侍郎窦笃依官仗势,居然不准检查,而且满口狂言,任意乱骂。恼得霍延火起,厉声喝道:"来人,给我将这狗官抓下马来!"话说未了,早拥出数十武士,你一拉,我一扯,不由的将一个窦笃拖下马来。那窦笃还不知厉害,泼口大骂道:"好狗头。胆敢来和老爷做对头!好好好,今天看你怎么样咱老子就是了。"霍延听罢,几乎将脑门气破,大声骂道:"好奸贼!你过午从止奸亭经过,胆敢不服王命,拒抗搜查,还满口胡言,老爷们当真惧怕你这狗官的威势么?众士卒!他嘴里再不干不净的,就给我打,将这奸贼打死了我去偿命。"那窦笃眼睛里真没有这个小小的亭长了,听他这话,更是怒骂不已。那些士卒,还不敢毅然动手。霍延大声说道:"你们刚才难道没有听见我的话么?"那些士卒这才放大了胆,将窦笃按住在地上,你一拳,我一足,将个窦笃打得挣扎不得。

这时早有人去报知周纡了。周纡听说这样的事情,赶紧飞马来到止奸亭,瞥见众士卒将一个窦笃已经打得动弹不得了。他忙下了坐骑,询问情由,霍延便将以上的一番情形告诉与他。他冷笑一声说道:"他们这些王公大人,眼睛里哪还有一个王法呢?"窦笃见了周纡,便说道:"爷爷,你好,你仗着你九城军马司的势力来欺压我么?好好!咱现在和你没有话说,明天上朝,再和你这匹夫见个高下就是了。"周纡微微一笑道:"侍郎大人!请不要动怒,只怪他们这些士卒,太也狗眼看人低,认不得侍郎大人,并且胆有天大,竟敢来和侍郎大人作耍。要是卑职在这里,见了大人,应当早就护送到府上了,哪里还敢检搜呢?这也许是这班士卒依官仗势,目无法纪罢了。但是还有一层,要请大人原谅,他们奉着上司的旨意,不得不这样做的,所以就得罪了大人了。"窦笃含嗔带怒的苦着脸

说道："周纡，你纵使手下爪牙，殴辱朝廷的命官，还来说这些俏皮话么？好好，管教你认得咱家厉害就是了！"周纡冷笑一声说道："侍郎大人！打已经打过了，自古道："推倒龙床，跌倒太子，也不过一个陪罪罢了。侍郎大人还看卑职的面分上，得过且过罢。窦大人，卑职这里陪礼了。"他笑嘻嘻地躬身一揖。这一来，把个窦笃弄得又羞又气，又恼又怒，勉强从地下挣扎起来，爬了半天，好容易才爬上了马，对周纡说道："周纡，你也不必油腔滑调的了。咱家也不是个三岁的小孩子，苦头吃过了，难道听了你这两句甜蜜话，就和你罢了不成？"周纡笑问道："依侍郎便怎么样呢？"他剔起眼睛说道："依我怎么样？是和你一同去见万岁评个是非！"周纡笑道："照这样的说，大人一定要与卑职为难了。"他道："你这是什么话呢？我与你河水不犯井水，你偏要使手下来和我作对，我也没法，只好去到万岁面前见见高下了。"周纡笑道："当真要去么？在卑职看起来，还是不去的为佳。"他大声说道："谁和你在这里牵丝扳藤的，咱家先得罪你了。"他说罢，带转马头，正要动身。周纡对他笑道："大人一定要去，卑职此刻还有些事情，未曾完毕，没有空子陪大人一同去，只好请大人独自去罢。"他在马上说道："只要圣上有什么是非下来，还怕你逃上天去不成。"周纡笑道："那个是自然的。"

窦笃一马进了禁城，到了午朝门口，下了马，一跛一颠地走了进去。那一班内外的侍臣，见他被人家打得鼻塌唇歪，盔斜袍坏，不由的一齐问他究竟。他大声对众侍臣说道："周纡领着手下爪牙，把守在东门外的止奸亭里，我走到那里，他们便不由分说，将我拖下马，一顿毒打，你们看这班人还有王法吗？不是简直就反了么？"众内外侍臣，一个个都替周纡捏着一把汗。暗道："周纡胆也忒大了，谁不知道窦家不是好惹的，偏是他要在虎身上捉虫子，不是自己讨死么？"

不说大家暗地里替周纡担忧，再说他一径入了坤宁宫，在章帝面前哭诉周纡无礼，毒打大臣的一番话，说了一遍，满想万岁就传旨去拿周纡问罪。谁知章帝听他这番话，不禁勃然大怒，呻吟着紧蹙双眉，对窦笃说道："我问你，你既做一个黄门侍郎，难道连王法都不知道么？你可晓得那止奸亭是谁立的？"他连忙答道："微臣怎么不知道呢，那是万岁的旨意，搜查过午出禁城的官吏的。不过微臣今天回去迟了，他们一定要搜查，我也没有说什么，他们便一些也不讲情理，一味蛮横，将微臣毒打一顿，这事一定要求万岁替微臣伸冤。"他说罢，一把鼻涕，一把眼泪地哭个不住。章帝听他这一番启奏，不由的向他说道："卿家刚才这番话，未免忒也强词夺理了。我想那周纡与你又没有什么深仇大怨的，他又何必这样要与你为难呢？而且你好端端地给他查搜，他又不是个野人，就能这样的无礼举动么？"窦笃听得章帝这番话，真是出于他的意料之外，不禁满面羞惭，半晌无语。章帝又向他说道："卿家你今天先且回去，谁是谁非，孤家自然

要派人打听清楚。如其照卿家的话,周纡无礼殴辱大臣,那周纡当然要按律治罪;万一不是,那么卿家也不得轻辞其咎的。"他这番话说了,把个窦笃吓得面如土色,忙道:"我主容禀,微臣并非有意与周纡寻隙,不过他这番举动未免过于蔑视人了。还请万岁训诉他一番,叫他下次万不可再这样横行霸道的就是了,微臣也不记前仇,深愿和他释嫌交好,未识我主以为如何呢?"章帝早知是他的不是,故意说道:"周纡目无王法,殊属可杀。那么,孤家一定要调查根底,究竟谁是谁非,都要照律治罪,以儆效尤的。"他知道非言语所可挽回,只得忍气吞生,怏怏地退了出去。这且慢表。

再说章帝被他麻烦的头昏脑胀,见他走了,正要躺下去静养静养,瞥见六宫总监魏老儿,立在榻前,满面怒容。章帝心中不禁暗暗地纳罕问道:"老公爷到这里,莫非有什么事情么?"魏西听见章帝问话,喘吁吁地掏着胡子,双膝跪下,口中说道:"我主万岁,微臣有一事冒死上渎天颜,微臣自知身该分为万段,但是老奴受我主累世鸿恩,不能欺灭主公,宁可教老奴碎尸粉骨,这件事一定是要奏与我主的。"章帝猛听得他这番没头没尾的话,倒弄得十分疑惑,莫名其妙,连忙说道:"老公爷!有什么事尽管奏来,孤家断不加罪与你的。"他便将窦娘娘的一套玩意儿,一五一十整整地说个爽快。把个章帝气得一佛出世,二佛升天,大叫一声,昏厥过去。这时将一班宫娥彩女,吓得手忙脚乱,忙上前来灌救。停了半天,章帝才回过一口气来,微微说了一声:"气死我也!"按下慢表。

再说大窦与能儿正干到一发千钧的要紧时候,猛听得外面有人走了进来,大窦不禁大吃一惊,忙教能儿快些放手。谁知能儿正自弄到得趣的时候,哪里肯毅然放手呢,就是后面有一把刀砍来,他也不松手的。说时迟,那时快,门帘一掀,从外面钻进一个头来。大窦仔细一望,那人一缩头,一阵脚步声音又出去了。"

她到了这时,心慌意乱,伸手将能儿往旁边一推,说道:"冤家!你今天可害了我了。"能儿忙坐了起来。赶紧先将衣服穿好,然后又替她将衣服穿好,向她问道:"娘娘,方才那人是谁?我没有看得清楚。"她苦着脸答道:"此番好道休也,还只管的什么呢?"能儿忽然向她笑道:"那人一定不会去泄漏我们事情的。"闪了着星眼,向他一瞅问道:"你难道认得他么?"能儿道:"他不是化儿么?"大窦道:"啐!如果是化儿,我还这样的着急做什么呢?"能儿道:"除却化儿,还有谁呢?"她道:"你只管贪着眼前的快活,你还问日后么,他就是六宫总监魏老头儿。"他听罢,不禁倒抽一口冷气,忙道:"这便怎生是好呢?"她道:"可不是么?他此番将我们的隐情被他窥破,还想他不去泄漏,恐怕也不能够了。万岁如果知道这样的玩意儿,你我二人还怕不作刀下之鬼么?"他道:"娘娘,这事我倒想出一个法子来了?"她道:"你想出什么法子来呢?"他道:"现在横竖我们隐情被

他揭破了，不如索性使一条计，反过头来咬他一口，倒也值得些。”她道：“但是想出一个什么法子去反噬他呢？”能儿停了半晌，才说道：“那么只好说他调戏娘娘的了。”她听罢，不禁嗤的笑道：“笨货！你这个规矩都不晓得么？”他道：“管他娘的，只是他要我们的命，我们也只好用这条计抵抗了。”她道：“呸！如果照你的话去做，真是自寻死路了。”他道：“你这是什么话？”大窦掩口苦笑道：“他们的内监都是有本无利的人，怎样来调戏我呢？我要是用这话去抵抗，万岁还肯相信么？”他听说这话，心中更不明白，忙道：“什么叫做有本无利呢？”她道：“笨货！我被你缠煞了，你生了十八九岁，难道这有本无利还不知道？””他将头摇得拨浪鼓一般地说道：“委实不知道。”她道：“他们的阳物全被割去了，没有那东西，还想这个事情么？”他不禁笑道：“原来如此，我还在鼓里呢。既是这样，再想别的法子去对待他便了。”她道：“火到眉头，这不能再缓了。你快到妹妹的宫里，暂且安身，不要抛头露面，免得被他们看见露出破绽来，反而不美，我自有法子将这个老贼结果就是了。”她说罢，便与能儿下床分手。

不说能儿和化儿在望荷亭前碰见了，一同回到留风院去的事情。再说大窦一径向淑德宫而来。还未到淑德宫，只见一群宫女，一齐过来施礼说道：“万岁请娘娘回宫。”她听说这话，心中早已明白，微微点首，挟着宫女慢慢地走到坤宁宫口，取出手帕，着力在眼上揉擦了一阵子，那一双杏眼登时红肿起来。她转身到了章帝的榻前，盈盈地折花枝跪下，娇啼宛转，粉黛无光，口中直嚷：“万岁救命！”那章帝本来是一腔怒气，不可遏止，恨不得将她立刻抓来砍为两段，才泄胸中的醋火；及至见她进来，双眼红肿得和杏子一般，粉残钗乱，不禁将那一股醋火，早消了一半。又听得她莺啼呖呖，更觉楚楚可怜，便将那气忿欲死的念头，消入于无何有之乡了。最后又听得她口中连喊救命，他不禁十分惊讶地说道：“梓童！快些平身，有谁敢来欺你，快些奏来，孤家自有道理。”她哭道：“妾身自万岁龙体欠安，恨不能以身替代，何日不提心吊胆，满望万岁早日大瘳，治理国事，以免奸佞弄权，万民颠倒。讵料灾星未退，虽日有起色，可是未能一旦霍然，妾身何等的忧郁。今天逢着黄道吉日，妾身想到濯龙园素香楼上，去替万岁祈祷。不想步到濯龙园口，迎面碰见六宫总监魏老公公，他就问我到园里去作着什么。我说到素香楼牟尼佛的像前去求福消灾。他便大声说道：‘万岁有旨，早就不准人进去了。等待万岁爷病好了，再进去不迟的。’我道：‘万岁从未下过这个旨意，而且我今天专为万岁才来的。’他道：‘凭你说，难道我们就算了吗？无论如何，今天是不准进去。’那时也怪贱妾说错了一句话，说是说，这园子是我家的，难道就让你们这些奴才擅自作主么？我说罢，他便指手划脚的向我说道：‘我们奉了万岁的旨意，谁也不准去的。你说你自家人，这三宫六院七十二妃，谁不是自家人，难道是外人不成？你不过做了几天皇后，就想依势来压迫我老

魏了么？老实说一句，休要说你这个皇后，便是万岁什么事，还要让我三分呢。我魏老儿从进宫，陪伴汉家三代了，就是老王爷，太王爷，还没有一件事不信我呢。我到了晚年，难道反来受你们的鸟气么？凭你是谁，今天都不准进去的。你要是回去告诉万岁，休要带着别人，就说我魏老儿阻止的，横竖我在这里守候着就是了。'我听了这番话，不由的心中生气，便责问道：'难道你们这起人不知国法么？'他便对那班手下的宫监说道：'将她赶出去！谁耐烦和她噜苏，再在这里缠不清，给我打！'那一班宫监谁不是如狼似虎的，一齐擎着兵器，便来奔我。那时我吓得魂落胆飞，放步回头逃命。幸亏众宫女将我扶出来，不然今朝还不是活活地被他们打死了么？万岁爷！你老人家不替贱妾伸冤，贱妾的性命也不要了。"

她说罢，拉起罗裙，遮着粉脸，立起来故意就要撞了。吓得章帝手足无措，忙唤宫女将她死力扯住。章帝连呼道："反了反了；颇耐这个老贼，竟怀着这样的野心呢。怪不得他方才在我的前面，用一派花言巧语，孤家险些上了他的算。梓童，请且息怒，孤家自有道理，管教你消气就是了。"她娇啼不胜地说道："贱妾今天受了奇耻大辱，倒没有什么要紧；只恐怕这一起目无法纪的叛徒胆子越大，到了那时，还不能袭取汉室的江山么？"章帝忙道："娘娘，请保重玉体，孤家自有定夺。"他忙向内侍臣说道："快点将这老贼和园内的宫监一起传上。"

话犹未了，两旁内侍轰雷也似的一声答应。不多一会，将魏总监和十六个守园的太监一并传到。章帝见了魏总监，不由得怒发冲冠，用手一指，厉声大骂道："你这个老贼，无法无天，胆敢目无法纪，冲撞娘娘。汉家待你哪样亏负？你竟这样的失心疯了，自己闯下滔天大祸，还不思改过，反来花言巧语噬咬别人，天理难容，国法何在？来人！给我将这老贼捆去砍了。"

话犹未了，早拥出几个武士来，鹰拿活鹊般将魏总监抓了就走。那魏总监毫不惊慌，从容的仰天笑道："我早就料到有此一出了；不过我这样的死了，也好去见太王爷、老王爷于九泉之下了。为人还是宜乎存心奸诡，反能够活寿百年；像我这样的憨直，居然伴了三个皇帝，活了六十多年，这一死也就不枉了。万岁！老奴今天和你老人家长别了。"他说罢，被众武士拥出了午门，刀光一亮，可怜一缕忠魂，早到鬼门关去交帐了。

再说章帝又命将十六个守园的内监一齐收禁。窦娘娘见众武士将一颗血淋淋魏总监的白头提了进来，心中早已如愿的了；又见章帝要收禁内监，不禁强盗发善心，忙上前奏道："欺君罔上，罪在魏总监一人。如今他已明正典刑，也就算了。万岁可格外施恩，饶恕他们初犯，带罪任事就是了。"她说了这番话，章帝一连说几个是，忙吩咐众人教他们替娘娘谢恩。

可怜那些人没头没脑的被抓得来，只见魏总监未曾说了几句话，立刻身首

异处，不禁一个个三魂落地，七魄升天，料知事非小可。后又听见章帝吩咐，命将他们收禁，一个个不知深浅，浑身抖抖的动个不停。没奈何，只得引颈待命，不想凭空得着窦娘娘的几句话，竟赦了他们的罪，谁也感激无地了，便一齐向窦娘娘施礼拜谢，高呼娘娘万岁。窦娘娘到了此刻，心中暗喜道："这也落得替他们讲一个人情。这一来，他们谁敢出我的范围了，向后去还不是听我自由么？"她想到这里，不禁喜形于色，对众人说道："姑念你们无知初犯，所以万岁开恩赦了你们；但是你们向后去，都要勤谨任事，不可疏忽，致加罪戾。"众人没口的答应着退了出去。

章帝见众人走了之后，不禁满口夸赞道："娘娘仁义如天，真不愧为六宫之主了。"她正要答话，瞥见一个宫女慌慌的跑了进来，大声说道："不好了，不好了！"这正是：

总监方为刀下鬼，宫娥又诉腹中冤。

要知后事如何，且看下回分解。

第九十六回　占地施威不分黑白　瞒天巧计颠倒阴阳

却说章帝正在和窦娘娘谈话的当儿，瞥见外面跑进一个宫女来，气急面灰，到了章帝的病榻之前，倒身跪下，口中说道："沁水公主要见万岁。"章帝忙教请进来。宫女忙起身出去。

不多时，簇着一位泪眼惺忪、花容憔悴的美人来。年纪大约不过在二十多岁的光景，婷婷袅袅地走到章帝的面前，盈盈地折花枝拜了下去。章帝连呼："免礼平身！"她从容的站起来。章帝又命赐坐，见她这个样子，不由得暗暗纳罕，忙开口问道："御妹无事不到宫里来，今天突然进宫，莫非有什么事情么？"她慢展秋波，四下一打量，瞥见窦娘娘也在这里，便哽哽咽咽地答道："请万岁屏退左右，臣妹有一言奉上。"章帝听说这话，便将龙袍袖子一展，一班宫女立刻退去，只有窦娘娘侍立在章帝的榻边。沁水公主默默的半晌。章帝向她说道："御妹有什么事情，只管说罢。"她又停了半天，勉强答道："没有什么大事，不过臣妹闻说万岁龙体欠安，今天特地入宫来探望的。"章帝听她这话，不禁心中大为疑惑，暗道："她从来是个爽直而且静淑的人，今天察她的行动，着实大有缘故。"章帝回头一看，只见窦娘娘还立在身后，并未退去，但见沁水公主星眼中的伤心

泪,落得像断线珍珠一般的,站了起来,便向章帝告辞动身。章帝忙命人送她出宫,自己的心中十分诧异地忖度道:“她今天这个样子,断不是来探病的,分明是受了谁的气似的,但是见了我,为何又兀的不肯说出来呢?”他沉吟了半晌,猛地省悟道:“莫非她和驸马对了气么?莫非是碍着窦娘娘在此地,不便告诉我么?”他想来想去,究竟有些不对,她与驸马一向是相敬相爱,从来没有过一回口角。他盘算了半天,终于未曾弄得明白。

列位,这沁水公主她是谁,今天究意是为着什么事情来的,小子也好交代明白了。原来这沁水公主就是明帝的女儿。在十六岁的辰光,明帝见她出落得花容月貌,而且又是满腹经纶,诸子百家无一不觉,明帝爱之不啻掌上的珍珠一般,虽欲替她选择一个东床快婿,无奈她的生性古癖,所有在明帝的眼中看得上的,都被她一概拒绝。后来她别出心裁,出了三个题目,教明帝悬榜征求,应选的才子,如果三个题目都做得合适,不论贫富老幼,都情愿嫁给他。此榜一出,不上十天,通国皆知。谁都怀着一种愿望,哪个不想入选呢?于是老的白发皤然的老翁,少的年未及冠的幼童,均来应选。搜肠括肚,呕心喔血,各展才能。交卷后,一班应选的,共有三万五千八百余名,一个个将头颈伸得一丈二尺长,但望榜上有名,那时不独凭空得着一个绝色的美人,而且平地一声雷的做一位堂堂的驸马公了。梦中幻想,真个是奇奇怪怪,不一而足。好容易度日如年似的等了三天,到了第四天的早上,一齐拥到敬阳门前看榜。谁知大家你一班,我一班的,全来看了一个仔细,不禁不约而同地一齐叹了一口气,互相称奇不止。你道是什么缘故呢?原来那榜上完全是一张白纸,一个字也没有。众人心还未死,来责问守榜官道:“你们公主既然选试驸马,难道这三四万人就没有一个中试么?这事不是分明的拿我们来寻开心么?还有些不远千里而来的,都因为有一种希望,人家才高高兴兴的来的,早知这样,人家又何必徒劳往返,耗费金钱呢?”还有地说道:“无论如何,只要选中一个,方不致大家议论呢!”守榜官答道:“请诸位原谅一些,实在因所有的卷子,内中的确没有一个中试的,所以只好割爱,请诸位空劳白来一趟了。”众人听说这话,谁也不肯服气。有地说道:“堂堂的公主,竟做出这些有头无尾的事来,岂不怕天下万人笑骂么?”有地说道:“我们一定要请面试。”有地说道:“我就将这三个题目拿去和她辩论,且看究竟是对不对。”七张八嘴,声势汹汹。守榜官见势头不好,连忙着人飞报与明帝。明帝深怕众人纠缠滋变,只得下一道旨意,各赐纹银十两送与众人,作回去的川资。众人哪里肯受,一齐说道,我本来是希望做个驸马公的,谁为着这区区的十两银子来呢?今天一定要请面试。守榜官百般劝告毫不中用。

正在这扰攘不休的当儿,从人丛中跑进一个人来,身穿月色布的直摆,头带方巾,面如冠玉,目若晓星,走到守榜官的面前,躬身一揖,口中说道:“敝人早就

到敬阳驿里报过名了，本拟如期应选，不意家严突于选试之前日，竟逝世了。所以敝人未得如期而来，但是公主所出的三个题目，敝人早就做好了。今天虽然是考过了，但是榜上无名，想是还没有择定，所以不揣简陋，特将三篇拙作送了过来侥幸一试。明知袜线之才，断无乘龙之福，但是敝人企慕情殷，合式与否均非所计，请一转呈为感。”他说罢，便在怀中取出他做的三篇来交与他。守榜官不敢怠慢，赶着命人送去。这里众人不由得互相讥笑，都道，凭我们这样的锦心绣口还未曾取中，他是何人？也来癞狗想吃天鹅肉，岂不令人好笑么？那众人仍在这里纷纷的乌乱，不多一会，瞥见马上驮来一个官员，背着黄袱，后面随后许多的仗仪军士。他到了敬阳门口，翻身下马，将悬在那里的一张白纸，揭了下来，慢慢将黄包袱放开，露出一张大红绢榜来。他便将这大红绢悬了起来。

这时万目睽睽，一齐注视墙上，大家仔细一看，只见上面写着名字。这时，众人便你问我，我问他的，谁是宗仙？问了半天，竟没有人答应，众人十分诧异。这时那个背榜的官员，响着喉咙喊道：“哪一位是宗仙先生？”语犹未了，那个最后交卷的少年从人丛中挤了出来，不慌不忙的口中说了一声：“惭愧，不料我竟中了！”他走到背榜官的面前，说道：“在下便是。”他朝他上下一打量，复又问道：“阁下就是宗先生么？”他点头应道：“然也。”他满脸堆下笑来，向他拱手贺道：“恭喜阁下中选了，今天的白衣，明天就是驸马了。”宗仙只是自谦不了。那背榜官员请他上轿进朝。宗仙便上了轿，吆吆喝喝地抬了就走。这里众人没有一个不艳羡他的福分，都说是后来居上，出人意外了。

不说众人谈论，再说宗仙随了背榜官，进了午朝门，上殿拜觐天子。明帝见他一表非凡，自是十分欣喜。又口试一番，果然应答如流，滔滔不绝。沁水公主在屏后已听得大概，那一颗芳心中，说不出的快慰。明帝便命次日结婚。众人因为没有中选，都要求一见公主的芳容。沁水公主却也不忍十分拒绝，便在敬阳驿中显出全身，给大家一看。众人见她这样的天姿国色，自是嗟呀而散。明帝将宗仙留在朝中任事。讵知宗仙之志清高，不肯任事。沁水公主也是淡泊性成，雅不愿为富贵，两个一齐要入山修行。明帝不准，便在长安东门外面，赐他们沃田十顷，新居一宅，他二人住在那里，以便自己不时去望望娇儿佳婿。谁知他们自从到了那里成日价栽花种竹，饲鸟养鱼，从不干预政事，就连回来都不回来。明帝驾崩之后，他们格外装聋做哑，连禁城内面都不到了。及至窦氏弄权，窦宪造了一座府第，离开他们这里不过半里之遥，不时有人到他们那里去缠扰，摘花探果的。沁水公主倒不肯和他们一般见识。而且宗仙的为人，默静而又和蔼的，绝不去和他们较量。

谁想窦宪手下一班爪牙，狗仗人势，得步进步。还只当沁水公主惧怕他们的威势呢，越发扰攘不休。有一天，窦宪骑了匹马，带了些獐犬和豪奴恶仆，出

去行猎。没走多远，瞥见道旁的草地里有一只香獐，斜刺里奔了出来，窦宪手起一箭，正中那獐的后股。那只獐又惊又痛地没命地向前跑去。他哪里肯舍，纵马追来。那只獐慌不辞路的乱窜，一头钻到一个大院里去。窦宪便也追了进去，忙命众人将院子后门关好，预备来捉獐。那只獐东穿西跳，那些豪奴恶仆竟像捉迷藏的一样，东边跑到西边。不多时那只獐跑得乏了，口流鲜血扑地倒下，被他们捉住了。獐可是捉住了，但是园内的花草差不多也就蹂躏殆尽了。他洋洋得意地带了豪奴恶仆，走到一所茅亭里，憩了下来。这时有个小童，手里提着一只喷水壶走进园，一眼望见院里那些怒放值时的好花，践踏得一塌糊涂，东倒西欹，那一种狼狈情形，真个是不堪入目了。那小童见他们凶神似的一个个的都蹲在茅亭里，便吓得魂不附体的，飞奔前去报告他的主人了。原来这就是沁水公主的后院。那小童进去，说了一遍，沁水公主大吃一惊，便与宗仙一齐到后面的赏花楼上，推开门窗一望，只见园里百花零落，残红满地，将一座好好的花园，被他们践踏得和打麦场一样。沁水公主见了，好不心痛，便对宗仙说道："我们费了多少工夫，才将这些花草扶持到这个样子。万料不到被这些匹夫，一朝践踏了干净，花神有知，还要怪我们多事呢！"她说到这里，不禁叹了一口气，说道："人遭涂炭，姑且勿论。花亦何辜，竟遭这样的摧残！"她咽咽哽哽地不禁滴下泪来。宗仙爽然笑道："夫人你可痴极了，天地间没有不散的宴席。物之成败有数，何必作此无谓的伤感呢？花草被他们践踏，想也是天数罢。我更进一层说，无论什么东西，皆是身外之物，永不会长久可以保留，终究都有破坏的一日。"她含泪点头。

不表他们在这里谈话，单说窦宪休息了片晌，便与众人出园回去。走出园来，只见道旁的禾苗，长得十分茂盛，不禁满口夸赞道："好田，好田！这样的旺发庄稼，要是买个十顷八顷，一年收的五谷，倒不错的呢！"手下豪奴争先答道："大人如果看中，等田里的庄稼成熟，便派人来收取，怕什么？"他道："如何使得？人家的田产，我怎好去收庄稼呢？"又有一个说道："这田本是十顷一块，听说一年常常收到八千多石粮食呢。我想大人的府中人丁不计其数，一年的粮食开支着实不轻咧。要是将这十顷田买了下来，每年收的粮食，供府中口粮绰绰有余。"他听罢笑道："你这话倒不错，但不知十顷田要卖多少钱呢？"他道："大人如果要买，不拘多少，皆可成功，谁不想来奉承你老人家呢，或者还可以不要钱奉送呢。"他听了这些话，不禁眉开眼笑得说道："那么就是这样的办去吧，你们替我就去打听打听是谁家的。"众人齐声答应。到了晚间，众人回复他道："那十顷田原是沁水公主的，大人意下如何呢？"他冷笑一声道："我已经说过了，凭他是谁，我总是要买的，你们明天就送五千两银子过去就是了。"众人答应着。

到了次日清晨，众豪奴带了五千两纹银，径赴沁水公主的私茅中，与她说个

明白。把个沁水公主气得咬碎银牙，泼开樱口，将那班豪奴骂得狗血喷头。临动身的时候，沁水公主道："你们这班狗才，回去对那窦宪说明白了，这田莫说他出五千两银子，随便他出多少，我总不卖。叫他将眼睛睁开，认认我是个甚么样子的人，休要蔑人过甚。现在我正要和他去理论理论呢！昨天他为什么无缘无故地闯进我后院，将花草完全被他践踏了。"

那几个豪奴，虽然态度是十分强硬，但是在她的面前还不敢十分放肆。只得垂头丧气地回来。见了窦宪，少不得将她这一番话又变本加厉地说了一遍。把个窦宪气得三尸神暴跳，七窍内生烟，口中忿忿地说道："好好好，教他认得我就是了。她依仗她是个公主么，我偏要去和她见个高低。"再加上那班狐群狗党在旁边撮死鬼似的，撺掇了一阵子。窦宪摩拳擦掌，一定要和她见个高下，便吩咐手下人，等到田里的稼穑一成熟就去动手。如有人来阻止，将他拘到我这里来，自有办法。众豪奴齐声答应。不上几天，那田里的禾苗不觉渐渐的成熟了。这班豪奴果然带了许多人前去，硬自动手割得精光。

沁水公主见了这样情形，知道非见万岁不可了。自己究竟是个金枝玉叶，不便去和他们据理力争，而且宗仙一尘不染，什么事他都不问，只得硬起头来，走到禁城里去，正要去奏闻章帝，不料在半路上又碰见了窦宪。那窦宪见了她，不禁怒从心上起，恶向胆边生，便借张骂李地谩辱了一阵子。沁水公主终于是个女流之辈，气得浑身发软。进了内宫，正想将这番情形奏与章帝，不意又碰见了窦后在旁，不便启奏。只得忍着冤屈，重新回到自己的家中。

是日到了晚间，大司空第五伦忽然到她的家中来拜望宗仙。他原与宗仙一向就是个莫逆之交。他与宗仙畅谈了多时，宗仙将窦宪欺负他的一番情形，好像没有这回事的样子。倒是沁水公主忍不住，便将窦宪怎样欺侮的一番话告诉了他。第五伦勃然大怒，当下也不露声色，当晚回府，在灯光之下修了一道奏章，次日五鼓上殿，径进内宫呈奏章帝，章帝看罢，气得手颠足摇地说道："好匹夫，胆敢来欺侮公主了，怪不得公主昨日入宫，欲说又止的几次，原来还是这样呢。"他传下一道旨意，立刻将窦宪传到宫中。他见了窦宪跪在地下，不由气冲冲地向他说道："窦宪，孤王哪样薄待于你？你不想替国家效力，反而依势凌人，去占人土地，践人花园。你还知道一点国法么？"窦宪吓得俯伏地下，不敢做声。

章帝将牙关一咬，正要预备推出去，以正国法。这时环珮声响，莲步悠扬，从屏风后面转出一个丽人来，你知道是谁？却原来就是窦娘娘。但见她双眉紧锁，杏眼含着两泡热泪，走到章帝的榻前，折花枝跪了下去。章帝瞥见她来，倒又没了主意。停了半晌，想想还是姐妹的情重，遂毅然将窦宪的官职削去，发为平民。窦娘娘舌长三尺，无奈此时竟失却效力了。章帝又将窦家的家产一半充公，从此就渐渐地憎恶窦氏了。接着又将窦笃、窦诚等官职逐一削去，不复任

用。可是对于大小两窦的感情,尚未完全失宠,不过不像从前的言听计从。那时她们姐妹见了这样的情形,料知万岁对于她们不见得十分信用了。隔了一月以后,章帝的病也好了,逐日忙着政事,无暇兼顾到她们。

大窦有一天,趁章帝上朝的时候,便到小窦的宫中,互相商议固宠的方法。大窦首先说道:"我们失败的原由,第一就是因那魏老儿的一番泄漏,第二就是那老匹夫第五伦。不知我们几世里和贼子结下了冤家,这样三翻四覆的来和我们作对,所以层层次次的,万岁就渐渐不肯信任我们了。我们再不想出一个妙法子来,将原有的宠固住,只怕我们也要有些不对哩。"小窦道:"可不是么?我今天听见她们宫女说的,万岁爷现在急急就要搜宫,万一真的实行起来,怎生是好?那个冤家,却将他放在什么地方呢?"大窦道:"都是你的不好,事到如此,如果真要搜宫,只好叫他先到濯龙园里录室内去住几天再讲吧!"小窦连连称是。大窦又道:"此刻我倒有好法子,能够将万岁的心,重行移转来呢。"小窦忙问她道:"是个什么法子?"她道:"现在万岁薄待我们,第一个目标,就是恐怕我们有些不端的行为,只消如此如此,还怕他不入我们的圈套么?"小窦大喜。这正是:

安排幽室藏情侣,预备奇谋惑帝王。

要知后事如何,且看下回分解。

第九十七回 易钗而弁荡妇迷人 浪哭淫啼昏君中毒

却说大窦对小窦说道:"妹子,你可知道么?万岁他为的什么事情,才薄待我们的?唯一的目标,恐怕我们有什么不端的行为罢了。如今再不想出一个法子补救补救,说不定还不知失败到什么地位呢!我想万岁既听那魏老儿的话,暗地里一定要提防我们的。倒不如想出一个疑兵之计来骗骗他,能够上了我们的圈套,那就好办了。"小窦问道:"依你说,怎样办呢?"她笑道:"用不着你尽来迫问,我自有道理。"小窦笑道:"秘密事儿,你不先来告诉我,万一弄出破绽来,反为不美。"大窦笑道:"要想坚固我们原有的宠幸,非要教化儿改扮一个男人,随我一同到万岁那里去探探他的究竟,如果是不疑惑,他必然又是一个样子了。"小窦拍手笑道:"这样去探究竟,倒是别出心裁呢。化儿不知她肯去不肯去呢!"

话犹未了,化儿和能儿手牵手儿走了进来,见大窦坐在这里,连忙一齐过来

见礼。小窦掩口笑道："看不出他们俩倒十分恩爱哩。外面看起来像一对姐妹花，其实内里却是一雌一雄，永远不会被人家看破的。"化儿笑道："娘娘不要来寻我的开心吧！"能儿扭扭捏捏得走到大窦的面前，慢展宫袖，做了一个万福，轻启朱唇，直着喉咙说道："娘娘在上，奴婢有礼了。"大小两窦不禁掩口失笑。化儿忙道："现在的成绩如何？"大窦满口夸赞道："很好很好！严师出好徒，没有这个玲珑的先生，哪里有这个出色的学生呢？"小窦道："哪里是这样的说，她教授这个学生，却是在夜里教授的多，所以能儿才有这样的进步的。"化儿闪着星眼，向小窦下死力一瞅，笑道："娘娘不要这样的没良心，我们不过是个奴婢，怎敢硬夺娘娘的一碗菜呢？我不过替娘娘做一个开路的先锋罢了。"大窦笑道："你听见么？她这两句话，分明是埋怨你独占一碗，不肯稍分一些肥料与她。你可明白些，总要看破一点才好。"小窦满脸飞红，低头笑道："颇耐这个蹄子专门来造谣言，还亏你去听她的话呢！我要是个刻薄的，老实说，我前天还教他到濯龙园里去，与你解渴么！"大窦听她这话，不禁满面桃花，忙向她啐道："狗口没象牙，不怕秽了嘴么？好端端的又将我拉到混水去做什么呢？"小窦咬着樱唇笑道："罢呀！不要来装腔做势的了，现在有个铁证在此地。"她还未说完，能儿凑趣说道："不要说罢，你们两个人的花样真没有她多。"小窦赶着问道："前天共做出几个花样呀？"能儿将手一竖，说道："六个。"化儿笑得前俯后仰得问道："做六个花样，是什么名目呢？"能儿笑道："什么老汉推车咧，喜鹊跳寒梅咧，鳌鱼翻身咧，还有几个我记不得了。"他数莲花落似的说了半天，把个小窦笑得花枝招展，捧心呼痛。停了片晌，忍住笑向大窦说道："到底是姐姐的本领大，现在还有什么话可以掩饰呢？"大窦也笑道："不错，我的花样是不少，但是绝不像你们成日成夜地缠着。一个人究竟能有多大的精神，万一弄出病来，那才没法子咧。"小窦笑道："这话也不需要你说，我们自然有数，至多每夜不过演一回，万不会像你这样穷凶极恶的钉上五六次，什么人不疲倦呢？"大窦笑道："我扯和下来，还是不及你们来得多咧。"能儿笑道："你们休要这样的争论不休，都怪我不好。"化儿笑道："这话不是天外奇谈么，我们争论与你有什么相干呢？"他笑道："我要是有分身法，每人教你们得着一个，岂不是没有话说了吗？"三人听他这话，一齐向他啐道："谁稀罕你这个宝货呢？没有你，我们难道就不过日子了么？"能儿笑道："虽然是不稀罕，可是每夜就要例行公事。"化儿笑道："你不用快活了，谨防着你的小性命靠不住。"能儿将头摇得拨浪鼓一般地说道："不要紧，不要紧！无需你替我担忧。自古道，牡丹花下死，做鬼也风流。我就是登时死了，都是情愿的。"大窦向化儿笑道："我今天有一件事，要烦你做一下子，不知你肯么？"化儿笑道："娘娘这是什么话，无论什么事情，委到我，还能不去么？"大窦笑道："现在万岁待我们，已不像从前那样的宠幸了，我们急急要想出一个妙策来去笼络他呢。

听说现在万岁就要搜宫,这个消息不知你晓得么?”化儿听说这话,不禁吃惊问道:“果真有这样的事么?”大窦正色说道:“这事与我们有绝大的关系,怎好来骗你呢?”化儿呆了半晌,不禁说道:“如果搜查起来,”她说到这里,用手指着能儿说道:“将这个冤家安放在什么地方呢?”大窦笑道:“正是啊!”能儿不禁矮了半截,向大窦央告道:“千万要请娘娘救一救我的性命。”她微微的向他一笑,然后说道:“你不要害怕,我早有道理,不教你受罪就是了。”化儿正色对她说道:“娘娘不要作耍,总要想出一个万全的方法来,将他安放好了才没有岔子。万一露出马脚,你、我们还想活么?”大窦笑道:“这倒不必,我今天与你一同到坤宁宫里去探深他的形色,再定行止。万一他认真要搜宫,我早就预备一个地方了。”她道:“莫非是暴室么?”她摇首说道:“不是不是。”她又道:“除却暴室,宫中再也没有第二处秘密之所了。”大窦笑道:“你只知其一,不知其二。他如果要搜,还不是一概搜查么?这暴室里怎能得免呢。最好的秘密地方,就是濯龙园里假山石下的绿室里为最好。要是将他摆在里面,恐怕大罗神仙也难知道哩。”化儿拍手笑道:“亏你想得出这个地方,真是再秘密没有了。”小窦笑道:“偏是你们晓得,我虽然是到濯龙园里去过了不少次数,可是这个绿室,我就不知道在什么地方呢?”大窦笑道:“你哪里知道?这绿室是老王爷当年到濯龙园里去游玩,那时正当三月天气,进了园门,瞥见一人,身高二丈以外,形如笆斗,眼似铜铃,五色花班脸,朝着老王爷发笑。老王爷为他一吓,将濯龙园封起来,不准一个人进园去游览。后为请了一个西域的高僧,到园中作法捉怪。他便到园中仔细的四下里一打量,便教老王爷在假山肚里起一座小房子,给他住。老王爷问是个什么怪物,那西域的和尚连说:‘不是,它就是青草神,因为路过濯龙园,想讨万岁封赠的。如今造这房子,还恐它再来时,我有符箓贴在这门上,它见了,自然就会进去了。它一进去,可算千年万载再也不会出来了。’老王爷当时就命动工,在假山脚下造了一座房子。那和尚就用朱砂画了两道符,十字交叉贴在门上。他对老王爷说:‘如果这门上的符破了,那草头神就吸进去了。’老王爷深信不疑。谁知到了现在,那门上的符,分毫未动。我想哪里什么草头神、花头鬼呢,这不过是老王爷一时眼花,或是疑心被那个和尚骗了罢。万岁爷如果真的搜查起来,我们预先将能儿送到那里去。他们见门上符箓破了,不要说查搜了,只怕连进去还不敢进去呢。到那时,我们不妨托内侍到外边多寻几个漂亮的来,将他们放在里面,人不知,鬼不觉的,要怎么,便怎么,你道如何?”化儿与小窦听她这番话,无不道好。化儿笑道:“这计不独不会被他觑破,而且可以长久快活下去呢。”大窦便对化儿笑道:“现在的辰光也不早了,我们早点去罢,万岁爷也就要退朝了。你赶紧先去装扮起来,随我一同前去。”化儿笑道:“去便去,又要装扮着甚么呢?”大窦笑道:“原是我说错了,我是教你去改扮的。”化儿吃惊问道:

“又教我改扮甚么人呢?”她笑道:“你去改扮一个男子。”化儿笑道:“这可不是奇怪么?好端端的又教我改扮什么男子呢?”她道:“你快些去,我自有道理。”她笑道:“那么,到你的宫里去改扮罢,省得走在路上,被她们宫女瞧见了,像个什么呢?”她点头道好,起身便与化儿回到淑德宫里。化儿进了卧房,不多一会,改扮停当,缓步走了出来。大窦见她改扮得十分出色,果然是个美男子,俏丈夫,毫无半点巾帼的样子,不禁满口夸赞道:“好一个美男!可惜胯下只少一点。不然,我见犹怜呢!”

不表他们在这里戏谑,再说章帝退朝之后,在坤宁宫里息了一刻,心中挂念着窦后,不由得信步出宫。到了淑德宫门口,只见里面静荡荡的鸦雀不闻,不禁心中疑惑道:“难道她此刻又不在宫里么?一个六宫之主,有什么大事,这样的忙法?”他自言自语地说到这里,不禁哼了一声,暗道:“这两窦的神形,与从前大有分别,我想她们一定是有什么暧昧的事情发生了,不然,不会这样的神情恍惚的。”他一面怀疑,一面动步,不知不觉地走到房门外,将帘子一揭,瞥见窦娘娘与一个美男子在窗前着棋。章帝不由得将那无名的毒火,高举三千丈,按捺不下,一步跨进房门,泼口骂道:“好贱人!你身为六宫之主,竟敢做这些不端的事情,怪不得这几天,孤王见了你总是淡淡地不瞅不睬,原来还是这样的花头呢。”他说罢,喘吁吁地往一张椅子上一坐,连声问道:“你这个贱人,该怎样处治?你自己说罢!”她微微地朝他一笑,说道:“今天万岁爷,为着什么这样的发挥人呢?”他气冲冲地骂道:“你这个大胆的贱人,你对面坐的是谁?”她不慌不忙地对他说道:“要问她么,万岁你认不得么?还要我说出来做什么呢?”他听得这话,更是气不可遏,立起来,腰间拔出宝剑就来奔向那个男子。那男子笑嘻嘻地将袍衫一揭,露出一双不满三寸的瘦筝来。

章帝一见,不禁倒抽一口冷气,忙将宝剑入鞘,转怒为喜地问道:“你是谁?竟这样的来和孤王取笑。”大窦此时反而满脸怒容,故意哽哽咽咽地哭将起来。化儿见她做作,还不是一个极伶俐的么,连忙走过来,到她的面前,双膝一屈扑通一跪,口中连说道:“奴婢该死,不应异想天开地改换男妆,教娘娘无辜的被万岁责罚。奴婢知罪,请娘娘严办就是了。”大窦见她这样,不由得暗暗夸赞道:“怪不得妹妹常说她伶俐精细,果然有见识。”她却故意说道:“化儿,你去卸装罢,这事我不怪你,只怪我自己不应随你改装男人,教万岁生气。”她说罢,取了手帕,慢慢地拭泪。化儿将男妆随时卸下,依然是一个花容月貌、雾鬓云鬟的绝色美人。

章帝此时,自知理屈,见她哭得娇啼不胜,不由得起了怜爱之心,深悔自己过于孟浪。但是又碍着化儿在这里,不能径来陪罪,只得默默无言。停了半晌,搭讪着向化儿说道:“你从哪里想起来的?好端端的为什么要改扮男妆呢?要

不是你将脚露出来的快，被我一剑将你砍死，那才冤枉呢！”化儿笑道：“罢呀！还问什么，我今天到娘娘这里来请安，见万岁的衣赏摆在箱子上，我就顺手拿起来往身上一穿，本来是玩的，后来朝着镜子里一望，不禁自己也觉好笑，爽性戴起冠来。因为娘娘喊我着棋，我就忘记卸下，不想被万岁碰见了，起了疑心。奴婢万死，还求万岁恕罪！”章帝道：“事已过了，就算了。”化儿连忙谢恩。大窦便朝她偷偷地丢去一个眼色，化儿会意，起身走了。

章帝见化儿走了，忙不迭地走到她的身边并肩坐下，正要开口陪罪。她将宫袖一拂，走到榻前坐下。章帝跟着又走到榻前。她却粉庞儿背着他，只是呜咽不住。章帝到了这时，真是肝肠欲断，伸出手来，将她往怀中一搂，悄悄地说道：“娘娘，今天只怪孤王一着之错，得罪了你，孤家自知不是，千万要请娘娘恕我一朝才好呢。”她哭道：“万岁请你就将我杀了罢！我本是个贱人，做这些不端的事情，理该万死。”章帝慰道：“好娘娘！只怪孤王一时粗鲁，不看今天，还看往日的情分呢。”她仰着粉颊，问道：“你和谁有情，这些话只好去骗那些三岁的小孩子，今天不要多讲废话，请你赶紧将我结果了罢，省得丢了你的脸面。”她说罢，故意伸手到章帝的腰中拔剑要自刎。章帝慌忙死力扯住，央求道：“好娘娘！请暂且息怒，千不是，万不是，只怪孤家的不是，你实在要寻死，孤王也不活了。”她听罢，不禁冷笑一声说道：“你死归你死，与我有什么相干呢？横竖我这个人，已经成了人家的摈弃的人了。便是死了，谁还肯来可怜我一声呢？”章帝忙道：“娘娘，我这样的招陪你，你还是与我十分决裂。谁没有一时之错呢？我看你从来待我是再恩爱没有的，为何今天说出这样的话来呢？”她道：“你这话问我做什么呢？你自己去层层次次的细细地想想吧，也用不着我细说了。”章帝听她这话，沉吟了一会子，说道：“娘娘莫非是怪孤家削去窦氏弟兄的权么？”她道：“万岁这是什么话？自古道，王子犯法，庶民同罪。难道因为我的情面，就不去究办内戚了么？自古也没有这个道理的。”他道：“除却这一层，孤家自己料想也没有什么去处得罪娘娘的了。”大窦冷笑一声道：“万岁说哪里的话来，只有我得罪万岁，万岁哪里有得罪我的地方呢？即使得罪我，我还有什么怨恨呢？”章帝忙道：“娘娘，你向来是爽直人，从未像今天这样的牵丝扳藤地缠不清，究竟为了一回什么事情，这样的生气？就是今天，孤王粗鲁得罪了你，孤王在这里连连地招陪不是，也该就算了，为什么尽是与孤王为难呢？”她冷笑道：“谁与你为难？你在这里自己缠不清，倒说我不是，这不是笑话么？老实问你一句，你为着什么缘故，这几天陡然的要搜宫，这不是显系看不起我么？汉家从来没有过这样的举动，倒是万岁爷别出心裁的，想必宫中一定是发生什么暧昧了，不然，万岁何能有此举动呢？”她这一番话，说得章帝闭口无言，半天答不出一句话来。停了片刻，才吞吞吐吐地对她说道：“此事娘娘休要见疑，我听他们说的，不过我的心中

绝不会有这种用意的。”她道：“万岁，你究竟是听谁说的？说的是些什么话呢？”章帝忙道：“那个倒不要去追求，只要我不搜，有什么大不了呢。”她道：“那是不可以的，无论如何，倒要万岁搜搜，究竟宫中出些什么暧昧的事情呢？”章帝又道：“这话不要提了。自古以来，从未听说过有这样的举动呢！不要说我，就是无论是谁，也不会做出这自糟面子的事来的。”她道：“万岁既然这样的说，想是一定不搜了。”他道：“自然不搜啊！”她道：“你不搜，我倒有些不放心。我明天就去大大的搜查一下子，但看宫中出了什么花样儿了。”章帝道：“那可动不得，搜宫是个蹭蹬的事，不是预兆别人进宫搜查么？”她道：“管他许多呢，我既然做了一个六宫之主，有不好的去处，当然究办，以维国法，而整坤纲，省得有什么不端的事情发生，天下人皆不能知道内幕情形，谁不说是我主使和疏失之罪呢？”章帝笑道：“这又奇了，宫中出了什么事情，要你去搜查么？”她道：“万岁爷，你这话又来欺骗我了，如果宫中没有花样翻了出来，难道你好端端的无缘无故的要搜宫了么？”章帝道：“娘娘，你千万不要听外人的诱惑才好呢！”她冷笑道：“这是什么话呢？不是从万岁爷的口中说出来么？”

他二人一直辩论了多时，中膳也不用了。她和衣倒在床上，一声不做。章帝百般的温慰她，她正眼也不去看他一下子。到了晚间，章帝更不敢走开，她见章帝像生了根似的坐着不动，便故意三番两次地催他动身，章帝再也不走，凭她怎样的撵他走。两个人一直熬到三更以后。大窦也疲倦极了，不知不觉地沉沉睡去。章帝才替她宽衣解带同入鸯衾，干了一回老调儿。她明知故意的只装着不晓得。这正是：

春风一度情无限，除却灯花诉与谁。

要知后事如何，且看下回分解。

第九十八回　赴幽会女郎逢厉鬼　搜宫闱男妾变么魔

却说章帝与窦娘娘交颈而眠。一直睡到四鼓以后，窦娘娘怕再怄下去讨个没趣，便平了气，就着枕边说道：“还亏你是一个一朝之王呢。这样的轻听浮言，就要做那种不顾面子事，试问你自己可觉得渐愧么？”章帝笑道：“那些事都不要去提起了，总是我错就是了，还有什么话说呢？”他刚说了，就听得景阳钟响，章帝便要起身。窦娘娘假意服侍他起身，将他送出宫门，便一径转道向小窦这里

而来。

到了小窦的宫中，只见绣幕沉沉，书堂人静，只听见一些鼻息的声音，她走到小窦的卧榻之前，用手将帐子一揭，只见化儿将能儿紧紧的抱住，且在一头睡，小窦在西边睡着。她轻轻的将化儿弄醒。化儿一翻身，将她们两个也就惊醒了，一齐坐起来。大窦笑道："你们好啊！三个人竟来车轮大战了。"化儿揉揉睡眼，打了一个呵欠，笑道："来得怎样这般的早法？"大窦笑道："还要问呢，一夜都没有睡觉。倒是你们这些小鬼头快活死了，害得我跟着你们受了一夜的罪。"化儿笑道："娘娘又来骗人了，谁相信你这些鬼话呢？我走了后，估量着万岁爷不知陪多少不是呢。"小窦笑道："她方才讲话，倒是的确的话，我想万岁爷见她动怒，还敢再和她去碰钉子，量他也没有这样的胆气罢！上了床，还不极力的报效么？大约昨天的夜里一定是未息旗鼓罢！"大窦笑道："仔细舌头！当心不要连根子嚼去啊。"化儿笑道："娘娘，请你不要再来遮掩罢，不是你亲嘴供出来的，一夜没有睡觉，不做那个调儿是做什么呢？"大窦道："好话莫详疑，一经详疑，什么都是坏话。我倒是老老实实将真情话告诉你们，不想这些没脸的丫头，竟扯张拉李的，疑我到那勾当上去，岂不好笑么？"化儿笑道："娘娘，请你不要多讲废话了，做也好，不做也好，与我们有什么相干呢？我且问你，我昨天动身之后，究竟是什么办法呢？"大窦笑道："你休问我，你们的胆也太大了，赤条条的三个睡在一起，万一万岁爷一头撞了进来，便怎么了呢？昨天你走了之后，他就到我的身边，千不是，万得罪地招陪不住，那时我却格外拿出十二分决裂的手段来应付，两个人一直缠到晚，我连催他到别处宫里去住宿，他再也不敢走。我便严词来责问他，究竟为着什么事情要搜宫，他先前一口咬定没有这回事，后来被我逼得没法，才说他是听着别人传说的。那时我又追问他，这话究竟是谁说的，宫中出些什么事了？他咬紧牙关，再也不肯吐一字。结果，被我一番连吓带劝的，将他说得五体投地，他才说不搜宫了。你们想，这事要不是我想这个法子来，今天还想他不下令搜宫么。还有个笑话，就是你们三个人一丝不挂的睡在这里，还不是首先露出春色来么？"

这一番话，说得她们三个人不约而同地将舌头伸了一伸。化儿笑道："果然果然，要不是娘娘替我们打了一个头阵，我们一定是要出马招驾的了。"大窦笑道："你这个烂了嘴的，人家和你规规矩矩地讲些话，你总要想出两句话来挖苦人。"能儿笑道："如果娘娘夜里没有过瘾，趁这时何不来过一过呢？"大窦听见这话，便乜斜着眼向他一瞟，一探身子，往他怀中一坐，轻疏皓腕，将他往自己的怀中一搂，笑道："我的宝贝，这两个能征惯战的大将，你与鏖战了一夜，还没有疲倦么？"他笑道："这个勾当，不过是当时觉得困倦，只要过了一刻，马上就会复原了。"他说着，偎着她的粉颊，吻了几吻。化儿笑向小窦说道："你看见么，这个样

子，还成什么呢？”小窦笑道：“你还说什么呢，我们此时还兀自横在他的眼前做什么呢？我们应该识相些，早点离了他们，好让他们过一回瘾罢！”化儿点头笑道：“是的是的，我倒忘记了，快些走开。”能儿笑道：“千万不要走，你们在这里参观参观她的艺术要紧。”他说着，便将她往身下一按，正要拉马抬枪，猛可里听见一阵脚步声音。大窦与能儿吓得霍地分开，能儿赶紧滚入床底，化儿、小窦一齐迎了出去。

只见来者不是别人，却是淑德宫里一个总监，名字叫黑时。他走到小窦的面前，行了一个常礼，含笑问道：“娘娘在这里么？”小窦见是他来，当然是不去隐瞒，便随口答道：“在这里呢，你寻娘娘有什么事情吗？”他满脸堆下笑容道：“没有什么要紧的事情，不过前天娘娘托我一桩事，现在我要来回她的信息。”小窦笑问道：“什么事情？”他笑道：“这个事情，没有什么要紧，无须娘娘问。”小窦喝道：“你这黑贼，又来弄鬼了！究竟是什么事情，快些告诉我，迟一些儿，仔细你的狗腿。”黑总监满面陪笑道：“娘娘休要动怒，这事我们娘娘曾关照过我的，教我不要乱来泄漏的，所以我不敢乱说，只好请娘娘等一会子，让我先告诉娘娘，然后你老人家再去问我们的娘娘，自然就会知道了。”小窦故意怒气冲冲地向他说道：“别扯你娘的淡，快点说出来，不要怄起我的气来，马上就给个厉害你看看。”她说罢，便回头向化儿说道：“给我将皮鞭拿来。”黑总监听说这话，吓得矮了半截，忙跪下来说道：“娘娘！请暂且息怒，听奴才一言。”她道：“什么话快讲。”他道：“这事我要是说出来，被娘娘知道了，我就要送命了。”她怒道：“放你娘的屁！你可知道我是娘娘的什么人？她随便有什么秘密的事情，我都可以预闻的。”他道：“娘娘这话固然不错，但是奴才受了我们娘娘的命令，怎能因为娘娘的私亲，就破娘娘的秘密呢？”她道：“照你这样的话，准是不肯说了。”

黑时尚未回话，早见大窦从里面婷婷袅袅地走了出来。黑时见她走出来，就如得着一方金子似的，连忙抢上前来向她行礼。大窦微微地一点首，便带他一同进了房。化儿与小窦也跟进来。小窦向她笑道：“好事不瞒人，瞒人非好事。有这样的主子，就有这样的奴才，我真佩服，守口如瓶，一些风声不会走漏出来。我们这里数十个大小内监，像这样只知有主子的奴才，一个也找不出来的。”黑时向大窦丢了一个眼色，意思是叫她回去。化儿对小窦笑道：“你看见么？又在那里做鬼脸了，偏生不准她回去，但看是一件什么事情，这样的藏头露尾。”大窦笑道：“天下人都可瞒，你们我还能瞒么？”她说罢，朝黑时笑道：“你说罢，她们不是外人。”黑时道：“前天我奉了娘娘的旨意，暗地里托人到城外牛家集去暗暗寻访，未上三天，托娘娘的福，果然寻着两个十分俊俏的，一个十九岁，一个十八岁，他们却是无根无绊的乞丐，赏了老乞丐五百两纹银，现在买成功了，已经将他们带在城内石家弄里，听候娘娘发落。”

大窦听见，便向小窦化儿笑道："好了，现在又买两个来了，大家不要再成日家的争风吃醋的罢，以后将这两个带进来，每人一个，不偏不倚的。"小窦笑道："亏你想得出。"化儿笑道："且慢欢喜着，这两个带进宫来，连能儿三个了，这里人多眼杂，不会不露出马脚来的。大家都要想出一个好法子来，图长久的快乐才好呢。"大窦道："用不着你来多虑，我昨天不是对你说过了吗，如今三个完全送到绿室里，大家轮流去寻乐，你看如何呢？"小窦笑道："这个法子好极了！就是这样的办吧。"

这时能儿听见他们的话，料想不是章帝，便在床底下一头钻了出来，一把将小窦搂住，笑道："你们做的好事。我这样的极力报效你们，还不知足，一定要外面去拉了两个来，可不怕我动气么？"小窦笑道："我的儿子，你不要疑心，那两个随他是什么美男子，我总不去乱搭就是了。"能儿笑道："好哇！这才是从一而终的好情人咧。"大窦便吩咐黑时派人在晚上将两个带到濯龙园里的绿室里去，同时也命能儿搬了进去。

原来这买来的两个乞丐，一个叫做梅其，一个叫做颜固，两副面孔，生得倒也十分不错。可是生在一个贫苦人家，不幸因为生计的逼迫，竟陷入如此的害人之窟。你道可叹不可叹呢？他们进了绿室之后，化儿便来替他们打扫干净，夜间悄悄地命人搬了许多摆设东西进去。不到数日，居然将一个绿室收拾得和绣房一样。每日按时命心腹太监送酒送饭进去，给他们吃。过了三四个月后，在宫里的太监和宫女，谁也知道有这回事的了。但是大家见魏老儿那个榜样，谁也不肯去寻死的，只好睁着一只眼，闭着一只眼，明知故昧的不敢去多事。

可是大小窦因为自己有了隐事，便不得不笼络宫中的人，遇事卖情赏识，将一班宫中太监，颠倒得五体投地，再也不敢生心。上下一气，只瞒着章帝一个人。小窦的迷人手段，更加厉害。她对于太监，挥金如土的接纳；对于一班宫女，见里面有几个稍露头角的，即用一个调虎离山的计策来，也教他们去得着一些雨露，呆笨的却也比从前宽待十倍，所以上下没有一个不死心塌地地供她驱使。

有一天，章帝在大窦那里住宿，化儿便与小窦商议道："今天万岁爷在娘娘那里幸宿，我们也好寻一夜乐去了。"小窦点头答应道："你先去，我因为腹中痛，要吃一杯姜桂露，然后我再去就是了。"小窦说罢，便命宫女到坤宁宫里去取姜桂露，顺便探探万岁睡了不曾。那宫女答应去了。

不多时，那个宫女手提一个羊脂玉的瓶子，走进来笑道："我方才走到淑德宫门口经过，站在游廊下，细细一听，只听得娘娘好像有什么地方不自在的样子，只是呻吟个不住，同时又听得万岁爷也是又喘又哼，不知道是什么缘故呢，敢是他们得病了不成？"小窦听说这话，向化儿一笑。化儿会意，也掩口笑个不

住。小窦向她笑道："痴货，他们这病是天天发的，你不晓得。"她道："这真奇怪了，她们有病第二天还能那样的精神抖擞么？"小窦道："娘！不知世务的丫头，还不给我滚出去。"那宫女吓得趑趄着脚走了。她便对化儿笑道："他们已经在那里交锋了，你也该上马了。"她笑道："去是想去，可是他们那里三个人，叫我怎样应付得来呢？"小窦笑道："你不用怕，我吃了姜桂露，便来助你一阵就是了。"她笑着道："你可要快一点儿来呀，千万不要临阵脱逃呀。"小窦笑道："你放心吧，我绝不会的。"她点头笑道："我也知道你熬不住的。"她说罢，轻移莲步，径向濯龙园而来。

这时正当八月里的时候，一阵阵的凉风从迎面吹了来，好不爽快。她遮遮掩掩地进了园。一天月色，皎洁如水。那望荷亭左面，一簇桂树正放着金黄色的嫩蕊，微风摆动，送过了许多香气，她何等快活！暗道："良宵美景，不可虚度，天上月圆，人间佳会，天下再有称心的事，恐怕也及不上我们的快乐了。"她何等满意！一转眼走过望荷亭，离开假山，不过有一箭多路之遥，瞥见一块大石头后面，转出一个东西来，浑身毛毵毵的，黑而发亮，双眼和铜铃一样，大约全身有水牛这样的粗细，一条舌头拖出下颏，足数有二尺多长。她吓得倒退数步，忙要声张，无奈喉咙里就被人捏着一样，再也喊不出，闪着星眼朝那东西只是发呆，那时心里好像小鹿乱撞一般。那东西煞是可怪，见了她，霍地壁立起来，拱着两爪，动也不动。她吓得三魂落地，七魄升天，回转身子拔步就走。那东西一路滚来追着。她可是心胆俱碎，慌不择路地四下里乱奔。那黑东西一步一趋地跟着。她可急了，冷不提防脚下绊着一缕荼蘼藤，立身不稳，折花枝扑地倒下。那东西吱吱地滚上她的身边。她只哇的一声，便昏厥过去了。

再说小窦吃了一杯姜桂露，那肚子里不住的呼呼乱响，停了一会，果然轻松得许多了。她便走到梳妆台前，用梳子将头发拢了一拢，又将脸上的粉匀了一匀，慢条斯理地整了半天，才慢慢向濯龙园里而来。不一时，到了绿室的门口，轻轻的用手在门上弹了两下子，马上里面就有人将门开了。她走进去，只见他们正在那里猜数游戏呢。

能儿见了她，跑过来一把将她拦腰抱住，口中说道："我的娘，你怎的到这会才来呢？"她笑道："谁能像你们成日价的一点事情也没有呢？"她说罢，便向他们笑道："化丫头见我来了，藏头露尾地到哪里去了？"他们听说，不禁诧异问道："她几时来的？"她笑道："还瞒我呢，你们当我不晓得么，她早就来了。你们捣的什么鬼，快点告诉我。"能儿急道："谁哄你呢，她果真没有来啊！"小窦听得这话，好不惊异，忙道："她在我前面来的，到哪里去了？"能儿道："也许是碰见哪位姐妹，拖她去谈话，也未可知。"小窦忙道："胡说！此刻谁不困觉呢？她莫是走错了路不曾，我想决不会的，又不知出了什么岔子了，我们可去寻寻她。此刻更深

夜静,你们不妨也随我一同出去,大家仗仗胆。”他们一齐答应着,随她走了出来。此刻画阁上已敲到三鼓了。四个人在月光下面,一路寻出园来,可是未曾看见她一些影子。

小窦和他们一齐啧啧称怪,正要回到园中,瞥见长乐宫的后面,有一个黑影子一闪。小窦悄悄地问道:“谁呀?”那黑影子便闪了出来。她定睛一看,不是别人,就是黑时。小窦问道:“你这会子还在这里做什么呢?”他道:“娘娘吩咐我在这里把守的,恐怕有生人进去,看出破绽来的。”小窦忙问道:“你看见化儿没有?”他道:“怎么没有看见呢?我方才在黑地里见她一个人,偷偷摸摸地溜进园去,我也没有去喊她。”小窦说道:“这可奇了,一个人究竟到哪里去了?”她说着,又领他们重行进园,各处寻找了半天。

刚刚过了望荷亭,能儿忽然说道:“兀的那玫瑰花的右边,不是一个人躺在地上么?”她们听说这话,不由地一齐去望,只见玫瑰花架西边,果然有一个人睡在草地上。他们一齐走到跟前一望,不是化儿还有谁呢。但见星眸紧合,玉体横陈,仰在地上,动也不动。小窦见此情形,吃惊不小,忙探身蹲下,用手在她的唇边一摸,只有一丝游气。小窦忙教他们三人将她扶起来。

能儿将她背进绿室,放在床上,按摩了半天,才听她微微地苏醒过来。她口中轻轻说了一声,吓死我也!小窦忙附着她的耳朵边,问道:“你碰到什么了?”她听见有人问话,才将杏眼睁开一看,不禁十分诧异地说道:“我几时到这里来的?”小窦便将方才寻她不着的一套话告诉她,又问她究竟是碰到什么了。她便将遇怪的情形说了一遍,众人无不称奇。大家又说了多时,才配对儿同入罗帐,暂且不表。

再说章帝到了第二天的早朝已毕,先到坤宁宫。有个宫女对他说道:“小窦娘娘身体不安,万岁晓得么?”章帝忙问道:“你怎么知道的?”那个宫女说道:“昨天晚上,有一个宫女到这里来取姜桂露的。”

章帝听说她有了病,便放心不下,忙不迭地转到小窦的宫里,只见里面一个人也没有。章帝好生奇怪,便又转道到留风院里,也不见化儿,心中愈加疑惑。便又到小窦的宫中,耐着性子一直等到辰牌的时候,才见她们云鬓蓬松的走了进来。

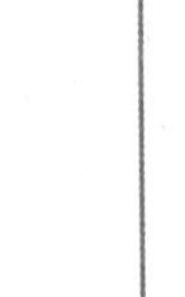

章帝见此光景,不觉十分疑惑。她们见他坐在这里,不禁也就着了忙,粉庞上面,未免露出一种羞愧的情形。章帝便问她到哪里去的。小窦突然被他这一问,不禁哑口无言。化儿虽然是灵利过人,但是到了这时,也就失却寻常的态度了。章帝也不去和她们讲话,随即下了一道圣旨,命人大举搜宫。这正是:

君王窥得宫中隐,妃子将为阶下囚。

要知后事如何,且看下回分解。

第九十九回　卖草兔壮士遇知音　捉山猫英雄逢艳侣

话说章帝见了这样的情形，料想一定是发生了什么暧昧的事情了，他怒气冲冲地龙袖一展，回到坤宁宫，使了一个迅雷不及掩耳之计，突然下了一道旨意，大举搜宫。小窦赶紧着人去关照大窦叫她设法阻止。

谁知大窦还未到坤宁宫，只见许多锦衣校尉，雄纠纠地闯进了淑德宫，翻箱倒箧，四处去搜，查了一会子，见没有什么痕迹，急忙又赶到别的宫里去搜查。整整地闹了三天，竟一点痕迹没有。

章帝好不生气，又下旨将宫里的大小太监带来了，向他们说道："如今宫里出了什么花样儿，料想你们一定是知道的，快快地说出来，孤王还可以饶恕。倘有半字含糊，立即叫你们身首异处了。"那些太监早受过大小窦的嘱咐，谁敢泄漏春光？一齐回答道："求万岁开恩，奴才等实不知情，如其万岁不相信，请尽搜查，若查出私弊来，奴才等情愿领罪就是了。"章帝又软敲硬吓的一番，无奈那一班太监，再也逼不出一个字来。章帝没法，又命将一班宫娥彩女带来，严询了一番。果然有一个宫女将她们的玩意儿一一地说个清楚。把章帝气得发昏章第十一，火速命人到濯龙园里去拿人。

谁知那几个校尉，完全是大窦的心腹，到了濯龙园里，将能儿等私放走了，然后放起一把火来，烧得烟焰障天，连忙回来奏遭："臣等奉旨前去捉人，谁知到了园里，那绿室突然伸出一双绿毛大手来，足有车轮般大。臣等忙拔箭射去，谁知一转眼，浓烟密布，就起火了。"章帝听说这话，不觉得毛骨悚然，隔了半天，猛地省悟道，这莫非是他们的鬼计么？他连忙亲自到濯龙园里去查看，只见浓烟密布，火势熊熊的不可收拾。他忙命人前去救火。

这时众内监七手八脚的一齐上来救火。不一时，火势渐衰，又被他们大斗小戽的水一阵乱浇，已经熄了。章帝便亲自到火场上去察看，只见除却已经烧完的东西，余下尽是些妇女应用的东西，凤履弓鞋，尤不计其数。其中有一双珍珠穿成的绣履，章帝认得是小窦的，不禁怒从心上起，醋向胆边生。他却不露声色，回到坤宁宫，便下旨将小窦、化儿一并收人暴室。还有许多宫女，只要一有嫌疑，便照样办理。这一来，共杀大小太监一百余人。大窦仗着她那付迷人的

手段，竟得逍遥法外，未曾谴责，这也是章帝的晦气罢了。

章帝自从这一来，不知不觉地生了一个恼气伤肝的病，惭惭不起。到了他驾崩之后，窦氏弄权。和帝接位，幸亏他除奸锄恶，将窦氏的根株完全铲去。以后便经过了殇帝、安帝、顺帝、质帝以及到汉桓帝。可是以上这几个皇帝的事实，为何不去叙叙呢？看官要知道，小了做的本是艳史演义，不是历史纲鉴，所以有可记便记下来，没有什么香艳的事实，只好将他们高高地搁起，拣热闹的地方说了。

闲话少说，如今且说洛阳城外媚茹村，有两个猎户；一个姓吴名古，一个姓陆名曾。他两个生就千斤大力，十八般兵器，马上马下，无所不通。他们镇日价登山越岭，采猎生活。有一天，他们到日已含山，才从山里回来。原来这陆曾才十八岁，那吴古却有三十多了。他两个俱是父母早亡，无兄无弟的孤儿。他们因为常常在一起打猎，性情十分契合，便拜了弟兄，吴古居长。陆曾本来是住在悲云寺里的，自从结拜之后，便搬到媚茹村来与吴古同住在一起了。这天他们两个人，打了许多獐兔之类，高高兴兴地由山里回来。二人进了屋子，陆曾将肩上的猎包放了下来，对吴古笑道："我们今天吃点什么呢？"吴古笑道："随便吃些罢，不过我这几天闷得厉害，想点酒吃吃，难得今天又猎了两只野鸡，何不将它烧了下酒呢？"陆曾拍手笑道："好啊！我正是这样的想法，我来办酒，你去烧鸡好么？"吴古道好。

陆曾便提了一只小口酒瓶，顺手提了两只灰色的大兔子，出得门来向西走过数家，便是一家酒店。他笑嘻嘻地走了进去，将兔子往柜台上一放，说道："葛老板，这两只猎包，你估量着值得几文，请你换些酒把我们。"那帐台子上坐的一个人，抬头朝他望了一眼，便摆下一副板板六十四的面孔来说道："陆曾！你什么缘故，隔几天总要来缠一回？我们的酒，须知是白灼灼的银子买得来的，谁与你这些猎包调换呢？"他听说这话，便低声下气地向那人笑道："葛先生，今天对不起你，请换一换，因为天色晚了，送到洛阳去卖也来不及了。只此一遭，下次断不来麻烦你老人家的。"那葛先生把脸往下一沉说道："陆曾！你太也不识相，一次两次倒不要去说，你到我们这做生意的人家来，不应拿这样东西蹭蹬我们。"陆曾听他话，不禁疑问道："葛先生，你这是什么话，难道这两只猎包就不值钱么？"他道："谁说你不值钱的，不过你不晓得我们的规矩罢了。"陆曾笑道："既然值钱，就请你换一换罢！"那姓葛的听这话，将笔往桌上一掷，说道："有这个家伙，忒也胡话，我不是对你说过了吗，难道你的耳朵有些不管用么？别的东西可以换酒，惟有这东西不可以的。"陆曾陪笑道："你老人家方才不是说值钱的么，既然值钱，又为什么兀的不换呢？"他大声说道："你这猎包，只可到洛阳去卖，自然值钱，要调换东西，随你到谁家去，大约没有人要吧！"陆曾笑道："究竟

是一个什么缘故呢?”他道:“你也不用缠了,请出去罢。再在这里,我们的生意还要被你蹭蹬尽了呢。你要换酒,你去寻金老板,我不相关。”陆曾道:“请你不要讲这样的推牌的话,换便换,不换算罢,什么金老板银老板的?”他怒道:“不换不换,快点请出去,休要在这里叽麻啰唆,谁有空子与你讲这些废话。”陆曾到了这会,真是忍无可忍,耐无可耐,禁不住心头火起,大声说道:“换不换有什么要紧呢,谁像你鼓眼暴筋的,哪个来看你的脸嘴呢?不要这样头伸天外的,自大自臭,我陆曾也是拿东西来换你的酒的,又不是来白向你讨酒吃的,何必这样的赤头红脸的呢!”那姓葛的听他这句话,更是怒不可遏,将桌一拍,大声骂道:“滚出去!”陆曾听这一骂,禁不住将那一股无名的孽火,高举三千丈,按捺不下,便泼口骂道:“好杂种!出口伤人,谁是你吃的小鱼小虾?抬举你,喊你一声先生;不客气,谁认得你这野种。咱老子的饭碗也不摆在你的锅上,你好骂谁,你将狗眼睁开,不要太低看了人。”他正在骂得起劲的当儿,早惊动了金老板从后面走了出来,见葛先生被他骂得闭口无言,做声不得,忙上前对他笑道:“陆曾,你今天又为什么事情,在这里乱发挥人呢?”陆曾见他出来,忙将以上的话告诉与他。他笑道:“原来为着这一些事儿。葛先生,你忒也拘谨了,就换些酒与他,又何妨呢?”他说罢,便自已亲自动手倒了一瓮子酒,对他笑道:“你却不要怪他,你不知道我们做生意的规矩,看见兔子和老鼠,是第一讨厌的。像你前几次拿几只野鸡,不是就换给你了吗?”陆曾笑道:“这是什么规矩呢?”金老板道:“大凡做生意的,都怕忌讳,这兔子是最会跑的,如果看见了兔子,那一天的生意必定尽跑光了,一笔不成功的。”陆曾笑得打跌道:“原来是这样,我却不知;早知有这样的规矩,无论如何,也不将它拿来换酒的。”金老板笑道:“只管拿来,我是不怕忌讳的。”陆曾又道谢了一番,才将酒瓮提了动身,到了家里。

吴古已经将鸡肉烧得停当,正在那里往碗里盛呢,见了他便抬头向他说道:“你去换酒,怎的到这会才来呢?”他笑道:“还要问呢,险一些儿与那酒店里的一个牛子动手打起来。”吴古忙问道:“换酒公平交易,有什么争执呢?”他笑道:“真是照你这样说,倒没有什么话说了。偏是那个牛子,歪头扭颈的不要野兔。他说这猎包,最蹭蹬不过。吴古笑道:“你是拿兔子与他去换酒的吗?”他道:“是的。”吴古笑道:“怪不道人家不肯换。这猎包可卖不可换的,他们这些生意人见了,是犯恶的。”他道:“后来金老板从后面出来,倒倾了一瓮子好酒与我,你道可笑不可笑呢?”吴古笑道:“这金利他本是个再好没有的人,他在这媚茹村上,倒很有些善名。”陆曾道:“那金老板果然不错,一出来就满口招呼我,我倒不好意思起来。”他说着,便扳起瓮子,倒了两大碗,向吴古问道:“大哥,你吃暖的,还是吃冷的?”他道:“现在天气这样的冷法,怎好吃冷酒呢?”他道:“那么就将酒瓮搬到炭炉子上面,一边吃一边温罢。”吴古道好。他们便将酒瓮子搬到炉子上

面，坐下来先倒了两大碗，送一碗与吴古，一碗放在自己的面前，拿起筷子，夹了一块鸡肉，放在嘴里，啅咽啅咽的吃了，不禁皱眉说道："忒咸了。"吴古笑道："盐被我放得失手了，所以咸一些儿，我不喜欢吃淡，所以多放点盐，吃起来较有味些。"他说罢，便端着酒碗，呷了两口。陆曾也端起酒碗喝了几口，两个人一面吃酒，一面谈话，一直吃到二鼓以后，正要收拾去睡觉，猛听得外边人声鼎沸，呐喊震天。陆、吴二人大吃一惊，忙开门一看，只见有许多人手里执着兵器，东一冲西一撞，好像是找什么东西似的。

这正是在腊月中旬的时候，月光如水，寒风猎猎，将二人吹得满面发火。陆曾耐不住翻身进房，取出一把佩剑，一个箭步穿出门来。吴古忙对他说道："兄弟，你要到哪里去？"他道："我去看看，究竟是一回什么事？"吴古忙道："事不关己，何必去多事呢？"他道："我且看看再说。"他说罢，方要动身，猛听有一个人连哭带喊道："啊呀！我的兄弟被那畜生咬死了。"陆曾听了这话，便向吴古说道："你听见么，这准是什么野兽冲到我们这里来了。你在家里守门，让我去结果了它，好替大家除害。"吴古道："兄弟你去须要当心，千万不要大意。"他点头答应，大踏步向西走来，只见前面一个五谷场上，站了足有二百多人。灯救火把，照耀如同白日。大家虚张声势的在那里只是呐喊，却一个也不敢移动。

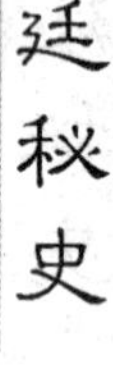

他走到他们的跟前，只见那些人一个个缩头攒颈的站在朔风之下，不住的抖个不止，还有的连裤子都没有穿，蹲在众人的当中，手里拿一把火来，预备去打野兽呢。他扬声问道："你们在这里做什么的？"有两个朝他上下一打量，冷冷的答道："我们是打野兽的，你问它，难道你还敢去打么？"他笑道："什么野兽这样的厉害，要这许多的人在这里打草惊蛇的。"众人一齐说道："你这两句风凉话，说得倒好听。我们这里二百多人，还不敢与它去碰险呢。"他道："嗄，我倒不相信，什么畜生这样的厉害呢？"众人道："你要问么，就是西谷山上著名的大虫，名叫赛狻猊，它不知怎样，好端端的要和我们做对，竟到我们的村里来寻食了。"他笑道："这畜生现在到哪里去了？"众人一齐说道："现在到西边的深林子去了，你难道还敢去捉它么？"他听这话，不禁勃然大怒道："我不敢捉，就来了吗，可笑你们这帮脓包，空看人倒不少，原来全是豆腐架子啊！"他说罢，便一个箭步，离开了五谷场，耳朵边还听他们在那里叽咕道："哪里来的这个冒失鬼，不知死活，他就想去捉大虫，岂不是自讨其死么！"还有个人说道："你们这些人，也忒没有良心了，谁不知道这畜生厉害呢，他要去，你们当阻止人家，他这一去，还怕不将小性命送掉了么？"他耳朵里明明听着，却不去睬他们，一径向西边而来。

不多时，已到树林的面前，他紧一紧束带，握住佩剑，仔细一听，果然听里面啅咽啅咽的声音。他暗道："不好不好，已经被这畜生伤了一个人了么？"他蹲下身子，趁着月光向林子里面瞧去，只见一只极大的斑斓白额吊睛大虫。他暗道：

"它在林子里，千万不能去捉，要将它引了出来才行呢。"他俯首寻了一块碗大的石头，擎在手中，运动全力，对定畜生的脑袋掷去。只听得壳秃一声，他知道打中了，便不敢怠慢，立个势子等待它出来，这时候听得怪吼一声，好似半空中起了一个霹雳，那大虫由林里跳了出来，直奔陆曾扑来。他赶紧将身子一歪，往斜次里一蹿，那大虫扑了一个空，剪了一剪尾巴，壁立起来，伸开前爪，复又扑了下来。他便将剑往上一迎，禁不住险些连剑震脱了手。他飞也似的又让到旁边，料瞧那大虫前爪已被划伤。那大虫狂吼一声，却不奔他，直向村里奔来，将一班站在五谷场上的人，吓得魂飞胆落，没命的向家里逃去。霎时家家闭户，个个关门，一个影子都看不见了。那大虫转过濠河，直向五谷场上奔去，陆曾哪里肯舍，拔步飞也似的追到五谷场边和大虫对了面，一冲一撞的斗了多时，那大虫渐渐的爪慢腰松。陆曾正要下手，那大虫回头直向村后面奔去，他仍然紧紧追去。不多时，追到一家的花圃里，那大虫一探腰，伏在地下，动也不动。他却疲倦了，站在大虫的面前，一手叉腰，一手执剑，喘息不止。他两个熬了多时，陆曾一纵身，抡剑就刺。那大虫霍地跳了起来，举起右爪，劈面抓来。他将头一偏，让过它一爪，跟手还它一剑。那大虫吼了一声，跳开了数丈。他追上来，又是一剑，那大虫就地一纵，四足离地足有四尺多高，他赶紧往边一蹿，差不多刚立定脚，那大虫张开血盆似的大口，摇一摇头，就要来咬。他忙将身子往后一缩，冷不提防脚底下绊着一块石头，便立脚不稳，堆金山倒玉柱的跌了下去。那大虫赶过来，两爪搭着他的肩头，张口就咬。他急用剑削去。只听咔嚓一声，那大虫的下颌，被他削去。那大虫受了痛，没命的把头一埋，正埋在他的胸口。这一撞，他却吃不消了，便不知不觉的昏厥过去。幸亏那只大虫也就死于非命了。

不表他昏厥过去，再说这花圃里主人，姓孙名扶，乃是一庄的首领。他在三十九岁的时候就死了，只留下他的夫人童氏和一个女儿，小字寿娥，并有良田千顷，富为一县之冠。童夫人自丈夫死后，恐怕有人想谋产，害她们母女两个，所以请了二十个有武艺的人。在家保护。今晚听说西谷山的赛狻猊，撞到他们的村上来吃了好几个人了，不禁魂飞胆落，忙吩咐一班保家的，前门十个，后门十个，加意防范。母女两个，却躲到后面一座高楼上。恰巧陆曾赶到她们家花圃和虎恶斗，她们看得清清楚楚。后来见陆曾与虎全倒在地下，动也不动，童夫人与寿娥一同下楼，喊一班家丁到花圃里去看看究竟。那守后门的十个人，各执兵器蜂拥向花圃里而来，瞥见一只头如笆斗，腰广百围的大虫，倒在血泊里，不禁吓得倒抽一口冷气，一齐回身要走。有一个喊道："它已经死了，怕什么呢？"众人齐道："你不用来捣鬼，那大虫是不曾死，休要去白送了性命罢。"那人笑道："你们难道全是瞎子吗？兀的那地下的不是大虫的下额么？它如果是一只活的，见你们来，还这样的闻风不动么？"众人听他这话，很有道理，便一齐立定了

脚步,再仔细一看,那大虫的身旁边睡着一个人,手里还执着一把雪亮的青锋剑呢。有一个说道:“怪不道这大虫丢了性命,一定是这个人将它刺死的。”众人齐声道是。这正是:

一灯如豆行将熄,幸遇添火送油人。

要知后事如何,且看下回分解。

第一百回 妙手侍茶汤落花有意 冰心明礼义流水无情

却说众人在月光之下,只见那一只已死的大虫左边,还有一个人卧在地下。有个家丁用手一指道:“兀的那地上不是一只宝剑么?这人一定是与这畜生奋勇恶斗的。如今是受了重伤,倒在那里,不知死也不曾。”众人道:“管他死不死,我们且去看看。”

说着,大家一齐拢近来,七手八脚。先将一只死大虫拖在一边,然后有一个人走过来,在陆曾的心口一探,忙道:“人没有死呢,心口还不住的跳哩。”他说罢,又在陆曾的嘴上一摸,果然还有一丝游气。大家便分开来,一面抬着大虫,一面抬着陆曾,一径向前面而来。不多会,走到百客厅后面的一间小书房门口,就有一个人说道:“你们可将这人先抬到书房里的榻上放下来,先去到太太那里请示办法。”众人称是,便将他送到书房里的榻上安置下来,那大虫就摆在书房门口的阶沿下面。有两个家丁,飞也似的上楼去报告了。

不多时,童老夫人带着寿娥和一群婢女,慢慢地走了近来,见了那只死大虫,不禁倒退数步。那群仆妇吓得忙不迭的就要回身躲避。有个家丁喊道:“老虎死了,请你们不要害怕罢。”众婢女才止住脚步,一齐说道:“天哪!出身出世,从未看见过这样大的老虎呢。”童老太太携着寿娥的手,向众人问道:“你们将那打虎的汉子,放在哪里去了?”众人一齐答应道:“放在书房里面呢。”童老太太听说,不觉勃然大怒道:“你们这些奴才,真不知高下,凭空的将那个汉子放到小姐的书房里去做什么呢?随便将他放到什么地方就是了。”众人吓得互相埋怨着,不应将他抬了进来的。倒是寿娥开口说道:“娘啊,你老人家这话未免忒也冤枉人了,女儿的书房,又不是绣房,人家命在呼吸,别的地方也没有床,放在这里,也没有什么不是之处,难得人家有这样的好心,肯出力为众人除害,难道我们这一点功德反而不能做吗?”她说罢这番话,童老太太连连说道:“我的小姐,我说

果然有见识，而且又有良心，倒是我错怪了他们了。”

她听罢，取出手帕，将樱口一掩，向众家将嫣然一笑，随着童老太太走进书房。只见卧榻上睡着一个二十内外的男子，头戴六楞英雄帽，上身穿着一件豹皮密扣的紧身的小袄，下面穿着一件绣花浑裤，足上登一双薄底的快鞋，腰里悬着一只空剑鞘，一张英俊秀丽的脸，着实惹人怜爱。可是紧闭双目，半声不响。她打量了半天，不禁将一股纯洁的恋爱，从足上一直涌到头顶。她不由的开口问道："这人究竟死与未死？"众人一齐答道："心头尚跳，嘴里还有一丝热气呢。"她便向童老太太说道："如今既然将人家抬到这里，当然救人救彻，须要赶快想出一个法子来，将人家弄活了才行呢！"童老太太道："那个何消你说得，我自有道理。"童老太太便对一个家将说道："你快些去到西村去将白郎中请来。"她这句话还未说完。寿娥忙道："我的太太，你老人家又乱来了。"童老太太道："他这个样儿，不请先生来替他诊视，诊视，难道就会回生么？"她急道："我们太太遇事真会胡缠，人家又不是生病，需不着郎中先生来诊视；眼见这人是与大虫斗了多时，受了重伤，或是有别的原因，也未可知。"童老太太笑道："我真老糊涂了，还是小姐这话说得是。我看如真受了重伤，我楼上还有参三七，这东西能够舒筋活血的，要是拿出来给一点他吃吃，倒也很好的。"她点头笑道："这法子倒不错，但是人家命在顷刻，就请老人家去拿罢。"童老太太连忙答应，走出了门，径上楼去取参三七了。

这里寿娥忙指点众人，将他扶了坐起来，自己便走到榻前，一歪身子坐了下来，捏着一对粉拳，在他的背上轻轻地敲个不住。

不多一时，陆曾才微微地舒了一口回气，将眼睁了一睁，复又闭起，又停了一刻，才算将那股飞出去的魂灵收了转来，睁眼仔细一看，只见自己坐在一张极其精致的绣榻上。那屋里摆设得金光灿烂，华贵非常，还有多少人挺腰凸肚的站在榻前，自己好不诧异，暗道："这算奇了，我方才不是倒在那家花圃里的草地上么，怎的一昏迷，就会到这里来呢？不是碰见了鬼么？"他正要开口问话，猛的觉得后面有人替他捶背，不由得回头一望，只见一位千般袅娜、万种艳丽的女郎坐在他的身后正捏着粉的拳头，给他背上轻轻的敲着呢。他不禁大吃一惊，心中不住的突突乱跳，忙问道："小姐何人，救我性命？"她见他问话，便住了手，立起来，婷婷袅袅的走在卧榻对面一张椅子上坐下，先用那一副水盈盈的眼睛向他一飘，然后说道："你休问我，请将你的名姓说与我听听看。"他忙说道："小子姓陆名曾，只因昨晚村上闹着捉虎，我也就出来帮助了。不想那一班捉虎的人都是些衣架饭囊，一点用处都没有，只是在一起呐喊示威，却没有一个胆大出来，和那畜生见个高下。当时小子见那畜生已经伤害二人，若不上去奋勇擒捉，恐怕那畜生得寸进尺，那么全村的人都要受他的影响呢。所以将生死置之度

外，上前和那畜牲厮拼，满想一剑将那个畜牲结果了，也好替大家除家；不料那畜牲竟厉害非凡，和它一冲一撞，足足斗了八十余合，莫想近它的跟前。它以后便奔到了一家花圃里，我也跟着它赶到花圃里，那时我也就下了决心，非要将那个畜牲结果了，才回去呢。在花圃里斗到分际，被我一剑将它的下颌削去，可是那畜生受了痛，没命的向我一扑，我避让不及，竟被它扑倒在地下。那时我也不指望有性命了。昏昏的不知何时到这里。请问小姐尊姓大名？"众家丁便抢着将上面的事情说了一遍，又将她家姓名告诉与他。他十分感激，正要下床拜谢，刚一抬身子，那两胁下面甚痛异常，禁不住复又坐了下来，她坐在他的对面，见他这样，已猜到要拜谢，见他方要下床，眉头一皱却又坐了下去。便料定是身上哪一部分受了重伤，忙道："将军奋威，将这畜牲除掉，村上受惠非浅，奴家也感激无地了。不要拘那些无谓的礼节，反使奴家心中难受，请静养身体罢。"她说罢，香腮带笑，杏眼含情，不知不觉的又向他打过了一个照面。陆曾抱拳当胸，口中说道："垂死蒙救，再生大德，不知何时才能报答于万一呢！"她忙答道："将军哪里话来，请不要如此客气。"

她刚刚说到这里，童老太太被一个丫头扶着，走了进来。见他已经苏醒过来，自是欢喜，忙向寿娥说道："参三七我记得楼上有一大包的，不知道被他们拖拉到什么地方去了，我寻了半天竟没有得着。这里带来三钱老山西参，我想这东西，他也可以吃的。"寿娥道是。陆曾正在与她说话的当儿，瞥见走进一个六十多岁满面慈祥的老太太来，他便料瞧着一定是童夫人了，他便说道："太太驾到，小子身受重伤，不能为礼，方望太太恕罪。"童夫人忙道："不须客气，不须客气；你是个病人，赶紧睡下去躺着，养养精神，我决不怪你的。"陆曾又千恩万谢的告了罪，才躺了下来。童太太忙命丫头将老山西参拿去煎汤，自己将椅子拉到榻前坐下，问道："你姓什么？"陆曾道："承太太问，贱姓陆。"她又问道："你叫什么名字？家里共有什么人？"他道："小子名曾，家严家慈，在小子三岁的时候弃世了。"她道："可怜可怜！你们的父母弃世得早，可是谁将你抚育成人的？"他流泪道："自从家父母归西之后，小子那时人事还未知，终日的嗷嗷的啼哭，要饭要茶的。那一班邻居，因为年岁荒歉，俗语说得好，宁添一斗，不添一口，谁也不肯将人家的子孙，拉到自己家里去抚养，后来连喂养的奶姆都走了。小子在赤地上啼哭了几天，一粒米珠都没有下肚，忽然来了一个老和尚，将我抱去，抱到他们的庙中，朝茶暮水的一直将我抚养到十三岁。"他说到这里，童老太太合掌念道："阿弥陀佛，天下竟有这样的好和尚，还怕他不成佛么？"陆曾见她念着，便住口不说。她忙道："以后怎样的？你再说下去。"陆曾继续说道："那和尚法名叫修月，生成一身好武艺，他在没事的时候便教我各种武艺。我到了十四岁以后，便渐渐地知道人事了，以为修月老和尚待我这样的恩情还能忘却么，便三番

五次的和他说，我是一个没爹没娘的苦鬼，承师父将我抚育到这样大，天高地厚的恩情，真是无法报答的了，但愿削发入山，随师父做一个供应驱使的徒弟，聊报洪恩于万一。谁知他道："你不要如此，我看你这个样儿，并非是空门中人，将来富贵场中不难得着一个相当的位置；我们出家人，慈悲为本，方便为门，施恩于人，还望报答么，下次千万不要如此才好呢。"那时我再也不去相信他这些话，仍然请他收我做门下的生徒，他再也不肯，并且对我说道："你这孩子，太也不自省悔了，我几曾和你说过一句空话。我的徒弟也不计多少了，难道单独就不肯收你么，因为这入空门的一流人物，都有些道理的，你本是各利场中的客，怎能够自入空门呢。我就强自将你收录下来，不独灭你的寿算，而且又违及天意，双方均蒙不利呢。"我听他这些话，料想他是一定不肯收我了，只得将入空门的一层事情，高高搁起。到了十七岁的当儿，修月老和尚便向昆仑山去修道了，那时我又要随他一同去，他再也不准我去，只得留在他的庙中。成日在家没事可做，便到各处山里去打猎。打了些野色，便到洛阳城里去换些米和酒，苦度日月。在去年八月里，遇着一个姓吴的，他也是个打猎的，端的十分好武艺，而且待人又十分和蔼可亲，也和我一样的无爹无娘，一个人儿。他的性情和我却合得来，二人便结拜了，他便教我搬到他的家里和他居住。我们两个人，差不多在一起有一年多了，虽然是异姓兄弟，比较同胞的确还要亲近十分呢。"他将这些话说完了，童老太太光是点头叹息不止。

这时有个丫头，手里托着一个金漆的茶盘，里面放着一只羊脂玉的杯子，捧进来向童老太太说道："西参已经煎好了。"童老太太忙道："捧与这位陆哥儿，叫他吃了罢。"她说罢，便回过头来向他说道："哥儿，这西参茶最补人的，你可吃了罢。"陆曾忙谦谢着，要坐起来。寿娥忙道："不要坐了，现在不能动弹，还经得起坐睡下去么？"她说罢，便起身将杯子轻轻地接了过来，走到榻前，将杯子送到他的唇边。陆曾慌忙用手来接。她笑嘻嘻地说道："你可不要客气了，就在我手里吃了罢。"陆曾见她这样，倒不觉十分惭愧起来。被她这一说，又不好伸手来接，满脸绯红，只得就在她的手里三口两口的吃完，便向她谢道："罪过罪过。"她乜斜着眼向他一瞄，笑道："用不着客气了。"她说着，退到原位上坐下。大家又谈说了一会子，不觉天色大亮。

这时却忙坏了吴古了，见陆曾出去打野兽，一夜没有回来，他在夜里因为酒吃得太多了，倒还未十分在意，再等他一觉睡醒，已是东方日出了。他见陆曾未有回来，不禁大吃一惊，一骨碌跳起来，出门去寻找。他出了门，由东村寻到西村，哪里见陆曾一些影子。他真着忙。那村上的人家，差不多还未有一家开门，都是关门大吉，估量着还只当大虫未死的呢。吴古寻了半天，仍然未见他一些踪迹，心中焦躁到十二分，不禁大声喊道："谁看见我的兄弟陆曾的，请你们告诉

我?”谁知他喊得舌枯喉干,却也没有一个人出来答应他一声的。他可急坏了,又兜了一个圈子,转到西边的树林子里,瞥见一个下半截尸首倒在那里,头和肩膀都不知去向了。他不禁吓得一大跳,料想这尸身一定是陆曾无疑了。他不管三七二十一,蹲下来抱着下半截尸首,大哭如雷。不多时,猛地一个人在他的肩头上一拍,说道:“你这汉子,发什么疯病,这尸首是我家兄弟,昨晚被大虫咬死的,要你在这里哭什么?”他听说这话,便仔细一看,果然不对,不禁站起来说道:“晦他娘的鸟气,别人家的死人,我来嚎啕,恐怕除了我,再也没有第二个了。”他说罢,垂头丧气地走了。再到村里,只见家家已经开门,三个成群五个作伴的,在那里交头接耳地谈个不住。这众人的里头有一个癞痢头晃着脑袋向大家笑道:“谁不知大虫的厉害,偏生那个牛子,满口大话,他要去充大头虾,如今大虫也不见了,那牛子也不见了,我想一定到阎王那里去吃喜酒了。”又有一个说道:“那个家伙,未免忒也不自量,我们还劝他不要去的呢,偏是他要去送死,却也怪不得别人了。”又有一个道:“话不可以这样的说法,他如果真没有本领,还敢这样的大胆么?死没死,还没有一定。”那个癞痢头将秃脑袋一拍,说道:“你还在做梦呢,那只大虫何等的厉害,十个去,包管十一个送终。”那人道:“送终不送终,也要算人家一片热心,万不能说人家自己讨死的。”吴古听众人议论纷纷,一头无着处。他正要向众人询问昨晚的情形,瞥见有两个人,从西边飞也似的奔了过来,对他们大声说道:“好了好了,昨夜大虫被那个小英雄在孙家花圃里打杀了,现在孙府里面呢。”众人听说,一齐抢着问道:“这话的确么?”他道:“谁来哄骗你们呢!如果不信,孙府又不是离这里有一百里地,你们何妨就去看个究竟呢。”

大家听了,也无暇多问,一齐蜂拥向孙府而来。更有那吴古跑得一佛出世,二佛涅槃。不多时,进了孙府,见大虫果然打死。众人七舌八嘴的说个不住,夸赞的,佩服的,不一而足。吴古听孙府的家丁说陆曾未死,受了重伤,现在书房里面,不禁满心欢喜,大三步小两步的走进书房。见陆曾躺在榻上,好像陡得一方金子似的,抢过来,一把扯着他,口中说道:“我的兄弟,寻得我好苦啊!”陆曾见他来,心中也甚欢喜,便将以上的事情告诉与他。他便问道:“童老太太现在什么地方,让为兄的先替你去谢谢人家要紧。”陆曾用手一指道:“坐在对过炕上的就是她老人家。”他听了,便转过身子朝着童老太太扑通跪下,磕了一阵子头,口中说道:“承太太的盛情,将我的兄弟救活,我在这里给太太磕头。”童老太太忙叫他起来,对他笑道:“你也不用客气,你们兄弟有这样的好心,为众人除害,我们难道连这一点儿都不能效劳吗?”吴古又千恩万谢的一会子,便转过身子对陆曾说道:“兄弟,你在人家这里,终有许多不便,倒不如背你回家去养息罢。”

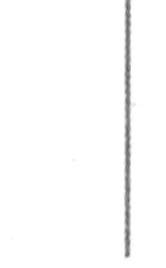

童老太太正要开口,寿娥抢着答道:“吴大哥,你这话未免忒没有见地了;他

是个身受重伤的人，怎能给你背回去呢？而且你们家里除了你，还有第二个人来服侍他么？在我家虽然伺候不周些，比较你家，我敢说一句，总要稍好一些的；如果陆大哥见疑，或是我们这里蜗仄，那么我们也不敢过于强人所难，即请回府罢。”陆曾忙道：“小姐哪里话来，感蒙大德，报答有时，小子一向不喜装模做样的，辜负人家一片好心，小子就老实在府上叨扰几天罢。”

她听说这话，不禁满脸笑容，说道：“对呀！要这样才好呢。”童老太太便对吴古道：“吴大哥，你请过来，我要与你商议一件事情。”这正是：

佳人情热殷勤甚，壮士冰心唤奈何。

要知后事如何，且看下回分解。

第一百零一回　人面兽心竟为窃玉容　忠肝义胆甘作护花人

话说童老太太用手向吴古一招，嘴里说道：“你且走过来，我有话与你商量。”吴古便走到她的跟前，躬身问道：“太太有什么话，只管请讲罢。”童老太太笑道：“我有件事要奉请，不知你们两位肯与不肯呢？”吴古道：“老人家有什么事情说出来，我们只要办得到，没有不答应的。”她道：“我们这里保家倒不少，可是要有十分真正的本领，却很少的。在我意思，想请两位不要回去罢，就在我们这里，不过是怠慢一些吧，每年也奉赠点薄酬。”她说到这里，吴古忙道：“你老人家趁早不要讲酬赠不酬赠的，我们不在府效劳便罢，既在这里，还望太太赏赐么？不过我虽然肯在府上效劳，可是我的兄弟，未知他的意下如何呢，待我先去问问他，如果他答应，我是无可无不可的。”他说着，转身向陆曾笑问道：“兄弟，你方才听见么，太太要留我们在府上效劳，这事你看怎么样呢？”陆曾笑道：“你是个哥哥，什么事情全由你，我还能作主么？你答应，我就答应。”寿娥拍手笑道：“倒是兄弟比较哥哥来得爽快。”她说着对吴古笑道：“你也无须尽来推三阻四的了。”吴古道：“只要我们兄弟答应，我还不答应？”童太太见他们全答应了，不禁满心欢喜，便向吴古说道：“你可以回去将屋子里的东西一齐送到这里罢。”吴古笑道：“不瞒太太说，我们的家内，除却四面墙壁而外，却再没有什么要紧宝贵的东西了；我回去将门锁一锁，就是了。”

他便辞了童老太太回去，将门锁好，回到孙府。童老太太便命在自己的楼

下,收拾出一个房间来与吴古居住;又在寿娥的楼下,收拾出一个房间,给陆曾居住。她的用意,不过因为他们两个本领实在不错,所以将他们的房间设在楼下,如果有了变动,以便呼应,陆曾便送到寿娥的楼下居住。

这一来,却是有人在背地里埋怨了。你道是谁,原来是众保家的中间有一个名叫盛方的。他本是一个落草的强盗出身。在去岁八月里的时候,听说孙府要请他保家,他暗想自己做这个不正的勾当,终非了局,便投奔在孙府里面效力。他本来是个无赖之辈,见了她家这样的豪富,眼里早已起了浮云,三番四次的想来施展手腕,露出本来的狰狞面目来,无奈童太太待人宽厚,没有地方可以寻隙。而且还有那一干保家的。虽然没有什么本领,但是比较平常人,终有些三脚猫,所以他虽然有这样的野心,可是受着种种不能昧良的逼迫,只得打消他的坏意。但是他见了寿娥这样的姿色,而且举止风骚,没有一处不使人倾倒,试想这样的匪徒,能不转她的念头么,成日价遇事都在寿娥面前献殷献勤的。可是自己的品貌,生得不扬,凭他怎样去勾搭,寿娥总是淡淡的,正眼也不去瞧他一下子。

看官们试想,寿娥虽然是个淫荡性成的女子,但是尚未破瓜,对于个中滋味尚未领略,而且还有一个喜美恶丑的心呢,她就肯毅然和这个言语无味、面目可憎的粗货勾搭了么?但是这盛方见她不理,还只当她是个未知事务的女子,含羞怕愧呢,兀的嘻皮涎脸的和她缠不休。她本是一个杨花水性的人,有时也报他一笑。这一笑倒不打紧,那盛方只当有意与他的呢,浑身几乎麻木得不知所云。其实她何尝是实心与他颜色的,不过是见他那一副尊容,不由的惹人好笑罢了。盛方竟得步进步的来勾搭了,有时竟将那心里的说不出的话,和她很恳切的求欢。她本想要大大给他一个拒绝,无奈自己的生命财产,完全系在他们一班人手里,所以不敢过于决裂,只得若即若离的敷衍着。这样的混下去,把个盛方弄得神魂颠倒,欲罢不能,那一股馋涎,几乎拖到脚后跟。可是日子久了,她仍是飘飘忽忽,不肯有一点真正的颜色露了出来,盛方不免有鱼儿挂臭、猫儿叫瘦之感,真个望梅止渴、画饼充饥。每每的碰见了她,恨不能连水夹泥吞了下去,每在背后,自己常常的打着主意,决定去行个强迫手段,可是见了她,赛如吃了迷魂药似的,就失了原有的主意,消灭到无何有之乡了,再等她走了,就后悔不迭的自己埋怨自己。这个玩意儿,不知弄了多少次数,仍然是汤也没有一汤,他可急煞了。

有一晚上,盛方吃了饭,正要上夜班去守后门,他刚刚走到百客厅的后面,三道腰门口,瞥见有一个人从楼上下来,他在灯下仔细一看,不是别人,却原来就是急切不能到手的她。他可是先定一定神,自己对自己说道:“盛方,你的机会到了,今天再不动手,恐怕再也没有这样的好机会了。”他正自叽咕着,不防被

她句句听得清楚，吓得连忙回身上楼而去，盛方一毫也未知觉，低着头只在那里打算怎样动手咧。不一会，只听得有个人蹬蹬的由楼梯上走了下来，背着灯光，一径向他面前走来，他可是一时眼花，不管三七二十一，上前一把将她往怀中一搂，口中说道："今天看你可逃到哪里去？"他刚说了一句，猛听得一声颠巍巍的声音，向他说道："盛方，你将老身抱住，意欲何为？"盛方仔细一看，不禁倒抽一口冷气，赶紧将手放下，呆若木鸡的站在一旁，垂手侍立，半晌说不出一句话来。你道她是谁，却原来就是童老太太。停了半晌，童老太太开口问道："盛方，你才方是什么意思呢？"他眼珠一转，计上心来。便对她撒谎道："我刚吃过晚饭，预备后面去上班的，瞥见一个黑影子从后面出来，还当一个窃贼呢，所以上前来擒捉，不想原来是太太，我实在是出于无心，万望太太恕我鲁莽之罪。"他这番话竟将童老太太瞒过去了，连道："我不怪你，这是你们应当遵守的职务。"她又奖励盛方一番，才到前面去，盛方吓得浑身冷汗，不禁暗暗的叫了一声惭愧，不是我撒下这个瞒天大谎，今天可不是要出丑了么，真奇怪了，我明明的看见她下楼的，怎的一转就不见了，莫非是到后面去了么？他疑神见鬼的到后面又寻了一会子，哪里有一些踪迹呢，他十分纳闷。到了第二天的饭后，只见她又从楼上走了下来，他便涎着脸上去问道："小姐，你昨晚是不是下楼来的么？"她听说这话，心中明白，便正色地答道："我下楼不下楼，与你何关，要你问什么呢？"她说罢，盛方满脸绯红，停了半天，才搭讪着说道："我昨晚似乎看见你从楼上走下来的，怎么一转眼就不见了，我心中疑惑不决，所以问你一声的。"她也不答话，下了楼，径向后面而去，盛方万不承望她竟这样正颜厉色的，心早灰了半截；但是停了半天，忽然又想起她那一副声音的笑貌来，不禁又将那个念头从小肚子下面泛了起来，暗道："大凡女子要和我们男人勾搭，万万没有一撮就成功的道理。她既然给了我多少颜色，或者是有意与我，也未可知呢；如果说她真正有意与我，那么她今天见了我，又为什么这样的冷如冰雪呢？"他踌躇了半天，忽然转过念头，自己对自己说道："盛方！你忒也呆极了，这一点过门，你竟不能了解，还在风月场中算什么健将呢，我想她一定是用着一种欲擒故纵的手段来对我的，心上确然有意，可是她终是个女孩子家，不好意思向我怎样的摆出什么颜色来呢。她不是向后面去了么，我且去和她着实的碰一下，如果真没意思，那时我自然看得出来的。"

他打定了主意，一径向后面寻踪而来，一直寻到后面的花园里，只见她和两个丫头在那园内游玩，两个丫头一齐在假山石下，坐在那里猜数作耍；她一个人却在绿睛轩的东边，背着手，正在那里赏玩梅花。他蹑足潜踪的溜到她的后面，一把将她往怀中一搂，笑道："你今天可要依从我一件事情。如不然，我决不放你动身。"寿娥正在那里玩赏梅花，哪里提防从后面猛地被他一搂，大吃一惊，转

过粉颈正要开口，又是一吻。把个寿娥气得柳眉倒竖，杏眼圆睁，厉声问道："盛方！你作死了，越来胆越大了，竟来调戏我了。还不放手，休要怄得我气起，马上喊人，就叫你死无葬身之地。"他笑嘻嘻地说道："小姐，请你不要拿大话来吓我，须知我盛方也是个花月场中的老手，什么玩意儿，我都了解明白，无须再来装腔作势的了。请你快一些答应我吧，我也不是一个不知趣的，只要小姐可怜我，虽然粗鲁些，断断叫你满意就是了。"寿娥暗想道："我要是不答应他，他一定是不肯甘心将我放了；如其答应他，我就能轻轻的失身与这个不尴不尬的匹夫吗？"她柳眉一锁，计上心来，便对他说道："你真有心爱我么？"他听说这话，真个是喜从天降，忙道："我怎么不爱你呢，不瞒你说，自从见了你，差不多没有一时一刻将你忘掉了。"她笑道："既是这样，你且放手，我有两桩事告诉你，随你自己去斟酌好么？"他听说这话，就如奉到圣旨一般的诺诺连声，忙将她放了。她道："你今天要和我怎么样，那是做不到的，因为我们爹爹死了还没有三年；你果真爱我，目下且不要穷凶极恶的，等到三年过去了，我自愿嫁给你，如何？不独你我了却心愿，就是你也白白的占着一份若大的产业。你不从我的话，今天一定要强迫我，做那些勾当，老实对你讲一句罢，你就是将我杀了，莫想我答应的。"他听说这话，便信以为真，忙答道："多蒙小姐的一片好心，我盛方也不是畜生，不知好歹的；小姐的好意，难道我就不晓得么？照这样说，就遵小姐的示便了。"她又对他说道："但是还有一句话，要交代你，你可要遵办？"他连忙问道："什么事，只要小姐说出来，我没有不遵办的。"她道："就是你这鬼头鬼脑的，不管人前背后乌眼鸡似的，都要动手动脚的，自此以后，不再犯这个毛病。"他忙道："遵示遵示。"她说罢，便喊两个小丫头，一径回楼去了。他见她去了之后，那一副狂喜的样子，可惜我的秃笔，再也描不出来。他自言自语道："我本就料到我那心肝，小性命，小魂灵，一定有意与我了。等到三年之后，不独和小魂灵在一起度快活日子呢，还有许多屋房田地，骡马牛羊，锦衣玉粟。我的老天哪，还有一库的金元宝、银元宝，一生一世也受用不尽，留把儿子，儿子留把孙子，千年百代，我盛家还不是永远发财么？"他梦想了一阵子，不禁欢喜得直跳起来。

他正在这得意的当儿，不提防有个人在他的脑袋上拍了一下子，然后笑道："你发的什么疯，尽在这里点头晃脑的。"他被他拍了一下子，倒是一噤，忙回头看时，原来是同伴鲁平。他不禁笑道："我快活我自快活，我有我的小鼻子，小心肝，小肉儿，与你有什么相干呢？"他数莲花似的说上一大阵子，鲁平笑道："你看他不是数贫嘴了么，今天究竟为什么事情，就快活得这样的厉害啊？"他将头摇得好象拨浪鼓一般地说道："没事没事，与你没有什么相干。"鲁平笑道："不要着了魔啊，且随我去吃老酒。"他便高高兴兴的随他去吃老酒了。

光阴易过，一转眼到了第二年的腊月了。他度日如年的，眼巴巴的恨不得

三年化作三天过去,好早些遂了欲望。不料凭空来了一个陆曾,起首他还未十分注意,后见寿娥步步的去趋奉他,将自己理也不理,才大吃其醋。但是表面上,还不敢十分过露神色,心里本已恨之切骨了。再等到陆曾的卧房搬到她的楼下,那一股酸火,从脚心里一直涌上泥丸宫,再也按捺不下,暗暗的打定了主意,便对同伴说道:"你们看见么?这姓陆的与姓吴的,是现在才来的,太太和小姐什么样子的恭维他们,将我们简直看的连脚后跟一块皮还不如呢,试想我们在这里还有什么趣呢?"众人道:"依你怎么办呢?"他道:"依我办,太太和小姐恭维他们,不过是赞成他们的武艺,别的没有什么;我想今天饭后,将姓陆的姓吴的一齐带到后园,名是请他们指教我们的武艺,暗里在他们不提防的当儿,把他杀死,不是显我们的事事比他们好么?等他们死了,还怕太太不转过来恭维我们吗?"众人听他这话,一齐道好。到了饭后,他便去请吴、陆到后园去教导武艺、陆曾、吴古哪里知道他们的用意不良,便一口答应下来。

这时童太太和寿娥听说陆、吴二人,今天在后园里教导大家的武艺,便也随来看热闹,到了园里,十个家将两旁侍立。陆曾对吴古道:"大哥,你先教他一路刀法罢。"吴古笑道:"偏是不巧,这两天膀子上起了一个疖,十分疼痛,你的武艺却也不错,就是你去教,也是一样的。"盛方本来是不注意吴古。见推举他,正中心怀,忙对他道:"就请陆将军来指教,也是一样的。"陆曾不知是计,便走了过来,向他们抱拳当胸说道:"兄弟粗知几手拳脚,几路刀枪,并不是十分精练的,承诸位老兄看得起,一定叫兄弟出来献丑,兄弟只得应命了,可是有多少不到之处,还请诸位原谅一些才好呢。"众人都道:"陆将军请不要客气,你的武艺谅必不错,就请赐教罢。"陆曾笑道:"哪一位仁兄请过来,与兄弟对手?还是兄弟一人动手呢?"他还未说完,盛方手握单刀,纵身跳入圈子,口中说道:"我来领教了。"他说着,冷不提防迎面一刀刺去。陆曾大吃一惊,便知道他们一定是不怀好意了,赶紧将头一偏,让过一刀,飞起一腿,正中在他的手腕。只听得当啷一声,一把刀落在地上。陆曾何等的灵快,趁势一把将盛方领头抓住,一手揪着他的腰鞭,高高的举起,走了数步,将他往地下一放,笑道:"得罪得罪。"他满面羞惭,开口不得。那一班人吓得将舌头拖出来,半晌缩不进去,谁也不敢再来讨没趣了,面面相觑。陆曾挨次耍刀弄枪的一阵子,大家散去。童老太太满口夸赞。寿娥更是倾心佩服。

到了晚上,盛方早打定了主意,暗想:"自己今天被陆曾丢尽脸面,料想那寿娥爱我的一片心,必然是移到他的身上去了,此时再不设法,眼见这个天仙似的人儿要被别人占据了。"他暗自盘算了多时,猛的想出一条毒计来,暗道:"今天直接到她的楼上,用一个强迫手段。她肯,已经失身与我,木已成舟,料想那个姓陆的也没有办法了;万一不肯,一刀将她结果了,大家弄不成。"他打定了主

意，背插单刀，等到三鼓的时候，悄悄地直向她的绣楼而去。

再说陆曾日间受了他们一个牢笼计，幸亏他的手脚快，不然，就要丢了他的性命。他暗自沉吟道："照这样的情形，难免有岔子出来；他们这样的来对待我们一定是怀着妒嫉心了，万一深夜前来行刺，那才措手不及呢。"他想到这里，不由得打了一个寒噤，坐在床边，又想了一会子，越想越怕，便将单刀取下，摆在枕头旁边和衣倒下。谁知心中有事，一时也不能入梦，翻来覆去总莫想睡得着，到了三鼓以后，正要起身小解，瞥见一个黑影子，从门隙里一闪，他晓得不对，连忙从床上轻轻的坐起，取了单刀下床，轻轻将门一开，只见那一条黑影子直向楼上而去，他更不敢怠慢，握着单刀，跟着也径上楼来。到了楼门口，只见那条黑影子，立在房门口，用着刀在那里撬门，从背后看去，好像是日里那个人，他暗道："如果是他到此地来，是想什么心事呢？"这正是：

饶君用尽千般计，回首还防背后人。

要知后事如何，且看下回分解。

第一百零二回　扉上指声芳心惕惕　窗前足影醋火熊熊

话说陆曾见他那里用刀撬门，心中暗想道："他到她这里准是转什么念头的了，但又带着刀来做什么呢，莫非与她有什么仇恨么？且不管他，在这里但看他怎么样。"他打定了主意，身子往后楼的板壁旁边一掩，悄悄的看他的动静。

他此刻已经将门撬开，大踏步走了进去。只见房里的灯光还未熄去，绣幕深沉，静悄悄的只听得有鼻息之声。他轻轻的溜到她的床前，那一阵子的兰麝香气，从帐子里面直发了出来，使人闻着不禁魂销魄荡，不能自持。盛方此时恍若登仙，用手轻轻的将帐子一揭，只见寿娥面朝床外，正自香息微呼，好梦方浓。左边一只手露在虎皮被的外面，垫着香腮。那一种可怜可爱的状况，任你是鲁男子、柳下惠复生，也要道我见犹怜，谁能遣此哩！何况盛方是个好色之徒，不消说身子早酥了半截，不知怎的才好，心中一忙，手里的刀不知不觉的呛啷一声，丢落在地板上。他大吃一惊，忙要蹲身去拾刀。瞥见她星眸乍闪，伸出一双玉手，将眼睛揉了一揉，瞥见他立在床前，不禁一吓，霍的坐了起来，厉声问道："盛方！你半夜三更的到奴家的绣房里来做什么的？识风头，快些儿下去；不要怄得我气起，马上声张起来，看你往哪里逃。"盛方笑嘻嘻地说道："小姐，我实在

等不及了；今天无论如何，都要小姐可怜我一片真诚，了却我的夙愿，我就感激不尽了。迟早你总是我的夫人，何必定挨到那时做什么呢？”他说罢，虎扑羊羔似的过来，将她往怀中一抱。她抵死撑着说道：“盛方！你敢是疯了吗？谁是你的夫人呢？你不要做梦罢，从前我不过是被你逼得没法，给个框子你吃吃，想你改过的，谁想你这匹夫贼心未改，竟敢闯到我的楼上，用强迫的手段来对我。须知你愈是这样，奴家越是不遂你的兽欲，看你这匹夫怎样我便了。”盛方听她这些话，只当春风过耳，仗着一身蛮力将她按下，伸手便去给她解去下衣。她急得满面通红，拼命价的喊道：“强盗！强盗！”盛方忙伸手堵住她的嘴，一面自己忙着解衣。

陆曾在门外看到这会，将那股无名的业火高举三千丈，按捺不下。一个箭步，跳进房去，大声喝道：“该死的奴才，胆敢在这里做这样欺天灭主的事情！可知我陆曾的厉害么？”盛方听到陆曾两个字，吓得倒抽一口冷气，连忙预备下床逃命。说时迟，那时快，后领头被陆曾一把抓住，扑地掼下床去，摔得他眼花肉跳，发昏章第十一，跟着又被一脚踏在小腹之上。陆曾喝道：“你这个奴才，主人待你哪样薄，竟敢于出这样的事来。”盛方被他踏着小腹，深恐他一着力，肚子里货色就要搬家了，动也不敢动，见他说话，不禁计上心来，口中说道：“小人知罪，求陆将军饶我初犯，下次再也不敢了。”陆曾正要答话，冷不提防他一个鲤鱼跌子，将右腿一屈，左腿一挠，直向陆曾的左肋踢来。好个陆曾，手明眼快，赶紧使了一个水底捞月的势子，将他左腿抓住，随手取出单刀，指着他冷笑道：“颇耐你这个狗头，还敢在老爷的面前弄鬼么？你如果再动一下子，登时请你到外婆家去了。”盛方此时明知难以活命，便泼口对寿娥骂道：“我恨你这个贱人，见新忘旧；我盛方虽然死了，也要追你的魂灵，总不得让你这个贱人，在这里快活的。”陆曾听到这话，倒弄得丈二和尚，摸头不着，便厉声说道：“你这个刁恶的奴才，自己做下这丧心病狂的事情，还兀的不肯认错么？”他大声说道：“姓陆的！我和你也是前世的冤家，现在也用不着在这里多啰唆了，请你赶快结果了我，到来世我们再见就是了。”陆曾听到这话，更是莫名其妙，便向他喊道：“盛方！据你这样说，敢是我和你作对，错了么？”他冷笑一声道：“谁说你错的，要杀便杀，不要指东画西的，我盛方死后，都不能让你们两个人在一起快活就是了。”陆曾听他这话，心中才明白过来，不禁勃然大怒道：“好杂种，你将咱老子当着什么人，不给个厉害，你还要信口乱咬呢。”他说罢，用刀向他的大腿上一连捌了两下子。好个厉害的盛方，连哼未曾哼一声，咬紧牙关，向他说道：“姓陆的是英雄汉子，就将俺一刀丢了，不要用小钱，俺盛方是舍得的。”陆曾冷笑一声道：“那样一刀请你回去，到便宜你这个奴才了。”他们正在闹得不可开交的当儿，寿娥从床上一骨碌起来，飞奔下楼去报信了。

不多一时,众家将听说她的楼上有贼,一个个擎着兵刃赶上楼来。童老太太扶着丫头,也跟上楼来。众家将见被陆曾捉住的,不是别人,却正是盛方,大家不禁吃了一惊,面面相觑,不知道究竟是一回什么事。只听得盛方向他们大家说道:"我盛方死了,千万请诸位要替我伸冤报仇。我就是在九泉之下,也就瞑目了。"他说罢,众家将一齐向陆曾责问道:"盛方犯的是什么法,你就将他捉住了,腿上搠的这样?"陆曾见众人问话,便答道:"诸位休问,我陆曾也是寄人篱下。常言道,吃主子的饭,救主子难。如果无缘无故,我陆曾也不是发疯病的,就来戕害同伴了的。"他说完这话,众家将齐声说道:"他究竟是犯了什么罪,你也该宣布出来,不能含含糊糊的就置他于死地。"说罢,一个个的怒目相向,拔刀在手,大有一触即发之势。

这时猛听得外面发着颠巍巍的声音,骂道:"盛方你这个奴才,我哪样怠慢你的,竟敢做这些禽兽的事情。"说着,大家回头一看,不是别人,正是童老太太和寿娥等一大群子人走了进来。众人听她这话,又见寿娥满脸怒气,星眸含泪,大家就料瞧着五分了。她们走到盛方的面前,寿娥纤手一指,泼开樱口骂道:"你这个匹夫,三番两次在我面前鬼头鬼脑的,我总没有去理你,全指望你改过自新的;不想你这匹夫油蒙了心,胆大包天,竟闯到我的卧室里来。要不是陆将军……"她说到这里,却哽哽咽咽的哭将起来。童老太太更气得一佛出世,二佛升天,喘吁吁的对陆曾说道:"陆将军!赶快给我将这个匹夫结果了。"她说罢,众家将一齐跪下来央求道:"求太太从宽发落,他虽然一时之错,还求太太念他前功才是。"童老太太听了这话,更加生气,便道:"好好好!眼见你们这些匹夫都是互通声气的,显系想来谋夺我们孤儿寡妇的财产罢了。"童老太太说罢,禁不住双目流泪,呜呜啕啕的哭将起来。众人见老太太动气,谁也不敢再开口了。陆曾对她说道:"请太太暂且息怒,容我一言。"童老太太拭泪问道:"陆将军有什么见教,请讲罢。"他道:"这盛方的罪恶,论理杀之不足以偿其辜,但是上天有好生之德,还望太太稍存恻隐之心,暂将他的双眼挖去,使他成个废人就是了。"他说罢,太太含泪说道:"老身昏迈,谋事不能裁夺,幸得将军垂怜孤寡,遇事莫不重施恩泽;先夫在九泉之下,也要感激将军盛德的。今天的事,随将军怎么办我无不赞成就是了。"陆曾也不答话,用刀向盛方的右眼一挖,霎时眼珠和眼眶宣告脱离了;随手又将左边眼挖了下来,登时血流满面。陆曾在身边取出一包金疮药,替他敷上,就命人将他抬到后面的一间空房子里面,日给三顿,豢养着他一个废人。这样一来,众家将没有一个不提心吊胆,一丝也不敢有轨外的行动了。

陆曾到了第二天,吃过午饭的时候,正要去睡中觉,刚刚走到大厅的东耳房廊下,迎面碰见了吴古,便笑问道:"大哥!你饭吃过了没有?"吴古道:"吃过了,

你此刻到哪里去?”他笑道:“因为夜来被那个狗头闹得一夜没有睡,现在精神疲倦,正想去睡觉去。”吴古笑道:“且慢去睡,我有两句话要问你。”陆曾忙道:“什么话?”吴古道:“昨天夜里,究竟是为着一回什么事情呢?”他笑道:“你真呆极了,这事还未明白么?”他摇头道:“不晓得是什么一回事呢。”陆曾笑到:“那个盛方却也太没有天良了,吃人家的俸禄,还怀着野心去想寿娥的心事,昨夜便到她那里去,想用一个强迫的手段,不料碰着我了,这也许是他晦气罢了。”吴古听他这话,不禁将屁股一拍笑道:“兄弟,我真佩服你,遇事都比我来得机警。”他笑道:“还说呢,不是有个缘故,我夜来也不会知道的。”吴古笑道:“什么缘故,你敢是也想去转她的念头的么?”陆曾听他这话,不禁面红过耳,忙道:“呸,还亏你是我的哥哥呢,这句话就像你说的么?”他笑道:“那是笑话,兄弟你千万莫要认真,究竟是为什么缘故呢?”他道:“昨天我们在后园里指导他们武艺的时候,有个破绽,你看出没有?”他俯首沉吟了一会子道:“我晓得了,莫非就是那个盛方用冷刀想刺你的不成?”陆曾笑道:“正是啊!”吴古道:“我倒不明白,我们究竟和他们有什么仇恨呢?”陆曾道:“你哪里知道,他们见我们在这里,眼睛里早起了浮云了,估量着一定是嫉妒生恨,所以我昨天受了那次惊吓,夜里就步步留神,在床上再也睡不着。到了三鼓的时候,就见他提刀上楼去了。还有一个笑话,那个狗头,自己存心不良,倒不要说,还要血口喷人,疑心生暗鬼的,诬别人有不端的行为,你道好笑么?”吴古笑道:“他诬谁的?”陆曾道:“我细听他的口气,竟像我夺了他的爱一样,这不是以小人之心,度君子之腹么?”吴古道:“凡事都不能过急,急则生变,譬如一只狗,你要是打它一两下子,它还不致就来回头咬你的;你如果关起门来,一定要将它打死,它却不得不回头咬你了。”陆曾道:“可不是么?现在的人心,真是非常的靠不住。就像盛方这一流人物,还不是养虎成害么?”吴古叹了一口气,然后说道:“兄弟你的脾气未免忒也拘直了,就像这个事情,不独与你毫无利益,而且和这起奴才彰明较著的做对了,要是被外人知道,还说你越俎代疱呢。而且那起奴才,谁不与盛方是多年的老伙伴呢。你如今将他的眼睛挖去,他们难免没有兔死狐悲之叹,势必不能轻轻地就算了,面上却不敢有什么举动,暗地里怎能不想法子来报复呢。天有不测风云,人有暂时的祸福,万一上了他们的当,你想还值得么?”他这番话,说得陆曾半晌无言,停了一会,才答道:“我何尝不晓得呢,可是情不自禁,见了这些事情,不由得就要横加干涉了。但是他们这些死囚,不生心便罢,万一再有什么破绽,被我们看了出来,爽性杀他一个干净,救人救到底,免得叫她们母女受罪。”吴古道:“你可错极了,人众我寡,动起手来,说不定就是必胜的。”陆曾笑道:“这几个毛鬼,亏你过虑得厉害,抡到我的手里,一百个送他九十九,还有一个做好事。”吴古将头摇得拨浪鼓似地说道:“不要说,明枪易躲,暗箭难防。在我看,这里断非你我久居之

处，孤儿寡妇，最易受人的鼓弄，而且我们是堂堂的奇男子，大丈夫，到了没趣的时候再走，未免名誉上要大大的损失了。”陆曾道：“这个也不能，我们不答应人家便罢，既答应替人家照应门户，凭空就走，不叫人家寒心唾骂么？而且人家待我们还不算仁至义尽吗？我们撒手一走，那一起奴才没有惧怕，还不任意欺侮她母女两个么。总而言之，我行我素，人虽不知，天自晓得。既错于前，不该承认人家，应不悔于后。我们有始有终，替人家维持下去就是了。”吴古也没有什么话说了，只得对他道：“兄弟，你的话原属不错，但是我们向后都要十分小心才好呢。”陆曾说道：“无须兄长交代，兄弟自理会得。”说罢，转身回房去睡午觉了。

再说寿娥见陆曾奋勇将盛方捉住，挖去眼睛，自是不胜欢喜，把爱陆曾的热度，不知不觉的又高了一百尺，心中早已打定主意，除了陆曾，凭他是谁，也不嫁了。她命丫头将楼上的血迹打扫干净，烧起一炉妙香，她斜倚熏笼，心中不住的颠倒着陆曾，何等的勇敢，何等的诚实，何等的漂亮。那心里好像纺车一般，转个不住，暗道：“我看他也不是个无情的人物，不要讲别的，单说盛贼到我这里来，只有他留心来救我，毕竟他的心中一定是爱我了。”她想到这里，不禁眉飞色舞，一雨芳心中，不知道包藏着多少快乐呢。她想了一会，猛地自己对自己说道：“你且慢欢喜着，我与他虽然是同有这个意思，但是还有我的娘，不知道她老人家做美不做美呢；如果她没有这样的意思，却又怎么样呢？”她说到这里，柳眉锁起，不禁叹了一口气，默默的半天，忽然转过念头说道：“我也太愚了，我们娘不过就生我一个人，什么事情对我，全是百依百顺的，而且又很欢喜他的。这事只要我一开口对她说，还怕她不答应么？”她想到这里，不禁踌躇志满，别的愿望也没有了，只望早日成就了大事，了她的心愿就是了。

这时有一个小丫头，上来对她说道：“小姐，太太请你下去用晚饭呢。”她便答应了一声道：“晓得了，你先下去，我就来了。”那小丫头下楼去了。她对着妆台晚妆了一会子，便婷婷袅袅的走下楼来，到了陆曾的房门口，故意的慢了一步，闪开星眼，向里面一瞟，只见陆曾在床上酣睡未醒，那一副惹人怜爱的面孔，直使她的芳体酥了半截，险些儿软瘫下来。那一颗芳心，不禁突突的跳个不住，恨不得跑进去，与他立刻成就了好事才好呢。这时候突然有个小丫头跑来对她说道：“太太等你好久了，还在这里做什么呢？”她连忙随着小丫头到了暖套房里，胡乱用了些晚饭。此刻虽有山珍海味，也无心去领略滋味了。一会子晚饭吃过，她便忙不迭的回楼，走到陆曾的房门口，只见他正起身，坐在床前，只是发愣。她见了，不由的开口问道：“陆将军，用了晚饭不曾？”他道：“还未有用呢，多承小姐记念着。”她听了这两句话，也不好再问，只得回楼去了。不多时，夜阑人静，大约在三鼓左右，她在榻上辗转反侧，再也睡不着，眼睛一闭，就看见一个很英俊的陆曾，站在她的面前，她越想越不能耐，竟披衣下床，轻轻的开了房门，下

楼而来。到了他的房门口,只见房门已经紧紧闭起,房里的烛光尚未熄去。她从门隙中窥去,只见陆曾手里拿着一本书,正在烛光之下,在那里看呢。她见了他,不知不觉的那一颗芳心,不禁又突突的跳了起来,呼吸同时也紧张起来,便轻起皓腕,在门上轻轻的弹了两下子。

陆曾听见有人敲门,便问道:“谁呀:”她轻轻答道:“我呀!”陆曾又问道:“你究竟是谁呀?”她答道:“我呀,我是……”陆曾听着好生疑惑,便站起来,将门开了,见是她,不禁吃惊不小,忙问道:“小姐!现在快到三鼓了,你还没有睡么?”她见问,先向她飘了一眼,然后嫣然一笑,也未答话。陆曾见她这样,便知来路不正,便问道:“小姐,你此刻到我这里来,有什么事情吗?”她掩口笑道:“长夜如年,寒衾独拥,太无生趣,怜君寂寞,特来相伴。”陆曾听到这话,正色答道:“男女授受不亲,小姐既为闺阁名媛,陆某亦非登徒之辈,暗室亏心,神目如电,劝小姐赶紧回去,切勿图片时欢乐,损失你我终身名节要紧。”

他说到这里,猛听得一阵足步声音,从窗前经过,霎时到了门口,原来是一班守夜的家将,正从后面走来,瞥见陆曾和她在房里谈话,一个个怒从心上起,恶向胆边生,一齐圆睁二目,向房里盯着。这正是

恶风吹散夫妻穗,暴雨摧残并蒂花。

要知后事如何,且看下回分解。

第一百零三回　女自多情郎何薄幸　客来不速形实迷离

却说一班上夜的家将刚走到陆曾的卧房门口,瞥见寿娥笑容可掬的也在房里,大家不由地停了脚步,数十道目光,不约而同的一齐向里面射去。这时把个陆曾弄得又羞又气。他本来是个最爱脸面的人,怎禁得起这众目睽睽之下,现出这种丑态来呢。暗自悔恼不迭的道:“早知今日,悔不当初了。我一身的英名,岂不被她一朝败尽了么?”他想到这里,不禁恨的一声,向她说道:“小姐,夜深了,请回罢!”她见那班家将立在门口,那灼灼的眼睛,向里面尽看,登时一张梨花似的粉脸,泛起红云,低垂螓首,也没有回话,便站起来出了门,扶着楼梯,懒洋洋的走一步怕走一步地上楼去了。

这里众家将见了这样的情形,不由得嘁嘁喳喳的一阵子,离开房门,到了后面。有一个名叫滑因的,向众人先将大拇指竖起,脑袋晃了两晃笑道:“诸位今

朝可要相信我的话了罢，我姓滑的并不是夸一句海口，凭他是谁，只消从我眼睛里一过，马上就分别出好的丑的来，就是蚂蚁小虫，只要在我眼睛里一过，就能辨出雌雄来呢。前回这姓陆的和盛大哥作对，我便说过了，无非是争的一个她，那时你们却不肯相信我的话，都说姓陆的是个天底下没有第二个的好人，今天可是要相信我不是瞎嚼了。"他说罢，洋洋得意。有俩个猛地将屁股一拍，同声说道："我们错极了，方才这样的好机会，反而轻轻的放弃了，岂不可惜么？"众人问："是什么机会？"他们俩答道："方才趁他们在房间里，何不闯进去，将他和她捆个结实，送到太太那里去，但看她怎生的应付法，这也可以暂替盛大哥稍稍地出一口恶气。"众人听得这话，一齐将舌头伸了一伸，对他们俩同声说道："你们的话，说得风凉，真个吃灯草的放轻屁，一些也不费力，竟要到老虎身上去捉虱子，佩服你们的好大胆啊！不要说我们这几个，便是再来一倍，只要进去，还有一个活么？"他两个又道："你们这话，未免太长他人的志气，灭了自己的威风，凭那个姓陆的能有多大的本领，一个人一刀，就将他砍成肉酱了。"众人都道："只有你们的胆大，武艺高，可以去和陆曾见个高下。我们自知力量小，不敢去以卵击石，自去讨死。"滑因笑道："你们这些话，都是不能实行的话。依我看，不若去将老太太骗下楼梯，叫她去看个究竟，那时既可以揭穿他们的假面皮，并且那个姓陆的，就是通天的本领，到了理亏舌头短的时候，估量他虽明知是我们的玩意，却也不敢当着太太和我们为难的了；等到太太见此情形，还能再让他在这里耀武扬威的么，可不是恭请出府呢。"众人听了他这番话，一个个都道："好是好，只可惜是太迟了，现在已经没有效力了。"还有一个说道："我看今天还是未曾与他为难的为上着，如果和他为起难来，不独我们大吃苦头呢，而且太太平素很欢喜他的，暗地里难免没有招赘的意思，就是闹得明了，太太倒不如将计就计，就替他们趁此成了好事，我们倒替他们白白的做一回傀儡呢。我们现在未曾揭破他们的私事，倒无意中和姓陆的做一个人情，明天我们再碰见那姓陆的，倒不要过于去挖苦他，免得恼羞变怒，转讨没趣，知道还只当不知道，淡淡的还同当初一样。他也不是一个不明世理的，不独暗暗地感激我们十分，便是平素的架子，说不定也要卸下了；谁没有心，只要自己做下什么亏心的事情，一朝被人瞧破，不独自己万万惭愧，且要时时刻刻的去趋在那个看破隐事的人，深恐他露出来呢。"众人听他这番话，都道："是极，事不关己，又何必去白白的恼人做什么呢？"大家七搭八搭的一阵子，便各自巡阅去了。

不料陆曾见众家将一阵嘻笑向后面而去，料想一定要谈出自己什么不好的去处了。不由的蹑足潜踪的随着众人听了半天，一句句的十分清楚，没有一字遗漏。他怎能够不生气呢，咬一咬牙齿，回到自己的房里，取了单刀，便要去结果他们。他刚刚走出房门，猛地转念道："我也忒糊涂了，这事只怪那贱人不知

廉耻，半夜私奔到我这里来，万不料被他们看见了，怎能不在背地里淡论呢。而且他们又不明白内中情形，当然指定与她有染了。我此刻去将他们就是全杀了，他们还不晓得的。”他说着，复又回到房中，放下单刀，往床边上一坐，好不懊悔，暗道：“吴大哥今天和我谈的话，我还兀的不去相信；不料事出意外，竟弄出这一套来，岂不要被人唾骂么？如今不要讲别的，单说那几个家将，谁不是嘴尖腮薄的。成日价说好说歹的，无风三尺浪呢，不禁得起有这样的花头落在他们的口内么？岂不要诌得满城风雨么？到那时我虽然跳下西江，也濯不了这个臭名了。那童老太太待我何等的优厚，差不多要将我作一个儿子看待了，万一这风声传到她老人家的耳朵里，岂不要怨恨我切骨么？一定要说我是个人面兽心之辈，欺侮她们寡妇娘儿，我虽浑身是嘴，也难辨白了。”他想到这里，不禁深深的叹了一口气道：“童太太，你却不要怪我，你只可恨自己生下这不争气的女儿，行为不端，败坏你的家声罢了。”他胡思乱想的一阵子，不觉已到五鼓将尽了，他自己对自己说道：“陆曾，也是你命里蹭蹬，和吴大哥在一起度着光阴，何等的快活！不知不觉的为着一只大虫，就落在这里来，将一身的英名败尽了，明天还有什么颜面去见众人呢？不如趁此走了，到也干净。随便他们说些什么，耳不听，心不烦。”他打定了主意，便到床前，浑身扎束，一会子停当了，握着单刀，走出房来，迎面就碰着那一班家将，撞个满怀。

众人见他装束得十分整齐，手执单刀，预备和谁动手的样子，大家大吃一惊，互相喊唔道：“不好，不好，我们的话一定是被他听见了。如今他要来和我们厮拼了，这却怎么好?”有几个胆小的听说这话，吓得扑秃一声跪了下去，接着大家一齐跪下。滑因首先开口说道：“陆将军，今天千万要请你老人家原谅我们失口乱言之罪。”陆曾出门碰见大家，正愁着没有话应付呢，瞥见大家一齐跪了下来，不禁心中暗喜道：“既是这样，倒不如趁此表明自己的心迹了。”他便对众家将问道：“诸位这算是什么意思呢?”众人一齐答道：“望将军高抬贵手，饶恕我们的狗命。”陆曾正色对众人说道：“诸位且请起来，兄弟现在要和诸位告别了。不过兄弟此番到童府上效劳，也不过是因为她家孤儿寡妇，乏人管理家务起见，所以存了一个恻隐之心；不想在这里没有多时，就察破那个盛方不良之徒，兄弟不在这里则已，既在这里，焉能让他无法无天妄作妄为呢，不得不稍加儆戒，不料诸位倒误会我争权夺势了。”他说到这里，众人一齐辩道：“这是将军自己说的，我们何敢诬陆将军呢?”陆曾笑道：“这也无须各位辩白了，方才兄弟我完全听得清清楚楚的了，不知道是哪一位老兄说的。”众人一齐指着滑因说道：“是他说的，我们并没有相信他半句。”吓得滑因磕头如捣蒜似的道：“那是我测度的话，并不是一定就是指定有这回事的。”陆曾笑道：“不问你测度不测度，总而言之，一个人心是主，不论谁说谁。我有我主意，却不能为着别人的话，就改了自己的

行为的。天下事要得人不知，除非自不为。自古道："路遥知马力，日久见人心，就如今天这回事，兄弟我也未尝不晓得诸位不明白内容的，可是背地里议论人长短，就这一点，自己的人格上未免要跌落了。但是诸位眼见本来非假，我又要讲一句翻身话了，人家看得清清楚楚的，而且半夜三更，她是一个女孩子家，在我的房中，究竟是一回什么勾当呢。难道只准我做，就不准别人说么，岂不是只准州官放火，不许百姓点灯么？恐怕天底下没有这种不讲情理的人罢。是的，诸位的议论原是有理，兄弟我不应当驳回；但是内里头有一种冤枉，兄弟现在要和诸位告别了，不得不明明心迹。"众人道："请将军讲罢。"他道："我昨天夜里为着那个盛方，我一夜没有睡觉，所以日里有些疲倦，饭后就要睡觉了；偏生她不知何时，在我的房中，将一部《春秋六论》拿去，那时我也不晓得。到晚上我因为日里已经睡过了再也不想睡了，一直到三鼓左右，我还未登床，不料她在这时候，在楼上将书送了下来。此时我就不客气很严厉地给她一个警告，男女授受不亲，夜阑人静，尤须各守礼节，不应独自下楼。即使送书，也该派个丫头送来就是了，何必亲自送来呢？她被我这一番话，说得无词可答。这也难怪，她虽是名门闺秀，娇生惯养，而且未经世务，不知道礼节，也是真的却断不是有心为此的。我陆曾堂堂的奇男子，大丈夫，焉能欺人暗室，做这些丧心病狂的事呢？我的心迹表明了，诸位相信也罢，不相信也罢，皇天后土，神祇有眼；但是兄弟去后，一切要奉劝诸君，无论何人，不拘何事，皆要将良心发现，我希望全和陆曾一样，那就是了，千万不要瞒天昧己，欺孤灭寡，免得贻羞万代，这就是兄弟不枉对诸君一番劝告了；现在也没有什么话说了，再会罢。"他说罢，大踏步直向吴古房中而去。这里众人，听他这番话，谁不佩服，从地下爬起来，互相说道："还是我们的眼浅，不识好人，人家这样的见色不迷，见财不爱，真不愧为大英雄，大豪杰哩！"

不说众人在这里议论，再说陆曾到了吴古的房中，只见吴古已经起身，正在那里练八段锦呢，见他进来，浑身扎束，不由得一惊，忙问道："兄弟，你和谁动手，这样的装扎起来？"他叹了一口气道："兄第，悔不听你的话，致有今日的事。"吴古忙问是什么事情。他便将以上的事情细细的说了一遍。吴古跌脚叹道："我早就料到有此一出了。那个丫头，装妖作怪的，每每的在你的面前卖俏撒娇的，你却大意，我早已看出她不是好货了；为今之计，只好一走了事，这里再也不可停留了。"他说罢，也略略的一装扎，便要动身。陆曾忙道："大丈夫明去明来，我们也该去通知童老太太一声，才是个道理呢！"吴古忙道："那可动不得，我们要走便走，如其去通知她，料想她一定是要苦苦的挽留，我们那时不是依旧走不掉么？"陆曾道："你的话未为不是，但是她们是寡妇娘儿，又有这极大的财产，我们走虽然一文未取，但是被外人知道，他们也不知道究竟是为着什么事情走的，

如此不明不白，免不得又要人言啧啧，飞短流长了。”吴古听他这番话，很为有理，俯首沉吟了一会子，便对他笑道：“那末何不去骗她一下子，就说我们现在要到某处某处投亲去，大约在一月之内就来了。我想这样，她一定不会阻止的了。陆曾摇头说道：“不妥，不妥，还不是和暗地走一样的吗？我想这样罢，也不要去通知童太太，只消我们写一封信，留下来就是了。”吴古道：“好极了，就是这样的办罢。”他说罢，便去将笔墨纸砚取了过来。陆曾一面将纸铺下，一面磨墨，一会子提起笔来，上面写着道：

> 仆等本山野蠢材，除放浪形骸外，无所事事。谬蒙青眼，委为保家，俯首衔恩，何敢方命！兢兢终日，惟恐厥职有疏，致失推崇之望。但仆等阅世以来，早失怙恃，所以对于治家之道，一无所长，所经各事，颇多舛误，惶愧莫名。自知汗牛充栋，误事实深，不得已留书告退，俾另聘贤者。负荆有日，不尽欲言！
>
> 仆吴古、陆曾叩同上。

他将这封信写完之后，吴古便道：“写完了，我们应该早些动身了，免得童太太起身，我们又不能动身。”陆曾道是。说着，便与他一跃登屋，轻如禽鸟，早已不知去向了，从此隐姓埋名，不知下落。小子这部《汉宫》，原不是为他两个著的，只好就此将他们结束不谈罢。

闲话少说，再表童太太，到辰牌时候才起身，忽见一个丫头进来报道：“吴将军和陆将军不知为着什么事情，夜里走了。”童太太听说这话，大吃一惊，忙问道：“你这话果真么？”那个小丫头忙道：“谁敢在太太面前撒谎呢？”童太太连忙下楼，到了吴古的房里，只见一切的用物和衣服一点也不缺少，桌子上面摆着一封信。童太太忙将信拆开一看，不禁十分诧异地说道：“这真奇了，他们在这里所做的事，十分精明强干，没有一些儿错处，怎么这信上说这些话呢，一定是谁得罪了。”说罢，便将家中所有的仆妇家丁，一齐喊来，大骂一顿，骂得众人狗血喷头，开口不得，受着十二分委屈，再也不敢说一句。童太太骂了一阵子，气冲冲扶着拐杖径到寿娥的楼上。只见寿娥晨妆初罢，坐在窗前，只是发愣，见了童太太进来，只得起身迎接。童太太便向她说道：“儿呀，你可知道吴、陆两将军走了？”她听说这话，心坎上赛如戳了一刀，忙道：“啊哟，这话果真么？”童太太道：“还不是真的么，我想他们走，一定是我们这里的佣人不好，不知道什么地方怠慢了人家，也未可知，天下再也找不出这两个好人了。唉！这也许是我孙家没福，存留不住好人罢了。”

寿娥听说陆曾真正地走了，那一颗芳心，不知不觉地碎了，但是当着她的母亲，也不敢过露形迹。等到她走了之后，少不得哽哽咽咽地哭泣一阵子，自叹命薄。谁知伤感交加，不知不觉地病倒了，百药罔效。眼见病到一月之久，把童老

太太急得一点主意也没有,终日心肝儿子地哭个不住。她的病,却也奇怪,也不见好,也不见歹,老半明半昧的,不省人事,整日价嘴里终是胡说不已。童老太太不知道费了多少钱,请过多少医生,说也不信,一点效验也没见。童老太太的念头已绝,只得等着她死了。

有一天,正到午牌的时候,家里一共请了有三十几个先生,互相论症用药。到了开饭入席的当儿,只见众人的当中,有一个二十几岁的道士,头戴纶巾,身穿紫罩一口钟的道袍,足蹬云鞋,手执羽扇,面如猪肺,眼若铜铃,但见他也不推让,径从首席上往下一坐。众医士好不生气。孙府里众家将和一班执事的人们见他上坐,还只当他是众医生请来替小姐看病的呢,所以分外恭敬,献茶献水的一毫不敢怠慢。众医士见孙府的人这样的恭敬道士,一个个心中好生不平,暗道:"既然是将我们请来,何必又请这道士做什么呢?这样的恭敬他,想必他的医术高强,能够将小姐的病医好了,也未可料定。"不说大家在那里互相猜忌,单表那道士拖汤带水的大吃特吃,嘴不离匙,手不离箸,只吃得满桌淋漓。众医生不觉十分讨厌,赌气爽性一筷子不动,让他去尽性吃。他见众人不动手,却再也不会客气一声,仍旧大张狮子口,啅咽啅咽的不停手。

一会子席散了,童老太太从屏风后面转了出来,向众医士裣衽说道:"小女命在垂危,务请诸位先生施行回天之术。能将小女救活,酬金随要多少,不敢稍缺一点的。"众医士异口同声地说道:"请太太不要客气了,你家已经请得回天之手,我们有何能干?"童太太惊问:"是谁?"众医士一齐指着那个道士说道:"不是他么?"这正是:

筵上何由来怪客,观中设计骗娇娃。

要知后事如何,且看下回分解。

第一百零四回 施诡计羽士藏春云雨室 慕芳容村儿拜倒石榴裙

话说众医士听得童老太太这两句话,便一齐向那道士指着道:"他不是太太请来的回天手么?小姐的病,就请他诊视,还怕不好么?"童老太太展目朝那道士一看,不禁暗暗纳罕道:"这真奇极了,这个道士是谁请他来的?"忙对众人说道:"这位道师爷,我们没有请啊,还只当是诸位请来的呢。"众医士忙道:"啊,我们没有请,谁认得他呢?"童老太太听说,更加诧异。那一班家将听说这话,便一

齐抢着说道："太太还游疑什么，这个道士一定是来骗吃的。如今既被我们察破，也好给他一个警戒。"大家说了，便一齐伸拳掳袖的，预备过来动手。童老太太忙喝道："你们休要乱动，我自有道理。"众人听这句话，便将那一股火只得耐着，看他的动静。童老太太走到那个道士面前，深深的一个万福。可怪那个道士，正眼也不去瞧一下子，坐在那里，纹风不动。这时众人没有一个不暗暗地生气。童老太太低头打一个问讯，口中说道："敢问道师爷的法号，宝观何处呢？"那道士把眼睛一翻，便道："你问我么？我叫松月散人，我们的观名叫炼石观，离开洛阳的西城门外，大约不过三里多路罢。"童老太太又问道："道师今天下降寒舍，想必肯施慈悲，赐我家小女的全身妙药的。"他笑呵呵地说道："那是自然的，不过我看病与众不同，却无须三个成群，五个结党的，我是欢喜一个人独断独行的好。"童老太太忙道："那个自然，只请道师爷肯施慈悲，也不须多人了。"他笑道："要贫道看病，须要将请来的先生完全请回去，贫道自有妙法，能将小姐在三天之内起床。"童老太太听说这话，真是喜从天降，忙命人送出许多银两与那些医士，请他们回去。众医士谁也不相信他这些鬼话，一个个领着银子嘻笑而去。

看官，这道士来得没头没尾的，而且又形迹可疑。他究竟是个什么人呢？小子趁诸医士走的当儿，也好来交代明白，免得诸位在那里胡猜瞎测，打闷葫芦。这洛阳城西，自从和帝以下，就有这炼石观了。那起初建造这炼石观的时候，究竟又为着什么事呢，原来自从明帝信崇佛教后，道教极大的势力，不知不觉地被佛教压下去了，在十年之内，百个之中没有十个相信道教呢。谁知到了章帝的手里，百中只有一两个人了。人人都以佛教为第一个无上的大教，反说道教是旁门左道了，谁信道教，马上大家就乘机笑他迷信，唾骂他腐旧，谁都不肯去亲近，真个是一人道教，万人无缘了。在和帝时代的永元四年的时候，天时干旱，八月不雨，民收无望，赤地千里，万民饥馑，看看有不了之局。而洛阳的周近，又闹着蝗虫，一般饥民将树皮草根吃完了，便来吃衣服书籍，苦不胜言。和帝见这样的天灾，不禁忧虑得日夜不安，如坐针毡。尤其那长安城内的饥民，饿得嚎啕震地。和帝亲出东郊，昭告天地，只求甘露，连求三天，一滴雨也没有求下来，便出榜召集天下的高僧，作法求雨，众和尚诵经念佛，乌乱得一天星斗；一连求了好几天，结果一点效力也没有，依然赤日当空，毫无雨意。和帝大为震怒，便将这班吃奉禄的和尚，一齐召来，大加责罚；一面又出皇榜召求天下有道之士来求雨。未上半天，来了一个仙风道骨的羽士，自称是喜马拉雅山紫荆观里的道祖，今见天下大灾，所以来大发慈悲，普救万民的。和帝本来重佛轻道，到了这时，却也无计可施，只得恭恭敬敬地请他作法。那道士却要求和帝，他求下雨来之后，要将道教原有势力和信仰，完全要恢复起来。和帝只望他求下雨来，什么事情，都一口承认。那道士择了吉地，搭台作法。未上两时，果然是乌

云满布，大雨滂沱，一共下了有一尺二寸有奇，满河满港，万民欢悦。和帝更是十分欢喜，便恭请他做国师。那道士再也不肯。和帝便在洛阳城西造了一座炼石观，把那道士做下院。那道士便收了许多徒弟，在观里修炼。到了永元八年的三月里，那道士将观内所有的道士，完全带着走了，一去不知去向，只留下两个服事香火的道人。这两个道人，见他们走后，便将一座炼石观和一百顷御赐的田，完全视为己有，也收罗弟子，自己大模大样地居然做起道祖来了。成日价和一起挂名的弟子，大吃大喝，私卖妇女，任意寻乐。有什么官员经过炼石观，拜访那个求雨的老道祖，他便说回到喜马拉雅山去证道了。众官员二次三次都碰不着，后来也不来了。日子既久，便没有人提起了。倒是那一班山野狐禅的，倒得着实惠不少。不料被一班无赖之流，窥破内中私情，便来要挟那两个假道祖分点润。他们见这班凶神似的流氓，早已矮了半截，满口答应。那班流氓听见答应，便邀了许多的羽士，在观内吃喝穿嫖，为所欲为，一种放浪的范围，简直没有限制，势将喧宾夺主了。众道士见形势渐渐的不对，却也无法可想，只怪当初一着之错，悔不该开门揖盗的。鬼混了四十多年竟没有一个人知道他们的内幕。

不料有一天，忽然来了两个道士，自称是喜马拉雅山紫荆观的嫡派，特地来传道的。他们便到洛阳城内去报告官府，请官府将观收回与他们修炼。官府当然是准他们的请求，立即收回，将一班流氓、假道士赶得一干二净的。这两个道士进了观，又召集十几个徒弟，镇日价的烧丹炼汞，倒也十分起劲。可是这两个道士，又何尝是喜马拉雅山的嫡派，原来是俩妖术迷人的蟊贼。他们早就知道炼石观的内容了，便来使一个空谷传声的法子，果然不费一些口舌，竟将一座炼石观攫为己有，鸠占鹊巢，趁此好慢慢的施法迷人。这两个道士，一个名叫水云居士，一个名叫松月散人。水云的妖法多端，能料知百里之内的酒色财气，然后使松月去按地址寻访得实在，便使妖法去攫财摄人。有一天，他却算到孙寿娥的身上了，便差松月去打探寿娥的年庚八字。这松月刁钻异常，眼珠一转，主意上来，便请一个老婆子，到孙府上去假装一个算命的道婆，在无意之中将寿娥的生庚八字，完全哄骗了去，告诉松月。松月忙又告诉与水云。水云便用纸剪成一个女人的模样，将她的年庚八字，写在上面，施动妖法，将一个如花似玉的寿娥，立刻弄病了。停了一月之后，他打听孙府里差不多周近的医士全请到了，心灰了，他才打发松月前去的。

再说童老太太打发众先生去后，便向松月散人问道："道师！小女的病，还有什么法子想呢？"他道："须我先去望望，才能作法医治呢。"童老太太听说这话，忙将他领到寿娥绣楼内。

揭开帐子，松月一看，不禁魂飘魄荡，暗道："怪不道水云费了这一番苦心，

这货色果然是生得十分漂亮！”他便伸手在她的头额上抹了两把，对童老太太道：“她的病根深了，大约总有一个多月了罢。”童老太太道：“正是正是，四十多天了。”他故将眉头一皱，说道：“我只能医三十天以内的病，过了三十天，我却没有法子可以挽救了。”童老太太听了这话，不禁将一块石头依旧压在心头，不由得哭道：“道师，无论如何，都要望你大发慈悲，救一救小女的命，老身就感谢不尽了。”他道：“那么，这样罢，我们师父他的法力高强，太太可舍得将她送到我们观里去，请他医治，不消半月，包管你家小姐一复如初。”童老太太听说这话，忙道：“有何不可，有何不可？只要我家小姐病好，莫说半个月，便是一个月，老身也就感谢不尽了。”他道：“事不宜迟，我先回去求我师父，你家赶紧用暖轿送去，万勿延诶，要紧要紧！”童老太太满口答应。

他便告辞，回到观里见了水云，便将以上的一番情形说了一遍。水去便将眼珠一转，计上心来，头点了点说道：“只要货色进门，不愁她不卖的。”不多时，童老老太太和她乘着两顶暖轿，带领了许多的家丁从仆，前呼后拥地到了炼石观里。松月忙将她们接入东厢。童老太太便命人将她从轿里扶了下来。但见她双颊绯红，星眼微饧，弱不禁风的扶在两个婢女身上，走下轿来。童老太太便向松月道：“你们老神仙现在那里？可能引老身前去参拜么？”松月忙道：“我们的师父一向是不肯与凡人接近的。只因为你家小姐不是凡人，乃是天上雌鸾星下凡的，现在不能不替她救灾救难的，你却千万不要去。”童老太太诺诺连声地答应，忙着又道：“老神仙说的，我家小姐的病，能在几天才好呢？”他道：“十天之内吧。”他说罢，便教两个婢女扶着寿娥跟他进去。走过第二道殿，他便将那两个婢女打发她们回到前面去。这时来了两个小道士，将她弯弯曲曲的扶到一个极其秘密的室里。松月赶紧回到前面，对童老太太道：“你老人家还是住在我们观内，还是回府呢？”童老太太道：“如果在十天之内，老神仙将小女救活，老身在这里有许多不便，不如先且回去，好在离这没有多远的路，有什么事情，一呼就到。”松月便道：“太太回去倒也不错，不过七八天的当儿，小姐的病就好了，到那时再请过来，也不为迟哩。”童老太太又道：“我的小女，现在什么地方呢？”松月道：“现在炼功室里，师父替她医治和忏悔呢，太太请放心罢。在我们这里，什么事都要比府上来的周到呢。”童老太太深信不疑，告辞登轿，留下两个仆妇预备叫唤，其余都带了回去。

再说水云见了寿娥，早已魂不附体，忙去将纸人子烧了。不多时，寿娥如梦方醒，微开星眼，只见自己坐在一张虎皮的软垫子上面，再朝四下里一打量，不禁大为诧异，只见房内的摆设倒也十分精致，可是不是她平日所居的绣楼了。她暗暗地纳罕道：“我现在到一个什么地方了，我倒不解。”这时静悄悄的一点声音也没有，她好生疑惑，便站起来走到门边，意欲去将门放开，看个究竟；不料用

尽平生之力，莫想移动分毫，好像外面锁了一般。她万般无奈，只得又重行回到那沉香榻上坐了下来。偶一抬头，猛见帐子里悬着一个锦缎的荷包，她取下来，放开一看，一阵香味直喷出来。她嗅着这股香味，不由得信手取了一粒红色的丸子出来，大约有豆子大小。她暗道："这丸药是做什么用的？"放在嘴内一尝，不尝犹可，这一尝却大不对了。那丸子却也古怪，到了她的嘴里，一经津唾便化了。她觉得又香又甜，便咽了下去。停了一会，口干舌燥，春心摇荡，周身火热得十二分厉害。这时突然听得外面有人启锁。不多时，门呀的一声开了，走进一个二十多岁的公子来。她正在这渴不能待的时候，瞥见有个男子进来，她也顾不得什么羞耻，便站起来将那男子往怀中一抱，说道："你可肯与我……"那男子微笑点头，霎时宽衣解带，同入罗帏，容容易易的将一个完璧女郎，成为破瓜了。一度春风之后，把个寿娥乐的心花大放，料不到世上还有这种真趣，便要求那少年重演第二次。那少年欣然不辞，腾身上去，重行鏖战了多时。真个是云迷巫峡，雨润高唐，枕席流膏，被翻红浪，阳台缥缈，恍登仙境。一会儿云雨收散，她抱着那少年问道："你叫个什么名字？"他笑道："我名字叫水云。"她又笑问道："我们不是天缘巧遇么，我记得在家里的，怎的就会到这里来呢？"他忙低声说道："此地并非凡地，乃是仙府，你休高声浪语的，要一班仙人知道了，你我就乐不成了。"她连忙噤住半天，才悄悄地对他说道："照这样说来，你也是个仙人了。"他微笑点首道："我不是仙人，怎能将你摄得来呢？"她听说这话，心中十分荣幸，暗自说道："我的运气真正不坏，竟邀仙人宠眷，将来还怕不成仙么？"她想到这里，不禁眉飞色舞起来，搂着水云，又吻了几吻。水云笑问道："你饿了不曾？"她忙道："不饿不饿，先前倒觉得有一点儿，现在一些儿也不觉得饿了。难道这个玩意儿，还能当饱么？"他笑了一笑，也不答话，便起身坐起。她忙问他："到哪里？"他道："此刻仙府里要点卯了，要是不到，便要受罪的。"她忙又问道："你去几时来呢？"他笑道："马上就来了。"他说着，将衣服穿好，开门出去。他又将门锁起。她在榻上，此刻十分疲倦，不知不觉的沉沉睡去。到了天晚，水云命人送些酒菜和饭进来，自己将门关起，走到榻前，将她轻轻的推醒。她睁眼看时，只见房里摆着一桌酒席，他坐在她的身边。她笑问道："你几时来的？我怎么不晓得？"他笑道："你这样的熟睡，哪里能知道呢。"她也不客气，竟和他手携手并肩坐下，低斟浅酌的起来，吃的那些小菜，也不过是些鸡鱼肉鸭之类。她不禁疑惑地问道："久闻仙人茹素，怎么你们也动起荤来呢？"他笑道："你哪里知道天上何异人间呢！不过对于荤的一道，不常有罢了。不瞒你说，我怕你仙府里的东西吃不来，特地差人到下界去办的。"她听他这话，足见他爱己的心切了，那一股热烈的爱情，陡增了百倍，便觉除了水云，再也没有第二个亲人了。一会子，两个人都有了些酒意，忙携手入帏，重整旗鼓，大战一番，不能细述。就这样

朝朝寻乐，夜夜贪欢，一转眼三四天飞也似的过去了。

这时却气坏了一个人。你道是谁，却原来就是松月。他们的常规，在外面骗到钱财同用，弄到妇女同乐。松月见寿娥生得十分娇娆出色，早已涎垂万丈了，满心望轮流消受，不料被水云视为己有，一些儿也不分润与他，于是将那一股醋火，直冲至泥丸宫之上，忍耐到第四天，还指望水云给他解解渴呢，谁知水云连房门都不出了。他可气坏了，等到未牌的时候，还未见他出来，正想打门进去和他厮拼，瞥见他满脸春风，从后面走了出来，匆匆地走进房去。松月忍无可忍，便跳起来向他说道："水云，你可记得当初的盟约么？"水云听他这句话，明知他要分自己的肥，他怎肯甘心将一位天仙玉美人送给他受用呢，自然是不肯退让，忙道："什么盟约不盟约，只凭自己的本领，老实对你说一句，这个货色你休要想了，让给我罢。"他大怒道："好，管教你快活就是了。"他说罢，便到壁上去取刀。水云忙抢着也取了一把刀，向他说道："松月！你想拿刀来吓我么？须知你愈是这样，愈不答应，咱也不是个省油灯，今天死活随你。"他也不答话，迎面就是一刀。水云举刀相迎。两个人大战了十余回合。猛地跳出圈子，水云照着松月的头上砍去。松月也打定了主意，抢刀往他的右胁刺来。这时水云的刀先到，早将松月的头颅劈了两爿。松月的刀也跟着刺进他的右胁。水云呜的一声，霎时也随他一同到阎王那里去交帐了。

不说这两个万恶的道士一齐结果，再说寿娥在房中闷得慌，便想出去逛逛，幸喜门没有锁，开了门走出来，刚刚转过偏殿，瞥见两个尸首，倒在西边的耳房里。她大吃一惊，忙近前来一看，却正是水云和一个不认得的人。她魂不附体，便知道身陷匪徒的窟里了。她摸出后门，只见外边夕阳西下，和风阵阵的。一片田禾，万顷青青，她慌不择路的漉着金莲，没命地乱走。大约走了二里多路的光景，耳朵里突然冲着一片笑声，她展开秋波一望，只见一群十五六岁的小孩子，正在草地上玩耍。这正是：

红颜脱险方离窟，白发思儿尚依门。

要知后事如何，且看下回分解。

第一百零五回 麦垄中云迷巫峡 茅亭内雨润高原

却说她慌不择路地跑了多时，高一步低一步，险些儿将柳腰折断。好不容易走了半天，才走到一块芳草平地，这一块平原，一眼望去，足有三四里宽阔，青毵毵地夹着无际的菜花，金黄得和朝霞一样的。还有许多的不识名小鸟儿，在草地上跳来跃去，鸣着一种叫骂的声音，似乎它们知道她被歹人骗去，复又逃出来的样子。还有几棵细柳，夹着桃杏，排列四围，微风吹来，送过许多的香气。她此刻正急急如丧家之犬，漏网之鱼，哪里还有心去领略这些春色呢，仍旧低着头，只往前走，不多会，耳朵里突然冲着一股嘈杂的声音，她不由得粉颈一抬，只见前面一带杏林的左边，有许多十五六岁的小村童，在那里赶围场呢。她心中暗道："我这样的胡冲瞎撞的乱走，究竟不是个长久之计，终要问问人家，回去从哪条路走，才不致摸错了路呢。"她打定主意，便含羞带愧地向这林子左边走，不多时到了林子里面，只见桃杏根下，栽着许多的野蔷薇，针刺刺的遮得去路。她正想转道前去，不料裙子似乎被人抓住一把。她打了一个蹭蹬，立定了，倒是一噤，连忙回头看时，说也好笑，却原来是一个锯去的树根，将她的裙子绊住，她惊出一身冷汗，忙蹲下柳腰，将裙子揭提在手里，走出树外，伸着粉颈四处盼望了一回。瞥见顺着这林子，有一条尺宽的小道，已被芜草埋掩得半明半昧，只留下一线路径。她便顺着这条小道，直向南走去，不多时，到了林子尽头之处，不觉足酸腿软，不能再走了。

试想她本是个深闺弱质，从来没有受过这样的奔波，这样的惊恐，无怪她疲倦得不能动弹了，她还兀地不服气，偏生将银牙咬了一咬，复行向前面走去，未到几步，不紧浑身香汗，娇喘细细，再也不能移动一步了。她只得将手帕取了出来，铺在路旁的草地上。她一探身往下一坐，撩起袖子，不住地在粉腮上拭汗，她到了这会子，才想起她的生身的老母来，不禁珠泪两行，滴湿春衫，微微地叹了口气道："娘啊，你老人家见你的女儿不见了，不知要怎样的伤心断肠呢？可恨这些贼子，起心不良，不知在何时将奴家骗到那牢狱里去的！"她哽哽咽咽自言自语的一会子，百无聊赖。

这时候，一轮红日，渐渐地和远山碰头了。那黄灿灿的光华，反射过来，映

在她那一张粉庞上，还挂着几点牵牵的热泪，可真和雨后桃花一样的。她见日已含山，天色渐渐地要入幕了，暗自焦急道：“如此便怎么好呢？眼见快要入暮了，举目无亲，栖身何所呢？而且这两只腿再也不能走了，坐在这里，天色马上昏黑起来，冷风刺骨，岂不要活活的冻死了么？就不冻死，万一遇到豺狼虎豹，落草强徒，也难逃性命了。”她想到这里，忧愁交集，那一颗芳心中，好似十五个吊桶打水，七上八下，惶恐的毫无一些主意。停了一会，只见日没西山，野雀儿扑剌剌地直向树林里争先恐后的飞着，苍莽长郊登时起了一片白霭，呈出一种真正的暮景来了。她暗道：“不好，不好，此刻再不走，难道真个坐在这里一夜么？”她说罢，从地上按着盘膝，慢慢地立了起来，两眼发花，头晕心悸，赶紧按着心神，闭着星眼，定心一会，才将芳心镇住，便展开莲步，进三步退两步地向前慢慢地走去。刚刚走到一棵夹竹桃的跟前，猛听得忽喇一声，飞出一个五色斑斓的东西来，朝她怪叫两声，腾空飞去，她吓得倒退数步，闪着星眼随着那个飞去的东西一望，却原来是一只锦毛山鸡。她可是暗暗地又叫一声惭愧，正要向前走去，猛的想起铺在地上的那一块手帕，未曾带来，便又转到原处，那块手帕，不知去向，她暗暗懊恼道：“这准是被风吹掉了，且不管它，先去问路去。”她重行向前边走来。

不多一刻，到了那一群村童的面前，又要去问路，又怕羞，正在这进退两难的当儿，忽听得一片笑声，震天价的喊道：“神仙姐姐来了，神仙姐姐来了！我们大家快些朝拜她，她有仙桃仙果赏给我们呢，你们赶紧跪下来罢。”说着，一群的小孩子扑秃扑秃的跪下一弯来，把个寿娥吓得手足无措，趔趄着金莲只往后退。那一群村儿之中，有一个说道：“她要走了，她要走了，我们赶紧将她扯住，不然，她马上就要腾云上天了。”众孩子听这话，一个个连忙从草地上一骨碌爬起来，蜂拥前来，七手八脚扯裙拉袄地将她缠住，一齐央告道：“神仙姐姐，请你不要走，给我们一人一只仙桃果，我们吃下去，成了老神仙，和你一同到天上玩耍如何？”寿娥见他们不分皂白，硬将自己缠住，不禁没有主意，喊又没有用，走又走不掉，被他们缠得玉容失色，粉面无光，泪光点点，娇喘微微。

正在这万分危急的当儿，从后面突然有人喊道：“伙计们！你们在这里和谁打架啊？”说着，飞奔到寿娥的面前。寿娥忙展秋波仔细一看，却原来是两个放牛的牧童，头戴箬笠，身穿老蓝布的直裰，足登多耳麻鞋。他两个原是一样打扮，站在东边的一个，大约在二十左右，生得伏犀贯顶，虎背熊腰，面如古镜，双目有神，虽是粗妆淡抹，那一股英气，兀自掩不下去，愈是这朴衣素裳的，愈显出雄纠纠气昂昂的样子来；站在西边的一个，大约总在十六七岁的样子，生得比东边的一个还要来得俊俏。目如朗星，眉如漆刷，面如傅粉，粗看上去，哪里还像是田舍人家生的子弟，简直是官宦人家的后裔。

不说她在这里打量，再表那两个牧童的来历，却也很长。一个二十左右的名叫薛雪儿，那个十六七岁的名叫张庆儿，他两个都是宁圩人氏，只因为家中困苦，他们的父母养不起，便卖给梁冀做螟蛉子。这梁冀就是现在的梁太后的兄长，汉顺帝的大舅子。他的为人却诡谲不正，在顺帝时代，还安分些，后来顺帝驾崩，他的老子梁商死了，又当他的妹子梁太后临朝摄政，他便野心勃勃，为所欲为。他所做的事，没有一件不欺君罔上，百官谁不侧目相看，无奈他的威重势大，根基深固，所以百官敢怒而不敢言，只得由他横行霸道的了。他见众僚不去和他为难，越发目无王法，独断独行，顺者生，逆者死，真个是第二个窦宪。梁太后见他这样行为不正，每每欲按律治罪，究竟碍着同胞情分，不忍见他受罪，而且他有威势着实不小，万一他不服从，岂不要急则生变了吗。所以梁太后没有办法，只好闭一只眼睁一只眼，听任他去。这一来，将个梁冀愈骄纵得不可收拾了，镇日价没有别的事情，专门占妻夺产，剥削民资，弄得天怒人愁，怨声载道。他在洛阳左右，共买沃田三百顷，一班佃户，终年血汗，无论多寡，均归梁冀受用，从未和众佃户按地均分过一次，万一有了水涝旱灾，那班佃户却要倒霉了。这梁冀收不到庄稼，他不说是天灾，偏说是一班佃户将他的种子偷去了，鞭抽斧砍把一班佃户打得没处去叫屈，辞还辞不掉，只有伸长脖子受罪。这梁冀除了以上这些恶事以外，还有一种惨无人道地玩意儿，便是那班佃户，谁家有两个儿子，便要送他一个给做螟蛉子，在名誉上不是再荣耀没有了么，可是内容却不是这样了。他将这些人收了去二十岁以外的，都派他们到各处开垦，每日两顿饭，每顿饭三人两碗，还要限制，每人每天一定要做及格的苦活，如不及格一次，便少吃一顿。试想这些做苦工的人，每天摊派吃四碗饭，哪里还有力气去做呢，越是不做越晦气，不独没有饭吃，那一班监工的魔头，还要任意毒打。去了三个月，不知道被他们打死多少，饿死多少。谁不是父母生养的，那班佃户，怎能不伤心呢？可是怕梁冀知道，没有性命，连大声都不敢哭出来，眼泪往肚子里淌。还有一班未曾过二十岁的小童，他们却教他们去放马牧牛，组织许多的队来。每队里面有个首领，管五十头牛，五十匹马。他们的待遇，却比较大人倒好些，每日三餐，四色小菜。他们衣服，也由梁冀赐给。他为什么待遇这些小孩子反而厚呢？却原来有个缘故。他们的心理，想将这些小孩子一齐培养出来，将来一旦用到他们，都可以得着他们的真心；二十岁向外的人，随便怎样去优待他们，总怕买不到他们的心，因此就重小轻大了。

这薛雪儿与张庆儿，本是群孩子中的两个正副首领。他们这时，正由村南走来，领他们回去，走到桃杏树的旁边，瞥见一块手帕，雪白地铺在草地上，雪儿抢上去一把从地下抓起，放在鼻子上一嗅，震天价只嚷好香。庆儿便伸手去夺，雪儿飞也似地跑了。庆儿随后追来，一直追到一群孩子跟前，只见们们团团的

围着，噪的笑的闹得一天星斗。雪儿、庆儿近前仔细一看，原来他们围着一个年轻的女子。只见那女子生得十分美艳，万种风流，可是被一群孩子缠得粉面通红，泪抛星眼。雪儿此刻，不禁又怜又爱，忙对众孩子大声喝道："你们这些小狗头作死了，好端端地和人家闹的什么呢？"众孩子见他们两个到了，吓得顿时一齐放了手，排班立着，大气也不敢喘。雪儿问道："是谁领头和人家取闹的，赶紧说出来！"众孩子到了这时，好似老鼠见猫一样，顿时将那一股活泼天真地态度，完全消灭了，好似泥塑木雕的一样，垂手低头动也不动。庆儿道："如果不说，怄得我性子起来，一个人给你们一顿皮鞭子，看你们装愚不装愚咧。"孩子听说这话，吓得你推我，我推你，大家都不肯承认。雪儿道："用不着推诿，这主意一定是小癞痢出的。"众孩子听说，便一齐指着那个小秃子说道："是他是他。"雪儿又问道："他说些什么呢？"众孩子抢着答道："我们正在这里赶围场玩耍，他凭空就喊神仙姐姐来了，他又教我们将人家围着，要仙桃，要仙果。"庆儿便走到那个小秃子面前，还未开口，那小癞痢头听他们说了出来，已经吓得尿撒在裤子里面了。见庆儿走过来，更吓得魂不附体，扑的住下一跪，闪着一双乌溜溜地眼睛，盯着庆儿，一面伸手在耳朵旁边打个不住。庆儿喝道："颇耐你这个小杂种，无风三尺浪，什么花头你都干得出，今天可又见你娘的什么鬼。"他急得那张麻而且黑的脸上，现出一重紫酱色的颜色来，一面用袖子去揩鼻涕，一面吞吞吐吐地说道："二队长不要怪我，看见她和我家供的那个菩萨一般无二，她不是菩萨变的么？"庆儿和雪儿听他这话，不禁嗤的一笑，便道："既是这样，还好，下次小心，如再领头闯祸，就要打了。"那小秃子听说这话，连忙从地下一骨碌爬起来，嘴里连说："不闯祸，不闯祸，再闯尽你打。"

此时寿娥见们这番做作，不禁看呆了，暗道："这真奇了，这许多的孩子，见了他们，怎的就这样的怕呢？想必是他们的长辈罢了。"她正自在那里猜测，瞥见雪儿从怀里取出一只亮晶晶的铜螺来，放在嘴里瞿瞿瞿吹了几声。不多时，许多的散缰的牛马，从四处奔来，到了他们跟前。说也奇怪，一齐抵耳停蹄，站在那里纹风不动。那些小孩子一个个猢狲似的飞身上去，一人骑着一匹，排行列队地向西慢慢的走去。

寿娥见他们要走，便不能再缓，忙向雪儿一抬手。雪儿见她招手，忙赶过来问道："你这位姐姐，招呼我有什么事吗？"她瞥见他手里拿着一块手帕，却正是自己的，便向他笑道："你手里的一块绢头，原是我的，请你还给我罢。"他笑道："怎见得是你的？"她道："我在南边的树林下面憩息的，临走就忘记在地上了。"他向她一笑，将手帕往怀中一揣，说道："要想手绢，是不容易了；我且问你，你从哪里来的，现在要到哪里去，你告诉我，我便还给你。"她听说这话，才自提醒，忙将问路的来意告诉与他。他道："媚茹村离开这里有二十多里呢，现在天已晚

了，那里来得及呢。”她皱眉不语。雪儿便道：“姐姐，你此地有亲眷没有？”她摇首道：“有亲眷倒无须问你了。”他很爽快地答道：“那么，我看你今天是去不成了，不如老实些随我们去住一宵，明天我送你回去好么？”她早就看中雪儿了，听他这话，趁口笑道：“那就感谢不尽了。”雪儿见她答应，满心欢喜，便对她道：“姐姐，你就跟我走罢。”她随着他走了，眼见前面的牛马队已去得远了。他两个一前一后走了半天。她突然要小解，便提起罗裙，走到一个土墩子的后面，蹲下身子，撒个畅快。雪儿正走之间，偶然不见了她，心中好生诧异，连忙回头来寻找，口中喊道：“姐姐！你到哪里去了？”她答道：“我在这里解手呢。”

列位，这孙寿娥，她不是一个女子吗，难道就不知一些羞耻么，自己解手何必定要告诉雪儿呢。原来她的用意很深，诸位请将书合起来，想一想，包你了解她的用意了。这雪儿虽生长十八九岁，却是一个顶刮刮的童子鸡，尚未开知识呢。今天见了她，不知不觉的那一缕小魂灵被她摄去了。听说她在那里小解，便大胆走了过来，蹲下身子，面对面，又要说，又不敢，那一副不可思议地面孔，实在使人好笑。她还不是个已经世务的吗？见他这样，心中早已明白，便向他说道：“兄弟，现在天晚了，早点走罢。”他吞吞吐吐地说道：“姐姐，我要……”她嗤的笑道：“你要做什么？你尽管说罢！这里又没有第三个人，怕什么羞？”她说罢，也斜着星眼朝他一笑，把一个雪儿笑得骨软筋麻，不由得将她往怀中一搂。她也不推让，口中说道：“冤家，仔细着有人看见，可不是耍的。”嘴里说着，手里却早就将下衣卸去了。他两个便实地交易起来。

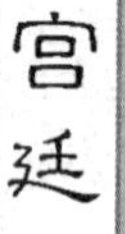

正在这一发千钧之际，猛听得有人在后面狂笑一声，说道：“你们干得好事啊！”他两个人大吃一惊，豁地分开，雪儿定睛一看，不是别人，正是庆儿。寿娥满面羞惭，低着头，恨不得有地洞钻了下去。庆儿哈哈地笑个不住。雪儿忙道：“兄弟，你也忒捉狭了，从哪里来的？”他笑得打跌道：“我早就看出你们俩的玩意来了，现在也没有别的话，我马上回去，替你宣布宣布。”雪儿听这话，吓得慌了手脚，忙道：“好兄弟，那可动不得，你一吵出来，我还想有性命么？”他道：“这话奇了，难道只准你做，不准我说么？”雪儿忙道：“好兄弟，今天也是为兄一着之错，千万望你不要声张，你要我怎么，我便怎么。”庆儿笑道：“那么，要乐大家乐，不能叫你一个人快活。”雪儿没口的答应：“就是就是，只要你不声张，咱们兄弟分什么彼此呢！”庆儿道：“光是你答应，总不能算数，还不晓得她意下如何呢？”雪儿忙道：“我包她答应就是。现在天也不早了，你先回去，将我们屋子里的孩子们发放到别处去，我们三个人一张床好么？”庆儿点头道好。他说罢，迈开大步，飞也似的先自跑了回去。

这里雪儿和她慢慢地走来，不多一会，到了一个所在，一间一间的小茅亭，中间一座极大地牛皮帐，大约有一里多路长。在月光之下，一眼望去，里面一式

全是牛马,黑白相间,煞是有趣。走过牛皮帐,到了一所茅亭门口,早见庆儿立在门口,向他们笑道:“你们来了么,我已将他们打发到别处去了。”雪儿便和她进去,只见里面摆好饭菜。雪儿将门关好,三人将晚饭吃过,一同携手登床,车轮大战。这正是:

石上三生圆好梦,春宵一刻值千金。

要知后事如何,且看下回分解。

第一百零六回 钗堕玉楼将军下马 娇藏金屋佞贼销魂

话说寿娥和雪、庆二人,并睡一床,其中的滋味,过来人谁不会意。真个青年稚子,乍得甜头;黄花少女,饱尝滋味。欢娱夜短,永昼偏长,曾几何时,又是纱窗曙色。

这时庆儿的寿娥交颈鸳鸯,春眠正稳。惟有雪儿心中忐忑,深怕被众孩子撞进来,泄漏私情,那可不是耍的,忙喊她和他醒来。谁知他们这一夜,辛苦地过分了,所以两人一时总不能醒。雪儿急了,便用手将庆儿着力一揪。庆儿啊哟一声,在梦中痛得醒了,一骨碌坐了起来,揉开睡眼,只见雪儿笑嘻嘻说道:“你的胆也忒大了,自己干这些勾当,还不知警防别人,大模大样的睡着了。万一他们走进一两个来,便怎么得了呢?”庆儿笑道:“不知怎样,起首我倒十分精神,后来就浑身发软,不知不觉地沉沉睡去,要不是你来喊我揪我,还不知到什么时候才醒呢?”说时,寿娥云发蓬松,春风满面地也从被窝里坐了起来。雪儿笑道:“姐姐,今天对不起你了。”她听说这话,也斜着眼向他盯了一下子笑道:“不要油嘴滑舌的了,赶紧起来送我回去,不能在这里再延挨了。”他忙道:“那个自然,要送你回去啊!”她微微地一笑说道:“我真糊涂极了,和你们在一起半天一夜,到现在还不知你二人的名姓呢。”雪儿笑道:“你的芳名大姓,我们倒晓得了。你不提起,我们竟忘记了,姐姐弟弟的混喊一阵子,如果下次再碰见,姐姐弟弟还能当着别人喊么?我告诉你罢,我姓薛,名字叫雪儿。”他说罢,又指着庆儿道:“他姓张,名字叫庆儿。”她听罢,诧异的问道:“照你这样说,他姓张,你姓薛,不是嫡亲兄弟么?”雪儿含笑摇头道:“不是不是。但是我们虽然是异姓兄弟,可是感情方面,比较人家同胞弟兄来得好咧!”她道:“你们有父母没有?”他笑道:“怎么没有?”她道:“既然有父母,现在何不与父母在一起住呢?”他笑道:

"你不知道。"她抢着说道:"我怎么不晓得?这一定是你们和父母的性情不合,分居罢了。"他笑道:"不是这样,你这话太也不近情理了,无论性情合与否,但是我们的老婆还没有呢,就能和父母分居了么?"她道:"那么,你们一定是逆子,被父母逐出来的,也未可知吧!"雪儿笑道:"更是胡说了!我与庆儿现已成丁,有什么不好的去处,被父母逐出,还在情理之中。但是还有那一班未到十六岁的众孩子们,他们也和父母分居,难道也被父母逐出来的么?"寿娥听得,不禁很诧异地问道:"怎的那一班孩子,没有和父母在一起住么?"他笑道:"不曾不曾,也是和我们二人一样。"她摇头说道:"这却不晓得了。"雪儿便将梁冀的一番话,原原本本地告诉与她。她皱眉说道:"这梁冀太也伤天害理的了,谁家不爱儿女,偏是他依权仗势的,活活地让人家父子家人离散。这事何等的残酷,但是你们何不逃走呢?免得在这里像狱犯似的,何等难过!"雪儿听她这话,吓得将舌头一伸。庆儿接口说道:"不要提起逃走还好,提起逃走的一层事,告诉你,还要叫你伤心呢。去年有两个孩子,因为想家,回去住了十几天,不料被梁冀知道了,活活的将那个孩子抓了去,砍成肉泥,你道凶狠不凶狠呢?"她道:"可怜可怜!那些小孩子,还未知人事呢,杀了他们还未晓得是为着什么事情,死得不明不白的,岂不可叹!但是我有句话,倒要对你们说,就是你们现在没有什么错处,他才待你们好一点;如果继续下去,谁没有一着之差呢,到那时,还愁不和他们一样的么?你们与其拿性命换一碗饭吃,吃也太不值得了,不如远走高飞,随处都好寻得着生活,何必定要拘在这个牢笼里面呢?"他们一齐说道:"我们何尝没有这种心,但是离了这里,至少要到五百里之外,方可出他的范围;若是在他的范围之内,仍然逃不了。我们到五百里之外,举目无亲,地异人殊,又有什么生活好寻呢?"她笑道:"那么,何不随我一同回去呢?在我府里,凭他是谁,也不会知道的,岂不是千稳万妥么?"雪儿笑道:"那就更不对了。你们府上,离开此地不过二十多里路,他的耳目众多,岂有不晓得地道理?万一他搜查起来,还不是罪加一等。到那时,说不定,恐怕连你还要受罪呢!"寿娥听说,将酥胸一拍说道:"请放宽心!我们府上,莫说是梁冀,便是万岁爷,只要我们没有做贼做盗,谁也不好去搜查的。万一这梁冀搜查起来,我自有道理,你们且放宽心就是了。"雪儿便问庆儿道:"兄弟,你的意下如何呢?"庆儿恋着她,巴不得的忙答道:"妙极妙极!事不宜迟,说走便走,省得被他们知道,画虎不成,可不是耍的。"雪儿见他愿意去,自己也乐于附议。三人略略的整顿,开门便走。

这时残星荧荧,晓风习习,雾气迷浪,春寒料峭。雪儿领着他们认明了路,从直向媚茹村而来。不多时,那一颗胭脂似的红日,从东方高高升起。霎时雾散云消,天清气爽。那郊外的春色,越发日盛一日了。他们三人,一路上谈谈笑笑,一些儿也不寂寞。走到辰牌时候,雪儿用手向前面一指说道:"兀的那前面

的一座村落，大约就是媚茹村了。”寿娥忙展目仔细一看，只见自家的楼台，直矗矗立在眼前，不禁满心欢喜，便对雪儿、庆儿道：“那村西的楼房，便是我家的住宅了，你们看比较你们的茅亭如何?”雪儿见她家有这样的阔气，不禁满心欢喜，忙道：“比较我们那里，高上不知多少倍数呢！”庆儿向她笑道：“你家这样，还不能算十分好，最好要数我们那死鬼干爷的府中了，差不多除了皇宫金殿，就要数他家的房屋为第一了。”雪儿道：“且慢说闲话；我倒想起一件事来了，现在我们将你送到府上，万一有人问起来，我们拿什么话去回答呢?”寿娥笑道：“需不着你们多虑，我自有道理。”说着，离家不远，瞥见大门外面高搭着孝帐，不禁大吃一惊，暗道：“我家除了我们的娘，也没有第二个了，莫非她老人家升天了么?”她想到这里，不禁芳心如割，禁不住两眶一红，流下泪来。你道是什么缘故呢，原来昨天童老太太得着信，赶紧到观里，只见那两个道士卧在血泊当中，连忙命家将搜寻，整整地闹了半天，连一些影子都没有，倒抄出无数地女人用品来，便料知寿娥凶多吉少了。童老太太哭得肝肠儿断，到洛阳官府里去告状。洛阳令见她来告状，当然不敢怠慢，随后命人将炼石观所有的道士一并锁起，严拷了一顿。那些道士吃不住刑，遂一五一十的完全招了出来。原来松月、水云自从到这炼石观，不知道害杀多少妇女了。因此童老太太料她也难免了，不禁心肝肉儿大哭一场，回府便设灵祭奠。左邻右舍听说寿娥被道士强奸害死，谁不叹息，说她是个官宦后裔，三贞九烈的佳人，死得实在可惜。一时东村传到西村，沸沸扬扬，喧说不了。

这时寿娥进了村口，把一班邻居吓得不知所云，都说她一定是魂灵不散，回来显魂的了，顿时全村皆知。胆大的垫着脚儿，远远的瞧望；胆小的闭户关门，深怕她是僵尸。早有人飞也似的跑到州府去报信。童老太太正在她灵前儿天儿地的痛哭，听见这个消息，再也不肯相信，扶着丫头，正要出门去瞧望个究竟，瞥见门外走进三个人来，为首一个，却正是寿娥。众宾客正自上席吃得热闹地时候，猛的见她回来，不约而同的一噤，忙道：“今天日脚不好，僵尸鬼来了，快些逃呀！”一声喊，人家争先恐后的一齐向后逃去，有的往桌肚里钻。顿时桌翻椅倒，乒乒乓乓的秩序大乱。惟有童老太太一毫不怕，颤声问道：“儿呀！你是活的？还是死的？如果死了，千万不要如此惊世骇俗的，闹得别人不安，愈增你自己的罪过，为娘的已经替你伸冤超度了。”寿娥见此情形，才知大家误会了，忙道：“娘呀！你老人家不要悲伤，女儿没有死啊！”童老太太又惊又喜的问道：“心肝！你果真没有死么?”她忙将出险遇救的一番话说了一遍。童老太太喜得险些疯了，忙命人将孝帐撤去，灵牌奠物一齐烧了。这时众人在后面听得果然没有死，才敢出来，你问我答的一阵子，才晓得她逃出来的真相，大家不禁赞叹一番，各自要走。童老太太谁也不准，一面将他们留下，一面派人去将全村的人全

请来，大排宴席，酬谢他们挂念之恩。宴散后大家回去。童老太太便对寿娥道："这两位哥哥儿，是你的救命恩人，千万不能怠慢人家的。"忙命人取出些上等绢缎的衣服，替他们换了一个新。寿娥见他们换了新衣，愈显出十分清俊英秀来，果然人是衣裳，马是鞍子，她不禁将爱他们的热度，无形中又高了百尺，由不得对童太太说道："太太，你老人家知道么？我与他们已经结为兄妹了。"童老太太听说这话，更加欢喜，忙将他们搂到怀中，笑道："我哪世修的，凭空的得着两个粉琢玉砌的儿子，我什么都不要了。"她说罢，呵呵大笑，那一种得意的情形，简直描不出来。到了晚间，寿娥早命人在她的楼下，收拾出两个房间来，给他们住，明修栈道，暗度陈仓。其中的暧昧情事，我也不能去细说了。

再表梁冀停了几天，奉旨到洛阳调查户口，从宁圩经过，当有人将庆、雪两儿逃走的话，报告与他。梁冀倒十分注意，因为他在众孩子之中，最欢喜的就是他们二人，听说他们走了，好生着急，忙派一班爪牙，在四处寻访。未上三天，竟被他们访着了，便去报知梁冀，梁冀更不怠慢，带了一队人，直扑县府而来。进了媚茹村，就有一个侍尉，向他说道："将军！你知道这孙府是何人？"梁冀道："不晓得。"他道："便是老王爷面前的首辅大臣孙扶。"梁冀听说是孙扶的府，却也暗暗地吃惊，转想自己威势，便不怕了，而且孙扶早已死了，他想到这里，毫无顾忌，领着众人，一径闯进孙府，命人搜查。童老太太不知何事，忙出来喝道："何处野人，竟敢闯到我家来乱动。"那些侍尉，扬声答道："你休问我，我们是骠骑大将军部下的侍尉，得说你家私藏人犯，我们特地来搜查的。"说话时，梁冀挺着肚子，骑着高头大马，一直闯到百客厅前，扬眉问道："搜到没有？"话还未了，只见众侍尉簇拥着雪儿、庆儿从里走了出来。他两个见了梁冀，吓得魂飞天外，魄散九霄，赶紧一齐跪下。梁冀冷笑一声，也不说话，只道："好好，带了走！"童老太太忙赶来讨回，早被侍尉拦住。

这时寿娥正在楼上早妆，得了这个消息，她却早打定主意，不慌不忙的走到栏杆的旁边，闪着秋波一看，只见梁冀坐在马上，正在那里指着众人要走了。她心生一计，忙在头上拔下一根金钗，往地下一抛，正抛在梁冀的马前。珰的一声。梁冀先是一惊，接着又听得莺声呖呖的喊道："小梅，我头上的钗落下去了，你赶紧下去给我取上来。"梁冀听得这种妙音，不由地心神皆醉，由不得仰起面来一看，把个梁冀看得眼花缭乱，噤口难言，不禁脱口叫了一声好，她也斜着星眼，朝他一瞟，连接着又是嫣然一笑，冉冉的退到里面去了。梁冀此时，三魂少二，七魄去五，赶紧飞身下马，将那落在地下亮晶晶的一枝金钗，抢到手中，上马带着众人便走。到了洛阳，急不能待，便请洛阳县前去求亲。

童老太太勃然大怒道："我家世世清白，代代忠良，谁肯和这欺君罔上的狗奸贼做亲呢？"请你回去对他说："叫他赶紧将念头打断，少要妄想罢！"她说到这

里，洛阳县满脸堆下笑来，对她说道："请太太不要动气，下官有一言奉劝，梁将军今天来吵闹府上，惹太太生烦不安，他心中很抱歉的；可是偏巧又得着你家小姐的金钗，在他的意思，以为是天缘巧遇；他家中虽有许多的夫人，却缺少一个正室，所以他很愿意高攀。如果太太答应，随要多少奠雁，总不缺少。在下官的意思，还请太太答应罢！梁将军的威势，你老人家又不是不晓得的。"童老太太听罢，越发火上加油，厉声骂道："放你娘的屁！梁将军热将军的，老身没有这些眼睛看见。我家女儿，莫说不和他结亲，即使和他结亲，谁道我没有看见过他那几个臭钱么？奠雁奠鹅的，又不是卖给他的，赶快给我滚出去，不要怄得我性起，先将你这狗头打了一顿，然后再去和他拼命。"洛阳县被她骂得一佛出世，二佛升天，开口不得，忙起要走。

这时屏风后面转出一个人来，莲步婷婷走到童老太太面前，折柳腰施了一个常礼，启朱唇对童老太太道："方才这位县大人的来意，你老人家误会了。他本是好意，女儿倒请母亲平平气，三思而行罢！"洛阳县见了她，便料知一定是寿娥了，不禁暗暗喝采道："不怪梁将军这样恋慕，果然是个绝色的女子。"又听她说出这两句话来，不禁心中大喜。接着童老太太说道："儿呀，依你的意思怎样？"她便老老实实对洛阳县说道："可烦你回去对梁将军说，要想我和他结婚，须准我三件事，如有一件不遵，趁早不要癞狗想吃天鹅肉。"洛阳县听罢，忙道："哪三件事？请道其详，让下官好回去答复。"她道："第一件，贵县方才说他没有正室，这句话，我是绝对不相信。他如不想和我结婚，随他有没有，我都不管。既想和我结婚，不是正室，趁早休提。"洛阳县忙道："这头一件，我可以替他代准了，因为他自己说的。请讲第二件。"她道："第二件，叫他赶紧将庆、雪二人送到我家，成婚之后，还要称他们为舅爷；第三件我们老太太年纪高了，并且就是生我一个人，一个月里至少要在家里住十天，别的话也不要烦屑了，请县太爷回去复罢。"

洛阳县忙答应出门，回到洛阳将以上的话说了一遍。梁冀道："这三件之中，我答应了二件半，还有半件，我却不能答应的。"洛阳县忙问道："哪半件呢？"他吞吞吐吐地说道："这第二件，忒也为人所难了。这雪儿、庆儿，本是我的义子，我怎能叫他们做舅子呢？将他们放了，倒办得到。可是照她的话，一定要实行喊舅子，未免太也难为情了。"洛阳县听他这话，拍手大笑道："将军此话错极了，既能放了，何不先爽性去答应她，等到成婚之后，答应不答应，喊与不喊，还不是随你么？"梁冀听了，心中大喜，便道："毕竟还是你的见识高，我真及不来你，还烦你的清神，替我就送赉奠雁聘礼前去，择定三月初七吉日。"洛阳县道："下官替将军将媒做成功之后，有什么酬劳呢？"梁冀将胸口一拍道："你放心就是了，事成之后，少不得另眼看待就是了。"

洛阳县欢欢喜喜的买了许多彩银爵和金帛等，径送到孙府上，将梁冀的话，又说了一遍。童老太太本来最疼爱她的女儿，今见她自己答应，便也顺水推舟的不加阻止了。饭后梁冀连忙将雪儿、庆儿亲自送到孙府、又在童老太太面前磕头谢过。童老太太虽是一个正直无私的人，到了这时，也没有什么话了；而且又溺爱女儿，足见是个妇道毫无成见地。

光阴过的飞快，一转眼到了吉日了，车水马龙，自有一番热闹。成亲之后，倒十分恩爱，打得火热的不能稍离一时。可是寿娥哪里是和他真心厮守的，不过为着雪、庆二人，不得不牺牲自己的色相与他去敷衍。但是每月只少要在家里住上半个月，和雪、庆二人寻乐。

不料事机不密，这风声渐渐有一些传到梁冀的耳朵里，勃然大怒，立刻派人将她带来，见了面，可是那一股无名火，早已消灭于无何有之乡了。这正是：

艳色确能迷铁汉，柔情锋利胜钢刀。

要知后事如何，且看下回分解。

第一百零七回　狮吼河东懦夫屈膝　鸡鸣闸内美妾伤颜

话说寿娥自从弥月之后，迫不及的就回娘家，与雪、庆两儿去寻乐了。在家里共住了十多天，把个梁冀守得干着急，因为她是初次回家，不能急急的就邀回来，只得度日如年的守着。好容易到了二十几天，她才回来，红绡帐里，少不得重叙旧情。谁知寿娥心有别念，梁冀虽然极力望承色笑，她总是懒懒地不肯十分和他亲热。梁冀不知就理，还当她初到这里，总有些陌生生的，所以不去疑惑她有什么轨外行动。寿娥虽身子住在他的府中，可是心神没一刻不在家里和他们俩接触。转眼到清和月四日，她却不能再挨了，便对梁冀道："我们太爷正是今朝忌辰，我要回去祭扫。"梁冀道："好！请你回去罢。不过此番回去，千万要早一些回来，不要叫人守得舌苦喉干的。"她听了这话，便向梁冀道："啐！谁和你来说这些不相干的话呢，你又不是个三岁的小孩子，不能离乳娘的。"他笑道："我的心肝，我随便什么皆可以离开，但是你一天不在家，我便是比一年还要难过呢。"寿娥嗤的笑道："少要放屁。"她说罢，上轿回去了。

这一去，足足又住在家里二十多天。梁冀像煞狗不得过河似的，在家里搓手顿脚，抓挠不着。又耐着性子等了几天，仍然未见她回去，再也不能耐了，便

打发一个侍尉到她府上去请。到了第二天，侍尉回来对他说道："上复将军，小人奉命前去，夫人有话对小人说过，非要在家将老太太的寿辰过了，才得有空回来呢。"梁冀听说这话，心中十分不悦，暗道："她家的事情实在不少，冥寿过了，马上又闹着阳寿。"他便向侍尉问道："她可曾告诉你老太太的寿辰在何时？"他道："便是五月十八日。"梁冀听罢，好生不快，暗道："现在还离寿期十几天呢，她在家里有什么事，不肯回来呢？"这时那侍尉忽然很奇异的向梁冀说道："我们宁圩的牛马队队长庆儿、雪儿几时到她家里的？"梁冀道："这事你还不晓得么？早就去了。"那侍尉笑着说道："我看大夫人和他们倒十分亲热，呼兄称弟的呼兄称弟……，"他说到这里，忙噎住了，满脸涨红。梁冀见他这样，不禁疑云突起，连忙问道："你怎见得他们亲热呢？"他扑的往下一跪，忙道："小人该死，失口乱言，万望将军原宥。"梁冀本来是一个刁钻之徒，见了这种情形，心中岂有不明白的道理，料想用大话去吓压反成僵局，不如施一个欺骗的手段，定可套出他的实话来。他打定了主意，便和颜悦色地向他说道："你快起来，好好的说，我又不是个野人，怎能为你说了两句话，便要治你的罪，也没有这种道理的。"那侍尉见他毫无怒色，心中才放了下来，便站起来说道："小子有一句话，要对将军说，但是万望将军先恕我死罪，我才敢说呢。"梁冀听他这话，更加温和地说道："你有话肯直说，这是你的忠实之处，我不独赞成你，并且还要赏赐你呢，你可赶紧说罢。"那侍尉说道："昨天我到她的家里，进了百客厅和她家的执事谈了两句话，就看见大夫人和庆儿从里面手牵手儿走了出来，有说有笑的，庆儿见了我，忙一撒手回头溜到后面去了，那时夫人见了我，脸上也现出一种不大惬意的样子来，所以我到现在心中还未曾明白，她和庆儿究竟还有什么关系呢。"他说罢这番话，把个梁冀气得三尸神暴躁，七窍里生烟，但是他一点不露声色，只笑嘻嘻地说道："你哪里知道，她们的老太太现在已经将雪、庆两儿认为义子了，所以他们在一起很是亲热，这也不足为怪的。"那侍尉笑道："这更奇了，他们不是将军的义子么？怎么又与童老太太拜为义子呢？这名义上却是将军的义舅爷了，可不是陡跌一代么？"梁冀冷笑道："管他娘的，他不是童老太太亲生的，义子干爷有什么重要的关系呢。"他说罢，一挥手那侍尉退去。梁冀越想越气，暗道："怪不得她要赖在娘家过日子，原来还有这些玩意儿呢。好，好，好，管教她乐不成就是了。"他随后喊了一个家丁，写了一封信，叫她急要回来，刻不能缓。那家丁带了信，到了孙府。

寿娥见信，知道梁冀动怒，也就不敢怠慢，忙收拾回来。进了门，耳朵里只听得众人七张八嘴的私下里议论不休。她还未知道他们是议论自己的，一径到了自己的房中。众人没有一个不替她捏着一把汗。

谁知梁冀本是火高万丈，预备等她回来，一刀两段了事。等到她进了房，见

了那一副可怜可爱的梨花面，早将心中的醋火消去十分之九了。她进了房，瞥见梁冀按着剑，满脸怒色，心中大吃一惊，暗自打算道："不妙不妙，莫非那件事情被他知道了么?"她想到这里，十分害怕，忙展开笑靥对梁冀深深的一个万福，口中说道："久违了。"梁冀忙伸手将她拉起，答道："家里不须常礼，夫人请坐吧!"她轻移莲步，走到他的身旁并肩坐下，含笑低声问道："今天将军着人去将妾身接了回来，有什么紧急的事呢?"梁冀冷笑一声道："有什么要事呢。不过是多时未有请你的安，特地将你接回来给你请安的。"她见话头不对，暗自打算道："今天的事头着实不对，要是一味让给他，反而教他疑心。不若硬起头来，将他的威风挫下去，下次他才不敢再来依威仗势的摆架子了。"她打定了主意便也冷笑着答道："将军，哪里话来，自家夫妻有什么客气呢?"梁冀道："夫人！这几天在府上还称心么?"她笑道："这不过是因为我们的娘，现在年纪老了，他老人家也未生三男四女，不过就生妾身一人，所以不得不时时回去，替老人家解解愁闷。这不过是聊尽我们子女的道理罢了，又有什么称心可言呢!"梁冀冷笑到："你回去，恐怕不是安慰你的老太太一个人吧!"她道："你这是什么话！我不安慰我的娘，别的还有谁呢?"梁冀道："就是那一班哥哥弟弟，大约也安慰得不少罢。"她听说这话，料知春色已漏，再也不能隐瞒了，反而使一个欲擒故纵的手段来应付了。她便将脸往下一沉，问道："将军！你方才说些什么话，我没有听得清楚，请你复说一遍。"梁冀很爽快的重行又复说了一遍。她登时玉容惨淡，杏眼圆睁，霍的站了起来，伸出纤纤玉手，向梁冀一指，泼口骂道："我看你是个禽兽，这两句话，就像你说出来的么？怪不到三日一次，五天一趟，着些追命鬼的到我家里去，定要接我回来，乃是这种玩意儿呢。我且问你，你家有没有姐姐妹妹，她们回来可是安慰你的么?"梁冀听得这几句话，哑口无言，垂头丧气坐在床边，左腿挠上右腿，一起悬空，两手托腮，上眼睛皮和下眼睛皮做亲。她见他这种情形，便晓得他的威风已被挫了，趁此爬上头去，弄他一个嘴落地。她想罢，放声大哭。一面哭一面说道："好，好，好，奴家自命不凡，待字闺中，年过二八，多少人家来求亲，奴家久慕将军的大名，却未肯和他人贸然订婚，天也见怜，得偿夙愿。满望随着将军博得一个官诰，替父母扬眉吐气；万料不到今生不幸，碰到你这个不尴不尬的鬼，这也许是奴家生来薄命，应该罢了。你既然疑心生暗鬼的，不妨就请你将我结果，免得存在世上败你的英名，惹得人家谈说起来，堂堂的一位骠骑大将的夫人，竟做出这些无耻的事来，岂不要没辱你家三代的先灵么？不错，人家是不晓得内中情形的，我是个三贞九烈的，人家也要说我是个狗彘不知的贱货了。好贼子，我一身的贞名卖给你了，我还有什么颜面在世上呢，不如当着你这杀坯，将一条性命掼掉了罢。"她说着，手理罗裙，遮着粉面，认着粉墙便欲撞去。梁冀吓得慌了手脚，赶紧跳过来，一把将她扯住，口中央告

道:“夫人！也是我一句话说得不好,惹得你误会了;我本来是句无心话,不料你竟误会我是个坏意了。”她哭道:“你可不要来花言巧语的了,我又不是三岁孩子,可以随你哄骗的,请你快些放手,让我死了倒是安逸。”梁冀急道:“夫人,你再不信,我可以发得誓。”他说罢,死天活地的赌起咒来。她哭道:“无论你赌什么咒,谁还来相信呢?”

这时梁冀的母亲正在后园赏牡丹,猛听得丫头们来报告,说老爷和夫人不知为着什么事情,在房里拼死拼活的。老太太赶紧去,迟一步儿就要出岔子了。梁母听得,吃惊不小,忙扶着丫头,跌跌撞撞的向寿娥的房中而来。到了房外,只听得里面嚎啕叫嗓,沸反盈天。她进了房,梁冀见母亲进来,忙起身迎接,口中说道:“太太请坐。”寿娥见婆婆来到,格外放刁撒赖的大哭不止。梁母忙问道:“是什么事?”梁冀忙答道:“没有什么事,请太太不要烦神。”梁母道:“没有事,难道就吵得这样的天翻地覆的么?”寿娥抢进一步,扑的往梁母面前一跪,掩面痛哭道:“孩儿今天冤枉死了,要求婆婆给我伸冤呢?”梁母忙命仆妇将她从地上扶了起来,说道:“寿娥！你有什么冤枉,尽可来告诉我,让我好来责问这个畜生。”寿娥便一五一十加油加酱的说了一遍。把个梁母气得只是喘气,厉声骂道:“我把你这个不肖的畜生,枉做了一位大将军,连三纲五常都不晓得,成日里鸡头扭到鸭头,乱来寻着人,我可问你,究竟是谁告诉你的?毫不忖度,就对人家这种样子,你说她做下这些不端的事,你的脸上有什么光荣。休说人家是个官宦后裔,便是平常的女孩子,也不能义兄义妹做那些禽兽勾当的;我晓得了,你这畜生向来是个见新忘旧的,现在差不多又搭上什么咸鸡腊鹅了,回来闹得别人不得安身了。”梁冀忙陪笑躬身说道:“请太太不要动怒,这事总怪我不是,我给夫人陪罪就是了。”梁母说道:“陪罪不陪罪,倒没有什么要紧,可是下次如果再这样子,我就不答应了。”梁冀受着一肚子屈,不敢回嘴,只是诺诺连声的答应道:“遵示遵示,下次不敢。”梁母又向寿娥说道:“你也不要气了,下次他如果再这样委屈你,尽可到我那里来说,我一顿棍子打他个烂羊头,看他改不改脾气了。”寿娥拭泪道:“太太请回去吧,今天劳动,孩儿心中实在不安,我又不是不知好歹的,只要他不寻着我,再也不敢教太太生气的。”梁母笑道:“好孩子,你进了我家门,我就疼你,随便什么事情,都比人家来得伶俐,从不像人家撒娇撒痴的不识体统。”她说罢,扶着丫头走了。这里梁冀见太太走了,满指望她从此消气。谁知她仍旧柳眉紧蹙,杏眼含嗔,俯首流泪。梁冀火已熄了,也顾不得许多,便走过来,涎着脸笑道:“夫人！方才我们太太来给你打过不平,也该就此息怒了。”她也不答话,仍旧只有呜咽的份儿。梁冀见她哭得双眼肿得和杏子一样,梨花带雨,可怜可爱,情不自禁的挨肩坐下,向她低声说道:“夫人！谁没有一些错处呢,就是我乱说了一句话,我们娘也来替你消过气了,我在这里陪罪,也该

算了,为什么兀的哭得不休呢?万一伤感过度,弄出毛病来,便怎么办呢?”她下死劲朝他一瞅,说道:“谁要你在这里啰唆没了,我死了,与你有什么相干呢,我横竖是一个下贱的人,要杀要剐还不是随你的吗?”梁冀忙道:“夫人,你又来了。你再这样一口气不转来,我就要……”她道:“你要杀便杀,我岂是个怕死的?”梁冀急道:“你又误会了,我哪里是这样呢。”她道:“不是这样,是怎样呢?”他也不回答,便扑通往下一跪,口中说道:“我就跪下了。”她才微微的露出一点笑容,用手在粉脸上羞着道:“梁冀,羞也不羞!枉把你做个男子汉大丈夫,竟做得出来。”梁冀笑道:“好在是跪在活观音前的,又不是去乱跪旁人的,便又怕谁来羞我呢?”她暗想道:“劲也使足了,再紧反要生变,得着上风,便可住了,休要自讨没趣。”她便将他从地下拉了起来,梁冀又千不是,万不该的陪了一番小心,总算将她的一肚子假气哄平了,心中十分庆慰。

过了几天,梁母因为看花受了一些寒凉,究竟年纪大了,经不起磨折,不知不觉的生病了。梁冀连忙请医诊视,谁知将太医差不多请过了,仍然未见有一些效验。到了五月初九,竟一命呜呼。

梁冀大开孝帐,满朝的文武,谁不来趋承他呢?一时车水马龙十分热闹。到了第四天的早上,中常侍曹腾带了许多奠礼,许多从仆,拥簇着一辆车仗到了梁府。梁冀听说是曹腾,连忙亲自出来迎接。曹腾见面,先和他行了一个丧礼。梁冀便道:“常侍太也客气了。”曹腾答道:“岂敢岂敢,下官此番到府,一来是奠唁太夫人,二来还有一件事,和将军商议。”梁冀忙问:“是什么事?”他悄悄的笑道:“尊太爷在日,不是进过一个美人与老王爷么?”他道:“莫非是友通期么?”曹腾道:“不是她,还有谁呢?”他道:“久闻她的艳色,尚未见过面,不知是个什么样子的人,后来听说老王爷没有中意,竟将她退了,那时我很替她可惜,现在你提起来,难道这人有了下落了么?”他道:“你且慢着急,我来慢慢的告诉你。”他道:“你说你说。”曹腾道:“老王爷将她退了之后,我便暗暗的将她留在家中,那时她只有十四岁,现在已经有二十三岁了。但是徐娘半老,她的丰姿却仍不减豆蔻稍头,真个是倾国倾城,沉鱼落雁。她的心志,却非常的高傲,常常的对我说,非像将军这样,她才肯下嫁呢,我便对她说,你如果愿意,我便替你去做媒,她听我这话,心中已是默许了,所以我今天已将她带来,请将军亲眼一看。如果合适,收下来做个妾媵,也未为不可。”梁冀听他这话大喜,问道:“现在哪里?”

曹腾便将他领到车前,打开帘子。梁冀仔细一看,禁不住身子酥了半截,果然是位绝色的丽姝,较孙寿娥尚要占胜三分呢。把个梁冀险一些儿喜得疯了,忙附曹腾的耳朵吩咐道:“如此如此。”曹腾点头会意,忙命回车仗而去。梁冀又送了一程才回家料理丧事,好容易挨了四十九天。七期一过,他便对寿娥说道:“夫人!我现在要将太太的灵柩搬到西陵去安葬,开椁筑墓,至少要有三月的工

程,家中我却不能兼顾了,我要到西陵去监工,府里的事情,都要请你照应才好呢。”寿娥哪知就理,便满口答应。他又上朝告假三月。桓帝本来是他一手托出来的,而且他的妹子又是现在的六宫之主,什么事都是百依百顺的,准假三个月,复又御赐许多奠典。他便到西陵,一面着人修造椁墓,一面寻了一所幽静的去处,筑了一座香巢,将友通期安放在里面,朝夕寻乐。人不知,鬼不觉的一个多月。

寿娥在家里好不寂寞,暗自猜道:“他就是监工,夜间也应该回来的,为什么一去一个多月,竟是连晃都不回来晃一下子呢?说不定这人莫非有了什么外遇了么?而且我离他一月半旬的,还不见得怎样。但是他从来不是这样一个人,就在这个地方,便可以看出他的破绽来了。”她越想越疑惑,便派几个心腹人,在暗地里四下打听。可是天下事,要想人不知,除非己莫为。未到三天,居然被他们将根底完全摸去了。回到府上,一五一十的对她说了一个究竟。把个寿娥只气得浑身肉战,那一股醋火酸溜溜的从脚心里一直冲到头顶上。便不延挨,点齐一班有力的仆妇,大队娘子军,浩浩荡荡,只向西陵进发。

到了香巢之内,凑巧梁冀又不在家,寿娥便吩咐众仆妇,将友通期拖了出来。仇人相见,分外眼红,不由的喝了一声打。这正是:

悍妇有心翻醋海,残花无主怨生风。

要知后事如何,且看下回分解。

第一百零八回 移花接木刺客成擒 换日偷天佞臣灭族

却说寿娥领了一班娘子军,长驱大进,直捣香巢。进了门,恰巧梁冀又不在内,只有两个仆役在外边洒扫。只见她们凶神似的直往里拥进,忙大声喝道:“何处的野婆娘,胆有天大,你可知此地是什么地方,擅自闯进来?”他还未说完,寿娥娇声喝道:“给我掌嘴。”话犹未了,猛听得劈拍几声,又轻又脆,早将那两个仆役打了一个趔趄。有个丫头泼口骂道:“你这死囚,开口骂谁,不要说你这两个狗头,即便是梁将军来,我们奉着太太的命令来,谁也不敢来干涉的。”那两个仆役听说这话,吓得倒抽一口冷气,赶紧一溜烟的走了。寿娥忙喝道:“这两个狗头不要准她走,她一走,马上就要报信去了。”众人连忙喊她站住。她们只得呶着嘴,直挺挺的站在那里。寿娥骂道:“我把你们这班助纣为虐的畜生,今天

谁敢走，先送谁的狗命。”那两个仆役也不敢翻嘴，只得暗暗的叫苦。

寿娥此刻火高万丈，领着众女人径到友通期的卧房门口。寿娥将帘子一揭，瞥见友通期坐在窗前，正自梳洗。寿娥不见犹可，一见她，把那一股无明的醋火，高举三千丈，再也按捺不下，泼口喊道：“来人，给我将这个贱人打死了再说。”话犹未了，门外轰雷似的一声答应，霎时拥进了一班胭脂虎，粉拳玉掌，一齐加到友通期一个的身上。友通期见了她们，已经吓得手颤足摇，不知所措，哪里还有能力去和她们对抗呢，只好听她们任意毒打了。不一刻，将一个绝色的美女打得云鬓蓬松，花容憔悴，满口哀告不止，寿娥打了半天，还未出气，忙命仆妇将她的八千烦恼丝，完全付诸并州一剪。霎时牛山濯濯，丑态毕露。友通期此时被他们一班人毒打，要怎么便怎么无法退避，欲生不得，欲死不能。寿娥见她仍是哀告不止，霍的将剪刀抢到手中，向她的樱口中乱戳，恶狠狠骂道：“我把你这个不要脸的贱货，强占人家的男子，在这里成日里贪欢取乐，可知落到你太太的手里，你这条狗命，也许是要送掉了。”她一面骂，一面戳，只戳得友通期满嘴鲜血，不一会，连喊也不喊了，呜的一声，向后便倒。众仆妇劝道：“这个狗贱货，差不多也算到外婆家去了，太太请息怒回去罢。”寿娥点点头，复又用手向她一指，骂道：“颇耐你这个不要脸的东西，在老娘的面前还装死呢，今天先饶你一条狗命，识风头，赶紧给我滚开去，不要和我们梁将军在一起厮混，老娘便和你没有话说。万一仍要在一起，轮到老娘的手里，料想你生翅膀也飞不去的。”她说罢，便领着众仆妇，打着得胜鼓回去了。

再表梁冀早上本来是要到工程处去监工的。他到那里指挥着众人，搬砖弄瓦，手忙脚乱的，一些儿也不让众人偷闲，到了巳牌的时候，肚子也饿了，正要回去用饭，瞥见一个守门的仆役，飞也似的奔来。气急败坏跑到梁冀的跟前，张口结舌，只是喘个不住。梁冀见他这样，料知事非小可，忙问道：“什么事情，便这样的惊慌？”他张着嘴，翻起白眼，停了半天才冒出一句来道：“不，不，不好了。”梁冀又追问他什么事情？他涨红了脸，费了九牛二虎的气力，吞吞吐吐地说道：“不好了，夫人被大夫人带了许多女人，不由分说打死了，请将军回去定夺。”梁冀听说这话，好似半天里起了一个焦雷，惊得呆了，忙问道：“你这话当真么？”他急道：“这事非同小可，怎敢撒谎？”梁冀飞身上马，霎时腾云驾雾的回到香巢，下了马，赶到房里，瞥见她睡在地上，满口流血，一头的乌云已经不翼而飞了。

梁冀见了这种情形，好不心疼肉痛，又不知怎样才好，像煞热锅上的蚂蚁，一般团团转得一头无着处，蹲下身子，用手在她的嘴上一摸，不禁叫了一声惭愧，还有一丝游气呢。他命人将她从地上移到榻上，又命人去买刀疮药替她敷伤口，喊茶唤水的半天，才听得她微微的舒了一口回气。梁冀见她苏醒过来，不禁满心欢喜，忙附着她的耳朵旁边，轻轻的唤道：“卿卿！你现在觉得怎样？”她

微开杏眼，见梁冀坐在她的身边不禁泪如雨下，绝无言语。梁冀又低声安慰她道："卿卿！这都是我的不是了，如果我家教严厉，她们又何敢这样的无法无天呢？"她叹气答道："将军休要自己引咎，只怪奴家的命该如此罢了。"梁冀忙问道："卿卿！你现在身子上觉得怎样了？"她柳眉紧蹙的答道："别的倒不觉得怎样，可是浑身酸痛和嘴上胀痛罢了。"梁冀千般安慰百样温存。

友通期本来不是寿娥等一流人物，虽然这样的受罪，她却毫不怨尤他人，只怪自己的苦命。隔了几日，伤势渐渐的平了。因为自己的头发被她剪去，她便灰心绝念，决意要入空门，不愿再与梁冀厮混。可是梁冀哪里肯放她走呢。友通期求去不得，无计可施，便向梁冀哭道："要得妾身服侍将军，非要先和你家大太太讲明了，得了她的准许才行呢，否则既来一次，难免十次百次，长此下去，是活活的将奴家的一条性命送去了么？"梁冀听她这话，只气得怒目咬牙，按剑在手，忿忿的对她说道："卿卿！你尽放心，那个夜叉早晚都要死在我手里的多。我今天就回去问问她，她如识相，暂时一颗头寄存她的肩上，否则一剑两段，看她凶不凶了。"友通期哭道："将军事宜三思，千万不要任性。你纵一时气忿，将她杀了，无论如何她是个正室，别人全要说我使窜掇的，居心想僭居正位呢。"梁冀道："谁敢来说呢，请你不要过虑，我自有道理。"

他说罢，径自上马回来。进了府，早有丫头进去报与寿娥。寿娥笑吟吟从里面迎了出来，见了梁冀便道："将军辛苦了。"梁冀便笑道："自家的事情，有什么辛苦可言呢。"说着，手携手儿进房坐下。寿娥向他笑道："前天错听人家一句话，带了许多人，到友姐姐那里，一场胡闹，过后我细细的想起来，着实无味，万分抱歉。这两天我本预备前去到姐姐那里去陪个罪，一来教她消消气，二来将军的面子上也好过去了。不想将军今天回来，我却先给将军陪个不是，明天再到姐姐那边去陪罪罢。"梁冀听罢，真是出乎意料之外，哈哈大笑道："我早就料定了，夫人是一定错听人家的话了，不然，永不会做出这没道理的事来呢。既是错了，好歹都是自己人，什么大不了呢，明天也用不着夫人亲自前去。我便替你说一声就是了。"她笑道："随便什么人，自己做错了事，当时都不会省悟的，过后却能晓得错处了；即如这事，理论起来，她不是和我合作一副脸么？我将她糟踏了，岂不和糟自己的面子一样么？"梁冀听她这些话，真是喜不自胜，忙道："夫人休要只是引咎，这事只怪我不好，我要是不去和她姘识，也不致惹夫人生气了。"她笑道："将军哪里话来，一切的不是，都因我的脾气不好，才有这场笑话的。官宦人家，谁没有三房四室的呢。总而言之，只怪我的器量太小了，不能容人罢了。"

看官，这寿娥本来是个淫悍非常的泼辣货。她和友通期还不是成为冰炭了么？焉能又就说出这番讲情顺理的一番话来呢？读者一定要说小子任意诌张

了，原来有一个原因呢。那天寿娥将友通期毒打了一顿，打得奄奄一息，胸中的醋火，也算平了，回得府来迎面就碰见了庆、雪两儿。寿娥谁都不怕，大模大样的将他们带到房中饮酒取乐。雪儿对她说道："我们在家里度日如年的，何等难过！你现在也不想回去了，所以我们无法可施，只得前来就你的教了。但是长此下去，一个天南，一个地北，一朝想念起来，真要将人想杀了呢，无论如何，都要想出一个良善的方法来才好呢。"她沉吟了半晌，便向他们笑道："有了！你们先住在这里，等他回来，我自有方法，将你们留在府中，好在他多半不在家里，那时我们不是要怎么便怎么吗？"他两个听了大喜。今天寿娥听说梁冀回来，心中暗想："如今我将他的心上人儿打得这个样子，料想他必不甘心，他回来一定是替她报复的了。我反不能去和他撑硬，只好先使个柔软的手腕，来试验试验，如果他服从，那是再好没有了，万一不从我的话上来，再作道理。"

她打定主意，见了梁冀，说了一番道歉陪罪的话。梁冀哪知就理，喜得眉开眼笑的。她见梁冀已中圈套，趁势又用许多想煞人爱煞人的甜蜜米汤，灌了一个畅快。把个梁冀弄得乐不可支，手舞足蹈的，对她笑道："我梁冀并非是自己夸口，像我这样的艳福，满朝中除却万岁爷，恐怕再也寻不出第二个罢。"她笑道："我有一件小事，要奉烦将军。"他忙道："什么事，只管说罢！我没有不赞成的。"她道："就是我们老太太，前次我在家里的时候，她曾对我说的，我既然蒙将军的福泽，身荣名显，但是别人家每每因着女儿飞黄腾达的，可是我们的家里，也没有三兄四弟，所以也占不着你的光。不过我们太太现在收了两个义子，满心想请将军提携提携，他们得到个一官半职，也好教她老人家欢喜欢喜。那时我却未敢答应，今天特地来告诉你，不知你的意下如何呢？"他顿脚道："你何不早说？前天我手里还放出两个县缺去呢。且罢，教他们来到我府中，在这里守候着，不上三两月，一有缺，我随便就替他们谋好了就是了。"她假意谢道："将军肯体谅家母的心，妾身也就感谢不尽了。"他笑道："这又何必呢？我替你家效一点劳，还不是应当的么？"他们又谈了一会子，天色渐晚。这夜梁冀便留在府中住宿。到了第二天，梁冀临走的时候，向她叮咛道："教庆、雪两儿早点来要紧。"她假意应着，其实早已到府中了，梁冀还在鼓里呢。

光阴似箭，不知不觉又到八月间了。梁冀只恋着友通期，寿娥便与雪、庆在府中厮混着，各有所得，绝不相扰。梁冀因为自己有了心上人，寿娥的私事也只好睁一只眼闭一只眼，明知故昧的让她们一着。寿娥在六月间，得着封诰，便是桓帝封她为襄城君，仪文比长公主。这一来，寿娥越发骄横得不可收拾了，在私第的对面，又造了一宅房子，周围二十多里宽阔，楼阁连云，笙歌匝地，说不尽繁华景象，描不出侈丽的情形。

满朝文武，十有八九都是梁、孙二家的私人。她心还未足，将和熹皇后从子

邓香的女儿邓猛，进到宫中。桓帝见她的姿色，足可压倒群芳，便封为贵人。寿娥暗地里却教她改姓为梁，伪言是梁冀的女儿。原来邓香中年就弃世了，单单留下邓猛一人，所以寿娥为保固自己的根基起见，便将她改名换姓的，进与桓帝。她只有一个亲眷，便是议郎邴尊。寿娥深怕被他知道，可不是耍的，暗地里与梁冀设计去害邴尊。梁冀道："这邴尊生性不苟，深得桓帝的欢心，万不能彰明较著的去陷害他。要想将这个贼子除去，只有暗中派刺客，将他结果了，那才一干二净的毫无痕迹呢。"寿娥道："这计好是好，可是有谁肯去冒险呢？"梁冀沉思了一会，便向她说道："我们这里不乏有武艺的人，可是这事太险了，恐怕他们畏缩不前；依我的主意，将他们完全带来，开了一个秘密的会议，有谁肯将邴尊结果了，赏绢五百匹，黄金一百斤，重赏之下，必有勇夫的。"寿娥拍手道妙，随命将府中所有的家将，完全请来。梁冀将来意对大家说了一遍。那些家将好像木偶一般，谁也不敢出来承认。

梁冀好不生气，正要发作，猛听得一声狂笑，屏风左边转出一个人来，满脸虬髯，浓眉大眼，紫衣找扎，大踏步走到梁冀的面前，躬身说道："不才愿去。"梁冀闪目一看，却是侍尉朱洪，心中大喜，忙道："将军愿去，那就再好没有了，可是千万要小心为好。"他笑着，用手将胸脯子上一拍说道："请将军放心，只要小人前去，还不是探囊取物么？"

他说罢，在兵器架上取下单刀，往背上一插，飞身上屋，径向邴尊的府第而来。到了他家大厅上，他伏着天窗，往下面一看，只见邴尊和众人正自在那里用晚膳呢。他纵身落地，一个箭步，跳进大厅。众人中有一个名叫寅生的，他的眼快，忙大声喊道："刺客！刺客！"慌得众人连忙钻入床肚。

这时邴尊府内家将，闻声各拖兵器，一齐拥了出去，接着他大杀起来。自古道：能狼不如众犬，好手只怕人多。朱洪虽有霸王之勇，也就无能为力了，不多会，一失神，中了一刀，正砍在他的腿上。他大吼一声，堆金山、倒玉柱的跌了下去，被众人横拖倒拽的擒住了。邴尊升坐询问。他起首还嘴强，不肯直说，后来熬刑不住，便一五一十的将梁冀的诡谋完全说了出来。

邴尊勃然大怒，便命人将朱洪拘起，就在灯光下修一道奏章，又将朱洪词抄录一通，更不延留，立刻将朱洪带到午朝门外。黄门官便问他何事进宫。他道："现在有紧急的要事，烦你引我到宫。"那黄门官见他深夜前来，料知事非小可，便向他说道："请大人稍待片晌，等我先进去通报万岁一声。"邴尊点首。那黄门官脚不点地的进去了。不一会，复行出来，对他说道："万岁现在坤宁宫里，请大人进去罢。"他又吩咐御林军，将朱洪守着，他自己一径向坤宁宫而来。

到了坤宁宫的门口，只见桓帝与邓贵人正在对面着棋。他抢近俯伏，先行个君臣之礼。桓帝忙呼平身，便问他道："卿家深夜进宫，有何要事？"邴尊道：

“请屏退左右，微臣有奏本上奏天颜。”桓帝拂退残棊，龙袖一甩，左右退去。邴尊便将奏章和朱洪的供词呈上请阅。桓帝看罢，大惊失色，忙道：“卿家有什么妙策，可以铲除这个欺君贼子呢？”邴尊奏道：“万岁德服四海，仁驰天下，所以将这贼子骄纵得不可收拾，现今此贼威权并重，眈眈有窥窃神器之野心，万岁若再不施以决裂手段，恐怕向后就要不堪设想了。”桓帝道：“孤家何尝没有这样的用意，可是这贼根深叶密，耳目众多，只怕事机不密，反生别变，所以迟迟至今，都未敢贸然发作，如今这贼的野心愈炽，却怎生应付呢？”邴尊奏道：“依臣愚见，要除此贼，须用一个迅雷不及掩耳的计划才行呢。最好今夜派人前去将他捉住，然后那班奸贼群龙无首，眼见得不敢乱动了，未知万岁以为如何？”桓帝瞿然答道：“卿家之言，正合孤意。”邴尊又奏道：“此事刻不容缓，缓必生变，他既派人来刺微臣，再停一会，他不见朱洪回去，必起疑心、疑心一起，势必要预防，那可就棘手了。最好请万岁即发旨，差御林军前去兜剿，他一个措手不及，才是千稳万安的计划呢。”桓帝大喜，便星夜下旨，将九城兵马司张恽召来，命他领了三千御林军，前去捉拿梁冀；又另命扬威将军单超点五千御林军，把守各处禁口。张恽带着御林兵，直扑梁冀府而去。

再表梁冀将朱洪差去之后，便和寿娥商议道：“如今朱洪去了，能将邴尊结果了，是再好没有；万一发生意外，那怎么办呢？”寿娥笑道：“将军大权在手，朝中百官，谁不是你的心腹呢？就是有什么差错，只消动一动嘴唇皮，硬便硬，软便软，还不是随你主张么？”梁冀听她这番话，正要回答，猛听得人嘶马吼的，呐喊的声，不禁心中疑惑道：“这夜静更深，哪里来的人马声音呢？莫非是巡城司捕捉强盗的么？”他正要起身出去探看探看，瞥见一个家丁，一路飞了进业，大叫祸事来了。梁冀不由的大惊失色。这正是：

刀兵加颈犹嫌晚，死到临头尚不知。

要知后事如何，且看下回分解。

第一百零九回 两粒明珠疑云兴起 一双绣履横祸飞来

话说梁冀听得外边呐喊声音，好生疑惑，正要出去查个究竟，瞥见一个侍尉，神色仓皇的跑进来，大叫道：“祸事来了，祸事来了。”梁冀知情不妙，忙问：“什么事情？”他道：“外边满围着御林军，足数有几万人，口口声声是捉拿将军

的，请令定夺。"梁冀听说，只吓得魂不附体，半晌答不出一句话来，朝着寿娥光翻白眼。寿娥此刻也吓得僵了，蛾眉紧蹙粉黛无光。梁冀道："如今事机已经泄漏，你我活不成了，不如一死，倒比被他们捉住，明正典刑的好一些儿。"寿娥忙道："你也忒糊涂了，放着现成的计划在此，不去想法子抵抗，只知道一死了事，可见你这个人胆小如豆了。"他忙道："现在御林军已到府外，真如火上眉梢了，哪里还有什么法子可想呢？"她道："你何不派人从后门出去，到各处去求援呢？一面命家兵家将赶紧分头迎敌，事机既然泄漏，不若就此大动干戈，将这班鸟男女杀去，然后将昏君再结果了，便是你来做万民之主，两全其美，何乐而不为呢？"梁冀道："谈何容易，他们既然来捉拿我们，前后门还不是把守得水泄不通么？"

他话还未了，猛听得一阵脚步声音，从外面进来。他大吃一惊，料想一定是御林军已进府了，忙在腰间拔出宝剑，向颈上一施，鲜血直喷，扑通一声，往后便倒，顿时死于非命了。寿娥见他自刎，吓得心胆俱碎，正要去寻死，瞥见房门一动，走进两个人来。

她仔细一看，原来不是御林军，却是府中的侍尉。他们一脚跨进房门，瞥见地下横着一个尸首，不禁大吃一惊，忙俯身一看，不是别人，正是梁冀，不由的一齐慌了手脚，便一齐向寿娥说道："现在御林军已经打进府中，现在正在前面搜查呢，将军又死了，教小人们怎生办呢？"寿娥忙道："你们可以各自去寻生路罢。"有一个侍尉听说这话，真个似罪犯逢赦的一样，一溜烟出门逃命了。还有一个，他见梁冀死了，不觉动了野念。他本来是久已垂涎于寿娥的，一来是惧怕梁冀，二来寿娥有了庆、雪两儿，谁也不肯乱去勾搭了。他虽然每每的在她跟前献了不少殷勤，无奈寿娥正眼也不去看他一下子，只好害了一个单相思罢了。如今见她这个样子，便对她说道："夫人，此刻还不赶紧逃难么？马上御林军打进来，玉石俱碎了。"她忙向他问道："你可知道庆、雪两儿现在逃到哪里去了？"他听这话，便撒谎答道："太太还问呢，我躲在大厅后面，看得清清楚楚的，他两个被那一班御林军一刀两段，两刀四段，早已了结，我倒很替他们可惜呢！"她听说这话，止不住伤心落泪，那个侍尉却假意安慰道："夫人，人死不得复生，哭也无益，如今火烧眉毛，顾眼前罢，赶紧去逃命要紧。"她听说雪、庆两儿死了，心早冷了，再也不愿去逃命了。便对那个侍尉说道："多谢你的好心，可是奴家心已灰了，决定一死了事，如今家破人亡，我一个人活着有也没趣味了，你却快去逃命吧！不要因为我，连累你的性命都送掉了。"那侍尉还不识她的心事，仍然劝她动身。她也不答话，顺手将领口上两个金钮子摘了下来，便往嘴里一送。那侍尉见她吞金，连忙过来抱住她的臂膊，说道："夫人，你也太不明世理了，我在这里的这样劝你，你还不省悟，一定要寻死，岂不是可惜么？"他有一搭没一搭的

在那里说着，寿娥也不去答他，只将星眼紧闭，低头等死。他此刻什么大事都不管了，假着寿娥还要劝她，随自己逃走呢。这时房门帘一揭，闯进四个御林军。他听脚步声音，忙回头一看，不禁失口叫道："啊呀！……"话还没出口，刀光一亮，他的头早和颈上脱离了关系了。寿娥的金钮子也在肚里，同时作起怪来，不等他们来动手，就一命呜呼，到九泉下陪伴梁冀去了。

众御林军在梁冀的府中，一直搜杀到天亮，才算肃清。事后调查，共得男尸二百五十四口，女尸一百三十七口，活捉八十四人，共抄得黄金三千斤，白银一万二千七百余两，金章玉印八十四件，大将军印绶一枚，刀枪三千四百三十一件，马八百匹，牛一千四百头，田五百八十六顷，绢三千匹，粮食一万二千八百余石，尚有奇珍异宝五十匣，零星物件八十箱。当由张恽按件呈报桓帝。次日下旨将河南尹梁胤，屯骑校尉梁让，亲从侍尉梁淑，越骑校尉梁忠，长水校尉梁志等，一齐拘到，斩首市曹。还有寿娥内外宗亲，及现有官爵者，一并诛于市曹，就连寿娥的母亲童老夫人也未能免。复又将太尉胡广，司徒韩縯，司空孙朗等，一班阿附梁冀之徒一并枭首示众。四府故吏宾客，黜免至三百余人。可是这层事起得忒仓猝了。不独满朝文武，人人自危，就是长安的众百姓见了这样的大变动，免不得也个个惴惴不安。街头巷尾，沸沸扬扬，不可终日。

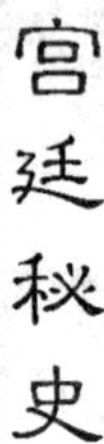

邴尊恐闹出别样的事故来，忙上表请下诏安民。桓帝准奏，忙下诏晓谕天下，诏曰：

> 梁冀奸暴，浊乱王室。孝质皇帝聪明早茂，冀心怀忌畏，私行弑毒。永乐太后（即酈皇后）亲尊莫二。冀文遏绝禁在京师，使朕永离母子之爱，永隔顾复之恩。祸深害大，罪孽日滋。赖宗庙之灵，及中当侍具瑗、徐璜、左王官、唐衡，尚书令尹勋，动军马司张恽等，激愤建策，内外协同，漏刻之间，桨逆枭夷，斯诚社稷佑，臣下之力，宜班庆赏，以酬忠勋。其封超等六人为县侯，恽另加一阶，并赐黄金三十斤，良马五匹，其有余功足录。尚未邀赏者，令有司核实以闻。

这诏下后，天下人心始为安定。单超复奏小黄门、刘普、赵忠等，亦拼力诛奸，应加封赏。桓帝准奏，即封刘赵以下八阉人为卿侯。从此宦官权力日盛一日了。梁皇后见乃兄九族全诛，不由的又悲又恨，加之桓帝因为梁冀谋为不轨，对于梁皇后便不十分宠幸，连足迹也罕至淑德宫了。梁皇后气郁伤肝，一病奄奄，竟无起色了，未上两月，一命呜呼。桓帝本来是个见新忘旧的人，见她死，毫不伤悼，只是照后妃葬礼，将她草草的入殡之后，急将邓贵人册立为六宫之主，邓贵人格外逢迎，桓帝自然是恩宠有加，不必细说。

再表一班权阉将梁冀诛了之后，顿时癞狗得了一身毛，狂放到十二分，卖官鬻爵，任所欲为。桓帝向来是个懦弱成性的人，再加上耳朵又软，经不起他们的

花言巧语，将他哄得团团乱转，要怎么便怎么，百依百顺。满朝文武见桓帝和他们亲密得厉害，谁不会趋炎附势呢，你也奉承，我也逢迎，没有一个敢去和他们走顶风的。这一来，这班权阉，格外自高自大，目无法纪了。

这时却恼动了一位大臣，你道是谁？却原来就是大司马吴欣，他本是个不肯阿私的人，见他们这样的扰乱治安，害民误国，不由的怒从心上起，恶向胆边生，便切切实实修了一道本章，奏与桓帝。桓帝看罢，倒也触目惊心，便要治他们的应得之罪。

他正在迟疑的当儿，徐璜、唐衡俯伏金阶奏道："我主万岁，臣待访得洛阳有女，名田圣，年才及笄，德言工容，四者俱备。臣等恩我主御内，不过邓娘娘，窦贵人为陛下所契重，然而宫闱广大，究属乏才料理，臣等筹思再三，敢请陛下选入掖庭，补助坤政。"桓帝正在要究办他们，听说这番话，不禁满心欢喜，忙道："此女卿家可曾带上朝没有？"二人忙奏道："现在午门以外，侯旨定夺。"桓帝忙道："宣进来。"黄门官忙出去，不多一会，引进一个绝色的美人来，婷婷袅袅的走到殿下，折柳腰便拜，樱口一咋，吐出一种娇娇滴滴的声音来，说道："贱妾愿我主万寿无疆。"桓帝仔细一看，那女子从容举止，果然比花花解语，比玉玉生香，不禁龙颜大悦，忙道："免礼平身。"随在殿上封为贵人。她三呼谢恩。这时拥出许多宫女，将她拥簇着进宫去了。桓帝向二人笑道："两位爱卿荐贤之功，真正不小，孤王也没有什么酬谢，只送黄金五十斤，绢彩八十匹，聊作谢媒之仪罢。"二人俯伏谢恩。

这时可不将一个吴欣气倒，正要复奏，哪知桓帝得了田圣，急不能待，龙袖一展，百官退朝。吴欣忍气回府，坐在百客厅上，咳声叹气的道："权阉扰乱政治，万岁昏庸，国将危亡，恐无多日了。"他正在这里愤慨的当儿，进厅报道："太尉黄世英来了。"他忙命请了进来，不多时，走进一个白发皤皤的老者来，进了厅，吴欣赶着让坐，说道："黄老丈！今天是什么风儿吹到这里来的？"黄世英将胡须一抹，说道："这两天贱体微有不爽，所以连朝都没有上，今天觉得稍好一点了，可是在家闷得厉害，所以特地来和你谈叙谈叙的。"吴欣道："下官连日碌碌，未曾到府去问安，反累老丈的玉趾，惶恐惶恐。"黄世英见他双眉紧蹙，面带愁容，不由问道："司马怏怏不乐，有什么事这样的呢？"他叹气答道："老丈还问什么？我们这班人，不久就要做无头之鬼了。"他听这话，不禁吃惊不小，忙问道："你这是什么话呢？"他道："佞臣弄权，天怒人怨，国亡恐无久日了。试想覆巢之下，岂有完卵？"黄世英忙道："这真奇了，那梁冀不是除掉了么，现在又是谁人弄权呢？"吴欣冷笑道："老丈还在梦里呢，如今的一班贼子，其凶暴行为比梁冀恐怕还要狠十分呢。"他忙问是何人？吴欣便将徐璜、唐衡等一班人的行为，细细的说了一遍。将一个黄世英只气得胡子倒竖，怒不可遏，便向他道："你既然晓

得他们这样的胡行，为何一道本竟不上呢？”他叹了一口气道：“老丈休提起奏本，说来伤心。下官今天上了一道奏章，万岁起首倒有几分怒容。后来那班贼子进了一个洛阳的美女，名叫田圣，生得妖娆出色。万岁见了，连魂都险些儿被她摄去，将我的本章不知丢到哪里去了，连提也不提了。”他说罢，黄世英气冲牛斗，便道：“好好好，万不承望我朝又出了这班佞贼呢，老夫此番和他们总要见个高下的。”他说罢，便告辞回去了。在灯下修一封奏章，将一班权阉的利害，切切实实的写上一大篇。次日，五鼓上朝，呈于桓帝。桓帝见他的本章，料想定是弹劾权阉，他也好，连看都不看，往龙案下面一只金篓里一塞，黄世英还当他见过本章呢。

散朝之后，一班权阉，将他的本章从金篓里内查了出来，大家仔细一看互相怒道：“颇耐这个老贼，竟和我们作起对来，好好好，包管将这老贼结果了，才见我们的本领呢！”徐璜对众人说道：“他固然是我们的对头了，你们还不知道，还有一个仇人呢！”众人忙问：“是谁？”他道：“便是大司马吴欣。昨天我们进田圣之前，他也有本章弹劾我们的，不过万岁见我们进了田圣才把这事不提的，否则万岁要寻根究底了。”众人一齐发恨道：“怪不道那贼子平时看见我们总是乌眼鸡似的，我们以为河水不犯井水，不与他去较量，不想他竟不知死活，竟敢到太岁头上来动土，岂不是自己讨死么？”唐衡便向众人说道：“这两个狗头在万岁的面前，早就有些威信，我们如果在明地上去和他们作对，料想万岁一定不会就将他们治罪的，不如在暗地想出一个方法来，将两个狗头结果，那才是一干二净的呢。”众人却道：“你这话未尝不是，我们要出什么法子来结果他们呢？”唐衡道：“这里不是谈话之所，诸位请到我的家里再议罢。”众人道好，便一齐到了唐衡的府内。

宾主坐下。唐衡便向众人说道：“如今万岁不是待邓后渐渐地宠衰了吗？”众人都道：“不错。”他道：“我这条计真是三面俱到，十全其美。”众人便问他：“是个什么计划？”他便向众人附耳说道：“只消如此如此，还怕他们不送命么？”众人听了，一齐赞美道：“亏你想得出这条计，果然是风雨不透。”左琯道：“我明天就进宫去，安排一切就是了。”他们畅谈了一会，才各自散去。

到了第二天，左琯便托故进宫，暗中与田圣商议，教她见机行事。未到三天，桓帝早朝，突然对众大臣说道：“内宫遭了窃，失去夜明珠两颗，这珠乃是无价之宝，哪位卿家可能替孤搜查回来，加官三阶。”左琯、徐璜一齐出班奏道：“我主万岁，微臣等愿去。但是有一层，依臣等的愚见，如今珠子既然失去，料想不是禁城外的人偷的，这一定是禁城里的人偷的，臣等搜查起来，当然是不分尊卑，一概都要搜查的。万一有一两位大臣，抗旨不受检查，微臣等官卑职小，难以执行。”桓帝不等他们说完道：“无论何人不得抗旨，如有抗旨的，孤家先赐你

们一支尚方宝剑,先斩后奏。”左琯、徐璜领旨谢恩。

这时满朝文官,惊异非常。自汉家有天下以来,宫闱以内,从来没有差少一些东西的,谁也不知道是他们的诡谋呢。

再说徐璜、左琯得着圣旨,手到擒来,将黄世英抓上。他们献上明珠,又献上一双宫鞋,声称是在大司马吴欣的府中查出来的。他两个奏罢,把个桓帝气得一佛出世,二佛涅槃,连声喊道:“快将吴欣抓来,一并处死。”左琯等不待下旨,便飞也似的走去,将吴欣拿到,不由分说,和黄世英推出午门斩首。

满朝文武噤若寒蝉,谁也不敢出来保奏。独有邴尊怒气填胸,越班出众,前来保奏,刚刚俯伏下去,还未开口,说时迟,那时快,两颗血淋淋的人头,已经捧上来,邴尊见了,不由的一阵心酸,退身下来,暗自道:“黄老伯,不承望今天和你永诀了。”他也无心去辩白了。

桓帝将他两个杀了才稍稍的泄怒,从此任用奸佞,政治紊乱得不可收拾,苛征重税,民不聊生。桓帝成日和田圣等寻欢取乐,不理朝政。这田圣为顾全自己的宠幸起见,又托人到外边去买了十个绝色的女子进宫。桓帝得了这十个绝世的玉人,越发纵淫无度,不到三月竟染了痨瘵,骨瘦似柴,无药可救了。好端端的一个三十六岁的皇帝,竟在德阳前殿奄卧不起,瞑目归天了。桓帝崩后,窦娘娘便差刘倏持节到河间,将解渎亭侯刘宏迎入京都继承大统,统国号建宁,称为灵帝,尊窦娘娘为太后。

窦太后大权在手,先将田圣等一班尤物处死,除去夙怨,授窦武为大将军,并征用司隶李膺、太守荀昱等辅政事。起初倒还十分勤谨,谁知到后来,渐渐地不对了,任用赵娆、王甫、曹节一班佞臣了。这赵娆尤为群奸中最刁恶的一个舌剑唇枪,哄得窦太后百依百顺,他们又连络内阉,互通一气,卖官鬻爵,为所欲为,扰乱得不分皂白,天怒人怨,浑浑噩噩的数年,政治愈来愈乱,盗贼蜂起。

钜鹿张角等纷纷起事,自号为天公将军,又号张宝为地公将军,张梁为人公将军,啸聚四方民众,群起谋叛,所到之处抢劫烧杀,无所不为。灵帝派兵遣将,前去征战,无奈贼势浩大,此方剿灭,彼方又起,绝不能务绝根株的。

在这黄巾搅乱的当儿,凭空跳出三个出色惊人的大英雄来,便是涿县中山靖王的后裔刘备,和同县的张翼德,河东解县的关云长,他三个领着义兵,辅助天师,将一班黄巾贼杀得五零四落,余党逃向关外而去。朝廷下旨,便封刘备等三人为安喜县。他们奉旨上任,不提。

再表许昌城外高头村,有一个异丐,生得面如傅粉,唇若丹朱,相貌魁伟,膂力过人,慷慨好义,每每遇到什么不平的事情,马上就得排难解纷,扶弱除暴。所以一村的人没有一个不佩服他的。尤其是那葛大户家的大小姐葛巧苏,对于他十分心折。自古道:“佳人豪杰,本是一连,这话的确不错。她由慕生爱,便暗

中派她的一个心腹小丫头，名字叫流儿的，前去喊他到后圃里一晤。流儿得着她的命令，狗颠屁股似的去到异丐平日常住的那个土地庙里面，向他说道："我们家小姐慕你的英名，特地叫我来请你去，和她去会面呢。"异丐好不惊讶，身不由主的随她走了。这正是：

潦倒风尘人不识，谁知竟得丽姝怜。

要知后事如何，且看下回分解。

第一百一十回　堕勾栏佳人嗟命薄　当县尉豪杰叹途穷

话说异丐随着流儿转过一个大玫瑰花簇子，瞥见一个绝代的佳人，亭亭的立在一株梧桐树下。手里拿着一枝银红色菡萏花，真个比花花解语，比玉玉生香，雪貌冰肌，柳眉杏眼，描不出千般旖旎，说不尽万种风流。把个异丐看得眼花缭乱口难言，身子儿酥了半截，但见她穿一件月白湖绉的小衣，下垂八幅湘裙，一双瘦尖尖的莲瓣，只多不过三寸吧。她见了异丐，便也出了神，暗道："不料这乞丐里面，竟有这样的人材，果然名不虚传。"她偷眼细细的打量他，生得猿臂熊腰，伏犀贯顶，面如傅粉，唇若丹朱，身上着一件土织的衣褂，下面穿着一条犊鼻裤，赤着脚，虽然衣破衫歪，那一股英俊的气概，兀的埋掩不了。好暗暗的自己对自己说道："葛巧苏，葛巧苏，你年已二八，还待字深闺，虽然多少人来说合，至今何曾有一个如意郎君的，要是能托身于他，真不枉为人一世了。"她想到这里，不由的红晕双颊，娇羞欲绝。

异丐见了她，却也在一边暗暗的喝采道："怪不道人家成日家的说着，美女生在葛家，今日一见，果然世间无二，若能将她娶为妻室，这艳福倒不浅哩。"他想到这里，忽然又自己暗笑道："我可呆极了，人家是金枝玉叶，我是个怎么样子的一个人，就妄生这个念头，岂不是癞狗想吃天鹅肉么？"他正自胡思乱想的当儿，猛可听得鼓角震天，喊声动地。他大吃一惊，忽忙顺着大喊的声音望去，只见东边烟尘大起，不多会，只见无数的黄巾贼，漫天盖地的奔来。

这异丐分毫不怯，勃然大怒道："不料这班害民贼，竟撞到这里来了。"他正要回身去喊那女子叫她回去。谁知再等他转过身来，哪里还见那女子一些踪迹呢。他此刻也不暇去追究，便拔步飞也似的直向村东而来。

这时高头村的一班居民，扶老携幼，哭声震野，四处觅路逃生。葛时正在府

中查点完税，瞥见一个家丁飞也似的跑进来，神色仓皇，气急败坏，见了葛时大声喊道：“员外爷！不好了，不好了，黄巾贼现在已经打到东村了。再不多时，马上就要进我们的村口了。”葛时忙到后面，对他的母亲说道：“太太，你老人家晓得么，现在黄巾贼已经打到东村了，再不逃走，就有性命之忧了。”葛母听说这话，勃然大怒，开口骂道：“你这畜生，无风三尺浪，又是从哪里听得来这些鬼话，便马上就来乌乱得一天星斗了，赶快给我滚出去，休要惹得我性起，一顿拐杖，打得你个走投无路。”

原来这葛时是葛巧苏的父亲，平时对于他的老娘，十分孝顺，随便什么事情都要先来禀告她一声，经她许可，然后才敢实行。今天不料碰了一个大钉子，站在旁边，一声也不敢多响，满口只是唯唯称是。葛母又道：“我一个人，活了六十多岁，托天保佑，从来未曾经过什么刀兵的灾难；我平日但诵这《高王经》，不知诵了多少了，佛祖爷说，读了十遍《高王经》，能免一家灾难星；读了百遍《高王经》，可免一村灾难星；我们的老太爷在日的时候，他老人家一身就敬重《高王经》，那时赤马强盗，差不多各州各县都被他们扰遍了，独有我们这高头村纹风未动。要不是菩萨保佑，就能这样了吗？我数着我读的《高王经》，差不多有三千遍了，任他是黄巾贼黑巾贼，断不会来的。”她刚刚说到这里，又见一个家丁，一路滚瓜似的跑了进来，大声说道：“祸事到了，祸事到了，贼兵已进东村口，将李大户的房屋全点火烧了，我眼见杀得十几个人了。”葛母听得，吃惊不小，忙起身问道：“你这话当真么？”那家丁忙答道：“谁敢在太太面前撒谎呢？”葛时这会子也由不得葛母做主了，连呼备马。众家将一齐备马伺候。葛时又命收拾出几辆土车来，给葛母与内眷等坐。

大家正在忙乱之际，瞥见流儿飞也似的奔进来，气急汗喘，放声哭道：“不好了，不好了，小姐被众贼兵抢去了。”葛时夫妇陡听这话，好似半天里起了一个焦雷，连忙问道：“你和小姐到什么地方去的？”流儿哭道：“小姐吃过饭，因为在楼上闷得慌，她教我和她一同到后园里去乘风凉，不想就被那起头扎黄巾的强盗硬抢了去了。”葛夫人听得，便儿天儿地的哭将起来。葛时忙道：“你可昏了，这会是什么时候，还有闲工夫哭么？赶紧先去逃命要紧！”葛夫人无可奈何，只得拭着眼泪上了车子。葛母闭目合掌，念道：“南无佛，南无僧，南无大慈大悲观世音菩萨。”她颠来倒去的不住口念着。葛时和众家将四面围护着车仗出得门来，瞥见村东火光烛天，哭声震地，吵得一团糟似的。葛时忙命人转道直向许昌而去。

再表那个异丐跑到东村口，自己对自己说道：“我在这里，承人家何等的厚待我，现在人家眼看着要遭劫难了，我非草木，岂得无心，难道就袖手旁观不成吗？”他自言自语的一会子，便打定了主意，无论如何，拼着我一条性命去和这班

贼子拼一下子罢。他在四下里一打量,见没有什么东西可以当兵器用,只有一根新桥桩,竖在濠河里,半截露出水面。他便蹲下身子,伸手一拔,用力往上一提,不料他用力过猛,那根桩被他拔起,他身子向后一倾,险些儿跌下桥去。他赶紧立定了脚,将桥桩拿起来,仔细一看,足数有一丈二尺多长,碗来粗细,原是一根枣树的直干。他笑道:“这家伙又重又结实,倒很合手呢。”

这时候那头队的黄巾贼,已经离吊桥只有一箭之路了。那乞丐横着桥桩,在桥头立定等候。霎时那头队贼兵,闯到濠河边,刚要过桥,瞥见一个人握着碗来粗细的一条大木杠子,雄纠纠的站在桥头,预备寻人厮斗的样子。众贼兵哪里将他放在心上。有两个先上桥来,大声喝道:“该死的囚徒,胆敢挡住咱们的去路,可不怕咱们的厉害么?”他冷笑一声道:“好狗头,胆敢在老子面前夸口,识风头,趁早给我滚去,不要怄得你老子性起,教你们这班狗头,一个个做了无头之鬼。”那两个贼兵听他这话,勃然大怒,飞身过桥,就要来和他厮杀了。他见他们上了桥,便舞动木杠迎了上来,未得还手,就将那两个贼兵打下水去,冒了两冒,做了淹死的鬼了。后面大队贼兵见了,一齐大怒拥来。他却分毫不怯,舞起木杠,只听得扑通扑通的声音,霎时将贼兵足数打落有数十个下水。还有些贼兵,见他这样的厉害,谁也不敢再来送死了。只得扎在濠外,大喊鼓噪,不敢再送死。停了一会,贼兵愈聚愈多,只是没一个敢来送死。后队贼将见前队不行,便知出什么阻碍,便飞马赶来,向贼兵问道:“为什么停着不走呢?”众贼一齐答道:“桥上那个牛子,十分厉害,前队的兄弟们被他打落数十个下水了。”那员贼将听得这话,不由的哇呀呀直嚷起来,催动坐骑,舞动四窍八环牛耳泼风刀,直冲上桥,乞丐立了一个势子等候。等他的马到桥中间,他飞身抢上来劈头一杠,那贼将挥刀将迎。猛听得唧的一声,那贼将手中的刀,早被他打下水去了。他趁势横杠一箍,早将那贼将连人带马全打下水去。众贼兵吓得拨头向南就跑。说也奇怪,头队不利,后队再也没有一个贼兵来啰唆了。他仍旧守着不肯动身,一直等到酉牌时候,贼队去远,听不见呐喊声音,才将杠子丢下,入村而来。

到了村里,静悄悄的鸡犬不闻。他暗自疑惑道:“难道村上的人全走了吗?”他此刻肚中已经饿了,便挨次到各家门口去探听,不独人影子不见,连鬼影子也没有了,他饿得肚皮里面辘辘的乱响个不住。他暗道:“这些人家,准是去逃难了,但是人家去逃难,我却怎能到人家去寻饭吃的。万一被人家晓得了,还说我趁火打劫呢,宁可我挨饿,不做这些非礼举动。”他想罢,复行走出村来,迎着月光,只见五谷场旁边,种着许多香瓜,已经成熟。他便蹲下身子,摘了几个又大又熟的香瓜,放在身边,张口便咬。连吃了六只香瓜,饥火顿消,凉沁心脾,他不禁说了一声快活。他便走到那日里睡的所在去寻好梦了。

到了第二天,众村民打听着众贼兵已经去得远了,便扶老携幼的复又转回

村来。大家进了村口,只见屋舍俨然,分毫未动,个个好生欢喜,及到了自己家里一查检,不禁说了一声惭愧,连一粒芝麻也不少。葛时也跟着众人回来了,到自己家里,见一草一木,未曾动过。他半悲半喜,喜的是未遭横劫,悲的是女儿不知下落,葛母对众人说道:"巧儿命该如此,她是一个讨债鬼,你们趁早不要去想她,她在我身边,我不知道教她多少次数《高王经》,她只顾顽皮,一些儿也不理我。一个女孩子家,除了《孝经》,这《高王经》,一定是要读的;如今差不多菩萨嗔怒她,也未可知。"她说着,合掌对着佛像说道:"阿弥陀佛,要不是老身替众人念佛消灾,这次的横劫怕免得了么?"葛时夫妇命人到四处察访她的踪迹,访了多时,连一些影子都没有访到。葛时无可奈何,只好自叹命苦罢了。

再表那个乞丐听得众人说起葛大户的女儿被贼兵劫去,他将那一腔无名忿火高举三千丈,按捺不下,遂不辞而别的走了。在他的意思,预备追踪下去,将她寻了回来。

这暂且不表,单讲葛巧苏究竟是被谁劫去的呢?原来这高头村有两个无赖:一个名字叫岑禄,一个名字叫罗古。他两个本是黄巾贼的党羽,久已垂涎于巧苏了,只苦一些空了也捞不着,而且葛家门深似海,无隙可乘。他两个使尽了千方百计,结果的效力等于零。年深日久,他两个不免有鱼儿挂臭,猫儿叫瘦之感。却巧黄巾贼下了一个密令,教他两个在六月十三这天候着。他们接到这个密令,便暗暗的商量道:"如今我们的机会到了,明日大队一到,还不是我们的天下么?那时直接到她家,带了就走,还怕谁呢?"他两个打定了主意,到了第二天午牌时候,裹扎停当,头带黄巾,腰悬利刀,预先埋伏在葛家的花园里,等了多时,瞥见她一个人出来,婷婷袅袅的走到梧桐树下,岑禄便要上前动手。罗古忙拦住他道:"你且不要急死鬼似的,现在大队还未到,万一惊动了人,便怎么了呢?"岑禄道:"难得有这样的好机会,这时再不下手,等待何时呢?"罗古顿足道:"你又来乱动了,你心急,你一个人去罢,我却不管。"岑禄只得耐着性子守候了多时,瞥见流儿和乞丐有说有笑的一路径向这里走来,两个人不由的暗自纳罕道:"难道他和这乞丐有什么暧昧的事么?"正在疑虑间,只见东北上烟尘大起,喊杀连天。他两个料定大队已到,便要出去,无奈又惧乞丐来干涉,只得耐着性了看他们的动静。只见巧苏吓得玉容失色,粉黛无光,拉着流儿一头走进一个蔷薇架子的下面,动也不动,那乞丐却飞也似的向村东去了。他们俩从芍药丛中跃了出来,把巧苏从蔷薇架下拖了出去。

巧苏见他们凶神似的,正待要喊,岑禄用刀在她的粉颊上面晃了一晃,悄悄的道:"你喊出一声来,马上就请你到外婆家里去。"巧苏吓得噤口难言,只紧闭星眸任他们背走。流儿却早已吓得僵了,软瘫在地,半晌不敢动弹一下子,等他们走了之后,才从地上爬了起来,飞奔回去报信了。他们一面走,一面商量道:

"如今我们得了手,万不能入大队了,如果一入大队,这心肝儿一定要被首领夺去的。"岑禄道:"可不是么? 我们费了多少心血,好容易才将这宝贝弄到手,与其替他们做一回开路神,不如我们自己去受用吧。"他两个说的话,巧苏句句听见,料知也难活,她却一点不怕,心中也在那里盘算着怎样的应付他们。他两个足不点地的一直跑到日落西山,差不多离开高头村五十多里了。看着天色已晚,岑禄便对罗古道:"现在天色渐渐的晚了,我们也该去寻个住处,先行住下,再作计较罢。"罗古点头称是。

正是说话间,只见前面灯光明亮。他们走近一看,恰巧就是一个野店。他们便下了店,便喊堂倌教他收拾一个房间出来,让他们住下。一面又叫了许多牛脯鸡鸭之类,买了十几斤好酒。二人对面坐下,一齐向巧苏说道:"你也一同来吧,既然跟了我们,就要老实些,我们向来不相信装腔做势的。"巧苏听了这些话,真个似万箭钻心,但又不敢露于表面,可惜眼泪往肚里淌,恨不得立刻寻死,死了倒觉得干净。她见了他们招呼自己,又不敢不应,只得含羞带愧的走近来坐下。岑禄便倒了一大杯酒,双手捧到她的面前笑道:"亲人! 你却不要拂了我的好意,快些儿将这杯酒吃了。"她见了酒,柳眉一横,计上心来,顿时换出轻颦浅笑的颜色来,将酒杯接了过来,一仰粉脖吃了,便对岑禄说道:"奴家久闻两位将军的英名,无缘相见,深为憾事,妾身家教极严,平日不能越雷池半步,今日有幸与两位将军得图良晤,贱妾不胜荣幸。但是良宵不再,我们今天须要痛饮一场,以酬素悃。"她说罢,掳起纱袖,伸出一双纤纤玉手,便替他们满斟了两大觥,笑吟吟地说道:"这一杯是贱妾的微敬,蒙二位垂爱,妾感激不胜,请用了罢。"罗古、禄岑听她这一番又香又软的话,不禁魂飞魄散身子早酥了半截,各人将杯中的酒,直着嗓子喝了。她又斟上两觥,说道:"这两觥酒,是妾身还敬的。"他们不等她说完,便抢到手中吃了。她又斟上两觥,说了两句,他们又吃了。两杯复两杯,一直吃到夜阑人静,将两个人灌得烂醉如泥,即时从桌上倒了下去,人事不知。她便在罗古的腰中将刀拔出,照定他咽喉,就是一送,哧的一声,早已了账;顺手又是一刀,将岑禄结果了。她放了刀,将身上血迹皆抹干净,悄悄的出了后门,也不知东西南北,撒开金莲,拼命的乱走。一直走了一夜,到了第二天早上,实在不能再走,坐在道旁,呻吟着足痛。

列位凭她这样的姿首,又是独身单影,坐在这大道之旁,岂有不动人歹意的道理。停了一会,果然碰上一位魔头,你道是谁? 却就是洛阳城有名的大骗潘同。他见了她一个人坐在道旁,便起了歹意,拢近来搭讪着,问长问短了一回,便满口应承送她回去。她本是一个未经世路的人,哪知就里,满口感激不尽。潘同忙雇了一乘小轿与她坐,自己雇了一头牲口,在路行了好几天。那日到了洛阳,她见三街六市十分热闹,不禁问道:"这是什么所在?"潘同谎言道:"这是

许昌,离你们家不远了。”她满心欢喜,随他走进一个人家,这潘同一去杳不复来。这时鸨母龟头,才将卖与他们的一番话告诉于她。她方知身堕火坑了,但是寻死不得,求生未能,只得暂行挨着不提。

如今再表刘备领着关、张二人,到了安喜县。谁知这安喜县令是个百姓的魔头,强敲硬索,无处不用其极。这安喜县的面积又小,众百姓的出产又甚少,哪里经得起他来搜刮呢,真是欲哭无泪,天怨人愁。刘备见他的行为不正,屡屡想去告诫于他,奈因自己是个县尉,未便去驳斥上司。未到三月,朝廷就有圣旨下来,凡有军功,得为长吏的人,一律撤销。不上二天,督邮到了,安喜县令一路滚去迎接了。刘备当下带着关、张也去谒见。谁知这督邮本是势利之徒,见他是个小小的县尉,哪里有眼看得起他,便回绝不见。恼得张飞性起,霍的跳起来,要去和他厮拼。这正是:

人情冷暖原非假,世态炎凉实可嗟。

要知后事如何,且看下回分解。

第一百一十一回 王司徒樽前收义女 吕奉先马上拜干爷

话说张飞见督邮藐视他们,不禁将一股无名业火,高举三千丈,按捺不下,大声说道:“什么臭贼!敢来藐视老爷们!俺且去将他一颗狗头揪下来,再作道理。”他说罢,霍的站起来,就要行动。刘备忙来一把拉住,说道:“你又来乱动了,他没有道理,他是个朝廷的命官,我们怎好去和他寻隙呢?”张飞答到:“兄长,你无论遇到什么事情,一味软弱,将来还能干大事么?这个狗头,让我且去打杀他,看谁敢来和我要人?”刘备道:“兄弟,凡事都要三思而后行,万不可粗鲁从事,任我们的性子,直要去将他打杀,无奈我们究竟寄人篱下,他是上司,看不起他,赛过看不起朝廷。”张飞大声说道:“这个区区的县尉,谁希罕呢?我们就是不做,也不致使这班贼子小视了。”云长说道:“兄弟,你不要性急,大哥自有道理,也用不着你去乱动,好做也不做,不好做也不做,谁也不敢来强迫我们。如果依你这样暴力,岂不要闹出乱子来么?”张飞被他们两个劝着,只得将一股火暂按在小腹下面。

事又凑巧,不一会,刘备到校场里阅兵,云长又在后面阅吏。张飞见得着这

个空子，一溜烟跑到馆驿门口。守门的两个士卒，认得是县尉的义弟，便问他道："张爷爷！到这里有什么事的？"他道："那督邮在这里么？"那守门的答道："在后面，你寻他，敢是有什么事吗？"他道："有一些儿小事。"他道："烦你等一会，让我进去通报一声。"张飞道："无须通报，我就进去罢。"他忙道："不可不可，你难道不晓得规矩么？"他大怒，放开霹雳喉咙说道："我不晓得什么鸟规矩，俺今天偏不要你通报。"那两个守门的见他动了怒，早就吓得矮了半截，忙道："好极好极，张爷爷自己不要我们通报也省得我们少跑一趟腿子。"张飞也不答话，翻起环眼，朝他瞅了一下子。那两个守门的忙吓得将头低下，好似泥塑木雕的一样，连大气也不敢喘一下子。他大踏步走到大厅面前的天井里，只见那督邮正拥着两个美人，在那里饮酒纵乐。

张飞见了，不禁怒气冲天，走进大厅，仔细一瞧，那两个美人儿，不是别人，却就是安喜县令的两个宠妾。他见了，格外火上加油，一声大喝道："太！你这龌龊害民的贼，今天落到爷爷的手里，要想活命，除非再世。"那个督邮偎着两个天仙似的美人儿，正在那里消受温柔滋味，不料凭空跳进一只没毛的大虫来，他如何不怕，还仗着胆大声喝道："何处的野人，胆敢闯了进来！手下人，快快给我捆起来。"他说罢，满指望有人给他动手呢。谁知那些亲兵见了张飞那一种可怕的样子，好似黑煞神似的，早已软了，谁也不敢出来和他响一句。这时督邮见势头不对，忙将两个美人推开要走。张飞哪肯容情，大三步小两步的赶到他的身边，伸手将他揪住，好像捽小鸡似的，不费吹灰之力，将他按在地上，挥拳骂道："你这杂种，狗眼看人低，居然自高自大，目无下士；今天捞到爷爷的手里，直打杀你，看你这个杂种的臭架子搭不搭了。"他一面打，一面骂，打得那个督邮怪叫如猪。

这时刘备已经从操场里回来，到了自己馆驿里不见了张飞，忙问云长道："三弟到哪里去了？"云长道："未曾看见。"刘备顿足道："准是去闯祸了。"他说罢，忙与云长到了督邮的馆驿门口，就听得里面吵成一片，闹成一团，只听张飞的声音，直嚷着害民贼狗头。刘备忙与云长赶到里面，只见那个督邮被其按在地下，挥着拳头如雨点一样，直打得那督邮一佛出世，二佛升天。刘备大声喊道：三弟！快快住手，休要乱动。"那督邮见他来了，在地下说道："好好好，刘县尉你胆敢目无王法，派人殴打朝廷的命官。"刘备起首见他打得可怜，倒喝住张飞，及至听他这两句话，不禁又气又忿又好笑，便冷冷的答道："不错，人是我派的，督邮有什么威风，只管摆出来，横竖我们已经无礼了。自古道：除死无大病，讨饭再不穷。大不过督邮去启奏万岁，将我斩首罢了，其余大约再没有厉害来吓我了。"那督邮听他这些话，便道："只要你们不怕死就是了。"张飞听见刘备讲

出这番话来,愈加起劲,便霍的将他从地上抓起,直向后面而来。出了后门,就是一座大空场,他将督邮往柳树上一缚,举起皮鞭,着力痛打。

这时早有人去报与安喜县令。他听得这个消息,吃惊不小,忙赶到馆驿里面,只见大厅桌椅掀翻,碗破杯碎,一塌糊涂,一个也不见了。他忙向后边寻来,走到腰门口,瞥见一个小斯蹲在楼梯的肚里,正自在那里探头探脑的张望。他忙向他问道:“你可看见他们到哪里去了?”那小斯忙道:“到后面去了。”他连忙向后寻来,还未曾走到后门口,就听见吵闹的声音。他出了后门,只见督邮被张飞绑在树上,正在用鞭着力痛打,打得那督邮皮开肉破,满口求饶不止。安喜县令晓得他的厉害,不敢去碰钉子。瞥见刘备与关羽也站在旁边,却袖手不动,任他去毒打,他不由暗暗的疑惑道“张飞素来是个暴戾的人,刘、关两个待人彬彬有礼,今天不知何故任他去呢?”他便走到刘备的身边,满脸堆下笑来,说道:“刘县尉,你今天何故随你们三弟去乱闯祸呢?他是朝廷的命官,岂可任意辱打万一被朝廷知道,岂不要诛连九族么?”刘备微微的笑道:“这事一人能做,一人能当,用不着贵县来担忧。”

这时候却巧张飞一转身,见安喜县令来了,不禁用鞭稍向他一指,骂道:“我把你这个不知羞耻的狗官,忍心害理,将自己的妻妾,送给别人去开心,不怕被后世万人唾骂么?”他这两句,骂得安喜县令满面惭愧的无地可入。刘备对他冷笑一声,说道:“贵县真会孝敬上司,竟舍得将尊夫人、如夫人送给别人,我们不可不佩服呢。”安喜县令听得,张口结舌,一句话也说不出来,面如血泼。

这时那督邮被张飞打得满口哀告刘备道:“玄德公!千万要望救我一条狗命,下次革面自新,永远不忘你老的教训了。”刘备见他打得体无完肤,满口软话,不禁将心软了,便在怀中取出自己的印绶,走到督邮的身边,将张飞止住,对督邮笑道:“烦你将这个捞什子,带与官家罢,俺弟兄也不愿干了。”他说着,便与关、张奔回馆驿,收拾上马,出城而去。这一去,真个龙归大海,虎入深山,到后来收了五虎将,请出卧龙,十年沙场,争得三分天下有其一,定鼎西川,名为蜀汉。这些事,史家自有交代,不在小子这部书的范围之内,只好从略了。

再表葛巧苏被歹人骗入火坑。起有鸨母强迫她出来应酬客人,她抵死不从。鸨母龟头肆意毒打,惨无人道的酷刑,差不多都用遍了。无奈她心如铁石,任你如何去压逼她,只是不从。鸨母无法,只得用哄骗的手段来哄骗她,教她只做一个歌妓,不卖皮肉。她究竟是一个弱小的女子,怎禁得起这万恶的老鸨来吓诈哄骗呢。而且那些毒刑,委实又难熬,万般无法,只得顺从了。鸨母见她答应了,不胜欢喜,便问她的名姓。她只说我是个无依无靠的孤鬼儿,一出世就没有父母了。鸨母便替她起了一个芳名,叫做貂蝉。

一时长安城中的一班轻薄子弟,涎着她的颜色,不惜千金召来侑酒。未上一年,她的芳名大震,在京都的一班官僚子弟,差不多没有一个不知道她的艳名,都争先恐后的召来她的侑酒。一个貂蝉,哪里能够来应酬这许多主顾呢。这鸨母见她的芳名日盛一日,顾客逐日增加,看着有应接不暇之势,便想出一个金蝉脱壳的计来:如果是远道慕名来的狎客,便在众妓女中挑选出一个面貌与貂蝉相仿的出来,做冒牌生意。行了半年,果然人不知鬼不见的被她们瞒过去了。鸨母好不欢喜,将她几乎当着活观音侍奉,一切饮食起居,都是穷极珍贵。但是她的芳名愈噪愈远,许昌、长安各大都会的豪家子弟,都闻风赶到洛阳,以冀与玉人一唔。鸨母见远来的狎客,有增无减,从前一个假貂蝉,还可以敷衍,谁知到了现在,竟又忙得不够应酬了。便索性又选出两个来,一个假貂蝉,给她们一个房间,都是帘幕深沉,来一个狎客,都由娘姨引到她们的房间。那远来的瘟生,用了许多的冤枉钱,还不晓得,回去逢人便道,我与貂蝉吃过酒的,我与貂蝉住过夜的,夸得震天价响。听的人也十分妒羡,其实何尝见过貂蝉一面呢。

还记得长安城里,有两个书呆子,一个名字叫李桑,一个叫做郭静。他们每每在街头巷尾,宴前席上,茶余酒后,随时随地都听见家人说起貂蝉如何美丽,如何俊俏。说得他们心中好似十五个吊桶打水,七上八下,决意要到洛阳城里去观光观光。有一天,李桑便对郭静道:"老兄!我们听得人家随地随时的谈着洛阳城里有一个歌妓,名唤貂蝉,生得花容月貌,品若天仙。兄弟佩慕已久,现在值此春光明媚,我们何不到洛阳城里去,玩上一两天。一则是去领略貂蝉的颜色,二则也好先去见识见识帝王的京都,未知你的意下如何?"郭静听他这话,不禁将屁股一拍,笑道:"老兄!你真知道我的心事。我这两天不瞒你说,听人家说得天花乱坠,连饭都吃不下,急要到洛阳去一走。你既要去,那却再好没有,我们就动身罢。"李桑道:"人说你呆,你却真有些二百五,到洛阳去一个盘缠不带,就急得什么似的要动身了,岂不知貂蝉的身价么?她与人接谈一会,纹银五十两,侑一席酒,纹银百两,住一夜,纹银三百两,赤手空拳的,就想去了么?你也未免太孟浪了。"他听说这话,才恍然大悟道:"不是你说,我几乎忘了。既如此,我们去一趟,不知需多少银子呢?"李桑道:"如其住宿,八百两,或是一千两,差不多够了。"他翻了一回白眼,忙道:"容易,好在我们家里有的是银子,让我回去偷就是了。"他说罢,匆匆的走了,不多会,只见他跟着一个推车的汉子,远远而来。李桑也命家人装了八百两,和郭静一齐动身。

到了京城之内,四处寻访,好容易才访到貂蝉的住址,他们便到貂蝉住的一所含香院门口,停下车子。这里面的人,见他两个犬头犬脑的在门口探望,便出来问道:"兀的那个汉子在这里探望什么?"李桑忙答道:"我们是来访你家的貂

蝉小姐的。"他们见主顾上门,当然竭诚招待,将他请进去,不消三天,将他们所带的一千六百两银子,一齐钻到老鸨的腰里去了。床头金尽,壮士无颜,只得出了含香院,幸喜遇见了一个熟人,将他们两个带了回去。他们到了家,还不胜荣幸的逢人便道:"我们去和貂蝉开过心了!"说也冤枉,真貂蝉一根汗毛都没有捞得着。他们过了几天,李桑忽然触起疑来,便向郭静问道:"老兄!你到京城里去和谁寻开心的?"郭静笑道:"这个还问什么呢,自然是貂蝉了。你呢?"李桑诧异道:"这真奇了,你是貂蝉,我不是貂蝉么?这貂蝉还有分身法么?你那貂蝉是个什么样子呢?"他道:"我那貂蝉,长容脸儿,小鼻子,你呢?"李桑拍着屁股,直嚷晦气。郭静道:"得与貂蝉共枕席,这不是幸事么?这又有什么晦气呢?"他道:"不要说吧!我们上了人家的当了。"

不说他们在这里懊悔,再表京都中有一位大臣,姓王名允,官居大司徒之职,为人精明强干,刚毅正直。这天他正逢五十大庆,满朝的文武,都来贺寿。真个是宾客盈门,笙曲聒耳。众大臣有的送金牌,有的送万民伞,有的上匾额。独有谏议大夫卢植别出心裁,当席飞笺,将洛阳城里所有的名花,一齐征来,与诸大臣清歌侑酒。一时筝琶激越,笙管嗷嘈,粉黛门娇,裙屐相错,十分热闹。众大臣又请寿星出来,坐在首席。

王允推辞不了,只得到一席上坐下。卢植便命貂蝉来侑酒。王允一见貂蝉,就生出一种怜惜之意,便向她问道:"你这女孩子姓什么?哪里的人氏?为着什么缘故,要入娼门呢?"貂蝉见上席满脸慈祥的老头儿,向她问话,她便知这人一定是朝中的大臣,但是她却不肯将自己的真姓字说了出来,含糊着应酬两句,一阵心酸,止不住粉腮落泪。王允对人说道:"这个女孩子怪可怜的,在娼门中不知受多少苦楚呢!"貂蝉趁势将自己如何受鸨母龟头的虐待,细细的说了一番。王允不禁勃然大怒道:"这些东西,简直是惨无人道了,谁家没有儿女呢,竟能这样的虐待人家么?"众大臣听得,便一齐说道:"何不将这含香院中的老鸨捉来问罪呢?"王允忙摇手道:"那倒不必,把他们赶出京都,不准他再在京城里营业就是了。"他说罢,早有人去将含香院的龟头鸨母赶出京都。这龟头鸨母腰缠垒垒也落得趁势就走,还肯停留么,腾云价的不知去向了。这里王允将含香院其余的妓女,完全遣发回籍,只留下貂蝉一饮一食,均皆极其优渥,所行所为,俨同义父。貂蝉感遇知恩,亦默认他为义父了。

再说那异丐,离了高头村,追踪寻迹,一直寻了二年多的日脚,才到河内,哪里见有她的一些影子呢。他到了河内之后,人生地疏,连讨饭都没处去讨,只得忍饥受饿。而且黄巾贼日夕数惊,将一班居民吓得家家闭户,人人胆寒,连出来探头都不敢探一下子。这异丐见此情形,料知此地难以久留,便想别处去厮混。

他又怕葛巧苏在未来的这一队黄巾里面，所以他进退的计划尚在游疑之间。过了几天，那黄贼到河内的消息，越发来紧张了。他心中打着主意道："这班贼子，来时必走东门外阜邱岗经过的，我何不到阜邱岗去候着呢？"他打定了主意，径到阜邱岗下，到几家居民门口，讨了些残肴面饭，吃得一个饱，便到岗上寻了一个睡觉的去处，一探身睡下，不一会，鼾声如雷的睡着了。

隔了多时，一阵鼓角呐喊的声音，将他从梦中惊醒，霍的一头跳起，揉开睡眼一望，只见残月在天，星光惨淡，将近三更的时分了，那一片呐喊的声，却在岗的右面。他趁着月光，寻路下岗，才转过了两个峰头，瞥见西边火光烛天，呐喊厮杀的声音搅成一片。他逆料着一定是黄巾贼到了，他便不怠慢，飞奔下关，跑到战场附近，只见那些黄巾贼正和着无数的官兵，在那里舍死忘生的恶斗不止。他见了这班黄巾贼，不由的眼中冒火，空着双手抢了上去。那班黄巾贼，连忙各挥兵刃过来，将他团团围住。他却分毫不怯，觑准那个使刀的，飞起一腿，将他打倒。他顺手就抓起他的双腿飞舞起来，当着家伙使用，只打得那一班鸟男女走投无路，纷纷四散，各自逃命。这时忽然有一个贼将，持着方天戟，跃马来取异丐。异丐对着黄巾贼相迎，未上三合，那员贼将竟被他打下马来。他夺了贼将的马戟，越发如虎添翼，东冲西突，如入无人之境。

原来领兵和贼兵鏖战的首领，却是前将军董卓派来的猛武都慰丁原。他和贼兵鏖战多时，看看不支，瞥见一将跃马持戟在阵里横冲直撞，真有万夫不当之勇，不禁暗暗纳罕，但见他马到处，肉血横飞，肢骸乱舞，将一班鸟男女，直杀得叫苦连天，躲避不迭。到了四鼓的时候，黄巾贼死伤大半，只得引众窜去。

丁原好不欢喜，忙拍马到异丐跟前，拱手问道："将军尊姓大名？宝乡何处？望乞示知，下官好按功上奏朝廷，不敢埋没大勋。"那异丐便说出一番话来。这正是：

慢道风尘无豪杰，须知草莽有英雄。

要知后事如何，且看下回分解。

第一百一十二回　舌妙吴歌似曾相识　腰轻楚舞于意云何

却说丁原见那异丐厮杀得十分厉害，不由得十分佩服，不多会，贼兵引退，他赶紧催马上前，高声说道："请将军留下姓名，好让下官去按功上奏。"那异丐见他问话，便道："俺坐不更名，行不改姓，不过有段隐情，此地耳目众多，非是谈话之所。"丁原忙将马头一带，用手朝那异丐一招，斜刺里直向荒僻之处奔去。异丐随后拍马跟上。

不多时，到了一个无人之处，丁原兜住马头，向他问道："将军有什么隐情，请讲罢。"那异丐翻身下马，扑倒虎躯便拜。慌得丁原也就滚鞍下马，用手将他扶起，说道："将军，你这算什么呢？有话你尽管说罢，何必这样呢？"那异丐道："小人姓吕名布，原籍九原，因为犯了命案，逃避出来，改姓埋名已非一日了；常思稍建微功，为国家出力。奈人情冷暖，无处可以作进身之阶，可巧黄巾作乱，小人不辞万死，为国家出些力，不过想冀此稍赎前愆，还敢有分外的欲望么？"丁原听他这番话，又惊又爱，忙道："往事都不去提了，一个人只要能悔过自新，还不是一个有志气的英俊么。如今我且问你，尊府不知还有什么人呢？"吕布道："小人罪恶滔天，一言难尽，只因小人闯下命案，家父家母闻得这个消息，又气又怕，未上一个月，他们两个老人一齐西去了。小子孑然一身，无依无靠，生平又不喜趋炎附势，加之命案在身，未敢久留，所以背离乡井，飘泊江湖，差不多将近三年了。今天一见明公，料非平常之辈可比，倾肝吐胆，直言上告的了。"丁原听他这番话，不由得点头叹息道："可怜可怜！英雄没路，真是人世间第一件大恨事。照你方才的一番话，竟是孤身只影了。"他道："正是。"丁原朝他的面庞看个仔细，便笑道："将军！我有句斗胆的话，要对你说，未知你可许么？"吕布忙道："明公请讲吧，只要小人办得到的，就是赴汤蹈火，也不敢辞的。"丁原捋着胡子笑道："老夫年过五十，膝下犹虚，今天得晤将军，私怀不禁感触，要是将军不弃寒微……"他说到这里，吕布心中早就明白，忙道："明公请住，小人也无须客气，老实点寄托明公荫下，倘得收为螟蛉，更是万幸了。"丁原忙笑道："不敢不敢。"吕布不等他开口，翻身便拜，心中说道："义父在上，孩儿这里有礼了！"丁原哈哈

大笑,伸手将他扶起,说道:“好好好,老夫竟唐突了。”吕布忙道:“父亲!哪里话来,孩儿得托在膝下,已算万幸了。”丁原便道:“我们且回城去再讲罢。”说罢,二人上马,一面命人鸣金收兵,一齐大唱凯歌,回到河内城中。

那一班百姓听说是将黄巾贼打退,不由的个个欢腾,人人鼓舞,一齐壶浆酒肉充满街道。丁原下令,不准骚扰一点。那班士卒素来是守律奉纪的,得着这个令,谁也不敢稍动民间的一点酒食。那一班老百姓头顶酒瓮,手举肉盆,将去路遮得水泄不通,齐声喊道:“将军舍生却敌,救活我们性命,难道连这一些儿我们都不能孝敬么?”一个发喊,个个开口,顿时嚷成一片。丁原在后面听见,回头便对吕布笑道:“今天如不是我儿,为父的焉有这样的体面呢?”吕布忙道:“父亲哪里话来,这全是你老人家的威风,万岁爷的福气,孩儿有何能何力呢?”丁原听得,心花怒放,笑不合口。那一副得意的形况,只恨小子的笔秃,不能描写出来。这时吕布又对丁原说道:“难得他们老百姓有这一番诚意,你老人家倒不可拂掉人家的一片好意呢。”丁原忙道:“可不是么,我正是这样的想着,可是手下的儿郎们,贪心无厌,万不能随他们自主的。”吕布便道:“那么,父亲下令教他们这些送犒的人,都送到营中去,令军需处按功犒赏,你老人家以为如何呢?”丁原大喜道:“吾儿这话,入情入理。”他说罢,便下令命这班人将犒师的物品,送到大营中去。

这班人马连忙又赶奔大营点来,一个个争先恐后地拥进大营,将礼物留下,方才空手回去。不一会,丁原和吕布等领着大队进营。丁原便令军需官论功行赏,一方面又命在中军大帐摆下酒宴,预备庆功。他将各事指挥停当,便领着吕布到了后帐,替他换上一身崭新的盔甲,一会子,扎束停当,随着丁原出了大帐,与诸将领相见。诸将在战场上已经十分佩服了,现在见他又拜丁原为义父,加倍和他厮近了。不多时,大家入席了,欢呼畅饮,十分热闹。

酒未三巡,守门卒进来报道:“圣旨到!”丁原听说这话,忙命撤退酒宴,摆开香案。他领着众将出门拜接圣旨。那传旨官背着圣旨,与丁原打了一个躬,凸着胸口,直挺挺走进大帐,当中立定,从背上将圣旨取下,口中喊道:“猛武都尉丁原接旨。”丁原忙俯伏帐下,口中呼道:“万岁万岁万万岁。”那背旨官将圣旨揭开大声读道:

孝灵皇帝新弃天下,太子辩嗣立未久,黄巾猖獗,日盛一日。朝廷多故,太子辩尚在冲龄,未能执政。朕夙夜忧煎,旦夕惶惕,诚恐筹握有疏,辜负先帝之重托。乃者前将军董卓,鹰视狼顾,挟天子令诸侯,威权日炽,近复有窥窃神器之野心,朕昨得卿之捷报,贼氛已靖,曷胜欣慰!惟国事多艰,朝夕有变,仰即班师回朝,密图奸佞。钦此!

丁原听罢，俯伏谢恩，起身对众将怒目咬牙说道："董贼野心，老夫早已窥破，近来竟敢出此，难道朝中诸文武一个个都是聋哑之辈么？"那背旨官便答道："都尉还说什么，如今朝中百官虽不少的忠义人物，但是多半惧着他的威权，噤口不言了。"丁原怒发冲冠，便请他先即回京，自己领着大队，浩浩荡荡直向京城进发。

不数日，已经抵京，他便下令将十万精兵，一齐扎在城外，自己带着吕布一同进了禁城。何太后听得丁原已到，忙命人将他召进宫去，对他晓谕道："如今董贼有废主之心，只怕就在旦夕了；卿家千万勿忘先帝重托，须要设法将此贼除去才好呢。"丁原听说这话，俯伏奏道："太后请放宽心，为臣的自有道理；此番抵抗不住，臣情愿将这颗头颅不要了，和这逆贼去厮拼一下子。"

他说罢，起身走出朝来，回到自己的营中，便与吕布商议进行的计划。吕布便道："方才他已经派人来请过你老人家了，约定明早到朝堂会议。废立的事情，我想明天他真个要使强迫的手段，那么，我们竟先将这奸贼除了，再作道理。"丁原忙道："我儿明天早朝会议的时候，千万不能鲁莽，但看这贼如何举动，如果到了必要的时候，我就要向你丢个眼色，那时你再动手不迟。"吕布点头称是。

到了次日清晨，董卓果然大会群臣于朝堂之上，当着众人发言道："今上冲昏，不合为万乘之主，每念灵帝昏庸，令人嗟悒，今城留王协年虽较稚，智却过兄，我意欲立他为帝，未知众卿意下如何？"他这几句话说得众大臣张目结舌，敢怒而不敢言。丁原正待开口驳斥，不料司隶校尉袁绍劈头跳起，厉声说道："汉家君临天下，垂四百年，恩泽深宏，兆民仰戴。今上尚值冲年，未有大过，宣闻天下；汝欲废嫡立庶，诚恐众心不服，有妨社稷，那时汝却难逃其咎哩！"董卓大怒道："天下事操诸我手，谁敢不遵？"袁绍也大声答道："朝廷岂无公卿，汝焉敢独自专断。"董卓听他这话，更是怒不可言，掣剑在手，厉声骂道："竖子敢尔！岂谓卓剑不利么？"袁绍更是不能下台，也忙将宝剑拔了出来，喊道："汝有剑，谁没有剑！今天且不与计较，自有一日便了。"他说罢，大踏步出了朝堂，跨马加鞭，直向冀州而去。

这时董卓尚不肯罢议，仍来征求众人的同意，便又向众人说道："皇帝闇弱，不足奉宗庙，安社稷。今欲效伊尹、霍光故事，改立城留王可好么？"大众听了，面面相觑，没有一个敢说半个不字来。

此刻丁原怒气填胸，忍无可忍，霍的立起来答道："昔太甲既立，不明君道，伊尹乃放诸桐宫；邑昌王嗣位仅二十七日，罪过千余，霍光将他废去，改立皇帝；今皇上春秋方富，行未有失，怎得以前相比呢？"董卓闻言大怒，叱道："丁原鼠

子，朝堂上焉有汝置啄余地！识风头，少要逞舌，休要惹我性起一剑两段。”丁原拍案骂道：“你这贼子，欺君罔上，妄自废立，与王莽何异？天下万民，实欲食汝之肉，寝汝之皮，汝尚在梦中吗？今天你口出浪言，要杀哪个？”董卓听到这里，推翻桌案，抢剑就要过来动手。

这时左大夫李儒见丁原身后站着一个人，身高八尺，头戴束发紫金冠，身穿麒麟宝铠，按剑怒目，直视董卓。李儒料知来者不善，善者不来。他忙抢过来，一把拉住董卓，附着他的耳朵，说了几句。董卓会意。

这时丁原和吕布昂然出了朝堂，出城回营。

百官皆散，董卓便问李儒道：“我刚才正要去杀丁原，你说杀他不得，究竟有个什么缘故呢？”李儒道：“你方才没有介意啊！他刚才身后立着那个人，便是吕布，有万夫不当之勇。万一你和丁原动起手来，他还不是帮助丁原么，那时却怎么了呢？”董卓道：“原来如此，但是此番放他走了，我想他一定不肯服从我了；他现在手下有十万精兵，反了起来，恐怕倒十分棘手呢。”李儒道：“丁原所恃的不过是吕布，我倒有一条妙计：派一个能言之士，到吕布那里去，将利害说给他听，同时再用金帛去诱惑他，到那时，还怕他不来依附明公么？”董卓大喜，忙问：“何人肯去？”李肃应声愿去。董卓便在御厩里挑出一匹赤兔追风马来，并且预备许多金帛这类与李肃，教他见机行事。李肃答应告辞而去。

到了午后，李肃赍着金帛，带着赤兔马，出了西门，径到吕布的营中。和吕布通了姓氏，便说上许多景慕渴仰的话。吕布本来是个草莽之夫，哪里晓得他们的诡计，见李肃恭维自己，早就快活得什么似的。及至听得要送他许多金帛，还有一匹良马，名唤赤兔，逐电追风，日行千里，不由得心花大放，乐得手舞足蹈起来。李肃何等的机警，便趁着他在快活的当儿，便要求他刺杀丁原，投降董卓，将来不失封侯之位，口似悬河，说上半天。吕布迷着金帛良马，也不顾什么父子名义，知遇厚情，竟一口答应下来。李肃见他答应，便告辞走了。

谁知到了第二天，吕布手里提着丁原的头，竟来依顺董卓。董卓大喜。连忙上表硬挟何后下旨封他为温侯，平白的手里又添十万精兵，一员虎将，他的势焰不觉又高百丈。他还怕吕布生心，便使李儒说合，拜他为义父；趁势要挟群臣，将太子辩废去，立陈留王协为汉献帝。百官侧目，莫敢奈何，只好低首服从。谁敢牙缝里碰出半个不字来，只得唯唯听命。他废立已定，便又将何太后幽禁起来。何太后也没法抵抗，免不得带哭带骂，口口声声，咒诅董卓老贼。当有人报知董卓，他竟使人赍着鸩酒至暴室，迫令何太后吃下，不一时，毒发而亡。董卓因永乐太后与己同姓，力为报怨，既将何太后毒死，还未泄心中之恨，复查得何苗的遗骸，抛掷路旁，又拘苗母舞阳君一并处以极刑，裸弃枳棘中，不准收葬。

他自称为郿侯，称他的母亲为池阳君；出入朝仪，比皇太后还要胜三分。自己更不要说了，虎贲斧钺，差不多天子也没有他这样的威风。这时朝中百官，谁敢直言半句，卓云亦云，卓否亦否，齐打着顺风旗，附炎趋势，哪里还有刘家的天下，简直是董家的社稷了。

然而朝中有一位大臣，却不忘汉室的宏恩，时时刻刻思想将这些恶贼除去。可是自己是个手无缚鸡之力的文官，而且又无别个可以帮着共同谋划的。所以他虽有此心，无奈力不能为，只好整日价的愁眉苦脸，忧国忧民，无计可施。眼见朝内一班正直的忠臣被卓贼赶走的赶走，杀死的杀死，风流云散，他好不心痛，因此隐忧愈深。列位，小子说到这里，还没有将他的名字提了出来。究竟是谁呢？却原来就是司徒王允。他筹措了数月，终于未曾得到一个良善的办法。有一天，到了亥子相交的时候，他在床上翻来覆去，再也莫想睡得着。他便披衣下床，信步走到后园。只见月光皎洁，万籁无声，只有许多秋虫唧唧地叫着，破那死僵的空气。这时，正是深秋的时候，霜华器重，冷气侵人。王允触景生情，不禁念道：

山河破碎兮空有影，天公悲感兮寂无声！

他念罢，猛听得假山后面有叹息的声音。他吃惊不小，蹑足潜踪，转过假山，瞥见一个人亭亭地立在一棵桂树下面，从背后望去，好像是貂蝉。王允扬声问道："现在夜阑人静，谁在这里叹息？"那人转过面来答道："贱妾在此。"王允仔细一看，却不是别人，正是貂蝉，忙喝道："贱人！此刻孤身在此，长吁短叹，一定是有什么隐事，快些给我出来！"貂蝉不慌不忙地答道："妾身之受大恩，虽十死不足报于万一，焉敢再有不端行为呢？因为近数月来，时见大人面有戚容，妾非草木，怎能不知大人的心事呢？背地兴叹，非为别故，实因大人忧国忧民，惶急无计。妾自恨一弱女子，不能稍替大人分忧，所以兴叹的。"王允听她这番话，又惊又喜地说道："我的儿，谁也料不着你有这样的心事。好好好，这汉家的天下，却要操在你的手里了。"貂蝉答道："大人哪里话来！只要有使用贱妾的去处，虽刀斧加颈，亦所不辞。"王允便道："我见了你，倒想起一条计划来了。但是你却太苦了，尚不知你能行与否，我倒不大好意思说了出来。"貂蝉何等的伶俐，见王允这样吞吞吐吐的，却早已心中明白了，便插口说道："大人莫非要使美人计么？"王允笑道："我这计名目虽不是美人计，实际上却与美人计有同等的效力呢。"貂蝉道："大人乞示其详。"王允便附着她的耳朵道，如此如此，未知你可做得到么？她听罢，粉颊一红，毅然答道："只要与国家有益，贱妾又吝惜一个身体吗？"王允听了，扑地纳头便拜。惊得貂蝉忙俯伏地道："大人这算什么呢！岂不将贱妾折杀了么？"王允道："我拜的是汉室得人，并非是拜你的。"他说罢，扶起

貂蝉,又叮咛了一番,才各自回去安寝。

到了次日清晨,王允便命预备酒席。早朝方罢,他便对吕布说道:“今天下官不揣谫陋,想请温侯到寒舍小酌一回,未知能得温侯允许否?”吕布笑道:“司徒多礼。我却不客气了,倒要去消受你们府上的盛馔丰肴呢。”王允忙道:“温侯肯下降,茅舍有光了。”他说着,便和吕布一同回到自己的府里。

这时府中的众人,早已将席预备好了。王允便与吕布对面坐下,开怀畅饮。酒至三巡,王允便向屏风后面喊道:“我儿,吕将军是我至友,你不妨出来,同吃一杯罢。”话声未了,只听屏风后面娇滴滴的应了一声“来了”!接着一阵兰芬麝气,香风过处,从屏风后面走出一位千娇百媚的丽人来。她走到王允的身边,瓠犀微露着问道:“那边就是吕将军么?”王允道:“是,快点过去见礼。”她羞答答地到吕布面前,深深地福了两福。吕布慌忙答拜。王允笑道:“小女粗知几首俚曲,将军如不厌闻,使她歌舞一回,为将军侑酒如何?”吕布没口地说道:“岂敢岂敢,愿闻愿闻。”她也不推辞,轻点朱唇,歌喉呖呖,慢移玉体,舞影婆娑。吕布连声道好。不多一时,她舞毕,王允趁势托故走开,她却到王允的位置上坐了下来。

吕布向她细细的一打量,不禁大吃一惊,暗道:“她不是葛巧苏么?看她那种秀色,委实比从前出落得美丽十二分了。这正是:

裙拖八幅湘江水,鬓剪巫山一段云。

要知后事如何。且看下回分解。

第一百一十三回 虎牢关威风占八面 凤仪亭软语订三生

话说王允要使吕布迷惑于貂蝉,他便使貂蝉歌舞侑酒。貂蝉本早就受了王允的密嘱,当然毫不推辞,婷婷袅袅走到红毡之上。这时乐声大作,笙管嗽嘈。她慢摆杨腰,轻疏皓腕,姿态动人,歌喉荡魄,把个吕布乐得心花怒放,直着两眼,盯住她转也不转。一会子舞罢,王允便对她说道:“我儿且在这里陪着温侯,为父的因为后面还有多少屑事,要去料理呢。”吕布见他要走,正中心怀,忙道:“司徒有事,尽管请便罢。”王允笑道:“恕我少陪了。”他道:“无须客气了。”王允便起身向后面走了。她羞羞答答地到王允的位置上坐下。

吕布见王允去了，他便胆大起来，笑眯眯对着貂蝉直是发呆，心中好似小鹿乱撞的一样，不知和她说一句什么才好呢。貂蝉故意装娇卖俏地闪着星眼，向他一瞟，微微一笑，百媚俱生。这一笑，倒不打紧，将一个吕布笑得骨软筋酥，见她那一副可憎可喜的面庞儿，恨不得连水将她夹生吞了下肚去。真个是见色魂飞，身子早酥了半截。他瞧着王允在这里，又不敢过于放肆，只好眉目送情。她也时时发出回电，将他浪得惊喜欲狂。她捋起红纱袖子，露出半截粉藕似的膀子，十指纤纤的执着银壶，轻移莲步，走到他的身边，满满地斟了一杯，笑道："奴家不会敬客，务望将军恕罪才好呢。"吕布忙笑道："哪里话来！我太贪杯，劳得妹妹常来斟酒，我实在生受得十分不过意了，还是让我自己来动手罢。"他说着，用手将她的玉腕抓住，笑眯眯地盯着她的芙蓉粉颊，只是饱看不休。她羞得忙将手往怀里一缩，不觉将手中的银壶往下一落，叮当一声，将桌上的酒杯打坏。

这一声，将吕布飞出去的魂灵才惊得收了回来。忙笑道："妹妹受惊了。"她含羞带笑地用帕将口掩着，倒退自己的位置上坐下，吕布见她那副面孔像煞数年前的葛巧苏，越看越对，竟没有分毫的错误。可是貂蝉见了吕布，却也暗暗吃惊道："这人不是我们高头村上的一个异丐么？不知他在什么时候得到这步田地的？"吕布便向她笑道："妹妹！我在什么地方，好像见过你的样子？"她却答道："将军这话未免太奇突了，奴家自幼未曾出得闺门半步，今天因为家父的命令，才出来见过一回生客的，从来也未曾看见过第二个生人。"她说罢，便冷冷地坐着。吕布见她不悦，忙用别话岔开去，但是他的心中兀的疑惑不解道："天下同样的人本来是有的，却未见过她和葛巧苏的面貌不爽分毫的。"

列位，貂蝉听得吕布的问话，从前的旧相识，而且又是知己，当然就该直接将自己的遭际告诉与他，为何反而一口瞒得紧紧的不认呢？原来貂蝉见吕布现已封侯，当然要目空一切，要是将自己的一番事实说出来，岂不使吕布看不起么。自己无论怎样的美貌，终于是个歌妓，还有什么身价呢？不若回他一个摸不着，免得教他瞧不起。这时吕布见她柳眉微蹙，似乎带着一些娇嗔的样子，晓得自己方才的两句话说得太唐突了，他使搭讪着笑道："我酒后乱言，得罪妹妹，万望妹妹恕我失口之罪。"她听他这话，便又展开笑靥答道："不知者不怪罪，将军切勿见疑。奴家究竟是有些孩子气，都要请你原谅呢。"吕布见她回嗔作喜，不禁将方才那一股狂放的魂魄，却又飞到她的身上去，不知不觉的将银壶执着，走了过来，一手搭着她的香肩，替她满斟一杯，口中说道："妹妹！刚刚承情替我斟酒，为兄的也该过来回敬了。"她却故意扳起面孔，对他说道："将军请放尊重一点，不要使他们看见，成了什么样子呢。"吕布忙答应着，回到自己的位上，见她似怒非怒，似喜非喜的一种情形，不禁心痒难熬，将一只脚从桌肚里伸了过

来，正碰着她的金莲。她不禁嫣然一笑，忙将小足缩到椅子里面。吕布见她一笑，胆大得愈厉害，便问道："妹妹！今年贵庚多大了？"她道："十九岁了。"吕布哈哈大笑道："那么，我痴长一岁，做你的哥哥还不算赖呢。敢问妹妹是几月里生辰？"她笑道："你又不是星相，我又不来算命排八字，何人要你问年问岁呢？"吕布笑道："妹妹！你却不要误会我的用意；我问你的生辰，正有一桩要紧事情。"她却假痴假呆地答道："四月十八。"吕布又问道："妹妹的门当户对，有与未呢？"她听得不禁嗤的笑道："这人敢是发酒疯了，人家这些事情，谁要你来问呢？"吕布忙央告道："好妹妹，请你告诉我吧！"她故意将粉面背了过去，说道："今天真是该死，我们爷真是想得出，好端端的教我来和这个醉汉子缠不清，可不是晦气么？"吕布情不自禁站起来，走到她的椅子后面，弯腰曲背的打恭作揖。

这时候猛听得屏风后面咳嗽一声，把个吕布吓得倒退两步，忙抬头一望，不是别人，正是王允从屏风后面慢慢地走了出来。吕布满面飞红，慌地退到自己的原位上，斯斯文文的纹风不动，眼管鼻头，鼻管脚后跟。王允见此情形，料知他已入圈套。他却对貂蝉说道："我儿！有客在此，为何兀的扳起脸来，算是什么样子呢？"她忙将粉面掉了过来。吕布深恐她将方才的情形说了出来，便向她直是做鬼脸子。她佯作不知，冷冷的对王允说道："孩儿因为多吃了两杯，心上作泛，故掉过脸来。"王允哈哈大笑道："痴丫头，今天又不知吃下多少酒去了，侍女们！快将她扶到后面去，安息一会子。"

话犹未了，屏风后面走出一群侍女来，将她扶起。她轻移莲步，走到吕布的面前，深深的一个万福，口中说道："奴家酒后失陪，万望将军原谅。"她说罢，才婷婷袅袅的走进去。

王允哈哈大笑道："痴丫头，酒越醉，礼数越多。"他说罢，便转过身来对吕布笑道："小女娇憨，酒后不知说些什么呢？万一有得罪将军之处，老夫便来陪罪了。"他说罢，只见吕布两眼出神，只是在那里发愣。原来被她这一阵子忽喜忽怒的娇态，将他迷溺得不知所云了。这时王允问话，他何尝听见一字，直着双目，在那里追寻方才的情景呢。王允走到他的身边，用手在他的肩上轻轻地一拍，笑道："温侯！老汉方才问话，温侯未答，敢是动怒未曾？"吕布被他一拍，才惊得醒了，冒冒失失地答道："我原是好意，你却不要误会。"王允见他这样答法，不禁失声笑道："温侯！敢是今天酒吃得醉了么？"吕布忙答道："不曾不曾。"王允道："既未吃醉，方才下官问话，为何兀的一声不响呢？"吕布忙离席谢过。王允又将他拉了入席笑道："知己朋友，何必尽来客气做什么呢？"吕布道："适才我问令嫒的生辰，不知可有亲事与未？"王允笑道："这个痴丫头，今年已是十九岁了，作伐的人却也不少，可是她兀地拣好嫌歹的，不由我作主，所以到现下还未

有呢。她镇日价的羡慕将军的为人，勇貌双全，时常叫我请将军来和她厮见厮见。”吕布听到这里，不禁大喜道：“小将年已弱冠，中馈无人，若不弃粗愚，便为司徒东床如何？”王允笑道：“那如何使得？温侯盖世英雄，小女蒲柳之姿，怎好妄自攀龙附凤呢？”吕布忙道：“司徒！你也无须推托，彼此义气相投，何必尽来做那些无谓的假圈套呢？”王允道：“既是将军不弃微贱，怎敢不遵呢？”吕布听他答应，顿时如同平地登天的一样，说不出的一种快活，忙离开席面走到王允的面前，纳头便拜，口中说道：“泰山在上，小婿这厢有礼了。”王允哈哈大笑，忙将他从地上扶了起来，说道：“这如何使得？倒叫老汉生受了。”吕布道：“你老人家这是什么话？令媛不许与我便罢，既许与我，当然我是你的真真实实的子婿了。”他说罢，便在腰中解下一块五龙珮来，递与王允道：“小婿来得仓忙，未曾预备，就将这块区区的珮儿作为聘礼罢。”王允笑着收了下去，正要答话，瞥见外面走进一个人来，到吕布的面前双膝跪下，口中说道：“太师请温侯回府，刻有要事相商，请即动身。”吕布听得，便与王允告辞回府。

董卓正在厅上与李儒在那里商议，见他进来，董卓忙道：“吾儿你可知道，只为放走了袁绍，如今为害不小，他和曹操勾结了十七镇诸侯，齐来入寇了，现在已经到虎牢关了，你道这事如何办呢？”吕布冷笑一声道：“父王请放宽心，什么关外诸侯，在孩儿看起来，连草莽还不如呢。孩儿愿领一军前去，包将这班狐群狗党，一个个枭下首级来献与父王。”董卓大喜道：“奉先肯去，吾无忧矣。这时背后有一个，狂笑一声道：“杀鸡焉用牛刀，此等乌合之众，何劳温侯亲自出马，末将愿带精兵一万，包将他杀得片甲不留。”董卓一望，不是别人，乃是关西华雄。董卓大喜，忙加封为骁骑校尉，又命李儒随他一同前去参赞，拨兵五万。他两个领兵到了虎牢关。

这时十七镇诸侯的兵马，已经将关外围困得水泄不通。华雄领兵出关，列成阵势，厉声骂战。这时会盟讨贼的众首领，一齐出阵。济北相鲍信，忙教他的兄弟鲍忠出马迎敌，未上三合，被华雄大喝一声斩于马下。趁着胜仗，斩了许多的首级回关，着人送到董卓那边去报捷。董卓大喜，便封为都督。

这时长沙太守孙坚，见头阵败北，不禁勃然大怒，引着四将飞出阵去，遥指关上厉声骂道：“助贼匹夫，快来纳命！”华雄便命胡轸出马。孙坚正待上前迎敌。程普一马冲出，接着胡轸大战了三十余合，手起一矛，刺胡轸于马下。华雄望见，飞身下关，领兵出来和孙坚对了阵。混战了一天一夜，因为粮草缺乏，只得引兵退去，华雄收兵入关。

到了第二天，华雄又引兵出关搦战。众诸侯一齐出阵。华雄连斩三将。众诸侯大惊失色，面面相觑，没有一个敢去迎敌。

这时北平太守公孙瓒，背后闪出一将，赤面长髯，跨下大宛马，手执青龙刀，丹凤眼，卧蚕眉，声若洪钟，一马飞出垓心，大喝："华雄鼠子，焉敢猖獗！"华雄大吃一惊，措手不及，青龙刀起，他的首级骨碌碌早滚向草地里去了。他领兵大杀了一阵，只杀得众贼兵抱头鼠窜，逃入关去。李儒大惊，连忙着人到董卓那里告急去了。那将乘胜回来，众诸侯没有一个不佩服。盟主袁绍便问公孙瓒："他是何人？"公孙瓒答道："他就是平原令刘备的兄弟关羽。"曹操惊问道："莫非就是破黄巾的三雄么？"公孙瓒点头称是。曹操十分起敬，忙命摆酒庆功。

再说董卓得到这个急报，十分害怕。吕布大怒，领兵三万，星夜赶到虎牢关。李儒见他到了，好不欢喜。次日清早出马，他连战胜十七阵，众将诸侯杀得个个胆寒，人人害怕。

这时却恼动了刘、关、张兄弟三个。张飞大喝一声，挺矛出阵来战吕布。吕布见他出阵，料知是个劲敌，却也十分留神。他两个搭上手，大战了一百合不见胜负。关云长长啸一声，飞马出阵，抡刀双战吕布。这时金鼓震天，喊声动地，垓心里只见刀光戟影，将众诸侯看得目眩心骇。他两个和吕布大战八十余合，仍是未分胜负。刘备看得火起，舞动双锋剑，拍马助战。他三个丁字儿困着吕布，大呼厮杀，又战了一百余合，兀的败不了吕布。由午牌一直杀到红日含山，吕布到底有些遮拦不定了。他也乖觉，向刘备虚晃一戟，扫开阵角，飞马入关。刘、关、张忙领兵趁胜抢关。李儒忙命守关贼兵一齐将灰瓶石子抛了下来。刘备等不能前进，只得收兵回营。一连攻了几天，吕布也出了几阵，只是莫想战倒了他。众诸侯见孙坚已去，一个个慢慢的散到原籍去了，把个曹操和袁绍气得不可开交。他们俩见势孤力薄，也只好回到河内去了。

吕布见众盟主不战自散也就领兵入都，到了董卓的府中将战事说了一遍，董卓大加赏识。过了数日，董卓见洛阳究竟不及长安来得紧要，便与百官会议迁都。众大臣谁也不敢来反对，只是唯唯道好。董卓下令命一班文武，先迁入长安，自己劫了后妃皇帝，迤逦到长安，沿途烧杀劫掠，无所不为。共掳到良马八千匹，金帛不计其数。临行时将洛阳原有的宫殿点起一把火来，烧得一干二净。到了长安之后，新建太师府，穷极华丽，所费不下数千万。

这时单讲吕布镇日价心中直是记念着貂蝉，无奈又因董卓新迁长安，百务猥集，不得分身，所以耐着性子，在董卓的府中，帮同着李儒照料各事。一直忙了一月有余，各事粗定，吕布急欲一见貂蝉，方要到王允那边去，不料董卓又教他到后园里去监造贻和宫。他无可奈何，只得转身向后面而来。此刻他心中已是十分不悦了，他懒洋洋地走进后园，只见里面花草树木，修葺得十分齐整。那园后便是贻和宫，正造得半零不落的，大架子已经支起，高耸入云。他一步一步

的走到一座亭子前面，抬起头来一望，只见这亭子原来是六角式的，每角悬着金钟，微风吹来叮哨作响，迎面便是一块匾，上面亮晶晶的三个大金字，乃是“凤仪亭”。他正要转身向后走去，猛听得亭里有叹息的声音。他却是一愣，忙止住脚步，用目朝里面一打量，原来这亭子是内外两进的：外边一转花廊，里面却是四周沉香木的屏门。他见当中竹帘垂着，瞧不见里面。他便走进来，用手将门帘一揭，朝里面一望，不禁大吃一惊。你道是什么缘故？却原来在里面叹息的，并非别人，却就是吕布时刻记念的貂蝉。他忙走了进去，一把握住她的玉手，问道：“卿卿！何由到我们这里来的？”貂蝉见他进来问话，不由得眼眶一红，那一股眼泪像断线珍珠一般，簌簌地落个不住，哽哽咽咽地说道：“将军！奴家只道今生不能和你见面的了，不想还有碰见的一天。”她说罢，便往吕布怀中一倒。只有呜咽的分儿。吕布搂着她，低声问道：“卿卿！你有什么话，尽管说出来，我好替你消气。”貂蝉哭道：“事已如此，还说什么，只怪奴家无情，辜负了将军，不如当着将军一死，好表明奴家的心迹。”她说罢，便想照亭柱碰去。吕布死力抱住，连问她：“究竟是为着什么事情？”她又哭了半天，终未有答出一句话来，把个吕布弄得丈二的金刚，一时摸不着头脑，好生着急。

看官，貂蝉究竟是什么时候到董卓的府里的，小子也好交待明白了。原来董卓迁都之后，王允料到吕布一定是要奔走忙碌的。他暗想此时再不下手，恐怕没有机会了。他便推着做寿，将卓贼请到府中赴宴。酒至中巡，将貂蝉唤了出来。董卓见了貂蝉，身子早就酥了半截，及至听到她的珠喉妙曲，不禁魄荡魂飞了。他忙问王允这是何人？王允乘机答道：“这是歌妓貂蝉。”董卓听说是歌妓，不禁大喜说道：“司徒可能割爱送给我么？”王允忙道：“太师不嫌粗陋，奉上就是了。”董卓听说这话，只乐得心花怒放，随即将貂蝉扯到自己的怀中，笑问道：“你今年多大了？”貂蝉答道：“今年十九岁了。”董卓哈哈大笑道：“自古美人多半不减颜色，你道是十九岁，我实在不信，差不多只有十六七岁的光景罢！”貂蝉含笑不语。

这时王允走到董卓身边说道：“蝉儿！你的福分真正不浅，居然蒙得贵人的恩宠，将来太师爷如果居了九五之尊，怕你不是贵人么？”董卓听得，更是乐得一头无着处，忙道：“我如果能有这样的福分，将来一定封你为太师，如何？”王允答道：“太师爷言重了，我哪里有那样的偌大福分呢？”他们扯谈了一阵子，卓贼起身告辞，带着貂蝉回府而去。这正是：

预备牢笼擒恶兽，安排铁网捉蛟龙。

要知后事如何，且看下回分解。

第一百一十四回　好事难谐迁莺上乔木　密谋暗定调虎出深山

却说董卓得了貂蝉，如鱼得水，镇日价寻欢取乐，将一切的事情，完全都付与吕布、李儒二人照料。还有那些掳得来的良家妇女，他见了貂蝉，便将她们视同粪土一样，完全赏给与手下侍尉从仆。真个是一人中意，众美遭殃。这貂蝉见他这样的宠爱自己，她也展出十二分笼络的手段来，将一个董卓哄得百依百顺，险些把她当做活观音供养。

那天董卓早朝未回，貂蝉料知吕布在后园里监工，她便趁着这个空子，单身独自走到后园里去，在凤仪亭内不期而然地遇着了吕布，她便哭得泪人一样。吕布再三追问。她叹了一口气道："事已如此，说它还有什么用呢？"吕布急道："卿卿！什么事你也应该说出来，我才明白呢。"她道："我也料不到你们太师爷竟是这样人面兽心的老贼，他前天到我家里去，我们爷子以为你是奴家的丈夫，他自然是我的公爷了，我们爷教我出来见礼，不想他见了我，便对我们爷说道：'奉先是我的儿子，一切婚事筹备，当然是我来出头办理的，如今先将令媛接到我们的府中去。'我们爷当然不好推辞，便教我乘着轿子随他到这里来，谁知那老贼，竟起心不良。"她说到这里，泪抛星眼，便又哽哽咽咽的哭将起来。吕布急问道："以后便怎么样呢？"她哭道："不料那老禽兽将奴家藏在一间牢房里，黑夜里带了许多的仆妇到那里去，将奴家的清白被他污沾了。将军！妾身只道今生你我永无相见之日的呢，不料天也见怜，我们还有一面的缘分。我的心迹已表明白了，再也没有颜面来见将军了，你且放手，让我去死了倒干净，省得在世上辱没你的英名。妾身死后，也要变一个厉鬼，将那老贼的魂追了去才罢呢。"吕布听了这话，将那股无名豪火，高举三千丈捺按不下，冷笑一声道："万料不到这老禽兽竟有这样的行为！"貂蝉哭道："还是让我去死了是正经，不要为着我一个女子，使你家父子不和。"吕布听说这话，更是气冲牛斗，急道："他能做这些禽兽的事情，还算什么父子呢。"貂蝉道："妾身未出闺门，就闻得将军的英名，如雷贯耳，满望攀龙附凤，嫁给英雄，不料大礼未成，横遭这老贼玷污，奴家如何对得起将军呢；但是奴家耿耿寸心，惟天可表，除却将军之外，却没有第二人了，将军如

肯见怜，将我救出火坑，奴家情愿为将军充一个侍婢，还比受那老贼蹂躏的好多了。”吕布听她这番话，真个是万箭钻心，利刃割胆，又气又愤，又爱又怜，心头上翻倒了五味瓶，酸甜苦辣咸一齐涌上心来，不知怎样才好呢。貂蝉又哭道：“将军肯与否，请快些儿作个决定罢。”

吕布还未答话，猛听得外面气如牛喘，有人大声骂道：“好贼子，贱人，在这里做的好事。”吕布听得是董卓的声音，不禁一惊，忙将貂蝉放下，揭起竹帘，瞥见董卓手执他平日用的一杆方天画戟圆睁二目，恶狠狠地站在门外。原来董卓早朝回来，到了貂蝉的房中，不见了貂蝉，吃惊不小，忙问侍女：“她到哪里去了？”有个侍女道：“到后园里去游玩去了。”董卓听说这话，忙向后面寻来。走到大厅后面，劈面撞见一个小厮，名叫宋刮的，他便问道：“刮儿！你可曾看见新夫人在什么地方呢？”宋刮吱唔着说道：“小的看是看见的，只是不敢说。”董卓听得，心下大疑，忙道：“快点说，告诉我！怕什么呢？”宋刮道：“我方才从后园里凤仪亭门口经过，猛听得里面叽叽咕咕有人谈话，我倒被他们吓得一大跳，悄悄地从竹帘子外面往里一瞧，只见新夫人倒在吕将军的怀里，只是哭，我倒不解是什么一回事，正想去告诉你老人家，不想在这里竟碰到你老人家了。”

董卓听得，不暇多问，顺手在大厅东廊将吕布的画戟取下来，飞向后园奔来。到了凤仪亭门口，就听得里面仍在喁喁不休地谈着，把个董卓气得光是发喘，半天才厉声大骂。这时吕布从里面一头攒了出来。他见了吕布，不禁将脑门几乎气破，泼口骂道：“好贼子，竟敢做出这样无父无君，不伦不类的事来。”他骂着，舞动方天画戟便来刺吕布。吕布将头一偏，他一戟落空，身子往前一倾险些儿跌了下去。吕布顺手一把将戟的头龙吞口抓住，就是一拧。不想董卓的蛮力大，莫想动得分毫。吕布一撒手，泼步就走。董卓便将戟掷去。吕布往旁边一闪，没有掷到。董卓哪里肯舍，依旧紧紧地追来。

刚刚追出园门，卓贼和一个人扑的撞个满怀。他不问青红皂白，一把将那人抓住，拔出宝剑就要动手。只听得那人喊道：“太师爷，慢来慢来！”他听得，忙低头一看，不是别人，却是左大夫李儒。他道：“要不是你喊得快，险些儿一剑将你结果。”李儒忙问他与吕布究为着什么事情，这样冲突的？董卓便将以上的事情，气冲冲地说了一遍。李儒顿足道：“主公！大事去矣！为了一个貂蝉，恼了一员大将，他万一反起来，试问主公谁人能去征服他？主公这时正在招贤纳士的当儿，奉先虽有小过，主公也该稍为原谅才好呢。还有一句老实话，对太师爷说，太师得有今日，完全是谁一手造成的呢？我敢说一句，除却吕奉先，却没有第二个罢。貂蝉虽美，于主公何益？主公要是一个明白人，今天不独不能做出这一套来，而且既晓得吕奉先看中貂蝉，要想巩固他的心，不妨就将貂蝉赐给与

他，还怕他不死心塌地地保护主公么？还有一个比例，就是昔日熊羽在摘缨会上，不杀戏庄姬之蒋雄，后为秦兵所困，才得其死力相救；今貂婵不过一女子，吕布系主公一心腹猛将，以一女子失一大将，不知利害孰甚呢？”他这一番话，说得董卓闭口无言，停了半天，才开口向李儒问道：“依你便怎么样呢？”李儒道：“照我的愚见，莫若就此将貂蝉赐与吕布。布感主公大恩，必以死力相报哩！愚直之言，是否还请主公三思。”董卓点头道：“你的话，未尝不是，让我去细细地思量思量。”李儒便谢恩退出。

董卓回到貂蝉的房中，命人将貂蝉唤来，他厉声问道：“贱人！何故与吕布私通？”貂蝉放声大哭，说道：“妾身久闻侍女们讲过，后园修葺的怎样好法，妾身成日价地闭在这房里，闷得十分难受，也是妾身一时之错，不该到后园去游览的。贱妾刚走到凤仪亭，迎面就碰见吕布，不想这个奴才将妾嬲住，硬行非礼。不是太师爷到来，救妾一命，那时妾身少不得要死在这匹夫的手里了。”卓贼道：“我现在倒有一件事和你商量，未知你肯与不肯？”貂蝉拭泪问他：“何事？”董卓道：“难得奉先看中了你，我想将你赐给与他。”貂蝉听得，大吃一惊，掩着粉颊大哭道：“贱妾已事贵人，不日将有后妃之望；今天忽然要使妾委身与下贱家奴，便是顿时死了，莫想我答应的。”她说罢，移动莲步走到帐帏前去，将宝剑取下，飕的出鞘，向颈上就勒。慌得董卓抢了过来，死力扳住她的粉臂，说道：“快休自寻短见，方才那几句话，本是是和你玩的，原想借此来试验试验你的心，不料心肝美人竟认真了。”他说着，从她的手中，将宝剑夺了下来。貂蝉哭道：“太师休要哄我，这一定是那个李儒贼子出的主意。他本与吕布是一类，他想害妾身的性命，败太师爷的声名。这个万恶的贼子，我要生食其肉，死寝其皮呢。”董卓道：“他无论如何说项，我怎能舍得你呢？”貂蝉道：“如今他们既然是不怀好意，料想此地也不能久居了；万一上了他们的当，便怎么好呢？”董卓忙道：“心肝！你且莫要担忧，我明天就和你一同到郿坞去同享快乐，如何？”貂蝉这才收泪拜谢。

到了次日清晨，李儒便在大厅上候着董卓。不一会董卓来了。李儒便对他说道：“主公昨天既然答应将貂蝉赐与吕布的，今日正是黄道吉期，何不就将貂蝉赐给他，成为好事吗？”卓贼道：“我与吕布究竟有父子的关系，不便赐给与他，但是我也不去追究他昨日的错处了，你去对他可用好言劝慰。”李儒万不料他今天忽然变卦，便毅然说道：“主公千万不可为妇人所迷惑才好呢！”卓贼听得，不禁将脸往下一沉，冷冷地答道：“然则你的女人可肯赐给吕布么？这种不近人情的话，昨天我不过是权为应你一声，不想你竟坚执，要教我将女人送给别人；我不看平日之情，恨不将你这匹夫一刀两断，识风头，不要来缠不清，下次谁再讲出这字来，提头相见。”李儒不敢再讲，只得退了出来，仰天叹道：“我等不久皆要

死在这贱人的手里了!”

不表他在那里叹息,再表董卓早朝之后,回府令搬场。一时百官都来送行。这个当儿,吕布在稠人中望见貂蝉在车中,掩面痛哭。吕布觑着董卓的车仗去得远了,他便将马一带,赶到貂蝉的车仗对过,只见她珠腮泪落,伸出玉手,上一指,下一指,又朝吕布一指,最后朝自己一指。吕布看见如同万箭钻心,十分难受,又不敢近来,恐被董卓望见,只好兜马立在土岗之上揽辔痛恨不止。望着车仗越去越远,烟尘迷漫,云树参差,一转眼便不见了车仗的影子,他怅恨欲死地坐在马背上,还在伸长着脖子,遥望不瞬。

这时候后面突然有个人将他肩头一拍,笑道:“温侯!不随太师爷一同到郿坞去,为着什么缘故,孤影单形的立在这里发愣呢?”吕布被他一拍,倒是一惊,连忙回头看时,不是别人,正是司徒王允。吕布见是他,不禁叹了一口气道:“司徒还问什么呢?横竖不过是为着你家女儿罢了”王允道:“莫非小女到府上之后,有什么不到之处么?万一得罪了将军,千乞将军,还看老朽的薄面,总要原谅这个痴丫头一些,那么也不枉她镇日价的景仰将军的一番苦心了。”他说罢,吕布道:“咳!司徒!你好糊涂了,难道这事你还不晓得么?”王允故意惊道:“小女自被太师爷带去一月有余,至今也未曾回来过一次。有什么事情我焉能知道呢!”吕布道:“老实对你说罢,你们的令嫒我倒没有捞到,反被那老禽兽视为已有了。”王允忙道:“温侯!这是什么话!难道太师此刻还未曾替你们结过婚么?”吕布大声说道:“我倒没有和你们令嫒结婚,那老禽兽倒与你们令嫒成其伉俪了。”王允佯作大惊失色的样子,说道:“这从哪里说起,这从哪里说起!”他说罢,便对吕布说道:“温侯!此地非是谈话之所,请到寒舍去,再作商量。”

吕布没精打彩地随着他复行入都。到了司徒府的门口,二人下马,一同到了大厅上落座。王允便道:“究竟是怎样的?请温侯再述一遍。”吕布便将凤仪亭前后细细地说了一个究竟。王允只是顿脚,半晌无语,双眼盯着吕布。吕布垂头丧气的也是一语不发。二人默默的半天,王允才开口说道:“太师淫吾女儿,夺将军妻室,这一层,诚为天下人耻笑,非耻笑太师,不过耻笑将军与老朽罢。但是老朽昏遇无能尚无足道,可惜将军盖世英雄,亦受这样的奇耻大辱!”吕布听得这话,不禁怒气冲天,拍案大叫。王允忙道:“老朽失言,死罪死罪,万望将军息怒。”吕布厉声骂道:“不将这老贼杀了,誓不为人。”王允听得这话,忙跑过来用手将吕布的嘴堵住,说道:“将军切不可如此任意,太师爷耳目众多,万一被他们听壁角的听了去,那时连老朽都不免要灭门九族了。”吕布叹道:“大丈夫岂可郁郁久居人下!”王允连忙说道:“以将军之才,实在非是董太师所可限制的。”吕布便道:“杀这个老贼,真个一些儿不费吹灰之力;不过有一个缘故,碍着

不好动手。”王允忙问他：“是什么缘故？”吕布道：“这个老贼作此禽兽之行，论理杀之不足以偿其辜。只是他与我名义上有父子的关系，所以不能下此毒手，恐被天下后世唾骂。”王允冷笑道：“将军真糊涂极了！她姓董，你姓吕，在名义上固无父子之可言；谈到情分上，越发不堪设想了。他与你既是父子，就不应当在凤仪亭前掷戟厮拼了。”吕布听得这话，怒发冲冠地说道：“要不是司徒点破，我险一些儿自误。”王允听他这话，便知道他的意已坚决了，便趁机又向他说道：“将军若扶正汉室，后来这忠臣两个字，是千古不磨的；要是帮助董卓，这反贼两个字，再也逃不了的。一面是流芳千古，一面是遗臭万年。天生万物，自是难齐，好丑不过随人自取吧；今日之事，尚请将军三思。”吕布听得这番话，真个如梦方醒，赶着离席谢道：“我意已决，司徒勿疑。”王允道：“恐怕事未成，机先露，反招大祸。”吕布听得，飕地在腰里拔出宝剑，刺臂出血为盟。王允扑的纳头便拜，说道：“汉祚不斩，皆出于将军之赐了；但是此等密谋，有关身家性命，无论何人，不能泄露一字的。”吕布慌的答拜道：“司徒放心，俺吕布一言既出，永不翻悔的。”二人起身。吕布便向王允道：“这事要下手，宜急不宜缓，最好在日内将这老贼结果了，好替万民早除掉了痛苦。”王允道：“将军切勿性急，这事老夫自有定夺；到了必要的时间，我总先通知你就是了。”吕布答道：“司徒有什么高见，不妨先说给我听听。”王允道：“卓贼此刻迁到郿坞，我想他是防人去办他的，定有准备，却再不能到郿坞去除掉他了。只好从反面想出一条调虎离山的法子，将这老贼骗到京城里面，将他杀了。岂不是千稳万妥么？”吕布道：“这计果然不错，但是要想出了一个什么名目来，好去骗他入都呢？”王允拈着胡须，沉吟了一会子，猛地对吕布道：“有了有了，何不假着万岁新愈，召他入朝，共议国事么？”吕布拍手道妙。王允又道：“但是此计虽然是好，可是还需一个能言之士，前去才行呢。”吕布道：“可不是么？谁是我们的心腹肯去呢？”王允又想了半天，便对吕布说道：“这人倒是个能言之士，而且卓贼平时又很相信他，只恐他不肯去。”吕布忙道：“司徒所说的，莫非是骑都尉李肃么？”王允道：“不是他，还有谁呢？”吕布道：“这人如果用到他，他一定肯去。”王允便道：“怎见得的？”吕布道：“他因为升缺的原故，早就与老贼意见不合了，我想他一定可以帮助我们的。”王允大喜道：“既是这样，就请将军去将他请来，大家共同商量办法。”吕布道：“昔日杀丁原的，也是他的主谋。今天如果他肯去，没有话讲；万一他不肯前去，先将他杀去，以灭人口。”王允称是，随着即派人悄悄地将李肃请来。

他见吕布也在这里，不禁吃了一惊，忙问道：“此刻太师爷已迁到郿坞，温侯还留在京中作甚呢？”吕布冷笑一声，说道：“骑都尉还问呢！不是你当初好说歹说的，硬劝我将丁原杀去，何致有今日的羞辱！”李肃听他这话，便料他也和董卓

不对了，忙道："温侯这话，未免太也冤枉我了；想当初在丁原那里，当一个区区的主薄，如今封侯显爵，不来谢我倒也罢了，反而倒怪起我的不是来了，我真莫名其妙。还请温侯讲明，究有那样不如意处，出入高车怒马，又是皇皇太师爷的义子，还不称心，究要怎样才满意呢？"吕布道："这些话都休提了。我且问你，自古道，弃暗投明，方不失英雄的身分。昔日为你一席话，我便毅然将丁原杀了，来投董卓，满拟望青史标名，荣宗耀祖；谁知这卓贼上欺天子，下压群臣，罪恶滔天，神人共愤，他这样的行为，我岂不是被他连带唾骂于后世么？"这正是

豪杰不贻千古恨，英雄只执一时迷。

要知后事如何。且看下回分解。

第一百一十五回　矢橛有情帐中偎寡鹄　风云变色塞外失良驹

话说李肃听得他这番话，便道："如将军言，当以何种手段对待呢？"吕布道："依我愚见，现下即设计将这老贼除去。"李肃听得，忙道："我早有此心了，无奈一木难支大厦，故迟迟至今未敢发动。将军如欲为国除害，末将当追随左右，任将军驱使，如何？"吕布大喜，便道："都尉如肯助我一臂，这事没有不成的道理；明日你可赍着圣旨到郿坞去，伪言圣上新愈，召他进京议事，那时我们内应外合，还怕他飞上天去么？"李肃一口应承。

到了第二天，李肃赍着圣旨，便到郿坞，见了董卓伪称天子疾病新愈，请太师入朝议事。董卓忙问："议论什么事情？"李肃道："太师不晓得么，目今天子见太师威德并茂，欲将位禅让于太师，所以今天着我来请太师入朝受禅的。"董卓大喜，便又问道："王允意下若何？"李肃道："天命攸归，王允当然也没有什么反对的了。"董卓至此，毫无疑惑，便命心腹爪牙李傕、郭汜、张济、樊稠等四人，调兵保护郿坞，自己大排仪仗进京。刚刚到了半途，所乘的四轮辇，忽然折了一轮，董卓惊问李肃，这是何兆？李肃道："这是弃旧换新，公主将乘金辇之兆也。"董卓不疑。又走了一程。忽听得一群村童，在草地上一齐唱着道："千里草，何青青，十日上，不得生。"董卓又问："何兆？"李肃便道："这分明是刘世灭，董氏兴之意。"

他满心欢喜，不多时进了城，只见百官齐具朝仪迎接董卓。到北掖门口，众

武士留在门外，只有御车的二十余人，推车直入。董卓遥见王允等各执宝剑，立在午门以外，大吃一惊，忙问李肃。李肃不应，推车直进。王允大呼道：“反贼到此，武士何在？”两旁转出百余人，各执利刃，直扑董卓。董卓大声呼道：“吾儿奉先何在？”吕布从车后钻出，应道：“有诏讨贼。”手起一戟将董卓刺死。王允割下他的首级。吕布在怀中取出诏书，大声念道：“奉诏讨贼，其余不问。”将吏皆呼万岁。这时李儒的家将，又将李儒绑了送来。王允便命枭下首级，弃于市曹。

吕布此刻无暇多计较，赶紧带兵到郿坞。李傕等早得消息，领着飞熊兵，向凉州窜去。吕布到了郿坞，先将貂蝉接了出来，然后将董卓一家杀了，剿了镏珠金帛，正要回京，不防卓贼女婿牛辅领着一彪军杀到。吕布便使李肃迎敌。李肃领兵出阵，未上十合，招架不住，大败而回。见了吕布，陈述牛辅的厉害。吕布大怒，便将他斩首，亲自领兵出阵。谅牛辅如何是吕布的对手呢？不到三合，大大失败。吕布只顾引兵追赶。刚追到白屯山下，猛听得一声鼓响，一彪军从右边冲出来，为首一将正是李傕。吕布慌忙迎敌，战未十合，鼓角大鸣，又是一队军从左边冲了出来，为首一将正是郭汜。吕布双战二将。大战五十余合，二将抵敌不住，却引兵向长安奔去。吕布引兵赶去，方赶过郿坞，猛听得后面金鼓大震。张济、樊稠齐领着飞熊军从后面包抄过来。这时李傕、郭汜回头又来厮拼。前后夹攻，吕布虽勇，到了此时，也没有法子抵御了。再加那些飞熊军十分骁勇，不多时，杀得吕布片甲无存。吕布不敢恋战，大吼一声冲出阵去，一抹地直向长安而去。

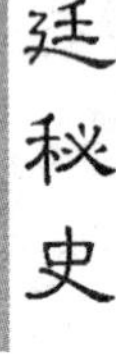

李傕等统领十万飞熊兵，近逼京城。吕布连败数阵，心中大忧，便对王允说道：“司徒！事急了，我们只好且到别处去求救罢。”王允不肯。这时四门的贼兵乱搭云梯，一齐上城。吕布见王允不肯动身，他也没法，一提丝缰杀出东门。投奔袁术去了。

李傕等大队贼兵，闯进京城，将王允捉住杀了，同时遇难的官员不计其数。李、郭两贼，还要提剑去杀献帝。张、樊二贼说道：“不可不可，今日杀之，天下不服，俟将诸侯赚到关内，去其羽翼，然后图之，大事可成。”李、郭两贼从议。他们又自定职衔，迫令献帝照准。献帝没法，只得唯唯从命。他四人得了封号，便大张声势，无所不为了。

不数日，早有西凉太守马腾率子马超起兵，来京就驾。不幸贼势浩大，西凉兵竟未得胜，只得引兵退向西凉而去。

贼兵只有一樊稠因私通马腾韩遂，被李傕杀了，其余士卒未曾损失分毫，因此贼兵的威声越发四扬。他们镇日价奸淫劫掠，百姓失望，天怨人愁。献帝处此恶势力的下面，真个是个求生不得，求死不能。幸亏杨彪、董承等，暗中定了

一计，使李、郭不和，大战了数月。他们乘着这个空子，便保着献帝以及后妃逃到了大阳，一面飞诏到山东，令曹操前来保驾。

曹操得着圣旨，便统精兵十二万前来，将李傕杀得片甲不留。李傕与几个贼目一齐逃到深山落草去了。曹操便保驾回洛阳故宫，夏侯惇辈领兵屯在城外。次日曹操进城见驾。献帝便加封为司隶校尉，假节钺，录尚书事。因此曹操大权在握，威势日盛，行为虽不及董卓荒暴，但是居心叵测，居然隐隐有窥窃神器的念头。他见洛阳的宫殿破坏，而且地势又平坦，不及许昌竣险，便私下与众人商议迁都。这时有个谋士名叫许良，他却极力赞成他的话，便道："明公这个主意，实在是好极了，两面俱到。"曹操会意，便入奏献帝，请驾迁都。

献帝怎敢不依，只得迁都到许昌。曹操便造宫室，建宗庙、司台、司院、衙门，修理城廓街道；又迫献帝大封群臣，一班文臣如荀彧、荀攸、郭嘉、刘晔、程昱等，最高的位置至三辅，最低的位置也在祭酒之上；武将如夏侯惇、夏侯渊、曹洪、曹仁、李典、乐进之辈，俱封为将军、都尉。看官，以上的一班人，谁不是操的心腹呢？由此向后，献帝只做一个傀儡皇帝了。

光阴易逝，略眨眨眼又到丁丑二年的春间了。曹操正想领兵联合刘备去灭吕布，忽然探马来报："张济南攻穰城，中剑身死，他的侄儿张绣屯兵宛城，勾结刘表，意欲犯阙。"曹操得报，勃然大怒，便点齐五万精兵，带着大将典韦，亲自领兵到宛城下寨。早有细作飞报张绣。张绣听说曹操亲自带兵前来，吃惊不小，忙与部下商议。谁知大家听说曹操亲自带兵前来，一个个吓得魂飞胆越，同声劝张绣投降为妙。张绣明知不是曹操的对手，只得开城投降。

曹操见他投降，不费一兵一甲就攻下宛城，自是欢喜，便统大兵进城住下。过了几天，曹操在城内一点事儿没有，闷得心慌，便与他的侄儿曹安仁骑马到各处去闲逛。刚刚出了太宣门，迎面突然有一辆钿壳香车慢慢的近来，他在马上瞥见那车内端坐着一个妇人，年纪差不多在二十左右罢，生得柳眉杏眼，贝齿桃腮，十分妖娆出色。把个曹操看得眼花缭乱，口干难言，魂灵儿飞上了半天，勒着丝缰，瞪着两眼，不住的向车内发呆。那妇人也脉脉含情，秋波流电地向他瞟了一眼。曹操被她这星眸一瞟，不禁神魂飘越，身子早酥了半截，险一些儿撞下马来。霎时香风过处，钿车去远，那张娇而且俏的面庞儿却不能再看见了。曹操在马上好像发狂似的叫了一声好。他本来是好色之徒，在二十左右的时候，已经娶妻丁氏，纳妾刘氏，又在娼家买得一个卞氏。这卞氏的姿色倒也不差，曹操大加宠爱。今天看见这妇人和卞氏一比较，的确有天渊之别，他怎能不神魂颠倒呢。他失魂落魄的，哪里还有心去闲逛，没精打采的和安仁兜马回营，闷闷不乐地坐在帐中，一言不发。安仁早已窥透他的心病了，忙问道："叔父，今天为

什么这样的闷闷不快，莫非有什么不好解决的事情么?”曹操叹了一口气道:“便是有心事，对你们说了有什么用处呢?”曹安仁笑道:“或者可以有些用处呢!”曹操先用手向左右一摆，一班侍立的将佐，一个个都退出帐去。他对安仁笑道:“方才你看见么? 那妇人的模样儿究竟好不好? 我行军十数年，年轻貌美的女子，我不知道看见过多少了，像这样水葱似的一个玉人儿，我实在没有看见过。谁能替我将这个妇人谋到手，我立刻赏他十万。”安仁听他这话，将胸口拍得震天价响地说道:“你放心罢，这事包在侄儿的身上就是了。”曹操听得十分欢喜，忙道:“我的儿，要办这事，千万不要鲁莽，万一走漏了风声，那可不是耍的;我现在是名高德重的人了，与其败坏声名，不若不做的为佳。”安仁笑道:“你老人家既羡慕着美色，又何必藏头露尾的怕谁呢?”曹操道:“你只知其一，不知其二，这些事情，都是那些没有资格的人做的，像我们这些人，就能干出这不端的事来么? 不独失掉自己的身分，便是被人家知道，也要瞧我们不起的。这事成与不成，都要替我严守秘密为要。”安仁满口答应，出营去刺探那妇人的去处了。

曹操在营中左等右等，一直等到天晚，还未见安仁到来，好不心焦，像煞热锅上的蚂蚁一般，团团转得一头无着处。不多一刻，安仁由外边进来。曹操等不及地忙问道:“那件事儿怎么样了?”曹安仁笑道:“访是访着根底了，不过是朵玫瑰花儿，有针有刺很不容易采取呢。”曹操忙道:“怎见得的?”曹安仁道:“那妇人原来就是张济的继妻，张绣的婶娘邹氏，你道可以去勾搭么?”曹操听说是张绣的婶娘，不禁将那团孽火，早就消灭到无何有之乡了，忙道:“怪不得她淡扫素抹的。”这时曹操嘴里虽然说动不得，心里却越发钦慕得厉害，兀的叽咕着道:“好个美人儿! 我竟没福去消受，岂不可惜么?”曹安仁笑道:“叔父要想真个销魂，却也不难;不过这班将士都在这里，怎能不漏风声呢?”曹操忙道:“依你便怎么办呢?”曹安仁笑道:“依我的愚见，不若将他们一班人完全调到别处去防守关隘，只将典韦留下保护你就是了。他们走后，做起这事来，不是好放手了么?”曹操忙道:“是极是极，你的主见的确比我高，就照这样办就是了。”他们商量已定，一宿无话。

到了第二天早上，曹操便下令将随来的众将士，一齐调到别处去防守，只留下一千精兵和大将典韦在营中保护。

曹安仁到了晚上，带了十几名亲兵，直扑邹氏的住宅而来。刚到门口，只见那邹氏站在门边，正在那里装娇卖俏的向街道上凝望，曹安仁跳下马来，一把将邹氏拦腰抱起来，飞身上马。邹氏吓得玉容失色，待要声张。曹安仁忙道:“曹公看中你了，今要娶你为贵人，你难道还不愿意么?”邹氏昨天见曹操那种威仪，早已心许了，听得曹安仁这话，乐得半推半就的不声张了。无论如何，总要比较

寒衾独拥的好得多了。

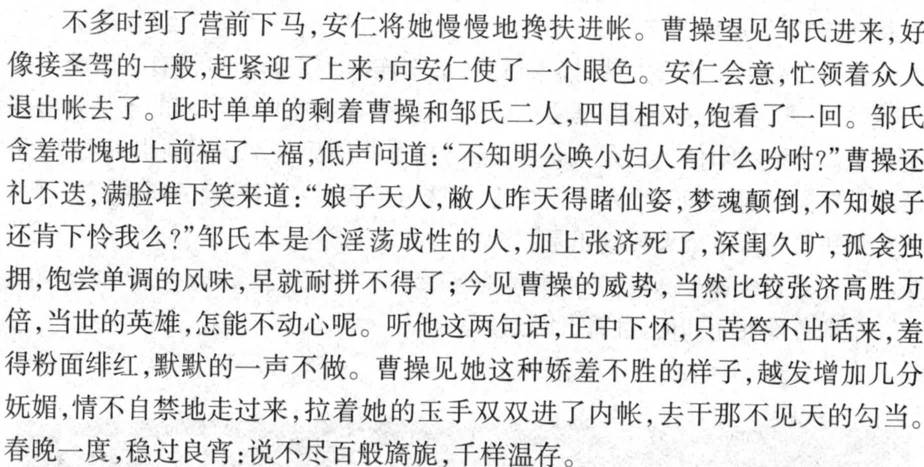

不多时到了营前下马，安仁将她慢慢地搀扶进帐。曹操望见邹氏进来，好像接圣驾的一般，赶紧迎了上来，向安仁使了一个眼色。安仁会意，忙领着众人退出帐去了。此时单单的剩着曹操和邹氏二人，四目相对，饱看了一回。邹氏含羞带愧地上前福了一福，低声问道："不知明公唤小妇人有什么吩咐？"曹操还礼不迭，满脸堆下笑来道："娘子天人，敝人昨天得睹仙姿，梦魂颠倒，不知娘子还肯下怜我么？"邹氏本是个淫荡成性的人，加上张济死了，深闺久旷，孤衾独拥，饱尝单调的风味，早就耐拼不得了；今见曹操的威势，当然比较张济高胜万倍，当世的英雄，怎能不动心呢。听他这两句话，正中下怀，只苦答不出话来，羞得粉面绯红，默默的一声不做。曹操见她这种娇羞不胜的样子，越发增加几分妩媚，情不自禁地走过来，拉着她的玉手双双进了内帐，去干那不见天的勾当。春晚一度，稳过良宵：说不尽百般旖旎，千样温存。

须知天下事，要得人不知，除非己莫为。邹氏被安仁抢反的时候，早有人去飞报张绣了。张绣听说曹操强夺她的婶娘，请教如何不气，立刻派人去一打听，不独强夺，简直实行同居之爱了。张绣怒冲牛斗，立刻点齐五千精兵杀出城来。早有细作飞报曹操。曹操全不在意，以为有大将典韦，他有万夫不当之勇，在他营门口守着，谁也不敢前来送死的，仍然与邹氏卿卿我我，寸步不离地厮混着。

谁知典韦吃醉了老酒，倒在帐中，正自好睡。猛可里喊声四起，鼓角大鸣，那一千保护兵士，见四面的灯球火把，照耀的和白日相似，只吓得纷纷奔窜，霎时跑得一干二净。典韦从梦中惊醒，霍的跳起来，取了双戟，飞步出营。这时张绣的大队，已经顶到营门口了。典韦大吼一声，舞动双戟，好像纺车似的敌住来兵。霎时被他杀得肢骸乱舞，马仰人翻，张绣舞动长枪，一马当先邀住典韦，大战五十余合，未见胜败。张绣长啸一声，将枪尖向后一招，众士卒一齐涌上，刀矛并举，将典韦困住。典韦身无片甲，只穿一条犊鼻裤，在阵云里往来冲突，如入无人之境。张绣见他这样的凶猛，心中好生着急。他手下大将胡车儿一声唿哨，立刻万箭如雨。典韦忙用戟来格去。说时迟，那时快，手腕上早中了两箭。典韦吼叫一声，托地跳开数丈，啊唷一声，将双戟抛去。众兵士见他抛去兵刃，益发奋勇，将他团团困住。他一腿飞来，早被他打倒二人。他就地将二人抓起，当着兵器使用，只打得众兵卒纷纷后退。这时张绣和胡车儿见他抛去兵刃，连忙催马上前，齐施兵刃，将典韦逼住。典韦此时虽有霸王之勇，到了危迫，确也难以抵御了。张绣的长枪，舞得飞花滚雪价紧紧逼着，没有一些空子好脱身。典韦料想难活了，将手中的人爽性向张绣掷去。张绣将马头一带，他趁着这个空子，跳出圈子，撒腿就跑。走到五六步，弓弦响处，他大叫一声，堆金山倒玉柱

的扑地倒下。张绣飞马赶上，手起一枪刺入典韦的咽喉，眼见一位万夫不当的上将，到阎罗王那里去交帐了。

张绣与胡车儿督着大队，捣入后营，谁知连一个人影子也没有。张绣大吃一惊，忙命人四处去搜查，哪里还有一些踪迹呢，流苏帐内空洞洞的不见鸳鸯的影子了。张绣料知他一定是逃走了，忙与胡车儿领兵赶来。不到半里之遥，果然望见曹操在前面和一干人狼狈而逃，张绣厉声骂道："不顾脸的淫贼！到哪里去！快快给我留下头来！"这正是：

爽口味多生恶疾，趁心事过必遭殃。

要知曹操性命如何，且看下回分解。

第一百一十六回　弄假成真将军得娇婿　转祸为福帝子续新弦

话说曹操听得喊声四起，料知事变，与邹氏豁地分开，连长衣都未曾来得及穿好，就听得营门口喊杀连天。曹操此刻真个是魂落胆飞，和曹昂、曹安仁以及邹氏等，各自上马，慌不择路地出了后营，直向西北逃去。刚刚走了一里多路，猛听得后面鼓角震天，灯球火把照耀得和白日一样，曹操回头一望，不禁将一颗脑袋吓得缩到腔子里面，伸也不敢伸一下子，连说："今天活该要将性命丢掉了！"话还未了，弓弦声响，曹操的坐马屁股上早着了一下子。那马怪叫一声，壁立起来，将曹操掀翻在地。曹昂见了，飞身下马，将自己的马让与曹操。张绣望见，忙拍马赶去。

曹操用马鞭子在马身上着力打了几下子。那马双耳一竖，腾云价地奔去，一口气跑到清水河边。可巧有一只渔船，曹操牵马上船，忙叫舟子渡到对岸。他登岸之后，眼见张绣领着大兵将他的大儿子曹昂、大侄儿曹安仁以及情人邹氏等一干人，追到对岸一刀一个，全请到鬼门关去交帐了。曹操也不暇多计较，伏在马鞍上，直向舞阴逃去。到了舞阴，才知道典韦被害，他痛哭一场，方才收兵，回许昌而去。暂按不表。

再说刘备和关、张二人，自从安喜县出走之后，辗转奔波，毫无成绩。谁知英雄有路，马上就得有能人出来帮助他了。南阳诸葛亮神机莫测，居然被他请出隆中，助他克图大业。还有常山赵云、长沙黄忠辈，都是智勇双全的良将，加

上诸葛亮指挥有素，运筹帏幄，决胜千里，先后占据荆州各郡。旌旗到处，百姓望风而拜。于是长沙、桂阳各地，俱先后攻下，虎踞一方，大有和群雄对峙之势。

这时江东的孙坚，早已去世。长子孙策，也未终天年，二十六时即弃世了。孙策有弟名权，碧眼紫髯，十分英俊，胸怀大志。自他哥哥死后，他便坐镇江东，雄据八十一州郡，文有鲁肃、张昭、诸葛瑾之流，武有韩当、周泰、程普、蒋钦、甘宁、凌统之辈，兵精粮足。加之还有一个周瑜，智略过人，孙权对于他十分器重。

到了现在的时候，曹操在赤壁一战，将八十三万人马断送得片甲不回。诸葛亮帮同周瑜，巨谋硕划，趁曹操新败的当儿，就中取利，却也夺了不少地盘。周瑜见刘备声势日扩，心中十分忧虑，暗中和孙权商量道："现在曹操倒不足为虑，所最可虑者，便是刘备。如今你看他，仗着诸葛孔明的神出鬼没的诡谋，关、张、赵云的武艺，东吞西并，眼见他的势焰一日一日地扩张到不可收拾的地步了；如今再不设法去将他铲除，将来说不定东吴还要受他的影响呢。"孙权听了，皱眉说道："你的主见，应当怎样呢？"周瑜说道："依我的主见，须要先将刘备设法除去。群龙无首，他们当然不击自散了。"孙权道："除刘备这层事，恐怕不易罢；不要说别的，单讲他手下有这许多的文武兼全的能士辅助他，我们虽然有这个念头，但是究竟怎样下手呢？"周瑜笑道："谈到武力来解决这层事，当然是办不到的；如今我有一条计策在此，主公采用与否，我尚未敢料定；主公如果采用，一定可以制刘备的死命了。"孙权大喜道："只要能铲除刘备，我又有什么不答应呢！"周瑜便走过来附着孙权的耳朵，叽咕了一阵子，孙权点头道："这计果然是妙，但是谁去作媒人呢"周瑜沉吟了一回，说道："我想这事，非吕范去不可。"孙权便将吕范召来，密嘱了一回。

吕范受计而去。到了荆州入见刘备，说道："我主有妹，年已二九，才貌兼优；闻得明公佳偶新殇，急待续弦，我主慕将军威德，欲与将军连秦晋之好，不知将军还肯俯允吗？"刘备还未答话，孔明抢着说道："你们主公既肯下顾，那是再好没有了；而且我主是中山靖王之后，汉家嫡派，两家连姻真够是门户相当，再恰合没有了。"吕范知道刘备一向是凡事俱听孔明调度的，今见孔明首先答应，料想这事一定是没有阻碍了。孔明随又命人赍着金帛，随着吕范去了。

刘备便对孔明说道："先生未免忒也性急了，这事岂可造次的；万一他们在那里盘算我们，那么，我们岂不是上了他们的当了吗？"孔明笑道："谚云，明知山有虎，故作采樵人。主公！凡事请放宽心，都有我来维持就是了。"不到几天，吕范赍着回聘到来，择定建安十四年十月初六日到东吴去就亲。

刘备听说是到东吴去就亲，不禁心中十五个吊桶打水，七上八下的忐忑不宁。孔明坦然答应，又命孙乾作男媒，和吕范到东吴去复命。刘备向孔明说道：

"先生,你何其这样的糊涂?他们叫我去就亲,分明是将我诱去,任他们杀了就是了;你替我答应,就是送我到鬼门关罢了。"孔明笑道:"不必怕,山人早已算定,主公此去,不独他们不敢来加害你,并且还可以得到一个智勇兼全,才貌双绝的佳人回来呢。"刘备哪里肯信,只管埋怨不休。光阴易过,转眼就到小春的朔日了。孔明便替刘备打点去招亲的手续,暗中给赵云三条妙计,吩咐他好生藏着,赵云受了命令,领着五百名兵士,先到江口驾船等候刘备。

谁知刘备抵死也不肯前去。诸葛亮劝的舌敝唇焦,他仍是疑惧着不肯毅然前去。孔明没法,便向他说道:"你放心罢,我的锦囊早就预伏下去了,你此番去,谁敢碰你一根毫毛,我赔偿你一块肉,如何?"刘备说道:"罢了罢了,人心难测,你知道他们是什么用意对待我呢?"孔明笑道:"我主平素最相信我的话,今天为何兀的不相信呢?难道我还有心教你去送掉性命么,你只管去罢,有什么疑难的事情,只消去问子龙便了。"刘备听得才放心下船。孔明又将子龙喊来,叮咛了一番。子龙连声答应,才和刘备一同过江。

到了江南,赵云便将第一条锦囊拆开,和刘备细细地一看。刘备便令人赍着花红酒礼,到南徐去拜见乔国老。乔国老乃二乔之父,他听刘备说吕范为媒,将孙权的妹子嫁给他,自是十分欢喜。刘备便与赵云一同进城,由张昭等招待至馆驿安息。周瑜听说刘备已到,便和孙权定计道:"如今他既自己前来送死,明天主公可在会文堂上请客,两廊预伏刀斧手,一声令下,将他剁成肉泥,然后再去假着他的命令,前去袭荆州,这不是一举两得么?我此刻还要到柴桑去办理预防事宜,主公三天之内,都要将情形火速地告诉我,以便相机行事。"孙权答应着。周瑜星夜赶奔柴桑去了。

再说乔国老得着这个喜信,连忙进城到吴国太那里,见了面,忙贺喜道:"恭喜国太,如今得着佳婿了!"吴国太听他这话,不禁大吃一惊,忙道:"国老这话从何说起?我的女儿尚未有门当户对,哪里来的佳婿呢?"国老哈哈大笑道:"你用不着来逗趣了,难道你瞒着我,我就不讨喜酒吃了么?"吴国太忙道:"和谁家结亲的,谁做媒人,谁作主的,怎的我一些儿也未曾知道呢?"乔国老听她这话,才知道她实在不知道,便将吕范做媒的一翻话,对国太细细地说个究意。把个吴国太气得一佛出世,二佛涅槃,忙命人立刻将孙权召来,气呼呼地问道:"谁给你作主,将我女儿配许刘备的?我养的,我倒一些儿不能作主,你们简直眼睛里没有我了,好好好!"她说罢,老泪纵横地号啕大哭起来。吓得孙权扑地跪下,忙道:"母亲息怒,这事不干我事,完全是周瑜的主谋。他想将刘备骗来杀了,藉此去将荆州夺回,并不是真将妹子嫁给他的。"吴国太听说这话,越发火高万丈,指着周瑜骂道:"这个坏透心肠的畜生,自己没有本领去将荆州取来,就生出这种

不要面皮的主意来,将我女儿做引子,去骗刘备杀了他,我女儿不是做一世的望门的寡么?”乔国老道:“周瑜这计,未免忒失算了,照这样的做去,便是得了荆州,也不免天下的耻笑。美人计的主人,便是吴侯的妹子。你想这事,丢得起这个面子么?在我看事已如此,不若将雪英小姐就嫁给刘备罢!刘备是堂堂的汉室的嫡裔,而且又是当世的英雄,和吴侯结亲,正是门当户对,也不为辱没你家的。”吴国太道:“明天叫他到甘露寺去,让我亲自去看一下子;如果合我意的,我便将我的女儿嫁给他,谁来干涉一句,先将他的狗头砍下来再说。万一我看不中式,便随你们怎生去处治便了。”孙权听说这话,心里虽然是一百二十分不情愿,无奈母命难违,而且孙权又是个大孝的人,到了这时,只是唯唯称是。

到了第二天,暗中与吕范贾华等商议,预先派了五百名刀斧手在甘露寺的两廊埋伏,等候刘备一到,击桌为号。国太、国老早就到了。孙权亲自到馆驿里去请刘备。二人相见,孙权见刘备堂堂一表,英气逼人,不禁有几分畏怯。他两个出门上马,赵子龙跃马横抢在后面保住。不多时,到了甘路寺门前下马,赵云插枪提剑,紧紧的随着刘备,寸步不离。走到大雄宝殿下,刘备对国太倒身下拜。国太见他生得龙眉凤目,美髯过胸,方面大耳,果然是个俊俏豪杰丈夫,不禁心花大放,忙呼:“免礼!”对乔国老笑道:“这才是我的女婿呢!”这时赵云见两廊内藏着无数的刀斧手,便知事情不妙,忙向刘备一捣,又使了一个眼色。刘备会意,趁势往吴国太面前一跪,哽咽着说道:“国太要杀我,就请直接杀了罢。”吴国太大惊问道:“这是什么话呢?”刘备道:“要是不想加害刘备,两廊下又何必埋伏着无数的刀斧手做甚么呢?”吴国太听得这话,不禁勃然大怒,忙将孙权喊来,骂道:“你这畜生,居心不良!如今他既是我的女婿,当然就是我的儿女,谁叫刀斧手在两廊下埋伏的?”吓得孙权连忙回答道:“这事我委实一些不知道,请母亲问吕范他定知道的。”国太又将吕范喊来。谁知吕范又推贾华,国太又将贾华喊来。骂得狗血喷头,忙命人推出去砍了。慌得刘备又跪下来求饶。国太又将贾华臭骂了一顿,才算消气。吓得那廊下的刀斧手,抱头鼠窜。走得一干二净。

当日刘备回到馆驿,孙乾向他说道:“主公在这里简直是和虎口一样,如不早些结婚,必生别变。”刘备道:“我何尝不知道呢,但是想什么法子好早一些儿脱身呢?”孙乾道:“明天主公去哀求乔国老设法完姻,礼成之后,主公就可以和新主母一同回荆州了,到那时还有谁来阻止呢。”

刘备称是,到了第二天,见了乔国老,便请他去对国太说,早日完姻,免生意外。国老便如言去告诉国太。国太怒不可遏,忙命人将刘备的行李马匹等搬到内宫里,就叫刘备住进来,又命赵云也搬进来,择定吉日,大排会宴,举行结婚的

礼仪。乐人奏乐，傧相扶看一对新人出来，交拜天地，然后又拜国太、国老。国太坐在上面，望见这一对佳儿佳妇，不禁将她嘴笑得和鳜鱼一般的大，合不拢来，喜洋洋地向孙权说道："我的儿，你看你的妹子几多的福分，竟和一个帝胄英雄配偶，不怪她成日价的目空一切，东家不愿意，西家不合适的拣着，原来还等着这样的一个如意称心的夫婿呢！"乔国老道："雪姑姑平日谁给她做媒，谁便要碰她个一鼻子灰，今天却一点脾气也没有了，伏伏贴贴的听人作主，这不是件奇事么？"他这两句话，说得众人哄堂大笑起来。霎时将各种仪式做过，由管家先扶新娘进房，然后又引新郎进房，同饮交杯。

刘备进了房，抬头一望，不禁吓得退走几步，倒抽一口冷气。你道是什么缘故呢？原来新房中众婢女个个持枪佩剑，雄纠纠气昂昂地侍立两旁，宛然逢着大敌的一样。刘备站在洞房外面，呆呆地进退两难，暗自打算道："此番性命，一定要送掉了。"他想到这里，那额角上的汗珠黄豆般地滚个不住。管家婆凌妈见了这种情形，她便走到刘备的跟前，低声说道："吉时到了，请贵人进房去，同饮交杯罢。"刘备好像陡然得了一个寒热病似的，那三十六颗牙齿，在嘴里兀的不住捉对儿厮打。停了半天，才勉强说道："洞房里既非战场，又何必插剑佩刀，杀气森森的作甚么来？"管家婆不禁笑道："怪不得新郎迟疑着不敢进房，原来还是为着这个玩意儿呢；没事没事，我们家公主，平素好武，所以新房中不脱兵器的。"刘备忙道："今天是什么日子，洞房里从来没有听说过陈设兵器的，赶紧撤去。"管家婆听他这话，狗颠屁地跑进房，对雪英说道："新郎看见房中陈设兵器，十分惊疑，要求公主撤去，方敢进房来呢。"她微微地一笑，说道："好男儿在沙场上厮杀半生，难道还怕兵器么？"管家婆忙道："并非是怕，实在是不知公主什么用意，故惊疑不定。"她道："好，命他们换起宫妆。"说着，自己也将腰里的宝剑除下。那些侍女连忙换妆，轻描淡抹的，越显出众香国里的风光来了。刘备这才进房和她同饮交杯，鱼更三弄，携手入帏，说不尽千般慰贴，万种温存。良宵苦短，永昼偏长，曾几何时，又是东方发白。他两个起身，梳洗已毕，携手去参见国太。国太见了当然欢喜。

这时孙权万不料竟弄假成真，又羞又气，暗地里派人去飞报周瑜。周瑜得报，也是气得三尸神暴跳，七窍内生烟，赶紧写一封信交给来人带回来。孙权拆开一看，上面大略是：前计不成，弄假成真，只得作罢；惟现在不妨就前计施行第二步软禁的方法，盛筑宫殿，藏着美女，使备耽沉声色，不思回荆，以离诸葛、关、张之心。彼等心一离，则事可图了。孙权看罢大喜，便在静安宫之东，新建一所迷香别墅，内藏乐女百余人，将刘备移居在内，镇日铮琶激楚，笙管嗷嘈，真个是脂天粉地，五光十色，众美争妍。

刘备虽然是个顶天立地的奇男子，到了此时，也就沉溺在这里，乐不思蜀了。赵云在外面，一无所事，成日价骑马射猎，看看年终，心中好不着急，又不听见刘备提起回去一字，暗道："先生临走的时候，吩咐我的这三条妙计，第一条是在南徐开拆的，第二条须到年终开拆；现在主公沉迷酒色，看年要到年终了，也未曾听他提起回去的一个字，何不将第二个锦囊拆开来看看呢。他便在背地里将第二个锦囊计放开来一看，忙走进迷香别墅，对守门人说道："烦你进去通报一声，就说赵云要见我主，有要事面谈。"守门人不敢怠慢，连忙进去报与刘备。刘备忙出来向他道："什么事，这样的要紧？"赵云故意大惊失色地问道："主公还不晓得么？于今曹操要复赤壁的深仇，统领雄兵五十万，直杀向荆州来了；主公成日价居在这深宫大苑里，关于自己利害存亡的大事，还不晓得，这却如何是好？"刘备听得，好像半天里突然起了一个焦雷一样，忙道："你且退去，我自有道理。"这正是：

温柔乡里风光好，能使英雄壮志磨。

要知后事如何，且看下回分解。

第一百一十七回　出虎穴雌威能解厄　夺美人壮士起争端

话说刘备听得赵云这番话，吓得心慌意乱，忙转入后堂；只见孙夫人独坐窗前，向鹦鹉调弄。他便往孙夫人旁边一坐也不说话，只是低头垂泪。孙夫人见他垂泪，吃惊不小，忙问道："夫主什么事情这样伤感？"刘备忙道："我一身飘流异地，既不能奉奉双亲，又不能祭祀祖宗，眼看到年终腊尽了，想到这里，不由得怏怏不乐。"孙夫人听他这话，微微地一笑道："你不要尽在那里瞒我了，哪里是为祖宗堂上而伤感的，不过是为着荆州危急的缘故罢了。"刘备听她一口道破，吃惊不小，忙道："你怎么能够知道的？"她道："方才你和子龙在外边讲的话，全被我听见了。"刘备趁势扑地往孙夫人面前一跪，口中说道："这事危急了，务要请夫人替我设法，放我回去方好。万一荆州失了，不独被天下耻笑，而且我向后就没有立足的地步了。无论如何，都要望夫人体贴我才好呢。我本想一个人回去，无奈又舍不得你，所以现在处在两难的地步。"孙夫人忙道："君家放心！"我不嫁你则已，既然嫁给你，当然是你的人了，你到哪里，我也到哪里就是了。"刘

备忙道："愿意随我走当然感谢不尽，但是国太怎准你随我同走呢？"她听说这话，柳眉一锁，计上心来，忙道："君家不须多虑，我用好言对国太恳求，谅无不允的道理。"刘备又道："纵然国太准允，吴侯恐怕也要来为难的。"孙夫人沉吟了一会子，才向他说道："我们此番去千万不能彰明较著的动身；最好在元旦日，等我家哥哥宴会的时候，你假托到江边去祭祖，我随你一同去就是了。"刘备大喜。

到了元旦日的清晨，刘备暗中嘱咐赵云叫他带领五百名亲兵，到城外去候着，赵云受计去了。孙夫人进了内宫对国太说道："夫主思念祖宗，昼夜烦恼，刻要到江边去祭祖，请国太的示下。"吴太忙道："这是他的孝心可感，我的儿，你如今也是刘家的人了，他去祭祖，你应当也要随他一同去才是个道理。"她听这话，正中心怀，却不即应，便吞吞吐吐地故意说道："他去便罢了，又何必要我去作甚么？"国太慌地说道："我儿，这是个礼数，哪能不去呢？"她微笑着答应。国太又叮咛她早一些儿回来。她唯唯地答应出来，和刘备指挥着贴身的侍女收拾细软。一会子收拾停当，孙夫人上车，刘备上马，悄悄地出城，会同赵云向南徐趱程而去。

再说孙权元旦日大宴百官，开怀畅饮，饮得酩酊大醉，由侍者将他扶入内宫，沉沉睡去。再是众臣探得刘备走了，天色已晚，孙权酣呼如雷，还未兴醒。众官急煞，虞翻不能再待，直入后宫，着力将孙权推醒，对他说道："主公，你可知道刘备和郡主私自逃走了么？"孙权听说这话，将酒吓醒了一半，揉开睡眼，忙问道："这话果然么？"虞翻道："谁敢骗君侯呢？"孙权霍地起身下床，召集众谋士，商量办法。张昭道："事已如此，只好着人去追回，别无他法了。"孙权忙命陈武、潘璋选了五百精兵，不分昼夜务要将刘备和孙夫人追回要紧。二将领令，飞也似的前去追赶了。

虞翻忙道："二将此行，恐怕一定不能达到追回的希望。孙权听得这话，怒气填胸，将御案上的玉砚摔得粉碎，气冲牛斗地说道："难道他们还敢不听我的命令么？"虞翻道："并非是他们违令，郡主平日好观武事，刚毅严正，诸将没有一个不惧怕她的，她既肯顺从刘备，必然同心而去，所去之将，若见郡主，岂敢下手的？"孙权大怒，忙在身边拔下宝剑，呼周泰、蒋钦听令，他将宝剑交给二人，务将吾妹和刘备的头取来，违令者立斩。周泰、蒋钦得了令，哪敢怠慢，旋风似的来追赶刘备了。

再表刘备和孙夫人走了一天，息在路侧。二更将近，猛听得后面喊声大起，火光烛天，刘备大惊，忙道："追兵到了，如何是好？"赵云忙道："主公！且请先行，后面的来兵，自有我去抵挡。"他们方才走到小芦山下，一声鼓响，一彪军从山脚下转了出来，火光中见丁奉、徐盛跃马横枪，厉声大叫到："刘备快快下马受

缚，免得我们动手。”刘备忙向赵云说道：“我们活该要送命了，你看前有拦截，后有追兵，我们便生出翅膀来，也难飞掉了。”赵云忙道：“主公休慌，我临走的时候，先生曾嘱咐我的第三个锦囊，须到急难时方可开拆。如今到这生死的关头，且将锦囊拆开，自行有退敌的妙法。”他说着，在怀中取出锦囊，拆开和刘备一看。刘备忙不跌地赶到孙夫人的车前，翻身下马，扑地跪下，对她哽哽咽咽地说道：“敝人有几句实话，到现在不得不说了。”孙夫人忙道：“夫主有什么话，只管讲罢。”刘备道：“我此番来得夫人和国太的垂爱，真是万幸了；原来吴侯不肯将夫人真心嫁给我的，不过想借夫人为香饵，钓我上钩的。如今国太不准，将婚事弄假成真，他和周瑜已经恨我入骨。你看前有拦截，后有追兵。夫人要是不肯助我出险，我便自刎了。”她听得这番话，勃然大怒，忙道：“夫主且请上马，凡事都有我来就是了。”说着，叱车直出，到了丁、徐二将的面前，卷帘大喝道：“你这两个狗头，意欲何为？”丁奉、徐盛见了她，慌忙滚鞍下马，曲背弯腰，不敢仰视，连声说道：“郡主且请息怒，我们奉着周都督的命令，前来专候刘备的。”孙夫人大怒喝道：“刘将军是大汉皇叔，我的丈夫，你们要想杀他。我就杀不得周瑜么？哦！我晓得了，你们这班失心疯的贼子，莫非知道我们要回去，你们来抢劫我们夫妇的财物么？”丁奉、徐盛听得这话，吓得将脑袋缩到腔子里，连称不敢，忙喝开一条大道，放他们过去。才行了五六里的时候，陈武、潘玮也就赶到，见了丁、徐二将，忙问他们为何将刘备等放走。丁、徐备言前事，陈、潘二将说道：“现在吴侯有令在此，怕得谁来，我们且并在一起去追着他们回来。”四将商议一会，便又合兵赶来。

刘备听后面喊声又起，对夫人说道：“追兵又至，为之奈何呢？”孙夫人道：“夫主且请先行，我与子龙断后。”刘备引着十数个亲兵，只向江边赶去。不多时，四将领兵赶到。孙夫人娇声喝道：“陈武、潘玮向哪里去？”四将见了她，像煞老鼠见着猫似的，一齐下马叉手侍立。陈武答道：“奉吴侯的命令，特来请郡主和玄德回去。”她听说这话，不由得柳眉倒竖，杏眼睁圆，大怒说道：“这分明是你这班匹夫，有意离间我兄妹，使不睦罢了。我现在已嫁他人，今天归去，堂堂正正的禀明过国太，也不是随人私奔的，便是我的哥哥前来，也须照礼而行的；你二人意欲依仗兵威，将我杀害了吗？”她这番话，骂得四将哑口无言，各自寻思道：“一万年，他家还是兄妹，便是和她较量起来，我们到底是个将士，哪里及得来他们兄妹之间的感情厚呢；而且孙权是个大孝的人，万一国太翻起脸来，还不是我们的不是么？”他们想到这里，便诺诺连声的退下去了。孙夫人才又动身而去。

这里四将垂头丧气的计议一会子，瞥见一彪军旋风也似的赶到。他们定睛

一望，不是别人，却是周泰、蒋钦。他两个见了他们，忙问道："刘备到哪里去了？"四将答道："早已过了。"周泰急道："你们既然碰见了，还和他客气什么呢？简直就拿下去便得了。"四将同声答道："你们风凉话却会说，就不想想郡主的厉害了。"周泰忙道："什么厉害不厉害，吴侯现在封剑在此，先杀郡主，后杀刘备，谁违令，先斩谁。"他两个说罢，不暇多计较，便领兵往江口赶来。

刘备等此时已到江口，听得喊声又起。刘备仰天叹道："奔走疲乏，追兵又至，亡无日矣！"正在叹息之间，芦苇里的小船数十只，一字儿排开，泊近岸旁。第一只船上立着一人，纶巾道服，手摇羽扇，大笑道："主公休慌，诸葛亮在此恭候好久了。"刘备大喜，忙与孙夫人、赵云等先后登船，扬帆离岸。

说时迟，那时快，一声唿哨，从上流驶来无数战船，帅字旗下立着周瑜，两旁站着丁奉、徐盛、甘宁、凌统，船如箭发，直向他们的后面追来。看看追上，诸葛亮等弃船上岸。周瑜忙也领兵上岸追来。刚刚追到二黄山左右，猛听得金鼓震天，一彪军雁翅排开，关云长跃马横刀一声狂笑道："周瑜孺子，意欲何为？快将首级纳下，免得某家动手。"周瑜见了大惊失色，拨转马头便走。一声梆子响，左有魏延，右有黄忠，各领一彪军杀出。甘宁、凌统慌忙接住。两家混杀一场，三面夹败，只杀得周瑜大大失败，十死八九，引着残兵，狼狈逃去。诸葛亮等得胜回荆，按着慢表。

再表曹操自从赤壁一败后，日夜思想复仇，无奈没有机会可乘，也只好搁起，此刻曹操已经自封魏公，并加九锡，入朝不趋，出入羽葆，简直和天子仿佛。他在邺郡对着漳水建立一所铜雀台。这台共有五层，每层高一丈八尺，每层分五进，每进二十五个房间，每间里藏着一个绝色女子。这房间里的陈设，俱是穷极珍贵，铜雀台的两边，还有两座台，一名玉龙台，一名金凤台。上面凌空用沉檀香木造成两座桥，和铜雀台里的陈设，也是金碧交辉，十分华丽，那边金凤台也和玉龙的陈设是一样。列位，你们知道这铜雀台里面情形么，我可说一句，十个之中有九个不知道的。这也难怪，大家都知道有这样一座铜雀台，造得巧夺天工的，万不料里面还包藏着无数的出奇过异的事情呢。曹操造这座的铜雀台，形色上却和秦始皇的阿房宫、董卓的郿坞仿佛，考其性质来，却和他们不同了：一个是专制，一个是公开。曹操何等的奸滑！他晓得一班文臣武将，很不容易收买他们的真心的。他造了这座铜雀台，原不是为着个人娱乐而设的。他将铜雀台造好了的时候，就有许多文官武将念他的歪嘴经，说他耗费民膏，纵自己的私欲。曹操何等的机警！忙命匠人又在铜雀台两边造了两座金凤、玉龙，里面也是锦屏绣幕，每房间里有一个绝色的丽姝。每逢朔日，他将朝中所有文官，不论大小一齐邀到玉龙台上去宴会一天，叫那些绝代的丽姝一齐出来陪酒，谁

看中谁，马上就去了愿。什么叫做了愿？原来这个名词，本是曹操亲自出的，了愿者，了偿其心愿也，随便哪一个，只要有到铜雀台的资格，便有享受温柔乡的权利。不过他们是有限制的，自尚书以上，每月得进玉龙台七次，尚书以下的，每月只能进玉龙台两次。金凤台却是一班纠纠武夫寻乐的场所。曹操深怕他们贪恋女色，破坏身体，每月不分高下的将士，只即留宿两宵，但是日间的欢聚，却要比文官来得多了。操贼以为日间欢聚，万没有携手入帐，干那不见天的事道理，所以每月日间欢聚倒有八次。有时曹操自己也到的，他们便眼管鼻子鼻管心，斯斯文文的不敢乱动。操贼有时不在这里，那么谁也不肯文诌诌地坐在那里吃酒谈心，来不及的每人拉了一个，到房间里练习武功了。这中间的铜雀台，只有姓曹的和姓夏侯的，可以进去，任意胡行，其他的人物，不得乱越雷池一步的。这班女子，都是抢来，或是买来物；不是处子，还不要，买来的时候，还要经过医生验明，处女膜的确是整个的，那么才得选进铜雀台呢。金凤、玉龙里面的美女，却不是这样的认真了，管她破瓜没有破瓜，只要面孔生得漂亮，便有入选的资格了。铜雀台里面的美女，的确是来路货，谁不是水葱管似的一个玉人儿，供给那些蠢如牛豕的东西蹂躏。在下做书做到这里，也要替这些女子抱屈了。谁无姐妹，谁无父母，皆是迫于操贼的威势，敢怒而不敢言。操贼本来有四个儿子：大儿子曹丕，二儿子曹彰，三儿子曹植，四儿子曹熊，成月没有别事，专门在铜雀台厮混着。操贼别出心裁，又在宫中劫出大批的宫女来，在铜雀台上大宴群臣，命武将比武，文官作文，比较成绩赏以宫女。这一来，争执便开端了：先是稗将牙将，比试了一回，然后一般大将，一齐登场，见稗牙将中成绩高的，便得着一个天仙似的美人儿，他们不禁垂涎三尺，一个个立马垓心，等候令下，便夺锦标美人。一会子，有一位军官，捧着大令，飞马前来，大声喊道："魏王令下，令诸位将军比箭。"这时各大将分为两队。曹家和夏侯氏，俱着红袍；外姓诸将，俱着绿袍。这一声令下，绿袍队里早有一个飞马到垓心，挽弓搭箭，飕的一声，不偏不斜，正中红心。众人忙仔细一看，却是李典。这时鼓声大震。李典十分得意，按弓入队。红袍队里，此刻穿云闪电价的穿出一将，马到垓心，翻身一箭，也中红心。曹操在台上一望，却是曹休。他十分得意的对众人笑道："这真是吾家千里驹。"众官交口称赞。绿袍队又耀出一将，大叫道："你二人的射法，何足为奇，且看我来给你们分开。"他说着，飕的一箭，亦中红心，三角式插在红心里。众人忙看射箭的是谁，却是文聘。曹操笑道："仲邺的射法也妙。"话由未了，红袍队里，曹洪看得火起，拍马上前，弓弦响处，一支箭早到红心，鼓声大震。曹洪勒马垓心，挽弓大叫道："如此还可以夺着锦标么？"夏侯渊一马冲到垓心，大声喝道："此等箭法，何足为奇，且看我来独射红心。"他说罢，扬弓搭箭，鼓声一息，

那枝箭飕地飞去，不偏不依，正插在那四枝箭的当中，众人一齐喝采，鼓声又起。夏侯渊立马垓心，十分得意。这时绿袍队里，张辽看得眼热，飞马出来，对夏侯渊说道："你这射法，也不算高，且看我的射法。"他放马在场内往来驰骋三次，霍的扭转身驱，一箭飞去，将夏侯渊那枝箭，簇出红心，众人惊呆了，齐声喝采道："好箭法！好箭法！"操贼在台上望见，忙叫将张辽喊上台来，赐他宫女二名，金珠十粒，蜀锦十匹。

张辽谢恩退下刚刚下了台，许褚厉声喊道："张文远，你休想独得锦标，快将那两个美人儿，分一个与我，大家玩玩，你道好不好呢？"张辽冷笑一声，说道："今天夺锦标，原是凭本领夺来的，你有本领，何不早些出来比较。现在锦标已给我夺了，你有什么本领要分我的锦标呢？"许褚也不答话，飞身下马，抢过来在香车里将那个穿红裳的宫女抱出来，马上就走。张辽大怒，拔出宝剑。拦住去路，圆睁二目，厉声骂道："锦标是魏王赐的，谁敢来抢，识风头，快放下来；牙缝里蹦出半个不字来，立刻叫你死无葬身之地。"许褚大怒，一手挟着那红裳宫女，一手掣出佩刀，厉声骂道："张辽小贼！你可识得我的厉害么？"张辽到此时，将那股无名业火，高举三千丈，按捺不下，挥剑纵马来斗许褚，许褚慌忙敌住。他两个认真大杀起来。慌得曹贼连喊："住手！"这正是：

二虎相争为一女，且看奸贼怎调停？

要知后事如何，且看下回分解。

第一百一十八回　不伦不类阿侄恋姑姑　无法无天胞兄奸妹妹

却说张辽和许褚争执美人，正在性命相拼的时候，曹操在台上望见，连声喝住。他们哪里肯听，仍剑来刀去，恶斗不止。操贼只得亲自下台，大声说道："谁不住手，便先将谁斩了。"他们听说这话，才一齐住手。操贼笑道："你们的器量忒也小了；孤家哪里是叫你们比试夺标的，无非是要看看众卿的武艺的。来来来，孤家自有一个公平办法。"他说着，命众将随他一齐登台，每人赐他们一个宫女，十匹蜀锦。谁知许褚腰里挟的那个宫女，被他用力过猛，七孔流血，早已不活了。操贼重又赐他一个宫女。众将一齐舞蹈谢恩。

那一群文官一个个又上颂词赞章，将操贼直抬上九霄云外。操贼大喜，也

照着赏给众将士的例子，赏给众文官。一直到日已含山，才散了宴。一众文官武士，每人领着一个美人，欢欢喜喜地回去了。

到了第二天，操贼在爱妾玉珮的房中，还未起身，只见华歆匆匆地进得房来，对他说道："主公可知道伏皇后现在要谋害你了么？"曹操听得，吃惊不小，忙问道："怎见得的？"华歆走过来附着他的耳叽咕了两句。曹操霍地起身说道："好，先命将在宫门口查着，她如果来，便给我搜查带来。"华歆领命而去。不多时，曹操起身进都，领着三千甲士，在宫门口候着。

不多时，只见穆顺面色仓皇地进来。操贼一声令下，那班武士，虎扑羊羔地将他抓住，不费丝毫的力气，就将伏完写给伏皇后的密书，被他们搜出。操贼便将穆顺带到府中严鞫了一番。可是穆顺矢口不招。操贼无奈，只得下令将伏完一家三百余口，一齐拿下，斩首市曹；又将伏皇后用白绫绞死，二皇子鸩杀。把个汉献帝哭得泪竭肠枯，也没有庇护的力量。操贼杀了伏后，随又将他的大女儿扶入正宫。汉献帝到了此际，真个蛟龙失水，虎落陷阱，唯唯否否，还敢说出半个不字来吗？只好是望承颜色罢了。

操贼杀了伏皇后之后，有一个多月，不到铜雀台里寻乐了。有一天，他被兽欲冲动，驾着轻车，只向铜雀台而去。到了铜雀台边下了车，侍从扶他登楼，走到第五层第四个房间门口，那些侍从不等他令下，便各自退下去了。他正要进去，猛听得里面有人嘻笑着。他倒是一怔，暗想道："玉佩的房间里，哪个敢逗留嘻笑呀？"他正在这里寻思的当儿，耳朵里突然又听着一声娇嫡嫡地声音说道："你也不用说了，我自从见了你，我的魂灵好像被你摄了去的一样。后来我又常常听见那个老厌物，在我面前夸赞你的才学怎样的好，我越觉倾慕你得厉害。"说到这里，又有一副男人的喉咙悄悄地说道："我的学问好，与你有什么关系？难道你也识字么？"她又说道："识字虽然不多，但是我平素最拜服的就是有学问的人，只悔我命里遭逢不好，应该碰到那个老死鬼缠着我罢了。"她说罢，便哽哽咽咽地哭泣起来。这时又听那个男子安慰她道："卿卿！你不用尽是烦恼，我们正在这青春时候，料想那个老不死的，前面没有多少路了；等他一死，这一统江山，还不是我的么？到那时，你的正宫娘娘的位置，还愁没有么？"

操贼听到这里，不禁气得手足冰冷，一脚将门踢开，只见他的三子曹植搂着玉珮正在那里低声软语的谈心呢。把个操贼气得一佛出世，二佛涅槃，直着双目，喘吁吁地向他们说道："你们好好好，竟干出这样的事来。"他说到这里，用手指着曹植骂道："你这畜生，枉把你满腹经论，这件事就像你干的么？便是禽兽也干不出来的，好不要脸的东西！我且问你：'玉珮是我的什么人？又是你的什么人？'你可要我的老命了。"曹植听他这一番话，非但不惧，反而是嘻嘻地笑道：

"玉珮是你老人家的玩具,是孩儿的知音,玩具当然不及知音来得契合。你老人家造这铜雀台,本来是供给我们玩耍的,又有什么限制呢?"大凡做上人的,欢喜儿女什么东西皆可以赐给的,何况一个玩具呢?"曹操听他振振有词的这一番话,只气得他胡子倒竖,险一些儿昏死过去,忙道:"倒是你这畜生讲得有理,我要请教你,什么叫做五伦?"曹植随口答道:"这个自然知道的,君臣、父子、兄弟、夫妇、朋友。"操贼冷笑一声笑道:"你既然知道五伦,玉珮是我宠幸的,便是你的母亲,你就能和她勾搭了么?"曹植笑道:"你老人家这些话,越发不通;玉佩是你老人家的爱姬,却不是我的母亲。我又何妨子顶父职,替你老人家做一回全权代表呢?还有一层,你老人家已有我的母亲伴着,现在又在纳妾寻乐,正所谓不在五伦之内;孩儿和玉珮是知己的好朋友,确在五伦之内,我又有什么不合情理之处呢?请你老人家讲罢!"操贼气满胸膛,坐在椅子上,只是发喘,一句话也答不出来。曹植又笑道:"你老人家现在也不用气得发昏章第十一了,我的行为尚未有什么荒谬呢,大哥、四弟的玩意儿,我说出来,顿时还要将你老人家气死了呢。"操忙道:"他们有什么不是的去处,你索性说出来。"曹植笑道:"他们能做,我不能说,只好请你老人家亲自去看看罢。你老人家既然不肯割爱,我们为人子的,当然不敢强求的。我下次绝对不再到这里来了。"他说着,怒冲冲地起身出去了。

操贼瞪着眼望着他走了。此刻玉珮垂首流泪,没有话讲。操贼圆睁两眼,向她盯了一会子,叹了一口气道:"咳!这也是我生平作孽过多,才有今朝的报应了。"玉珮拭泪说道:"曹植无礼,三番两次的来纠缠我,我早就要告诉你了。"操贼冷笑一声道:"罢了罢了,不要尽在我面前来做狐媚子了;你们在这里讲的话,我连一个字都没有忘掉。"玉珮听得,便撒娇撒痴的一头撞在操贼的怀里,哭道:"他来强迫我,做那些禽兽的事情,我却替你挣面子,没有答应他;不想你竟说出这样没良心的话来冤枉我,我这一条狗命也不要了,省得在世上丢尽面子,给人家瞧不起。"她说罢,扯起裙角,遮着粉面,就要向墙上撞去。慌得操贼一把将她抱住,说道:"方才这话,你竟误会了我的意思了,我说的并非是你不好,乃是我那犬子不知好歹,你何必多心呢?寻死寻活的作什么来。"她也不回答,伏在他的怀里,只有哽咽的分儿,一面哭,一面说道:"我在你面前死了,好表明我的心迹。"她说罢,又哭得梨花带雨似的。操贼本来是满腔醋火,恨不得将她一剑挥为两段,见了她娇啼不胜的那种可怜的样子,不由地将那股不可遏止的醋火,消灭到无何有之乡了,搂着她,千宝贝,万心肝的哄了一阵子,才将佩儿的珠泪哄得止住。

例位,这曹操本是个毒比豺狼的家伙,今天见了这个玩意儿不要说他,便是

寻常人也要火拼了。他为何不动作呢?原来操贼四个儿子的当中,最心爱的就是曹植。而且他是个最要假面子的,老奸雄深怕吵出风声去,给别人嗤笑;加上珮儿又是他第一个心头上的人物,有种种的不忍发作的原因牵制着,只好放在肚皮里面闷气。那曹植对操贼说,曹丕、曹熊有乱伦的事情,不好说出来,究竟是回什么玩意儿呢?在下也要交待明白了。

原来曹丕面子上极其忠厚,居心却和操贼一般无二,阴险狠毒,什么不见人的事情,皆可以干得出来。曹贼却当他长厚无用,其实是衣钵真传。操贼见曹植聪明伶俐,早有将基业传与曹植的心了。曹丕在暗中托人在操贼面前赞扬他的美德,曹操置之不理。曹丕和曹植在暗中竞争激烈。

曹操有个妹子,名叫曹妍,比曹丕长一岁,生得花容月貌,落雁沉鱼,小时候就和曹丕在一起厮混了。等到他们渐渐地成人了,还是在一起耳鬓厮磨地缠着。她在十七岁的时候,情窦初开,急切想一个人来给她试验一次性的工作,无奈府中规则森严,除却家里骨肉至亲,外面的三尺小童也不能乱入堂中一步的,所以没有机会出来和人勾搭呢。她镇日价没有别事,看着稗史小说度生活。看到情浓的去处,那一颗芳心,不禁突突地跳跃起来,满面发烧,十分难受。

有一天,她又在看稗史了。曹丕笑嘻嘻地走进来,手里拿着一朵玫瑰花儿,向她知道:“姑姑!我给你插到鬓上去。”她见曹丕那种天真活泼的样儿,不禁起了一种罪孽的思想,情不自禁的玉手一伸,拉着曹丕的手儿笑道:“好孩子,你替我簪上了。”曹丕便往她身边一坐,慢条斯理地替她把花簪上了,笑道:“好啊!姑姑簪上了花,越发美丽了。”她听说这话,不禁将脸儿一红,微微地一笑,星眸向他一瞟,说道:“小捉狭鬼,你竟和我来没大没小的了。”曹丕听她这话,不禁一怔,忙道:“姑姑!我原是一句老实话,不想你竟认真了;既是这样,我们就此分手罢,你下次只当我死了的,不要兀的来惹我了。”她忙用手堵着他的嘴笑道:“你这孩子,真是直性了儿,一句玩话都不能听出来,马上就暴起满头青筋来,赌咒发誓的,何苦来呢?”曹丕道:“你自己认真,还说我不好,这不是冤枉人么?”她伸手过来将他往怀中一抱,低声说道:“好孩子,我最欢喜你的。”曹丕笑道:“姑姑!你欢喜我,我也欢喜你的。”她附着他的耳朵,不知道说些什么。只是曹丕满面绯红。只见摇头道:“那可不成,被爹爹晓得了,真要打杀了呢。”她急道:“傻瓜,这事是秘密的,怎能给人知道呢?”曹丕道:“便是人不知道,你是我的姑姑,怎好干那个事呢?”她忙低声道:“呆种,不要扯你娘的骚,你不看见你的爷和你的姑祖母常常在一床上睡觉么?”曹丕听说这话,很高兴地问道:“这事作兴么?”她掩口笑道:“呆瓜,真是缠不清,要是不作兴,他们还在那里干吗?”曹丕道:“那么,我们就来做一回看。”他说罢,跳下床来,嚓的一声将门闭起。在下那

时也被关在外面，里面事儿却不知道了。停了好久，呀的一声房门开了，只见曹丕春风满面地向曹妍说道："姑姑！这个玩意儿，的确有趣，我们没有事的时候，不妨多弄几回玩玩。"她一面理着云鬓，一面悄悄地笑道："冤家，这事儿岂能常干的，万一走漏风声，你我都休想性命了。"曹丕听说这话，将舌头伸了一伸笑道："这事难道不能给别人知道么？"她忙说道："放你娘的屁，这事能给人知道的吗？世间最难为情的就是这事。"他说道："我晓得了，我总不去告诉人就是了。"她笑道："你早点去罢，你娘等得心急了。"曹丕点头走了。从此以后，他们俩明修栈道，暗度陈仓，已非一次了。

有一天，曹植背着手。从中堂里走向后边而来，转了几处游廊，进了一座花园。这时正当五月里的时候，骄阳似火，百合亭几棵石榴，已到怒放的当儿了，喷火蒸霞的十分灿烂。他走到一块青石的旁边，探身坐下默默地寻他的诗料。猛听得假山背后有一种呻吟的声音。他吃惊不小，忙站起来蹑足潜踪的溜过来一望，不禁倒退数步。你道是什么缘故？原来是曹熊按着一个女子，在草地上干着。那女子的面孔用一快手帕遮着，看不清楚是谁。他们听见人声，慌的从地上爬起来。曹植再定睛一看，那妇女不是别人，却是妹子曹绮。他不禁连连顿足道："该死该死，谁教你们在这里干这件不知好歹的事呢？"曹熊羞得满面通红，飞也似的奔了。只落得曹绮一个人坐在地下，羞得将粉脸低到胸口，一声不做。曹植叹了一口气道："家门不幸，就要出这些不伦不类的畜生了。"曹绮坐在草地上，哽咽着答道："你也不用怪我了，这事原不是我要做的，都有人教我们的。"曹植忙问道："谁教你们的？"她道："我们昨天到大哥那里去玩耍，看见他和姑姑也干这个事儿；他们俩教我们俩也做这个事，我倒不肯，四哥定将我拖来干的。"曹植听得这话，大吃一惊，仰面摇头，半晌无语。曹绮站起来，也自去了。曹植想道："这可该死了，料不到他们竟也干出这种禽兽行为来了。"他思量了一会，暗道："他本来和我不睦，我又何必去挖苦他；万一他恼羞变怒不承认，反而在无形中又结了一层恶感么？罢罢罢，只扫自家门前雪，休管他人瓦上霜，随他们去干什么罢。"曹植打定了主意，抱着不多事的宗旨，所以他们日夜寻欢，也没有一个人去干涉一下子。曹熊和曹绮也是打得火热的分拆不开。曹熊才十六岁，因为昼夜宣淫，不上两月，瘦得和人柴仿佛。此刻曹操三天有两天在铜雀台里追欢取乐，他们得着空子，还不尽开心么。

曹植和珮儿这段艳史，由于曹植常常到铜雀台去猎色。他有一天为着一件事情，到珮儿这里来寻他的父亲，可巧曹操又不在这里，他两个一见倾心，良缘早种。佩儿趁势用话将他兜住，谈了一会。由此以后，爱情日增一日，竟发生肉体上的爱情了。

闲文少讲，再表操贼这一气非同小可，顿时吐了几口鲜血，便一病奄奄地睡倒了。再加上平素常发的头风，也来趁火打劫了。他的病势，日见沉重，百药罔效，不上三四个月，一命呜呼了。临死的时候，嘱咐诸大臣，扶曹丕承他的基业。这班文武将，当然照他的遗嘱上做去，将曹丕立为魏王，不上一年，即实行篡位，废汉献帝为山阳公。

此刻刘备已经定鼎西蜀，为汉中王。诸葛亮等听说曹丕实行篡位，便劝汉中王，早即帝位，以定民心。汉中王始尚游疑，后来经众大臣疏请受禅，不得已登坛受禅，昭告天地，是为昭烈帝。

曹丕听说汉中王即位，便欲起兵为难。司马懿上疏谏止。此刻魏王唯一拜服的就是司马懿。由主簿一跃而为军马总督。这司马懿老谋深算，居心叵测，生平最怕的就是诸葛亮。除却孔明的妙算，的确没有第二个是他的对手了。曹丕接了帝位之后，将发妻甄氏册为正宫，瞒着众人，又将曹妍立为贵人，藏在内宫，朝朝取乐，夜夜寻欢，好在外边一切的军事政治，全仗司马懿、曹洪等一班走狗维持。他日居深宫，宣淫纵乐，无所事事。光阴如流水般的快，略眨眨眼七八年飞也似的过去了。在这七八年之内，不过是我争你打，纷纷逐鹿，也未见什么消长，也没有什么香艳的事实可录。

惟有昭烈帝即位三年，即行崩驾了，临死的时候，托孤于诸葛亮，辅太子禅继位，封诸葛亮为武乡侯，领益州牧，凡有一切的政治，皆委之与他。太子禅天性敦厚，远不及照烈帝雄才大略。幸有孔明等忠心辅佐，终年南征北伐，辛苦备尝，南征交趾，功勋不亚于马援六出祈山，均未能如愿，这差不多是天命不可挽回罢了。但是诸葛亮雄心未灰，不以不得志而气馁，仍旧继续征伐。他的忠勇，可在《出师表》上见得了。这正是：

一自功盖三分国，江上犹存八阵图。

要知后事如何，且看下回分解。

第一百一十九回　禁内闹瘟神佞臣得计　帏边来侠女淫妇伏诛

却说诸葛亮受先生的遗嘱，鞠躬尽瘁，夙夜辛勤，南片北伐，十二年如一日，奔走沙场，矢志无二。汉祚将衰，任他有通天的本领，也不能吞吴并魏了。甲寅

十二年八月二十三日，他老人家与世长辞了。临终的时候，后主禅在榻前受嘱，他嘱后主宜重用蒋琬、费祎、姜维等。后主泣不成声，宛丧考妣一样，以丞相仪节葬之。诸葛亮死后，后主遂重用蒋琬，起为尚书令，总统国事。

这时魏国的曹丕，早已到鬼门关去篡阎王的位了。此刻继立的是曹睿，比较曹丕还要贪暴不仁，惟对于司马懿则不敢轻视。司马懿此刻已由兵马总督升到太傅了，出入宫庭，毫无顾忌。曹丕所幸的郭贵人，年纪在二十五六岁，不惯独宿，屡次想私奔他去，无奈宫禁森严，不能让她逃走。司马懿有两个儿子：大儿子师，二儿子昭，俱是狼视鹰顾的家伙，倚仗他父亲的势力，出入宫门，无人敢阻止一下子。这时朝堂上的气象，宛然是曹贼对献帝的那种样儿出来了，诸凡百事，没有曹家说的一句话了。

司马师每日到宫闱里寻察一回，一则是监视曹家的行动，再则是猎色寻欢。有一天，从九福宫前走过，刚到五云轩的左边，忽听得里面有叹息的声音。司马师不由的立定脚步，侧耳凝视的听了一会子，好像是女子在里面哭泣的样子。他便轻手轻脚地走进五云轩，进了房间，只见一个女子面孔朝着墙壁，似乎在那里哭泣的样子。再看她的身上装束，却是个贵人的打扮。只听她唉声叹道："你死了，倒也罢了，但是撇下了我，年纪未过三十，叫我怎生度法。过一天比过一年，还要难过，咳！我真苦命。"司马师溜到她的身边，一把将她搂到怀中，啵喋一声，亲了一个嘴，说道："我的儿，你不要怨天怨地的，有我呢。"她回头一望，不禁吓得一大跳，只见司马师那一副黑煞神似的面孔，险一些将魂灵吓得离窍，忙要声张。司马师忙将宝剑拔出来，在她的脸上一晃，说道："你要不要命，要命赶紧给我不要声张。"她吓得手颠足摇，忙央告道："瘟神爷爷，我又没有什么去处得罪你老人家，望你老人家饶恕我罢。"

列位，这瘟神的两个字，来得突兀么？原来有一种原因。司马师常常昏夜进宫，强奸宫女，那班太监，谁声张，谁先送命，所以他们见司马师来，谁也不敢去撒一个屁。而且司马师还谆谆地嘱咐他们，不要声扬，谁敢露一句风声，明里不杀，暗里也要差人来将他杀了。所以他们一个个守口如瓶，断没有一个人敢去讨死的。他进宫了，见了中意的宫女，便硬行个三七二十一，并且自称为瘟神下界的。他那一张面孔，的确和寺里的瘟神一样。那班宫女可怜给他奸宿了，还不敢告诉人。起首一两个宫女，后来渐渐的普遍了，大家不免互相骇告。有两个神经过敏的，还说瘟神菩萨看中你们，将来一定娶你们去做瘟神娘娘了。吓得那班宫女，提心吊胆，一到晚上，忙不迭地就躲避起来了。曹睿到了晚上，每每的使唤宫女，连鬼影子也喊不到一个，不免要生气，便将禁宫的太监喊去，问他是什么缘故。太监还敢说是司马师作怪的么？只好说是瘟神菩萨在宫中

显圣的一番话来搪塞。最可笑的，曹睿听说这话，忙去请了多少大法师、大喇嘛来驱瘟逐疫，乌乱了一个多月。司马师因为那些道士和尚在宫里厮闹着，不好进去猎色，好生焦躁。又等了几天，那些和尚道士仍然是不肯走，他可急了，暗中派人和内外的太监说通，自己的脸上用红黑白涂起来，赤膊光头，下身着了一条红褌裤，手执四窍八环牛耳泼风刀，怪叫如雷，冲进宫去。那班道士和尚正在舞阳正殿上香花顶礼，在那里做模作样的。猛地跳进一个猛恶的狰狞的怪物，吓得那班大法师、大和尚，跌跌爬爬，争先恐后地逃命去了。早有人飞命似的去报知曹睿了。把个曹睿吓得钻进床肚里，连大气也不敢喘一下子。到了第二天，那班和尚道士散得无踪无形，再也不敢来了。曹睿无可奈何，只得在富德宫右面，特地起造一所瘟神祠，每日亲自焚香顶礼，满望瘟神爷爷给他这一敬，就不来光顾的呢。谁知还是外甥打灯笼照舅。不是某宫女失踪，便是某宫女怀孕。闹得满城风雨，人人皆知，皇宫里面出了魔了。曹睿被他说得没法，只得召集群臣，商量办法。一班武将，谁也不信，便想出一个轮流值夜的方法来去保守宫门。说也奇怪，自从这一来，瘟神菩萨竟不来了。曹睿大喜。但是诸将，积久厌生，不像从前那样的彻夜不眠了，有时到的，还有时不到的，便马马虎虎的不认真了。加之司马师又和他们说明了，他们更不认真了。过了一年多，宫里仍旧又闹鬼了，不过有时来，有时去，不像从前那样了。曹睿见瘟神爷爷只和宫女们结缘，未曾看中皇后，还算幸事，于是只好由他去罢。

闲话少说，再说郭氏见了司马师只当他是瘟神来光顾的呢，吓得三魂落地，七魄升天，没口的央求道："瘟神爷爷，请你老人家放了我罢，我明天猪头三牲香花供奉你老人家。"司马师将她面孔捧着细细地一看，觉得十分妩媚动人，虽然徐娘半老，丰韵犹觉存在，眼角眉稍，露出许多骚气来。司马师看得眼花缭乱，就地将她抱起，按到床上，去干了一回。她只知道这位瘟神菩萨杀伐的怎样厉害呢，原来和平常人没有什么分别，反而比较他人来得着实一些。郭氏这时又羞又喜，在枕边观颜问道："你既是菩萨，这些事儿，还能做么，不怕秽了你的道行么？"司马师不禁嗤的一声，笑道："你知道我是瘟神么？"实对你讲罢，我是大将军司马师。我羡慕你娘娘的姿色，不是一日了；从前那些玩意儿，皆是我干的。今天蒙娘娘准了我，我才敢告诉你的。如果娘娘不弃，我天天前来侍候如何？"她听这番话，又惊又喜地说道："果真你是司马师么？"他道："谁敢在娘娘面前撒谎呢？"她笑嘻嘻地说道："你也忒刁钻了，谁也想不出这些换日偷天的妙法来啊！我且问你："你进出宫门，难道太监们一个都不知道吗？"司马师笑道："便是晓得，谁又敢来和我为难呢？"她道："太监为何不到魏王那里报告呢？"司马师说道："这更不要提了，不是我说一句海话，现在朝中除却我家父子，更有何

人替曹家出力呢？他们便是到万岁那里去报告，万岁还能怎样我么？"郭氏道："既是这样，你不妨常常来替我解解闷儿。"司马师道："好极了，娘娘不负我，我还敢辜负娘娘么？"他俩谈了多时，司马师才告辞走了。从此黑来暗去，从无一日间断的。

天下事，要得人不知，除非己莫为；满则招损，快心事过，必不讨好。司马师生平只有两怕，一怕他的父亲司马懿，第二便怕他的老婆东方氏。这东方大娘生得十分丑陋，两臂有千斤气力，生性又惯拈酸。司马师听见她那副劈毛竹的喉咙，马上就得浑身发软了。东方大娘天不怕，地不怕，就怕她的公公司马懿。司马懿不在家里，那么便是她的天下了。司马师和婢女说一句话，那个婢女一定给她打个半死的。司马师平日不得出门一步，如有要事，必须要在她的面前通过一声，得她的准许，方可动身呢；否则不能擅自出门的。司马师受到这种无穷的拘束痛苦，十分怨恨。大凡物极必反。他忽然想出一个法子，暗中托人在曹睿面前保他为五城军马司一职。曹睿准如所请。他得了这个头衔，便借着阅操巡察捉盗等等的名目，哄骗他的夫人。其实是到娼家去阅操，宫中去巡察的。起首还小试其端，隔了三天五日，在外面住宿一次。后来得着温柔乡的风味，胆量渐渐的大了，隔了一天便要到外面去打一天野食。东方大娘虽然强悍，但是对于正直的事情，却也不去反对。她见夫主这样地为国辛勤，断不和他为难，反而比从前待他好。司马师见她不疑，当然是自安自慰。什么事都有瘾的，烟酒嫖赌，差不多全有瘾的，瘾当然越来越大的。司马师在外面的野食吃得上瘾了，每天不出去，好像屁股上生着疔疮一般，在家里一刻时候也不能停留，至多日间在家里敷衍他那位夜叉夫人，到了西山日落，灯光一放的时候，他便动身了；加之现在和郭氏打得火热的，一天不去，就如过了一年。有时外面狂风暴雨的昏夜，他照例是要出去的。东方大娘见丈夫这样的为国宣劳，屡次劝他休养休养。他都是正颜厉色地向她说："你那这些妇女之流，哪里知道忠孝两字；为臣的吃了皇家的俸禄，身子就卖给皇家了，虽然是粉身碎尸，也在不辞之例呢。"东方大娘听他振振有词的这篇神圣不可侵犯的大道理，当然是无言可答了。

有一天，在二更的时候，司马师在房中对东方大娘说道："夫人，我要到玄武门去巡察了。"东方大娘道："你连日操劳，面上瘦消得多了，今天就在家里休养一宿罢。"他正色说道："这巡察一职，岂可轻忽的；万一有了变动，其罪不是在我一个人身上么？"东方大娘道："现今四处升平，你也太过虑了。"他道："你那些妇人家，知道些什么，朝朝防火，夜夜防贼，宁可防患于未来，不教临时措手不及。"他说着，挺腰凸肚的出门去了。

停了一会，守门的走过来报道："玄武门的值日军官伍秋方，要见大人。"东

方大娘听说这话，将三角棱的眼睛一翻，放开雄鸭嗓子喝道："放你妈的屁，大人早就去了，难道你的两只狗眼生到脑袋后面去了不成！"吓得那个守门的一叠连声地回答道："小人看见的，小人看见大人出去的。"她哼了一声，又说道："什么小人大人，你既看见，为什么不去回他？"那个守门地忙道："小人方才对他说过了，他说大人有三天没有去了。"她听说这话，转黄眼珠一翻道："哦！有三天没有去了吗？"守门的道："他说的三天没有去了。"东方大娘将一张猪肝脸往下一沉，说道："快给我将那个军官带进来，我有话问他。"守门的答应一声，飞也似的出去了。

不多会，走进一个全身披挂的军官来，走到她的面前，行了一个礼，嘴里说："伍秋方参见夫人。"她说道："姓伍的！你今天到我们这里来干什么的？"伍秋方道："请大人去巡察的。"她冷冷地说道："大人没有去么？"伍秋方老实答道："大人三天没有去过了；今天因为五城的夜防军，在大操场会操，所以要请大人去检阅。"她道："我知道了，大人此刻没有工夫去，就请你带检一下子罢。"伍秋方道："谢夫人。"他说着，匆匆地告辞走了。

东方大娘此刻，心头倒翻了五味瓶，说不出是甜是咸，是辣是酸，将那一嘴黄金的牙齿，咬得咯吱咯吱的作响，停了半天，又将那双横量三寸的金莲，在地板上噗通一蹬，骂道："好贼崽子，竟敢在老娘面前来捣鬼了，怪不得成日成夜的不肯在家里，原来还是这个玩意儿呢。好好好，管教你认得老娘的手段就是了。"她自言自语的一会子，忽然喊道："鹣儿在哪里？"话还未了，从后转出一个面如锅底，首似飞蓬的女郎来，浑身上下纯黑色的裹扎，背插单刀，大踏步走到她的面前，躬身问道："主母唤我，有什么差遣？"东方大娘道："你替我去探一探你的主人的踪迹，现在什么地方，快快回来报我要紧！"鹣儿答应一声，一个箭步，纵到庭心，身一晃，早已不知去向。

原来这鹣儿，是东方大娘在雁栖河口收着的，教她武艺。这鹣儿十分娇健灵慧，未到三年，竟能飞檐走壁，来去无踪了。东方大娘本来是铜马头领东方大年的玄孙女儿，累世在陕潼一带打家劫舍。司马懿和他们打仗几次，无奈这班铜马的遗种，十分强悍，竟不能一时克服。司马懿为息事宁人起见，愿与铜马首领东方雄连姻。东方雄见司马懿这样的声势，当然是很愿意的，便将女儿嫁给司马师了。过门之后，东方雄也就改邪归正了，统率一班亡命，追随司马懿，为官家效力了。

闲文休提，再说鹣儿上得屋顶，自己一沉吟，暗道："这京城里的地方很大的，漫漫的教我到哪里去找呢？如今不到别处，且先到皇宫中去刺探一下子再说罢。"她打定主意，施展一种陆地飞腾法，身轻似燕，直向皇宫而来。不多一会，到了前禁宫的天井里，她骛行鹭伏地在屋上察听消息。猛听得下面有两个

太监,在廊下谈话,她直着耳朵,悄悄地听他们说些什么。此刻有个太监叹了一口气道:“凌公公,你看现在这禁宫里还有一些规矩吗?司马师出入无阻,要奸宿谁,便奸宿谁,眼睛里哪里还有主上呢。”那年老的听得这话,很惊怕,连连向他摇手道:“低声低声,方才他刚刚进去,不要给他听见,连我都送掉了性命呢。”那一个将脑袋往腔子里一宿,舌头伸了一两伸,悄悄地道:“好险好险,他是几时来的呢?”那个年老的道:“万岁的晚膳还没有用,他就到了。”那个道:“他现在又看中谁了?”那个年老的道:“那不是和郭夫人勾搭上手了么?你看他哪一天不来,真要算风雨无阻了。”鹣儿在屋上听得清清楚楚,便不再留,掉转身子,好像秋风飘落叶似的,不多时,到了府中。将方才听见的话,一句不瞒的,完全告诉于东方大娘。

把个东方大娘气得哇呀呀直嚷了一阵子,将黄牙错得格格的发响,霍的站了起来,在兵器架上取下朴刀,向鹣儿一招手,一同上屋。不一刻到了皇宫的屋上,她们两个寻察了半天,只见这皇宫里面楼台叠叠,殿角重重,不知道司马师藏身在什么地方。东方大娘向鹣儿悄悄地说道:“你看这里这样大的地方,到哪里去寻他们呢?”鹣儿笑道:“哪,要知虎去处,先问采樵人。”东方大娘点头会意,不暇答话,一个鹞子翻身,从屋上直蹿下来,立在空庭心里,四下里一打量,猛见东面有一间房子里有灯光从门缝中透出。东方大娘蹑足潜踪地走进来,从门隙中往里一瞧,只见两个椒房值夜的太监,面对面在那里一递一口的饮酒嚼肉。东方大娘用刀在门上一撬,谁知里面没有下键豁的开了。那两个值夜的见了东方大娘那种夜叉的面孔,早吓得矮了半截。正待声张,东方大娘不待他们开口,霍的从背上取下朴刀,在他们的脸上一晃,低声说道:“动一动,马上就请你们到外婆家去。”他两个吓得扑地跪下,央告道:“奶奶饶命!”东方大娘用手一指道:“我且问你,可知道司马师和郭氏住在哪一个宫里?”他两个齐声答道:“就在这椒房的后面,辅德宫的上房那里。”东方大娘听得,走过来,将他两个两手倒剪,嘴里塞上一块棉花,做作停常,便和鹣儿直向后面而来。这正是:

无名醋火三千丈,可怜雌威莫敢撄。

要知后事如何,且看下回分解。

第一百二十回 汉祚告终一王死孝 畅谈风月结束全书

却说东方大娘和鹈儿从左边甬道直向后面而来，转过听雨台便到辅德宫了。她两个潜身进去，里面空洞洞的暗无人声。东方大娘好生疑惑，悄悄地向鹈儿说道："我们上了那两个牛子的当了，你看这里一些儿人声也没有，他们一定是不在这里了。"鹈儿摇头道："未必未必，这里是明间，他们俩或许是在上房里，也未可知。"东方大娘半信半疑，和鹈儿走进上房，只见里面灯光未熄，帘帏沉沉，帐子里有鼻息的声音。

东方大娘一个箭步纵到床前，用刀将帐子一挑，只见司马师和郭氏并头交颈的，正在好梦方酣的时候。东方大娘只气得浑身发抖，翻起三角棱的眼睛，一声怪叫道："我的儿，你巡察得好啊！"她这一声怪叫，将他两个从梦中惊醒。睁眼一看，把个司马师吓得三魂落地，七魄升天，浑身好像得着寒热病似的，零零碎碎的动个不住。东方大娘露出一嘴的黄牙，一声狞笑道："好极了，巡察巡到贵人的床上来了。"司马师哪里还敢答话，披起衣裳，便想动身。东方大娘的三角棱眼睛一睁，冷冷地道："到哪里去？"司马师吓得赶紧将脑袋往腔子里一缩，动也不敢动一下子。东方大娘向鹈儿骂道："你这呆货，站在那里发你娘的什么呆，还不过来帮助我动手，等待何时？"鹈儿慌忙过来，一把将郭贵人从被窝里拖了出来，赤条条的一丝不挂。东方大娘指着她骂："我把你这个不要脸的贼货，司马师他是个怎样的一个人，你也不去打听打听，就和他勾搭了，枉把你做了一位皇皇堂堂的先帝的爱妃；这些偷汉子的勾当，就像你做的吗？好贼货，我杀了你，看你有什么脸面去见泉下的曹丕。"骂得郭氏低首无言，闭目等死。

东方大娘又指着司马师骂道："天杀的，今天还有什么花样在老娘面前摆了？快一些儿摆出来罢，怪不得成日有借着阅操巡察的调儿来哄骗我呀，原来还有这一回事呢；好不要面孔的东西，你的祖宗差不多也未曾积德，才生下你这个乱伦灭理的畜生来的，我且和你去见万岁去。"吓得司马师磕头如捣蒜的央告道："夫人不看今日的面上，还要想想当年的恩爱；好夫好妻的，都要原谅我一些

才好,便是我做错了事,今天你恕我初犯,下次改过自新就是了。如果下次我再犯这些毛病,随打随罚如何?”东方大娘听他这番话,越发火上加油,兜头一口道:“呸!休放娘你的屁,这些话我不知道听见过几次了;当初咸的辣的,死猫死狗,乱去勾搭,我倒不大去和你计较,深怕人家晓得了,损失你的威名;谁想你这不知高下的杂种,给你搽粉,你不知道白,越来胆越大,竟和主子爷的爱妃勾搭了,你不怕天下万人唾骂,也要留两个指头给你的老子遮遮才是。今天任你说出血来,我只当苏木水,非要和你去见万岁不可。”司马师哪里肯去,只管千夫人,万贤妻的在地上讨饶不止。

东方大娘骂得心头火起,拔出扑刀,霍的在郭氏的粉颈上一横。说时迟,那时快,一颗头骨碌碌滚向床肚裹去了,鲜血直喷,霎时将一顶白罗的帐子染成胭脂的颜色。司马师吓得魂不附体,俯伏在地上,连大气也不敢喘一下子。东方大娘拿着血刀,向他一指道:“如今你好去和她寻乐了。”

话犹未了,只听得宫门外人声嘈杂,霎时间一对一对的宫灯,由宫女们撑着拥了进来。曹睿和一群守宫的武士,陆续赶到。大家拥进房,见了这种情形,一个个张口结舌,连一句话都说不出来。东方大娘走到曹睿的面前,正想说话。不料有个侍卫太不识相,他拦住喝道:“那里来的野妇人,圣驾在此,休得乱闯!”东方大娘将金黄色的眼珠一转,骂道:“放你娘的狗屁,老娘认不得什么圣驾神驾。”她说着,劈面一掌,将那个侍尉打出三丈以外。余下的侍尉,吓得好像泥塑木雕的一般,没有一个敢再来讨没趣。东方大娘振振有词地将方才一番情形说了一个畅快,迫着曹睿定司马师的罪。曹睿此刻才如梦初醒,不觉又羞又气又恼又怕。要是不定司马师的罪,眼见东方大娘杀神也似的站在旁边;万一定了罪,又怕司马懿回来翻脸。倒弄得无话可说。怔怔的半天,才说道:“夫人且请回府,孤家自有处分。”东方大娘很爽快地说道:“好极好极。”她回头向司马师说道:“我和你做了八年的夫妻一场,我想起来,在你家总算没有什么失德之处;不想你这个怙恶不悛的东西,三番两次,兀的不肯改掉你那畜生的行为,我和你的缘分满了,我如今要走了,我却要交代你两句话:我走后,你若改过,我还可以重来,如若不改前非,我不独不来,你还要当心你那颗脑袋。”她说罢,长啸一声,带着鹈儿,身子一晃,早已不知去向了。

曹睿一腔子的恼怒,无处发泄,恶狠狠地盯了司马师一眼,闷闷地回宫去了。司马师从地上爬起来,一溜烟回府去了。曹睿经这番惊恐羞愤不禁病了,不上两月,一命呜呼。司马懿回都,与众大臣立太子芳为魏主。从此司马的势力更进一层。加之曹家的梁柱,像曹仁、曹洪、曹休等,先后死亡,他们越发肆无忌弹了。司马懿、司马师在丙子十四年至十九年,相继而亡。

司马昭愈觉无法无天，出入羽葆，自加封为相国，并加九锡。此刻稚子曹芳已被废为齐王，迁居河内，立曹髦为魏主了。不上数年，曹髦见司马昭威权日重，自己没有一些权柄，心中十分怨恨，对内侍臣每每谈到司马昭，即切齿咬牙，宛然有杀昭的念头。不想一般内侍臣，为趋奉司马昭起见，暗地里报与司马昭。司马昭听得勃然大怒，与成济、贾充等一班佞臣，生生将曹髦刺死在南阙下，又立燕王曹宇的儿子曹奂为魏主。

炎兴元年，司马昭大举犯阙，遣邓艾率大兵三万，自狄道、甘松集中，以拒姜维。诸葛瞻率兵三万，自祈山趣武街桥头，断姜维的归路。钟会领兵十万，分斜谷、骆谷、子午谷三路，进窥汉中势如破竹。不到两月，各路的贼兵已由阴平近逼成都，虽有姜维、张翼辈死力抵御，无奈人众我寡，连连失败。诸葛瞻在绵竹战死。此刻刘后主在都中一些儿风声也没有，镇日价饮酒调琴，昼寝夜兴，度他的梦中生活。

读者听我这话，不要骂我胡诌么？不，原来有个原因。后主的驾前文武，尚称齐整，论兵力，论地势，贼兵皆没有入寇成功的可能，其误在诸葛瞻。若在阴平扼险拒守，纵使贼兵众多，不曾发生效力的。阴平一错，遂将汉室江山断送与他人了。再误在黄皓，这黄皓本是个祸国殃民的贼子，后主偏偏要器重他，言听计从。此刻风声鹤唳，草木皆兵的时候，各处告急的本章如同雪片相似，皆被黄皓收起，不教后主知道一些儿风声，等到贼兵将都城困得水泄不通，后主才如梦初醒，忙召群臣商议退敌的计划。黄皓进言道："魏兵势大，料想我们不能抵御了，不如开城投降为妙。"

话犹未了，瞥见文班中走出一人，手执牙笏，指着黄皓骂道："你这老贼，师婆的神言，今天如何不验？汉室的江山断送在你这老贼的一人手里了。你此刻还要落井下石，劝我主投降他人，你难道没有心肝么？就是投降魏主，未必就让你一个人去偷生了。好奸贼！我与你将性命拼了罢。"那人说罢，举起牙笏，向黄皓劈面掷来。黄皓赶紧躲避。不料黄皓却没有掷到，后主额上倒着了一下子。后主大怒，忙命拿下。两边的武士不由分说，将中大夫杨冲从御座前抓了就走。后主连声喊道："欺君罔上的贼子，给我推出去砍了！"不多时，一颗血淋淋的人头捧了进来。后主才算息怒。

群臣有的主张投吴，有的主张降魏，意见分歧，莫衷谁是。谯周越班奏道："自古没有寄居他国做皇帝的道理，而且孙亮器小，不能容物；与其受间接之辱，不若受直接之辱；现在奉玺乞降，或者不失封侯之位呢。"

后主还未答话，从屏风后面转出一人，厉声骂道："谯周匹夫，汉家那里薄待于？你竟劝万岁乞降于国贼，腐儒偷生畏死，岂可妄议社稷大事，自古安有降敌

的道理?"后主一望,来者不是别人,正是北地王刘谌。后主张目厉声道:"众大臣皆议以降为佳,你偏欲仗血气之勇,要满城流血么?"刘谌叩头道:"先帝在日,谯周未尝干预国政,今妄议大事,言辄非理;臣窃料成都之兵,尚有五万多人,姜维全师在剑阁,若知魏兵犯阙,焉在坐视的道理;我们这里开城拒敌,姜维得信,必来援救。那时内外夹功,管叫他片甲不回。岂可听这班卖国贼的话,轻轻的废弃先帝之基业?"后主听得,勃然大怒,叱道:"你是个不识天时的小孩子,晓得些什么?"刘谌笑道:"如果势穷力竭,宁可君臣父子背城一战。战胜固佳,万一殉难,也好见泉下的先帝了。"后主不听。刘谌放声在哭道:"吾祖创此基业,诚非容易,今一旦弃之,吾临死不辱。"后主不耐他的琐屑,命人将他推出宫门;这里和张绍、邓良、谯周等商议一会子,决定先命他们三人奉玺乞降,又令蒋显赍旨去招姜维降魏。择定于十二月十一日,君臣开城出降。

这个风声,传到刘谌的耳朵里,可怜他心胆俱碎,独坐在中堂上,将那股无名的愤火,高举三千丈,按捺不下,坐立不宁,在中堂上踱来踱去一阵子。想起先主在日何等艰苦,岂轻容易创此基业,不料如今一旦弃了。他想到这里,不由的捶胸顿足,哭声如雷吼。他的夫人崔氏,正在后方教子读书,猛听得中堂上有人号哭,大吃一惊,忙向丫头小雪莲道:"你快些到面前去看看,谁在中堂里啼哭?"小雪莲答应着,走到中堂的屏风后面,偷偷地望了一眼,慌地转身,飞也似的跑进来,对崔夫人说道:"王爷不知为着什么事情,正在中堂上哭着哩。"崔氏夫人不敢怠慢,轻移莲步,扶着小雪莲向中堂而来,不多时,走进中堂。刘谌的哭声未止,眼中流血。夫人忙近来敛衽问道:"王爷,什么事情这样的悲伤?"刘谌拭泪,止住哭声,叹了一口气道:"夫人!你可知道我刘家四百多年的基业,要送给他人了?"崔氏夫人听得这话,大吃一惊,忙问道:"王爷!这是什么话呢?"刘谌半晌不答,两眼望着天空,只是发愣。崔氏夫人真是丈二的金刚,摸不着头脑,侍立在旁边,不敢再问。

列位,现在魏兵已困城多日了,难道崔夫人就一些儿不晓得么?原来刘堪向来和崔氏敬爱如宾。刘谌早朝回来,只谈家事,不谈国事。崔夫人一向知道刘谌的脾气,她从不问过一句。她生了三个小爵主,乃是刘恕、刘忠、刘骥。她除了料理家事以外,镇日在闺中教着他们读书,所以外边随便怎样的变动,她却不知道一些儿的。

此时听得刘谌突然说出这样话来,她如何不惊,眼见刘谌满眼鲜血,一头的青筋根根暴起,仰首直视,好像疯了的一样。崔夫人见这等光景,料知事出非常,低声问道:"王爷究是什么一回事呀?"他转过身来,见崔夫人立在身边,忙问道:"夫人!你是几时来的?我怎么没有看见你?"崔夫人道:"王爷,今天吃醉了

不成?”刘谌道:“我未曾醉。”刘谌说罢,复又流着血泪。崔夫人问道:“王爷,既没有醉,何以失却常态呢?”刘谌霍的跳起来,握着夫人的手,哭道:“我的夫人,我要尽忠了,你替我将三个儿子看顾成人,他们能替我出口怨气,替祖宗报仇,我在九泉之下,也就瞑目了。”他说罢,一掇手,拔出宝剑,向颈上就勒。慌得夫人死力扳着他的臂膊,哭道:“王爷!你究竟为着什么事情呀?”刘谌哭道:“夫人还问什么?现在魏兵已将都城围得水泄不通了,一班偷生怕死的贼臣尽是劝着父王降魏;前天我在朝上,扳驳了一本,无奈父王执迷不悟,不听我的谏劝,将我赶出朝来;今天听得城中的人,十个有九个说父王已将玉玺着人送与邓艾了。择定十二月十一日,开城出降。夫人!你想先帝三十年血汉换来的基业,父王毫不经意的弃于他人,我虽说没有反对的可能,但是父王既降了贼国,我还能随他一起去面见他么?不如死了,九泉之下,也好见先祖父子。”崔夫人哭道:“王爷,你能尽忠,我难道就不能尽节么?”刘谌听说,又惊又喜的,紧握着她的手,笑道:“夫人,你是真话还是假话呢?”崔夫人正色说道:“王爷,哪里话来,王爷尽忠,我偷生在世上,眼见万岁投降敌国,我难道认真做一个不节的妇人么?”刘谌道:“夫人,你的话固属不错,但是你我死后,那三个孩儿,却依靠何人来抚养呢?”夫人哭道:“王爷尽忠,妾身尽节,他们当然也要尽孝了。”刘谌大笑道:“好哇!这才算是我刘谌的妻子呢!”崔夫人撒手对着刘谌福了一福,哽咽着说道:“王爷,妾身先到泉下去候你了。”刘谌凄惶着,一句话也答不出来。崔夫人扶着小雪莲,向后面而去。不多时,小雪莲出来报道:“王爷,不好了!夫人在后面自缢归天了!”刘谌道:“罢了,你去将三个公子喊来,我有话说。”小雪莲心中明白,忙向后而来,到了书房里将刘恕等三人喊来。刘谌将以上的事情,怒气冲天的说了一遍。刘恕等人一齐跪下哭道:“母亲已经先去了,我们当然随父王一道去。”他们说着,在袖里取出砒霜,纳入口中。不多时药性发作,一个个扑地倒下七孔流血,三道魂云追随着崔氏去了。刘谌心肝俱碎,忙将家中的从仆用人一齐喊来,对他们慷慨激昂地说道:“现在我和诸位要分手了,承你们一场侍候,我实在对不起你们,你们各自去罢,愿你们向后一个个飞黄腾达,我在九泉之下,也就安慰了。”众人一齐流泪说道:“王爷哪里话来,王爷尽忠,夫人尽节,公子尽孝,我们难道就不能成全王爷的一个义字么?”他们说罢,东碰头西撞柱,霎时七歪八倒,没有一个活了。刘谌提剑径入后堂,只见小雪莲也自缢在夫人的旁边。他将崔夫人的头用剑割下,复又走到中堂,将刘恕等的首级割下,提在手中,就地放起一把火来。他大踏步出了府门,直向昭烈庙而来,到了昭烈庙,倒身跪下,大哭道:“臣羞见基业弃于他人,无法挽救故杀妻子,以绝挂念,后将一命报祖,祖如有灵知孙之心,不负孙今朝一死了。”他说罢,大哭一场,拔出宝剑向颈

一横，鲜血直喷，一道英灵直随夫人去了。

后主听说刘谌自刎，毫不悲痛，直命人将他葬下。满城的百姓听说北地王尽忠，没有一个不痛哭流涕。后主到十二月十一日的清晨，大开四门，魏兵大队进城。从此以后，再没有汉家的书说了。总计后汉二帝，在位共四十三年，合两汉二十六帝，共四百六十九年，一座锦绣江山，给后主容容易易送与他人，岂不可惜！小子这部《汉宫》，写到这里也就搁笔了。